btb
Aus Freude am Lesen

btb

HONORÉ DE BALZAC
Die Menschliche Komödie
VIII

HONORÉ DE BALZAC

Die Menschliche Komödie

Gesamtausgabe in zwölf Bänden mit Anmerkungen und biographischen Notizen über die Romangestalten

Herausgegeben und eingeleitet von Ernst Sander

HONORÉ DE BALZAC

Vetter Pons

u. a.

btb

Diese Ausgabe folgt der von Balzac bestimmten Anordnung der ›Comédie humaine‹

Eine Übersicht über die Gesamtausgabe
befindet sich am Ende dieses Bandes.
Je ein Register nach den deutschen und französischen Titeln
und ein Verzeichnis aller in der ›Menschlichen Komödie‹
auftretenden Personen enthält Band XII.

Umwelthinweis:
Alle bedruckten Materialien dieses Buches
sind chlorfrei und umweltschonend.

btb Taschenbücher erscheinen im Goldmann Verlag,
einem Unternehmen der Verlagsgruppe Bertelsmann.

1. Auflage
Genehmigte Taschenbuchausgabe Dezember 1998

Unveränderter Nachdruck der Goldmann-Gesamtausgabe
in zwölf Bänden
Umschlaggestaltung: Design Team München
Umschlagmotiv: Christian Krogh
»Bildnis des Malers Gerhard Munthe«
KR · Herstellung: Augustin Wiesbeck
Made in Germany
ISBN 3-442-72447-3

INHALT

SITTENSTUDIEN

Szenen aus dem Pariser Leben

Die armen Verwandten

Vetter Pons

Übertragung von Ernst Wiegand Junker
Bearbeitet von Ernst Sander

Der Roman ›Vetter Pons‹, die zweite, ursprünglich als die erste geplante Episode der Gruppe ›Die armen Verwandten‹ (der überdies noch der Roman ›Pierrette‹ angehören sollte) war zunächst betitelt ›Die beiden Musiker‹; er wurde im Juni 1846 als eine etwa sechzig Seiten umfassende Novelle skizziert und im August des gleichen Jahres ernsthaft in Angriff genommen, dann aber wieder liegengelassen, weil der zu gestaltende Komplex des Romans ›Tante Bette‹ sich gebieterisch vordrängte. Erst zu Beginn des Jahres 1847 konnte Balzac mit der Arbeit an ›Vetter Pons‹ fortfahren und das Werk vollenden; es wurde als Feuilleton-Abdruck, in mit launigen Überschriften versehene Kapitel aufgeteilt, vom 18. März bis zum 10. Mai 1847 im ›Constitutionnel‹ veröffentlicht. Zusammen mit ›Tante Bette‹ erschien der Roman als erste Buchausgabe 1847/48; im Jahr 1848 wurde er als Band XVII der ›Menschlichen Komödie‹ eingefügt, ohne die Kapiteleinteilung, als Ergänzungsband der Folge ›Szenen aus dem Pariser Leben‹. Der ›Constitutionnel‹ zahlte Balzac für den Vorabdruck beider Romane 22 074 Francs.

Auf der deutschen Übertragung von 1847, die hier, vom Herausgeber überarbeitet, vorgelegt wird, beruhen alle späteren Übersetzungen des Romans, so auch die bekannten von Franz Franzius (Johannes Schlaf) und Otto Flake.

Im Oktober 1844 ging gegen drei Uhr nachmittags ein etwa sechzigjähriger Mann, den aber jeder für weit älter gehalten hätte, den Boulevard des Italiens entlang, mit witternder Nase und scheinheiligen Lippen, wie ein Kaufmann, der gerade ein ausgezeichnetes Geschäft abgeschlossen hat, oder wie ein selbstzufriedener Junggeselle beim Verlassen eines Boudoirs. Das ist in Paris bei einem Mann der stärkste bekannte Ausdruck persönlicher Zufriedenheit. Als die Leute, die dort Tag für Tag auf den Stühlen sitzen und sich dem Vergnügen hingeben, die Vorübergehenden zu beobachten, den alten Herrn von weitem erblickten, ließen sie alle jenes den Parisern eigentümliche Lächeln auf ihrem Gesicht erscheinen, das soviel Ironisches, Spöttisches oder Mitleidiges ausdrückt, das aber, um diese durch alle möglichen Schauspiele abgestumpften Pariser Gesichter zu beleben, völlig ausgefallener, lebendiger Merkwürdigkeiten bedarf. An einem Ausspruch wird man sowohl den Altertumswert jenes Biedermanns als auch den Grund des Lächelns erkennen, das sich wie ein Echo in allen Augen wiederholte. Hyacinthe[1], ein durch seine Einfälle berühmter Schauspieler, wurde einmal gefragt, wo er sich die Hüte anfertigen lasse, bei deren Anblick das Theater in Lachen ausplatzt: »Ich lasse sie gar nicht anfertigen, ich bewahre sie auf!« erwiderte er. Nun, unter der Million von Schauspielern, die das große Ensemble von Paris bilden, finden sich unbewußte Hyacinthes, die alle Lächerlichkeiten von Anno dazumal an sich bewahren und einem wie die Personifizierung einer ganzen Epoche vorkommen. Sie versetzen uns in unfreiwillige Heiterkeit, wenn wir spazierengehen und einen bitteren Kummer hinunterschlucken, den uns die Treulosigkeit eines früheren Freundes bereitet hat.

Jener Passant erinnerte, ohne eine übertriebene Karikatur zu sein, an das Kaiserreich, da er in gewissen Einzelheiten seiner Tracht, der Zeit zum Trotz, der Mode des Jahres 1806 die Treue hielt. Das Unaufdringliche macht für die Beobachter eine solche Art von Geisterbeschwörung zu etwas außerordentlich Wertvollem. Doch jenes Gesamt kleiner Einzelzüge erforderte eine analytische Aufmerksamkeit, auf die sich nur die Kenner unter den Spaziergängern verstehen. Um schon aus der Entfernung Heiterkeit zu erregen, mußte der Passant eine jener – wie man so sagt – in die Augen springenden Übertreibungen an sich haben, auf die die Schauspieler versessen sind, um den Erfolg ihres Auftretens zu sichern. Jener dürre, magere alte Herr trug einen haselnußfarbenen Spenzer über einem grünlichen Frack mit blanken Metallknöpfen . . .! Ein Mann im Spenzer im Jahre 1844, sehen Sie, das ist genau so, wie wenn Napoleon geruht hätte, für zwei Stunden wieder aufzuerstehen.

Der Spenzer wurde, wie sein Name verrät, von einem Lord erfunden, der wohl auf seine hübsche Taille eitel war. Vor dem Frieden von Amiens[2] hatte jener Engländer das Problem gelöst, den Oberkörper zu bedecken, ohne den Leib durch das Gewicht des scheußlichen Carrick[3] zu erdrücken, der heute auf dem Rükken alter Droschkenkutscher sein Dasein beschließt. Da aber die hübschen Taillen in der Minderheit sind, hatte die Spencermode für Männer in Frankreich nur einen vorübergehenden Erfolg, obgleich sie eine englische Erfindung war. Beim Anblick des Spenzers kleideten die Vierzig- bis Fünfzigjährigen in Gedanken jenen Herrn mit Stulpstiefeln, einer Kniehose mit Bandschleifen aus pistaziengrünem Kaschmirtuch und sahen sich so in der Tracht ihrer Jugend wieder! Die alten Damen mußten an ihre Eroberungen zurückdenken! Die jungen Leute dagegen fragten sich, warum dieser alte Alkibiades[4] die Schöße seines Überrocks abgeschnitten haben mochte. Alles paßte so vorzüglich zu diesem Spencer, daß man nicht gezögert hätte, diesen Passanten als einen Empire-Menschen zu bezeichnen, wie man von Empire-Möbeln spricht. Doch symbolisierte er das Kaiserreich nur für diejenigen, denen diese prächtige und großartige Epoche zumindest noch *de visu* bekannt ist; denn hinsichtlich der Mode ist eine gewisse Treue des Gedächtnisses erforderlich. Das Kaiserreich ist uns bereits so fern gerückt, daß nicht jedermann es sich noch in seiner gallogriechischen Wirklichkeit vorstellen kann.

Der auf den Hinterkopf geschobene Hut ließ fast die ganze Stirn auf jene verwegene Weise frei, mit der Verwaltungsbeamte und Zivilisten es damals den Offizieren gleichtun wollten. Es war übrigens ein schrecklicher Seidenhut für vierzehn Francs, dessen inneren Rändern hohe, breite Ohren weißliche Flecken aufgeprägt hatten, die vergeblich von der Bürste bekämpft wurden. Die auf der Pappform stets schlecht befestigte Seite bildete stellenweise Falten und schien trotz der Hand, die sie allmorgendlich pflegte, vom Aussatz befallen zu sein.

Unter diesem Hut, der aussah, als wolle er herabfallen, kam eines jener drolligen, kuriosen Gesichter zum Vorschein, wie sie nur die Chinesen für ihre grotesken Porzellanfiguren zu erfinden vermögen. Das breite, wie ein Schaumlöffel durchlöcherte Gesicht, in dem die Vertiefungen Schatten warfen und das zerfurcht war wie eine römische Maske, sprach allen Gesetzen der Anatomie Hohn. Der Blick verspürte darin kein Knochengerüst.

Wo die Grundlage Knochen haben wollte, zeigte das Fleisch quallige Halbflächen, und wo die Gesichter gemeinhin Höhlungen aufweisen, wölbte sich dieses Antlitz in schlaffen Buckeln. Dies absonderliche, wie ein Steinpilz zusammengedrückte Gesicht, das durch die grauen Augen, mit zwei roten Linien anstelle der Brauen darüber, traurig wirkte, wurde von einer Nase à la Don Quijote beherrscht wie eine Ebene von einem erratischen Block. Eine solche Nase drückt, wie Cervantes hätte anmerken müssen, eine angeborene Neigung zur Hingabe an große Dinge aus, die sich, da entartet, zum Narren halten läßt. Diese ganz ins Komische gesteigerte Häßlichkeit reizte indessen durchaus nicht zum Lachen. Die ungemeine Schwermut, die den blassen Augen des armen Mannes entquoll, steckte den Spötter an und ließ ihm den Scherz auf den Lippen gefrieren. Man dachte sofort daran, daß die Natur diesem alten Knaben versagt hatte, Zärtlichkeit zu äußern, sofern er eine Frau nicht zum Lachen bringen oder sie schmerzlich berühren wollte. Der Franzose verstummt angesichts des Unglücks, das ihm das grausamste von allen scheint: nicht gefallen zu können!

Dieser von Natur so übel behandelte Mann war gekleidet wie die Armen der guten Gesellschaft, denen die Reichen ziemlich oft zu gleichen versuchen. Er trug seine Schuhe unter Gamaschen versteckt, die nach dem Modell derjenigen der kaiserlichen Garde angefertigt waren und ihm sicherlich erlaubten, eine längere Zeit hindurch die gleichen Socken zu tragen. Seine lange Hose aus schwarzem Tuch zeigte rötliche Glanzstellen und weiße oder glänzende Linien auf den Falten, die ebenso wie die Machart vermuten ließen, daß der Zeitpunkt der Erwerbung drei Jahre zurücklag. Die Weite dieses Kleidungsstücks verhehlte ziemlich schlecht eine Magerkeit, die mehr auf die Konstitution als auf eine pythagoreische[5] Lebensweise zurückzuführen war; denn der mit einem sinnlichen Mund und fleischigen Lippen begabte Alte zeigte beim Lächeln weiße Zähne, die eines Haifisches würdig gewesen wären. Die schwarze Tuchweste mit Schalkragen, zu der er aber eine zweite weiße Weste trug, unter der als dritter im Bunde der Rand einer roten Strickweste schimmerte, erinnerte einen an die fünf Westen Garats[6]. Ein riesiges Halstuch aus weißem Musselin, dessen anspruchsvoller Knoten von einem

Stutzer erfunden worden war, um die charmanten Frauen von 1809 zu entzücken, überragte das Kinn derartig, daß das Gesicht darin wie in einen Abgrund zu tauchen schien. Eine geflochtene Seidenschnur, die eine aus Haaren vortäuschte, lief quer über das Hemd und schützte die Uhr gegen einen unwahrscheinlichen Diebstahl. Der grünliche Frack, von bemerkenswerter Sauberkeit, mochte an die drei Jahre älter sein als die Hose; allein der schwarze Samtkragen und die vor kurzem erneuerten blanken Metallknöpfe zeugten von einer bis ins Kleinliche getriebenen häuslichen Sorgfalt.

Diese Art, den Hut auf dem Hinterkopf zu tragen, die dreifache Weste, das ungeheure Halstuch, in dem das Kinn versank, die Gamaschen, die Metallknöpfe auf dem grünlichen Frack, all diese Spuren der Moden der Kaiserzeit standen im Einklang mit der altmodisch duftenden Koketterie der ›Incroyables‹[7], mit einer gewissen Feinheit der Falten, einer Korrektheit und Nüchternheit des Ganzen, die nach der Schule Davids[8] schmeckte und an die schlanken Möbel Jacobs[9] erinnerte. Übrigens erkannte man auf den ersten Blick einen wohlerzogenen Mann, der von irgendeinem geheimen Laster besessen ist, oder einen jener Kleinrentner, deren Ausgaben durch ihre kümmerlichen Einkünfte so genau festgelegt sind, daß eine zerbrochene Fensterscheibe, ein Riß im Rock oder die philanthropische Pest einer öffentlichen Sammlung sie einen Monat lang ihrer kleinen Freuden berauben. Wer dabeigewesen wäre, hätte sich gefragt, warum ein Lächeln über dieses groteske Gesicht flog, dessen gewöhnlicher Ausdruck traurig und kalt sein mußte, wie bei allen, die im Dunkel um die einfachsten Lebensbedürfnisse ringen. Bemerkte man aber die mütterliche Vorsicht, mit der dieser sonderbare alte Mann einen offenbar wertvollen Gegenstand mit der rechten Hand links unter den Schößen seines Fracks hielt, um ihn vor unvorhergesehenen Stößen zu schützen, und nähme man vor allem die geschäftige Miene wahr, die müßiggängerische Leute aufsetzen, wenn sie einen Auftrag auszuführen haben, so hätte man ihn im Verdacht gehabt, daß er etwas nicht minder Wertvolles als das Bologneser Hündchen einer Marquise gefunden habe und es nun mit der eilfertigen Galanterie eines Empire-Menschen im Triumph der entzückenden, sechzigjährigen Dame zurückbringen wolle, die noch nicht gelernt hat, auf den täglichen Besuch ihres aufmerksamen Liebhabers zu verzichten. Paris ist die einzige Stadt der Welt, die dergleichen Schauspiele zu bieten hat; sie machen aus ihren Boulevards ein ununterbrochen gespieltes Drama, das zum Besten der Kunst von den Franzosen umsonst dargeboten wird.

Nach dem Profil dieses knochigen Mannes und trotz seines kühnen Spenzers hätte man ihn schwerlich unter die Pariser Künstler eingereiht, die herkömmlicherweise, wie die Gassenjungen von Paris, das Vorrecht haben, in der Phantasie der Bürger die erstaunlichste Heiterkeit zu erregen. Dieser Passant war indessen ein preisgekrönter Musiker, der Komponist der ersten, vom Institut de France anläßlich der Wiedereröffnung der Akademie zu Rom[10] ausgezeichneten Kantate, eben Monsieur Sylvain Pons . . .!, der Schöpfer berühmter Romanzen, die unsere Mütter gegurrt haben, zweier oder dreier Opern, die 1815 und 1816 gespielt worden sind, und schließlich einiger unveröffentlichter Partituren. Dieser würdige Mann beschloß sein Dasein als Dirigent in einem Boulevard-Theater. Dank seinem Äußeren war er Musiklehrer in einigen Mädchenpensionaten und hatte keine anderen Einkünfte als sein Gehalt und seine Privatstunden. In solchem Alter Privatstunden nachlaufen zu müssen . . .! Wie viele Geheimnisse gab es in einer solchen so wenig romanhaften Lage!

Dieser letzte Spenzerträger trug also mehr als die Symbole der Kaiserzeit an sich, er offenbarte noch eine große Lehre mittels seiner drei Westen. Er zeigte sich unentgeltlich als eines der zahlreichen Opfer des verhängnisvollen und unseligen ›Wettbewerb‹ genannten Systems, das in Frankreich nach hundert Jahren ergebnisloser Anwendung noch immer herrscht. Diese Intelligenzkelter ist von Poisson de Marigny[11], dem Bruder der Madame de Pompadour, erfunden worden, der um 1746 zum Direktor der Schönen Künste ernannt wurde. Man versuche nun aber, an den Fingern die genialen Begabungen herzuzählen, die seit einem Jahrhundert aus den Preisträgern der Wettbewerbe hervorgegangen sind! Schwerlich wird eine verwaltungsmäßige oder schulische Bemühung jemals die Wunder des Zufalls ersetzen, denen wir die großen Männer verdanken. Unter allen Geheimnissen der Zeugung ist gerade dieses unserer ehrgeizigen modernen Forschung am unzugänglichsten. Was würde man von den Ägyptern halten, die angeblich Brutöfen für Küken erfunden haben, wenn sie diesen Küken nicht sogleich etwas zum Picken gegeben hätten? Frankreich nun aber tut das nicht. Es versucht im Treibhaus der Wettbewerbe Künstler zu züchten, und wenn der Bildhauer, der Maler, der Kupferstecher oder Radierer, der Musiker auf diesem mechanischen Wege einmal hervorgebracht ist, kümmert es sich genausowenig um sie, wie der Stutzer sich am Abend noch um die Blumen kümmert, die er tagsüber im Knopfloch stecken hatte. Es zeigt sich, daß die Begabungen Greuze[12] oder Watteau[13], Félicien David[14] oder Pagnest[15], Géricault[16] oder Decamps[17], Auber[18] oder David d'Angers[19], Eugène Delacroix[20] oder Meissonier[21] heißen, lauter Leute, die sich um große Preise kaum je gekümmert haben und die auf freiem Felde unter den Strahlen jener unsichtbaren Sonne erwachsen sind, die Berufung heißt.

Sylvain Pons, der vom Staat nach Rom geschickt wurde, um ein großer Musiker zu werden, hatte von dort den Geschmack an Antiquitäten und schönen Kunstgegenständen mitgebracht. Er kannte sich wunderbar in all jenen Arbeiten, den Meisterwerken der Hand und des Gedankens, aus, die seit kurzem volkstümlich ›Bric-à-Brac‹ genannt werden. Dieser Sohn der Euterpe war also um 1810 als leidenschaftlicher Sammler nach Paris zurückgekehrt. Er war mit Bildern, Statuetten, Rahmen, Skulpturen aus Elfenbein und Holz, Emailarbeiten, Porzellan usw. beladen gewesen, die während seines Aufenthaltes an der Akademie in Rom, ebensosehr durch die Transportkosten wie durch die Ankaufspreise, den größten Teil seiner väterlichen Erbschaft aufgezehrt hatten. Auf die gleiche Weise hatte er sein mütterliches Erbteil nach jenen drei gezwungenermaßen in Rom verbrachten Jahren auf einer Reise durch Italien verbraucht. Er hatte in Muße Venedig, Mailand, Florenz, Bologna und Neapel besuchen wollen und verweilte in jeder Stadt als Träumer und Philosoph mit der Unbekümmertheit des Künstlers, der für seinen Lebensunterhalt auf sein Talent rechnet wie die Freudenmädchen auf ihre Schönheit. Pons war auf dieser prächtigen Reise so glücklich, wie es ein Mann voller Seele und Zartgefühl nur sein kann, dem seine Häßlichkeit nach der 1809 geprägten Redensart ›Erfolge bei Frauen‹ versagte und dem die Dinge des Lebens immer dem Idealbild unterlegen zu sein schienen, das er sich davon erschaffen hatte. Indessen hatte er aus diesem Mißverhältnis zwischen dem Klingen in seiner Seele und der Wirklichkeit Nutzen gezogen. Das in seinem Herzen rein und lebendig bewahrte Gefühl für das Schöne hat sicherlich den Antrieb zu den geistvollen, zarten und anmutigen Melodien gegeben, die ihm von 1810 bis 1814 einen gewissen Ruf eingebracht haben. Jeder Ruf, der sich in Frankreich auf die Zeitstimmung, die Mode, die flüchtigen Launen von Paris gründet, bringt Menschen wie Pons hervor. Es gibt kein Land, in dem man so streng mit großen Dingen und so herablassend nachsichtig mit kleinen verfährt. Pons ging bald in den Fluten deutscher Harmonien unter, aber auch in den Schöpfungen Rossinis, und wenn er im Jahre 1824 noch ein beliebter und durch einige letzte Romanzen bekannter Komponist gewesen war, dann stelle man sich vor, was er 1831 noch sein konnte! So war denn Sylvain Pons im Jahre 1844, in dem das einzige Drama dieses unbekannten Lebens einsetzte, auf den Wert einer vorsintflutlichen Viertelnote gesunken; die Musikalienhändler wußten von seinem Dasein überhaupt nichts, obgleich er für kümmerliches Entgelt die Musik zu einigen Stücken seines und der Nachbartheater geschrieben hatte.

Der biedere Mann ließ übrigens den berühmten Meistern unserer Zeit Gerechtigkeit widerfahren; eine schöne Aufführung einiger erlesener Stücke rührte ihn zu Tränen; aber seine Verehrung ging nicht so weit, daß sie an Besessenheit gerührt hätte wie bei E. Th. A. Hoffmanns Kreisler[22]. Davon war ihm nichts anzumerken; er genoß innerlich, nach Art der Haschischesser oder Teriaskis[23]. In Paris, wo alle Gedanken Reisenden gleichen, die in einen Hotelbetrieb geraten, ist die Gabe der Bewunderung, des Verständnisses und somit der einzigen Fähigkeit, durch die ein gewöhnlicher Mensch der Bruder eines großen Dichters wird, so selten, daß man Pons ehrerbietige Achtung zollen muß. Die Tatsache des Mißerfolgs des wackeren Mannes könnte als außerordentlich anmuten; indessen gestand er in aller Harmlosigkeit seine Schwäche in der Harmonielehre ein; er hatte das Studium des Kontrapunkts vernachlässigt, und die moderne, maßlos angewachsene Instrumentation erschien ihm in dem Augenblick unerreichbar, da er durch neuerliche Studien sich unter den modernen Komponisten hätte behaupten und wenn nicht Rossini, so doch Hérold[24] hätte werden können. Kurzum, Pons fand schließlich in seinen Sammlerfreuden einen so reichen Ersatz für seinen erloschenen Ruhm, daß er, wenn er zwischen dem Besitz seiner Antiquitäten und dem großen Namen Rossinis hätte wählen müssen, sich für sein geliebtes Kunstkabinett entschieden hätte, so unglaublich das auch klingen mag. Der alte Musiker befolgte den Grundsatz Chenavards[25], des gelehrten Sammlers kostbarer Kupferstiche, der behauptet, daß man bei Betrachtung eines Ruysdael[26], Hobbema[27], Holbein[28], Raffael[29], Murillo[30], Greuze, Sebastiano del Piombo[31], Giorgione[32] oder Albrecht Dürer nur dann Vergnügen empfinden könne, wenn das Bild nicht mehr als fünfzig Francs gekostet habe. Pons gestattete sich keine Kunsterwerbung über hundert Francs, und damit er für etwas fünfzig Francs bezahlte, mußte es seine dreitausend Wert sein. Das schönste Werk der Welt, das dreihundert Francs kosten sollte, war für ihn einfach nicht mehr da. Die Gelegenheiten waren selten gewesen, aber er besaß die drei Elemente des Erfolgs: die Beine des Hirschs, die Zeit der Müßiggänger und die Geduld des Israeliten.

Dieses vierzig Jahre lang, in Rom wie in Paris, durchgeführte System hatte seine Früchte getragen. Nachdem er, seit seiner Rückkehr aus Rom, jährlich etwa zweitausend Francs ausgegeben hatte, verbarg Pons vor allen Blicken eine Sammlung von Meisterwerken jeglicher Art, deren Verzeichnis die fabelhafte Nummer 1907 erreichte. Während seiner Gänge durch Paris hatte er von 1811 bis 1816 für zehn Francs gefunden, was heute mit tausend bis zwölfhundert Francs bezahlt wird. Er besaß aus den fünfundvierzigtausend Bildern, die alljährlich bei den Pariser Versteigerungen feilgeboten werden, ausgewählte Gemälde, Sèvres-Porzellan aus zartesten Erden, das bei den Auvergnaten gekauft war, diesen Trabanten der Schwarzen Bande[33], die die Wunder des Frankreichs der Pompadourzeit auf Karren wiederbrachten. Kurzum, er hatte die Trümmer des siebzehnten und achtzehnten Jahrhunderts zusammengetragen und ließ den geistreichen, genialen Männern der Französischen Schule Gerechtigkeit widerfahren, jenen großen Unbekannten wie Lepautre[34], Lavallée-Poussin[35] usw., welche den Stil Louis-Quinze und Louis-Seize geschaffen haben und deren Werke heute die Kosten der angeblichen Erfindungen unserer Künstler bestreiten, die sich immer wieder über die Schätze des Kupferstichkabinetts beugen, um dadurch mit etwas Neuem aufzuwarten, daß sie geschickte Nachahmungen liefern. Pons verdankte viele Stücke Tauschgeschäften, dem unaussprechlichen Glück der Sammler. Die Freude, Kunstdinge aufzukaufen, kommt erst in zweiter Linie; wichtiger ist, sie zu erschachern. Pons hatte als erster Tabaksdosen und Miniaturen gesammelt. Bei den Antiquitätenkennern war er nicht bekannt, denn er besuchte keine öffentlichen Versteigerungen und ließ sich bei den berühmten Kunsthändlern nicht sehen. So kannte Pons den Handelswert seines Schatzes nicht.

Der verstorbene Du Sommerard[36] hatte freilich versucht, mit dem Musiker in Verbindung zu treten, aber der Fürst der Antiquitätenhändler starb, ohne daß er in das Museum Pons hatte eindringen können, das einzige, das mit der berühmten Sammlung Sauvageot[37] hätte verglichen werden können. Zwischen Pons und Monsieur Sauvageot bestanden einige Ähnlichkeiten. Monsieur Sauvageot, ein Musiker wie Pons und gleichfalls ohne großes Vermögen, ist ebenso vorgegangen, mit denselben Mitteln, mit der gleichen Liebe zur Kunst, mit demselben Haß gegen die illustren Reichen, die sich Kunstkabinette einrichten, um den Kunsthändlern eine geschickte Konkurrenz zu machen. Ebenso wie sein Rivale, sein Nacheiferer, sein Gegenspieler bei all diesen Werken der Menschenhand, bei diesen Wundern der Arbeit, empfand Pons im Herzen eine unersättliche Habsucht, die Liebe des Liebhabers zu einer schönen Geliebten, und die Versteigerungen in den Sälen der Rue des Jeuneurs bei den Hammerschlägen der Taxatoren kamen ihm wie ein Verbrechen an den Antiquitäten vor. Er besaß sein Museum, um sich jederzeit daran erfreuen zu können, denn die zur Bewunderung der großen Kunstwerke geschaffenen Seelen haben die erhabene Veranlagung aller wahrhaft Liebenden. Sie empfinden heute ebensoviel Lust wie gestern, sie ermüden niemals, und glücklicherweise sind die Meisterwerke ewig jung. So mußte denn auch der so väterlich behütete Gegenstand einer jener Funde sein, die man – mit welcher Liebe, wißt allein ihr Liebhaber! – heimträgt.

Bei den ersten Umrissen dieser biographischen Skizze wird alle Welt ausrufen: »Das ist ja, trotz seiner Häßlichkeit, der glücklichste Mensch der Welt!« Tatsächlich kann kein Verdruß und Trübsinn dem Brennkegel widerstehen, den man seiner Seele ansetzt, wenn man sich einer Manie ergibt. Ihr alle, die ihr euch nicht mehr an dem erquicken könnt, was man zu allen Zeiten den ›Becher der Lust‹ genannt hat, nehmt euch vor, etwas zu sammeln – was es auch sei (man hat sogar Plakate gesammelt!) –, und ihr werdet den Goldbarren des Glücks in kleiner Münze wiederfinden. Eine Manie ist in den Zustand der Idee erhobene Lust! Beneidet aber dennoch nicht den wackeren Pons; ein solches Gefühl würde – wie alle derartigen Regungen – auf einem Irrtum beruhen.

Dieser Mann voller Zartgefühl, dessen Seele von einer unermüdlichen Bewunderung für die Herrlichkeit menschlichen Vollbringens lebte, des schönen Ringens mit den Werken der Natur, war ein Sklave derjenigen unter den sieben Todsünden, die Gott am wenigsten streng bestrafen sollte: Pons war Feinschmecker. Sein geringes Vermögen und seine Leidenschaft für Antiquitäten erlegten ihm eine mit seinem Leckermaul derart unvereinbare Lebensweise auf, daß der Junggeselle anfänglich die Frage dadurch löste, daß er täglich in der Stadt essen ging. Nun trieb man in der Kaiserzeit, mehr als heutzutage, einen Kult mit berühmten Leuten, vielleicht ihrer geringen Anzahl und ihrer bescheidenen politischen Ansprüche wegen. Damals wurde man so wohlfeil Dichter, Schriftsteller oder Musiker! Pons, der als der wahrscheinliche Rivale eines Nicolo[38], eines Paër[39] und eines Berton[40] angesehen wurde, erhielt zu jener Zeit so viele Einladungen, daß er gezwungen war, sie in einem Notizbuch zu verzeichnen, wie die Rechtsanwälte über ihre Prozesse Buch führen. Im übrigen bezeigte er sich als Künstler, verschenkte Drucke seiner Lieder an all seine Gastgeber, spielte bei ihnen Klavier, brachte ihnen Logenkarten für das Théâtre Feydeau[41], an dem er tätig war, organisierte Konzerte, ja spielte bei seinen Verwandten gelegentlich sogar Geige und improvisierte einen kleinen Ball. Die schönsten Männer Frankreichs wechselten damals Säbelhiebe mit den schönsten Männern der Koalition; die Häßlichkeit von Pons wurde also Originalität genannt, nach dem von Molière in der berühmten Tirade der Eliante[42] verkündeten großen Grundsatz. Wenn er irgendeiner ›schönen Dame‹ irgendeine Gefälligkeit erwiesen hatte, hörte er sich bisweilen einen charmanten Mann nennen; über eine solche Äußerung freilich ging sein Glück nie hinaus.

Während dieses Zeitraums, der ungefähr sechs Jahre umfaßte, von 1810 bis 1816, nahm Pons die verhängnisvolle Gewohnheit an, gut zu essen und mitanzusehen, wie die Leute, die ihn einluden, sich in Unkosten stürzten, sich die ersten Gemüse und Früchte verschafften, ihre besten Weine entkorkten, den Nachtisch, den Kaffee, die Liköre pflegten und ihn, so gut sie nur konnten, behandelten, wie es eben in der Kaiserzeit Sitte war, als viele Häuser das glänzende Leben der Könige, Königinnen und Fürsten nachahmten, von denen es in Paris wimmelte. Man spielte damals königliches Dasein, wie man heute Abgeordnetenkammer spielt, indem man eine Fülle von Gesellschaften mit Präsidenten, Vizepräsidenten und Sekretären gründet, Flachsbau-, Weinbau-, Seidenkultur-Gesellschaften, landwirtschaftliche und industrielle Vereinigungen usw. Es ist so weit gekommen, daß man nach sozialen Mißständen sucht, um Vereinigungen derer zu bilden, die sie beseitigen wollen. Ein so erzogener Magen wirkt sich zwangsläufig auf die Moral aus und verdirbt sie auf Grund der hohen kulinarischen Kenntnisse, die er erwirbt. Die in alle Falten des Herzens eingenistete Wollust spricht dann als unumschränkte Herrscherin, sie schlägt Breschen in Willen und Ehre und fordert um jeden Preis ihre Befriedigung. Die Forderungen des Gaumens sind noch nie dargestellt worden; sie entgehen der literarischen Kritik, weil sie etwas Lebensnotwendiges sind. Indessen macht man sich kein Bild von der großen Zahl der Leute, die durch Tafelfreuden zugrunde gerichtet worden sind. In dieser Hinsicht sind in Paris die Tafelfreuden die Nebenbuhlerinnen der Kurtisanen; sie sind im übrigen die Einnahmen gegenüber jenen als Ausgaben. Als Pons durch seinen Niedergang als Künstler vom beständigen Gast zum Schmarotzer geworden war, konnte er unmöglich von diesen so wohl versehenen Tischen zur spartanischen Suppe eines Restaurants für vierzig Sous überwechseln. Ach! ihn schauderte, wenn er bedachte, daß seine Unabhängigkeit so großer Opfer bedurfte, und fühlte sich zu den größten Erniedrigungen fähig, um weiter gut leben zu können, um alle ersten Gemüse und Früchte zu ihrer Zeit genießen, kurzum, sich gute, sorgfältig zubereitete Gerichte einverleiben zu können (wie das volkstümliche, aber ausdrucksvolle Wort lautet). Als Futter suchender Vogel, der sich davonmacht, wenn er den Schnabel voll hat, und dessen ganzer Dank mit einem Lied gezwitschert wird, empfand Pons übrigens ein gewisses Vergnügen daran, auf Kosten der Gesellschaft gut zu leben; denn was verlangte sie schon von ihm? Er konnte sie auslachen. Da er, wie alle Junggesellen, die ihr Heim verabscheuen und bei anderen leben, an die Formeln, die gesellschaftlichen Floskeln gewöhnt war, durch die man in der großen Welt die Gefühle ersetzt, bediente er sich der Komplimente wie eines Kleingelds, und hinsichtlich der Personen begnügte er sich mit den ihnen aufgeklebten Etiketten, ohne neugierig hinter die Kulissen zu lugen.

Dieser ziemlich erträgliche Zustand dauerte zehn weitere Jahre an; aber was für Jahre! Es war ein regnerischer Herbst. Während dieser ganzen Zeit behauptete Pons seinen freien Tischplatz, indem er sich in allen Häusern, in denen er verkehrte, unentbehrlich machte. Er schlug einen verhängnisvollen Weg ein, indem er eine Menge von Aufträgen übernahm und, bei so manchen Gelegenheiten, Portier und Dienerschaft ersetzte. Recht viele Geschäfte gingen durch seine Hände, und so wurde er zum anständigen und unschuldigen Spion, den eine Familie auf die andere losließ; doch wußte man ihm keinen Dank für soviel Laufereien und Niederträchtigkeiten. »Pons ist Junggeselle«, hieß es, »er weiß nicht, was er mit seiner Zeit anfangen soll. Es macht ihm nur allzu großen Spaß, für uns herumzulaufen ... Was sollte sonst aus ihm werden?«

Bald wurde die Kühle spürbar, die ein alter Mann um sich verbreitet. Ein Eishauch dringt ein, er wirkt sich auf die sittliche Temperatur aus, zumal wenn der alte Mann häßlich und arm ist. Heißt das nicht dreifach im Greisenalter stehen? Jetzt kam

Kaiserreichs an sich bewahrte. Dieser echte, edle Deutsche war zugleich Schauspiel und Publikum, er machte für sich selber Musik. Er wohnte in Paris wie eine Nachtigall in ihrem Wald, und darin sang er seit zwanzig Jahren als einziger seiner Gattung, bis zu dem Augenblick, da er in Pons ein zweites Ich entdeckte. (Siehe ›Eine Evastochter‹.)

Pons und Schmucke hegten, der eine wie der andere, bis zum Überfluß in Herz und Wesen jene kindische Empfindsamkeit, welche die Deutschen auszeichnet: wie die Leidenschaft für Blumen, wie die Bewunderung von Natureffekten, die sie veranlaßt, in ihren Gärten dicke Glaskugeln aufzustellen, um im kleinen die Landschaft zu sehen, die sie im großen vor Augen haben; wie jene Neigung zum Forschen, die einen deutschen Gelehrten in seinen Gamaschen hundert Meilen weit laufen läßt, um eine Wahrheit zu finden, die ihn, auf dem Brunnenrand unterm Jasmin des Hofes sitzend, lächelnd anblickt; wie endlich jener Hang, den Nichtigkeiten der Schöpfung eine seelische Bedeutung zu verleihen, welcher die unerklärlichen Werke Jean Pauls hervorbringt, die gedruckten Rauschzustände E. Th. A. Hoffmanns und die Irrenwärter in Folio, mit denen Deutschland die einfachsten Fragen umgibt, die zu Abgründen ausgehöhlt werden, auf deren Grund dann nur ein Deutscher zum Vorschein kommt. Als Katholiken gingen die beiden zusammen zur Messe und erfüllten ihre religiösen Pflichten wie Kinder, die ihren Beichtigern nie etwas zu sagen haben. Sie glaubten fest, daß die Musik, als Sprache des Himmels, für die Gedanken und Gefühle wäre, was Gedanken und Gefühle für das Wort sind, und unterhielten sich unerschöpflich über diese Philosophie, indem sie einander mit musikalischen Orgien antworteten, um sich selbst ihre eigenen Überzeugungen zu beweisen, nach Art der Liebenden. Schmucke war ebenso zerstreut wie Pons aufmerksam. Pons war Sammler, Schmucke Träumer; dieser studierte die schönen seelischen Erscheinungen, wie der andere die schönen materiellen Dinge rettete. Pons erspähte und kaufte eine Porzellantasse in der Zeit, die Schmucke brauchte, um sich zu schneuzen, wobei er an irgendein Motiv von Rossini, Bellini, Beethoven oder Mozart dachte und in der Welt der Gefühle forschte, wo der Ursprung oder die Entsprechung dieses musikalischen Themas zu finden sei.

Schmucke, dessen Ersparnisse durch die Zerstreutheit verwaltet wurden, und Pons, der in seiner Leidenschaft verschwenderisch war, kamen beide zum selben Endergebnis: Nullstand der Kasse am Silvesterabend jeden Jahres.

Ohne diese Freundschaft wäre Pons vielleicht seinem Kummer erlegen; seit er indessen ein Herz besaß, dem er das seine ausschütten konnte, wurde das Leben für ihn erträglich. Als er zum erstenmal Schmucke seine Nöte anvertraute, riet ihm der gute Deutsche, lieber wie er selber daheim von Brot und Käse zu leben, statt an Essen teilzunehmen, die ihn so teuer zu stehen kamen. Ach! Pons wagte nicht, Schmucke zu gestehen, daß bei ihm Herz und Magen Feinde seien; daß der Magen sich bei dem wohlbefinde, was das Herz leiden lasse, und daß er um jeden Preis ein gutes Essen genießen wollte, wie ein galanter Mann eine Geliebte zum . . . Scherzen haben müsse. Im Lauf der Zeit begriff Schmucke schließlich Pons, denn er war zu sehr Deutscher, um die rasche Beobachtungsgabe zu haben, deren die Franzosen sich erfreuen, und er hatte den armen Pons deshalb nur um so lieber. Nichts stärkt die Freundschaft so sehr, wie wenn von zwei Feunden der eine sich dem anderen überlegen hält. Nicht einmal ein Engel hätte etwas zu beanstanden gehabt, wenn er Schmucke erblickt hätte, wie er sich in dem Augenblick die Hände rieb, da er entdeckte, bis zu welchem Grade die Feinschmeckerei bei seinem Freund gediehen war. Denn nun bereicherte der gute Deutsche am nächsten Tag das Essen durch Leckereien, die er selber besorgen ging, und er bemühte sich alle Tage, neue für seinen Freund ausfindig zu machen; denn seit ihrem Freundschaftsbund aßen sie alltäglich gemeinsam in der Wohnung.

Es hieße Paris schlecht kennen, wenn man sich einbildete, daß die beiden Freunde dem Pariser Spott entgangen wären, der noch nie vor etwas haltgemacht hat. Als Schmucke und Pons ihre Reichtümer und ihr Elend miteinander verbanden, hatten sie den sparsamen Gedanken, zusammen zu hausen, und so trugen sie zu gleichen Teilen die Miete für eine sehr ungleich aufgeteilte Wohnung in einem stillen Hause der stillen Rue de Normandie[63] im Marais-Viertel. Da sie oft zusammen ausgingen und oft gemeinsam Seite an Seite über die gleichen Boulevards schlenderten, hatten die Müßiggänger des Viertels ihnen den

Spitznamen ›die beiden Nußknacker‹ gegeben. Dieser Beiname macht es unnötig, hier ein Porträt von Schmucke zu entwerfen, der sich zu Pons verhielt wie die Amme der Niobe, die berühmte Statue der vatikanischen Sammlungen, zur Venus der Tribuna.

Madame Cibot, die Portiersfrau des Hauses, war der Angelpunkt, um den sich der Haushalt der beiden Nußknacker drehte. Sie spielt aber in dem Drama, das diese Doppelexistenz auflöste, eine so große Rolle, daß es angebracht ist, ihr Porträt für den Augenblick ihres Auftretens auf dieser Bühne zurückzustellen.

Was noch über die moralische Verfassung dieser beiden Menschenwesen zu sagen übrigbleibt, ist neunundneunzig Prozent der Leser im siebenundvierzigsten Jahr des neunzehnten Jahrhunderts gerade am schwersten begreiflich zu machen, vielleicht der wunderbaren finanziellen Entwicklung wegen, die durch die Einrichtung der Eisenbahnen bewirkt worden ist. Das ist wenig und viel. Es handelt sich nämlich darum, einen Begriff von dem außerordentlichen Zartgefühl dieser beiden Herzen zu geben. Wir wollen dem Eisenbahnwesen ein Bild entlehnen, und sei es auch, um auf diese Weise die Anleihen zu erwidern, die es bei uns aufnimmt. Wenn die Züge heutzutage über die Schienen dahinrasen, zermalmen sie dabei kaum wahrnehmbare Sandkörnchen. Führte man nun ein solches, für die Reisenden unsichtbares Sandkörnchen in ihre Nieren ein, so würden sie die Schmerzen der scheußlichsten Krankheit erdulden müssen, des Nierensteins. Man stirbt daran. Also, was für unsere mit Lokomotivengeschwindigkeit auf ihrem Schienenstrang losgelassene Gesellschaft das unsichtbare Sandkorn ist, das sie nicht beachtet, das ist das in die Fibern dieser beiden Wesen unaufhörlich und bei jeder Gelegenheit geschleuderte Sandkorn; es verursachte bei ihnen eine Art Steinkrankheit des Herzens. Aus übertriebenem Zartgefühl für die Schmerzen des anderen beweinte jeder der beiden seine Ohnmacht; und für ihre eigenen Empfindungen waren sie von einer mimosenhaften Empfindlichkeit, die bis ins Krankhafte ging. Das Alter, der beständige Anblick des Dramas Paris, nichts hatte diese beiden frischen, kindlichen, reinen Seelen zu verhärten vermocht. Je länger diese beiden Menschen nebeneinander hergingen, desto heftiger wurden ihre geheimen Leiden.

Leider steht es so um die keuschen Naturen, die ruhigen Denker und die wahren Dichter, die keiner Ausschweifung verfallen sind.

Seit der Vereinigung dieser beiden alten Männer hatten ihre fast gleichartigen Beschäftigungen jenen brüderlichen Trott angenommen, der in Paris für die Droschkengäule bezeichnend ist. Sommers wie winters standen sie gegen sieben Uhr auf; nach dem Frühstück gingen sie in die Pensionate, gaben ihre Stunden und traten dort nötigenfalls einer an des andern Stelle. Gegen Mittag begab sich Pons in sein Theater, falls eine Probe ihn dorthin rief, und all seine freien Stunden waren dem Umherschlendern gewidmet. Am Abend fanden sich die beiden Freunde dann im Theater wieder, an dem Pons Schmucke untergebracht hatte, und zwar auf folgende Weise:

Um die Zeit, da Pons Schmucke kennenlernte, hatte er gerade, ohne sich darum bemüht zu haben, den Marschallstab der unbekannten Komponisten erhalten: den Taktstock eines Orchesters! Dank dem Grafen Popinot, der damals Minister war, wurde dieser Platz für den armen Musiker ausbedungen, als jener bürgerliche Held der Juli-Revolution einem jener Freunde eine Genehmigung zur Theaterleitung verschafft hatte, über die ein Emporkömmling errötet, wenn er von seinem Wagen aus in Paris einen alten Jugendgefährten bemerkt, der als trauriger Fußgänger ohne Hosenstege daherkommt, mit einem Überrock von unwahrscheinlicher Farbe bekleidet ist und die Nase zu Geschäften aufhebt, die für flüchtige Kapitalien zu hoch sind. Dieser Freund hieß Gaudissart und war als früherer Geschäftsreisender für den Aufstieg der großen Firma Popinot von besonderem Nutzen gewesen. Popinot, der Graf, der Pair von Frankreich wurde, nachdem er zweimal Minister gewesen war, verleugnete den berühmten Gaudissart durchaus nicht! Vielmehr wollte er den Geschäftsreisenden in die Lage versetzen, seine Garderobe zu erneuern und seine Börse zu füllen; denn die Politik, die Eitelkeiten des verbürgerlichten Hofes, hatten das Herz des alten Drogisten keineswegs verdorben. Gaudissart, der nach wie vor toll hinter den Weibern her war, bat um die Genehmigung zur Leitung eines damals in Konkurs befindlichen Theaters, und als er sie ihm erteilte, war der Minister darauf bedacht, einige alte Liebhaber des schönen Geschlechts zu ihm zu

traute sich der gute alte Deutsche in den Pausen wohl einmal in den Zuschauerraum, und manchmal fragte er den ersten Flötisten, einen in Straßburg geborenen jungen Mann aus einer Kehler deutschen Familie, über die exzentrischen Persönlichkeiten aus, die sich fast immer im Parkett befinden. Die kindlichen Vorstellungen Schmuckes, dessen gesellschaftliche Bildung jener Flötist in die Hand nahm, gewöhnten sich allmählich an das Fabeldasein der Loretten[66], die Möglichkeit von Eheschließungen im dreizehnten Arrondissement[67], die Verschwendung eines Stars und die zweideutigen Händel der Logenschließerinnen. Die Harmlosigkeiten des Lasters schienen dem würdigen Mann das letzte Wort babylonischer Verderbtheit zu sein, und er lächelte dazu wie beim Erblicken chinesischer Arabesken. Lebensgewandte Leute werden begreifen, daß Schmucke und Pons ausgebeutet wurden, um einen Mode gewordenen Ausdruck zu gebrauchen; was ihnen jedoch an Geld entging, gewannen sie an Achtung und guter Behandlung.

Nach dem Erfolg eines Balletts, mit dem der rasche Aufstieg der Firma Gaudissart begann, schickten die Direktoren Pons eine Benvenuto Cellini zugeschriebene silberne Figurengruppe, deren erschreckender Preis Gegenstand einer Unterhaltung im Foyer gewesen war. Es handelte sich um zwölfhundert Francs! Der arme, anständige Mann wollte das Geschenk zurückweisen. Gaudissart hatte alle Mühe, ihn dahin zu bringen, es anzunehmen. – »Ach«, sagte er zu seinem Sozius, »könnten wir doch Schauspieler nach diesem Muster finden!« Die dem Anschein nach so ruhige Doppelexistenz der beiden wurde einzig durch das Laster gestört, dem Pons frönte: den wilden Drang, in der Stadt zu essen. Jedesmal, wenn Schmucke sich in der Wohnung befand, während Pons sich ankleidete, bedauerte der gute Deutsche denn auch diese fatale Gewohnheit. – »Wenn er davon wenigstens fett würde!« rief er oft mit seiner drolligen Aussprache des Französischen aus[68]. Und Schmucke sann auf Mittel und Wege, den Freund von diesem erniedrigenden Laster zu heilen, denn wahre Freunde erfreuen sich auf dem Gebiet des Seelischen der Vollkommenheit, mit welcher der Geruchsinn der Hunde begabt ist: Sie wittern die Kümmernisse ihrer Freunde, sie erahnen ihre Ursachen und machen sich Sorgen deswegen.

Pons, der am kleinen Finger der rechten Hand immer noch einen in der Kaiserzeit zulässigen Diamantring trug, der heute lächerlich geworden ist, Pons, der allzusehr Troubadour und Franzose war, trug auf seinem Antlitz nicht jene göttliche Heiterkeit, die Schmuckes erschreckende Häßlichkeit milderte. Der Deutsche hatte im trübseligen Gesichtsausdruck seines Freundes die wachsenden Schwierigkeiten erkannt, die sein Schmarotzerdasein immer peinlicher machten. Im Oktober 1844 war nämlich die Zahl der Häuser, in denen Pons speiste, begreiflicherweise sehr gering geworden. Der arme Dirigent, der darauf angewiesen war, im Kreis der Familie umherzuwandern, hatte, wie man sehen wird, die Bedeutung des Wortes Familie viel zu weit gefaßt.

Der ehemalige Preisträger war ein Geschwisterkind der ersten Gattin des Monsieur Camusot, des reichen Seidenhändlers aus der Rue des Bourdonnais, einer Demoiselle Pons, der einzigen Erbin eines der berühmten Hoflieferanten Gebrüder Pons mit dem Stickereigeschäft. In diesem Unternehmen waren der Vater und die Mutter des Musikers stille Teilhaber; sie hatten es vor der Revolution von 1789 gegründet. 1815 wurde es durch Monsieur Rivet dem Vater der ersten Madame Camusot abgekauft. Dieser Camusot, der sich seit zehn Jahren von den Geschäften zurückgezogen hatte, war 1844 Mitglied des Generalrats der Manufakturen, Abgeordneter usw. Da Pons von der Sippe Camusot freundschaftlich behandelt wurde, betrachtete er sich als Vetter der Kinder, welche der Seidenhändler aus zweiter Ehe hatte, obgleich sie nicht einmal entfernt mit ihm verwandt waren.

Die zweite Madame Camusot war eine Demoiselle Cardot, und so führte Pons sich denn als Verwandter der Camusots in die verzweigte Familie Cardot ein, also in eine zweite bürgerliche Sippe, die mit ihren Verschwägerungen eine nicht minder mächtige Clique als die Camusots bildete. Der Notar Cardot, der Bruder der zweiten Madame Camusot, hatte eine Demoiselle Chiffreville geheiratet. Die berühmte Familie Chiffreville, die Königin der chemischen Erzeugnisse, war eng mit der großen Drogerie verbunden, deren Hahn im Korbe lange Zeit hindurch Monsieur Anselme Popinot gewesen war, den die Juli-Revolution bekanntlich mitten in die allerkönigstreueste Politik versetzt hatte. So kam Pons im Gefolge der Camusots und Cardots zu den Chiffrevilles und von da aus zu den Popinots, immer als Vetter der Vettern.

Dieser einfache Überblick über die letzten gesellschaftlichen Beziehungen des alten Musikers macht deutlich, daß er 1848 noch familiären Anschluß finden konnte: 1. bei dem Grafen Popinot, Pair von Frankreich und früherem Minister für Landwirtschaft und Handel; 2. bei Monsieur Cardot, dem früheren Notar, Bürgermeister und Abgeordneten eines Pariser Arrondissements; 3. bei dem alten Monsieur Camusot, dem Abgeordneten, dem Mitglied des Stadtrats von Paris und des Generalrats der Manufakturen, der auf dem Wege zur Pairswürde war; 4. bei Monsieur Camusot de Marville, dem Sohn aus erster Ehe und somit dem wahren und einzigen wirklichen Vetter von Pons, wenn auch nur Vetter zweiten Grades.

Dieser Camusot, der, um sich von seinem Vater und seinem Bruder aus zweiter Ehe zu unterscheiden, seinem Namen den des Landgutes Marville hinzugefügt hatte, war im Jahre 1844 Kammerpräsident am Königlichen Gericht von Paris.

Da der alte Notar Cardot seine Tochter mit seinem Nachfolger, namens Berthier, verheiratet hatte, konnte sich Pons, der gewissermaßen mit zur übernommenen Amtspflicht gehörte, seinen Tischplatz ›in Anwesenheit des Notars‹, wie er sagte, dort erhalten.

Das war der bürgerliche Sternenhimmel, den Pons seine Familie nannte und in dem er seinen Freitisch so mühsam bewahrt hatte.

Von diesen zehn Häusern war das, in dem der Künstler hätte am besten aufgenommen werden müssen, das Haus des Präsidenten Camusot nämlich, Gegenstand seiner größten fürsorglichen Bemühungen. Aber ach! Die Präsidentin, eine Tochter des verstorbenen Monsieur Thirion, Türhüters der Könige Ludwig XVIII. und Karl X., hatte den Vetter ›zweiten Grades‹ ihres Mannes niemals gut behandelt. Pons hatte seine Zeit vergeblich mit dem Versuch verschwendet, sich diese schreckliche Verwandte günstig zu stimmen, denn er hatte Mademoiselle Camusot unentgeltlich Stunden gegeben, und es war ihm nicht gelungen, in diesem etwas rothaarigen Mädchen musikalische

Talente zu erwecken. Nun aber lenkte Pons, den Wertgegenstand in der Hand, gerade jetzt seine Schritte zu seinem Vetter, dem Präsidenten, wo er sich beim Eintritt immer wie in den Tuilerien vorkam, so stark wirkten auf sein Gemüt die feierlichen grünen Draperien, die hellbraunen Wandbehänge, die Plüschteppiche und die schweren Möbel dieser Wohnung, die ein Hauch strengsten Beamtengeistes durchwehte. Seltsam! Im Hause Popinot in der Rue Basse-du-Rempart[69] fühlte er sich wohl, sicherlich wegen der Kunstgegenstände, die sich dort befanden, denn der ehemalige Minister hatte seit seinem politischen Auftreten die Sucht angenommen, schöne Dinge zu sammeln, wohl aus Widerspruch gegen die Politik, die insgeheim eine Sammlung der häßlichsten Taten ist.

Der Präsident de Marville wohnte in der Rue de Hanovre in einem vor zehn Jahren von der Präsidentin gekauften Haus; sie hatte es nach dem Tode ihres Vaters und ihrer Mutter, des Monsieur Thirion und seiner Gemahlin, aus einer Hinterlassenschaft von rund hundertfünfzigtausend ersparten Francs erworben. Dieses Haus, das nach der Straße zu ein ziemlich düsteres Aussehen hat, denn die Fassade liegt nach Norden, besitzt den Vorzug eines nach Süden gelegenen Hofs, an den ein ziemlich schöner Garten anstößt. Der Justizbeamte bewohnt den ganzen ersten Stock, der unter Ludwig XV. einen der einflußreichsten Finanzleute jener Zeit beherbergte. Da der zweite Stock an eine reiche alte Dame vermietet ist, hat dieses Heim einen ruhigen und ehrbaren Anstrich, wie es zum Richterstand paßt. Die Reste der prächtigen Besitzung Marville, zu deren Erwerb der Richter das von ihm in zwanzig Jahren Ersparte sowie das Erbe seiner Mutter verwandt hat, bestehen aus dem Schloß, einem Prachtbau, wie man ihn in der Normandie auch heute noch antrifft, und aus einem guten Pachthof im Wert von zwölftausend Francs. Ein Park von hundert Hektar Fläche umgibt das Schloß. Dieser heute fürstliche Luxus kostet den Präsidenten seine guten tausend Taler, so daß das Gut kaum neuntausend Francs Reingewinn abwirft, wie man sagt. Diese neuntausend Francs und sein Gehalt gewährten dem Präsidenten also ein Einkommen von ungefähr zwanzigtausend Francs, was dem Anschein nach genügte, vor allem im Hinblick auf die Hälfte des ihm als einzigem Kinde erster Ehe zustehenden väterlichen Erbes. Das Leben in Paris und die Verpflichtungen ihrer Stellung hatten aber Monsieur und Madame de Marville genötigt, fast ihr gesamtes Einkommen auszugeben. Bis zum Jahre 1834 waren sie ein bißchen knapp dran gewesen.

Diese Bestandsaufnahme erklärt, warum Mademoiselle de Marville, ein junges Mädchen von dreiundzwanzig Jahren, trotz ihrer Mitgift von hunderttausend Francs noch nicht verheiratet war, obwohl auch der Köder ihrer weiteren Erbaussichten geschickt und oftmals, aber immer vergebens, ausgelegt worden war. Fünf Jahre schon hörte sich Vetter Pons die Klagelieder der Präsidentin an. Sie sah alle stellvertretenden Richter verheiratet, alle neuen Amtsrichter bereits als Väter, nachdem sie die Aussichten der Mademoiselle de Marville vergeblich vor den wenig entzückten Augen des jungen Vicomte Popinot hatte glänzen lassen, des ältesten Sohnes des Haupthahns der Drogerie, zu dessen Gunsten, wie seine Neider in der Gegend um die Rue des Lombards behaupteten, die Juli-Revolution gemacht worden war, zum mindesten ebensosehr wie zugunsten der jüngeren Linie des Hauses Bourbon.

Als Pons in der Rue de Choiseul angelangt war und im Begriff stand, in die Rue de Hanovre einzubiegen, empfand er jene unerklärliche Aufregung, die ein reines Gewissen beunruhigt und es Qualen erdulden läßt, wie sie die größten Schwerverbrecher beim Anblick des Gendarmen empfinden, und die doch einzig und allein von der Besorgnis herrührte, wie ihn die Präsidentin empfangen würde. Dieses Sandkorn, das ihm alle Fasern des Herzens zerriß, hatte sich niemals abgeschliffen. Seine Kanten wurden immer schärfer, und die Bewohner jenes Hauses spitzten unaufhörlich seine Ecken immer mehr zu. Das geringe Aufheben, das die Camusots von ihrem Vetter Pons machten, seine sinkende Wertschätzung innerhalb der Familie hatten sich nämlich auch auf die Dienerschaft ausgewirkt, die ihn als eine Spielart des Bettlers betrachtete, wenngleich sie es an Rücksicht nicht fehlen ließ.

Pons' Hauptfeindin war eine gewisse Madeleine Vivet, eine hagere, schmächtige alte Jungfer, die Zofe der Madame C. de Marville und ihrer Tochter. Trotz ihres vitriolfarbenen Teints, vielleicht aber auch gerade seinetwegen und um ihrer natternhaften Länge willen hatte diese Madeleine sich in den Kopf gesetzt, Madame Pons zu werden. Vergeblich breitete sie vor den Augen des alten Junggesellen zwanzigtausend Francs Ersparnisse aus. Pons hatte dies allzu kupfrige Glück von sich gewiesen. So spielte denn auch diese Vorzimmer-Dido[70], da sie die Kusine ihrer Herrschaft werden wollte, dem armen Musiker die schlimmsten Streiche. Madeleine rief recht deutlich: »Ach, da kommt der Essenschnorrer«, wenn sie den wackeren Mann im Treppenhaus hörte, wobei sie darauf bedacht war, daß er es höre. Wenn sie in Abwesenheit des Dieners bei Tisch servierte, goß sie in das Glas ihres Opfers ein wenig Wein und viel Wasser, wobei sie ihm zugleich die Aufgabe stellte, ein zum Überlaufen volles Glas, ohne etwas zu verschütten, zum Mund zu führen. Sie vergaß, den biederen Alten zu bedienen, und ließ es sich von der Präsidentin sagen (in welchem Ton aber . . .! Der Vetter errötete deswegen), oder sie kleckerte ihm Sauce auf den Anzug. Es war, mit einem Wort, der Krieg des Tieferstehenden, der seiner Straflosigkeit sicher ist, gegen den unglücklichen Höherstehenden. Als Beschließerin und Zofe zugleich war Madeleine Monsieur und Madame Camusot seit ihrer Eheschließung überallhin gefolgt. Sie hatte ihre Herrschaft in den bescheidenen Umständen ihrer Anfänge in der Provinz erlebt, als Monsieur noch Amtsrichter in Alençon gewesen war; sie hatte ihnen leben geholfen, als Monsieur Camusot, der bislang als Gerichtspräsident von Mantes gewaltet hatte, im Jahre 1828 nach Paris kam, wo er zum Untersuchungsrichter ernannt worden war. Sie gehörte also allzusehr zur Familie, als daß sie nicht Gründe gehabt hätte, sich deswegen zu rächen. Ihr Wunsch, der stolzen, ehrgeizigen Präsidentin einen Streich zu spielen, indem sie sich mit ihrem Gatten verschwägerte, mußte jene heimliche Art von Haß verbergen, wie er in einem jener Kiesel wirken muß, aus denen die Lawinen entstehen.

»Madame, Ihr Monsieur Pons ist da, und noch immer im Spenzer!« hatte Madeleine der Präsidentin gerade gemeldet. »Er müßte mir wirklich mal verraten, durch was für ein Verfahren er ihn seit fünfundzwanzig Jahren konserviert!«

Als sie im kleinen Salon, der zwischen ihrem großen Salon

»Kleine Kusine, ich habe soviel Kunstverstand, daß ich Lancret[72], Pater[73], Watteau und Greuze kenne; vor allem hatte ich jedoch den Wunsch, Ihrer lieben Mama gefällig zu sein.«

In ihrer Unwissenheit und Eitelkeit wollte Madame de Marville nicht den Anschein erwecken, als ob sie von ihrem Essenschnorrer auch nur das geringste annehme, und ihre Unkenntnis half ihr wunderbar. Sie hatte den Namen Watteau nie gehört. Wenn etwas davon einen Begriff geben kann, wie weit der Ehrgeiz der Sammler geht, der gewiß einer der stärksten ist, denn er wetteifert mit dem Autorenehrgeiz, so die Kühnheit, die Pons überkam, als er, zum erstenmal seit zwanzig Jahren, seiner Kusine die Stirn bot. Bestürzt über seine Unerschrockenheit nahm Pons wieder eine friedliche Haltung an und erklärte Cécile die Schönheiten der feinen Schnitzerei an den Stäbchen dieses wunderbaren Fächers. Um aber das Geheimnis des Herzklopfens, das den wackeren Mann befiel, ganz verständlich zu machen, ist eine kleine Skizze der Präsidentin unerläßlich.

Mit sechsundvierzig Jahren war die ehemals kleine, blonde, üppige und frische Madame de Marville, die zwar nach wie vor klein war, hager geworden. Ihre gewölbte Stirn, ihr eingekniffener Mund, den die Jugend einst mit zarten Farbtönen geschmückt hatte, hatten jetzt ihren von Natur verächtlichen Ausdruck ins Mürrische gekehrt. Die absolute Herrschaft, die im Hause auzuüben sie gewohnt war, hatte ihre Züge hart und unangenehm gemacht. Im Lauf der Zeit war ihr blondes Haar grell kastanienbraun geworden. Die noch lebhaften, bissigen Blicke drückten einen mit ewigem Neid erfüllten richterlichen Dünkel aus. Im Grunde stand die Präsidentin in der Gesellschaft emporgekommener Bürger, in der Pons zu speisen pflegte, fast arm da. Sie verzieh es dem reichen Drogenhändler nicht, dem früheren Präsidenten des Handelsgerichts, daß er nacheinander Abgeordneter, Minister, Graf und Pair von Frankreich geworden war. Sie verzieh es ihrem Schwiegervater nicht, daß er sich, zum Nachteil seines Ältesten, anläßlich der Beförderung Popinots zur Pairswürde, zum Abgeordneten seines Arrondissements hatte ernennen lassen. Sie wartete noch immer, daß Camusot, nach achtzehn Dienstjahren in Paris, zum Rat am Kassationsgericht befördert würde, wovon ihn übrigens seine im Justizpalast bekannte Unfähigkeit ausschloß. Der Justizminister von 1844 bedauerte die Ernennung Camusots zum Präsidenten, die ihm im Jahre 1834 zuteil geworden war; man hatte ihn an die Staatsanwaltschaft versetzt, wo er, dank seiner Routine als alter Untersuchungsrichter, nützlich war, da er die Haftbefehle ausfertigte. Diese fehlgeschlagenen Hoffnungen hatten die Präsidentin de Marville verbraucht; sie war jetzt unausstehlich. Über den Wert ihres Gatten gab sie sich im übrigen keinerlei Täuschungen hin. Ihr von je hochfahrender Charakter war verhärtet. Mehr gealtert als wirklich alt, gab sie sich hart und trocken wie eine Bürste, um durch eingeflößte Furcht zu erhalten, was alle Welt bereit war, ihr zu verweigern. In ihrer maßlosen Bissigkeit hatte sie wenig Freundinnen. Sie machte großen Eindruck, denn sie hatte sich mit einigen alten Betschwestern ihres Kalibers umgeben, die sie auf Gegenseitigkeit unterstützten. So waren denn auch die Beziehungen des armen Pons zu diesem Teufel im Unterrock wie die eines Schülers zu einem Lehrer, der nur mit der Zuchtrute spricht. Die Präsidentin konnte sich also die plötzliche Kühnheit ihres Vetters nicht erklären; sie hatte keine Ahnung vom Wert des Geschenks.

»Wo haben Sie das denn aufgestöbert?« fragte Cécile und musterte das Kleinod.

»In der Rue de Lappe[74] bei einem Trödler, der es gerade aus einem Schloß mitgebracht hatte, das in der Nähe von Dreux abgerissen worden ist, Aulnay, ein Schloß, das Madame de Pompadour zuweilen bewohnte, ehe sie Ménars baute. Die schönsten bekannten geschnitzten Wandtäfelungen, die sich darin befanden, sind in Sicherheit gebracht worden; sie sind so schön, daß Liénard[75], unser berühmter Holzschnitzer, zwei ovale Rahmen unter ihnen als Modelle behalten hat und als ein *necplusultra*[76] seiner Kunst . . . . Wahre Schätze waren da zu finden. Mein Trödler hat diesen Fächer in einem Bonheur-du-jour[77] in eingelegter Arbeit gefunden, den ich gekauft haben würde, wenn ich solche Dinge sammelte. Aber daran ist nicht zu denken! Ein Möbel von Riesener[78] kostet drei- bis viertausend Francs. Man beginnt in Paris zu begreifen, daß die berühmten deutschen und französischen Einlegekünstler des sechzehnten, siebzehnten und achtzehnten Jahrhunderts wahre Gemälde in Holz geschaffen haben. Das Verdienst des Sammlers besteht darin, der Mode vorauszueilen. Sehen Sie, in fünf Jahren wird man in Paris das Frankenthaler Porzellan, das ich seit zwanzig Jahren sammle, doppelt so teuer wie den zarten Scherben von Sèvres bezahlen.«

»Was ist denn das, Frankenthal?« fragte Cécile.

»Das ist der Name der Porzellanmanufaktur des Kurfürsten von der Pfalz. Sie ist älter als die unsere in Sèvres, wie auch die berühmten Heidelberger Gärten, die Turenne[79] verwüstet hat, das Pech gehabt haben, vor denen von Versailles dagewesen zu sein. Sèvres hat Frankenthal vielfach nachgeahmt . . . Man muß den Deutschen die Gerechtigkeit widerfahren lassen, daß sie vor uns in Sachsen und der Pfalz wunderbare Dinge geschaffen haben.«

Mutter und Tochter blickten einander an, als habe Pons chinesisch gesprochen; man macht sich keinen Begriff davon, wie unwissend und exklusiv die Pariser sind. Sie wissen nur, was man ihnen beibringt, und auch das nur, wenn sie es lernen wollen.

»Und woran erkennen Sie das Frankenthaler Porzellan?«

»An der Signatur!« sagte Pons feurig. »All diese entzückenden Meisterwerke sind gezeichnet. Das Frankenthaler Porzellan zeigt ein verschlungenes C und T (Carl-Theodor) und darüber eine Fürstenkrone. Das alte sächsische Porzellan hat zwei gekreuzte Degen und die Ordnungszahl in Gold. Vincennes zeichnet mit einem Horn. Wien hat ein geschlossenes und durchgestrichenes W. Berlin hat zwei Querbalken, Mainz sein Rad, Sèvres die beiden LL, und das Porzellan der Königin hat ein A, das Antoinette bedeutet, mit der Königskrone darüber. Im 18. Jahrhundert haben alle Fürsten Europas in der Porzellanfabrikation miteinander gewetteifert. Man riß sich um die Arbeiter. Watteau zeichnete Tafelgeschirr für die Dresdner Manufaktur, und seine Entwürfe erzielten wahnsinnige Preise. (Man muß sich gut darin auskennen, denn heute wird es in Dresden wiederholt und kopiert.) Damals hat man wunderbare Dinge hergestellt, die es nicht wieder geben wird . . .«

»Na, aber!«

»Ja, Kusine! Gewisse eingelegte Arbeiten, gewisse Porzellane wird es nie wieder geben, gerade wie es keinen zweiten Raffael, Tizian, Rembrandt, van Eyck oder Cranach geben wird . . .!

Sehen Sie, die Chinesen sind sehr geschickt, sehr kunstfertig. Nun ja, sie kopieren heute ihre schönen Porzellanarbeiten des Groß-Mandarin-Stils . . . Zwei Vasen des alten Groß-Mandarin-Stils vom größten Format haben heutzutage einen Wert von sechs-, acht-, zehntausend Francs, und die moderne Kopie bekommt man für zweihundert!«

»Sie scherzen!«

»Kusine, diese Preise setzen Sie in Erstaunen; aber das ist noch gar nichts. Ein komplettes Service für zwölf Personen im zarten Scherben[80] von Sèvres, also kein Porzellan, kostet hunderttausend Francs, aber das ist der Einkaufspreis. Ein solches Service wurde in Sèvres im Jahre 1750 mit fünfzigtausend Francs bezahlt. Ich habe Originalrechnungen gesehen.«

»Kommen wir doch wieder auf den Fächer zurück«, sagte Cécile, der das Kleinod zu alt vorkam.

»Sie werden begreifen, daß ich mich auf die Jagd gemacht habe, sobald Ihre liebe Mama mir die Ehre erwies, mich um einen Fächer zu bitten«, fuhr Pons fort. »Ich habe alle einschlägigen Händler von Paris aufgesucht, ohne bei ihnen etwas Schönes zu finden, ich wollte natürlich für die liebe Präsidentin ein Meisterwerk, und ich beabsichtigte, ihr den Fächer der Marie-Antoinette zu überreichen, den schönsten aller berühmten Fächer. Gestern aber wurde ich durch dies göttliche Meisterwerk geblendet, das sicherlich von Ludwig XV.[81] in Auftrag gegeben worden ist. Warum nun aber bin ich in die Rue de Lappe zu einem Auvergnaten gegangen, der Kupfergeschirr, alte Eisenwaren und vergoldete Möbel verkauft, um einen Fächer zu suchen? Ich glaube an die Einsichtigkeit der Kunstgegenstände. Sie kennen ihre Liebhaber, sie locken sie herbei, sie rufen ihnen: pst! pst . . .!«

Die Präsidentin zuckte die Achseln und warf ihrer Tochter einen Blick zu, ohne daß Pons diese schnelle Mimik bemerken konnte.

»Ich kenne ja all diese geldgierigen Kerle. ›Was haben Sie Neues, Papa Monistrol? Haben Sie Supraporten[82]?‹ habe ich diesen Händler gefragt, der mir gestattet, noch vor den großen Händlern seine Neuerwerbungen anzusehen. Auf diese Frage erzählt mir Monistrol, wie Liénard, der gerade in der

Kapelle von Dreux[83] recht schöne Dinge für die Zivilliste[84] schnitzte, beim Verkauf von Aulnay die Holzschnitzereien vor den Händen der Pariser Händler gerettet hat, die mit Porzellan und inkrustierten Möbeln beschäftigt waren. ›Ich habe nichts Besonderes‹, sagte er zu mir, ›aber mit dem hier bekomme ich meine Reise heraus.‹ Und er zeigte mir den Bonheur-du-jour, ein Wunder der Kunst. Da sind Bilder von Boucher aufs kunstvollste in eingelegter Arbeit nachgestaltet worden . . .! Man möchte davor niederknien! ›Ach, Monsieur Pons‹, sagte er zu mir, ›in einer kleinen verschlossenen Schublade, zu der der Schlüssel fehlte und die ich aufbrechen mußte, habe ich diesen Fächer gefunden. Sie könnten mir eigentlich raten, an wen ich ihn verkaufen kann . . .‹ Und er zieht dieses geschnitzte Kästchen aus dem Holz der Insel Santa-Lucia hervor. ›Sehen Sie, das ist in dem Pompadourstil gemacht, der an den hochgotischen erinnert.‹ – ›Oh‹, habe ich erwidert, ›das Kästchen ist hübsch; das könnte mir gefallen; denn, mein guter Monistrol, ich habe keine Madame Pons, der ich diesen hübschen alten Fächer schenken könnte; im übrigen werden jetzt hübsche neue angefertigt. Heutzutage werden solche Pergamente wunderbar und ziemlich billig bemalt. Wissen Sie, daß es in Paris zweitausend Maler gibt?‹ Dabei entfaltete ich den Fächer nachlässig, bezähmte meine Bewunderung und betrachtete kühl diese beiden Bildchen von so entzückender, unbeschwerter Ausführung. Ich hielt den Fächer der Madame de Pompadour in der Hand. Watteau hat in dieser Komposition sich selber übertroffen. ›Wieviel wollen Sie für das Ding?‹ – ›Ach, tausend Francs. Man hat sie mir schon geboten!‹ Ich nenne ihm nun für den Fächer einen Preis, der den mutmaßlichen Unkosten seiner Reise entsprach. Dann stehen wir Auge in Auge einander gegenüber, und ich erkenne, daß ich meinen Mann gepackt habe. Ich lege den Fächer wieder in das Kästchen, damit der Auvergnate ihn nicht näher untersucht, und ergehe mich in Lobsprüchen über die Arbeit des Kästchens, das sicherlich eine wahre Kostbarkeit ist. ›Wenn ich ihn kaufe‹, sage ich zu Monistrol, ›so nur deswegen, sehen Sie; einzig das Kästchen reizt mich. Was den Bonheur-du-jour betrifft, so werden Sie mehr als tausend Francs dafür bekommen. Sehen Sie einmal, wie diese Messingbeschläge ziseliert sind! Das sind Modelle . . .

Das kann man auswerten . . . Das ist nicht wiederholt worden, denn für Madame de Pompadour wurde alles nur einmalig angefertigt . . .‹ Und der Händler ist Feuer und Flamme für seinen Bonheur-du-jour und vergißt den Fächer. Er überläßt ihn mir für nichts in Würdigung der Aufklärung, die ich ihm über die Schönheit jenes von Riesener gefertigten Möbelstücks gebe. So ging das. Es bedarf aber großer Erfahrung, um solche Händel abzuschließen! Das sind Kämpfe Auge in Auge, und was für Augen haben Juden oder Auvergnaten!«

Die wunderbare Pantomime, der Schwung des alten Künstlers, die aus ihm, als er den Triumph seiner Schlauheit über die Ahnungslosigkeit des Trödlers schilderte, ein Modell machte, das des Pinsels eines holländischen Malers würdig gewesen wäre, all das entging der Präsidentin und ihrer Tochter, die kalte, verächtliche Blicke wechselten und sich sagten: »Was für ein Original . . .!«

»So was macht Ihnen also Spaß?« fragte die Präsidentin.

Pons wurde ob dieser Frage zu Eis und verspürte Lust, die Präsidentin zu verprügeln.

»Aber, liebe Kusine«, fuhr er fort, »es ist doch die Jagd auf Meisterwerke! Dabei befindet man sich Auge in Auge Gegnern gegenüber, die die Jagdbeute verteidigen! Da geht es um List wider List. Ein Meisterwerk, hinter dem ein Normanne, ein Jude oder Auvergnate stehen, das ist doch wie im Märchen, wenn eine Prinzessin von Zauberern bewacht wird.«

»Und woher wissen Sie, daß das hier von Wat . . . ist? Wie hieß er doch?«

»Watteau, liebe Kusine, einer der größten französischen Maler des achtzehnten Jahrhunderts! Sehen Sie denn nicht hier seinen Namenszug?« sagte er und zeigte eine der Schäferszenen; sie stellte einen Rundtanz dar, den verkleidete Landmädchen und Hirten ausführten, die eigentlich große Herren waren. »Es ist von hinreißendem Schwung, und was für Farbtöne! Und ganz in einem Zuge gemalt, wie der kunstvolle Namenszug eines Schreibmeisters. Man spürt die Mühe gar nicht mehr! Und betrachten Sie einmal die andere Seite! Da ist ein Ball in einem Salon dargestellt. Es sind Winter und Sommer! Welch ein Schmuckwerk, und wie gut erhalten! Sie sehen, die Zwinge ist

Tochter und sich selbst und erging sich dabei in dem besonderen Gestöhn der Mütter, die heiratsfähige Töchter haben. Seit zwanzig Jahren speiste der alte Musiker bei seinem einzigen Vetter Camusot, und der arme Mann wartete immer noch auf eine Frage nach seinen eigenen Angelegenheiten, über sein Leben und seine Gesundheit. Pons war übrigens überall eine Art Abladestelle für häusliche Sorgen. In seiner bekannten, notwendigen Verschwiegenheit bot er die größten Sicherheiten; denn ein einziges unbedachtes Wort hätte ihm die Tür von zehn Häusern auf einmal verschlossen. Seine Zuhörerrolle war also mit beständiger Zustimmung verbunden; er lächelte zu allem, er beschuldigte oder entschuldigte niemanden. Für ihn war jedermann im Recht. So zählte er denn auch nicht mehr als Mann; er galt lediglich als ein Magen. In dieser langen Tirade gestand die Präsidentin ihrem Vetter, nicht ohne gewisse Vorsichtsmaßnahmen, daß sie bereit sei, für ihre Tochter nahezu blindlings alle sich bietenden Partien anzunehmen. Sie ging sogar so weit, einen Mann von achtundvierzig Jahren für eine gute Partie zu halten, wenn er nur zwanzigtausend Francs Einkommen hätte.

»Cécile steht in ihrem dreiundzwanzigsten Lebensjahr, und wenn das Unglück wollte, daß sie fünf- oder sechsundzwanzig Jahre alt würde, ohne zu heiraten, würde es außerordentlich schwierig sein, sie unter die Haube zu bringen. Die Welt fragt sich dann, warum ein junges Mädchen so lange ledig geblieben sei. Es wird in unseren Kreisen schon viel zuviel über diese Situation gesprochen. Mit den gewöhnlichen Ausflüchten sind wir zu Ende: ›Sie ist noch zu jung! – Sie liebt ihre Eltern zu sehr, um sie verlassen zu wollen! – Sie fühlt sich zu Hause so glücklich! – Sie ist wählerisch, sie hätte gern einen klangvollen Namen!‹ Wir werden allmählich lächerlich; das merke ich nur zu gut. Im übrigen hat Cécile das Warten satt; sie leidet, die arme Kleine . . .«

»Und woran?« fragte Pons einfältig.

»Aber«, fuhr die Mutter im Ton einer Duenja fort, »sie fühlt sich doch erniedrigt, wenn sie sieht, daß all ihre Freundinnen sich vor ihr verheiraten.«

»Liebe Kusine, was hat sich denn seit dem letztenmal, da ich das Vergnügen hatte, hier zu speisen, verändert, daß Sie an

Leute von achtundvierzig Jahren denken können?« fragte der alte Musiker demütig.

»Ja«, erwiderte die Präsidentin, »wir sollten eine Zusammenkunft mit einem Hofrat haben, dessen Sohn dreißig Jahre alt ist und ein beträchtliches Vermögen hat. Mein Mann hätte gegen gutes Geld für den jungen Mann eine Stelle als Referendar am Rechnungshof bekommen. Er arbeitet dort bereits als Supernumerar. Und vorhin ist uns mitgeteilt worden, jener junge Mann habe den tollen Streich begangen, im Gefolge einer Herzogin vom ›Bal Mabille‹[85] nach Italien zu reisen . . . Das ist eine verschleierte Absage. Man gönnt uns keinen jungen Mann, dessen Mutter gestorben ist und der schon über dreißigtausend Francs Einkünfte verfügt und auf das Vermögen des Vaters wartet. Daher müssen Sie unsere schlechte Laune entschuldigen, lieber Vetter. Sie kamen mitten in die Krise hinein.«

Als Pons gerade eine seiner verbindlichen Antworten zusammensuchte, die ihm bei den Gastgebern, vor denen er Angst hatte, immer zu spät einfielen, kam Madeleine herein, übergab der Präsidentin ein Briefchen und wartete auf die Antwort. Das Briefchen hatte folgenden Inhalt:

»Liebe Mama, wenn wir annähmen, diese kurze Nachricht komme aus dem Justizpalast von meinem Vater und er forderte Dich darin auf, mit mir zu seinem Freunde essen zu gehen, um die Frage meiner Heirat wieder ins reine zu bringen, dann würde der Vetter weggehen, und wir könnten unsere Absichten bei den Popinots weiter verfolgen.«

»Wen hat der Herr geschickt?« fragte die Präsidentin lebhaft.

»Einen Amtsdiener aus dem Justizpalast«, erwiderte die klapperdürre Madeleine frech.

Durch diese Antwort verriet die alte Kammerkatze ihrer Herrin, daß sie dieses Komplott im Einvernehmen mit der ungeduldigen Cécile angezettelt habe.

»Bestellen Sie, daß meine Tochter und ich um halb sechs dort sein werden.«

Als Madeleine gegangen war, sah die Präsidentin den Vetter Pons mit jener falschen Milde an, die in einer empfindlichen Seele den gleichen Eindruck hervorruft, wie ein Gemisch von Essig und Milch auf der Zunge eines Feinschmeckers.

»Lieber Vetter, das Essen ist gleich fertig; Sie werden es sich ohne uns schmecken lassen, denn mein Mann schreibt mir aus dem Gerichtssaal, um mir mitzuteilen, daß die Heiratsangelegenheit mit dem Hofrat wieder zur Sprache kommt, und wir gehen zum Essen dorthin ... Sie sehen, wir sind ganz ungezwungen zueinander. Fühlen Sie sich hier ganz wie zu Hause ... Ich spreche in allem Freimut mit Ihnen; vor Ihnen habe ich keine Geheimnisse ... Sie wollen doch der Heirat dieses kleinen Engels nicht im Wege stehen?«

»Aber wieso denn, Kusine, ich möchte ja am liebsten selber einen Mann für sie ausfindig machen; aber die Kreise, in denen ich lebe ...«

»Ja, das ist unwahrscheinlich«, unterbrach ihn die Präsidentin rücksichtslos. »Sie bleiben also? Cécile kann Ihnen Gesellschaft leisten, während ich mich umkleide.«

»O nein, Kusine, ich kann ja auch anderswo essen«, sagte der biedere Alte.

Obgleich ihn die Art und Weise, wie ihn die Präsidentin seine Bedürftigkeit fühlen ließ, tief verletzte, flößte ihm die Aussicht, mit dem Personal allein zu bleiben, noch größeren Schrecken ein.

»Aber warum denn? Das Essen ist fertig; sonst vertilgen es die Bedienten.«

Als Pons diesen gräßlichen Satz vernahm, sprang er auf, wie wenn er von der Entladung eines galvanischen Stroms getroffen worden wäre, verbeugte sich kalt vor seiner Kusine und ging seinen Spenzer holen. Die Tür zu Céciles Schlafzimmer, die in den kleinen Salon führte, stand halb offen, so daß Pons, während er vor sich in einen Spiegel blickte, sah, wie sich das junge Mädchen in einem Lachkrampf wand, wobei es seiner Mutter zunickte und Zeichen gab, die dem alten Künstler zeigten, daß man ihn gemein hinters Licht geführt hatte. Langsam stieg Pons die Treppe hinab und hielt seine Tränen zurück: Er sah sich aus diesem Hause verjagt, und er wußte nicht warum. »Ich bin jetzt zu alt«, sagte er sich, »die Welt verabscheut die Armut und das Alter, zwei häßliche Dinge. Ich will nirgends mehr uneingeladen hingehen.« Ein heroischer Entschluß ...!

Die Küchentür im Erdgeschoß gegenüber der Pförtnerloge

stand häufig offen, wie in allen von den Eigentümern bewohnten Häusern, deren Torgang immer geschlossen ist: Der gute Alte konnte also das Lachen der Köchin und des Dieners hören, denen Madeleine berichtete, was für einen Streich man Pons gespielt habe; denn sie nahm keineswegs an, daß der wackere Mann so schnell das Feld räumen würde. Der Diener äußerte laut seine Genugtuung über diese an einem Freund des Hauses verübte Posse, der, wie er sagte, zu Neujahr immer nur einen kleinen Taler schenke.

»Ja, wenn er es aber krumm nimmt und nicht wiederkommt«, ließ sich die Köchin vernehmen, »dann haben wir alle zu Neujahr immerhin drei Francs weniger ...«

»Woher sollte er es denn erfahren?« gab der Diener der Köchin zur Antwort.

»Pah!« fuhr Madeleine fort, »ein bißchen früher oder ein bißchen später, was macht uns das aus? Er langweilt die Herrschaften in den Häusern, wo er verkehrt, so sehr, daß man ihn überall fortekeln wird.«

In diesem Augenblick rief der alte Musiker der Pförtnersfrau zu: »Bitte aufmachen!« Dieser schmerzliche Ausruf wurde in der Küche mit tiefem Schweigen aufgenommen.

»Er hat gehorcht«, sagte der Diener.

»Na, wenn schon, um so schlimmer oder vielmehr um so besser«, entgegnete Madeleine; »der Fall ist erledigt.«

Der arme Mann, dem von den Reden in der Küche nichts entgangen war, hörte auch diese Schlußbemerkung. Er kam über die Boulevards in einem Zustand nach Hause wie eine alte Frau nach einem erbitterten Kampf mit Mördern. In verkrampfter Eile schritt er im Selbstgespräch einher; denn die blutende Ehre trieb ihn wie einen Strohhalm, der vom Sturm weggeweht wird. Endlich befand er sich um fünf auf dem Boulevard du Temple, ohne zu wissen, wie er dahingeraten sei. Seltsamerweise verspürte er nicht den geringsten Hunger.

Um die Bestürzung zu begreifen, welche die Rückkehr von Pons zu dieser Tageszeit bei ihm zu Hause hervorrufen sollte, ist es notwendig, die in Aussicht gestellten Ausführungen über Madame Cibot einzuführen.

Die Rue de Normandie ist eine jener Straßen, in denen man

sich in die Provinz versetzt fühlt: Es wächst darin Gras, ein Passant ist ein Ereignis, und jeder kennt jeden. Die Häuser stammen aus der Zeit Heinrichs IV.; damals wurde ein Stadtviertel aufgebaut, in dem jede Straße den Namen einer Provinz tragen und in dessen Mittelpunkt sich ein schöner, Frankreich gewidmeter Platz befinden sollte. Der Gedanke des Europa-Viertels war die Wiederholung dieses Plans. Die Welt wiederholt sich überall und in jeder Sache immer wieder, sogar in der Grundstücksspekulation. Das Haus, in dem die beiden Musiker wohnten, ist ein ehemaliges Adelspalais zwischen Hof und Garten; aber der Vorderplatz, nach der Straße zu, war bebaut worden, als sich das Marais-Viertel im letzten Jahrhundert einer außerordentlichen Beliebtheit erfreute. Die beiden Freunde hatten in dem alten Gebäude den ganzen zweiten Stock inne. Das Doppelhaus gehörte Monsieur Pillerault, einem Achtziger, der dem Ehepaar Cibot die Verwaltung überließ; die beiden waren seit sechsundzwanzig Jahren bei ihm Portiersleute. Da man nun einem Portier des Marais-Viertels kein so ausreichendes Gehalt bezahlt, daß er von seiner Loge leben könnte, so fügte Monsieur Cibot dem Aufschlag von einem Sou je Pfund der besorgten Waren und dem Scheit Holz, das er von jeder Fuhre bei der Anfahrt erhob, noch die Einkünfte seines persönlichen Fleißes hinzu. Er war Schneider, wie so viele Portiers. Im Lauf der Zeit hatte Cibot aufgehört, für Schneidereien zu arbeiten, denn infolge des Vertrauens, das ihm das Kleinbürgertum des Viertels schenkte, erfreute er sich des unbestrittenen Vorrechts, alle Kleidungsstücke in einem Umkreis von drei Straßen ausbessern, kunststopfen und aufarbeiten zu dürfen. Die Loge war weiträumig und gesund; hinter ihr lag ein Zimmer. Das Ehepaar Cibot galt denn auch für eines der glücklichsten unter den Portiers des Arrondissements.

Cibot, ein kleiner verwachsener Mann, der durch das ewige Hocken im Schneidersitz auf einem Tisch in Höhe des vergitterten Fensters, das auf die Straße hinausging, eine fast olivenfarbene Gesichtshaut bekommen hatte, verdiente mit seinem Handwerk ungefähr vierzig Sous am Tag. Er arbeitete immer noch, obwohl er achtundfünfzig Jahre alt war. Achtundfünfzig Jahre sind aber auch das beste Alter für einen Portier; dann hat er sich nämlich seiner Loge angepaßt; sie ist für ihn dasselbe geworden, wie die Schale für die Auster, und er ist im Viertel bekannt!

Madame Cibot, früher eine schöne Austernhändlerin, hatte ihren Stand beim ›Cadran-Bleu‹[86] aus Liebe zu Cibot mit achtundzwanzig Jahren aufgegeben, nachdem sie alle Abenteuer hinter sich hatte, die eine schöne Austernhändlerin erlebt, ohne sie zu suchen. Die Schönheit der Frauen aus dem Volk ist nur von kurzer Dauer, besonders dann, wenn sie an einer Restauranttür Spalier sitzen. Die heißen Küchendünste wirken sich auf die Gesichtszüge aus und machen sie hart; die Reste in den Flaschen, die sie mit den Kellnern zusammen austrinken, dringen in den Teint ein, und keine Blüte reift schneller als die einer schönen Austernhändlerin. Zum Glück für Cibot war sie rechtzeitig genug in den Hafen der Ehe und in das Portiersdasein gelangt, um ihre Schönheit zu bewahren. Sie blieb wie ein Modell von Rubens und erhielt sich eine etwas männliche Schönheit, die von ihren Rivalinnen in der Rue de Normandie mit dem Ausdruck ›dicke Pute‹ verunglimpft wurde. Ihre Hauttöne hielten den Vergleich mit dem appetitlichen Schimmer der Butterklumpen aus Isigny aus, und trotz ihrer Beleibtheit entfaltete sie in ihrem Tun eine unvergleichliche Behendigkeit. Madame Cibot kam in das Alter, in dem dieser Frauenschlag nicht umhin kann, sich zu rasieren. Läßt das nicht durchblicken, daß sie achtundvierzig Jahre alt war? Eine Portiersfrau mit Schnurrbart ist für einen Hausbesitzer eine der größten Bürgschaften für Ordnung und Sicherheit. Wenn Delacroix Madame Cibot stolz auf ihren Besen gestützt gesehen hätte, hätte er sicher eine Bellona[87] aus ihr gemacht.

Die soziale Lage des Ehepaares Cibot sollte – um im Aktenstil einer Anklageschrift zu reden – sich seltsam genug eines Tages auf die der beiden Freunde auswirken. Der treue Historiker ist daher gezwungen, auf einige Einzelheiten hinsichtlich der Loge einzugehen. Das Haus brachte rund achttausend Francs ein, da es drei vollständige Wohnungen von doppelter Tiefe nach der Straße hinaus und drei in dem alten Gebäude zwischen Hof und Garten hatte. Ferner hatte ein Eisenhändler, namens Rémcnencq, darin einen Laden nach der Straße zu. Dieser Rémonencq, der seit einigen Monaten zum Kuriositätenhändler geworden war,

kosten erhöhen. Für fünfundzwanzig Francs monatlich erwarben die beiden Junggesellen unabsichtlich, und ohne es vorher geahnt zu haben, eine Mutter. Als die beiden Musiker den vollen Wert der Madame Cibot erkannten, hatten sie bereits ihr arglos Lobsprüche gespendet, sich bedankt und ihr kleine Gelegenheitsgeschenke gemacht, welche die Bande dieser Hausgemeinschaft noch fester knüpften. Madame Cibot war es tausendmal lieber, nach ihrem wahren Wert geschätzt als bezahlt zu werden; ein Gefühl, das immer die Einkünfte dessen erhöht, der sich darauf versteht. Cibot erledigte alle Besorgungen und Flickarbeiten. alles, was in den Dienstleistungen für die beiden Herren seiner Frau ihn selber betraf, zum halben Preis.

Vom zweiten Jahr ab ergab sich schließlich in der innigen Verbindung zwischen dem zweiten Stock und der Loge ein neues Element gegenseitiger Freundschaft. Schmucke traf mit Madame Cibot eine Abmachung, die seiner Trägheit und seinem Wunsch zu leben, ohne sich um irgend etwas zu kümmern, Rechnung trug. Für ein Entgelt von dreißig Sous täglich oder fünfundvierzig Francs im Monat, übernahm es Madame Cibot, Schmucke mittags und abends zu beköstigen. Da Pons das Mittagessen seines Freundes durchaus befriedigend dünkte, schloß er gleichfalls ein Abkommen über achtzehn Francs für sein Essen. Dieses Versorgungssystem, das die Einkünfte der Loge um rund neunzig Francs monatlich erhöhte, machte aus den beiden Mietern unverletzliche Wesen, Engel, Cherubim, Götter. Es ist sehr zweifelhaft, ob der König von Frankreich, der sich doch darin auskennt, so bedient wird, wie damals die beiden Nußknacker. Für sie kam die Milch rein aus der Kanne, umsonst lasen sie die Zeitungen des ersten und dritten Stocks, deren Mieter spät aufstanden und denen man notfalls gesagt hätte, daß die Zeitungen noch nicht eingetroffen seien. Im übrigen hielt Madame Cibot Wohnung, Kleider und Treppenhaus, alles und jedes in einem Zustand flämischer Sauberkeit. Schmucke seinerseits erfreute sich eines niemals erhofften Glückes: Madame Cibot erleichterte ihm das Leben. Er hatte bislang monatlich rund sechs Francs für Wäsche und Flicken ausgegeben; das übernahm sie fortan. Er brauchte fünfzehn Francs monatlich für Tabak. Diese drei Arten von Ausgaben beliefen sich monatlich auf zweiundsechzig Francs.

was, mit zwölf multipliziert, siebenhundertzweiundneunzig Francs ausmacht. Fügt man noch zweihundertzwanzig Francs für Miete und Steuern hinzu, so kommt man auf tausend und zwölf Francs. Cibot lieferte Schmucke seine Kleidung, was durchschnittlich einhundertfünfzig Francs erforderte. So lebte dieser große Philosoph also mit zwölfhundert Francs im Jahr. Wieviel Leute in Europa, deren einziges Trachten es ist, sich in Paris niederzulassen, werden angenehm überrascht sein, wenn sie erfahren, daß man dort mit zwölfhundert Francs Einkünften in der Rue de Normandie, im Marais-Viertel, unter dem Schutz einer Madame Cibot glücklich sein kann!

Madame Cibot war bestürzt, als sie den wackeren Pons um fünf Uhr nachmittags nach Hause kommen sah. Dieser Fall war nicht nur noch niemals eingetreten, sondern obendrein bemerkte ›ihr Herr‹ sie nicht einmal und grüßte sie nicht.

»Nanu, Mann«, sagte sie zu ihrem Gatten, »Monsieur Pons ist entweder Millionär oder verrückt geworden.«

»Das sieht mir auch so aus«, erwiderte Cibot und ließ einen Rockärmel fallen, an dem er gerade, wie es in der Schneidersprache heißt, einen Zwickel machte.

In dem Augenblick, da Pons geistesabwesend heimkehrte, machte Madame Cibot gerade das Abendessen für Schmucke fertig. Es bestand aus einem gewissen Ragout, dessen Duft sich im ganzen Hof verbreitete. Es waren Reste von gekochtem Rindfleisch, die bei einem Garküchenbesitzer gekauft worden waren, der seine Ware so wenig wie möglich an Einzelkunden verkaufte. Dieses Fleisch wurde mit in winzige Scheibchen geschnittenen Zwiebeln in kleinen Stücken in Butter gebraten, bis die Butter von Fleisch und Zwiebeln ganz aufgesogen war, so daß dieses Portiergericht wie ein Braten aussah. Jenes für Schmucke und Cibot, zwischen denen es von der Frau geteilt wurde, liebevoll geschmorte Gericht genügte mit einer Flasche Bier und einem Stück Käse für den alten deutschen Musiklehrer. Dabei dürfen wir überzeugt sein, daß der König Salomo in all seiner Herrlichkeit nicht besser speiste als Schmucke. Bald gab es dies mit Zwiebeln gebratene Suppenfleisch, bald geschmorte Hühnchenreste, bald mit Öl, Essig und Petersilie zubereitete kalte Scheiben von Rindfleisch und Fisch mit einer von der Cibot erfundenen Sauce, mit der eine Mutter ihr Kind verspeist hätte, ohne etwas zu merken, bald Wildbret je nach der Güte oder Menge, wie es die Boulevard-Restaurants dem Garküchenbesitzer der Rue Boucherat verkauften. Das war Schmuckes gewöhnliche Kost; er war ohne zu murren mit allem zufrieden, was ihm die ›gute Madame Cibot‹ auftischte. Und die gute Madame Cibot hatte diese gewöhnliche Kost von Tag zu Tag verringert, bis sie in der Lage war, sie für zwanzig Sous zu bereiten.

»Ich werde schon herauskriegen, was ihm zugestoßen ist, na, diesem armen, lieben Kerl, na«, sagte Madame Cibot zu ihrem Mann, »das Essen für Monsieur Schmucke ist grade fertig.«

Madame Cibot bedeckte die tiefe Steingutschüssel mit einem Teller aus gewöhnlichem Porzellan, und dann gelangte sie trotz ihres Alters in dem Augenblick zu der Wohnungstür der beiden Freunde, da Schmucke Pons öffnete.

»Was hast du, lieber Freund?« fragte der Deutsche, ganz betroffen über Pons' niedergeschlagene Miene.

»Du sollst alles hören; ich möchte aber mit dir essen.«

»Essen, essen!« rief Schmucke begeistert aus. »Aber das ist ja ganz ausgeschlossen!« fügte er hinzu, weil er an die Feinschmekkergewohnheiten seines Freundes denken mußte.

Da erblickte der alte Deutsche Madame Cibot, die auf Grund ihrer Rechte als legitime Haushälterin zuhörend dastand. Von einer jener Eingebungen erleuchtet, die nur im Herzen eines echten Freundes aufstrahlen, ging er stracks auf die Portiersfrau zu und führte sie auf den Treppenabsatz.

»Madame Cibot, der gute Pons mag gern was Gutes. Gehn Sie doch bitte in den ›Cadran-Bleu‹ und holen Sie da ein kleines Essen: Wein, Anschovis, Makkaroni, so ein richtiges lukullisches Mahl.«

»Was ist das?« fragte Madame Cibot.

»Nun«, erwiderte Schmucke, »das ist Kalbfleisch nach bürgerlicher Art, ein guter Fisch, eine Flasche Bordeaux und das Beste, was es an Leckereien gibt, wie Reisklößchen und geräucherten Speck. Bezahlen Sie und sagen Sie nichts; ich gebe Ihnen das ganze Geld morgen früh wieder.«

Schmucke kam mit heiterer Miene zurück und rieb sich die Hände; allmählich aber wurden seine Mienen bestürzt, als er den Bericht über all die Unglücksschläge vernahm, die innerhalb einer Minute das Herz seines Freundes getroffen hatten. Schmucke versuchte, Pons zu trösten, indem er ihm die Welt von seinem Standpunkt aus zeigte. Paris sei ein fortwährender Sturm; Männer und Frauen würden darin in einem tollen Tanz herumgewirbelt, und man solle nichts von einer Welt erwarten, die nur auf das Äußere sehe und nicht auf das Herz, wie er sagte. Zum hundertsten Male erzählte er, wie die drei einzigen Schülerinnen, die er gern gemocht und die Zuneigung für ihn gehegt hatten, für die er sein Leben hingegeben haben würde, von denen er sogar eine kleine Pension von neunhundert Francs erhielt, zu der jede in gleichem Maße rund dreihundert Francs beisteuerte, wie diese drei jungen Damen von Jahr zu Jahr gänzlich vergessen hätten, ihn aufzusuchen, und vom Strom des Pariser Lebens mit solcher Macht fortgerissen würden, daß er von ihnen seit drei Jahren nicht einmal mehr vorgelassen werde, wenn er einen Besuch machen wolle. (Schmucke sprach bei diesen großen Damen freilich schon um zehn Uhr morgens vor!) Kurzum, die vierteljährlichen Raten seiner Rente würden von Notaren ausbezahlt.

»Und doch sind es goldene Herzen«, fuhr er fort. »Es handelt sich schließlich um meine kleinen heiligen Cäcilien, um entzükkende Damen, Madame de Portenduère, Madame de Vandenesse und Madame du Tillet. Wenn ich sie sehe, dann nur auf den Champs-Elysées, und ohne daß sie mich sehen . . . und dabei haben sie mich sehr gern, und ich könnte zu ihnen essen gehen. Sie wären's sehr zufrieden. Ich könnte zu ihnen aufs Land gehn, aber ich bleibe viel lieber bei meinem Freund Pons, denn den sehe ich, wann ich will, und alle Tage.«

Pons ergriff Schmuckes Hand, nahm sie zwischen seine Hände und drückte sie mit einer Ergriffenheit, aus der seine ganze Seele sprach. So verweilten die beiden einige Minuten lang wie Liebende, die sich nach langer Trennung wiedersehen.

»Iß doch hier, und alle Tage . . .!« fuhr Schmucke fort, der die Herzenshärte der Präsidentin im stillen segnete. »Paß auf! Wir sammeln gemeinsam Kunstwerke, und kein Teufel soll jemals seinen Schwanz in unsern Haushalt stecken.«

Um das wahrhaft heroische Wort zu verstehen: »Wir sammeln gemeinsam Kunstwerke!«, muß gesagt werden, daß Schmucke in Dingen des Kunsthandels von krassester Unkenntnis war. Es bedurfte der ganzen Stärke seiner Freundschaft, daß er in Salon und Arbeitszimmer, die Pons als Museum überlassen blieben, nichts zerbrach. Schmucke, der ganz und gar in der Musik aufging und nur für sich selber komponierte, sah all die kleinen Kostbarkeiten seines Freundes wie ein Fisch an, der eine Eintrittskarte zu einer Blumenausstellung im Jardin du Luxembourg bekommen hätte. Er achtete diese wunderbaren Werke der Achtung wegen, die Pons ihnen bezeigte, wenn er seinen Schatz abstaubte. Auf bewundernde Ausrufe seines Freundes antwortete er: »Ja, das ist sehr hübsch!«, wie eine Mutter mit nichtssagenden Sätzen auf die Gebärden eines Kindes antwortet, das noch nicht spricht. Seit die beiden Freunde zusammenlebten, hatte Schmucke Pons siebenmal eine Uhr umtauschen sehen, wobei er immer eine schönere für eine von geringerem Wert erhandelte. Pons besaß damals die schönste Boulle-Stutzuhr aus Ebenholz mit eingelegten Messingornamenten, die mit Skulpturen geschmückt war, ein Werk in der ersten Stilart Boulles[88] Boulle hat zwei Stile gehabt, wie Raffael deren drei. Bei dem ersten verband er Messing und Ebenholz, und beim zweiten huldigte er, gegen seine Überzeugung, dem Schildpatt. Er brachte Wunder zustande, um seine Konkurrenten, die Erfinder der Einlegearbeiten in Schildpatt, zu besiegen. Trotz der gelehrten Ausführungen von Pons nahm Schmucke nicht den leisesten Unterschied zwischen der prächtigen Uhr in Boulles erster Stilart und den sechs anderen wahr. Mit Rücksicht auf Pons' Glück ging aber Schmucke mit all diesem ›Trödel‹ sorgfältiger um als sogar sein Freund selber. Man braucht sich daher nicht zu wundern, daß Schmuckes großartiges Wort die Macht hatte, die Verzweiflung seines Freundes Pons zu stillen, denn dies »Wir sammeln gemeinsam Kunstwerke!« des Deutschen bedeutete doch: »Ich beteilige mich mit meinem Geld an deinen Antiquitäten, wenn du hier essen willst.«

»Es ist angerichtet«, meldete Madame Cibot erstaunlich prompt.

Es dürfte ohne weiteres verständlich sein, wie überrascht Pons war, als er das Essen, das er der Freundschaft Schmuckes verdankte, erblickte und genoß. Solcherlei Empfindungen, die im Leben so selten sind, kommen nicht aus der stetigen Hingabe, in der zwei Menschen beständig einander sagen: »Du hast an mir ein zweites Ich« (denn daran gewöhnt man sich); nein, sie werden durch den Vergleich dieser Glücksbeweise des Innenlebens mit der Roheit des äußeren Lebens ausgelöst. Die äußere Welt verbindet zwei Freunde oder Liebende unaufhörlich aufs neue, wenn zwei große Seelen sich in Freundschaft oder Liebe verbunden haben. Pons wischte sich denn auch zwei dicke Tränen aus den Augen, und Schmucke seinerseits war genötigt, seine feuchten Augen zu trocknen. Sie sprachen nicht miteinander, aber sie hatten sich nur um so mehr gern und nickten einander zu, wobei Balsam in die Wunden träufelte, die der durch die Präsidentin in Pons' Herz geratene Stein gerissen hatte. Schmucke rieb sich die Hände, als solle die Haut abgehen, denn er hatte einen jener Einfälle gehabt, die einen Deutschen erst dann in Erstaunen setzen, wenn sie in seinem durch den schuldigen Respekt für die regierenden Fürsten eingefrorenen Gehirn sich plötzlich einstellen.

»Mein guter Pons«, sagte Schmucke.

»Ich kann es mir schon denken: Du möchtest, daß wir jeden Tag zusammen essen . . .«

»Ich möchte reich genug sein, um dir jeden Tag so etwas vorzusetzen«, entgegnete der gute Deutsche melancholisch.

Madame Cibot, der Pons von Zeit zu Zeit Eintrittskarten für die Boulevardtheater schenkte, was ihn in ihrem Herzen ebenso hoch wie ihren Kostgänger Schmucke stellte, machte nun folgenden Vorschlag:

»Herrgott!« sagte sie, »für drei Francs könnte ich ja, ohne den Wein natürlich, Ihnen beiden jeden Tag ein Essen hinstellen, daß man noch die Teller ablecken und so ratzekahl leer essen möchte, als wenn sie abgewaschen worden wären.«

»Es ist nämlich tatsächlich so«, erwiderte Schmucke, »daß ich mit der Küche der Madame Cibot besser fahre als die Leute, die an der königlichen Tafel speisen . . .«

In seiner Hoffnung ging der ehrerbietige Deutsche so weit, daß er die Respektlosigkeit der Skandalblätter nachahmte, indem er die königliche Tafel verleumdete, bei der täglich ein fester Preis eingehalten würde.

»Wirklich?« sagte Pons. »Gut, ich will es ab morgen versuchen.«

Als er dies Versprechen hörte, sprang Schmucke vom einen Tischende zum andern, riß das Tischtuch, die Teller und die Karaffen mit sich fort und zog Pons in seine Arme, wie ein Gas sich einem anderen verbindet, mit dem es Affinität hat.

»Welch ein Glück!« rief er aus.

»Der Herr wird von jetzt an jeden Tag hier essen!« sagte Madame Cibot stolz und gerührt.

Ohne das Ereignis zu erkennen, dem sie die Erfüllung ihres Traums verdankte, stieg die wackere Madame Cibot in ihre Loge hinab und betrat sie, wie die Josépha in ›Wilhelm Tell‹[89] die Bühne. Sie stellte schwungvoll Schüsseln und Teller ab und rief: »Mann, geh und hole zwei Täßchen Mokka im Café Turc[90] und sag dem Küchenjungen, es sei für mich!« Dann setzte sie sich und legte dabei die Hände auf ihre mächtigen Knie, und als sie durch das Fenster die gegenüberliegende Hauswand ansah, meinte sie: »Heute abend konsultiere ich Madame Fontaine ...!« Madame Fontaine legte allen Köchinnen, Kammerfrauen, Lakaien, Portiers usw. des Marais-Viertels die Karten. »Seit diese zwei Herren zu uns gekommen sind, haben wir schon zweitausend Francs auf der Sparkasse liegen. Was für Möglichkeiten innerhalb von acht Jahren! Wollen wir etwa an dem Essen des Monsieur Pons nichts verdienen und ihn nicht an seinen Haushalt fesseln? Das Huhn der Madame Fontaine wird mir das wahrsagen.«

Da sie weder bei Pons noch bei Schmucke je Erben gesehen hatte, schmeichelte sich Madame Cibot seit ungefähr drei Jahren, mit einer Zeile im Testament ›ihrer Herren‹ bedacht zu werden, und um dieser habgierigen Vorstellung willen, die sich sehr spät in ihrem bis dahin so rechtlichen Gemüt entwickelte, hatte sie ihren Eifer verdoppelt. Da Pons jeden Tag in die Stadt essen ging, war er bislang der absoluten Versklavung entgangen, in der die Portiersfrau ›ihre Herren‹ halten wollte. Das Zigeunerleben dieses alten Troubadours und Sammlers hatte immer wieder die unbestimmten Verführungspläne verscheucht, die im Hirn der Madame Cibot spukten und die von diesem denkwürdigen Mahl an sich zu einem fürchterlichen Plan entwickelten.

Eine Viertelstunde später erschien Madame Cibot wieder im Eßzimmer und war mit zwei vorzüglichen Tassen Kaffee bewaffnet, neben denen zwei Likörgläschen mit Kirschwasser standen.

»Madame Cibot soll hochleben!« rief Schmucke aus, »sie hat meine Wünsche geahnt.«

Nach einigen Klagen des Essenschnorrers, die Schmucke mit Zärtlichkeiten beschwichtigte, wie sie die Nesttaube für ihre Wandertaube erfinden mußte, gingen die beiden Freunde zusammen aus. Schmucke wollte seinen Freund nicht in der Lage sich selber überlassen, in die ihn das Verhalten der Herrschaft und der Bedienten des Hauses Camusot gebracht hatte. Er kannte seinen Pons und wußte, daß ihn im Orchester an seinem Dirigentenpult schrecklich traurige Gedanken überfallen könnten, die dann die gute Wirkung seiner Heimkehr ins Nest aufheben würden. Als Schmucke gegen Mitternacht Pons in die Wohnung zurückbegleitete, hielt er ihn am Arm und machte ihn, wie ein Liebhaber die angebetete Geliebte, auf die Stellen aufmerksam, an denen der Bürgersteig aufhörte und wieder begann. Er verständigte ihn, wenn ein Rinnstein kam; er hätte gern das Pflaster aus Watte und den Himmel blau gehabt, und die Engel hätten Pons die Musik hören lassen müssen, die sie für ihn spielten. Er hatte in des Freundes Herzen die letzte Provinz erobert, die noch nicht ihm gehörte.

Etwa drei Monate lang aß Pons jeden Tag mit Schmucke. Er war jetzt gezwungen, die Summe für seine Kunsterwerbungen um achtzig Francs monatlich zu kürzen, denn er brauchte ungefähr fünfunddreißig Francs für Wein außer den fünfundvierzig Francs, die das Essen kostete. Dann vermißte der alte Künstler, trotz Schmuckes Fürsorge und seiner deutschen Schwänke, die gepflegte Küche, die Liköre, den guten Kaffee, das Geplauder, die falschen Höflichkeiten, die Tischgenossen und das boshafte Gerede in den Häusern, in denen er bislang gespeist hatte. Am Ende seines Lebens bricht man nicht mit einer Gewohnheit, die sechsunddreißig Jahre alt ist. Ein Stückfaß Wein für hundertdreißig Francs liefert eine wenig erbauliche Flüssigkeit für das Glas eines Feinschmeckers. So erinnerte sich denn Pons auch jedesmal, wenn er sein Glas an die Lippen hob, mit tausendfach schmerzlichem Bedauern der erlesenen Weine seiner Gastgeber.

Nach einem Vierteljahr waren somit die grausigen Schmerzen gelindert, die Pons' empfindliches Herz fast gebrochen hatten, und er dachte an die Annehmlichkeiten der Gesellschaft nur noch, wie ein alter Schürzenjäger einer verlassenen Geliebten nachtrauert, die sich allzu vieler Untreue schuldig gemacht hat. Obwohl der alte Musiker versuchte, die tiefe Schwermut zu verbergen, die ihn verzehrte, schien er offenbar von einer jener unerklärlichen Krankheiten befallen, deren Ursprung im Gemüt zu suchen ist. Um dies durch den Bruch mit einer liebgewordenen Gewohnheit hervorgerufene Heimweh verständlich zu machen, genügt der Hinweis auf eine der tausend Kleinigkeiten, die wie die Ringe eines Kettenhemdes die Seele mit eisernem Netz umschließen. Eine der höchsten Freuden in Pons' früherem Leben, eines der Glücksgefühle des früheren Essenschnorrers war die ›Überraschung‹, der gastronomische Eindruck des Extragerichts, der in den Bürgerhäusern von den Hausfrauen siegessicher dargebotenen zusätzlichen kulinarischen Köstlichkeit, mit der sie ihrem Mahl ein festliches Gepräge geben wollen. Dieser Magentrost fehlte Pons. Madame Cibot gab ihren Speisezettel stolz bekannt. Der immer wiederkehrende Reiz war in Pons' Leben völlig verschwunden. Sein Essen vollzog sich ohne jene Überraschung, die im Haushalt unserer Vorfahren die ›verdeckte Schüssel‹ genannt wurde. Das nun aber konnte Schmucke nicht begreifen. Pons war viel zu zartfühlend, um sich zu beschweren, und wenn es etwas Traurigeres als ein verkanntes Genie gibt, so ist es ein unverstandener Magen. Das Herz, dessen Liebe zurückgestoßen wird, dies häufig mißbrauchte Drama, leidet unter einem fehlgeleiteten Bedürfnis; denn wenn das Geschöpf uns aufgibt, kann man immer noch den Schöpfer lieben; er hat Schätze genug, uns zu entschädigen. Aber der Magen ...! Nichts ist seinen Leiden vergleichbar; denn das Leben geht über alles! Pons trauerte gewissen Schaumspeisen nach (wahren Gedichten!), gewissen weißen Saucen (Meisterwerken!), gewissen Geflügelgerichten mit Trüffeln (zum Verlieben!) und vor allem den berühmten Rheinkarpfen, die sich einzig in Paris finden, und das alles mit was für Gewürzen! An gewissen Tagen rief Pons aus: »O Sophie!« und dachte dabei an die Köchin des Grafen Popinot. Ein Vorübergehender, der diesen Seufzer gehört

hätte, würde angenommen haben, der wackere Mann denke an eine Geliebte, und dabei handelte es sich um etwas viel Selteneres: einen fetten Karpfen mit einer Sauce, die in der Sauciere klar war und auf der Zunge dick, einer Sauce, die den Tugendpreis von Montyon verdient hätte! Die Erinnerung an die genossenen Mahlzeiten ließ also den Dirigenten, der von gastrischem Heimweh befallen war, beträchtlich abmagern.

Zu Beginn des vierten Monats, gegen Ende Januar 1845, hielt der junge Flötist, der wie fast alle Deutschen Wilhelm hieß und mit Vatersnamen Schwab, um sich von allen übrigen Wilhelmen zu unterscheiden, was ihn aber nicht von allen Schwabs unterschied, dieser Wilhelm hielt es für seine Pflicht, Schmucke über den Zustand des Kapellmeisters aufzuklären, der dem Theater Sorgen machte. Es war am Tag einer Uraufführung, bei der die Instrumente mitwirkten, die der alte deutsche Meister spielte.

»Der wackere Pons verfällt, etwas an ihm ist nicht in Ordnung, seine Augen sind traurig, seine Armbewegungen werden matter«, sagte Wilhelm Schwab und deutete auf Pons, der mit Leichenbittermiene sein Pult bestieg.

»Das ist immer so mit sechzig Jahren«, entgegnete Schmucke.

Wie jene Mutter in den ›Chronicles of the Canongate‹[91], die ihren Sohn erschießen läßt, um ihn vierundzwanzig Stunden länger bei sich haben zu können, war Schmucke fähig, Pons für die Freude aufzuopfern, ihn jeden Tag zum Essen bei sich zu haben.

»Alle am Theater machen sich Gedanken, und wie unsere erste Tänzerin, Mademoiselle Héloïse Brisetout, sagt, macht er schon fast gar kein Geräusch mehr, wenn er sich schneuzt.«

Sonst war es gewesen, als habe der alte Musiker ins Horn gestoßen, wenn er sich schneuzte, so hatte seine lange, hohle Nase in dem Seidentuch gedröhnt. Dies Geräusch war Gegenstand eines der immer wiederkehrenden Vorwürfe, welche die Präsidentin dem Vetter Pons zu machen hatte.

»Ich gäbe viel darum, wenn ich ihn lustig machen könnte«, sagte Schmucke, »die Langeweile nagt an ihm.«

»Meiner Treu«, meinte Wilhelm Schwab, »Monsieur Pons stellt für mich und andere so sehr ein Wesen höherer Art dar,

daß ich nicht gewagt habe, ihn zu meiner Hochzeit einzuladen. Ich heirate nämlich . . .«

»Wie denn das?« fragte Schmucke.

»Oh, sehr anständig«, erwiderte Wilhelm, der in der sonderbaren Frage Schmuckes eine Anzüglichkeit vermutete, deren dieser vollkommene Christ gar nicht fähig war.

»Bitte, meine Herren, auf Ihre Plätze!« sagte Pons, der in dem Orchester sein kleines Heer sah, nachdem er das Klingelzeichen des Direktors vernommen hatte.

Man spielte die Ouvertüre zur ›Teufelsbraut‹, einem Ausstattungsstück, das zweihundert Vorstellungen erlebt hat. Im ersten Zwischenakt waren Wilhelm und Schmucke zufällig allein in dem verlassenen Orchesterraum. Die Luft im Zuschauerraum war auf zweiunddreißig Grad Réaumur gestiegen.

»Erzählen Sie mir doch Ihre Geschichte«, sagte Schmucke zu Wilhelm.

»Sehen Sie den jungen Mann da im Parkett . . .? Erkennen Sie ihn wieder?«

»Nicht die Spur . . .«

»Ach so, weil er gelbe Handschuhe trägt und vor Wohlhabenheit strahlt; aber das ist doch mein Freund Fritz Brunner aus Frankfurt am Main . . .«

»Der, der immer ins Orchester kam, um sich in Ihrer Nähe die Stücke von da aus anzusehen?«

»Eben der. Eine solche Verwandlung ist einfach unglaublich, nicht wahr?«

Der Held der versprochenen Geschichte war einer jener Deutschen, deren Gestalt zugleich die düstere Spötterei des Goetheschen Mephistopheles und die Gutmütigkeit der Romane von August Lafontaine[92], friedlichen Gedenkens, umfaßt: List und Harmlosigkeit, die Gier der Kontore und die abgeklärte Nachlässigkeit eines Mitglieds des Jockey-Clubs[93], vor allem aber den Lebensüberdruß, der Werther die Pistole in die Hand gibt, der weit mehr der deutschen Fürsten als Charlottes überdrüssig ist. Er war wahrlich eine typisch deutsche Erscheinung: viel Judenschläue und viel Einfalt, Dummheit und Mut, ein Wissen, das Langeweile erregt, eine Erfahrung, welche durch die geringste Kinderei zu etwas Unnützem wird, Mißbrauch von Bier und

Tabak. All diese Gegensätze wurden aber noch gesteigert durch einen teuflischen Funken in den matten blauen Augen. Fritz Brunner war mit der Eleganz eines Bankiers gekleidet und wies den Blicken des ganzen Theaters einen Kahlkopf von tizianroter Färbung, an dem sich zu beiden Seiten noch ein paar brennend blonde Härchen kräuselten, die Ausschweifung und Elend ihm gelassen hatten, damit er am Tage der Wiederherstellung seiner Finanzen das Recht habe, einen Friseur zu bezahlen. Sein ehemals schönes, frisches Gesicht, wie das des Christus der Maler, hatte grelle Töne angenommen, die ein rotblonder Schnurrbart und ein falber Bart beinahe zu etwas Erschreckendem machten. Das reine Blau seiner Augen war im Kampf mit der Sorge matt und trübe geworden. Die tausendfältige Pariser Prostitution hatte die Wimpern und den Schnitt der Augen verwischt, in denen einstmals eine Mutter beseligt ein göttliches Abbild ihrer eigenen erblickt hatte. Dieser frühreife Philosoph, dieser junge Greis war das Werk einer Stiefmutter.

Hier beginnt die seltsame Geschichte eines verlorenen Sohnes aus Frankfurt am Main, die außergewöhnlichste und bizarrste Begebenheit, die sich jemals in dieser vernünftigen, wenn auch zentral gelegenen Stadt zugetragen hat.

Herr Gideon Brunner, der Vater dieses Fritz, einer jener berühmten Hoteliers von Frankfurt am Main, die, als Helfershelfer der Bankiers, von den Gesetzen sanktionierte Eingriffe in die Börsen der Reisenden vornehmen, im übrigen ein rechtschaffener Kalvinist, hatte eine getaufte Jüdin geheiratet, deren Mitgift er den Grundstock seines Vermögens verdankte. Die Jüdin starb und ließ ihren Sohn Fritz im Alter von zwölf Jahren unter der Vormundschaft des Vaters und unter der Aufsicht eines Onkels mütterlicherseits, eines Pelzhändlers aus Leipzig, dem Chef der Firma Virlaz & Co. Vater Brunner wurde von diesem Onkel, der nicht so sanft wie seine Pelze war, gezwungen, das Vermögen des jungen Fritz in vielen Mark beim Bankhaus Al-Sartchid anzulegen und es unangerührt zu lassen. Um sich für diese israelitische Forderung zu rächen, verheiratete sich Vater Brunner wieder, wobei er vorgab, sein großes Hotel unmöglich ohne die Augen und Arme einer Frau leiten zu können. Er vermählte sich mit der Tochter eines anderen Hoteliers, die er für eine Perle hielt; er besaß aber keine Erfahrung darin, was eine einzige Tochter bedeutet, die von Vater und Mutter verwöhnt wird. Die zweite Frau Brunner war wie die jungen deutschen Mädchen, wenn sie bösartig und leichtsinnig sind. Sie verschwendete ihr Vermögen und rächte die erste Frau Brunner dadurch, daß sie ihren Gatten zum innerlich unglücklichsten Mann im Gebiet der Freien Reichsstadt Frankfurt am Main machte, in der, wie es heißt, die Millionäre ein Stadtgesetz erlassen möchten, das die Frauen zwingen soll, sie ganz allein zu lieben. Die Deutsche liebte die unterschiedlichen Essigsorten, die von den Deutschen gemeinhin Rheinweine genannt werden. Sie liebte die ›Pariser Artikel‹. Sie ritt gern. Sie hatte eine Schwäche für Putz. Kurzum, unter den Dingen, die viel kosten, mochte sie nur eines nicht: die Frauen. Sie faßte eine Abneigung gegen den kleinen Fritz und hätte ihn verrückt gemacht, wenn diese junge Frucht des Kalvinismus und der Lehre Mosis nicht Frankfurt zur Wiege und die Firma Virlaz in Leipzig als Vormund gehabt hätte. Onkel Virlaz aber, der sich ausschließlich seinen Pelzen widmete, bewachte nur die bei der Bank angelegten Mark und überließ das Kind der Stiefmutter.

Diese Hyäne war über diesen Cherubino[94] und Sohn der schönen Frau Brunner um so wütender, als sie es trotz ihrer Anstrengungen, die einer Lokomotive würdig gewesen wären, nicht zu Kindern brachte. Diese von einem teuflischen Gedanken besessene, diese verbrecherische Deutsche trieb den jungen Fritz mit einundzwanzig Jahren in höchst undeutsche Verschwendungen. Sie hoffte, daß das englische Pferd, der rheinische Essig und Goethes Gretchen das Kind der Jüdin und sein Vermögen aufzehren würden, denn Onkel Virlaz hatte Fritz im Augenblick seiner Volljährigkeit eine schöne Erbschaft hinterlassen. Aber wenn auch die Spielsäle der Badeorte und die Freunde des Weins, zu denen Wilhelm Schwab gehörte, das Virlazsche Kapital bald durchbrachten, blieb doch der verlorene Sohn erhalten, um nach dem Ratschluß des Herrn den Nachgeborenen der Stadt Frankfurt am Main zum warnenden Beispiel zu dienen, wo ihn alle Familien als Schreckmittel gebrauchten, um ihre Kinder vernünftig und entsetzt in ihren gepanzerten, mit Mark in banco gespickten Kontoren festzuhalten. Statt in der Blüte seiner Jugend zu sterben, hatte Fritz Brunner das Vergnügen, dem Begräbnis seiner Stiefmutter auf einem jener reizenden Friedhöfe beizuwohnen, in denen die Deutschen, unter dem Vorwand, ihre Toten zu ehren, ihrer hemmungslosen Leidenschaft für den Gartenbau frönen. Die zweite Frau Brunner starb also vor ihren Erzeugern. Der alte Brunner hatte das Nachsehen wegen des Geldes, das sie aus seinen Geldschränken geholt hatte, und erlitt dafür solche Qualen, daß der Hotelier, der von herkulischer Statur war, mit siebenundsechzig Jahren so heruntergekommen wirkte, als zehre das berühmte Gift der Borgia an ihm. Daß er seine Frau nicht beerbte, nachdem er sie zehn Jahre lang ertragen hatte, machte aus diesem Hotelier eine zweite Heidelberger Schloßruine, die aber durch die Rechnungen[95] der Gäste immer wieder instand gehalten wurde, wie auch diese von Heidelberg ausgebessert wird, um den Eifer der Touristen lebendig zu erhalten, die herbeiströmen, um diese schöne, wohlerhaltene Ruine anzuschauen. Man sprach in Frankfurt davon wie von einem Konkurs. Man zeigte mit Fingern auf Brunner und sagte sich: »Dahin kann einen eine schlechte Frau bringen, von der man nichts erbt, und ein nach französischer Sitte erzogener Sohn!«

In Italien und Deutschland gelten die Franzosen als die Ursache allen Übels und sind die Zielscheibe aller Geschosse; »Gott aber, wie er seine Bahnen schreitet . . .« (Das übrige wie in der Ode des Le Franc de Pompignan[96].)

Der Zorn des Eigentümers des ›Grandhotel Holländischer Hof‹ galt nicht nur den Reisenden, deren Rechnungen seinen Kummer widerspiegelten. Als sein Sohn völlig zugrunde gerichtet war, verweigerte ihm Gideon, der in ihm die indirekte Ursache all seines Unglücks erblickte, Brot und Wasser, Feuer, Unterkunft und Pfeife, was bei einem deutschen Vater, der Hotelier ist, den höchsten Grad eines väterlichen Fluches bedeutet. Die örtlichen Behörden, die sich das ursprüngliche Unrecht des Vaters nicht klarmachten und ihn für einen der unglücklichsten Männer von Frankfurt am Main hielten, kamen ihm zu Hilfe. Sie wiesen Fritz aus dem Gebiet der Freien Reichsstadt aus, indem sie einen Prozeß vom Zaun brachen. Die Justiz ist in Frankfurt nicht menschlicher und weiser als anderswo, wenn diese Stadt auch der Sitz des Deutschen Bundestages ist. Ein Justizbeamter wandert selten den Strom der Verbrechen und Verhängnisse hinauf, um festzustellen, wer das Gefäß in Händen hielt, aus dem sich der erste Wasserstrahl ergoß. Wenn Brunner seinen Sohn vergaß, so taten die Freunde des Sohnes mit ihm das gleiche.

Ach, wenn diese Geschichte vor dem Souffleurkasten für die Versammlung gespielt worden wäre, in der Journalisten, Salonlöwen und einige Pariserinnen sich fragten, woher das tief tragische Gesicht dieses Deutschen rühre, der im eleganten Paris anläßlich einer Uraufführung allein in einer Bühnenloge aufgetaucht war, so wäre das viel schöner gewesen als das Ausstattungsstück ›Die Teufelsbraut‹, obwohl es die zweihunderttausendste Aufführung des erhabenen Gleichnisses gewesen wäre, das in Mesopotamien dreitausend Jahre vor Christus dargestellt worden ist.

Fritz wanderte zu Fuß nach Straßburg und fand dort, was der verlorene Sohn der Bibel in der Heimat der Heiligen Schrift nicht gefunden hat. Darin zeigt sich die Überlegenheit des Elsasses, wo soviel edle Herzen schlagen, um Deutschland die Schönheit der Verbindung französischen Geistes mit germanischer Gründlichkeit vorzuführen. Wilhelm, der vor wenigen Tagen seinen Vater und seine Mutter beerbt hatte, besaß hunderttausend Francs. Er öffnete Fritz die Arme, er öffnete ihm sein Herz, er öffnete ihm sein Haus, er öffnete ihm seinen Geldbeutel. Wenn man den Augenblick beschreiben wollte, in dem Fritz, verstaubt, unglücklich und fast aussätzig, auf der andern Rheinseite ein echtes Zwanzig-Francs-Stück im Hause eines aufrichtigen Freundes fand, so müßte man eine Ode anstimmen, wie einzig Pindar sie auf Griechisch der Menschheit hätte schenken können, um die erkaltende Freundschaft neu zu durchglühen. Man stelle die Namen Fritz und Wilhelm ruhig neben Damon und Pythias, Castor und Pollux, Orest und Pylades, Dubreuil und Péméja[97], Schmucke und Pons und alle Phantasienamen, die wir den beiden Freunden im Lande Monomotapa[98] geben, denn La Fontaine hat, als der geniale Mensch, der er war, daraus Idealgestalten ohne Körper gemacht, ohne Wirklichkeit. Man kann diese beiden neuen Namen mit um so größerer Berechtigung jenen Beispielen anfügen, als Wilhelm in Gesellschaft von Fritz sein Erbe aufbrauchte, wie Fritz das seine mit Wilhelm vertrunken hatte, wobei sie aber, wohlgemerkt, alle bekannten Tabaksorten rauchten.

Die beiden Freunde verschlangen dies Erbe seltsam genug in den Straßburger Bierlokalen auf die dümmste und vulgärste Weise mit Statistinnen des Straßburger Theaters und Elsässerinnen, die von ihren kleinen Besen nur den Stiel hatten. Jeden Morgen sagten sie einander: »Eigentlich müßten wir ja aufhören, einen Entschluß fassen und mit dem, was uns bleibt, etwas unternehmen!« »Pah! Heute noch einmal«, sagte Fritz, »aber morgen . . . ja, morgen . . .« Im Leben der Verschwender ist das Heute ein großer Angeber, aber das Morgen ein großer Feigling, der vor dem Mut seines Vorgängers erschrickt; das Heute ist der Capitano der alten italienischen Komödie und das Morgen der Pierrot unserer Pantomimen. Als sie zum letzten Tausend-Francs-Schein gekommen waren, belegten die beiden Freunde Plätze in der sogenannten königlichen Post, die sie nach Paris brachte, wo sie unter den Dächern des alten ›Hotels du Rhin‹ in der Rue du Mail bei Graff Quartier nahmen, einem alten Oberkellner Gideon Brunners. Fritz trat als Kommis mit sechshundert Francs Gehalt bei den Bankiers Gebrüder Keller ein, wohin er von Graff empfohlen wurde. Graff, der Besitzer des ›Hotels du Rhin‹, ist der Bruder des berühmten Schneiders Graff. Der Schneider übernahm Wilhelm als Buchhalter. Graff machte die beiden bescheidenen Stellen für die beiden verlorenen Söhne in Erinnerung an seine Lehrzeit im ›Holländischen Hof‹ ausfindig. Die beiden Umstände, daß ein zugrunde gerichteter Freund von einem reichen Freund aufgenommen wird und daß ein deutscher Hotelier sich um zwei Habenichtse von Landsleuten kümmert, werden einige Leute glauben lassen, daß es sich bei dieser Geschichte um einen Roman handelt; aber alle wahren Begebenheiten grenzen um so mehr an Fabeln, als die Fabel sich heutzutage unerhörte Mühe geben muß, um der Wahrheit nahezukommen.

Fritz als Kommis mit sechshundert Francs und Wilhelm als Buchhalter mit dem gleichen Gehalt lernten die Schwierigkeiten kennen, in einer so verbuhlten Stadt wie Paris zu leben. So trat denn auch im zweiten Jahr ihres Aufenthalts Wilhelm, der ein hübsches Flötistentalent besaß, in das von Pons geleitete Orchester ein, um sich manchmal Butter aufs Brot streichen zu können. Was Fritz betraf, so konnte er einen zusätzlichen Verdienst nur dadurch finden, daß er die finanzielle Begabung eines Sprößlings der Familie Virlaz ausnutzte. Trotz seines Fleißes, vielleicht seiner Fähigkeit wegen, brachte es der Frankfurter aber erst 1843 auf zweitausend Francs. Das Elend, diese göttliche Stiefmutter, tat für die beiden jungen Leute, was ihre Mütter nicht vermocht hatten: Es brachte ihnen Sparsamkeit und Kenntnis der Welt und des Lebens bei. Sie gab ihnen jene große, starke Erziehung, welche sie mit Peitschenhieben großen Männern erteilt, die in ihrer Jugend alle unglücklich sind. Da Fritz und Wilhelm ziemlich gewöhnliche Menschen waren, beachteten sie keineswegs alle Lehren des Elends. Sie wehrten sich gegen seine Schläge, sie fanden seine Brust hart, seine Arme knöchern, und erblickten darin nicht die gute Fee Urgèle[99], die sich den Liebkosungen genialer Männer ergibt. Nichtsdestoweniger lernten sie den ganzen Wert des Glückes schätzen und gelobten sich, ihm die Flügel zu stutzen, wenn es je wieder an ihre Tür kommen sollte.

»Also, Papa Schmucke, mit ein paar Worten wird Ihnen alles klar sein«, fuhr Wilhelm fort, der dem Pianisten diese Geschichte auf deutsch ausführlich erzählt hatte. »Der Vater Brunner ist gestorben. Er war, ohne daß weder sein Sohn noch Herr Graff, bei dem wir wohnten, davon etwas ahnten, einer der Gründer der badischen Eisenbahn, die ihm unermeßlichen Gewinn gebracht hat, und er hinterläßt vier Millionen! Heute abend spiele ich zum letzten Male im Orchester Flöte. Wenn es sich um keine Uraufführung handelte, wäre ich schon vor einigen Tagen gegangen, aber ich wollte mein Instrument nicht ausfallen lassen.«

»Das ist nett von Ihnen, junger Mann«, sagte Schmucke. »Aber wen heiraten Sie denn?«

»Die Tochter von Monsieur Graff, der uns aufgenommen hat, dem Besitzer des ›Hotel du Rhin‹. Seit sieben Jahren bin ich in Mademoiselle Emilie verliebt; sie hat so viel unmoralische Romane gelesen, daß sie mir zuliebe jede Partie ausgeschlagen hat, ohne zu wissen, was daraus werden sollte. Das junge Mädchen wird einmal sehr reich sein. Sie ist die einzige Erbin der Schneiderei Graff in der Rue de Richelieu. Fritz schenkte mir fünfmal soviel, wie wir zusammen in Straßburg durchgebracht haben: fünfhunderttausend Francs . . .! Er steckt eine Million Francs in ein Bankhaus, in das der Schneider Graff gleichfalls fünfhunderttausend Francs steckt. Der Vater meiner Zukünftigen gestattet mir, darin auch die Mitgift von zweihundertfünfzigtausend Francs anzulegen, und mit dem gleichen Betrag wird er stiller Teilhaber. Das Bankhaus Brunner, Schwab & Co. wird also über zwei Millionen fünfhunderttausend Francs Kapital verfügen. Fritz hat gerade für fünfzehnhunderttausend Francs Aktien der Bank von Frankreich gekauft, um damit unsere Einlagen zu decken. Das ist nicht Fritzens ganzes Vermögen; er besitzt überdies noch die Häuser seines Vaters in Frankfurt, die auf eine Million geschätzt werden, und den großen ›Holländischen Hof‹ hat er bereits an einen Vetter der Graffs verpachtet.«

»Sie schauen Ihren Freund so traurig an«, bemerkte Schmucke, der Wilhelm aufmerksam zugehört hatte, »sollten Sie etwa auf ihn eifersüchtig sein?«

»Eifersüchtig bin ich, aber nur auf Fritzens Glück«, sagte Wilhelm. »Sieht so ein zufriedener Mensch aus? Ich habe um seinetwillen Angst vor Paris. Ich möchte ihn sich so entscheiden sehen, wie ich es getan habe. Der alte Dämon könnte in ihm wieder erwachen. Von uns beiden ist er der Leichtsinnigere. Diese Aufmachung, dieses Lorgnon, all das beunruhigt mich. Er hat sich im Zuschauerraum nur die Loretten angesehen. Ach, wenn Sie wüßten, wie schwierig es ist, Fritz zu verheiraten! Er hat Abscheu vor dem, was man in Frankreich ›den Hof machen‹ nennt, und man müßte ihn in den Familienkreis bringen, wie man in England einen Mann in die Ewigkeit befördert.«

Während des Wirrwarrs, der das Ende aller Uraufführungen zu kennzeichnen pflegt, lud der Flötist seinen Kapellmeister ein. Pons nahm mit Freuden an. Schmucke bemerkte dabei zum erstenmal seit einem Vierteljahr ein Lächeln im Gesicht des Freundes. Er geleitete ihn in tiefem Schweigen in die Rue de Normandie zurück, denn er erkannte an diesem freudigen Aufleuchten die tiefe Gewalt des Übels, das an Pons nagte Daß ein wahrhaft edler, uneigennütziger, in seinem Gefühlsleben so großer Mensch derartige Schwächen haben konnte . . .! Das rief in dem Stoiker Schmucke Bestürzung hervor; er wurde furchtbar traurig, den er fühlte, daß er darauf werde verzichten müssen, Tag für Tag seinen ›guten Pons‹ bei sich am Tisch zu sehen, im Interesse von Pons' Glück, und wußte nicht, ob ihm dieses Opfer möglich sein würde. Allein schon der Gedanke daran machte ihn wahnsinnig.

Das stolze Schweigen, in dem Pons verharrte, seit er sich auf seinen Aventin[100] in der Rue de Normandie zurückgezogen, hatte die Präsidentin füglich überrascht; jedoch sie machte sich wenig Gedanken um ihren Schnorrer, als sie von ihm befreit war. Sie nahm mit ihrer reizenden Tochter an, daß der Vetter den Scherz der kleinen Lili durchschaut habe. Anders jedoch war es um den Präsidenten bestellt. Präsident Camusot de Marville, ein kleiner, dicker Mann, der nach seiner Beförderung am Gerichtshof feierlich geworden war, bewunderte Cicero, zog die Opéra-Comique dem Théâtre des Italiens vor, verglich die Schauspieler miteinander und ging Schritt für Schritt mit der Menge. Er redete alle Artikel der regierungstreuen Zeitung nach, als seien es seine eigenen, und wenn er seine Meinung ausdrückte, umschrieb er die Gedanken des Gerichtsrats, nach dem er das Wort ergreifen mußte. Dieser Richter, der in seinen Hauptcharakterzügen genügend bekannt ist und durch seine Stellung gehalten war, alles ernst zu nehmen, legte besonderen Wert auf die Familienbande. Wie die meisten Ehemänner, die völlig von ihren Frauen beherrscht werden, trug der Präsident in Kleinigkeiten eine Unabhängigkeit zur Schau, die von seiner Frau geachtet wurde. Zwar hatte der Präsident sich einen Monat lang durch die banalen Erklärungen abspeisen lassen, die die Präsidentin gab, um Pons' Verschwinden zu erklären; aber schließlich dünkte es ihn seltsam, daß der alte Musiker, der seit vierzig Jahren Hausfreund war, nicht mehr erschien, und zumal nachdem er ein so beachtliches Geschenk wie den Fächer der Madame de Pompadour gemacht hatte. Jener Fächer, der vom Grafen Popinot als ein Meisterwerk anerkannt wurde, brachte der Präsidentin in den Tuilerien, wo dieses Kleinod von Hand zu Hand ging, Komplimente ein, die ihrem Selbstgefühl außerordentlich schmeichelten. Man erklärte ihr eingehend die Schönheiten der zehn Elfenbeinstäbchen, deren jedes mit Skulpturen von einer unerhörten Feinheit geschmückt war. Eine russische Dame (die Russen meinen immer, sie seien in Rußland) bot beim Grafen Popinot für diesen unvergleichlichen Fächer der Präsidentin sechstausend Francs, wobei sie darüber lächelte, ihn in solchen Händen zu sehen, denn es war – wie man zugeben muß – ein Fächer wie für eine Herzogin.

»Man kann dem armen Vetter nicht absprechen, daß er sich auf dergleichen kleinen Schnickschnack gut versteht . . .«, sagte Cécile am nächsten Morgen nach diesem Angebot zu ihrem Vater.

»Kleiner Schnickschnack!« rief der Präsident aus. »Der Staat will doch für die Sammlung des verstorbenen Rats Du Sommerard[101] dreihunderttausend Francs bezahlen und zusammen mit der Stadt Paris zu gleichen Anteilen fast eine Million ausgeben, um das Palais Cluny anzukaufen und zu restaurieren, das diesen kleinen Schnickschnack aufnehmen soll . . . Dieser kleine Schnickschnack, liebes Kind, stellt oft die einzigen Zeugnisse dar, die uns von untergegangenen Kulturen geblieben sind. Ein etruskisches Gefäß, eine Halskette, die zuweilen das eine vierzig-, die andere fünfzigtausend Francs wert sind, das ist der kleine Schnickschnack, der uns die Vollkommenheit der Künste zur Zeit der Belagerung von Troja erkennen läßt, und er beweist uns, daß die Etrusker nach Italien geflohene Trojaner waren.«

Auf diese Art und Weise beliebte der kleine, dicke Präsident zu scherzen. Er verfuhr seiner Frau und seiner Tochter gegenüber mit derber Ironie.

»Das Gesamt an Kenntnissen, welche dieser kleine Schnickschnack erfordert, Cécile«, fuhr er fort, »bildet eine Wissenschaft, die man Archäologie nennt. Die Archäologie umfaßt die Architektur, die Skulptur, die Malerei, die Goldschmiedekunst, die Keramik, die Kunsttischlerei, eine ganz moderne Kunst, die Spitzen, die Stickerei, letztlich alle Schöpfungen der menschlichen Arbeit.«

»Dann ist der Vetter Pons also ein Gelehrter?« fragte Cécile.

»Und ob! Warum kommt er eigentlich nicht mehr zu uns?« fragte der Präsident mit dem Ausdruck eines Mannes, der eine Erregung spürt, die auf tausend vergessene Bemerkungen zurückgeht und deren plötzliches Zusammenwirken dann durchschlägt, wenn diese Formulierung erlaubt ist.

»Er spielt wohl den Gekränkten für nichts und wieder nichts«, entgegnete die Präsidentin. »Vielleicht war ich für das Geschenk dieses Fächers nicht so empfänglich, wie ich es hätte sein müssen. Sie wissen ja, ich bin ziemlich ungebildet in ...«

»Sie, eine der besten Schülerinnen Servins[102]«, rief der Präsident aus, »Sie sollten Watteau nicht kennen?«

»Ich kenne David, Gérard, Gros und Girodet und Guérin und Monsieur de Forbin[103] und Monsieur Turpin de Crissé[104] ...«

»Sie hätten aber doch ...«

»Was hätte ich müssen?« fragte die Präsidentin und blickte ihren Gatten wie eine Königin von Saba an.

»Sie hätten doch wissen müssen, wer Watteau ist, meine Liebe, er ist sehr in Mode«, antwortete der Präsident mit einer Untertänigkeit, die zum Ausdruck brachte, wie sehr er seiner Frau verpflichtet war.

Diese Unterhaltung fand einige Tage vor der Uraufführung der ›Teufelsbraut‹ statt, bei der das ganze Orchester durch Pons' kränkliches Aussehen überrascht worden war. Die Leute, die gewohnt waren, Pons bei sich zu Tisch zu sehen und ihn als Boten zu benützen, hatten sich inzwischen gegenseitig befragt, und in dem Kreis, in welchem der wackere Mann verkehrte, hatte sich eine um so größere Unruhe verbreitet, als mehrere Personen ihn auf seinem Platz im Theater sahen. Trotz der Sorgfalt, mit der Pons auf seinen Spaziergängen seinen alten Bekannten aus dem Wege ging, wenn er ihnen begegnete, sah er sich einmal bei Monistrol plötzlich dem früheren Minister Grafen Popinot gegenüber. Monistrol ist einer der berühmten und unternehmenden Händler auf dem neuen Boulevard Beaumarchais, von dem Pons jüngst mit der Präsidentin gesprochen hatte. Seine abgefeimte Begeisterung läßt die Antiquitäten von Tag zu Tag teurer werden; wie man sagt, werden sie so selten, daß man keine mehr auftreibt.

»Mein lieber Pons, warum sieht man Sie denn gar nicht mehr? Wir vermissen Sie sehr, und meine Frau weiß nicht, was sie von Ihrem Fernbleiben denken soll.«

»Herr Graf«, entgegnete der biedere Alte, »man hat mir in

einem Hause, bei Verwandten, zu verstehen gegeben, daß man in meinem Alter einer zuviel auf der Welt ist. Man hat mich niemals mit besonderer Rücksicht aufgenommen, aber man hat mich wenigstens noch nie beleidigt. Ich habe niemals um irgend etwas gebeten«, sagte er mit Künstlerstolz. »Als Gegenleistung für einige Höflichkeiten habe ich mich für die, welche mich empfingen, oft nützlich gemacht. Es scheint aber, daß ich mich getäuscht habe: Für die Ehre, die mir widerfuhr, wenn ich bei meinen Freunden, bei meinen Verwandten speiste, gelte ich offenbar als vogelfrei ... Gut, ich habe mein Abschiedsgesuch als Tischgast eingereicht. Bei mir zu Hause finde ich jeden Tag, was kein fremder Tisch mir je geboten hat: einen wahrhaften Freund!«

Diese Worte, aus denen die ganze Bitterkeit sprach, die der alte Künstler noch durch Gebärden und Tonfall hineinzulegen vermochte, überraschten den Pair von Frankreich derartig, daß er den würdigen Musiker beiseite nahm.

»Na, hören Sie mal, alter Freund, was ist Ihnen denn zugestoßen? Können Sie mir nicht anvertrauen, was Sie so gekränkt hat? Sie müssen mir gestatten, Sie darauf hinzuweisen, daß Sie in meinem Hause die Ihnen schuldige Rücksicht gefunden haben dürften ...«

»Sie sind die einzige Ausnahme, die ich mache«, sagte der gute Alte. »Übrigens sind Sie ja auch ein großer Herr und Staatsmann, und Ihre Berufssorgen würden nötigenfalls alles entschuldigen.«

Unter dem Einfluß der diplomatischen Geschicklichkeit, die Popinot im steten Umgang mit Menschen und Dienstangelegenheiten erworben hatte, erzählte Pons schließlich sein Mißgeschick beim Präsidenten de Marville. Popinot machte sich die Beschwerden des Opfers so angelegentlich zu eigen, daß er zu Hause sofort mit seiner Frau darüber sprach – einer ausgezeichneten, würdigen Dame, die der Präsidentin Vorhaltungen machte, sobald sie ihr begegnete. Da der ehemalige Minister seinerseits dem Präsidenten einige Worte über dieses Thema gesagt hatte, kam es zu einer familiären Auseinandersetzung bei den Camusots de Marville. Obwohl Camusot nicht ganz Herr im eigenen Hause war, fiel sein Verweis juristisch und faktisch zu wohl begründet aus, als daß seine Frau und seine Tochter nicht hätten zugeben müssen, daß er zu Recht bestehe. Beide demütigten sich und gaben der Dienerschaft die Schuld. Der Präsident ließ die Leute zu sich kommen und schalt sie aus. Sie konnten nur durch ein volles Geständnis Verzeihung erlangen, was ihrem Herrn bewies, wie recht Vetter Pons habe, zu Hause zu bleiben. Wie alle von ihren Frauen beherrschten Familienväter entfaltete der Präsident sein volles eheliches und juristisches Ansehen, indem er seinen Leuten erklärte, sie würden mit Schimpf und Schande fortgejagt werden und so aller Vorteile verlustig gehen, die ihre langen Dienstjahre bei ihm ihnen eintragen könnten, wenn von nun an sein Vetter Pons und alle, die ihm die Ehre antäten, zu ihm zu kommen, nicht wie er selber behandelt würden. Dieser Ausspruch brachte Madeleine zum Lächeln.

»Ihr habt sogar«, sagte der Präsident, »nur eine Möglichkeit, euch zu retten, wenn ihr nämlich meinen Vetter durch Entschuldigungen aussöhnt. Geht hin und sagt ihm, daß euer Verbleib hier im Hause voll und ganz von ihm abhängt; ich entlasse euch nämlich samt und sonders, wenn er euch nicht verzeiht.«

Am nächsten Morgen ging der Präsident recht früh aus, um seinem Vetter vor dem Dienst einen Besuch zu machen. Das durch Madame Cibot angemeldete Erscheinen des Herrn Präsidenten de Marville wurde ein Ereignis. Pons, dem diese Ehre zum erstenmal in seinem Leben widerfuhr, ahnte, daß sie der Wiedergutmachung galt.

»Mein lieber Vetter«, sagte der Präsident nach den üblichen Begrüßungsformeln, »endlich habe ich den Grund Ihres Fernbleibens erfahren. Ihr Verhalten vermehrt, falls das überhaupt möglich wäre, meine Achtung für Sie. Ich brauche Ihnen über die Angelegenheit nur ein einziges Wort zu sagen. Meine gesamte Dienerschaft ist entlassen. Meine Frau und meine Tochter sind verzweifelt. Sie möchten Sie aufsuchen, um Ihnen die Angelegenheit aufzuklären. Bei der ganzen Geschichte gibt es einen Unschuldigen, mein lieber Vetter, und das ist ein alter Richter. Strafen Sie mich doch nicht für den mutwilligen Streich eines kleinen, unbesonnenen Mädchens, das mal bei den Popinots essen wollte; zumal wenn ich selber komme, um Sie um Aussöhnung zu bitten, und dabei alles Unrecht unsererseits zugebe ... Eine Freundschaft von sechsunddreißigjähriger Dauer hat doch wohl noch einige Rechte, auch wenn wir sie als gewandelt betrachten. Schauen Sie, wir wollen Frieden schließen! Kommen Sie heute abend zu uns zum Essen ...!«

Pons verwickelte sich in eine verworrene Antwort und gab seinem Vetter schließlich zu verstehen, daß er an diesem Abend der Verlobung eines Musikers aus seinem Orchester beiwohne, der seine Flöte an den Nagel hänge, um Bankier zu werden.

»Nun, dann also morgen.«

»Lieber Vetter, die Frau Gräfin Popinot hat mir die Ehre erwiesen, mich durch einen äußerst liebenswürdigen Brief für morgen einzuladen ...«

»Dann also übermorgen ...«, ergriff der Präsident wieder das Wort.

»Übermorgen erwidert der Sozius meines ersten Flötisten, ein Deutscher, Monsieur Brunner, den Verlobten die Aufmerksamkeit, die er heute von ihnen erfährt ...«

»Sie müssen sehr begehrt sein, daß man sich derartig um die Freude reißt, Sie bei sich zu haben«, sagte der Präsident. »Nun, dann nächsten Sonntag, in acht Tagen, wie man bei Gericht sagt.«

»Aber dann essen wir bei einem Monsieur Graff, dem Schwiegervater des Flötisten ...«

»Also Samstag! Bis dahin werden Sie Zeit gefunden haben. ein kleines Mädchen zu trösten, das seines Unfugs wegen schon Tränen genug vergossen hat. Gott verlangt nichts als Reue; sollten Sie anspruchsvoller als der Ewige Vater mit der armen kleinen Cécile verfahren ...?«

Der von seiner schwachen Seite genommene Pons erging sich aufs neue in überhöflichen Redensarten und geleitete den Präsidenten auf die Treppe zurück. Eine Stunde später kam das Personal des Präsidenten zu ihm. Sie benahmen sich so, wie Dienerseelen nun einmal sind: feige und kriecherisch, sie weinten! Madeleine nahm Monsieur Pons beiseite und warf sich kurz entschlossen ihm zu Füßen.

»Ich war's, die alles angestiftet hat, Monsieur, und Sie wissen recht gut, wie lieb ich Sie habe«, sagte sie und brach in Tränen aus. »Meinem Rachedurst müssen Sie alles in dieser unseligen Angelegenheit zuschreiben. Wir werden unsere Leibrenten verlieren . . .! Ich war außer mir, Monsieur, und ich möchte nicht, daß meine Kameraden meine Torheit büßen müssen . . . Jetzt sehe ich ja wirklich ein, daß das Schicksal mich nicht für Sie bestimmt hat. Ich bin vernünftig geworden. Ich hatte zuviel Ehrgeiz, aber ich liebe Sie ja immer noch, Monsieur. Zehn Jahre lang habe ich nur an das Glück gedacht, Sie glücklich zu machen und alles hier zu besorgen. Welch schönes Los . . .! Ach, wenn Monsieur doch nur wüßte, wie sehr ich ihn liebe! Aber Monsieur hätte es an all meinen Bosheiten erkennen müssen. Wenn ich morgen sterben sollte, was würde dann gefunden werden . . .? Ein Testament zu Ihren Gunsten . . . Jawohl, in meinem Koffer unter meinem Schmuck!«

Dadurch, daß sie diese Saite anschlug, gewährte Madeleine dem alten Junggesellen die Wonnen des Selbstgefühls, die eine erweckte Leidenschaft immer auslösen wird, auch wenn sie mißfällt. Nachdem er Madeleine edelmütig verziehen hatte, nahm er jedermann wieder in Gnaden auf und sagte, daß er mit seiner Kusine sprechen wolle, um durchzusetzen, daß sie alle bei ihr bleiben könnten. Mit unaussprechlichem Wohlgefallen sah sich Pons in seine gewohnten Freuden wieder eingesetzt, ohne eine Feigheit begangen zu haben. Die große Welt war zu ihm gekommen; die Würde seines Charakters mußte dabei gewinnen. Als er aber seinem Freunde Schmucke seinen Triumph verkündete, sah er ihn zu seinem Schmerz traurig werden und erfüllt von unausgesprochenen Zweifeln. Nichtsdestoweniger freute sich der gute Deutsche schließlich, als er die plötzliche Wandlung im Gesichtsausdruck seines Pons gewahrte, und er brachte das fast vier Monate lang genossene Glück, seinen Freund ganz für sich allein gehabt zu haben, zum Opfer. Gemütsleiden haben vor körperlichen Krankheiten einen ungeheuren Vorteil voraus: Sie führen auf der Stelle zur Genesung, wenn der Wunsch erfüllt wird, der ihre Ursache ist, gerade wie sie aus der Entbehrung entstehen. Pons war an diesem Vormittag nicht mehr derselbe Mensch. Der traurige, sterbenskranke alte Mann wich dem zufriedenen Pons, der jüngst der Präsidentin den Fächer der Marquise de Pompadour gebracht hatte. Schmucke indessen verfiel dieses Phänomens wegen in tiefes Nachsinnen, ohne es zu verstehen; denn der echte Stoizismus wird den französischen Höflingsgeist nie begreifen. Pons war ein echter Franzose der Kaiserzeit, in dem sich die Galanterie des achtzehnten Jahrhunderts mit jener Frauenverehrung verband, die in Romanzen wie ›Partant pour la Syrie‹[105] usw. so sehr verherrlicht wird. Schmucke begrub seinen Kummer im Herzen unter den Blüten seiner deutschen Philosophie; doch innerhalb von acht Tagen wurde er gelb, und Madame Cibot wandte allerlei Listen an, um dem Arzt des Stadtviertels Zutritt bei Schmucke zu verschaffen. Dieser Arzt befürchtete *Ikterus* und ließ Madame Cibot von diesem gelehrten Wort vernichtet zurück, das lediglich ›Gelbsucht‹ bedeutet.

Vielleicht zum erstenmal gingen die beiden Freunde zum Essen gemeinsam in die Stadt; für Schmucke aber bedeutete das einen Ausflug nach Deutschland. Tatsächlich waren ja Johann Graff, der Besitzer des ›Hotel du Rhin‹, und seine Tochter Emilie, Wolfgang Graff, der Schneider und seine Frau, Fritz Brunner und Wilhelm Schwab Deutsche. Pons und der Notar waren als einzige Franzosen zu dem Festmahl zugelassen. Die Schneidersfamilie, die ein prächtiges Haus in der Rue de Richelieu, zwischen der Rue Neuve-des-Petits-Champs und der Rue Villedot besaß, hatte ihre Nichte erzogen, deren Vater mit Recht die Berührung mit Leuten aller Art, die in ein Hotel kommen, scheute. Die würdigen Schneidersleute, die das Mädchen liebten, wie wenn es ihre Tochter gewesen wäre, überließen dem jungen Hausstand das Erdgeschoß. Dort sollte sich das Bankhaus Brunner, Schwab & Co. niederlassen. Da diese Vereinbarungen schon vor etwa einem Monat getroffen worden waren, der erforderlichen Zeit, um die Brunner zugefallene Erbschaft anzutreten, auf die all dies Glück zurückging, war die Wohnung der künftigen Gatten von dem berühmten Schneider aufs reichste neu hergerichtet und möbliert worden. Die Büros des Bankhauses waren in dem Flügel untergebracht, der ein prächtiges, gleich an die Straße gebautes Geschäftshaus mit dem alten, zwischen Hof und Garten gelegenen Stadtpalais verband.

Als sie von der Rue de Normandie zur Rue de Richelieu gingen, erfuhr Pons von dem zerstreuten Schmucke die Einzelheiten dieser neuen Fassung der Geschichte vom verlorenen Sohn, für den der Tod den dicken Hotelier beseitigt hatte. Der mit seinen nächsten Verwandten frisch ausgesöhnte Pons fühlte sofort in sich den Wunsch erwachen, Fritz Brunner mit Cécile de Marville zu vermählen. Der Zufall wollte, daß der Notar der Gebrüder Graff ausgerechnet der Schwiegersohn und Nachfolger Cardots war, sein früherer Bürovorsteher, bei dem Pons oft zu Abend gegessen hatte.

»Ach, Sie sind's, Monsieur Berthier«, sagte der alte Musiker und reichte seinem Ex-Gastgeber die Hand.

»Und warum machen Sie uns nicht mehr die Freude, zu uns zum Essen zu kommen?« fragte der Notar. »Meine Frau war ganz besorgt um Sie. Wir haben Sie bei der Uraufführung der ›Teufelsbraut‹ gesehen, und da ist unsere Besorgnis zur Neugier geworden.«

»Alte Leute sind empfindlich«, erwiderte der Biedere, »ihr Unrecht ist es, um ein Jahrhundert im Rückstand zu sein; aber was soll man dagegen tun . . .? Es genügt vollauf, *ein* Jahrhundert zu repräsentieren; sie können nicht dem angehören, das sie sterben sieht.«

»Ach ja«, sagte der Notar mit schlauer Miene, »man kann nicht zwei Jahrhunderte auf einmal durchlaufen.«

»Hören Sie mal!« meinte der wackere Mann und zog den jungen Notar in eine Ecke, »warum sorgen Sie nicht für die Heirat meiner Kusine Cécile de Marville . . .?«

»Ja, warum . . .?« entgegnete der Notar. »In diesem Jahrhundert, in dem der Luxus bis in die Portierslogen gedrungen ist, zögern die jungen Leute, ihr Schicksal mit dem der Tochter eines Präsidenten am Königlichen Gericht in Paris zu verbinden, wenn man ihr nicht hunderttausend Francs Mitgift gibt. Man weiß noch von keiner Frau, die ihren Gatten in der Klasse, zu welcher der Ehemann der Mademoiselle de Marville gehören müßte, nur dreitausend Francs jährlich kosten würde. Die Zinsen einer solchen Mitgift können also kaum die Ausgaben für die Toilette einer künftigen Gattin bestreiten. Ein Junggeselle, der über fünfzehn- bis zwanzigtausend Francs Einkünfte verfügt, wohnt in einem hübschen Zwischengeschoß, die Gesellschaft verlangt von ihm keinen Aufwand; er kann ruhig nur einen einzigen Bedienten haben; er verwendet seine gesamten Einkünfte für seine Vergnügungen; er hat kein anderes Dekorum zu wahren als das, mit dem sein Schneider sich befaßt. Alle weitblickenden Mütter verhätscheln ihn, und so ist er einer der Könige der Pariser Eleganz. Eine Frau dagegen verlangt ein gut eingerichtetes Haus, sie beansprucht den Wagen für sich selber. Sie will eine Loge haben, wo der Junggeselle nur seinen Sperrsitz bezahlt. Sie wird, mit einem Wort, ganz und gar zur Repräsentantin des Vermögens, das der Junggeselle einst allein repräsentierte. Nehmen Sie für das Paar einmal dreißigtausend Francs Einkünfte an! In der heutigen Welt wird damit der reiche Junggeselle ein armer Teufel und muß überlegen, ob er sich den Eintrittspreis zum Rennen in Chantilly leisten kann. Und wenn dann noch Kinder hinzukommen . . .? Dann ist die Geldklemme da. Da Monsieur und Madame de Marville kaum die Fünfziger erreicht haben, sind die ›Erbaussichten‹ während der nächsten fünfzehn oder zwanzig Jahre gering; kein Junggeselle hätte Lust, sie so lange nur auf dem Papier stehen zu haben. Die Berechnung verdirbt die Herzen der leichtlebigen jungen Leute, die bei Mabille[106] mit Loretten Polka tanzen, so sehr, daß alle Heiratskandidaten beide Seiten des Problems studieren, ohne daß sie uns nötig hätten, um sie ihnen auseinanderzusetzen. Unter uns gesagt, läßt nämlich Mademoiselle de Marville das Herz ihrer Freier ruhig genug, so daß sie einen kühlen Kopf behalten, und alle geben sich dann dergleichen ehefeindlichen Überlegungen hin. Wenn irgendein junger Mann im Vollbesitz seiner Geisteskräfte und mit zwanzigtausend Francs Einkünften einen Heiratsplan *in petto* hat, der ehrgeizigen Absichten Genüge tut, so paßt Mademoiselle de Marville recht schlecht hinein . . .«

»Und wieso?« fragte der Musiker verblüfft.

»Ach . . .!« erwiderte der Notar, »heutzutage haben fast alle Junggesellen – und wären sie auch so häßlich wie wir beide, mein lieber Pons – die Unverschämtheit, eine Mitgift von sechshunderttausend Francs zu fordern, und dazu Mädchen aus großen Häusern, besonders schöne, besonders geistreiche, tadellos erzogene und makellose, vollkommene Geschöpfe.«

»Es wird also schwer sein, meine Kusine an den Mann zu bringen?«

»Sie wird so lange Jungfrau bleiben, wie ihre Eltern sich nicht entschließen, ihr Marville als Mitgift zu geben; und wenn sie das gewollt hätten, wäre sie bereits Vicomtesse Popinot ... Aber da kommt Monsieur Brunner; wir gehen jetzt an die Verlesung des Gesellschaftsvertrags der Firma Brunner und des Ehevertrags!«

Nach der Vorstellung und Begrüßung wohnte Pons, der von den Eltern gebeten worden war, den Vertrag mitzuunterzeichnen, der Verlesung der Verträge bei, und gegen halb sechs begab man sich ins Eßzimmer. Das Festmahl war eines jener üppigen Essen, wie Kaufleute sie geben, wenn sie ihre Geschäfte einmal ruhen lassen, und im übrigen zeugte es von den guten Beziehungen des Hoteliers Graff vom ›Hotel du Rhin‹ zu den ersten Lieferanten von Paris. Niemals hatten weder Pons noch Schmucke derartig geschwelgt! Es gab ›sinnenbetörende Gerichte‹ ...! Nudeln von einmaliger Feinheit, unvergleichlich gebratene Stinte, Genfer Felchen mit der echten Genfer Sauce und zum Plumpudding eine Creme, die den berühmten Doktor in Erstaunen versetzt hätte, der sie angeblich in London erfunden hat. Um zehn Uhr abends wurde vom Tisch aufgestanden. Was an Rheinweinen und französischen Marken getrunken worden war, hätte einen Dandy überrascht, denn man hat ja keine Ahnung, was Deutsche an Flüssigkeiter vertragen können, und dabei können sie noch still und ruhig bleiben. Man muß in Deutschland gegessen und mitangesehen haben, wie die Flaschen einander folgen wie Welle auf Welle an einem schönen Mittelmeerstrand und wie sie verschwinden, als besäßen die Deutschen die Saugfähigkeit des Schwamms und des Sandes, aber in vollster Harmonie, ohne den französischen Lärm. Die Unterhaltung bleibt vernünftig wie die Improvisation eines Wucherers, die Gesichter röten sich wie die der Liebespaare in den Fresken von Cornelius[107] oder Schnorr von Carolsfeld[108], das heißt unmerklich, und langsam wie Pfeifenrauch steigen Erinnerungen hoch.

Gegen halb elf saßen Schmucke und Pons auf einer Bank im Garten, jeder an einer Seite des ehemaligen Flötisten, ohne sich ganz im klaren darüber zu sein, wer sie dazu gebracht hatte, einander ihre Charaktere, Ansichten und Mißgeschicke auseinanderzusetzen. Inmitten dieses Potpourris von Geständnissen sprach Wilhelm von seinem Wunsch, Fritz zu verheiraten, und zwar mit einem Nachdruck und einer Beredsamkeit, die dem Wein entstammten.

»Was meinen Sie zu folgendem Programm für Ihren Freund Brunner?« schrie Pons Wilhelm ins Ohr. »Ein reizendes junges Mädchen, verständig, vierundzwanzig Jahre, aus höchst angesehener Familie, der Vater nimmt eine der höchsten Stellen im Justizwesen ein, es gibt hunderttausend Francs Mitgift und Erbaussichten auf eine Million.«

»Warten Sie!« erwiderte Schwab, »ich will sofort mit Fritz darüber reden.«

Und die beiden Musiker sahen Brunner und seinen Freund im Garten umherwandeln und immer wieder an ihnen vorüberkommen, wobei sie abwechselnd einander anhörten. Pons, dessen Kopf ein wenig schwer war und der, ohne gerade betrunken zu sein, ebensoviel Leichtigkeit in den Gedanken wie Schwere in ihrer Hülle empfand, beobachtete Fritz Brunner durch jene durchsichtige Wolke, die der Wein erzeugt, und wollte auf diesem Gesicht Sehnsüchte nach Familienglück wahrnehmen. Schwab stellte Monsieur Pons bald seinen Freund und Sozius vor, der dem alten Herrn vielmals für die Mühe dankte, die er sich gütigerweise mache. Es spann sich eine Unterhaltung an, in der die beiden Junggesellen Schmucke und Pons die Ehe in den Himmel hoben und sich, ohne etwas dabei zu finden, den Witz erlaubten, »daß sie die Vollendung des Mannes« sei. Während in der künftigen Wohnung der künftigen Gatten Eis, Tee, Punsch und Gebäck serviert wurden, stieg die Stimmung der achtbaren Kaufleute, die fast alle beschwipst waren, auf den Höhepunkt, als sie erfuhren, der stille Teilhaber des Bankhauses werde dem Beispiel seines Sozius folgen.

Schmucke und Pons gingen um zwei Uhr morgens über die Boulevards heim und philosophierten uferlos über die musikalische Einrichtung der Dinge hienieden.

Am folgenden Tag ging Pons zu seiner Kusine, der Präsidentin, im Vollgefühl der tiefen Freude, Böses mit Gutem zu vergelten. Arme, liebe schöne Seele ...! Sicherlich streifte er ans Erhabene, wie jedermann zugeben wird, denn wir leben in einem Jahrhundert, in dem man den Tugendpreis des Philanthropen Montyon[109] denen verleiht, die ihre Pflicht tun und die Vorschriften des Evangeliums dabei befolgen. – Ha! Die werden ihrem Essenschnorrer zu allergrößtem Dank verpflichtet sein, sagte er sich, als er in die Rue de Choiseul einbog.

Ein weniger in seine Selbstzufriedenheit versunkener Mann als Pons, ein Gesellschaftsmensch, ein argwöhnischer Mensch hätte bei seiner Rückkehr in dieses Haus die Präsidentin und ihre Tochter genau ins Auge gefaßt; der arme Musiker war aber ein Kind, ein Künstler voller Arglosigkeit, der nur an das Gute im Menschen glaubte wie in der Kunst an das Schöne. Er war von der liebenswürdigen Art, wie Cécile und die Präsidentin ihn empfingen, hell begeistert. Der wackere Mann, der seit zwölf Jahren Schauspiele, Komödien und Vaudevilles vor seinen Augen abspielen sah, durchschaute nicht die Fratzen der gesellschaftlichen Komödie; er war gegen so etwas wohl abgestumpft. Wer in der Pariser Gesellschaft verkehrt und die seelische und leibliche Dürrheit der Präsidentin erkannt hat, die nur auf äußere Ehren erpicht und vom Drang nach Tugendhaftigkeit besessen ist, wer ihre falsche Frömmigkeit und den eingefleischten Hochmut einer Frau durchschaut, die gewohnt ist, bei sich zu Hause den Ton anzugeben, kann sich vorstellen, welch heimlichen Haß sie gegen den Vetter ihres Gatten nährte, seitdem sie sich so ins Unrecht gesetzt hatte. Alle Äußerungen der Präsidentin und ihrer Tochter waren daher von dem entsetzlichen Verlangen nach offenbar nur aufgeschobener Rache begleitet. Zum erstenmal im Leben hatte Amélie sich gegenüber dem Gatten, den sie beherrschte, im Unrecht befunden. Am Ende mußte sie nun sogar dem Urheber ihrer Niederlage liebenswürdig entgegentreten ...! Diese Lage hat ihresgleichen nur in gewissen Heucheleien, die Jahre hindurch im Collegium Sacrum der Kardinäle oder in den Kapiteln der Führer geistlicher Orden geübt werden. Um drei Uhr, als der Präsident vom Justizpalast zurückkam, hatte Pons kaum die wunderbaren Zufälle seiner Bekanntschaft mit Monsieur Frédéric Brunner zu Ende erzählt und über das gestrige Festmahl berichtet, das erst am Morgen geendet hatte, sowie über alles, was besagten Frédéric Brunner betraf. Cécile hatte ohne Umschweife auf den springenden Punkt zugesteuert. Sie erkundigte sich, wie sich Frédéric Brunner kleide, nach seiner Größe, seinem Aussehen, der Farbe seines Haars und seiner Augen; und nachdem sie zu der Vermutung gelangt war, daß Frédéric vornehm aussehe, bewunderte sie den Edelmut seines Charakters.

»Seinem Gefährten im Unglück fünfhunderttausend Francs zu schenken! Oh, Mama, da bekomme ich einen Wagen und eine Loge in der Italienischen Oper.«

Und Cécile wurde beinahe hübsch, als sie an die Verwirklichung aller Ansprüche dachte, die ihre Mutter für sie hatte, und an die Erfüllung von Hoffnungen, an deren Erfüllung sie nicht mehr geglaubt hatte.

Die Präsidentin sagte nur: »Liebes Töchterchen, in vierzehn Tagen kannst du verheiratet sein.«

Alle Mütter nennen ihre Töchter, die dreiundzwanzig Jahre alt sind, »Töchterchen«.

»Nichtsdestoweniger«, sagte der Präsident, »brauchen wir noch Zeit, um Erkundigungen einzuziehen; ich werde meine Tochter niemals dem ersten besten geben . . .«

»Der Auskünfte wegen«, antwortete der alte Künstler, »könnte man sich an Berthier wenden; bei ihm sind die Verträge abgeschlossen worden. Was den jungen Mann betrifft, liebe Kusine, so wissen Sie, was Sie mir gesagt haben! Ja, er ist über die Vierzig hinaus, sein halber Kopf ist kahl, er will in der Familie einen Hafen gegen die Stürme des Lebens suchen; ich habe ihn nicht davon abgehalten; die Geschmäcker sind nun mal verschieden . . .«

»Ein Grund mehr, um sich Monsieur Frédéric Brunner anzusehen«, erwiderte der Präsident. »Ich möchte meine Tochter keinem kränkelnden Menschen anvertrauen.«

»Gut, Kusine, wenn Sie wollen, können Sie sich in fünf Tagen über meinen Freiersmann ein Urteil bilden, denn bei Ihrer Einstellung würde *eine* Zusammenkunft ja wohl genügen . . .«

Cécile und die Präsidentin zeigten sich begeistert.

»Frédéric, der ein ausgezeichneter Kunstkenner ist, hat mich gebeten, ihm meine kleine Sammlung zu zeigen«, fuhr Vetter Pons fort. »Sie haben meine Bilder und Antiquitäten noch nie besichtigt«, sagte er zu seinen beiden Verwandten. »Kommen Sie doch ebenfalls, Sie sind dann dabei als von meinem Freund

Schmucke eingeführte Damen; da können Sie die Bekanntschaft des Zukünftigen machen, ohne sich bloßzustellen. Frédéric braucht gar nicht zu erfahren, wer Sie sind.«

»Wunderbar!« rief der Präsident aus.

Man kann sich leicht vorstellen, wie rücksichtsvoll fortan der ehedem verachtete Schnorrer behandelt wurde. Der arme Kerl wurde an diesem Tage zum Vetter der Präsidentin. Die glückliche Mutter ertränkte ihren Haß in den Strömen ihrer Freude und fand Blicke, ein Lächeln und Worte, die den Guten in Ekstase versetzten, des Guten wegen, das er tat, und um der Zukunft willen, die er sich ausmalte. Mußte er nicht in den Häusern Brunner, Schwab, Graff ähnliche Speisenfolgen antreffen wie anläßlich der Unterzeichnung der Verträge? Er malte sich ein Schlaraffenleben und eine wunderbare Folge verdeckter Schüsseln, feinschmeckerischer Überraschungen, erlesener Weine aus.

»Wenn unser Vetter Pons uns einen solchen Abschluß ermöglicht«, sagte der Präsident zu seiner Frau, als Pons gegangen war, »müssen wir ihm eine Leibrente in Höhe seines Gehalts als Dirigent auswerfen.«

»Freilich«, sagte die Präsidentin.

Cécile wurde beauftragt, falls der junge Mann ihren Beifall finde, den alten Musiker zur Annahme dieses unrühmlichen Geschenks zu bewegen.

Am nächsten Tag ging der Präsident in der Absicht, zuverlässige Beweise für die Vermögenslage des Monsieur Frédéric Brunner zu erhalten, zum Notar. Berthier, der von der Präsidentin vorher unterrichtet worden war, hatte seinen neuen Kunden, den Bankier Schwab und früheren Flötisten, kommen lassen. Schwab war von einer solchen Verbindung für seinen Freund geblendet; er bezeigte sich entgegenkommend wie ein Sammler, der einen Händler zu übervorteilen hofft. (Man weiß, wie die Deutschen die sozialen Unterschiede hochachten! In Deutschland ist die Ehefrau Frau General, Frau Geheimrat, Frau Rechtsanwalt.)

»Da ich mein Gut Marville durch Vertrag meiner Tochter überlasse«, sagte der Vater Céciles zu Schwab, »möchte ich sie vor allem in der Rechtsform der Gütertrennung verehelichen. Monsieur Brunner müßte dann eine Million in Grundbesitz anlegen, um Marville abzurunden und so eine zur Mitgift gehörige Liegenschaft zu schaffen, welche die Zukunft meiner Tochter und die ihrer Kinder vor den Unsicherheiten des Bankgeschäfts schützen würde.«

Berthier strich sich das Kinn und dachte: »Der Herr Präsident legt sich ganz schön ins Zeug . . .«

Nachdem sich Schwab das Wesen der Gütertrennung hatte erklären lassen, verbürgte er sich für das Einverständnis seines Freundes. Dieses Verfahren erfüllte den Wunsch, den er Fritz hatte äußern hören; den nämlich, ein Mittel ausfindig zu machen, um nie wieder ins Elend zurückzusinken.

»Zufällig sind gerade jetzt für zwölfhunderttausend Francs Pachthöfe und Weideland zu verkaufen«, sagte der Präsident.

»Eine Million in Aktien der Bank von Frankreich wird der Bank wohl als Sicherheit für unsere Firma genügen; Fritz will nicht mehr als zwei Millionen ins Geschäft stecken; er wird tun, was Sie wünschen, Herr Präsident!«

Der Präsident machte seine beiden Frauensleute beinah toll, als er ihnen diese Neuigkeiten heimbrachte. Nie zuvor hatte sich eine so reiche Beute dem Netz der Ehe so willfährig gezeigt.

»Du wirst Madame Brunner de Marville werden«, sagte der Vater zu seiner Tochter, »denn ich werde für deinen Gatten die Erlaubnis erwirken, diesen Namen mit dem seinen zu verbinden, und später wird er naturalisiert. Wenn ich Pair von Frankreich werde, wird er mein Nachfolger!«

Die Präsidentin brauchte fünf Tage, um ihre Tochter herzurichten. Am Tag der Zusammenkunft kleidete sie persönlich Cécile an und rüstete sie mit eigenen Händen und mit einer Sorgfalt zu, wie sie der Admiral der blauen Flotte darauf verwandte, die Lustjacht der Königin von England auszustatten, als sie ihre Deutschland-Reise antrat.

Pons und Schwab ihrerseits reinigten und staubten Pons' Museum, die Wohnung und die Möbel mit der Behendigkeit von Matrosen ab, die ein Admiralsschiff schrubben. Kein Staubkörnchen verblieb an den Holzskulpturen. Alles Messing glänzte. Die Gläser über den Pastellzeichnungen ließen die Werke Latours, Greuzes und Liotards klar erkennen, des berühmten Schöpfers des Schokoladenmädchens[110], eines Wunders dieser leider so vergänglichen Kunst. Der unnachahmliche Schmelz der Florentiner Bronzen schimmerte. Die mittelalterlichen Glasmalereien erstrahlten in ihren zarten Farben. Die Gestalt eines jeden Dinges glänzte, und in diesem Konzert von Meisterwerken, das von zwei Musikern veranstaltet wurde, deren jeder von gleich dichterischer Empfindung war, ließ alles und jedes in der Seele sein eigenes Thema ertönen.

Die Damen waren geschickt genug, die Schwierigkeiten des Betretens der Bühne zu vermeiden; sie erschienen als erste; sie wollten in ihrem Element sein. Pons stellte den Verwandten seinen Freund Schmucke vor; sie hielten ihn für einen Schwachsinnigen. Da ihre Gedanken völlig mit einem vierfachen Millionär als Bräutigam beschäftigt waren, schenkten die beiden für Kunstdinge so völlig verständnislosen Damen den künstlerischen Ausführungen des wackeren Pons nur mäßige Aufmerksamkeit. Gleichgültig betrachteten sie die auf die roten Samtfelder dreier wunderbarer Rahmen verteilten Emailarbeiten Petitots[111]. Die Blumen des van Huysum[112], des David de Heem[113], die Insekten des Abraham Mignon[114], die van Eyck, die Albrecht Dürer, die echten Cranach, der Giorgione, der Sebastiano del Piombo, Backhuizen[115], Hobbema, Géricault, einmalige Dinge der Malerei, nichts reizte ihre Neugierde, denn sie erwarteten die Sonne, welche diese Reichtümer erleuchten sollte. Nichtsdestoweniger wurden sie von der Schönheit einiger etruskischer Schmuckstücke und vom Geldwert der Tabaksdosen überrascht. Aus Gefälligkeit schwärmten sie gerade von den florentinischen Bronzen, die sie in Händen hielten, als Madame Cibot Monsieur Brunner meldete. Sie wandten sich nicht um und bedienten sich eines herrlichen venezianischen Spiegels, der in mächtige Stücke geschnitzten Ebenholzes gefaßt war, um den Phönix aller Freier zu überprüfen.

Frédéric, der von Wilhelm verständigt worden war, hatte die wenigen Reste seiner Haare sorgfältig verteilt. Er trug ein hübsches Beinkleid von sanfter, wenn auch dunkler Tönung, eine Seidenweste von höchster Eleganz und neuestem Schnitt, ein von der Hand einer Friesin gewebtes Leinenhemd mit gehäkelten Spitzen und ein blaues Halstuch mit weißen Streifen. Seine Uhrkette stammte aus dem Juweliergeschäft Florent & Chanor, und ebenso sein Stockknauf. Sein Rock war von Vater Graff persönlich aus dem feinsten Tuch geschnitten. Schwedische Handschuhe kündeten von dem Mann, der bereits das Vermögen seiner Mutter durchgebracht hatte. Beim Glanz seiner Lackstiefel hätte man auf das niedrige, zweispännige Coupé des Bankiers schließen können, wenn die Ohren der beiden Gevatterinnen nicht schon sein Rollen in der Rue de Normandie gehört hätten.

Wenn der zwanzigjährige Prasser die Schmetterlingspuppe eines Bankiers ist, so geht mit vierzig Jahren ein um so feinerer Beobachter daraus hervor: Brunner hatte nämlich den ganzen Vorteil erkannt, den ein Deutscher aus seiner Treuherzigkeit zu ziehen vermag. An diesem Vormittag trug er den träumerischen Ausdruck eines Mannes zur Schau, der zwischen der Gründung einer Familie und der Fortführung eines Junggesellenlebens in Saus und Braus steht. Bei einem französierten Deutschen erschien dieser Ausdruck Cécile als der Superlativ des Romanhaften. In dem Abkömmling der Virlaz erblickte sie einen Werther. Welches junge Mädchen schiebt nicht einen kleinen Roman in die Geschichte seiner Ehe ein? Cécile hielt sich für die glücklichste aller Frauen, als Brunner beim Anblick der wunderbaren, in vierzig Jahren der Geduld gesammelten Meisterwerke in Begeisterung geriet und sie zu Pons' großer Genugtuung zum erstenmal nach ihrem wahren Wert zu schätzen wußte. »Das ist ein Dichter!« sagte sich Mademoiselle de Marville, »er erblickt darin Millionen. Ein Dichter ist ein Mann, der nicht rechnet, der seine Frau das Kapital verwalten, ein Mann, der sich leicht leiten und der sich mit Nichtigkeiten beschäftigen läßt.«

Jede Scheibe in den beiden Fenstern des Schlafzimmers des biederen Alten war eine bunte Schweizer Glasmalerei, deren geringste tausend Francs wert war, und er besaß sechzehn dieser Meisterwerke; heutzutage unternehmen die Liebhaber weite Reisen, um ihnen nachzuspüren. 1815 wurden diese Scheiben für sechs bis zehn Francs verkauft. Der Wert der sechzig Gemälde, die zu dieser göttlichen Sammlung gehörten, reine Meisterwerke ohne jede Übermalung, und alle echt, wäre nur in der Hitze einer Versteigerung zu ermitteln gewesen. Um jedes Bild schloß sich ein Rahmen von unermeßlichem Wert. Es gab ihrer in allen Stilarten: venezianische Rahmen mit ihren wuchtigen Verzierungen, ähnlich denen des heutigen Geschirrs der Engländer; römische Rahmen, die durch Effekthascherei – wie die Künstler sagen –, so bemerkenswert sind; spanische Rahmen mit kühnem Laubwerk; flämische und deutsche Rahmen mit ihren kindlichen Figuren; Schildpattrahmen mit Zinn, Messing, Perlmutt und Elfenbein eingelegt; Rahmen aus Ebenholz, aus Buchs, aus Messing, Rahmen im Stil Ludwigs XIII., Ludwigs XIV., Ludwigs XV. und Ludwigs XVI., kurzum: eine einzigartige Sammlung der schönsten Modelle. Glücklicher als die Konservatoren der Schätze von Dresden und Wien, besaß Pons einen Rahmen des berühmten Brustoloni[116], des Michelangelo der Holzskulptur.

Natürlich bat Mademoiselle de Marville bei jedem neuen Stück um Erklärungen. Sie ließ sich durch Brunner in die Kenntnis dieser Wunderdinge einführen. Sie gab sich in ihren Ausrufen so naiv, sie schien so glücklich, durch Frédéric den Wert, die Schönheit eines Gemäldes, einer Skulptur, einer Bronzeplastik kennenzulernen, daß der Deutsche auftaute; sein Gesicht wurde wieder jung. Schließlich wurde auf beiden Seiten weiter gegangen, als für dies erste, doch immerhin zufällige Treffen beabsichtigt worden war.

Die Besichtigung dauerte drei Stunden. Auf der Treppe bot Brunner Cécile die Hand. Cécile stieg mit weiser Langsamkeit die Stufen hinunter und plauderte noch immer über Kunstdinge. Dabei staunte sie über die Bewunderung ihres Verehrers für den Krimskrams ihres Vetters Pons.

»Sie glauben also, daß alles, was wir soeben gesehen haben, viel Geld wert ist?«

»Wenn Ihr Herr Vetter mir seine Sammlung verkaufen wollte, würde ich heute abend auf der Stelle achthunderttausend Francs dafür geben und kein schlechtes Geschäft dabei machen. Die sechzig Bilder allein schon würden bei einer öffentlichen Versteigerung einen höheren Preis erzielen.«

»Ich glaube es, da Sie es mir sagen«, entgegnete sie, »und es muß sich wohl so verhalten, da Sie sich mit diesen Dingen ja am meisten beschäftigt haben.«

»Oh, Mademoiselle ...!« rief Brunner. »Statt jeder Antwort auf diesen Vorwurf werde ich Ihre Frau Mutter um die Erlaubnis bitten, ihr meine Aufwartung machen zu dürfen, um das Glück zu haben, Sie wiederzusehen.«

»Wie schlau mein Töchterchen doch ist!« dachte die Präsidentin, die der Tochter auf den Fersen folgte. »Mit dem größten Vergnügen, Monsieur«, fügte sie laut hinzu. »Ich hoffe, daß Sie zusammen mit unserm Vetter Pons zum Essen kommen; mein Mann wird sich freuen, Ihre Bekanntschaft zu machen . . . Danke sehr, Vetter!« Sie drückte Pons' Arm so bedeutungsvoll an sich, daß die übliche Redensart: »Wir wollen auf Tod und Leben zusammenhalten« bei weitem nicht so kräftig gewesen wäre. Sie umarmte Pons mit einem Blick, der dies »Danke, Vetter« begleitete.

Als er das junge Mädchen an den Wagen begleitet hatte und als das gemietete Coupé in der Rue Charlot verschwunden war, redete Brunner mit Pons, der von der Ehe sprach, über Antiquitäten.

»Sie sehen also kein Hindernis . . .?« fragte Pons.

»Ach«, erwiderte Brunner, »die Kleine ist unbedeutend, die Mutter ist etwas ledern . . .; wir wollen sehen.«

»Da ist ein schönes Vermögen zu erwarten«, ließ Pons durchblicken. »Über eine Million . . .«

»Bis Montag also!« entgegnete der Millionär. »Wenn Sie Ihre Bildersammlung verkaufen möchten, gäbe ich gut und gern fünf- bis sechshunderttausend Francs dafür . . .«

»O nein!« rief der gute Alte, der gar nicht wußte, daß er so reich sei; »ich könnte mich nicht von dem trennen, was mein Glück ausmacht . . . Ich würde meine Sammlung nur verkaufen, wenn sie erst nach meinem Tode auszuliefern ist.«

»Na, schön! Wir werden sehen . . .«

»Da wären also zwei Geschäfte im Gang«, sagte der Sammler, der nur an die Heirat dachte.

Brunner grüßte Pons und verschwand; sein glänzendes Gefährt trug ihn von dannen. Pons sah dem fortrollenden kleinen Coupé nach, ohne auf Rémonencq zu achten, der auf der Türschwelle seine Pfeife rauchte.

Am gleichen Abend traf die Präsidentin de Marville bei ihrem Schwiegervater, wo sie sich Rat holen wollte, die Familie Popinot an. Im Verlangen nach einer kleinen Rache, wie sie dem

Herzen der Mütter ganz natürlich ansteht, wenn es ihnen nicht gelungen ist, einen Sohn des Hauses zu kapern, ließ Madame de Marville durchblicken, Cécile werde eine großartige Partie machen. »Wen heiratet Cécile denn?« war die Frage, die über aller Lippen lief. Und dann machte die Präsidentin, ohne daß sie ihr Geheimnis preiszugeben glaubte, so viele kleine Andeutungen und flüsterte so viele vertrauliche Geständnisse, die übrigens durch Madame Berthier bestätigt wurden, daß man sich in dem höchsten Bürgerhimmel, in dem Pons seine Feinschmeckerlaufbahn durchmessen hatte, am nächsten Morgen folgendes erzählte:

Cécile de Marville heiratet einen jungen Deutschen, der aus Menschenfreundlichkeit Bankier wird, denn er besitzt vier Millionen. Es ist ein Romanheld, ein wahrer Werther, entzückend gutherzig; die Hörner hat er sich schon abgelaufen. Er hat sich rasend in Cécile verliebt, es ist eine Liebe auf den ersten Blick und um so verläßlicher, als Cécile alle gemalten Madonnen der Sammlung Pons als Nebenbuhlerinnen hatte, usw. usw.

Am übernächsten Tag machten einige Personen der Präsidentin ihre Aufwartung, einzig und allein, um zu erfahren, ob der Goldzahn[117] auch wirklich existiere, und die Präsidentin gab folgende bewunderungswürdige Variationen, welche Mütter zu Rate ziehen können, wie man einstmals den ›Perfekten Sekretär‹ zu Rate zog.

»Eine Ehe ist erst dann geschlossen«, sagte sie zu Madame Chiffreville, »wenn man vom Standesamt und aus der Kirche zurückkommt, und wir sind erst bei bloßen Begegnungen. Auch baue ich fest auf Ihre Freundschaft, daß Sie nicht von unseren Hoffnungen reden ...«

»Sie können sich glücklich schätzen, Frau Präsidentin, Ehen kommen heutzutage recht schwer zustande.«

»Es ist nun mal, wie es ist. Purer Zufall; aber oft kommen auf diese Weise Ehen zustande.«

»Also, Sie wollen Cécile nun doch verheiraten?« fragte Madame Cardot.

»Ja«, antwortete die Präsidentin; sie begriff die Bosheit dieses »nun doch«. »Wir waren anspruchsvoll, und das hat Céciles Vermählung hinausgezögert. Jetzt aber haben wir alles gefunden: Vermögen, Liebenswürdigkeit, einen guten Charakter und einen hübschen Mann. Mein liebes Töchterchen hat das übrigens vollauf verdient. Monsieur Brunner ist ein charmanter Kavalier und durch und durch vornehm; er weiß den Luxus zu schätzen; er kennt das Leben; er ist in Cécile vernarrt; er liebt sie aufrichtig; und Cécile ist mit ihm trotz seiner drei oder vier Millionen zufrieden... Wir hatten gar nicht soviel verlangt, aber... Vorteile schaden nun mal nicht...«

»Nicht so sehr das Vermögen wie die von meiner Tochter eingeflößte Leidenschaft leiten uns«, sagte die Präsidentin zu Madame Lebas. »Monsieur Brunner hat es so eilig, daß er wünscht, die Ehe solle gleich nach Ablauf des Aufgebots geschlossen werden.«

»Er ist Ausländer...«

»Freilich, aber ich muß gestehen, daß ich sehr glücklich bin. Nein, ich bekomme keinen Schwiegersohn, sondern einen wirklichen Sohn. Monsieur Brunner ist von wahrhaft hinreißendem Zartgefühl. Man kann sich gar nicht vorstellen, welchen Wert er auf die gesetzliche Gütertrennung gelegt hat... Das bietet den Familien eine große Sicherheit. Er kauft für zwölfhunderttausend Francs Weideland, das eines Tages zu Marville geschlagen werden soll.«

Am nächsten Tag gab es weitere Variationen über das gleiche Thema. Monsieur Brunner war cin großer Herr und tat alles in größtem Stil. Er knauserte nicht, und wenn Monsieur de Marville die große Naturalisierungsurkunde[118] erlangen konnte (das Ministerium konnte ihm zuliebe doch wohl ein Auge zudrücken), dann würde der Schwiegersohn Pair von Frankreich. Man kannte nicht Monsieur Brunners Vermögen; er hatte aber die schönsten Pferde und die schönsten Kutschen von Paris usw.

Die Freude, die die Camusots dabei empfanden, ihre Hoffnungen bekanntzumachen, verriet deutlich genug, wie unverhofft dieser Triumph war.

Bald nach der Begegnung bei Vetter Pons bewog Monsieur de Marville auf Betreiben seiner Frau den Justizminister, seinen ersten Präsidenten und den Generalstaatsanwalt, bei ihm am Tag der Vorstellung des Phönix unter allen Schwiegersöhnen zu speisen. Die drei hohen Persönlichkeiten sagten zu, obwohl sie kurzfristig eingeladen wurden. Jeder von ihnen begriff die Rolle, die sie der Familienvater spielen ließ, und sie kamen ihm mit Vergnügen zu Hilfe. In Frankreich steht man den Müttern, die nach einem reichen Schwiegersohn angeln, ziemlich gern bei. Graf und Gräfin Popinot gaben sich gleichfalls dazu her, den Glanz dieses Tages zu erhöhen, wenn ihnen die Einladung auch geschmacklos vorkam. Alles in allem waren elf Personen beisammen. Céciles Großvater, der alte Camusot, und seine Frau durften bei dieser Runde nicht fehlen; die gesellschaftliche Stellung der Gäste war dazu bestimmt, Monsieur Brunner endgültig zu binden, der, wie wir gesehen haben, als einer der größten Kapitalisten Deutschlands vorgestellt wurde, als ein Mann von Geschmack (er liebt ja das Töchterchen), als der künftige Rivale von Nucingen, Keller, du Tillet usw.

»Es ist unser Empfangstag«, sagte die Präsidentin mit reichlich gesuchter Einfachheit zu dem, den sie als ihren Schwiegersohn betrachtete, als sie ihm die Gäste nannte, »es kommen nur gute Freunde. Zunächst der Vater meines Mannes, der, wie Sie wohl wissen, zum Pair von Frankreich ernannt werden soll; dann Graf und Gräfin Popinot, deren Sohn sich für Cécile nicht reich genug dünkte – aber wir sind deswegen nicht minder gute Freunde; unser Justizminister, unser erster Präsident, unser Generalstaatsanwalt, kurzum, unsere Freunde ... Wir werden ein wenig spät speisen, der Kammer wegen, deren Sitzungen immer erst um sechs enden.«

Brunner sah Pons vielsagend an, und Pons rieb sich die Hände als ein Mann, der zum Ausdruck bringen möchte: »Das sind unsere Freunde, meine Freunde ...!«

Als geschickte Frau hatte die Präsidentin ihrem Vetter etwas Besonderes mitzuteilen, damit Cécile einen Augenblick mit ihrem Werther unter vier Augen beisammen bleiben konnte. Cécile schwatzte beachtlich drauflos und wußte es so einzurichten, daß Frédéric ein deutsches Wörterbuch, eine deutsche Grammatik und einen Goetheband entdeckte, die sie versteckt hatte.

»Ach, Sie lernen Deutsch?« fragte Brunner und errötete.

Nur Französinnen können solcherlei Fallen erfinden. »Oh!« sagte sie, »sind Sie aber mal boshaft ...! Es gehört sich nicht, so in meinen Verstecken herumzustöbern. Ich will Goethe in der

Ursprache lesen«, erwiderte sie, »und deswegen lerne ich seit zwei Jahren Deutsch.«

»Die Grammatik ist wohl recht schwer zu verstehen, es sind ja erst zehn Blätter aufgeschnitten ...«, entgegnete Brunner treuherzig.

Cécile wandte sich verwirrt ab, um ihr Erröten zu verbergen. Ein Deutscher kann solchen Bekundungen nicht widerstehen, er ergriff Cécile bei der Hand, ließ die ganz Bestürzte sich wieder seinen Blicken zuwenden und schaute sie an, wie die Liebespaare in den Romanen von August Lafontaine, keuschen Angedenkens, einander anblicken.

»Sie sind anbetungswürdig!« sagte er.

Sie tat eine abwehrende Gebärde, die zum Ausdruck brachte: »Und Sie erst! Wer würde Sie nicht lieben?« – »Mama, es macht sich!« flüsterte sie ihrer Mutter zu, die mit Pons zurückkam.

Der Anblick, den eine Familie an einem solchen Abend bietet, läßt sich nicht schildern. Jedermann war zufrieden, eine Mutter zu sehen, welche die Hand auf eine gute Partie für ihre Tochter legte. Mit doppelsinnigen oder auch doppelt dick aufgetragenen Worten beglückwünschte man sowohl Brunner, der tat, als verstehe er nichts, als auch Cécile, die alles verstand, und den Präsidenten, der nach Komplimenten haschte. Pons sauste das Blut in den Ohren; er meinte, alle Gasflammen an der Rampe seines Theaters zu sehen, als Cécile ihm mit leiser Stimme und mit behutsamer Schonung die Absichten ihres Vaters bezüglich einer Leibrente von zwölfhundert Francs eröffnete, die der alte Künstler rundweg ablehnte, unter Hinweis auf den Wert seines beweglichen Vermögens, der ihm von Brunner klargemacht worden sei.

Der Minister, der erste Präsident, der Generalstaatsanwalt, die Popinots, all die Vielbeschäftigten gingen. Bald blieben nur mehr der alte Camusot und Cardot, der ehemalige Notar, zurück, den sein Schwiegersohn Berthier begleitet hatte. Der wakkere Pons bedankte sich, nun er sich im engsten Familienkreis sah, höchst ungeschickt beim Präsidenten und der Präsidentin für das Angebot, das Cécile ihm soeben gemacht hatte. So sind Gemütsmenschen nun mal; sie handeln ganz aus der ersten Aufwallung des Gefühls heraus. Brunner, der in der gebotenen Rente eine Art Prämie erblickte, die auf ihn gezahlt wurde, verfiel in israelitische Betrachtungen und nahm eine Haltung an, aus der ein Versinken in kalte Berechnung sprach.

»Meine Sammlung oder ihr Geldwert wird stets Ihrer Familie gehören, ob ich nun darüber mit unserem Freunde Brunner einen Handel abschließe oder sie behalte«, sagte Pons und offenbarte der erstaunten Familie, daß er so große Werte besaß.

Brunner beobachtete die Gefühlsveränderung, die bei all diesen Ahnungslosen sich zugunsten eines Mannes vollzog, der aus einer für bedürftig gehaltenen Lage als Besitzer eines Vermögens hervorging. Ebenso hatte er bereits gemerkt, wie Mutter und Vater ihre Cécile, den Abgott des Hauses, verwöhnten, und nun gefiel er sich darin, die Überraschung und das Staunen dieser würdigen Bürger anzustacheln.

»Ich habe Mademoiselle gesagt, daß die Bilder des Monsieur Pons mir persönlich jene Summe wert wären. Bei den Preisen aber, die einzigartige Kunstgegenstände heute erzielen, kann niemand den Betrag abschätzen, den die Sammlung bei einer öffentlichen Versteigerung erreichen würde. Die sechzig Gemälde würden sicher auf eine Million steigen; ich habe unter ihnen mehrere im Wert von fünfzigtausend Francs gesehen.«

»Wie gut, Ihr Erbe zu sein«, sagte der ehemalige Notar zu Pons.

»Mein Erbe ist aber doch meine Kusine Cécile«, erwiderte der gute Alte und pochte auf seine Verwandtschaft.

Eine allgemeine Bewunderung für den alten Künstler bekundete sich.

»Da wird sie eine sehr reiche Erbin«, sagte Cardot lachend und brach auf.

Man ließ Vater Camusot, den Präsidenten, die Präsidentin, Cécile, Brunner, Berthier und Pons allein, denn man nahm an, daß nunmehr Brunner offiziell um die Hand der Tochter des Hauses anhalten würde. Als man unter sich war, begann Brunner in der Tat mit einer Frage, die den Eltern von bester Vorbedeutung zu sein schien.

»Wenn ich recht verstanden habe«, fragte Brunner die Präsidentin, »ist Mademoiselle die einzige Tochter ...«

»Freilich«, erwiderte sie stolz.

»Dann haben Sie also mit niemandem Schwierigkeiten«, meinte der wackere Pons, um Brunner zu bewegen, seinen Antrag vorzubringen.

Brunner wurde nachdenklich, und ein fatales Schweigen verbreitete die seltsamste Kühle. Es war, als wenn die Präsidentin gestanden hätte, ihre Tochter sei epileptisch veranlagt. Der Präsident war der Ansicht, daß seine Tochter besser nicht zugegen wäre, und gab ihr einen Wink, den Cécile begriff. Sie ging hinaus. Brunner blieb stumm. Man schaute einander an. Die Lage wurde peinlich. Der alte Camusot führte als erfahrener Mann den Deutschen unter dem Vorwand, ihm den von Pons aufgetriebenen Fächer zeigen zu wollen, in das Zimmer der Präsidentin. Ihm schwante, daß einige Schwierigkeiten aufgetaucht seien, und er bat mit einer Gebärde seinen Sohn, seine Schwiegertochter und Pons, ihn mit dem Zukünftigen allein zu lassen.

»Hier ist das Meisterwerk!« sagte der alte Seidenhändler und zeigte den Fächer.

»Der ist seine fünftausend Francs wert«, erwiderte Brunner, als er ihn sich angeschaut hatte.

»Sind Sie nicht hierhergekommen, Monsieur Brunner«, fuhr der zukünftige Pair von Frankreich fort, »um um die Hand meiner Enkelin anzuhalten?«

»Allerdings«, sagte Brunner, »und ich bitte Sie, überzeugt zu sein, daß keine Verbindung für mich schmeichelhafter sein könnte als diese. Ich werde niemals ein schöneres, liebenswürdigeres und mir mehr zusagendes junges Mädchen als Mademoiselle Cécile finden; aber ...«

»Aber doch kein Aber«, sagte der alte Camusot, »oder wir wollen gleich mal die Bedeutung dieses Abers unter die Lupe nehmen, lieber Monsieur Brunner ...«

»Monsieur«, entgegnete Brunner ernsthaft, »ich bin sehr glücklich, daß wir uns auf keine Weise festgelegt haben, denn der Umstand, daß es sich um eine einzige Tochter handelt, ein Umstand, der für jedermann, außer mir, so wertvoll wäre und von dem ich keine Ahnung hatte, dieser Umstand ist für mich – wie Sie mir glauben dürfen – ein absolutes Hindernis ...«

»Na, hören Sie«, sagte der alte Herr ganz verblüfft, »Sie machen aus einem unermeßlichen Vorzug einen Nachteil? Ihr

Verhalten ist in der Tat höchst ungewöhnlich, und ich würde nur zu gerne seine Gründe kennenlernen.«

»Monsieur«, erwiderte der Deutsche phlegmatisch, »ich bin heute abend in der Absicht hierhergekommen, bei dem Herrn Präsidenten um die Hand seiner Tochter anzuhalten. Ich wollte Mademoiselle Cécile ein glänzendes Los bereiten, ich hätte ihr alles geboten, was sie geruht hätte von meinem Vermögen anzunehmen; ein einziges Kind wird aber von der Nachsicht seiner Eltern daran gewöhnt, seinen Willen zu haben; es hat niemals Widerspruch erfahren. Die Dinge stehen hier so wie in mehreren Familien, in denen ich früher den Kultus beobachten konnte, den man mit dieser Art von Gottheiten treibt: Ihre Enkelin ist nicht nur der Abgott des Hauses, sondern es kommt noch hinzu, daß die Frau Präsidentin hier die ... anhat (Sie wissen schon, was ich meine!). Monsieur, ich habe es erlebt, daß der Haushalt meines Vaters aus diesem Grunde zur Hölle geworden ist. Meine Stiefmutter, die Ursache all meines Unglücks, eine einzige, angebetete Tochter und die reizendste Verlobte, hat sich zu einem leibhaftigen Teufel entwickelt. Ich bezweifle nicht, daß Mademoiselle Cécile eine Ausnahme von meiner Regel bildet; aber ich bin kein Jüngling mehr, ich bin vierzig Jahre alt, und unser Altersunterschied birgt Schwierigkeiten, die mir nicht gestatten, ein junges Mädchen glücklich zu machen, das gewohnt ist, daß die Frau Präsidentin ihm jeden Willen tut, und auf das die Frau Präsidentin wie auf ein Orakel hört. Mit welchem Recht könnte ich von Mademoiselle Cécile eine Änderung ihrer Vorstellungen und Gewohnheiten verlangen? Statt eines Vaters und einer Mutter, die ihr den geringsten Willen tun, würde sie auf den Egoismus eines Vierzigers stoßen, und wenn sie ihm widersteht, würde der Vierziger der Besiegte sein. Ich handle also als Ehrenmann und ziehe mich zurück. Im übrigen wünsche ich, daß auf meine Person keinerlei Rücksicht genommen wird, wenn es nun einmal notwendig geworden ist zu erklären, warum ich hier nur einen einmaligen Besuch gemacht habe ...«

»Wenn das Ihre Beweggründe sind«, sagte der zukünftige Pair von Frankreich, »dann sind sie verständlich, so seltsam sie auch sein mögen ...«

»Monsieur, zweifeln Sie bitte meine Aufrichtigkeit nicht an«, unterbrach Brunner ihn lebhaft. »Wenn Sie ein armes Mädchen aus einer kinderreichen Familie wissen, das nichtsdestoweniger gut erzogen ist, ohne jedes Vermögen, wie man in Frankreich deren viele findet, dann heirate ich sie, wenn ihr Charakter mir die nötige Gewähr bietet.«

Während des Schweigens, das auf diese Erklärung folgte, verließ Frédéric Brunner den Großvater Céciles, begab sich wieder zu dem Präsidenten und der Präsidentin, um sich höflich zu verabschieden, und zog sich zurück. Als lebender Kommentar zum Gruß ihres Werther kam Cécile bleich wie eine Sterbende wieder herein; im Ankleidezimmer ihrer Mutter versteckt, hatte sie alles mitangehört.

»Abgeblitzt . . .!« flüsterte sie ihrer Mutter zu.

»Und warum?« fragte die Präsidentin ihren verwirrten Schwiegervater.

»Unter dem netten Vorwand, daß einzige Töchter verzogene Gören sind«, antwortete der alte Herr. »Und er hat nicht ganz unrecht«, fügte er hinzu und nahm die Gelegenheit wahr, seine Schwiegertochter zu tadeln; sie ging ihm seit zwanzig Jahren auf die Nerven.

»Das bringt meine Tochter um! Und Sie haben sie dann auf dem Gewissen . . .!« sagte die Präsidentin zu Pons und fing ihre Tochter auf, die es für angebracht fand, diese Worte zu rechtfertigen, indem sie sich in die Arme ihrer Mutter sinken ließ.

Der Präsident und seine Frau schleppten Cécile zu einem Sessel, wo sie vollends ohnmächtig wurde. Der Großvater schellte nach der Dienerschaft.

»Ich durchschaue das von diesem Herrn angezettelte Komplott«, sagte die wütende Mutter und zeigte auf den armen Pons.

Pons fuhr auf, als habe er das Gedröhn der Posaunen des Jüngsten Gerichts vernommen.

»Dieser Herr«, fuhr die Präsidentin fort, und ihre Augen waren wie zwei Springbrunnen grüner Galle, »dieser Herr hat einen unschuldigen Scherz mit einer Beleidigung vergelten wollen. Wen könnte man davon überzeugen, daß dieser Deutsche bei Sinnen ist? Entweder ist er mitschuldig an einer entsetzlichen Rache, oder er ist verrückt. Monsieur Pons, ich hoffe, daß Sie uns in Zukunft das Vergnügen ersparen, Sie in einem Hause zu sehen, über das Sie Schande und Unehre zu bringen versucht haben.«

Zur Bildsäule erstarrt, heftete Pons seine Blicke auf eine Rosette im Teppich und drehte die Daumen.

»Wie, Sie sind immer noch da, Sie Ungeheuer an Undankbarkeit . . .?« rief die Präsidentin und drehte sich um. »Wir sind niemals zu sprechen, weder mein Mann noch ich, wenn dieser Herr jemals noch vorsprechen sollte«, sagte sie zu der Dienerschaft und deutete auf Pons. »Jean, gehen Sie den Doktor holen, und Sie, Madeleine, Hirschhornwasser!«

Für die Präsidentin waren die von Brunner vorgebrachten Gründe nur ein Vorwand, hinter dem sich andere, unbekannte verbargen; der Abbruch der angebahnten ehelichen Verbindung wurde indessen dadurch nur desto gewisser. Mit jenem raschen Denken, das die Frauen bei großen Gelegenheiten auszeichnet, hatte Madame de Marville den einzigen Weg entdeckt, dieses Scheitern wettzumachen, und jener Weg bestand darin, daß sie Pons einer wohlüberlegten Rache bezichtigte. Diese im Hinblick auf Pons höllisch gemeinte Auffassung tat der Familienehre genug. Aus einem einfachen Weiberverdacht hatte sie, getreu ihrem Haß gegen Pons, eine Wahrheit gemacht. Frauen haben im allgemeinen einen besonderen Glauben, eine Moral für sich, sie glauben an die Wirklichkeit aller Dinge, die ihren Interessen und Leidenschaften dienen. Die Präsidentin ging noch sehr viel weiter; im Verlauf des Abends brachte sie dem Präsidenten ihre eigene Ansicht bei, und am nächsten Tage war der Richter von der Schuld seines Vetters überzeugt. Jedermann wird das Verhalten der Präsidentin abscheulich finden, aber in dieser Lage wird es jede Mutter Madame Camusot gleichtun. Sie wird lieber die Ehre eines anderen als die ihrer Tochter preisgeben. Die Mittel werden sich ändern; das Ziel jedoch wird das gleiche bleiben.

Der Musiker stieg schnell die Treppe hinunter; doch über die Boulevards ging er langsam bis zum Theater, in das er mechanisch eintrat. Mechanisch ging er zu seinem Pult, mechanisch dirigierte er das Orchester. Während der Pause antwortete er Schmucke so ausweichend, daß dieser seine Beunruhigung tarnen mußte; er meinte, Pons sei verrückt geworden. Für eine so kindliche Natur wie die von Pons nahm die Szene, die sich soeben abgespielt hatte, das Ausmaß einer Katastrophe an ... Da einen entsetzlichen Haß zu erwecken, wo er ein Lebensglück hatte stiften wollen, führte zu einer völligen Umkehrung des Daseins. Schließlich hatte er in den Augen, der Gebärde und der Stimme der Präsidentin Todfeindschaft wahrgenommen.

Am nächsten Tag faßte Madame de Marville einen großen Entschluß, den die Umstände übrigens erforderten und der vom Präsidenten gutgeheißen wurde. Man kam überein, Cécile das Gut Marville, das Haus in der Rue de Hanovre und hunderttausend Francs als Mitgift zu geben. Im Lauf des Vormittags suchte die Präsidentin die Gräfin Popinot auf; sie war sich darüber klar, daß ein derartiger Fehlschlag durch eine glatte Heirat wettgemacht werden müsse. Sie berichtete von dem abscheulichen Racheakt und der scheußlichen Mystifikation, die Pons ausgeheckt hätte. Alles wirkte glaubwürdig, als man erfuhr, daß der Vorwand für diesen Bruch die Tatsache gewesen sei, es handele sich bei Cécile um eine einzige Tochter. Schließlich setzte die Präsidentin mit wohlberechneter Kunst den Vorteil, Popinot de Marville zu heißen, und die riesige Mitgift ins rechte Licht. Bei den Preisen der Güter in der Normandie stellte diese Liegenschaft bei zwei Prozent einen Wert von etwa neunhunderttausend Francs dar, und das Haus in der Rue de Hanovre wurde auf zweihundertfünfzigtausend Francs geschätzt. Keine verständige Familie konnte eine solche Verbindung ablehnen. So nahmen Graf Popinot und seine Frau sie denn auch an. Ferner versprachen sie als Leute, die auf die Ehre der Familie, in die sie eintraten, Wert legten, ihren Beistand, um die am Vorabend eingetretene Katastrophe aufzuklären.

Bei dem gleichen alten Camusot, Céciles Großvater, und vor den gleichen Personen, die sich dort einige Tage zuvor zusammengefunden hatten und denen von der Präsidentin deren Brunner-Litaneien vorgesungen worden waren, steuerte nunmehr die gleiche Präsidentin, mit der sich jeder zu unterhalten scheute, tapfer auf die Erklärungen los.

»Heutzutage«, sagte sie, »kann man wahrlich nicht vorsichtig genug sein, wenn es sich um eine Heirat handelt, und vor allem, wenn man es mit Ausländern zu tun hat.«

»Wieso denn? Was ist Ihnen denn zugestoßen?« fragte Madame Chiffreville.

»Wissen Sie nichts von unseren Erfahrungen mit diesem Brunner, der die Frechheit hatte, sich um die Hand Céciles zu bewerben ...? Es ist der Sohn eines deutschen Gastwirts, der Neffe eines Kaninchenfellhändlers.«

»Nicht möglich! Wo Sie doch so umsichtig sind ...!« meinte eine Dame.

»Diese Abenteurer sind ja so raffiniert! Wir haben durch Berthier alles erfahren. Dieser Deutsche hat einen armen Teufel zum Freund, der Flötenspieler ist! Er unterhält Beziehungen zu einem Mann, der in der Rue du Mail ein Logierhaus mit Schneidern darin hat ... Wir haben erfahren, daß er das ausschweifendste Leben geführt hat, und kein Vermögen kann für einen Taugenichts ausreichen, der bereits das seiner Mutter durchgebracht hat ...«

»Dann wäre Ihr Fräulein Tochter aber recht unglücklich geworden ...!« sagte Frau Berthier.

»Und wie ist er in Ihr Haus gekommen?« fragte die alte Madame Lebas.

»Das war ein Racheakt von Monsieur Pons; er hat uns diesen sauberen Herrn vorgestellt, um uns lächerlich zu machen ... Dieser Brunner – französisch heißt das soviel wie Fontaine[119] – (uns wurde er als ein großer Herr ausgegeben) ist in einem ziemlich erbärmlichen Gesundheitszustand, kahlköpfig, mit verdorbenen Zähnen. Es hat mir genügt, ihn einmal zu sehen, um ihm zu mißtrauen.«

»Aber das große Vermögen, von dem Sie mir erzählt haben?« fragte schüchtern eine junge Dame.

»Das Vermögen ist längst nicht so beträchtlich, wie behauptet wird. Die Schneider, der Hotelgeschäftsführer und er, sie alle haben ihr ganzes Vermögen zusammengekratzt, um ein Bankhaus zu gründen ... Was bedeutet heutzutage schon eine Bank, wenn sie neu eröffnet wird? Man nimmt sich damit die Freiheit, sich wirtschaftlich zugrunde zu richten. Eine Frau, die als Millionärin zu Bett geht, kann beim Aufwachen nichts mehr als ihr eingebrachtes Gut ihr eigen nennen. Beim ersten Wort und auf den ersten Blick stand unsere Meinung über diesen Herrn fest, dem unsere Sitten gänzlich unbekannt sind. Man sieht an seinen Handschuhen, an seiner Weste, daß er nur ein Arbeiter ist, der Sohn eines deutschen Garkochs, ohne jeden Adel der Empfindung, ein Biertrinker und Raucher ...! Ach, Madame, er raucht fünfundzwanzig Pfeifen am Tag. Was für ein Los hätte da meine arme Lili gehabt ...! Ich zittere noch davor. Gott hat uns bewahrt! Übrigens mochte Cécile diesen Herrn ganz und gar nicht ... Konnten wir uns einer derartigen Mystifikation von seiten eines Verwandten gewärtig sein; eines ständigen Gastes unseres Hauses, der seit zwanzig Jahren zweimal wöchentlich bei uns zu Tisch ist, den wir mit Wohltaten überschüttet haben und der seine Komödiantenrolle so gut spielte, daß er Cécile vor dem Justizminister, dem Generalstaatsanwalt und dem ersten Präsidenten zu seiner Universalerbin ernannte ... Dieser Brunner und Monsieur Pons steckten unter einer Decke, um sich gegenseitig Millionen anzudichten ...! Nein, Sie können sicher sein, meine Damen, Sie alle wären auf diese Künstlermystifikation hereingefallen!«

Innerhalb weniger Wochen trugen die vereinigten Familien Popinot, Camusot und ihr Anhang in der Gesellschaft einen leichten Triumph davon; denn niemand ließ sich in diesen Kreisen die Verteidigung des elenden Pons angelegen sein, des Schnorrers, des Heuchlers, des Geizhalses, des falschen Ehrenmanns, der mit Verachtung mundtot gemacht und als eine am Busen der Familien genährte Natter betrachtet wurde, als ein Mann von seltener Bosheit, als ein gefährlicher Gaukler, den man der Vergessenheit anheimgeben mußte.

Etwa einen Monat nach der Weigerung des falschen Werther schlenderte der arme Pons, der infolge eines Nervenfiebers das Bett hatte hüten müssen und zum erstenmal wieder ausging, auf Schmuckes Arm gestützt, in der Sonne über die Boulevards. Auf dem Boulevard du Temple lachte keiner mehr über die beiden Nußknacker angesichts des Verfalls des einen und der rührenden Besorgnis des anderen für seinen genesenden Freund. Durch das bloße Einatmen jener Boulevardatmosphäre, deren Luft so mächtig ist, hatte Pons, als sie auf dem Boulevard Poissonière angekommen waren, wieder Farbe bekommen. Wo nämlich eine große Menschenmenge sich bewegt, ist das Fluidum so lebenskräftig, daß man in Rom im verseuchten Ghetto mit seinem Gewimmel von Juden das Ausbleiben der Malaria[120] festgestellt hat. Vielleicht wirkte auch der Anblick des großen Schauspiels von Paris, das er einst jeden Tag zu beobachten geliebt hatte, auf den Kranken günstig ein. Gegenüber dem Théâtre des Variétés ließ Pons Schmucke los, denn sie gingen zwar nebeneinander, aber der Genesende verließ seinen Freund von Zeit zu Zeit, um sich die neuen Auslagen der Läden anzuschauen. So stand er plötzlich Aug in Auge dem Grafen Popinot gegenüber, den er aufs ehrerbietigste begrüßte, denn der frühere Minister gehörte zu den Leuten, die Pons am meisten schätzte und verehrte.

»Hören Sie mal, Monsieur Pons«, antwortete der Pair von Frankreich streng, »ich begreife nicht, wie Sie so taktlos sein können, jemanden zu grüßen, der mit der Familie verwandt ist, die Sie durch einen Racheakt mit Schande und Lächerlichkeit bedecken wollten, wie ihn in solcher Gestalt nur Künstler aushekken können . . . Lassen Sie sich gesagt sein, Monsieur Pons, daß wir von heute ab einander völlig fremd sein müssen. Meine Frau teilt die Entrüstung, die Ihr Verhalten den Marvilles gegenüber in der ganzen Gesellschaft ausgelöst hat.«

Der frühere Minister ging weiter und ließ Pons völlig zerschmettert stehen. Niemals kümmern sich die Leidenschaften, weder die Justiz noch die Politik, niemals die großen Gesellschaftsmächte um den Zustand des Menschenwesens, auf das sie losschlagen. Der vom Familieninteresse zu Pons' Vernichtung getriebene Staatsmann nahm keinerlei Notiz von der körperlichen Schwäche dieses furchtbaren Feindes.

»Was ist dir denn, armer Freund?« rief Schmucke und wurde ebenso blaß wie Pons.

»Ich habe grade eben einen neuen Dolchstoß ins Herz erhalten«, erwiderte der Biedermann und stützte sich auf Schmuckes Arm. »Ich glaube, Gott allein hat das Recht, Gutes zu tun; darum werden alle, die sich seine Aufgabe anmaßen, so grausam bestraft.«

Dieser Künstlersarkasmus entsprang einer äußersten Anstrengung dieses vortrefflichen Mannes, der den im Antlitz seines Freundes sichtbaren Schrecken verjagen wollte.

»Das glaube ich auch«, antwortete Schmucke einfältig.

Für Pons war das alles unerklärlich, denn weder die Camusots noch die Popinots hatten ihm eine Vermählungsanzeige Céciles geschickt. Auf dem Boulevard des Italiens sah Pons Monsieur Cardot auf sich zukommen. Durch die Ansprache des Pairs von Frankreich gewarnt, hütete Pons sich, diese Persönlichkeit anzuhalten, bei der er im vergangenen Jahre alle vierzehn Tage einmal zu Tisch gewesen war. Er beschränkte sich auf eine Verbeugung. Der Bürgermeister aber, der Abgeordnete von Paris, sah Pons entrüstet an, ohne seinen Gruß zu erwidern.

»Geh doch einmal zu ihm und frage, was sie alle gegen mich haben«, sagte der wackere Mann zu Schmucke, der die über Pons hereingebrochene Katastrophe in allen Einzelheiten kannte.

»Monsieur«, sagte Schmucke listig zu Cardot, »mein Freund Pons genest gerade von einer Krankheit, und Sie haben ihn sicher nicht wiedererkannt.«

»Durchaus!«

»Aber, was haben Sie ihm dann vorzuwerfen?«

»Sie haben ein Ungeheuer von Undankbarkeit zum Freunde, einen Mann, der, wenn er noch lebt, das nur auf Grund des Sprichworts kann: Unkraut vergeht nicht! Die Gesellschaft hat völlig recht, wenn sie den Künstlern mißtraut, sie sind boshaft und schlecht wie die Affen. Ihr Freund hat versucht, seine eigene Familie zu entehren, den Ruf eines jungen Mädchens zu verderben, um sich für einen unschuldigen Scherz zu rächen. Ich will nicht das geringste mehr mit ihm zu tun haben; ich will mich bemühen, zu vergessen, daß ich ihn gekannt habe, daß er überhaupt existiert. Diese Einstellung ist die aller Mitglieder meiner Familie, der seinen und überhaupt aller Leute, welche Monsieur Pons einmal die Ehre erwiesen haben, ihn bei sich zu empfangen ...«

»Aber Sie sind doch ein verständiger Mensch; und wenn Sie erlauben, will ich Ihnen die Angelegenheit aufklären ...«

»Bleiben Sie sein Freund, wenn Sie es übers Herz bringen können. Das ist Ihre Sache«, erwiderte Cardot; »gehen Sie aber nicht weiter, denn ich glaube, Sie darauf aufmerksam machen zu müssen, daß ich in der gleichen Weise alle diejenigen ablehne, die versuchen würden, ihn zu entschuldigen oder zu verteidigen.«

»Also ihn zu rechtfertigen?«

»Jawohl, denn sein Verhalten ist nicht zu rechtfertigen, wie es denn auch nicht zu benennen ist.«

Nach dieser Redewendung setzte der Abgeordnete des Seine-Départements seinen Weg fort, ohne noch eine weitere Silbe vernehmen zu wollen.

»Ich habe bereits die beiden Staatsgewalten gegen mich«, sagte der arme Pons lächelnd, als Schmucke ihm die wilden Verwünschungen von A bis Z berichtet hatte.

»Alles ist gegen uns verschworen«, erwiderte Schmucke schmerzlich. »Jetzt wollen wir uns aus dem Staube machen, sonst begegnen wir womöglich noch mehreren von diesen Bestien.«

Es war das erstemal in seinem wahrhaft lammfrommen Leben, daß Schmucke solche Worte über die Lippen brachte. Niemals war seine fast göttliche Sanftmut erschüttert worden. Er hätte arglos über jedes Unglück gelächelt, das ihm widerfahren wäre. Als er indessen seinen wundervollen Pons mißhandelt sah, diesen unbekannten Aristides, dieses gottergebene Genie, diese Seele ohne Fehl, diesen Schatz an Güte, dies reine Gold ...! da empfand er die Entrüstung des Alceste[121] und nannte die Gastgeber seines Pons Bestien! Bei dieser friedlichen Natur entsprach ein solcher Ausbruch allem Rasen Rolands[122]. In weiser Voraussicht ließ Schmucke Pons zum Boulevard du Temple zurückkehren, und Pons ließ sich führen, denn der Kranke war in der Lage der Boxer, die die Schläge nicht mehr zählen. Das Schicksal wollte es, daß auf dieser Welt dem armen Musiker nichts erspart blieb. Die Lawine, die auf ihn herabrollte, sollte alles umfassen: die Pairskammer, die Abgeordnetenkammer, die Familie, die Ausländer, die Starken, die Schwachen, die Unschuldigen!

Auf dem Boulevard Poissonnière gewahrte Pons auf dem Heimweg die Tochter eben jenes Monsieur Cardot, eine junge Frau, die genug Unglück erlebt hatte, um nachsichtig zu sein. Sie war eines geheimgehaltenen Fehltritts schuldig und hatte sich zur Sklavin ihres Gatten gemacht. Madame Berthier war die einzige Hausherrin in allen Familien, bei denen Pons Tischgast war, die er mit Vornamen anredete. Er sagte zu ihr: »Félicie!« und glaubte sich manchmal von ihr verstanden. Dies sanfte Geschöpf schien von der Begegnung mit Vetter Pons unangenehm berührt zu sein; denn trotz des Fehlens jeglicher Verwandtschaft mit der Familie der zweiten Frau seines Vetters, des alten Camusot, war er als Vetter behandelt worden. Da sie nicht ausweichen konnte, blieb Félicie Berthier bei dem Sterbenskranken stehen.

»Ich habe Sie nie für boshaft gehalten, Vetter; aber wenn von allem, was ich über Sie höre, auch nur der vierte Teil der Wahrheit entspräche, sind Sie ein sehr heimtückischer Mensch . . . Ach, rechtfertigen Sie sich doch nicht!« fügte sie aufgeregt hinzu, als sie Pons eine Gebärde machen sah. »Aus zwei Gründen ist das sinnlos: erstens, weil ich kein Recht habe, Anschuldigungen zu erheben oder zu verdammen, da ich von mir selbst weiß, daß diejenigen, die am meisten unrecht zu haben scheinen, Entschuldigungen geltend machen können; zweitens, weil Ihre Gründe zu nichts nütze wären. Mein Mann, der den Ehevertrag der Mademoiselle Marville mit dem Vicomte Popinot aufgestellt hat, ist derartig gegen Sie aufgebracht, daß er mich ausschelten würde, wenn er erführe, daß ich zu Ihnen auch nur ein einziges Wort gesagt, daß ich ein letztes Mal mit Ihnen gesprochen habe. Alle Welt ist gegen Sie.«

»Das sehe ich nur zu gut, Madame!« antwortete der arme Musiker mit bewegter Stimme und grüßte ehrerbietig die Notarsgattin.

Und mühsam setzte er seinen Weg nach der Rue de Normandie fort, wobei er sich mit einer Wucht auf den Arm Schmuckes stützte, die dem alten Deutschen eine tapfer bekämpfte körperliche Ohnmacht anzeigte. Diese dritte Begegnung war wie das von dem Lamm, das zu Füßen Gottes ruht, verkündete Urteil; der Zorn dieses Engels der Armen, des Sinnbilds der Völker, ist das letzte Wort des Himmels. Die beiden Freunde kamen nach Hause, ohne ein Wort gewechselt zu haben. In gewissen Lebenslagen kann man seinen Freund nur um sich fühlen. Der ausgesprochene Trost macht die Wunde nur noch schmerzlicher und enthüllt ihre Tiefe. Der alte Pianist besaß, wie man sieht, das Genie der Freundschaft, die Zartheit derer, die wissen, wie Leidenden zumute ist, da sie selber viel gelitten haben. Dieser Spaziergang sollte der letzte des wackeren Pons sein. Der Kranke fiel von einer Krankheit in die andere. Da er von sanguinisch-galligem Temperament war, trat ihm die Galle ins Blut, und er wurde von einer heftigen Leberentzündung befallen. Die beiden aufeinanderfolgenden Krankheiten waren die einzigen seines Lebens, und so kannte er keinen Arzt. Die mitfühlende, getreue Madame Cibot brachte in einer anfänglich durchaus gutgemeinten, ja sogar mütterlichen Absicht den Arzt des Stadtviertels zu ihm. In Paris gibt es in jedem Stadtviertel einen Arzt, dessen Name und Wohnung nur den unteren Klassen bekannt sind, den Kleinbürgern, den Portiers, und der daher folgerichtig als der Arzt des Viertels bezeichnet wird. Dieser Arzt, der die Entbindungen und Aderlässe vornimmt, ist in der Medizin, was in den ›Kleinen Anzeigen‹[123] das ›Mädchen für alles‹ ist. Da er nicht umhin kann, gütig zu den Armen zu sein, und da er auf Grund seiner langen Praxis eine ziemliche Erfahrung besitzt, ist er im allgemeinen beliebt. Madame Cibot hatte den Doktor Poulain zu dem Kranken geführt, Schmucke hatte es gebilligt, und nun hörte er sich, ohne groß darauf zu achten, die Klagen des alten Musikers an, der sich die ganze Nacht über die völlig unempfindlich gewordene Haut zerkratzt hatte. Der Ausdruck der gelb umränderten Augen paßte zu diesem Symptom.

»Sie haben in den letzten zwei Tagen irgendeinen heftigen Kummer gehabt«, sagte der Arzt zu seinem Patienten.

»Leider ja!« antwortete Pons.

»Sie haben die Krankheit, die dieser Herr da auch beinahe bekommen hätte«, sagte er und zeigte auf Schmucke, »die Gelbsucht. Es hat aber nichts zu bedeuten«, fügte Doktor Poulain hinzu und schrieb ein Rezept.

Trotz dieser so tröstlichen Schlußworte hatte der Doktor auf den Kranken einen jener hippokratischen Blicke geworfen, aus denen jene Augen, die darauf aus sind, die Wahrheit zu erfahren, stets das Todesurteil herauslesen, mag es sich auch unter hergebrachtem Mitleid verstecken. So täuschte sich denn auch Madame Cibot, die mit Späherblicken in den Augen des Doktors gelesen hatte, weder über den Tonfall der Worte des Arztes noch über das heuchlerische Gesicht des Doktors Poulain, und als er ging, folgte sie ihm nach:

»Glauben Sie im Ernst, es hätte nichts auf sich?« fragte Madame Cibot im Treppenhaus den Doktor.

»Liebe Madame Cibot, Ihr Herr ist ein Mann des Todes, nicht

infolge des Eindringens der Galle ins Blut, sondern seiner seelischen Schwäche wegen. Bei sehr sorgfältiger Pflege wäre Ihr Kranker indessen noch zu retten; man müßte ihn hier herausbringen, eine Reise mit ihm machen . . .«

»Und wovon . . .?« fragte die Portiersfrau. »Er hat nur zu brechen und zu beißen, was ihm seine Stellung einbringt, und sein Freund lebt von ein paar kleinen Pensionen, die ihm von vornehmen Damen ausgesetzt worden sind, denen er, wie er sagt, ein paar Gefälligkeiten erwiesen hat, sehr mildherzigen Damen. Es sind zwei Kinder, die ich da seit neun Jahren in Obhut habe.«

»Ich bringe mein Leben damit hin, Leute sterben zu sehen, die nicht ihren Krankheiten erliegen, sondern der schweren, unheilbaren Wunde, ohne ausreichende Mittel zu sein. In wie vielen Mansarden bin ich doch gezwungen, statt mir meinen Besuch vergüten zu lassen, obendrein noch hundert Sous auf dem Kamin liegen zu lassen . . .!«

»Armer, lieber Monsieur Poulain . . .«, sagte Madame Cibot. »Ach, hätten Sie doch die hunderttausend Francs Zinsen, die gewisse Knauser in unserem Viertel besitzen, die wahrhaftige Satansbruten (sie meinte Satansbraten) sind, dann wären Sie der Stellvertreter des lieben Gottes auf Erden.«

Der Arzt, dem es auf Grund der Hochachtung der Herren Portiers seines Arrondissements gelungen war, sich eine kleine Patientenschaft zu sichern, die kaum für seine Bedürfnisse ausreichte, hob die Augen zum Himmel und dankte Madame Cibot durch ein Mienenspiel, das des Tartuffe würdig gewesen wäre.

»Sie meinen also, lieber Monsieur Poulain, daß unser lieber Kranker bei recht guter Pflege noch davonkommen könnte?«

»Ja, sofern er durch den erlittenen Kummer seelisch nicht zu sehr angegriffen ist.«

»Der arme Mann! Wer hat ihm wohl solchen Kummer machen können? Es ist ein guter Mensch, der seinesgleichen auf Erden nur in seinem Freund, Monsieur Schmucke, hat . . .! Ich werde schon herauskriegen, woher das gekommen ist! Und ich werde mir dann auch die vornehmen, die mir meinen Herrn so zugerichtet haben, na . . .«

»Hören Sie mal, meine liebe Madame Cibot«, sagte der Arzt,

der sich bereits auf der Schwelle des Torwegs befand, »eins der wichtigsten Kennzeichen der Krankheit Ihres Herrn ist eine beständige Ungeduld wegen nichts und wieder nichts, und da es nicht wahrscheinlich ist, daß er eine Pflegerin nehmen kann, werden Sie ihn wohl pflegen. So . . .«

»Sprechen Sie da von dem alten Pons?«[124] fragte der Eisenhändler, der seine Pfeife rauchte. Und er stand vom Prellstein auf, um sich in die Unterhaltung der Portiersfrau und des Arztes zu mischen.

»Ja, Papa Rémonencq!« antwortete Madame Cibot dem Auvergnaten.

»Nun, der ist viel reicher als Monistrol und die anderen Herrn vom Antiquitätenhandel . . . Ich versteh' mich genug auf den Kunstmarkt, um Ihnen zu sagen, daß der gute Mann wahre Schätze hat!«

»Nanu, ich habe gemeint, Sie hätten sich neulich über mich lustig gemacht, als ich Ihnen all den alten Kram da gezeigt habe, während meine Herren ausgegangen waren«, sagte Madame Cibot zu Rémonencq.

In Paris, wo die Pflastersteine Ohren, die Türen eine Zunge zum Reden und die Fenstergitter Augen haben, ist nichts gefährlicher, als vor den Torwegen zu plaudern. Die letzten Worte, die man an dieser Stelle wechselt und die für eine Unterhaltung soviel wie eine Nachschrift in einem Brief bedeuten, enthalten Indiskretionen, die ebenso gefährlich für die sind, welche sie laut werden lassen, wie für die, welche sie aufschnappen. Ein einziges Beispiel dürfte genügen, um das zu bekräftigen, was diese Erzählung darbietet.

Eines Tages trat einer der bekanntesten Friseure der Kaiserzeit, da die Menschen auf ihre Haarpflege ganz besonderes Gewicht legten, aus einem Hause, in dem er soeben eine hübsche Dame frisiert hatte und in dem alle reichen Mieter zu seinem Kundenkreis gehörten. Unter diesen gedieh ein alter Junggeselle, und der war mit einer Haushälterin versehen, welche die Erben ihres Herrn verabscheute. Der ehemalige Jüngling hatte, schwer erkrankt, soeben eine Konsultation der berühmtesten Ärzte über sich ergehen lassen, die damals noch nicht ›Fürsten der Wissenschaft‹ hießen. Zufällig waren die Ärzte gleichzeitig mit dem Friseur weggegangen und sprachen, während sie sich auf der Schwelle des Torwegs verabschiedeten, mit wissenschaftlicher Offenheit miteinander, wie sie eben sprechen, wenn das Possenspiel der Konsultation zu Ende ist. »Der ist ein Mann des Todes«, sagte Doktor Haudry. »Er hat keinen Monat mehr zu leben ...«, meinte Desplein, »wenn nicht ein Wunder geschieht.« Der Friseur hörte diese Worte. Wie alle Friseure unterhielt er seine Beziehungen zu der Dienerschaft. Von ungeheurer Begier getrieben, steigt er sofort wieder zu dem ehemaligen Jügling hinauf und verspricht der Dienerin und Geliebten eine recht schöne Belohnung, wenn sie ihren Herrn bewegen könnte, einen großen Teil seines Vermögens in Leibrenten anzulegen. Zum Vermögen des alten, todkranken Junggesellen, der übrigens sechsundfünfzig Jahre alt war, die aber wegen seiner Liebesabenteuer doppelt gezählt werden müßten, gehörte ein wunderbares, in der Rue Richelieu gelegenes Haus, das damals zweihundertfünfzigtausend Francs wert war. Dieses Haus, der Gegenstand der Begehrlichkeit des Friseurs, wurde ihm jetzt gegen eine Leibrente von dreißigtausend Francs verkauft. Das hat sich im Jahre 1806 ereignet. Der heute siebzigjährige Friseur, der sich zur Ruhe gesetzt hat, bezahlt im Jahre 1846 die Leibrente immer noch. Da der ehemalige Jüngling mit seinen sechsundneunzig Jahren kindisch geworden ist und seine Madame Evrard[125] geheiratet hat, kann er es noch sehr weit bringen. Der Friseur hat dem Dienstmädchen einige dreißigtausend Francs gegeben, und so kostet ihn das Haus über eine Million. Es hat jedoch heute einen Wert von acht- bis neunhunderttausend Francs.

Ganz wie dieser Friseur, hatte der Auvergnate die letzten Worte aufgeschnappt, die Brunner auf der Schwelle seiner Tür, am Tage der Begegnung des Phönix aller Freier mit Cécile, zu Pons gesprochen hatte. Er hatte infolgedessen den Wunsch geäußert, in Pons' Museum eindringen zu dürfen. Rémonencq, der mit den Cibots in gutem Einvernehmen lebte, wurde alsbald, während die beiden Freunde nicht daheim waren, in deren Wohnung eingelassen. Rémonencq war von all den Reichtümern geblendet und erkannte, daß hier »ein Ding zu drehen« sei, was im Jargon der Händler bedeutet, daß es ein Vermögen zu ergaunern gebe, und seit fünf bis sechs Tagen dachte er darüber nach.

»Ich scherze so wenig«, antwortete er Madame Cibot und Doktor Poulain, »daß wir mal über die Sache sprechen müssen, und wenn der gute Mann eine Leibrente von fünfzigtausend Francs haben will, dann bezahl' ich Ihnen einen Korb Wein, von woher Sie wollen ...«

»Meinen Sie das im Ernst?« fragte der Arzt Rémonencq, »fünfzigtausend Francs Leibrente ...! Wenn der gute Alte so reich ist, dann kann er ja unter meiner Betreuung und in der Obhut der Madame Cibot wieder gesund werden ..., denn Leberleiden sind nur unangenehme Begleiterscheinungen sehr starker Temperamente ...«

»Hab' ich fünfzigtausend gesagt? Aber ein Herr hat ihm doch hier vor Ihrer Tür siebenhunderttausend Francs geboten, und nur für die Bilder, zum Teufel nochmal!«

Als Madame Cibot diese Erklärung Rémonencqs vernahm, sah sie den Doktor Poulain sonderbar an; der Teufel entfachte in ihren orangefarbenen Augen ein unheimliches Feuer.

»Ach was, wir wollen doch nicht auf derartige Flausen hören«, fuhr der Arzt fort; er war ziemlich froh zu erfahren, daß sein Patient auch alle Besuche bezahlen könne, die er ihm machen würde.

»Herr Doktor, wenn meine liebe Madame Cibot, da der Herr im Bett liegt, mich meine Sachverständigen herholen läßt, bin ich sicher, daß ich innerhalb zweier Stunden das Geld auftreibe, auch wenn es sich um siebenhunderttausend Francs handelt ...«

»Gut, alter Freund!« antwortete der Doktor. »Also, Madame Cibot, achten Sie darauf, daß der Kranke nie gereizt wird. Sie müssen sich mit Geduld wappnen, denn alles wird ihn aufregen und ermüden, sogar Ihre Aufmerksamkeiten für ihn. Seien Sie darauf gefaßt, daß Sie ihm nichts recht machen können ...«

»Es wird schöne Schwierigkeiten geben«, sagte die Portiersfrau.

»Warten wir es ab und hören Sie gut auf mich«, fuhr der Arzt gewichtig fort. »Das Leben des Monsieur Pons liegt in den Händen derer, die ihn pflegen. Auch ich will jeden Tag, vielleicht zweimal, nach ihm sehen. Ich kann ja meine Krankenbesuche bei ihm beginnen.«

Der Arzt war plötzlich von der tiefen Gleichgültigkeit, mit

der ihn das Schicksal seiner armen Kranken erfüllte, zur zärtlichsten Fürsorge übergegangen, als er aus dem Ernst des Spekulanten die Möglichkeit ersah, es könne hier tatsächlich ein großes Vermögen vorhanden sein.

»Er soll wie ein König gepflegt werden«, antwortete Madame Cibot mit erkünstelter Begeisterung.

Die Portiersfrau wartete, bis der Arzt um die Ecke der Rue Charlot gebogen war, ehe sie die Unterhaltung mit Rémonencq wieder aufnahm. Der Eisenhändler rauchte seine Pfeife zu Ende; er hatte sich mit dem Rücken an einen der Türpfosten seines Ladens gelehnt. Diese Stellung hatte er nicht ohne Absicht eingenommen; er wollte sehen, ob die Portiersfrau auf ihn zukomme.

In dem Ladenraum war früher ein kleines Café betrieben worden; er war ganz so geblieben, wie ihn der Auvergnate vorgefunden hatte, als er ihn mietete. Noch stand ›Café de Normandie‹ auf dem langen Brett zu lesen, das die Schaufenster aller modernen Geschäfte oben abschließt. Der Auvergnate hatte, wohl unentgeltlich, von irgendeinem Anstreicherlehrling in den freien Raum unterhalb der Zeile ›Café de Normandie‹ mit einer schwärzlichen Farbe die Worte: ›Rémonencq, Eisenhändler, Gelegenheitskäufe‹ aufpinseln lassen. Natürlich waren die Spiegel, Tische, Hocker, Regale, das ganze Mobiliar des ›Café de Normandie‹ verkauft worden. Rémonencq hatte für sechshundert Francs den leeren Laden, das Hinterzimmer, die Küche und ein einziges Zimmer im Zwischenstock gemietet, in dem früher der Oberkellner geschlafen hatte, denn die zu dem ›Café de Normandie‹ gehörende Wohnung war anderweitig vermietet worden. Von dem bescheidenen Prunk, den der Limonadenausschank entfaltet hatte, war im Laden nur mehr eine einfarbige, hellgrüne Tapete verblieben sowie die starken Eisenstangen mit ihren Haltebolzen am Schaufenster.

1831, nach der Juli-Revolution, war Rémonencq dort eingezogen, hatte damit angefangen, geborstene Klingen auszulegen, zersprungenes Geschirr, Eisenwaren, alte Waagen, veraltete Gewichte, die durch das Gesetz über die neuen Maßeinheiten außer Kurs gesetzt sind, welches Gesetz nur der Staat selber nicht befolgt, da er unter den Münzen die Ein- und Zwei-Sous-Stücke im Umlauf läßt, die noch aus der Zeit Ludwigs XVI. stammen.

Dann hatte dieser Auvergnate, in dem die Energie von fünf Auvergnaten steckte, metallenes Küchengeschirr, alte Bilderrahmen, alte Kupferstiche, beschädigtes Porzellan angekauft. Als der Laden sich immer wieder auffüllte und leerte, verhielt es sich mit ihm bald so wie mit Nicolets[126] Jahrmarktstheater: Die Waren wurden immer besser. Der Eisenhändler befolgte das wunderbare, zuverlässige Spielsystem des Martingale[127], und der Erfolg war für die Augen der Müßiggänger sichtbar, die philosophisch genug veranlagt sind, die wachsende Wertsteigerung des Inhalts dieser interessanten Läden zu beobachten. Auf Weißblech, die Quinquetschen Patentöllampen[128], auf Scherben folgen Bilderrahmen und Kupferstiche. Schließlich das Porzellan. Bald wird der Laden nach vorübergehender Herrschaft des Sammelsuriums zu einem Museum. Eines Tages schließlich ist die verstaubte Auslage hell geworden, der Ladenraum frisch gestrichen, der Auvergnate legt Samthosen und Jacken ab; er trägt nunmehr einen Schoßrock! Man sieht ihn wie einen Drachen seinen Schatz bewachen. Er ist von Meisterwerken umgeben, ein erfahrener Kenner geworden, hat sein Kapital verzehnfacht und fällt auf keine List mehr herein; er kennt die Kniffe des Handwerks. Das Ungeheuer hockt da wie eine Kupplerin im Kreis von zwanzig jungen Mädchen, die sie öffentlich feilbietet. Die Schönheit, die Wunder der Kunst sind diesem zugleich raffinierten und groben Menschen gleichgültig; er ist auf seinen Gewinn bedacht und führt die Nichtkenner an. Er ist Schauspieler geworden, er mimt Anhänglichkeit an seine Ölbilder und seine eingelegten Arbeiten oder tut, als gehe es ihm schlecht, oder er erfindet Einkaufspreise und macht sich erbötig, Verkaufslisten vorzulegen. Er ist ein Proteus, er ist in der gleichen Stunde Jocrisse[129], Janot[130], dummer August oder Mondor[131], Harpagon[132] oder Nicomède[133].

Vom dritten Jahre an waren bei Rémonencq recht schöne Uhren, Rüstungen und alte Bilder zu sehen. In seiner Abwesenheit ließ er seinen Laden von einer dicken, sehr häßlichen Frau bewachen; es war seine Schwester, die auf seine Bitte zu Fuß aus ihrer Heimat hergekommen war. Die Rémonencq, eine Schwachsinnige mit leerem Blick, die wie ein japanisches Götzenbild gekleidet war, ließ keinen Centime von den Preisen nach, die ihr von ihrem Bruder angegeben worden waren. Sie besorgte überdies den Haushalt und löste das scheinbar unlösbare Problem, von den Nebeln der Seine zu leben. Rémonencq und seine Schwester ernährten sich von Brot und Hering, Abfällen, Gemüseresten, die sie aus den Abfallhaufen klaubten, die die Besitzer der Restaurants neben ihren Prellsteinen liegenlassen. Beide zusammen gaben sie, das Brot einbegriffen, keine zwölf Sous täglich aus, und die Schwester Rémonencq nähte und spann, um sie zu verdienen.

Dieser Anfang des Handelsbetriebs von Rémonencq, der nach Paris gekommen war, um Dienstmann zu werden und der von 1825 bis 1831 Besorgungen für die Antiquitätenhändler des Boulevard Beaumarchais und die Flaschner der Rue de Lappe übernommen hatte, ist die gewöhnliche Geschichte vieler Antiquitätenhändler. Juden, Normannen, Auvergnaten und Savoyarden, diese vier Menschenrassen haben die gleichen Instinkte und kommen mit den gleichen Mitteln zu Vermögen. Nichts ausgeben, kleine Gewinne einheimsen und Zinsen und Gewinne aufhäufen, das ist ihr Grundgesetz. Und dieses Grundgesetz enthält eine Wahrheit.

In diesem Augenblick ging Rémonencq, der sich mit seinem alten Gevatter Monistrol ausgesöhnt hatte und mit gewichtigen Händlern in Geschäftsbeziehungen stand, in der Bannmeile von Paris ›herumstöbern‹ (der Fachausdruck!), die bekanntlich einen Radius von vierzig Meilen hat. Nach vierzehnjähriger Tätigkeit verfügte er über ein Vermögen von sechzigtausend Francs und über ein vortrefflich mit Waren versehenes Geschäft. Ohne Nebeneinkünfte in der Rue de Normandie zu beziehen, wo ihn der bescheidene Mietpreis festhielt, verkaufte er seine Waren an die Händler und begnügte sich mit einem mäßigen Gewinn. All seine Geschäfte wurden im Dialekt der Auvergne abgewikkelt, der Charabia genannt wird. Dieser Mann hegte einen Traum! Er strebte danach, sich an den Boulevards niederzulassen. Er wollte ein reicher Antiquitätenhändler werden und eines Tages direkt mit den Liebhabern verhandeln. Er hatte übrigens das Zeug zu einem gewiegten Handelsmann. Sein Gesicht war immer mit einer Staubschicht bedeckt; sie bestand aus Eisenfeilspänen, die durch den Schweiß haften blieben, denn er machte alles selber. Dadurch wurde sein Gesicht um so undurchdringlicher, als die Gewöhnung an körperliche Anstrengungen ihm den stoischen Gleichmut der alten Soldaten von 1799 verliehen hatte. Äußerlich war Rémonencq ein nicht allzu großer, magerer Mann, dessen kleine Schweinsaugen in ihrer kühlen blauen Fläche die konzentrierte Gier, die spöttische Schlauheit der Juden erkennen ließen, freilich ohne deren zur Schau getragene Demut, die mit der tiefen Verachtung gepaart ist, die sie für die Christen empfinden.

Die Beziehungen zwischen den Cibots und den Rémonencqs waren die eines Wohltäters zu dem ihm zu Dank Verpflichteten. Madame Cibot verkaufte ihnen, auf Grund ihrer Überzeugung von der unerhörten Armut der Auvergnaten, die Reste der Mahlzeiten von Schmucke und Cibot zu fabelhaften Preisen. Für ein Pfund trockener Brotkrusten und Krümel bezahlten die Rémonencqs zweieinhalb Centimes, anderthalb für einen Napf Kartoffeln und entsprechend viel für das übrige. Keiner kam auf den Gedanken, der schlaue Rémonencq könne Geschäfte auf eigene Rechnung machen. Er trat immer als Vertreter Monistrols auf und behauptete, er werde von den reichen Händlern aufgefressen. So bedauerten die Cibots die Rémonencqs denn auch aufrichtig. Innerhalb von elf Jahren hatte der Auvergnate seine Samtjacke, die Samthosen und die Samtweste, die er trug, noch immer nicht aufgetragen. Diese drei Teile der für die Auvergnaten charakteristischen Kleidung waren von Flicken übersät, die Cibot umsonst aufnähte. Wie man sieht, wohnen nicht alle Juden in Israel.

»Machen Sie sich auch nicht über mich lustig, Rémonencq?« fragte die Portiersfrau. »Kann denn Monsieur Pons derartig reich sein und so ein Leben führen? Er hat keine hundert Francs im Hause!«

»Alle Kunstliebhaber sind nun mal so«, antwortete Rémonencq sentenziös.

»So glauben Sie wirklich, mein Herr hat da für siebenhunderttausend Francs . . .«

»Allein schon die Bilder . . . da ist eins dabei, wenn er fünfzigtausend Francs dafür wollt', ich täte sie auftreiben, und wenn ich mich umbringen müßte. Sie kennen ja wohl die kleinen Rahmen aus Messing und Email mit dem roten Samt und den Porträts drin ... Ja, das sind Emailbilder von Petitot, die der Herr Minister aus der Regierung, ein alter Drogist, mit tausend Talern pro Stück bezahlt ...«

»Davon sind dreißig da, in den beiden Rahmen«, sagte die Portiersfrau und riß die Augen auf.

»Na also! Können Sie sich jetzt einen Begriff von seinen Schätzen machen?«

Von Schwindel gepackt, machte Madame Cibot unvermittelt kehrt. Sie faßte sofort den Entschluß, sich im Testament des wackeren Pons bedenken zu lassen, wie jene Dienstmädchen und Geliebten, deren Leibrenten im Marais-Viertel soviel Begehrlichkeit erweckt hatten. Schon wohnte sie in Gedanken in einer kleinen Gemeinde in der Umgebung von Paris, brüstete sich dort in einem Landhaus, wo sie sich ihrem Geflügelhof und dem Garten widmete und ihre Tage, wie eine Königin bedient, mit ihrem armen Cibot beschloß, der soviel Glück verdiente, wie alle vergessenen, unverstandenen Engel.

Aus der jähen, naiven Erregung der Portiersfrau gewann Rémonencq die Gewißheit des Gelingens. Im Gewerbe der ›Stöberer‹ (so heißen die Gelegenheitssucher nach dem Zeitwort ›stöbern‹, die auf die Jagd nach Gelegenheiten gehen und mit ahnungslosen Besitzern von Wertgegenständen vorteilhafte Geschäfte abschließen), in diesem Gewerbe besteht die Hauptschwierigkeit darin, sich Zutritt zu den Häusern zu verschaffen. Man macht sich keinen Begriff von den an Scapin[134] erinnernden Listen, den eines Sganarelle[135] würdigen Streichen und den an Dorine[136] gemahnenden Verführungskünsten, die die Stöberer anwenden, um bei den Bürgern einzudringen. Da kommt es zu Lustspielen, die auf die Bühne gehörten und die immer, wie auch in diesem Fall, auf der Habgier der Dienerschaft fußen. Zumal auf dem Land und in der Provinz ermöglichen die Bedienten für dreißig Francs in bar oder Ware Geschäftsabschlüsse, bei denen der Stöberer Gewinne von ein- bis zweitausend Francs erzielt. So gibt es ein gewisses altes Sèvres-Service in ›zarten Scherben‹, dessen Eroberung, getreulich berichtet, zeigen würde, wie alle diplomatische List bei den Friedensverhandlungen zu Münster[137], der ganze Scharfsinn, der in Nymwegen[138], in Utrecht[139], in Ryswyck[140], in Wien[141] aufgeboten wurde, von den Stöberern überboten wird, deren Komik weit offenherziger als die der Unterhändler ist. Die Stöberer verfügen über Mittel und Wege, die ebenso tief in die Abgründe des persönlichen Interesses reichen wie die von den Botschaftern so mühsam zusammengesuchten, mit denen sie den Bruch auch der am festesten begründeten Bündnisse herbeiführen wollen.

»Der Cibot habe ich einen Floh ins Ohr gesetzt«, sagte der Bruder zur Schwester, als er sie ihren Platz auf einem durchgesessenen Strohstuhl wieder einnehmen sah. »Und darum will ich jetzt mit dem einzigen beratschlagen, der sich in solchen Dingen auskennt, mit unserm Juden, einem guten Juden, der uns für nur fünfzehn Prozent Geld geliehen hat.«

Rémonencq hatte Madame Cibot ins Herz geschaut. Bei Frauen dieses Schlags heißt Wollen auch Handeln. Sie scheuen vor keinem Mittel zurück, um zum Erfolg zu gelangen. Sie wechseln in einem Augenblick von der vollkommensten Rechtschaffenheit zur tiefsten Verworfenheit über. Die Rechtschaffenheit müßte übrigens, wie alle unsere Gefühle, in zwei Arten geteilt werden: eine negative Rechtschaffenheit und eine positive. Die negative Rechtschaffenheit wäre die der Cibots, die so lange rechtschaffen bleiben, als sich ihnen keine Gelegenheit bietet, sich zu bereichern. Die positive Rechtschaffenheit wäre diejenige, die immer bis zu den Knien in der Versuchung steht, ohne ihr zu erliegen, wie die der Kassenboten. Eine Menge schlimmer Absichten drängten sich in Geist und Herz dieser Portiersfrau durch die Schleuse des Interesses, die das teuflische Wort des Eisenhändlers aufgezogen hatte. Madame Cibot stieg, nein flog – um genau zu sein – von der Loge zur Wohnung ihrer beiden Herren hinauf und erschien mit der Maske der zärtlichsten Besorgnis auf der Schwelle des Zimmers, wo Schmucke und Pons stöhnten. Als Schmucke die Haushälterin eintreten sah, machte er ihr ein Zeichen, daß sie in Anwesenheit des Kranken kein Wort von den wahren Ansichten des Arztes verlauten lassen solle; denn der Freund, der wunderbare Deutsche, hatte in den Blicken des Doktors gelesen; und sie antwortete darauf durch ein Kopfnicken, das tiefen Schmerz ausdrückte.

»Nun, mein lieber Herr, wie fühlen Sie sich?« fragte die Cibot.

Die Portiersfrau stellte sich ans Fußende des Betts, die Fäuste in die Hüften gestemmt und die Augen liebevoll auf den Kranken gerichtet. Aber was für goldene Funken sprühten daraus! Für einen Beobachter wären sie furchtbar wie der Blick eines Tigers gewesen.

»Ach, recht schlecht«, antwortete der arme Pons, »ich habe nicht den geringsten Appetit mehr. Ach, diese Welt, diese Welt!« rief er aus und drückte Schmuckes Hand, der am Kopfende des Bettes saß und Pons die Hand hielt; der Kranke hatte wohl gerade mit ihm über die Ursachen seiner Krankheit gesprochen. »Guter Schmucke, ich hätte weit besser daran getan, deinem Rat zu folgen! Ich hätte lieber jeden Tag seit unserer Vereinigung hier mit dir essen und auf diese Gesellschaft verzichten sollen, die über mich herfällt wie ein Sturzkarren über ein Ei, und warum . . .?«

»Nun, nun, mein guter Herr, quälen Sie sich nicht«, sagte die Cibot. »Der Doktor hat mir die Wahrheit gesagt . . .«

Schmucke zog die Portiersfrau am Rock.

»Haha! Sie können davonkommen, aber nur bei guter Pflege . . . Seien Sie ganz ruhig, Sie haben ja einen guten Freund bei sich, na, und ohne mich zu loben, eine Frau, die Sie pflegen wird wie ihr erstes Kind. Ich habe meinem Mann aus seiner Krankheit herausgeholfen, als Monsieur Poulain ihn schon aufgegeben und ihm schon das Laken über die Nase gezogen hatte, wie man so sagt, als er ihn schon für tot liegengelassen hatte . . . Gott sei Dank sind Sie noch nicht so weit, wenn Sie auch ziemlich krank sind. Auf mich können Sie sich verlassen . . .! Ich bringe Sie ganz allein über den Berg. Seien Sie ruhig, und bewegen Sie sich nicht so!« Sie zog die Decke wieder über die Hände des Kranken. »Nur Mut, Söhnchen«, sagte sie, »Monsieur Schmucke und ich wollen die Nächte hindurch hier an Ihrem Lager wachen . . . Sie werden besser gepflegt als ein Fürst und . . . Übrigens sind Sie reich genug, um sich nichts zu versagen, was für Ihre Pflege nötig ist . . . Ich habe mich eben mit meinem Mann besprochen; denn was sollte der arme liebe Kerl wohl ohne mich anfangen . . . Ich habe ihm vernünftig zugeredet, und wir beide haben uns so lieb, daß er einverstanden ist, wenn ich die Nacht über hierbleibe . . . Und für einen Mann wie ihn . . . ist das ein beachtliches Opfer, bei Gott; er liebt mich nämlich wie am ersten Tag. Ich weiß nicht, was er hat! Das macht die Loge. Immer einer beim andern ...! Lassen Sie doch Ihre Bettdecke in Ruhe ...«, sagte sie und stürzte an das Kopfende, um Pons die Decken wieder über die Brust zu ziehen ... »Wenn Sie nicht folgsam sind, wenn Sie nicht ordentlich alles tun, was Monsieur Poulain anordnet, der, sehn Sie, doch das Abbild vom lieben Gott auf Erden ist, dann kümmere ich mich nicht mehr um Sie ... Sie müssen mir gehorchen ...«

»Ja, Madame Cibot! Er wird Ihnen gehorchen«, antwortete Schmucke, »denn er will ja doch für seinen guten Freund Schmucke leben. Ich bürge dafür.«

»Vor allem werden Sie nicht ungeduldig«, sagte die Cibot, »denn Ihre Krankheit treibt Sie genug dazu, ohne daß Sie Ihren Mangel an Geduld noch zu vermehren brauchten. Gott schickt uns unsere Leiden, mein lieber guter Herr, er straft uns für unsere Sünden. Sie haben sich doch sicher auch ein paar kleine, liebe Fehltritte vorzuwerfen ...!« Der Kranke schüttelte den Kopf. »Ach, gehn Sie doch! Sie werden doch in Ihrer Jugend geliebt haben, Sie werden doch auch so Ihre Jugendstreiche verübt haben; Sie haben vielleicht irgendwo eine Frucht Ihrer Liebe sitzen, die kein Brot, kein Feuer, kein Heim hat ... Diese Scheusale von Männern! Das liebt einen Tag lang, nun, und dann: aus und vorbei! Das denkt dann an nichts mehr, nicht mal an die Stillzeit! Die armen Frauen ...!«

»Aber Schmucke und meine arme Mutter sind doch die einzigen, die mich je geliebt haben«, sagte der arme Pons traurig.

»Ach was! Sie sind doch kein Heiliger! Sie sind jung gewesen, und Sie müssen ein recht hübscher Junge gewesen sein. Mit zwanzig Jahren ... hätte ich Sie gern gehabt, ein so guter Mensch wie Sie sind ...«

»Ich bin immer häßlich gewesen wie eine Kröte«, sagte Pons verzweifelt.

»Das sagen Sie bloß so aus Bescheidenheit. Das haben Sie nämlich an sich, daß Sie bescheiden sind.«

»Unsinn, meine liebe Madame Cibot, ich wiederhole Ihnen: Ich bin immer häßlich gewesen und niemals geliebt worden ...«

»Alle Wetter! Sie ...?« fragte die Portiersfrau. »Sie wollen mich in dieser Stunde glauben machen, daß Sie in Ihrem Alter noch eine tugendhafte Rosenjungfrau sind ...? Das machen Sie andern weis! Ein Musiker! Einer vom Theater! Wenn mir das eine Frau sagte, dann würde ich es ihr nicht glauben.«

»Madame Cibot, Sie regen ihn auf!« rief Schmucke, der sah, wie Pons sich in seinem Bett wie ein Wurm krümmte.

»Seien Sie nur alle beide still! Sie sind zwei alte Lebemänner ...! Sie mögen wer weiß wie häßlich sein, es gibt keinen noch so schäbigen Topf, der nicht seinen Deckel fände, wie das Sprichwort sagt! Mein Mann hat es dahin gebracht, daß ihn eine der schönsten Austernhändlerinnen von Paris liebte ... Sie sind unendlich mehr als er ... Sie sind gut ... Gehn Sie doch! Sie haben schon Ihre Dummheiten gemacht! Und Gott straft Sie, weil Sie Ihre Kinder im Stich gelassen haben wie Abraham ...!« Der zerschmetterte Kranke fand die Kraft, abermals eine verneinende Geste zu machen. »Aber sein Sie ganz ruhig, das wird Sie nicht hindern, so alt zu werden wie Methusalem.«

»Aber so lassen Sie mich doch in Frieden!« rief Pons, »ich habe niemals erfahren, was es heißt, geliebt zu werden ...! Ich habe keine Kinder gehabt ... Ich bin allein auf Erden ...«

»Nein, wirklich ...?« fragte die Portiersfrau, »dabei sind Sie doch so gut, daß die Frauen, die haben nämlich die Güte gern, so was zieht sie an ... und ich habe es für ausgeschlossen gehalten, daß Sie in Ihren guten Zeiten nicht ...«

»Führ sie 'raus!« flüsterte Pons Schmucke zu, »sie bringt mich um!«

»Dann hat Monsieur Schmucke aber ganz bestimmt Kinder ... Ihr seid doch alle so, ihr alten Junggesellen ...«

»Ich?« rief Schmucke aus und sprang auf, »aber ...«

»Sehn Sie doch! Oder sind vielleicht auch Sie ohne Erben? Sie sind doch nicht alle beide wie Pilze auf diese Erde gekommen.« – »Jetzt aber Schluß! Kommen Sie!« antwortete Schmucke.

Der gute Deutsche faßte Madame Cibot heroisch um die Taille und führte sie ins Wohnzimmer, ohne auf ihre Schreie zu achten.

»Sie wollen in Ihrem Alter wohl noch eine arme Frau vergewaltigen ...!« keifte die Cibot und wand sich in Schmuckes Armen.

»Schrein Sie nicht so!«

»Dabei sind Sie noch der Bessere von euch beiden!« entgegnete die Cibot. »Ach, wie dumm bin ich gewesen, zu alten Männern, die niemals Frauen gekannt haben, von Liebe zu sprechen! Ich habe Ihre Begierde entflammt, Sie Scheusal«, schrie sie, als sie Schmuckes Augen vor Zorn blitzen sah. »Hilfe, Hilfe, man entführt mich ...«

»Sie sind ja nicht bei Trost!« antwortete der Deutsche. »Bedenken Sie doch, was der Doktor gesagt hat ...!«

»Sie vergreifen sich also an mir«, sagte die der Freiheit wiedergegebene Cibot unter Tränen, »an mir, die ich für Sie beide durchs Feuer gehn würde! Ach ja, es heißt ja, daß die Männer sich darauf verstehen, die Gelegenheiten wahrzunehmen ... Genauso ist es! Mein armer Mann würde mich nicht so mißhandeln ... Dabei hab' ich Sie wie meine Söhne behandelt, ich habe ja keine eigenen, und gestern noch, ja erst gestern, habe ich zu meinem Mann gesagt: ›Mein Guter, Gott hat ganz genau gewußt, was er tat, als er uns keine Kinder schenkte, denn da oben habe ich ja zwei Kinder!‹ Beim heiligen Kreuz Gottes, bei der Seele meiner Mutter, das habe ich zu ihm gesagt ...«

»Schön! Aber was hat der Doktor gesagt?« fragte Schmucke wütend und stampfte zum erstenmal in seinem Leben mit dem Fuß auf.

»Na ja, er hat gesagt«, antwortete Madame Cibot und zog Schmucke ins Eßzimmer, »er hat gesagt, daß unser lieber, vielgeliebter, herziger Kranker in Todesgefahr schwebt, wenn er nicht gut gepflegt wird. Aber ich bin ja da, trotz Ihrer Mißhandlungen, weil Sie nämlich ein Rohling sind, wo ich Sie doch für so sanftmütig gehalten habe. Was haben Sie für ein Temperament ...! Potz Blitz! Sie würden ja in Ihrem Alter eine Frau noch vergewaltigen, Sie Liederjan ...«

»Liederjan? Ich ...? Sie begreifen also nicht, daß ich nur Pons liebe.«

»Meinetwegen, dann lassen Sie mich in Ruhe, nicht wahr?« sagte sie lächelnd zu Schmucke. »Daran täten Sie gut, denn mein Mann würde jedem die Knochen kaputtschlagen, der sich an seiner Ehre vergreifen würde!«

»Pflegen Sie ihn gut, liebe kleine Madame Cibot«, fuhr

Schmucke fort und versuchte, die Hand der Madame Cibot zu ergreifen.

»Nanu! Was soll das? Fangen Sie schon wieder an?«

»Hören Sie doch mal zu! Alles, was ich besitze, soll einmal Ihnen gehören, wenn wir ihn durchbringen ...«

»Na, gut! Ich lauf' zum Apotheker und hole alles Nötige ... Denn sehn Sie, Monsieur Schmucke, diese Krankheit, die wird einiges kosten; und wie wollen Sie's anfangen ...?«

»Ich arbeite! Ich will, daß Pons wie ein Fürst gepflegt wird ...«

»Das soll geschehn, mein guter Monsieur Schmucke; und sehn Sie, machen Sie sich keine Sorgen. Mein Mann und ich, wir haben zweitausend Francs Ersparnisse; die sind für Sie, und ich setze hier ja schon lange genug von den meinen zu ...!«

»Gute Frau!« rief Schmucke aus und rieb sich die Augen, »was für ein Herz!«

»Trocknen Sie Ihre Tränen; sie ehren mich; sie sind ja meine Belohnung!« sagte die Cibot rührselig. »Ich bin das uneigennützigste aller Geschöpfe. Gehn Sie aber nicht mit Tränen in den Augen hinein, sonst könnte Monsieur Pons meinen, er sei kränker, als er ist.«

Von diesem Zartgefühl gerührt, ergriff Schmucke die Hand der Cibot und drückte sie.

»Schonen Sie mich!« sagte die frühere Austernhändlerin und warf Schmucke einen zärtlichen Blick zu.

»Pons«, sagte der gute Deutsche, als er wieder hineingegangen war, »die Madame Cibot ist ein Engel; zwar ist sie ein geschwätziger Engel, aber sie ist nun mal ein Engel.«

»Meinst du ...? Ich bin seit einem Monat ein bißchen mißtrauisch geworden«, antwortete der Kranke und schüttelte den Kopf. »Nach all dem Unglück, das mich getroffen hat, glaubt man an nichts mehr außer an Gott und dich ...!«

»Werde nur gesund, dann wollen wir alle drei wie Könige leben!« rief Schmucke aus.

»Mann!« rief die Portiersfrau ganz außer Atem, als sie in die Loge trat. »Oh, mein Guter, unser Glück ist gemacht! Meine beiden Herren haben keine Erben, auch keine unehelichen Kinder, gar nichts ... So was ...! Oh! jetzt geh' ich zu Madame Fontaine und lass' mir die Karten legen, um zu hören, wieviel Leibrente wir kriegen . . .!«

»Liebe Frau«, antwortete der kleine Schneider, »wir wollen nicht auf die Schuhe eines Toten rechnen, um wohlbeschuht zu sein.«

»Nanu! Willst du etwa an mir 'rumnörgeln?« sagte sie und gab Cibot einen freundschaftlichen Klaps. »Ich weiß, was ich weiß. Doktor Poulain hat Monsieur Pons aufgegeben! Und wir werden reiche Leute! Ich komme schon ins Testament! Dafür laß mich nur sorgen! Mach du deine Stiche und paß auf die Loge auf; lang wirst du dies Handwerk ja nicht mehr treiben! Wir ziehn aufs Land, nach Batignolles. Ein schönes Haus, ein schöner Garten, das wird dir Spaß machen, den zu bebauen, und ich kriege ein Dienstmädchen.«

»Na, Frau Nachbarin, wie geht's denn da droben«, fragte Rémonencq, »wissen Sie, was die Kunstsammlung wert ist . . .?«

»Nein, nein, noch nicht! So kann man es nicht anfangen, mein Bester. Ich habe mir erst mal wichtigere Dinge sagen lassen . . .«

»Wichtigere?« rief Rémonencq aus; »aber was ist denn wichtiger als das . . .?«

»Geh doch, du Kindskopf! Laß mich das Kind nur schaukeln«, sagte die Portiersfrau patzig.

»Aber bei soviel Prozent von siebenhunderttausend Francs, da hätten Sie was, um für den Rest Ihrer Tage als feine Bürgersleute zu leben . . .«

»Sein Sie ganz beruhigt, Papa Rémonencq; wenn wir mal wissen müssen, was all der Trödel da wert ist, den der gute Mann zusammengetragen hat, dann werden wir schon Rat schaffen . . .«

Nachdem die Portiersfrau zum Apotheker gegangen war, um dort die von Doktor Poulain verordneten Medikamente zu holen, verschob sie ihren Besuch bei Madame Fontaine auf den nächsten Morgen, da sie der Ansicht war, die Fähigkeiten des Orakels unbeeinträchtigter und frischer vorzufinden, wenn sie sich am frühen Morgen vor allen andern dort einfinden würde; denn bei Madame Fontaine ist oft großer Betrieb.

Vierzig Jahre lang war Madame Fontaine die Gegenspielerin

der berühmten Mademoiselle Lenormand[142] gewesen, die sie übrigens überlebt hat, und war dann zum Orakel des Marais geworden. Man macht sich keine Vorstellung davon, was die Kartenlegerinnen für die unteren Pariser Gesellschaftsschichten bedeuten, welch ungeheuren Einfluß sie auf die Entschlüsse der ungebildeten Kreise haben, denn die Köchinnen, Portiersfrauen, die ausgehaltenen Frauen und die Arbeiter, alle, die in Paris von Hoffnungen leben, holen sich Rat bei den bevorrechteten Wesen, welche die seltsame, unerklärliche Gabe besitzen, in der Zukunft zu lesen. Der Glaube an die okkulten Wissenschaften ist weiter verbreitet, als Gelehrte, Advokaten, Notare, Ärzte, Beamte und Philosophen meinen. Das Volk hat unauslöschliche Instinkte. Unter diesen Instinkten findet sich der, welchen man törichterweise Aberglauben nennt, ebensosehr im Blut des Volkes wie im Geist der Höherstehenden. Manch ein Staatsmann sucht in Paris die Kartenlegerinnen auf. Für die Ungläubigen ist die deutende Astrologie (eine äußerst seltsame Wortverbindung) nur die Ausbeutung eines angeborenen Gefühls, das zu den stärksten unserer Natur gehört, nämlich der Neugier. Die Ungläubigen leugnen völlig die Beziehung, die das Ahnungsvermögen zwischen dem menschlichen Schicksal und der Konfiguration herstellt; diese geht aus den sieben oder acht Hauptmitteln hervor, die die deutende Astrologie ausmachen. Es geht aber mit den okkulten Wissenschaften wie mit so vielen andern natürlichen Kräften, die von den Freigeistern oder materialistischen Philosophen bestritten werden, mithin von denjenigen, die sich einzig und allein an die sichtbaren, greifbaren Tatsachen halten, an die Ergebnisse der Retorte oder der Waagen der modernen Physik und Chemie. Dennoch bestehen jene Wissenschaften weiterhin, sie setzen ihren Weg fort, übrigens ohne jeden Fortschritt, denn seit rund zwei Jahrhunderten ist ihre Pflege von den auserlesenen Geistern aufgegeben worden.

Wenn man sich nur an die mögliche Seite der Vorahnung hält, ist es unsinnig zu glauben, daß die früheren Ereignisse eines Menschenlebens, die ihm allein bekannten Geheimnisse, unmittelbar von Karten wiedergegeben werden können, die man mischt und abhebt und die derjenige, der das Horoskop stellt, nach geheimnisvollen Gesetzen in Gruppen einteilt. Aber die gleiche Unsinnigkeit ließ auch die Dampfkraft verwerfen, ließ auch die Luftschiffahrt verwerfen, ließ die Erfindungen des Pulvers und der Buchdruckerkunst verwerfen, die der Brillen, des Kupferstichs und auch die letzte große Entdeckung, die Daguerreotypie[143]. Wenn jemand zu Napoleon gekommen wäre, um ihm zu sagen, daß ein Gebäude und ein Mensch unaufhörlich und zu jeder Stunde durch ein Bild in der Atmosphäre dargestellt sind, daß alle vorhandenen Dinge darin einen greifbaren, wahrnehmbaren Schatten haben, so hätte er diesen Mann in das Irrenhaus von Charenton bringen lassen, ganz wie Richelieu[144] Salomon de Caus[145] nach Bicêtre bringen ließ, als dieser normannische Märtyrer ihm die ungeheure Erfindung des durch Dampfkraft vorwärtsbewegten Schiffs verkündete. Und doch ist es genau das, was Daguerre durch seine Erfindung bewiesen hat. Also! Wenn Gott für gewisse klarsichtige Augen das Schicksal eines jeden Menschen in seiner Physiognomie ausgeprägt hat, wobei wir das Wort auf den Gesamtausdruck des Körperlichen beziehen wollen, warum sollte die Hand dann nicht die Physiognomie wiederum zusammenfassen, da die Hand das ganze menschliche Handeln verkörpert und das einzige Mittel seiner Auswirkung ist? Daher rührt die Handelskunst. Ahmt die Gesellschaft nicht Gott nach? Einem Menschen beim Erblicken seiner Hand die Ereignisse seines Lebens vorherzusagen ist für den, der die Gaben des Sehers empfangen hat, nicht außerordentlicher, als wenn man einem Soldaten voraussagt, daß er kämpfen, einem Advokaten, daß er plädieren, einem Schuster, daß er Schuhe oder Stiefel machen, einem Bauern, daß er die Erde düngen und pflügen wird. Sollen wir ein schlagendes Beispiel wählen? Das Genie prägt sich im Äußern eines Menschen derartig aus, daß bei einem Schlendergang durch Paris die Unwissendsten einen großen Künstler erahnen, wenn er vorübergeht. Eine geistige Sonne verklärt gewissermaßen mit ihren Strahlen seinen ganzen Weg. Erkennt man nicht auch einen Einfaltspinsel auf der Stelle an Eindrücken, die denen entgegengesetzt sind, die der geniale Mensch hervorruft? Ein gewöhnlicher Mensch geht fast unbemerkt vorüber. Die meisten Beobachter der sozialen und der Pariser Gegebenheiten können den Beruf eines Passanten angeben, wenn sie ihn kommen sehen.

Heute sind die Mysterien des Sabbats, die von den Malern des sechzehnten Jahrhunderts so vorzüglich dargestellt wurden, keine Mysterien mehr. Die Ägypterinnen oder Ägypter, die Vorfahren der Zigeuner, dieser seltsamen Nation, die aus Indien gekommen ist, ließen ihre Kundschaft ganz einfach Haschisch nehmen. Die von dieser Droge bewirkten Erscheinungen erklären vollständig das Reiten auf Besen, das Entweichen durch Kamine, die sozusagen wirklichen Visionen von alten Weibern, die in junge Frauen verwandelt werden, die rasenden Tänze und die wonnevollen Klänge, welche die Phantasien der angeblichen Teufelsanbeter erfüllten.

Heute haben sich aus den okkulten Wissenschaften so viele als wahr erkannte, echte Tatsachen ergeben, daß diese Wissenschaften eines Tages genauso betrieben werden können, wie man Chemie und Astronomie betreibt. Es ist sogar sonderbar, daß in einem Augenblick, da in Paris Lehrstühle für Slawistik, für Mandschu, für so wenig lehrbare Literaturen wie die der nordischen Länder geschaffen werden (die, anstatt Lehren zu bieten, solche empfangen müßten und deren Inhaber ewige Ausführungen über Shakespeare oder das sechzehnte Jahrhundert wiederholen), es ist sogar sonderbar, daß man nicht unter dem Namen der Anthropologie die Lehre der okkulten Philosophie wieder eingeführt hat, die den Ruhm der alten Universität ausmacht. Darin ist Deutschland, dieses zugleich so große und so kindliche Land, Frankreich zuvorgekommen, denn dort wird diese Wissenschaft betrieben, die sehr viel nützlicher als die verschiedenen Philosopheme ist, die alle auf dasselbe hinauslaufen.

Daß gewisse Wesen die Fähigkeit besitzen, die kommenden Dinge im Keim der Ursachen zu erkennen, wie der große Erfinder eine Industrie, eine Wissenschaft in einer von der gemeinen Menge unbemerkten natürlichen Wirkung erkennt, ist nicht mehr eine jener aufsehenerregenden, gewaltsamen Ausnahmen, sondern die Auswirkung einer anerkannten Fähigkeit, die in gewisser Weise als ein Schlafwandeln des Geistes anzusehen wäre. Wenn also auch jene Ausnahme, auf der die verschiedenen Methoden, die Zukunft zu entziffern, beruhen, unsinnig erscheinen sollte: Die Tatsache besteht dennoch. Man beachte auch, daß es den Seher keine außergewöhnlichere Kraftanstrengung kostet, die großen Ereignisse der Zukunft vorauszusagen, als die Vergangenheit zu erraten. Im Denksystem der Ungläubigen ist es gleicherweise unmöglich, Vergangenheit und Zukunft zu ergründen. Wenn aber die vollzogenen Ereignisse Spuren hinterlassen haben, besitzt der Gedanke Wahrscheinlichkeit, daß die kommenden Ereignisse ihre Wurzeln haben. Sobald uns nun ein Wahrsager auf das genaueste nur uns allein bekannte Tatsachen unseres Vorlebens darlegt, kann er uns auch die Ereignisse ankündigen, die aus den bestehenden Ursachen hervorgehen müssen. Die geistige Welt ist sozusagen nach dem Modell der wirklichen Welt gefertigt; darin müssen sich die gleichen Wirkungen mit den ihrer verschiedenen Umwelt eigentümlichen Unterschieden wiederfinden. Gerade wie die Körper sich tatsächlich in die Atmosphäre projizieren und darin jenen Schemen entstehen lassen, den die Daguerreotypie auf seinem Wege festhält und bannt, prägen sich die Ideen als wirkliche und handelnde Schöpfungen in das ein, was man die Atmosphäre der geistigen Welt nennen muß. Hier rufen sie Wirkungen hervor, hier wesen sie spektral (denn man muß Wörter schaffen, um unbenannte Erscheinungen auszudrücken), und von da an können gewisse mit seltenen Eigenschaften begabte Geschöpfe diese Formen oder Gedankenspuren vollkommen wahrnehmen.

Was nun die Mittel betrifft, die gebraucht werden, um zur inneren Schau zu gelangen, so liegt in ihnen noch das erklärlichste Wunder, sobald die Hand des Ratsuchenden die Gegenstände zurechtlegt, mit deren Hilfe man ihm die Zufälle seines Lebens erscheinen läßt. Tatsächlich ist ja in der wirklichen Welt alles ineinander verzahnt. Jede Bewegung darin entspricht einer Ursache, jede Ursache ist wieder mit dem Ganzen verknüpft, und folgerichtigerweise wird das Ganze in der geringsten Bewegung Erscheinung. Rabelais, der größte Geist der modernen Menschheit, der Mann, der Pythagoras, Hippokrates, Aristophanes und Dante umfaßt, hat vor nunmehr drei Jahrhunderten gesagt: »Der Mensch ist ein Mikrokosmos.« Drei Jahrhunderte später sagte Swedenborg[116], der große schwedische Prophet, die Erde sei wie ein Mensch. Der Prophet und der Vorläufer der Ungläubigkeit begegneten sich so in der größten aller Formeln. Alles im menschlichen Leben wie im Leben unseres Planeten ist schicksalhaft. Die kleinsten nichtssagenden Zufälle sind darin untereinander abhängig. So spiegeln sich also die großen Vorgänge, die großen Absichten, die großen Gedanken zwangsläufig in den kleinsten Handlungen, und zwar mit solcher Treue, daß, wenn ein Verschwörer ein Kartenspiel mischt und abhebt, er dabei das Geheimnis seiner Verschwörung für den Seher hineinzeichnen wird, der als Zigeuner, Wahrsager, Scharlatan oder wie auch immer bezeichnet wird. Sobald man das Verhängnis zugibt, das heißt die Verkettung der Ursachen, ist die Astrologie vorhanden und wird, was sie früher war, nämlich eine unermeßliche Wissenschaft, denn sie umfaßt die Fähigkeit zur Deduktion, die Cuvier[147] so groß machte, aber einer spontanen Deduktion, die nicht wie bei diesem herrlichen Geiste in den fleißigen Nächten der Studierstube geübt wird.

Die deutende Astrologie, die Wahrsagekunst, hat sieben Jahrhunderte lang geherrrscht, und zwar nicht wie heute über das einfache Volk, sondern über die größten Geister, über Souveräne, Königinnen und vermögende Leute. Eine der größten Wissenschaften des Altertums, der tierische Magnetismus, ist aus den okkulten Wissenschaften hervorgegangen wie die Chemie aus den Küchen der Alchimisten. Die Schädellehre, die Physiognomik, die Nervenkunde sind gleichfalls aus ihr hervorgegangen, und die berühmten Schöpfer dieser dem Anschein nach neuen Wissenschaften haben nur einen Fehler gemacht, und zwar den aller Erfinder; er besteht darin, Einzeltatsachen, deren Entstehungsursache sich vorerst noch der Analyse entzieht, absolut in ein System bringen zu wollen. Eines Tages waren sich die katholische Kirche und die moderne Philosophie mit der Justiz darüber einig, die Mysterien der Kabbala und ihre Eingeweihten zu ächten, zu verfolgen und lächerlich zu machen, und so entstand eine bedauerliche Lücke von hundert Jahren in der Herrschaft und dem Studium der okkulten Wissenschaften. Wie dem auch sein mag, das Volk und viele geistreiche Leute, besonders aber die Frauen, fahren fort, der geheimnisvollen Macht derer ihren Beitrag zu zollen, welche den Schleier der Zukunft lüften können. Sie gehen hin, um dort Hoffnung, Mut und Kraft zu schöpfen, also das, was allein die Religion bieten kann. Auch wird diese Wissenschaft immer noch nicht ohne einiges Risiko ausgeübt. Heutzutage sind die Zauberer durch die Toleranz, die wir den Enzyklopädisten des achtzehnten Jahrhunderts verdanken, vor jeder Tortur sicher; sie können lediglich vor Gericht gebracht werden, und zwar nur dann, wenn sie sich mit betrügerischen Machenschaften abgeben, wenn sie ihren Kunden in der Absicht Angst einjagen, Geld von ihnen zu erpressen und somit eine strafbare Handlung begehen. Unglücklicherweise begleiten Erpressung und oft auch Verbrechen die Ausübung dieser erhabenen Fähigkeit, und zwar aus folgendem Grunde:

Die wunderbaren Gaben, die das Sehertum bedingen, sind gewöhnlich bei Leuten anzutreffen, die man mit dem Worte ›ungeschliffen‹ kennzeichnet. Diese ungeschliffenen Menschen sind die auserwählten Gefäße, darein Gott die Elixiere füllt, welche die Menschheit überraschen. Aus ihnen erwachsen die Propheten, die Sankt Peter, die Pierre l'Hermite[148]. Immer, wenn der Gedanke in seiner Totalität erhalten bleibt, als fester Block besteht und sich nicht in Unterhaltungen, Intrigen, Literaturwerken, gelehrten Spekulationen, Verwaltungsleistungen, Erfindergedankengängen, kriegerischen Leistungen verausgabt, ist er fähig, ein Feuer von wunderbarer Kraft auszustrahlen, das in ihm enthalten ist, wie im rohen Diamanten der Glanz seiner Facetten. Tritt dann irgendein Umstand ein, so entzündet sich diese Intelligenz; sie gewinnt Flügel, um die Entfernungen zu überbrücken, göttliche Augen, um alles zu erkennen; gestern war es eine Kohle, am nächsten Tage wird es unter dem Druck des unbekannten Fluidums, das es durchfließt, zu einem strahlenden Diamanten. Entwickeltere Menschen, deren Intelligenz nach allen Seiten hin verbraucht ist, können niemals diese höchste Macht verkörpern, es sei denn, daß mit ihnen eines jener Wunder geschehe, die Gott sich zuweilen erlaubt. So sind denn auch die Wahrsager und Wahrsagerinnen fast immer Bettler oder Bettlerinnen mit unverbrauchtem Geist, dem Anschein nach grobschlächtige Wesen, Kiesel, die in den Sturzbächen des Elends, in den Wagenspuren des Lebens rollten, wo sie nichts als körperliche Leiden erduldet haben. Der Prophet, der Seher, ist schließlich immer Martin, der Ackersmann[149], der Ludwig XVIII. zum Zittern brachte, indem er ein Geheimnis aussprach, das nur der König kannte; ist eine Mademoiselle Lenormand; eine Köchin wie

Madame Fontaine, eine fast schwachsinnige Negerin, ein Hirt, der unter Hornvieh lebt, ein Fakir, der neben einer Pagode sitzt und durch Abtötung des Fleisches den Geist zu der vollen unbekannten Macht der somnambulen Fähigkeiten steigert. In Asien waren zu allen Zeiten die Helden der okkulten Wissenschaften anzutreffen. Diese Leute also, die im Normalzustand bleiben, was sie sind, denn sie spielen in gewisser Hinsicht die physikalische und chemische Rolle elektrischer Leiter, wobei sie je nachdem träge Metalle oder Kanäle voll geheimnisvoller Fluiden sind, diese Leute geben sich, wenn sie wieder sie selber geworden sind, mit Praktiken und Berechnungen ab, die sie vor den Strafrichter bringen oder gar, wie den berühmten Balthasar[150], vors Schwurgericht und ins Zuchthaus. Was schließlich die ungeheure Macht beweist, welche die Kartenlegekunst auf die Leute aus dem Volke ausübt, ist der Umstand, daß Leben oder Tod des armen Musikers von dem Horoskop abhing, das Madame Fontaine der Madame Cibot stellen sollte.

Obgleich gewisse Wiederholungen in einer so umfangreichen und so mit Einzelheiten vollgepackten Geschichte wie einer vollständigen Darstellung der französischen Gesellschaft im neunzehnten Jahrhundert unvermeidlich sind, erübrigt es sich, die Höhle der Madame Fontaine zu schildern; sie ist bereits in dem Bande ›Komödianten wider ihr Wissen‹ beschrieben worden. Es ist lediglich zu erwähnen, daß Madame Cibot bei Madame Fontaine, die in der Rue Vieille du Temple wohnt, eintrat, wie die Stammgäste des ›Café Anglais‹[151] dieses Restaurant betreten, um dort zu Mittag zu essen. Madame Cibot, eine alte Stammkundin, brachte öfters junge Mädchen und von Neugier besessene Klatschbasen dorthin. Die alte Dienerin, die der Kartenlegerin als Profos diente, öffnete die Tür des Heiligtums, ohne ihre Herrin zu verständigen.

»Sie sind's, Madame Cibot? Treten Sie bitte ein«, fügte sie hinzu, »es ist niemand da.«

»Na, Kleine, was haben Sie denn, daß Sie so früh am Morgen kommen?« sagte die Hexenkünstlerin.

Madame Fontaine, die damals achtundsiebzig Jahre zählte, verdiente diese Bezeichnung ihres Äußeren wegen, das einer Parze würdig war.

»Ich bin ganz außer mir; machen Sie für mich das große Spiel!« rief die Cibot aus, »es handelt sich um mein künftiges Vermögen.«

Dann erklärte sie, in welcher Lage sie sich befand, und bat um eine Vorhersage für ihre schmutzigen Hoffnungen.

»Wissen Sie denn nicht, was das große Spiel ist?« fragte Madame Fontaine feierlich.

»Nein, ich bin nicht reich genug, um die Posse schon mal mitgemacht zu haben! Hundert Francs ...! Ich bitte Sie! Wo sollte ich die herhaben? Aber heute, da muß es eben sein!«

»Ich spiele es nicht oft, Kleine«, antwortete Madame Fontaine. »Für die Reichen mache ich es nur bei den großen Anlässen, und dann bekomme ich fünfundzwanzig Louisdor dafür; denn sehen Sie, es greift mich an, es verbraucht meine Kräfte! Der Geist rumort mir hier, im Magen. Früher nannte man das: zum Hexensabbat gehen!«

»Aber, wenn ich Ihnen sage, meine liebe Madame Fontaine, daß es sich um meine Zukunft handelt ...«

»Na, gut; für Sie, der ich so viele Kunden verdanke, will ich mich dem Geist hingeben!« antwortete Madame Fontaine und ließ in ihrem verlebten Gesicht einen Ausdruck von Furcht erkennen, der nicht gespielt war.

Sie stand von ihrem alten, schmierigen Lehnstuhl neben dem Kamin auf und ging zu ihrem Tisch; er war mit einem grünen Tuch bedeckt, dessen verschlissene Fäden man alle einzeln zählen konnte und auf dem links eine Kröte von ungewöhnlicher Größe neben einem offenen Käfig schlief, in dem ein schwarzes Huhn mit zerzausten Federn hauste.

»Astaroth![152] Komm her, mein Sohn!« sagte sie und schlug mit einer langen Stricknadel leicht auf den Rücken der Kröte, die sie mit intelligentem Ausdruck ansah. »Und Sie, Mademoiselle Kleopatra ...!« fuhr sie fort, »aufgepaßt!« und gab dem alten Huhn einen kleinen Schlag auf den Schnabel. Madame Fontaine sammelte sich; sie blieb einige Augenblicke unbeweglich. Ihre Züge nahmen einen leichenhaften Ausdruck an; sie verdrehte die Augen, bis sie weiß wurden. Dann wurde sie starr und sagte mit hohler Stimme: »Da bin ich!« Nachdem sie Kleopatra ganz mechanisch Hirse hingestreut hatte, nahm sie ihr großes Kartenspiel, mischte es krampfhaft und ließ es von Madame Cibot abheben, wobei sie abermals tief aufseufzte. Als dies Bild des Todes in schmutzigem Turban und düsterer Jacke die Hirsekörner betrachtete, die das Huhn aufpickte, und seine Kröte Astaroth rief, damit sie über die ausgebreiteten Karten kröche, lief es Madame Cibot eiskalt über den Rücken; sie schauderte. Nur aus dem großen Glauben kommen die großen Erregungen der Seele. Eine Leibrente bekommen oder nicht, das war die Frage, hat Shakespeare gesagt.

Nach sieben oder acht Minuten, während derer die Hexe ein Zauberbuch öffnete, aus dem sie mit Grabesstimme las, dann die Körner ansah, die übrigblieben und den Weg, den die Kröte nahm, als sie zurückkroch, enträtselte sie den Sinn der Karten, auf die sie ihre weißen Augen richtete.

»Sie werden Erfolg haben, wenn in dieser Angelegenheit auch nichts so kommen dürfte, wie Sie annehmen!« sagte sie. »Sie müssen viele Schritte tun, aber Sie werden die Frucht Ihrer Mühen ernten. Sie werden sich sehr schlecht aufführen; aber das wird bei Ihnen wie bei allen anderen sein, die mit Kranken zu tun haben und auf einen Teil des Nachlasses erpicht sind. Hochgestellte Persönlichkeiten werden Sie bei Ihren Übeltaten unterstützen. Später, in Ihren Todesängsten, werden Sie Ihr Handeln bereuen, denn Sie werden von zwei ausgebrochenen Zuchthäuslern ermordet, einem kleinen mit rotem Haar und einem alten Kahlkopf. Es geht dabei um das Vermögen, das man bei Ihnen in dem Dorfe vermutet, in das Sie sich mit Ihrem zweiten Gatten zurückziehn ... Gehn Sie jetzt, Tochter; es steht bei Ihnen, zu handeln oder sich Ihre Ruhe zu erhalten.«

Die innere Entrückung, die in den hohlen Augen dieses dem Anschein nach so kalten Skeletts Fackeln entzündet hatte, wich. Als das Horoskop ausgesprochen war, empfand Madame Fontaine etwas wie Schwindel und glich in allem den Schlafwandlern, wenn man sie aufweckt. Sie blickte mit erstaunten Augen um sich; dann erkannte sie Madame Cibot und schien überrascht, sie im Bann eines Entsetzens zu sehn, das sich in ihren Zügen malte. »Nun, Tochter?« fragte sie mit einer Stimme, die ganz anders war als die, mit der sie ihre Prophezeiung gesprochen hatte, »sind Sie zufrieden ...?«

Madame Cibot schaute die Hexe stumpfsinnig an, ohne antworten zu können.

»Na! Sie haben doch das große Spiel gewollt! Ich habe Sie als alte Bekannte behandelt. Sie brauchen mir bloß hundert Francs zu geben ...«

»Cibot muß sterben?« schrie die Portiersfrau.

»Ich habe Ihnen also schreckliche Dinge gesagt ...?« fragte Madame Fontaine ganz arglos.

»Und ob ...!« sagte die Cibot, zog hundert Francs aus der Tasche und stöhnte: »ermordet werden ...«, als sie das Geld auf die Tischkante legte.

»Ah, das ist's also! Sie wollten doch das große Spiel ...! Aber trösten Sie sich, nicht alle Leute, die in den Karten ermordet werden, brauchen so zu sterben.«

»Aber ist es denn möglich, Madame Fontaine?«

»Tja, schöne Kleine, ich weiß von nichts! Sie haben an das Tor der Zukunft pochen wollen; ich habe es geöffnet, das ist alles, und ER ist gekommen!«

»Wer? ER?« sagte Madame Cibot.

»Na, der Geist, wer denn sonst?« erwiderte die Hexe ungeduldig.

»Adieu, Madame Fontaine«, rief die Portiersfrau. »Ich habe nicht gewußt, was das große Spiel ist. Sie haben mich sehr erschreckt, o ja ...!«

»Madame versetzt sich nie zweimal im Monat in diesen Zustand!« sagte die Zofe, als sie Madame Cibot bis zum Treppenabsatz hinausbegleitete. »Die Anstrengung würde sie umbringen, so nimmt das mit. Jetzt muß sie Koteletts essen und drei Stunden lang schlafen ...«

Unterwegs, auf der Straße, tat die Cibot, was alle Ratsuchenden mit Ratschlägen jeder Art tun. Sie glaubte an das, was die Prophezeiung an Günstigem für sie enthielt, und zweifelte an den angekündigten Unglücksschlägen. Am nächsten Morgen war sie in ihren Entschlüssen bestärkt und gedachte alles ins Werk zu setzen, um reich zu werden, indem sie sich einen Teil von Pons' Museum verschreiben ließ. So hatte sie denn eine Zeitlang keinen anderen Gedanken als den, die Mittel zum Erfolg ausfindig zu machen. Das oben erklärte Phänomen der Konzentration der geistig-seelischen Kräfte bei allen grobschlächtigen Leuten, die die Fähigkeiten ihrer Intelligenz nicht wie die vornehme Welt durch eine tägliche Abnutzung schwächen und sie so in dem Augenblick stark und mächtig finden, in dem ihr Geist mit der furchtbaren Waffe bewehrt wird, die man fixe Idee nennt, offenbarte sich bei der Cibot in einem höheren Grade. Ebenso wie die fixe Idee die Wunder des Entweichens aus Gefängnissen und die Wunder des Gefühls hervorbringt, wurde die von ihrer Begehrlichkeit besessene Portiersfrau so stark wie ein Nucingen in Todesnot und so geistreich in ihrer Dummheit wie der verführerische La Palférine[153].

Einige Tage später schlich sie gegen sieben Uhr morgens, als sie Rémonencq dabei sah, seinen Laden zu öffnen, katzengleich zu ihm.

»Wie könnte man es anfangen, die Wahrheit über den Wert der Dinge zu erfahren, die bei meinen Herren aufgestapelt sind?« fragte sie ihn.

»Oh! das ist ganz einfach«, entgegnete der Antiquitätenhändler in seinem fürchterlichen Charabia, das wir mit Rücksicht auf die Klarheit der Erzählung lieber nicht wörtlich wiedergeben. »Wenn Sie mit mir mit offenen Karten spielen wollen, mache ich Ihnen einen Kenner namhaft, einen sehr anständigen Mann, der den Wert der Gemälde bis auf zwei Sous genau abzuschätzen weiß ...«

»Wer ist das ...?«

»Monsieur Magus, ein Jude, der jetzt nur noch zu seinem Vergnügen Geschäfte macht.«

Elias Magus, dessen Name aus der ›Menschlichen Komödie‹ zu bekannt ist, als daß des langen und breiten von ihm geredet zu werden brauchte, hatte sich aus dem Bilder- und Antiquitätenhandel zurückgezogen, wobei er als Kaufmann das Verhalten nachahmte, das Pons als Liebhaber geübt hatte. Die berühmten Kenner, der verstorbene Henry[154], Pigeot[155] und Moret[156], Théret[157], George[158] und Roehn[159], kurzum die Experten des Museums waren samt und sonders Kinder im Vergleich zu Elias Magus, der unter einer hundertjährigen Schmutzschicht ein Meisterwerk ahnte, der alle Schulen und die Pinselführung aller Maler kannte.

Dieser von Bordeaux nach Paris gekommene Jude hatte 1835 den Handel aufgegeben, ohne sein schäbiges Äußere zu ändern, das er nach der Gewohnheit der meisten Juden beibehielt, so sehr bleibt diese Rasse ihren Traditionen treu. Im Mittelalter zwangen die Verfolgungen die Juden, Lumpen zu tragen, um Verdächtigungen zu entgehen, immer zu klagen, zu flennen und über ihr Elend zu stöhnen. Diese einstmaligen Notwendigkeiten sind, wie immer, zum Volksinstinkt, zum Rassenlaster geworden. Durch den Ankauf und Wiederverkauf von Diamanten, durch das Schachern mit Bildern, Spitzen, antiquarischen Seltenheiten und Emailarbeiten, Kleinplastiken und alten Goldschmiedewerken erfreute sich Elias Magus eines unermeßlichen und unbekannten Vermögens, das er in diesem so beachtlich gewordenen Handelszweig erworben hatte. In der Tat hat sich die Zahl der Kunsthändler seit zwanzig Jahren in Paris verzehnfacht, der Stadt, wo alle Antiquitäten der Welt sich ein Stelldichein geben. Gemälde werden nur in drei Städten verkauft: in Rom, London und Paris.

Elias Magus wohnte in der Chaussée des Minimes[160], einer kleinen, breiten Straße, die zur Place Royale führt, und in der er ein altes Adelspalais besaß, das er 1831, wie man so sagt, für ein Butterbrot gekauft hatte. Dieses prächtige Gebäude enthielt eine der prunkvollsten Wohnungen aus der Zeit Ludwigs XV., denn es war das frühere Stadtpalais Maulaincourts[161] gewesen. Der von dem berühmten Präsidenten der Cour des Aides[162] errichtete Bau war wegen seiner Lage während der Revolution nicht zerstört worden. Wenn der alte Jude, entgegen den israelitischen Gesetzen, sich entschloß, Hausbesitzer zu werden, so darf man überzeugt sein, daß er dafür gute Gründe hatte. Der alte Mann war schließlich, wie wir alle, zu einer bis zur Tollheit vorgetriebenen Manie gelangt. Obgleich er ebenso geizig wie sein verstorbener Freund Gobseck war, ließ er sich durch die Bewunderung der Meisterwerke, mit denen er handelte, hinreißen; allein sein immer mehr verfeinerter und empfindlicher Geschmack war zu einer jener Leidenschaften geworden, denen nur Könige frönen dürfen, wenn sie reich sind und etwas für die Künste übrighaben. Ähnlich dem zweiten König von Preußen, der sich für einen Grenadier nur begeisterte, wenn der Untertan sechs Fuß lang war, und der unsinnige Summen ausgab, um ihn in sein lebendes Museum von Grenadieren einreihen zu können, begeisterte sich der Antiquitätenhändler im Ruhestand einzig und allein für völlig einwandfreie Ölgemälde, solche, die so geblieben, wie sie von ihrem Meister gemalt worden, und die dabei in der Ausführung erstklassig waren. Daher fehlte Elias Magus denn auch auf keiner der großen Versteigerungen, daher besuchte er alle Märkte und reiste durch ganz Europa. Diese dem Gewinn ergebene, eiskalte Seele taute im Anblick eines Meisterwerkes auf, gerade wie ein der Frauen überdrüssiger Lebemann angesichts eines vollkommenen Mädchens in Erregung gerät und sich auf die Suche nach makellosen Schönheiten macht. Dieser Don Juan der Ölgemälde, dieser Verehrer des Ideals fand in jener Bewunderung höhere Freuden als der Geizhals in der Betrachtung des Goldes. Er lebte in einem Serail schöner Gemälde.

Jene Meisterwerke, die so untergebracht waren, wie es Fürstenkindern gebührt, nahmen den ganzen ersten Stock des Palais' ein, das Elias Magus aufs prächtigste hatte wiederherstellen lassen. An den Fenstern befanden sich als Vorhänge die schönsten Goldbrokate von Venedig. Auf den Böden waren die prächtigsten Teppiche der Savonnerie[163] ausgebreitet. Die Gemälde, etwa hundert an der Zahl, waren aufs prunkvollste gerahmt. Sämtliche Rahmen waren neu und kunstverständig von Servais[164] vergoldet worden, dem einzigen Vergolder in ganz Paris, den Elias für gewissenhaft hielt und dem er die Kunst beibrachte, mit englischem Gold zu arbeiten, das dem der französischen Goldschläger bei weitem überlegen ist. Servais ist in der Kunst der Vergoldung, was Thouvenin[165] in der Buchbinderkunst war: ein in seine Werke verliebter Künstler. Die Fenster dieser Zimmerflucht waren durch mit Eisenblech beschlagene Läden geschützt. Elias Magus bewohnte zwei Mansardenzimmer des zweiten Stocks, die armselig ausgestattet und mit seinen Lumpen gefüllt waren. Sie rochen nach der Judengasse, denn er lebte am Ende seiner Tage, wie er eh und je gelebt hatte.

Das Erdgeschoß war mit Bildern vollgestopft, die der Jude ständig auf dem Trödelmarkt erhandelte, und mit Kisten aus dem Ausland; es enthielt eine riesige Werkstatt, in der fast ausschließlich Moret[166] für ihn arbeitete, unser geschicktester Gemälderestaurator, einer derjenigen, die eigentlich das Museum anstellen sollte. Dort befand sich auch die Wohnung seiner Tochter; sie war die Frucht seines Alters, eine Jüdin von eigener Schönheit, jener Jüdinnen, bei denen der asiatische Typ rein und edel hervortritt. Noémi, die von zwei unbedingt ergebenen jüdischen Zofen behütet wurde, hatte einen polnischen Juden namens Abramko als Wächter, der durch einen sagenhaften Zufall in die polnischen Wirren verwickelt gewesen war und den Elias Magus aus offenbarer Berechnung gerettet hatte. Abramko, der Portier dieses stummen, düsteren, einsamen Stadtpalais, nahm eine Loge ein, die von drei bemerkenswert scharfen Hunden bewacht wurde, einem Neufundländer, einem aus den Pyrenäen und einer englischen Bulldogge.

Auf folgenden tiefen Überlegungen beruhte die Sicherheit des Juden, der unbesorgt verreiste, bombenfest schlief und keinen Anschlag, weder auf seine Tochter, seinen Hauptschatz, noch auf seine Bilder, noch auf sein Gold befürchtete. Abramko erhielt jedes Jahr zweihundert Francs mehr als im Vorjahr und sollte bei Magus' Tod nichts mehr erhalten, der ihn auf den Geldverleih im Viertel dressiert hatte. Abramko öffnete niemandem jemals, ohne vorher durch ein vergittertes, Furcht einflößendes Schalterfenster gespäht zu haben. Dieser Pförtner von herkulischer Körperkraft verehrte Magus wie Sancho Pansa den Don Quichote. Die Hunde waren tagsüber eingeschlossen und bekamen kein Futter; nachts aber wurden sie von Abramko freigelassen und waren auf Grund der schlauen Berechnung des Juden gezwungen, an Ort und Stelle zu bleiben, der eine im Garten am Fuß eines Pfahls, an dem oben ein Stück Fleisch aufgehängt war, der andere im Hof am Fuß eines gleichartigen Pfahls und der dritte im großen Raum des Erdgeschosses. Es ist begreiflich, daß diese Hunde, die allein schon aus Instinkt das Haus bewachten, ihrerseits durch ihren Hunger zurückgehalten wurden. Auch nicht der schönsten Hündin wegen hätten sie ihren Platz am Fuß ihres Klettermastes aufgegeben. Sie wichen nicht, was es auch immer zu schnuppern gab. Bei der Annäherung eines Unbekannten hätten alle drei Hunde gemeint, der Betreffende wolle ihnen an ihr Fressen, das ihnen von Abramko erst am Morgen, wenn er aufstand, herabgeholt wurde. Diese teuflische Erfindung hatte einen ungeheuren Vorteil. Die Hunde bellten niemals; Magus' geistreicher Einfall hatte aus ihnen wilde Tiere gemacht; sie waren tückisch wie Mohikaner geworden. Einmal geschah folgendes: Eines Tages meinten Einbrecher, die durch dieses Schweigen ermutigt wurden, verhältnismäßig leicht den Kassenschrank des Juden »knacken« zu können. Einer von ihnen, der als erster zur Tat schreiten sollte, kletterte über die Gartenmauer und wollte hinabsteigen. Die Bulldogge hatte ihn gewähren lassen, obwohl sie ihn genau gehört hatte. Sobald aber der Fuß dieses Herrn in Reichweite ihrer Schnauze war, biß sie ihn glatt ab und verzehrte ihn. Der Dieb hatte die Energie, über die Mauer zurückzuklettern, er humpelte auf seinem Beinknochen, bis er ohnmächtig in die Hände seiner Kameraden fiel, die ihn fortschafften. Dieser Pariser Lokalbericht, denn die ›Gazette des Tribunaux‹[167] verfehlte nicht, dies köstliche Vorkommnis des Pariser Nachtlebens zu berichten, wurde für einen Bluff gehalten.

Magus, der damals fünfundsiebzig Jahre alt war, konnte damit rechnen, hundert zu werden. In seinem Reichtum lebte er wie die Rémonencqs. Dreitausend Francs genügten, einschließlich der Aufwendungen für seine Tochter, für seine Ausgaben. Es gab keine regelmäßigere Lebensweise als die dieses alten Mannes. Bei Tagesanbruch war er auf den Beinen; er aß mit Knoblauch eingeriebenes Brot, und das reichte ihm bis zum Mittagessen. Das Mittagessen war von mönchischer Einfachheit; es wurde im Familienkreise eingenommen. Die Zeit zwischen Aufstehen und Mittag verbrachte der von seiner Kunstleidenschaft Besessene in der Zimmerflucht, in der die Meisterwerke strahlten. Dort staubte er alles ab, Möbel und Bilder, und bewunderte sie unermüdlich. Dann ging er zu seiner Tochter hinunter, berauschte sich dort am Vaterglück und trat danach seine Gänge durch Paris an, wo er die Versteigerungen kontrollierte, Ausstellungen besichtigte, und was dergleichen mehr ist. Wenn ein Meisterwerk in dem Zustand war, den er zur Bedingung gemacht hatte, steigerte sich die Lebenskraft dieses Mannes. Er hatte einen Schlag zu führen, ein Geschäft abzuschließen, eine Schlacht bei Marengo[168] zu gewinnen. Er wandte List über List an, um seine neue Sultanin billig zu erhandeln. Magus hatte seine eigene Europakarte, eine Karte, auf der die Meisterwerke eingetragen waren, und er beauftragte seine Glaubensgenossen, allüberall gegen eine Entschädigung auf seine Rechnung Geschäftsmöglichkeiten auszukundschaften. Welchen Lohn trugen aber diese Bemühungen auch ein!

Magus besitzt jene beiden verlorenen Bilder Raffaels, denen die Raffaelanhänger so hartnäckig nachforschen! Er besitzt das Original der Geliebten Giorgiones, jener Frau, für die der Meister gestorben ist; die angeblichen Originale sind nur Kopien jenes berühmten Bildes, das nach Magus' Schätzung fünfhunderttausend Francs wert ist. Der Jude hütet das Meisterwerk Tizians, die Grablegung Christi, ein für Karl V. angefertigtes Gemälde, das von dem großen Maler dem großen Kaiser mit einem eigenhändigen Brief übersandt wurde, und eben jener Brief ist unten auf die Leinwand aufgeklebt. Von demselben Maler besitzt er das Original, die erste Skizze, nach der alle Porträts Philipps II. gemalt worden sind. Die siebenundneunzig weiteren Gemälde sind sämtlich von derselben Erlesenheit und Ausdruckskraft. Daher macht Magus sich denn auch über unser Museum lustig, das von der Sonne verheert wird, die die schönsten Gemälde angreift, da sie durch Fensterscheiben eindringt, was der Wirkung optischer Linsen gleichkommt. Gemäldegalerien dürfen nur Oberlicht haben. Magus öffnete und schloß die Läden seines Museums persönlich und verwandte genausoviel Sorgfalt und Vorsicht auf seine Gemälde wie auf seine Tochter, sein anderes Idol. Oh, der alte Bildernarr kannte die Gesetze der Malerei genau. Nach seiner Ansicht hatten die Meisterwerke ihr eigenes Leben, waren veränderlich, und ihre Schönheit hing von dem Licht ab, das ihnen Farbe lieh. Er sprach davon, wie die Holländer einst von ihren Tulpen gesprochen haben, und um ein Gemälde zu besichtigen, wählte er die Stunde, in der das Meisterwerk in seinem vollen Glanze strahlte, wenn das Wetter klar und heiter war.

Der kleine Greis war ein lebendiges Bild inmitten dieser regungslosen Bilder mit seinem schäbigen kurzen Rock, einer zehn Jahre alten Seidenweste, fettfleckigen Hosen, kahlem Kopf, hohlen Wangen, dem stachlig schwankenden weißen Bart, dem drohend spitzen Kinn, dem zahnlosen Mund, den funkelnden Augen, die denen seiner Hunde glichen, den knochigen, fleischlosen Händen, der vorspringenden Nase, der runzligen kühlen Haut. So lächelte er diesen schönen Schöpfungen der Genies zu. Ein Jude inmitten von Werten von drei Millionen wird immer zu den schönsten Schauspielen gehören, die die Menschheit zu bieten hat. Unser großer Schauspieler Robert Médal[169] kann diesen poetischen Reiz nicht erreichen, so großartig er auch spielen mag. Paris ist die Stadt der Welt, die die meisten solcher Originale besitzt, die irgendeinen Kult im Herzen hegen. Die exzentrischen Gestalten Londons werden alle einmal der Gegenstände ihrer Verehrung überdrüssig, wie sie des Lebens überdrüssig werden. In Paris aber leben die Monomanen mit ihrer Phantasie in einer glücklichen, wilden Ehe des Geistes. Dort sieht man häufig Gestalten wie Pons, wie Elias Magus auf sich zukommen, Menschen, die sehr ärmlich gekleidet sind, mit westwärts gerichteter Nase wie der ständige Sekretär der Französischen Akademie[170]. Sie sehen aus, als ob sie auf gar nichts Wert legten, als ob sie gar nichts fühlten. Sie schenken den Frauen, den Geschäften keinerlei Beachtung. Sie gehen sozusagen aufs Geratewohl mit leeren Taschen einher; sie scheinen ohne Verstand zu sein, und man fragt sich, welcher Pariser Menschenklasse sie wohl angehören. Nun, diese Männer sind Millionäre, Sammler, die leidenschaftlichsten Leute der Welt, Menschen, die fähig sind, sich in das schmutzige Gebiet der Strafgesetze vorzuwagen, um sich einer Tasse, eines Gemäldes, irgendeines seltenen Stückes zu bemächtigen, wie Elias Magus es einmal in Deutschland tat.

So war der Sachverständige beschaffen, zu dem Rémonencq die Cibot geheimnisvoll hinführte. Rémonencq holte sich bei Elias Magus Rat, sooft er ihn auf den Boulevards traf. Der Jude hatte dem alten Dienstmann, dessen Ehrlichkeit er kannte, zu verschiedenen Malen durch Abramko Geld leihen lassen. Da die Chaussée des Minimes nur zwei Schritt von der Rue de Normandie entfernt lag, war das Paar, das gemeinsam »ein Ding drehen« wollte, innerhalb von zehn Minuten an Ort und Stelle.

Rémonencq sagte zu ihr: »Sie werden den reichsten unter den alten Antiquitätenhändlern kennenlernen, den größten Kenner von ganz Paris . . .«

Madame Cibot war platt, als sie einem kleinen Greis gegenüberstand; er trug einen weiten Überrock, der nicht würdig gewesen wäre, von den Händen Cibots geflickt zu werden; Magus beaufsichtigte seinen Restaurator, einen Maler, der in einem kalten Raum des weitläufigen Erdgeschosses damit beschäftigt war, Bilder auszubessern. Als sie ein Blick aus katzenartigen Augen voll kalter Bosheit traf, zitterte sie.

»Was wollen Sie, Rémonencq?« fragte er.

»Es sollen Bilder geschätzt werden, und Sie allein können in Paris einem armen Kupfertopfhändler wie mir sagen, was er dafür geben kann, wenn er nicht, wie Sie, Hunderte und Tausende hat.«

»Wo wäre das denn?« fragte Elias Magus.

»Hier ist die Portiersfrau des Hauses, die dem Herrn den Haushalt führt und mit der ich übereingekommen bin ...«

»Wie heißt der Eigentümer?«

»Monsieur Pons!« sagte die Cibot.

»Kenne ich nicht«, erwiderte Magus mit unbefangener Miene und berührte mit seinem Fuß ganz unauffällig den seines Restaurators.

Der Maler Moret kannte den Wert der Sammlung Pons und hatte unwillkürlich aufgeblickt. Dieser Kniff konnte nur gegenüber Rémonencq und der Cibot gewagt werden. Der Jude hatte die geistigen Qualitäten der Portiersfrau mit einem Blick abgeschätzt, der wie eine Goldwaage reagierte. Beide konnten nicht ahnen, daß der wackere Pons und Magus oft ihre Kräfte gemessen hatten. Tatsache war, daß diese beiden erbitterten Liebhaber einander beneideten. So war denn auch etwas wie ein innerer Schwindel über den alten Juden gekommen. Er hätte ja nicht hoffen können, jemals in einen so gut behüteten Serail einzudringen. Die Sammlung Pons war die einzige in Paris, die mit der Sammlung Magus wetteifern konnte. Der Jude hatte zwanzig Jahre später als Pons den gleichen Einfall gehabt. In seiner Eigenschaft als Händler und Liebhaber aber blieb ihm die Sammlung Pons' genauso verschlossen wie die Du Sommerards[171]. Pons und Magus nährten im Herzen die gleiche Eifersucht. Keiner von ihnen machte sich etwas aus jener Berühmtheit, die gewöhnlich von denen angestrebt wird, die Kunstkabinette besitzen. Die wunderbare Sammlung des armen Musikers besichtigen zu können bedeutete Elias Magus das gleiche Glück wie einem Frauenliebhaber, dem es gelingt, sich in das Boudoir einer schönen Geliebten einzuschleichen, die ihm von einem Freunde vorenthalten wird. Die große Achtung, die Rémonencq dieser wunderlichen Persönlichkeit bezeigte, und der Reiz, den jede wirkliche Macht ausübt, machten die Portiersfrau nachgiebig und fügsam. Die Cibot verlor den selbstherrlichen Ton, den sie in ihrer Loge gegenüber den Mietern und ihren beiden Herren anschlug; sie fügte sich in die von Magus gestellten Bedingungen und versprach, ihn noch am gleichen Tag in die Sammlung Pons zu führen. Das hieß den Feind ins Herz der Festung geleiten und Pons einen Dolch ins Herz stoßen; er hatte seit zehn Jahren der Cibot verboten, wen auch immer bei sich einzulassen; er hatte seine Schlüssel immer mitgenommen, und die Cibot hatte ihm gehorcht, solange sie Schmuckes Meinung über die Antiquitäten teilte. Der gute Schmucke hatte nämlich dadurch, daß er diese Herrlichkeiten als »Brimborium« bezeichnete und die Besessenheit seines Pons beklagte, der Portiersfrau seine eigene Verachtung für diesen alten Trödel eingeimpft und so sehr lange Zeit hindurch die Sammlung Pons vor allen Eindringlingen geschützt.

Seit Pons bettlägerig war, vertrat ihn Schmucke am Theater und in den Pensionaten. Der arme Deutsche, der seinen Freund nur morgens und beim Essen sah, versuchte, allem gerecht zu werden; er behielt ihrer beider gemeinsame Kundschaft bei; doch wurden alle seine Kräfte beansprucht von dieser Aufgabe, so sehr bedrückte ihn der Schmerz. Wenn die Schülerinnen und Theaterleute, die von ihm sämtlich über Pons' Krankheit unterrichtet waren, den armen Mann so traurig sahen und fragten, wie es stehe, war der Kummer des Pianisten so groß, daß ihm gegenüber auch die Gleichgültigen die teilnahmsvolle Miene aufsetzten, die man in Paris für die größten Katastrophen bereit hat. Der Lebenskern des guten Deutschen war ebenso angegriffen wie bei Pons. Schmucke litt zugleich an seinem Schmerz und an der Krankheit seines Freundes. Während der Hälfte der Stunden, die er erteilte, sprach er von Pons. Beim Vorspielen unterbrach er sich so naiv mit der an sich selbst gerichteten Frage, wie es seinem Freunde wohl gehen möge, daß die junge Schülerin nicht anders konnte, als sich seine Ausführungen über Pons' Krankheit anzuhören. Zwischen zwei Stunden eilte er in die Rue de Normandie, um eine Viertelstunde lang bei Pons zu sein. Der Klavierlehrer war über die Leere ihrer gemeinsamen Kasse bestürzt; Madame Cibot, die seit vierzehn Tagen die Unkosten der Krankheit, so gut sie konnte, vergrößerte, steigerte seine Unruhe; aber er fühlte, daß seine Ängste von einem Mute beherrscht wurden, den er sich niemals zugetraut hätte. Zum erstenmal im Leben wollte er Geld verdienen, damit das Geld im Hause nicht ausging. Wenn eine von der Lage der beiden Freunde wirklich gerührte Schülerin Schmucke fragte, wie er denn Pons so allein lassen könne, antwortete er mit dem erhabenen Lächeln der Betrogenen: »Mademoiselle, wir haben doch Madame Cibot, einen wahren Schatz, eine Perle! Pons wird gepflegt wie ein Fürst!« Sobald indessen Schmucke durch die Straßen trabte, war die Cibot Herrin der Lage und des Kranken. Wie hätte auch Pons, der seit vierzehn Tagen kaum etwas gegessen hatte und kraftlos dalag, den die Cibot persönlich hochheben und in einen Sessel setzen mußte, um das Bett zu machen, wie hätte er diesen angeblichen Schutzengel überwachen können? Natürlich war die Cibot zu Elias Magus gegangen, während Schmucke zu Mittag aß.

Sie kam in dem Augenblick zurück, da der Deutsche sich von dem Kranken verabschiedete; denn seit der Enthüllung über Pons' mutmaßliches Vermögen verließ die Cibot ihren Junggesellen nicht mehr; sie brütete geradezu auf ihm. Sie ließ sich in einem guten Lehnstuhl am Fußende des Bettes nieder und unterhielt Pons, um ihn abzulenken, mit jener Art von Geschwätz, auf das sich diese Sorte von Weibern so trefflich versteht. Sie war einschmeichelnd, sanft, aufmerksam und besorgt und setzte sich im Gemüt des wackeren Pons – wie man sehen wird – mit macchiavellistischer Geschicklichkeit fest. Die Prophezeiung des großen Spiels der Madame Fontainc hatte die Cibot erschreckt, und so hatte sie sich gelobt, es mit sanften Mitteln, durch ein rein geistiges Verbrechen, dahin zu bringen, daß sie im Testament ihres Herrn bedacht werde. Da sie zehn Jahre lang vom Wert der Sammlung Pons nichts geahnt hatte, hielt sie sich zehn Jahre der Anhänglichkeit, der Rechtschaffenheit und der Selbstlosigkeit zugute und nahm sich vor, diesen prächtigen Wert nun zu diskontieren. Seit dem Tag, an dem Rémonencq durch ein Wort von Goldes Wert im Herzen dieser Frau eine Schlange hatte ausschlüpfen lassen, die fünfundzwanzig Jahre lang in ihrer Eierschale verblieben war – der Wunsch, reich zu werden –, hatte dieses Geschöpf die Schlange mit all dem schlechten Sauerteig ernährt, der den Grund der Herzen erfüllt, und man wird sehen, wie sie die Ratschläge ausführte, die ihr die Schlange eingab.

»Na, hat unser Cherubino ordentlich seine Medizin getrunken? Geht es ihm besser?« fragte sie Schmucke.

»Nicht gut, meine liebe Madame Cibot! Nicht gut!« anwortete der Deutsche und trocknete eine Träne.

»Pah! Sie regen sich zuviel auf, mein lieber Herr. Man muß sich zu fassen wissen ... Wenn mein Mann im Sterben läge, wäre ich nicht so verzweifelt, wie Sie es jetzt sind. Gehn Sie doch! Unser Cherubino hat eine gesunde Konstitution. Und dann scheint er doch auch vernünftig gelebt zu haben, sehen Sie; Sie ahnen gar nicht, wie alt solche Leute werden! Er ist zwar sehr krank, aber bei der Pflege, die er bei mir hat, krieg' ich ihn schon durch. Seien Sie ganz beruhigt, gehn Sie Ihrer Arbeit nach; ich werde ihm Gesellschaft leisten und ihm seine Pinte Gerstensaft verabreichen.«

»Wenn Sie nicht wären, würde ich vor Unruhe vergehen ...«, sagte Schmucke und drückte mit vertrauender Gebärde die Hände seiner guten Haushälterin.

Als die Cibot in Pons' Zimmer trat, wischte sie sich die Augen.

»Was haben Sie denn, Madame Cibot«, fragte Pons.

»Monsieur Schmucke bringt mich völlig aus der Fassung, er weint über Sie, als wären Sie schon tot!« sagte sie. »Wenn Sie auch nicht ganz auf der Höhe sind, geht es Ihnen doch noch nicht so schlecht, daß man um Sie weinen müßte. Und das hat mich so beeindruckt! Mein Gott, was bin ich dumm, andere Leute so gern zu haben und mehr an Ihnen zu hängen als an meinem Mann! Denn im Grunde gehn Sie mich ja nichts an; wir sind nur von Eva her verwandt. Aber mir dreht sich das Herz im Leibe herum, sobald es sich um Sie handelt, auf Ehrenwort! Ich würde mir die Hand abhacken lassen, die linke natürlich, hier vor Ihnen, um Sie wie früher immer kommen und gehen zu sehn, und wie Sie essen und die Händler betuppen ... Wenn ich ein Kind gehabt hätte, dann hätte ich es wohl liebgehabt, wie ich Sie liebe. Und ob! Nun trinken Sie doch, mein Bester, los, ein ganzes Glas! Wollen Sie wohl trinken! Doktor Poulain hat gesagt: ›Vor allem muß Monsieur Pons, wenn er nicht auf den Père-Lachaise will, täglich so viel Wasser trinken, wie ein Auvergnate verkauft.‹ Also los! Trinken Sie ...!«

»Aber ich trinke ja doch, meine gute Cibot ..., und zwar so viel, daß mir der Magen versäuft ...«

»So ist's gut!« sagte die Portiersfrau und nahm das leere Glas. »Auf die Art kommen Sie durch! Doktor Poulain hatte einen Kranken wie Sie, der keine Pflege hatte, den seine Kinder im Stich ließen, und der ist an dieser Krankheit gestorben, weil er nicht genug getrunken hat ...! Darum muß man trinken, sehn Sie, mein Kindchen ...! Vor zwei Monaten ist der andere beerdigt worden ...! Wissen Sie auch, lieber Herr, daß Sie den wackeren Schmucke nach sich ziehen würden, wenn Sie sterben ... Er ist wie ein Kind, auf Ehre! Ach, wie lieb er Sie hat, dies liebe Lamm von einem Menschen! Nein, keine Frau kann einen Mann so lieben ...! Essen und Trinken schlägt ihm nicht mehr an; seit vierzehn Tagen ist er genauso mager geworden wie Sie, nur noch Haut und Knochen ...! Das macht mich ganz eifersüchtig, denn ich hänge sehr an Ihnen. Aber so weit kommt's mit mir nicht ... Mir ist der Appetit nicht vergangen, im Gegenteil! Durch all das Treppauf-Treppab hab' ich eine Müdigkeit in den Beinen, daß ich abends wie ein Bleiklotz umfalle. Vernachlässige ich etwa nicht meinen armen Mann um Ihretwillen, so daß ihm Mademoiselle Rémonencq das Essen macht und daß er herumbrummelt, weil alles schlecht ist! Aber dann bring' ich ihm bei, daß man für andere leiden können muß, daß Sie zu krank sind, als daß man von Ihnen weggehn könnte ... Zunächst geht es Ihnen nun mal nicht so, daß Sie ohne Pflegerin sein könnten. Als wenn ich hier eine Pflegerin dulden würde, ich, die ich seit zehn Jahren Ihren Haushalt führe und Sie versorge ...! Und wie die aufs Essen aus sind! Die fressen für zehn! Sie wollen Wein, Zucker, ihre Fußwärmer, ihre Gemütlichkeit ... Und außerdem, wie bestehlen sie die Kranken, wenn sie nicht ins Testament kommen ... Setzen Sie heut mal eine Pflegerin hierher . . ., morgen würde ein Bild oder irgendwas anderes nicht mehr da sein . . .«

»Ach, Madame Cibot«, rief Pons außer sich, »gehn Sie nicht fort . . .! Daß nur ja nichts angerührt wird . . .!«

»Ich bleibe schon!« sagte die Cibot, »solang ich nur die Kraft dazu habe, bleibe ich . . .! Seien Sie ganz ruhig! Hat Ihnen Monsieur Poulain, der vielleicht Absichten auf Ihre Schätze hat, nicht eine Pflegerin herschicken wollen . . .? Dem hab' ich aber Bescheid gegeben. ›Der Herr will niemand um sich als mich‹, hab' ich gesagt, ›er ist an mich gewöhnt, wie ich an ihn!‹ Und da war er still. Aber eine Pflegerin! Alles die reinsten Spitzbuben! Wie ich die Sorte hasse . . .! Sie werden ja merken, was die für Ränke spinnen. Da war so ein alter Herr . . . Beachten Sie, daß Doktor Poulain mir das erzählt hat . . . Also eine Madame Sabatier, so im Alter von sechsunddreißig Jahren, die früher im Palais Royal das Pantoffelgeschäft hatte, Sie kennen ja wohl die Verkaufsgalerie im Palais, die jetzt abgerissen worden ist . . .«

Pons nickte zustimmend.

»Na gut, diese Frau kam damals auf keinen grünen Zweig, weil der Mann alles vertrank; der ist dann an einem allzu heftigen Rausch gestorben; aber sie ist eine schöne Frau gewesen, das muß man ihr lassen, wenn es ihr auch nichts genutzt hat, obwohl sie – wie es heißt – gute Freunde unter den Advokaten gehabt hat . . . In ihrem Elend ging sie also Wöchnerinnen pflegen, und sie wohnt in der Rue Barre-du-Bec[172]. So hat sie denn auch einen alten Herrn gepflegt, der – mit Verlaub zu sagen – eine Blasenkrankheit hatte. An dem haben sie herumsondiert wie an einem artesischen Brunnen, na, und der brauchte so viel Pflege, daß sie in einem Feldbett mit in dem Zimmer von dem Herrn geschlafen hat. Man sollte so was nicht für möglich halten! Aber sie werden mir wohl sagen: Die Männer kümmern sich um gar nichts! So egoistisch sind die! Na ja, wie sie so mit ihm schwatzt, Sie verstehn ja wohl, sie war immer da, sie heiterte ihn auf, sie erzählte ihm Geschichten, sie brachte ihn zum Plaudern, so wie wir zwei, nicht wahr, jetzt hier schwatzen . . ., da erfährt sie, daß seine Neffen – der Kranke hatte Neffen – Unmenschen seien, die ihm Kummer machten, und zu guter Letzt, daß seine Krankheit von den Neffen käme. Nun, mein lieber Herr, sie hat diesen

Herrn gerettet und ist seine Frau geworden, und sie haben ein prächtiges Kind bekommen, und die Madame Bordevin, die Metzgersfrau aus der Rue Charlot, die mit der Frau verwandt ist, die hat Patin gestanden ... Da sieht man, was manche für Glück haben können. Ich selber bin nun ja zwar verheiratet ...! Aber ich habe keine Kinder, und ich kann wohl sagen, daß das an meinem Mann liegt, er hat mich einfach zu lieb; denn wenn ich wollte ... Genug! Was wäre auch aus uns geworden, aus mir und meinem Mann, wenn wir auch noch Familie hätten, wo wir doch keinen roten Heller haben nach dreißig Jahren rechtschaffener Arbeit, lieber Herr! Was mich aber tröstet, ist, daß ich keinen Sou von fremdem Gut habe. Niemals habe ich auch nur das kleinste Unrecht getan ... Sehn Sie, nehmen wir einmal an, und das kann wohl sein, denn in sechs Wochen sind Sie wieder auf dem Damm und gehn auf dem Boulevard spazieren, na also, nehmen wir mal an, Sie würden mich in Ihrem Testament bedenken, ja, dann hätte ich keine Ruhe, bis ich Ihre Erben gefunden hätte, um ihnen das Ihre zurückzugeben ..., soviel Angst hätte ich vor dem Gut, das ich nicht im Schweiß meines Angesichtes erworben hätte. Sie werden mir sagen: ›Aber Madame Cibot, darum brauchen Sie sich doch keine Sorgen zu machen, das haben Sie wohl verdient, Sie haben uns beide wie Ihre leiblichen Kinder gepflegt, Sie haben uns tausend Francs im Jahre erspart ...‹ Denn wissen Sie, Monsieur Pons, an meiner Stelle hätte manche Köchin schon so ihre zehntausend Francs beiseite gebracht. ›Es ist ja nicht mehr als recht, wenn dieser würdige Herr Ihnen eine kleine Leibrente vermacht ...!‹, so könnte man mir etwa sagen. Na ja. Nein! Ich bin selbstlos ... Ich begreife nicht, wie es Frauen geben kann, die mit Hinterabsichten Gutes tun ... Das heißt doch dann schon nicht mehr Gutes tun, nicht wahr, Monsieur Pons ...? Ich gehe nicht in die Kirche! Ich habe keine Zeit dazu; aber mein Gewissen sagt mir, was gut ist ... Bewegen Sie sich nicht so, mein Katerchen ...! Kratzen Sie sich nicht! Mein Gott, wie gelb Sie werden! Sie sind so gelb, daß es schon braun aussieht ... Wie drollig, daß man innerhalb von zwanzig Tagen wie eine Zitrone wird ...! Die Rechtschaffenheit ist der Schatz der armen Leute; etwas muß man ja schließlich besitzen! Angenommen, daß es mit Ihnen nun dennoch zu Ende gehen würde, dann wäre ich die erste, um Ihnen zu sagen, daß Sie alles, was Ihnen gehört, dem Schmucke vermachen müssen. Das ist Ihre Pflicht, denn er ist ja als einziger Ihre ganze Familie! Der liebt Sie, wie ein Hund seinen Herrn liebt.«

»Ach ja!« sagte Pons, »ich bin in meinem ganzen Leben nur von ihm geliebt worden . . .«

»Aber Monsieur Pons«, sagte Madame Cibot, »das ist aber nicht nett von Ihnen. Wo bleibe ich denn? Ich mag Sie also nicht . . .?«

»So war das nicht gemeint, meine liebe Madame Cibot.«

»Na, schön! Halten Sie mich bloß nicht für ein Dienstmädchen, eine gewöhnliche Köchin, als wenn ich kein Herz hätte! Ach, du großer Gott! Da reißt man sich elf Jahre lang für zwei alte Junggesellen in Stücke, da kümmert man sich um nichts als um ihr Wohlergehen, da stellt man in zehn Käsegeschäften alles auf den Kopf, macht dumme Bemerkungen, nur um Ihnen guten Briekäse ausfindig zu machen, da geht man bis auf den Markt, um Ihnen frische Butter zu holen, da paßt man auf alles auf, so daß man in zehn Jahren noch nichts zerbrochen, nichts abgestoßen hat . . ., da ist man also wie eine Mutter für ihre Kinder! Und dann hört man von Ihnen ein ›meine liebe Madame Cibot‹; das beweist, daß für unsereinen kein Funke von Gefühl in dem Herzen des alten Herrn steckt, den man wie einen Königssohn pflegt, denn der kleine König von Rom[173] ist nicht so gepflegt worden wie Sie . . .! Wollen wir wetten, daß er nicht so gepflegt worden ist wie Sie . . .? Man sieht es ja, er ist in der Blüte der Jugend gestorben . . . Sehn Sie, Monsieur Pons, Sie sind ungerecht . . . Sie sind undankbar! Und nur, weil ich eine arme Portiersfrau bin. O mein Gott, Sie halten uns also auch bloß für Hunde . . .«

»Aber, liebe Madame Cibot . . .«

»Na, schließlich sind Sie doch ein Gelehrter. Erklären Sie mir doch mal, warum wir Portiersleute so behandelt werden, warum man uns kein Gefühl zutraut, warum man sich über uns lustig macht in einer Zeit, wo man von Gleichheit schwatzt . . .! Bin ich denn nicht soviel wert wie jede andere Frau? Ich bin doch schließlich eine der schönsten Frauen von Paris gewesen, man hat mich die ›schöne Austernhändlerin‹ genannt, und sieben- oder achtmal am Tag sind mir Liebeserklärungen gemacht worden ... Und wenn ich wollte, bekäme ich die auch heute noch! Sehn Sie, Monsieur Pons, Sie kennen doch diesen Schwächling von Eisenhändler da unten an unserer Tür, angenommen, ich wäre Witwe, dann würde mich der mit geschlossenen Augen heiraten, so sperrt er sie immer für mich auf und sagt mir den ganzen Tag: ›Ach, was haben Sie für schöne Arme, Madame Cibot! Ich habe diese Nacht geträumt, das wäre Brot und ich wäre Butter, und ich würde darauf gestrichen ...!‹ Sehn Sie, Monsieur Pons, das sind Arme ...!« Sie krempelte den Ärmel hoch und zeigte den herrlichsten Arm von der Welt vor; er war ebenso weiß und frisch wie ihre Hand rot und welk, ein üppiger, runder Arm mit Grübchen, der, aus seiner Hülle von gewöhnlichem Merinostoff herausgezogen wie eine Klinge aus der Scheide, Pons blenden mußte; er wagte nicht, ihn allzu lange anzusehen. »Und«, fuhr sie fort, »meine Arme haben so viel Herzen geöffnet wie mein Messer Austern. Na ja, das gehört alles meinem Mann, und ich habe unrecht getan, Ihretwegen diesen armen, lieben Mann zu vernachlässigen, der sich auf ein Wort von mir in einen Abgrund stürzen würde. Sie aber, Monsieur Pons, nennen mich bloß ›meine liebe Madame Cibot‹, auch wenn ich das Unmögliche für Sie tun würde ...«

»Hören Sie mich doch einmal an«, sagte der Kranke, »ich kann Sie doch weder meine Mutter noch meine Frau nennen ...«

»Nein, ich häng' mich im Leben an niemand mehr ...!«

»Aber, so lassen Sie mich doch mal ausreden«, fuhr Pons fort. »Sehn Sie, ich habe zunächst von Schmucke gesprochen.«

»Monsieur Schmucke! Der hat ein Herz!« sagte sie. »Sehn Sie, der liebt, denn er ist arm! Der Reichtum macht gefühllos, und Sie sind reich! Na also! Nehmen Sie eine Pflegerin! Sie werden ja sehn, was die Ihnen für ein Leben bereitet! Quälen wird sie Sie wie einen Maikäfer ...! Wenn der Arzt sagt, daß man Ihnen zu trinken geben muß, wird Sie Ihnen nur was zum Essen hinstellen! Ins Grab wird sie Sie bringen, um Sie zu bestehlen! Sie verdienen nicht, jemanden wie mich zu haben ...! Nur zu! Wenn Doktor Poulain kommt, verlangen Sie eine Pflegerin!«

»Aber, zum Donnerwetter, so hören Sie doch einmal zu!« schrie der Kranke wütend. »Ich habe nicht von irgendwelchen

Frauen gesprochen, als ich von meinem Freund Schmucke sprach . . .! Ich weiß ganz gut, daß ich keine anderen Herzen habe, von denen ich aufrichtig geliebt werde, als das Ihre und das von Schmucke . . .!«

»Regen Sie sich gefälligst nicht so auf!« rief die Cibot, stürzte sich auf Pons und legte ihn mit Gewalt wieder nieder.

»Aber, wie sollte ich Sie denn nicht gern haben . . .?« fragte der arme Pons.

»Haben Sie mich also wirklich gern . . .? Ja, dann verzeihen Sie mir!« sagte sie unter Tränen und wischte sich die Augen. »Na ja, Sie mögen mich, wie man eine Magd mag, das ist's . . ., eine Magd, der man eine Leibrente von sechshundert Francs hinwirft wie ein Stück Brot in die Hundeecke . . .!«

»Aber Madame Cibot«, rief Pons aus, »für wen halten Sie mich eigentlich? Sie kennen mich nicht!«

»So! Sie werden mich noch viel lieber gewinnen!« fuhr sie fort und fing einen Blick von Pons auf. »Sie werden Ihre gute, dicke Cibot wie eine Mutter lieben. Jawohl, so liegen die Dinge; ich bin Ihre Mutter, Sie beide sind meine Kinder . . .! Ach, wenn ich wüßte, wer Ihnen Kummer gemacht hat! Ich würde mich vor die Strafkammer und selbst vors Schwurgericht bringen lassen. Die Augen würde ich denen auskratzen . . .! Solche Leute verdienen, an der Barrière Saint Jacques umgebracht zu werden, und das ist noch viel zu milde für derartige Schurken . . .! Dabei sind Sie so gut und so zärtlich, Sie haben ein goldenes Herz, Sie wurden erschaffen und zur Welt gebracht, um eine Frau glücklich zu machen . . . Jawohl, Sie hätten sie glücklich gemacht . . . Das sieht man doch, Sie waren aus solchem Holz geschnitzt . . . Als ich zuerst gesehen habe, wie Sie mit Monsieur Schmucke stehn, da habe ich mir gesagt: ›Nein, Monsieur Pons hat sein Leben verpfuscht! Er war dazu bestimmt, ein guter Ehemann zu werden . . .‹ Lassen Sie's gut sein, Sie mögen die Frauen!«

»Freilich«, sagte Pons, »aber ich habe ja nie eine gehabt . . .!«

»Wirklich nicht?« rief die Cibot herausfordernd, näherte sich Pons und ergriff seine Hand. »Sie wissen also nicht, was es heißt, eine Geliebte zu haben, die für ihren Freund zu allem fähig ist? Ja, gibt's denn so was? Wenn ich an Ihrer Stelle wäre, möchte ich nicht von hier in die andere Welt hinübergehn, ohne das größte Glück erlebt zu haben, das es auf Erden gibt ...! Armes Herzchen! Wenn ich noch wäre, was ich gewesen bin, auf Ehrenwort, ich würde meinen Mann um Ihretwillen aufgeben! Und mit so einer Nase – denn Sie haben eine stolze Nase –, wie haben Sie es nur angefangen, mein armer Cherubino ...? Sie werden mir sagen: ›Nicht alle Frauen verstehen sich auf Männer ...‹, und es ist ein Unglück, daß sie so kreuz und quer heiraten, daß es ein Jammer ist. Weil Sie so oft nicht zu Hause sind, habe ich angenommen, Sie hätten dutzendweise Geliebte, Tänzerinnen, Schauspielerinnen, Herzoginnen ...! Wenn ich Sie ausgehn sah, hab' ich immer zu meinem Mann gesagt: ›Schau mal an, da geht Monsieur Pons wieder auf Abenteuer!‹ Ehrenwort! Das habe ich gesagt, weil ich meinte, die Weiber liefen Ihnen nur so nach! Der Himmel hat Sie für die Liebe geschaffen ... Sehn Sie, lieber Kleiner, das habe ich doch an dem Tag gemerkt, an dem Sie zum erstenmal hier gegessen haben. Mein Gott, wie gerührt waren Sie über die Freude, die Sie Monsieur Schmucke machten! Und wie hat er noch am nächsten Tag vor Freude geweint, und zu mir hat er gesagt: ›Madame Cibot, er hat hier gegessen!‹ Ich hab' ja selber darüber geweint wie ein Schloßhund. Und wie traurig war er, als Sie Ihre Stadtlauferei wieder anfingen und in der Stadt essen gingen! Der arme Mann! So eine Verzweiflung hat es noch nicht gegeben! O ja, Sie haben recht, ihn als Ihren Erben einzusetzen! Der liebe Mann ist ja wie eine ganze Familie für Sie ...! Vergessen Sie ihn nicht! Sonst läßt Sie der liebe Gott nicht in den Himmel kommen, wo er nur die einlassen soll, die sich ihren Freunden dankbar erweisen, indem sie ihnen Leibrenten vermachen.«

Pons bemühte sich vergebens, eine Antwort anzubringen; die Cibot redete wie ein Wasserfall. Zwar hat man Mittel und Wege gefunden, Dampfmaschinen zum Stillstand zu bringen; aber der Geist der Erfinder wird sich vergebens erschöpfen, um die Zunge einer Portiersfrau zu stoppen.

»Ich weiß, was Sie sagen wollen!« fuhr sie fort. »Mein lieber Herr, das bringt einen noch nicht um, wenn man sein Testament macht, wenn man krank ist; und an Ihrer Stelle möchte ich mit Rücksicht auf unglückliche Zufälle den armen Hammel da nicht unversorgt lassen, er ist doch wie das Lamm der Welt. Er weiß rein von gar nichts. Ich möchte ihn nicht auf Gnade und Ungnade knickrigen Geschäftsleuten und Verwandten überlassen, die lauter Schweinehunde sind ...! Sehn Sie mal, hat denn seit zwanzig Tagen jemand nach Ihnen geschaut ...? Und denen würden Sie Ihr Hab und Gut hinterlassen, was? Wissen Sie überhaupt, daß behauptet wird, alles, was hier herumliegt, sei schon der Mühe wert?«

»Aber freilich«, meinte Pons.

»Rémonencq, der Sie als Sammler kennt und Trödelgeschäfte macht, behauptet, er würde Ihnen gut und gern dreißigtausend Francs Leibrente geben, um nach Ihnen Ihre Bilder zu besitzen ... Das wäre doch ein Geschäft! An Ihrer Stelle würde ich mich darauf einlassen! Ich habe aber gemeint, er wollte sich über mich lustig machen, als er das gesagt hat ... Sie müßten Monsieur Schmucke über den Wert all dieser Dinge unterrichten, denn das ist ein Mann, den man wie ein Kind betrügen würde; er hat nicht den leisesten Begriff, was die schönen Dinge wert sind, die Sie besitzen! Er ahnt es so wenig, daß er sie für ein Butterbrot hergeben würde, wenn er Sie nicht aus Liebe zu Ihnen sein Leben lang behalten würde, sofern er Sie überhaupt überlebt, denn Ihr Tod wird ihn umbringen! Aber ich bin ja auch noch da! Ich werde ihn gegen alle verteidigen ...! Ich und mein Mann.«

»Liebe Madame Cibot«, antwortete Pons, der von diesem fürchterlichen Geschwätz gerührt war, in dem das Gefühl so ursprünglich zu sein schien, wie man es bei Leuten aus dem Volke erlebt, »was wäre ohne Sie und Schmucke aus mir geworden?«

»Ja, wir sind sicher Ihre einzigen Freunde auf dieser Welt! Das ist wohl wahr! Aber zwei gute Herzen wiegen alle Familien auf ... Schweigen Sie mir von der Familie! Die ist wie die Zunge, hat ein alter Schauspieler gesagt, sie ist das Beste und das Schlimmste, was es gibt ... Wo sind denn nur Ihre Verwandten? Haben Sie überhaupt Verwandte ...? Ich habe sie niemals gesehen ...«

»Die haben mich ja aufs Krankenlager geworfen ...!« rief Pons mit tiefer Bitterkeit aus.

»Ach, Sie haben also Verwandte ...!« sagte die Cibot und

fuhr auf, als sei ihr Sessel plötzlich aus glühendem Eisen geworden. »So, so, das ist mir aber eine nette Verwandtschaft! Was, da liegen Sie nun seit zwanzig Tagen, jawohl, heute morgen werden es zwanzig Tage, auf den Tod, und noch kein Mensch hat sich darum gekümmert und sich nach Ihnen erkundigt! Das ist etwas starker Tobak ...! An Ihrer Stelle würde ich mein Vermögen lieber dem Findelhaus hinterlassen, als denen auch nur einen roten Heller zu geben!«

»Ach ja, meine liebe Madame Cibot, ich wollte eigentlich alles, was ich besitze, meiner Großnichte vermachen, der Tochter meines Vetters, des Präsidenten Camusot. Wissen Sie, das ist der Richter, der eines Morgens, vor fast zwei Monaten, hierhergekommen ist.«

»Ach so, der kleine Dicke, der seine Dienstboten zu Ihnen geschickt hat, um Sie um Verzeihung zu bitten ..., wegen der Dummheit seiner Frau ... Die Zofe hat mich nämlich über Sie ausfragen wollen, so eine alte Zierpuppe, der ich am liebsten ihr Samtmäntelchen mit dem Besenstiel ausgeklopft hätte! Hat man jemals eine Zofe mit einem Samtmantel gesehn? Nein, auf Ehrenwort, die Welt steht auf dem Kopf! Warum hat man nun Revolutionen gemacht! Eßt ruhig zwei große Mahlzeiten, wenn ihr die Mittel dazu habt, ihr reiches Lumpenpack! Ich sage aber, die Gesetze sind überflüssig, nichts ist mehr heilig, wenn Louis-Philippe die Stände nicht beibehält. Denn schließlich sind wir ja alle gleich, nicht wahr, Monsieur Pons, und eine Zofe darf keinen Samtmantel tragen, wenn ich, die Madame Cibot, nach dreißig Jahren rechtschaffener Arbeit keinen habe ... Was sind das für Zustände! Man muß doch sehn, wer wir sind. Eine Zofe ist eine Zofe, wie ich eine Portiersfrau bin. Warum gibt's denn beim Militär Schulterstücke mit Troddeln, wie? Jedem seinen Rang! Soll ich Ihnen mal den Grund von alledem sagen? Na ja, Frankreich ist verloren ...! Und unter dem Kaiser ging doch alles ganz anders zu, nicht wahr, Monsieur Pons? Ich habe ja auch zu meinem Mann gesagt: ›Schau mal, Mann, ein Haus, wo es Zofen mit Samtmänteln gibt, das sind Leute ohne Herz ...‹«

»Ohne Herz! Das ist es!« entgegnete Pons.

Und Pons beichtete Madame Cibot seinen Verdruß und Kummer, und sie erging sich in Schimpfreden über die Verwandten und bezeugte bei jedem Satz dieses traurigen Berichts die übertriebenste Anteilnahme. Schließlich weinte sie.

Um diese plötzliche Vertraulichkeit zwischen dem alten Musiker und Madame Cibot zu begreifen, braucht man sich nur die Lage eines Junggesellen vorzustellen, der zum erstenmal in seinem Leben schwer erkrankt ist, der auf sein Schmerzenslager hingestreckt, allein auf der Welt, seinen Tag mit sich selbst hinbringen muß und diesen Tag um so länger findet, als er den unbeschreiblichen Qualen einer Leberentzündung ausgeliefert ist, einer Krankheit, die das schönste Leben verdüstert. Ohne seine zahlreichen Beschäftigungen verfällt er dem Pariser Marasmus; er vermißt alles, was es in Paris umsonst zu sehen gibt. Diese tiefe, dunkle Einsamkeit, dieser Schmerz, dessen Anfälle noch weit mehr auf das Gemüt als auf den Körper wirken, das untätige Leben, all das treibt einen Junggesellen, zumal, wenn es sich um einen schwachen Charakter und ein empfindliches, gutgläubiges Herz handelt, dazu, sich an das Wesen anzuklammern, das ihn pflegt, wie ein Ertrinkender sich an eine Planke klammert. So hörte sich Pons denn das Geschwätz der Cibot voller Entzücken an. Schmucke, Madame Cibot und der Doktor Poulain, das war für ihn die ganze Menschheit, wie sein Zimmer für ihn das Weltall bedeutete. Wenn alle Kranken ihre Aufmerksamkeit auf den Umkreis ihres Gesichtsfeldes beschränken und wenn ihr Egoismus sich um sie herum auswirkt, da er sich von den Dingen und Erscheinungen eines Zimmers abhängig macht, dann kann man sich einen Begriff davon machen, wozu erst ein alter Junggeselle ohne zarte Bindungen fähig ist, einer, der die Liebe nie erlebt hat. Binnen zwanzig Tagen war es mit Pons so weit gekommen, daß er in gewissen Augenblicken bedauerte, Madeleine Vivet nicht geheiratet zu haben! Auch Madame Cibot machte in der Vorstellung des Kranken seit zwanzig Tagen gewaltige Fortschritte, denn ohne sie sah er sich verloren. Schmucke nämlich, Schmucke war für den armen Kranken ein zweiter Pons. Die wunderbare Kunst der Cibot bestand – übrigens ohne ihr Wissen – darin, Pons' eigene Gedanken auszudrücken.

»Ach, da kommt ja der Doktor!« sagte sie, als sie es schellen hörte.

Und sie ließ Pons allein, da sie genau wußte, daß der Jude und Rémonencq kamen.

»Seien Sie ganz leise, meine Herren ...«, sagte sie. »Daß er ja nichts merkt! Er ist nämlich wie eine Mimose, wenn es sich um seinen Schatz handelt.«

»Ein einfacher Gang durch die Galerie genügt schon«, antwortete der mit seiner Lupe und einem Lorgnon bewaffnete Jude.

Das Wohnzimmer, in dem sich der größere Teil der Sammlung Pons befand, war einer jener alten Räume, wie die vom französischen Adel beschäftigten Architekten sie gestalteten, ein Raum von einer Breite von fünfundzwanzig Fuß, bei einer Länge von dreißig, und dreizehn Fuß hoch. Die siebenundsechzig Bilder, die Pons besaß, waren sämtlich auf den vier Wänden dieses getäfelten Zimmers untergebracht. Die Täfelung war weiß und golden. Das Weiß aber war vergilbt und das Gold von der Zeit rötlich geworden. So störten die harmonischen Farbtöne keineswegs die Wirkung der Gemälde. Auf Säulen standen in den Ecken oder zwischen den Bildern vierzehn Statuen auf Untersätzen von Boule. Buffets aus geschnitztem Ebenholz, von königlicher Pracht, zierten bis in Brusthöhe die unteren Teile der Wände. Diese Buffets enthielten die Antiquitäten. In der Zimmermitte standen auf einer Reihe holzgeschnitzter Kredenzen die größten Seltenheiten menschlichen Schaffens: Elfenbeinschnitzereien, Bronzen, Holzschnitzereien, Emailarbeiten, Goldschmuck, Porzellane usw.

Sobald der Jude dieses Heiligtum betreten hatte, ging er geradewegs auf vier Meisterwerke zu, die er als die schönsten dieser Sammlung erkannte und die von Künstlern stammten, die in der seinen fehlten. Sie waren für ihn dasselbe wie für die Naturkundler jene »Desiderata«, die sie Reisen von Sonnenuntergang nach Sonnenaufgang unternehmen lassen, in die Tropen, die Wüsten, die Pampas, die Savannen und Urwälder. Das erste Bild war von Sebastiano del Piombo, das zweite von Fra Bartolommeo della Porta, das dritte eine Landschaft des Hobbema und das letzte ein Frauenporträt von Albrecht Dürer, vier Diamanten! Sebastiano del Piombo steht in der Malerei als ein Glanzpunkt, in dem sich drei Schulen vereinigt haben, um jede eine ihrer hervorragenden Eigenheiten beizusteuern. Als venezianischer Maler kam er nach Rom, um sich dort unter Michelangelos Anleitung den Stil Raffaels anzueignen. Michelangelo wollte ihn Raffael entgegenstellen, indem er diesen Papst der Kunst in der Person eines seiner Statthalter bekämpfte. So hat dieses träge Genie die venezianische Farbe, die florentinische Komposition und den raffaelischen Stil in den seltenen Bildern verschmolzen, die er zu malen geruhte und deren Kartons angeblich von Michelangelo gezeichnet worden sind. Man kann feststellen, zu welcher Vollendung es dieser Mann mit Hilfe jener dreifachen Kraft gebracht hat, wenn man im Pariser Museum das Porträt des Baccio Bandinelli[174] untersucht, das mit Tizians ›Mann mit dem Handschuh‹ verglichen werden kann oder dem Greisenbild, in dem Raffael seine vollendete Kunst mit der des Correggio verbindet, oder mit Leonardo da Vincis ›Karl VIII.‹[175], ohne daß jenes Gemälde dabei verliert. Diese vier Perlen sind von gleichem Wasser, gleichem Glanz, von gleicher Rundung, gleicher Pracht und gleichem Wert. Menschenkunst kann nicht darüber hinaus. Sie stehen höher als die Natur, die das Original nur einen Augenblick lang leben ließ. Von diesem großen Genie, dieser unsterblichen, aber unheilbar trägen Palette besaß Pons einen auf Schiefer gemalten betenden Malteserritter, von einer Frische, Vollendung und Tiefe, die den Vorzügen des Porträts des Baccio Bandinelli noch überlegen sind. Der Fra Bartolommeo, der eine heilige Familie darstellte, wäre von vielen Kennern für ein Werk Raffaels gehalten worden. Der Hobbema müßte bei einer öffentlichen Versteigerung auf sechzigtausend Francs kommen. Was aber den Albrecht Dürer betrifft, so war dieses Frauenporträt dem berühmten ›Hieronymus Holzschuher‹ in Nürnberg gleichwertig, für den die Könige von Bayern, Holland und Preußen wiederholt vergebens zweihunderttausend Francs geboten hatten. Ist es die Frau oder Tochter des Patriziers Holzschuher, des Freundes Albrecht Dürers ...? Die Annahme scheint eine Gewißheit zu sein, denn das Frauenbildnis der Sammlung Pons hat eine Haltung, die ein Gegenstück voraussetzt, und die gemalten Wappen sind bei beiden Porträts in der gleichen Weise angebracht. Schließlich steht auch das »aetatis suae XLI« in vollkommenem Einklang mit dem von der Familie Holzschuher in Nürnberg so andächtig behüteten Bilde, nach dem vor kurzem ein Stich fertiggestellt worden ist.

Elias Magus traten Tränen in die Augen, als er diese vier Meisterwerke nacheinander betrachtete.

»Ich gebe Ihnen zweitausend Francs extra für jedes dieser Bilder, wenn Sie sie mir für vierzigtausend Francs besorgen!« flüsterte er der Cibot ins Ohr, die über dieses vom Himmel gefallene Vermögen einfach platt war.

Die Bewunderung, oder um es genauer zu sagen, die Verzükkung des Juden hatte seinen Verstand und seine habsüchtigen Gewohnheiten derartig verwirrt, daß er – wie man sieht – sich hinreißen ließ.

»Und ich?« fragte Rémonencq, der von Bildern nichts verstand.

»Hier ist alles von gleichem Rang«, sagte der Jude leise zu dem Auvergnaten. »Nimm aufs Geratewohl zehn Gemälde zu den gleichen Bedingungen, und dein Glück ist gemacht.«

Die drei Spitzbuben blickten einander an; jeder war der tiefsten Wollust verfallen, der Befriedigung über den Erfolg in einem Vermögensgeschäft, als auf einmal die Stimme des Kranken ertönte und wie eine Alarmglocke zitterte.

»Wer geht da umher?« schrie Pons.

»Aber Monsieur Pons, so legen Sie sich doch hin«, sagte die Cibot, stürzte sich auf Pons und zwang ihn, sich wieder ins Bett zu legen. »So was! Wollen Sie sich denn umbringen ...! Na ja! Es war nicht Doktor Poulain, sondern der wackere Rémonencq, der so besorgt um Sie ist und sich nach Ihnen erkundigen will...! Sie sind so beliebt, daß das ganze Haus um Ihretwillen in Aufregung ist. Was befürchten Sie denn?«

»Aber es kommt mir doch so vor, als wenn Sie da zu mehreren wären«, sagte der Kranke.

»Mehrere? Das ist gut ...! Na so was! Träumen Sie etwa ...? Sie werden mir noch verrückt, Ehrenwort ...! Gut, überzeugen Sie sich.«

Die Cibot ging lebhaft die Tür öffnen, gab Magus ein Zeichen, sich zurückzuziehen, und winkte Rémonencq heran.

»Na, lieber Monsieur Pons«, sagte der Auvergnate, der die ihn betreffenden Worte der Cibot gehört hatte, »ich möchte mich nach Ihrem Befinden erkundigen; das ganze Haus bangt um Sie . . . Niemand sieht gern den Tod in die Häuser kommen . . .! Und schließlich hat mir Papa Monistrol, den Sie ja so gut kennen, aufgetragen, Ihnen zu sagen, daß er zu Ihrer Verfügung steht, wenn Sie etwa Geld brauchen sollten . . .«

»Er schickt Sie, um einen Blick auf meinen Krimskrams zu werfen . . .!« sagte der alte Sammler mit mißtrauischer Schärfe.

Bei Leberleiden fassen die Betroffenen fast immer eine besondere, plötzliche Abneigung. Sie konzentrieren ihre schlechte Laune auf irgendeinen Gegenstand oder irgendeine Person. Nun aber hatte Pons die Vorstellung, daß man an seine Schätze wolle. Er hatte die fixe Idee, sie zu bewachen, und schickte Schmucke von Zeit zu Zeit hinaus, um nachzusehen, ob sich auch niemand in das Heiligtum geschlichen habe.

»Ihre Sammlung ist so schön«, antwortete Rémonencq hinterhältig, »daß sie die Aufmerksamkeit der Kenner erregen könnte. Ich verstehe nichts von solchen Kunstdingen, der Herr gilt aber für einen so großen Kenner, daß ich von dem Herrn ohne weiteres mit geschlossenen Augen kaufen würde, wenn ich auch nicht tief in die Sache eingedrungen bin . . . Wenn der Herr also gelegentlich einmal Geld nötig hätte, denn nichts kommt so teuer wie diese verfluchten Krankheiten . . . So zum Beispiel hat meine Schwester in zehn Tagen dreißig Sous für Medizin gebraucht, als ihr Blut durcheinander war, und sie wäre auch ohne das wohl gesund geworden . . . Die Ärzte sind Gauner; sie beuten unseren Zustand aus, um . . .«

»Auf Wiedersehen! Ich danke Ihnen, Monsieur Rémonencq«, antwortete Pons dem Eisenhändler und warf ihm unruhige Blicke zu.

»Ich bring' ihn wieder an die Tür«, sagte die Cibot ganz leise zu ihrem Kranken, »damit er nur ja nichts anrührt.«

»Ja, ja«, erwiderte der Kranke und dankte der Cibot mit einem Blick.

Die Cibot schloß die Schlafzimmertür und erregte auf diese Weise bei Pons Verdacht. Sie traf Magus unbeweglich vor den vier Bildern an. Diese Unbeweglichkeit und Bewunderung können nur von denen begriffen werden, deren Seele dem Idealschönen, dem unauslöschlichen Gefühl offensteht, das das Vollendete in der Kunst hervorruft; von denen, die im Museum stundenlang vor der ›Mona Lisa‹ Leonardo da Vincis stehenbleiben oder vor der ›Antiope‹ des Correggio, dem Meisterwerk dieses Malers; vor der ›Geliebten‹ Tizians, der ›Heiligen Familie‹ des Andrea del Sarto, vor den blumenumwundenen Kindern des Dominichino, vor der kleinen ›Grisaille‹ Raffaels und seinem Greisenbild, vor den unerhörtesten Werken der Kunst.

»Verdrücken Sie sich geräuschlos!« sagte sie.

Der Jude ging langsam rückwärts hinaus und schaute auf die Bilder, wie ein Verliebter eine Frau ansieht, von der er sich verabschiedet. Als der Jude auf dem Treppenabsatz war, schlug die Cibot, der diese Versunkenheit zu denken gegeben hatte, Magus auf den dürren Arm.

»Sie geben mir viertausend Francs für jedes Bild, sonst wird nichts draus . . .«

»Ich bin so arm . . .!« sagte Magus. »Wenn ich die Gemälde gern besäße, dann nur aus Liebe, einzig aus Liebe zur Kunst, schöne Frau!«

»Du bist so dürr, mein Sohn«, sagte die Portiersfrau, »daß ich diese Sorte Liebe verstehe. Wenn du mir aber nicht heute vor Rémonencq sechzehntausend Francs versprichst, sind es morgen zwanzigtausend.«

»Ich verspreche sechzehn«, antwortete der Jude, ganz erschrocken über die Habgier dieser Portiersfrau.

»Bei was kann so ein Jude schwören . . .?« fragte die Cibot Rémonencq.

»Sie können sich auf ihn verlassen«, erwiderte der Eisenhändler. »Er ist ein ebenso anständiger Mensch wie ich.«

»Na ja! Und Sie?« fragte die Portiersfrau. »Was geben Sie mir, wenn ich an Sie welche verkaufen lasse . . .?«

»Die Hälfte vom Gewinn«, entgegnete Rémonencq auf der Stelle.

»Ich hätte lieber auf der Stelle eine Summe; ich treibe ja keinen Handel«, erwiderte die Cibot.

»Sie verstehen sich gut aufs Geschäft!« sagte Elias Magus lächelnd, »Sie würden eine ganz tüchtige Händlerin abgeben.«

»Ich biete Ihnen eine Geschäftsverbindung mit Haut und Haar«, sagte der Auvergnate und ergriff den üppigen Arm der

Cibot, auf dem er mit der Gewalt eines Hammers herumtätschelte. »Ich verlange von Ihnen keine andere Einlage als Ihre Schönheit. Es ist unrecht von Ihnen, sich so an Ihren Türken von Cibot und seine Nadel zu klammern! Kann etwa ein kleiner Portier eine so schöne Frau wie Sie reich machen? Ach, wie würden Sie sich in einem Laden am Boulevard inmitten von Antiquitäten machen! Wie würden Sie mit den Kunstliebhabern schwatzen und sie einwickeln! Geben Sie doch Ihre Loge auf, wenn Sie hier Ihren Schnitt gemacht haben. Dann sollten Sie mal sehn, was aus uns beiden würde!«

»Meinen Schnitt machen?« sagte die Cibot. »Ich bin außerstande, hier auch nur den Wert einer Stecknadel wegzuholen, verstehen Sie mich, Rémonencq?« schrie die Portiersfrau. »Ich bin hier im Viertel als anständige Frau bekannt!«

Die Augen der Cibot sprühten Funken.

»Na, beruhigen Sie sich nur!« sagte Elias Magus. »Dieser Auvergnate macht mir den Eindruck, als ob er Sie zu lieb hätte, um Sie beleidigen zu wollen.«

»Wie würde die einem die Geschäfte führen!« rief der Auvergnate aus.

»Seid doch gerecht, Kinder«, fuhr Madame Cibot besänftigt fort. »Urteilt doch selber über meine Lage hier ...! Seit zehn Jahren opfere ich mich für diese beiden alten Junggesellen da auf, ohne daß sie mir je etwas anderes als Worte geschenkt hätten ... Rémonencq kann Ihnen bestätigen, daß ich die beiden Alten gegen eine Pauschale verköstige, bei der ich zwanzig bis dreißig Sous täglich zusetze, so daß ich schon alle meine Ersparnisse verpulvert habe, bei der Seele meiner Mutter ..., des einzigen Elternteils, den ich kennengelernt habe! Aber so wahr ich lebe und uns die Sonne bescheint, mein Kaffee soll mich vergiften, wenn ich auch nur um einen Centime lüge ...! Da liegt nun der eine im Sterben, nicht wahr? Und zwar der reichere von den beiden Männern, die ich wie meine eigenen Kinder gehalten habe ... Können Sie sich vorstellen, mein lieber Herr, daß in den zwanzig Tagen, in denen ich ihm immer wieder sage, daß er auf den Tod darniederliegt (denn Doktor Poulain hat ihn aufgegeben), daß dieser Knauser genausowenig davon spricht, mich in sein Testament zu setzen, wie wenn ich ihn überhaupt nicht kennte? Mein Ehrenwort, was uns zusteht, kriegen wir nur, wenn wir es uns nehmen, so wahr ich eine ehrliche Frau bin. Auf Erben kann man sich nicht verlassen! Meistens jedenfalls nicht! Ach, ja, sehn Sie, Worte stinken nicht, die Welt besteht nur aus Schurken!«

»Stimmt!« sagte Elias Magus heuchlerisch. »Und wir«, fügte er hinzu und sah dabei Rémonencq an, »wir sind noch die anständigsten darunter . . .«

»Lassen Sie's gut sein«, fuhr die Cibot fort, »ich sage das ja nicht Ihretwegen . . . Wie der alte Schauspieler sagt: Eilige Leute werden immer empfangen . . .! Ich schwöre Ihnen, daß die beiden Herren mir fast schon dreitausend Francs schulden; daß das bißchen, was ich habe, schon für Medikamente und ihre Angelegenheiten draufgegangen ist; und wenn sie nun meine Auslagen nicht anerkennen . . . Ich bin ja so dumm in meiner Rechtschaffenheit, daß ich nicht wage, ihnen damit zu kommen. Sie sind doch ein Geschäftsmann, lieber Herr, würden Sie mir in dem Fall raten, mich an einen Rechtsanwalt zu wenden . . .?«

»Ein Rechtsanwalt?« rief Rémonencq aus, »Sie selber verstehen mehr davon als alle Rechtsverdreher . . .!« Das Geräusch eines schwer fallenden Körpers, der auf den Boden des Eßzimmers gestürzt war, hallte in dem weiten Treppenhaus wider.

»Ach, mein Gott«, schrie die Cibot, »was ist denn da passiert? Es scheint, als sei das der Herr, der grade eine Liegekur machen soll . . .!«

Sie gab ihren beiden Spießgesellen einen Schubs, daß sie flink die Treppe hinunterstolperten; dann machte sie kehrt, stürzte ins Eßzimmer und erblickte dort Pons im Hemde, ohnmächtig lang hingeschlagen. Sie nahm den alten Junggesellen auf die Arme, hob ihn wie eine Feder hoch und brachte ihn zu Bett. Als sie den Sterbenden niedergelegt hatte, ließ sie ihn verbrannte Federn einatmen, rieb ihm die Schläfen mit Kölnisch Wasser ein und brachte ihn wieder zu sich. Als sie dann Pons' Augen wieder offen sah, als das Leben zurückgekehrt war, stemmte sie die Hände in die Hüften.

»Ohne Pantoffeln und im Hemd? Das hätte Sie umbringen können! Und warum mißtrauen Sie mir . . .? Wenn's so steht, dann auf Wiedersehn, Monsieur. Nach zehn Jahre langen Diensten, bei denen ich zu Ihrem Haushalt zugeschustert habe, daß meine ganzen Ersparnisse dabei draufgegangen sind, um dem armen Monsieur Schmucke, der wie ein Kind im Treppenhaus weint, Unannehmlichkeiten zu ersparen . . ., habe ich jetzt meine Belohnung! Sie spionieren mir nach . . . Gott hat Sie gestraft! So ist's recht! Und dann streng' ich mich auch noch an, Sie auf meinen Armen wegzutragen, daß ich mir für den Rest meiner Tage was holen könnte! Ach, du lieber Gott! Und dabei hab' ich die Tür offengelassen . . .«

»Mit wem haben Sie gesprochen?«

»Schöne Einfälle«, schrie die Cibot. »Oho, bin ich etwa Ihre Sklavin? Brauch' ich Ihnen Rechenschaft zu geben, wie? Wissen Sie auch, daß ich den ganzen Kram hinschmeiße, wenn Sie mich derartig ärgern? Dann nehmen Sie eben eine Pflegerin!«

Von dieser Drohung erschreckt, gab Pons, ohne es zu ahnen, der Cibot einen Begriff davon, was sie mit diesem Damoklesschwert erreichen konnte.

»Es kommt von der Krankheit«, sagte er kläglich.

»Meinetwegen!« entgegnete die Cibot roh.

Sie ließ Pons voller Verwirrung zurück. Reue überkam ihn. Er bewunderte die marktschreierische Aufopferung seiner Pflegerin, machte sich Vorwürfe und fühlte die schrecklichen Schmerzen nicht, und auch nicht, wie sehr er seine Krankheit durch den Sturz auf die Eßzimmerfliesen verschlimmert hatte. Die Cibot gewahrte Schmucke, der die Treppe heraufkam.

»Kommen Sie mal her, Monsieur Schmucke . . . Es gibt traurige Neuigkeiten! Ja, Monsieur Pons schnappt über . . .! Stellen Sie sich vor, er ist ganz nackt aufgestanden und mir nachgegangen, nein, er ist da in seiner ganzen Länge hingeschlagen . . . Fragen Sie ihn, warum; er weiß von nichts . . . Es steht schlecht mit ihm. Ich habe nichts getan, um ihn zu derartigen Gewaltstreichen aufzureizen, es sei denn, daß ich ihm den Kopf verdreht hätte, als ich mit ihm von seinen ersten Liebschaften sprach. Wer kennt sich in den Männern aus! Lauter alte Wüstlinge . . . Ich hätte ihm meine Arme nicht zeigen dürfen. Seine Augen leuchteten dabei auf wie Karfunkelsteine . . .«

Schmucke hörte Madame Cibot an, als ob er Hebräisch vernähme.

»Ich habe mich derartig überanstrengt, daß ich wohl bis ans Ende meiner Tage daran zu leiden haben werde ...!« fügte die Cibot hinzu. Sie schien lebhafte Schmerzen zu verspüren und war darauf bedacht, den zufälligen Einfall auszunützen, der ihr gekommen war, als sie eine kleine Überanstrengung in den Muskeln verspürte. »Ich bin ja so dumm! Als ich ihn so auf der Erde liegen sah, habe ich ihn auf den Arm genommen und wie ein Kind ins Bett gebracht. Jawohl! Aber jetzt fühle ich einen Bruch! Ach, mir wird schlecht ...! Ich geh' jetzt zu mir 'runter, passen Sie auf unsern Kranken auf. Ich will Cibot losschicken, damit er für mich Doktor Poulain holt! Ich würde ja lieber sterben, als zum Krüppel werden ...«

Die Cibot klammerte sich ans Geländer und rollte unter tausend Verrenkungen und mit so kläglichen Seufzern die Treppe hinunter, daß alle Mieter erschrocken ins Treppenhaus hinaustraten. Schmucke stützte die Kranke mit Tränen in den Augen und gab Aufklärung über die Aufopferung der Portiersfrau. Das ganze Haus, das ganze Viertel wußten bald von diesem herrlichen Charakterzug der Madame Cibot, die sich, wie es hieß, lebensgefährlich überanstrengt hatte, als sie einen der Nußknacker auf die Arme nahm. Als Schmucke zu Pons zurückgekehrt war, teilte er ihm den schrecklichen Zustand ihres Faktotums mit, und beide sahen einander mit der Frage an: Was soll ohne sie aus uns werden ...? Da Schmucke die bei Pons durch seinen Streich bewirkte Veränderung bemerkte, wagte er nicht, ihn zu schelten.

»Der blöde Trödel! Ich würde ihn lieber verbrennen als meinen Freund verlieren ...!« rief er aus, als er von Pons die Ursache des Unfalls erfuhr. »Wie kannst du auch der Madame Cibot mißtrauen, die uns ihre Ersparnisse leiht! Das ist nicht recht; aber es liegt an der Krankheit ...«

»Ach, ist *das* eine Krankheit! Ich bin ganz verwandelt, ich fühle es«, sagte Pons. »Ich möchte dich nicht betrüben, mein guter Schmucke.«

»Schimpf getrost mit mir!« sagte Schmucke, »und laß Madame Cibot in Frieden.«

Doktor Poulain behob innerhalb weniger Tage das Gebrechen, von dem Madame Cibot befallen sein wollte, und durch diese

Heilung, die an ein Wunder grenzte, erhielt sein Ruf im Marais-Viertel ungemeinen Glanz. Pons gegenüber schrieb er diesen Erfolg der ausgezeichneten Konstitution der Kranken zu, die den Dienst bei ihren beiden Herren zu deren großer Befriedigung am siebten Tage wieder aufnahm. Dies Ereignis steigerte die Tyrannei der Portiersfrau im Haushalt der beiden Nußknacker um hundert Prozent. Sie hatten sich in dieser Woche in Schulden gestürzt, aber diese Schulden wurden von ihr bezahlt. Die Cibot nutzte die Gelegenheit aus, um sich von Schmucke (und wie leicht war das!) eine Quittung über die zweitausend Francs ausschreiben zu lassen, die sie angeblich den beiden Freunden geliehen hatte.

»Oh, der Doktor Poulain, das ist mal ein Arzt!« sagte die Cibot zu Pons. »Er wird Sie retten, mein lieber Herr, denn mich hat er aus dem Grabe geholt! Mein armer Mann hat mich bereits für tot gehalten ...! Doktor Poulain hat es Ihnen wohl gesagt, daß ich auf meinem Krankenlager nur an Sie gedacht habe. ›Lieber Gott‹, habe ich gesagt, ›nimm mich und laß meinen lieben Monsieur Pons am Leben ...‹«

»Arme, liebe Madame Cibot, da hätten Sie sich durch mich ja fast ein Leiden zugezogen ...!«

»Ach, ohne Doktor Poulain läge ich jetzt zwischen den Tannenbrettern, die uns alle einmal bedecken. Na ja, sogar unten im Grab noch einen Purzelbaum, wie der alte Schauspieler zu sagen pflegte! Man muß sich auf Philosophie verstehn. Wie sind Sie denn ohne mich fertig geworden ...?«

»Schmucke hat mich gepflegt«, antwortete der Kranke; »aber unsere arme Kasse und unser Schülerkreis haben darunter gelitten. Ich weiß nicht, wie er mit allem fertig geworden ist.«

»Beruhige dich, Pons!« rief Schmucke, »wir haben an Papa Cibot einen Bankier gehabt ...«

»Aber das ist doch nicht der Rede wert, Sie liebes Lamm. Ihr seid alle beide unsere Kinder«, nahm die Cibot wieder das Wort. »Unsere Ersparnisse sind bei euch gut angelegt; ihr seid zuverlässiger als die Bank von Frankreich. Solange wir nur ein Stück Brot haben, gehört euch die Hälfte davon ... Es ist wirklich nicht der Rede wert ...«

»Arme, gute Madame Cibot!« sagte Schmucke und ging fort.

Pons verharrte in Schweigen.

»Wissen Sie auch, lieber Cherubino«, sagte die Cibot zu dem Kranken, als sie seine Unruhe bemerkte, »wissen Sie auch, daß ich in meinem Todeskampf den Sensenmann recht nahe gesehn habe und daß mich dabei am meisten gequält hat, Sie beide allein, sich selbst zu überlassen und meinen armen Cibot ohne einen roten Heller zu sehn ...? Meine Ersparnisse sind so geringfügig, daß ich mit Ihnen darüber nur im Hinblick auf meinen Tod und meinen Mann spreche, der ein Engel ist! Ach Gott, dieser Mensch hat mich gepflegt, als sei ich eine Königin, und dabei geheult wie ein Schloßhund ...! Aber ich habe mich auf Sie verlassen, so wahr ich eine ehrliche Frau bin. Ich habe mir gesagt: ›Laß nur, Mann, meine Herren werden dich niemals ohne Brot lassen ...‹«

Pons erwiderte nichts auf diesen Angriff ›ad testamentum‹, und die Portiersfrau hüllte sich in abwartendes Schweigen.

»Ich werde Sie Schmucke ans Herz legen«, sagte der Kranke schließlich.

»Oh«, rief die Portiersfrau, »alles, was Sie tun, ist wohlgetan; ich verlaß mich auf Sie, auf Ihr Herz ... Wir wollen gar nicht davon sprechen, weil Sie mich beschämen, mein lieber Cherubino. Seien Sie nur darauf bedacht, wieder gesund zu werden! Sie werden länger leben als wir ...«

Tiefe Unruhe bemächtigte sich des Herzens der Madame Cibot. Sie beschloß, ihren Herrn zu Erklärungen über das Vermächtnis zu veranlassen, das ihr zuzuwenden er beabsichtigte. Nach Schmuckes Abendessen, das er an Pons' Bett einnahm, seit sein Freund erkrankt war, ging sie zunächst einmal aus, um den Doktor Poulain in seiner Wohnung aufzusuchen.

Doktor Poulain wohnte in der Rue d'Orléans[176] in einer kleinen Erdgeschoßwohnung, die aus einem Flur, einem Wohnraum und zwei Schlafzimmern bestand. Ein an den Flur anstoßender Anrichteraum, der mit einem der beiden Zimmer, dem des Doktors, in Verbindung stand, war in ein Sprechzimmer umgewandelt worden. Zur Wohnung gehörten ferner eine Küche, ein Mädchenzimmer und ein kleinerer Keller. Die Wohnung befand sich in einem Flügel des Hauses, eines riesigen Gebäudes, das in der Kaiserzeit anstelle eines alten Stadtpalais erbaut worden war, dessen Garten noch bestand. Der Garten war unter die drei Wohnungen des Erdgeschosses aufgeteilt.

Seit vierzig Jahren war die Wohnung des Doktors nicht verändert worden. Anstrich, Tapeten und Schmuck, alles trug noch den Stempel des Kaiserreichs. Schmutz und Rauch von vierzig Jahren hatten die Spiegel, die Leisten, die Tapetenmuster, die Decken und den Anstrich entstellt. Jene kleine Wohnung im tiefsten Marais-Viertel kostete immerhin noch tausend Francs im Jahr. Madame Poulain, die Mutter des Doktors, die siebenundsechzig Jahre alt war, verbrachte den Rest ihrer Tage in dem zweiten Schlafzimmer. Sie arbeitete für Hosenmacher. Sie nähte Gamaschen, Lederhosen, Hosenträger, Gürtel, kurzum alles, was mit diesem Artikel zusammenhängt, der heute ziemlich aus der Mode kommt. Da sie den Haushalt und das einzige Dienstmädchen ihres Sohnes überwachte, verließ sie nie das Haus und erging sich im Freien nur in dem Gärtchen, in das man durch eine Glastür des Wohnzimmers gelangte. Seit zwanzig Jahren war sie Witwe und hatte beim Tode ihres Mannes dessen Hosenmacherwerkstatt an seinen ersten Gesellen verkauft, und dieser ließ ihr noch genügend Arbeit zukommen, so daß sie etwa dreißig Sous täglich verdienen konnte. Sie hatte alles für die Ausbildung ihres einzigen Sohnes geopfert, den sie um jeden Preis in einem höheren Beruf als dem seines Vaters hatte unterbringen wollen. Voller Stolz auf ihren Äskulap und im Glauben an seine Erfolge opferte sie ihm auch weiterhin alles, was sie hatte. Sie war glücklich, ihn zu versorgen, für ihn sparen zu können, und träumte nur von seinem Wohlergehen, wobei sie ihn mit Vernunft liebte, worauf sich nicht alle Mütter verstehen. So wollte Madame Poulain, die nicht vergessen hatte, daß sie eine einfache Arbeiterin gewesen war, ihrem Sohne nicht schaden oder Stoff zu Gelächter oder Verachtung geben, denn die gute Frau stolperte über das S, wie Madame Cibot über das N. Sie versteckte sich aus eigenem Antrieb in ihrem Zimmer, wenn zufällig einmal vornehmere Patienten den Doktor aufsuchten oder wenn Studienfreunde oder Kollegen aus dem Krankenhaus kamen. So brauchte der Doktor denn auch niemals über seine Mutter zu erröten, die er verehrte und deren Bildungsmängel durch dieses großartige Zartgefühl reichlich aufgewogen wurden. Der

Verkauf der Hosenmacherwerkstatt hatte ungefähr zwanzigtausend Francs eingebracht, die sie 1820 in Staatspapieren angelegt hatte, und die elfhundert Francs Zinsen, die sie daraus bezog, stellten ihre ganzen Einkünfte dar. So sahen die Nachbarn denn auch lange Zeit hindurch im Garten die Wäsche des Doktors und die seiner Mutter auf der Leine. Das Dienstmädchen und Madame Poulain wuschen sparsamerweise alles im Hause. Dieser kleine Zug aus seinem Privatleben schadete dem Doktor viel, denn bei solcher Armut glaubte man nicht an seine Fähigkeiten. Die elfhundert Francs Zinsen gingen für die Miete drauf. Die Arbeit der Madame Poulain, einer guten, dicken kleinen Alten, hatte in der ersten Zeit alle Ausgaben des ärmlichen Haushalts bestritten. Nach zwölf Jahren geduldigen Ausharrens auf seinem steinigen Wege hatte der Doktor es schließlich zu einer Jahreseinnahme von tausend Talern gebracht, und Madame Poulain konnte somit über ungefähr fünftausend Francs verfügen. Wer Paris kennt, weiß, daß sie damit gerade das Lebensnotwendige hatte.

Der Wohnraum, der als Wartezimmer diente, war armselig mit dem üblichen Mahagonisofa ausgestattet, das mit gelbem blumigem Utrechter Samt bezogen war, mit vier Sesseln, sechs Stühlen, einem Wandtischchen und einem Teetisch. Alles stammte aus dem Nachlaß des verstorbenen Hosenmachers und verriet seinen Geschmack. Die Uhr stand immer noch unter ihrem Glassturz zwischen zwei ägyptischen Leuchtern und stellte eine Leier dar. Man fragte sich, wieso die Vorhänge an den Fenstern so lange ausgehalten hatten; sie waren aus gelber, mit Rosetten bedruckter Baumwolle und stammten aus der Fabrik in Jouy. Oberkampf[177] war von Kaiser Napoleon im Jahre 1809 für diese scheußlichen Erzeugnisse der Baumwollindustrie belobigt worden. Das Sprechzimmer des Doktors war im gleichen Geschmack ausgestattet; das väterliche Mobiliar hatte ebenfalls dazu herhalten müssen. Es war trocken, armselig und kalt. Welcher Kranke konnte an das Können eines Arztes glauben, der ohne besonderen Ruf und noch ohne Möbel war, und zwar zu einer Zeit, da die Zeitungsreklame allmächtig ist und in der die Kandelaber der Place de la Concorde vergoldet werden, um die Armen zu trösten, indem man ihnen weismacht, sie seien reiche Bürger?

Der Flur diente als Eßzimmer. Dort betätigte sich das Dienstmädchen, wenn es sich nicht gerade der Küchenarbeit widmete oder der Mutter des Doktors Gesellschaft leistete. Schon beim Eintreten ahnte man die anständige Armut, die in dieser traurigen Wohnung herrschte, die den halben Tag über leerstand, und wenn man die kleinen Vorhänge aus rostrotem Musselin am Fenster dieses Raumes wahrnahm, der auf den Hof hinausging. Die Wandschränke mußten Reste verschimmelter Pasteten verbergen, abgestoßene Teller, ewige Korken, Servietten, welche die ganze Woche gebraucht wurden, kurzum, die entschuldbaren Schandflecke der kleinen Pariser Haushaltungen, die von da nur mehr in die Kiepe der Lumpensammler wandern können. So blieb der dreißigjährige Doktor mit einer Mutter ohne Verbindungen denn auch Junggeselle in einer Zeit, in der das Hundert-Sous-Stück alle Gewissen belastet und durch alle Worte rollt. In zehnjähriger Praxis hatte er in den Familien, zu denen sein Beruf ihm Zugang verschafft hatte, auch nicht den kleinsten Vorwand zu einem Roman gefunden, denn er kurierte die Leute in einer Sphäre, in der die Daseinsbedingungen den seinen glichen. Er lernte nur Haushaltungen wie seinen eigenen kennen, nämlich die von kleinen Angestellten oder kleinen Handwerkern. Seine reichsten Kunden waren die Metzger- und Bäckermeister, die dicken Kleinhändler des Viertels. Leute, die ihre Genesung meistens der Natur zuschrieben, um die Besuche des Doktors, den sie zu Fuß kommen sahen, mit vierzig Sous honorieren zu können. In der Medizin ist ein Wagen wichtiger als alles Wissen.

Ein gewöhnliches, ereignisloses Leben wirkt sich schließlich auch auf den abenteuerlichsten Geist aus. Der Mensch paßt sich seinem Schicksal an und fügt sich in die Alltäglichkeit seines Lebens. So lag denn auch der Doktor Poulain nach zehnjähriger Praxis seiner Sisyphusarbeit weiterhin ob, ohne noch die Verzweiflung zu empfinden, die ihn anfänglich verbittert hatte. Nichtsdestoweniger liebäugelte er mit einem Traum; denn in Paris haben alle Leute ihren Traum. Rémonencq erfreute sich eines Traumes, die Cibot hatte den ihren. Doktor Poulain hoffte zu einem reichen, einflußreichen Kranken geholt zu werden, um dann durch das Ansehen dieses Kranken, den er todsicher gesund machen würde, eine Stelle als Chefarzt in einem Krankenhaus zu erhalten, als Gefängnisarzt, als Arzt der Boulevardtheater oder eines Ministeriums. Übrigens hatte er seine Stelle als Amtsarzt auf diese Weise erworben. Von der Cibot herbeigeholt, hatte er Monsieur Pillerault betreut und geheilt, den Besitzer des Hauses, in dem die Cibots Portier waren. Monsieur Pillerault, ein Großonkel mütterlicherseits der Gräfin Popinot, der Frau des Ministers, hatte sich für den jungen Mann interessiert, dessen verschämte Armut er anläßlich eines Dankbesuches erkannt hatte. Er hatte von seinem Großneffen, dem Minister, der ihn verehrte, die Stelle gefordert, die der Doktor jetzt seit fünf Jahren bekleidete und deren magere Einkünfte gerade zur rechten Zeit gekommen waren, um ihn von einem verzweifelten Entschluß abzuhalten, dem nämlich, auszuwandern. Frankreich zu verlassen ist bei einem Franzosen gleichbedeutend mit einer hoffnungslosen Lage. Natürlich eilte Doktor Poulain zum Grafen Popinot, um sich zu bedanken; da aber der berühmte Bianchon bereits der Arzt des Staatsmannes war, begriff der Bittsteller, daß er schwerlich in diesem Haus Fuß fassen könne. Nachdem sich der arme Doktor geschmeichelt hatte, er werde den Schutz eines der einflußreichsten Minister erhalten, einer der zwölf oder fünfzehn Karten, die eine mächtige Hand seit sechzehn Jahren auf dem grünen Tisch des Staatsrats mischt, fand er sich in das Marais-Viertel zurückverstoßen, wo er bei den Armen, den Kleinbürgern herumtappte und wo er für zwölfhundert Francs im Jahr von Amts wegen Totenscheine ausstellte.

Doktor Poulain, der ein recht tüchtiger Assistenzarzt gewesen war, ermangelte nicht der Erfahrung, seit er mit Umsicht praktizierte. Im übrigen erregten seine Toten kein Aufsehen, und er konnte alle Krankheiten »am lebenden Objekt« studieren. Man kann sich denken, wie verbittert er war. So war denn auch der Ausdruck seines an sich schon langen, trübseligen Gesichts zuweilen beängstigend. Man brauchte sich nur in einem gelben Pergament die brennenden Augen Tartuffes und die Bitterkeit des Alceste vorzustellen, dazu Gangart, Haltung und Blicke dieses Mannes, der sich für einen ebenso guten Arzt wie den berühmten Bianchon hielt, sich aber durch eine eiserne Faust in einer obskuren Sphäre festgehalten fühlte! Doktor Poulain konnte nicht umhin, seine Einnahmen, die an glücklichen Tagen zehn Francs betrugen, mit denen Bianchons zu vergleichen, die bis zu fünf- oder sechshundert Francs ausmachen. Heißt das nicht den ganzen Haß der Demokratie begreifen? Der zurückgedrängte Ehrgeizling hatte sich übrigens nichts vorzuwerfen. Er hatte bereits sein Glück versucht und Abführpillen wie die von Morison[178] erfunden. Die geschäftliche Auswertung hatte er einem seiner Krankenhauskollegen anvertraut, einem Assistenzarzt, der Apotheker geworden war; jener Apotheker nun aber hatte sich in eine Statistin des ›Ambigu-Comique‹[179] verliebt und Konkurs gemacht, und da das Erfinderpatent der Abführpillen auf seinen Namen lief, hatte diese großartige Entdeckung den Nachfolger bereichert. Der frühere Assistenzarzt war nach Mexiko ausgewandert, in das Vaterland des Goldes, und hatte dabei tausend Francs Ersparnisse des armen Poulain mitgehen heißen; der Doktor wurde von der Statistin als Trostpflästerchen noch als ein Wucherer bezeichnet, als er sein Geld zurückverlangte. Seit dem Glücksfall der Heilung des alten Pillerault hatte sich kein einziger reicher Patient mehr bei ihm eingefunden. Poulain schlich wie eine magere Katze im ganzen Marais-Viertel umher, und auf zwanzig Besuche kamen zwei zu vierzig Sous. Der gutzahlende Patient war für ihn jener Wundervogel, der in allen mondbeschienenen Welten »weißer Rabe« genannt wird.

Der junge Rechtsanwalt ohne Fälle, der junge Arzt ohne Patienten sind die beiden ausdrucksvollsten Darsteller des verschämten Elends, das der Stadt Paris eigentümlich ist, jenes stummen, kalten Elends, das mit schwarzem Rock und schwarzer Hose bekleidet ist, an denen die weißgescheuerten Nähte an die Zinkbleche der Mansarden erinnern; das eine Weste aus abgeschabtem Samt, einen hingebend geschonten Hut, alte Handschuhe und Baumwollhemden trägt. Es ist eine Dichtung voll Trauer, düster wie die Geheimnisse der Conciergerie. Das sonstige Elend, das des Dichters, des Künstlers, des Schauspielers, des Musikers, wird durch die Heiterkeit verklärt, die den Künsten eigen ist, durch die Sorglosigkeit der Bohème, in der man seine Laufbahn beginnt und die in die Thebaïden, die Einsiedeleien des Genius, führt. Aber die Träger dieser beiden schwarzen Anzüge, die zu Fuß gehen und die zwei Berufe vertreten, für die alles nur Wunde ist, denen die Menschheit nur ihre beschämendsten Seiten zeigt, diese Träger haben in den niederdrückenden Verhältnissen ihrer beruflichen Anfänge einen düsteren und herausfordernden Ausdruck, in dem konzentrierter Haß und Ehrgeiz aus Blicken hervorbricht, die dem ersten Aufflackern einer schwelenden Feuersbrunst gleichen. Wenn zwei Schulfreunde einander nach zwanzig Jahren begegnen, meidet der Reiche seinen armen Kameraden, er kennt ihn nicht wieder, er ist von dem Abgrund bestürzt, den das Schicksal zwischen ihnen aufgerissen hat. Der eine hat das Leben auf den munteren Rossen des Glükkes durchtummelt oder auf den goldverbrämten Wolken des Erfolges; der andere ist unterirdisch durch die Abwässerkanäle von Paris gekrochen und zeigt die Spuren davon. Wieviel alte Freunde mieden den Doktor beim Anblick seines Rockes und seiner Weste!

Man kann nunmehr leicht begreifen, wieso Doktor Poulain seine Rolle in der Komödie von der Lebensgefahr der Cibot so vorzüglich spielte. Alle Begehrlichkeit und aller Ehrgeiz verraten sich. Da er keinerlei Verletzung an irgendeinem Organ der Portiersfrau feststellen konnte, über ihren regelmäßigen Puls und die vollkommene Ungehemmtheit ihrer Bewegungen erstaunte, sie aber in lautes Stöhnen ausbrechen hörte, begriff er, daß sie ein Interesse daran hatte, sich für todkrank auszugeben. Da die schnelle Heilung einer vorgeblichen Krankheit im Stadtbezirk von ihm reden machen mußte, übertrieb er noch den vorgeblichen Kräfteverfall der Cibot; er sagte, er müsse ihm rechtzeitig entgegenwirken, um eine Entscheidung herbeizuführen. Schließlich unterwarf er die Portiersfrau einigen vorgespiegelten Heilverfahren und einer Scheinoperation, die von vollem Erfolg gekrönt waren. Aus dem Arsenal der außergewöhnlichen Kuren Despleins griff er einen seltsamen Fall heraus und wandte ihn auf Madame Cibot an. Den Erfolg schrieb er bescheiden dem großen Chirurgen zu und gab sich für dessen Nachahmer aus. Das sind so die Kühnheiten der Anfänger in Paris. Alles dient ihnen als Leiter, um auf die Bühne zu steigen; da sich aber alles und jedes abnutzt, sogar die Leitersprossen, wissen die Anfänger in allen Berufen nicht mehr, aus welchem Holz sie ihre Trittbretter fertigen sollen. In gewissen Augenblicken ist der Pariser widerspenstig gegen den Erfolg. Er ist es leid, Sockel zu errichten; er schmollt wie ein verzogenes Kind und will keine Idole mehr, oder aber – um aufrichtig zu sein –, es fehlen auch für seine Eingenommenheit die begabten Leute. Der Stollen, aus dem das Genie gefördert wird, hat seine leeren Stellen, und dann sträubt sich der Pariser. Er will nicht fortgesetzt Mittelmäßigkeiten vergolden oder verehren.

Da Madame Cibot mit gewohnter Plötzlichkeit eintrat, überraschte sie den Doktor mit seiner alten Mutter bei Tisch, wie sie Feldsalat aßen, den billigsten aller Salate. Als Nachtisch hatten sie lediglich eine spitze Ecke Briekäse auf einem Teller, der spärlich mit jenen Früchten versehen war, die in Paris die »vier Bettler« heißen und unter denen viele Trauben zu sehen waren. Dabei stand ein Teller mit schlechten Schiffsäpfeln.

»Bleib doch, Mutter«, sagte der Arzt und hielt Madame Poulain am Arm zurück. »Es ist Madame Cibot, von der ich dir erzählt habe.«

»Habe die Ehre, Madame, Ihre Dienerin, Herr Doktor!« sagte die Cibot und nahm auf dem Stuhl Platz, den der Arzt ihr hinrückte. »Ach, das ist also Ihre Frau Mutter! Sie kann von Glück sagen, daß sie einen so tüchtigen Sohn hat. Er hat mich nämlich gerettet, Madame, er hat mich aus dem Abgrund gerissen . . .«

Die Witwe Poulain fand Madame Cibot ganz reizend, als sie derartige Lobsprüche über ihren Sohn hörte.

»Also, lieber Herr Doktor, ich komme, um Ihnen unter uns zu sagen, daß es dem armen Monsieur Pons recht schlecht geht und daß ich seinetwegen mit Ihnen reden muß . . .«

»Wir wollen ins Wohnzimmer gehn«, sagte der Doktor Poulain und wies Madame Cibot durch eine Kopfbewegung auf das Dienstmädchen hin.

Im Wohnzimmer setzte die Cibot ausführlich ihr Verhältnis zu den beiden Nußknackern auseinander. Sie wiederholte mit mancherlei Ausschmückungen die Geschichte ihres Darlehens und zählte die unschätzbaren Dienste auf, die sie den Herren Pons und Schmucke seit zehn Jahren geleistet habe. Wenn man ihr Glauben schenkte, wären die beiden alten Männer ohne ihre mütterliche Fürsorge überhaupt nicht mehr da. Sie spielte sich als Engel auf und tischte derartig viele tränenüberströmte Lügen auf, daß die alte Madame Poulain schließlich ganz gerührt wurde.

»Sie verstehen, mein lieber Herr«, sagte sie zum Schluß, »daß man genau wissen möchte, woran man ist und was Monsieur Pons für einen zu tun gedenkt, wenn er etwa sterben sollte. Ich wünsche das ja keinesfalls; denn, sehen Sie, Madame, mein Leben dient nur dazu, diese beiden Unschuldsengel zu pflegen; wenn ich den einen verliere, will ich den anderen pflegen. Die Natur hat mich zur Nebenbuhlerin der Mütterlichkeit erschaffen. Ich wüßte nicht, was aus mir werden sollte, wenn ich nicht jemanden hätte, für den ich dasein kann, den ich zu meinem Kind mache ... Wenn Doktor Poulain also wollte, könnte er mir einen Gefallen tun, für den ich mich erkenntlich zeigen würde, er könnte nämlich mit Monsieur Pons über mich sprechen. Mein Gott, ich frage Sie: Sind tausend Francs Leibrente denn zuviel ...? Das bedeutet einen ebenso großen Gewinn für Monsieur Schmucke ... Bisher hat unser lieber Kranker mir nämlich gesagt, daß er mich diesem armen Deutschen empfehlen würde, der also seiner Auffassung nach sein Erbe werden soll ... Aber was ist ein Mann, der keine zwei Gedanken auf Französisch zusammenbringt und der im übrigen imstande ist, zurück nach Deutschland zu gehn, so verzweifelt wird er über den Tod seines Freundes sein ...«

»Liebe Madame Cibot«, antwortete der Doktor, der ernst geworden war, »derartige Angelegenheiten sind nicht Sache der Ärzte, und mir würde die Ausübung meines Berufes verboten, wenn herauskäme, daß ich mich in die letztwilligen Verfügungen eines meiner Patienten gemischt hätte. Das Gesetz gestattet einem Arzt nicht, ein Vermächtnis von einem seiner Kranken anzunehmen ...«

»Was für ein dummes Gesetz!« erwiderte die Cibot sofort. »Was hindert mich denn, mein Vermächtnis mit Ihnen zu teilen?«

»Ich gehe noch weiter«, sagte der Doktor, »mein Gewissen als Arzt verbietet mir, mit Monsieur Pons über seinen Tod zu sprechen. Erstens ist er dazu nicht gefährdet genug, und dann könnte eine solche Unterhaltung von meiner Seite eine Schockwirkung ausüben, die eine Verschlimmerung verursachen und damit seine Krankheit tödlich machen könnte ...«

»Aber ich nehme kein Blatt vor den Mund«, rief Madame Cibot aus, »ich sage ihm, daß er seine Angelegenheiten regeln soll, und deswegen wird sein Befinden noch lange nicht schlechter . . . Das ist er gewöhnt . . .! Da brauchen Sie keine Angst zu haben . . .«

»Sagen Sie mir nichts weiter, liebe Madame Cibot . . .! Diese Dinge gehören nicht ins Gebiet der Medizin, sie gehen die Notare an . . .«

»Aber lieber Doktor, wenn Monsieur Pons selber Sie nun fragen würde, woran er ist, und ob er gut daran täte, Vorsorge zu treffen, würden Sie es dann ablehnen, ihm zu sagen, daß es vorzüglich für die Gesundheit ist, alles geordnet zu haben . . . Und dann könnten Sie auch ein kleines Wort zu meinen Gunsten sprechen, na . . .«

»Ach so! Wenn er mir sagt, er wolle sein Testament machen, dann werde ich ihn nicht davon abhalten«, sagte der Doktor.

»Na ja! Das soll ein Wort sein!« rief Madame Cibot. »Ich bin gekommen, um Ihnen für die Behandlung zu danken«, fügte sie hinzu und drückte dem Doktor einen Haarwickel in die Hand, der drei Goldstücke enthielt. »Das ist alles, was ich im Augenblick tun kann. Ach ja, wenn ich reich wäre, dann wären Sie es auch, lieber Herr Doktor. Sie sind ja das Ebenbild des lieben Gottes auf Erden . . . Madame, Ihr Sohn ist ein Engel!«

Die Cibot stand auf, Madame Poulain grüßte sie mit liebenswürdiger Miene, und der Doktor begleitete sie bis zum Treppenabsatz. Dort wurde diese fürchterliche Lady Macbeth der Straße von einem höllischen Gedankenblitz erleuchtet. Sie begriff, daß der Arzt ihr Helfershelfer sein müsse, da er Honorare für eine Krankheit annahm, die gar nicht existiert hatte.

»Wie, mein guter Monsieur Poulain«, sagte sie zu ihm, »nachdem Sie mir bei meinem Unfall herausgeholfen haben, sollten Sie sich weigern, mich durch ein paar Worte vor dem Elend zu retten . . .?«

Der Arzt merkte, daß er dem Teufel den kleinen Finger gegeben hatte und daß die rote Klaue nun unerbittlich nach ihm griff. Er war bestürzt, seine Rechtschaffenheit um einer solchen Kleinigkeit willen einzubüßen, und begegnete diesem teuflischen Einfall mit einem nicht weniger teuflischen.

»Hören Sie mal, liebe Madame Cibot«, sagte er, forderte sie erneut zum Eintreten auf und führte sie in sein Sprechzimmer, »ich werde Ihnen die Dankesschuld abtragen, die ich Ihnen gegenüber auf mich genommen habe; schließlich verdanke ich doch Ihnen meine Stelle als Amtsarzt . . .«

»Wir teilen«, sagte sie lebhaft.

»Was denn?« fragte der Doktor.

»Die Erbschaft«, antwortete die Portiersfrau.

»Sie kennen mich nicht«, entgegnete der Doktor und gebärdete sich als Valerius Publicola[180]. »Sprechen wir nicht mehr darüber! Ich habe einen Schulfreund, einen sehr klugen Menschen, und wir stehen einander um so näher, als wir den gleichen Erfolg im Leben gehabt haben. Während ich Medizin studierte, trieb er Juristerei; während ich Assistenzarzt war, schrieb er Akten bei einem Anwalt, Monsieur Couture. Als Sohn eines Schusters, wie ich der eines Hosenmachers bin, ist er keinen allzu lebhaften Sympathien begegnet; ebensowenig hat er Kapital gefunden, denn letztlich erhält man Kapital auch nur durch Sympathie. Er hat sich nur in der Provinz, in Mantes, um eine Zulassung bewerben können . . . Nun begreifen aber die Provinzler die Intelligenzen aus Paris so schlecht, daß man meinem Freunde alle möglichen Steine in den Weg gelegt hat.«

»Solche Schufte!« rief die Cibot.

»Jawohl«, fuhr der Doktor fort, »denn man hat sich derartig gegen ihn verschworen, daß er gezwungen gewesen ist, seine Praxis wegen einiger Vorkommnisse zu verkaufen, bei denen man ihm den Schein des Unrechts zu geben verstand. Der königliche Staatsanwalt hat sich hineingemischt. Das war ein Beamter, der aus der Gegend stammte; er hat natürlich für die Einheimischen Partei ergriffen. Dieser arme Kerl, der noch dürrer und schäbiger ist als ich und geradeso untergebracht – er heißt Fraisier –, hat sich in unseren Bezirk geflüchtet. Als Rechtsanwalt kann er nun nurmehr vor dem Friedensrichter und dem gewöhnlichen Polizeigericht plädieren. Er wohnt ganz in der Nähe, in der Rue de la Perle[181]. Gehen Sie doch zum Haus Nummer 9. Da steigen Sie drei Treppen hoch, und dann sehen Sie an der Etagentür in Goldbuchstaben auf ein kleines Stück rotes Saffianleder gedruckt: Fraisier, Rechtsauskünfte. Fraisier befaßt sich besonders mit Streitfällen der Herren Portiers, der Arbeiter und aller Armen unseres Arrondissements zu mäßigen Preisen. Er ist ein Ehrenmann; ich brauche Ihnen wohl nicht zu sagen, daß er bei seiner Begabung, wenn er ein Gauner wäre, im eigenen Wagen fahren würde. Ich werde meinen Freund Fraisier heute abend sehen. Gehen Sie morgen frühzeitig zu ihm, er kennt Monsieur Louchard vom Handelsgericht, Monsieur Tabareau, den Gerichtsvollzieher des Friedensgerichts, Monsieur Vitel, den Friedensrichter, und den Notar, Monsieur Trognon. Er hat sich unter den geachteten Geschäftsleuten des Viertels bereits einen Namen gemacht. Wenn er Ihre Sache in die Hand nimmt, wenn Sie ihn als Berater bei Monsieur Pons einführen können, dann haben Sie an ihm ein zweites Ich, sehn Sie. Nur verfahren Sie mit ihm nicht wie mit mir und machen Sie ihm keine ehrenrührigen Vorschläge. Er ist gewitzt, Sie werden sich auch ohne das verstehen. Wie Sie sich für seine Dienste erkenntlich zeigen müssen, das werde ich für Sie aushandeln ...«

Madame Cibot warf dem Doktor einen arglistigen Blick zu.

»Ist das nicht der Rechtsanwalt«, sagte sie, »der die Krämerin aus der Rue Vieille-du-Temple, die Madame Florimond, aus der Klemme gezogen hat, in die sie wegen der Erbschaft ihres guten Freundes geraten war ...?«

»Derselbe«, sagte der Doktor.

»Ist es nicht unerhört«, rief die Cibot, »daß sie ihm ihre Hand verweigert hat, um die er anhielt, nachdem er zweitausend Francs Rente für sie herausgeschlagen hatte? Und es heißt, sie hätte gemeint, mit ihm quitt zu sein, nachdem sie ihm ein Dutzend holländische Leinenhemden und vierundzwanzig Taschentücher geschenkt hatte, eine ganze Aussteuer!«

»Liebe Madame Cibot«, sagte der Doktor, »diese Aussteuer war tausend Francs wert, und Fraisier, der damals im Viertel gerade seine Tätigkeit begann, konnte sie gut gebrauchen. Im übrigen hat sie ihre Rechnung anstandslos bezahlt ... Dieser Fall hat Fraisier wieder andere eingebracht, und jetzt ist er sehr beschäftigt; allerdings so wie ich, unsere Kundschaft ist eine wie die andere ...«

»Nur die Gerechten haben hienieden zu leiden«, erwiderte die Portiersfrau. »Also auf Wiedersehen und vielen Dank, mein guter Monsieur Poulain.«

Hier beginnt das Drama, oder, wenn man will, die fürchterliche Komödie des Todes eines Junggesellen, der zwangsläufig der

Habsucht begehrlicher Naturen ausgeliefert ist, die sich um sein Lager scharen und die in diesem Fall die heftigste Leidenschaft, die eines Bildernarren, zum Bundesgenossen hatten, sowie die Gier Fraisiers, der uns wird erzittern lassen, wenn wir ihn in seiner Höhle erblicken, und ferner den Durst eines Auvergnaten, der zu allem und sogar zu einem Verbrechen fähig ist, um sich Kapital zu verschaffen. Diese Komödie, der das bislang Erzählte gewissermaßen als Vorspiel dient, hat übrigens alle Personen als Akteure, die bisher die Szene beherrscht haben.

Die Sinnverfälschung, die Entwertung der Wörter ist eine jener Seltsamkeiten unserer Sitten, die zu ihrer Erklärung ganzer Bände bedürfte. Man schreibe an einen Rechtsanwalt und bezeichne ihn dabei als Juristen, dann hat man ihn ebenso beleidigt wie einen Lebensmittelgroßhändler, dessen Brief man mit der Anschrift versehen würde: Monsieur Soundso, Kolonialwarenhändler. Eine ziemlich große Anzahl von gebildeten Leuten, die solche Feinheiten der Lebensart kennen müßten, denn das ist ihre einzige Wissenschaft, wissen immer noch nicht, daß die Bezeichnung ›Literat‹ die schlimmste Beleidigung ist, die man einem Schriftsteller zufügen kann. Das Wort ›Monsieur‹ ist das beste Beispiel für das Leben und den Tod von Wörtern. Monsieur bedeutet ›Monseigneur‹. Dieser ehemals so beachtliche Titel, der heutzutage durch Verwandlung des »sieur« in »Sire« den Königen vorbehalten ist, wird jedermann zugesprochen. Nichtsdestoweniger ruft das Wort »Messieurs«, das nichts anderes als ein Doppelgänger des Wortes »Monsieur« und ihm gleichwertig ist, in den republikanischen Blättern Artikel hervor, wenn es zufällig einmal in einer Todesanzeige erscheint. Gerichtspräsidenten, Justizräte, Rechtsgelehrte, Richter, Staatsanwälte, Justizbeamte, Rechtsanwälte, Gerichtsvollzieher, Rechtsbeistände, Syndici, Treuhänder und Verteidiger sind die Spielarten, unter welche jene fallen, die Recht sprechen oder Rechtsfragen bearbeiten. Die beiden untersten Sprossen dieser Leiter sind der Gerichtsdiener und der Jurist. Der Gerichtsdiener, der volkstümlich auch Büttel genannt wird, ist rein zufällig ein Mann des Gerichts; er ist da, um der Ausführung der Urteile beizuwohnen. Er ist in Zivilsachen ein Gelegenheitshenker. Was den Juristen betrifft, so ist das Wort die dem Beruf eigentümliche Beleidigung.

Er ist in der Justiz, was der ›Literat‹ in der Literatur ist. In allen Berufen in Frankreich hat die Eifersucht, die sie verzehrt, abschätzige Fachausdrücke erfunden. Jeder Stand hat seine Beleidigung. Die Verachtung, welche die Worte ›Literat‹ und ›Jurist‹ trifft, macht vor dem Plural halt. Man sagt sehr wohl, ohne jemanden zu beleidigen, ›Literaten‹ und ›Juristen‹. In Paris aber hat jeder Beruf seine untersten Vertreter, Menschen, die seine Obliegenheiten mit den Bräuchen der Straße, mit dem Volk, auf eine Stufe stellen. So gibt es denn auch noch den ›Juristen‹, den kleinen Rechtsberater, in gewissen Vierteln, wie man in der Markthalle noch den Mann der kurzfristigen Darlehen findet, der für die große Bankwelt soviel bedeutet wie Monsieur Fraisier für die Anwaltskammer. Seltsam! Das einfache Volk hat Angst vor den Justizbeamten, wie es Angst hat vor den eleganten Restaurants! Es wendet sich lieber an Winkeladvokaten, wie es auch lieber zum Trinken in die Kneipe geht. Auf gleichem Fuß stehen heißt das allgemeine Gesetz der verschiedenen sozialen Schichten. Nur Ausnahmenaturen erklettern gern die Höhen und leiden nicht darunter, wenn sie mit ihren Vorgesetzten beisammen sind. Sie schaffen sich ihren Platz, wie Beaumarchais, der die Uhr eines großen Herrn hinfallen ließ und so versuchte, ihn zu demütigen. Aber solche Emporkömmlinge sind denn auch großartige Ausnahmen, besonders dann, wenn sie es verstehen, ihre Gängelbänder fallenzulassen.

Am nächsten Morgen um sechs Uhr betrachtete Madame Cibot in der Rue de la Perle das Haus, in dem ihr künftiger Ratgeber, Monsieur Fraisier, der Mann des Gesetzes, wohnte. Es war eins jener kleinen Häuser, die vom einstigen Kleinbürgertum bewohnt werden. Man trat durch eine enge Einfahrt ein. Das Erdgeschoß wurde zum Teil von der Portiersloge und einem Kunsttischlergeschäft eingenommen, dessen Werkstätten und Lager einen kleinen Binnenhof versperrten. Es war durch die Einfahrt und das enge Treppenhaus geteilt, das ausgeschwitzter Salpeter und Feuchtigkeit zerstörten. Das Haus sah aus, als sei es vom Aussatz befallen.

Madame Cibot ging geradewegs auf die Loge zu. Dort fand sie einen Kollegen ihres Mannes, einen Schuster, seine Frau und zwei kleine Kinder; sie hausten auf zehn Fuß im Geviert, die von dem kleinen Hof her Licht erhielten. Zwischen den beiden Frauen herrschte sogleich das herzlichste Einverständnis, als die Cibot ihren Stand genannt, sich vorgestellt und von ihrem Haus in der Rue de Normandie erzählt hatte. Nach einer Viertelstunde Geplauder, währenddessen die Portiersfrau Fraisiers das Frühstück des Schusters und ihrer beiden Kinder zubereitete, brachte Madame Cibot das Gespräch auf die Mieter und erwähnte den Juristen.

»Ich möchte ihn in einigen persönlichen Angelegenheiten sprechen«, sagte sie. »Einer seiner Freunde, der Doktor Poulain, hat mich ihm empfohlen. Kennen Sie Doktor Poulain?«

»Aber freilich!« sagte die Portiersfrau aus der Rue de la Perle. »Er hat meine Kleine wieder gesund gemacht. Sie hatte Kehlkopfdiphtherie.«

»Mich hat er auch wieder gesund gemacht, Beste. Was ist dieser Monsieur Fraisier für ein Mensch?«

»Na, liebe Dame, das ist ein Mensch, dem man am Monatsende nur mit großer Mühe das ausgelegte Portogeld abringen kann«, sagte die Portiersfrau.

Diese Antwort genügte der intelligenten Cibot.

»Man kann arm und dennoch anständig sein«, antwortete sie.

»Das will ich hoffen«, fuhr Fraisiers Portiersfrau fort. »Wir schwimmen weder in Gold noch Silber, nicht einmal in Sous-Stücken, aber wir schulden niemandem auch nur einen roten Heller.«

Die Cibot kannte sich in dergleichen Redensarten aus.

»Schließlich kann man sich ihm anvertrauen, nicht wahr?« fuhr sie fort.

»Und ob! Wenn Monsieur Fraisier jemandem wohl will, habe ich Madame Florimond sagen hören, hat er nicht seinesgleichen . . .«

»Und warum hat sie ihn nicht geheiratet«, fragte die Cibot lebhaft, »da sie ihm doch ihr Vermögen verdankt? Das wäre doch etwas für eine kleine Krämerin, die von einem alten Kerl ausgehalten wurde, gewesen, die Frau eines Rechtsanwalts zu werden . . .!«

»Warum sie ihn nicht geheiratet hat?« fragte die Portiersfrau und zog Madame Cibot in die Einfahrt hinaus. »Sie gehn doch zu ihm hinauf, nicht wahr, Madame ...? Na! Wenn Sie in seinem Arbeitszimmer sind, dann wissen Sie, warum nicht.«

Die Treppe bekam durch Schiebefenster von einem kleinen Hof her ihr Licht und ließ erkennen, daß außer dem Eigentümer und Monsieur Fraisier die übrigen Mieter irgendein Handwerk betrieben. Die schmutzigen Treppenstufen trugen Spuren jeder Tätigkeit. Sie wiesen Kupferblechabfälle auf, zerbrochene Knöpfe, Gaze- und Bastfetzen. Die Lehrlinge aus den oberen Stockwerken hatten auf die Wände unanständige Karikaturen gezeichnet. Die letzte Andeutung der Portiersfrau hatte die Neugier der Madame Cibot angestachelt und sie natürlich nun erst recht bewogen, den Freund des Doktors Poulain aufzusuchen. Dabei behielt sie sich aber vor, ihn je nach ihrem persönlichen Eindruck für ihre Geschäfte einzuspannen.

»Ich frage mich manchmal, wie Madame Sauvage es in ihrer Stellung bei ihm aushält«, meinte die Portiersfrau, die hinter Madame Cibot herging, gleichsam als Erläuterung. »Ich begleite Sie, Madame Cibot«, fügte sie hinzu, »ich muß nämlich meinem Hausbesitzer die Milch und die Zeitung bringen.«

Als die Cibot ins zweite Stockwerk über dem Zwischengeschoß gelangt war, befand sie sich vor einer Tür häßlichster Art. Der Anstrich von schreiendem Rot war in zwanzig Zentimeter Breite von jener schwärzlichen Schicht verschmiert, die die Hände nach einer gewissen Zeit hinterlassen und die die Architekten in den eleganten Wohnungen durch Schutzgläser ober- und unterhalb der Schlüssellöcher zu bekämpfen versucht haben. Das Guckloch dieser Tür war durch eine ähnliche Staubschicht verstopft, wie die Wirte sie erfinden, um Weinflaschen jüngeren Datums ein altes Aussehen zu verleihen, und konnte nur dazu beitragen, ihr die Bezeichnung ›Gefängnistür‹ zukommen zu lassen. Sie paßte überdies zu ihren kleeblattförmigen Beschlägen, ihren riesigen Angeln und ihren dicken Nagelköpfen. Irgendein Geizhals oder Schreiberling, der mit aller Welt in Streit lag, mußte diese Vorrichtungen erfunden haben. Der Spülstein lieferte seinen Anteil zu dem schlechten Geruch des Treppenhauses, dessen Decke überall durch Kerzenrauch entstandene Arabesken aufwies, und was für Arabesken! Der Klingelzug, an dessen Ende ein schmutziges, olivenförmiges Gewicht hing, ließ eine kleine Glocke ertönen, deren schrille Stimme einen Sprung im Metall verriet. Jeder Gegenstand befand sich im Einklang mit dem Gesamteindruck dieses häßlichen Bildes. Die Cibot vernahm das Geräusch eines schweren Schrittes und das asthmatische Keuchen einer korpulenten Frau. Madame Sauvage erschien. Es war eine jener von Adrian Brouwer in seinen ›Hexen beim Aufbruch zum Sabbat‹ erfundenen Alten, eine fünf bis sechs Fuß große Frau mit soldatischen Zügen, viel behaarter als die Cibot. Sie war von krankhafter Fülle und trug ein scheußliches, billiges Rouenner Baumwollkleid, dazu ein Kopftuch, da sie sich aus den Drucksachen, die ihr Herr gratis erhielt, Lockenwickel machte. An den Ohren hingen ihr eine Art goldener Wagenräder. Dieser weibliche Cerberus hielt einen verbeulten Milchkocher aus Weißblech in der Hand. Die übergelaufene Milch verbreitete einen zusätzlichen Gestank im Treppenhaus, der aber trotz seiner ekelhaften Schärfe wenig spürbar war.

»Was steht zu Diensten, Médème?« fragte Madame Sauvage.

Mit drohender Miene warf sie auf die Cibot, die sie zweifellos viel zu gut gekleidet fand, einen um so vernichtenderen Blick, als ihre Augen schon von Natur blutunterlaufen waren.

»Ich möchte Monsieur Fraisier im Auftrag seines Freundes Doktor Poulain sprechen.«

»Kommen Sie herein, Médème«, antwortete die Sauvage mit einem plötzlich sehr liebenswürdig gewordenen Gesicht, das bewies, daß sie von diesem morgendlichen Besuch unterrichtet worden war.

Nachdem sie eine theatralische Ehrenbezeigung gemacht hatte, öffnete Fraisiers halb männliche Aufwärterin unvermittelt die Tür des Arbeitszimmers, das zur Straße hin lag und in dem sich der frühere Anwalt von Mantes befand. Dies Arbeitszimmer glich aufs Haar den kleinen Büros von Gerichtsvollziehern dritten Grades, deren Aktenregale aus schwärzlichem Holz sind, in denen die Akten so alt sind, daß sie, um im Stil der Aktuare zu reden, einen Bart haben, so viel rote Schnüre hängen kläglich daraus hervor. Die Mappen riechen nach den Belustigungen der Mäuse. Der Fußboden ist grau von Staub und die Decke gelb von Rauch. Der Spiegel über dem Kamin war trüb; die gußeisernen Feuerböcke stützten ein paar sparsam aufgelegte Scheite.

Die Stutzuhr, eine moderne Einlegearbeit, hatte einen Wert von sechzig Francs und war auf irgendeiner Gerichtsversteigerung erstanden worden. Die Leuchter, die sie flankierten, waren aus Zink, täuschten aber leidlich mißlungene Rokokoformen vor; der an mehreren Stellen abgeblätterte Anstrich ließ das Metall durchschimmern. Monsieur Fraisier war ein dürrer, kränklicher, kleiner Mann mit rotem Gesicht, dessen Pickel auf ein sehr verdorbenes Blut schließen ließen; im übrigen kratzte er sich unaufhörlich am rechten Arm. Seine weit zurückgeschobene Perücke ließ einen ziegelroten Schädel von unheimlichem Aussehen erkennen. Er erhob sich von einem Rohrstuhl, in dem er auf einem grünen Saffiankissen saß, nahm eine liebenswürdige Miene an und flötete, während er ihr einen Stuhl hinschob:

»Vermutlich Madame Cibot . . .?«

»Allerdings, Monsieur Fraisier«, erwiderte die Portiersfrau, die ihre gewohnte Sicherheit verlor.

Madame Cibot war von der Stimme erschrocken, die so ziemlich der der Klingel glich, und auch von dem noch grüneren Blick aus den ohnehin schon grünlichen Augen ihres künftigen Ratgebers. Das Arbeitszimmer trug so sehr den Stempel seines Fraisier, daß man hätte meinen können, die Luft darin sei ansteckend. Jetzt begriff Madame Cibot, warum Madame Florimond nicht Madame Fraisier geworden war.

»Poulain hat mir von Ihnen erzählt, Verehrteste«, sagte der Jurist mit jener verstellten Stimme, die man gewöhnlich »zart« nennt, die aber herb und dünn wie ein Landwein blieb.

Jetzt versuchte dieser Sachwalter sich in Positur zu setzen, indem er die beiden Enden eines alten Schlafrocks aus bedrucktem Baumwollstoff über seine spitzen, mit einer außerordentlich abgeschabten Moltonhose bedeckten Knie zog. Die Wattierung nahm sich die Freiheit, aus mehreren Löchern herauszuquellen, und ihr Gewicht zog die Enden wieder nieder, wobei ein eng anliegender Rock aus schwärzlich gewordenem Flanell zum Vorschein kam. Nachdem er mit geckenhafter Miene den Gürtel des widerspenstigen Schlafrocks angezogen hatte, um seine rohrschlanke Taille zu betonen, schob Fraisier mit der Feuerzange zwei glühende Scheite zusammen, die einander seit langem wie feindliche Brüder mieden.

Dann stand er mit einem plötzlichen Einfall auf und rief: »Madame Sauvage!«

»Was denn?«

»Ich bin für niemanden zu sprechen.«

»Na, du lieber Himmel, das weiß ich doch«, antwortete das Mannweib mit mächtiger Stimme.

»Sie ist meine alte Amme«, sagte der Jurist verwirrt zu der Cibot.

»Immer noch voll Milch der frommen Denkart«, erwiderte die alte Heroine der Markthallen.

Fraisier lachte über den Kalauer und schob den Riegel vor, damit seine Haushälterin die vertraulichen Mitteilungen der Cibot nicht stören konnte. »Also, Madame Cibot, sprechen Sie sich aus«, sagte er, als er sich niedersetzte, und versuchte immer noch, seinem Schlafrock den richtigen Faltenwurf zu geben. »Jemand, der mir von dem einzigen Freund empfohlen wird, den ich auf Erden habe, kann auf mich zählen ... und zwar ... bedingungslos ...«

Madame Cibot redete eine halbe Stunde lang, ohne daß sich der Sachwalter auch nur die geringste Unterbrechung erlaubte. Er hatte das erwartungsvolle Gesicht eines jungen Soldaten aufgesetzt, der einem »alten Knochen« zuhört. Dies Schweigen und Fraisiers Beflissenheit, die Aufmerksamkeit, die er diesem wasserfallartigen Geschwätz zu schenken schien, von dem man bereits in den Szenen zwischen der Cibot und dem armen Pons einige Proben genossen hat, ließen die mißtrauische Portiersfrau einige der Vorurteile aufgeben, die soviel widerliche Einzelheiten ihr soeben eingeflößt hatten. Als die Cibot aufgehört hatte und nun einen Ratschlag erwartete, überkam den kleinen Juristen, dessen grüne, schwarzgetüpfelte Augen seine künftige Kundin sorgfältig gemustert hatten, ein Hustenanfall, wie wenn er sich die Seele aus dem Leibe husten wollte, und er nahm seine Zuflucht zu einer irdenen Kanne halb voller Kräutersäfte, die er leerte.

»Ohne Poulain wäre ich schon tot, liebe Madame Cibot«, antwortete Fraisier auf die mütterlichen Blicke, mit denen ihn die Portiersfrau betrachtete, »aber, wie er sagt, wird er mich wieder gesund machen ...«

Er schien nicht mehr an die Herzensergießungen seiner Klientin zu denken, die drauf und dran war, einen so sterbenskranken Mann sich selbst zu überlassen.

»Madame Cibot«, fuhr der frühere Anwalt von Mantes fort und wurde ernst, »bei Erbschaftsangelegenheiten muß man zwei Dinge wissen. Erstens, ob die Erbschaft der aufzuwendenden Mühe wert ist, und zweitens, wer die gesetzlichen Erben sind, denn wenn die Erbschaft die Beute ist, so sind die Erben der Feind.«

Die Cibot verbreitete sich über Rémonencq und Elias Magus und gab an, die beiden gewitzten Brüder hätten die Gemäldesammlung auf sechshunderttausend Francs veranschlagt ...

»Würden sie sie zu diesem Preis übernehmen ...?« fragte der frühere Anwalt von Mantes, »denn sehen Sie, Madame Cibot, Geschäftsleute haben kein Zutrauen zu Gemälden. Ein Gemälde, das bedeutet ihnen für vierzig Sous Leinwand oder für hunderttausend Francs Malerei! Nun aber sind die Gemälde im Wert von hunderttausend Francs recht gut bekannt, und was für Irrtümer gibt es bei all diesen Werten, sogar bei den berühmtesten! Ein bekannter Finanzmann, dessen Galerie gepriesen, besucht und in Kupfer gestochen wurde (in Kupfer gestochen!), soll Millionen dafür ausgegeben haben ... Er stirbt, denn einmal muß man ja doch sterben, und da haben seine echten Gemälde nicht mehr als zweihunderttausend Francs erzielt. Sie müßten mir diese beiden Herren herbringen ... Jetzt wollen wir uns mal die Erben genauer anschaun!« Fraisier nahm wieder seine Zuhörerpose ein. Als er den Namen des Präsidenten Camusot hörte, schüttelte er den Kopf und schnitt dabei ein Gesicht, das die Cibot äußerst aufmerksam werden ließ. Sie versuchte auf dieser Stirn, in diesem abscheulichen Gesicht zu lesen, fand aber nur eine undurchdringliche Miene.

»Ja, lieber Monsieur Fraisier«, wiederholte die Cibot, »mein Monsieur Pons ist ein direkter Vetter des Präsidenten Camusot de Marville; diese Verwandtschaft wird mir täglich zweimal von ihm hergebetet. Die erste Frau des Monsieur Camusot, des Seidenhändlers ...«

»Der unlängst zum Pair von Frankreich ernannt worden ist ...«

». . . war eine Mademoiselle Pons, eine leibliche Kusine des Monsieur Pons.«

»Sie sind also Geschwisterkinder . . .«

»Sie sind gar nichts mehr, sie sind verkracht.«

Camusot de Marville war fünf Jahre lang Präsident des Gerichts von Mantes gewesen, ehe er nach Paris kam. Er hatte dort nicht nur Erinnerungen hinterlassen, sondern unterhielt nach dort auch weiterhin noch Beziehungen, denn sein Nachfolger, derjenige seiner Richter, mit dem er sich während seines Aufenthaltes am meisten angefreundet hatte, stand noch immer dem Gericht vor und kannte daher Fraisier ganz genau.

»Wissen Sie, Madame«, sagte er, als die Cibot die roten Schleusen ihres sturzbachartigen Mundwerks geschlossen hatte, »wissen Sie, daß Sie als Hauptgegner einen Mann hätten, der die Leute aufs Schafott schicken kann?«

Die Portiersfrau fuhr so von ihrem Stuhl auf, daß sie wie die Puppe in jenem »Kastenmännchen« genannten Spielzeug wirkte.

»Beruhigen Sie sich, liebe Dame«, fuhr Fraisier fort. »Nichts ist natürlicher, als daß Ihnen unbekannt war, was der Präsident der Anklagekammer des Königlichen Gerichtshofs von Paris bedeutet; aber Sie mußten wissen, daß Monsieur Pons einen natürlichen gesetzlichen Erben hat. Der Herr Präsident de Marville ist der alleinige und einzige Erbe Ihres Kranken, aber er ist nur im dritten Grade mit ihm verwandt; Monsieur Pons kann also nach den gesetzlichen Bestimmungen mit seinem Vermögen anfangen, was er will. Sie wissen ferner nicht, daß die Tochter des Herrn Präsidenten vor mindestens sechs Wochen den ältesten Sohn des Grafen Popinot geheiratet hat, des Pairs von Frankreich und früheren Ministers für Landwirtschaft und Handel, eines der einflußreichsten Männer in der gegenwärtigen Politik. Diese Verbindung macht den Präsidenten noch gefährlicher, als er schon als unumschränkter Herr des Schwurgerichts ist.«

Bei dieser Bemerkung erbebte die Cibot abermals.

»Jawohl, er kann Sie aufs Schafott bringen«, fuhr Fraisier fort. »Ach, liebe Dame, Sie ahnen ja nicht, was eine rote Robe bedeutet. Es genügt schon halbwegs, eine einfache schwarze Robe gegen sich zu haben. Wenn Sie mich hier zugrunde gerichtet, kahl und sterbenskrank sehen . . ., nun, dann nur deshalb, weil ich, ohne es zu ahnen, bei einem einfachen, gewöhnlichen, königlichen Staatsanwalt in der Provinz angeeckt bin. Ich bin gezwungen worden, meine Praxis mit Verlust zu verkaufen, und ich war noch froh, mich unter Verlust meines Vermögens aus dem Staube machen zu können! Wenn ich hätte Widerstand leisten wollen, hätte ich meinen Rechtsanwaltsberuf nicht weiter ausüben können. Was Sie ferner nicht wissen, ist, daß es gar nicht so schlimm wäre, wenn es sich lediglich um den Präsidenten Camusot handelte, aber, sehen Sie, er hat eine Frau ...! Und wenn Sie dieser Frau gegenüberständen, würden Sie zittern wie auf der ersten Stufe zum Schafott; die Haare würden sich Ihnen sträuben. Die Präsidentin ist so rachsüchtig, daß sie zehn Jahre damit zubringen würde, Sie in eine Falle zu locken, in der Sie umkommen müßten! Sie läßt ihren Gatten handeln, wie ein Kind seinen Kreisel laufen läßt. Sie hat in ihrem Leben schon den Selbstmord eines reizenden jungen Mannes in der Conciergerie auf dem Gewissen[182]; sie hat einen Grafen schneeweiß gewaschen, der wegen Urkundenfälschung angeklagt war[183]. Sie hat beinahe einen der größten Edelleute am Hofe Karls X. in die Verbannung gebracht. Schließlich hat sie den Generalstaatsanwalt, Monsieur de Granville, gestürzt ...«

»Der in der Rue Vieille-du-Temple an der Ecke der Rue Saint-François wohnte«, sagte die Cibot.

»Ebender. Es heißt, sie wolle ihren Mann zum Justizminister machen, und ich weiß nicht, ob sie nicht ihr Ziel erreicht ... Wenn sie sich in den Kopf setzen würde, uns alle beide vors Schwurgericht und ins Zuchthaus zu bringen, würde ich, der ich unschuldig wie ein neugeborenes Kind bin, mir einen Paß ausstellen lassen und in die Vereinigten Staaten auswandern ..., so gut kenne ich die Justiz. Also, liebe Madame Cibot, um ihre einzige Tochter mit dem jungen Vicomte Popinot vermählen zu können, der, wie es heißt, Erbe Ihres Hausbesitzers Monsieur Pillerault wird, hat sich die Präsidentin ihres gesamten Vermögens begeben, so daß der Präsident und seine Gattin zur Zeit darauf angewiesen sind, von dem Gehalt der Stellung als Präsident zu leben. Glauben Sie etwa, liebe Dame, daß die Frau Präsidentin unter diesen Umständen die Erbschaft Ihres Monsieur Pons fahrenlassen wird ...? Ich würde lieber mit Kartätschen geladenen Kanonen trotzen, als eine solche Frau gegen mich zu haben ...«

»Aber die beiden sind doch miteinander verkracht«, sagte die Cibot.

»Was kommt darauf an?« meinte Fraisier. »Das ist doch nur ein Grund mehr! Einen Verwandten umbringen, gegen den man was hat, das will schon etwas heißen; aber ihn beerben, das ist doch ein Vergnügen!«

»Aber der wackere Alte verabscheut doch seine Erben; er wiederholt mir beständig, daß diese Leute, ich erinnere mich an die Namen, Monsieur Cardot, Monsieur Berthier usw., ihn wie ein Ei zerknickt haben, das unter einen Karren gerät.«

»Wollen denn auch Sie so zermalmt werden ...?«

»Um Gottes willen! Um Gottes willen!« rief die Portiersfrau aus. »Ach, Madame Fontaine hatte schon recht, als sie sagte, ich würde auf Hindernisse stoßen; aber sie hat auch gesagt, ich würde Erfolg haben ...«

»Hören Sie, liebe Madame Cibot ... Es ist möglich, daß Sie aus dieser Geschichte so an die dreißigtausend Francs herausholen; aber auf die Erbschaft brauchen Sie sich keine Hoffnungen zu machen ... Doktor Poulain und ich haben gestern abend über Sie und Ihren Fall gesprochen ...«

Hier fuhr Madame Cibot abermals von ihrem Stuhl hoch.

»Ja, was haben Sie denn?«

»Aber, wenn Sie meine Angelegenheit schon kannten, warum haben Sie mich dann schwatzen lassen wie eine Elster?«

»Madame Cibot, Ihre Angelegenheit kannte ich; aber ich wußte nicht das mindeste von Madame Cibot! So viele Klienten, so viele Charaktere ...«

An dieser Stelle richtete Madame Cibot einen seltsamen Blick auf ihren künftigen Ratgeber, einen Blick, in dem ihr ganzes Mißtrauen zum Ausdruck kam und der Fraisier überraschte.

»Ich fahre fort«, sagte Fraisier. »Also, unser Freund Poulain ist durch Sie mit dem alten Monsieur Pillerault in Verbindung gebracht worden, dem Großonkel der Gräfin Popinot, und damit haben Sie Anspruch auf meine Ergebenheit. Poulain besucht Ihren Hauseigentümer alle vierzehn Tage (wohlgemerkt!), und er hat all diese Einzelheiten durch ihn erfahren. Dieser frühere

Kaufmann wohnte der Hochzeit seines Urgroßneffen bei (denn er ist ein Erbonkel, er hat gut und gern an die fünfzehntausend Francs Zinsen und lebt seit fünfundzwanzig Jahren wie ein Mönch; kaum tausend Taler gibt er im Jahr aus ...), und die ganze Hochzeitsgeschichte hat er Poulain erzählt. Es sieht so aus, als wenn jener Zank ausgerechnet durch Ihren wackeren Musiker hervorgerufen worden wäre, weil dieser aus Rache die Familie des Präsidenten bloßstellen wollte. Wer nur auf eine Glocke hört, vernimmt nur einen Ton ... Ihr Kranker behauptet, er sei unschuldig, aber die Gesellschaft betrachtet ihn als ein Ungeheuer ...«

»Ich würde mich nicht wundern, wenn er eines wäre!« rief die Cibot aus. »Stellen Sie sich doch nur vor, daß ich seit zehn Jahren, wie er weiß, von dem Meinen zusetze; er hat also meine Ersparnisse verbraucht, und nun will er mich nicht in sein Testament setzen ... Nein, Monsieur, er will einfach nicht, er ist starrköpfig wie ein Maulesel ... Seit zehn Tagen rede ich nun schon deswegen auf ihn ein, und der Bursche rührt sich genausowenig wie drei Lotterienummern, die zusammen herauskommen sollen. Er tut das Maul nicht auf und hat eine Art, mich anzuschauen ... Das Höchste, was er gesagt hat, war, daß er mich Monsieur Schmucke ans Herz legen wolle.«

»Er beabsichtigt also, ein Testament zugunsten Schmuckes aufzusetzen ...?«

»Dem wird alles hinterlassen ...«

»Hören Sie, liebe Madame Cibot, um mir ein klares Bild machen zu können, um zu einem Plan zu kommen, müßte ich Monsieur Schmucke kennenlernen, müßte ich die Dinge sehn, aus denen der Nachlaß besteht, müßte ich eine Besprechung mit jenem Juden haben, den Sie erwähnten, und dann lassen Sie sich von mir leiten ...«

»Wir werden schon sehn, bester Monsieur Fraisier.«

»Wieso, wir werden schon sehn?« sagte Fraisier und warf der Cibot einen Vipernblick zu, wobei er mit seiner natürlichen Stimme sprach. »Na, was denn? Bin ich nun Ihr Rechtsberater oder nicht? Es muß doch zwischen uns Klarheit herrschen!«

Die Cibot fühlte sich erraten; es überlief sie kalt.

»Sie besitzen mein volles Vertrauen«, antwortete sie und erkannte, daß sie auf Gnade und Ungnade einem Tiger ausgeliefert war.

»Wir Anwälte sind daran gewöhnt, von unsern Mandanten hinters Licht geführt zu werden. Überprüfen Sie Ihre Lage gut: Sie ist ausgezeichnet. Wenn Sie Punkt für Punkt meinen Ratschlägen folgen, garantiere ich Ihnen dreißig- oder vierzigtausend Francs aus dieser Erbschaft ... Aber, es gibt auch eine Kehrseite der Medaille. Nehmen Sie einmal an, die Präsidentin würde erfahren, daß Monsieur Pons' Erbschaft eine Million wert ist und daß Sie sie schmälern wollen, denn es gibt ja immer Leute, die sich anheischig machen, so etwas zu behaupten ...!« fügte er in Klammern hinzu.

Diese von zwei Pausen umschlossene Klammer ließ die Cibot erbeben; sie mußte auf der Stelle daran denken, daß Fraisier die Anzeige übernehmen würde.

»Verehrte Mandantin, binnen zehn Minuten würde man bei dem wackeren Pillerault die Kündigung Ihrer Portiersstelle erwirken, und man würde Ihnen zwei Stunden Zeit zum Umzug lassen ...«

»Was würde mir das schon ausmachen ...!« sagte die Cibot und stellte sich auf die Hinterfüße wie eine Bellona. »Ich würde dann ganz einfach bei den beiden Herren als die Frau ihres Vertrauens bleiben.«

»Dabei aber würde man Ihnen eine Falle stellen, und eines schönen Morgens würden Sie mit Ihrem Mann in einem Gefängnis aufwachen, unter Anklage eines Kapitalverbrechens ...«

»Ich ...?« rief die Cibot aus, »die ich keinen fremden Heller besitze ...! Ich, ich ...?«

Sie redete fünf Minuten lang, und Fraisier beobachtete diese große Künstlerin bei der Aufführung des Konzerts ihres Eigenlobs. Er blieb kühl und spöttisch. Sein Blick durchbohrte die Cibot wie ein Stilett. Innerlich lachte er; seine trockene Perücke verrutschte. So war Robespierre zu der Zeit, als dieser französische Sulla seine Vierzeiler schmiedete.

»Und wieso? Und warum? Und unter welchem Vorwand?« fragte sie zum Schluß.

»Möchten Sie wissen, wie Sie unter die Guillotine kommen könnten ...?«

Die Cibot sank bleich wie der Tod zurück; diese Äußerung fiel ihr wie das Fallbeil des Gesetzes auf den Hals. Sie schaute Fraisier verstört an.

»Hören Sie mir gut zu, liebes Kind«, fuhr Fraisier fort und unterdrückte eine Geste der Befriedigung, die das Erschrecken seiner Mandantin in ihm ausgelöst hatte.

»Lieber unterlasse ich das alles . . .«, murmelte die Cibot und wollte aufstehen.

»Bleiben Sie nur; Sie müssen sich über Ihre Gefahr klar sein, ich bin Ihnen die Mitteilung meiner Ansicht schuldig«, sagte Fraisier gebieterisch. »Sie werden von Monsieur Pillerault an die Luft gesetzt; daran ist doch wohl kein Zweifel, nicht wahr? Sie werden Haushälterin bei den beiden Herren, ausgezeichnet! Das bedeutet eine Kriegserklärung an die Präsidentin. Sie wollen doch alles unternehmen, um sich dieser Erbschaft zu bemächtigen, irgend etwas herauszuschlagen . . .«

Die Cibot machte eine Gebärde.

»Ich mache Ihnen daraus keinen Vorwurf, das wäre nicht meine Sache«, sagte Fraisier und beantwortete so die Gebärde seiner Mandantin. »Dies Unternehmen läuft auf eine Schlacht hinaus, und Sie werden weiter gehen, als Sie meinen. Man berauscht sich an seinem Gedanken, man schlägt hart zu . . .«

Eine weitere verneinende Gebärde von seiten der Madame Cibot, die wieder Haltung annahm.

»Lassen Sie's gut sein, Mütterchen«, fuhr Fraisier mit schrecklicher Vertraulichkeit fort. »Sie werden sehr weit gehn . . .«

»Oho, halten Sie mich für eine Diebin?«

»Na, liebe Mama, Sie besitzen eine Quittung von Monsieur Schmucke, die Sie wenig gekostet hat . . . Oh, hier sind Sie im Beichtstuhl, meine Teuerste . . . Machen Sie Ihrem Beichtvater nichts vor, besonders dann nicht, wenn dieser die Fähigkeit hat, in Ihrem Herzen zu lesen . . .«

Die Cibot erschrak vor der klaren Einsicht dieses Mannes und begriff die Ursache der tiefen Aufmerksamkeit, mit der er sie angehört hatte.

»Also«, fuhr Fraisier fort, »Sie dürfen getrost annehmen, daß die Präsidentin sich von Ihnen in diesem Rennen nach der Erbschaft nicht überholen lassen wird . . . Man wird Sie beobachten, wird Ihnen nachspionieren ... Sie erreichen es, daß Sie von Pons in sein Testament aufgenommen werden ... Das ist vorzüglich. Eines schönen Tages kommt die Polizei, man beschlagnahmt ein Arzneiglas, man findet Arsenik im Bodensatz. Sie und Ihr Mann werden verhaftet und verurteilt, als wenn Sie Monsieur Pons hätten umbringen wollen, um Ihr Erbe anzutreten ... Ich habe in Versailles eine arme Frau verteidigt, die so durch und durch unschuldig war, wie Sie es in solchem Falle wären. Die Dinge standen, wie ich es Ihnen gesagt habe, und alles, was ich damals habe tun können, war, ihr das Leben zu retten. Die Unglückliche bekam zwanzig Jahre Zuchthaus, die sie in Saint-Lazare absitzt.«

Madame Cibots Entsetzen gelangte auf den Höhepunkt. Sie war blaß geworden und sah den kleinen dürren Mann mit den grünlichen Augen an, wie die arme Maurin, die ihrer Religion die Treue bewahrt hat, den Inquisitor angeblickt haben muß, als sie sich zum Feuertode verurteilen hörte.

»Sie meinen also, bester Monsieur Fraisier, daß ich, wenn ich Sie gewähren lasse und Ihnen die Wahrnehmung meiner Interessen anvertraue, etwas erhalte, ohne das geringste befürchten zu müssen?«

»Ich garantiere Ihnen dreißigtausend Francs«, sagte Fraisier wie jemand, der seiner Sache sicher ist.

»Sie wissen ja schließlich, wie sehr ich den lieben Doktor Poulain schätze«, fuhr sie in ihrem schmeichlerischsten Tone fort. »Er hat mir geraten, Sie aufzusuchen, und der würdige Mann hat mich nicht hierhergeschickt, damit ich erfahre, daß ich als Giftmischerin hingerichtet würde ...«

Sie brach in Tränen aus, so sehr hatte die Vorstellung der Guillotine sie erschüttert. Ihre Nerven bebten, Angst schnürte ihr die Kehle zu, sie verlor den Kopf. Fraisier genoß seinen Triumph. Als er das Zögern seiner Mandantin bemerkte, hatte er sich schon dieses Geschäfts beraubt gesehen, und er hatte die Cibot doch nur bändigen, erschrecken und überrumpeln wollen; sie sollte mit gebundenen Händen und Füßen in seiner Gewalt sein. Die Portiersfrau, die in dieses Arbeitszimmer eingetreten war, wie eine Fliege in ein Spinnennetz gerät, sollte gefesselt und verstrickt darin bleiben und dem Ehrgeiz dieses kleinen Juristen zur Nahrung dienen. Fraisier beabsichtigte in der Tat, aus dieser Angelegenheit die Existenzmittel seines Alters, Wohlhabenheit, Glück und öffentliche Achtung zu schlagen. Am Vorabend war zwischen ihm und Poulain alles reiflich erwogen und sorgfältig überprüft worden. Der Doktor hatte seinem Freund Fraisier Schmucke geschildert, und ihrer beider behender Verstand hatte alle Hypothesen geprüft, alle Auswege und Gefahren bedacht. In einer begeisterten Anwandlung hatte Fraisier ausgerufen: »Damit machen wir alle beide unser Glück!« Er hatte Poulain eine Stelle als Chefarzt in einem Pariser Krankenhaus versprochen und sich selbst in Aussicht gestellt, Friedensrichter des Arrondissements zu werden.

Friedensrichter zu werden erschien diesem befähigten Menschen, diesem Rechtsgelehrten ohne Socken, als eine so unerschwingliche Traumvorstellung, daß er daran dachte, wie die Rechtsanwälte unter den Abgeordneten an die Purpurrobe oder die italienischen Priester an die Tiara denken. Die Sache erschien aussichtslos! Der Friedensrichter, Monsieur Vitel, vor dem Fraisier plädierte, war ein ziemlich kränklicher alter Herr von neunundsechzig Jahren, der davon sprach, sich pensionieren zu lassen, und Fraisier hatte Poulain gegenüber geäußert, daß er dessen Nachfolger werden wolle, gerade wie Poulain zu ihm von einer reichen Erbin gesprochen hatte, die er heiraten würde, nachdem er ihr das Leben gerettet hätte. Man ahnt nicht, welche Begehrlichkeit alle Stellen mit dem Wohnsitz Paris erwecken. In Paris zu wohnen ist ein allgemeiner Wunsch. Es braucht nur eine Tabak- oder Stempelmarkenkonzession frei zu werden, und hundert Frauen erheben sich wie ein Mann und setzen alle ihre Freunde in Bewegung, um sie zu bekommen. Die wahrscheinliche Vakanz einer der vierundzwanzig Steuereinnehmerstellen von Paris verursacht einen Aufstand des Ehrgeizes in der Abgeordnetenkammer. Diese Stellen werden im Staatsrat vergeben; die Ernennung ist eine Staatsaktion. Nun belaufen sich die Bezüge eines Friedensrichters in Paris auf ungefähr sechstausend Francs. Die Kanzlei dieses Gerichts stellt ein Amt mit hunderttausend Francs dar. Es ist einer der begehrtesten Posten der juristischen Laufbahn. Fraisier würde sich als Friedensrichter und als Freund des Chefarztes eines Krankenhauses reich verehelichen und auch den Doktor Poulain verheiraten; sie würden einander in die Hand arbeiten. Die Nacht hatte ihren bleiernen Vorhang über all die Gedanken des früheren Anwalts von Mantes gesenkt, und ein fürchterlicher Plan war gereift, ein weitverzweigter Plan, der reiche Frucht tragen sollte und reich an Ränken war. Die Cibot war der Angelpunkt dieses Dramas. Also mußte die Auflehnung dieses Werkzeugs verhindert werden; sie war unvorhergesehen erfolgt; aber der ehemalige Anwalt hatte die waghalsige Portiersfrau soeben dadurch zu seinen Füßen niedergerungen, daß er alle Mittel seiner giftigen Natur einsetzte.

»Na, liebe Madame Cibot, nun beruhigen Sie sich schon«, sagte er und ergriff ihre Hand.

Seine Hand, die kalt wie die Haut einer Schlange war, wirkte fürchterlich auf die Portiersfrau. Sie rief etwas wie eine physische Reaktion hervor, und diese ließ ihre Erregung aufhören. Sie fand es weniger gefährlich, die Kröte Astaroth der Madame Fontaine zu berühren, als diesen Giftpokal, der von einer rötlichen Perücke bedeckt war und der sprach, wie Türen kreischen.

»Glauben Sie nur ja nicht, daß ich Ihnen unnötig Angst mache«, fuhr Fraisier fort, der diese neue Bewegung des Widerwillens bei der Cibot bemerkt hatte. »Die Angelegenheiten, die der Frau Präsidentin zu ihrem gefürchteten Ruf verholfen haben, sind im Justizpalast so bekannt, daß Sie darüber befragen können, wen Sie wollen. Der große Herr, den man fast in die Verbannung geschickt hätte, ist der Marquis d'Espard. Den Marquis d'Esgrignon hat man vor dem Zuchthaus bewahrt. Der reiche, schöne, hoffnungsvolle junge Mann, der eine junge Dame aus einer der ersten Familien Frankreichs heiraten sollte und der sich in einer Zelle der Conciergerie erhängt hat, ist der berühmte Lucien de Rubempré, dessen Fall seinerzeit ganz Paris in Aufruhr versetzt hat. Es handelte sich dabei um eine Erbschaft, um die Erbschaft einer ausgehaltenen Frau, der berühmten Esther, die mehrere Millionen hinterlassen hat, und der junge Mann war angeklagt worden, sie vergiftet zu haben; er war nämlich der testamentlich eingesetzte Erbe. Dieser junge Träumer war gar nicht in Paris, als jene Dirne starb. Er hatte keine Ahnung, daß er sie beerben sollte ...! Unschuldiger kann man schwerlich sein. Na ja, nachdem er von Monsieur Camusot verhört worden war, hat sich der junge Mann in seiner Gefängniszelle aufgehängt ... Mit der Justiz ist es wie mit der Medizin, beide haben ihre Opfer. Im ersten Fall stirbt man für die Gesellschaft, im zweiten für die Wissenschaft«, sagte er und ließ ein scheußliches Lächeln erscheinen. »Na also! Sie sehen, ich kenne die Gefahr ... Ich bin durch die Justiz bereits zugrunde gerichtet und bin dabei nur ein armer, kleiner unbekannter Anwalt. Meine Erfahrung ist mich teuer zu stehen gekommen; sie steht ganz zu Ihren Diensten ...«

»Um Gottes willen, nein, danke schön ...«, sagte die Cibot. »Ich verzichte auf alles! Ich bin dann eben an einen Undankbaren geraten ... Ich will nur, was mir zusteht! Dreißig Jahre lang war ich immer rechtschaffen. Monsieur Pons sagt, daß er mich in seinem Testament seinem Freund Schmucke empfehlen will. Na ja, dann beende ich eben meine Tage in Frieden bei diesem wackeren Deutschen ...«

Fraisier hatte übers Ziel hinausgeschossen. Er hatte die Cibot entmutigt, und er sah sich nun gezwungen, die traurigen Eindrücke zu verwischen, die sie empfangen hatte.

»Wir brauchen nicht zu verzweifeln«, sagte er, »gehn Sie nur ganz beruhigt nach Hause. Passen Sie auf, wir werden die Angelegenheit schon ins rechte Gleis bringen.«

»Aber was soll ich denn tun, bester Monsieur Fraisier, damit ich die Leibrente bekomme und ...«

»Keine Gewissensbisse müssen Sie haben«, sagte er lebhaft und schnitt damit der Cibot das Wort ab. »Gerade deswegen sind ja die Sachwalter erfunden worden. In solchen Fällen kommt man zu gar nichts, wenn man sich nicht an die gesetzlichen Bestimmungen hält ... Sie kennen die Gesetze nicht; ich aber kenne mich darin aus ... Mit mir stehn Sie auf seiten der Rechtmäßigkeit, Sie können Ihren Besitz den Menschen gegenüber in Frieden genießen, weil das Gewissen Ihre Privatangelegenheit ist.«

»Schön, dann reden Sie doch«, begann die Cibot wieder; diese Worte hatten sie neugierig und glücklich gemacht.

»Ich weiß noch nicht, ich habe die Angelegenheit noch nicht in allen ihren Möglichkeiten durchdacht, ich habe mich lediglich mit den Hindernissen beschäftigt. Zunächst, sehen Sie, muß auf das Testament hingearbeitet werden, und da sind Sie auf dem richtigen Weg. Vor allem aber müssen wir herauskriegen, zu wessen Gunsten Pons über sein Vermögen verfügt, denn wenn Sie seine Erbin wären . . .«

»Nein, nein, er mag mich nicht! Ha, wenn ich den Wert seines Trödels gekannt hätte, wenn ich gewußt hätte, was er inzwischen von seinen Liebschaften gesagt hat, dann wäre ich heute ohne Sorge . . .«

»Na, schön«, fuhr Fraisier fort, »machen Sie so weiter! Sterbende haben manchmal seltsame Einfälle, liebe Madame Cibot, sie enttäuschen manche Hoffnungen. Er soll zunächst mal sein Testament machen, und dann werden wir schon sehen. Vor allem aber müssen die Dinge abgeschätzt werden, aus denen der Nachlaß besteht. Bringen Sie mich also in Verbindung mit dem Juden und diesem Rémonencq; die werden uns sehr nützlich sein . . . Vertrauen Sie mir voll und ganz; ich stehe völlig zu Ihrer Verfügung. Ich bin auf Gedeih und Verderb der Freund meiner Mandanten, wenn sie die meinen sind. Freund oder Feind, so bin ich nun mal.«

»Schön, ich verlasse mich ganz auf Sie«, sagte die Cibot, »und was das Honorar betrifft, so wird Monsieur Poulain . . .«

»Lassen wir das«, sagte Fraisier. »Sorgen Sie dafür, daß Poulain am Krankenbette bleibt. Der Doktor ist einer der anständigsten und reinsten Charaktere, die ich kenne, und wir brauchen da einen zuverlässigen Mann, sehen Sie . . . Poulain ist mehr wert als ich; ich bin boshaft geworden.«

»Sie machen zwar den Eindruck«, sagte die Cibot, »ich aber würde mich blind auf Sie verlassen . . .«

»Und daran täten Sie recht!« sagte er. »Suchen Sie mich bei jedem Zwischenfall auf und machen Sie nur so weiter. Sie sind eine kluge Frau, es wird schon alles klappen.«

»Auf Wiedersehen, bester Monsieur Fraisier, gute Besserung . . ., ich empfehle mich . . .«

Fraisier begleitete seine Mandantin bis an die Tür, und dort sagte er ihr sein letztes Wort, wie sie es am Vortage beim Doktor getan hatte.

»Wenn Sie Monsieur Pons dazu bewegen könnten, meinen Rat einzuholen, wären wir einen großen Schritt weiter . . .«

»Ich will's versuchen«, antwortete die Cibot.

»Mutter Cibot«, begann Fraisier wieder und führte sie ins Arbeitszimmer zurück, »ich kenne Monsieur Trognon sehr gut, den Notar dieses Stadtviertels. Wenn Monsieur Pons keinen Notar haben sollte, erzählen Sie ihm von diesem . . ., und sorgen Sie dafür, daß er ihn nimmt.«

»Verstanden«, entgegnete die Cibot.

Als sie wegging, hörte die Portiersfrau das Rascheln eines Kleides und das Geräusch eines schweren Schrittes, der sich leicht machen wollte. Als sie wieder allein und auf der Straße war, gewann sie, nachdem sie eine Zeitlang gegangen war, ihre geistige Freiheit wieder. Obwohl sie unter dem Eindruck dieser Besprechung blieb und nach wie vor großen Schauder vor dem Schafott, der Justiz und den Richtern empfand, faßte sie einen sehr begreiflichen Entschluß, der sie in einen heimlichen Zwiespalt mit ihrem fürchterlichen Ratgeber bringen sollte.

»Wozu brauche ich eigentlich Teilhaber?« fragte sie sich. »Ich sollte mein Schäfchen ins trockene bringen, und danach könnte ich alles nehmen, was sie mir anbieten, damit ich in ihrem Interesse handle . . .«

Diese Erwägung sollte, wie man sehen wird, das Ende des unglücklichen Musikers beschleunigen.

»Nun, lieber Monsieur Schmucke«, sagte die Cibot, als sie in die Wohnung kam, »wie geht es unserm verehrten Kranken?«

»Nicht gut«, antwortete der Deutsche. »Pons hat die ganze Nacht hindurch phantasiert.«

»Was hat er denn gesagt?«

»Blödsinn! Daß er möchte, daß ich sein ganzes Vermögen bekäme, unter der Bedingung, daß ich nichts verkaufe . . . Und dann hat er geweint! Armer Kerl! Das hat mich arg mitgenommen!«

»Das gibt sich, mein Herzchen!« fuhr die Portiersfrau fort. »Ich habe Sie aufs Frühstück warten lassen. Es geht ja schon auf neun, aber seien Sie mir nicht böse . . . Sehn Sie, ich hab' ja so viel auf dem Hals . . . Ihretwegen. Wir hatten doch gar nichts mehr, und da habe ich mir Geld besorgt . . .!«

»Und wie denn?« fragte der Pianist.

»Ich habe doch eine Tante.«

»Was für eine Tante?«

»Versetzt!«

»Versetzt?«

»Ach, Sie lieber Mensch, Sie Ahnungsloser! Nein, Sie sind ein Heiliger, ein Erzbischof an Unschuld, ein Mann zum Ausstopfen, wie der alte Schauspieler zu sagen pflegte. Was? Sie leben seit neunundzwanzig Jahren in Paris, haben, ja was denn ..., die Juli-Revolution erlebt und kennen das Leihhaus nicht ..., die Geschäftemacher, bei denen man Ihnen Geld für Ihren Kram leiht ...? Ich habe all unsere Silberbestecke hingebracht, acht mit Rankenmustern. Pah! Cibot kann auch mit Alpaka essen. Das soll ganz gut gemacht sein, heißt es. Es lohnt sich nicht, das unserm Cherubino zu sagen; es würde ihn bekümmern und noch gelber werden lassen, wo er sowieso schon aufgeregt genug ist. Vor allem wollen wir ihn erst mal wieder gesund machen, und das Weitere wird sich schon finden. Na ja! Wir müssen halt die Zeiten nehmen, wie sie sind. Im Krieg geht's eben wie im Kriege zu, nicht wahr ...?«

»Gute Frau! Große Seele!« sagte der arme Musiker, ergriff die Hand der Cibot und legte sie mit dem Ausdruck zärtlicher Rührung auf sein Herz.

Dieser Engel von Mann hob die Augen zum Himmel auf; sie waren ganz voll Tränen.

»Lassen Sie doch, Papa Schmucke, Sie sind aber mal komisch! Ist da drin denn nicht ein mächtiges Gefühl? Ich bin nur ein altes Kind aus dem Volke, ich trage mein Herz in der Hand. Sehn Sie, davon hab' ich genau soviel wie Sie beide, und Sie sind Goldherzen.« Bei diesen Worten schlug sie sich an den Busen.

»Papa Schmucke!« fuhr der Musiker fort. »Nur nicht den Kummer bis zum Äußersten treiben, blutige Tränen weinen und in den Himmel eingehn. Das bricht mir das Herz! Ich werde Pons nicht überleben ...«

»Herrgott, das glaub' ich gern. Sie bringen sich ja um ... Hören Sie doch, mein Hündchen.«

»Hündchen?«

»Na ja, mein Häschen.«

»Häschen?«

»Mein Täubchen, wenn Sie das lieber hören.«

»Das ist auch nicht klarer.«

»Na ja! Lassen Sie sich von mir pflegen und leiten; denn wenn Sie so weitermachen, hab' ich bald zwei Kranke am Hals, können Sie mir glauben ... Soviel ich mich darauf verstehe, müssen wir uns die Aufgabe hier teilen. Sie können nicht länger für das Stundengeben in Paris 'rumlaufen, das macht Sie müde, und dann sind Sie hier zu nichts mehr zu gebrauchen, wo doch nachts aufgepaßt werden muß, wo doch Monsieur Pons immer kränker wird. Ich will heute zu all Ihren Schülern gehn und ihnen sagen, daß Sie krank sind, nicht wahr ... Sie wachen dann nachts bei unserm Sorgenkind und schlafen morgens von fünf bis, sagen wir mal, zwei Uhr nachmittags. Ich übernehme dann den anstrengenderen Teil tagsüber; ich muß doch für Sie Frühstück und Essen machen, den Kranken versorgen, ihn betten und umziehn, ihm Medizin geben ... Bei meiner Belastung halte ich das nämlich keine zehn Tage mehr aus. Und jetzt mühen wir uns schon dreißig Tage so ab. Was sollte aber aus Ihnen werden, wenn ich krank würde ...? Und Sie auch, das ist ja schauerlich, schaun Sie sich mal an, wie Sie aussehn, weil Sie diese Nacht bei Monsieur Pons gewacht haben ...«

Sie führte Schmucke zum Spiegel, und er fand, daß er stark verändert aussehe.

»Wenn Sie also meiner Ansicht sind, gebe ich Ihnen erst mal rasch Ihr Frühstück. Dann achten Sie bis zwei Uhr noch auf unsern Liebling. Sie geben mir aber die Liste Ihrer Schüler. Damit bin ich dann bald fertig, und Sie sind für vierzehn Tage frei. Wenn ich zurückkomme, können Sie sich hinlegen und sich bis heute abend ausruhn.«

Dieser Vorschlag war so vernünftig, daß Schmucke ihn augenblicklich annahm.

»Aber nichts davon Monsieur Pons gegenüber; Sie wissen ja, daß er sich für verloren halten würde, wenn wir ihm sagten, daß er seine Tätigkeit am Theater und seine Stunden aufgeben müsse. Der arme Mann würde sich einbilden, er bekäme nie wieder Schülerinnen ... Dummheiten ...! Doktor Poulain hat gesagt, wir würden unsern Benjamin nur retten, wenn wir ihn vollkommen in Ruhe ließen.«

»Ganz recht, ganz recht! Machen Sie das Frühstück, und ich

mache die Liste, damit Sie die Adressen haben . . .! Sie haben recht, ich würde zusammenbrechen . . .!«

Eine Stunde später warf sich die Cibot in ihren Sonntagsstaat und fuhr zum großen Erstaunen Rémonencqs in einem Zweisitzer los. Sie hatte sich vorgenommen, mit aller Würde als Vertrauensperson der beiden Nußknacker in allen Pensionaten und in allen Häusern aufzutreten, in denen sich die Schülerinnen der beiden Musiker befanden.

Es erübrigt sich, das Geplauder wiederzugeben, dem sich die Cibot bei den Pensionsmüttern und im Schoß der Familien hingab, wobei sie ihre Redewendungen wie die Variationen eines musikalischen Themas anbrachte. Uns genügt die Szene, die sich im Direktionszimmer des berühmten Gaudissart abspielte, in das die Portiersfrau nicht ohne unerhörte Schwierigkeiten eindrang. Die Schauspieldirektoren in Paris werden besser bewacht als Könige oder Minister. Der Grund für die starken Schranken, die sie zwischen sich und dem Rest der Sterblichen errichten, ist leicht begreiflich: Die Könige brauchen sich nur gegen den Ehrgeiz zu verteidigen, die Schauspieldirektoren haben den Dünkel von Künstlern und Autoren zu fürchten.

Die Cibot überschritt alle Klüfte durch die augenblickliche Vertraulichkeit, die sich zwischen ihr und dem Portier einstellte. Die Portiers erkennen einander wie alle Leute gleicher Berufsklasse. Jeder Stand hat sein Schibboleth, wie er seine Beleidigungen und Wundmale hat.

»Ach, Sie sind die Portiersfrau vom Theater«, hatte die Cibot gesagt. »Ich bin nur eine arme Portiersfrau aus einem Hause in der Rue de Normandie, in dem Monsieur Pons, Ihr Orchesterdirigent, wohnt. Ach, wie glücklich wäre ich an Ihrer Stelle, wenn ich die Schauspieler, die Tänzerinnen, die Autoren vorbeigehn sehen könnte! Das ist, wie der alte Schauspieler sagte, der Marschallstab unseres Berufs.«

»Und wie geht es dem wackeren Monsieur Pons?« fragte die Portiersfrau.

»Ach, es geht ihm gar nicht gut. Zwei Monate hütet er nun schon das Bett, und er wird mit den Füßen nach vorn aus dem Hause getragen werden, soviel steht fest.«

»Das ist aber ein Verlust . . .«

»Ach ja. Ich komme in seinem Auftrag, um Ihrem Direktor seine Lage klarzumachen. Sehn Sie doch mal zu, Beste, daß ich ihn sprechen kann.«

»Eine Dame im Auftrag von Monsieur Pons.«

So meldete der Theaterdiener, der den Dienst bei der Direktion versah, Madame Cibot an, die ihm von der Portiersfrau empfohlen worden war. Gaudissart war gerade zu einer Probe hergekommen. Der Zufall wollte es, daß ihn keiner sonst zu sprechen wünschte. Die Autoren des Stücks und die Schauspieler hatten sich verspätet. Er war nur zu froh, etwas von seinem Kapellmeister zu hören, vollführte eine napoleonische Geste, und die Cibot trat ein.

Dieser ehemalige Handlungsreisende, der nun an der Spitze eines gutgehenden Theaters stand, betrog seine Kommanditgesellschaft; er behandelte sie wie eine angetraute Frau. So hatten seine Finanzverhältnisse denn auch eine Entwicklung genommen, die auf seine Person zurückwirkte. Gaudissart war dick und fett geworden; das gute Leben und der Wohlstand hatten ihm Farbe gegeben. Er hatte sich, offen gesagt, in Mondor[184] verwandelt. »Wir bringen's noch so weit wie Beaujon[185]«, sagte er und versuchte als erster darüber zu lachen. »Du stehst erst bei Turcaret[186]«, entgegnete ihm Bixiou, der ihn des öfteren bei der ersten Tänzerin des Theaters vertrat, der berühmten Héloïse Brisetout. Tatsächlich beutete der frühere berühmte Gaudissart sein Theater einzig und allein rücksichtslos im eigenen Interesse aus. Nachdem er als Mitarbeiter an mehreren Balletts, Theaterstükken, Vaudevilles beteiligt gewesen war, hatte er die anderen Beiträge käuflich erworben, indem er drückende Geldverlegenheiten der Autoren ausnutzte. Diese Stücke und Vaudevilles, die immer als Beiprogramm zu den Zugstücken geboten wurden, brachten Gaudissart täglich einige Goldstücke ein. Auf Grund seiner Vollmachten versetzte er die Eintrittskarten mit Aufschlägen und beanspruchte außerdem als Direktorialzulage eine gewisse Anzahl davon, die ihm erlaubte, seinen Zehnten von den Einnahmen abzuschöpfen. Diese drei Arten von Direktorialgefällen, zu denen noch der Verkauf von Logen kam sowie die Geschenke schlechter Schauspielerinnen, die Wert darauf legten, kleine Rollen zu bekommen, bei denen sie sich als Pagen oder

Königinnen zeigen konnten, erhöhten sein Drittel am Gewinnanteil so sehr, daß die Teilhaber der Kommanditgesellschaft, denen die beiden übrigen Drittel zustanden, kaum ein Zehntel des Gewinns einheimsten. Nichtsdestoweniger stellte dieses Zehntel noch eine fünfzehnprozentige Verzinsung der Einlagen dar.

So sprach denn auch Gaudissart mit diesen fünfzehn Prozent Dividende im Rücken von seiner Intelligenz, seiner Rechtlichkeit und vom Glück seiner Teilhaber. Als Graf Popinot mit anscheinendem Interesse Monsieur Matifat, den General Gouraud, dessen Schwiegersohn, und Crevel fragte, ob sie mit Gaudissart zufrieden seien, antwortete Gouraud, der Pair von Frankreich geworden war: »Es wird behauptet, er betröge uns, aber er ist so witzig und gutmütig, daß wir zufrieden sind.«

»Das ist also wie in der Erzählung von La Fontaine«, sagte der frühere Minister und lächelte. Gaudissart legte sein Geld in Geschäften außerhalb des Theaters an. Er hatte das richtige Urteil über die Firma Graff, Schwab und Brunner; er wurde Teilhaber an den Eisenbahnunternehmen, die dieses Bankhaus betrieb. Er verbarg seine Schlauheit unter der Körperfülle und Unbekümmertheit des Lebemanns und Wollüstlings. Er machte den Eindruck, als ob er sich nur seinen Vergnügungen und seiner Kleidung widme; dabei dachte er jedoch an alles und schlug Vorteil aus der riesigen Geschäftserfahrung, die er als Reisender gewonnen hatte. Dieser Emporkömmling, der sich nicht ernst nahm, hielt sich eine luxuriös ausgestattete Wohnung, die ihm sein Dekorateur eingerichtet hatte und in der er für berühmte Leute Essen und Empfänge gab. Er hatte eine Schwäche für alles Prunkvolle und machte gern alles gründlich. Dabei bezeigte er sich gefällig und wirkte um so weniger gefährlich, als er die Geschwätzigkeit seines früheren Berufes beibehalten hatte, um seinen eigenen Ausdruck zu gebrauchen, zu der noch die Kulissensprache hinzukam. Da am Theater die Künstler die Dinge beim Namen nennen, bezog er genügend Witz aus den Kulissen, denen ein besonderer Geist eigentümlich ist, um durch die Verbindung mit der lebhaften Scherzlust des Handlungsreisenden den Anschein eines geistreichen Mannes zu erlangen. Augenblicklich dachte er daran, seine Vorzugsstellung zu verkaufen und sich, wie er sagte, auf etwas anderes zu verlegen. Er wollte eine Eisenbahngesellschaft übernehmen, ein ernst zu nehmender Mensch, ein Verwalter werden, und die Tochter eines der reichsten Pariser Bürgermeister heiraten, Mademoiselle Minard. Er hoffte, auf Grund seiner Eisenbahnlinie zum Abgeordneten ernannt zu werden und durch die Protektion Popinots in den Staatsrat zu gelangen.

»Mit wem habe ich die Ehre?« fragte Gaudissart und warf einen direktorialen Blick auf die Cibot.

»Ich bin die Vertrauensperson von Monsieur Pons, Monsieur Gaudissart.«

»Schön! Wie geht's denn dem armen Kerl . . .?«

»Schlecht, sehr schlecht, Monsieur Gaudissart.«

»Scheußlich, scheußlich! Das tut mir leid; ich muß ihn besuchen; er ist schließlich einer der seltenen Männer . . .«

»O ja, Monsieur Gaudissart, ein wirklicher Cherubino . . . Ich frage mich immer, wie dieser Mann an ein Theater geraten konnte . . .«

»Aber Madame, das Theater ist doch eine Besserungsanstalt für die Sitten . . .«, sagte Gaudissart. »Der arme Pons . . .! Auf Ehrenwort, man müßte über ein Mittel verfügen, um diese Menschenart zu erhalten . . . Er ist ein vorbildlicher Mensch, und begabt . . . Wann, meinen Sie, kann er seinen Dienst wohl wieder aufnehmen? Denn das Theater ist unglücklicherweise wie die Postkutschen, die voll oder leer fahrplanmäßig abfahren. Hier hebt sich der Vorhang Tag für Tag um sechs Uhr . . ., und wir können so mitleidig sein, wie wir wollen, damit haben wir noch keine gute Musik . . . Also, wie steht es denn . . .?«

»Ach lieber Herr«, sagte die Cibot, zog ihr Taschentuch hervor und wischte sich die Augen, »es ist schrecklich zu sagen, aber ich fürchte, wir haben das Unglück, ihn zu verlieren, wenn wir ihn auch wie unsern Augapfel hüten . . . Monsieur Schmucke und ich . . . Ich komme sogar, um Ihnen zu sagen, daß Sie nicht mehr auf den werten Monsieur Schmucke rechnen können, der all seine Nächte aufopfert . . . Man kann ja nicht anders, als zu tun, als gebe es noch Hoffnung, und zu versuchen, diesen lieben, guten Menschen dem Tode zu entreißen . . . Der Arzt hat keine Hoffnung mehr . . .«

»Und woran stirbt er?«

»An Kummer, an der Gelbsucht, an der Leber, und all das wird durch einen ganzen Haufen von Familienangelegenheiten noch schlimmer gemacht.«

»Und durch einen Arzt«, sagte Gaudissart. »Er hätte unsern Arzt, den Doktor Lebrun, nehmen sollen, das hätte ihn nichts gekostet ...«

»Der Herr hat einen, der der reine liebe Gott ist ..., aber was kann ein Arzt, bei aller Geschicklichkeit, gegenüber so viel Ursachen schon ausrichten ...?«

»Ich hätte die beiden wackeren Nußknacker unbedingt für die Musik zu meinem neuen Ausstattungsstück gebraucht ...«

»Handelt es sich um etwas, das ich für sie tun könnte ...?« fragte die Cibot mit einer Miene, die des Jocrisse[187] würdig gewesen wäre.

Gaudissart bog sich vor Lachen.

»Monsieur Gaudissart, ich bin ihre Vertrauensperson, und die beiden Herrn haben mir mancherlei ...«

Bei dem Gelächter Gaudissarts rief eine Frauenstimme: »Wenn du lachst, kann man hereinkommen, alter Knabe?«

Damit stürmte die erste Solotänzerin in das Arbeitszimmer und warf sich auf das einzige Sofa, das dort stand. Es war Héloïse Brisetout. Sie war in einen prachtvollen, sogenannten algerischen Schal gehüllt.

»Was bringt dich denn so zum Lachen ...? Etwa die Dame da? Was sucht sie für eine Stelle ...?« fragte die Tänzerin und warf einen jener unter Künstlern üblichen Blicke; er wäre eines Gemäldes wert gewesen.

Héloïse, ein literarisch außerordentlich beschlagenes Mädchen, genoß in der Bohème einen gewissen Ruf. Sie unterhielt Verbindungen mit großen Künstlern, war elegant, fein und zierlich und besaß mehr Geist, als bei ersten Solotänzerinnen gewöhnlich anzutreffen ist. Bei ihrer Frage sog sie aus einem Riechfläschchen betäubende Düfte ein.

»Madame, alle Frauen sind gleich viel wert, wenn sie nur schön sind, und wenn ich auch nicht an so einer Pestflasche herumschnuppere und mir keinen zerriebenen Backstein auf die Wangen schmiere ...«

»Bei dem, was Ihnen die Natur ohnehin schon verliehen hat,

wäre das auch ein mächtiger Pleonasmus, mein Kind«, sagte Héloïse und zwinkerte ihrem Direktor zu.

»Ich bin eine anständige Frau ...«

»Um so schlimmer für Sie«, sagte Héloïse. »Mein Gott, wird denn nicht jeder ausgehalten, wer nur will! Ich werde es, meine Beste, und verdammt gut!«

»Was, um so schlimmer? Sie mögen gut und gern einen Algierschal um den Leib haben und tun, was Sie für richtig halten«, sagte die Cibot, »deswegen kriegen Sie noch lange nicht soviel Liebeserklärungen, wie sie mir zuteil geworden sind. Médème! Sie sind niemals so viel wert wie die schöne Austernhändlerin vom ›Cadran-Bleu‹ ...«

Die Tänzerin stand auf der Stelle auf, nahm Grundstellung ein und führte die Kante der rechten Hand an die Stirn, wie ein Soldat, der seinen General grüßt.

»Was!« sagte Gaudissart, »da wären Sie also die schöne Austernhändlerin, von der mir mein Vater erzählt hat?«

»Dann kennt Madame also weder die Cachucha noch die Polka? Madame ist über fünfzig Jahre!« sagte Héloïse.

Die Tänzerin nahm eine dramatische Haltung ein und deklamierte den Vers:

»Laß uns Freunde sein, Cinna ...«[188]

»Laß doch, Héloïse, Madame ist dem nicht gewachsen; laß sie doch in Frieden.«

»Madame ist also die Neue Héloïse ...?« fragte die Portiersfrau mit geheuchelter Harmlosigkeit voller Spott.

»Nicht schlecht, Alte!« rief Gaudissart aus.

»Das haben wir schon zu oft gehört«, fuhr die Tänzerin fort, »der Witz hat einen grauen Bart. Erfinden Sie mal einen neuen, Alte ..., oder nehmen Sie eine Zigarette.«

»Entschuldigen Sie, Madame«, sagte die Cibot, »ich bin zu traurig, um Ihnen noch weiterhin zu antworten. Meine beiden Herren sind sehr krank ..., und um sie zu ernähren und ihnen Kummer zu ersparen, habe ich heute morgen sogar die Anzüge meines Mannes versetzt. Hier ist die Quittung ...«

»Oh, nun wird's aber dramatisch!« rief die schöne Héloïse aus. »Um was handelt es sich denn?«

»Madame«, fuhr die Cibot fort, »platzt hier herein, wie ...«

»Wie ein Star«, sagte Héloïse. »Ich souffliere Ihnen. Weiter, Médème.«

»Los, ich hab's eilig«, sagte Gaudissart. »Laß jetzt die Faxen, Héloïse. Madame Cibot ist die Vertrauensperson unseres armen Dirigenten, der im Sterben liegt. Sie hat mir gerade gesagt, daß ich nicht mehr auf ihn rechnen kann. Ich bin in Verlegenheit.«

»Ach! Der arme Mann! Dann müssen wir eine Benefiz-Vorstellung für ihn geben.«

»Das würde ihn zugrunde richten!« sagte Gaudissart. »Er könnte am nächsten Tage den Altersheimen fünfhundert Francs schuldig sein; die erkennen nämlich keine andern armen Leute in Paris an als ihre Insassen. Nein, warten Sie mal, gute Frau, da Sie sich nun einmal um Montyons Tugendpreis bewerben ...« Gaudissart schellte. Sofort erschien der Theaterdiener. »Sagen Sie dem Kassierer, er soll mir einen Tausendfrancsschein schicken. Nehmen Sie doch Platz, Madame Cibot.«

»Ach, das arme Wesen, jetzt weint sie gar ...!« rief die Tänzerin. »Das ist dumm ... Also, Mütterchen, wir werden ihn besuchen, trösten Sie sich! – Sag doch mal, alter Chinese«, sagte sie zu dem Direktor und zog ihn in eine Ecke, »du willst mich doch wohl die Hauptrolle im Ballett ›Ariadne‹ spielen lassen? Du willst heiraten und weißt, wie unglücklich ich dich machen kann ...!«

»Héloïse, mein Herz ist mit Kupferplatten gepanzert wie eine Fregatte.«

»Ich werde Kinder von dir vorzeigen; ich leih' mir welche.«

»Ich habe unsere Verbindung eingestanden ...«

»Sei mal ein guter Kerl und gib Garangeot die Stelle von Pons. Der arme Kerl hat Talent und ist mittellos. Dann lass' ich dich auch in Frieden.«

»Aber, so warte doch, bis Pons tot ist ... Der Gute könnte ja schließlich doch noch davonkommen.«

»Ausgeschlossen, Monsieur Gaudissart ...«, sagte die Cibot. »Seit der letzten Nacht, wo er sie schon nicht mehr alle beisammen hatte, liegt er im Delirium. Leider geht es bald mit ihm zu Ende.« – »Also, dann laß Garangeot die Vertretung übernehmen!« sagte Héloïse. »Er hat die ganze Presse für sich ...«

In diesem Augenblick trat der Kassierer ein und hielt zwei Fünfhundertfrancsscheine in der Hand.

»Geben Sie das der Frau da«, sagte Gaudissart. »Auf Wiedersehen, gute Frau, pflegen Sie mir den lieben Mann gut und sagen Sie ihm, daß ich ihn morgen oder übermorgen besuchen werde, jedenfalls sobald ich kann.«

»Mann über Bord«, sagte Héloïse.

»Ach, Monsieur Gaudissart, Herzen wie das Ihre finden sich nur beim Theater. Gott vergelt's!«

»Wie soll ich das verbuchen?« fragte der Kassierer.

»Ich unterschreibe Ihnen die Quittung; verbuchen Sie es unter Gratifikationen.«

Ehe die Cibot hinausging, machte sie der Tänzerin einen schönen Knicks und konnte so eine Frage aufschnappen, die Gaudissart an seine frühere Geliebte richtete.

»Ist Garangeot imstande, mir innerhalb von zwölf Tagen die Musik zu unserm Ballett ›Die Mohikaner‹ zu schreiben? Wenn er mir aus der Patsche hilft, wird er Pons' Nachfolger.«

Die Portiersfrau, die, weil sie soviel Übel angerichtet hatte, besser belohnt worden war, als wenn sie eine gute Tat begangen hätte, hatte jetzt alle Erwerbsquellen der beiden Freunde verstopft und sie, für den Fall, daß Pons wieder gesund werden würde, ihrer Existenzmittel beraubt. Dies hinterhältige Vorgehen mußte in wenigen Tagen zu dem von der Cibot gewünschten Ergebnis führen: der Veräußerung der von Elias Magus begehrten Gemälde. Um diesen ersten Raub durchzuführen, mußte die Cibot den furchtbaren Helfershelfer in Sicherheit wiegen, den sie sich in der Person des Anwalts Fraisier beschafft hatte. Ferner mußte sie sich die völlige Verschwiegenheit Elias Magus' und Rémonencqs sichern.

Was nun den Auvergnaten betrifft, so war dieser stufenweise zu einer jener Leidenschaften gelangt, wie sie ungebildete Leute überfallen, die aus der tiefsten Provinz nach Paris verschlagen werden und jene fixen Ideen mitbringen, die die Einsamkeit des Landlebens hervorruft. Hinzu kommen dann die Unwissenheit einfacher Gemüter und die Roheit ihrer Wünsche, die zu fixen Ideen werden. Die männliche Schönheit der Madame Cibot, ihre Lebhaftigkeit, ihr in den Markthallen entwickelter Witz hatten

Eindruck auf den Eisenhändler gemacht; er wollte sie zu seiner Geliebten machen; er wollte sie Cibot wegnehmen. Diese Art von Bigamie ist in Paris in den unteren Klassen sehr viel häufiger, als man meint. Aber die Schlinge des Geizes zog sich von Tag zu Tag immer enger um das Herz und erstickte endlich die Vernunft. So ging denn auch Rémonencq, als er den Gewinnanteil des Elias Magus und auch den seinen auf vierzigtausend Francs schätzte, vom Vergehen zum Verbrechen über; er wünschte sich die Cibot als Ehefrau. Diese ausgesprochene Spekulantenliebe brachte den in langen Grübeleien an den Türpfosten seines Ladens gelehnten Raucher dazu, den Tod des kleinen Schneiders zu wünschen. Auf diese Art sah er sein Kapital fast verdreifacht; er bedachte, was für eine ausgezeichnete Geschäftsfrau die Cibot sein und wie hübsch sie sich in einem prächtigen Laden auf dem Boulevard ausnehmen würde. Diese doppelte Begehrlichkeit berauschte Rémonencq. Er malte sich aus, wie er einen Laden auf dem Boulevard de la Madeleine mietete und ihn mit den schönsten Kostbarkeiten des verstorbenen Pons anfüllte. Nachdem er sich auf Goldbrokate gebettet und Millionen im kräuselnden Rauch seiner Pfeife erträumt hatte, sah er, wenn er zu sich kam, den kleinen Schneider wieder vor sich, wie er den Hof, den Hausgang und die Straße fegte, während der Auvergnate seine Schaufensterladen aufmachte und seine Auslage in Ordnung brachte. Seit Pons' Erkrankung ersetzte Cibot nämlich seine Frau in den Dienstleistungen, die sie übernommen hatte. Der Auvergnate sah also in dem kleinen, oliven- und kupferfarbenen, kümmerlichen Schneider das einzige Hindernis, das seinem Glück entgegenstand, und er überlegte, wie er es beseitigen könne. Diese wachsende Leidenschaft machte die Cibot sehr stolz; sie näherte sich den Jahren, in denen die Frauen zu begreifen beginnen, daß sie altern könnten.

Eines Morgens also sah die Cibot beim Aufstehen Rémonencq mit verträumter Miene zu, wie er die Kleinigkeiten seiner Auslage zurechtrückte, und wollte herausbekommen, wie weit seine Liebe ging.

Der Auvergnate kam heran und sagte: »Na, geht alles nach Wunsch?«

»Sorge machen nur Sie mir«, antwortete ihm die Cibot. »Sie

kompromittieren mich«, fügte sie hinzu. »Die Nachbarn werden schließlich noch auf Ihre hemdsärmeligen Blicke aufmerksam.«

Sie verließ den Hausgang und ging bis hinten in den Laden des Auvergnaten hinein

»Auf was für Gedanken Sie kommen!« sagte Rémonencq.

»Kommen Sie, ich muß mit Ihnen sprechen«, sagte die Cibot. »Die Erben Monsieur Pons' werden sich bald rühren, und sie sind imstande, uns sehr viel Unannehmlichkeiten zu bereiten. Gott weiß, was uns passiert, wenn sie Beauftragte schicken, die ihre Nase wie Jagdhunde in alles hineinstecken. Ich kann Monsieur Schmucke nur bewegen, ein paar Bilder zu verkaufen, wenn ich Ihnen soviel bedeute, daß Sie das Geheimnis für sich behalten ... Oh, aber so, daß Sie sogar mit dem Kopf auf dem Richtblock nichts verraten würden ..., weder woher die Bilder stammen, noch wer sie verkauft hat. Sie verstehen, wenn Monsieur Pons gestorben und begraben ist und man dann dreiundfünfzig Gemälde statt siebenundsechzig findet, dann kann das niemand nachrechnen. Übrigens geht es keinen was an, wenn Monsieur Pons schon zu Lebzeiten einige verkauft hat.«

»Na ja«, entgegnete Rémonencq, »mir ist das vollkommen gleichgültig; aber Elias Magus möchte einwandfreie Quittungen.«

»Sie kriegen auch Ihre Quittung, mein Gott! Glauben Sie etwa, *ich* würde sie ausstellen? Das macht Monsieur Schmucke. Sie müssen aber Ihrem Juden sagen«, fuhr die Portiersfrau fort, »er müsse ebenso verschwiegen sein wie Sie.«

»Wir sind stumm wie die Fische. Das gehört zum Beruf. Ich kann zwar lesen, aber nicht schreiben ..., deswegen brauche ich eine gebildete, fähige Frau wie Sie ...! Ich habe immer nur daran gedacht, mir das Brot für mein Alter zu sichern; jetzt aber möchte ich auch kleine Rémonencqs ... Lassen Sie doch Ihren Cibot!«

»Aber da kommt ja Ihr Jude«, sagte die Portiersfrau. »Jetzt können wir unsern Handel ins reine bringen.«

»Na, liebe Dame«, sagte Elias Magus, der alle drei Tage ganz frühzeitig kam, um zu hören, wann er seine Bilder kaufen könne. »Wie steht's?«

»War niemand bei Ihnen, um mit Ihnen über Monsieur Pons und seinen Krimskrams zu sprechen?« fragte ihn die Cibot.

»Ich habe einen Brief von einem Rechtsanwalt bekommen«,

antwortete Elias Magus; »das ist aber ein etwas komischer Heiliger; er macht mir den Eindruck eines kleinen Geschäftemachers, und da ich mich vor diesen Leuten in acht nehme, habe ich lieber nicht geantwortet. Drei Tage später hat er bei mir vorgesprochen und seine Visitenkarte dagelassen. Ich habe meinem Portier gesagt, daß ich niemals zu sprechen bin, wenn er kommen sollte.«

»Sie sind ein Prachtstück von einem Juden«, sagte die Cibot, der die Schläue des Elias Magus noch beinahe unbekannt war. »Also, Kinder, in ein paar Tagen bringe ich Schmucke dahin, euch sieben oder acht von den Bildern zu verkaufen, höchstens zehn. Aber ich stelle zwei Bedingungen: zunächst die, daß die Sache vollkommen geheim bleibt. Schmucke hat Sie bestellt, nicht wahr? Und Monsieur Rémonencq hat Sie Schmucke als Käufer empfohlen. Und ich habe mit der ganzen Sache überhaupt nichts zu tun, wie es auch kommen mag. Sie geben also sechsundvierzigtausend Francs für die vier Bilder?«

»Einverstanden«, antwortete der Jude mit einem Seufzer.

»In Ordnung«, fuhr die Portiersfrau fort. »Die zweite Bedingung ist, daß Sie mir davon dreiundvierzigtausend aushändigen und von Monsieur Schmucke nur für dreitausend kaufen. Rémonencq kauft vier Bilder für zweitausend Francs und führt den Mehrbetrag an mich ab ... Andererseits, lieber Monsieur Magus, lasse ich danach Sie und Rémonencq auch noch ein hervorragendes Geschäft machen, unter der Bedingung, daß der Profit unter uns dreien geteilt wird. Ich bringe Sie zu diesem Rechtsanwalt, oder dieser Rechtsanwalt kommt hierher. Sie schätzen dann alles, was sich bei Monsieur Pons findet, zu dem Preise, den Sie dafür bieten können, damit dieser Fraisier über den Wert der Erbschaft ins Bild gesetzt wird. Er darf nur nicht vor unserm Handel kommen, verstanden ...?«

»Klar«, sagte der Jude, »aber es kostet einige Zeit, sich die Dinge anzusehn und ihren Preis anzugeben.«

»Einen halben Tag sollen Sie haben. Lassen Sie nur, das ist meine Sache ... Kinder, besprecht das unter euch. Zunächst machen wir übermorgen das Geschäft. Ich gehe zu diesem Fraisier, um mit ihm zu reden; er weiß nämlich durch den Doktor Poulain alles, was sich hier abspielt, und es kommt darauf an, diesen spaßigen Knaben ruhig zu halten.«

Auf halbem Wege von der Rue de Normandie zur Rue de la Perle begegnete die Cibot Fraisier, der zu ihr wollte, so eilig hatte er es, die Unterlagen für den Fall in die Hände zu bekommen, wie er sich ausdrückte.

»Schau, schau! Ich war auf dem Weg zu Ihnen«, sagte sie.

Fraisier bedauerte, daß er von Elias Magus nicht empfangen worden sei; aber die Portiersfrau brachte das mißtrauische Aufleuchten in den Augen des Juristen zum Erlöschen, als sie ihm sagte, daß Magus gerade eben erst von einer Reise zurückgekehrt sei und daß sie ihm spätestens übermorgen eine Begegnung mit ihm in Pons' Wohnung vermitteln wolle, damit der Wert der Sammlung bestimmt werden könne.

»Verfahren Sie mir gegenüber nur offen«, erwiderte Fraisier. »Es ist mehr als wahrscheinlich, daß ich mit der Wahrung der Interessen der Erben des Monsieur Pons beauftragt werde. In dieser Eigenschaft wird es mir weit leichter fallen, Ihnen nützlich zu sein.«

Das wurde so trocken hingesprochen, daß die Cibot erzitterte. Dieser ausgehungerte Geschäftemacher spann also seinerseits seine Fäden, wie sie die ihren. Sie beschloß daher, den Verkauf der Gemälde zu beschleunigen. Die Cibot täuschte sich in ihren Vermutungen nicht. Der Rechtsanwalt und der Arzt hatten gemeinsam die Kosten eines neuen Anzugs für Fraisier getragen, damit er sich anständig gekleidet bei der Präsidentin Camusot de Marville vorstellen konnte. Die zur Anfertigung der Kleidungsstücke nötige Zeit war die einzige Ursache für den Aufschub dieser Besprechung, von der das Schicksal der beiden Freunde abhing. Nach seinem Besuch bei Madame Cibot ging Fraisier Rock, Weste und Hose anprobieren. Er fand seinen Anzug fix und fertig vor. Darauf kehrte er nach Hause zurück, setzte eine neue Perücke auf und fuhr gegen zehn Uhr morgens in einem Mietwagen in die Rue de Hanovre, wo er hoffte, von der Präsidentin empfangen zu werden. Fraisier glich mit weißer Halsbinde, gelben Handschuhen, neuer Perücke und parfümiert mit Eau de Portugal jenen Giften in Kristallfläschchen, die mit weißem Pergament zugebunden sind und an denen das Etikett und alles bis zum Bindfaden recht zierlich ist, die aber deswegen nicht minder gefährlich anmuten. Seine scharfen Züge, sein finniges Gesicht, seine Hautkrankheit, seine grünen Augen, sein boshaftes Wesen machten betroffen wie Wolken an einem blauen Himmel. In seinem Arbeitszimmer war er so, wie er sich den Augen der Cibot dargeboten hatte, nämlich wie ein gewöhnliches Messer, mit dem ein Mörder ein Verbrechen begangen hat; an der Tür der Präsidentin aber war er wie der elegante Dolch, den eine junge Frau in ein Schränkchen zu ihren Nippsachen legt.

In der Rue de Hanovre hatte eine große Veränderung stattgefunden. Der Vicomte und die Gräfin Popinot, der ehemalige Minister und seine Frau, hatten nicht gewollt, daß der Präsident und seine Gemahlin sich irgendwo anders einmieteten und das Haus verließen, das sie ihrer Tochter als Mitgift gaben. Deswegen hatten sich der Präsident und seine Frau im zweiten Stockwerk eingerichtet, das durch den Fortzug der alten Dame, die ihr Leben auf dem Lande beschließen wollte, frei geworden war. Madame Camusot, die Madeleine Vivet, ihre Köchin und ihren Diener beibehielt, war damit in die dürftigeren Verhältnisse ihrer Anfangszeit zurückgekehrt, Verhältnisse, die durch eine mietfreie Wohnung zu viertausend Francs und durch ein Gehalt von zehntausend Francs gemildert wurden. Diese ›aurea mediocritas‹[189] stellte Madame de Marville recht wenig zufrieden; sie strebte nach einer Vermögenslage, die ihrem Ehrgeiz entsprach. Die Abtretung ihres gesamten Besitzes an die Tochter jedoch hatte für den Präsidenten den Wegfall des Zensus für seine Wählbarkeit zur Folge. Nun aber wollte Amélie ihren Gatten zum Abgeordneten machen; sie verzichtete nicht leicht auf ihre Pläne und verzweifelte keineswegs daran, die Wahl des Präsidenten in dem Arrondissement durchzusetzen, in dem Marville liegt. Seit zwei Monaten lag sie daher dem Baron Camusot in den Ohren (denn der neue Pair von Frankreich hatte die Baronswürde erhalten), um bei ihm hunderttausend Francs als Abschlagszahlung auf die Erbschaft hin lockerzumachen, damit sie, wie sie angab, einen kleinen Gutshof aufkaufen könne, der in das Gebiet von Marville eingeschlossen war und ungefähr zweitausend Francs nach Abzug der Steuern einbrachte. Dort wären dann sie und ihr Gatte daheim und in der Nähe ihrer Kinder. Der Grundbesitz von Marville würde damit abgerundet und um ebensoviel vergrößert. Die Präsidentin stellte ihrem Schwiegervater die Entsagung vor Augen, zu der sie gezwungen worden sei, um ihre Tochter mit dem Vicomte Popinot zu vermählen, und fragte den alten Herrn, ob er seinem ältesten Sohn den Weg zu den höchsten Ehrenstellen des Justizwesens verbauen wolle, die nur mehr auf Grund einer starken parlamentarischen Stellung zu erhalten seien, und ihr Gatte würde sich diese schon erringen und bei den Ministern gefürchtet werden. »Diese Leute geben nur denen etwas, die ihnen die Krawatte so eng ziehen, daß ihnen die Zunge zum Halse heraushängt«, sagte sie. »Sie sind undankbar ...! Was verdanken sie Camusot nicht alles! Camusot hat durch sein Drängen auf die Juli-Ordonnanzen[190] die Thronerhebung des Hauses Orléans bewirkt ...!«

Der alte Herr behauptete, er sei über seine Mittel hinaus an den Eisenbahngesellschaften beteiligt, und verschob die Zahlung, deren Notwendigkeit er im übrigen zugab, bis zu einer in Aussicht stehenden Hausse der Aktien.

Dieses von ihr vor einigen Tagen erpreßte halbe Versprechen hatte die Präsidentin in Verzweiflung gestürzt. Es war zweifelhaft, ob der frühere Eigentümer von Marville bei den Kammerneuwahlen den Voraussetzungen zu entsprechen vermochte; denn dazu gehörte, daß man bereits ein ganzes Jahr seinen Besitz innehabe.

Fraisier gelangte anstandslos bis zu Madeleine Vivet. Diese beiden Schlangennaturen erkannten sofort, daß sie aus dem gleichen Ei geschlüpft waren.

»Mademoiselle«, sagte Fraisier süßlich, »ich möchte die Frau Präsidentin einen Augenblick sprechen, in einer persönlichen Angelegenheit, die ihr Vermögen betrifft. Es handelt sich – bitte, sagen Sie ihr das ausdrücklich – um eine Erbschaft. Ich habe nicht die Ehre, von der Frau Präsidentin gekannt zu sein, also würde mein Name ihr nichts sagen ... Für gewöhnlich verlasse ich mein Büro nicht, aber ich weiß, welche Rücksicht ich der Gattin eines Präsidenten schuldig bin, und ich habe mir die Mühe gemacht, persönlich zu kommen, zumal da die Angelegenheit auch nicht den leisesten Aufschub duldet.«

Das in solcher Form vorgebrachte Anliegen, das von der Kammerzofe wiederholt und ausgeschmückt wurde, führte natürlich zu einer zustimmenden Antwort. Dieser Augenblick war entscheidend für die beiden ehrgeizigen Ansprüche, die Fraisier beseelten. So empfand er denn auch bei aller Unerschrockenheit des kleinen, zerbrechlichen, gierigen und schneidigen Provinzanwalts ein Gefühl wie das der Heerführer zu Beginn einer Schlacht, von der der Erfolg eines Feldzuges abhängt. Als er in den kleinen Salon trat, in dem Amélie ihn erwartete, geschah ihm, was noch kein schweißtreibendes Mittel, so stark es auch sein mochte, auf dieser widerspenstigen und von fürchterlichen Krankheiten verstopften Haut vermocht hatte. Er fühlte leichten Schweiß im Rücken und auf der Stirn. – »Auch wenn ich nicht zu Gelde komme«, sagte er sich, »bin ich gerettet, denn Poulain hat mir die Gesundung für den Tag verheißen, an dem die Transpiration sich wieder einstellt.« – »Madame . . .«, sagte er, als er die Präsidentin erblickte, die im Morgenrock eintrat. Und Fraisier unterbrach sich, um sich mit jener Ergebenheit zu verneigen, die bei den Justizbeamten die Anerkennung des höheren Ranges derjenigen bedeutet, an die sie sich wenden.

»Nehmen Sie bitte Platz, Monsieur«, sagte die Präsidentin; sie hatte auf der Stelle einen Mann aus Gerichtskreisen erkannt.

»Frau Präsidentin, ich habe mir die Freiheit genommen, mich in einer Geldangelegenheit an Sie zu wenden, die den Herrn Präsidenten betrifft, denn ich bin überzeugt, daß Monsieur de Marville in seiner hohen Stellung die Dinge vielleicht auf sich beruhen lassen würde, um alsdann sieben- bis achthunderttausend Francs zu verlieren, die die Damen, die sich meiner Ansicht nach auf Privatgeschäfte weit besser verstehen als die besten hohen Justizbeamten, keineswegs verschmähen dürften . . .«

»Sie haben von einer Erbschaft gesprochen . . .«, unterbrach ihn die Präsidentin.

Amélie war von der Höhe der Summe geblendet, und da sie ihr Erstaunen und Glück verbergen wollte, machte sie es wie ungeduldige Leser, die rasch bis zur Lösung des Romanknotens weiterblättern.

»Jawohl, Madame, von einer für Sie verlorenen Erbschaft, ach ja, ganz und gar verloren, in deren Besitz ich Sie aber bringen könnte, zu bringen wüßte . . .«

»Sprechen Sie, Monsieur«, sagte Madame de Marville kühl; sie schätzte Fraisier ab und prüfte ihn mit nachdenklichen Blicken.

»Madame, ich kenne Ihre hervorragenden Fähigkeiten. Ich habe früher in Mantes gelebt. Monsieur Leboeuf, der Gerichtspräsident und Freund von Monsieur de Marville, kann über mich Auskunft erteilen . . .«

Die Präsidentin fuhr auf so grausam bezeichnende Weise hoch, daß Fraisier gezwungen war, in seine Rede rasch etwas einzuschalten.

»Eine so noble Dame wie Sie wird auf der Stelle begreifen, warum ich mit ihr an erster Stelle über mich spreche. Es ist der kürzeste Weg, um auf die Erbschaft zu kommen.«

Die Präsidentin quittierte diese feine Bemerkung mit einer Geste.

»Madame«, fuhr Fraisier fort, den diese Geste berechtigte, seine Geschichte zu erzählen. »Ich war Anwalt in Mantes. Mit meinem Amt wollte ich mein Glück machen, denn ich führte die Praxis von Monsieur Levroux weiter, den Sie sicher kennengelernt haben . . .«

Die Präsidentin nickte.

»Mit geliehenem Kapital und zehntausend Francs aus eigenem Vermögen verließ ich Desroches, einen der tüchtigsten Pariser Anwälte, bei dem ich sechs Jahre lang Bürovorsteher gewesen war. Ich hatte das Pech, dem königlichen Staatsanwalt in Mantes zu mißfallen, Monsieur . . .«

»Olivier Vinet.«

»Dem Sohn des Generalstaatsanwalts, jawohl, Madame. Er machte einer kleinen Dame den Hof . . .«

»Der . . .?«

»Madame Vatinelle.«

»Ach, Madame Vatinelle . . ., sie war zu meiner Zeit sehr hübsch und sehr . . .«

»Sie war mir gewogen; ›inde irae‹[191]«, fuhr Fraisier fort. »Ich war eifrig, ich wollte meinen Freunden ihr Geld zurückgeben und heiraten. Ich brauchte Fälle und ging ihnen nach. Bald hatte ich für mich allein mehr zu bearbeiten als die anderen Anwälte zusammen. Pah, ich hatte alle in Mantes wohnenden Kollegen gegen mich, auch die Notare, ja sogar die Gerichtsvollzieher. Man suchte mit mir anzubändeln. Sie wissen, Madame, wenn man jemanden in unserm scheußlichen Beruf erledigen will, so ist das bald getan. Man stellte fest, daß ich in einer Sache beide Parteien vertrat. Das ist etwas leichtsinnig; aber in gewissen Fällen wird das hier in Paris so gemacht; die Anwälte schauen dabei einander durch die Finger. In Mantes ist das nicht der Fall. Monsieur Bouyonnet, dem ich diese kleine Gefälligkeit bereits erwiesen hatte, hat mich auf Betreiben seiner Kollegen und vom königlichen Staatsanwalt aufgestachelt, verraten ... Sie sehen, ich verhehle Ihnen nichts. Ein allgemeines Gezeter erhob sich. Ich galt als ein Schurke. Man schwärzte mich mehr an als Marat[192]. Man zwang mich, meine Praxis zu verkaufen; ich habe alles verloren. Jetzt bin ich in Paris, wo ich versucht habe, mir eine Praxis als Rechtsberater zu schaffen. Aber meine zerstörte Gesundheit gönnt mir keine zwei Stunden von den vierundzwanzig des Tages. Heute habe ich nur noch einen Ehrgeiz, er ist kümmerlich. Sie werden eines Tages vielleicht die Gattin eines Justizministers oder eines ersten Präsidenten sein; ich aber in meiner Armut und Dürftigkeit habe keinen anderen Wunsch, als den, eine Stelle zu finden, an der ich ruhig meine Tage beschließen kann, eine Sackgasse, einen Posten, mit dem sich das Dasein fristen läßt. Ich möchte Friedensrichter in Paris werden. Für Sie und den Herrn Präsidenten wäre es eine Kleinigkeit, meine Ernennung zu erwirken, denn Sie müssen dem gegenwärtigen Justizminister doch genug Mißtrauen einflößen, so daß er Sie zu verpflichten wünscht ... Aber das ist noch nicht alles, Madame«, fügte Fraisier hinzu, als er sah, daß die Präsidentin sich zu sprechen anschickte und eine andeutende Gebärde machte. »Der Arzt des alten Mannes, den der Herr Präsident beerben müßte, ist mein Freund. Sie sehen, ich komme zur Sache ... Dieser Arzt, dessen Mitwirkung unerläßlich ist, befindet sich in der gleichen Lage, in der Sie mich sehen: fähig und ohne Glück ...! Durch ihn habe ich erfahren, wie stark Ihre Interessen gefährdet sind; denn während ich hier mit Ihnen spreche, ist wahrscheinlich schon alles erledigt und das Testament unterzeichnet, durch das der Herr Präsident enterbt wird ... Eben jener Arzt möchte zum Chefarzt an einem Krankenhaus oder einer königlichen Bildungsanstalt ernannt werden; kurzum, Sie verstehen, er braucht in Paris eine Stellung, die der meinen gleichwertig ist ... Verzeihen Sie, wenn ich diese beiden heiklen Punkte angeschnitten habe; aber unsere Angelegenheit erfordert eindeutige Klarheit. Der Arzt ist übrigens ein sehr geachteter und sachkundiger Mann, der Monsieur Pillerault, den Großonkel Ihres Schwiegersohns, des Herrn Vicomte Popinot, geheilt hat. Wenn Sie die Güte haben, mir diese beiden Stellen zuzusichern, die eines Friedensrichters und die medizinische Sinekure für meinen Freund, mache ich mich anheischig, Ihnen die Erbschaft nahezu ungeschmälert zu verschaffen ... Ich sage nahezu ungeschmälert, sie dürfte nämlich mit Verpflichtungen belastet sein, die wir dem Erblasser und einigen Personen gegenüber übernehmen müssen, deren Mithilfe für uns durchaus unerläßlich ist. Sie brauchen Ihre Versprechen erst einzulösen, wenn ich die meinen gehalten habe.«

Die Präsidentin, die seit einer kurzen Weile die Arme verschränkt hatte, wie jemand, der gezwungen ist, eine Predigt anzuhören, ließ sie wieder sinken, blickte Fraisier an und sagte: »Monsieur, Sie haben das Verdienst, in allem klar zu sein, was Sie selber betrifft; was indessen mich angeht, sind Sie von einer Unbestimmtheit . . .«

»Zwei Worte dürften genügen, um alles aufzuklären, Madame«, sagte Fraisier. »Der Herr Präsident ist der einzige und alleinige Erbe dritten Grades des Monsieur Pons. Monsieur Pons ist sehr krank; er wird – wenn er es nicht bereits getan hat – letztwillige Verfügungen zugunsten eines Deutschen, seines Freundes, namens Schmucke, treffen. Seine bedeutende Erbschaft dürfte sich auf über siebenhunderttausend Francs belaufen. Binnen drei Tagen hoffe ich, über die Höhe der Summe Auskünfte von äußerster Genauigkeit zu besitzen . . .«

»Wenn dem so ist«, sagte die Präsidentin vor sich hin, »habe ich einen großen Fehler begangen, als ich mich mit ihm dadurch entzweite, daß ich ihn beschuldigte.« Die Höhe der Erbschaft wirkte niederschmetternd auf sie.

»Nein, Madame, denn ohne diesen Bruch wäre er heiter wie ein Fink und würde länger leben als Sie, der Herr Präsident und ich . . . Die Vorsehung hat ihre eigenen Wege. Forschen wir nicht danach!« fügte er hinzu, um alles Häßliche dieses Gedankens zu beschönigen. »Nichts zu machen, wir Sachwalter sehen nun mal die positive Seite der Dinge! Sie werden jetzt wohl begreifen,

Madame, daß der Präsident de Marville in der hohen Stellung, die er bekleidet, nichts unternehmen würde und es bei der gegenwärtigen Lage der Dinge auch nicht könnte. Er ist mit seinem Vetter todfeind, Sie empfangen Pons nicht mehr, Sie haben ihn in der Gesellschaft geächtet. Sie hatten sicherlich schwerwiegende Gründe, so zu verfahren; aber der gute Mann ist krank, er vermacht sein Hab und Gut seinem einzigen Freunde. Ein Präsident am Königlichen Gerichtshof von Paris kann gegen ein einwandfreies Testament bei solcher Sachlage keinen Einspruch erheben. Aber unter uns gesagt, Madame, ist es doch recht unangenehm, wenn man ein Anrecht auf eine Erbschaft von sieben- bis achthunderttausend Francs besitzt . . ., was weiß ich, vielleicht ist es gar eine Million, und wenn man nach dem Gesetz der einzige Erbe ist, dann nicht zu erhalten, was einem zusteht . . . Um dieses Ziel zu erreichen, gerät man nun freilich in ein häßliches Ränkespiel. Es ist so schwierig, so kitzlig, man muß sich mit so tiefstehenden Leuten auseinandersetzen, mit Dienstboten und Untergebenen, und man muß ihnen derartig auf den Leib rücken, daß kein Pariser Rechtsanwalt oder Notar sich mit einer solchen Sache befassen kann. Das erfordert einen Anwalt ohne Praxis, wie mich, dessen Fähigkeiten ernst zu nehmen und solide sind, dessen Dienstwilligkeit sicher ist und dessen unglücklicherweise bedürftige Lage auf gleicher Ebene mit der jener Leute liegt . . . Ich beschäftige mich in meinem Bezirk mit den Angelegenheiten der Kleinbürger, der Arbeiter und der Leute aus dem Volk . . . Jawohl, Madame, in solch eine Lage hat mich die Feindschaft eines königlichen Staatsanwalts gebracht, der jetzt in Paris Generalstaatsanwaltsvertreter geworden ist und der mir meine Überlegenheit nicht verziehen hat . . . Ich kenne Sie, Madame, ich weiß, wie zuverlässig Ihre Protektion ist, und in dieser Gefälligkeit, die ich Ihnen erweisen will, erkenne ich das Ende meines Elends und den Erfolg des Doktors Poulain, meines Freundes . . .«

Die Präsidentin blieb nachdenklich. Es war für Fraisier ein Augenblick furchtbarer Angst. Vinet, einer der Parlamentsredner der Mitte, seit sechzehn Jahren Staatsanwalt, zehnmal für die Purpurrobe der Staatskanzlei in Aussicht genommen, Vater des königlichen Staatsanwalts in Mantes, der vor einem

Jahr zum Generalstaatsanwaltsvertreter in Paris befördert worden war, stellte für die gehässige Präsidentin einen Gegenspieler dar. Der stolze Generalstaatsanwalt machte kein Hehl aus seiner Verachtung für den Präsidenten Camusot. Fraisier war dieser Umstand unbekannt; er konnte auch nicht darum wissen.

»Haben Sie sonst nichts auf dem Gewissen, als daß Sie einmal beide Parteien vertreten haben?« fragte sie und sah Fraisier scharf an.

»Die Frau Präsidentin kann Monsieur Leboeuf befragen; Monsieur Leboeuf war mir wohlgesinnt.«

»Sind Sie sicher, daß Monsieur Leboeuf meinem Mann und dem Grafen Popinot gute Auskünfte über Sie geben wird?«

»Dafür stehe ich ein, zumal da Monsieur Olivier Vinet nicht mehr in Mantes ist; denn – unter uns gesagt – dieser kleine, trokkene Jurist hat den guten Monsieur Leboeuf eingeschüchtert. Im übrigen könnte ich – wenn Sie gestatten, Frau Präsidentin – Monsieur Leboeuf in Mantes aufsuchen. Das bedeutet keinen Zeitverlust; ich kann ja die genaue Höhe der Erbschaft sowieso erst in zwei oder drei Tagen ermitteln. Ihnen, Madame, will und muß ich alle Triebfedern dieser Angelegenheit verborgen halten; stellt aber nicht der Preis, den ich für meine völlige Ergebenheit erwarte, für Sie eine Bürgschaft des Gelingens dar?«

»Schön! Stimmen Sie also Monsieur Leboeuf zu Ihren Gunsten, und wenn die Erbschaft so bedeutend ist, wie Sie behaupten, woran ich aber zweifle, verspreche ich Ihnen die beiden Stellen, selbstverständlich nur im Fall eines Erfolges.«

»Dafür stehe ich ein, Madame. Sie müßten nur die Güte haben, Ihren Notar, Ihren Rechtsbeistand hierherkommen zu lassen, wenn ich sie brauche, damit ich eine Vollmacht erhalte, mit der ich im Auftrag des Herrn Präsidenten handeln kann; und Sie müßten jenen Herren sagen, daß sie sich nach meinen Weisungen zu richten hätten und ihrerseits nichts unternehmen dürften.«

»Sie haben die Verantwortung«, sagte die Präsidentin feierlich, »Sie müssen daher auch unumschränkte Vollmachten haben. Aber ist denn Monsieur Pons wirklich so krank?« fragte sie lächelnd.

»Ehrlich gesagt, Madame, er würde vielleicht davonkommen,

zumal, wenn er durch einen so gewissenhaften Mann wie Doktor Poulain behandelt wird; denn mein Freund ist ein unschuldiger Spion, der von mir in Ihrem Interesse geleitet wird; er wäre imstande, den alten Musikus wieder gesund zu machen; aber da ist bei dem Kranken auch noch eine Portiersfrau, die ihn ins Grab stoßen würde, um dreißigtausend Francs zu verdienen ... Sie würde ihn nicht geradezu umbringen, ihm nicht etwa Arsenik geben, so mildherzig ist sie nicht; sie wird viel Schlimmeres tun, sie wird ihn seelisch ermorden, sie wird ihm täglich tausendfache Nöte und Sorgen bereiten. In einer stillen, ruhigen Umgebung auf dem Lande würde sich der arme alte Mann in guter, fürsorglicher Obhut von Freunden sicherlich wieder erholen; aber wenn er von einer Madame Evrard gepeinigt wird, die in ihrer Jugend eine der dreißig schönen Austernhändlerinnen war, die Paris gefeiert hat, die gierig, geschwätzig und brutal ist und die ihn quält, ein Testament zu machen, in dem sie reich bedacht wird, dann muß der Kranke zwangsläufig bis zur Leberverhärtung gebracht werden. Gegenwärtig bilden sich vielleicht Steine, und um diese zu beseitigen, müßte zu einer Operation geschritten werden, die er nicht mehr aushält ... Der Doktor – eine edle Seele – ist in einer scheußlichen Lage. Er müßte diese Frau eigentlich von ihm fernhalten lassen ...«

»Aber diese Megäre ist ja ein Ungeheuer!« flötete die Präsidentin in höchsten Tönen.

Die Ähnlichkeit zwischen der furchtbaren Präsidentin und ihm selbst ließ Fraisier innerlich lächeln; er wußte, was von solcherlei erkünstelten, zarten Modulationen bei einer von Natur scharfen Stimme zu halten war. Er dachte an jenen Präsidenten, den Helden einer Anekdote, die Ludwig XI. zu erzählen pflegte, und den der Monarch dadurch charakterisiert hat. Jener Richter, der mit einer Frau vermählt war, die nach dem Muster derjenigen des Sokrates geschaffen schien, der aber nicht über die Weisheit jenes großen Mannes verfügte, ließ dem Hafer seiner Pferde Salz beimischen und befahl dabei, ihnen Wasser vorzuenthalten. Als seine Frau auf dem Weg zu seinem Landgut an der Seine vorbeiritt, stürzten sich die Pferde mit ihr in das Wasser, um zu trinken, und der Richter dankte der Vorsehung, die ihn »auf so natürliche Weise« von seiner Frau befreit hatte. In diesem Augenblick dankte Madame de Marville Gott, daß er Pons eine Frau zugesellt habe, die sich »auf anständige Art« seiner entledigen würde.

»Um den Preis einer unsauberen Handlung möchte ich nicht einmal in den Besitz einer Million gelangen«, sagte sie. »Ihr Freund müßte Monsieur Pons aufklären und die Portiersfrau hinauswerfen lassen.«

»Madame, die Herren Schmucke und Pons glauben erstens, daß diese Frau ein Engel ist, und sie würden meinen Freund hinauswerfen. Zweitens ist diese schreckliche Austernhändlerin aber auch noch die Wohltäterin des Doktors; sie hat ihn nämlich bei Monsieur Pillerault eingeführt. Er empfiehlt der Frau die äußerste Schonung des Kranken; aber seine Empfehlungen verraten ja gerade diesem Geschöpf die Mittel, die Krankheit zu verschlimmern.«

»Was hält eigentlich Ihr Freund vom Zustand meines Vetters?« fragte die Präsidentin.

Fraisier ließ Madame de Marville zusammenzucken, so treffend war seine Antwort, und so scharfsichtig hatte er dieses Herz durchschaut, das ebenso gierig war wie das der Cibot.

»In sechs Wochen wird die Erbschaft angetreten.«

Die Präsidentin schlug die Augen nieder.

»Der arme Mann!« meinte sie und versuchte vergeblich, eine betrübte Miene anzunehmen.

»Haben Frau Präsidentin etwas an Monsieur Leboeuf auszurichten? Ich fahre mit der Eisenbahn nach Mantes.«

»Ja. Warten Sie mal, ich will ihm schreiben und ihn auf morgen zu uns zum Essen einladen. Ich muß ihn sprechen, um mit ihm auszumachen, wie das Unrecht wieder gutgemacht werden kann, dessen Opfer Sie geworden sind.«

Als die Präsidentin ihn allein gelassen hatte, glich Fraisier, der sich schon als Friedensrichter sah, nicht mehr sich selbst. Er sah dick aus und atmete mit vollen Zügen die Luft des Glücks und den Gunstwind des Erfolges. Aus den unbekannten Reserven des Willens schöpfte er neue, starke Dosen dieser göttlichen Essenz und fühlte sich gerade wie Rémonencq eines Verbrechens fähig, um zum Erfolg zu gelangen; freilich durfte es nicht nachzuweisen sein. Er hatte sich der Präsidentin gegenüber tollkühn weit vorgewagt, wobei er Annahmen in Tatsachen verwandelt und auf gut Glück Behauptungen aufgestellt hatte, einzig und allein zu dem Zweck, von ihr die Rettung dieser Erbschaft übertragen zu bekommen und ihre Protektion zu erhalten. Als Vertreter zweier unsäglich elender Existenzen und nicht minder unsäglicher Wünsche stieß er seinen Haushalt in der Rue de la Perle verächtlich von sich. Ihm winkten tausend Taler Honorar von der Cibot und fünftausend Francs vom Präsidenten. Das hieß eine anständige Wohnung erwerben. Endlich würde er an Doktor Poulain seine Schulden abtragen können. Manche solcher gehässigen, bitteren und durch Leiden oder Krankheit zur Bosheit neigenden Naturen empfinden widersprechende Gefühle mit gleicher Heftigkeit: Richelieu war ein ebenso guter Freund wie grausamer Feind. Aus Dankbarkeit für die von Poulain erfahrene Hilfe hätte sich Fraisier für ihn in Stücke reißen lassen. Als die Präsidentin mit einem Brief in der Hand zurückkam, musterte sie, ohne von ihm gesehen zu werden, diesen Mann, der an ein glückliches und gut besoldetes Leben glaubte, und sie fand ihn weniger häßlich als beim ersten Blick, den sie auf ihn geworfen hatte. Im übrigen sollte er ihr ja dienen, und ein Werkzeug, das einem selbst dient, sieht man mit anderen Augen als das des Nachbarn.

»Monsieur Fraisier«, sagte sie. »Sie haben mir bewiesen, daß Sie ein intelligenter Mensch sind; ich glaube, daß Sie auch einmal offenherzig sein können.«

Fraisier vollführte eine sprechende Gebärde.

»Gut!« fuhr die Präsidentin fort, »ich fordere Sie auf, folgende Frage aufrichtig zu beantworten: Können mein Mann oder ich durch Ihre Schritte bloßgestellt werden ...?«

»Ich hätte Sie nicht aufgesucht, Madame, wenn ich mir eines Tages vorwerfen müßte, ich hätte Schmutz auf Sie geworfen, wäre es auch nur welcher von der Größe eines Stecknadelknopfs, denn gerade dann wäre mir die Aufgabe so groß wie der Mond erschienen. Sie vergessen, Madame, daß ich Sie zufriedengestellt haben muß, um Friedensrichter in Paris zu werden. Ich habe einmal im Leben eine Lektion erhalten; sie war zu bitter, als daß ich mich der Gefahr aussetzen würde, noch einmal so geprügelt zu werden. Noch ein letztes Wort, Madame. All meine

Schritte, soweit es sich um Sie handelt, werden Ihnen vorher unterbreitet ...«

»Vortrefflich. Hier ist der Brief für Monsieur Leboeuf. Ich warte jetzt auf die Auskünfte über den Wert der Erbschaft.«

»Das ist der springende Punkt«, sagte Fraisier fein, als er sich von der Präsidentin mit aller Liebenswürdigkeit verabschiedete, die seinem Gesicht zur Verfügung stand.

»Welch ein Walten der Vorsehung!« sagte sich Madame Camusot de Marville. »Ach, ich soll also reich werden! Camusot wird Abgeordneter, denn wenn ich diesen Fraisier auf das Arrondissement Bolbec[193] loslasse, wird er die Stimmenmehrheit für uns gewinnen. Was für ein Werkzeug ist dieser Mensch!«

»Welch ein Walten der Vorsehung!« sagte sich auch Fraisier, als er die Treppe hinabstieg. »Und was für ein Weibsstück ist diese Madame Camusot! So eine müßte ich haben! Jetzt ans Werk.« Und er reiste nach Mantes, wo er das Wohlwollen eines Mannes zu gewinnen hatte, den er nur flüchtig kannte. Er rechnete jedoch auf Madame Vatinelle, der er bedauerlicherweise all sein Unglück verdankte. Liebeskummer ist eben oft wie ein von einem guten Schuldner protestierter Wechsel: Er trägt Zinsen. –

Drei Tage später, während Schmucke schlief, denn Madame Cibot und der alte Musiker hatten sich in die lästige Aufgabe geteilt, den Kranken zu pflegen und bei ihm zu wachen, war sie – wie sie sich ausdrückte – mit dem armen Pons »aneinandergeraten«. Es ist nicht überflüssig, auf eine bedauerliche Eigentümlichkeit der Leberleidenden hinzuweisen. Die Kranken, deren Leber mehr oder weniger Anfällen ausgesetzt ist, neigen zur Ungeduld und zum Jähzorn. Diese Ausbrüche erleichtern sie für den Augenblick, gerade wie man bei einem Fieberanfall außerordentliche Kräfte in sich wach werden fühlt. Wenn der Anfall vorüber ist, tritt die Entspannung ein – die Mediziner nennen sie Kollaps –, und der Kräfteverlust, den der Organismus erlitten hat, zeigt sich dann in seiner ganzen schwerwiegenden Bedeutung. So verfällt bei Leberkrankheiten – und zumal bei denen, die auf schweren seelischen Kummer zurückzuführen sind – der Kranke, nachdem er sich hat hinreißen lassen, in eine um so gefährlichere Ermattung, als er einer strengen Diät unterworfen ist. Es handelt sich um eine Art Fieber, das auf das

Säftesystem des Menschen einwirkt, denn jenes Fieber ergreift weder das Blut noch das Gehirn. Die Reizbarkeit des ganzen Wesens ruft eine Schwermut hervor, bei der der Kranke sich selbst verhaßt wird. In einer solchen Lage ist jede Erregung gefährlich. Trotz der Ermahnungen des Arztes glaubte die Cibot, die als Frau aus dem Volk ohne jede Erfahrung und Sachkenntnis war, nicht an das Zerren des Nervensystems durch das Säftesystem. Die Erklärungen des Doktors Poulain waren für sie »Hirngespinste der Ärzte«. Sie wollte – wie alle Leute aus dem Volk – Pons Nahrung zuführen, und um zu verhindern, daß sie ihm heimlich Schinken, einen guten Eierpfannkuchen oder Vanilleschokolade gab, war nichts erforderlich als die strikte Weisung des Doktors Poulain: »Wenn Sie Monsieur Pons auch nur einen einzigen Happen von irgend etwas zu essen geben, dann bringen Sie ihn um wie durch einen Pistolenschuß.«

Die Dickköpfigkeit der unteren Klassen in dieser Hinsicht ist so groß, daß die Abneigung der Kranken, ins Krankenhaus zu gehen, daher rührt, daß das Volk meint, man bringe dort die Leute um, weil man ihnen nichts zu essen gebe. Dadurch, daß die Frauen ihren Männern heimlich Lebensmittel zustecken, ist die Sterblichkeit so groß geworden, daß die Ärzte bewogen wurden, an jenen Tagen eine äußerst strenge Leibeskontrolle vorzuschreiben, an denen Verwandte zum Krankenbesuch kommen. Um auf der Stelle einen Krach herbeizuführen, den sie brauchte, um ihren unmittelbaren Gewinn einzustreichen, erzählte die Cibot von ihrem Besuch bei dem Theaterleiter, ohne ihre Auseinandersetzung mit Mademoiselle Héloïse, der Tänzerin, zu vergessen.

»Aber was hatten Sie da eigentlich zu suchen?« fragte der Kranke zum drittenmal; er konnte der Cibot nicht Einhalt gebieten, wenn sie einmal am Reden war.

»Als ich ihr die Wahrheit gesagt hatte und Mademoiselle Héloïse merkte, wer ich bin, da hat sie denn auch die Waffen gestreckt, und wir wurden die besten Freundinnen von der Welt. – Sie wollen wissen, was ich da wollte?« sagte sie und wiederholte die von Pons gestellte Frage.

Gewisse Klatschbasen, und zwar die begabten unter ihnen, häufen auf diese Weise Zwischenrufe, Einwendungen und Bemerkungen als Vorrat auf, um ihre Rede damit zu würzen, als könne deren Quelle jemals versiegen.

»Aber ich bin doch hingegangen, um Ihrem Monsieur Gaudissart aus der Patsche zu helfen. Er braucht Musik zu einem Ballett, und Sie, mein Lieber, dürften schwerlich imstande sein, Notenpapiere zu bekritzeln und Ihre Verpflichtungen zu erfüllen . . . Da habe ich also ganz beiläufig gehört, daß man einen gewissen Monsieur Garangeot holen wolle, der die ›Mohikaner‹ in Musik setzen soll . . .«

»Garangeot!« schrie Pons wütend, »Garangeot, ein Mann ohne jede Befähigung, ich habe ihn nicht mal als ersten Geiger haben wollen! Es ist ein sehr geistreicher Mann, der vorzügliche Feuilletons über die Musik schreibt. Ich halte ihn aber für außerstande, auch nur ein Lied zu komponieren . . .! Und wie, zum Teufel, sind Sie denn auf den Einfall gekommen, in das Theater zu gehen?«

»Nein, wie hartnäckig doch dieser Teufel ist . . .! Also, mein Liebling, gehn Sie doch nicht gleich hoch wie eine Milchsuppe . . .! Können Sie in Ihrem Zustand denn Musik schreiben? Dann haben Sie sich also nicht im Spiegel angesehen? Soll ich Ihnen einen Spiegel bringen? Sie sind nur noch Haut und Knochen . . . Sie sind schwach wie ein Spatz . . . und Sie halten sich für fähig, Ihre Noten zu malen . . . Sie können ja noch nicht einmal meine Rechnungen aufstellen . . . Da fällt mir ein, ich muß mal zu der Mieterin im dritten Stock; die schuldet uns siebzehn Francs, und siebzehn Francs machen schon was aus, denn wenn der Apotheker bezahlt ist, bleiben uns keine zwanzig Francs. Es mußte diesem Mann, der so aussieht, als ob er ein guter Mensch sei, doch wohl mal gesagt werden . . ., diesem Monsieur Gaudissart nämlich . . . Der Name gefällt mir . . ., ein wahrer Roger Bontemps[194], der mir läge . . ., so einer wird's niemals an die Leber kriegen . . .! Also, dem mußte doch wohl mal gesagt werden, wie es Ihnen geht . . . Herrgott noch mal! Es steht nicht gut mit Ihnen, und nun hat er vorübergehend einen Ersatzmann für Sie eingestellt . . .«

»Einen Ersatzmann!« schrie Pons mit furchtbarer Stimmkraft und setzte sich aufrecht.

Im allgemeinen klammern sich die Kranken – und besonders

diejenigen, denen die Sense des Todes schon nahe ist – ebenso wütend an ihre Stellungen, wie die Anfänger sich um sie bemühen. So war denn auch für den armen Todeskandidaten die Einstellung eines Ersatzmanns für ihn wie ein erster Tod.

»Aber der Doktor sagt mir doch«, sprach er weiter, »daß es mir durchaus gut geht, daß ich bald mein gewöhnliches Leben wieder aufnehmen kann. Sie haben mich erledigt, zugrunde gerichtet, umgebracht . . .!«

»Hollala!« keifte die Cibot, »da wär's also heraus! So, ich bin Ihr Henker! Solche Artigkeiten sagen Sie also immer zu Monsieur Schmucke, sobald ich mal den Rücken gekehrt habe! Alle Wetter! Ich verstehe ganz gut, was Sie meinen, o ja . . .! Sie sind ja ein Ungeheuer an Undankbarkeit!«

»Aber Sie wissen ja nicht, daß mir, wenn meine Genesung sich nur vierzehn Tage hinauszieht und ich dann wiederkomme, gesagt wird, daß ich eine Perücke, daß ich ein altes Eisen bin, daß meine Zeit vorbei ist, daß ich in die Kaiserzeit, ins Rokoko gehöre!« rief der Kranke, der am Leben bleiben wollte. »Garangeot schafft sich im Theater Freunde, von der Einlaßkontrolle bis zum Olymp! Für eine Schauspielerin, die keine Stimme hat, setzt er die Musik tiefer; Gaudissart leckt er die Stiefel. Durch seine Freunde läßt er sich in den Feuilletons durch jedermann loben, und außerdem versteht man sich in einem solchen Betrieb darauf, Madame Cibot, Läuse auf einem Kahlkopf zu finden! Was für ein Teufel hat Sie geritten, dahin zu gehn . . .?«

»Du lieber Himmel, Monsieur Schmucke hat acht Tage lang mit mir darüber gesprochen. Nichts zu machen! Sie sehen immer nur sich selber! Sie sind ein Egoist, der andere Leute umbringen würde, um selber gesund zu werden . . .! Dabei ist Monsieur Schmucke seit einem Monat auf dem Hund, er stolpert über seine eigenen Füße, er kann nirgends mehr hingehn, weder Stunden geben noch im Theater Dienst tun. Merken Sie denn überhaupt nichts? Er pflegt Sie nachts, und ich pflege Sie am Tage! Wenn ich jetzt noch die Nächte daransetzen würde, wie ich anfänglich versucht habe, als ich meinte, es sei nicht so schlimm mit Ihrer Krankheit, müßte ich tagsüber schlafen! Und wer soll dann den Haushalt machen und auf alles aufpassen . . .! Krankheit ist eben Krankheit . . .! So ist es nun mal . . .«

»Es ist unausdenkbar, daß Schmucke auf diesen Einfall gekommen ist ...«

»Jetzt meinen Sie gar wohl, ich selber hätte ihn ausgebrütet? Glauben Sie etwa, wir seien aus Eisen? Wenn Monsieur Schmucke seinen Beruf weiter ausgeübt, sieben oder acht Privatstunden gegeben und den Abend von halb sieben bis halb zwölf als Kapellmeister im Theater gestanden hätte, dann wäre er binnen zehn Tagen gestorben ...! Wollen Sie etwa den Tod dieses würdigen Mannes, der sein Blut für Sie hingeben würde? Bei meinem Schöpfer, solch einen Kranken wie Sie hat es noch nicht gegeben. Wo haben Sie eigentlich Ihren Verstand gelassen? Haben Sie ihn vielleicht ins Pfandhaus gebracht? Alles reißt sich hier für Sie ein Bein aus, jeder tut sein Bestes, und Sie sind noch immer nicht zufrieden ... Wollen Sie uns denn samt und sonders verrückt machen ...? Ich habe jedenfalls die Nase voll und mir genügt's!«

Die Cibot konnte nach Belieben ihrem Herzen Luft machen; der Zorn hinderte Pons, ein Wort zu sagen, er wälzte sich in seinem Bett, stieß mühsam Zwischenrufe aus und war am Ende. Wie stets, wenn der Zank bis zu diesem Grade gediehen war, schlug er plötzlich in Zärtlichkeit um. Die Pflegerin stürzte sich auf den Kranken, nahm ihn beim Kopf, zwang ihn, sich niederzulegen, und deckte ihn wieder zu.

»Wie kann man sich nur in einen solchen Zustand bringen! Na ja, mein Katerchen, das kommt halt von Ihrer Krankheit! Das sagt ja auch der gute Doktor Poulain. Beruhigen Sie sich doch. Seien Sie doch artig, liebes kleines Kerlchen. Sie sind doch der Abgott von jedem, der Ihnen nahekommt; sogar der Doktor bemüht sich bis zu zweimal täglich, um nach Ihnen zu sehen. Was würde er wohl sagen, wenn er Sie derartig aufgeregt vorfände? Sie bringen mich ja außer Rand und Band, und das ist nicht nett von Ihnen ... Wenn man Mutter Cibot als Pflegerin hat, schuldet man ihr einige Rücksicht ... Sie schreien, Sie reden ...! Das ist Ihnen doch verboten, wie Sie wissen. Reden regt Sie auf ... Und warum erhitzen Sie sich so? Alles Unrecht liegt doch bei Ihnen ... Sie schelten mich in einem fort! Seien wir doch mal vernünftig! Wenn Monsieur Schmucke und ich, die ich Sie liebhabe wie meine Eingeweide, geglaubt haben, recht zu handeln, dann, mein Cherubino, dann ist es ja wohl auch recht.«

»Schmucke kann Ihnen nicht gesagt haben, Sie sollten ins Theater gehn, ohne mich vorher zu fragen ...«

»Soll ich den armen lieben Menschen etwa aufwecken, der wie ein Seliger schläft, und ihn zum Zeugen anrufen?«

»Nein, nein!« rief Pons. »Wenn mein guter, zartfühlender Schmucke einen solchen Entschluß gefaßt hat, bin ich vielleicht elender daran, als ich glaube.« Und Pons warf einen Blick voll schrecklicher Schwermut auf die Kunstgegenstände, die sein Zimmer schmückten. »So muß ich denn Abschied nehmen von meinen lieben Bildern und all den Dingen, die ich mir zu Freunden gemacht habe. Und mein göttlicher Schmucke! – Oh, sollte das wahr sein?«

Die Cibot, diese schauerliche Komödiantin, wischte sich mit dem Taschentuch die Augen. Diese stumme Antwort ließ den Kranken in düsteres Grübeln versinken. Durch den Verlust seiner Stellung und die Aussicht auf seinen Tod, zwei niederschmetternde Schläge, die ihn an so empfindlichen Stellen wie der gesellschaftlichen Existenz und der Gesundheit trafen, sank er so in sich zusammen, daß er nicht mehr die Kraft zu einem Wutausbruch aufbrachte. Er blieb düster wie ein Schwindsüchtiger nach dem Todeskampf.

»Sehen Sie«, sagte die Cibot, als sie ihr Opfer ganz ermattet sah, »im Interesse von Monsieur Schmucke würden Sie gut daran tun, den Notar unseres Viertels, Monsieur Trognon, zu bestellen, einen sehr zuverlässigen Mann.«

»Sie reden mir immer von diesem Trognon ...«, sagte der Kranke.

»Ach, mir ist's gleich, ob nun er oder ein anderer, bei dem wenigen, was Sie mir vermachen wollen!«

Und sie schüttelte den Kopf zum Zeichen ihrer Verachtung des Reichtums. Es wurde wieder still.

In diesem Augenblick erwachte Schmucke, der seit über sechs Stunden schlief, vor Hunger; er stand auf, kam in Pons' Zimmer und betrachtete ihn einige Augenblicke lang, ohne etwas zu sagen, denn Madame Cibot hatte einen Finger auf die Lippen gelegt und machte: »Pst!«

Dann stand sie auf, trat an den Deutschen heran, flüsterte ihm etwas zu und sagte: »Gott sei Dank! Jetzt wird er endlich einschlafen, er ist störrisch wie ein rothaariger Esel . . .! So ist es nun mal! Er wehrt sich gegen die Krankheit . . .«

»Nein, ich bin vielmehr sehr geduldig«, antwortete das Opfer in kläglichem Ton, der eine furchtbare Niedergeschlagenheit verriet; »aber, mein lieber Schmucke, sie ist zum Theater gegangen, und dabei ist meine Entlassung herausgekommen . . .«

Er machte eine Pause; ihm fehlte die Kraft, seinen Satz zu beenden. Die Cibot nutzte die Zwischenzeit aus, um Schmucke durch ein Zeichen den Zustand eines Kopfes anzudeuten, aus dem der Verstand weicht, und sagte:

»Widersprechen Sie ihm nicht; es könnte sein Tod sein . . .«

»Und«, fuhr Pons fort und sah den ehrlichen Schmucke an, »sie behauptet, du hättest sie hingeschickt . . .«

»Freilich«, antwortete Schmucke heldenmütig, »es war nötig. Sei doch still . . .! Laß uns dich doch retten . . .! Wie dumm, dich totzuarbeiten, wenn du einen Schatz besitzt . . . Werde wieder gesund, dann verkaufen wir was von dem Trödel und beenden unsere Tage ruhig in irgendeinem Winkel mit dieser guten Madame Cibot . . .«

»Sie hat dir den Kopf verdreht!« antwortete Pons schmerzlich.

Da der Kranke Madame Cibot nicht mehr sah, weil sie sich hinter das Bett gestellt hatte, damit Pons die Zeichen nicht sah, die sie Schmucke machte, glaubte er, sie sei gegangen.

»Sie bringt mich um«, fügte er hinzu.

»Was, ich bringe Sie um . . .?« fragte sie und trat mit blitzenden Augen und in die Hüften gestemmten Händen vor. »Das ist also der Dank dafür, daß ich an Ihnen hänge wie ein Pudelhund . . .? Du großer Gott!« Sie brach in Tränen aus und ließ sich in einen Sessel fallen. Diese tragische Geste rief in Pons den verhängnisvollsten Aufruhr hervor. »Na ja!« sagte sie, als sie sich wieder erhob und funkelte die beiden Freunde mit jenen haßerfüllten Frauenblicken an, die zugleich Pistolenschüsse abgeben und Gift verspritzen. »Ich bin's leid, hier nichts recht zu machen und dabei vor die Hunde zu gehn. Da nehmen Sie schon besser eine Pflegerin!« Die beiden Freunde schauten einander entsetzt an. »Ach, sehen Sie sich nur getrost an wie Schauspieler! Es bleibt dabei! Ich bitte einfach Doktor Poulain, er solle Ihnen eine Pflegerin beschaffen. Und dann wollen wir abrechnen. Sie geben mir das Geld zurück, das ich hier 'reingesteckt habe und das ich sonst niemals zurückverlangt hätte ... Ich bin ja sogar zu Monsieur Pillerault gegangen und habe von ihm noch weitere fünfhundert Francs geliehen ...«

»Es ist seine Krankheit!« sagte Schmucke, stürzte auf Madame Cibot zu und faßte sie um die Hüfte, »haben Sie doch Geduld!«

»Sie, ja Sie sind ein Engel, ich könnte die Spur Ihrer Füße küssen«, sagte sie. »Aber Monsieur Pons hat mich niemals gemocht, er hat mich immer gehaßt ... Er könnte übrigens meinen, ich wollte in sein Testament aufgenommen werden ...«

»Pst! Sie bringen ihn ja um!« rief Schmucke.

»Leben Sie wohl«, wandte sie sich nun an Pons und zerschmetterte ihn mit einem Blick. »Für das Böse, das ich Ihnen wünsche, möge es Ihnen gut gehn. Wenn Sie wieder freundlich zu mir sind, wenn Sie glauben, daß das, was ich tue, wohlgetan ist, dann komme ich wieder! Bis dahin lasse ich mich hier nicht blicken ... Sie waren mein Kind. Seit wann hat man erlebt, daß Kinder gegen ihre Mütter aufsässig werden ...? Nein, nein, Monsieur Schmucke, ich will nichts hören ... Ich bringe Ihnen Ihr Essen, Sie will ich auch weiterhin versorgen; aber nehmen Sie eine Krankenpflegerin; fordern Sie bei Doktor Poulain eine an.«

Sie ging fort und knallte die Türen so heftig zu, daß die gebrechlichen Wertgegenstände zitterten. Der Kranke vernahm ein Porzellanklirren, das in seiner Qual so wirkte wie der Gnadenstoß auf einen Geräderten.

Eine Stunde später kam die Cibot wieder und rief durch die Schlafzimmertür nach Schmucke, statt bei Pons einzutreten. Sie sagte ihm, daß sein Abendessen im Eßzimmer stehe. Der arme Deutsche ging bleich und mit tränenüberströmtem Gesicht hinein.

»Mein armer Pons redet irre«, sagte er, »denn er behauptet, Sie seien eine Gaunerin. Es ist wohl seine Krankheit«, sagte er, um die Cibot zu rühren, ohne Pons anzuklagen.

»Ach, Unsinn, ich habe genug von seiner Krankheit! Hören Sie, er ist weder mein Vater noch mein Mann, noch mein Bruder, noch mein Sohn. Ich bin nun einmal ein rotes Tuch für ihn. Na, meinetwegen! Aber jetzt langt's! Sehn Sie, mit Ihnen würde ich bis ans Ende der Welt gehn. Wenn man aber seine Lebenskraft, sein Herz und all seine Ersparnisse hingibt, seinen Mann vernachlässigt – denn der ist krank geworden –, und wenn man sich dann als Gaunerin bezeichnen lassen soll . . ., das ist nun doch ein etwas starker Tobak . . .«

»Tobak?«

»Jawohl, Tobak! Wir wollen keine müßigen Reden führen, sondern uns an die Tatsachen halten. Zur Zeit schulden Sie mir drei Monate zu hundertundneunzig Francs, macht fünfhundertsiebzig, dazu die Miete, die ich zweimal bezahlt habe – hier sind Quittungen –, sechshundert Francs mit dem Sou je Pfund und Ihren Steuern; also zwölfhundert und etwas weniger. Dazu kommen schließlich noch die zweitausend Francs, wohlgemerkt ohne Zinsen; im ganzen sind's also dreitausendeinhundertzweiundneunzig Francs . . . Bedenken Sie auch, daß Sie mindestens noch zweitausend Francs in Händen haben müssen für die Krankenpflegerin, den Arzt, die Medikamente und die Kost für die Pflegerin. Deshalb habe ich bei Monsieur Pillerault tausend Francs geliehen«, sagte sie und zeigte die tausend Francs vor, die ihr Gaudissart gegeben hatte.

Schmucke hörte sich diese Rechnung mit nur zu begreiflicher Verblüffung an, denn von Geldsachen verstand er soviel wie Katzen von Musik.

»Madame Cibot, Pons ist nicht bei Sinnen. Vergeben Sie ihm doch, pflegen Sie ihn doch weiter, bleiben Sie doch unsere Vorsehung . . . Ich flehe Sie auf meinen Knien an.«

Und der Deutsche fiel vor der Cibot nieder und küßte die Hände dieser Henkerin.

»Hören Sie, mein Guter«, sagte sie, hob Schmucke auf und küßte ihn auf die Stirn. »Mein Mann ist krank, er liegt zu Bett, ich habe grade Doktor Poulain rufen lassen. Unter diesen Umständen muß ich zunächst meine eigenen Angelegenheiten in Ordnung bringen. Übrigens hat meinen Mann, als er mich unter Tränen zurückkommen sah, eine solche Wut gepackt, daß er mich keinen Fuß mehr hierher setzen lassen will. Er fordert sein Geld zurück, und es gehört ja auch ihm, sehn Sie. Wir Frauen können da nichts machen. Wenn er aber sein Geld wiederbekommt, dreitausendzweihundert Francs, dann beruhigt er sich vielleicht. Es ist der ganze Besitz meines armen Mannes, sein Erspartes aus sechsundzwanzig Ehejahren, der Ertrag seines Schweißes. Morgen braucht er sein Geld, daran ist nicht zu rütteln ... Sie kennen ihn nicht: Wenn er wütend ist, könnte er jemanden umbringen. Na, schön! Ich könnte ihn vielleicht dazu bringen, daß ich Sie beide weiter pflegen darf. Sie können ganz ruhig sein; ich lasse mir alles sagen, was ihm einfällt. Diese Qual nehme ich auf mich, weil ich Sie gern habe, Sie sind ja doch ein Engel.«

»Nein, ich bin ein armer Mann, der seinen Freund lieb hat, der sein Leben hingeben würde, um ihn wieder gesund zu machen ...!«

»Aber das Geld ...? Mein guter Monsieur Schmucke, nehmen wir mal an, Sie könnten mir nichts geben, und wir müssen doch dreitausend Francs für Ihre Ausgaben auftreiben! Du lieber Himmel, wissen Sie, was ich an Ihrer Stelle täte? Ich würde nichts Halbes tun, ich würde sieben oder acht von den elenden Bildern verkaufen und sie durch ein paar von denen ersetzen, die in Ihrem Zimmer gegen die Wand gelehnt stehn, weil kein Platz mehr ist. Was kommt denn darauf an? Ein Bild ist so gut wie das andre.«

»Und warum?«

»Er ist so bösartig! Das liegt an seiner Krankheit; wenn er gesund ist, ist er lammfromm! Er ist imstande, aufzustehn und herumzuschnüffeln; und wenn er zufällig ins Wohnzimmer käme, obgleich er so schwach ist, daß er nicht mehr über die Schwelle seiner Schlafzimmertür kommt, dann fände er doch dann die gewohnte Anzahl vor ...!«

»Ganz recht!«

»Von dem Verkauf sagen wir aber erst etwas, wenn er völlig genesen ist. Wenn Sie ihm den Handel eingestehn müssen, schieben Sie nur getrost alles auf mich, auf die Notwendigkeit, mich zu bezahlen. Ich hab' ja einen breiten Rücken ...«

»Ich kann aber doch nicht über Sachen verfügen, die nicht mir gehören ...«, antwortete der gute Deutsche schlicht.

»Na, schön! Dann muß ich Sie und Monsieur Pons vor Gericht bringen.«

»Dann würden Sie ihn ja umbringen ...«

»Sie haben die Wahl ...! Mein Gott, versetzen Sie doch die Bilder und sagen Sie es ihm später ... Sie können ihm ja die Vorladung zeigen ...«

»Gut! Dann lassen Sie uns vorladen ... Damit bin ich entschuldigt ... Ich werde ihm das Urteil zeigen ...«

Am selben Tage noch, um sieben Uhr, rief Madame Cibot, die mit einem Gerichtsvollzieher Rücksprache genommen hatte, Schmucke zu sich. Der Deutsche sah sich Monsieur Tabareau gegenüber, der ihn zu zahlen aufforderte. Auf Grund der Antwort, die Schmucke, von Kopf bis Fuß zitternd, gab, wurden er und Pons vor das Gericht zitiert, um rechtskräftig zur Zahlung verurteilt zu werden. Der Anblick des Mannes, das bekritzelte Stempelpapier machten auf Schmucke einen so tiefen Eindruck, daß er seinen Widerstand aufgab.

»Verkaufen Sie die Bilder«, sagte er mit Tränen in den Augen.

Am nächsten Tage um sechs Uhr morgens nahmen Elias Magus und Rémonencq jeder seine Bilder herunter. Zwei Quittungen über zweitausendfünfhundert Francs wurden in folgender völlig einwandfreier Weise ausgefertigt:

»Der Unterzeichnete bestätigt als Vertreter des Monsieur Pons, von Monsieur Elias Magus den Betrag von zweitausendfünfhundert Francs für vier an diesen verkaufte Gemälde erhalten zu haben. Der genannte Betrag soll für die Bedürfnisse des Monsieur Pons verwandt werden. Eines der Gemälde wird Dürer zugeschrieben und stellt ein Frauenbildnis dar, das zweite ist gleichfalls ein Porträt, und zwar aus der italienischen Schule, das dritte ist eine holländische Landschaft von Breughel, das vierte ist eine florentinische Darstellung der heiligen Familie, von einem unbekannten Meister.«

Die von Rémonencq ausgefertigte Quittung hatte denselben Wortlaut und bezog sich auf einen Greuze, einen Claude Lorrain, einen Rubens und einen Van Dyck, die mit den Namen französische und flämische Schule getarnt wurden.

»Dies Geld könnte mich glauben lassen, daß dieser Krimskrams was wert ist ...«, sagte Schmucke, als er die fünftausend Francs in Empfang nahm.

»Er ist schon was wert«, sagte Rémonencq. »Ich würde ohne weiteres hunderttausend Francs für all das Zeug geben.«

Der Auvergnate, der um diese kleine Gefälligkeit gebeten worden war, ersetzte die acht Gemälde durch Gemälde von gleichem Format in den gleichen Rahmen, wobei er unter den zweitrangigen Bildern, die Pons in Schmuckes Zimmer gestellt hatte, eine Auswahl traf. Als Elias Magus endlich im Besitz der vier Meisterwerke war, nahm er die Cibot mit sich nach Hause, unter dem Vorwand, er wolle mit ihr abrechnen. Aber er jammerte ihr etwas vor, fand Fehler in den Bildern, die auf neue Leinwand aufgezogen werden müßten und bot der Cibot dreißigtausend Francs für ihre Vermittlung. Er bewog sie zur Annahme, indem er ihr die glänzenden Scheine zeigte, auf welche die Bank von Frankreich die Worte »Tausend Francs« graviert hat! Magus verdammte Rémonencq dazu, der Cibot den gleichen Betrag zu gewähren; er lieh ihn auf die vier Gemälde aus, die er in Verwahr nahm. Rémonencqs vier Gemälde erschienen Magus so großartig, daß er sich nicht entschließen konnte, sie zurückzugeben. Am nächsten Tag brachte er dem Trödler sechstausend Francs Gewinnanteil, und dieser überließ ihm die vier Bilder auf Rechnung. Madame Cibot, die um achtundsechzigtausend Francs reicher war, verlangte von ihren beiden Helfershelfern erneut das strengste Schweigen; sie bat den Juden, ihr anzugeben, wie sie das Geld so anlegen könnte, daß niemand etwas von ihrem Besitz erführe.

»Kaufen Sie doch Aktien der Eisenbahngesellschaft von Orléans. Sie stehen dreißig Francs unter Pari. In drei Jahren haben Sie Ihre Einlage verdoppelt, und dabei sind es bloß ein paar Stücke Papier, die in eine Brieftasche gehn.«

»Bleiben Sie bitte noch, Monsieur Magus; ich gehe zu dem Sachwalter der Familie des Monsieur Pons; er will wissen, zu welchem Preis Sie den ganzen Plunder da oben nehmen würden ... Ich will ihn holen gehn ...«

»Wenn sie doch Witwe wäre!« sagte Rémonencq zu Magus. »Das wäre ganz mein Fall, denn jetzt ist sie reich ...«

»Besonders wenn sie ihr Geld in den Eisenbahnaktien der Orléanslinie anlegt; in zwei Jahren hat es sich verdoppelt. Ich habe meine armseligen kleinen Ersparnisse ebenfalls darin angelegt«, sagte der Jude, »es ist die Aussteuer meiner Tochter ... Wir wollen einen kleinen Bummel auf dem Boulevard machen, bis der Anwalt kommt ...«

»Wenn Gott doch diesen Cibot zu sich rufen wollte; er ist schon ziemlich krank«, fuhr Rémonencq fort. »Dann hätte ich eine stattliche Frau, um das Geschäft zu führen, und ich könnte mich auf den Großhandel verlegen ...«

»Guten Tag, mein guter Monsieur Fraisier«, sagte die Cibot in einschmeichelndem Tone, als sie das Arbeitszimmer ihres Rechtsberaters betrat. »Stimmt das? Ihr Portier hat gesagt, Sie wollten umziehen ...!«

»Ja, liebe Madame Cibot, ich nehme im Haus des Doktors Poulain den ersten Stock über seiner Wohnung. Ich suche leihweise zwei- bis dreitausend Francs, um die Räume anständig einrichten zu lassen; sie sind wirklich recht hübsch, der Hausbesitzer hat sie ganz neu herrichten lassen. Wie ich Ihnen schon gesagt habe, bin ich mit der Wahrung der Interessen des Präsidenten de Marville und Ihrer eigenen beauftragt... Ich gebe den Beruf eines Sachwalters auf und lasse mich ins Rechtsanwaltsregister eintragen. Da muß man sehr elegant wohnen. Die Pariser Rechtsanwälte nehmen in ihr Register nur Leute auf, die eine ansehnliche Einrichtung besitzen, eine Bibliothek usw. Ich bin Doktor der Rechte, und ich habe meinen Vorbereitungsdienst abgeleistet und verfüge bereits über einflußreiche Gönner... Na also! Wie steht's?«

»Möchten Sie vielleicht meine Rücklagen annehmen, die ich auf der Sparkasse habe?« fragte ihn die Cibot; »ich habe ja nicht viel, dreitausend Francs, die Frucht fünfundzwanzigjährigen Sparens und Entbehrens. Sie könnten mir einen Wechsel ausstellen, wie Rémonencq das nennt; ich verstehe nämlich nichts davon; ich weiß nur, was man mir beibringt...«

»Nein, der Berufskodex verbietet einem Rechtsanwalt, Wechsel zu unterschreiben. Ich würde Ihnen eine Quittung mit fünfprozentigen Zinsen ausfertigen, und Sie würden sie mir zurückgeben, wenn ich zwölfhundert Francs Leibrente aus dem Nachlaß des wackeren Pons für Sie herausschlage.«

Die auf diese Weise auf den Leim geführte Cibot hüllte sich in Schweigen.

»Wer nichts sagt, willigt ein«, fuhr Fraisier fort. »Bringen Sie mir das Geld also morgen.«

»Oh, ich zahle Ihnen sehr gern Ihr Honorar im voraus«, sagte die Cibot, »dann gehe ich sicher, daß ich meine Rente bekomme.«

»Wie steht's also?« fuhr Fraisier fort und nickte zustimmend.

»Gestern abend habe ich Poulain getroffen. Sie scheinen ja mit Ihrem Kranken gewaltig umzuspringen ... Noch ein solcher Anfall wie gestern, und in der Gallenblase bilden sich Steine ... Verfahren Sie doch ein bißchen sanfter mit ihm! Sehn Sie, liebe Madame Cibot, man soll sich keinen Anlaß zur Reue schaffen. Damit wird man nicht alt.«

»Verschonen Sie mich doch mit Ihrer Reue ...! Wollen Sie mir etwa schon wieder was von der Guillotine vorreden? Monsieur Pons ist ein alter Dickschädel! Sie kennen ihn nicht. Er bringt mich auf die Palme! Es gibt keinen boshafteren Menschen als ihn. Seine Verwandten hatten ganz recht: Er ist heimtückisch, rachsüchtig und dickköpfig ... Monsieur Magus ist bei mir im Hause, wie ich Ihnen angekündigt hatte, und erwartet Sie.«

»Gut ...! Ich bin genauso schnell da wie Sie. Vom Wert dieser Sammlung hängt die Höhe Ihrer Rente ab. Wenn es sich tatsächlich um achthunderttausend Francs handelt, bekommen Sie fünfzehnhundert Francs Leibrente ... Also ein Vermögen!«

»Na ja, ich möchte ihnen raten, die Dinge gewissenhaft abzuschätzen.«

Eine Stunde später, als Pons in tiefem Schlaf lag, nachdem er aus Schmuckes Händen ein vom Arzt verordnetes Beruhigungsmittel eingenommen hatte, dessen Dosis aber von der Cibot ohne Wissen des Deutschen verdoppelt worden war, prüften Fraisier, Rémonencq und Magus Stück für Stück die siebzehnhundert Kunstgegenstände, aus denen die Sammlung des alten Musikers bestand. Da Schmucke sich schlafen gelegt hatte, waren diese Aasvögel Herren der Lage.

»Machen Sie nur ja keinen Lärm«, sagte die Cibot jedesmal, wenn Magus in Begeisterung geriet und mit Rémonencq Erörterungen anstellte, durch die er ihn über den Wert eines schönen Kunstwerks belehrte.

Der Anblick dieser so grundverschiedenen vier Begierden, die den Wert des Nachlasses taxierten, während derjenige schlief, dessen Tod sie begehrten, war herzzerreißend. Die Abschätzung der im Salon befindlichen Werte nahm drei Stunden in Anspruch.

»Durchschnittlich«, sagte der alte, unsaubere Jude, »ist hier jeder Gegenstand tausend Francs wert ...«

»Das wären also siebzehnhunderttausend Francs!« rief Fraisier verblüfft aus.

»Nicht für mich«, fuhr Magus fort, dessen Blick einen kalten Ausdruck annahm. »Ich würde nicht mehr als achthunderttausend Francs dafür geben; man weiß ja nie, wie lange man so etwas im Geschäft liegen hat . . . Es gibt Meisterwerke, die erst nach Ablauf von zehn Jahren loszuschlagen sind, und der Ankaufspreis wird dann durch die aufgelaufenen Zinsen verdoppelt. Aber diese Summe würde ich bar zahlen.«

»In dem andern Zimmer sind noch Glasgemälde, Emailarbeiten, Miniaturen, silberne und goldene Tabaksdosen«, gab Rémonencq zu bedenken.

»Kann man sie mal anschauen?« fragte Fraisier.

»Ich will mal sehen, ob er fest schläft«, antwortete die Cibot.

Auf ein Zeichen der Portiersfrau hin traten dann die drei Raubvögel ein.

»Da also sind die Meisterwerke!« sagte Magus, und alle Haare seines weißen Bartes bebten. Dabei zeigte er auf das Wohnzimmer. »Hier aber befinden sich die Schätze. Und was für Schätze! In den Schatzkammern der Fürsten liegt nichts Schöneres.«

Die Tabaksdosen ließen Rémonencqs Augen aufleuchten. Sie glitzerten wie Karfunkelsteine. Fraisier verhielt sich ruhig und kühl wie eine Schlange, die sich auf dem Schwanz aufgerichtet hat; er streckte seinen platten Schädel vor und nahm eine Haltung ein, in der Mephistopheles gern von den Malern dargestellt wird. Diese drei verschiedengearteten Raffer, die nach Gold gierten wie die Teufel nach dem Segenstau des Paradieses, warfen, voneinander unabhängig, sämtlich einen jähen Blick auf den Besitzer solcher Reichtümer; denn Pons hatte eine jener Bewegungen gemacht, wie sie der Alptraum hervorruft. Unter dem Eindruck dieser drei teuflischen Strahlen öffnete der Kranke plötzlich die Augen und stieß durchdringende Schreie aus.

»Diebe! Da sind sie! Zu Hilfe! Man bringt mich um!« Offenbar setzte er seinen Traum in wachem Zustand fort; er hatte sich mit weit offenen, starren, weißen Augen aufgesetzt, ohne sich regen zu können. Elias Magus und Rémonencq stürzten an die Tür, blieben dort aber wie angewurzelt stehen, als sie die Worte hörten: »Magus hier . . . Ich bin verraten und verkauft . . .« Der

Kranke war durch den Instinkt der Bewahrung seines Schatzes aufgewacht, eines Gefühls, das mindestens dem der Selbsterhaltung gleichkam. »Madame Cibot, was ist das für ein Herr da?« schrie er und schauderte beim Anblick Fraisiers, der unbeweglich stehen geblieben war.

»Mein Gott! Hätte ich ihm etwa die Tür weisen können?« fragte sie, zwinkerte Fraisier zu und gab ihm Zeichen ... »Der Herr ist im Auftrag Ihrer Verwandten hergekommen ...«

Fraisier konnte eine bewundernde Gebärde für die Cibot nicht unterdrücken.

»Jawohl, Monsieur, ich komme im Auftrag der Präsidentin de Marville, ihres Gatten und ihrer Tochter, um Ihnen ihr Mitgefühl zum Ausdruck zu bringen; sie haben zufällig von Ihrer Krankheit gehört und möchten Sie gern persönlich pflegen ... Sie bieten Ihnen an, sich auf das Gut Marville zu begeben, um sich dort wieder völlig zu erholen. Die Frau Vicomtesse Popinot, die kleine Cécile, die Sie so gern haben, wird Ihre Krankenpflegerin sein ... Sie hat Sie bei ihrer Mutter in Schutz genommen und sie den Irrtum einsehn lassen, in dem sie sich befand.«

»Meine Erben haben Sie also geschickt!« rief Pons entrüstet aus. »Und dabei haben Sie Ihnen als Führer den fähigsten Kenner, den feinsten Kunstsachverständigen von Paris mitgegeben? Oh, das ist ein starkes Stück«, fuhr er fort und lachte wie ein Irrer. »Sie kommen, um den Wert meiner Gemälde, meiner Raritäten, meiner Tabaksdosen, meiner Miniaturen abzuschätzen ...! Schätzen Sie nur! Sie haben da einen Mann, der sich nicht nur in allem auskennt, sondern der auch kaufen kann, weil er zehnfacher Millionär ist ... Meine lieben Verwandten brauchen nicht mehr lange auf meine Erbschaft zu warten«, sagte er mit tiefer Ironie, »sie haben mir den letzten Stoß versetzt ... Oh, Madame Cibot, Sie behaupten, Sie seien für mich wie eine Mutter, und dann bringen Sie die Handelsleute, meinen Konkurrenten und die Camusots hier herein, während ich schlafe ... 'raus mit euch allen ...« Durch die doppelte Wirkung von Zorn und Furcht überreizt, stand der abgezehrte, unglückliche Mann auf.

»Stützen Sie sich doch auf meinen Arm«, sagte die Cibot und stürzte auf Pons zu, um zu verhindern, daß er hinfiel. »Beruhigen Sie sich doch, die Herren sind ja schon fort.«

»Ich will das Wohnzimmer sehn . . .!« sagte der Todeskandidat.

Die Cibot gab den drei Raben ein Zeichen, fortzuflattern; dann nahm sie Pons, hob ihn wie eine Feder auf und legte ihn trotz seines Geschreis wieder ins Bett. Als sie sah, daß der unglückliche Sammler völlig erschöpft war, ging sie und schloß die Tür. Die drei Henker des armen Pons standen noch auf dem Treppenabsatz, und als die Cibot sie erblickte, sagte sie ihnen, sie möchten warten, wobei sie eine Äußerung Fraisiers zu Magus aufschnappte: »Schreiben Sie mir einen von Ihnen beiden unterzeichneten Brief, in dem Sie sich verpflichten, für die Sammlung Pons neunhunderttausend Francs in bar zu bezahlen. Wir werden uns dann bemühen, Ihnen einen hübschen Gewinn zu verschaffen.«

Dann flüsterte er der Cibot etwas ins Ohr, ein einziges Wort, das niemand verstehen konnte, und ging mit den beiden Händlern in die Loge hinunter.

»Madame Cibot«, sagte der unglückliche Pons, als die Portiersfrau wiederkam, »sind sie weg . . .?«

»Wer . . . soll weg sein?« fragte sie.

»Diese Männer . . .?«

»Was für Männer . . .? Das ist gut, Sie haben Männer gesehn?« sagte sie. »Sie haben einen hitzigen Fieberanfall gehabt. Ohne mich wären Sie aus dem Fenster geklettert, und Sie reden mir noch immer von Männern . . . Soll das denn ewig so weitergehn . . .?«

»Wieso denn, war denn da nicht eben ein Herr, der angab, meine Verwandten hätten ihn geschickt . . .«

»Sind Sie schon wieder bockig?« entgegnete sie. »Großer Gott, wissen Sie, wohin man Sie bringen müßte? In die Irrenanstalt von Charenton . . .! Sie haben Erscheinungen . . .«

»Elias Magus, Rémonencq . . .«

»Ach so, Rémonencq, den mögen Sie gesehen haben; er war hier, um mir zu bestellen, daß es meinem armen Mann so schlecht geht, daß ich Sie jetzt sich selbst überlassen muß. Mein Mann geht mir über alles, müssen Sie wissen! Wenn mein Mann krank ist, kenn' ich niemanden mehr. Versuchen Sie, sich ruhig zu verhalten und ein paar Stunden zu schlafen; ich habe Doktor Poulain holen lassen und komme dann mit ihm wieder her . . . Nehmen Sie Ihre Medizin und seien Sie vernünftig.«

»Es war also vorhin niemand in meinem Zimmer, als ich aufgewacht bin . . .?«

»Niemand!« sagte sie. »Vielleicht haben Sie Monsieur Rémonencq in Ihren Spiegeln gesehen.«

»Sie haben wohl recht, Madame Cibot«, sagte der Kranke und wurde sanft wie ein Lamm.

»Na also! Jetzt sind Sie wieder vernünftig. Adieu, mein Cherubino, bleiben Sie ruhig liegen. Im Augenblick bin ich wieder da.«

Als Pons die Wohnungstür zuklappen hörte, raffte er seine letzten Kräfte zusammen, um aufzustehn; denn er sagte sich:

»Man betrügt mich! Man plündert mich aus! Schmucke ist ein Kind, das man in den Sack stecken könnte . . .«

Und von dem Wunsch getrieben, Klarheit über den häßlichen Vorfall zu gewinnen, der ihm allzu wirklich erschien, um eine Wahnvorstellung zu sein, konnte der Kranke bis an seine Schlafzimmertür gelangen. Er öffnete sie mühselig und befand sich in seinem Wohnzimmer, wo ihn der Anblick seiner lieben Gemälde und Statuen, seiner florentinischen Bronzen und seines Porzellans neu belebte. Im Schlafrock, mit nackten Füßen und brennendem Kopf machte der Sammler seinen Rundgang durch die beiden Gassen, die von den Kredenzen und Schränken gebildet wurden, deren Reihe den Salon in zwei Hälften teilte. Auf den ersten Blick überschlug er sein ganzes Inventar und stellte fest, daß sein Museum vollständig sei. Er wollte schon wieder zurückgehn, als sein Blick auf ein Porträt von Greuze fiel, das an die Stelle des Malteserritters von Sebastiano del Piombo getreten war. Ein Verdacht wühlte sein Denken auf, wie ein Blitz einen Gewitterhimmel durchzuckt. Er betrachtete die Stelle, die seine acht besten Gemälde innehatten, und fand sie sämtlich durch andere ersetzt. Vor die Augen des armen Mannes senkte sich jählings ein schwarzer Schleier; von einem Schwächeanfall überwältigt, stürzte er zu Boden. Seine Ohnmacht war so tief, daß Pons zwei Stunden liegen blieb. Als Schmucke munter geworden war und aus seinem Zimmer trat, um nach seinem Freund zu sehn, fand ihn der Deutsche so vor. Schmucke mußte sich gewaltig anstrengen, um den sterbenskranken Freund aufzuheben und wieder ins Bett zu tragen. Als er aber auf den Halbtoten einredete und nur einen eisigen Blick und sinnlos gestammelte Worte als Antwort erhielt, wurde der arme Deutsche, statt den Kopf zu verlieren, zu einem wahren Heros der Freundschaft. Unter dem Druck der Verzweiflung hatte dies große Kind Einfälle wie liebende Frauen oder Mütter. Er wärmte Tücher an (er wußte sie zu finden!), er verstand sich darauf, Pons' Hände damit zu umwickeln, und er legte ihm auch welche in die Magengegend. Dann nahm er die feuchte, kalte Stirn in die Hände und rief das Leben darin mit einer Willenskraft zurück, die des Apollonius von Tyana[195] würdig gewesen wäre. Er küßte seinen Freund auf die Augen, wie jene Marien, die die großen italienischen Bildhauer in ihren ›Pietà‹ genannten Basreliefs geschaffen haben, den Gesalbten küssen. Dies übermenschliche Bemühen, dies Überleiten eines Lebens in ein anderes, dieses Werk einer Mutter und Liebenden wurde von allem Erfolg gekrönt. Nach einer halben Stunde gewann der so erwärmte Pons wieder ein menschliches Aussehen; seine Augen bekamen wieder einen lebendigen Ausdruck; die äußere Wärme weckte wieder Leben in den Organen. Schmucke ließ Pons mit Wein vermischtes Melissenwasser trinken; die Lebensgeister kehrten in den Körper zurück, der Verstand erstrahlte von neuem auf dieser Stirn, die eben noch fühllos wie ein Stein gewesen war. Pons begriff jetzt, welch heiliger Aufopferung, welcher Macht der Freundschaft diese Auferstehung zuzuschreiben sei.

»Ohne dich wäre ich gestorben«, sagte er, während die Tränen des guten Deutschen sanft über sein Antlitz rannen, der in einem Atem lachte und weinte.

Als er diese Worte hörte, auf die er in der Raserei der Hoffnung gewartet hatte, die jener der Verzweiflung gleichkommt, sank der arme Schmucke, dessen Kräfte völlig erschöpft waren, wie ein geplatzter Ballon in sich zusammen. Nun war er es, der am Umfallen war. Er ließ sich in einen Sessel sinken, faltete die Hände und dankte Gott in inbrünstigem Gebet. Für ihn war ein Wunder geschehen! Er glaubte nicht an eine Auswirkung der Macht seines Gebetes, aber an die Gottes, den er angerufen hatte. Das Wunder beruhte jedoch auf einer natürlichen Wirkung, wie die Ärzte sie schon oft festgestellt haben. Ein von Liebe umgebener Kranker, der von Leuten gepflegt wird, denen sein Leben etwas bedeutet, wird bei gleichen Aussichten gerettet, wo ein anderer, der von bezahlten Hilfskräften gepflegt wird, erliegt. Die Ärzte wollen darin nicht die Auswirkung eines unbewußten Magnetismus erkennen; sie schreiben diese Wirkung einer einsichtigen Pflege und der genauen Befolgung ihrer Anweisungen zu. Viele Mütter aber kennen die Kraft der inbrünstigen Übermittlung eines beständigen Wunsches.

»Mein guter Schmucke . . .!«

»Sprich nicht! Ich höre dich ja mit dem Herzen . . . Ruh dich aus! Ruh dich aus!« sagte der Musiker und lächelte.

»Armer Freund! Edles Herz! Kind Gottes, das in Gott lebt! Einziges Wesen, das mich je geliebt hat . . .!« brachte Pons hervor und gewahrte in seiner Stimme unbekannte Schwingungen.

Die schon zum Aufschwung bereite Seele sprach aus diesen Worten, die in Schmucke Freuden erweckten, die denen der Liebe gleichkommen.

»Lebe! Lebe nur! Und ich bekomme Löwenkräfte! Ich werde für zwei schaffen.«

»Hör doch mal zu. Weinen kannst du später noch . . .«, sagte Pons. »Als Christ mußt du dich in Gottes Willen schicken. Ich bin bestohlen worden, und zwar durch die Cibot . . . Ehe ich dich verlasse, muß ich dich aufklären, wie es im Leben zugeht. Das weißt du nämlich nicht . . . Es sind acht Gemälde fortgenommen worden, die einen beträchtlichen Wert darstellten.«

»Verzeih mir, ich habe sie verkauft . . .«

»Du?«

»Ich . . .«, sagte der arme Deutsche. »Wir waren vor Gericht geladen . . .«

»Vorgeladen . . .? Von wem denn . . .?«

»Warte mal . . .!«

Schmucke ging das von dem Gerichtsvollzieher vorgewiesene Dokument holen und brachte es.

Pons las das Kauderwelsch aufmerksam durch. Als er es gelesen hatte, ließ er das Papier fallen und verharrte in Schweigen. Dieser Beobachter menschlichen Tuns, der bis dahin das Sittliche übersehen hatte, konnte nun endlich alle Fäden der von der Cibot gesponnenen Ränke zählen. Für einige Augenblicke fand er den ganzen Schwung des Künstlers, die ganze Klugheit des Schülers der Römischen Akademie, seine ganze Jugend wieder.

»Mein guter Schmucke, gehorche mir wie ein Soldat. Hör zu! Geh in die Loge hinunter und sage diesem gräßlichen Weibsstück, daß ich den Menschen wiedersehen möchte, der von meinem Vetter, dem Präsidenten, zu mir geschickt worden ist, und daß ich, wenn er nicht kommt, beabsichtige, meine Sammlung dem Museum zu vermachen. Sage, daß es sich um die Aufsetzung meines Testaments handele.«

Schmucke entledigte sich des Auftrages; doch schon bei seinem ersten Wort antwortete die Cibot mit einem Lächeln.

»Mein guter Monsieur Schmucke, unser lieber Kranker hat einen hitzigen Fieberanfall gehabt und geglaubt, Leute in seinem Zimmer zu sehn. Ich gebe Ihnen mein Wort als anständige Frau, daß von seiten der Familie unseres lieben Kranken niemand hier gewesen ist ...«

Schmucke kam mit dieser Antwort zurück; er wiederholte sie Pons wortwörtlich.

»Sie ist zäher, geriebener, hinterlistiger und machiavellistischer, als ich gedacht habe«, sagte Pons lächelnd. »Sie lügt sogar in ihrer Loge weiter. Stell dir vor, daß sie heute morgen einen Juden namens Elias Magus, Rémonencq und einen Dritten hier hereingebracht hat, den ich nicht kenne, der aber für sich allein schon noch widerlicher ist als die beiden andern zusammen. Sie hat auf meinen Schlaf gebaut, um die Höhe meines Nachlasses taxieren zu lassen. Durch Zufall bin ich aufgewacht. Ich habe alle drei gesehn, wie sie meine Tabaksdosen in der Hand wogen. Schließlich hat der Unbekannte behauptet, er sei von den Camusots geschickt worden. Ich habe mit ihm gesprochen ... Diese niederträchtige Cibot wollte mir weismachen, ich hätte geträumt ... Mein guter Schmucke, ich habe nicht geträumt ...! Ich habe diesen Mann genau verstanden; er hat mit mir gesprochen ... Die beiden Händler waren bestürzt und sind aus der Tür geflüchtet ... Ich habe angenommen, daß die Cibot sich herausreden würde. Dieser Versuch ist also fehlgeschlagen. Nun werde ich ihr eine andere Falle stellen, und die verbrecherische Person wird ganz sicher hineingehen ... Mein armer Freund, du hältst die Cibot für einen Engel; dies Weib ist aber seit einem Monat dabei, mich in gewinnsüchtiger Absicht umzubringen. Ich habe nicht an soviel Bosheit in einer Frau glauben wollen, die uns einige Jahre hindurch treu gedient hat. Dieser Zweifel war mein Verhängnis ... Was hast du für die acht Gemälde bekommen ...?«

»Fünftausend Francs.«

»Großer Gott! Sie waren zwanzigmal soviel wert!« rief Pons. »Es sind die Glanzstücke meiner Sammlung. Ich habe keine Zeit mehr, einen Prozeß anzustrengen, und im übrigen würde ich dich damit hineinziehen als denjenigen, den diese Schufte übers Ohr gehauen haben ... Ein Prozeß würde dich umbringen! Du weißt nicht, was es mit der Welt der Justiz auf sich hat! Die ist eine Kloake aller menschlichen Niederträchtigkeit ... Seelen wie die deine brechen zusammen, wenn sie so viel Scheußlichkeiten erblicken. Und dann wirst du auch ohnehin noch reich genug. Jene Gemälde haben mich viertausend Francs gekostet; ich besitze sie seit sechsunddreißig Jahren ... Aber wir sind mit erstaunlicher Geschicklichkeit bestohlen worden. Ich stehe am Rand des Grabes, ich sorge mich jetzt um dich ..., um dich, den besten aller Menschen. Ich möchte nicht, daß du ausgeraubt wirst; denn alles, was ich besitze, gehört dir. Du mußt also jedermann mißtrauen, und dabei hast du noch nie Mißtrauen gekannt. Gott schützt dich. Das weiß ich; aber er könnte dich einen Augenblick vergessen; und dann würdest du ausgeplündert wie ein Kauffahrteischiff von Seeräubern. Die Cibot ist ein Ungeheuer. Sie bringt mich um, und du siehst in ihr einen Engel. Ich will dich sie kennen lehren. Geh und bitte sie, dir einen Notar anzugeben, der mein Testament aufsetzen könnte ..., und dann kannst du sie auf frischer Tat ertappen.«

Schmucke hörte Pons zu, als habe er ihm die Apokalypse vorgetragen. Daß es eine so verderbte Natur geben könnte, wie es die der Cibot sein mußte, wenn Pons recht hatte, war für ihn eine Verneinung der Vorsehung.

»Mein armer Freund Pons fühlt sich so schlecht«, sagte der Deutsche, als er in die Loge kam, zu Madame Cibot, »daß er sein Testament machen will. Holen Sie doch bitte einen Notar ...«

Das wurde in Anwesenheit mehrerer Personen gesagt; denn Cibots Zustand war beinahe verzweifelt. Im Hausgang standen Rémonencq, seine Schwester, zwei aus den Nachbarhäusern herbeigeeilte Portiersfrauen, drei Dienstboten von Mietern aus dem Haus und der Mieter vom ersten Stock.

»Ach, Sie können recht gut selber einen Notar holen gehn«, rief die Cibot mit Tränen in den Augen. »Lassen Sie Ihr Testament doch aufsetzen, von wem Sie wollen ... Wenn mein armer Mann im Sterben liegt, verlasse ich ihn um keinen Preis ... Ich gäbe alle Pons der Welt hin, um meinen Mann am Leben zu erhalten, einen Mann, der mir in dreißigjähriger Ehe auch nie den leisesten Kummer bereitet hat ...!«

Sie ging hinein und ließ Schmucke ratlos stehn.

»Monsieur Schmucke«, sagte der Mieter vom ersten Stock zu ihm, »es geht also Monsieur Pons sehr schlecht ...?«

Dieser Mieter, namens Jolivard, war Kanzleibeamter im Justizpalast.

»Er wäre eben fast gestorben!« antwortete Schmucke tief bekümmert.

»Hier in der Nähe, in der Rue Saint Louis, wohnt der Notar Trognon«, bemerkte Monsieur Jolivard. »Es ist der Notar unseres Viertels.«

»Soll ich ihn holen?« fragte Rémonencq Schmucke.

»Das wäre mir sehr recht ...«, antwortete Schmucke, »denn wenn Madame Cibot meinen Freund nicht pflegen kann, möchte ich ihn in seinem jetzigen Zustand nicht verlassen ...«

»Madame Cibot hat uns gesagt, er sei irrsinnig geworden ...!« fuhr Jolivard fort.

»Pons und irrsinnig!« rief Schmucke entsetzt. »Er ist noch nie bei so klarem Verstand gewesen ..., gerade darum fürchte ich ja so für seine Gesundheit ...«

Alle Personen, die diese Gruppe bildeten, hörten dieser Unterhaltung mit begreiflicher Neugier zu, und eben deswegen blieb sie in ihrem Gedächtnis haften. Schmucke, der Fraisier nicht kannte, ließ diesen satanischen Kopf und seine funkelnden Augen unbeachtet. Fraisier hatte der Cibot ein paar Worte zugeflüstert und war damit der Urheber der gewagten Szene geworden, die vielleicht über die Geisteskräfte der Cibot hinausgegangen war, die sie aber mit meisterhafter Überlegenheit gespielt hatte. Den Sterbenden als verrückt auszugeben war ein Eckstein des von dem Juristen konstruierten Gebäudes. Der Zwischenfall am Vormittag war Fraisier recht nützlich gewesen, und ohne ihn hätte sich die Cibot in ihrer Verwirrung vielleicht widersprochen, als der harmlose Schmucke gekommen war, um ihr mit der Aufforderung eine Falle zu stellen, den Beauftragten der Familie wieder herbeizurufen. Rémonencq, der den Doktor Poulain erwartete, konnte sich nichts Besseres wünschen, als zu verschwinden, und zwar aus folgendem Grunde: Seit zehn Tagen spielte Rémonencq die Rolle der Vorsehung, was der Justiz besonders mißliebig ist, da sie beansprucht, diese Rolle ganz allein zu übernehmen. Rémonencq wollte sich um jeden Preis des einzigen Hindernisses entledigen, das seinem Glück im Wege stand. Für ihn bedeutete Glück, die reizvolle Portiersfrau zu ehelichen und sein Kapital zu verdreifachen. Als Rémonencq nun den kleinen Schneider seine Arznei schlucken sah, geriet er auf einen Einfall, dessen Unpäßlichkeit in eine tödliche Krankheit zu verwandeln. Sein Beruf hatte ihm die Mittel dazu an die Hand gegeben.

Eines Morgens, als er, mit dem Rücken an den Türpfosten seines Ladens gelehnt, seine Pfeife rauchte und von dem schönen Geschäft auf dem Boulevard de la Madeleine träumte, in dem Madame Cibot prächtig gekleidet thronen sollte, fielen seine Blicke auf eine stark mit Grünspan überzogene messingne Lochscheibe. Sofort kam ihm der Einfall, seine Lochscheibe sparsamerweise in Cibots Medizin zu reinigen. Er band die Messingscheibe, die die Größe eines Fünffrancsstücks hatte, an einen dünnen Faden, und während die Cibot bei ihren Herren beschäftigt war, erkundigte er sich Tag für Tag nach dem Befinden seines Freunds, des Schneiders. Während dieses Besuches, der immer nur ein paar Minuten dauerte, ließ er die messingne Lochscheibe in die Medizin eintauchen, und wenn er fortging, zog er sie an dem Faden wieder heraus. Die leichte Beigabe von oxydiertem Messing, das gemeinhin Grünspan genannt wird, brachte heimlich einen tödlichen Wirkstoff in die wohltätige Arznei, freilich in homöopathischen Dosen, die jedoch unberechenbaren Schaden stifteten. Diese verbrecherische Homöopathie hatte folgende Wirkungen. Am dritten Tag fielen dem armen Cibot die Haare aus, die Zähne wackelten in ihren Höhlen, und der ganze Organismus wurde durch diese unmerkliche Giftdosis in Mitleidenschaft gezogen. Doktor Poulain stand vor einem Rätsel, als er die Wirkung des Kräuterauszugs beobachtete; er war schließlich Wissenschaftler genug, um die Wirkung einer zerstörenden Kraft wahrzunehmen. Er nahm die Arznei an sich, ohne daß irgend jemand darum wußte, und führte persönlich eine chemische Analyse durch. Er fand aber nichts darin. Der Zufall hatte es gewollt, daß Rémonencq an diesem Tage in Gewissensbissen über sein Handeln die verhängnisvolle Lochscheibe nicht benutzt hatte. Doktor Poulain rechtfertigte sich vor sich selbst und der Wissenschaft damit, daß er annahm, das Blut des Schneiders müsse sich infolge seiner sitzenden Lebensweise in einer feuchten Loge, wo er vor dem vergitterten Fenster auf seinem Tisch hockte, zersetzt haben, da es ihm an Bewegung fehlte und da er noch dazu beständig die Ausdünstungen eines stinkenden Abwassers einatmete. Die Rue de Normandie ist eine jener alten Straßen mit geteiltem Fahrdamm, in denen die Stadt Paris noch keine Eckbrunnen aufgestellt hat und in deren schwarzer Gosse die Abwässer aller Häuser langsam abfließen und unter das Pflaster sickern, wobei sie jenen der Stadt Paris so eigentümlichen Schmutz erzeugen.

Die Cibot ihrerseits kam und ging, während ihr Mann als unermüdlicher Arbeiter nach wie vor wie ein Fakir an diesem Fenster hockte. Die Knie des Schneiders waren steif geworden, das Blut stockte im Oberkörper. Die mageren, krummen Beine waren zu fast unnützen Gliedmaßen geworden. So wirkte denn auch die stark kupfrige Gesichtsfarbe Cibots seit recht langer Zeit, als sei sie krankhafter Natur. Der gute Gesundheitszustand der Frau und die Krankheit des Mannes dünkten den Doktor etwas ganz Natürliches.

»Was fehlt eigentlich meinem armen Mann?« hatte die Portiersfrau Doktor Poulain gefragt.

»Liebe Madame Cibot«, hatte der Doktor geantwortet, »er stirbt an der Portierskrankheit... Sein allgemeiner Verfall deutet auf eine unheilbare Zersetzung des Blutes.«

Ein Verbrechen ohne Ziel, ohne jeden Gewinn, ohne jedes Geldinteresse zerstreute schließlich in der Vorstellung des Doktors Poulain seinen ersten Verdacht. Wer wohl konnte Cibot umbringen wollen? Seine Frau? Der Doktor sah, wie sie die Arznei Cibots probierte, wenn sie sie zuckerte. Eine ziemlich große Anzahl von Verbrechen entgeht auf diese Weise der Rache der Gesellschaft. Es sind im allgemeinen diejenigen, die wie dieses ohne die erschreckenden Beweise irgendeiner Gewalttat begangen werden: das vergossene Blut, das Erhängen, die Schüsse, kurzum die ungeschickten Verfahren, zumal dann aber, wenn der Mord ohne sichtbares Interesse erfolgt und in den unteren Klassen begangen wird. Das Verbrechen wird stets durch seine Vorhut angekündigt, durch Haß, durch augenfällige Begehrlichkeit, über die die Leute im Bilde sind, unter deren Augen man lebt. In den Verhältnissen aber, in denen der kleine Schneider, Rémonencq und die Cibot lebten, hatte außer dem Arzt niemand Interesse daran, der Todesursache nachzugehen. Der kränkliche, kupfergesichtige, vermögenslose Portier, der von seiner Frau verhätschelt wurde, war ohne Glück und ohne Feinde. Die Beweggründe und die Leidenschaft des Trödlers verbargen sich im Dunkel, gerade wie das Vermögen der Cibot. Der Arzt kannte die Portiersfrau und ihre Gefühle durch und durch; er hielt sie für fähig, Pons zu quälen; aber er traute ihr weder Interesse noch Kraft zu einem Verbrechen zu. Im übrigen nahm sie jedesmal, wenn der Doktor kam und sie ihrem Mann die Arznei gab, einen Teelöffel voll ein. Poulain, der einzige, durch den eine Aufklärung hätte erfolgen können, glaubte an einen Zufall des Krankheitsverlaufs, eine jener erstaunlichen Ausnahmen, die die Medizin zu einem so gefährlichen Gewerbe machen. Und in der Tat befand sich der kleine Schneider unglücklicherweise infolge seiner kümmerlichen Lebensumstände in einem derartig schlechten Gesundheitszustand, daß die unmerkliche Zufuhr von Kupferoxyd für ihn tödlich werden mußte. Die Gevatterinnen und Nachbarn taten ein übriges zu Rémonencqs Entlastung, indem sie diesen plötzlichen Tod als etwas ganz Natürliches hinstellten.

»Ach!« sagte der eine, »ich habe schon lange gesagt, daß es Monsieur Cibot nicht gut geht.«

»Der Mann hat zuviel gearbeitet«, erwiderte ein anderer, »sein Blut hat sich zersetzt.«

»Er hat nicht auf mich hören wollen«, rief ein Nachbar, »ich habe ihm geraten, sonntags spazierenzugehen und blauen Montag zu machen; zwei Tage in der Woche sind nicht zuviel zum Ausspannen.«

Kurzum, der verräterische Stadtklatsch, den die Justiz durch die Ohren des Polizeikommissars belauscht, dieses Königs des niederen Volkes, fand für den Tod des kleinen Schneiders hinreichende Erklärungen. Nichtsdestoweniger wurde Rémonencq durch das nachdenkliche Aussehen und die unsicheren Blicke des Doktors Poulain ziemlich beunruhigt. So bot er sich denn auch, als er den Doktor kommen sah, Schmucke eilfertig an, jenen Monsieur Trognon holen zu gehen, den Fraisier kannte.

»Wenn das Testament aufgesetzt wird, bin ich wieder da«, flüsterte Fraisier der Cibot zu, »und trotz Ihres Schmerzes müssen Sie auf der Hut sein.«

Der kleine Anwalt, der leicht wie ein Schatten verschwand, begegnete seinem Freunde, dem Arzt.

»Heda! Poulain«, rief er aus, »alles klappt. Wir sind gerettet ...! Heute abend erzähle ich dir, wieso. Überleg mal, welche Stelle dir am meisten zusagt! Du sollst sie haben! Und ich, ich werde Friedensrichter. Tabareau wird mir die Hand seiner Tochter nicht länger verweigern. Und für dich mache ich mich anheischig, dich Mademoiselle Vitel heiraten zu lassen, die Enkelin unseres Friedensrichters.«

Fraisier überließ Poulain der Verblüffung, die diese tollen Worte in ihm hervorriefen, und hüpfte wie ein Gummiball über den Boulevard. Er winkte dem Omnibus und wurde durch dies moderne Marktschiff binnen zehn Minuten auf der Höhe der Rue Choiseul abgesetzt. Es war gegen vier Uhr. Fraisier war sicher, die Präsidentin allein anzutreffen; denn die Beamten verlassen den Justizpalast kaum je vor fünf Uhr.

Madame de Marville empfing Fraisier mit einer Auszeichnung, die bewies, daß Monsieur Leboeuf, gemäß seinem Madame Vatinelle gegebenen Versprechen, von dem früheren Anwalt von Mantes vorteilhaft gesprochen hatte. Amélie behandelte Fraisier fast schmeichlerisch, so wie die Herzogin von Montpensier[196] mit Jacques Clément verfahren sein muß, denn dieser kleine Anwalt war ihr Mordmesser. Als nun aber Fraisier den gemeinschaftlichen Brief vorzeigte, durch den Elias Magus und Rémonencq sich verpflichteten, die Sammlung Pons in

Bausch und Bogen für neunhunderttausend Francs in bar zu übernehmen, warf die Präsidentin dem Sachwalter einen Blick zu, aus dem die Bedeutung der Summe hervorleuchtete. Eine Woge der Begehrlichkeit strömte daraus bis zu dem Rechtsanwalt hin.

»Mein Mann«, sagte sie zu ihm, »hat mich beauftragt, Sie für morgen zum Essen einzuladen. Wir sind unter uns; Sie treffen Monsieur Godeschal, den Nachfolger meines Anwalts Desroches sowie unsern Notar Berthier, meinen Schwiegersohn und meine Tochter ... Nach dem Essen halten wir die kleine Besprechung ab, um die Sie gebeten haben; Sie, ich, der Notar und der Anwalt; dabei gebe ich Ihnen unsere Vollmacht. Die beiden Herren sollen, wie Sie es wünschen, Ihren Winken gehorchen und darauf achten, daß alles gut und glatt vonstatten geht. Sie bekommen die Vollmacht meines Mannes, sobald Sie ihrer bedürfen ...«

»Ich brauche sie am Todestag ...«

»Sie soll bereitgehalten werden ...«

»Frau Präsidentin, wenn ich um eine Vollmacht bitte und möchte, daß Ihr Anwalt nicht in Erscheinung tritt, dann geschieht das weniger in meinem Interesse als in dem Ihren .. Wenn ich mich einsetze, tue ich es ganz und gar. So muß ich denn auch andererseits, Madame, dieselbe Treue und dasselbe Vertrauen von meinen Gönnern erwarten; von meinen Klienten wage ich mit Bezug auf Sie nichts zu sagen. Sie meinen vielleicht, ich möchte mir dadurch diesen Fall für mich sichern. O nein, Madame: Wenn etwa nicht ganz einwandfrei verfahren werden sollte ..., denn bei Erbschaftsangelegenheiten läßt man sich leicht hinreißen ..., zumal durch das Schwergewicht von neunhunderttausend Francs ..., nun, dann können Sie einen Mann wie Monsieur Godeschal, der die Rechtlichkeit in Person ist, nicht bloßstellen. Aber einem kümmerlichen kleinen Sachwalter kann man alles in die Schuhe schieben ...«

Die Präsidentin blickte Fraisier bewundernd an.

»Sie werden es noch recht weit bringen oder zu gar nichts«, meinte sie. »Anstatt den Ruheposten eines Friedensrichters anzustreben, würde ich an Ihrer Stelle Staatsanwalt in Mantes werden wollen ..., um danach eine große Karriere zu machen.«

»Lassen Sie mich nur machen, Madame! Das Friedensrichteramt ist für Monsieur Vitel ein Pfarrersgaul; ich werde mir daraus ein Schlachtroß dressieren.«

So wurde die Präsidentin dazu gebracht, sich Fraisier rückhaltlos zu eröffnen.

»Sie scheinen mir unseren Interessen so völlig ergeben«, sagte sie, »daß ich Sie in die Schwierigkeiten unserer Lage und in unsere Hoffnungen einweihen will. Anläßlich der Heiratspläne für meine Tochter wünschten mein Mann und ebenso ein Intrigant, der inzwischen Bankier geworden ist, inständig, das Gut Marville um einige Weideflächen zu vergrößern, die damals zum Verkauf standen. Wie Sie wissen, haben wir uns dieses prächtigen Sitzes begeben, um meine Tochter zu vermählen. Ich möchte aber äußerst gern den Rest jener Weideflächen hinzuerwerben, da meine Tochter unser einziges Kind ist. Das schöne Gelände ist zum Teil bereits verkauft. Es gehört einem Engländer, der nach England zurückkehrt, nachdem er zwanzig Jahre dort gewohnt hat. Er hat in wunderbarer Lage zwischen dem Park von Marville und dem Weideland, das ehemals zu dem Gut gehörte, das reizendste Landhaus erbaut und zu tollen Preisen Schober, Wäldchen und Gärten aufgekauft, um daraus einen Park zu schaffen. Dieser Wohnsitz mit seinem Zubehör bildet einen ansehnlichen Komplex und reicht bis an den Park meiner Tochter. Man könnte das Land und das Wohnhaus für siebenhunderttausend Francs erwerben, denn der Reinertrag der Weideflächen beläuft sich auf zwanzigtausend Francs ... Wenn aber Mister Wadman erfährt, daß wir kaufen wollen, wird er sicherlich zwei- oder dreihunderttausend Francs mehr verlangen, denn die verliert er, wenn man – wie das bei Grundstücksverkäufen üblich ist – das Gebäude nicht berechnet ...«

»Aber, Madame, Sie können meiner Ansicht nach die Erbschaft so sicher als Ihren Besitz betrachten, daß ich erbötig bin, die Rolle des Käufers zu Ihren Gunsten zu übernehmen, und ich mache mich anheischig, das Land so billig wie immer möglich auf dem Weg eines außergerichtlichen Vertrages zu erwerben, wie er im Immobilienhandel üblich ist. Ich werde mich dem Engländer als Makler vorstellen. In diesen Geschäften kenne ich mich aus. In Mantes war das meine Spezialität. Vatinelle hat

dabei den Wert seiner Praxis verdoppelt; ich habe in seinem Auftrag gearbeitet . . .«

»Daher also Ihre Verbindung mit der kleinen Madame Vatinelle . . . Dieser Notar muß heute sehr reich sein . . .«

»Aber seine Frau macht große Ausgaben . . . Seien Sie also ganz beruhigt, Madame, ich serviere Ihnen den Engländer gargekocht . . .«

»Wenn Sie das fertigbringen, erwerben Sie sich ein ewiges Anrecht auf meine Dankbarkeit . . . Auf Wiedersehen, lieber Monsieur Fraisier. Bis morgen . . .«

Fraisier verneigte sich beim Fortgehen vor der Präsidentin weniger unterwürfig als beim erstenmal.

»Morgen speise ich also bei dem Präsidenten Marville . . .!« sagte sich Fraisier. »Na ja, diese Leute habe ich in der Hand. Um der Angelegenheit völlig Herr zu werden, müßte ich nur noch Rechtsberater dieses Deutschen werden, und zwar auf dem Umweg über Tabareau, den Gerichtsvollzieher des Friedensgerichts. Dieser Tabareau, der mir die Hand seiner Tochter verweigert, eines einzigen Kindes, wird sie mir schon geben, wenn ich erst Friedensrichter bin. Mademoiselle Tabareau, dieses rothaarige, schwindsüchtige, lang aufgeschossene junge Mädchen, ist von ihrer Mutter her Eigentümerin eines Hauses an der Place Royale[197]. Damit werde ich also wählbar. Beim Tod ihres Vaters wird sie gut und gern noch sechstausend Francs Zinsen erben. Sie ist nicht schön, aber du lieber Himmel, wenn man von nichts zu achtzehntausend Francs Zinsen kommen will, darf man nicht wählerisch sein . . .!«

Als er über die Boulevards zur Rue de Normandie zurückschlenderte, gab er sich ganz diesem Goldtraum hin. Er gab sich dem Glück hin, ein für allemal der Not entrückt zu sein. Er gedachte, Mademoiselle Vitel, die Tochter des Friedensrichters, mit seinem Freunde Poulain zu verheiraten. Er sah sich, zusammen mit dem Arzt, als einen der Könige des Stadtviertels. Er würde die städtischen, militärischen[198] und politischen Wahlen beeinflussen. Die Boulevards erscheinen nicht mehr lang, wenn man so im Dahingehen seinen Ehrgeiz auf der Phantasie reiten läßt.

Als Schmucke wieder zu seinem Freund Pons hinaufgestiegen

war, sagte er ihm, Cibot liege im Sterben, und Rémonencq sei dabei, den Notar Trognon zu holen. Pons überraschte dieser Name, den die Cibot ihm so oft in ihren endlosen Redereien genannt, wobei sie ihm diesen Notar als die Rechtlichkeit in Person empfohlen hatte. Und jetzt hatte der Kranke, dessen Mißtrauen seit dem Vormittag zu etwas Unumstößlichen geworden war, einen glänzenden Einfall, der den Plan vervollständigte, den er geschmiedet hatte, um der Cibot ein Schnippchen zu schlagen und sie dem gutgläubigen Schmucke so zu zeigen, wie sie war.

»Schmucke«, sagte er und ergriff die Hand des armen Deutschen, der von so viel Neuigkeiten und Ereignissen ganz benommen war, »im Hause muß große Verwirrung herrschen, wenn der Portier im Sterben liegt. Für ein paar Minuten sind wir fast frei, das heißt ohne Spione, denn wir werden bespitzelt, verlaß dich drauf! Geh fort, nimm einen Wagen, fahr zum Theater und sag Mademoiselle Héloïse, unserer ersten Tänzerin, daß ich sie vor meinem Tode noch einmal sehn möchte. Sie solle um halb elf kommen, nach der Vorstellung. Von dort geh zu deinen beiden Freunden, Schwab und Brunner, und bitte sie, morgen früh um neun Uhr hierherzukommen, um sich nach mir zu erkundigen, wobei sie so tun müssen, als kämen sie zufällig vorbei und wollten bei mir hereinschauen ...«

Folgenden Plan hatte der alte Künstler geschmiedet, als er den Tod nahen fühlte. Er wollte Schmucke reich machen, indem er ihn als Universalerben einsetzte, und um ihn vor allen möglichen Scherereien zu bewahren, hatte er sich vorgenommen, sein Testament in Anwesenheit von Zeugen einem Notar zu diktieren, damit nicht behauptet werden könne, er sei nicht mehr bei klarem Verstand gewesen, und um den Camusots jeden Vorwand zu nehmen, seine letztwilligen Verfügungen anzufechten. Der Name Trognon ließ ihn irgendwelche Ränke vermuten. Er nahm an, es werde von vornherein irgendein Formfehler beabsichtigt, irgendein von der Cibot ausgeheckter Betrug, und so beschloß er, sich dieses Trognon zu bedienen, um sich ein eigenhändiges Testament diktieren zu lassen, das er zu versiegeln und in seiner Kommodenschublade einzuschließen gedachte. Er wollte Schmucke in einem Nebenraum seines Schlafzimmers verstek-

ken und rechnete damit, daß er ihm zeigen könne, wie die Cibot sich des Testaments bemächtigte, es aufbrach, durchlas und wieder versiegelte. Dann wollte er am nächsten Tag dies eigenhändige Testament durch ein völlig ordnungsgemäßes, unanfechtbares Testament vor dem Notar für nichtig erklären. Als die Cibot gesagt hatte, er sei verrückt, da hatte er seherisch den Haß, die Rache und die Begehrlichkeit der Präsidentin erkannt; der arme, seit zwei Monaten bettlägrige Mann hatte in langen, einsamen, schlaflosen Stunden die Ereignisse seines Lebens noch einmal durchgesiebt.

Die antiken und modernen Bildhauer haben oft auf jede Seite eines Grabmals Genien gestellt, die brennende Fackeln halten. Dieser Feuerschein erhellt den Sterbenden das Gemälde ihrer Fehler und Irrtümer und erleuchtet ihnen die Pfade des Todes. Die Bildhauerkunst gestaltet damit große Gedanken, sie leiht einer Tatsache des menschlichen Daseins Ausdruck. Der Todeskampf hat seine Weisheit. Oftmals erlebt man es, daß einfache junge Mädchen im zartesten Alter darin jahrhundertealte Vernunft offenbaren. Man sieht sie zu Prophetinnen werden und ihre Familien durchschauen. Sie sind von keiner Komödie mehr zu täuschen. Das ist die Poesie des Todes. Aber – seltsam und bemerkenswert –, man stirbt auf zwei verschiedene Arten. Die Dichtergabe der Weissagung, die Fähigkeit, klar in die Vergangenheit oder Zukunft zu schauen, eignet nur jenen Sterbenden, bei denen lediglich der Leib befallen ist; nur jenen, die durch die Zerstörung der Organe des körperlichen Lebens enden. Wesen, die wie Ludwig XIV. vom Altersbrand befallen sind, Schwindsüchtige, solche, die wie Pons am Fieber sterben, wie Madame de Mortsauf an einem Magenleiden, oder wie Soldaten an Verwundungen, die sie bei voller Gesundheit erleiden, all diese erfreuen sich jener erhabenen, klaren Schau, wogegen Menschen, die an sozusagen geistigen Erkrankungen sterben, deren Leiden im Gehirn oder im Nervensystem liegt, das dem Körper als Leitung für den Brennstoff des Denkens dient, völlig verlöschen. Bei ihnen gehen Körper und Geist auf einmal zugrunde. Die einen schauen als Seelen ohne Körper die biblischen Geisterwesen, die andern sind Leichname. Dieser jungfräuliche Mann, dieser lekkermäulige Cato, dieser fast sündenlose Gerechte erkannte erst

spät den mit Galle gefüllten Beutel, aus dem das Herz der Präsidentin bestand. Er verstand die Welt, als er im Begriff stand, sie zu verlassen. So hatte er denn seit einigen Stunden heiter seine Entschlüsse gefaßt, als ein fröhlicher Künstler, dem alles ein Vorwand zu Übertreibung und Spott wird. Die letzten Bande, die ihn ans Leben fesselten, die Ketten der Bewunderung, die mächtigen Knoten, die den Kenner mit den Meisterwerken der Kunst verbanden, waren am Morgen zerrissen worden. Als er sich von der Cibot bestohlen sah, hatte Pons christlich der Pracht und Eitelkeit der Kunst entsagt, seiner Sammlung, seiner Freundschaft zu den Schöpfern so vieler schöner Dinge, und er wollte nunmehr nur noch an den Tod denken, nach Art unserer Ahnen, die ihn zu den Festen der Christenheit rechneten. In seiner herzlichen Neigung zu Schmucke versuchte Pons, ihn aus der Tiefe seines Grabes heraus zu schützen. Dieser väterliche Gedanke war der Grund für die Wahl der ersten Tänzerin, um Hilfe gegen die Heimtücke zu finden, die ihn umgab und die seinem Universalerben sicher übel mitspielen würde.

Héloïse Brisetout war eine jener Naturen, die auch in einer schiefen gesellschaftlichen Stellung echt bleiben, die bäurischen Anbetern gegenüber aller möglichen Scherze fähig sind, ein Mädchen aus der Schule der Jenny Cadine und Josépha[199], aber eine gute Kameradin, die vor keiner Menschenmacht zurückschreckte, weil sie jede in ihrer Schwäche sah und gewohnt war, auf dem wenig ländlich-sittlichen Ball bei Mabille und beim Karneval sich mit den Stadtpolizisten zu kabbeln. »Wenn sie ihrem Schützling Garangeot meine Stelle verschafft hat, wird sie sich um so mehr verpflichtet fühlen, mir zu helfen«, sagte sich Pons. Schmucke konnte ausgehn, ohne daß es in der allgemeinen Verwirrung, die in der Loge herrschte, beachtet wurde, und er kam außerordentlich schnell zurück, weil er Pons nicht allzulange allein lassen wollte.

Monsieur Trognon kam des Testaments wegen gleichzeitig mit Schmucke. Obwohl ihr Mann im Sterben lag, begleitete Madame Cibot den Notar, führte ihn in das Schlafzimmer und zog sich aus eigenem Antrieb wieder zurück. Sie ließ Schmucke, Trognon und Pons beieinander, bewaffnete sich aber mit einem kleinen Handspiegel von merkwürdiger Machart und stellte sich an die

Tür, die sie angelehnt ließ. So konnte sie nicht nur alles verstehen, sondern auch alles, was sich in diesem für sie entscheidenden Augenblick abspielen und gesagt werden sollte, wahrnehmen.

»Monsieur«, sagte Pons, »unglücklicherweise bin ich im vollen Besitz meiner geistigen Fähigkeiten, denn ich fühle, daß ich sterben werde, und es bleibt mir, wohl nach Gottes Ratschluß, kein Leiden der Todesqual erspart . . .! Dies hier ist Monsieur Schmucke . . .«

Der Notar verbeugte sich vor Schmucke.

»Es ist der einzige Freund, den ich auf Erden habe«, sagte Pons, »und ich möchte ihn zu meinem Universalerben einsetzen. Sagen Sie mir bitte, welche Form mein Testament haben muß, damit mein Freund, der Deutscher ist und sich in unserm Rechtswesen nicht auskennt, mein Erbe ohne jeden Einspruch antreten kann.«

»Man kann stets gegen alles Einspruch erheben, Monsieur Pons«, sagte der Notar, »das ist das Mißliche an der menschlichen Gerechtigkeit. Hinsichtlich der Testamente gibt es aber unanfechtbare . . .«

»Welche wären das?« fragte Pons.

»Ein Testament, das vor einem Notar in Anwesenheit von Zeugen niedergelegt worden ist, die bestätigen, daß der Erblasser im vollen Besitz seiner geistigen Fähigkeiten war, und wenn der Erblasser weder Weib, Kind, Vater noch Geschwister hat . . .«

»Ich habe nichts von alledem. All meine Zuneigung betrifft ausschließlich meinen lieben Freund Schmucke hier . . .«

Schmucke weinte.

»Wenn Sie also lediglich Verwandte entfernten Grades haben, ist ein vor dem Notar aufgesetztes Testament unanfechtbar, da das Gesetz Ihnen die freie Verfügung über Ihre bewegliche und liegende Habe gibt, wenn Sie sie nicht unter Bedingungen vermachen, die der Moral zuwiderlaufen; Sie werden es ja schon erlebt haben, daß Testamente um der Wunderlichkeit der Erblasser willen angefochten wurden. In unserm gegenwärtigen Fall kann die Identität der Person nicht geleugnet werden, der Notar hat Ihren Geisteszustand festgestellt, und die Unterschrift kann zu keinerlei Meinungsverschiedenheiten Anlaß geben . . . Nichtsdestoweniger ist ein eigenhändiges Testament in guter, klarer Form ebensowenig anfechtbar.«

»Ich entscheide mich aus mir bekannten Gründen, unter Ihrem Diktat ein eigenhändiges Testament abzufassen und es meinem Freunde hier anzuvertrauen. Ist das möglich?«

»Durchaus!« sagte der Notar ... »Wollen Sie schreiben? Ich werde diktieren ..«

»Schmucke, gib mir mein kleines Boule-Schreibzeug. Diktieren Sie mir bitte ganz leise, Monsieur, denn« – fügte er hinzu – »wir könnten belauscht werden.«

»Sagen Sie mir also vor allem, welche Absichten Sie haben«, fragte der Notar.

Zehn Minuten später sah die Cibot, die ihrerseits von Pons in einem Spiegel beobachtet wurde, wie das Testament versiegelt wurde, nachdem der Notar es überprüft hatte, während Schmucke eine Kerze ansteckte. Dann wurde es von Pons Schmucke übergeben, dem er auftrug, es in einem Geheimfach seines Schreibtischs einzuschließen. Der Erblasser bat um den Schreibtischschlüssel, knotete ihn in einen Zipfel seines Taschentuchs und steckte das Taschentuch unters Kopfkissen. Der Notar, der aus Höflichkeit zum Testamentsvollstrecker bestimmt worden war und dem Pons ein wertvolles Gemälde hinterließ, was zu den Dingen gehört, die das Gesetz einem Notar zu geben erlaubt, ging fort und begegnete Madame Cibot im Wohnzimmer.

»Na, hat Monsieur Pons meiner gedacht?«

»Sie erwarten doch nicht etwa, meine Liebe, daß ein Notar die ihm anvertrauten Geheimnisse ausplaudert«, erwiderte Trognon. »Ich kann Ihnen lediglich versichern, daß manche Begehrlichkeit leer ausgeht und daß manche Hoffnungen enttäuscht werden. Monsieur Pons hat ein schönes, vernünftiges Testament gemacht, ein patriotisches Testament, dem ich voll und ganz beipflichte.«

Man macht sich keinen Begriff, bis zu welchem Grad die Neugier der Cibot unter dem Einfluß solcher Worte hochgetrieben wurde. Sie ging hinunter und wachte in den ersten Nachtstunden bei ihrem Mann, wobei sie sich vornahm, sich durch Mademoiselle Rémonencq ablösen zu lassen und zwischen zwei und drei Uhr morgens das Testament zu lesen.

Der Besuch der Mademoiselle Héloïse Brisetout um halb elf Uhr abends dünkte die Cibot ganz natürlich. Sie befürchtete aber so sehr, die Tänzerin möge von den tausend Francs sprechen, die Gaudissart gegeben hatte, daß sie den Star begleitete und ihn wie eine Fürstin mit Höflichkeiten und Schmeicheleien überschüttete.

»Ach, meine Liebe, hier, in Ihrem Element, sind Sie weit besser als im Theater«, sagte Héloïse, als sie die Treppen hinaufstieg. »Ich rate Ihnen, bei Ihrem Beruf zu bleiben.«

Héloïse, die ihr Herzensfreund Bixiou im Wagen hergefahren hatte, war prächtig gekleidet; sie war nämlich auf dem Weg zu einer Abendgesellschaft bei Mariette, einem der berühmtesten Stars der Großen Oper. Monsieur Chapoulot, ein früherer Posamentenhändler aus der Rue Saint-Denis, der Mieter aus dem ersten Stock, der mit seiner Tochter aus dem Ambigu-Comique heimkehrte, war ebenso wie seine Frau ganz geblendet, als er auf ihrer Treppe einem so hübschen Geschöpf in so großer Aufmachung begegnete.

»Wer ist das, Madame Cibot?« fragte Madame Chapoulot.

»Eine, die nichts taugt ...! So eine Hopserin, die man jeden Abend für vierzig Sous halbnackt sehen kann ...«, flüsterte die Portiersfrau der früheren Posamentenhändlerin ins Ohr.

»Victorine!« sagte Madame Chapoulot zu ihrer Tochter, »laß die Dame vorbeigehn, mein Kind!«

Héloïse vernahm diesen Schreckensruf einer Mutter, und sie wandte sich um. »Ihre Tochter ist also schlimmer als Zunder, Madame, daß Sie fürchten, sie könne bei einer Berührung mit mir in Brand geraten ...?«

Héloïse sah Monsieur Chapoulot verbindlich lächelnd an.

»Auch ohne Rampenlicht ist sie, weiß Gott, recht niedlich!« sagte Monsieur Chapoulot und blieb auf dem Treppenabsatz stehen. Madame Chapoulot kniff ihren Mann, daß er hätte aufschreien mögen, und schob ihn in die Wohnung.

»Das ist ja ein zweiter Stock«, sagte Héloïse, »der anmutet wie ein vierter.«

»Dabei ist Mademoiselle doch gewohnt zu steigen«, sagte die Cibot und öffnete die Wohnungstür.

»Na, alter Knabe, es geht Ihnen also nicht gut?« fragte Héloïse, als sie das Zimmer betrat, in dem sie den armen Musiker blaß und mit abgezehrtem Gesicht liegen sah. »Beim Theater ist alles in Sorge um Sie; aber, Sie wissen ja, bei aller Gutherzigkeit ist doch jeder von seinen eigenen Angelegenheiten in Anspruch genommen, und man findet nicht die Zeit, um seine Freunde aufzusuchen. Gaudissart spricht jeden Tag davon, er wolle mal herkommen, und jeden Morgen hält ihn der langweilige Verwaltungskram wieder fest. Nichtsdestoweniger haben wir Sie aber alle sehr gern...«

»Madame Cibot«, sagte der Kranke, »lassen Sie uns bitte mit Mademoiselle allein. Wir haben über Theaterangelegenheiten und über meine Dirigentenstelle zu sprechen... Schmucke wird so freundlich sein, die Dame fortzubegleiten.«

Auf ein Zeichen von Pons setzte Schmucke die Cibot vor die Tür und schob die Riegel vor.

»Oh, so ein Schuft von einem Deutschen! Jetzt wird er auch noch ruppig...!« sagte sich die Cibot, als sie dies bezeichnende Geräusch hörte. »Alle diese Abscheulichkeiten bringt Monsieur Pons ihm bei... Aber das werden Sie mir büßen, Freundchen...«, meinte die Cibot bei sich, als sie hinunterging. »Pah! wenn dieser Affe von einer Hopserin ihm was von den tausend Francs sagt, sage ich den beiden, das sei bloß Kulissengeschwätz...«

Und sie setzte sich an das Bett ihres Mannes. Er klagte über ein Brennen im Magen; denn Rémonencq hatte ihm gerade in Abwesenheit seiner Frau zu trinken gegeben.

»Liebes Kind«, sagte Pons zu der Tänzerin, während Schmucke die Cibot abschob, »ich vertraue mich nur Ihnen an, damit Sie mir einen anständigen Notar ausfindig machen, der morgen früh Punkt halb zehn Uhr kommen müßte, um mein Testament aufzunehmen. Ich will meinem Freund Schmucke mein ganzes Vermögen hinterlassen. Sollte dem armen Deutschen nachgestellt werden, baue ich auf diesen Notar, daß er ihn berät und verteidigt. Deshalb wünsche ich einen angesehenen, sehr reichen Notar, der über Erwägungen erhaben ist, die für gewöhnlich die Juristen gefügig machen; mein armer Erbe muß in ihm unbedingt einen Beistand finden. Ich mißtraue Berthier, dem Nachfolger Cardots; Sie nun aber kennen soviel Leute...«

»Halt! Ich weiß jemand für dich!« sagte die Tänzerin, »den

Notar von Florine, der Gräfin du Bruel, Léopold Hannequin; der ist ein Tugendbold und weiß nicht mal, was eine Lorette ist. Er ist wie ein Zufallsvater, ein braver Mann, der einen hindert, mit dem Geld, das man verdient, Dummheiten zu machen. Ich nenne ihn den Vater der Ballettratten, weil er all meinen Freundinnen sparsame Grundsätze eingeimpft hat. Zunächst, mein Lieber, hat er sechzigtausend Francs Zinsen, ohne sein Büro. Ferner ist er ein Notar, wie man es in früheren Zeiten war! Er ist Notar, wo er geht und steht, auch wenn er schläft. Er kann nur kleine Notare und Notarinnen erzeugt haben ... Und schließlich ist er ein schwerfälliger, pedantischer Mann, aber ein Mann, der vor keiner Macht zurückweicht, wenn er seine Amtsbefugnisse wahrnimmt ... Bei ihm hat noch keiner lange Finger gemacht. Er ist ein verknöcherter Familienvater. Seine Frau betet ihn an und betrügt ihn nicht, wenn sie auch Notarsfrau ist ... So ist es nun mal! In Paris findest du nichts Besseres, soweit es die Notare betrifft. Er ist ein Patriarch, beileibe nicht so drollig und lustig, wie es Cardot mit Malaga war, aber er wird auch niemals durchbrennen wie der kleine Dingsda, der mit Antonia zusammenlebte! Morgen früh um acht Uhr schicke ich ihn dir ... Du kannst ruhig schlafen. Vor allem hoffe ich aber, daß du wieder gesund wirst und uns noch schöne Musik machst; aber, siehst du, alles in allem ist das Leben doch recht traurig: Die Unternehmer knausern, die Könige sind knickrig, die Minister spekulieren, die reichen Leute sparen ... Die Künstler haben hiervon nichts mehr!« sagte sie und schlug auf ihr Herz. »Es ist eine Zeit zum Umkommen ... Leb wohl, Alter!«

»Héloïse, vor allem bitte ich dich um strengste Verschwiegenheit.«

»Es ist doch keine Theaterangelegenheit«, sagte sie, »so was ist einer Künstlerin heilig.«

»Was hast du jetzt für einen Herrn, meine Kleine?«

»Den Bürgermeister deines Arrondissements, Monsieur Beaudoyer. Er ist genauso dumm wie der verstorbene Crevel. Weißt du, Crevel, einer der früheren stillen Teilhaber von Gaudissart, ist vor ein paar Tagen gestorben und hat mir nichts hinterlassen, nicht mal einen Pomadetopf. Deswegen sag' ich dir ja, daß unser Jahrhundert widerlich ist.«

»Und woran ist er gestorben?«

»An seiner Frau ...! Wenn er bei mir geblieben wäre, würde er noch leben! Leb wohl, guter Alter. Ich rede mit dir vom Abkratzen, weil ich dich schon in vierzehn Tagen vor mir sehe, wie du über den Boulevard schlenderst und nach hübschen kleinen Kostbarkeiten schnupperst; du bist nämlich gar nicht krank, deine Augen sind lebhafter, als ich sie jemals gesehen habe...«

Und die Tänzerin ging mit der Überzeugung fort, daß ihr Schützling Garangeot den Dirigentenstab für immer in den Händen behalten würde. Garangeot war ihr Vetter. Alle Türen waren angelehnt, und alle Familien waren auf den Beinen, um den Star vorbeistolzieren zu sehen. Es war ein Ereignis im Hause.

Wie jene Bulldoggen, die das Stück nicht mehr loslassen, in das sie einmal ihre Zähne geschlagen haben, hielt sich Fraisier in der Loge bei der Cibot auf, als die Tänzerin durch den Hausgang kam und sich öffnen ließ. Er wußte, daß das Testament gemacht worden war; er kam, um die Absichten der Portiersfrau zu ergründen, denn Notar Trognon hatte sich Fraisier gegenüber genauso wie gegenüber Madame Cibot geweigert, auch nur ein Wort über das Testament laut werden zu lassen. Natürlich sah der Jurist die Tänzerin und nahm sich vor, aus diesem Besuch in extremis[200] seinen Vorteil zu ziehen.

»Liebe Madame Cibot«, sagte Fraisier, »jetzt ist für Sie der kritische Augenblick gekommen.«

»Ach ja...!« sagte sie, »mein armer Mann...! Wenn ich daran denke, daß er sich nicht mehr an dem erfreuen soll, was ich haben könnte...«

»Wir müssen herauskriegen, ob Monsieur Pons Ihnen etwas vermacht hat, mit einem Wort, ob Sie im Testament figurieren oder vergessen worden sind«, setzte Fraisier seine Rede fort. »Ich vertrete die natürlichen Erben, und auf jeden Fall kriegen Sie nur durch sie etwas... Das Testament ist eigenhändig, es ist daher sehr anfechtbar... Wissen Sie, wo Pons es hingetan hat...?«

»In ein Geheimfach seines Schreibtischs, und den Schlüssel hat er an sich genommen«, erwiderte sie. »Er hat ihn in einen Zipfel seines Taschentuchs geknotet und das Tuch unter sein Kopfkissen gesteckt... Ich habe alles gesehen.«

»Ist das Testament versiegelt?«

»Leider ja!«

»Es ist ein Verbrechen, ein Testament zu entwenden und es verschwinden zu lassen; aber es anzusehn, ist nur ein Vergehen. Um was handelt es sich aber in beiden Fällen? Um läßliche Sünden, für die es keine Zeugen gibt! Hat Pons einen tiefen Schlaf ...?«

»O ja! Aber als Sie alles ansehn und abschätzen wollten, mußte er eigentlich schlafen wie ein Murmeltier und ist dennoch wach geworden ... Ich will aber mal sehen, was sich machen läßt! Heute morgen muß ich Monsieur Schmucke gegen vier Uhr ablösen, und wenn Sie kommen wollen, beschaffe ich Ihnen das Testament für zehn Minuten ...«

»Na also! Einverstanden! Ich stehe gegen vier Uhr auf und klopfe leise ...«

»Mademoiselle Rémonencq, die mich bei meinem Mann ablöst, ist dann im Bilde und wird aufmachen. Aber klopfen Sie ans Fenster, damit Sie niemanden aufwecken.«

»Einverstanden«, sagte Fraisier, »Sie haben wohl ein Licht, nicht wahr, eine Kerze genügt mir ...«

Um Mitternacht betrachtete der arme Deutsche, in einem Lehnstuhl sitzend, kummervoll Pons, dessen wie bei einem Sterbenden verzerrtes Gesicht nach all den Anstrengungen so verfiel, daß man glauben mußte, es gehe mit ihm zu Ende.

»Ich nehme an, daß ich gerade noch Kraft genug habe, um es bis morgen abend durchzuhalten«, sagte Pons ergeben. »Der Todeskampf wird wohl in der nächsten Nacht eintreten, mein armer Schmucke. Sobald der Notar und deine beiden Freunde fortgegangen sind, gehst du unsern guten Abbé Duplanty holen, den Vikar der Kirche Saint-François. Der würdige Mann weiß nicht, daß ich krank bin, und ich will morgen mittag die heiligen Sakramente empfangen ...«

Eine lange Pause trat ein.

»Gott hat nicht gewollt, daß mein Leben so verlief, wie ich es mir erträumt hatte«, fuhr Pons fort. »Wie gern hätte ich eine Frau, Kinder, eine Familie gehabt ...! In einem Winkel von ein paar lebendigen Wesen geliebt zu werden, das war mein ganzer Ehrgeiz! Das Leben ist für jedermann bitter; ich habe

Leute gekannt, die alles hatten, was ich vergeblich wünschte, und die dennoch nicht glücklich waren ... Am Ende meiner Erdenbahn hat der liebe Gott mich einen unverhofften Trost finden lassen, als er mir einen Freund wie dich gab ...! Ich habe mir nicht vorzuwerfen, daß ich dich verkannt oder schlecht gewürdigt hätte ..., mein guter Schmucke. Ich habe dir mein Herz und all meine Liebeskraft gegeben ... Weine nicht, Schmucke, oder ich sage kein Wort mehr. Dabei ist es doch so schön für mich, von uns zu sprechen ... Wenn ich auf dich gehört hätte, könnte ich noch weiterleben. Ich hätte die Gesellschaft und meine Gewohnheiten aufgegeben und hätte dabei keine tödlichen Wunden empfangen. Kurzum, ich will mich jetzt nur noch mit dir beschäftigen ...«

»Das ist nicht recht ...«

»Widersprich mir nicht, hör zu, lieber Freund ... Du hast die Arglosigkeit und Herzensreinheit eines sechsjährigen Kindes, das nie seine Mutter verlassen hat. Das ist aller Ehren wert. Es kommt mir so vor, als ob Gott persönlich sich der Wesen annehme, die wie du sind. Aber die Menschen sind so böse, daß ich dich gegen sie wappnen muß. Du wirst also dein edles Vertrauen, deine heilige Gutgläubigkeit einbüßen, diese Gnade der reinen Seelen, die nur genialen Menschen und Herzen wie dem deinigen eignet ... Du wirst bald sehen, daß Madame Cibot, die uns durch den Spalt der offenstehenden Tür genau beobachtet hat, das falsche Testament holen kommt ... Ich vermute, daß die Spitzbübin das heute morgen tun wird, wenn sie meint, du seiest eingeschlafen. Hör gut zu und befolge meine Anweisungen Punkt für Punkt ... Hörst du auch zu?« fragte der Kranke.

Von Schmerz überwältigt und von gräßlichem Herzklopfen gequält, hatte Schmucke seinen Kopf auf die Sessellehne sinken lassen und schien ohnmächtig zu sein.

»Ja, ich höre dich, aber so, als wenn du zweihundert Schritte von mir entfernt wärst ... Es kommt mir vor, als wenn ich mit dir ins Grab sänke ...!« sagte der Deutsche, den sein Schmerz zermalmte.

Er trat zu Pons hin, nahm eine seiner Hände und hielt sie zwischen den seinen. So sprach er innerlich ein glühendes Gebet.

»Was murmelst du da auf deutsch ...?«

»Ich habe Gott gebeten, uns zusammen zu sich zu rufen . . .!« erwiderte er schlicht, als er sein Gebet beendet hatte.

Pons beugte sich unter Qualen vor; er verspürte unerträgliche Schmerzen an der Leber. Er konnte sich bis zu Schmucke neigen und küßte ihn auf die Stirn. Er hauchte seine Seele wie einen Segen über dies Menschenwesen, das wie das Lamm war, das zu Füßen Gottes ruht.

»Komm! Hör mich an, mein guter Schmucke, Sterbenden muß man gehorchen . . .«

»Sprich nur.«

»Aus deinem Zimmer kommt man durch die kleine Tür deiner Schlafnische in das meine. Sie führt in einen Nebenraum des meinigen.«

»Ja, aber sie ist ganz mit Bildern verstellt.«

»Du wirst diese Tür augenblicklich frei machen, ohne großen Lärm . . .!«

»Ja . . .«

»Mach den Durchgang auf beiden Seiten frei, bei dir, wie bei mir. Dann läßt du deine Tür angelehnt. Wenn die Cibot dich bei mir ablösen kommt (sie ist imstande und kommt heut eine Stunde früher), dann gehst du wie gewöhnlich schlafen und stellst dich sehr müde. Versuche so auszusehen, als ob du eingenickt wärst . . . Sobald sie sich in ihren Sessel gesetzt hat, komm durch deine Tür und paß auf. Du brauchst nur den kleinen Musselinvorhang der Glastür da ein bißchen beiseite zu schieben. Schau genau hin, was sich ereignet . . . Verstehst du mich?«

»Ich habe dich verstanden. Du glaubst, daß die Schurkin das Testament verbrennen will . . .«

»Ich weiß nicht, was sie tun wird, aber ich bin überzeugt, daß du sie danach nicht mehr für einen Engel hältst. Jetzt mach mir ein wenig Musik. Erfreu mich durch eine deiner Improvisationen . . . Das lenkt dich ab. Du wirst deine trüben Gedanken los und erfüllst mir diese traurige Nacht mit deinen Tondichtungen . . .«

Schmucke setzte sich ans Klavier. Nun er sich auf diesem Boden befand, trug die musikalische Inspiration, die das Beben des Schmerzes und die dadurch verursachte Erregung hervorrief, den guten Deutschen nach seiner Gewohnheit innerhalb weniger

Augenblicke über alles Erdenleid empor. Er fand erhabene Themen, die er mit Variationen umgab und die er bald mit dem Schmerz und der raffaelischen Vollendung Chopins vortrug, bald mit dem Schwung und der dantesken Gewalt Liszts, der beiden musikalischen Begabungen, die derjenigen Paganinis am nächsten kommen. Das bis zu diesem Grade der Vollkommenheit gediehene Spiel erhebt den Spieler augenscheinlich auf die Höhe des Dichters. Er ist für den Komponisten, was der Schauspieler für den Dramatiker: ein göttlicher Vermittler göttlicher Dinge In dieser Nacht aber, in der Schmucke Pons im voraus die Klänge des Paradieses genießen ließ, jene köstliche Musik, die den Händen der heiligen Cäcilie ihre Instrumente entfallen läßt, wurde er Beethoven und Paganini zugleich, Schöpfer und Deuter! Unversiegbar wie die Nachtigall, erhaben wie der Himmel, unter dem sie singt, vielfältig und voller Laubes wie der Wald, den sie mit ihren Trillern erfüllt, übertraf er sich selber und versenkte den alten Musiker, der lauschte, in jene Entrückung, die Raffael gemalt hat und die man in Bologna sehen kann. Die Tondichtung wurde durch ein scheußliches Schellen unterbrochen. Das Dienstmädchen der Mieter vom ersten Stock kam, um Schmucke im Auftrag ihrer Herrschaft zu bitten, diesen Lärm einzustellen. Madame, Monsieur und Mademoiselle Chapoulot waren aufgewacht, konnten nicht wieder einschlafen und wiesen darauf hin, daß der Tag lang genug zum Einüben von Bühnenmusik sei und daß man in einem Hause des Marais-Viertels nächtlicherweise nicht klimpern dürfe ... Es war gegen drei Uhr morgens. Wie Pons vorausgesehen hatte, als ob er die Besprechung Fraisiers und der Cibot mitangehört hätte, erschien die Portiersfrau um halb vier. Der Kranke warf Schmucke einen Blick des Einverständnisses zu, der besagte: »Hab' ich's nicht richtig erraten?« Und er gab sich den Anschein eines tief Schlafenden.

Die Cibot war so fest von der Harmlosigkeit Schmuckes überzeugt – und in dieser als einem ihrer großen Mittel liegt der Grund für den Erfolg aller Kinderlisten –, daß sie ihm keine Verstellung zutraute, als sie ihn auf sich zukommen sah und er mit zugleich kläglicher und freudiger Miene sagte: »Er hat eine furchtbare Nacht. Er ist voll teuflischer Unruhe. Ich war gezwungen, Musik zu machen, um ihn zu beruhigen, und die Mieter vom ersten Stock sind heraufgekommen und haben mich bitten lassen, doch aufzuhören ... Das ist scheußlich, denn es handelte sich um das Leben meines Freundes. Ich bin derartig müde, weil ich die ganze Nacht gespielt habe, daß ich heute morgen am Umfallen bin.«

»Meinem armen Mann geht's auch sehr schlecht, noch ein Tag wie der gestrige, und es gibt keine Hilfe mehr ...! Nichts zu machen! Gottes Wille geschehe!«

»Sie sind eine so gute Seele, ein so ehrliches Herz, daß wir zusammen weiterleben wollen, wenn Papa Cibot stirbt . .!« sagte der listige Schmucke.

Wenn schlichte, offene Menschen zu heucheln beginnen, sind sie furchtbar, ganz und gar wie Kinder, die ihre Fallen mit einer Vollendung stellen, wie sie die wilden Indianer entfalten.

»Na, dann gehn Sie nur schlafen, Kindchen!« sagte die Cibot. »Sie haben so müde Augen; faustgroß sind sie geworden. Marsch ins Bett! Was mich über den Verlust meines Mannes trösten könnte, ist der Gedanke, meine Tage mit einem so guten Menschen, wie Sie es sind, zu beschließen. Seien Sie unbesorgt; mit der Madame Chapoulot werde ich schon einen Tanz aufführen ... Wie kommt denn ein Krämerweib im Ruhestand dazu, solche Forderungen zu stellen ...!«

Schmucke begab sich auf den von ihm vorbereiteten Beobachtungsposten. Die Cibot hatte die Wohnungstür angelehnt gelassen, und nach seinem Eintreten schloß Fraisier sie leise, sobald Schmucke sich bei sich eingeschlossen hatte. Der Anwalt war mit einer brennenden Kerze versehen sowie mit einem äußerst dünnen Messingdraht, um das Testament entsiegeln zu können. Die Cibot konnte das Taschentuch, in das der Schreibtischschlüssel eingeknotet war und das unter Pons' Kopfkissen steckte, um so leichter herausziehen, als der Kranke sein Taschentuch absichtlich unter seinem Kissen hatte hervorlugen lassen. Ferner kam er dem Vorgehen der Cibot dadurch entgegen, daß er die Nase in den freien Raum zwischen Wand und Bett hielt und eine Stellung innehatte, bei der das Taschentuch in aller Freiheit weggezogen werden konnte. Die Cibot ging sofort an den Sekretär, klappte ihn auf, wobei sie sich bemühte, so wenig Lärm wie möglich zu machen, fand die Feder des Geheimfachs und eilte mit dem Testament in der Hand ins Wohnzimmer. Dieser Umstand beschäftigte Pons im höchsten Grade. Schmucke dagegen zitterte von Kopf bis Fuß, wie wenn er ein Verbrechen begangen hätte.

»Setzen Sie sich wieder hin«, sagte Fraisier, als er das Testament von der Cibot in Empfang genommen hatte, »wenn er aufwacht, muß er Sie neben sich vorfinden.« Nachdem er den Umschlag mit einer Geschicklichkeit entsiegelt hatte, die verriet, daß dies nicht sein erster Versuch war, verfiel Fraisier in tiefes Staunen, als er folgenden seltsamen Text las.

»Dies ist mein Testament

Heute, am fünfzehnten April eintausendachthundertundfünfundvierzig, habe ich im vollen Besitz meiner Geisteskräfte, wie dieses mit dem Notar Trognon zusammen aufgesetzte Testament beweisen wird, im Vorgefühl meines nahen Todes, der auf die Krankheit zurückzuführen ist, die mich in den ersten Tagen des vergangenen Februar befallen hat, über mein Hab und Gut folgende letztwillige Verfügung getroffen:

Ich habe immer wieder die nachteiligen Umstände festgestellt, die den Meisterwerken der Malerei schaden und oft ihre Zerstörung herbeigeführt haben. Ich habe die schönen Gemälde bedauert, die dazu verdammt sind, ewig von Land zu Land zu reisen, ohne jemals einen festen Platz zu finden, an dem die Bewunderer dieser Meisterwerke sie betrachten könnten. Ich war immer der Ansicht, daß die wahrhaft unsterblichen Leistungen der großen Meister Nationaleigentum und dem Volk ständig vor Augen sein müßten, wie das Licht, das Meisterwerk Gottes, allen seinen Kindern dient.

Da ich nun mein Leben damit hingebracht habe, einige Gemälde zu sammeln und auszuwählen, die ruhmreiche Werke der größten Meister sind; da diese Gemälde sich in ihrem ursprünglichen Zustand ohne Veränderungen und Übermalungen befinden, habe ich nicht ohne Kummer daran denken müssen, daß diese Bilder, die das Glück meines Lebens bedeutet haben, öffentlich versteigert werden könnten, so daß die einen zu den Engländern, die andern nach Rußland gelangten, abermals verstreut, wie sie es vor ihrer Vereinigung bei mir waren. Ich habe daher beschlossen, sie vor diesem elenden Los zu bewahren, gerade wie die prächtigen Rahmen, die sie umschließen und die sämtlich von kunstfertigen Handwerkern stammen.

Aus diesen Beweggründen vermache ich also, als Bestandteil des Louvre-Museums, dem König die Gemälde, aus denen meine Sammlung besteht, unter der Bedingung, daß – wenn die Schenkung angenommen wird – meinem Freunde Wilhelm Schmucke eine Leibrente von zweitausendvierhundert Francs ausgesetzt wird.

Falls der König als Nutznießer des Museums mein Vermächtnis mit dieser Auflage nicht annimmt, sollen die genannten Gemälde Bestandteil des Vermächtnisses werden, das ich meinem Freund Schmucke in Gestalt aller Wertsachen, die ich besitze, hinterlasse, mit der Auflage, den Affenkopf von Goya meinem Vetter, dem Präsidenten Camusot, und das Blumen-Stilleben von Abraham Mignon, das Tulpen darstellt, dem Notar Trognon zuzustellen, den ich hiermit zu meinem Testamentsvollstrecker ernenne; ferner soll Madame Cibot, die seit zehn Jahren meinen Haushalt führt, zweihundert Francs Rente ausgesetzt werden.

Schließlich soll mein Freund Schmucke die Kreuzabnahme von Rubens, den Entwurf zu seinem berühmten Antwerpener Gemälde, meiner Pfarrei zum Schmuck einer Kapelle übergeben, als Dank für die gütigen Bemühungen des Vikars Duplanty, dem ich es verdanke, als Christ und Katholik sterben zu können«, usw.

»Das ist der Ruin!« sagte sich Fraisier, »das Scheitern all meiner Hoffnungen. Oh, ich beginne alles zu glauben, was die Präsidentin mir über die Bosheit dieses alten Künstlers gesagt hat ...!«

»Na, und?« kam die Cibot fragen.

»Ihr Herr ist ein Scheusal! Er vermacht alles dem Museum, dem Staat. Gegen den Staat kann man nicht prozessieren ...! Das Testament ist unanfechtbar. Wir sind betrogen, zugrunde gerichtet, ausgeraubt, gemordet ...!«

»Was hat er mir vermacht ...?«

»Zweihundert Francs Leibrente ...«

»Ein schöner Schlag ...! Das ist ja ein ausgemachter Lump ...!«

»Schauen Sie nach«, sagte Fraisier, »ich stecke das Testament Ihres Lumpen wieder in den Umschlag.«

Sowie Madame Cibot den Rücken gekehrt hatte, ersetzte Fraisier schnell das Testament, das er in seine Tasche steckte, durch ein weißes Blatt Papier. Dann versiegelte er den Umschlag wieder so geschickt, daß er Madame Cibot, als sie zurückkam, das Siegel zeigen und sie fragen konnte, ob sie die geringste Spur dieser Handlung bemerke. Die Cibot nahm den Umschlag, befühlte ihn, stellte fest, daß etwas darin war, und seufzte tief auf. Sie hatte gehofft, daß Fraisier das fatale Dokument verbrennen werde.

»Was bleibt uns jetzt zu tun übrig, lieber Monsieur Fraisier?« fragte sie.

»Tja! Das ist Ihre Sache. Ich bin kein Erbe; wenn ich aber das geringste Anrecht auf das da hätte«, sagte er und zeigte auf die Sammlung, »wüßte ich schon, was ich tun würde...«

»Das frage ich Sie ja gerade...«, sagte die Cibot ziemlich einfältig.

»Es ist noch Feuer im Kamin...«, erwiderte er und stand auf, um zu gehn.

»Tatsächlich, nur Sie und ich wissen darum...!« sagte die Cibot.

»Man kann niemals beweisen, daß ein Testament vorhanden war«, fuhr der Jurist fort.

»Und Sie?«

»Ich...? Wenn Pons ohne Testament stirbt, sichere ich Ihnen hunderttausend Francs zu.«

»Ach ja, natürlich!« sagte sie. »Man verspricht einem goldene Berge, und wenn es dann soweit ist, wenn's ans Bezahlen geht, wird man begaunert wie...«

Sie verstummte rechtzeitig; sie war drauf und dran gewesen, Fraisier von Elias Magus zu erzählen...

»Ich mache, daß ich wegkomme!« sagte Fraisier. »Es liegt in Ihrem Interesse, daß ich in der Wohnung nicht gesehen werde; wir können uns aber unten in Ihrer Loge treffen.«

Nachdem sie die Tür verschlossen hatte, kam die Cibot mit dem Testament in der Hand in der festen Absicht zurück, es ins Feuer zu werfen. Als sie aber wieder ins Zimmer trat und auf den Kamin zuging, fühlte sie sich an beiden Armen gepackt ... Sie befand sich zwischen Pons und Schmucke, die auf beiden Seiten der Tür an der Wand gelehnt hatten.

»Oh!« schrie die Cibot auf.

In furchtbaren Krampfzuckungen fiel sie mit dem Gesicht nach vorn nieder; ob sie echt oder nur gespielt waren, hat sich niemals feststellen lassen. Dieser Anblick machte auf Pons einen solchen Eindruck, daß er von tödlicher Schwäche befallen wurde, und Schmucke ließ die Cibot liegen, um Pons wieder ins Bett zu bringen. Die beiden Freunde zitterten wie Leute, die in Ausführung eines mühseligen Auftrags ihre Kräfte überanstrengt haben. Als Pons wieder im Bett lag und Schmucke wieder einigermaßen zu Kräften gekommen war, hörte er ein Schluchzen. Die Cibot brach hingekniet in Tränen aus und streckte den beiden Freunden mit höchst ausdrucksvoller Bittgebärde die Hände entgegen.

»Es war bloß Neugier!« sagte sie, als sie die Augen der beiden Freunde auf sich gerichtet sah. »Guter Monsieur Pons, Sie wissen ja, das ist der Fehler der Frauen! Aber ich habe nicht gewußt, wie ich es anfangen sollte, Ihr Testament zu lesen, und ich wollte es gerade wieder zurückbringen ...!«

»Scheren Sie sich weg!« sagte Schmucke, der sich zur vollen Höhe seiner Entrüstung aufreckte. »Sie sind ein Ungeheuer. Sie haben versucht, meinen guten Pons umzubringen. Er hat recht. Sie sind schlimmer als ein Ungeheuer. Sie sind verdammt!«

Als die Cibot den Abscheu auf dem Gesicht des biederen Deutschen gewahrte, erhob sie sich stolz wie Tartuffe, warf einen Blick auf Schmucke, der ihn erzittern ließ, und ging hinaus, wobei sie, unter ihrem Rock verborgen, ein herrliches kleines Gemälde von Metsu forttrug, das Elias Magus sehr bewundert und von dem er gesagt hatte: »Das ist ein Diamant!« In ihrer Loge fand die Cibot Fraisier vor, der auf sie wartete und hoffte, daß sie den Umschlag und den weißen Bogen verbrannt hätte, durch den er das Testament ersetzt hatte. Er war sehr erstaunt, seine Mandantin bestürzt und mit aufgelösten Zügen vor sich zu sehen.

»Was ist denn los?«

»Los ist, daß Sie mich unter dem Vorwand, mir gute Ratschläge zu geben und mich zu leiten, für immer um meine Renten und das Vertrauen der beiden Herren gebracht haben.«

Und sie erging sich in einer jener Wortkaskaden, auf die sie sich so trefflich verstand.

»Verschonen Sie mich mit überflüssigem Gerede«, rief Fraisier trocken und brachte seine Mandantin zum Innehalten. »Zur Sache! Zur Sache! Und ein bißchen plötzlich!«

»Also, folgendermaßen hat es sich zugetragen.«

Und nun schilderte sie die Szene, die sich soeben abgespielt hatte.

»Ich habe Sie um gar nichts gebracht«, erwiderte Fraisier. »Die beiden Herren haben wohl schon an Ihrer Rechtlichkeit gezweifelt, da sie Ihnen diese Falle gestellt haben. Sie haben Sie erwartet und beobachtet ...! Sie haben mir nicht alles gestanden ...«, fügte der Sachwalter hinzu und warf einen Tigerblick auf die Portiersfrau.

»Ich – und Ihnen etwas verheimlichen ...! Nach allem, was wir zusammen unternommen haben ...?« sagte sie und bebte.

»Aber, Beste, ich habe doch nichts Anfechtbares getan!« sagte Fraisier und offenbarte damit die Absicht, seinen nächtlichen Besuch bei Pons zu verleugnen.

Der Cibot war, als ob ihre Haare ihr den Schädel verbrennten, und Eiseskälte überfiel sie.

»Wie ...?« fragte sie sprachlos.

»Da hätten wir nun ein Verbrechen ganz nach Wunsch ...! Sie können der Testamentsunterschlagung bezichtigt werden«, antwortete Fraisier kühl.

Die Cibot machte eine entsetzte Gebärde.

»Beruhigen Sie sich, ich bin Ihr Rechtsberater«, fuhr er fort. »Ich habe Ihnen nur beweisen wollen, wie leicht es ist, auf die eine oder andere Art das durchzuführen, was ich Ihnen vorher auseinandergesetzt habe. Aber jetzt passen Sie mal auf! Was haben Sie angestellt, daß dieser arglose Deutsche sich ohne Ihr Wissen in dem Zimmer versteckt hat ...?«

»Nichts. Daran ist vielleicht der Vorfall von neulich schuld, als ich Monsieur Pons eingeredet habe, er sehe Gespenster. Seit diesem Tag haben die beiden Herren ihr Betragen mir gegenüber völlig geändert. Auf diese Weise sind *Sie* die Ursache all meines

Unglücks, denn wenn ich auch die Gewalt über Monsieur Pons verloren hatte, so war ich doch des Deutschen sicher; er hat sogar schon davon gesprochen, mich zu heiraten oder mich mit sich zu nehmen, das ist ja dasselbe.«

Dieser Grund war so einleuchtend, daß Fraisier gezwungen war, sich damit zufriedenzugeben.

»Beruhigen Sie sich«, fuhr er fort, »ich habe Ihnen eine Leibrente zugesichert; ich werde mein Wort halten. Bislang hat alles in dieser Angelegenheit auf Annahmen beruht; jetzt aber ist sie Banknoten wert ... Sie sollen mindestens zwölfhundert Francs Leibrente erhalten ... Aber, meine gute Madame Cibot, Sie müssen meinen Anordnungen Folge leisten und sie verständig ausführen.«

»Ja, lieber Monsieur Fraisier«, sagte die völlig gebändigte Portiersfrau mit unterwürfiger Nachgiebigkeit.

»Na, also! Auf Wiedersehn!« gab Fraisier zurück, verließ die Loge und nahm das gefährliche Testament mit sich.

Er kam ganz heiter nach Hause, denn dieses Testament war eine fürchterliche Waffe.

Er sagte sich: »Damit habe ich eine gute Garantie für die Zuverlässigkeit der Frau Präsidentin de Marville. Wenn es ihr einfallen sollte, ihr Wort nicht zu halten, würde sie der Erbschaft verlustig gehn.«

Als Rémonencq in der Morgenfrühe seinen Laden geöffnet und ihn unter der Obhut seiner Schwester gelassen hatte, ging er auf Grund einer seit einigen Tagen angenommenen Gewohnheit, nach seinem guten Freund Cibot sehen, und fand die Portiersfrau dabei, das Gemälde von Metsu anzuschauen, wobei sie überlegte, wieso ein kleines, bemaltes Brett soviel Geld wert sein könnte.

»Ei, ei!« sagte er und blickte der Cibot dabei über die Schulter, »das ist das einzige Stück, das nicht zu ergattern Monsieur Magus bedauert hat. Er behauptet, mit dem kleinen Dings da würde ihm nichts mehr zum Glücklichsein fehlen.«

»Was würde er wohl dafür geben?« fragte die Cibot.

»Wenn Sie mir versprechen, mich noch im ersten Jahr Ihrer Witwenschaft zu heiraten, mache ich mich anheischig, von Elias Magus zwanzigtausend Francs dafür zu bekommen; aber wenn

Sie mich nicht heiraten, können Sie dies Bild niemals für mehr als tausend Francs verkaufen.« – »Und wieso?«

»Tja, Sie müssen dann wohl als Besitzerin eine Quittung unterschreiben, und dann haben Sie einen Prozeß mit den Erben am Hals. Wenn Sie meine Frau sind, verkaufe ich an Monsieur Magus, und von einem Händler wird lediglich die Eintragung in sein Einkaufsregister verlangt. Ich würde dann schreiben, Monsieur Schmucke habe es mir verkauft. Kommen Sie, das Brettchen wird am besten bei mir untergebracht ... Wenn Ihr Mann sterben sollte, könnten Sie leicht allerlei Scherereien haben. Aber daß ich ein Bild im Hause habe, dabei wird niemand etwas Auffälliges finden ... Sie kennen mich gut. Wenn Sie wollen, kann ich Ihnen übrigens eine Empfangsbestätigung ausstellen.«

In der strafbaren Lage, in der sie ertappt worden war, nahm die habgierige Portiersfrau diesen Vorschlag an, der sie für immer an den Trödler fesselte.

»Sie haben recht, bringen Sie mir den Schein«, sagte sie und schloß das Bild in ihrer Kommode ein.

»Nachbarin«, sagte der Trödler leise und zog die Cibot auf die Türschwelle, »ich sehe schon, daß wir unsern armen Freund Cibot nicht retten werden. Doktor Poulain hat gestern abend alle Hoffnung aufgegeben und gemeint, Cibot werde den Tag nicht überleben ... Das ist ein großes Unglück! Aber schließlich waren Sie hier nicht am richtigen Platz ... Ihr Platz ist in einem schönen Antiquitätenladen auf dem Boulevard des Capucines. Wissen Sie, daß ich in zehn Jahren gut an die hunderttausend Francs verdient habe und daß ich, wenn Sie eines Tages ebensoviel haben, mich erbiete, Ihnen ein glückliches Los zu bereiten ..., wenn Sie meine Frau werden ... Dann sind Sie eine richtige Bürgersfrau. Sie wären von meiner Schwester aufs beste versorgt; sie würde den Haushalt führen, und ...«

Der Verführer wurde durch das herzzerreißende Stöhnen des kleinen Schneiders unterbrochen, dessen Todeskampf begann.

»Gehn Sie jetzt«, sagte die Cibot, »Sie sind ein abscheulicher Mensch, mir von diesen Dingen zu sprechen, während mein armer Mann unter solchen Umständen stirbt.«

»Ach, das kommt, weil ich Sie liebe«, sagte Rémonencq, »ich könnte alles zugrunde richten, um Sie zu besitzen ...«

»Wenn Sie mich liebten, könnten Sie in diesem Augenblick gar nichts sagen«, erwiderte sie.

Und Rémonencq ging in seine Behausung und war sicher, daß er die Cibot heiraten werde.

Gegen zehn Uhr entstand an der Haustür ein Menschenauflauf; Cibot bekam die letzte Ölung. Alle Freunde der Cibots, die Portiers und ihre Frauen aus der Rue de Normandie und den anstoßenden Straßen füllten die Loge, den Hausgang und das Vorderhaus nach der Straße zu. Auf diese Weise wurde Monsieur Léopold Hannequin, der mit einem seiner Kollegen kam, keinerlei Aufmerksamkeit geschenkt, und ebensowenig Schwab und Brunner, die zu Pons gelangen konnten, ohne von Madame Cibot gesehen zu werden. Die Portiersfrau des Nachbarhauses, an die der Notar sich wandte, um zu erfahren, in welchem Stock Pons wohne, gab ihm die Wohnung an. Was Brunner betrifft, der mit Schwab zusammen kam, so hatte dieser ja das Museum Pons bereits einmal besichtigt. Er ging vorbei, ohne etwas zu sagen und zeigte seinem Kompagnon den Weg ... Pons erklärte sein Testament vom Vortage in aller Form für nichtig und setzte Schmucke als Universalerben ein. Als dieser Akt vollzogen war und Pons Schwab und Brunner gedankt und Monsieur Léopold Hannequin Schmuckes Interessen warm ans Herz gelegt hatte, verfiel er, infolge der in der nächtlichen Szene mit der Cibot wie bei diesem letzten Akt des bürgerlichen Lebens aufgewandten Kraft in eine solche Schwäche, daß Schmucke Schwab bat, den Abbé Duplanty zu verständigen; er wollte das Krankenlager seines Freundes nicht verlassen, und Pons verlangte nach den Sakramenten. Die Cibot saß am Fußende des Bettes ihres Mannes und kümmerte sich nicht im mindesten um Schmuckes Frühstück. Im übrigen war sie ja auch von den beiden Freunden an die Luft gesetzt worden. Die Ereignisse dieses Morgens, der Anblick des gottergebenen Sterbens seines Pons, der heldenhaft dem Ende entgegenging, bedrückten übrigens Schmuckes Herz so sehr, daß er keinen Hunger verspürte.

Nichtsdestoweniger bat die Portiersfrau gegen zwei Uhr, da sie den alten Deutschen nicht gesehen hatte, sowohl aus Neugier als auch aus Interesse, Rémonencqs Schwester, doch einmal nachzusehen, ob Schmucke nichts nötig habe. In diesem Augenblick gab der Abbé Duplanty, dem der arme Musiker gerade die letzte Beichte abgelegt hatte, ihm die letzte Ölung. Mademoiselle Rémonencq störte somit die Feierlichkeit durch wiederholtes Klingeln. Da nun aber Pons Schmucke den Schwur abgenommen hatte, daß er niemanden hereinlassen werde – so sehr fürchtete er, bestohlen zu werden –, ließ Schmucke Mademoiselle Rémonencq ruhig schellen. Ganz bestürzt ging sie wieder hinunter und sagte der Cibot, Schmucke habe ihr nicht geöffnet. Dieser sehr bezeichnende Umstand wurde von Fraisier vermerkt. Schmucke, der noch niemals jemanden hatte sterben sehen, würde nunmehr all den Schwierigkeiten gegenüberstehen, mit denen man sich in Paris bei einem Todesfall herumschlagen muß, zumal wenn man ohne Hilfe, ohne gesetzlichen Vertreter und Unterstützung dasteht. Fraisier, der wußte, daß wahrhaft trauernde Hinterbliebene in solchen Fällen den Kopf verlieren, und der von frühmorgens an seit dem Frühstück mit Doktor Poulain in ständiger Beratung in der Loge gesessen hatte, faßte jetzt den Plan, alle Schritte Schmuckes persönlich zu leiten.

Auf folgende Weise stellten die beiden Freunde, Doktor Poulain und Fraisier, es an, um zu diesem wichtigen Ergebnis zu gelangen.

Der Küster der Kirche Saint-François, ein früherer Glaswarenhändler namens Cantinet, wohnte in der Rue d'Orléans im Nachbarhause des Doktors Poulain. Nun aber war Madame Cantinet, eine Stuhlvermieterin, von Doktor Poulain umsonst behandelt worden und ihm natürlich durch Dankbarkeit so sehr verbunden, daß sie ihm oft genug sämtliche Unglücksfälle ihres Lebens geschildert hatte. Die beiden Nußknacker, die alle Sonntage und an den Festtagen zur Messe in die Kirche Saint-François gingen, standen auf gutem Fuß mit dem Küster, dem Schweizer, dem Weihwasserspender, kurzum, mit dem ganzen kirchlichen Personal, das in Paris »niedere Geistlichkeit« genannt wird und das von den Gläubigen kleine Trinkgelder erhält. Madame Cantinet kannte also Schmucke genauso gut, wie er sie kannte. Jene Madame Cantinet nun aber hatte zwei wunde Stellen, die Fraisier erlaubten, aus ihr ein blindes, unfreiwilliges Werkzeug zu machen. Der für das Theater begeisterte junge Cantinet hatte sich geweigert, die kirchliche Laufbahn einzuschlagen, in der er

Schweizer hätte werden können. Er trat zunächst als Statist im ›Cirque-Olympique‹ auf und führte ein zügelloses Leben, das seiner Mutter Kummer machte; ihre Börse wurde oft durch gewaltsame Anleihen geleert. Dann war Cantinet, der den geistigen Getränken und der Trägheit huldigte, durch diese beiden Laster gezwungen worden, seinen Handel aufzugeben. Weit entfernt, sich zu bessern, hatte der Unglückliche in seinen Obliegenheiten neuen Nährstoff für seine beiden Leidenschaften gefunden: Er tat nichts und betrank sich mit den Kutschern der Hochzeitszüge, mit den Leuten der Beerdigungsinstitute, mit den vom Pfarrer unterstützten Bettlern, so daß sein Gesicht schon von der Mittagsstunde an kardinalspurpurrot glühte.

Madame Cantinet sah sich auf ihre alten Tage dem Elend preisgegeben, nachdem sie – wie sie behauptete – ihrem Gatten zwölftausend Francs Mitgift mit in die Ehe gebracht hatte. Die Geschichte dieser Unglücksfälle, die sie dem Doktor Poulain hundertmal erzählt hatte, brachte diesen auf den Gedanken, sich ihrer zu bedienen, um Madame Sauvage leichter bei Pons und Schmucke als Köchin und Reinmachfrau unterzubringen. Madame Sauvage direkt anzubieten war unmöglich, denn das Mißtrauen der beiden Nußknacker richtete sich jetzt gegen alle und jeden, und ihre Weigerung, Mademoiselle Rémonencq die Tür aufzumachen, hatte Fraisier in dieser Hinsicht zur Genüge belehrt. Allein beide Freunde waren überzeugt, daß die frommen Musiker unbesehen eine Frau anstellen würden, die ihnen der Abbé Duplanty empfahl. Nach ihrem Plan sollte Madame Sauvage die Madame Cantinet begleiten, und wenn Fraisiers Hausgehilfin erst mal an Ort und Stelle wäre, würde sie ebensoviel wert sein wie Fraisier persönlich.

Als der Abbé Duplanty den Hauseingang betrat, wurde er für eine kurze Weile durch die Menge der Freunde Cibots aufgehalten, die dem ältesten und am meisten geachteten Portier des Viertels ihre Teilnahme bezeigte.

Doktor Poulain begrüßte den Abbé Duplanty, nahm ihn beiseite und sagte zu ihm: »Ich bin gerade auf dem Weg zu dem armen Monsieur Pons. Er könnte noch davonkommen. Er müßte dazu bewogen werden, sich einer Gallensteinoperation zu unterziehen. Man kann die Steine von außen fühlen; sie rufen eine Entzündung hervor, die zum Tode führen wird. Vielleicht ist es aber noch früh genug, den Eingriff vorzunehmen. Sie müßten Ihren Einfluß auf Ihr Beichtkind dahingehend geltend machen, daß es die Operation vornehmen läßt. Ich stehe für sein Leben ein, wenn sich bei der Durchführung keine Komplikationen ergeben.«

»Sobald ich die heilige Monstranz in die Kirche zurückgebracht habe, komme ich wieder«, sagte der Abbé Duplanty, »Monsieur Schmucke befindet sich in einem Zustand, der geistlichen Zuspruch erfordert.«

»Ich habe gerade gehört, daß er allein ist«, bemerkte Doktor Poulain. »Der gute Deutsche hatte heute morgen eine kleine Auseinandersetzung mit Madame Cibot, die seit zehn Jahren den Haushalt der beiden Herren führt, und sie haben sich entzweit, aber wohl nur vorübergehend. Er kann aber unter den jetzigen Umständen nicht ohne Hilfe bleiben. Es ist eine Pflicht der Nächstenliebe, sich seiner anzunehmen. Hören Sie mal, Cantinet«, sagte der Doktor und rief den Küster herbei, »fragen Sie doch einmal Ihre Frau, ob sie für ein paar Tage anstelle der Madame Cibot Monsieur Pons pflegen und den Haushalt von Monsieur Schmucke führen will . . . Madame Cibot hätte im übrigen jetzt ja auch ohne diesen Zwischenfall abgelöst werden müssen. Die Cantinet ist eine ordentliche Frau«, sagte der Doktor zu Abbé Duplanty.

»Es läßt sich keine bessere Wahl treffen«, antwortete der gute Priester, »sie genießt das Vertrauen der Firma, für die sie die Stuhlmiete einzieht.«

Ein paar Minuten später beobachtete der Doktor Poulain am Kopfende des Bettes Pons' fortschreitenden Todeskampf; Schmucke flehte ihn vergeblich an, sich operieren zu lassen. Der alte Musiker antwortete auf die verzweifelten Bitten des armen Deutschen nur durch ein Kopfschütteln und gelegentliche Gebärden der Ungeduld. Schließlich raffte der Sterbende alle seine Kraft zusammen, warf einen fürchterlichen Blick auf Schmucke und sagte zu ihm: »So laß mich doch ruhig sterben . . .!«

Schmucke war in seinem Schmerz dem Tode nahe; allein er ergriff die Hand des Freundes, küßte sie sanft, hielt sie zwischen seinen beiden Händen und versuchte so, ihm noch einmal sein eigenes Leben einzuflößen. Da hörte der Doktor Poulain, daß es schellte, und Abbé Duplanty ging die Tür öffnen.

»Unser armer Kranker«, sagte Poulain, »beginnt sich gegen die Umklammerung des Todes zu wehren. In wenigen Stunden wird er ausgelitten haben. Sie schicken doch sicher einen Priester zur Nachtwache her. Es ist aber an der Zeit, Monsieur Schmucke Madame Cantinet und eine Reinmachfrau zur Verfügung zu stellen. Er ist außerstande, irgend etwas zu bedenken. Ich fürchte für seinen Verstand, und hier befinden sich Werte, die durch zuverlässige Leute behütet werden müssen.«

Dem Abbé Duplanty, einem guten, würdigen Priester ohne Mißtrauen und Arg, leuchtete die Wahrheit der Bemerkungen des Doktors Poulain ein. Im übrigen war er von den Qualitäten des Arztes seines Viertels überzeugt. Er bedeutete daher Schmucke, daß er mit ihm sprechen müsse, und blieb auf der Schwelle des Sterbezimmers stehen. Schmucke konnte sich nicht entschließen, die Hand seines Freundes Pons fahrenzulassen, die sich verkrampfte und sich an die seine klammerte, als ob er in einen Abgrund gleite und sich an irgend etwas halten wolle, um nicht hineinzustürzen. Bekanntlich leiden die Sterbenden unter einer Zwangsvorstellung, die sie treibt, sich aller Dinge zu bemächtigen, wie Leute, die bei einem Brand bestrebt sind, ihre wertvollsten Habseligkeiten fortzuschaffen, und so ließ Pons Schmucke los, um seine Decken zu ergreifen und sie mit einer schrecklichen und bezeichnenden Geste der Habgier und Eile an sich zu raffen.

»Was soll aus Ihnen werden, wenn Sie mit Ihrem toten Freund allein sind?« fragte der gute Priester den Deutschen, der gekommen war, um ihn anzuhören. »Sie sind ohne Madame Cibot . . .«

»Die ist ein Ungeheuer, die hat Pons umgebracht!« sagte er.

»Sie müssen aber jemanden in Ihrer Nähe haben«, fuhr Doktor Poulain fort, »diese Nacht muß doch jemand bei der Leiche wachen.«

»Ich will wachen und zu Gott beten«, entgegnete der harmlose Deutsche.

»Aber Sie müssen doch auch essen . . .! Wer soll denn jetzt für Sie kochen?« fragte der Doktor.

»Vor Schmerz habe ich keinen Appetit . . .!« entgegnete Schmucke einfältig.

»Aber«, sagte Poulain, »der Todesfall muß mit Zeugen gemeldet werden. Der Leichnam muß entkleidet und in ein Leichentuch gehüllt, das Leichenbegängnis muß bei einer Bestattungsanstalt bestellt, die Leichenwache und der dazugehörige Priester müssen beköstigt werden. Wollen Sie das alles allein übernehmen . . .? Man stirbt doch nicht wie ein Hund in der Hauptstadt der zivilisierten Welt!«

Bestürzt riß Schmucke die Augen auf und bekam einen kurzen Wahnsinnsanfall.

»Aber Pons wird doch nicht sterben . . . Ich werde ihn doch retten . . .!«

»Sie halten es nicht mehr lange aus, wenn Sie sich nicht ein bißchen ausruhen, und wer soll Sie dann vertreten? Es muß für Monsieur Pons gesorgt, es muß ihm zu trinken gegeben und seine Medizin muß zubereitet werden . . .«

»Ach ja, das stimmt . . .!« sagte der Deutsche.

»Na also«, fuhr Abbé Duplanty fort, »ich beabsichtige, Ihnen Madame Cantinet zu schicken, eine wackere, ordentliche Frau . . .«

Die Einzelheiten seiner gesellschaftsbedingten Verpflichtungen gegenüber seinem toten Freund lähmten Schmucke so sehr, daß er am liebsten mit Pons gestorben wäre.

»Er ist ein Kind!« sagte Doktor Poulain zu Abbé Duplanty.

»Ein Kind . . .!« wiederholte Schmucke mechanisch.

»Also«, sagte der Vikar, »ich werde mit Madame Cantinet sprechen und sie zu Ihnen schicken.«

»Sie brauchen sich nicht zu bemühen«, sagte der Doktor, »sie ist meine Nachbarin, und ich gehe jetzt nach Hause.«

Der Tod ist wie ein unsichtbarer Mörder, gegen den der Sterbende ankämpft. In der Agonie erhält er die letzten Stöße; er versucht, sie zu erwidern, und bäumt sich auf. Pons befand sich in diesem letzten Stadium. Er ließ ein durch Schreie unterbrochenes Stöhnen vernehmen. Schmucke, der Abbé Duplanty und Poulain eilten an das Bett des Sterbenden. Pons, der durch jene letzte Verwundung, die die Bande von Seele und Körper zertrennt, in seinem Lebenskern getroffen war, gewann plötzlich für einige Augenblicke die vollkommene Ruhe wieder, die auf den Todeskampf folgt. Er kam zu sich, die Hoheit des Todes im Antlitz, und sah seine Umgebung fast lächelnd an.

»Ach, Doktor, ich habe arg gelitten. Aber Sie hatten recht, es geht mir besser . . . Danke, mein guter Abbé, ich habe mich gefragt, wo Schmucke sei . . .!«

»Schmucke hat seit gestern abend nichts gegessen, und es ist vier Uhr. Sie haben niemanden mehr um sich, und es wäre bedenklich, Madame Cibot wiederzuholen . . .«

»Die ist zu allem fähig!« sagte Pons und bekundete seinen ganzen Abscheu bei Nennung der Cibot. »Wirklich, Schmucke braucht jemanden, der sehr zuverlässig ist!«

»Abbé Duplanty und ich«, sagte nun Poulain, »haben an Sie beide gedacht . . .«

»Ach, danke sehr«, sagte Pons, »darauf bin ich nicht gekommen.«

»Und er schlägt Ihnen Madame Cantinet vor . . .«

»Ah, die Stuhlvermieterin!« rief Pons aus. »Ja, das ist eine vortreffliche Person.«

»Sie kann Madame Cibot nicht leiden«, fuhr der Doktor fort, »und wird Monsieur Schmucke gut versorgen . . .«

»Schicken Sie sie mir bitte, mein guter Monsieur Duplanty . . . sie und ihren Mann. Dann bin ich beruhigt. Dann wird hier nichts gestohlen . . .«

Schmucke hatte wieder Pons' Hand ergriffen und hielt sie mit Freuden; er glaubte an seine Genesung.

»Wir wollen gehn, Herr Abbé«, sagte der Doktor. »Ich werde Madame Cantinet schnellstens herschicken. Ich kenne mich aus; vielleicht wird sie Monsieur Pons schon nicht mehr lebend antreffen.«

Während Abbé Duplanty den Sterbenden bewog, Madame Cantinet als Pflegerin zu nehmen, hatte Fraisier die Stuhlvermieterin zu sich kommen lassen; er unterwarf sie seiner bestechenden Rede, den Listen seiner Befähigung zu Winkelzügen, denen schwer zu widerstehen war. Madame Cantinet, eine dürre, gelbhäutige Frau mit großen Zähnen und kalten Lippen, die wie viele Frauen aus dem Volke durch Unglück abgestumpft und dahin gelangt war, im kleinsten täglichen Verdienst ihr

Glück zu sehen, hatte denn auch bald eingewilligt, Madame Sauvage als Reinmachfrau mit sich zu nehmen. Fraisiers Hausgehilfin hatte bereits ihre Anweisungen erhalten. Sie hatte versprochen, ein Netz aus eisernen Fäden um die beiden Musiker zu spinnen und über sie zu wachen, wie die Spinne über eine gefangene Fliege wacht. Madame Sauvage sollte als Lohn für ihre Mühen einen Tabakladen erhalten. So fand Fraisier ein Mittel, sich seiner angeblichen Amme zu entledigen, und Madame Cantinet gab er in der Person der Sauvage einen Spitzel und Polizisten zugleich mit. Da zur Wohnung der beiden Freunde ein Mädchenzimmer und eine kleine Küche gehörten, konnte die Sauvage in einem Feldbett schlafen und für Schmucke die Küche besorgen. Als die Frauen in Begleitung des Doktors Poulain anlangten, hatte Pons gerade den letzten Seufzer getan, ohne daß Schmucke es bemerkt hätte. Der Deutsche hielt noch immer die Hand seines Freundes, aus der allmählich die Wärme wich, in der seinen. Er bedeutete Madame Cantinet, nicht zu sprechen. Aber die dragonerhafte Madame Sauvage überraschte ihn durch ihre Erscheinung derartig, daß er sich eine Gebärde des Entsetzens entschlüpfen ließ; an so etwas war dieses Mannweib gewöhnt.

»Für diese Frau«, sagte Madame Cantinet, »übernimmt der Herr Duplanty die Verantwortung. Sie ist Köchin bei einem Bischof gewesen und die Rechtschaffenheit in Person. Sie wird das Kochen übernehmen.«

»Ach, Sie können ruhig laut sprechen«, rief die robuste asthmatische Sauvage aus, »der arme Herr ist tot . . .! Eben ist er hinübergegangen.« Schmucke stieß einen durchdringenden Schrei aus. Er fühlte die eisige Hand seines Pons, wie sie steif wurde, und starrte mit offenen Augen auf die des Freundes, deren Ausdruck ihn wahnsinnig gemacht hätte, wenn nicht Madame Sauvage gewesen wäre. Die war wohl an derartige Szenen gewöhnt. Sie trat mit einem Spiegel an das Bett und hielt ihn vor die Lippen des Toten, und als kein Hauch das Glas trübte, nahm sie schnell Schmuckes Hand aus der des Verblichenen.

»Lassen Sie doch los, Monsieur Schmucke, sonst können Sie sie nicht mehr herausziehen. Sie ahnen ja nicht, wie hart die Knochen werden. Die Toten erkalten schnell. Wenn man einen

Toten nicht herrichtet, solange er noch warm ist, muß man ihm später die Glieder brechen . . .« So schloß denn diese furchtbare Frau dem armen Musiker die Augen. Dann entkleidete sie Pons mit der Geschicklichkeit der Krankenwärterinnen – zehn Jahre lang hatte sie diesen Beruf ausgeübt –, streckte ihn aus, legte ihm die Arme an die Seiten und zog ihm die Decke über die Nase, genau wie ein Handlungsgehilfe in einem Laden ein Paket zurechtmacht. »Wir brauchen ein Laken, um ihn einzuhüllen. Wo haben Sie eins liegen . . .?« fragte sie Schmucke, den dies Schauspiel mit Entsetzen erfüllte.

Nachdem er erlebt hatte, wie die Religion mit ihrer tiefen Ehrfurcht vor dem Geschöpf verfährt, das für eine große Zukunft im Himmel bestimmt ist, berührte ihn diese Art des Einpackens, bei der sein Freund wie ein lebloses Ding behandelt wurde, so schmerzlich, daß ihm der Verstand stillstand.

»Machen Sie, was Sie wollen . . .!« antwortete Schmucke mechanisch.

Der harmlose Mann hatte zum erstenmal einen Menschen sterben sehen. Und dieser Mensch war Pons, der einzige Freund, das einzige Wesen, das ihn verstanden und geliebt hatte . . .!

»Ich will Madame Cibot fragen, wo die Bettlaken liegen«, sagte die Sauvage.

»Wir brauchen ein Feldbett, auf dem die Frau schlafen kann«, sagte Madame Cantinet zu Schmucke.

Schmucke nickte und brach in Tränen aus. Madame Cantinet ließ den Unglücklichen in Ruhe; aber nach einer Stunde kam sie zurück und sagte: »Monsieur Schmucke, können Sie uns Geld zum Einkaufen geben?«

Schmucke bedachte Madame Cantinet mit einem Blick, der auch den wildesten Haß entwaffnet hätte, und zeigte auf das bleiche, magere, spitzige Gesicht des Toten wie auf einen Grund, der alles erklärte.

»Nehmen Sie alles und lassen Sie mich weinen und beten«, sagte er und kniete nieder.

Madame Sauvage ihrerseits war fortgegangen, um Fraisier Pons' Tod zu melden. Er eilte im Wagen zur Präsidentin, um sie für den nächsten Tag um die Vollmacht zu bitten, die ihn ermächtigte, im Namen der Erben zu handeln.

»Monsieur Schmucke«, sagte Madame Cantinet eine Stunde nach ihrer letzten Frage, »ich bin bei Madame Cibot gewesen, die sich in Ihrem Haushalt ja auskennt, um zu erfahren, wo die Sachen liegen. Aber da sie gerade eben ihren Mann verloren hat, hat sie mich mit dummen Redensarten fast umgebracht . . . Hören Sie doch mal, Monsieur . . .«

Schmucke starrte die Frau an, die sich von ihrer Barbarei keine Vorstellung machte, denn das einfache Volk ist gewöhnt, die größten Seelenschmerzen stumm über sich ergehen zu lassen.

»Monsieur Schmucke, wir brauchen Bettwäsche für ein Leichentuch, wir brauchen Geld für ein Feldbett, um diese Madame Sauvage unterzubringen, wir brauchen Geld, um Küchengeschirr zu kaufen, Schüsseln, Teller, Gläser, denn es wird ein Priester zur Totenwache kommen, und die Madame Sauvage findet rein gar nichts in der Küche vor.«

»Aber Monsieur Schmucke«, wiederholte die Sauvage, »ich brauche doch immerhin Holz und Kohlen, um das Essen fertigzumachen, und ich finde nichts! Das ist ja auch nicht weiter verwunderlich; die Cibot hat Ihnen ja alles besorgt . . .«

»Aber, Beste«, sagte Madame Cantinet und deutete auf Schmucke, der in einem Zustand völliger Fühllosigkeit zu Füßen des Toten hockte. »Sie wollten es mir ja nicht glauben, er antwortet auf nichts.«

»Also gut, Kleine«, sagte die Sauvage, »dann werde ich Ihnen mal zeigen, wie man in solchen Fällen verfährt.«

Die Sauvage ließ ihre Blicke durchs Zimmer schweifen, wie ein Dieb, der die Verstecke ausfindig machen will, in denen sich das Geld befindet. Sie ging geradewegs auf Pons' Kommode zu. Sie zog die erste beste Schublade auf und erblickte den Beutel, in den Schmucke den Rest des Erlöses aus dem Bilderverkauf getan hatte. Sie hielt ihn Schmucke hin, der mechanisch zustimmend nickte.

»Da ist Geld, Kleine!« sagte die Sauvage zu Madame Cantinet. »Ich will es zählen und davon nehmen und kaufen, was nötig ist: Wein, Lebensmittel, Kerzen, kurzum alles; hier ist ja überhaupt nichts . . . Suchen Sie mir in der Kommode ein Tuch, damit die Leiche eingehüllt werden kann. Man hat mir zwar gesagt, der arme Herr sei etwas einfältig, aber ich weiß nicht, was er eigentlich ist. Es ist viel schlimmer. Der ist wie ein neugeborenes Kind, man muß ihm sein Essen einstopfen . . .«

Schmucke sah auf die beiden Frauen und auf das, was sie taten, so wie ein Irrer zugeschaut haben würde. Er war schmerzzerrissen und in einen fast starrsüchtigen Zustand versunken; er betrachtete unablässig das ergreifende Antlitz seines Pons, dessen Linien sich durch die vollkommene Ruhe des Todes verklärten. Er hoffte zu sterben, alles war ihm gleichgültig. Wenn eine Feuersbrunst das Zimmer verzehrt hätte, er würde sich nicht von der Stelle gerührt haben.

»Da sind zwölfhundertsechsundfünfzig Francs . . .«, sagte die Sauvage zu ihm.

Schmucke zuckte die Achseln. Als die Sauvage sich daranmachen wollte, Pons einzukleiden und das Laken an dem Leichnam abzumessen, um das Leichentuch zurechtzuschneiden und zu nähen, entspann sich ein furchtbarer Kampf zwischen ihr und dem armen Deutschen. Schmucke verhielt sich wie ein Hund, der alle beißt, die den Leichnam seines Herrn berühren wollen. Die Sauvage wurde ungeduldig, packte den Deutschen, schubste ihn in einen Sessel und hielt ihn darin mit herkulischer Kraft fest.

»Los, Kleine, nähen Sie den Toten in sein Leichentuch ein«, sagte sie zu Madame Cantinet.

Als die Arbeit beendet war, brachte die Sauvage Schmucke wieder an seinen Platz am Fußende des Bettes und sagte zu ihm: »Begreifen Sie es jetzt? Der arme Mann mußte doch wohl als Toter zurechtgemacht werden.«

Schmucke brach in Tränen aus. Die beiden Frauen überließen ihn sich selbst und gingen hinaus, um von der Küche Besitz zu ergreifen, in die sie zu zweit binnen kurzer Zeit alles zum Leben Notwendige hineinschafften. Nachdem die Sauvage eine erste Abrechnung über dreihundertsechzig Francs aufgestellt hatte, machte sie sich daran, ein Essen für vier Personen zu bereiten, und was für ein Essen! Da gab es den Fasan der Schuhmacher, nämlich eine fette Gans, als Hauptgericht, eine Omelette mit Konfitüre, einen Gemüsesalat und die herkömmliche Suppe, deren Zutaten in so verschwenderischer Fülle verwandt wurden, daß die Bouillon an Fleischgallert erinnerte. Um neun

Uhr abends kam der von dem Vikar zu Schmuckes Betreuung gesandte Priester mit Cantinet, der vier gewöhnliche Kerzen und Kirchenleuchter brachte. Der Priester fand Schmucke neben seinem Freund auf dem Bett. Er hielt ihn eng umschlungen. Das ganze Ansehen der Religion war erforderlich, um Schmucke zu bewegen, sich von dem Leichnam zu trennen. Der Deutsche kniete nieder, und der Priester nahm bequem in dem Sessel Platz. Während er seine Gebete las und Schmucke auf den Knien vor dem Leichnam Gott anflehte, ihn durch ein Wunder mit Pons zu vereinigen, damit sie beide in einem Grabe ruhen könnten, war Madame Cantinet zum Boulevard du Temple gegangen, um ein Feldbett und alles zugehörige Bettzeug für Madame Sauvage zu kaufen, denn der Beutel mit den zwölfhundertsechsundfünfzig Francs mußte doch geleert werden. Um elf Uhr abends kam Madame Cantinet herein und fragte, ob Schmucke nicht einen Happen essen wolle. Der Deutsche bedeutete ihr, man möge ihn in Ruhe lassen.

»Das Abendessen steht bereit, Monsieur Pastelot«, sagte daraufhin die Stuhlvermieterin zu dem Priester.

Der allein gebliebene Schmucke lächelte wie ein Irrer, der sich in der Lage sieht, einem Gelüste zu frönen, das dem schwangerer Frauen vergleichbar ist. Er warf sich über Pons und hielt ihn noch einmal eng umschlungen. Um Mitternacht kam der Priester wieder herein. Schmucke wurde von ihm gescholten, ließ Pons los und kniete wieder zum Gebet nieder. Mit Tagesanbruch ging der Priester fort. Um sieben Uhr morgens kam Doktor Poulain liebevoll besorgt zu Schmucke und wollte ihn veranlassen, etwas zu essen. Der Deutsche weigerte sich.

»Wenn Sie jetzt nichts essen – bei Ihrer Rückkehr werden Sie schon hungrig sein«, sagte der Doktor zu ihm, »Sie müssen nämlich mit einem Zeugen zum Bürgermeisteramt gehn, um Monsieur Pons' Tod anzumelden und die Sterbeurkunde ausfertigen zu lassen . . .« – »Ich?« fragte der Deutsche erschrocken.

»Wer denn sonst . . .? Darum kommen Sie nicht herum; Sie sind der einzige Mensch, der ihn hat sterben sehn . . .«

»Ich habe ja keine Beine mehr . . .«, antwortete Schmucke und bat Doktor Poulain um seinen Beistand.

»Nehmen Sie doch einen Wagen«, antwortete der heuchlerische Doktor sanft. »Ich habe den Totenschein schon ausgefertigt. Bitten Sie doch jemand aus dem Hause, Sie zu begleiten. Die beiden Frauen werden während Ihrer Abwesenheit die Wohnung bewachen.«

Man macht sich keinen Begriff davon, wie die gesetzlichen Vorschriften bei echtem Schmerz an den Nerven zerren. Sie bringen einen so weit, die Kultur zu hassen und die Bräuche der Wilden vorzuziehen. Um neun Uhr griff Madame Sauvage Schmucke unter die Arme und führte ihn hinunter. In der Droschke konnte er nicht umhin, Rémonencq zu bitten, mit ihm zu kommen, um Pons' Tod beim Bürgermeisteramt zu bezeugen. Überall und bei jeder Gelegenheit offenbart sich in Paris die Ungleichheit der sozialen Lage in einem Lande, das von seiner Gleichheit so berauscht ist. Die unveränderliche Macht der Verhältnisse zeigt sich sogar in den Auswirkungen eines Todesfalls. In reichen Familien nehmen Verwandte, Freunde und Sachwalter denen, die weinen, diese widerlichen Einzelheiten ab; aber wie bei den Steuerlasten erduldet das einfache Volk, der hilflose Proletarier dabei die volle Schwere des Leidens.

»Ach, Sie haben schon recht, ihm nachzutrauern«, sagte Rémonencq, als dem Armen in seiner Qual ein Klagelaut entschlüpfte, »er war ein sehr braver Mann, ein sehr rechtschaffener Mann, und er hinterläßt eine schöne Sammlung. Aber wissen Sie auch, Monsieur Schmucke, daß Sie als Ausländer in große Ungelegenheiten geraten werden, denn es heißt allgemein, Sie seien der Erbe von Monsieur Pons.«

Schmucke hörte nicht zu. Er war in einen Schmerz versunken, der dem Wahnsinn nahekam. Die Seele hat so gut ihren Starrkrampf wie der Körper.

»Sie würden gut daran tun, einen Berater, einen Sachwalter mit der Vertretung Ihrer Interessen zu beauftragen.«

»Einen Sachwalter!« wiederholte Schmucke mechanisch.

»Sie werden schon sehn, daß Sie solch einen Vertreter nötig haben. An Ihrer Stelle würde ich einen erfahrenen Mann nehmen, einen stadtbekannten Mann, eine Vertrauensperson ... Ich bediene mich bei all meinen kleinen Geschäften des Gerichtsvollziehers Tabareau ... Wenn Sie seinem Bürovorsteher Vollmacht geben, brauchen Sie sich um nichts mehr zu kümmern.«

Dieser von Fraisier inspirierte Wink, der zwischen Rémonencq und der Cibot verabredet worden war, blieb in Schmuckes Gedächtnis haften, denn in den Augenblicken, in denen der Schmerz die Seele sozusagen erstarren läßt, weil er ihre Betätigung ausschaltet, nimmt das Gedächtnis alle Eindrücke auf, die der Zufall darauf einwirken läßt. Schmucke hörte Rémonencq mit so völlig verständnislosen Blicken zu, daß der Trödler ihm nichts weiter sagte.

»Wenn er weiter so blöd bleibt«, dachte Rémonencq, »könnte ich von ihm leicht den ganzen Plunder da oben für hunderttausend Francs haben, wenn er ihm gehört . . .«

»Monsieur Schmucke, wir sind am Bürgermeisteramt.«

Rémonencq mußte Schmucke aus der Droschke heben und ihn unter den Arm nehmen, um ihn bis zum Standesamt zu bringen, wo gerade eine Trauung stattfand. Schmucke mußte warten, bis er drankam, denn durch einen jener in Paris ziemlich häufigen Zufälle hatte der Angestellte gerade fünf oder sechs Sterbeurkunden auszufertigen. Hier nun geriet der arme Deutsche auf einen ähnlichen Leidensweg wie Jesus.

»Sind Sie Monsieur Schmucke?« fragte ein schwarzgekleideter Mann den Deutschen, der verblüfft war, sich beim Namen nennen zu hören.

Schmucke sah den Mann mit dem stumpfsinnigen Ausdruck an, mit dem er Rémonencq geantwortet hatte.

»Was wollen Sie denn?« fragte der Trödler den Unbekannten. »Lassen Sie den Herrn doch in Ruhe, Sie sehen doch, daß er in Trauer ist.«

»Der Herr hat seinen Freund verloren und hat doch wohl die Absicht, sein Andenken nach Gebühr zu ehren, denn er ist doch sein Erbe«, sagte der Unbekannte. »Der Herr wird schwerlich knausern . . . Er wird doch wohl für ihn eine Grabstätte auf ewige Zeiten erwerben. Monsieur Pons hat soviel für die schönen Künste übrig gehabt! Es wäre schade, wenn man auf seinem Grab nicht die Musik, die Malerei und die Plastik darstellte . . ., drei schöne, trauernde Figuren . . .«

Rémonencq machte eine Auvergnatengebärde, um den Mann zum Weggehen zu veranlassen, und der Mann antwortete mit einer anderen, sozusagen kommerziellen Gebärde, die zum Ausdruck brachte: »Lassen Sie mich doch meine Geschäfte machen!« und die von dem Trödler begriffen wurde.

»Ich bin der Vertreter der Firma Sonet & Co., Unternehmen für Grabdenkmäler«, fuhr der Vermittler fort, den Walter Scott »den Kommis der Gräber« genannt hätte. »Wenn der Herr uns mit seinem Auftrag beehren würde, würden wir ihm die Mühe abnehmen, zur Friedhofsverwaltung zu gehen, um die Grabstätte für den Freund zu kaufen, den die Künste verloren haben ...«

Rémonencq nickte zustimmend und stieß Schmucke mit dem Ellbogen an.

»Wir übernehmen es tagtäglich für die Familien, alle Formalitäten zu erledigen«, sprach der Vermittler weiter, den die Gebärde des Auvergnaten ermutigt hatte. »Im ersten Augenblick des Schmerzes ist es für einen Erben ja doch schwierig, sich persönlich mit all diesen Einzelheiten zu befassen, und wir haben Erfahrung in dergleichen kleinen Gefälligkeiten für unsere Kundschaft. Die Preise für unsere Grabmäler sind nach den Kubikmetern Haustein oder Marmor gestaffelt ... Wir lassen die Erde für Familiengrüfte ausheben ... Wir übernehmen alles zu angemessenen Preisen. Unsere Firma hat das prächtige Grabmal der schönen Esther Gobseck und des Lucien de Rubempré erstellt, das zum schönsten Schmuck des Père-Lachaise gehört. Wir haben die besten Facharbeiter, und ich rate dem Herrn, vor den kleinen Unternehmern auf der Hut zu sein ... Die machen nur Schund«, fügte er hinzu, als er einen anderen schwarzgekleideten Herrn herauskommen sah, der die Absicht hatte, für ein anderes Marmor- und Grabmalunternehmen zu sprechen.

Es ist oft gesagt worden, der Tod sei das Ende einer Reise; man ahnt indessen nicht, wie zutreffend dieser Vergleich für Paris ist. Ein Toter, insbesondere ein hervorragender Toter, wird an dem »düsteren Ufer« empfangen wie ein Reisender, der im Hafen an Land geht und den die Vertreter aller Hotels mit ihren Empfehlungen belästigen. Mit Ausnahme einiger Philosophen und einiger Familien, die ihres Bestandes sicher sind und sich Grüfte bauen lassen, wie sie ihre Stadtpalais haben, denkt niemand an den Tod und seine gesellschaftsbedingten Folgen.

Der Tod kommt immer zu früh, und im übrigen hindert die Erben ein leichtverständliches Gefühl, seine Möglichkeit in Betracht zu ziehen. So werden denn auch alle, die ihre Väter, Mütter, Frauen oder Kinder verlieren, sogleich von Geschäftemachern überlaufen, die die Verwirrung, in die der Schmerz uns versetzt, ausnutzen, um einen Auftrag zu erhalten. Die Werkstätten für Grabdenkmäler gruppieren sich sämtlich in der Umgebung des Père-Lachaise, wo sie eine Straße bilden, die »Grabmäler-Straße« genannt werden müßte. Früher überfielen ihre Unternehmer die Erben in der Nähe der Gräber oder am Ausgang des Friedhofs. Unmerklich aber hat die Konkurrenz und der Spekulationsgeist sie an Gebiet gewinnen lassen, und heute sind sie bis in die Stadt, bis an die Zugänge der Rathäuser hinabgestiegen. Schließlich dringen die Vermittler bisweilen gar mit einem Grabplan in der Hand in das Sterbehaus ein.

»Ich stehe mit dem Herrn in Verhandlungen«, sagte der Vertreter des Hauses Sonet zu dem neu herankommenden Vermittler.

»Todesfall Pons . . .! Wo sind die Zeugen . . .?« rief der Bürodiener.

»Kommen Sie . . ., Monsieur«, sagte der Vertreter und wandte sich an Rémonencq.

Rémonencq bat den Vermittler, Schmucke beim Aufstehen behilflich zu sein; er blieb nämlich wie eine unbewegliche Masse auf der Bank sitzen. Sie führten ihn an die Brüstung, hinter der der Ausfertiger der Sterbeurkunden sich gegen die öffentliche Trauer verschanzt. Rémonencq, der für Schmucke die reinste Vorsehung darstellte, wurde von Doktor Poulain unterstützt, der gekommen war, um die nötigen Angaben über Pons' Alter und den Geburtsort zu machen. Der Deutsche wußte nur eins, nämlich daß Pons sein Freund gewesen sei. Nachdem die Unterschriften geleistet waren, setzten Rémonencq und der Doktor, denen der Vertreter folgte, den armen Deutschen in einen Wagen, in den sich auch der hartnäckige Vermittler schob, der seinen Auftrag haben wollte. Die Sauvage, die am Hauseingang Posten stand, beförderte mit Unterstützung von Rémonencq und des Vertreters der Firma Sonet Schmucke halb ohnmächtig in ihren Armen nach oben.

»Ihm wird schlecht werden . . .!« rief der Vertreter, der ein Geschäft abschließen wollte, von dem er behauptete, daß es eingeleitet sei.

»Das glaube ich gern!« antwortete Madame Sauvage, »er weint seit vierundzwanzig Stunden und hat nichts zu sich nehmen wollen. Nichts höhlt den Magen so aus wie Kummer.«

»Aber, lieber Kunde«, sagte der Vertreter der Firma Sonet, »so nehmen Sie doch eine Tasse Bouillon. Sie haben soviel zu erledigen. Es muß zur Friedhofsverwaltung im Rathaus gegangen und das Terrain für das Grabmal gekauft werden, das Sie dem Andenken dieses Freundes der schönen Künste errichten wollen und das Ihre Dankbarkeit bezeigen soll.«

»Aber das ist doch unsinnig«, sagte Madame Cantinet zu Schmucke, als sie ihm eine Tasse Bouillon und Brot brachte.

»Lieber Monsieur Schmucke«, fuhr Rémonencq fort, »wenn Sie sich so schwach fühlen, sorgen Sie doch dafür, daß Sie von jemandem vertreten werden; schließlich haben Sie mancherlei auf dem Hals. Das Begräbnis muß bestellt werden. Sie wollen doch wohl nicht, daß Ihr Freund wie ein Bettler verscharrt wird.«

»Los, los, lieber Herr«, sagte die Sauvage und nahm einen Augenblick wahr, in dem Schmucke den Kopf an den Sessel zurückgelehnt hatte. Sie flößte ihm einen Löffel Suppe ein und fütterte ihn fast wider seinen Willen wie ein kleines Kind.

»Monsieur, da Sie sich doch nun mal in aller Ruhe Ihrem Schmerz hingeben wollen, sollten Sie, wenn Sie vernünftig sind, jemanden ernennen, der Sie vertreten kann . . .«

»Da der Herr die Absicht hat, dem Andenken seines Freundes ein prächtiges Denkmal zu setzen«, sagte der Vermittler, »braucht er nur mich mit allen Schritten zu beauftragen; ich werde sie erledigen . . .«

»Was soll das heißen?« fragte die Sauvage. »Der Herr hätte bei Ihnen etwas bestellt? Wer sind Sie denn eigentlich?«

»Ein Vertreter der Firma Sonet, beste Dame, des leistungsfähigsten Unternehmens für Grabdenkmäler . . .«, sagte er, zog eine Visitenkarte hervor und hielt sie der mächtigen Sauvage hin.

»Na schön, in Ordnung . . .! Man wird sich an Sie wenden,

wenn man es für richtig hält. Aber Sie dürfen den Zustand nicht ausnützen wollen, in dem sich der Herr hier befindet. Sie sehen doch wohl, daß er nicht weiß, wo ihm der Kopf steht . . .«

»Wenn Sie uns behilflich sein wollen, daß wir den Auftrag bekommen«, flüsterte der Vertreter der Firma Sonet Madame Sauvage ins Ohr und zog sie auf den Treppenabsatz hinaus, »dann könnte ich Ihnen vierzig Francs anbieten.«

»Na ja! Geben Sie mir Ihre Adresse!« sagte Madame Sauvage und wurde menschlich. Als Schmucke allein war und sich durch die eingeflößte Suppe und das Brot besser fühlte, ging er sofort wieder in Pons' Schlafzimmer, wo er im Gebet verharrte. Er lag verloren im Abgrund seines Schmerzes, als er durch einen schwarzgekleideten jungen Mann aus seiner tiefen Versenkung aufgeschreckt wurde, der zum elftenmal »Monsieur Schmucke« sagte, was der Arme in seiner Qual um so deutlicher verstand, als er am Rockärmel gezupft wurde. – »Was ist denn noch . . .?«

»Monsieur Schmucke, wir verdanken dem Doktor Ganal[201] eine großartige Entdeckung. Sein Ruhm ist nicht zu bestreiten, er hat die Wunder Ägyptens wiederholt. Aber es sind noch Verbesserungen möglich gewesen, und wir haben überraschende Erfolge erzielt. Wenn Sie also Ihren Freund so wiedersehen wollen, wie er zu Lebzeiten aussah . . .«

»Ihn wiedersehen . . .?« rief Schmucke aus. »Wird er auch mit mir reden?«

»Das nicht gerade . . .! Aber nur die Sprache wird ihm fehlen«, sagte der Vertreter des Unternehmens für Einbalsamierungen. »Er wird aber in alle Ewigkeit so bleiben, wie er durch die Einbalsamierung erscheint. Das Verfahren dauert nur wenige Augenblicke. Ein Einschnitt in die Kopfschlagader und eine Einspritzung genügen; es ist aber höchste Zeit . . . Wenn Sie noch eine Viertelstunde warten, können Sie nicht mehr die schöne Befriedigung empfinden, den Leib erhalten zu haben . . .«

»Scheren Sie sich zum Teufel . . .! Pons ist eine Seele . . .! Und diese Seele ist im Himmel.«

»Dieser Mensch hat nicht die mindeste Spur von Dankbarkeit«, sagte der junge Vertreter eines der Konkurrenten des berühmten Gannal, als er durch den Hauseingang kam; »er weigert sich, seinen Freund einbalsamieren zu lassen!«

»Nichts zu machen, Monsieur«, sagte die Cibot, die soeben ihren geliebten Gatten hatte einbalsamieren lassen. »Der ist nämlich ein Erbe, ein durchs Testament eingesetzter Erbe. Wenn so einer einmal sein Geschäft gemacht hat, bedeutet der Verblichene nichts mehr für ihn.«

Eine Stunde später sah Schmucke Madame Sauvage ins Zimmer treten. Ihr folgte ein schwarzgekleideter Mann, der ein Handwerker zu sein schien.

»Monsieur Schmucke«, sagte sie, »Cantinet war so freundlich, Ihnen den Herrn hier zu schicken. Er liefert die Särge für die Gemeinde.«

Der Sarglieferant verbeugte sich mit mitleidiger, teilnahmsvoller Miene. Als ein Mann, der seiner Sache sicher und von seiner Unentbehrlichkeit durchdrungen ist, betrachtete er den Toten mit Kennerblicken.

»Wie wünschen der Herr das nun? In Tannenholz, in Eiche oder in Eiche mit Blei-Einlage? Eiche mit Blei-Einlage ist wohl das Angemessenste. Die Leiche hat das gewöhnliche Maß«, bemerkte er ...

Er tastete nach den Füßen, um den Leichnam abzumessen.

»Ein Meter siebzig!« fügte er hinzu. »Der Herr beabsichtigen doch wohl, eine Trauerfeier in der Kirche zu bestellen?«

Schmucke bedachte den Mann mit einem jener Blicke, wie Irre sie werfen, ehe sie einen bösen Streich spielen.

»Monsieur Schmucke«, sagte die Sauvage, »Sie müßten jemanden ernennen, der Ihnen all diese Kleinigkeiten abnimmt.«

»Ja ...«, sagte das Opfer schließlich.

»Soll ich Ihnen Monsieur Tabareau holen? Sie werden ja allerhand auf dem Hals haben. Sehn Sie, Monsieur Tabareau ist der achtbarste Mann des Viertels.«

»Ja, Monsieur Tabareau! Ich habe von ihm gehört ...«, antwortete der überwundene Schmucke.

»Na also! Dann hat der Herr doch seine Ruhe und kann sich, nach einer Rücksprache mit seinem Bevollmächtigten, seinem Schmerz hingeben.«

Gegen zwei Uhr erschien in bescheidener Haltung der Bürovorsteher Tabareaus, ein junger Mann, der Gerichtsvollzieher werden wollte. Die Jugend hat erstaunliche Vorrechte; sie flößt keinen Schrecken ein. Der junge Mann, er hieß Villemot, setzte sich zu Schmucke und wartete, bis er mit ihm sprechen konnte. Diese Zurückhaltung rührte Schmucke tief.

»Monsieur Schmucke«, sagte er zu ihm, »ich bin Bürovorsteher bei Monsieur Tabareau; er hat mir die Wahrung Ihrer Interessen und die Regelung aller Einzelheiten der Beisetzung Ihres Freundes übertragen . . . Entspricht das Ihren Absichten?«

»Sie werden mir nicht das Leben retten, weil ich nicht mehr lange zu leben habe. Lassen Sie mich dabei wenigstens in Ruhe?«

»Oh, Sie sollen durch nichts behelligt werden«, antwortete Villemot.

»Gut! Was muß ich dazu tun?«

»Unterschreiben Sie diesen Schein; dadurch ernennen Sie Monsieur Tabareau zu Ihrem Bevollmächtigten bezüglich aller Erbschaftsangelegenheiten.«

»Gut! Geben Sie her!« sagte der Deutsche und wollte stracks unterzeichnen.

»Nein, ich muß Ihnen die Urkunde erst vorlesen.«

»Lesen Sie!«

Schmucke schenkte der Verlesung dieser Generalvollmacht nicht die leiseste Aufmerksamkeit und unterschrieb sie. Der junge Mann nahm Schmuckes Anweisungen für das Leichenbegängnis entgegen, für den Ankauf der Grabstätte an der Stelle, wo der Deutsche ebenfalls sein Grab haben wollte, und für die kirchliche Trauerfeier. Dann sagte er ihm noch, daß er fortan nicht mehr gestört und auch nicht durch Geldforderungen belästigt werden wolle.

»Um Ruhe zu haben, gäbe ich gern alles, was ich besitze«, sagte der Unglückselige und kniete von neuem vor dem Leichnam seines Freundes nieder.

Fraisier triumphierte. Der Erbe konnte jetzt außerhalb des Kreises, in den er ihn durch die Sauvage und Villemot eingeschlossen hatte, keinen Schritt mehr tun.

Es gibt keinen Kummer, den der Schlaf nicht besiegt. So fand die Sauvage denn auch am Ende dieses Tages Schmucke schlafend vor dem Bett hingestreckt, auf dem Pons' Leichnam ruhte. Sie hob ihn auf und trug ihn in sein Bett, wo sie ihn mütterlich zudeckte, und der Deutsche schlief bis zum nächsten Tag. Als

Schmucke erwachte, das heißt, als er nach dieser Rast aufs neue dem Gefühl seines Schmerzens überlassen war, war Pons im Hauseingang mit dem Kerzenschmuck und der Aufmachung aufgebahrt worden, wozu ein Begräbnis erster Klasse berechtigt. Er suchte seinen Freund also vergeblich in der Wohnung, die ihm unermeßlich vorkam und in der er nur fürchterliche Erinnerungen wiederfand. Die Sauvage, die Schmucke in der Gewalt hatte wie eine Amme ihren Säugling, nötigte ihn, vor dem Kirchgang etwas zu sich zu nehmen. Während das arme Opfer sich zum Essen zwang, machte ihm die Sauvage in Klageliedern, die eines Jeremias würdig gewesen wären, klar, daß er keinen schwarzen Frack besitze. Schmuckes Garderobe, die die Cibot instand gehalten hatte, war mit Pons' Krankheit, gerade wie sein Essen, auf den einfachsten Stand gelangt. Er besaß zwei Hosen und zwei Röcke . . .!

»Wollen Sie so, wie Sie sind, zur Beerdigung gehn? Das ist eine Unmöglichkeit, die Ihnen den Hohn des ganzen Viertels eintragen würde . . .!«

»Wie soll ich denn aber hingehn?«

»Natürlich in Trauerkleidung!«

»Trauerkleidung?«

»Aber die gute Sitte . . .«

»Die gute Sitte . . .? Ich pfeife auf all diese Albernheiten«, sagte der arme Mann, der zum äußersten Grade der Erbitterung gelangt war, zu dem der Schmerz eine kindliche Seele zu bringen vermag.

»Aber der ist ja ein Ungeheuer an Undankbarkeit«, sagte die Sauvage zu einem Herrn, der plötzlich in der Wohnung auftauchte und Schmucke erbeben ließ.

Dieser prächtig in schwarzes Tuch gekleidete Beamte in schwarzen Kniehosen, mit schwarzen Seidenstrümpfen und weißen Manschetten, der mit einer silbernen Kette geschmückt war, von der eine Medaille herabhing, der eine äußerst korrekte Halsbinde aus weißem Musselin und weiße Handschuhe trug, diese offizielle Erscheinung, die für die öffentlichen Trauerfeiern ganz wie aus einem Guß geschaffen war, hielt in der Hand einen Ebenholzstab als Zeichen seiner Würde und unter dem Arm einen Dreispitz mit dreifacher Kokarde.

»Ich bin der Zeremonienmeister«, sagte diese Persönlichkeit mit sanfter Stimme.

Durch sein Amt war er daran gewöhnt, Tag für Tag Leichenbegängnisse zu leiten, und kam in alle Familien, die in die gleiche echte oder geheuchelte Trauer versetzt waren. So sprach dieser Mann, wie alle seine Berufsgenossen, leise und sanft. Er war zurückhaltend, höflich und schicklich von Berufs wegen, wie eine Statue, die den Genius des Todes verkörpert. Seine Äußerung verursachte Schmucke ein Nervenzittern, wie wenn er den Henker gesehen hätte.

»Ist der Herr der Sohn, Bruder oder Vater des Verblichenen?« fragte der offizielle Herr.

»Ich bin das alles und mehr . . ., ich bin sein Freund . . .!« sagte Schmucke unter einem Tränenstrom.

»Sind Sie der Erbe?« fragte der Zeremonienmeister.

»Der Erbe . . .?« wiederholte Schmucke, »mir ist alles gleich auf der Welt.«

Und Schmucke verfiel wieder in die Haltung, die ihm seine düstere Trauer gab.

»Wo sind die Verwandten, die Freunde?« fragte der Zeremonienmeister.

»Hier sind sie alle«, rief Schmucke aus und zeigte auf die Gemälde und die Antiquitäten. »Die da haben meinen guten Pons niemals leiden lassen . . .! Das ist alles, was er außer mir geliebt hat!«

»Er ist verrückt, Monsieur«, sagte die Sauvage zu dem Zeremonienmeister »Machen Sie Schluß; es ist unnütz, ihn anzuhören.«

Schmucke hatte sich hingesetzt und wieder die Haltung eines Blöden eingenommen, wobei er sich mechanisch die Tränen abwischte. In diesem Augenblick erschien Villemot, der Bürovorsteher Tabareaus. Der Zeremonienmeister erkannte in ihm denjenigen, der das Leichenbegängnis bestellt hatte, und sagte zu ihm: »Es ist Zeit, aufzubrechen . . . Der Leichenwagen ist vorgefahren; aber ich habe selten so einen Trauerzug gesehn. Wo sind denn die Verwandten und Freunde . . .?«

»Wir haben nicht viel Zeit gehabt«, fuhr Monsieur Villemot fort. »Der Herr ist in einen so tiefen Schmerz versunken, daß er an gar nichts denkt. Es gibt aber auch nur einen einzigen Verwandten ...«

Der Zeremonienmeister sah Schmucke mitleidig an, denn dieser Sachverständige in Schmerzenssachen konnte echt und falsch sehr wohl unterscheiden. Er trat an Schmucke heran.

»Kommen Sie, lieber Herr, nur Mut ...! Denken Sie daran, das Andenken Ihres Freundes zu ehren.«

»Wir haben vergessen, Todesanzeigen zu versenden. Ich bin aber darauf bedacht gewesen, den Herrn Präsidenten de Marville, den einzigen Verwandten, den ich soeben erwähnte, durch Eilboten zu verständigen ... Freunde sind keine da ... Ich glaube nicht, daß das Personal des Theaters, an dem der Verstorbene Dirigent war, kommt ... Aber dieser Herr hier ist, wie ich annehme, Universalerbe.«

»Dann muß er den Trauerzug anführen«, sagte der Zeremonienmeister.

»Haben Sie keinen schwarzen Frack?« fragte der Zeremonienmeister mit einem Blick auf Schmuckes Kleidung.

»Im Innern bin ich ganz in Schwarz ...!« sagte der arme Deutsche mit herzzerreißender Stimme. »So sehr in Schwarz, daß ich den Tod in mir spüre ... Gott wird mir die Gnade widerfahren lassen, mich im Grabe mit meinem Freunde zu vereinen, und ich danke ihm dafür ...«

Abermals faltete er die Hände.

»Ich habe unserer Verwaltung gesagt, die bereits so viele Verbesserungen eingeführt hat«, sagte der Zeremonienmeister zu Villemot, »daß sie eine Kleiderkammer haben und passende Anzüge für Erben verleihen müßte ... Die Sache wird von Tag zu Tag dringlicher ... Da der Herr aber die Erbschaft antritt, muß er doch den Trauermantel tragen, und der, den ich mitgebracht habe, dürfte ihn so völlig einhüllen, daß man das Unschickliche seiner Kleidung nicht bemerken wird ...«

»Würden Sie so freundlich sein, sich zu erheben?« sagte er zu Schmucke.

Schmucke stand auf, schwankte jedoch auf den Beinen.

»Halten Sie ihn bitte«, sagte der Zeremonienmeister zu dem Bürovorsteher, »da Sie ja sein Bevollmächtigter sind.«

Villemot stützte Schmucke, indem er ihm unter die Arme griff, und der Zeremonienmeister nahm dann jenen weiten, schrecklichen schwarzen Mantel, den man den Erben umlegt und in dem sie dem Leichenwagen vom Sterbehaus zur Kirche folgen. Er befestigte ihn ihm mit schwarzen Seidenkordeln unterm Kinn.

So war Schmucke als Erbe aufgeputzt.

»Nun kommt noch eine große Schwierigkeit«, sagte der Zeremonienmeister. »Wir müssen die vier Quasten des Baldachins noch ›besetzen‹ . . . Wenn keiner da ist, wer soll sie dann halten . . .? Es ist jetzt halb elf«, sagte er und schaute auf seine Uhr, »wir werden in der Kirche erwartet.«

»Ach, da ist ja Fraisier!« rief Villemot höchst unbedacht aus. Aber niemand konnte sich über dies Eingeständnis der Mitwisserschaft klar werden.

»Wer ist der Herr?« fragte der Zeremonienmeister.

»Ach, der ist von der Familie.«

»Von welcher Familie?«

»Der enterbten Familie. Es ist der Bevollmächtigte des Herrn Präsidenten Camusot.«

»Gut!« sagte der Zeremonienmeister mit befriedigter Miene. »Da hätten wir wenigsten zwei Quasten untergebracht. Die eine halten Sie und die andere er.«

Glücklich, daß er zwei Quasten ›besetzt‹ hatte, ging der Zeremonienmeister zwei Paar weiße Wildlederhandschuhe holen und überreichte sie Fraisier und Villemot nacheinander mit höflicher Geste.

»Die Herren werden so freundlich sein, jeder eine Ecke des Baldachins zu übernehmen . . .!« sagte er.

Fraisier war betont ganz in Schwarz gekleidet; er trug eine weiße Halsbinde und hatte eine völlig offizielle Miene aufgesetzt. Er flößte Schauder ein. Hundert Prozeßakten schienen in ihm zu ruhen.

»Gern«, sagte er.

»Wenn nur noch zwei Personen kämen«, sagte der Zeremonienmeister, »hätten wir alle vier Quasten besetzt.«

In diesem Augenblick erschien der unermüdliche Vertreter der Firma Sonet, und ihm folgte der einzige Mensch, der sich an Pons erinnerte, der daran dachte, ihm die letzte Ehre zu erweisen. Dieser Mann war ein Theaterdiener, dessen Aufgabe es war, die

Stimmen auf die Orchesterpulte zu legen, und dem Pons jeden Monat ein Fünffrancsstück zu geben pflegte, da er wußte, daß er Familienvater war.

»Topinard ...!« rief Schmucke aus, als er den Diener erkannte. »Du hast Pons gern gehabt, du ...«

»Aber Monsieur Schmucke, ich bin doch jeden Tag morgens dagewesen, um mich nach Monsieur Pons zu erkundigen ...«

»Jeden Tag! Armer Topinard ...!« sagte Schmucke und drückte dem Theaterdiener die Hand.

»Doch man hat mich wohl für einen Verwandten gehalten und mich sehr schlecht behandelt. Ich konnte noch so oft versichern, ich sei vom Theater und wolle mich nur nach Monsieur Pons erkundigen; stets ist mir gesagt worden, diese Tricks kenne man. Ich habe darum gebeten, den armen, lieben Kranken besuchen zu dürfen, aber man hat mich niemals hinaufgelassen.«

»Diese niederträchtige Cibot ...!« sagte Schmucke und drückte die schwielige Hand des Theaterdieners an seine Brust.

»Der brave Monsieur Pons war der König aller Menschen. Jeden Monat hat er mir hundert Sous geschenkt ... Er wußte, daß ich eine Frau und drei Kinder habe. Meine Frau ist in der Kirche.«

»Ich werde mein Hab und Gut mit dir teilen!« rief Schmucke aus, voller Freude, einen Menschen bei sich zu haben, der Pons gern gehabt hatte.

»Will der Herr eine Quaste des Baldachins übernehmen?« fragte der Zeremonienmeister. »Damit hätten wir alle vier.«

Der Zeremonienmeister hatte den Vertreter der Firma Sonet leicht dazu bewogen, eine der Quasten zu halten, zumal als er ihn das schöne Paar Handschuhe hatte sehen lassen, das nach dem Herkommen ihm verbleiben sollte.

»Es ist Viertel vor elf ...! Wir müssen unbedingt hinuntergehn ... In der Kirche wird auf uns gewartet«, sagte der Zeremonienmeister.

Und die sechs Personen setzten sich die Treppe hinab in Marsch.

»Verschließen Sie die Wohnung gut und bleiben Sie da«, sagte der gräßliche Fraisier zu den beiden Frauen, die auf dem Treppenabsatz zurückgeblieben waren, »vor allem, wenn Sie Aufseherin werden wollen, Madame Cantinet. Ja, ja, das bedeutet vierzig Sous den Tag ...!«

Durch einen Zufall, der in Paris nichts Außergewöhnliches hat, befanden sich zwei Särge im Hauseingang, und damit gab es zwei Trauerzüge, den Cibots, des verblichenen Portiers, und den Pons'. Niemand kam, um dem glänzenden Katafalk des Freundes der schönen Künste seine Teilnahme zu bezeigen, alle Portiers der Nachbarschaft eilten herbei und besprengten die sterbliche Hülle des Portiers mit dem Weihwedel. Dieser Gegensatz zwischen der Menge, die zum Leichenzuge Cibots herbeigeeilt war, und der Einsamkeit, in der Pons verblieb, trat nicht nur am Haustor, sondern auch auf der Straße in Erscheinung, wo Pons' Sarg einzig Schmucke folgte, der von einem Leichenträger gestützt wurde, denn der Erbe taumelte bei jedem Schritt. Von der Rue de Normandie zur Rue d'Orléans, an der die Kirche Saint-François liegt, kamen die beiden Trauerzüge durch ein Spalier von Neugierigen; es wird ja behauptet, in diesem Viertel werde alles zum Ereignis. Also fiel die Pracht des weißen Wagens auf, von dem ein Wappen herabhing, auf dem ein großes P gestickt war, und dem nur ein einzelner Mann folgte, während der einfache Leichenwagen der niedersten Klasse von einer riesigen Menschenmenge begleitet wurde. Schmucke war durch die Menschenmenge an den Fenstern und das Spalier der Gaffer ganz benommen. Glücklicherweise hörte er nichts und sah diesen Menschenauflauf nur durch den Schleier seiner Tränen.

»Ach, das ist ja der Nußknacker«, bemerkte einer ..., »der Musiker, wissen Sie ...«

»Was sind denn das für Leute, die die Quasten halten ...?«

»Pah, Komödianten!«

»Schau, da kommt der Leichenzug des armen Papa Cibot. Wieder ein Handwerker weniger! Und was für einer!«

»Der Mann ist niemals ausgegangen!«

»Nie hat er blauen Montag gemacht.«

»Hat der seine Frau liebgehabt!«

»Ist die unglücklich!«

Rémonencq ging hinter dem Leichenwagen seines Opfers und nahm die Beileidsbezeigungen zu dem Verlust seines Nachbarn entgegen.

Die beiden Trauerzüge gelangten zur Kirche, wo Cantinet im Einverständnis mit dem Schweizer dafür sorgte, daß kein Bettler Schmucke ansprach. Villemot hatte dem Erben versprochen, daß er seine Ruhe haben sollte; er erledigte alle Ausgaben und betreute seinen Kunden. Dem bescheidenen Leichenwagen Cibots folgten sechzig bis achtzig Personen; sie begleiteten ihn alle bis zum Friedhof. Beim Verlassen der Kirche standen für Pons' Leichenzug vier Trauerwagen zur Verfügung, einer für die Geistlichkeit, die drei andern für die Verwandten. Man brauchte aber nur einen einzigen, denn der Vertreter der Firma Sonet war während der Messe fortgegangen, um Monsieur Sonet zu verständigen, daß der Trauerzug aufgebrochen sei, damit der Chef dem Universalerben beim Verlassen des Friedhofs Zeichnung und Kostenvoranschlag des Grabmals vorlegen konnte. Fraisier, Villemot, Schmucke und Topinard fanden in einem einzigen Wagen Platz. Die beiden andern fuhren leer zum Père-Lachaise, statt in die Remise zurückzukehren. Diese unnütze Fahrt von leeren Wagen kommt häufig vor. Wenn die Toten sich keiner Berühmtheit erfreuen, so daß die Menschen nicht zusammenströmen, sind immer zuviel Wagen da. Die Toten müssen zu Lebzeiten ganz besonders beliebt gewesen sein, damit man in Paris, wo jedermann für jeden Tag eine fünfundzwanzigste Stunde haben möchte, einen Verwandten oder Freund bis zum Friedhof begleitet. Die Kutscher würden aber ihres Trinkgeldes verlustig gehn, wenn sie nicht ihre Dienste ableisteten. So fahren die Wagen denn, voll oder leer, zur Kirche, zum Friedhof und kehren zum Trauerhause zurück, wo die Kutscher dann um ihr Trinkgeld bitten. Man macht sich keinen Begriff von der Zahl der Leute, für die der Tod ein Geschäft ist. Die niedere Geistlichkeit der Kirche, die Bettler, die Leichenträger, die Totengräber, all diese Schwammnaturen tauchen in einen Leichenzug und ziehen sich vollgesogen zurück. Von der Kirche, wo den Erben am Ausgang ein Schwarm von Bettlern überfiel, der von dem Schweizer alsbald verscheucht wurde, bis zum Père-Lachaise bewegte sich der arme Schmucke wie die Verurteilten vom Justizpalast zur Richtstätte auf der Place de Grève. Er führte seinen eigenen Leichenzug an und hielt die Hand des Theaterdieners Topinard in der seinen, des einzigen Menschen, der in seinem Herzen wahres Bedauern über Pons' Tod empfand. Topinard war äußerst gerührt über die Ehre, die ihm dadurch erwiesen worden war, daß man ihm eine der Quasten des Baldachins anvertraute. Er war glücklich, als Besitzer eines Paars von Handschuhen im Wagen fahren zu dürfen, und begann, in Pons' Leichenbegängnis eins der großen Ereignisse seines Lebens zu erblicken. In Schmerz versunken und nur durch die Berührung dieser Hand hochgehalten, der ein Herz entsprach, ließ sich Schmucke genauso dahinfahren wie jene unglücklichen Kälber, die auf einem Karren zur Schlachtbank gebracht werden. Auf dem Vordersitz des Wagens saßen Fraisier und Villemot. Alle, die das Unglück gehabt haben, viele der Ihren zur letzten Ruhestätte zu geleiten, wissen, daß im Wagen jede Heuchelei bei der oft sehr langen Fahrt von der Kirche zum Ostfriedhof aufhört, demjenigen der Pariser Friedhöfe, wo alle Eitelkeiten und jeder Luxus sich ein Stelldichein gegeben haben und der so reich an Denkmälern ist. Die Gleichgültigen fangen dann Gespräche an, und die traurigsten Leute hören ihnen schließlich zu und lenken sich auf diese Weise ab.

»Der Herr Präsident war schon zur Sitzung gefahren«, sagte Fraisier zu Villemot, »und ich habe es nicht für nötig gehalten, ihn seinen Pflichten im Justizpalast zu entreißen. Er wäre auf jeden Fall zu spät gekommen. Da er natürlicher und gesetzlicher Erbe, aber zugunsten von Monsieur Schmucke enterbt worden ist, war ich der Ansicht, daß die Anwesenheit seines Bevollmächtigten ausreichend sei . . .«

Topinard spitzte die Ohren.

»Wer ist denn der Kerl, der die vierte Quaste hielt?« fragte Fraisier Villemot.

»Das ist der Vertreter einer Firma, die Grabmäler errichtet. Er möchte einen Auftrag für ein Denkmal erhalten, das er mit drei Marmorgestalten zu schmücken beabsichtigt: der Musik, der Malerei und der Skulptur, die über den Verblichenen Tränen vergießen.«

»Das ist ein Gedanke«, meinte Fraisier. »Der biedere Alte hat das durchaus verdient. Das Denkmal wird aber gut und gern sieben- bis achttausend Francs kosten.«

»O ja!«

»Wenn Monsieur Schmucke den Auftrag erteilt, dann darf das

die Erbschaft nicht berühren; man könnte nämlich eine Erbschaft mit derartigen Ausgaben völlig aufbrauchen ...«

»Das würde zu einem Prozeß führen; freilich würde man ihn gewinnen ...«

»Na ja!« erwiderte Fraisier, »das ist also seine Sache! Da würde diesen Unternehmern ja ein schöner Streich gespielt ...«, flüsterte Fraisier Villemot zu, »denn wenn das Testament aufgehoben wird, wofür ich einstehe ..., oder wenn es überhaupt kein Testament gäbe, wer würde sie dann bezahlen?«

Villemot lachte wie ein Affe. Tabareaus Bürovorsteher und der Jurist sprachen nunmehr leiser weiter und tuschelten miteinander. Trotz des Rollens des Wagens und all dieser Hindernisse erriet der Theaterdiener, der daran gewöhnt war, in der Kulissenwelt alles und jedes zu erraten, daß die beiden Leute von der Justiz vorhatten, den armen Deutschen in Verlegenheit zu bringen, und schließlich schnappte er das beziehungsreiche Wort »Clichy«[202] auf. Von diesem Augenblick an beschloß der würdige, rechtschaffene Diener der Welt des Komischen, über Pons' Freund zu wachen.

Auf dem Friedhof hatte Villemot durch Vermittlung des Vertreters der Firma Sonet drei Quadratmeter Boden von der Stadt angekauft, wobei er die Absicht geäußert hatte, es solle dort ein prächtiges Grabmal errichtet werden. Hier wurde Schmucke von dem Zeremonienmeister durch eine neugierige Menge zu dem Grab geführt, in das Pons hinabgelassen werden sollte. Beim Anblick dieses rechteckigen Lochs nun aber, an dem vier Männer mit Seilen Pons' Sarg hielten, über dem der Geistliche sein letztes Gebet sprach, wurde dem Deutschen das Herz so schwer, daß er ohnmächtig wurde. Topinard brachte ihn mit Hilfe des Vertreters der Firma Sonet und des Monsieur Sonet persönlich in die Geschäftsräume des Marmorhändlers, wo Madame Sonet und Madame Vitelot, die Frau des Teilhabers von Monsieur Sonet, ihm die besorgteste und edelmütigste Hilfe angedeihen ließen. Topinard blieb da, denn er hatte Fraisier, der ihm ein Galgengesicht zu haben schien, sich mit dem Vertreter der Firma Sonet unterhalten sehn.

Nach einer Stunde, gegen halb drei, kam der arme, unschuldige Deutsche wieder zu sich. Schmucke glaubte seit zwei Tagen zu träumen. Er meinte, er müsse aufwachen und Pons wieder lebendig vor sich sehen. Er bekam so viele feuchte Umschläge auf die Stirn, man ließ ihn so viel flüchtige Salze und Essigessenzen einatmen, daß er die Augen öffnete. Madame Sonet zwang Schmucke, eine gute, fette Bouillon zu sich zu nehmen; man gab sich bei den Marmorhändlern alle Mühe.

»Es kommt nicht oft vor, daß wir Kunden bekommen, die so stark empfinden; so was ereignet sich nämlich so alle zwei Jahre einmal . . .« Schließlich sprach Schmucke davon, daß er wieder in die Rue de Normandie wolle.

»Monsieur«, sagte da Sonet, »hier ist die Zeichnung, die Vitelot eigens für Sie angefertigt hat. Er hat die ganze Nacht damit zugebracht . . .! Aber er hatte auch glückliche Einfälle! Es wird schön werden . . .«

»Es wird eines der schönsten Grabmäler des Père-Lachaise . . .«, sagte die kleine Madame Sonet. »Aber Sie müssen ja auch das Andenken eines Freundes ehren, der Ihnen sein ganzes Vermögen hinterlassen hat . . .«

Der Entwurf, der als Sonderanfertigung ausgegeben wurde, war für den bekannten Minister de Marsay gemacht worden; die Witwe hatte das Grabmal aber Stidmann anvertrauen wollen. Der Entwurf dieser Unternehmer wurde damals abgelehnt, denn man verabscheute ein so kitschiges Denkmal. Die drei Gestalten stellten damals die Julitage dar, in denen dieser große Minister hervorgetreten war. Darauf hatten Sonet und Vitelot mit einigen Abänderungen daraus für das Denkmal von Charles Keller die ›drei Ruhmreichen‹ gemacht: die Armee, die Finanz und die Familie. Auch das wurde von Stidmann ausgeführt. Seit elf Jahren wurde der Entwurf allen möglichen Familienumständen angepaßt. Bei der neuesten Durchzeichnung nun hatte Vitelot die drei Figuren in die Genien der Musik, der Plastik und der Malerei verwandelt.

»Das ist noch gar nichts, wenn man an die Einzelheiten und die Anordnung denkt; in sechs Monaten sind wir aber so weit . . .«, sagte Vitelot. »Hier ist der Kostenvoranschlag und der Auftrag, Monsieur . . ., siebentausend Francs, die grobe Bildhauerarbeit nicht mitgerechnet.«

»Wenn der Herr eine Ausführung in Marmor wünscht«, sagte

Sonet, der mehr Marmorhändler war, »kommt die Sache auf zwölftausend Francs, und der Herr wird sich mit seinem Freunde unsterblich machen ...«

»Ich habe vorhin erfahren, daß das Testament angefochten werden soll«, flüsterte Topinard Vitelot zu. »Die Erben wollen sich wieder in ihr Recht einsetzen. Suchen Sie den Herrn Präsidenten Camusot auf, denn dieser arme Unschuldsengel hier wird keinen roten Heller erben ...«

»Sie schleppen uns immer solche Kunden an!« sagte Madame Vitelot zu dem Vertreter und begann eine Auseinandersetzung.

Topinard führte Schmucke zu Fuß in die Rue de Normandie zurück; die Trauerwagen hatten sich bereits nach dorthin aufgemacht.

»Verlassen Sie mich bitte nicht ...!« sagte Schmucke zu Topinard.

Topinard wollte fort, nachdem er den armen Musiker in die Hände der Madame Sauvage zurückgegeben hatte.

»Lieber Monsieur Schmucke, es ist vier Uhr, und ich muß zum Essen gehn. Meine Frau ist Logenschließerin und wird nicht begreifen, wo ich geblieben bin. Sie wissen, das Theater wird um Viertel vor sechs aufgemacht ...«

»Ja, ich weiß ... aber bedenken Sie doch, daß ich ganz allein auf Erden dastehe, ohne einen einzigen Freund. Der Sie um Pons geweint haben, bringen Sie mir doch Licht, ich befinde mich in tiefster Nacht, und Pons hat mir gesagt, daß ich von Schurken umgeben bin ...«

»Das habe ich schon gemerkt, ich habe Sie gerade eben daran gehindert, in Clichy Quartier zu beziehen!«

»Clichy ...?« rief Schmucke aus, »wieso denn ...?«

»Sie armer Kerl! Na ja! Beruhigen Sie sich nur, ich komme ja wieder! Auf Wiedersehn!«

»Auf Wiedersehn und bald ...!« sagte Schmucke und sank halbtot vor Müdigkeit zusammen.

»Auf Wiedersehn, Monsieur!« sagte Madame Sauvage mit einer Miene, die den Theaterdiener befremdete.

»Oh, was hat denn die Hausgehilfin ...?« fragte er spöttisch. »Sie spielen sich hier auf wie der Bösewicht im Melodrama.«

»Der Bösewicht sind Sie selber! In was stecken Sie hier die

Nase 'rein? Sie wollen sich doch etwa nicht in Monsieurs Angelegenheiten mischen und ihm das Geld aus der Tasche locken . . .?«

»Ihm Geld aus der Tasche locken . . .! Sie Dienstbolzen . . .!« entgegnete Topinard hochfahrend. »Ich bin zwar nur ein armer Theaterdiener, aber ich halte zu den Künstlern! Lassen Sie sich gesagt sein, daß ich niemals jemand um etwas gebeten habe! Habe ich Sie etwa angebettelt? Bin ich Ihnen was schuldig . . .? He, Alte . . .?«

»Sie sind Theaterdiener, und wie heißen Sie . . .?« fragte das Mannweib.

»Topinard, mit Verlaub . . .«

»Dann alles Gute«, sagte die Sauvage, »und eine schöne Empfehlung an die Gattin, wenn der Herr verheiratet sein sollte . . . Mehr habe ich nicht wissen wollen . . .«

»Was haben Sie denn, Beste . . .?« fragte Madame Cantinet, die hinzukam.

»Was ich habe, Kleine? Bloß den Wunsch, daß Sie hierbleiben und auf das Essen aufpassen. Ich will mal eben auf einen Sprung zum Herrn hinüber . . .«

»Er ist unten, er spricht mit der armen Madame Cibot; die heult wie ein Schloßhund«, antwortete die Cantinet.

Die Sauvage polterte mit einer solchen Geschwindigkeit die Treppe hinunter, daß die Stufen unter ihren Füßen erzitterten.

»Monsieur . . «, sagte sie zu Fraisier und zog ihn ein paar Schritte von Madame Cibot weg.

Sie zeigte ihm Topinard in dem Augenblick, da der Theaterdiener draußen vorbeiging. Er war stolz darauf, seinem Wohltäter seine Schuld bereits abgetragen zu haben, weil er Pons' Freund unter Anwendung einer Theaterlist davon abgehalten hatte, in eine Falle zu gehen; hinter den Kulissen hat jedermann mehr oder weniger Sinn für sonderbare Späße. So gelobte sich der Theaterdiener denn auch, den Musiker seines Orchesters gegen die Fallen zu schützen, die man seiner Gutgläubigkeit stellen würde.

»Sehn Sie diesen Kümmerling da . . .? Der ist so 'ne Art Ehrenmann, der seine Nase in Monsieur Schmuckes Angelegenheiten stecken will . . .«

»Wer ist es denn?« fragte Fraisier.

»Ach, einer, auf den es nicht ankommt . . .«

»In Geschäftssachen gibt es keinen, auf den es nicht ankommt . . .«

»Na«, sagte sie, »dann also ein Theaterdiener namens Topinard . . .«

»Gut, Madame Sauvage, machen Sie nur so weiter, dann kriegen Sie auch Ihren Tabakladen.«

Und Fraisier nahm sein Gespräch mit Madame Cibot wieder auf.

»Liebe Klientin, ich behaupte also, daß Sie kein ehrliches Spiel mit uns getrieben haben und daß wir einem Bundesgenossen gegenüber, der uns hintergeht, keine Rücksicht zu nehmen brauchen!«

»Und womit hätte ich Sie hintergangen . . .?« fragte die Cibot und stemmte die Fäuste in die Hüften. »Glauben Sie etwa, Sie könnten mich mit Ihren giftigen Blicken und Ihrem sauertöpfischen Getue aus der Fassung bringen . . .? Sie suchen nach faulen Gründen, um sich Ihrer Versprechungen zu entledigen, und kommen sich dabei wie ein Ehrenmann vor. Wissen Sie, was Sie sind? Sie sind ein Schuft! Jawohl, kratzen Sie sich nur am Arm . . .! Aber das können Sie sich merken . . .!«

»Kein Gerede, keine Aufregung, mein Kind«, sagte Fraisier. »Passen Sie mal auf! Sie haben Ihren Schnitt gemacht . . . Heute morgen, während der Vorbereitungen für den Trauerzug, habe ich diesen Katalog in doppelter Ausfertigung gefunden. Er ist von Monsieur Pons von vorn bis hinten mit der Hand geschrieben worden, und zufällig sind meine Blicke auf folgendes gefallen.«

Er schlug den handschriftlichen Katalog auf und las vor.

»Nummer sieben. Auf eine Steinplatte gemaltes, herrliches Porträt von Sebastiano del Piombo aus dem Jahre 1546, von einer Familie verkauft, die es aus der Kathedrale von Terni entfernen ließ. Dies Porträt, das als Pendant einen von einem Engländer erstandenen Bischof hatte, stellt einen Malteserritter im Gebet dar und befand sich über dem Grabmal der Familie Rossi. Ohne das Datum könnte man dieses Werk Raffael zuschreiben. Es scheint mir dem Porträt des Baccio Bandinelli im Museum überlegen, das ein wenig nüchtern ist, während dieser Malteserritter seine Frische der Erhaltung der Malerei auf Lavagna (Schiefer) verdankt.«

»Als ich mir nun an Ort und Stelle Nummer sieben ansah«, fuhr Fraisier fort, »habe ich ein ›Chardin‹ gezeichnetes Damenbildnis ohne die Nummer sieben vorgefunden . . .! Während der Zeremonienmeister die Zahl seiner Personen, die die Quasten des Bahrtuchs halten sollten, vervollständigte, habe ich die Gemälde kontrolliert und festgestellt, daß acht Werke, die der verstorbene Monsieur Pons als die bedeutendsten bezeichnet, durch gewöhnliche Bilder ohne Nummern ersetzt wurden, so daß also die richtigen nicht mehr vorhanden sind . . . Und schließlich fehlt noch ein kleines Gemälde auf Holz von Metsu, das als ein Meisterwerk bezeichnet wird . . .«

»War ich vielleicht Bilderaufseherin?« fragte die Cibot.

»Nein, aber Sie waren die Vertrauensperson, die den Haushalt geführt und die Angelegenheiten des Monsieur Pons geregelt hat, und wenn Diebstahl vorliegt . . .«

»Diebstahl! Lassen Sie sich sagen, daß die Gemälde auf Anweisung von Monsieur Pons durch Monsieur Schmucke verkauft worden sind, damit das Lebensnotwendige angeschafft werden konnte.«

»An wen?«

»An die Herren Elias Magus und Rémonencq . . .«

»Zu welchem Preis . . .?«

»Das weiß ich doch nicht mehr . . .!«

»Hören Sie mal, liebe Madame Cibot, Sie haben Ihre Summe zusammengetragen. Und zwar eine gewaltige . . .!« fuhr Fraisier fort. »Ich werde ein Auge auf Sie haben. Ich habe Sie in der Hand . . . Halten Sie zu mir, dann schweige ich! Auf alle Fälle sehen Sie ja wohl ein, daß Sie von seiten des Herrn Präsidenten Camusot auf nichts mehr rechnen können, da Sie es für richtig gehalten haben, ihn zu berauben.«

»Lieber Monsieur Fraisier, ich war mir von vornherein darüber klar, daß alles für mich zu Wasser werden würde . . .«, antwortete die Cibot; sie war durch die Worte ›dann schweige ich‹ besänftigt.

»So«, sagte Rémonencq, der dazukam, »jetzt suchen Sie also Händel mit Madame Cibot. Das ist nicht grade fein! Der Bilderverkauf hat in vollem Einverständnis mit Pons an Magus und mich stattgefunden. Wir haben drei Tage gebraucht, bis wir uns mit dem Verstorbenen einig waren; er hat sich von seinen Gemälden phantastische Vorstellungen gemacht. Wir besitzen darüber gültige Quittungen, und wenn wir, wie das üblich ist, Madame Cibot so einige Vierzigfrancsstücke zugesteckt haben, so hat sie nur erhalten, was wir in allen Bürgerhäusern geben, in denen wir ein Geschäft abschließen. Oh, mein lieber Herr, wenn Sie meinen, Sie könnten eine schutzlose Frau übertölpeln, dann kommen Sie an die falsche Adresse ...! Verstehen Sie mich, Sie Geschäftemacher? Monsieur Magus beherrscht das Feld, und wenn Sie mit Madame Cibot nicht sanfter umspringen und wenn Sie ihr nicht geben, was Sie ihr versprochen haben, dann sprechen wir uns bei der Versteigerung der Sammlung wieder, und dann werden Sie schon sehen, was Sie einbüßen, wenn Sie Magus und mich gegen sich haben. Wir werden die Händler schon aufzuklären wissen ... Statt sieben- oder achthunderttausend Francs schlagen Sie nicht einmal zweihunderttausend 'raus!«

»Schon gut, schon gut!« sagte Fraisier. »Das werden wir ja sehn. Wir versteigern ja gar nicht, oder wenn, dann in London.«

»Auch wir kennen London!« sagte Rémonencq. »Und Monsieur Magus vermag dort ebensoviel wie in Paris.«

»Auf Wiedersehen, Madame«, sagte Fraisier. »Ich werde Ihre Geschäfte schon noch aufdecken, sofern Sie mir nicht in allen Dingen gehorchen«, fügte er hinzu.

»Kleiner Gauner!«

»Hüten Sie sich«, sagte Fraisier, »ich werde Friedensrichter!«

Man trennte sich unter Drohungen, deren Tragweite auf beiden Seiten richtig eingeschätzt wurde.

»Danke, Rémonencq!« sagte die Cibot. »Es tut einer armen Witwe gut, einen Verteidiger zu finden.«

Am Abend, gegen zehn Uhr, ließ Gaudissart im Theater den Orchesterdiener in sein Zimmer kommen. Gaudissart stand am Kamin und hatte jene napoleonische Haltung angenommen, die er sich zu eigen gemacht hatte, seit er eine ganze Welt von Schauspielern, Tänzern, Statisten, Musikern und Maschinisten leitete und mit Autoren zu tun hatte. Gewöhnlich steckte er die rechte Hand in die Weste, wobei er den linken Hosenträger erfaßte, drehte den Kopf in Dreiviertelwendung und ließ seinen Blick ins Leere schweifen.

»Aha, Topinard, beziehen Sie eine Rente?«

»Nein.«

»Dann suchen Sie sich also eine bessere Stellung?« fragte der Direktor.

»Nein, Herr Direktor . . .«, sagte der Diener und wurde blaß.

»Zum Teufel! Deine Frau ist Schließerin der ersten Logen . . . Ihretwegen habe ich den Willen meines verkrachten Vorgängers geachtet . . . Ich habe dir das Amt übertragen, tagsüber die Kulissenlampen zu reinigen, und schließlich legst du die Stimmen auf die Pulte. Und das ist noch nicht alles! Du kriegst eine Gage von zwanzig Sous für die Darstellung von Ungeheuern und die Anführung der Teufel bei Höllenszenen. Um solch eine Stellung beneiden dich sämtliche Theaterdiener; sie wird dir am Theater mißgönnt; mein Freund, du hast Feinde.«

»Feinde . . .?« fragte Topinard.

»Und du hast drei Kinder. Das älteste spielt Kinderrollen mit einer Gage von fünfzig Centimes . . .!«

»Herr Direktor . . .«

»Laß mich ausreden . . .«, sagte Gaudissart mit Donnerstimme. »In dieser Lage willst du also dem Theater den Rücken kehren . . .«

»Herr Direktor . . .«

»Du willst dich in anderer Leute Angelegenheiten mischen, du willst deine Finger in Erbschaftsangelegenheiten stecken . . .! Aber, Unseliger, du wirst zerdrückt werden wie ein Ei! Einer meiner Gönner ist Seine Exzellenz Monseigneur Graf Popinot, ein geistvoller und gesinnungstüchtiger Mann, den der König in seiner Weisheit in seinen Staatsrat zurückberufen hat . . . Dieser Staatsmann, dieser überragende Politiker, ich spreche vom Grafen Popinot, hat seinen ältesten Sohn mit der Tochter des Herrn Präsidenten de Marville vermählt, eines der beachtlichsten und geachtetsten Männer unter den höchsten Justizbeamten, einer Leuchte des Justizpalastes. Kennst du den Justizpalast? Also! Er ist der Erbe seines Vetters Pons, unseres früheren Dirigenten, an dessen Begräbnis du heute morgen teilgenommen hast. Ich tadle dich nicht, daß du dem armen Mann die letzte Ehre erwiesen hast . . . Aber du behältst deine Stelle nicht, wenn du dich um die Angelegenheiten dieses würdigen Monsieur Schmucke kümmerst, dem ich sehr wohl will, der aber mit Pons' Erben aneinandergeraten wird . . . Und da mir an dem Deutschen wenig, an dem Präsidenten und dem Grafen Popinot dagegen viel liegt, fordre ich dich auf, den würdigen Deutschen sich selber aus der Patsche helfen zu lassen. Die Deutschen haben ja ihren eigenen Herrgott, und du würdest dich recht schlecht als Untergott ausnehmen! Also bleib Theaterdiener . . .! Was Gescheiteres kannst du nicht tun!«

»Abgemacht, Herr Direktor«, sagte Topinard zerknirscht.

So verlor Schmucke, der darauf rechnete, am nächsten Tag den armen Theaterdiener wiederzusehen, das einzige Wesen, das Pons beweint hatte, den Beschützer, den der Zufall ihm geschickt hatte. Als der arme Deutsche am nächsten Tag aufwachte, empfand er von neuem beim Erblicken der leeren Wohnung seinen ungeheuren Verlust. An den beiden vorhergehenden Tagen hatten die durch den Tod ausgelösten Ereignisse und der allgemeine Wirrwarr rings um ihn jenes Hin und Her und jene Bewegung erzeugt, wodurch die Augen abgelenkt wurden. Aber das Schweigen, das auf das Abscheiden eines Freundes, eines Vaters, eines Sohnes, einer geliebten Frau folgt, das trübe, kalte Schweigen des nächsten Tages ist fürchterlich, ist eisig. Es zog den armen Mann mit unwiderstehlicher Kraft in Pons' Zimmer; allein er konnte dessen Anblick nicht ertragen. Er wich zurück und kehrte ins Eßzimmer zurück, wo Madame Sauvage das Frühstück auftrug. Schmucke setzte sich und konnte nichts genießen. Plötzlich erscholl ein ziemlich lebhaftes Klingeln, und drei Herren in Schwarz traten ein. Madame Cantinet und Madame Sauvage hatten ihnen den Weg freigegeben. Es waren Monsieur Vitel, der Friedensrichter, und sein Protokollführer. Der dritte war Fraisier, der noch dürrer und unangenehmer denn je wirkte, da er zu seiner Enttäuschung vom Vorhandensein eines ordnungsgemäßen Testaments erfahren hatte, das die mächtige Waffe, die er so dreist geraubt, unbrauchbar machte.

»Monsieur Schmucke«, sagte der Friedensrichter mit sanfter Stimme, »wir kommen, um hier die Gerichtssiegel anzubringen . . .«

Schmucke, für den diese Worte unverständlich wie Griechisch waren, sah die drei Herren verstört an.

»Wir kommen auf Antrag des Rechtsanwalts Fraisier, des Beauftragten des Monsieur Camusot de Marville, des Erben seines Vetters, des verstorbenen Monsieur Pons . . .«, fügte der Protokollführer hinzu.

»Die Sammlungen befinden sich dort, in dem großen Wohnzimmer und im Schlafzimmer des Verstorbenen«, sagte Fraisier.

»Gut! Begeben wir uns also dahin! Verzeihung, Monsieur, frühstücken Sie bitte ruhig weiter!« sagte der Friedensrichter.

Das Eindringen dieser drei Herren in Schwarz hatte den armen Deutschen vor Schreck zu Eis erstarren lassen.

»Der Herr«, sagte Fraisier und warf auf Schmucke einen jener giftigen Blicke, die seine Opfer hypnotisierten, wie eine Spinne eine Fliege bannt, »der Herr, der zu seinen Gunsten ein notarielles Testament aufsetzen zu lassen wußte, mußte doch wohl auf einigen Widerstand seitens der Familie rechnen. Eine Familie läßt sich von einem Ausländer nicht kampflos ausplündern, und wir wollen mal sehn, Monsieur, ob Betrug und Bestechung den Sieg davontragen oder die Familie . . .! Als Erben haben wir das Recht, alles versiegeln zu lassen. Es wird versiegelt, und ich werde darauf achten, daß diese Schutzmaßnahme mit äußerster Strenge durchgeführt wird. Und das wird geschehen!«

»Mein Gott, mein Gott, was habe ich denn bloß getan?« fragte der unschuldige Schmucke.

»Man redet mancherlei von Ihnen im Hause«, sagte die Sauvage. »Während Sie schliefen, ist ein kleiner, ganz schwarz gekleideter Mann gekommen, so ein Laffe, der Bürovorsteher von Monsieur Hannequin. Er wollte Sie mit aller Gewalt sprechen. Da Sie aber schliefen und von den gestrigen Feierlichkeiten so mitgenommen waren, habe ich ihm gesagt, Sie hätten Monsieur Villemot Vollmacht gegeben, dem Bürovorsteher Tabareaus, und wenn es sich um eine geschäftliche Angelegenheit handele, solle er zu dem gehn. ›Ach, um so besser‹, hat der kleine Jüngling da gesagt. ›Mit dem komme ich schon zurecht. Wir werden das Testament bei Gericht deponieren, nachdem wir es dem Präsidenten vorgelegt haben.‹ Dann habe ich ihn gebeten.

Monsieur Villemot zu uns zu schicken, sobald er könne. Seien Sie nur ganz beruhigt, lieber Herr«, sagte die Sauvage, »Sie finden schon Leute, die Sie in Schutz nehmen, man wird Ihnen schon nicht die Wolle vom Buckel fressen. Sie haben da jemanden, der beißen und kratzen kann! Monsieur Villemot wird denen schon sagen, was die Glocke geschlagen hat! Ich bin schon ganz wütend auf dieses gräßliche Weibsbild, die Madame Cibot, eine Portiersfrau, die sich anmaßt, Urteile über ihre Mieter zu fällen. Sie behauptet, Sie hätten dies Vermögen den Erben abgegaunert, Sie hätten Monsieur Pons von aller Welt abgeschlossen, Sie hätten ihn sich gefügig gemacht, er sei ja auch verrückt bis zur Tobsüchtigkeit gewesen. Ich hab' ihr aber gründlich den Standpunkt klargemacht, dieser schuftigen Person! ›Sie sind eine Diebin und Schurkin‹, habe ich zu ihr gesagt, ›und Sie kommen noch vors Gericht wegen allem, was Sie Ihren Herren gestohlen haben ...‹ Und da hat sie das Maul gehalten.«

»Monsieur«, sagte der Protokollführer, der Schmucke holen kam, »wollen Sie unseren Maßnahmen im Sterbezimmer beiwohnen?«

»Machen Sie nur, was Sie wollen«, sagte Schmucke, »ich nehme an, daß ich in Ruhe sterben kann!«

»Natürlich hat man stets das Recht zu sterben«, sagte der Protokollführer lachend. »Erbschaften sind ja unser Hauptgeschäft. Ich habe aber selten Universalerben ihrem Erblasser ins Grab folgen sehen.«

»Ich tu's aber!« sagte Schmucke, der nach so viel Schicksalsschlägen unerträgliche Schmerzen am Herzen fühlte.

»Ah, da kommt ja Monsieur Villemot!« rief die Sauvage.

»Monsieur Villemot«, sagte der arme Deutsche, »vertreten Sie mich bitte ...«

»Deswegen komme ich ja«, sagte der Bürovorsteher. »Ich möchte Sie verständigen, daß das Testament völlig in Ordnung ist, und sicherlich wird das Gericht es bestätigen und Sie in Ihre Rechte einsetzen ... Sie erhalten ein schönes Vermögen.«

»Ich und ein schönes Vermögen!« rief Schmucke verzweifelt aus, weil er der Begehrlichkeit verdächtigt wurde.

»Was macht denn der Friedensrichter inzwischen hier mit seinen Kerzen und seinen kleinen Schnüren?« fragte die Sauvage.

»Ach so, ja, er versiegelt ... Kommen Sie, Monsieur Schmucke, Sie haben das Recht, dem beizuwohnen.«

»Nein, gehen Sie hin.«

»Aber warum denn die Siegel, wenn der Herr hier zu Hause ist und ihm alles gehört?« fragte die Sauvage; sie handhabte das Recht nach Art der Frauen, die stets das Gesetzbuch nach Gutdünken auslegen.

»Der Herr ist hier nicht zu Hause, Madame Sauvage, er ist bei Monsieur Pons. Sicherlich wird ihm alles gehören. Wenn man aber Erbe ist, kann man die Dinge, aus denen die Erbschaft besteht, nur durch das erhalten, was wir Besitzeinweisung nennen. Dieser Akt wird durch das Gericht vorgenommen. Wenn jedoch die durch den Willen des Erblassers von der Erbfolge ausgeschlossenen Erben Einspruch gegen die Besitzeinweisung erheben, gibt es einen Prozeß. Und da man nicht weiß, wem die Erbschaft zufällt, werden alle Wertgegenstände versiegelt, und die Notare der Erben und des Vermächtniserben stellen dann innerhalb der gesetzlich vorgeschriebenen Frist ein Inventar auf. So ist das.«

Als Schmucke zum erstenmal in seinem Leben diese Sprache hörte, verlor er völlig den Kopf. Er ließ ihn gegen die Lehne des Sessels sinken, in dem er saß, und der Kopf wurde ihm so schwer, daß er ihn unmöglich hochhalten konnte. Villemot ging, um mit dem Protokollführer und dem Friedensrichter zu sprechen; er wohnte mit der Kaltblütigkeit des Fachmanns der Versiegelung bei, die, wenn kein Erbe anwesend ist, nicht ohne einige Kalauer und Bemerkungen über die Dinge abgeht, die man auf diese Weise bis zum Tage des Erbvergleichs sicherstellt. Schließlich schlossen die vier Justizleute das Wohnzimmer ab und kamen wieder ins Eßzimmer, wohin sich auch der Protokollführer begab. Schmucke sah dieser Handlung mechanisch zu; sie besteht darin, mit dem Petschaft des Friedensgerichts eine Schnur über jeden Türflügel zu versiegeln, wenn es sich um zwei Flügel handelt, oder bei den Türfugen der Schränke und einfachen Türen das Siegel auf beiden Seiten anzubringen.

»Jetzt müssen wir in dieses Zimmer gehen«, sagte Fraisier und zeigte auf Schmuckes Zimmer, dessen Tür ins Eßzimmer führte.

»Aber das ist doch das private Zimmer von Monsieur

Schmucke!« sagte die Sauvage, drängte sich vor und stellte sich zwischen die Tür und die Justizbeamten.

»Hier ist der Mietkontrakt«, sagte der widerliche Fraisier, »wir haben ihn unter den Papieren gefunden, und er lautet nicht auf die Namen der Herren Pons und Schmucke, er ist lediglich auf den Namen Pons ausgestellt. Die ganze Wohnung gehört zum Nachlaß . . ., und übrigens«, sagte er und öffnete die Tür zu Schmuckes Zimmer, »sehen Sie, Herr Friedensrichter, es ist voller Bilder.«

»Tatsächlich«, sagte der Friedensrichter und gab unverzüglich Fraisier recht.

»Warten Sie mal, meine Herren«, sagte Villemot. »Meinen Sie denn, Sie könnten den Universalerben, dessen Eigenschaft bis jetzt unbestritten ist, einfach vor die Tür setzen?«

»Allerdings«, sagte Fraisier; »wir widersetzen uns der Auslieferung des Vermächtnisses.«

»Und unter welchem Vorwand?«

»Den erfahren Sie noch, mein Junge«, sagte Fraisier spöttisch. »Für den Augenblick erheben wir keinen Einspruch dagegen, daß der Vermächtniserbe aus diesem Zimmer entnimmt, was er für sein persönliches Eigentum erklärt. Das Zimmer jedoch muß versiegelt werden. Und der Herr kann Unterkunft suchen, wo es ihm paßt.«

»Nein«, sagte Villemot, »der Herr wird in seinem Zimmer bleiben . . .!«

»Wieso?«

»Wir[203] werden eine einstweilige Verfügung beantragen«, erwiderte Villemot, »durch die anerkannt wird, daß wir diese Wohnung zur Hälfte gemietet haben, und Sie werden uns nicht daraus verjagen . . . Nehmen Sie ruhig die Bilder heraus, trennen Sie, was dem Verstorbenen und was meinem Klienten gehört, aber mein Klient bleibt hier . . ., mein Junge . . .!«

»Ich will aber weg . . .!« sagte der alte Musiker, der seine Tatkraft wiederfand, als er dieses scheußliche Gezänk anhörte.

»Daran tun Sie auch besser!« sagte Fraisier. »Der Entschluß wird Ihnen Unkosten ersparen; Sie würden nämlich in dieser Sache den kürzeren ziehen. Der Mietvertrag ist eindeutig . . .«

»Mietvertrag hin, Mietvertrag her!« sagte Villemot. »Hier geht es um Treu und Glauben . . .!«

»Die werden hier nicht, wie bei Kriminalfällen, durch Zeugen erhärtet ... Wollen Sie sich etwa auf Gutachten, Nachprüfungen, Zwischenurteile und einen Prozeß einlassen?«

»Nein, nein!« rief Schmucke entsetzt, »ich ziehe um, ich verschwinde.«

Das Leben Schmuckes war das eines Philosophen aus der Schule der Kyniker, ohne daß ihm das bewußt gewesen wäre, so sehr war es auf das Einfachste beschränkt. Er besaß nur zwei Paar Schuhe, ein Paar Stiefel, zwei vollständige Anzüge, ein Dutzend Hemden, ein Dutzend Halstücher, ein Dutzend Taschentücher, vier Westen und eine prächtige Pfeife, die ihm Pons zusammen mit einem gestickten Tabaksbeutel geschenkt hatte. Durch das Fieber seiner Entrüstung überreizt, ging er in das Zimmer, raffte all seine Habseligkeiten zusammen und legte sie auf einen Stuhl.

»All das gehört mir!« sagte er schlicht wie Cincinnatus; »auch das Klavier ist mein.«

»Madame«, wandte sich Fraisier an die Sauvage, »holen Sie sich Hilfe, schaffen Sie es heraus und stellen es auf die Straße, das Klavier!«

»Sie verfahren allzu hart«, sagte Villemot zu Fraisier.

»Der Herr Friedensrichter kann hier anordnen, was ihm beliebt. Auf diesem Gebiet kann er völlig tun, was er für richtig hält.«

»Es gibt hier Sachwerte«, sagte der Protokollführer und zeigte auf das Zimmer.

»Übrigens«, bemerkte der Friedensrichter, »zieht der Herr aus freien Stücken aus.«

»So was von einem Klienten habe ich noch nicht erlebt«, sagte Villemot entrüstet und wandte sich zu Schmucke um. »Sie sind ja windelweich.«

»Es ist ja doch gleich, wo man stirbt«, meinte Schmucke und ging hinaus. »Diese Leute haben Tigergesichter . . . Ich werde meine paar Sachen holen lassen«, sagte er.

»Wohin gehn Sie denn?«

»Wohin Gott will!« erwiderte der Universalerbe und machte eine erhabene Gebärde der Gleichgültigkeit.

»Sagen Sie es mir doch«, sagte Villemot.

»Geh ihm doch einfach nach!« tuschelte Fraisier den Bürovorsteher zu.

Die versiegelten Räume wurden Madame Cantinet in Obhut gegeben, und aus den vorgefundenen Barbeständen gewährte man ihr einen Vorschuß von fünfzig Francs.

»Das geht ja ausgezeichnet«, sagte Fraisier zu Monsieur Vitel, als Schmucke gegangen war. »Wenn Sie Ihr Amt zu meinen Gunsten niederlegen wollen, suchen Sie doch bitte die Frau Präsidentin de Marville auf. Sie werden schon mit ihr ins reine kommen.«

»Der Mann war ja butterweich«, sagte der Friedensrichter und deutete auf Schmucke, der vom Hof aus ein letztes Mal zu den Fenstern der Wohnung hinaufsah.

»Ja, das Geschäft wäre gemacht!« antwortete Fraisier. »Sie können unbesorgt Ihre Enkelin mit Poulain verheiraten. Er wird Chefarzt von ›Les Quinze-Vingts‹[204].«

»Wollen mal sehn! Auf Wiedersehn, Monsieur Fraisier«, sagte der Friedensrichter mit kameradschaftlicher Miene.

»Der hat was los«, sagte der Protokollführer, »der wird's noch weit bringen, dies Ekel!«

Es war jetzt elf Uhr. Der alte Deutsche schlug mechanisch den Weg ein, den er immer mit Pons gegangen war, und dachte dabei an Pons. Unaufhörlich sah er ihn vor sich; er glaubte, ihn neben sich zu fühlen, und so gelangte er vor das Theater, aus dem gerade sein Freund Topinard herauskam; er hatte gerade die Lampen auf der Bühne geputzt und dabei über die Tyrannei seines Direktors nachgedacht.

»Ach, der kommt mir gerade recht!« rief Schmucke und hielt den armen Theaterdiener an. »Topinard, du hast doch eine Wohnung ...?«

»Freilich ...«

»Einen Haushalt ...?«

»Freilich ...«

»Kannst du mich in Pension nehmen? Oh, ich werde gut bezahlen. Ich habe neunhundert Francs Zinsen ..., und ich habe nicht mehr lange zu leben ... Mit mir hast du keine Umstände ... Ich esse alles ...! Mein einziges Bedürfnis ist, meine Pfeife zu rauchen . . . Und da du der einzige bist, der Pons beweint hat, hab' ich dich gern!«

»Monsieur, es würde mir ein Vergnügen sein; aber stellen Sie sich zunächst einmal vor, daß Monsieur Gaudissart mir bereits gehörig die Perücke zerzaust hat . . .«

»Die Perücke?«

»Das soll heißen, daß er mir den Kopf gewaschen hat.«

»Den Kopf gewaschen?«

»Er hat mir die Leviten gelesen, weil ich mich für Sie einge setzt hätte . . . Man müßte also sehr vorsichtig zu Werke gehn, wenn Sie zu mir kämen. Aber ich bezweifle, daß Sie da bleiben würden; Sie machen sich ja keinen Begriff davon, wie der Haushalt eines so armen Teufels aussieht, wie ich es bin . . .«

»Ich bin lieber in einem ärmlichen Haushalt bei einem Mann der Pons beweint hat, als in den Tuilerien bei Leuten mit Tiger gesichtern! Ich bin fort, weil ich bei Pons Tiger gesehen habe die alles auffressen werden . . .!«

»Kommen Sie mit, Monsieur«, sagte der Theaterdiener, »dann werden Sie ja sehn . . . Aber . . . Na ja, wir haben einen Hängeboden . . . Reden wir mal mit meiner Frau.«

Schmucke folgte Topinard wie ein Lamm. Er führte ihn in eine jener scheußlichen Örtlichkeiten, die man das Krebsgeschwür von Paris nennen könnte. Die Gegend heißt ›Cité Bordin‹[205]. Das ist eine enge Durchfahrt, die mit Häusern gesäumt ist, wie sie aus Spekulation gebaut werden. Sie mündet in die Rue de Bondy, in jenen Teil der Straße, der von dem riesigen Gebäude des Theaters an der Porte-Saint-Martin[206] überschattet wird, einer der Warzen von Paris. Diese Durchfahrt, deren Fahrbahn tiefer eingehöhlt ist als das Pflaster der Straße, senkt sich abschüssig nach der Rue des Mathurins-du-Temple[207]. Die ›Cité‹ endet in einer inneren Querstraße, durch die sie eine T-förmige Gestalt hat. Die beiden so gelegenen Gassen umgeben an die dreißig sechs- bis siebenstöckige Häuser, deren sämtliche Innenhöfe und Wohnungen Geschäfte, Werkstätten und Betriebe aller Art enthalten. Es ist der Faubourg Saint-Antoine im kleinen. Da werden Möbel hergestellt, da wird Messing ziseliert, da werden Theaterkostüme genäht, Glas bearbeitet, Porzellan bemalt, da werden, kurzum, alle möglichen Spielarten von ›Pariser Artikeln‹ hergestellt. Diese Durchfahrt ist häßlich und einträglich wie der Handel; mit ihrem beständigen Hin und Her von Karren und Kippwagen macht sie einen abstoßenden Eindruck, und die Bevölkerung, die darin herumwimmelt, steht im Einklang mit den Dingen und der Örtlichkeit. Es ist die Fabrikbevölkerung, die in ihrer Handarbeit durchaus intelligent ist, deren Intelligenz sich aber auch darin erschöpft. Topinard wohnte in dieser, was die Erträgnisse angeht, blühenden ›Cité‹ wegen der niedrigen Mietpreise. Er bewohnte das zweite Haus links am Beginn der Durchfahrt. Seine im sechsten Stock gelegene Wohnung hatte eine Aussicht auf jene noch bestehende Gartenzone, die zu den drei oder vier großen Stadtpalais der Rue de Bondy gehört. Topinards Wohnung bestand aus einer Küche und zwei Zimmern. Im ersten Zimmer hielten sich die Kinder auf. Es standen darin zwei kleine weiße Holzbetten und eine Wiege. Das zweite war das Schlafzimmer der Eltern. Gegessen wurde in der Küche. Darüber lag ein sechs Fuß hoher Hängeboden, der mit Zinkblech abgedeckt war und ein aufklappbares Dachfenster hatte. Hinein gelangte man mittels einer ungestrichenen Leiter, die in der Bauarbeitersprache »Müllerstiege« genannt wird. Dieser Raum, der als Mädchenzimmer bezeichnet wurde, brachte es mit sich, die Behausung Topinards als vollständige Wohnung zu bezeichnen, und dementsprechend wurden vierhundert Francs Miete dafür verlangt. Um die Küche zu verbergen, befand sich am Eingang ein überwölbter Windfang, der durch ein ovales Fenster von der Küche aus sein Licht erhielt. Er entstand durch das Aneinanderwinkeln der Tür des ersten Zimmers und der Küchentür, im ganzen waren es also drei Türen. Diese drei Zimmer mit Fliesenböden, deren Wände mit scheußlichen Tapeten, für sechs Sous die Rolle, beklebt waren, wurden durch Kamine mit winzigen Simsen geschmückt, die aufs allergewöhnlichste holzfarbig angestrichen waren. Diese Zimmer bargen den aus fünf Personen bestehenden Haushalt, darunter drei Kinder. So kann sich denn jedermann vorstellen, welch tiefe Kratzer die drei Kinder an den Wänden bis zu der Höhe hinterließen, zu der sie mit ihren Ärmchen gelangen konnten. Reiche Leute können sich keinen Begriff von der Einfachheit der Kücheneinrichtung machen; sie bestand aus einem Herd, einem Kessel, einem Rost,

dinen gerafft, das Fenster. Die Kommode, der Schreibtisch, die Stühle waren ebenfalls aus Mahagoni und sahen sehr gepflegt aus. Auf dem Kamin stand zwischen zwei Leuchtern eine Stutzuhr, offenbar Geschenke des Pleitegegangenen, dessen Bildnis, ein schauderhaftes Porträt von Pierre Grassou[209], über der Kommode hing. Die Kinder, denen der Zutritt zu dieser guten Stube verwehrt war, versuchten, neugierige Blicke hineinzuwerfen.

»Hier wäre der Herr gut aufgehoben«, sagte die Logenschließerin.

»Nein, nein«, antwortete Schmucke. »Ach, ich habe nicht mehr lange zu leben und brauche nur ein Fleckchen zum Sterben.«

Die Zimmertür wurde geschlossen, und man stieg in die Mansarde hinauf. Sobald Schmucke sich dort befand, rief er aus: »Das ist ganz das, was ich suche. Bevor ich mit Pons zusammenlebte, war ich niemals besser untergebracht.«

»Na, dann braucht ja bloß noch ein Feldbett gekauft zu werden, dazu zwei Matratzen, ein Kopfkeil, ein Kopfkissen, zwei Stühle und ein Tisch. Das bringt keinen um ..., es wird fünfzig Taler kosten mitsamt dem Waschgeschirr, dem Nachttopf und einem kleinen Bettvorleger ...«

Alles wurde vereinbart. Nur die fünfzig Taler fehlten. Schmucke, der nur einen Katzensprung zum Theater zurückzulegen hatte, dachte natürlich daran, beim Direktor seine Bezüge einzufordern, als er die Notlage seiner neuen Freunde erkannte... Er ging auf der Stelle ins Theater und traf Gaudissart dort an. Der Direktor empfing Schmucke mit der etwas gedehnten Höflichkeit, die er seinen Künstlern stets erwies. Er war über Schmukkes Forderung eines Monatsgehalts erstaunt. Allein sie stellte sich bei der Nachprüfung als berechtigt heraus.

»Ach, zum Teufel, mein Guter«, sagte der Direktor zu ihm, »die Deutschen können immer gut rechnen, sogar unter Tränen... Ich nahm an, Sie hätten die Gratifikation von tausend Francs zu würdigen gewußt, ein volles Jahresgehalt, das ich Ihnen geschenkt habe, und damit wären wir quitt.«

»Wir haben nichts bekommen«, sagte der gute Deutsche. »Und wenn ich zu Ihnen komme, dann nur, weil ich auf der Straße sitze und keinen roten Heller habe ... Wem haben Sie denn die Gratifikation gegeben?«

»Ihrer Portiersfrau . . .!«

»Der Madame Cibot!« rief der Musiker aus. »Sie hat Pons umgebracht, sie hat ihn bestohlen, sie hat ihn verkauft . . . Sie wollte sein Testament verbrennen . . . Das ist eine Schurkin, ein Scheusal!«

»Aber mein Guter, wieso sind Sie blank und sitzen ohne Obdach auf der Straße, wo Sie doch Universalerbe sind? Das ist doch nicht logisch, wie wir sagen.«

»Man hat mich vor die Tür gesetzt . . . Ich bin Ausländer. Ich verstehe mich nicht auf die Gesetze . . .«

»Armer Kerl!« dachte Gaudissart und sah das wahrscheinliche Ende eines ungleichen Kampfes voraus. – »Hören Sie mal«, sagte er, »wissen Sie, was Sie tun müßten?«

»Ich habe einen Sachwalter.«

»Na also! Schließen Sie sofort einen Vergleich mit den Erben. Sie bekommen dann von ihnen eine Abschlagszahlung und eine Leibrente und leben in Frieden . . .«

»Weiter will ich ja auch nichts«, antwortete Schmucke.

»Schön! Lassen Sie mich das in Ordnung bringen«, sagte Gaudissart, den Fraisier am Vortage in seinen Plan eingeweiht hatte.

Gaudissart meinte, sich um die junge Vicomtesse Popinot und deren Mutter verdient machen zu können, wenn er diesen schmutzigen Handel abschlösse; er sagte sich dabei, daß er eines Tages zum mindesten Staatsrat würde.

»Ich gebe Ihnen Vollmacht . . .«

»Schön! Wir wollen mal sehn! Zunächst nehmen Sie mal das«, sagte der Napoleon der Boulevardtheater . . . Er nahm fünfzehn Louisdor aus seiner Börse und gab sie dem Musiker. – »Das ist für Sie. Damit haben Sie für ein halbes Jahr Gehalt, und wenn Sie aus dem Theater ausscheiden sollten, können Sie sie mir ja wiedergeben. Wir wollen mal rechnen. Was geben Sie im Jahr so aus? Was brauchen Sie, um glücklich zu sein? Nur zu! Machen Sie sich ein Leben wie Sardanapal . . .!«

»Ich brauche nur einen Winter- und einen Sommeranzug . . .«

»Dreihundert Francs«, sagte Gaudissart.

»Vier Paar Schuhe . . .«

»Sechzig Francs.«

»Zehn Paar Strümpfe . . .«

»Ein Dutzend, macht sechsunddreißig Francs.«

»Sechs Hemden.«

»Sechs Kalikohemden, vierundzwanzig Francs, ebensoviel Leinenhemden, achtundvierzig. Sagen wir zweiundsiebzig. Wir kommen auf vierhundertachtundsechzig. Setzen wir also mit Krawatten und Taschentüchern fünfhundert an. Dazu hundert Francs für die Wäscherei . . . sechshundert Francs! Was brauchen Sie sonst noch zum Leben . . .? Drei Francs den Tag . . .?«

»Nein, das ist zuviel . . .!«

»Na ja, Sie brauchen doch auch Hüte . . . Macht fünfzehnhundert Francs. Fünfhundert Francs Miete dazu, macht zweitausend. Soll ich Ihnen zweitausend Francs Leibrente verschaffen . . ., absolut sicher . . .?«

»Und mein Tabak?«

»Zweitausendvierhundert Francs . . .! Oho, Papa Schmucke, das nennen Sie also Tabak . . .? Schön, Sie sollen auch mit sogenanntem Tabak versorgt werden. Das wären also zweitausendvierhundert Francs Leibrente . . .«

»Das ist noch nicht alles! Ich will auch einen Betrag in bar . . .«

»Also ein Draufgeld . . .! Da haben wir's! Diese Deutschen! Das nennt man also harmlos, Sie alter Robert Macaire[210] . . .«, dachte Gaudissart. – »Wieviel wollen Sie?« wiederholte er. »Aber dann ist Schluß!«

»Ich habe eine heilige Schuld abzutragen.«

»Eine Schuld!« sagte sich Gaudissart. »So ein Gauner! Der ist ja schlimmer als ein Sohn aus gutem Hause, der noch der väterlichen Gewalt untersteht! Vielleicht erfindet er noch uneingelöste Wechsel. Jetzt muß ich hartnäckig werden. Dieser Fraisier ist zu kurzsichtig gewesen! – Was denn für eine Schuld, mein Guter, rücken Sie mal damit 'raus . . .!«

»Ein einziger Mensch hat mit mir Pons beweint . . . Er hat ein niedliches Töchterchen mit prächtigem Haar. In ihr habe ich vorhin den guten Geist meines armen Deutschland zu sehen geglaubt, das ich niemals hätte verlassen sollen . . . Paris ist nicht gut für die Deutschen, man macht sich über sie lustig . . .«, sagte er mit einer kleinen Kopfbewegung wie jemand, der in den Dingen dieser gemeinen Welt klarzusehen glaubt.

»Er ist verrückt«, sagte sich Gaudissart, und vor Mitleid für diesen Unschuldsengel trat ihm eine Träne ins Auge.

»Oh, Sie verstehen mich, Herr Direktor! Also dieser Mensch mit dem Töchterchen ist Topinard, der den Orchesterdienst macht und die Lampen anzündet. Pons hat ihn gern gehabt und unterstützt. Er ist der einzige, der meinem einzigen Freund das letzte Geleit zur Kirche und zum Friedhof gegeben hat ... Ich will dreitausend Francs für ihn und dreitausend Francs für das kleine Mädchen ...«

»Armer Kerl ...!« sagte sich Gaudissart.

Der grimmige Emporkömmling wurde gerührt von diesem Edelmut und dieser Dankbarkeit für etwas in den Augen der Welt völlig Gleichgültiges, das in den Augen dieses Gotteslamms indessen – wie das Glas Wasser Bossuets – mehr wog als die Siege der Eroberer. Gaudissart barg unter seiner Eitelkeit und seinem brutalen Drang, emporzukommen und sich auf die gleiche Stufe mit seinem Freunde Popinot zu stellen, ein gutes Herz und ein prächtiges Gemüt. So änderte er also sein voreiliges Urteil über Schmucke und stellte sich auf dessen Seite.

»Das alles sollen Sie haben! Aber ich will noch mehr tun, mein lieber Schmucke. Topinard ist ein rechtschaffener Mann ...«

»Ja, das habe ich gerade in seiner ärmlichen Behausung gesehen, wo er mit seinen Kindern glücklich und zufrieden ist ...«

»Ich werde ihm die Stelle des Kassierers geben; der alte Baudrand geht weg ...«

»Oh, Gott segne Sie!« rief Schmucke.

»Also, mein guter, wackerer Schmucke, kommen Sie heute nachmittag um vier Uhr zum Notar Berthier. Alles wird dann fix und fertig sein, und für den Rest Ihrer Tage sind Sie keiner Not mehr ausgesetzt ... Sie bekommen Ihre sechstausend Francs und erhalten unter Garangeot dasselbe Gehalt wie unter Pons.«

»Nein«, sagte Schmucke, »ich kann nicht mehr weiterleben ... Ich fühle mich zu nichts mehr stark genug ... Ich bin zu angegriffen ...«

»Armer Hammel!« dachte Gaudissart und verabschiedete den Deutschen, der sich zurückzog. »Schließlich sind die Hammel ja dazu da, daß sie Koteletts liefern. Und wie sagt doch der prächtige Béranger? ›Ihr armen Hammel, stets wird man euch scheren . . .« Und er trällerte dies politische Glaubensbekenntnis vor sich hin, um seine Rührung zu vertreiben.

»Lassen Sie meinen Wagen vorfahren!« sagte er zu seinem Bürodiener.

Er ging hinunter und rief dem Kutscher zu: »Rue de Hanovre.« Der Ehrgeizling in ihm war wieder ganz und gar erwacht. Er sah sich bereits als Staatsrat.

Schmucke kaufte in diesem Augenblick Blumen und brachte sie fast heiter nebst Leckereien für Topinards Kinder.

»Da bring' ich was zum Knabbern . . .!« sagte er lächelnd.

Dies Lächeln war das erste, das seit drei Monaten auf seine Lippen kam, und wer es gesehen hätte, der hätte dabei gebebt.

»Ich gebe sie aber nur unter einer Bedingung.«

»Sie sind zu gütig«, sagte die Mutter.

»Das kleine Mädchen soll mich küssen und Blumen in sein Haar stecken und es flechten, wie sie es in Deutschland tun.«

»Olga, mein Kind, tu alles, was der Herr will . . .«, sagte die Logenschließerin mit strenger Miene.

»Schelten Sie doch meine kleine Deutsche nicht . . .!« rief Schmucke, der in diesem Mädelchen sein geliebtes Deutschland sah.

»Drei Dienstmänner schleppen den ganzen Plunder herbei . . .!« sagte Topinard beim Eintreten.

»Oh, mein Freund«, sagte der Deutsche, »hier sind zweihundert Francs, um alles zu bezahlen . . . Sie haben aber eine reizende Frau. Sie werden sie doch heiraten, nicht wahr? Ich gebe Ihnen tausend Taler. Das kleine Mädchen bekommt eine Mitgift von tausend Talern, die Sie auf seinen Namen anlegen sollen. Und Sie sind jetzt kein Theaterdiener mehr . . . Sie werden Theaterkassierer . . .«

»Ich soll die Stelle des alten Baudrand bekommen?«

»Jawohl!«

»Wer hat Ihnen das gesagt!«

»Monsieur Gaudissart.«

»Das ist ja, um vor Freude toll zu werden . . .! Ei, Rosalie, das gibt aber ein Geschimpfe im Theater . . .! Aber das ist doch gar nicht möglich«, fuhr er fort.

»Unser Wohltäter kann nicht in einer Mansarde hausen.«

»Ach was, für die paar Tage, die ich noch zu leben habe, ist das längst gut genug«, sagte Schmucke. »Auf Wiedersehn! Ich gehe zum Friedhof ..., um zu sehn, was sie aus Pons gemacht haben ..., und um Blumen für sein Grab zu bestellen!«

Madame Camusot de Marville befand sich in größter Aufregung. Fraisier beriet sich bei ihr mit Godeschal und Berthier. Notar Berthier und Rechtsanwalt Godeschal hielten das von zwei Notaren in Anwesenheit zweier Zeugen aufgesetzte Testament der klaren Form wegen, in der Léopold Hannequin es aufgesetzt hatte, für unanfechtbar. Nach Ansicht des rechtlichen Godeschal würde Schmucke, auch wenn es seinem jetzigen Berater gelang, ihn zu täuschen, doch eines Tages aufgeklärt werden, und sei es auch nur durch einen jener Anwälte, die, um von sich reden zu machen, ihre Zuflucht zu Handlungen der Großmut und Gewissenhaftigkeit nehmen. Die beiden Juristen verließen also die Präsidentin mit einer Warnung vor Fraisier, über den sie selbstverständlich ihre Erkundigungen eingezogen hatten. Unterdessen entwarf Fraisier, der von der Versiegelung zurückgekehrt war, im Arbeitszimmer des Präsidenten eine Vorladung. Auf Veranlassung der beiden Juristen hatte Madame de Marville ihn dort Platz nehmen lassen; sie sähen die Angelegenheit für zu schmutzig an, als daß ein Präsident sich damit befassen dürfe, wie sie sagten; sie hatten Madame de Marville ihre Meinung sagen wollen, ohne daß Fraisier zuhörte.

»Nun, Madame, wo sind die beiden Herren?« fragte der frühere Anwalt von Mantes.

»Sie sind fortgegangen und haben mir nahegelegt, auf die Angelegenheit zu verzichten!« erwiderte Madame de Marville.

»Verzichten!« sagte Fraisier mit dem Ausdruck unterdrückter Wut. »Hören Sie mal zu, Madame ...«

Und er verlas folgendes Schriftstück:

»Auf Antrag von usw. ... (ich übergehe die üblichen Formeln).

Angesichts des Umstands, daß beim Herrn Präsidenten des Gerichts erster Instanz ein Testament hinterlegt wurde, das von den Anwälten Léopold Hannequin und Alexandre Crottat in Paris, in Anwesenheit zweier Zeugen, der Herren Brunner und Schwab, in Paris ansässiger Ausländer, aufgesetzt wurde, durch welches Testament der verblichene Monsieur Pons über sein Vermögen zum Nachteil des Klägers, seines natürlichen und gesetzlichen Erben, zugunsten eines Monsieur Schmucke, deutscher Staatsangehörigkeit, verfügt hat;

Angesichts des Umstands, daß der Kläger sich anheischig macht, den Beweis zu erbringen, daß das Testament auf widerwärtige Erbschleicherei und gesetzlich unzulässige Machenschaften zurückzuführen ist, und daß durch hochstehende Persönlichkeiten bewiesen werden kann, daß die Absicht des Erblassers bestand, sein Vermögen Mademoiselle Cécile, der Tochter des genannten Monsieur de Marville, zu hinterlassen, und daß das Testament, dessen Aufhebung der Kläger beantragt, dem Erblasser bei geschwächten Geisteskräften abgelockt wurde, als er völlig unzurechnungsfähig war;

Angesichts des Umstands, daß Monsieur Schmucke, um Universalerbe zu werden, den Erblasser in privatem Gewahrsam gehalten und die Familie gehindert hat, ans Sterbebett zu treten, und daß er, nach Erreichung seines Ziels, Handlungen von offenbarer Undankbarkeit begangen hat, welche die Entrüstung der Hausbewohner und aller Leute des Viertels erregten, die zufällig Zeugen wurden, als sie dem Portier des Hauses, in dem der Erblasser verschied, die letzten Ehren erweisen wollten;

Angesichts des Umstands, daß noch schwerwiegendere Anschuldigungen, für welche der Kläger gegenwärtig noch nach Beweisen sucht, vor den Herren Richtern erhoben werden müssen, habe ich, der unterfertigte Gerichtsvollzieher, im Namen des Angeführten, Monsieur Schmucke mündlich vorgeladen usw., vor den Herren Richtern der Ersten Kammer zu erscheinen, um die Erklärung entgegenzunehmen, daß das von den Anwälten Hannequin und Crottat aufgesetzte Testament als Ergebnis offenbarer Erbschleicherei als null und nichtig zu betrachten sei; und habe außerdem im gleichen Namen gegen die Eigenschaft und Befugnis des Universalerben Einspruch erhoben, auf die Monsieur Schmucke Anspruch erheben könnte, da nach Absicht des Klägers und in der Tat durch seinen heutigen Antrag, der dem Herrn Präsidenten vorliegt, gegen die von besagtem Monsieur Schmucke geforderte Besitzeinweisung Einspruch erhoben wird, und habe ihm eine Abschrift ausfertigen lassen, deren Kosten sich auf . . . belaufen usw.«

»Ich kenne den Mann, Frau Präsidentin, und wenn er diesen

Liebesbrief gelesen hat, kommt es zum Vergleich. Er wird Tabareaus Rat einholen, und Tabareau wird ihm nahelegen, unsere Vorschläge anzunehmen! Bewilligen Sie tausend Taler Leibrente?«

»Gewiß. Ich möchte nur, wir wären schon so weit, daß ich die erste Rate zahlen könnte ...«

»Vor Ablauf dreier Tage ist alles erledigt. Diese Vorladung wird ihn nämlich noch in der ersten Betäubung seines Schmerzes treffen; er trauert Pons nach, der arme Kerl. Er hat sich diesen Verlust sehr zu Herzen genommen.«

»Kann die Vorladung wieder zurückgezogen werden, wenn sie ergangen ist?« sagte die Präsidentin.

»Selbstverständlich, Madame, man kann jederzeit darauf verzichten.«

»Gut!« sagte Madame Camusot. »Dann handeln Sie ...! Nur zu ...! Jawohl, die Erwerbung, die Sie mir zugesichert haben, ist schon der Mühe wert! Ich habe übrigens die Angelegenheit mit Vitels Rücktritt geregelt, aber Sie müssen diesem Vitel die sechzigtausend Francs Anteil an den Werten der Erbschaft Pons auszahlen ... Sie sehen, wir müssen jetzt Erfolg haben ...«

»Haben Sie sein Rücktrittsgesuch?«

»Freilich. Monsieur Vitel verläßt sich auf meinen Mann ...«

»Also, Madame, ich habe Ihnen bereits die sechzigtausend Francs vom Halse geschafft, die ich für diese schmierige Portiersfrau, diese Madame Cibot, auswerfen wollte. Es liegt mir aber nach wie vor an dem Tabakladen für Madame Sauvage und an der Ernennung meines Freundes Poulain zum Chefarzt an der offenen Stelle im Blindenhospital ›Quinze-Vingts‹.«

»Einverstanden! Alles ist schon im Gang.«

»So, dann wäre ja wohl alles besprochen ... Alle Welt steht in dieser Angelegenheit auf Ihrer Seite, sogar Gaudissart, der Theaterdirektor, den ich gestern aufgesucht habe; er hat mir versprochen, den Theaterdiener kleinzukriegen, der unsere Pläne durchkreuzen könnte.«

»Oh, ich weiß, Monsieur Gaudissart ist ganz für die Popinots eingenommen.«

Fraisier ging. Leider traf er Gaudissart nicht an, und die verhängnisvolle Vorladung wurde sofort erlassen.

Alle habgierigen Menschen werden die Freude der Präsidentin verstehn, ebenso wie alle anständigen Menschen sie verabscheuen werden, als zwanzig Minuten nach Fraisiers Fortgehen Gaudissart erschien, um ihr über seine Unterredung mit dem armen Schmucke zu berichten. Die Präsidentin bewilligte alles. Sie war dem Theaterdirektor unendlich dankbar, daß er sie durch Bemerkungen, die sie äußerst treffend fand, all ihrer Bedenken enthob.

»Frau Präsidentin«, sagte Gaudissart, als er hereinkam, »ich dachte mir ja, daß dieser arme Teufel nicht wüßte, was er mit seinem Glück beginnen sollte. Es ist eine Natur von der Einfalt eines Patriarchen! Er ist ja so harmlos, so deutsch, direkt zum Ausstopfen, unter Glas zu setzen wie ein Jesuskindchen aus Wachs...! Das heißt, daß er meiner Ansicht nach mit seinen zweitausendfünfhundert Francs Leibrente schon völlig kopflos ist, und sie reizen ihn ja geradezu zu einem ausschweifenden Lebenswandel...«

»Einem edlen Herzen steht es wohl an«, sagte die Präsidentin, »diesen Junggesellen zu bereichern, der unserm Vetter nachtrauert. Ich bedaure den kleinen Zwist, der uns auseinandergebracht hat, Monsieur Pons und mich. Wäre er wiedergekommen, so wäre ihm alles verziehen worden. Wenn Sie wüßten, wie er meinem Gatten fehlt! Er war ganz verzweifelt, daß er keine Todesanzeige erhalten hat; Familienpflichten sind ihm etwas Heiliges. Er hätte an der kirchlichen Feier, dem Leichenzug und dem Begräbnis teilgenommen, und ich selber wäre zur Messe gegangen...«

»Also, schöne Dame«, sagte Gaudissart, »lassen Sie bitte die Urkunde vorbereiten. Um vier Uhr bringe ich Ihnen den Deutschen...! Empfehlen Sie mich bitte dem Wohlwollen Ihrer reizenden Tochter, der Vicomtesse Popinot, Madame. Sie möge doch meinem berühmten Freund, Ihrem guten, ausgezeichneten Schwiegervater, diesem großen Staatsmann, berichten, wie sehr ich all den Seinen zugetan bin, und er möge mir seine wertvolle Gunst bewahren. Seinem Onkel, dem Richter, verdanke ich mein Leben, und ihm verdanke ich mein Glück. Aus Ihren Händen und denen Ihrer Tochter möchte ich die hohe Wertschätzung entgegennehmen, die mächtigen und hochgestellten Personen zuteil wird. Ich will das Theater aufgeben und ein ernsthafter Mensch werden.«

»Das sind Sie doch jetzt schon«, sagte die Präsidentin.

»Wundervoll!« fuhr Gaudissart fort und küßte die dürre Hand der Madame de Marville.

Um vier Uhr traf im Arbeitszimmer des Notars Berthier zunächst Fraisier, der den Vergleichsakt abgefaßt hatte, ein, dann Tabareau, als Bevollmächtigter Schmuckes, und Schmucke selber, den Gaudissard mitbrachte. Fraisier hatte dafür gesorgt, daß die geforderten sechtausend Francs sowie sechshundert Francs als erste Rate der Leibrente in Banknoten auf dem Schreibtisch des Notars und vor den Augen des Deutschen lagen, der in seiner Überraschung, soviel Geld zu sehen, der Verlesung der Urkunde nicht die geringste Aufmerksamkeit schenkte. Der arme Mann, den Gaudissart bei der Rückkehr vom Friedhof, wo er sich mit Pons unterhalten und ihm gelobt hatte, sich mit ihm zu vereinigen, aufgegriffen hatte, war nicht mehr im vollen Besitz seiner Geisteskräfte; sie waren durch so viele Erschütterungen schon arg mitgenommen. Er achtete nicht auf die Präambel der Urkunde, in der es hieß, daß er durch den Gerichtsvollzieher Tabareau als seinen Bevollmächtigten und Ratgeber vertreten werde, und in der die Ursachen des durch den Präsidenten im Interesse seiner Tochter angestrengten Prozesses aufgezählt wurden. Der Deutsche spielte eine traurige Rolle, denn durch seine Unterschrift bekräftigte er die schrecklichen Behauptungen Fraisiers; aber er freute sich derartig, das Geld für die Familie Topinard vor sich zu sehen, und war so glücklich, nach seinen kleinen Begriffen den einzigen Menschen zu bereichern, der Pons gern hatte, daß er kein Wort von diesem den Prozeß vermeidenden Vergleich verstand. Mitten in der Verhandlung kam ein Büroangestellter herein.

»Monsieur«, sagte er zu seinem Chef, »da ist jemand, der Monsieur Schmucke sprechen möchte . . .«

Auf einen Wink Fraisiers zuckte der Notar vielsagend die Achseln.

»Stören Sie uns bitte niemals, wenn Urkunden ausgefertigt werden. Fragen Sie doch einmal nach dem Namen dieses . . . Ist es ein Mann oder ein Herr? Ist es ein Gläubiger . . .?«

Der Angestellte kam zurück und sagte: »Er will unbedingt Monsieur Schmucke sprechen.«

»Sein Name?«

»Topinard.«

»Ich gehe schon hin. Unterschreiben Sie nur ruhig«, sagte Gaudissart zu Schmucke. »Machen Sie nur fertig. Ich werde ja hören, was er von uns will.«

Gaudissart hatte Fraisier verstanden, und sie alle witterten Gefahr.

»Was hast du hier zu suchen?« fragte der Direktor den Theaterdiener. »Du willst also nicht Kassierer werden? Die erste Pflicht eines Kassierers . . . ist Verschwiegenheit.«

»Herr Direktor . . .!«

»Kümmre dich um deine eigenen Angelegenheiten. Du wirst es nie zu etwas bringen, wenn du dich in die anderer Leute einmengst.«

»Herr Direktor, ich will kein Brot essen, von dem mir jeder Bissen in der Kehle steckenbleiben würde . . .! – Monsieur Schmucke!« rief er.

Schmucke, der gerade unterzeichnet hatte und sein Geld in Händen hielt, eilte auf den Ruf hin herbei.

»Das hier ist für die kleine Deutsche und für Sie . . .«

»Ach, lieber Monsieur Schmucke, Sie haben Unmenschen reich gemacht, Leute, die Ihnen die Ehre abschneiden wollen. Das hier habe ich zu einem wackeren Mann gebracht, einem Rechtsanwalt, der diesen Fraisier kennt und der sagt, Sie müßten soviel Verruchtheit bestrafen, indem Sie es auf den Prozeß ankommen ließen. Dann würden sie schon zurückweichen . . . Lesen Sie mal!«

Und der unvorsichtige Freund gab ihm die an Schmucke, Cité Bordin, gerichtete Vorladung. Schmucke nahm das Schreiben, las es, und als er sich darin so bezeichnet sah, wie es nun einmal dastand, erhielt er einen tödlichen Stoß, da er sich auf den Witz des Prozeßverfahrens nicht verstand. Dieser Schlag ließ sein Herzblut stocken. Schmucke sank Topinard in die Arme. Sie standen beide im Hausgang des Notars. Ein Wagen rollte vorbei. Topinard ließ den armen Deutschen einsteigen, dem ein seröser Bluterguß im Gehirn heftige Schmerzen bereitete. Sein Augenlicht war gestört; aber der Musiker hatte noch die Kraft, Topinard das Geld zu reichen. Schmucke erlag diesem ersten Anfall noch nicht, aber er kam nicht wieder zu klarem Verstande. Er machte nur noch unbewußte Bewegungen; er aß nichts und starb binnen zehn Tagen ohne jede Klage, denn sprechen konnte er nicht mehr. Er wurde von Madame Topinard gepflegt und dann in aller Stille neben Pons beigesetzt. Dafür hatte Topinard gesorgt, der einzige Mensch, der dem Leichenwagen dieses Sohnes Deutschlands folgte.

Fraisier, der zum Friedensrichter ernannt wurde, steht auf vertrautem Fuß mit der Familie des Präsidenten und wird von der Präsidentin besonders geschätzt; sie wollte nicht, daß er die Tochter Tabareaus heiratete. Sie stellt dem geschickten Mann unendlich viel Besseres in Aussicht; ihrer Meinung nach verdankt sie ihm nicht nur den Ankauf der Weideflächen und des Landhauses bei Marville, sondern auch die Wahl des Präsidenten, der bei den allgemeinen Neuwahlen von 1846 Abgeordneter wurde.

Jedermann möchte nun wohl gern wissen, was aus der Heldin dieser in ihren Einzelheiten leider nur allzu wahren Geschichte geworden ist, die als Parallelfall zu der vorhergehenden[211], deren Zwillingsschwester sie ist, beweist, daß die große soziale Macht der Charakter ist. Sie erraten, o Liebhaber, Kenner und Händler, daß es sich um die ›Sammlung Pons‹ handelt. Dazu genügt es, einer Unterhaltung beim Grafen Popinot beizuwohnen, der vor einigen Tagen seine prächtige Sammlung einigen Freunden zeigte.

»Herr Graf«, bemerkte ein vornehmer Fremder, »Sie besitzen wahre Schätze!«

»Oh, Mylord«, sagte Graf Popinot bescheiden, »was Gemälde betrifft, kann sich niemand, ich sage nicht nur in Paris, sondern auch in Europa schmeicheln, den Vergleich mit einem Unbekannten auszuhalten, einem Juden namens Elias Magus, einem manisch besessenen alten Herrn, Haupt aller Bildernarren. Er hat an die hundert Gemälde und mehr zusammengebracht, die alle Liebhaber entmutigen könnten, Sammlungen anzulegen. Frankreich müßte sieben bis acht Millionen opfern, um diese Galerie beim Tode jenes reichen Kauzes anzukaufen. Was aber die sonstigen Kunstgegenstände angeht, ist meine Sammlung schön genug, so daß man davon spricht ...«

»Aber wie kann ein so vielbeschäftiger Mann wie Sie, dessen ursprüngliches Vermögen in ehrlichem Handel erworben wurde...«

»Im Drogenhandel«, sagte Popinot, »wie hat der sich noch weiter um seine Drogen kümmern können...?«

»Nein«, fuhr der Fremde fort, »aber woher nehmen Sie die Zeit, solcherlei Dinge ausfindig zu machen? Die Antiquitäten kommen doch nicht zu Ihnen...«

»Schon mein Vater«, sagte die Vicomtesse Popinot, »besaß den Grundstock zu einer Sammlung; der größte Teil seiner Reichtümer stammt aber von mir...!«

»Von Ihnen, Madame...? So jung frönten Sie bereits solchen Lastern?« fragte ein russischer Fürst.

Die Russen sind so sehr Nachahmer, daß alle Kulturkrankheiten auf sie zurückwirken. Die Antiquitätenmanie tobt sich jetzt in Petersburg aus, und bei dem diesem Volke eigenen Eifer ergibt sich daraus bald die Lage, daß die Russen ›in diesem Artikel‹ (würde Rémonencq sagen) eine Preistreiberei hervorrufen, die weitere Sammlungen unmöglich machen dürfte. Jener Fürst befand sich lediglich in Paris, um zu sammeln.

»Fürst«, sagte die Vicomtesse, »dieser Schatz ist mir durch Erbschaft von einem Vetter zugefallen, der mich sehr gern mochte und der seit 1805 vierzig und einige Jahre darangesetzt hatte, all diese Meisterwerke aus allen Ländern, und insbesondere Italien, zusammenzutragen...«

»Wie hieß er denn?« fragte der Mylord.

»Pons!« sagte der Präsident Camusot.

»Er war ein reizender Mensch«, flötete die Präsidentin in ihren höchsten Tönen, »geistreich, originell und dabei voll Herz. Dieser Fächer, den Sie bewundern, Mylord, stammt von Madame de Pompadour. Er hat ihn mir eines Morgens mit einer entzückenden Bemerkung überreicht, deren Wiederholung Sie nicht von mir verlangen können...«

Sie sah ihre Tochter an.

»Dann sagen Sie uns doch bitte die Bemerkung, Vicomtesse«, bat der russische Fürst.

»Die Bemerkung ist des Fächers wert...!« fuhr die Vicomtesse mit einer seit langem stereotypen Wendung fort. »Er hat zu meiner Mutter gesagt, es sei an der Zeit, daß das, was in den Händen des Lasters gewesen sei, nun für immer in denen der Tugend verbleibe.«

Der Mylord sah Madame de Marville ein wenig zweifelnd an, was für eine so dürre Dame außerordentlich schmeichelhaft war.

»Er pflegte zwei- oder viermal die Woche bei mir zu speisen«, fuhr sie fort. »Er mochte uns ja so gern! Wir wußten ihn auch zu würdigen, und die Künstler fühlen sich bei denen am wohlsten, die ihren Geist genießen. Mein Gatte war übrigens sein einziger Verwandter, und als ihm die Erbschaft völlig überraschend zufiel, hat er es vorgezogen, alles auf einmal aufzukaufen, statt die Sammlung versteigern zu lassen. Auch uns war es lieber, sie anzukaufen, denn es wäre ja scheußlich gewesen, die schönen Dinge, die jenen lieben Vetter so sehr erfreuten, in alle Winde verstreut zu sehen. Elias Magus hat damals die Schätzung des Wertes vorgenommen, und so, Mylord, habe ich das von Ihrem Herrn Onkel erbaute Landhaus erwerben können, in dem Sie uns hoffentlich die Ehre Ihres Besuches schenken.«

Der Kassierer des Theaters, dessen Lizenz von Gaudissart abgetreten worden war und das seit Jahresfrist in andere Hände übergegangen ist, ist immer noch Monsieur Topinard. Monsieur Topinard ist jedoch düster, menschenscheu und wortkarg geworden. Man meint, er habe ein Verbrechen begangen, und die losen Zungen am Theater behaupten, sein Kummer rühre daher, daß er Lolotte geheiratet habe. Der Name Fraisier läßt den wackeren Topinard zusammenzucken. Man wird es vielleicht seltsam finden, daß die einzige Seele, die Pons' würdig war, aus der untersten Versenkung eines Boulevardtheaters auftauchte.

Madame Rémonencq will sich unter dem Eindruck der Weissagung der Madame Fontaine nicht mehr aufs Land zurückziehen. Sie bleibt in ihrem prächtigen Laden am Boulevard de la Madeleine und ist zum zweiten Male Witwe. Der Auvergnate hatte nämlich, nachdem er durch Ehevertrag das Heiratsgut dem überlebenden Teil hatte zuschreiben lassen, in Reichweite seiner Frau ein kleines Glas Vitriol gestellt, wobei er mit einer Verwechslung rechnete. Da seine Frau in der besten Absicht das Gläschen woanders hingestellt hatte, trank Rémonencq es leer. Dieses Ende, das eines solchen Schurken würdig ist, spricht zugunsten der Vorsehung, die zu vergessen die Sittenschilderer so oft bezichtigt werden, vielleicht der üblichen Dramenschlüsse wegen, die sich ihrer allzuviel bedienen.

Man entschuldige bitte die Fehler des Abschreibers.

Anmerkungen

Vetter Pons

1 Louis-Hyacinthe Duflost, gen. Hyacinthe (1814–1887), debütierte in ›Les Variétés‹, spielte dann im ›Ambigu‹ und im ›Vaudeville‹, schließlich wieder in ›Les Variétés‹. Er war von unwiderstehlicher Komik, zumal seiner übergroßen Nase wegen.

2 Der Friede von Amiens wurde 1802 zwischen Frankreich, England, Spanien und Holland geschlossen.

3 Nach dem englischen Schauspieler David Garrick (1717–1779) benannter Mantel mit mehreren übereinanderliegenden Schulterkragen.

4 Alkibiades (450–404 v. Chr.), athenischer Feldherr, in seiner Jugend seiner Schönheit wegen berühmt (siehe Platon ›Das Gastmahl‹).

5 Nach Pythagoras, griechischer Philosoph und Mathematiker des 6. Jahrhunderts v. Chr., der seine Schüler zu sittenstrenger Lebensweise zwang.

6 Pierre-Jean Garat (1764–1823), hochbegabter französischer Sänger von ungewöhnlichem Stimmumfang, der indessen nur in Konzerten sang. Er war ein geistvoller, sensibler Mensch und Modekönig, zudem ein intimer Freund der Mme Récamier.

7 Stutzer der Zeit des Direktoriums, deren Lieblingswort ›incroyable‹, ›unglaublich‹ war, das sie, wie alle Wörter, ohne r aussprachen.

8 Louis David (1748–1825), Maler von strengster Klassizität.

9 François-Honoré-Georges Jacob, genannt Jacob-Desmalter (1770 bis 1841), der berühmteste aus der Kunstschreinerfamilie dieses Namens; vielleicht der Schöpfer des Empire-Möbelstils. Balzac spielt auf die letzte Phase seines Schaffens an, in der er dünne, zierliche Möbel mit sparsamen Bronzebeschlägen schuf.

10 Die Französische Akademie zu Rom, die im August 1793 durch Konventsbeschluß abgeschafft worden war, wurde 1795 durch ein Dekret des Direktoriums wiedereröffnet. Die Wettbewerbe um den ›Großen Preis‹ in Malerei wurden 1796 eingeführt; der erste musikalische Wettbewerb fand 1803 statt.

11 Abel-François Poisson de Vandières, Marquis de Marigny, Bruder der Mme de Pompadour, war unter Ludwig XV. Generaldirektor der Bauten, Künste und Manufakturen und entfaltete eine außer-

ordentlich segensreiche Tätigkeit bei großer persönlicher Bescheidenheit.

12 Jean-Baptiste Greuze (1725–1805), vortrefflicher Genremaler.

13 Antoine Watteau (1684–1721), vor allem Maler arkadischer Idyllen.

14 Félicien-César David (1810–1876), bedeutender Komponist, machte das Abendland als einer der ersten mit orientalischer Musik bekannt, schrieb sinfonische Dichtungen, Oratorien und mehrere Opern sowie Kammermusik.

15 Amable-Louis-Claude Pagnest (1790–1819), Porträtmaler.

16 Théodore Géricault (1791–1824), Maler der Romantik; sein Hauptwerk ist ›Das Floß der Medusa‹ im Louvre.

17 Alexandre-Gabriel Decamps (1803–1860), Maler von orientalischen Szenen.

18 Daniel-François Auber (1782–1871), bedeutender Opernkomponist

19 Pierre-Jean David d'Angers (1788–1856), Bildhauer, Schöpfer des Pantheon-Giebelfelds in Paris, Medaillen nach großen Zeitgenossen, Kolossalbüsten Goethes und Balzacs, mit dem er befreundet war.

20 Eugène Delacroix (1798–1863), Haupt der romantischen Schule. Seine Hauptwerke ›Die Dante-Barke‹, ›Das Gemetzel von Chios‹, ›Die Freiheit auf den Barrikaden‹ usw. befinden sich im Louvre.

21 Ernest Meissonier (1815–1891), Genremaler und Historienmaler.

22 E. T. A. Hoffmann wurde schon früh und häufig ins Französische übersetzt, wo seine phantastischen Geschichten großen Anklang und Nachahmer (Gérard de Nerval) fanden. Balzac spielt hier auf Hoffmanns ›Lebensansichten des Katers Murr nebst fragmentarischer Biographie des Kapellmeisters Johannes Kreisler‹ (1820 bis 1822) an.

23 Mystische, kontemplative Einsiedler in Indien.

24 Louis-Joseph-Ferdinand Hérold (1791–1833), schrieb Klaviermusik, Ballette und mehrere Opern; man hört bisweilen noch in Gartenkonzerten die Ouvertüre zu ›Zampa‹ (1831).

25 Aimé Chenavard (1797–1838), Ornamentenzeichner, Kupferstecher, berühmter Restaurator.

26 Jacob Ruisdael (1629–1682), holländischer Landschaftsmaler.

27 Meindert Hobbema (1638–1709), holländischer Landschaftsmaler.

28 Gemeint ist wahrscheinlich der jüngere Hans Holbein (1497–1543).

29 Raffael Santi (1483–1520), galt lange als größter Maler der Renaissance.

30 Bartolomé Esteban Murillo (1617–1682), Maler von Historienbildern, religiösen Gemälden, Genrebildern aus dem Volksleben und Porträts.

31 Sebastiano Luciani, genannt del Piombo (1485–1547).

32 Giorgio da Castelfranco, genannt Giorgione (1477–1510).

33 Die ›Schwarze Bande‹, eine Spekulantengruppe, die Balzac mehrfach erwähnt, kaufte in der Revolution Schlösser usw. auf und ließ sie abbrechen, um Inneneinrichtung und Baumaterial weiterzuverkaufen.

34 Jean Lepautre (1617–1682), Architekturzeichner und Kupferstecher.

35 Etienne de Lavallée-Poussin (1740–1793), Historienmaler.

36 Alexandre Du Sommerard (1779–1842), Rat am Rechnungshof, hatte den Italien-Feldzug von 1800 mitgemacht. Dort gewann er Geschmack an der Historie und an der Kunst. Ohne große Sachkenntnis, einzig von seinem Instinkt geleitet, brachte er unter der Restauration die schönste Sammlung von Möbeln und Altertümern zusammen, die je in Frankreich bestanden hat, darunter freilich mancherlei Trödel. Sie bildet das heutige Musée de Cluny.

37 Charles Sauvageot (1781–1860), war zunächst Violinist an der Oper und seit 1829 in der Zollverwaltung tätig. Er verdiente wenig und sparte sich das Geld für seine Käufe an Renaissance-Kunstwerken am Munde ab. 1856 schenkte er seine Sammlung dem Staat, wurde zum Konservator ernannt und erhielt freie Wohnung im Louvre.

38 Nicolas Isouard, genannt Nicolo (1775–1818), hatte nach fehlgeschlagenen ersten Versuchen unter dem Konsulat Erfolg an der Opéra-Comique. Im Wettbewerb mit Boieldieu schrieb er mehrere Opern, deren berühmteste ›Joconde‹ ist.

39 Ferdinand Paër (1771–1839), war Kapellmeister des Königs von Sachsen, wurde von Napoleon nach Paris geholt und mit der Direktion des Théâtre-Italien betraut, die er auch, bis auf zwei Interims durch die Catalani und Rossini, unter der Restauration behielt. Die Juli-Revolution enthob ihn seines Postens. Nicht sehr fleißig, komponierte er wenig; seine Werke sind heute vergessen.

40 Henri Montan, genannt Berton (1767–1844), Lehrer am Conservatoire seit dessen Gründung, hat mehrere gesangstechnische Werke hinterlassen. Er schrieb auch einige komische Opern.

41 Mit ›Feydeau‹ wurde gemeinhin die Opéra-Comique bezeichnet, die damals in der Rue Feydeau lag. Sie brannte 1830 nieder. Sie liegt heute an der Place Boieldieu.

42 Die berühmte Tirade der Eliante, der Liebhaberin des Alceste, findet sich in Molières Komödie ›Le Misanthrope‹ I, 5.

43 Die Hauptgestalt in Samuel Richardsons (1689–1761) Roman ›The History of Sir Charles Grandison‹ (1753), ist das Musterbild aller männlichen Tugenden.

44 Anthelme Brillat-Savarin (1755–1826). Großer Gastronom von Geist, Kultur und Geschmack, dem sämtliche politische Umwälzungen seiner Zeit nie die Verdauung gestört haben. Er schrieb u. a. die berühmte ›Physiologie du goût ou Méditation sur la gastronomie transcendante‹ (1826).

45 La Fontaine, Fables, VIII, 11.

46 Daniel Steibelt (1765–1823), zu seiner Zeit hochgefeierter Klaviervirtuose und Modekomponist, der sogar öffentlich mit Beethoven konkurrieren durfte. Führte ein ruheloses, extravagantes Leben; seine zahlreichen Werke sind heute vergessen.

47 Johann Ladislaus Dušek (1760–1812) war Tscheche. Er führte ein unruhiges, wechselvolles Leben und endete in Paris als Konzertmeister des Fürsten Talleyrand.

48 Wahrscheinlich ist der Pianist Leopold von Meyer (1816–1883) gemeint, ein Schüler Schuberts.

49 Theodor von Döhler (1814–1856), Pianist, Komponist von eleganter Klaviermusik, geboren in Neapel, lebte die längste Zeit seines Lebens in Italien, wo er auch starb.

50 Sigismund Thalberg (1812–1871), natürlicher Sohn eines Fürsten Dietrichstein und einer Baronin von Wetzlar, brillanter Virtuose; schrieb hauptsächlich Klaviermusik.

51 Wahrscheinlich Alexander Dreyschock (1818–1869), vortrefflicher Pianist, später Pianoforteprofessor am Petersburger Konservatorium. Schrieb zahlreiche brillante Klavierkompositionen.

52 Entweder: Ferdinand von Hiller (1811–1885), Pianist und fruchtbarer Komponist; schrieb zahlreiche Feuilletons über Musik und Musiker, die auch in Buchform erschienen. Oder: Johann Adam Hiller (1728–1804), zu seiner Zeit berühmt als Komponist von Singspielen und Liedern. Bahnbrechend auf dem Gebiet des Schulgesangs.

53 Ein Leopold Mayer ist nicht nachweisbar. Wahrscheinlich ist der Pianist Charles Mayer (1799–1862) gemeint, dessen Klavierkompositionen ehedem sehr beliebt waren.

54 Johann Baptist Cramer (1771–1858), bedeutender Pianist und

Klavierlehrer, schrieb u. a. 105 Klaviersonaten, 7 Klavierkonzerte, zahlreiche Kammermusikwerke mit Klavier sowie eine Pianoforteschule.

55 Pierre-Joseph-Guillaume Zimmermann (1785–1853), berühmter Klavierlehrer, Professor am Conservatoire, nicht Deutscher, wie Balzac schreibt, sondern Franzose. Schrieb zwei Opern und ein großes Klavier-Schulwerk; ferner zwei Klavierkonzerte sowie Lieder und Romanzen. Er ist der Schwiegervater Charles Gounods.

56 Friedrich Wilhelm Michael Kalkbrenner (1788–1849), erfolgreicher Pianist und Komponist, Teilhaber an Pleyels Pianoforte-Fabrik.

57 Henri Herz (1803–1888), um 1825–1835 der gefeiertste Pianist der Welt, später Besitzer einer berühmten Klavierfabrik. Schrieb zahlreiche, heute vergessene Kompositionen für sein Instrument.

58 Ein Musiker dieses Namens ist nicht nachweisbar; wahrscheinlich Schreibfehler Balzacs oder unkorrigiert gebliebener Lesefehler des Setzers.

59 Der Kommentar der Edition de la Pléiade berichtet: Karr, deutscher Pianist und Komponist (1784–1842).

60 Edouard Wolff (1816–1880), hochgeachtet als Konzertpianist, Komponist und Lehrer. Sein Klavierkonzert ist Chopin gewidmet; geschätzt wurden seine Etüden. Vielleicht ist aber auch Auguste-Désiré-Bernard Wolff gemeint (1821–1887), der Chef des Hauses Pleyel, Schüler des Conservatoire und später dort Lehrer, Ehrenpräsident der Pariser ›Société des compositeurs de musique‹. Aber keiner der beiden ist Deutscher: der erste Pole, der zweite Franzose.

61 Wahrscheinlich Johann Peter Pixis (1788–1874), Pianist, schrieb achtbare Kammermusikwerke und drei romantische Opern.

62 Clara Wieck (1819–1896), berühmte Pianistin, auch als Komponistin hervorgetreten, seit 1840 Gattin Robert Schumanns; mit Brahms befreundet.

63 Kleine Straße, die die Rue Turenne mit der Rue Charlot verbindet. – Das Marais liegt im heutigen III. und IV. Arrondissement; es finden sich dort viele alte Adelspaläste.

64 Spanischer Einzeltanz, dessen Rhythmus dem des Bolero ähnelt.

65 Antoine-Joseph-Adolphe Sax (1814–1894), Fabrikant von Musikinstrumenten, gestaltete fast alle Blasinstrumente um; er ist der Erfinder des nach ihm benannten Saxophons, für dessen Erlernung 1857 im Conservatoire eine besondere Klasse eingerichtet wurde, deren Leitung Sax erhielt.

66 Der Name ›Loretten‹ wurde 1840 durch Nestor Roqueplan den ausgehaltenen Frauen beigelegt, die sich in dem neuerbauten Viertel bei der Kirche Notre-Dame de Lorette eingenistet hatten, weil dort die Mieten niedrig waren.

67 In jenem Arrondissement, das damals in schlechtem Ruf stand, wurden vorzugsweise wilde Ehen geschlossen.

68 Balzac läßt Schmucke ein ebenso kurioses Französisch wie Nucingen sprechen, auf dessen andeutende Wiedergabe verzichtet worden ist.

69 Heute ein Teil des Boulevard des Capucines.

70 Dido, sagenhafte Gründerin und Königin von Karthago, erdolchte sich, als Äneas sie auf Befehl der Götter verlassen hatte (Vergil, Äneis).

71 Zu den Kleinen Antillen gehörig; in englischem Besitz, Landessprache Französisch.

72 Nicolas Lancret (1690–1743), Maler heiterer, liebenswürdig-galanter Szenen.

73 Jean-Baptiste Pater (1695–1736), Schüler Watteaus.

74 Jene Straße verläuft parallel zum Faubourg-Saint-Antoine und verbindet die Rue de Charonne mit der Rue de la Roquette.

75 Liénard hat auch für Balzac gearbeitet, als dieser sein Haus in der Rue Fortuné einrichtete. Unter seinen Werken sind die Schnitzereien an der Kanzel und den Kirchenstühlen in der Kirche Sainte-Clotilde in Paris hervorzuheben.

76 Lateinisch: Weiter geht es nicht.

77 Kleiner, eleganter Damenschreibtisch des 18. Jahrhunderts.

78 Jean-Henri Riesener (1734–1806), Nachfolger Oebens als Kunstschreiner des Königs; er kann als der Schöpfer des Louis-Seize-Stils betrachtet werden.

79 Henri de la Tour d'Auvergne, Vicomte de Turenne (1611–1675), Marschall von Frankreich; er fiel bei Sasbach in Baden.

80 Als ›der Scherben‹ wird in der Keramik das gebrannte Material bezeichnet.

81 Später schreibt Balzac, der Fächer sei für Mme de Pompadour gemalt worden. Nun aber ist Watteau bereits 1721 gestorben; damals war Ludwig XV. elf Jahre alt, und Madame de Pompadour wurde erst fünf Monate später geboren.

82 Über den Türen angebrachte Gemälde.

83 Eine Grabkapelle, zu der der Herzog von Penthièvre (1725–1793; der Schwiegervater des Herzogs Philippe-Egalité) die Anregung gab, wurde erst unter Louis-Philippe vollendet, und zwar in einem gotisch-byzantinischen Stilgemisch. Sie steht auf dem Gelände des alten Schlosses, das Louis-Philippe hatte abbrechen lassen, und sie enthält achtzehn geschnitzte Chorstühle.

84 Des Königs.

85 Volkstümliches Tanzlokal; man kann sich denken, um was für eine ›Herzogin‹ es sich handelt.

86 Von Balzac häufig erwähntes Luxusrestaurant am Boulevard du Temple, Ecke Rue Charlot.

87 Römische Kriegsgöttin.

88 André-Charles Boulle oder Boule (1642–1732), Bildhauer und Kunsttischler.

89 ›Wilhelm Tell‹, Hauptwerk Rossinis auf dem Gebiet der Großen Oper und zugleich sein letztes Bühnenwerk, Text von Hippolyte Bis und de Jouy, wurde am 3. August 1829 in Paris uraufgeführt. – Josépha ist eine von Balzac erfundene Gestalt einer Sängerin.

90 Vergnügungsstätte am Boulevard du Temple, ganz in der Nähe der heutigen Place de la République, zwischen der Rue Charlot und der Passage Vendôme.

91 Novellenband von Walter Scott (1827), das erste seiner Bücher, auf dessen Titelblatt er sich dazu bekannte, der Autor der bislang anonym veröffentlichten Romane zu sein.

92 August Heinrich Julius Lafontaine (1758–1831), geboren in Braunschweig, einer französischen Réfugiéfamilie entstammend, fruchtbarer Modeerzähler, schrieb über 160 Bände sentimentaler, banaler Familienromane. Einmal fand seine Frau ihn in Tränen am Schreibtisch sitzend. »Sie sind ja so unglücklich!« sagte er auf die Frage und meinte das Liebespaar, dessen Schicksale er gerade dem Papier anvertraute. »Dann mach sie doch glücklich!« sagte die Frau – und er tat es!

93 Der französische Jockey-Club wurde erst 1833 von den Herzögen von Orléans und Nemours, dem Fürsten von der Moskva usw. gegründet. Das erste Pariser Rennen fand 1834 auf dem Champde-Mars statt; die Rennbahn in Longchamp wurde erst 1837 eröffnet.

94 Pagengestalt aus Beaumarchais' Komödie ›Figaros Hochzeit‹.

95 Balzac bedient sich hier des deutschen Worts.

96 Jacques Le Franc, Marquis de Pompignan (1709–1784), religiöser Dichter, Feind der Aufklärung und der Enzyklopädisten, von Voltaire insbesondere wegen seiner Tragödien verspottet.

97 Dubreuil und der Marquis de Péméja sind ein von Mme de Staël in ihrem Roman ›Corinne‹ erwähntes Freundespaar.

98 Orientalischer Schauplatz von La Fontaines Fabel ›Les deux amis‹ (VIII, 11).

99 Vielleicht Gedächtnisfehler Balzacs: Er meinte wohl die Fee Urgande, die mit Amadis de Gaule befreundet ist.

100 Einer der sieben Hügel Roms; auf ihn hatte sich 493 v. Chr. die Partei der Plebejer zurückgezogen, als sie sich gegen die der Patrizier empörte.

101 Siehe Anmerkung 36.

102 Von Balzac erfundene Gestalt eines Mal- und Zeichenlehrers, der ein ›Atelier‹ eröffnet hatte. Siehe Balzac ›La Vendetta‹ und ›Pierre Grassou‹.

103 Louis, Graf de Forbin (1777–1841), Maler und Gelehrter, 1816 ins Institut de France gewählt, im gleichen Jahr Direktor der Königlichen Museen. Er faßte als erster den Plan eines Museums für Werke noch lebender Maler.

104 Lancelot, Graf Turpin de Crissé (1782–1859), Landschaftsmaler und Schriftsteller, wurde gleichfalls 1816 ins Institut de France gewählt und 1825 zum Generaldirektor der Museen ernannt.

105 Von der Königin Hortense, der Stieftochter Napoleons I. verfaßte Romanze; Lieblingsmarsch der Truppen des Zweiten Kaiserreichs.

106 Der früher bereits erwähnte ›Bal Mabille‹ fand seit 1840 in der Avenue Montaigne statt, in der Nähe des Rond-Point des Champs-Elysées. Dort wurde zum erstenmal der Cancan getanzt.

107 Peter von Cornelius (1783–1867), zu seiner Zeit hochberühmter Maler großer Freskenfolgen in der Münchner Glyptothek, den Loggien der Pinakothek, der Ludwigskirche; er schuf überdies die Kartons für den Berliner Camposanto.

108 Julius Schnorr von Carolsfeld (1794–1872), Historienmaler, Schöpfer der Wandgemälde in der neuen Residenz in München, ferner der Kartons zu Glasgemälden für die St. Paul's Cathedral in London.

109 Jean-Baptiste-Antoine Auget, Baron de Montyon (1733–1820), Stifter von Tugend- und Literaturpreisen, die alljährlich durch das Institut verteilt wurden.

110 Das ›Schokoladenmädchen‹ (La Chocolatière) von Jean-Etienne Liotard (1702–1790) befindet sich im Louvre.

111 Jean Petitot (1607–1691), Emailkünstler.

112 Jan van Huysum (1682–1749), Blumenmaler und -zeichner.

113 Johan Davidszoon de Heem (1605–1684), Blumenmaler.

114 Abraham Mignon (1639–1679), Schüler de Heems, Blumen- und Tiermaler.

115 Rudolf Backhuizen (1631–1709), Marinemaler.

116 Andrea Brustoloni (1662–1732), italienischer Bildhauer, kundiger Anatom; seine religiösen Bildwerke sind ein heftiger Protest gegen den Manierismus Berninis. Lieber als in Marmor hat er in Holz gearbeitet; er hat mit beachtlicher Virtuosität zahlreiche Kruzifixe gestaltet.

117 Gegen Ende des 16. Jahrhunderts erklärte ein Junge in einer kleinen deutschen Stadt, es sei ihm plötzlich ein Goldzahn gewachsen. Sogleich veröffentlichten die Gelehrten wissenschaftliche Untersuchungen über dieses medizinische Wunder. Ein Goldschmied, der sich anheischig machte, den Zahn mit dem Probierstein zu untersuchen, brachte die Wahrheit ans Licht: Es handelte sich um einen gewöhnlichen Zahn, der mit einer dünnen Goldfolie überzogen war.

118 Zwar räumt die Naturalisierung einem Ausländer dieselben Rechte wie den französischen Bürgern ein; aber dennoch kann ein Naturalisierter erst Sitz und Stimme in den gesetzgebenden Versammlungen bekommen, wenn er die Große Naturalisierungs-Urkunde besitzt, die durch Abstimmung der Kammern erteilt wird.

119 Anspielung auf die Familie de Fontaine, die in der ›Menschlichen Komödie‹ eine beträchtliche Rolle spielt.

120 Balzac schreibt die altertümliche Form ›mala aria‹ (schlechte Luft): diese hielt man früher für die Ursache der Malaria.

121 Hauptgestalt in Molières Komödie ›Le Misanthrope‹ (1667).

122 In Ariosts Epos (1515–1532).

123 ›Les Petites Affiches ou Journal général d'annonces, d'indication et de correspondance commerciales, politiques et littéraires‹ wurden im Nivôse des Jahres VIII gegründet. Sie hatten besonderen Erfolg bis 1801, als alle Anzeigenblätter durch ein kaiserliches Dekret unter dem Titel ›Petites Affiches‹ zusammengefaßt wurden.

124 Balzac läßt den Eisenhändler Rémonencq ein auvergnatisch gefärbtes, unübersetzbares Französisch sprechen.

125 Mme Evrard ist die sprichwörtlich gewordene Haushälterin eines alten Junggesellen, von dem sie geheiratet werden möchte, in der Komödie ›Le vieux Célibataire‹ von Jean-François Colin d'Harleville (1755–1806); Uraufführung im ›Théâtre de la Nation‹ am 24. Februar 1792.

126 Jean Baptiste Nicolet (1710–1796) war anfangs Leiter eines kleinen Akrobaten- und Marionettentheaters, das auf Jahrmärkten spielte und dessen Leistungen er immer mehr verbesserte. 1764 erhielt er die Ermächtigung, am Boulevard, längs der Wälle, ein kleines Theater zu errichten, wo Harlekinaden und schlüpfrige Stücke gespielt wurden; es hatte großen Erfolg und nahm 1792 den Namen ›Théâtre de la Gaîté‹ an, den es seither beibehalten hat.

127 Ein Spielsystem, bei dem der verlorene Einsatz fortwährend verdoppelt wird.

128 Petroleumlampen mit doppelter Luftzufuhr, erfunden von Quinquet.

129 Komische Gestalt in den alten Jahrmarktskomödien.

130 Komische Gestalt bei Dervigny.

131 Philippe Girard, genannt Mondor, ein Charlatan am Pont-Neuf im 17. Jahrhundert.

132 Hauptgestalt in Molières Komödie ›L'Avare‹ (1668).

133 ›Nicomède‹, Tragödie von Pierre Corneille (1651).

134 Dienergestalt in Molières Komödie ›Les fourberies de Scapin‹ (1671).

135 Gestalt in Molières Komödie ›Le Médecin malgré lui‹ (1668).

136 Zofe in Molières Komödie ›Le Malade imaginaire‹ (1673).

137 Der den Dreißigjährigen Krieg abschließende ›Westfälische Friede‹ wurde in Münster am 24. Oktober 1648 geschlossen.

138 Der erste Friede von Nymwegen wurde am 12. August 1678 zwischen Frankreich, Spanien und den Niederlanden geschlossen; der zweite am 5. Februar 1679 zwischen Frankreich, Deutschland und Schweden.

139 Der Friede zu Utrecht beendete am 11. April 1713 den Spanischen Erbfolgekrieg.

140 20. September 1697 Friede zwischen Ludwig XIV. und dem Deutschen Reich.

141 Der Wiener Kongreß fand vom 20. September 1814 bis 10. Juni

1815 zwischen allen an den napoleonischen Kriegen beteiligten Mächten statt.

142 Marie-Anne-Adélaïde Lenormand (1772–1843) scheint tatsächlich einen seltenen Scharfblick und eine ganz besondere Intuition zum Durchdringen von Charakteren besessen zu haben; das erlaubte ihr, ihre Antworten auf den Charakter ihrer Kunden abzustimmen. Eine der eifrigsten Besucherinnen in der Wohnung Rue de Tournon 5 war Joséphine de Beauharnais, der sie 1794 alles Glück vorausgesagt haben soll, das der künftigen Kaiserin wartete. Die Beziehungen der Wahrsagerin zu der schwatzhaften Kaiserin setzten sie in den Besitz vieler Geheimnisse des Kaisers. Sie schrieb mehrere Bücher.

143 Der Maler Louis-Jacques-Mande Daguerre (1789–1851) erfand vor 1839 unter Mitwirkung von Nièpce die Daguerreotypie, eine Frühform der Fotografie, deren Meister dann der ehemalige Maler und Schriftsteller Nadar wurde.

144 Kardinal Richelieu, der Minister Ludwigs XIII. (1585–1642).

145 Salomon de Caus (1576–1626), Ingenieur. Er entdeckte die Möglichkeit, die Dampfkraft als Antriebsmittel zu benutzen. Balzac benutzte seine Schicksale in dem Schauspiel ›Les ressources de Quinola‹.

146 Emanuel Swedenborg (1688–1772), zunächst Mathematiker und Naturwissenschaftler, Assessor am Oberbergamt, kam 1745 in London durch eine religiöse Krise zu visionären Erkenntnissen, die einen schroffen Gegensatz zum mechanistischen Weltbild der Aufklärung darstellen. Zu seinen Lebzeiten hatte er nur eine kleine Zahl von Anhängern; später wurde er zu einem Vorgänger des Symbolismus erhoben. Er gilt heute als Geisteskranker.

147 Georges Cuvier (1769–1832), bedeutender Naturwissenschaftler, Zoologe und Paläontologe.

148 Prediger im ersten Kreuzzug (1050?–1115).

149 Martin, ein Pächter aus Galardon, behauptete zu Beginn der Restauration, er habe Visionen, die ihm das Überleben Ludwigs XVII. (des als Kind gestorbenen Sohnes Ludwigs XVI.) enthüllt hätten. Er wurde vor den König gebracht, teilte ihm seine ›Enthüllungen‹ mit und wurde natürlich widerlegt und abgewiesen. Als er sich den politischen Parteien und Abenteurern als Werkzeug hergab, wurde er ins Irrenhaus gesteckt.

150 Ein Kartenleger und Abenteurer, zu dem Balzac großes Vertrauen hatte (siehe ›Lettres à l'Etrangère‹, II., 137).

151 Das Café Anglais, das heute nicht mehr existiert, lag an der Ecke des Boulevard des Italiens und der Rue de Marivaux.

152 Aschthoreth oder Astarte war eine syrische Göttin der verderblichen Naturkraft, des Krieges und des Todes. Daß Balzac die Hellseherin ihre nach jener Göttin benannte Kröte ›mon fils‹ anreden läßt, soll wahrscheinlich auf ihre mangelhafte Bildung hinweisen.

153 Hauptgestalt von Balzacs Novelle ›Ein Fürst der Bohème‹.

154 Henry, Experte des Louvre, wohnte Rue de Bondy 23.

155 Nicht nachweisbar.

156 Ein Restaurator, den auch Balzac beschäftigte.

157 Nicht nachweisbar.

158 George, Maler und Experte für Gemälde, wohnte Rue Traversière-Saint-Honoré 51.

159 Ein Maler Roehn sen. hat Quai Voltaire 15 gewohnt.

160 Die heutige Rue de Béarn.

161 Von Balzac erfundene Gestalt.

162 Obersteueramt.

163 Ehemalige Gobelin-Weberei, die 1627 in der Seifenfabrik von Chaillot eingerichtet worden war und 1826 mit Les Gobelins vereinigt wurde.

164 Ein Vergolder, der auch für Balzac gearbeitet hat. Er wohnte 1844 Rue des Beaux-Arts-Saint-Germain 9.

165 Joseph Thouvenin (1790–1834), Buchbinder, ließ die für seine Einbände bestimmten Pappen walzen und benutzte als erster Maroquinleder.

166 Es lassen sich zwei Brüder dieses Namens nachweisen, die sich mehr als Kunsthandwerker denn als Künstler mit dem Restaurieren von Gemälden befaßt haben könnten.

167 Eine 1826 gegründete juristische Fachzeitung mit Gerichtsberichten.

168 Entscheidender Sieg Bonapartes über die Österreicher am 14. Juni 1800.

169 Von Balzac erfundene Gestalt.

170 Ständiger Sekretär der Akademie war seit dem 11. September 1834 der Literaturhistoriker und spätere Minister für das öffentliche Unterrichtswesen François Villemain (1790–1870).

171 Alexandre Du Sommerard, Archäologe (1779–1842); seine Sammlung wurde 1843 in das Museum Cluny verlegt.

172 Der Teil der heutigen Rue du Temple zwischen der Rue de la Verrière und der Rue Sainte-Croix-de-la-Bretonnerie.

173 Der Sohn Napoleons und der Marie-Louise, am 22. Juli 1832 in Schönbrunn an der Schwindsucht gestorben.

174 Baccio Bandinelli (1488–1560), Bildhauer, eifersüchtiger und manierierter Nachahmer Michelangelos. – Das Bildnis eines jungen Bildhauers, auf das Balzac anspielt und das übrigens nicht Bandinelli darstellt, ist wahrscheinlich ein Werk des Bronzino und nicht dasjenige des Sebastiano del Piombo.

175 Das Porträt stellt in Wirklichkeit nicht Karl VIII. dar, sondern Charles d'Amboise, Marschall von Chaumont, Gouverneur des Herzogtums Mailand und Günstling Ludwigs XII. Überdies ist es kein Werk Leonardos, sondern stammt wohl von Andrea Solario. Das Bild befindet sich im Louvre.

176 Die ehemalige Rue d'Orléans-Berry; heute der Teil der Rue Charlot zwischen der Rue des Quatre-Fils und der Rue de Bretagne.

177 Guillaume-Philippe Oberkampf (1738–1815), ein berühmter Industrieller, gründete 1760 in Jouy eine Fabrik für bedruckte Baumwollstoffe, die heute als ›Toiles de Jouy‹ berühmt und von Sammlern begehrt sind.

178 James Morison (1770–1840) hatte jene Pillen 1825 in den Handel gebracht.

179 Das ›Ambigu-Comique‹ war 1759 durch einen Schauspieler der Comédie-Italienne auf der Foire Saint-Germain gegründet und dann auf den Boulevard du Temple verlegt worden. Anfangs ein Marionettentheater, später eine Kinderbühne, hatte es lebhaftesten Erfolg. 1827 brannte das Theater ab; statt seiner wurde am Boulevard Saint-Martin das heute noch bestehende Theater erbaut. Bis zur Juli-Monarchie spielte es in der Hauptsache Vaudevilles und leichte Komödien; später wandte es sich dem Melodram zu.

180 Einer der Gründer der römischen Republik, Konsul mit dem älteren Brutus 509 v. Chr.

181 Im Marais, zwischen der Rue Vieille-du-Temple und der Rue de Thorigny.

182 Anspielung auf Lucien de Rubempré. Siehe ›Glanz und Elend der Kurtisanen‹.

183 Siehe ›Das Antiquitätenkabinett‹.

184 Siehe Anmerkung 131.

185 Nicolas Beaujon (1708–1786), Generalsteuerpächter unter Ludwig XV.

186 Titelheld der berühmten Komödie von Le Sage (1709), Typ des reichen Emporkömmlings.

187 Siehe Anmerkung 129.

188 Aus der Tragödie ›Cinna ou la clémence d'Auguste‹ von Pierre Corneille (1643).

189 Lateinisch: Goldenes Mittelmaß.

190 Die berüchtigten ›Juli-Ordonnanzen‹ Karls X., die u. a. die Pressefreiheit stark beeinträchtigten, waren der unmittelbare Anlaß der Juli-Revolution, die den König den Thron kostete.

191 Lateinisch: »Daher die Wut« (Juvenal, Satiren I, 168).

192 Jean-Paul Marat (1743–1793), Demagoge, Herausgeber des ›Ami du peuple‹, wahrscheinlich Anstifter der Septembermorde, Mitglied des Konvents, griff die Girondisten an und setzte sich für die Hinrichtung des Königs ein. Von Charlotte Corday ermordet.

193 Im Département Seine-Inférieure. Balzac irrt, wenn er die kleine Stadt Bolbec als Hauptstadt eines Arrondissements bezeichnet; sie liegt vielmehr an einem Flüßchen gleichen Namens im Arrondissement Le Havre.

194 Gestalt aus den Jahrmarktskomödien des Roger de Collerye (16. Jahrh.), von Béranger aufgegriffen: Typ des heiteren, fröhlichen Menschen.

195 Berühmter Wundertäter aus dem ersten christlichen Jahrhundert, tugendhafter Sektierer der pythagoreischen Lehre, eingeweiht in die Dogmen und Praktiken der Brahmanen, stellte er eine magnetische Kraft in den Dienst seiner Lehre, die die Heiden mit den christlichen Wundern verglichen.

196 Cathérine-Marie de Lorraine, Herzogin von Montpensier (1552 bis 1596): Mitverschworene der katholischen Liga des Herzogs Guise, ihres Bruders; sie wollte Heinrich III. stürzen, der dann 1589 durch den Mönch Jacques Clément, angeblich auf Veranlassung der Herzogin Montpensier, ermordet wurde. Sie soll eine Schere im Gürtel getragen haben, mit der sie Heinrich III. nach seiner Absetzung tonsurieren wollte.

197 Die heutige Place des Vosges.

198 Die Offiziere der Nationalgarde wurden von ihren Mannschaften gewählt.

199 Von Balzac erfundene Gestalten der ›Menschlichen Komödie‹.

200 Lateinisch: In der letzten Stunde, unmittelbar vor dem Tode.

201 Jean-Nicolas Ganal (1795–1852), Chirurg unter Napoleon, dann Präparator, hatte eine neue Einbalsamierungsmethode erfunden:

Er injizierte Aluminiumsalz in die Kopfschlagader und ließ die Leiche in mit derselben Flüssigkeit durchtränkte Binden wickeln. Das Verfahren war billig, und die Leiche blieb unversehrt. Da die Methode aber noch nicht durch die Zeit erprobt worden war, wurde sie 1842 bei der Einbalsamierung der Leiche des verunglückten Herzogs von Orléans, des Thronfolgers, nicht angewandt.

202 Das Schuldgefängnis in der Rue de Clichy, das 1827 an die Stelle von Sainte-Pélagie in der Rue de la Clef getreten war.

203 In der französischen Gerichtssprache identifiziert sich der Anwalt mit seinen Klienten und spricht per »wir«.

204 Von Ludwig dem Heiligen 1260 gegründetes Hospital für ursprünglich 300 Blinde.

205 Wahrscheinlich die heutige Rue Bouchardon.

206 Jenes Theater wurde 1781 gegründet, 1807 geschlossen, 1814 wiedereröffnet; es spielte zunächst Dramen und Märchenstücke. Zur Zeit der Romantik war es die Uraufführungsbühne der ›Moderne‹; auch Balzacs ›Vautrin‹ erlebte dort seine erste und letzte Aufführung. Das ursprüngliche Gebäude wurde beim Kommunardenaufstand 1871 niedergebrannt; das heutige wurde 1873 errichtet.

207 Irrtum Balzacs: Diese Straße hat es nie gegeben. Gemeint war wohl die Rue des Marais-du-Temple, die heutige Rue des Marais.

208 Dieser Zirkus wurde 1801 von Sohn und Tochter des berühmten Kunstreiters Franconi gegründet. Sie waren die Erfinder der ›Arbeit‹ auf ungesatteltem Pferd und der Zirkus-Glanzleistungen wie ›Die Post‹ und ›Fra Diavolo‹, die viele Nachahmer fanden. Bald gingen sie zu dialogisierten Pantomimen über, sogenannten ›Mimodramen‹; auch führten sie ›gelehrte Tiere‹ vor, von denen der Affe ›Joko‹ volkstümlich wurde, und schließlich aufwendige militärische Schlachtenszenen. Während der Restauration befand der Cirque-Olympique sich am Boulevard du Temple. Als unter Louis-Philippe ein Abstieg einsetzte, richtete Adam in dem Gebäude das dritte Opernhaus ein. 1840 wurde der Zirkus an den Champs-Elysées neu eröffnet.

209 Siehe Balzacs Novelle dieses Titels.

210 Gaunergestalt aus dem Melodram ›L'Auberge des Adrets‹, eine der Lieblingsrollen Frédéric Lemaîtres.

211 Anspielung auf ›Tante Bette‹, den ersten Roman der Gruppe ›Die armen Verwandten‹.

Biographische Notizen über die Romangestalten

Vetter Pons

BRISETOUT, Héloïse, war zu Beginn der Juli-Monarchie die Geliebte Célestin Crevels (›Tante Bette‹); gegen Ende jener Epoche wurde sie die Geliebte Isidore Baudoyers (›Die Kleinbürger‹).

CAMUSOT, Pair von Frankreich, ehemaliger Seidenhändler, geboren 1765, war 1818 kommissarischer Richter beim Konkurs des Parfümhändlers César Birotteau (im Roman dieses Titels). 1822 unterhielt er mit beträchtlichem Kostenaufwand die Schauspielerin Coralie, die Lucien de Rubempré ihm ausspannte (›Verlorene Illusionen‹). Später hatte er ein Verhältnis mit Fanny Beaupré, mit der er lange zusammenlebte (›Die Muse des Départements‹).

CAMUSOT DE MARVILLE, geboren um 1794, kleiner Richter ohne Intelligenz, hätte es nur zu einer durchschnittlichen Laufbahn gebracht, wenn nicht seine Frau, eine geborene Thirion, die Tochter eines Türhüters an den Privatgemächern Ludwigs XVIII., Ehrgeiz und Fähigkeiten zum Intrigieren für zwei besessen hätte. 1824 brachte Mme Camusot in Alençon ihren Mann dahin, daß er als Untersuchungsrichter die Einstellung des Verfahrens gegen den der Urkundenfälschung bezichtigten Victurnien d'Esgrignon beantragte (›Das Antiquitätenkabinett‹). Als Camusot 1828 in Paris beauftragt wurde, die Untersuchung über den Antrag auf Entmündigung zu führen, den die Marquise d'Espard gegen ihren Mann eingereicht hatte, stellte er sich auf die Seite der Marquise, scheiterte indessen (›Die Entmündigung‹; ›Glanz und Elend der Kurtisanen‹). Im Mai 1830 manövrierte das Ehepaar in dem Fall Herrera-Rubempré so geschickt, daß der Untersuchungsrichter Lucien de Rubempré zum Geständnis brachte, worauf Lucien sich in seiner Zelle in der Conciergerie erhängte (›Glanz und Elend der Kurtisanen‹).

GAUDISSART, Félix, geboren um 1792, war 1816 in eine Verschwörung gegen die Bourbonen verwickelt, wurde aber durch den Untersuchungsrichter Popinot freigesprochen. Deswegen wurde er der verläßliche Freund Anselme Popinots, des Neffen des Richters, der damals erster Kommis bei dem Parfümhändler César Birotteau war. Der Geschäftsreisende Gaudissart setzte sich erfolgreich für das von Popinot vertriebene Cephalus-Öl ein (›César Birotteau‹). Einige Jahre später kaufte Gaudissart zu hohen Preisen die künstlichen Blumen auf, die die ehebrecherische Gattin des Grafen de Bauvan fertigte (›Honorine‹). 1831 war Gaudissart Reisevertreter für

Hüte und für eine saint-simonistische Zeitung; der Vertrieb der letzteren trug ihm ein Duell und eine Mystifikation ein, bei der er der Hereingefallene war (›Der berühmte Gaudissart‹).

MAGUS, Elias, geboren 1770, wohnte abwechselnd in Paris und Bordeaux. Während der Restauration schätzte er in Bordeaux die berühmten Diamanten der Mme Evangelista (›Der Ehekontrakt‹). In Paris verschaffte er um 1817 der Mme Luigi Porta eine Anstellung als Koloriererin von Stahlstichen (›La Vendetta‹); später bestellte er bei Joseph Bridau eine Rubens-Kopie (›Die ‚Fischerin im Trüben'‹) und noch später bei Pierre Grassou Bilder im Stil Rembrandts und Teniers', die er als echte Werke an den Flaschenkorkhändler Vervelle weiterverkaufte (›Pierre Grassou‹).

POPINOT, Anselme, Graf, Minister und Pair von Frankreich, hatte 1816 als Kommis bei dem royalistischen Parfümhändler César Birotteau begonnen. Seine kaufmännische Begabung, die Rechtlichkeit seines Charakters, seine Güte und Feinfühligkeit löschten für Mlle Césarine Birotteau seine körperlichen Nachteile aus; er war nämlich klein, rothaarig und er hinkte. Seine Liebe machte ihn beherzt; er setzte das von Birotteau erfundene Cephalus-Öl durch, verdiente damit ein Vermögen und trug 1823 zur Rehabilitierung seines in Konkurs geratenen Schwiegervaters bei (›César Birotteau‹). Durch die Juli-Revolution wurde er in die Politik gedrängt; er war zweimal Abgeordneter und wurde bald der Handelsminister Louis-Philippes (›Der berühmte Gaudissart‹). 1838 kam er abermals ins Kabinett, und zwar als Landwirtschafts- und Handelsminister, und konnte jetzt seinen Neigungen als Kunstfreund und Mäzen freien Lauf lassen (›Tante Bette‹).

SCHMUCKE, Wilhelm, hatte bis 1836 am Quai Conti gewohnt. Er war Musiklehrer der Töchter des Grafen de Granville gewesen, die ihn auch nicht vergaßen, als sie verheiratet waren (›Eine Evastochter‹), sowie der Lydie Peyrade (›Glanz und Elend der Kurtisanen‹), und schließlich der Ursule Mirouët (im Roman dieses Titels), die ihm zusammen mit den Granville-Töchtern, den Damen de Vandenesse und du Tillet, eine Leibrente aussetzte.

Ein Geschäftsmann

Übertragung von Ernst Sander

In einem Brief an Mme Hanska vom 4. Januar 1844 berichtet Balzac, er habe eine kleine Novelle mit dem Titel ›Les Roueries d'un Créancier‹ (›Streiche eines Gläubigers‹) geschrieben, und ein paar Tage später: er habe sie für 800 Francs an den Verleger Hetzel für die Zeitschrift ›Le Diable à Paris‹ verkauft. Aber dort erschien sie nicht; denn Hetzel verkaufte sie mit anderen kleineren Arbeiten Balzacs, die er erworben hatte, an ›Le Siècle‹ weiter. Dort erschien die Novelle unter ihrem ursprünglichen Titel am 10. September 1845. In den vierten Band der ›Szenen aus dem Pariser Leben‹ der ›Menschlichen Komödie‹ wurde sie 1846 eingeordnet, und zwar unter dem Titel: ›Esquisse d'hommes d'affaires d'après nature‹ (›Skizze von Geschäftsleuten nach der Natur‹), jetzt mit der Widmung an den Bankier Baron James de Rothschild versehen und datiert »Paris 1845«. Die Betitelung ›Ein Geschäftsmann‹ erfolgte aufgrund einer Nachlaßnotiz Balzacs.

James de Rothschild (1792–1868), einer der fünf Söhne des Frankfurter Bankiers Mayer-Anselm Rothschild, ist der Begründer des französischen Zweigs der berühmten Bankiersfamilie. Balzac stand seit 1832 mit ihm in gesellschaftlichem Verkehr, besuchte seinen Salon und wurde zum Essen geladen. Weniger Rothschilds Persönlichkeit als gewisse Züge seines finanziellen Aufstiegs haben Balzac als Modell für die Ausgestaltung seines Nucingen gedient. Rothschild hat dem Romancier diesen Umstand nicht verübelt. Als Balzac Ende 1835 nach Österreich reisen wollte und ohne Geldmittel war, legte er Rothschild einen Wechsel über 1500 Francs auf seinen Verleger Werdet vor, der ohne weiteres honoriert und dann widerwillig von Werdet eingelöst wurde. Rothschild soll dabei gesagt haben: »Geben Sie gut acht auf Monsieur de Balzac; das ist ein sehr leichtsinniger Mensch.«

Lorette ist ein dezenter Ausdruck, der erfunden wurde, um den Beruf eines Mädchens oder ein Mädchen mit einem Beruf zu bezeichnen, den bei Namen zu nennen schwierig ist und den zu definieren die Académie Française in ihrer Schamhaftigkeit versäumt hat, sicherlich in Anbetracht des Alters ihrer vierzig Mitglieder. Wenn ein neu aufgekommener Name einem sozialen

Fall entspricht, den man nicht ohne Umschreibungen ins Wort umsetzen könnte, so ist das Glück jenes Ausdrucks gemacht. So hat das Wort »Lorette« in allen Gesellschaftsklassen Eingang gefunden, sogar in denen, wo eine Lorette selber niemals zugelassen werden würde. Die Bezeichnung wurde erst 1840 geschaffen, wohl wegen der Ansammlung gewisser Schwalbennester rings um die Kirche Notre-Dame-de-Lorette[1]. Dies wird nur für Etymologen niedergeschrieben. Diese Herren befänden sich in geringerer Verlegenheit, wenn die Schriftsteller des Mittelalters sich die Mühe gemacht hätten, Sitten und Bräuche so bis in alle Einzelheiten zu schildern, wie wir es im Zeitalter der Analyse und der Beschreibung tun. Mademoiselle Turquet oder Malaga, denn unter ihrem »Künstlernamen« ist sie viel bekannter (siehe ›Die falsche Geliebte‹), ist eins der hervorstechendsten Pfarrkinder jener reizenden Kirche. Dies fröhliche, intelligente Mädchen, das als Vermögen nichts als ihre Schönheit besaß, bildete zu der Zeit, da diese Geschichte herumerzählt wurde, das Glück eines Notars, der der Meinung war, seine Notarin sei eine etwas gar zu fromme, etwas gar zu steifleinene, etwas gar zu trockene Frau, als daß er ein häusliches Glück hätte finden können. Nun aber hatte Notar Cardot an einem Karnevalsabend bei Mademoiselle Turquet den Advokaten Desroches, den Karikaturenzeichner Bixiou, den Feuilletonisten Lousteau und Nathan bewirtet – Leute, deren in der ›Menschlichen Komödie‹ berühmte Namen jede Art von Porträtierung überflüssig machen – sowie den jungen La Palferine, dessen Grafentitel alt wie ein leider von keiner Metallader durchzogenes Urgestein war; er hatte das illegale Domizil des Notars mit seiner Anwesenheit beehrt. Man speist nicht bei einer Lorette zu Abend, um dort den patriarchalischen Rinderbraten, das magere Hähnchen des ehelichen Tisches und den Familiensalat zu essen; und ebensowenig legt man dort Wert auf die heuchlerischen Redewendungen, die in einem mit tugendsamen Bürgerinnen ausgestatteten Wohnzimmer im Schwange sind. Ach, wann werden jemals gute Sitten anziehend wirken? Wann werden die Damen der großen Welt etwas weniger ihre Schultern und dafür etwas mehr an Gutartigkeit oder Geist zeigen? Marguerite Turquet, die Aspasia[2] des Cirque-Olympique[3], ist eine jener freimütigen, lebhaften Naturen, denen man um ihrer Naivität in ihren Sünden und um ihres reuigen Geistes willen alles verzeiht und zu denen man wie Cardot, der zwar Notar, aber geistvoll genug war, es auszusprechen, sagt: »Hintergeh mich auf gute Art!« Dennoch möge man nicht an Ungeheuerlichkeiten glauben. Desroches und Cardot waren zur Genüge gute Kerle und in ihrem Beruf zu alt geworden, um nicht auf gleichem Boden mit Bixiou, Lousteau, Nathan und dem jungen Grafen zu stehen. Und jene Herren, die oftmals bei den beiden Notaren Hilfe gefunden hatten, kannten diese zu gut, um sie, im Loretten-Stil gesprochen, »zu versetzen«. Die von den Düften von sieben Zigarren parfümierte Unterhaltung war zu Beginn sprunghaft und launisch wie eine freigelassene Ziege gewesen; dann verweilte sie bei der Strategie, die in Paris die unaufhörliche Schlacht entstehen läßt, welche sich Gläubiger und Schuldner liefern. Wenn man nun aber geruht, sich des Lebens und Vorlebens der Festgenossen zu erinnern, hätte man in Paris schwerlich Leute gefunden, die, was diese Materie betrifft, besser unterrichtet gewesen wären: Die einen hatten ausgelernt, die andern waren Künstler, und so ähnelten sie Richtern, die mit den dem Gericht Unterstehenden scherzen. Eine Serie von Zeichnungen, die Bixiou über Clichy[4] gemacht hatte, war der Anlaß zu der Wendung gewesen, die die Unterhaltung genommen hatte. Es war Mitternacht. Die ungezwungen im Wohnzimmer um einen Tisch und vor dem Kamin gruppierten Personen ergötzten sich an jenen Karikaturen, die nicht nur ausschließlich in Paris verständlich und möglich sind, sondern auch lediglich in dem Bereich entstehen und verstanden werden können, der zwischen dem Faubourg Montmartre und der Rue de la Chausséed'Antin gelegen ist, zwischen den Höhen der Rue de Navarin und der Zeile der Boulevards.

Innerhalb von zehn Minuten waren die tiefsinnigen Überlegungen, die große und die kleine Moral sowie sämtliche Kalauer über dieses Thema erschöpft (sie waren es ja bereits um 1500 durch Rabelais[5]). Es ist kein kleines Verdienst, auf dieses Feuerwerk zu verzichten; es wurde durch folgende, von Malaga abgefeuerte Rakete beendet:

»All das gereicht nur den Schuhmachern zum Nutzen«, sagte sie. »Ich habe eine Modistin unbezahlt sitzenlassen, die mir zwei

Hüte verdorben hatte. Siebenundzwanzigmal ist das wütende Weibsbild zu mir gekommen und hat zwanzig Francs verlangt. Sie hat nicht gewußt, daß unsereins niemals zwanzig Francs hat. Wir haben tausend Francs, wir lassen fünfhundert von unserm Notar holen; aber zwanzig, die habe ich nie gehabt. Vielleicht haben meine Köchin und meine Zofe beide zwanzig Francs. Ich selbst habe lediglich Kredit; den würde ich verlieren, wenn ich mir zwanzig Francs liehe. Wenn ich um zwanzig Francs bäte, würde ich mich in nichts mehr von meinen ›Kolleginnen‹ unterscheiden, die auf dem Boulevard einhergehen.«

»Ist die Modistin denn nun bezahlt worden?« fragte La Palferine.

»Das ist denn doch! Bist du mit einemmal blöd geworden?« sagte sie augenzwinkernd zu La Palferine; »heute vormittag ist sie zum siebenundzwanzigstenmal gekommen, deshalb erzähle ich euch ja die Geschichte.«

»Wie haben Sie sich denn aus der Affäre gezogen?« fragte Desroches.

»Sie hat mir leid getan, und da ... habe ich bei ihr den kleinen Hut bestellt, mit dem ich von den bekannten Formen loskommen wollte und dessen Erfindung mir endlich gelungen ist. Wenn er Mademoiselle Amanda gelingt, verlangt sie nie wieder etwas von mir: Dann ist nämlich ihr Glück gemacht.«

»Was ich bei dieser Art von Kampf als das Schönste erlebt habe«, sagte Notar Desroches, »das schildert meiner Meinung nach Paris – für Leute, die sich darin auskennen – weit besser als alle Gemälde, auf denen immer nur ein phantastisches Paris dargestellt ist. Ihr glaubt sehr kundig zu sein, ihr Leute«, sagte er und blickte Nathan und Lousteau, Bixiou und La Palferine an, »aber der König auf diesem Gebiet ist ein gewisser Graf, der sich jetzt damit befaßt, ein Ende zu machen, und der zu seiner Zeit als der geschickteste, gewandteste, fuchsschlaueste, am besten eingeweihte, als der kühnste, raffinierteste, entschlossenste, vorausschauendste aller gelb behandschuhten Korsaren gegolten hat, jener Korsaren mit eigenem Kabriolett und guten Umgangsformen, die je das stürmische Meer von Paris durchschifft haben, durchschiffen und durchschiffen werden. Ohne Glauben und ohne Gesetz wurde seine Privatpolitik von Prinzipien geleitet, wie sie die des englischen Kabinetts leiten. Bis zu seiner Eheschließung war sein Leben ein unaufhörlicher Krieg wie das ... Lousteaus«, sagte er. »Ich war sein Anwalt und bin es noch heute.«

»Und der erste Buchstabe seines Namens lautet Maxime de Trailles«, sagte La Palferine.

»Übrigens hat er alles bezahlt und niemanden geschädigt«, fuhr Desroches fort. »Aber, wie unser Freund Bixiou eben gesagt hat, im März bezahlen sollen, was man erst im Oktober bezahlen will, ist ein Attentat auf die individuelle Freiheit. Entsprechend einem Paragraphen seines privaten Gesetzbuchs hielt Maxime die List, die einer seiner Gläubiger anwandte, um sofortige Bezahlung zu erlangen, für einen Gaunerstreich. Schon seit langem hatte er den Wechsel in allen seinen mittelbaren und unmittelbaren Folgen kompromittiert. Ein junger Mann bezeichnete in meinem Büro und in Maximes Dabeisein den Wechsel als eine ›Eselsbrücke‹. – ›Nein‹, antwortete Maxime, ›er ist die Seufzerbrücke[6], man kommt nie auf sie zurück.‹ Seine Kenntnis der Handelsgesetze war so umfassend, daß ein Jurist ihn nichts mehr hätte lehren können. Ihr wißt, daß er zu jener Zeit nicht das mindeste besaß; sein Wagen, seine Pferde waren gemietet; er wohnte bei seinem Diener, für den er, wie es heißt, immer ein großer Mann sein wird, sogar nach der Heirat, die er jetzt schließen will! Als Mitglied dreier Klubs speiste er dort, sofern er nicht irgendwo in der Stadt eingeladen war. Im allgemeinen machte er wenig Gebrauch von seiner Wohnung ...«

»Mir hat er gesagt«, unterbrach La Palferine laut Desroches, »›meine einzige Angeberei ist die Behauptung, ich wohne in der Rue Pigalle.‹«

»Das wäre der eine der beiden Kombattanten«, fuhr Desroches fort, »jetzt soll der andere drankommen. Ihr habt doch sämtlich mehr oder weniger von einem gewissen Claparon reden hören ...«

»Solches Haar hat er gehabt«, rief Bixiou und zerzauste sich seine Mähne.

Und mit demselben Talent, das der Pianist Chopin in so hohem Maß in der Nachahmung anderer Leute besitzt, stellte er im Handumdrehen die Persönlichkeit Claparons mit erschreckender Wahrheitstreue dar.

»So rollt er, wenn er spricht, den Kopf; er ist Handelsreisender gewesen, alle Berufe hat er ausgeübt . . .«

»Na schön, er ist zum Reisen geboren, denn im gegenwärtigen Augenblick ist er unterwegs nach Amerika«, sagte Desroches. »Nur dort hat er noch Möglichkeiten; wahrscheinlich wird er in der nächsten Sitzungsperiode wegen betrügerischen Bankrotts in Abwesenheit verurteilt werden.«

»Mann über Bord!« rief Malaga.

»Dieser Claparon«, fuhr Desroches fort, »ist sechs oder sieben Jahre lang der Deckmantel, der Strohmann, der Sündenbock zweier unserer Freunde gewesen, Du Tillets und Nucingens; aber 1829 war seine Rolle so bekanntgeworden, daß . . .«

». . . unsere Freunde ihn haben fallenlassen«, sagte Bixiou.

»Also kurz und gut: Sie haben ihn seinem Schicksal preisgegeben, und«, fuhr Desroches fort, »er ist in den Schmutz gerollt. 1833 hatte er sich mit einem gewissen Cérizet assoziiert, um Geschäfte zu machen . . .«

»Nanu? Mit diesem Kerl, der so reizend kombinierte Kommandit-Geschäfte gemacht hat, daß die Sechste Kammer ihn zu zwei Jahren Gefängnis verdonnerte?« fragte die Lorette.

»Mit ebenjenem«, antwortete Desroches. »Während der Restauration, von 1823 bis 1827, hat die Betätigung dieses Cérizet darin bestanden, unerschütterlich Artikel zu unterzeichnen, die von der Staatsanwaltschaft erbittert verfolgt wurden, und ins Gefängnis zu wandern. Damals konnte man auf billige Art berühmt werden. Die liberale Partei machte ›den tapferen Cérizet‹ zu ihrem Vorkämpfer in der Provinz. Um 1828 wurde dieser Eifer durch die ›öffentliche Anteilnahme‹ belohnt. Die ›öffentliche Anteilnahme‹ ist eine Art Bürgerkrone, die die Presse verleiht. Cérizet wollte die öffentliche Anteilnahme in bare Münze umsetzen; er kam nach Paris, wo er mit Unterstützung der Bankiers der Linken zunächst eine Geschäftsagentur aufmachte, die sich nebenher mit Bankoperationen befaßte, und zwar mit Kapitalien, die ein Mann lieh, der von sich aus in die Verbannung gegangen war, ein allzu geschickter Spieler, dessen Kapitalien im Juli 1830 zusammen mit dem Staatsschiff untergingen . . .«

»Ach, das ist also der, dem wir den Spitznamen ›der methodische Kartenspieler‹[7] verliehen haben . . .«, rief Bixiou.

»Redet dem armen Kerl nichts Schlechtes nach«, rief Malaga. »D'Estourny[8] war ein guter Junge!«

»Ihr könnt euch die Rolle vorstellen, die im Jahre 1830 ein ruinierter Mann spielen mußte, der in der Sprache der Politik ›der tapfere Cérizet‹ genannt wurde! Er wurde in eine sehr nette Unterpräfektur geschickt«, sprach Desroches weiter. »Zu Cérizets Pech besitzt die Macht nicht soviel Harmlosigkeit wie die Parteien, die während des Kampfes aus allem Projektile machen. Nach dreimonatiger Tätigkeit mußte Cérizet um seine Entlassung nachsuchen. Hatte er sich nicht vorgenommen, volkstümlich zu werden? Da er noch nichts getan hatte, was ihn seinen Adelstitel (›der tapfere Cérizet‹) hätte kosten können, schlug ihm die Regierung als Entschädigung vor, Geschäftsführer einer Oppositionszeitung zu werden, die im stillen regierungstreu werden würde. Auf diese Weise hat die Regierung selber diesen schönen Charakter verdorben. Cérizet kam sich in seiner Geschäftsführerstellung allzu sehr wie ein Vogel auf einem morschen Ast vor und stürzte sich in jenes nette Kommanditunternehmen, das dem Unglücksmenschen, wie ihr schon gesagt habt, zwei Monate Gefängnis eintrug, während die Geschickteren dabei die Öffentlichkeit einfangen.«

»Wir kennen jene Geschickteren«, sagte Bixiou, »also wollen wir nicht über den armen Kerl herziehen, er ist hintergangen worden! Couture läßt sich seine Kasse klauen, wer hätte das je geglaubt!«

»Übrigens ist Cérizet ein schäbiger Mensch, einer, den die Leiden einer Ausschweifung auf niedrigster Stufe entstellt haben«, fuhr Desroches fort. »Laßt uns lieber auf das verheißene Duell zurückkommen! Es haben sich also nie zuvor zwei Gewerbetreibende minderer Art, üblerer Sitten, gemeineren Verhaltens zusammengetan, um einen schmutzigeren Handel durchzuführen. Als Betriebskapital brachten sie das Rotwelsch mit, das die Kenntnis von Paris einem zuteil werden läßt, die Kühnheit, die das Elend verleiht, die List, die man im steten Umgang mit Geschäften erwirbt, die Beschlagenheit, die man durch das Bescheidwissen um die Pariser Vermögen und deren Ursprung erwirbt, um die Verwandtschaften, die Bekanntschaften und die wahren Werte, die jeder von ihnen besitzt. Die Geschäftsverbindung dieser beiden Jobber – habt Nachsicht mit diesem Ausdruck, da er der einzige ist, der sie euch, im Börsenjargon, verdeutlichen kann – war nur von kurzer Dauer. Wie zwei ausgehungerte Köter balgten sie sich um jedes Aas. Dabei waren die ersten Spekulationen der Firma Cérizet und Claparon recht geschickt. Die beiden spaßigen Knaben beredeten sich mit Barbet, Chaboisseau, Samanon und anderen Wucherern, denen sie hoffnungslose Außenstände abkauften. Claparons Agentur hatte ihren Sitz damals in einem kleinen Zwischengeschoß in der Rue Chabannais[9]; sie bestand aus fünf Räumen, und die Miete kostete lediglich siebenhundert Francs. Jeder der beiden Teilhaber schlief in einem Kämmerchen, das vorsichtigerweise so sorgfältig verschlossen war, daß mein Bürovorsteher nie hat hineingelangen können. Die Büroräume bestanden aus einem Flur, einem Wohnzimmer und einem Arbeitszimmer; das gesamte Mobiliar würde bei einer Zwangsversteigerung keine dreihundert Francs eingebracht haben. Ihr kennt Paris zur Genüge, um euch die beiden ›offiziellen‹ Räume vorstellen zu können: dunkle Roßhaarstühle, ein Tisch mit grüner Decke, eine schundige Stutzuhr unter Glas mit zwei Leuchtern, die sich vor einem kleinen Spiegel mit vergoldeter Umrahmung langweilten, auf einem Kaminsims, dessen Holzscheite, wie mein Bürovorsteher sich ausdrückte, zwei Winter alt waren! Was nun das Arbeitszimmer betrifft, so könnt ihr es euch denken: sehr viel mehr Aktendeckel als Geschäfte ...! Ein vulgärer Schreibtisch für jeden Teilhaber; alsdann, in der Mitte, das Zylinderbüro, das genauso leer war wie die Kasse! Zwei Arbeitssessel zu beiden Seiten eines Kamins mit Steinkohlenfeuer. Auf den Fliesen ein Teppich, der unter der Hand erstanden war wie die Schuldforderungen. Kurz und gut, man gewahrte diese Mahagoni-Möbelstücke, wie sie in unseren Büros seit einem halben Jahrhundert vom Vorgänger an den Nachfolger vererbt werden. Jetzt kennt ihr jeden der beiden Gegner. Nun aber hatten Cérizet und Claparon innerhalb der ersten drei Monate ihrer Teilhaberschaft, die nach sieben Monaten durch Fausthiebe liquidiert wurde, für zweitausend Francs von Maxime (da Maxime jetzt ebenfalls in Erscheinung tritt) unterzeichnete Wechsel aufgekauft, die um ganze Konvolute von Akten angereichert waren (Urteil, Berufung, Urteil des nächsthöheren Gerichts, Zwangsvollstreckung, vorläufige Entscheidung); kurz und gut: ein Gesamtschuldbetrag von dreitausendzweihundert Francs und ein paar Centimes, den sie für fünfhundert Francs durch eine Übertragung unter privater Unterschrift an sich gebracht hatten, mit einer besonderen Vollmacht zum Handeln, um die Kosten zu vermeiden ... Zu jener Zeit hatte Maxime, der schon in reiferen Jahren stand, eine der Liebeslaunen, wie sie den Fünfzigjährigen eigentümlich sind ...«

»Antonia!« rief La Palferine. »Die gleiche Antonia, die ihr Glück durch einen Brief gemacht hat, in dem ich von ihr eine Zahnbürste verlangt habe!«

»Ihr wahrer Name ist Chocardelle«, sagte Malaga, der dieser anspruchsvolle Name nicht paßte.

»Stimmt«, erwiderte Desroches.

»Maxime hat in seinem ganzen Leben nur diesen einzigen Fehler begangen; aber es hilft eben nichts ... Das Laster ist etwas Unvollkommenes!« sagte Bixiou.

»Maxime hatte damals noch keine Ahnung, was für ein Leben man mit einem achtzehnjährigen kleinen Mädchen führt, das sich kopfüber aus seiner ehrsamen Mansarde stürzen will und dann in eine prächtige Equipage fällt«, erzählte Desroches weiter, »und Staatsmänner sollten doch alles wissen. Zu jener Zeit hatte de Marsay gerade seinen, unsern Freund in der hohen Komödie der Politik angestellt. Als ein Eroberer großen Stils hatte Maxime nur Frauen mit Adelstiteln gekannt; und mit fünfzig Jahren war er wohl berechtigt, sozusagen in eine kleine Wildfrucht zu beißen, wie ein Jäger, der auf freiem Feld unter dem Apfelbaum eines Bauern rastet. Der Graf machte für Mademoiselle Chocardelle ein recht elegantes Lesekabinett ausfindig, eine Gelegenheitssache, wie stets ...«

»Pah! Darin ist sie nur ein halbes Jahr geblieben«, sagte Nathan, »sie war zu schön für die Leitung eines Lesekabinetts.«

»Bist du etwa der Vater ihres Kindes ...?« fragte die Lorette Nathan.

»Eines Morgens«, fuhr Desroches fort, »wurde Cérizet, der nach dem Ankauf der auf Maxime lautenden Wechsel nach und nach dahin gelangt war, sich wie der Bürovorsteher eines Gerichtsvollziehers zu benehmen, nach sieben ergebnislosen Versuchen bei dem Grafen vorgelassen. Suzon, der alte Diener, hatte, obwohl er Erfahrungen besaß, Cérizet schließlich für einen Bittsteller gehalten, der gekommen war, um Maxime tausend Taler anzubieten, wenn er einer jungen Dame ein Büro für den Verkauf von Stempelpapier verschaffte. Suzon hegte kein Mißtrauen gegen diesen komischen kleinen Kerl, einen waschechten Pariser Straßenlümmel, den seine Verurteilungen durch die Zuchtpolizei mit kluger Vorsicht gesalbt haben; also veranlaßte er seinen Herrn, ihn zu empfangen. Könnt ihr euch diesen Geschäftsmann mit dem verstörten Blick, dem spärlichen Haar, der kahlen Stirn, dem engen, kurzen Frack und den schmutzigen Stiefeln ausmalen . . .«

»Welch ein Sinnbild der Schuldforderung!« rief Lousteau.

»... wie er vor dem Grafen stand«, fuhr Desroches fort, »(dem Sinnbild der anmaßenden Geldschuld) im blauen Flanell-Schlafrock, in Pantoffeln, die ihm irgendeine Marquise bestickt hatte, in weißer Wollhose, auf dem schwarzgefärbten Haar ein prächtiges Käppchen, mit einem blendend weißen Hemd, und mit den Quasten seines Gürtels spielend . . .?«

»Das reinste Genrebild«, sagte Nathan, »für jeden, der das hübsche, kleine Empfangszimmer kennt, in dem Maxime zu frühstücken pflegt, voll hochwertiger Gemälde, mit Seide ausgespannt; man wandelt auf Smyrnateppichen und bewundert Wandbretter mit Kuriositäten, Seltenheiten, die einen König von Sachsen neidisch machen könnten . . .«

»Und jetzt kommt die Szene«, sagte Desroches.

Auf diese Bemerkung hin wurde dem Erzähler tiefstes Schweigen eingeräumt.

»›Herr Graf‹, sagte Cérizet, ›ich bin von einem Monsieur Charles Claparon, ehemaligem Bankier, hergeschickt worden.‹ – ›So so, was will er denn von mir, der arme Teufel...?‹ – ›Er ist doch jetzt Ihr Gläubiger geworden; es handelt sich um eine Summe von dreitausendzweihundert Francs fünfundsiebzig Centimes, Kapital, Zinsen und Kosten . . .‹ – ›Die Forderung Coutelier‹«, sagte Maxime, der über seine geschäftlichen Angelegenheiten im Bilde war, wie ein Lotse seine Küste kennt. – ›Ja, Herr Graf‹, antwortete Cérizet und verbeugte sich. ›Ich wüßte gern, welches Ihre Absichten sind?‹ – ›Ich bezahle diese Schuldforderung erst, wenn es mir gerade paßt‹, antwortete Maxime und schellte, damit Suzon komme. ›Claparon nimmt sich viel heraus, wenn er eine auf mich lautende Schuldforderung kauft, ohne mich zu befragen! Ich bin recht ärgerlich auf ihn, wo er sich doch so lange Zeit als Strohmann meiner Freunde so gut benommen hat. Ich pflegte von ihm zu sagen: ›Man muß tatsächlich auf den Kopf gefallen sein, um mit sowenig Gewinnanteil und soviel Treue Leuten zu dienen, die sich mit Millionen vollstopfen.‹ Na, gut, jetzt gibt er mir einen Beweis seiner Dummheit ... Ja, die Menschen verdienen ihr Los! Man legt sich eine Krone zu oder die Schleifkugel eines Zuchthäuslers! Man ist Millionär oder Portier, und alles geht mit rechten Dingen zu. Nichts zu machen, mein Lieber! Ich bin kein König, ich halte an meinen Grundsätzen fest. Ich bin erbarmungslos gegenüber denen, die mir Unkosten verursachen oder die ihr Gläubigerhandwerk nicht verstehen. Suzon, meinen Tee! Siehst du den Herrn da ...?‹ fragte er den Diener. ›Du hast dich hinters Licht führen lassen, alter Freund. Der Herr ist ein Gläubiger, das hättest du an seinen Schuhen erkennen müssen. Weder meine Freunde noch Gleichgültige, die was von mir wollen, noch auch meine Feinde suchen mich zu Fuß auf. Mein lieber Monsieur Cérizet, Sie verstehen wohl! Sie werden sich nie wieder Ihre Schuhe an meinem Teppich säubern‹, sagte er und blickte auf den Schmutz nieder, der die Sohlen seines Gegners weißte ... ›Richten Sie dem armen Bonifazius[10] von Claparon mein Beileid aus; denn für mich ist diese Angelegenheit erledigt.‹ – (All das wurde in einem biedermännischen Tonfall gesagt, der den tugendhaften Bourgeois auf die Palme bringen sollte.) – ›Sie handeln falsch, Herr Graf‹, antwortete Cérizet und schlug dabei einen fast entschiedenen Ton an, ›wir werden auf Heller und Pfennig bezahlt, und zwar auf eine Weise, die Ihnen möglicherweise gar nicht recht ist. Eben deswegen bin ich freundschaftlich zu Ihnen gekommen, wie sich das unter wohlerzogenen Leuten gehört ...‹ – ›Schau, schau, *so* fassen Sie es auf ...?‹ entgegnete Maxime, den Cérizets letzte anmaßende Äußerung wütend gemacht hatte. Dieser Unverschämtheit wohnte etwas vom Geist Talleyrands inne, wenn ihr euch richtig klar über den Gegensatz der beiden Kostüme und der beiden Männer seid. Maxime runzelte die Brauen und richtete den Blick auf Cérizet, der nicht nur diesen Erguß kalter Wut aushielt, sondern darauf mit jener eisigen Bosheit antwortete, die die starren Augen einer Katze ausstrahlen. – ›Also gut, Monsieur, gehen Sie . . .‹ – ›Also gut, adieu, Herr Graf. Ehe ein halbes Jahr um ist, sind wir quitt.‹ – ›Wenn Sie mir den Betrag Ihrer Forderung, die, wie ich zugebe, berechtigt ist, stehlen können, bin ich Ihnen sehr verpflichtet‹, antwortete Maxime; ›dann haben Sie mich nämlich gelehrt, welch neue Vorsichtsmaßregeln ich ergreifen muß . . . Ganz Ihr Diener . . .‹ – ›Herr Graf‹, sagte Cérizet, ›es kommt mir zu, der Ihre zu sein.‹ Das war klar, nachdrücklich und in voller Selbstsicherheit beiderseits gesagt worden. Zwei Tiger, die einander messen, bevor sie sich angesichts einer Beute anfallen, würden nicht schöner, nicht tückischer wirken als diese beiden gleichermaßen durchtriebenen Charaktere, der eine in seiner impertinenten Eleganz, der andere in seinem Küraß aus Schmutz. – Auf wen wettet ihr . . .?« fragte Desroches und blickte seine Zuhörer an; es überraschte ihn, daß sie so tiefen Anteil nahmen.

»Welch eine Geschichte . . .!« sagte Malaga. »Oh, bitte, erzählen Sie doch weiter, mein Lieber, es geht mir zu Herzen.«

»Zwischen zwei Hunden von dieser Kraft kann nichts Alltägliches passieren«, sagte La Palferine.

»Pah, ich wette auf die Rechnung meines Schreiners, der mich anödet, daß die kleine Kröte Maxime 'reingelegt hat«, rief Malaga.

»Ich wette auf Maxime«, sagte Cardot, »den hat noch keiner unvorbereitet gefunden.«

Desroches machte eine Pause und trank ein Glas Kognak, das die Lorette ihm reichte.

»Das Lesekabinett der Mademoiselle Chocardelle«, fuhr Desroches fort, »lag in der Rue Coquenard[11], zwei Schritt von der Rue Pigalle entfernt, wo Maxime wohnte. Besagte Demoiselle Chocardelle bewohnte eine kleine Wohnung, die auf einen Garten hinausging; zwischen ihr und ihrem Laden befand sich ein großer, dunkler Raum, der die Bücher enthielt. Antonia ließ das Kabinett durch ihre Tante führen . . .«

»Hat sie denn damals schon ihre Tante gehabt . . .?« rief Malaga. »Den Teufel auch! Was Maxime tat, das machte er gut.«

»Leider war es wirklich ihre Tante«, entgegnete Desroches. »Sie hieß . . . wartet mal . . .!«

»Ida Bonamy . . .«, sagte Bixiou.

»Da nun also jene Tante Antonia viele Pflichten abnahm, stand sie spät auf, ging spät zu Bett und erschien nur von zwei bis vier an ihrer Kasse«, fuhr Desroches fort. »Von den ersten Tagen an hatte ihr Vorhandensein genügt, Kunden in ihr Lesekabinett zu locken; mehrere alte Herren aus dem Stadtviertel gingen hin, unter anderem ein früherer Wagenbauer namens Croizeau. Als der ehemalige Wagenbauer dieses Wunder an weiblicher Schönheit durch die Fensterscheiben erblickt hatte, ließ er es sich einfallen, tagtäglich in jenem Kabinett die Zeitungen zu lesen, und wie er tat ein ehemaliger Zolldirektor namens Denisart, ein Mann mit einer Ordensauszeichnung, in dem Croizeau einen Rivalen erblicken wollte und zu dem er später sagte: ›Monsieur, Sie haben mich arg in Verlegenheit gebracht!‹ Dieser Ausspruch dürfte euch die Persönlichkeit andeutungsweise zeigen. Jener Sieur Croizeau gehörte zufällig zu der Art von kleinen alten Männern, die man, seit es Henry Monnier[12] gibt, eigentlich die ›Spezies Coquerel‹ nennen müßte, so vortrefflich hat er in seiner Rolle als Coquerel in ›La Famille improvisée‹ deren gezierte Stimme, Manieren, kurzen Rockschoß, Anflug von Puder, Trippelschritt, Kopfbewegungen und trockene Sprechweise wiedergegeben. Jener Croizeau pflegte zu sagen: ›Da, schöne Dame!‹, wenn er Antonia mit einer gespreizten Geste seine zwei Sous hinschob. Madame Ida Bonamy, die Tante der Mademoiselle Chocardelle, erfuhr bald durch die Köchin, daß der ehemalige Wagenbauer, ein über die Maßen knausriger Herr, in der Stadtgegend, wo er in der Rue de Buffault wohnte, auf vierzigtausend Francs Zinsen geschätzt wurde. Acht Tage nach dem Einzug der schönen Romanverleiherin gebar er folgendes Wortspiel: ›Sie leihen mir leichte Lektüre, ich jedoch würde Ihnen gern schweres Geld zurückzahlen.‹[13] Ein paar Tage später setzte er eine verschmitzte Miene auf und sagte: ›Ich weiß, Sie sind besetzt; aber mein Tag wird noch kommen: Ich bin Witwer.‹ Croizeau erschien stets mit tadelloser Wäsche, einem kornblumenblauen Frack, glatter, glanzloser Seidenweste, schwarzer Hose und Schuhen mit Doppelsohlen und schwarzen Seidenschleifen; sie knarrten wie die eines Abbés. Seinen seidenen Hut für vierzehn Francs hielt er ständig in der Hand. – ›Ich bin alt und kinderlos‹, sagte er ein paar Tage nach Cérizets Besuch bei Maxime zu der jungen Person. ›Meine entfernten Verwandten kann ich nicht leiden. Sie sind samt und sonders Bauern, dazu geschaffen, die Erde zu beackern! Stellen Sie sich vor, daß ich mit sechs Francs aus meinem Dorf gekommen bin und es hier zu Vermögen gebracht habe. Ich bin nicht stolz ... Eine hübsche Frau ist meinesgleichen. Ist es nicht besser, eine Zeitlang meine Frau zu sein, als für ein Jahr die Botmäßige eines Grafen ...? Eines schönen Tages läßt er Sie sitzen. Und dann denken Sie bitte an mich ... Ihr Diener, schöne Dame.‹ All das wurde still und langsam, verstohlen in die Wege geleitet. Sogar die harmloseste Galanterie wurde nur geflüstert. Kein Mensch auf Erden wußte, daß dieser kleine, geschniegelte alte Herr Antonia liebte; denn das behutsame Verhalten dieses Verliebten im Lesekabinett wäre keinem Rivalen aufgefallen. Dennoch hegte Croizeau zwei Monate lang Mißtrauen gegen den Zolldirektor im Ruhestand. Aber um die Mitte des dritten Monats hatte er alle Ursache zu der Erkenntnis, wie schlecht begründet sein Argwohn gewesen sei. Croizeau ließ es sich einfallen, mit Denisart gemeinsam wegzugehen und auf den Busch zu klopfen; er nahm die Gelegenheit wahr und sagte zu ihm: ›Schönes Wetter ...!‹ Worauf der ehemalige Beamte antwortete: ›Die Sonne von Austerlitz: Ich bin dabei gewesen ... ich bin sogar verwundet worden; mein Kreuz habe ich für mein Verhalten an jenem schönen Tag bekommen ...‹ Und so kam es, so wie der Faden ins Nadelöhr paßt, das Kanonenrad in die Schlacht, die Dame in den Wagen, zu einem Einverständnis zwischen diesen beiden Überbleibseln des Kaiserreichs. Der kleine Croizeau hielt am Kaiserreich fest um seiner Verbindung zu den Schwestern Napoleons willen; er war ihr Wagenlieferant gewesen und hatte sie oftmals mit seinen Rechnungen gequält. Er tat also, als habe er Beziehungen zur kaiserlichen Familie gehabt. Maxime, der durch Antonia von den Anträgen wußte, die der ›angenehme alte Herr‹, wie die Tante den Rentner bezeichnete, sich erlaubt hatte, wollte ihn kennenlernen. Cérizets Kriegserklärung hatte es mit sich gebracht, daß dieser große ›Gelbbehandschuhte‹ seine Stellung auf dem Schachbrett genau überprüfte und auch die geringsten Figuren im Auge behielt. Nun aber hatte dieser angenehme alte Herr wie ein Glockenschlag auf ihn gewirkt, der einem ein Unheil ankündigt. Eines Abends begab Maxime sich in das dunkle Zimmer, in dem die Bücherregale untergebracht waren. Nachdem er durch einen Spalt zwischen zwei grünen Vorhängen die sieben oder acht Stammgäste des Kabinetts gemustert hatte, durchschaute er mit einem Blick das Innere des kleinen Wagenbauers. Er erwog dessen Liebe und war überaus befriedigt, zu wissen, daß in dem Augenblick, da es mit seiner Laune aus und vorbei sei, sich für Antonia die lackierten Türen einer üppigen Zukunft auf Kommando auftun würden. ›Und der da‹, fragte er und deutete auf den beleibten, gutaussehenden alten Herrn mit dem Orden der Ehrenlegion, ›wer ist das?‹ – ›Ein ehemaliger Zolldirektor.‹ – ›Er ist von beunruhigender Eleganz!‹ sagte Maxime mit einem bewundernden Blick auf die Haltung des Sieur Denisart. Tatsächlich hielt der alte Offizier sich gerade wie ein Kirchturm, sein Kopf empfahl sich der Beachtung durch das gepuderte und pomadisierte Haar; es sah beinah aus wie das der Postillions beim Maskenball. Unter dieser Art von Filzhut, der sich formgerecht über einen länglichen Kopf stülpte, zeichnete sich ein altes, zugleich beamtenhaftes und soldatisches Gesicht ab, das eine hochfahrende Miene zur Schau trug, halbwegs derjenigen ähnlich, die die Zeitschrift ›La Caricatura‹ dem ›Constitutionnel‹[14] geliehen hat. Dieser ehemalige Verwaltungsbeamte war bejahrt, gepudert, sein Rücken war in der Art gekrümmt, daß er ohne Brille nicht lesen konnte, und er streckte seinen respektablen Bauch mit der ganzen Aufgeblasenheit eines alten Herrn vor, der eine Geliebte hat. Er trug goldene Ohrringe, die an die des alten General Montcornet erinnerten, des Stammgastes im ›Vaudeville‹. Denisart hatte eine Schwäche für alles Blaue: Seine Hose und sein alter Gehrock, beides sehr weit, waren aus blauem Tuch. – ›Seit wann kommt dieser Alte hierher?‹ fragte Maxime, den die Brille verdächtig anmutete. – ›Oh, von Anfang an‹, antwortete Antonia; ›seit bald zwei Monaten . . .‹ – ›Gut, Cérizet ist erst vor einem Monat bei mir gewesen‹, sagte sich Maxime . . . – ›Bring ihn doch mal zum Sprechen‹, flüsterte er Antonia zu, ›ich möchte seine Stimme hören.‹ – ›Ach‹, antwortete sie, ›das wird schwierig sein, er sagt nie etwas zu mir.‹ –

›Warum kommt er dann her . . .?‹ fragte Maxime. – ›Aus einem ganz komischen Grund‹, entgegnete die schöne Antonia. ›Erstens ist er trotz seiner neunundsechzig Jahre verliebt; aber gerade wegen seiner neunundsechzig Jahre ist er pünktlich wie eine Uhr. Der gute Mann geht jeden Tag um fünf zu seiner Liebsten in die Rue de la Victoire zum Essen . . . die arme Frau! Um sechs verläßt er ihr Haus, kommt her, liest vier Stunden lang sämtliche Zeitungen, und um zehn geht er dann wieder zu ihr. Papa Croizeau hat gesagt, er kenne die Gründe von Denisarts Verhalten und billige sie; an seiner Stelle würde er genauso handeln. Auf diese Weise kenne ich also meine Zukunft! Wenn ich je Madame Croizeau werde, bin ich von sechs bis zehn frei.‹ Maxime schlug im Almanach der 25 000 Adressen nach; er fand die beruhigende Zeile:

›Denisart, Ehrenlegion, ehemaliger Zolldirektor, Rue de la Victoire.‹

Jetzt fühlte er sich beruhigt. Unmerklich hatte sich zwischen dem Sieur Denisart und dem Sieur Croizeau eine Art Vertrauensverhältnis angebahnt. Nichts bindet Männer mehr aneinander als eine gewisse Gleichförmigkeit der Ansichten über das weibliche Geschlecht. Papa Croizeau ging zum Abendessen zu derjenigen, die er ›Monsieur Denisarts Schöne‹ nannte. Hier muß ich eine ziemlich wichtige Bemerkung einschieben. Das Lesekabinett war von dem Grafen zur Hälfte in bar, zur andern Hälfte mit Wechseln bezahlt worden, die die besagte Mademoiselle Chocardelle unterschrieben hatte. Als die berüchtigte ›Viertelstunde des Rabelais‹, der Augenblick, da es ans Bezahlen ging, kam, hatte der Graf kein Geld. Da nun aber wurde der erste der drei auf je tausend Francs lautenden Wechsel galanterweise von dem angenehmen Wagenbauer eingelöst, dem der alte Schuft Denisart geraten hatte, er solle sich sein Darlehen durch Eintragung des Vorkaufsrechts auf das Lesekabinett bestätigen lassen. – ›Ich‹, hatte Denisart gesagt, ›habe schöne Geschichten mit den Schönen erlebt . . .! Daher treffe ich auf alle Fälle, auch wenn ich völlig den Kopf verloren habe, den Frauen gegenüber Vorsichtsmaßnahmen. Das Geschöpf, in das ich vernarrt bin, na ja, das wohnt nicht in seinen Möbeln, sondern in meinen. Der Mietvertrag lautet auf meinen Namen . . .‹ Ihr kennt Maxime; ihm kam der

Wagenbauer sehr kindisch vor! Croizeau konnte die dreitausend Francs bezahlen, durfte indessen auf geraume Zeit nichts anrühren; denn Maxime war heftiger in Antonia verschossen denn je.«

»Das kann ich mir denken«, sagte La Palferine, »sie ist die schöne Imperia[15] des Mittelalters.«

»Eine Frau mit einer rauhen Haut«, rief die Lorette, »und zwar einer so rauhen, daß sie sich mit Kleiebädern ruiniert!«

»Croizeau sprach mit Wagenbauerbewunderung von dem prunkvollen Mobiliar, das der verliebte Denisart seiner Schönen als Umrahmung gegeben hatte; er schilderte es der ehrgeizigen Antonia mit teuflischem Wohlbehagen«, fuhr Desroches fort. »Da waren mit Perlmutter und Goldnetzwerk inkrustierte Ebenholztruhen, belgische Teppiche, ein mittelalterliches Bett, das tausend Taler wert war, eine Boule-Uhr; alsdann im Eßzimmer Wandleuchter in allen vier Ecken, Vorhänge aus Chinaseide, auf die chinesische Geduld Vögel gemalt hatte, und Portieren auf Stangen, die mehr kosteten als die gewöhnlichen, zwei Fuß breiten Portieren. – ›So etwas müßten Sie ebenfalls haben, schöne Dame ... und ebendas möchte ich Ihnen anbieten ...‹, sagte er abschließend. ›Ich weiß genau, daß Sie mich bloß ein bißchen gern haben könnten; aber in meinem Alter fügt man sich ins Unabänderliche. Bedenken Sie, wie lieb ich Sie habe; denn schließlich habe ich Ihnen doch tausend Francs geliehen. Ihnen kann ich es ja gestehen: Mein Lebtag habe ich das nicht getan!‹ Und dann schob er ihr die zwei Sous für seine Lesestunde hin, und zwar mit der Wichtigkeit, die ein Gelehrter einer Demonstration beilegt. Am Abend hatte Antonia im Théâtre des Variétés zum Grafen gesagt: ›Schließlich ist ein Lesekabinett etwas recht Langweiliges. Mir macht dieser Beruf keinen Spaß; ich erblicke darin keine Möglichkeit, zu Vermögen zu kommen. Es ist das Los einer Witwe, die kümmerlich weiterleben will, oder eines abstoßend häßlichen Mädchens, das sich mit ein bißchen Toilettenaufwand einen Mann schnappen zu können glaubt.‹ – ›Sie hatten mich darum gebeten‹, antwortete der Graf. In diesem Augenblick kam Nucingen herein, dem der ›Löwe‹ (denn die ›Gelbbehandschuhten‹ waren jetzt ›Löwen‹ geworden) am Vorabend tausend Francs abgewonnen hatte, um sie ihm zu geben, und als er Maximes Erstaunen wahrnahm, sagte er zu ihm: ›Es ist von diesem verteufelten Claparon eine Zahlungsaufforderung an mich gelangt...‹ – ›Aha, das sind also die Mittel und Wege dieser Leute‹, rief Maxime, ›sie sind nicht gerade intelligent...‹ – ›Das ist egal‹, antwortete der Bankier, ›bezahlen Sie sie; sie könnten sich an andere als an mich wenden und Ihnen Ungelegenheiten schaffen... ich nehme diese hübsche Frau als Zeugin, daß ich Sie schon heute morgen bezahlt habe, lange vor der Aufforderung...«

»Königin der Kunstspringer«, sagte La Palferine lächelnd, »du verlierst...«

»Vor geraumer Zeit«, fuhr Desroches fort, »hatten wir in einem ähnlichen Fall, bei dem jedoch der allzu ehrliche Schuldner, der vor einer gerichtlichen Klageandrohung zurückschreckte, Maxime nicht hatte bezahlen wollen, den Einspruch erhebenden Gläubiger hart angepackt und ihn bedroht, wir würden massenweise Einsprüche zusammenfassen, um die Summe in Beitreibungskosten aufgehen zu lassen...«

»Was soll denn das heißen...?« rief Malaga, »das sind Ausdrücke, die in meinen Ohren wie Rotwelsch klingen. Da Ihnen der Stör so vortrefflich gemundet hat, bezahlen Sie mir bitte den Wert der Sauce durch Unterrichtsstunden in Kniffen und Pfiffen.«

»Also gut«, sagte Desroches, »die Summe, die einer Ihrer Gläubiger durch Einspruch bei einem Ihrer Schuldner mit Beschlag belegt, kann zum Gegenstand eines ähnlichen Einspruchs von seiten Ihrer sämtlichen übrigen Gläubiger werden. Was tut nun das Gericht, von dem sämtliche Gläubiger eine Zahlungsermächtigung verlangen...? Es teilt die beschlagnahmte Summe gleichmäßig unter alle auf. Diese Teilung unter den Augen der Justiz wird Beitreibung genannt. Wenn Sie zehntausend Francs Schulden haben und Ihre Gläubiger beschlagnahmen durch Einspruch tausend Francs, dann bekommt jeder für seine Forderung einen bestimmten Prozentsatz, auf Grund einer Teilung im Verhältnis zur Höhe der Forderung, wie es in der Juristensprache heißt; aber Sie erhalten sie entsprechend einem den Zahlungsrang der Gläubiger bestimmenden Verzeichnis ausgezahlt, das der Gerichtsschreiber ausfertigt. Können Sie sich jetzt vorstellen, welche Arbeit ein Richter zu leisten hat, die von Advokaten vorbereitet worden ist? Sie schließt viel Stempelpapier voller flauer, umständlicher Zeilen ein, bei denen die Ziffern in Kolumnen ertrinken, die völlig weiß bleiben. Zunächst werden die Kosten abgezogen. Nun aber sind die Kosten für beschlagnahmte tausend Francs die gleichen wie für eine Million, so daß es zum Beispiel nicht schwierig ist, tausend Taler als Kosten in Abzug zu bringen, vor allem, wenn man es fertigbringt, noch weitere Einsprüche beizutreiben.«

»Das gelingt einem Advokaten stets«, sagte Cardot. »Wie oft hat einer Ihrer Kollegen mich gefragt: ›Wieviel ist dabei zu schlucken?‹«

»Es gelingt einem vor allem«, entgegnete Desroches, »wenn der Schuldner uns reizt, die Summe der Kosten zu schlucken. Daher bekamen die Gläubiger des Grafen nichts, sie taten ihre Gänge zu den Advokaten und zum Unternehmen ihrer Schritte umsonst. Um einen so intelligenten Schuldner wie den Grafen zum Zahlen zu bringen, muß ein Gläubiger sich eine gesetzliche Situation schaffen, die ungemein schwierig zu erlangen ist: Es geht darum, gleichzeitig sein Schuldner und sein Gläubiger zu sein, denn dann hat man nach dem Wortlaut des Gesetzes das Recht, mit der Konfusion zu arbeiten . . .«

»Des Schuldners?« fragte die Lorette, die diesen Ausführungen mit gespitztem Ohr gelauscht hatte.

»Nein, mit der Konfusion als Gläubiger und als Schuldner, und sich mit eigenen Händen zu bezahlen«, entgegnete Desroches. »Die Harmlosigkeit Claparons, der sich nur Einsprüche einfallen ließ, hatte also die Wirkung, den Grafen zu beruhigen. Als er Antonia aus Les Variétés heimbegleitete, versteifte er sich um so mehr auf den Gedanken, das Lesekabinett zu verkaufen, um mit dem erzielten Preis die beiden letzten tausend Francs bezahlen zu können, als er sich lächerlich zu machen fürchtete, der stille Teilhaber eines solchen Unternehmens gewesen zu sein. Er hieß also das Vorhaben Antonias gut, die in die hohen Sphären ihres Berufs aufsteigen, eine prächtige Wohnung, eine Zofe und einen Wagen haben und zum Beispiel den Wettkampf mit unserer schönen Gastgeberin aufnehmen wollte . . .«

»Dazu ist sie nicht gut genug gebaut«, rief die berühmte Zirkusschönheit, »aber dennoch hat sie den kleinen d'Esgrignon gehörig an der Nase herumgeführt!«

»Zehn Tage danach hielt der kleine, auf seiner Würde hokkende Croizeau der schönen Antonia etwa folgende Rede«, fuhr Desroches fort. »›Mein Kind, Ihr Lesekabinett ist ein Loch, Sie werden darin ganz gelb, das Gaslicht verdirbt Ihnen die Augen; Sie müssen hier heraus, und, passen Sie auf . . . es gilt, eine Gelegenheit zu nutzen! Ich habe für Sie eine junge Dame ausfindig gemacht, die sich nichts Besseres wünscht, als Ihnen Ihr Lesekabinett abzukaufen. Das Frauchen ist verarmt; es bleibt ihr nichts übrig, als ins Wasser zu gehen; aber sie hat viertausend Francs in bar, und es ist besser, die gut anzulegen, damit sie ihre beiden Kinder ernähren und erziehen kann . . .‹ – ›Einverstanden, Sie sind wirklich nett, Papa Croizeau‹, sagte Antonia. – ›Ich werde gleich noch viel netter sein‹, entgegnete der alte Wagenbauer. ›Stellen Sie sich vor, daß der arme Monsieur Denisart etwas so Trauriges erlebt hat, daß er darüber gelbsüchtig geworden ist . . . Ja, bei gefühlvollen alten Leuten schlägt so etwas auf die Leber. Falsch von ihm, gefühlvoll zu sein. Ich habe zu ihm gesagt: ›Seien Sie leidenschaftlich, meinetwegen! Aber gefühlvoll . . . halt und stop! Damit bringt man sich um . . .‹ Tatsächlich, einen solchen Seelenschmerz hätte ich bei einem Mann nicht erwartet, der so klug und so gebildet ist, daß er während seiner Verdauung wegging von . . .‹ – ›Aber was hat er denn nun eigentlich . . .?‹ fragte Mademoiselle Chocardelle. – ›Dies kleine Geschöpf, bei dem ich immer zu Abend gegessen habe, hat ihn ganz einfach sitzenlassen . . . ja, sie ist auf und davon gegangen, ohne andere Benachrichtigung als durch einen Brief ohne jede Orthographie.‹ – ›Das kommt dabei heraus, Papa Croizeau, wenn man die Frauen langweilt . . .!‹ – ›Es ist eine Lehre, schöne Dame‹, entgegnete der übertrieben freundliche Croizeau. ›Indessen habe ich nie einen dermaßen verzweifelten Menschen gesehen‹, sagte er. ›Unser Freund Denisart kann seine rechte Hand nicht mehr von seiner linken unterscheiden; er will nicht mehr sehen, was er als die Schaubühne seines Glücks bezeichnet . . . Er ist so vollständig von Sinnen, daß er mir vorgeschlagen hat, ich möge für viertausend Francs Hortenses gesamtes Mobiliar kaufen . . . Sie heißt nämlich Hortense!‹ – ›Hübscher Name‹, sagte Antonia. – ›Ja, so hieß Napoleons Stieftochter, der ich ihre Equipagen geliefert habe, wie Sie wissen.‹ – ›Na, ich will mal sehen‹, sagte die intelligente Antonia, ›wir wollen damit anfangen, daß Sie mir Ihre junge Frau schicken ...‹ Antonia lief schleunigst hin, sah sich die Möbel an, kam fasziniert zurück und faszinierte Maxime durch eine antiquitätenkundige Begeisterung. Am selben Abend willigte der Graf in den Verkauf des Lesekabinetts ein. Das Unternehmen war, wie ihr wißt, auf den Namen der Mademoiselle Chocardelle eingetragen. Maxime lachte sich über den kleinen Croizeau ins Fäustchen, der ihm einen Käufer lieferte. Die Firma Maxime und Chocardelle büßte freilich zweitausend Francs ein; aber was bedeutete dieser Verlust gegenüber vier schönen Tausendfrancsscheinen? Wie der Graf mir gesagt hatte: ›Viertausend Francs bares Geld ...! Es gibt Augenblicke, da man für achttausend Francs Wechsel unterschreibt, um sie zu bekommen!‹ Am übernächsten Tag ging der Graf selber hin, um sich das Mobiliar anzusehen; die viertausend Francs hatte er bei sich. Der Verkauf war auf das Betreiben des kleinen Croizeau durchgeführt worden, der es eilig hatte; er habe die Witwe ›eingewickelt‹, sagte er. Maxime machte sich wenig Gedanken um den angenehmen alten Herrn, der seine tausend Francs verlieren würde; er wollte sogleich das gesamte Mobiliar in eine Wohnung schaffen lassen, die auf den Namen der Madame Ida Bonamy in einem neuen Haus in der Rue Tronchet gemietet worden war. Deswegen hatte er sich mehrere große Möbelwagen verschafft. Auch er war von der Schönheit der Wohnungseinrichtung bezaubert, die für einen Tapezierer sechstausend Francs wert gewesen wäre; er fand den unglücklichen Greis gelbsüchtig am Kamin sitzen; um den Kopf hatte er sich zwei halbseidene Tücher gewickelt und darüber eine Baumwollkappe gezogen; er war eingewickelt wie ein Kronleuchter, so niedergeschlagen, daß er nicht sprechen konnte, mit einem Wort: so zerrüttet, daß der Graf genötigt war, mit einem Diener zu verhandeln. Er händigte dem Diener die vier Tausendfrancsscheine ein, der sie zu seinem Herrn hintrug, damit dieser eine Quittung ausstelle. Währenddessen wollte Maxime seinen Bevollmächtigten sagen, sie sollten die Wagen vorfahren lassen; da jedoch vernahm er eine Stimme, die wie eine Schnarre kreischte und ihm zurief: ›Hat keinen Zweck, Herr Graf, wir sind quitt; ich muß Ihnen noch sechshundertdreißig Francs fünfzehn Centimes herausgeben!‹ Und er war recht erschrocken, als er Cérizet aus seinen Hüllen schlüpfen sah wie einen Schmetterling aus der Puppe; er hielt ihm die verdammten Wechsel hin und sagte noch: ›In meinen schlimmen Lagen habe ich Komödie spielen gelernt; in Greisenrollen bin ich genauso gut wie Bouffé[16].‹ – ›Ich bin unter die Räuber im Wald von Bondy gefallen‹, rief Maxime. – ›Nein, Herr Graf, Sie sind in der Wohnung von Mademoiselle Hortense, der Freundin des alten Lord Dudley; er hält sie vor allen Blicken verborgen, aber sie hat nun mal den schlechten Geschmack, Ihren ergebenen Diener zu lieben.‹ – ›Wenn ich jemals‹, hat der Graf zu mir gesagt, ›Lust gehabt habe, einen Menschen umzubringen, dann in diesem Augenblick; aber es half nichts: Hortense zeigte mir ihren hübschen Kopf, wir mußten lachen, und um meine Überlegenheit zu wahren, warf ich ihr die sechshundert Francs zu und sagte dabei: ›Da, für das Mädchen.‹«

»Ist das nicht ganz Maxime?« rief La Palferine.

»Um so mehr, als es das Geld des kleinen Croizeau war«, sagte der nachdenkliche Cardot.

»Maxime erlebte jedoch einen Triumph«, fuhr Desroches fort, denn Hortense rief aus: ›Ach, wenn ich gewußt hätte, daß es sich um *dich* handelte . . .!‹«

»Na, das nenne ich eine Konfusion!« rief die Lorette. – »Du hast verloren, Mylord«, sagte sie zu dem Notar.

Und auf diese Weise wurde der Schreiner bezahlt, dem Malaga hundert Taler schuldete.

Anmerkungen

Ein Geschäftsmann

1 In den dort um jene Zeit neu entstandenen Wohnvierteln fanden ausgehaltene Frauen und leichte Mädchen zu billigen Mietpreisen Unterkunft.

2 Gefeierte griechische Hetäre des 5. Jahrhunderts v. Chr., aus Milet stammend, ausgezeichnet durch Geist, Schönheit und Anmut, Geliebte und Beraterin des Perikles; die berühmtesten Dichter und Philosophen ihrer Zeit, so Sokrates, verkehrten bei ihr. Nach dem Tod des Perikles (429 v. Chr.) heiratete sie den Viehhändler Lysikles.

3 Jener Zirkus ist eine Gründung der Kinder des berühmten Kunstreiters Franconi und wurde 1801 eröffnet. Sie erfanden das Arbeiten auf ungesattelten Pferden und Bravourstücke wie ›Die Post‹ und ›Fra Diavolo‹, die viele Nachahmer fanden. Bald traten dialogisierte Pantomimen hinzu, sogenannte Mimodramen, ferner traten ›gelehrte Tiere‹ auf, und schließlich wurden große militärische Schaustücke gezeigt. Während der Restauration spielte der Cirque-Olympique am Boulevard du Temple, dort etwa, wo sich heute die Place de la République befindet. Unter Louis-Philippe trat ein Niedergang ein; das Gebäude des Zirkus wurde durch Adam in das dritte Théâtre-Lyrique umgewandelt. 1840 wurde der Cirque-Olympique an den Champs-Elysées neu eröffnet.

4 Das Schuldgefängnis, das sich zuvor in der Rue de la Clef in Saint-Pélagie befunden hatte, war 1827 in die Rue de Clichy verlegt worden. Der Verköstigungspreis für einen verhafteten Schuldner betrug 45 Francs den Monat und mußte vom Gläubiger im voraus entrichtet werden. Das Clichy-Gefängnis enthielt 200 Zellen für Männer und etwa 20 für Frauen. Die Zahl der Insassen betrug durchschnittlich 115. Sie genossen im Innern des Gefängnisses völlige Freiheit. Abweichend von der Legende befanden sich darunter nur wenige der väterlichen Gewalt unterstehende Söhne aus guter Familie; die meisten waren gescheiterte kleine Kaufleute.

5 François Rabelais (um 1494–1553), Balzacs großer, von ihm verehrter und gepriesener Tourainer Landsmann, der Dichter des von Lebensfülle, von epikureischer Moral, Naturphilosophie und Weisheit überquellenden Romanwerks ›Gargantua und Pantagruel‹.

6 Die durch Byrons ›Childe Harold‹ berühmt gewordene Seufzer-

brücke in Venedig verbindet hoch über dem Rio del Palazzo den Ostflügel des Dogenpalastes mit den Gefängnissen.

7 Unübersetzbares Wortspiel: »La Méthode des cartes« spielt auf den Philosophen Descartes und sein Werk ›Discours de la méthode‹ an.

8 Siehe Balzacs Roman ›Modeste Mignon‹.

9 Parallelstraße zwischen der Rue de Richelieu und der Rue Sainte-Anne.

10 Wahrscheinlich Anspielung auf Papst Bonifaz VIII., den Philipp der Schöne 1303 in Anagni mißhandeln ließ.

11 Die heutige Rue Lamartine und der Teil der Rue de Maubeuge, der von der Rue Lamartine zur Rue de Châteaudun führt.

12 Henry-Bonaventure Monnier (1805–1877), Zeichner, Buchillustrator, Schriftsteller und Schauspieler, einer der Bahnbrecher des französischen Naturalismus, indem er die Umgangssprache in die Literatur einführte, Autor von grausam-realistischen, satirischen Lustspielen und Romanen, darunter ›Roman chez la portière‹ und ›Les Mémoires de Joseph Prudhomme‹ (1853). Prudhomme, die Personifikation des selbstzufriedenen, beschränkten, protzigen Bourgeois der Zeit Louis-Philippes, erschien zunächst in Monniers Federzeichnungen, dann als Romangestalt, und schließlich, von Monnier selbst dargestellt, auf der Bühne. Monnier verwuchs so sehr mit der von ihm geschaffenen Gestalt, daß er ihr im Lauf der Zeit physisch ähnlich wurde.

13 Unübersetzbares Wortspiel mit »Livres«, was sowohl »Bücher« bedeutet als auch die altertümliche Bezeichnung für »Francs«, die Währungseinheit, ist.

14 Die während der Hundert Tage von ehemaligen Revolutionären gegründete Zeitung ›Le Constitutionnel‹ mußte innerhalb weniger Monate mancherlei Wandlungen und Titeländerungen durchmachen, ehe sie unter ihrem endgültigen Namen erschien. Aber sie bekannte sich alsdann zu der Richtung, die sie nie wieder aufgab, nämlich zum bürgerlichen, opportunistischen Liberalismus. Ihre Politik der schüchternen konstitutionellen Opposition, die gemischt war mit Erinnerungen an 1789 und bonapartistischen Sehnsüchten, sicherte ihr unter der Restauration ihren Erfolg. Die Juli-Revolution bescherte dem ›Constitutionnel‹ die Regierung seiner Träume, brachte ihm indessen Unglück. Zwischen 1830 und 1843 schrumpfte die Leserzahl von 22000 auf 3500 zusammen. Unter Véron, der das Blatt kaufte, nahm es einen neuen Aufschwung.

Véron zog Schriftsteller von Rang zur Mitarbeit heran und veröffentlichte in Feuilletonabdrucken Romane von George Sand und Eugène Sue. Sainte-Beuve begann darin seine ›Lundis‹. In der Literaturgeschichte lebt der ›Constitutionnel‹ fort durch seinen Protest gegen die Romantik, in der Zeitungsgeschichte durch die Erfindung der ›Seeschlange‹.

15 Berühmte römische Kurtisane im ersten Viertel des 16. Jahrhunderts (also nicht des Mittelalters, wie Balzac schreibt, sondern der Renaissance) unter den Päpsten Julius II. und Leo X. Sie wurde prunkvoll in der Kirche San Gregorio bestattet. Balzac hat ihr die erste seiner ›Tolldreisten Geschichten‹ gewidmet.

16 Marie Bouffé, alias Vignol (1800–1888), spielte auf mehreren Bühnen komische Rollen, mit großem Erfolg. Er beendete seine Laufbahn in Les Variétés.

Biographische Notizen über die Romangestalten

Ein Geschäftsmann

BIXIOU, Jean-Jacques, geboren 1797, war zum Karikaturisten berufen, von Beruf jedoch Beamter beim Schatzamt (›Die ‚Fischerin im Trüben'‹). Seine Fähigkeit zur Beobachtung und zur Satire setzte ihn schnell über alle Intrigen und Liebesverhältnisse der literarischen Bohème ins Bild (›Verlorene Illusionen‹; ›Die Muse des Départements‹) sowie über diejenigen in der Welt der Dirnen (›Glanz und Elend der Kurtisanen‹; ›Tante Bette‹), in der Welt der Geschäftsleute (›Das Bankhaus Nucingen‹; ›Gaudissart II‹), und schließlich in seiner eigenen Welt (›Die Beamten‹). Kurzum, gegen Ende der Regierungszeit Louis-Philippes war er der beste Cicerone für Provinzler, die sich in Paris nicht auskannten (›Die Komödianten wider ihr Wissen‹).

CÉRIZET, Waisenjunge, geboren 1802, wurde von dem Angoulêmer Drucker David Séchard als Lehrling angestellt und verriet schleunigst seinen Brotgeber (›Verlorene Illusionen‹). Dadurch gelangte er in die oppositionelle Politik; er geriet ins Elend, dem er dadurch entging, daß er Wuchergeschäfte im Viertel Saint-Jacques betrieb. Dort endete er nach mannigfachen Intrigen mit Théodose de la Peyrade und Jérôme Thuillier, indem er um 1840 die Statistin Olympe Cardinal kennenlernte und heiratete (›Die Kleinbürger‹).

CLAPARON, Charles, geboren um 1790, verdächtiger Geschäftsmann, begann 1818 damit, daß er dem Notar Roguin half, den Parfümhändler Birotteau (›César Birotteau‹) in die Spekulation mit den Grundstücken bei der Madeleine zu verwickeln. 1821 erbte er von Prosper Castanier die teuflische Macht des John Melmoth (›Melmoth‹). Dann wurde er der Strohmann Nucingens (›Das Bankhaus Nucingen‹); schließlich tat er sich mit Cérizet zusammen, der ihn hinters Licht führte und ihn um 1840 zwang, nach Amerika zu emigrieren (›Die Kleinbürger‹).

DESROCHES, geboren um 1795, anfangs Schreiber bei dem Anwalt Derville (›Oberst Chabert‹), kaufte 1822 eine Anwaltsstelle ohne Klienten, kam aber durch angestrengte Arbeit, Geschicklichkeit, Redlichkeit und karges Leben zu Vermögen (›Ein Lebensbeginn‹). Er war der ideale Berater bei strittigen und schwierigen Fällen (›Die Entmündigung‹; ›Verlorene Illusionen‹; ›Glanz und Elend der Kurtisanen‹; ›Die Kleinbürger‹).

LOUSTEAU, Etienne, geboren 1799 in Sancerre, war während der letzten zehn Jahre der Restauration und der Juli-Monarchie der Typ des Journalisten, der überall zu gebrauchen ist: intelligent, geistvoll, aber skrupellos (›Die ‚Fischerin im Trüben'‹; ›Verlorene Illusionen‹; ›Glanz und Elend der Kurtisanen‹). Seine Liebschaft mit Mme de la Baudraye, die für seinen Charakter bezeichnend ist, ist das einzige bedeutsame Ereignis seines Lebens (›Die Muse des Départements‹).

MALAGA, Künstlername der Marguerite Turquet, geboren um 1816, berühmte Kunstreiterin des Cirque-Olympique, diente anfangs Tadeusz Paz als »Tarnung« seiner Liebe zu der Gräfin Laginska (›Die falsche Geliebte‹) und wurde dann die Geliebte des Notars Cardot (›Die Muse des Départements‹; ›Tante Bette‹).

NATHAN, Raoul, Sohn eines jüdischen Trödlers, war zwischen 1820 und 1845 ein bewunderter Roman- und Bühnenschriftsteller. Er war ein unausgeglichener Charakter und berechnender Geist und bewegte sich geschickt in der journalistischen und galanten Bohème (›Ein Lebensbeginn‹; ›Verlorene Illusionen‹; ›Glanz und Elend der Kurtisanen‹; ›Die Muse des Départements‹). Aber er wurde auch in der großen Welt empfangen (›Die Geheimnisse der Fürstin von Cadignan‹). Bei der Marquise d'Espard lernte er Mme Félix de Vandenesse kennen, verliebte sich in sie, brachte es fertig, daß auch sie ihn liebte, und hätte sie sogar verführt, wenn nicht der Graf Félix intelligent und taktvoll dazwischengetreten wäre (›Eine Evastochter‹). Niedergeschlagen ob dieses Scheiterns kehrte er zu seiner alten Geliebten

Florine zurück, die er heiratete (›Die Komödianten wider ihr Wissen‹).

TRAILLES, Graf Maxime de, geboren 1791, ein wahrer Condottiere der großen Welt, richtete nacheinander alle seine Geliebten zugrunde: Sarah Gobseck (›César Birotteau‹), Anastasie de Restaud (›Gobseck‹; ›Vater Goriot‹). Seine Erfahrungen im Umgang mit Frauen machten ihn wertvoll und sogar unentbehrlich für junge, unerfahrene Lebemänner wie Savinien de Portenduère (›Ursule Mirouët‹), für Minister wie de Marsay (›Die Geheimnisse der Fürstin von Cadignan‹), und sogar für Witwen, die besorgt waren, ihre Schwiegersöhne an den heimischen Herd zurückzuführen, wie die Herzogin von Grandlieu (›Béatrix‹).

Ein Fürst der Bohème

Übertragung von Ernst Sander

In der zweiten Nummer der Zeitschrift ›La Revue parisienne‹, die Balzac ganz allein redigierte, erschien am 25. August 1840 eine Novelle ›Les Fantaisies de Claudine‹ (›Claudines Launen‹); als Entstehungszeit war ›August 1840‹ angegeben. Im Jahre 1844 erhielt jene Novelle ihren endgültigen Titel ›Ein Fürst der Bohème‹ und diente zur Auffüllung des Bandes ›Honorine‹; 1846 wurde sie dem vierten Band der ›Szenen aus dem Pariser Leben‹ der ›Menschlichen Komödie‹ eingegliedert. Der Text war auf mannigfache Weise verändert worden; als Entstehungszeit wurde 1839–1845 angegeben. Das kleine Werk war Heinrich Heine gewidmet, der seit 1831 in Paris wohnte und zu dem Balzac herzliche Beziehungen unterhielt. Nach Balzacs Tod wurde der Text von 1840 unter dem alten Titel nochmals gesondert veröffentlicht.

Der Anfang der Novelle parodiert den Stil und die Art Sainte-Beuves, der 1839 zwei Artikel über ›La Littérature industrielle‹ (›Literatur als Industrie‹) veröffentlicht hatte, durch die Balzac sich getroffen fühlte. Er zahlte dem Kritiker seinen Angriff mit Wucherzinsen in einem Brief heim, der dem Abdruck der Novelle in der ›Revue parisienne‹ vorangestellt wurde und in dem Balzac Sainte-Beuves Werk, Ideen und Stil heftig kritisierte.

Lieber Freund«, sagte Madame de La Baudraye und zog unter dem Kopfkissen ihrer Causeuse[1] ein Manuskript hervor, »ob Sie es mir wohl verzeihen, daß ich in der Notlage, in der wir uns befinden, aus dem, was Sie uns vor ein paar Tagen erzählten, eine Novelle gemacht habe?«

»In Zeiten wie den unseren ist alles und jedes eine gute Beute; haben Sie es nicht erlebt, daß Autoren, denen es an Erfindungskraft mangelt, dem Publikum ihre eigenen Herzen und oftmals auch die ihrer Geliebten servieren? Es wird noch so weit kommen, meine Liebe, daß Abenteuer weniger um der Lust willen gesucht werden, ihr Held zu sein, als um sie erzählen zu können.«

»Nun, Sie und die Marquise de Rochefide haben auf diese

Weise unsere Miete bezahlt, und so, wie die Dinge hier liegen, glaube ich nicht, daß ich Ihnen jemals die Ihrige zahle.«

»Wer weiß! Vielleicht lächelt Ihnen das Glück genauso, wie es Madame de Rochefide gelächelt hat.«

»Glauben Sie, es sei ein Glück, zu seinem Ehemann zurückzukehren?«

»Nein, das ist lediglich ein Vorteil. Bitte lesen Sie vor ...! Ich bin gespannt.«

Madame de La Baudraye las das Folgende.

Schauplatz der Handlung ist ein prächtiger Salon in der Rue de Chartres-du-Roule[2]. Einer der berühmtesten Autoren unserer Zeit sitzt auf einer Causeuse neben einer sehr illustren Marquise, mit der er so intim ist, wie es ein Mann sein muß, den eine Frau weniger als Notbehelf denn als gefälligen Patito[3] bei sich duldet.

»Nun?« fragte sie. »Haben Sie die Briefe gefunden, von denen Sie mir gestern sprachen und ohne die Sie mir nicht erzählen könnten, was *ihn* betrifft?«

»Ich habe sie.«

»Sie haben das Wort; ich höre Ihnen zu wie ein Kind, dem seine Mutter vom ›großen grünen Serpentin‹[4] erzählt.«

»Den jungen Herrn, von dem die Rede ist, zähle ich zu denjenigen Bekannten, die wir gewohnt sind, als unsere Freunde zu bezeichnen. Er ist ein unendlich geistvoller und unendlich unglücklicher Edelmann mit vortrefflichen Absichten, einer hinreißenden Unterhaltungsgabe, der, obgleich jung, schon viel gesehen und erlebt hat und in Erwartung von etwas Besserem der Bohème angehört. Die Bohème, die man als die Doktrin des Boulevard des Italiens bezeichnen müßte, setzt sich aus jungen Menschen zusammen, die sämtlich älter als zwanzig sind, aber noch nicht dreißig, sämtlich in ihrer Art Genies, vorerst noch wenig bekannt, aber sie werden schon bekannt werden und dann ganz hervorragende Leute sein; schon jetzt fallen sie in den Karnevalstagen auf; dann machen sie nämlich der Überfülle ihres Geistes Luft, der während des übrigen Jahres eingeengt ist, indem sie sich in mehr oder weniger derb-komischen Einfällen ergehen. In was für einer Zeit leben wir? Welch absurde Macht läßt so gewaltige Kräfte verlorengehen? Es finden sich in der

Bohème Diplomaten, die befähigt wären, die Pläne Rußlands zum Scheitern zu bringen, wenn sie spürten, die Macht Frankreichs stehe hinter ihnen. Man begegnet darin Schriftstellern, Verwaltungsfachleuten, Offizieren, Journalisten, Künstlern! Kurzum: alle Arten von Fähigkeit, von Geisteskraft sind darin vertreten. Die Bohème ist ein Mikrokosmos. Wenn der Kaiser von Rußland sie mittels etwa zwanzig Millionen aufkaufte, immer vorausgesetzt, daß sie bereit sei, sich vom Asphalt der Boulevards zu trennen, und sie nach Odessa verfrachtete, würde innerhalb eines Jahres Odessa Paris sein. In der Bohème findet sich die nutzlos verdorrende Blüte der wundervollen französischen Jugend, auf die Napoleon und Ludwig XIV. versessen waren, die die Gerontokratie, unter der in Frankreich alles hinwelkt, seit dreißig Jahren vernachlässigt, die schöne Jugend, von der gestern erst Professor Tissot[5], schwerlich ein verdächtiger Mann, gesagt hat: ›Dieser seiner wahrhaft würdigen Jugend hat der Kaiser sich allerorten bedient, in seinen Ratskollegien, in der allgemeinen Verwaltung, bei Verhandlungen, die mit Schwierigkeiten gespickt oder voller Gefahren waren, in der Regierung der eroberten Länder, und überall hat sie seinen Erwartungen entsprochen! Die jungen Menschen waren für ihn, was für Karl den Großen die ‚missi dominici'[6] waren.‹ Das Wort ›Bohème‹ sagt einem alles. Die Bohème hat nichts und lebt von dem, was sie hat. Die Hoffnung ist ihre Religion, der Glaube an sich selbst ihr Gesetzbuch, die Wohlfahrt gilt ihr als Budget. Alle diese jungen Menschen sind größer als ihr Unglück, sie befinden sich unterhalb des Reichtums, aber stehen immer über ihrem Geschick. Stets sitzen sie hoch zu Roß auf einem ›Wenn‹; sie sind witzig wie Feuilletons, frohgemut wie Leute, die Schulden haben, oh, sie haben genausoviel Schulden, wie sie trinken! Und schließlich, darauf möchte ich hinaus, sind sie alle verliebt, über die Maßen verliebt . . .! Stellen Sie sich Lovelace[7], Heinrich IV.[8], den Regenten[9], Werther, Saint-Preux[10], René[11], den Marschall von Richelieu[12] in einem einzigen Menschen vereint vor, dann haben Sie einen Begriff von ihrer Liebe! Und was für Liebhaber sind sie! Sie sind im wahrsten Sinn des Wortes Eklektiker der Liebe. Sie warten mit einer Leidenschaft auf, wie eine Frau sie wollen kann. Ihr Herz ähnelt der Speisekarte im Restaurant;

sie haben, ohne es vielleicht zu kennen oder gar gelesen zu haben, Stendhals Buch ›Über die Liebe‹[13] in die Praxis umgesetzt. Sie frönen der Liebe aus Geschmacksgründen, der Liebe als Leidenschaft, der Liebe aus Laune, der Liebe als Kristallisationspunkt, und vor allem der flüchtigen Liebe. Ihnen ist alles recht; sie haben das burleske Axiom aufgestellt: ›Alle Frauen sind vor dem Mann gleich.‹ Der Wortlaut dieses Glaubensartikels ist noch saftiger; aber da meiner Meinung nach sein Geist falsch ist, halte ich mich nicht an den Buchstaben. Madame, mein Freund heißt Gabriel-Jean-Anne-Victor-Benjamin-Georges-Ferdinand-Charles-Edouard Rusticoli, Graf de La Palferine. Die Rusticoli, die mit Katharina von Medici[14] nach Frankreich kamen, hatten damals die Souveränität über ein winziges Herrschaftsgebiet in der Toskana verloren. Sie waren weitläufig mit den d'Este verwandt und haben sich mit den Guise verbündet. Sie haben in der Bartholomäusnacht viele Protestanten umgebracht, und Karl IX. hat ihnen als erbliches Eigentum die Grafschaft La Palferine zugesprochen, die dem Herzog von Savoyen abgenommen worden war; Heinrich IV. hat sie ihnen wieder abgekauft, ihnen jedoch den Titel belassen. Dieser große König beging dann die Dummheit, jenes Lehen dem Herzog von Savoyen zurückzuerstatten. Im Austausch erhielten die Grafen de La Palferine, die, noch bevor die Medici ein Wappen führten, das azurene Lilienkreuz auf silbernem Grund trugen (die Lilien erhielt das Kreuz durch Patentbriefe Karls IX.), darüber eine Grafenkrone und zwei Bauern als Schildhalter, mit der Devise »In hoc signo vincimus«[15] – erhielten die Grafen de La Palferine zwei Kronämter und eine Statthalterei. Sie haben eine bedeutende Rolle unter den Valois gespielt, und sogar bis zu der Quasi-Regierung Richelieus. Dann, unter Ludwig XIV., ging es mit ihnen bergab, und unter Ludwig XV. hatten sie ausgespielt. Der Großvater meines Freundes vertat, was von diesem glänzenden Haus noch übrig war, mit Mademoiselle Laguerre[16], die er als erster, noch vor Bouret[17], in Mode brachte. 1789 stand der Vater Charles-Edouards als vermögensloser Offizier da und war so intelligent, sich die Revolution zunutze zu machen und sich Rusticoli zu nennen. Dieser Vater, der übrigens während der italienischen Feldzüge eine Patentochter der Gräfin Albany[18], eine Capponi, heiratete, aus welchem Umstand sich die beiden letzten Vornamen La Palferines ableiten lassen, war einer der besten Obersten der Armee; deswegen ernannte der Kaiser ihn zum Kommandeur der Ehrenlegion und machte ihn zum Grafen. Der Oberst hatte eine leichte Verkrümmung der Wirbelsäule, in bezug darauf pflegte sein Sohn lachend zu sagen: ›Es wurde aus ihm ein reparierter Graf.‹ Der General Graf Rusticoli – denn bei Regensburg[19] war er Brigadegeneral geworden – starb zu Wien, nach der Schlacht bei Wagram, wo er auf dem Schlachtfeld zum Divisionsgeneral ernannt worden war. Sein Name, seine adlige italienische Abkunft und seine Verdienste hätten ihm früher oder später den Marschallstab eingetragen. Unter der Restauration hätte er das große, schöne Geschlecht der La Palferine aufs neue begründet, das bereits im Jahre 1100 unter dem Namen Rusticoli geglänzt hatte; denn die Rusticoli hatten schon einen Papst hervorgebracht und zweimal das Königreich Neapel revolutioniert[20]. Sie hatten unter den Valois so glänzend dagestanden und sich so geschickt verhalten, daß die La Palferine, obwohl entschlossene Frondeure, noch unter Ludwig XIV. existiert hatten. Mazarin[21] hatte sie geschützt; er hatte an ihnen ein Restchen Toskanisches wahrgenommen. Wenn man heutzutage Charles-Edouard de La Palferine erwähnt, wissen von hundert Leuten nicht drei, was es mit dem Geschlecht La Palferine auf sich hat; aber schließlich haben ja die Bourbonen einen Foix-Grailly[22] von seinem Pinsel leben lassen! Ach, wenn Sie wüßten, wie geistvoll Edouard de La Palferine dieses Verbleiben im Dunkel auf sich genommen hat! Wie er sich über die Bürger von 1830 mokiert! Welch ein Salz, welch ein Attizismus[23]! Wenn die Bohème einen König dulden könnte, würde er der König der Bohème sein. Sein Schwung ist unerschöpflich. Wir danken ihm die Landkarte der Bohème und die Namen der sieben Schlösser, die Nodier[24] nicht aufzufinden vermochte.«

»Das ist«, sagte die Marquise, »das einzige, was einer der geistreichsten Spöttereien unserer Zeit ermangelt.«

»Ein paar bezeichnende Züge meines Freundes La Palferine werden Sie dennoch befähigen, ihn zu beurteilen«, sagte Nathan. »La Palferine trifft einen seiner Freunde, und jener Freund gehörte der Bohème an, auf dem Boulevard bei einer Auseinandersetzung mit einem Bürgerlichen, der sich beleidigt glaubte. Die Bohème springt mit den gegenwärtigen Machthabern sehr anmaßend um. Es handelte sich um ein Duell. ›Einen Augenblick bitte‹, sagte La Palferine und wurde so sehr zu Lauzun[25], wie Lauzun selber es nie hat sein können, ›einen Augenblick. Ist Monsieur von Geburt?‹ – ›Wie bitte?‹ fragt der Bürgersmann. – ›Ja, sind Sie von Geburt? Wie heißen Sie?‹ – ›Godin.‹ – ›So, Godin?‹ fragt der Freund La Palferines. – ›Augenblick, mein Lieber‹, sagt La Palferine und hält seinen Freund zurück, ›es gibt die Trigaudins. Gehören Sie zu denen?‹ – (Erstaunen des Bourgeois.) – ›Nein.‹ – ›Dann gehören Sie also zu den neuen Herzögen von Gaëta[26], von Kaisers Gnaden?‹ – ›Nein.‹ – ›Ja, wie wollen Sie dann, daß mein Freund, der einmal Gesandtschaftssekretär war und Botschafter *sein wird* und dem Sie eines Tages Respekt schulden werden, sich mit Ihnen duelliert? Godin! Das gibt es ja gar nicht, Sie sind ein Nichts, Godin! Mein Freund kann sich nicht mit der Luft duellieren. Wenn man jemand ist, duelliert man sich nicht mit irgendwem. Also, mein Lieber, adieu!‹ – ›Empfehlungen an die Frau Gemahlin‹, fügte der Freund hinzu. Eines Tages ging La Palferine mit einem seiner Freunde spazieren, und dieser warf einem Passanten seinen Zigarrenstummel ins Gesicht. Der Passant war so geschmacklos, wütend zu werden. – ›Sie sind dem Feuer Ihres Gegners ausgesetzt gewesen‹, sagte der junge Graf, ›die Zeugen erklären, daß die Ehre Genugtuung erhalten hat.‹ Er schuldete seinem Schneider tausend Francs, und anstatt selber zu kommen, schickte dieser eines Morgens seinen ersten Gehilfen zu La Palferine. Der junge Mensch findet den unglücklichen Schuldner im sechsten Stock eines Hinterhauses oben im Faubourg du Roule. Im Schlafzimmer gab es keinerlei Möbel, sondern nur ein Bett, und welch ein Bett! Und einen Tisch, aber was für einen Tisch! La Palferine hört sich die abgeschmackte Forderung an: ›Ich habe sie‹, sagt er uns, ›für ungesetzlich erklärt, da sie um sieben Uhr morgens gestellt wurde.‹ – ›Gehen Sie‹, hat er mit der Geste und der Pose Mirabeaus geantwortet, ›und sagen Sie Ihrem Meister, in welchem Zustand Sie mich vorgefunden haben!‹ Der Gehilfe tritt den Rückzug an und bittet um Entschuldigung. La Palferine sieht den jungen Menschen auf dem Treppenabsatz stehen, erhebt sich mit dem Pomp, den die Verse, die Britannicus spricht, berühmt gemacht haben, und sagt zu ihm: ›Geben Sie auf der Treppe acht! Beachten Sie genau die Treppe, damit Sie nicht vergessen, Ihrem Meister von der Treppe zu erzählen.‹ In welche Lage der Zufall La Palferine auch versetzt haben möge, er hat sich dem kritischen Augenblick stets überlegen bezeigt und ist nie ohne Geist und ohne Geschmack gewesen. Überall und bei jeder Gelegenheit entfaltet er das Genie Rivarols[27] und die feine Gewitztheit eines französischen Grandseigneurs. Er hat die köstliche Geschichte über den Freund des Bankiers Laffitte[28] erfunden, der in das Büro für die Nationale Subskription kam, durch die das Stadtpalais des Bankiers, in dem die Revolution von 1830 gebraut worden war, erhalten werden sollte, und sagte: ›Hier sind fünf Francs; geben Sie mir hundert Sous zurück.‹ Es ist darüber eine Karikatur gezeichnet worden. Er hatte das Pech, ein junges Mädchen, um im Stil der Anklageschriften zu sprechen, zur Mutter zu machen. Das alles andere als naive Mädchen gesteht ihrer Mutter, einer guten Bourgeoise, den Fehltritt, und diese eilt zu La Palferine und fragt ihn, was er zu tun gedenke. – ›Aber, Madame, ich bin weder Chirurg noch Hebamme.‹ Sie war wie vom Donner gerührt. Aber drei oder vier Jahre später unternahm sie einen weiteren Versuch; sie ließ nicht locker und fragte La Palferine immer wieder, was er zu tun gedenke. – ›Oh, Madame‹, antwortete er, ›wenn der Junge sieben Jahre alt ist, also in dem Alter, in dem die Knaben aus den Händen der Frauen in die der Männer übergehen ... (zustimmende Geste seitens der Mutter), und wenn der Junge wirklich von mir ist (Handbewegung der Mutter), wenn er mir auf frappierende Weise ähnlich sieht, wenn er verspricht, ein Edelmann zu werden, wenn ich merke, daß er meine geistige Einstellung hat und vor allem nach den Rusticoli geschlagen ist, oh, dann (abermalige Geste), bei meiner Edelmannsehre, dann schenke ich ihm ... eine Stange Malz!‹ All das, wenn Sie mir erlauben, daß ich mich des Stils bediene, den Monsieur Sainte-Beuve[29] in seinen Biographien Unbekannter anwendet, ist die heitere, geschwätzige, aber bereits verdorbene Seite einer starken Rasse. Das alles ähnelt mehr dem Hirschpark[30] als dem Hôtel de Rambouillet[31]. Es geht hier nicht um die Rasse der

›Sanften‹; ich neige dazu, auf ein kleines Zuviel an Ausschweifungen zu schließen, auf mehr, als ich bei glänzenden und großherzigen Naturen zu erblicken wünschte. Dieser Charakter ist vielmehr galant nach der Art Richelieus[32], mutwillig, und vielleicht allzu gewagt im Schnurrigen; vielleicht weist er auf die ›Übertriebenheiten‹ des achtzehnten Jahrhunderts hin. Er stellt nach rückwärts die Verbindung zu den Musketieren her und setzt Champcenetz[33] ins Unrecht; aber diese ›Flatterhaftigkeit‹ hängt zusammen mit den Arabesken und dem Schmuckwerk der alten Hofhaltung der Valois. In einer so moralischen Epoche wie der unseren muß man streng verfahren, wenn man solcherlei Kühnheiten begegnet. Aber jene Malzstange kann auch den jungen Mädchen die Gefahren eines solchen, oft getätigten Umgangs aufzeigen, der voller lieblicher Träumereien ist, mehr bezaubernd als ernstzunehmend, rosig und überblüht, aber dessen abschüssige Stellen nicht überwacht werden und der in reifende Exzesse ausmündet, in Fehltritte voll zweideutiger Aufwallungen, in allzu vibrierende Ergebnisse. Diese Anekdote zeichnet den lebhaften, umfassenden Geist La Palferines, denn es wohnt ihm die ›Doppelpoligkeit‹ inne, die Pascal[34] wollte; er ist zärtlich und erbarmungslos; er ist wie Epaminondas[35], gleich stark in den Extremen. Jener Ausspruch ist übrigens bezeichnend für unsere Epoche; früher gab es keine Geburtshelfer. So findet die Verfeinerung unserer Kultur ihre Erklärung in diesem Zug, der bleiben wird.«

»Aber hören Sie, lieber Nathan, was für einen Galimathias reden Sie mir da vor?« fragte die erstaunte Marquise.

»Frau Marquise«, antwortete Nathan, »Sie haben keine Ahnung von dem Wert dieser kostbaren Sätze, ich spreche in diesem Augenblick ›Sainte-Beuvisch‹, eine neue Form der französischen Sprache. Ich fahre fort. Als La Palferine eines Tages mit Freunden Arm in Arm über den Boulevard schlendert, sieht er einen der wüstesten seiner Gläubiger auf sich zukommen, der zu ihm sagt: ›Denken Sie an mich, Monsieur?‹ – ›Nicht im mindesten!‹ antwortet ihm der Graf. Bedenken Sie, wie schwierig seine Lage war. Schon Talleyrand hatte unter ähnlichen Umständen geantwortet: ›Sie sind recht neugierig, mein Lieber!‹ Er durfte doch nicht den Unnachahmlichen nachahmen. Er war freigebig wie Buckingham und konnte es nicht ertragen, mit leeren Taschen überrumpelt zu werden. Eines Tages vermag der junge Graf einem Kaminkehrer kein Trinkgeld zu geben; da faßt er einfach in ein Faß voller Rosinen, das vor der Ladentür eines Krämers stand, und füllt damit die Mütze des kleinen Savoyarden, der die Rosinen wacker hinunterfuttert. Der Krämer lachte anfangs und streckte dann La Palferine die Hand hin. – ›O pfui, Monsieur‹, sagte La Palferine, ›Ihre linke Hand darf nicht wissen, was meine rechte verschenkt hat.‹ – Charles-Edouard verfügt über einen abenteuerlichen Mut und sucht keinen Zweikampf, lehnt aber auch keinen ab; aber seine Tapferkeit ist geistvoll. Als er in der Passage de l'Opéra einen Mann erblickt, der sich allzu leichtfertig über ihn geäußert hat, versetzt er ihm im Vorübergehen einen Rippenstoß mit dem Ellbogen; dann macht er kehrt und versetzt ihm einen zweiten. ›Sie sind aber recht ungeschickt‹, wird ihm gesagt. – ›Im Gegenteil, ich habe es absichtlich getan.‹ Der junge Herr reicht ihm seine Karte. – ›Sie ist recht schmutzig‹, entgegnet er, ›Sie tragen sie zu lange in der Brieftasche herum; bitte geben Sie mir eine andere!‹ fügt er hinzu und wirft sie weg. Auf dem Kampfplatz bekommt er einen Degenstich, der Gegner sieht das Blut rinnen, will Schluß machen und ruft: ›Sie sind verwundet, Monsieur.‹ – ›Ich leugne den Kratzer ab!‹ antwortet er mit einer Kaltblütigkeit, als befinde er sich in einem Fechtsaal, pariert mit einem gleichen Stoß, aber etwas tiefer, und sagt: ›So muß man das machen, Monsieur!‹ Der Gegner hat ein halbes Jahr lang das Bett gehütet. Das erinnert, um noch in den Gewässern des Monsieur Sainte-Beuve zu verweilen, an die Raffinierten und den feinen Spott der schönen Tage der Monarchie. Man gewahrt darin eine gelokkerte Lebensführung, freilich ohne jede Hemmung, eine lachende Phantasie, wie sie uns lediglich in der Jugend gegeben ist. Es ist nicht mehr das Samtige der Blüte, sondern ein ausgedörrtes, edles, fruchtbares Samenkorn, das Sicherheit für die Winterszeit bietet. Finden Sie nicht, daß diese Dinge von etwas Unerfülltem künden, von etwas Unruhigem, das sich nicht analysieren und schwerlich schildern, wohl aber verstehen läßt, und das in sprühenden, hohen Flammen auflodern würde, wenn die Gelegenheit zur Entfaltung hereinbrechen sollte? Es ist die *acedia*[36] des

Klosters, etwas Säuerliches, Gegorenes in der stagnierenden Beschäftigungslosigkeit der jugendlichen Kräfte, eine verschwommene, dunkle Traurigkeit.«

»Hören Sie auf«, sagte die Marquise, »Sie verabreichen mir Gehirnduschen.«

»Daran ist die nachmittägliche Langeweile schuld. Man hat nichts zu tun, da tut man lieber Schlechtes als überhaupt nichts, und das wird in Frankreich stets geschehen. Gegenwärtig gibt es zweierlei Jugend: eine fleißige und verkannte und eine glühende, von Leidenschaft erfüllte.«

»Hören Sie auf!« sagte die Marquise nochmals. »Sie reizen mein Nervensystem.«

»Um mit meiner Schilderung La Palferines fertig zu werden, stürze ich mich in den Bereich seines Liebeslebens, damit Ihnen die besondere Begabung dieses jungen Mannes verständlich wird. Er verkörpert auf bewunderswerte Weise einen Teil jener maliziösen Jugend, die stark genug ist, um über die Lage zu lachen, in die sie die Trägheit der Regierenden versetzt, und die berechnend genug ist, um angesichts der Nutzlosigkeit aller Arbeit nichts zu tun, und überdies lebenskräftig genug, um sich an die Freuden des Lebens zu klammern, das einzige, was ihr zu nehmen man nicht gewagt hat. Aber eine Regierung, die zugleich bürgerlich, merkantil und bigott ist, muß alle Schleusen zustopfen, durch die so viele Befähigungen und Talente ausströmen könnten. Es geschieht nichts für diese Dichter, nichts für diese jungen Gelehrten. Um Ihnen die Stupidität des neuen Hofes begreiflich zu machen, müssen Sie vernehmen, was La Palferine widerfahren ist. Es gibt in der Verwaltung der Zivilliste einen Beamten ›für verschämte Arme‹. Dieser Beamte erfuhr eines Tages, daß La Palferine sich in grausiger Geldverlegenheit befinde. Sicherlich hat er einen Bericht darüber eingereicht, und er überbrachte dem Erben der Rusticoli fünfzig Francs. La Palferine empfing jenen Herrn mit vollendeter Liebenswürdigkeit und unterhielt sich mit ihm über die Persönlichkeiten bei Hofe. – ›Stimmt es‹, fragte er, ›daß Mademoiselle d'Orléans eine gewisse Summe zu dem schönen Hilfswerk beisteuert, das für ihren Neffen ins Leben gerufen worden ist?[37] Das wäre sehr schön.‹ La Palferine hatte einem kleinen, zehnjährigen Savoyarden, den er den ›alten Anchises‹[38] nennt, etwas zugeflüstert; dieser dient ihm umsonst, und La Palferine behauptet von ihm: ›Ich habe nie so viel Albernheit mit so viel Intelligenz vereinigt gefunden. Er würde für mich durchs Feuer gehen; er versteht alles und versteht nicht, daß ich nichts für ihn tun kann.‹ Anchises holte von einem Wagenvermieter ein prächtiges Coupé, auf dessen Rücktritt ein Lakai stand. Als La Palferine das Rollen der Karosse hörte, hatte er inzwischen geschickt das Gespräch auf die amtliche Tätigkeit jenes Herrn gelenkt, den er seither als ›den Mann in Nöten unter jeder Bedingung‹ bezeichnet, und sich nach seinen Obliegenheiten und seinem Gehalt erkundigt. ›Haben Sie wenigstens einen Wagen zur Verfügung, wenn Sie so die Stadt durchstreifen?‹ – ›O nein‹, lautete die Antwort. Daraufhin begleiteten La Palferine und der Freund, der sich gerade bei ihm befand, den armen Mann hinunter und zwangen ihn, in den Wagen zu steigen, da es in Strömen regnete. La Palferine hatte alles genau berechnet. Er erbot sich, den Beamten dorthin zu fahren, wohin der Beamte wollte. Als der Almosenverteiler seinen zweiten Besuch hinter sich gebracht hatte, fand er den Wagen noch immer vor der Tür stehen. Der Lakai überreichte ihm folgende, mit Bleistift geschriebenen Zeilen: ›Der Wagen ist für drei Tage vom Grafen Rusticoli de La Palferine bezahlt worden, der nur zu glücklich ist, daß er zu den Wohltaten des Hofes beisteuern kann, indem er dessen milden Gaben Flügel verleiht.‹ La Palferine nennt die Zivilliste jetzt immer ›die unzivile Liste‹. Er wurde leidenschaftlich von einer Frau geliebt, die einen etwas leichtfertigen Lebenswandel führte. Antonia wohnte in der Rue du Helder und fiel dort ziemlich auf. Aber in der Zeit ihrer Bekanntschaft mit dem Grafen stand sie noch nicht ›auf festen Füßen‹. Es fehlte ihr nicht an jener Anmaßung früherer Zeiten, die die heutigen Frauen bis zur Unverschämtheit herabgewürdigt haben. Nach vierzehn Tagen wolkenlosen Glücks war diese Frau genötigt, im Interesse ihrer Zivilliste auf ein weniger exklusives System der Liebe zurückzugreifen. Als La Palferine gewahr wurde, daß ihm etwas verheimlicht wurde, schrieb er Madame Antonia den folgenden Brief, der sie berühmt machte.

»Madame,
Ihr Verhalten wundert mich ebensosehr, wie es mich schmerzlich berührt. Nicht zufrieden damit, daß Sie mir durch Ihre Verachtung das Herz zerreißen: Sie begehen zudem die Taktlosigkeit, mir eine Zahnbürste vorzuenthalten, die zu ersetzen mir meine Mittel nicht gestatten, da meine Besitzungen weit über ihren Wert mit Hypotheken belastet sind.

Adieu, allzu schöne und allzu undankbare Freundin! Möchten wir einander doch in einer besseren Welt wiedersehen!

Charles-Edouard.«

Sicherlich (wir bedienen uns nach wie vor des makaronischen[39] Stils des Monsieur Sainte-Beuve) übersteigt dies bei weitem die Spöttereien Sternes in der ›Sentimentalen Reise‹[40]; es könnte von Scarron[41] – ohne seine Grobschlächtigkeit – sein. Ich weiß nicht einmal, ob Molière von La Palferines guten Einfällen wie von den besseren des Cyrano[42] gesagt haben würde: ›Das gehört fortan mir!‹ Richelieu[43] war nicht vollkommener, als er der Prinzessin, die seiner im Küchenhof des Palais-Royal wartete, schrieb: ›Bleiben Sie dort, meine Königin, und ergötzen Sie die Küchenjungen.‹ Charles-Edouards Scherz ist zudem weniger bitter. Ob die Römer, ob die Griechen diese Art von geistreichem Witz gekannt haben, weiß ich nicht. Vielleicht ist ihm, bei näherer Betrachtung, Platon nahegekommen, aber von der strengen, musikalischen Seite her . . .«

»Lassen Sie jetzt bitte dieses Kauderwelsch«, sagte die Marquise; »so etwas kann gedruckt werden, aber daß Sie mir damit die Ohren stopfen, ist eine Strafe, die ich nicht verdient habe.«

»Folgendermaßen machte er Claudines Bekanntschaft«, fuhr Nathan fort. »Eines Tages, an einem jener Tage voll Müßiggang, da die Jugend sich selbst zur Last wird und, wie Blondet unter der Restauration, aus ihrer Energie und der Niedergeschlagenheit, zu der vermessene Greise sie verdammen, nur herausfindet, um schlecht zu tun und jene ungeheuren Possen auszuhecken, die man ihr nur um der Kühnheit der Eingebung willen nachsieht, folgte La Palferine seinem Spazierstock auf dem Bürgersteig zwischen der Rue de Grammont und der Rue Richelieu. Von weitem gewahrte er eine Frau, eine allzu elegant gekleidete Frau, die, wie er sagte, mit zu kostbaren Effekten geschmückt war und sie zu nachlässig trug, um nicht eine Prinzessin vom Hof oder von der Oper zu sein. Aber da nach dem Juli 1830, wie er sagt, eine solche Doppelsinnigkeit unmöglich ist, mußte die Prinzessin eine von der Oper sein. Der junge Graf geht neben jener Frau her, als habe er eine Verabredung mit ihr. Er folgt ihr mit höflicher Hartnäckigkeit, mit geschmackvoller Beharrlichkeit, wobei er ihr, freilich nur bei Gelegenheit, gebieterische Blicke zuwirft, die jene Frau zwingen, sich begleiten zu lassen. Einen anderen hätte die Bewillkommnung zu Eis erstarren lassen; die ersten Versuche jener Frau, eine andere Richtung einzuschlagen, hätten ihn aus der Fassung gebracht und ebenso die verletzende Kälte ihrer Miene, ihre strengen Worte; La Palferine jedoch bedenkt sie mit jenen liebenswürdigen Redensarten, denen kein Ernst, kein Entschluß standzuhalten vermag. Um ihn loszuwerden, tritt die Unbekannte in den Laden ihrer Modistin ein; Charles-Edouard tut dasselbe, setzt sich, sagt seine Meinung, berät sie als ein Herr, der zu bezahlen bereit ist. Diese Unverfrorenheit beunruhigt die Frau, sie geht hinaus. Auf den Treppenstufen sagt die Unbekannte zu dem sie verfolgenden La Palferine: ›Monsieur, ich gehe jetzt zu einer Verwandten meines Mannes, einer alten Dame, Madame de Bonfalot . . .‹ – ›Siehe da, Madame de Bonfalot?‹ antwortet der Graf, ›aber das ist ja ganz reizend, ich komme mit . . .‹ Das Paar geht hin. Charles-Edouard tritt gemeinsam mit jener Frau ein, man glaubt, sie habe ihn mitgebracht, er mischt sich in die Unterhaltung, er verschwendet dabei seinen feinen, vornehmen Geist. Der Besuch zieht sich in die Länge. Damit hat er nicht gerechnet. – ›Madame‹, sagt er zu der Unbekannten, ›vergessen Sie bitte nicht, daß Ihr Mann auf uns wartet; er hat uns nur eine Viertelstunde bewilligt.‹ Eine solche Kühnheit, die, wie Sie wissen, einem stets gefällt, verwirrt die Dame; Charles-Edouards siegerischer Blick, die hintergründige und zugleich unbefangene Miene, die er aufzusetzen weiß, machen sie wehrlos; sie steht auf, nimmt den Arm des ihr aufgezwungenen Kavaliers, geht mit ihm hinunter und sagt auf der Türschwelle zu ihm: ›Monsieur, ich habe für Scherze viel übrig . . .‹ – ›Und ich erst!‹ sagt er. Sie lacht. – ›Aber es hängt nur von Ihnen ab, daß Ernst daraus wird‹, fährt er fort.

›Ich bin Graf de La Palferine, und ich bin entzückt, daß ich Ihnen mein Herz und mein Vermögen zu Füßen legen kann!‹ La Palferine war damals zweiundzwanzig Jahre alt. Die Sache hat sich 1834 zugetragen. Glücklicherweise war der Graf an jenem Tag elegant gekleidet. Ich will ihn Ihnen mit zwei Worten schildern. Er ist das lebendige Bildnis Ludwigs XIII.; er hat dessen bleiche, an den Schläfen anmutige Stirn, seine olivene Gesichtsfarbe, jenen italienischen Teint, der bei künstlichem Licht hell wird, braunes Haar und ein schwarzes Spitzbärtchen; er hat des Königs ernste, melancholische Miene, denn sein Äußeres und sein Charakter bilden einen verwunderlichen Gegensatz. Als Claudine den Namen vernimmt und Charles-Edouard anschaut, verspürt sie etwas wie ein Erbeben. La Palferine merkt es; er wirft ihr einen Blick aus seinen tiefen, schwarzen, mandelförmig geschnittenen Augen mit den leicht gefältelten, bräunlichen Lidern zu, die von Liebesfreuden und ebenso großen, schauerlichen Erschöpfungen zeugen. Unter diesem Blick sagt sie zu ihm: ›Geben Sie mir Ihre Adresse!‹ – ›Wie ungeschickt!‹ lautet seine Antwort. – ›Macht nichts!‹ sagt sie lächelnd. ›Keine feste Wohnung?‹ – ›Adieu, Madame; Sie sind eine Frau, wie sie mir not täte, aber mein Vermögen gleicht nicht im entferntesten meinem Verlangen . . .‹ Er verbeugt sich und geht ohne weiteres davon, ohne sich auch nur umzuwenden. Am übernächsten Tag wollte es eine der Schicksalsfügungen, wie sie nur in Paris möglich sind, daß er sich zu einem der Kleiderhändler, die zugleich Pfandleiher sind, begab, um ihm seine überflüssige Garderobe zu verkaufen; nach langem Schachern erfährt er mit sorgenvoller Miene den Preis; da geht die Unbekannte vorüber und erkennt ihn wieder. – ›Kommt keinesfalls in Frage‹, ruft er dem verblüfften Händler zu, ›ich nehme Ihr Jagdhorn nicht!‹ Und er zeigte auf ein riesiges, verbeultes Jagdhorn, das draußen hing und sich von den Bekleidungsstücken der Gesandtschafts-Leibjäger und der Generale des Kaiserreichs abhob. Dann folgte er stolz und ungestüm abermals der jungen Frau. Seit diesem großartigen Tag mit dem Jagdhorn verstanden die beiden sich wunderbar. Charles-Edouard hegt über die Liebe vollauf richtige Auffassungen. Es gibt, so behauptet er, im Leben des Mannes keine zweite Liebe, sondern nur eine einzige, die tief ist wie das

Meer, aber uferlos. Sie überkommt einen in jedem Lebensalter, wie die Gnade den heiligen Paulus überkam. Ein Mann kann sechzig Jahre alt werden, ohne sie empfunden zu haben. Diese Liebe ist, wie Heine es unübertrefflich ausgedrückt hat, vielleicht ›die geheime Krankheit des Herzens‹, eine Verquickung des in uns lebenden Unendlichkeitsgefühls mit dem schönen Ideal, das sich uns in sichtbarer Gestalt enthüllt. Kurzum, diese Liebe umfaßt zugleich Geschöpf und Schöpfung. Solange es sich nicht um diese große Dichtung handelt, bleibt einem nichts übrig, als seinen Scherz mit Liebeleien zu treiben, die einmal enden müssen, als daraus das zu machen, was in der Literatur die leichte Poesie im Vergleich zum Epos ist. Charles-Edouard empfand bei dieser Liebschaft weder den ›coup de foudre‹, die ›Liebe auf den ersten Blick‹, der die wahrhafte große Liebe ankündigt, noch die langsame Enthüllung der Neigungen, die Erkenntnis der verborgenen Eigenschaften, welche zwei menschliche Wesen mit steigender Gewalt aneinanderkettet. Die wahre Liebe kennt nur diese beiden Formen. Entweder auf den ersten Blick, der wohl eine Auswirkung des ›Zweiten Gesichts‹ der Schotten ist, oder die allmähliche Verschmelzung zweier Naturen, die Platons Zwitterwesen Wirklichkeit werden läßt. Nun aber wurde Charles-Edouard wahnwitzig geliebt. Jene Frau empfand die ungeteilte, ideale und körperliche Liebe; mit einem Wort, La Palferine war für sie die große Leidenschaft. Für ihn jedoch war Claudine lediglich eine entzückende Geliebte. Der Teufel mit seiner Hölle, der ganz gewiß ein mächtiger Magier ist, hätte schwerlich je den Wärmegrad dieser beiden ungleichen Temperaturen ändern können. Ich wage zu behaupten, daß Claudine Charles-Edouard oftmals gelangweilt hat. – ›Nach drei Tagen taugen die Frau, die man nicht liebt, und der aufbewahrte Fisch nur dazu, zum Fenster hinausgeworfen zu werden‹, sagte er zu uns. In der Bohème bleiben leichte Liebschaften kaum ein Geheimnis. La Palferine hat mir häufig von Claudine erzählt, doch hat keiner von uns sie je zu Gesicht bekommen, und ihr Familienname blieb unerwähnt. Claudine war nahezu eine mythische Persönlichkeit. Wir bewahrten in bezug auf sie alle die nämliche Einstellung und versöhnten auf diese Weise die Erfordernisse unseres gemeinsamen Lebens und die Regeln des guten Geschmacks. Claudine, Hortense, die Baronin, die Bourgeoise, die Kaiserin, die Löwin, die Spanierin stellten Rubriken dar, die jedermann erlaubten, sich über seine Freuden, seine Sorgen, seine Kümmernisse, seine Hoffnungen zu verbreiten und seine Fntdeckungen mitzuteilen. Darüber hinaus wurde nicht gegangen. Es ist in der Bohème vorgekommen, daß zufällig eine Enthüllung über die Person gemacht wurde, von der die Rede war; dann wurde fortan in einmütiger Übereinstimmung aller nie wieder von ihr gesprochen. Dieser Umstand vermag anzudeuten, wieviel Sinn für wahren Takt die Jugend besitzt. Welch ein bewundernswertes Wissen haben erlesene Menschen doch von den Grenzen, an denen die Spötterei und die ganze Welt französischer Eigenheiten einhalten müssen, durch einen Soldatenausdruck als ›Blague‹ bezeichnet, welches Wort die Sprache hoffentlich wieder ausstoßen wird, das aber als einziges den Geist der Bohème verständlich zu machen weiß! Wir scherzten also oft über Claudine und über den Grafen. Es hieß: ›Was treibst du mit Claudine?‹ – ›Na, und deine Claudine?‹ – ›Noch immer Claudine!‹ sangen wir nach der Melodie von Rossinis ›Noch immer Geßler[44]!‹ usw. – ›Um des Bösen willen, das ich euch gönne‹, sagte La Palferine uns eines Tages, ›wünsche ich euch eine solche Geliebte. Es gibt keinen Windhund, keinen Pinscher oder Pudel, der ihr an Sanftmut, Unterwürfigkeit und bedingungsloser Liebe vergleichbar wäre. In manchen Augenblicken mache ich mir Vorwürfe oder werde mir meiner Härte bewußt. Claudine gehorcht mit der Gefügigkeit einer Heiligen. Sie kommt, ich schicke sie weg, sie geht und weint erst unten im Hof. Eine Woche lang will ich nichts von ihr wissen, ich bestelle sie auf den nächsten Dienstag, zu einer bestimmten Stunde, sei es nun Mitternacht oder sechs Uhr morgens, zehn oder fünf, zu den ungelegensten Zeiten, der des Mittagessens, der Abendmahlzeit, des Aufstehens, des Zubettgehens . . . Ach, sie kommt stets, schön, geschmückt, entzückend, pünktlich zur angegebenen Zeit! Und dabei ist sie verheiratet! Umstrickt von den kleinen und großen Pflichten eines Haushalts. Die Listen, die sie sich ausdenkt, die Begründungen, die sie finden muß, um sich meinen Launen anzupassen, würden uns Männern gehöriges Kopfzerbrechen kosten . . .! Nichts verdrießt sie, sie bewahrt gute Haltung! Ich sage ihr, dies sei keine Liebe, sondern Verbohrtheit. Sie schreibt mir tagtäglich, ich lese ihre Briefe nicht, sie hat es gemerkt, sie schreibt mir immer weiter! Schaun Sie, in dieser Schatulle liegen zweihundert Briefe. Sie bittet mich, ich solle jeden Tag einen herausnehmen und mein Rasiermesser damit abwischen, und das tue ich auch! Sie glaubt mit Recht, daß der Anblick ihrer Handschrift mich an sie denken läßt.‹ La Palferine war beim Ankleiden, als er uns das erzählte. Ich nahm den Brief, den er gerade benutzen wollte; ich las ihn und steckte ihn ein, ohne daß er ihn zurückforderte, hier ist er. Meinem Versprechen gemäß habe ich ihn wieder aufgestöbert:

›Montag, Mitternacht.

Nun, mein Lieber, sind Sie mit mir zufrieden? Ich habe Sie nicht um die Hand gebeten, die Sie mir so leicht hätten reichen können und die ich so gern auf mein Herz, an meine Lippen gedrückt hätte. Nein, ich habe Sie nicht darum gebeten; ich hatte zu große Furcht, Ihnen zu mißfallen. Darf ich Ihnen etwas sagen? Obwohl ich auf grausige Weise weiß, daß mein Tun und Lassen Ihnen vollkommen gleichgültig ist, mindert eine übergroße Ängstlichkeit in meinem Verhalten sich nicht. Die Frau, die Ihnen angehört, unter welcher Form auch immer es sei und obgleich es ganz heimlich geschieht, muß es vermeiden, sich auch nur dem leisesten Argwohn auszusetzen. Was die Engel im Himmel anbelangt, denen nichts verborgen bleibt, so gleicht meine Liebe der reinsten jeder möglichen Liebe; und wo auch immer ich mich befinden mag, stets ist mir, als seien Sie bei mir, und ich will Ihnen Ehre machen.

Alles, was Sie mir über meine Art, mich zu kleiden, gesagt haben, hat mich betroffen und mir verständlich gemacht, in welchem Maß Menschen aus adligem Geschlecht uns anderen überlegen sind! Etwas von dem ›Mädchen von der Oper‹ haftete immer dem Schnitt meiner Kleider, meinen Kopfbedeckungen an. Im Handumdrehen habe ich erkannt, welch ein Abstand mich vom guten Geschmack trennt. Jetzt werden Sie zum erstenmal eine Herzogin empfangen, Sie werden mich nicht wiedererkennen. Oh, wie gütig bist Du zu Deiner Claudine gewesen! Wie oft habe ich es Dir gedankt, daß Du mir dies alles gesagt hast! Welch eine Anteilnahme hat in den wenigen Worten gelegen! Hast Du Dich also wirklich mit dem Etwas beschäftigt, das Dir gehört und das Claudine heißt? Jener Schwachkopf hätte mich nicht aufgeklärt; *er* findet alles recht und gut, was ich tue; *er* ist überdies viel zu spießig, zu prosaisch, um Sinn für das zu haben, was schön ist. Der Dienstag wird für meine Ungeduld recht lange auf sich warten lassen! Am Dienstag darf ich ein paar Stunden bei Ihnen sein! Ach, ich will mir am Dienstag Mühe geben, zu denken, daß jene Stunden Monate seien, und daß es immer so bleibe. Ich lebe von der Hoffnung auf jenen Vormittag, wie ich später, wenn er vergangen ist, von der Erinnerung leben werde. Die Hoffnung ist ein begehrendes Gedenken; die Erinnerung ist ein Gedenken, das genossen hat. Welch schönes Leben innerhalb des Lebens erschafft uns auf diese Weise das Denken! Ich sinne, mir Zärtlichkeiten auszudenken, die ganz mein eigen sind, deren Geheimnis keine andere Frau erraten soll. Mich überkommt kalter Schweiß bei dem Gedanken, dies könnte mir versagt bleiben. Oh, ich würde unumwunden mit *ihm* Schluß machen, wenn es sein müßte. Aber die Verhinderungen gehen ja niemals von hier, sondern immer nur von Dir aus; Du könntest in Gesellschaft gehen wollen oder vielleicht zu einer anderen Frau. Oh, nur Gnade für diesen Dienstag! Wenn Du ihn mir vorenthieltest, Charles, dann weißt du nicht, was Du damit *ihm* antun würdest; ich würde *ihn* verrückt machen. Wenn Du nichts von mir wissen, wenn Du in Gesellschaft gehen willst, dann laß mich dennoch kommen und Dir zuschauen, wenn Du Dich ankleidest; laß mich Dich nur sehen, mehr verlange ich nicht; laß mich Dir beweisen, wie sehr und wie rein ich Dich liebe! Seit Du mir erlaubt hast, Dich liebzuhaben, denn Du hast es mir erlaubt, da ich ja ganz Dein bin, seit jenem Tag liebe ich Dich mit aller Macht meiner Seele, und ich will und werde Dich immer lieben; denn wenn man Dich geliebt hat, kann und darf man niemanden mehr lieben. Und, siehst Du, wenn Du einen Blick auf Dir ruhen fühlst, der nichts will als sehen, dann wirst Du spüren, daß in Deiner Claudine etwas Göttliches ist, und Du hast es in ihr erweckt. Ach, Dir gegenüber bin ich nicht kokett; ich bin wie eine Mutter zu ihrem Kind: Von Dir erdulde ich alles. Ich, die ich Herzöge, Prinzen, Adjutanten Karls X., die mehr wert waren als der ganze heutige Hof, habe traben lassen, ich behandle Dich wie ein verhätscheltes Kind. Was sollte auch bei Koketterie herauskommen? Es wäre verlorene Mühe. Und dabei werde ich, mangels Koketterie, Ihnen niemals Liebe einflößen, Monsieur! Das weiß ich, das spüre ich, und dennoch fahre ich unter der Einwirkung einer unwiderstehlichen Macht damit fort. Freilich glaube ich, daß diese gänzliche Preisgabe mir von Deiner Seite jenes Gefühl eintragen wird, von dem *er* sagt, daß es in allen Männern vorhanden sei für das, was ihr Eigentum ist.‹

›Mittwoch.

Oh, wie ist die schwarzgewandete Traurigkeit eingezogen, als ich erfuhr, ich müsse auf das Glück verzichten, Dich gestern zu sehen! Ein einziger Gedanke hat mich daran gehindert, mich dem Tod in die Arme zu werfen: Du hattest es so gewollt! Nicht kommen, das hieß: Deinen Willen zu befolgen, einem Deiner Befehle zu gehorchen. Ach, Charles, und ich war so hübsch! Du hättest an mir etwas Besseres gehabt als die schöne deutsche Prinzessin, die Du mir als Musterbild hingestellt hast und die ich mir in der Oper genau angeschaut habe. Aber vielleicht hättest Du mich unecht und nicht meiner Natur entsprechend gefunden. Schau, Du hast mir alles Selbstvertrauen genommen; vielleicht bin ich gar häßlich. Ach, ich verabscheue mich, ich werde blöd, wenn ich an meinen strahlenden Charles-Edouard denke. Ich werde noch wahnsinnig, das steht fest. Lach nicht, erzähl mir nichts von der Wankelmütigkeit der Frauen. Wenn wir Frauen wankelmütig sind, dann seid ihr Männer recht bizarr und unberechenbar! Ein armes Geschöpf der Liebesstunden berauben, die es seit zehn Tagen mit Glück erfüllt, die es gütig und liebenswürdig gegenüber allen gemacht hatten, die es aufsuchten! Und zudem warst Du die Ursache meiner Freundlichkeit *ihm* gegenüber; Du weißt ja gar nicht, wieviel Böses Du ihm antust. Ich überlege, was ich mir ausdenken muß, um Dich zu behalten oder um wenigstens das Recht zu haben, Dir dann und wann anzugehören . . . Wenn ich bedenke, daß Du nie hierher hast kommen wollen! Mit welch köstlicher Erregung hätte ich Dich bedient! Es gibt Frauen, die begünstigter sind als ich. Es gibt Frauen, zu denen Du sagst: ›Ich liebe Sie.‹ Zu mir hast Du immer nur gesagt: – ›Du bist ein gutes Kind.‹ Ohne daß Du es wüßtest, sprichst Du gewisse Worte aus, die mir das Herz zernagen. Es gibt geistvolle Leute, die mich bisweilen fragen, woran ich denke. Ich denke an meine Erniedrigung, und die ist wie die der ärmsten Sünderin angesichts des Heilands.‹

Sie sehen: Es sind noch drei weitere Seiten. La Palferine hat mich den Brief an mich nehmen lassen; ich sah darauf Tränen, die mir noch warm zu sein schienen! Dieser Brief hat mir bewiesen, daß La Palferine uns die Wahrheit gesagt hat. Marcas, der Frauen gegenüber ziemlich schüchtern ist, geriet über einen ähnlichen Brief in Ekstase. Er hatte ihn in seiner Ecke gelesen, ehe er sich damit seine Zigarre ansteckte. – ›Aber solcherlei Dinge schreiben doch alle liebenden Frauen!‹ rief La Palferine; ›die Liebe leiht ihnen allen Geist und Stil, was beweist, daß in Frankreich der Stil von Ideen herrührt und nicht von Worten. Beachtet doch, wie gut das alles gedacht worden ist und welche Logik einem Gefühl innewohnt.‹ Und er las uns einen anderen Brief vor, der den gekünstelten, erklügelten Briefen, die wir Romanschriftsteller zu schreiben versuchen, weit überlegen war. Als die arme Claudine eines Tages erfuhr, daß La Palferine wegen eines Wechsels in allergrößter Gefahr schwebte, kam sie auf den unseligen Gedanken, ihm in einer entzückend gestickten Börse eine recht beträchtliche Summe in Gold zu bringen. – ›Was hat dich so keck gemacht, daß du dich in meine häuslichen Angelegenheiten mischst?‹ schrie La Palferine sie wütend an. ›Stopf meine Socken, stick mir Pantoffel, wenn dir das Spaß macht. Aber . . . haha, du willst die Herzogin spielen, und du kehrst die Sage von Danaë gegen die Aristokratie um.‹ Während er das sagte, leerte er die Börse in seine Hand und tat, als wolle er die Summe Claudine ins Gesicht werfen. Die erschrockene Claudine durchschaute den Scherz nicht, wich zurück, stieß gegen einen Stuhl und stürzte mit dem Kopf an eine spitze Kaminecke. Sie glaubte, es sei ihr Tod. Als die arme Frau, auf ein Bett gelegt, wieder sprechen konnte, sagte sie nur dieses: ›Ich habe es verdient, Charles!‹ La Palferine geriet für kurze Zeit in Verzweiflung. Ebenjene Verzweiflung gab Claudine dem Leben zurück; dies Unglück beglückte sie; sie nahm es wahr, um dadurch La Palferine zur

Annahme jener Summe zu bewegen und ihn aus der Verlegenheit zu ziehen. Dann ereignete sich das Gegenstück zu der Fabel La Fontaines, in der ein Ehemann dem Dieb dafür Dank weiß, daß er ihn eine zärtliche Regung bei seiner Frau wahrnehmen ließ[45]. Bei dieser Gelegenheit fällt mir ein Ausspruch ein, der Ihnen den ganzen La Palferine deutlich machen dürfte. Claudine kehrte in ihr Haus zurück. Sie reimte nach bestem Vermögen einen Roman zusammen, um ihre Verletzung zu erklären, und wurde gefährlich krank. An ihrem Kopf bildete sich ein Abszeß. Der Arzt, ich glaube, Bianchon, ja, er war es, wollte eines Tages Claudine das Haar abschneiden; sie hat nämlich ebenso schönes Haar wie die Herzogin von Berry[46]. Sie lehnte es jedoch ab und sagte im Vertrauen zu Bianchon, ohne die Erlaubnis des Grafen de La Palferine könne sie sich keinesfalls das Haar abschneiden lassen. Bianchon ging zu Charles-Edouard. Charles-Edouard hörte ihn ernsthaft an, und als Bianchon ihm des langen und breiten den Fall auseinandergesetzt und dargelegt hatte, daß es unbedingt erforderlich sei, das Haar abzuschneiden, damit die Operation sicher durchgeführt werden könne, rief er mit einer Stimme, die keinen Widerspruch duldete: ›Claudine das Haar abzuschneiden? Nein, lieber will ich sie verlieren!‹ Nach vier Jahren zitierte Bianchon noch immer La Palferines Ausspruch, und wir haben eine halbe Stunde lang darüber gelacht. Als Claudine von dieser Entscheidung erfuhr, erblickte sie darin einen Beweis der Zuneigung und glaubte sich geliebt. Angesichts ihrer in Tränen schwimmenden Familie und ihres auf den Knien liegenden Ehemanns blieb sie unerschütterlich; sie behielt ihr Haar. Dank der inneren Kraft, die ihr der Glaube, geliebt zu werden, lieh, gelang die Operation auf das vollkommenste. Es gibt eben seelische Regungen, die alle Gewaltmaßnahmen der Chirurgie und alle Gesetze der ärztlichen Wissenschaft über den Haufen werfen. Claudine schrieb an La Palferine einen entzückenden Brief ohne Orthographie und Interpunktion, in dem sie ihm das glückliche Ergebnis der Operation mitteilte und ihm sagte, daß die Liebe von solcherlei Dingen mehr verstehe als alle Gelehrsamkeit. ›Was fange ich jetzt an‹, sagte La Palferine eines Tages zu uns, ›um mir Claudine vom Hals zu schaffen?‹ – ›Aber sie ist doch nicht lästig, sie läßt dich doch dein eigner Herr bleiben.‹ – ›Stimmt‹, sagte La Palferine, ›aber ich will nicht, daß es in meinem Leben etwas gibt, das sich ohne meine Einwilligung hineingeschlichen hat.‹ Von diesem Tage an begann er, Claudine zu quälen. Es hatte ihn der tiefste Abscheu vor einer Bürgerlichen, einer Frau ohne Namen gepackt. Er mußte unbedingt eine Frau mit einem Adelstitel haben. Freilich hatte Claudine Fortschritte gemacht. Sie ging jetzt gekleidet wie die elegantesten Frauen des Faubourg Saint-Germain; ihr Gang hatte etwas Geweihtes, sie schritt mit keuscher, unnachahmlicher Anmut einher, aber das genügte noch nicht! Lobsprüche darüber ließen Claudine alles hinunterschlucken. – ›Tja‹, sagte La Palferine eines Tages zu ihr, ›wenn du die Geliebte eines armen La Palferine bleiben willst, der keinen Sou sein eigen nennt und keinerlei Zukunftsaussichten hat, dann mußt du ihn wenigstens würdig zur Schau stellen. Du mußt eine Equipage haben, Lakaien, eine eigene Livree, einen Titel. Verschaff mir alle Genüsse der Eitelkeit, die ich durch mich selber nicht erlangen kann. Die Frau, die ich mit meinen Gunstbezeigungen beehre, darf niemals zu Fuß gehen; wenn sie Schmutzspritzer abbekommt, leide ich darunter! So bin ich nun einmal! Meine Frau muß von ganz Paris bewundert werden. Ich will, daß ganz Paris mich um mein Glück beneidet! Ein Jüngling, der in einer glänzenden Equipage eine glänzende Gräfin vorüberfahren sieht, soll sich fragen: ›Wem mögen dergleichen göttliche Dinge gehören?‹ und nachdenklich stehenbleiben. Das wird mein Vergnügen verdoppeln.‹ La Palferine hat uns gestanden, daß er, nachdem er dieses Programm Claudine an den Kopf geworfen hatte, um sie loszuwerden, zum ersten und wohl zum einzigen Mal in seinem Leben völlig ratlos dagestanden hat. – ›Mein Freund‹, sagte sie mit einem Klang der Stimme, die ein inneres, alles umfassendes Erbeben verriet, ›du hast recht. Das alles soll Wirklichkeit werden, oder ich sterbe ...‹ Sie küßte ihm die Hand und ließ ein paar Glückstränen darauf fallen. – ›Ich bin so froh‹, sprach sie weiter, ›daß du mir auseinandergesetzt hast, was ich tun muß, um deine Geliebte zu bleiben.‹ ›Und damit‹, erzählte La Palferine uns, ›ging sie hinaus und machte zu mir hin eine kleine, kokette Geste, wie eine zufriedene Frau. Sie stand auf der Schwelle meiner Mansarde, groß, stolz glich sie einer antiken Sibylle.‹

Das alles wird Ihnen zur Genüge die Sitten der Bohème deutlich machen; eine ihrer glänzendsten Gestalten ist jener junge Condottiere«, fuhr Nathan nach einer Pause fort. »Jetzt möchte ich berichten, wie ich herausbekam, wer Claudine war, und wieso ich alles durchschauen konnte, was eine Wendung ihres Briefs, die Sie vielleicht nicht einmal beachtet haben, an erschreckend Wahrem barg.«

Die Marquise, die allzu nachdenklich war, um zu lachen, sagte beiläufig zu Nathan: »Nur weiter!«, wodurch sie ihm bewies, wie betroffen sie ob all dieser seltsamen Dinge war, und vor allem, wie sehr La Palferine sie beschäftigte.

»Unter allen Pariser Dramatikern war im Jahre 1829 einer der bestgestellten, der angesehensten, der am häufigsten aufgeführten du Bruel. Seinen wahren Namen kennt das Publikum nicht, auf den Theaterzetteln nennt er sich de Cursy. Unter der Restauration hatte er eine Stellung als Bürochef in einem Ministerium inne. Mit dem Herzen hing er der älteren Linie[47] an, nahm also tapfer seinen Abschied und schrieb seit jener Zeit die doppelte Anzahl von Bühnenstücken, um das Defizit auszugleichen, das sein nobles Verhalten für seine Einnahmen mit sich gebracht hatte. Du Bruel war damals vierzig; über sein Leben wissen Sie Bescheid. Er folgte dem Beispiel einiger anderer Autoren und bedachte ein Theaterdämchen mit einer der Neigungen, die unerklärlich, die jedoch in der literarischen Welt gang und gäbe sind. Diese Frau, Sie wissen es, ist Tullia; sie war eine der Solotänzerinnen der königlichen Musikakademie. Tullia ist lediglich ihr Künstlername, wie der du Bruels de Cursy ist. Zehn Jahre lang, von 1817 bis 1827, hat dieses Mädchen auf den illustren Brettern der Oper geglänzt. Sie war mehr schön als klug, ein Durchschnittswesen, aber ein bißchen intelligenter, als Tänzerinnen es für gewöhnlich sind. Sie nahm nicht an der tugendsamen Reform teil, die das Ballettkorps heruntergebracht hat, sondern setzte die Dynastie der Künstlerinnen von der Art der Guimard[48] fort. Daher dankte sie ihren Aufstieg mehreren bekannten Gönnern, dem Herzog von Rhétoré, dem Sohn des Herzogs von Chaulieu, dem Einfluß eines berühmten Direktors der Schönen Künste, Diplomaten und reichen Ausländern. Während ihrer Glanzzeit besaß sie ein kleines Stadtpalais in der Rue Chauchat und lebte, wie ehedem die Opernnymphen zu leben pflegten. Du Bruel verschoß sich in sie etwa im Jahre 1823, als die Leidenschaft des Herzogs von Rhétoré im Abklingen begriffen war. Da du Bruel nur einfacher Unterchef war, nahm er den Direktor der Schönen Künste[49] in Kauf. Er hielt sich für den Bevorzugten! Diese Liebschaft wurde im Verlauf von sechs Jahren zu einer Art Ehe. Tullia hält ihre Familie sorglich geheim, irgendwie weiß man, daß sie aus Nanterre stammt. Einer ihrer Onkel, ehedem ein schlichter Zimmermann oder Maurer, ist auf Grund von Empfehlungen und großzügigen Darlehen, wie es heißt, zu einem reichen Bauunternehmer geworden. Diese Indiskretion ist von du Bruel begangen worden; er hat eines Tages laut werden lassen, Tullia werde früher oder später eine schöne Erbschaft machen. Der Unternehmer ist unverheiratet und hat eine Schwäche für seine Nichte, der gegenüber er Verpflichtungen hat. – ›Er ist ein Mensch, der nicht genug Geist hat, um undankbar zu sein‹, pflegte sie zu sagen. 1829 begab sich Tullia von sich aus in den Ruhestand. Als Dreißigjährige war sie bereits dicklich; vergebens versuchte sie es mit der Pantomime, sie verstand einzig, sich so viel Schwung zu geben, daß bei der Pirouette ihr Rock hochflog, wie die Noblets[50] es machten, und sie sich dem Parkett fast nackt zeigte. Der alte Vestris[51] hatte ihr von Anfang an gesagt, daß dieser Effekt, gut ausgeführt und sofern die Tänzerin einen schönen Körper besitze, alle nur vorstellbaren Talente aufwiege. Es ist das hohe C, mit Bruststimme[52], des Tanzes. ›Deswegen‹, sagte er, ›können die berühmten Tänzerinnen, die Camargo[53], die Guimard[54], die Taglioni[55], die alle mager, braun und häßlich sind, sich nur durch ihr Genie behaupten.‹ Als jüngere Tänzerinnen auftraten, die gewandter als Tullia waren, zog sie sich auf der Höhe ihres Ruhms zurück und tat recht daran. Als aristokratische Tänzerin, die sich bei ihren Liebesbindungen fast nie etwas vergeben hatte, hatte sie ihre Fußgelenke nicht in den Schmutz des Juli tauchen wollen. Claudine war anmaßend und schön; sie hatte köstliche Erinnerungen und wenig Geld, besaß aber die herrlichsten Schmuckstücke und eine der schönsten Wohnungseinrichtungen von Paris. Als die berühmte, heute nahezu vergessene Liebeskünstlerin von der Oper abging, hatte sie nur noch einen Gedanken: Sie wollte von du Bruel geheiratet werden, und Sie sind sich wohl darüber klar, daß sie jetzt Madame du Bruel ist, ohne daß die Eheschließung öffentlich bekanntgegeben worden wäre. Wie bringen es diese Frauen nur fertig, nach sieben oder acht Jahren intimen Zusammenlebens geheiratet zu werden? Über welche Triebfedern verfügen sie? Welche Maschinerien setzen sie in Bewegung? So komisch dieses häusliche Drama auch sein mag, es gehört nicht zu unserm Thema. Du Bruel hat eine heimliche Ehe geschlossen, daran ist nicht zu rütteln. Vor seiner Heirat galt Cursy als ein fröhlicher Kumpan. Er kehrte nicht jeden Abend nach Hause zurück, sein Leben war ein wenig bohèmehaft. Er ließ sich zu einem Ausflug, einem Souper verleiten; er verließ gut gekleidet sein Haus, um eine Probe in der Komischen Oper zu besuchen, und befand sich dann, ohne zu wissen, wie es geschehen war, in Dieppe, in Baden-Baden oder in Saint-Germain. Er veranstaltete Abendessen, er führte das üppige Leben der Autoren, der Journalisten und Künstler. Er erhob seine Tantiemen in sämtlichen Pariser Kulissen; er gehörte unserer Gesellschaftsschicht an. Finot, Lousteau, Du Tillet, Desroches, Bixiou, Blondet, Couture und des Lupeaulx ertrugen ihn trotz seiner pedantischen Miene und seines schwerfälligen Bürokratengehabens. Doch als Tullia verheiratet war, machte sie du Bruel zum Sklaven. Aber der arme Teufel liebte Tullia nun einmal. Tullia hatte, wie sie sagte, der Bühne den Rücken gekehrt, um gänzlich ihm anzugehören, um eine gute, reizende Frau zu werden. Tullia brachte es fertig, von den jansenistischsten Frauen der Familie du Bruel anerkannt zu werden. Ohne daß man zunächst ihre Absichten durchschaut hätte, ging sie zu Madame Bonfalot und langweilte sich bei ihr. Sie machte der alten, geizigen Madame de Chissé, ihrer Großtante, reiche Geschenke. Sie verlebte bei dieser Dame einen Sommer und versäumte keine einzige Messe. Die Tänzerin beichtete, erhielt die Absolution, empfing die Kommunion, aber natürlich nur auf dem Lande, unter den Augen der Tante. Im darauffolgenden Winter sagte sie zu uns. ›Können Sie sich das vorstellen? Ich bekomme richtige Tanten!‹ Sie war so froh, eine Bürgersfrau zu werden, so glücklich, ihre Unabhängigkeit aufzugeben, daß sie die Mittel und Wege ausfindig machte, die sie ans Ziel führen konnten. Sie schmeichelte all diesen alten Damen. Jeden Tag zog sie zu Fuß los, um der

Mutter du Bruels während ihrer Krankheit zwei Stunden lang Gesellschaft zu leisten. Du Bruel war benebelt über diese Listentfaltung im Stil der Maintenon, und er bewunderte diese Frau, ohne ein einziges Mal zu seinem wahren Ich zurückzukehren. Er war schon so sehr umstrickt, daß er den Strick nicht mehr spürte. Claudine gab du Bruel zu verstehen, daß das elastische System der bürgerlichen Regierung, des Bürgerkönigtums, der verbürgerlichten Hofhaltung das einzige sei, das einer Madame du Bruel gewordenen Tullia erlauben könne, einer Gesellschaft anzugehören, in die nicht von sich aus einzudringen sie vernünftig genug gewesen war. Sie hatte sich damit begnügt, von den Damen de Bonfalot, de Chissé und von Madame du Bruel, der Mutter, empfangen zu werden, wo sie, ohne je aus der Rolle zu fallen, die zurückhaltende, schlichte, tugendhafte Frau gespielt hatte. Drei Jahre später wurde sie auch bei deren Freundinnen empfangen. – ›Ich kann mit dem besten Willen nicht glauben, daß die junge Madame du Bruel beim Schein von hundert Gasflammen ganz Paris ihre Beine und alles übrige gezeigt hat!‹ sagte Madame Anselme Popinot naiv. Der Juli 1830 gleicht in dieser Hinsicht dem Kaiserreich Napoleons, der an seinem Hof eine ehemalige Zofe empfing, und zwar in Gestalt der Madame Garat, der ›Gemahlin‹ des Groß-Richters[56]. Die frühere Tänzerin hatte, Sie erraten es wohl, mit allen ihren Kameradinnen rundweg gebrochen: Unter ihren alten Bekannten erkannte sie niemanden an, der sie hätte kompromittieren können. Als sie heiratete, hatte sie in der Rue de la Victoire ein ganz kleines, bezauberndes Stadtpalais zwischen Hof und Garten gemietet, an das sie wahnwitzige Ausgaben wendete und in dem die schönsten Stücke von ihrer und du Bruels Wohnungseinrichtung verschwanden. Alles, was gewöhnlich oder nichtig anmutete, wurde verkauft. Um etwas dem bei ihr funkelnden Luxus Vergleichbares zu finden, muß man auf die schönen Zeiten der Guimard[57], der Sophie Arnould[58], der Duthé[59] zurückgreifen, die fürstliche Vermögen verschlangen. In welchem Maß hat diese üppige Häuslichkeit sich auf du Bruel ausgewirkt? Die Frage ist heikel, die Antwort noch heikler. Um Ihnen eine Vorstellung von Tullias Launen und Einfällen zu geben, mag Ihnen eine Einzelheit genügen. Ihre Bettdecke bestand aus englischer Spitze und war zehntausend Francs wert. Eine berühmte Schauspielerin hatte die gleiche; Claudine erfuhr davon und ließ fortan eine prachtvolle Angorakatze ihr Bett besteigen. Diese Anekdote ist bezeichnend für die Frau. Du Bruel wagte kein Wort zu sagen; er hatte Weisung bekommen, diese gegen ›die andere‹ gerichtete Verachtung des Luxus unter die Leute zu bringen. Tullia legte großen Wert auf dieses Geschenk des Herzogs von Rhétoré. Eines Tages aber, fünf Jahre nach ihrer Eheschließung, spielte sie so ausgelassen mit ihrer Katze, daß die Bettdecke dabei in Fetzen ging. Sie machte daraus Schleier, Volants und Besatzstreifen und legte an ihre Stelle eine richtige Bettdecke, eine Bettdecke, die eine Bettdecke war und nicht ein Beweis für die jenen Frauen eigentümliche Geistesgestörtheit, die sich, wie ein Journalist gesagt hat, durch einen unsinnigen Luxus dafür rächen, daß sie in ihrer Kindheit von rohen Kartoffeln gelebt haben. Der Tag, an dem die Bettdecke in Fetzen ging, bezeichnete im Haushalt den Beginn einer neuen Ära. Cursy zeichnete sich durch besessenes Schaffen aus. Niemand ahnt, welchen Umständen Paris das Vaudeville mit Puder, mit Schönheitspflästerchen, im Stil des achtzehnten Jahrhunderts, verdankt, das sich über die Theater ergossen hat. Der Anlaß zu diesen tausendundein Vaudevilles, über die die Feuilletonisten sich so sehr beschwert haben, ist ein formeller Wunsch der Madame du Bruel: Sie verlangte von ihrem Mann, er solle das Stadtpalais kaufen, in dem sie so große Ausgaben gemacht, in dem sie ein Mobiliar im Wert von fünfhunderttausend Francs untergebracht hat. Warum? Tullia läßt sich nie zu Erklärungen herbei, sie versteht sich wunderbar auf das gebieterische ›Darum‹ der Frauen. – ›De Cursy ist weidlich verspottet worden‹, sagte sie, ›aber letztlich hat er dieses Haus in dem Schminktopf, der Puderquaste und den Flitterkostümen des achtzehnten Jahrhunderts gefunden. Ohne mich wäre es ihm nie in den Sinn gekommen‹, fuhr sie fort und schmiegte sich vor ihrem Kamin in die Kissen. Sie gab uns diese Bemerkung nach der Rückkehr von einer Premiere eines Stückes von du Bruel zum besten, das Erfolg gehabt hatte und für das sie eine Lawine von Besprechungen voraussah. Tullia gab Empfänge. Jeden Montag veranstaltete sie einen Tee. Ihre Gesellschaft war so gewählt, wie es im Bereich ihrer Möglichkeiten lag, und sie ließ nichts außer acht, was ihr Haus angenehm machen konnte. In einem Salon wurde Bouillotte gespielt, in einem anderen geplaudert. Manchmal gab sie in einem dritten, dem größten Salon, Konzerte, die immer nur kurz waren und zu denen sie ausschließlich die prominentesten Künstler hinzuzog. Sie besaß soviel gesunden Menschenverstand, sich den erlesensten Takt anzueignen, eine Eigenschaft, die ihr sicherlich großen Einfluß auf du Bruel verschaffte. Übrigens liebte der Vaudevilleschreiber sie mit jener Liebe, die die Gewohnheit schließlich zu etwas Unentbehrlichem im Dasein macht. Jeder Tag fügt diesem festen, widerstandsfähigen, feinen Gewebe einen weiteren Faden hinzu, dessen Netzwerk die zartesten Wünsche festhält, die flüchtigsten Leidenschaften einwebt, sie vereinigt und den Mann an Armen und Beinen, an Herz und Kopf gefesselt hält. Tullia kannte de Cursy ganz genau, sie wußte, wo er verwundbar war, sie wußte auch, wie er wieder geheilt werden konnte. Jeder Beobachter, sogar ein Mann, der sich wie ich darauf versteift, über eine gewisse Erfahrung zu verfügen, findet in dieser Art Leidenschaft nichts als einen Abgrund, die Tiefen darin sind noch finsterer als überall sonst, und sogar die hellsten Stellen zeigen trübe Farbtöne. Cursy als alter, vom Kulissenleben verbrauchter Schriftsteller liebte seine Behaglichkeit, er hatte eine Schwäche für das luxuriöse, schwelgende, unbeschwerte Leben. Er war glücklich, daheim König zu sein, einen Teil der Literaten in einem Stadtpalais zu empfangen, in dem ein königlicher Luxus glänzte, wo ausgewählte Werke moderner Kunst prangten. Tullia ließ du Bruel inmitten dieser Hammelherde von Journalisten thronen, die leicht zu fassen und in einen Hinterhalt zu locken waren. Dank diesen Abendgesellschaften und gutplacierten Darlehen wurde Cursy nicht allzusehr angegriffen, seine Stücke hatten Erfolg. Daher hätte er sich nicht einmal um ein Kaiserreich von Tullia getrennt. Vielleicht hätte er bei einer Untreue beide Augen zugedrückt, unter der Voraussetzung, daß dadurch seine gewohnten Genüsse keine Einbuße erlitten; aber seltsamerweise verursachte Tullia ihm in dieser Hinsicht keinerlei Befürchtungen. Man stellte bei der ehemaligen Solotänzerin keinerlei verliebte Launen fest, und wenn sie welche gehabt hätte, hätte sie sicher den Schein gewahrt. – ›Mein Lieber‹, sagte dozierend du Bruel zu uns auf dem Boulevard, ›nichts ist dem Zusammenleben mit einer der Frauen vergleichbar, die durch ein übermäßiges Liebesleben über die Liebe hinausgelangt sind. Frauen wie Claudine haben ihr Junggesellenleben gehabt, sie kennen nur zu gut die Genüsse und werden zu den anbetungswürdigsten Frauen, die man sich nur denken kann: Sie wissen alles, sind gebildet und alles andere als zimperlich, zu allem bereit und nachsichtig. Daher predige ich jedermann, er solle ein ‚altes englisches Rennpferd' heiraten. Ich bin der glücklichste Mensch auf Erden!‹ Genau das hat du Bruel mir selbst gesagt, Bixiou hat dabeigestanden. – ›Mein Lieber‹, antwortete der Zeichner, ›er hat vielleicht recht, unrecht zu haben!‹ Acht Tage danach, an einem Dienstag, hatte du Bruel uns gebeten, bei ihm zu essen. Ich hatte ihn am Vormittag in einer Theaterangelegenheit aufgesucht, es handelte sich um eine Vergleichsverhandlung, mit der der Ausschuß des Vorstands der Bühnenschriftsteller uns betraut hatte. Wir mußten fortgehen, aber vorher ging er in Claudines Zimmer, das er nie betritt, ohne vorher anzuklopfen, und bat um die Erlaubnis einzutreten. – ›Wir leben wie die großen Herren‹, sagte er lächelnd, ›wir haben unsere Freiheit. Jeder kann tun, was er will!‹ Wir durften eintreten. Du Bruel sagte zu Claudine: ›Ich habe heute ein paar Leute eingeladen.‹ – ›Da haben wir's!‹ rief sie, ›Sie laden Gäste ein, ohne mich zu fragen, ich gelte hier nichts. Passen Sie mal auf‹, sagte sie und ernannte mich durch einen Blick zum Schiedsrichter, ›ich frage Sie, Sie persönlich: Wenn man schon den Irrsinn begangen hat, mit einer Frau von meiner Art zusammenzuleben, denn schließlich bin ich Operntänzerin gewesen ... Ja, wenn es auch in Vergessenheit geraten ist, ich selber darf es nie vergessen. Also gut, würde ein Mann von Geist, um seine Frau in der öffentlichen Meinung zu heben, sich nicht bemühen, den Anschein zu erwecken, als sei sie überlegen, um seinen Entschluß durch Anerkennung der eminenten Qualitäten dieser Frau zu rechtfertigen? Das beste Mittel, ihr Respekt bei anderen zu verschaffen, ist, sie im eigenen Haus zu respektieren und sie darin als uneingeschränkte Herrin walten zu lassen. Ja, ja, es würde mein Selbstgefühl steigern, wenn ich sähe, wie sehr er fürchtet, auch nur den Anschein zu erwecken, er gehorche mir. Zehnmal muß ich recht haben, damit er mir eine Konzession macht.‹ Sie sprach nicht einen Satz, ohne daß du Bruel verneinende Gesten vollführt hätte. – ›O nein, nein‹, fuhr sie lebhaft fort, als sie jene Gesten ihres Mannes gewahrte, ›du Bruel, mein Lieber, ich, die ich mein Leben lang, ehe ich Sie heiratete, die Rolle der Königin gespielt habe, ich kenne mich in so etwas aus! Man suchte meine Wünsche zu erraten, sie wurden erfüllt, ja noch mehr ... Schließlich bin ich fünfunddreißig, und Frauen von fünfunddreißig können nicht mehr geliebt werden. Ja, wenn ich noch sechzehn wäre und noch das hätte, was bei der Oper so teuer verkauft wird, welche Aufmerksamkeiten würden Sie mir dann bezeigen, Monsieur du Bruel! Ich verachte aufs tiefste Männer, die sich rühmen, eine Frau zu lieben, und die nicht immer um sie sind und ihr kleine Liebesdienste erweisen. Sehen Sie, du Bruel, Sie sind klein und schlau, es macht Ihnen Freude, eine Frau zu quälen; Sie haben nur sie, um Ihre Stärke zu entfalten. Ein Napoleon unterwirft sich seiner Geliebten und büßt nichts dabei ein, aber ihr Durchschnittsmänner! Ihr traut euch dann nichts mehr zu, ihr wollt nicht beherrscht werden. Fünfunddreißig Jahre, mein Lieber‹, sagte sie zu mir, ›da liegt das Rätsel ... Da haben wir's, er sagt nach wie vor nein. Sie wissen ja wohl, daß ich siebenunddreißig bin. Ich bedaure außerordentlich, aber sagen Sie allen Ihren Freunden, Sie lüden sie in den ‚Rocher-de-Cancale'[60] ein. Ich könnte ihnen zwar ein Abendessen auftischen, aber ich will es nicht, sie sollen nicht herkommen! Mein armseliger kleiner Monolog dürfte Ihnen das heilsame Rezept des ‚Jeder kann tun, was er will', welches unser Grundgesetz ist, ins Gedächtnis ätzen‹, fügte sie lachend hinzu und glitt in das tolle, kapriziöse Wesen eines Mädchens von der Oper zurück. – ›Nun, nun, mein geliebtes Kätzchen‹, sagte du Bruel, ›schon gut, regen Sie sich nicht auf. Schließlich verstehen wir doch zu leben.‹ Er küßte ihr die Hände und verließ mit mir das Haus; aber er war wütend. Auf dem Weg von der Rue de la Victoire bis zum Boulevard sagte er mir folgendes – sofern die Sätze mit den heftigsten Schimpfreden, die noch gedruckt werden dürfen, einen Begriff von den abscheulichen Ausdrücken, den giftigen Gedanken zu geben vermögen, die seinem Munde entströmten wie ein Wasserfall, der sich seitwärts aus einem großen, reißenden Gebirgsbach gelöst hat. – ›Mein Lieber, ich muß von dieser infamen, gemeinen Tänzerin loskommen, diesem alten Kreisel, der sich unter den Peitschenhieben sämtlicher Opernmelodien gedreht hat, dieser Schlampe, dieser Savoyarden-Leierkastenäffin! Auch du hast dich mit einer Schauspielerin zusammengetan, mein Lieber. Möge dir nie der Gedanke kommen, deine Geliebte zu heiraten! Siehst du: Das ist eine der Martern, die Dante in seiner Hölle vergessen hat! Ja, jetzt möchte ich sie am liebsten verprügeln, sie grün und blau schlagen, ihr ins Gesicht sagen, was mit ihr los ist. Sie hat mir das Leben vergiftet, sie läßt mich tanzen wie einen Hampelmann!‹ Wir waren auf dem Boulevard, und er befand sich in einer solchen Wut, daß ihm die Worte in der Kehle steckenblieben. – ›Sie bekommt von mir Fußtritte in den Bauch!‹ – ›Weswegen denn?‹ fragte ich ihn. – ›Mein Lieber, die tausend Myriaden von Einfällen dieser Dirne übersteigen dein Fassungsvermögen! Wenn ich zu Hause bleiben will, will sie ausgehen; wenn ich ausgehen will, will sie, daß ich zu Hause bleibe. Dies Weibsstück speit einem Begründungen, Vorwürfe, Trugschlüsse, Verleumdungen, Redensarten entgegen, daß man verrückt werden könnte! Gut sind bloß *ihre* Launen und Einfälle, schlecht die unsern! Donnert man sie mit einem Wort an, das ihnen ihre Klügeleien abschneidet, dann verstummen sie und sehen einen an, als sei man ein toter Hund. Mein Glück . . .? Das besteht in völliger Unterwürfigkeit, in der Knechtschaft eines Kettenhunds. Das wenige, was sie mir gibt, verkauft sie mir zu teuer. Zum Teufel! Ich überlasse ihr alles und flüchte mich in eine Mansarde. Ach, die Mansarde und die Freiheit! Jetzt sind es fünf Jahre, seit ich nicht mehr wage, meinen Willen durchzusetzen!‹ Anstatt seine Freunde zu benachrichtigen, blieb Cursy auf dem Boulevard; er ging mit großen Schritten über den Asphalt, von der Rue de Richelieu bis zur Rue du Mont-Blanc, und erging sich in den wütendsten Verwünschungen und den komischsten Übertreibungen. Auf der Straße verfiel er in einen Paroxysmus von Zorn, der von der Ruhe abstach, die er daheim bewahrte. Sein Spaziergang mußte dazu herhalten, die heftige Erregung seiner Nerven und den Sturm in seiner Seele zu dämpfen. Gegen zwei Uhr rief er in einer seiner ungezählten Regungen aus: ›Diese verdammten Weiber wissen nicht, was sie wollen. Ich wette um meinen Kopf, daß, wenn ich jetzt heimgehe und ihr sage, ich hätte meine Freunde benachrichtigt und wir säßen im ‚Rocher-de-Cancale' – daß ihr dann diese von ihr selbst gewünschte Abmachung nicht mehr paßt. Aber‹, sagte er zu mir, ›sie ist womöglich gar nicht daheim. Vielleicht steckt hinter der ganzen Geschichte ein Rendezvous mit irgendeinem geilen Bock! Nein; denn im Grunde liebt sie mich!‹

Ach Madame«, sagte Nathan und blickte die Marquise, die sich ein Lächeln nicht verkneifen konnte, mit durchtriebener Miene an, »nur die Frauen und die Propheten wissen den rechten Gebrauch vom Glauben zu machen.«

»Du Bruel«, fuhr er fort, »führte mich zu seinem Haus zurück; wir gingen langsam. Es war drei. Ehe wir hinaufgingen, sah er in der Küche ein geschäftiges Hinundher; er geht hinein, sieht allerlei Vorbereitungen, schaut mich an und befragt seine Köchin. ›Madame hat ein Abendessen befohlen‹, antwortete sie; ›Madame war zum Ausgehen angekleidet, sie hat einen Wagen kommen lassen, dann hat sie sich die Sache anders überlegt, hat den Wagen weggeschickt und ihn für die Stunde des Theaterbeginns nochmals bestellt.‹ – ›Da hast du's!‹ rief du Bruel. ›Was habe ich dir gesagt?‹ Wir schlichen uns in die Wohnung. Kein Mensch darin. Durch mehrere Räume gelangten wir in ein Boudoir, wo wir Tullia überraschten: Sie saß da und weinte. Ohne alle Ziererei wischte sie sich die Tränen ab und sagte zu du Bruel: ›Schicken Sie ein paar Zeilen ins ‚Rocher-de-Cancale' und teilen Sie Ihren Gästen mit, das Abendessen fände hier statt!‹ Sie hatte eine Toilette angelegt, auf deren Zusammenstellung sich die Mädchen vom Theater nicht verstehen: elegant, harmonisch in Farben und Formen, einfach im Schnitt, Stoffe, die von gutem Geschmack zeugten, nicht zu kostspielig, nicht zu vulgär; nichts Auffälliges, nichts Übertriebenes, welches Wort durch den Ausdruck ›künstlerisch‹ ausgelöscht wird, mit dem die Dummen sich bezahlen lassen. Kurzum, sie wirkte tadellos. Tullia befindet sich mit ihren siebenunddreißig Jahren in der Phase ihrer Schönheit, in der die Französinnen am schönsten sind. Das berühmte Oval ihres Gesichts war in diesem Augenblick von göttlicher Blässe. Sie hatte den Hut abgelegt, und ich gewahrte den leichten Flaum wie das Samtige einer Frucht; er milderte die ohnehin schon feinen Konturen ihrer Wangen. Ihre blonden Locken umrahmten wie zwei Trauben ihr trauernd anmutiges Gesicht. Ihre funkelnden grauen Augen lagen noch unter dem Dunstschleier der Tränen. Die Flügel ihrer winzigen, der schönsten römischen Kamee würdigen Nase zuckten. Ihr kleiner, noch ganz kindlicher Mund, ihr langer, edel geformter Hals mit den ein wenig geschwellten Adern, ihr Kinn, ihre Ohren, die eine geheime Verzweiflung gerötet zu haben schien, ihre in den Handschuhen zitternden Hände, all das zeugte von heftigen Aufregungen. Auch das fieberhafte Zucken ihrer Brauen verriet Schmerz. Sie wirkte erhaben. Ihre Worte hatten du Bruel zermalmt. Sie warf uns einen Katzenblick zu, durchdringend und undurchdringlich, wie er nur den Damen der großen Welt und den Bühnenkünstlerinnen eigentümlich ist; dann bot sie du Bruel die Hand. – ›Mein armer Freund, seit du davongestürzt bist, habe ich mir tausend Vorwürfe gemacht. Ich habe mich einer entsetzlichen Undankbarkeit angeklagt und mir gesagt, ich sei schlecht gewesen. Bin ich sehr schlecht gewesen?‹ fragte sie mich. ›Warum sollten deine Freunde nicht herkommen? Bist du hier nicht in deinem eigenen Haus? Willst du den Grund von alledem wissen? Ich habe Angst, daß ich nicht mehr geliebt werde. Kurz und gut: Ich habe zwischen der Reue und der Scham geschwankt, die Hand zur Versöhnung zu bieten. Beim Durchblättern der Zeitungen habe ich gesehen, daß in ‚Les Variétés' eine Premiere stattfindet, und da habe ich geglaubt, du wollest einen Mitarbeiter bewirten. Als ich so allein dasaß, bin ich schwach geworden; ich habe mich angekleidet und wollte dir nachlaufen ... du armes Katerchen!‹ Du Bruel blickte mich mit Siegermiene an; er hatte seine großspurige Rede *contra Tulliam* völlig vergessen. – ›Schon gut, lieber Engel, ich bin zu niemandem gegangen‹, sagte er zu ihr. – ›Wie gut wir einander verstehen!‹ rief sie aus. In dem Augenblick, da sie diesen entzückenden Ausspruch tat, sah ich in ihrem Gürtel ein Briefchen stecken. Aber ich bedurfte dieses indirekten Beweises gar nicht, um zu erraten, daß Tullias Anwandlungen dunkle Ursachen hatten. Meiner Meinung nach ist die Frau nächst dem Kind das logischste Wesen. Alle beide bieten das sublime Phänomen des beständigen Triumphs eines einzigen Gedankens. Beim Kind wechselt der Gedanke alle paar Augenblicke, aber nur um dieses Gedankens willen ist es in beständiger Aufregung, und zwar mit einer solchen Inbrunst, daß jeder ihm nachgibt und hingerissen ist von der Naivität und der Beharrlichkeit des Verlangens. Die Frau hält fester an ihren Ideen, sie aber deswegen eine Phantastin zu nennen, das ist eine Beleidigung aus dem Mund eines Ahnungslosen. Wenn sie handelt, so steht sie stets unter der Herrschaft einer Leidenschaft, und es ist wunderbar, zu erleben, wie sie aus ebenjener Leidenschaft das Zentrum der Natur und der Gesellschaft macht. Tullia wurde zur Schmeichelkatze, sie umstrickte du Bruel, der Tag wurde wieder blau, und der Abend verlief herrlich. Der geistvolle Vaudevilleschreiber merkte nicht das mindeste von dem Schmerz, der im Herzen seiner Frau begraben lag. – ›Mein Lieber‹, sagte er zu mir, ›so ist das Leben: Widersprüche, Gegensätze!‹ – ›Vor allem, wenn sie nicht nur gespielt werden!‹ antwortete ich. – ›Auch ich fasse es so auf‹, entgegnete er. ›Aber ohne diese heftigen Aufregungen würde man vor Langeweile sterben! Ach, diese Frau verfügt über die Gabe, mich aufzuputschen!‹ Nach dem Essen gingen wir ins Théâtre des Variétés; aber vor dem Aufbruch schlich ich mich in du Bruels Zimmer und entnahm einem Stapel auf einem Bücherbrett liegender, zum Wegwerfen bestimmter Papiere die Nummer der ›Petites-Affiches‹[61], in der die offizielle Anzeige des Kontraktes über das von du Bruel gekaufte Stadtpalais abgedruckt stand, wie die gesetzliche Hypothekenentlastung es erforderte. Als ich die Worte: ›Auf Ersuchen des Jean-François du Bruel und der Claudine Chaffaroux, seiner Ehefrau‹ las, die mir wie ein Lichtstrahl in die Augen sprangen, wurde mir alles klar. Ich nahm Claudine beim Arm und tat, als wolle ich alle andern vor uns hinuntergehen lassen. Als wir allein waren, sagte ich zu ihr: ›Wenn ich La Palferine wäre, würde ich nie ein Rendezvous versäumen!‹ Sie legte mit ernster Miene einen Finger auf die Lippen und drückte beim Hinabsteigen meinen Arm; fast freudig schaute sie mich an, als sie daran dachte, daß ich mit La Palferine bekannt sei. Wissen Sie, was ihr erster Einfall war? Sie wollte aus mir ihren Spitzel machen; aber sie stieß auf das Geschwätz der Bohème. Einen Monat später, nach der Premiere eines Stücks von du Bruel, regnete es, wir waren beisammen, ich holte eine Droschke. Wir hatten ein paar Augenblicke auf der Bühne verweilt, und so gab es am Eingang keinen Wagen mehr.

Claudine putzte du Bruel weidlich herunter, und während des Fahrens – sie brachte mich zu Florine – setzte sie den Streit fort und sagte ihm die beleidigendsten Dinge. – ›Was ist denn nun schon wieder los?‹ fragte ich. – ›Mein Lieber, sie macht mir Vorwürfe, daß ich Sie die Droschke habe holen lassen; sie nimmt diesen Anlaß wahr und verlangt für die Zukunft einen eigenen Wagen.‹ – ›Ich habe, solange ich Solotänzerin war, mich meiner Füße nur auf den Brettern bedient‹, sagte sie. ›Wenn du ein Herz hast, dann denkst du dir jährlich vier Stücke mehr aus, sorgst dafür, daß sie Erfolg haben, indem du dir vorstellst, wozu die Honorare bestimmt sind. Dann braucht deine Frau nicht mehr durch den Schmutz zu patschen. Es ist eine Schmach und Schande, daß ich darum erst bitten muß. Sie hätten erraten müssen, was ich in den fünf Jahren, die ich verheiratet bin, beständig gelitten habe!‹ – ›Ich bin gern damit einverstanden‹, antwortete du Bruel, ›aber wir ruinieren uns.‹ – ›Wenn Sie Schulden machen‹, antwortete sie, ›können sie mit der Erbschaft meines Onkels bezahlt werden.‹ – ›Sie sind durchaus fähig, mir die Schulden zu lassen und die Erbschaft zu behalten.‹ – ›Oh, wenn Sie es so auffassen‹, antwortete sie, ›dann sage ich Ihnen nichts mehr. Ein solcher Ausspruch verschließt mir den Mund.‹ Sogleich erging du Bruel sich in Entschuldigungen und Liebesbeteuerungen. Sie antwortete nicht. Er langte nach ihren Händen; sie ließ ihn sie nehmen, da sie eiskalt waren wie die Hände einer Toten. Tullia, müssen Sie wissen, spielte diese Leichenrolle vortrefflich. Die Frauen spielen sie, um zu beweisen, daß sie ihre Einwilligung zu allem und jedem verweigern, daß sie einem ihre Seele, ihren Geist, ihr Leben vorenthalten und sich selbst als Lasttiere betrachten. Nichts trifft Leute von Herz tiefer als diese Aufführung. Dabei können sie dieses Mittel nur bei jenen anwenden, von denen sie vergöttert werden. – ›Glauben Sie‹, fragte sie mich mit der verächtlichsten Miene, ›daß ein Graf eine solche Kränkung ausgesprochen, auch wenn er sie gedacht hätte? Zu meinem Pech habe ich mit Herzögen und Gesandten, mit großen Herren Umgang gehabt und kenne deren Manieren. Wie unerträglich wird durch so etwas das bürgerliche Leben! Schließlich ist ein Vaudevilleschreiber weder ein Rastignac noch ein Rhétoré ...‹ Du Bruel war bleifahl. Zwei Tage danach trafen du Bruel und ich einander im Foyer der Oper. Wir gingen ein paarmal auf und ab und kamen dabei auf Tullia zu sprechen. – ›Nehmen Sie mein blödes Gerede auf dem Boulevard nicht ernst‹, sagte er zu mir, ›ich bin ein bißchen heftig.‹ Zwei Winter hindurch war ich häufig bei du Bruel zu Gast und verfolgte aufmerksam Claudines Verhalten. Sie besaß einen glänzenden eigenen Wagen, und du Bruel hatte sich in die Politik gestürzt. Claudine hatte ihn dahin gebracht, seinen royalistischen Anschauungen abzuschwören. Er söhnte sich aus und wurde wieder in der Verwaltung angestellt, der er früher angehört hatte. Sie sorgte dafür, daß er für die Wahlen der Nationalgarde aufgestellt wurde, er wurde zum Bataillonskommandeur gewählt[62]. Bei einem Aufruhr zeigte er sich so tapfer, daß er die Offiziersrosette der Ehrenlegion erhielt. Er wurde zum Referenten über die Bittschriften und zum Abteilungsleiter ernannt. Der Onkel Chaffaroux starb und hinterließ seiner Nichte vierzigtausend Francs Zinsen, etwa drei Viertel seines Vermögens. Du Bruel wurde zum Abgeordneten ernannt, aber um nicht der Wiederwahl unterworfen zu sein, hatte er sich vorher zum Staatsrat und Direktor ernennen lassen. Er veröffentlichte nacheinander archäologische Abhandlungen, statistische Werke und zwei politische Broschüren, die den Vorwand zu seiner Wahl in eine der entgegenkommenden Akademien des Institut de France bilden sollten. Gegenwärtig ist er Kommandeur der Ehrenlegion und hat sich so geschickt in den Intrigen der Abgeordnetenkammer bewegt, daß er unlängst zum Pair von Frankreich und zum Grafen ernannt worden ist. Unser Freund wagt es noch nicht, diesen Titel zu führen. Nur seine Frau läßt auf ihre Visitenkarten drucken: Gräfin du Bruel. Der frühere Vaudevilleschreiber trägt den Leopoldsorden, den Isabellenorden, das Sankt-Wladimirs-Kreuz zweiter Klasse, die Friedensklasse des bayerischen Verdienstordens, den päpstlichen Orden vom goldenen Sporn. Mit einem Wort: Er trägt alle kleinen Kreuze, ganz abgesehen von seinen großen. Vor drei Monaten ist Claudine in ihrer glänzenden, wappengeschmückten Equipage vor La Palferines Tür vorgefahren. Du Bruel ist der Enkel eines gegen Ende der Regierungszeit Ludwigs XIV. geadelten Lieferanten. Sein Wappen ist von Chérin[63] entworfen worden, und die Grafenkrone steht dem Wappenschild nicht schlecht, denn dieses zeigt keine der Lächerlichkeiten der Kaiserzeit. Auf diese Weise hatte Claudine innerhalb dreier Jahre die Bedingungen des Programms erfüllt, die ihr der charmante, der fröhliche La Palferine auferlegt hatte. Eines Tages, das ist jetzt einen Monat her, steigt sie die Treppe des schäbigen Hotels hinauf, in dem ihr Geliebter wohnt, und klimmt in all ihrer Glorie, gekleidet wie eine echte Gräfin aus dem Faubourg Saint-Germain, bis zur Mansarde unseres Freundes. La Palferine erblickt Claudine und sagt zu ihr: ›Ich weiß, du hast dich zum Pair ernennen lassen. Aber es ist zu spät, Claudine; alle Welt erzählt mir vom Kreuz des Südens, ich will es sehen.‹ – ›Ich verschaffe es dir‹, sagt sie. Daraufhin bricht La Palferine in ein homerisches Gelächter aus. ›Unter gar keinen Umständen‹, entgegnet er, ›will ich zur Geliebten eine Frau, die dumm ist wie ein Hecht und die Karpfensprünge vollführt wie den von den Kulissen der Oper an den Hof. Ich will dich nicht am Bürgerhof sehen.‹ – ›Was ist denn das Kreuz des Südens?‹ fragte sie mit bekümmerter, gedemütigter Miene. Mich packte Bewunderung vor dieser Unerschütterlichkeit wahrer Liebe, die im wirklichen Leben wie in den unschuldigsten Feenmärchen sich in Abgründe stürzt, um die singende Blume oder das Ei des Vogels Roch zu erringen. Ich erklärte ihr, das Kreuz des Südens sei ein Haufe von Nebelflecken, die kreuzförmig angeordnet seien, heller schimmerten als die Milchstraße, und das nur in den südlichen Meeren sichtbar werde. – ›Also gut, Charles‹, sagte sie zu ihm, ›laß uns hinfahren.‹ Ungeachtet seiner charakterlichen Wüstheit traten La Palferine die Tränen in die Augen. Aber wie hatte Claudine ihn auch angeblickt, wie hatte ihre Stimme geklungen! Nie habe ich etwas Ähnliches in den größten Leistungen der Schauspieler gesehen, das mit jener Bewegung vergleichbar gewesen wäre, mit der Claudine beim Erblicken von Tränen in den Augen, die sie immer so hart angeschaut hatten, auf beide Knie niederfiel und die Hand des erbarmungslosen La Palferine küßte. Er hob sie hoch, setzte die großspurige Miene auf, die er die Rusticoli-Miene nennt, und sagte zu ihr: ›Laß es gut sein, mein Kind, ich will etwas für dich tun. Ich werde dich ... in meinem Testament bedenken!‹

Gut denn«, sagte Nathan abschließend zu Madame de Rochefide, »ich überlege, ob du Bruel der Hineingefallene ist. Freilich gibt es nichts Komischeres und Seltsameres, als die Scherze eines sorglosen jungen Herrn zu erleben, der im Haushalt, in einer Familie den Ton angibt, dessen geringste Launen Befehle sind, der die wichtigsten Anordnungen widerruft. Der Vorfall mit dem Abendessen hat sich, das werden Sie sich denken können, bei tausend Gelegenheiten und innerhalb der Region höchst bedeutsamer Dinge wiederholt! Aber ohne die Launen seiner Frau wäre du Bruel noch immer de Cursy, ein Vaudevilleschreiber unter fünfhundert anderen, während er jetzt in der Pairskammer sitzt ...«

»Hoffentlich werden Sie die Namen abändern?« sagte Nathan zu Madame de La Baudraye.

»Das will ich meinen, nur für Sie habe ich den Gestalten die richtigen Namen gegeben. Mein lieber Nathan«, sagte sie leise zu dem Dichter, »ich kenne einen andern Haushalt, in dem die Frau der du Bruel ist.«

»Und die Lösung?« fragte Lousteau, der in dem Augenblick heimkam, da Madame de La Baudraye mit der Vorlesung ihrer Novelle fertig war.

»Ich glaube nicht an Lösungen«, sagte Madame de La Baudraye, »man muß sich ein paar schöne ausdenken, um zu zeigen, daß die Kunst ebenso stark ist wie der Zufall. Aber, mein Lieber, man liest ein Werk bloß um seiner Einzelheiten willen zum zweitenmal.«

»Dabei gibt es eine Lösung«, sagte Nathan.

»Nanu? Welche denn?« fragte Madame de La Baudraye.

»Die Marquise de Rochefide hat sich wahnsinnig in Charles-Edouard verliebt. Meine Erzählung hat ihre Neugier angestachelt.«

»Ach! Die Ärmste!« rief Madame de La Baudraye aus.

»So übel ist sie gar nicht dran!« sagte Nathan. »Denn Maxime de Trailles und La Palferine haben den Marquis mit Madame Schontz auseinandergebracht und wollen Arthur und Béatrix miteinander versöhnen.« (Siehe »Béatrix«, »Szenen aus dem Privatleben«.[64])

Anmerkungen

Ein Fürst der Bohème

1 Kleines, halbrundes Sofa für zwei Personen.

2 Jene Straße lief am Parc Monceau entlang, der damals doppelt so groß war wie heute. Den Namen trug das Ende der heutigen Rue de Courcelles zwischen der Rue Monceau und dem Boulevard de Courcelles.

3 Italienisch: Geliebter, Schwerenöter.

4 Serpentin ist ein meist dunkelgrünes, rotes oder braunes, geflammtes, geädertes oder geflecktes Gestein. – ›Le Grand Serpentin vert‹ ist ein Märchen, das, von dem Märchen Amor und Psyche und von La Fontaines Erzählung angeregt, Mme d'Aulnoy (1651–1705) in ihre Novelle ›Don Fernand de Tolède‹ einfügte.

5 Pierre-François Tissot (1768–1854), bezeigte sich in seinen Prinzipien als ein ebenso radikaler Revolutionär, wie er maßvoll in seinen Handlungen war. Er nahm an der Revolution teil, trat aber nie in den Vordergrund. Seit 1810 war er Stellvertreter des Abbé Jacques Delille (1738–1813), den die Zeitgenossen für den besten Dichter nächst Voltaire hielten, auf dessen Lehrstuhl für lateinische Dichtung; 1813 wurde er sein Nachfolger. Die Restauration enthob ihn seines Amtes; die Juli-Revolution setzte ihn wieder ein. Außer seinen Dichtungen schrieb er Studien über Vergil und eine Geschichte der Französischen Revolution.

6 Lateinisch: Sendgrafen.

7 Gestalt des Verführers in Samuel Richardsons (1689–1761) Roman ›Clarissa‹ (1747/48).

8 König von Frankreich (1553–1610), führte ein ausgiebiges Liebesleben.

9 Herzog Philipp von Orléans, der 1715–1723 während der Minderjährigkeit Ludwigs XV. die Regentschaft führte: ein intelligenter, lebensfroher Genießer.

10 Männliche Hauptgestalt in Jean-Jacques Rousseaus Roman ›La Nouvelle Héloïse‹ (1761).

11 Held von Chateaubriands Novelle gleichen Titels, die das Thema der Geschwisterliebe abwandelt.

12 Armand, Herzog von Richelieu (1696–1788), Marschall von Frankreich, Großneffe des Kardinal-Ministers, Feldherr und Staats-

mann von Rang, eine der glänzendsten Persönlichkeiten des 18. Jahrhunderts, Held zahlloser Liebesabenteuer bis ins hohe Alter.

13 Die Studie ›De l'Amour‹ erschien 1822.

14 Tochter Lorenzos von Medici, Gemahlin König Heinrichs II. von Frankreich (1519–1589); Mutter Franz' II., Karls IX. und Heinrichs III. Regentin während der Minderjährigkeit Karls IX. Sie hatte den größten Schuldanteil an der Bartholomäus-Nacht. Siehe Balzacs Werk ›Katharina von Medici‹.

15 Lateinisch: In diesem Zeichen siegen wir.

16 Marie-Joséphine Laguerre (1755–1783), »ein Mädchen von der Oper«, hätte um ihrer Intelligenz und der Schönheit ihrer Stimme willen eine schöne Laufbahn als Sängerin hinter sich bringen können, wenn nicht Ausschweifungen jeglicher Art, zumal ihr Hang zum Wein, ihre Gesundheit zugrunde gerichtet hätten.

17 Etienne-Michel Bouret (1710–1777), Sohn eines Lakaien, stieg zum Generalsteuerpächter auf, war einer der raubgierigsten Finanzleute gegen Ende der Regierung Ludwigs XV. und zugleich, trotz der Lobhudeleien bestochener Schriftsteller, ein nichtiger, plumper Emporkömmling. Er hatte mehr als vierzig Millionen besessen, starb jedoch im Elend.

18 Luise-Marie-Karoline, Gräfin von Albany (1753–1824), Tochter des Prinzen Gustav-Adolf von Stollberg-Gedern, seit 1772 mit dem englischen Kronprätendenten Karl-Eduard Stuart, dem Enkel König Jakobs II., verheiratet; die Ehe mit dem trunksüchtigen Prinzen war unglücklich und wurde 1780 gelöst. Die Gräfin Albany ging nach Florenz und wurde die Geliebte des Dichters und Grafen Vittorio Alfieri (1749–1803).

19 Sieg Napoleons über die Österreicher 1809.

20 Von Balzac erfundene, also historisch unkorrekte Fakten.

21 Der Kardinal-Minister Mazarin (1602–1661) war italienischer Abkunft und hieß ursprünglich Giulio Mazzarini.

22 Victor de Foix-Grailly (1804–1889), Maler, begann 1833 im Salon Landschaftsbilder auszustellen.

23 Im Sinne von fein, elegant, witzig.

24 Anspielung auf Charles Nodiers (1780–1844) Werk ›Histoire du Roi de Bohême et de ses sept châteaux‹ (1830).

25 Antoine Nompar de Caumont, Herzog von Lauzun (1632–1723), erwarb rasch die Gunst Ludwigs XIV., der ihn zum Feldmarschall

ernannte, und die Liebe der Mlle de Montpensier, der Kusine des Königs; er rühmte sich, er werde sie mit königlicher Zustimmung heiraten. Trotz zweier Gefangenschaften, zunächst in der Bastille, dann in Pignerol, die neun Jahre dauerten, trotz des Verbots des Königs und des Widerstrebens der Prinzen von Geblüt heiratete er Mlle de Montpensier heimlich, machte sie sehr unglücklich, prügelte sie und verließ sie nach kurzer Zeit.

26 Charles Gaudin (1756–1841), unter Necker Steuerbeamter, lehnte unter dem Direktorium das Portefeuille des Finanzministers ab, nahm es indessen aus der Hand des Ersten Konsuls an. Er behielt es während der ganzen Regierungszeit Napoleons bei, der ihn 1808 zum Herzog von Gaëta ernannte. 1820–1834 war er Gouverneur der Bank von Frankreich; unter Louis-Philippe lehnte er die Pairswürde ab.

27 Antoine de Rivarol, eigentlich Antonio Rivaroli (1753–1801), einer aus der Lombardei stammenden, verarmten Adelsfamilie angehörend, in Bagnols (Gard) geboren, ging 1777 als Schriftsteller nach Paris und gewann Anschluß an Voltaire und die Aufklärer. Während der Revolution trat er für die Monarchie ein und emigrierte 1792; 1795 kam er nach Deutschland und lebte zunächst in Hamburg, dann in Berlin, wo er starb. Hochbegabter Schriftsteller von kaustischem Witz, berühmt durch seine Wortspiele. Er übersetzte Dante und erwarb sich Verdienste um die Pflege der französischen Sprache.

28 Jacques Laffitte (1767–1844), Sohn eines Zimmermanns, begann als Lehrling bei dem Bankier Perregoux, der ihn 1800 zu seinem Teilhaber machte. 1814 wurde Laffitte Gouverneur der Bank von Frankreich, 1816 Abgeordneter, beständig wiedergewählt, immer der Linken angehörend. Er stimmte gegen sämtliche Ministerien der Restauration und trieb im Juli 1830 eifrig zum Widerstand gegen die berüchtigten ›Ordonnanzen‹ (die die Kammer auflösten und u. a. die Pressefreiheit einschränkten) an. In seinem Stadtpalais versammelten sich die Häupter der orleanistischen Bewegung; Laffitte schlug am 29. Juli dem Herzog von Orléans vor, zunächst die Regentschaft zu übernehmen, dann den Thron zu besteigen. Er wurde Minister im ersten Kabinett Louis-Philippes und übernahm am 3. November darin den Vorsitz. Da er eine fortschrittliche Politik (›le mouvement‹) verfolgte, mißfiel er dem König und mußte am 31. März 1831 demissionieren. Fortan bemühte er sich erfolglos, sein großes Vermögen wiederzugewinnen, das er durch die Revolution verloren hatte, deren Vorkämpfer er

gewesen war. Um diese Zeit wurde die Nationale Subskription zu seinen Gunsten eröffnet, die Balzac erwähnt.

29 Charles-Augustin Sainte-Beuve (1804–1869), Schriftsteller und bedeutender Kritiker, Gegner Balzacs und Victor Hugos, mit dessen Frau er zeitweise ein Verhältnis hatte.

30 In einem Haus im Hirschpark bei Versailles hatte Ludwig XV. Zusammenkünfte mit jungen Mädchen, die sein Kammerdiener ihm auf den Rat der alternden, kränklichen Mme de Pompadour hin zuführte. Jene Liebesintermezzi, bei denen nie Zwang angewandt wurde, dauerten immer nur kurze Zeit; die betreffenden Mädchen wurden reich entschädigt und gut verheiratet. Ihre Zahl und die dabei angewandten Methoden sind von Pamphletisten der Revolutionszeit und später übertrieben geschildert worden; neuere Forschungen haben ein wesentlich anderes Bild davon gezeichnet.

31 Ein Pariser Stadtpalais in der Rue Saint-Thomas-du-Louvre, erbaut nach den Plänen der Marquise de Rambouillet (1588–1665), wo sich eine erlesene Gesellschaft versammelte, deren Einfluß auf die Reinigung der französischen Sprache und auf die Entwicklung der Literatur von 1620–1665 im allgemeinen segensreich war.

32 Siehe Anmerkung 12.

33 Der Chevalier, genannt Marquis de Champcenetz (1760–1794), Gardeoffizier, Schöngeist, Freund Rivarols und sein Mitarbeiter an einer kleinen, sarkastischen, ultraroyalistischen Zeitschrift ›Les Actes des Apôtres‹. Er endete auf dem Schafott.

34 Blaise Pascal (1623–1662), Geometer, Physiker, Philosoph und Schriftsteller; später Jansenist. Durch seine »Pensées« einer der größten Prosaisten Frankreichs.

35 Berühmter Feldherr Thebens (geb. zwischen 420 und 410 v. Chr., gefallen 362 v. Chr. in der Schlacht bei Mantinea).

36 Spanisch: Bitterkeit.

37 Am 30. Mai 1837 heiratete Herzog Ferdinand von Orléans (1810 bis 1842) zu Fontainebleau Helene von Mecklenburg-Schwerin. Seine Tante, die Balzac erwähnte, ist Madame Adélaïde (1777 bis 1847), die unverheiratet gebliebene Schwester Louis-Philippes, die dem König lebenslang als Beraterin zur Seite stand.

38 Aus trojanischem Königsgeschlecht; zeugte mit Aphrodite den Aeneas, wurde von diesem aus dem brennenden Troja hinausgetragen, starb auf Sizilien (s. Vergil ›Aeneis‹).

39 Makaronischer Stil: ein verschnörkelter Stil, wobei die Worte in unkorrekter Weise latinisiert sind.

40 Laurence Sterne (1713–1768), der von Balzac hochgeschätzte Autor des ›Tristram Shandy‹, veröffentlichte ›A Sentimental Journey trough France and Italy‹ 1768; die deutsche Übersetzung erschien im gleichen Jahr. Das Werk war ein Bericht über eine Reise, die Sterne tatsächlich durchgeführt hat, untermischt mit erfundenen, teils heiteren, teils gefühlvollen Abenteuern.

41 Paul Scarron (1610–1660), wichtiger Vertreter der burlesken Erzählkunst. Sein Hauptwerk ist der (unvollendete) ›Roman comique‹, der ›Komödiantenroman‹.

42 Savinien Cyrano de Bergerac (1619–1655), Freund Molières, schrieb Bühnenwerke und phantastische Reise-Erzählungen mit burlesken Einfällen, Fahrten zum Mond und zur Sonne. Molière benutzte zwei Szenen aus Cyranos Komödie ›Le pédant joué‹ in seiner eigenen Komödie ›Les Fourberies de Scapin‹. Rostand machte ihn 1897 zum romantisch verklärten Helden eines seinerzeit bejubelten Schauspiels.

43 Siehe Anmerkung 12.

44 Arie aus Rossinis Oper ›Wilhelm Tell‹ (1829), seinem Hauptwerk auf dem Gebiet der Großen Oper und seinem letzten Bühnenwerk.

45 ›Le Mari, la Femme et le Voleur‹, Fables IX, 15.

46 Die Schwiegertochter des Grafen von Artois, des späteren Karls X., Gattin des 1820 ermordeten Thronfolgers.

47 Des Hauses Bourbon. Er war also Anhänger des durch die Juli-Revolution von 1830 entthronten Karls X.

48 Marie-Madeleine Guimard (1743–1816), berühmte Tänzerin an der Pariser Oper.

49 Das war sicherlich Sosthène de la Rochefoucauld, der sein Amt als Direktor der Schönen Künste 1824 antrat und schleunigst die nackten Statuen im Louvre mit Feigenblättern beklebte und anordnete, daß die Tänzerinnen längere Kleider trugen, worauf es auf ihn boshafte Bemerkungen in den Boulevardblättern regnete.

50 Zwei Tänzerinnen, Schwestern: Lise starb 1853; die andere wurde Mme Alexis Dupont.

51 Die Vestris (eigentlich Vestri) sind eine Tänzerfamilie Florentiner Ursprungs, die ein Jahrhundert lang in der Pariser Oper geglänzt hat. Ihre bekanntesten Vertreter sind Gaëtano Vestris (1729–1808), genannt »der schöne Vestris«, dessen Geckenhaftigkeit ihn ebenso berühmt machte wie seine revolutionäre Umgestaltung der Ko-

stüme und seine choreographischen Leistungen; sein Sohn Auguste (1760–1842), genannt »der Gott des Tanzes«. Er tanzte noch als 66jähriger die Rolle des Amor in dem Ballett ›Psyche‹. Seine Eitelkeit übertraf noch die seines Vaters; auf ihn spielt Balzac an.

52 Das mit Bruststimme gesungene hohe C war der Triumph des Tenors Gilbert-Louis Duprez (1806–1896), der auch als Komponist hervorgetreten ist.

53 Marie-Anne Cuppi, genannt die Camargo (1710–1770), seit 1727 Solotänzerin der Oper. Sie war die erste, die es wagte, die Ballettröckchen zu kürzen.

54 Siehe Anmerkung 48. Die Guimard war nicht nur mager und häßlich, sondern überdies blatternarbig. Dennoch trug sie um der Noblesse ihres Tanzes willen rauschende Erfolge davon. Sie war zudem geistvoll und hatte hohe Gönner: den Prinzen Soubise, den Bischof von Orléans, Jarente de La Bruyère, und den Finanzmann Laborde.

55 Marie Taglioni (1804–1884), tanzte an der Pariser Oper von 1827 bis 1847 und zog sich dann nach Italien zurück.

56 Der Groß-Richter hatte die Oberleitung des Justiz- und Polizeiwesens. Bei feierlichen Gelegenheiten saß er dem Kassationsgericht vor. Jenes Amt war für Claude-Ambroise Régnier (1746–1814), den späteren Herzog von Massa, geschaffen worden, der es bis 1813 innehatte. – Dominique-Joseph Garat (1749–1833), war zunächst Mitglied der Gesetzgebenden Versammlung, wurde am 12. Oktober 1792 Nachfolger Dantons als Justizminister, dann folgte er Roland als Innenminister; danach wurde er Gesandter, Präsident des Rats der Fünfhundert und schließlich Senator des Kaiserreichs. Er trug den Spitznamen »Der Jakobiner wider Willen«.

57 Siehe Anmerkung 48 und 54.

58 Sophie Arnould (nicht Arnoult, wie Balzac schreibt) 1774–1803, Sängerin an der Oper, glänzte in Rollen Rameaus und Glucks. Sie besaß einen höchst lebendigen und verfeinerten Geist.

59 Rosalie Duthé (1752–1820), Tänzerin und Kurtisane großen Stils. Sie hatte blondes Haar und ein engelhaftes Gesicht und wurde mit der Erziehung des Herzogs von Chartres (Philippe Egalité) beauftragt. Später stand sie dem Grafen von Artois, Karl X., nahe.

60 Von Balzac häufig erwähntes Luxusrestaurant in der Rue Montorgueil; es wurde von dem berühmten Koch Borel geleitet.

61 Während der Revolution gegründetes Anzeigen- und Mitteilungsblatt.

62 Die Nationalgarde wählte ihre Offiziere selbst.

63 Bernard Chérin († 1783) und sein Sohn Louis-Nicolas-Henri Chérin († 1799) waren Königliche Historiographen und standen in gutem Ruf wegen ihrer Unbestechlichkeit beim Aufstellen von Genealogien.

64 Diese letzte Anmerkung im Text stammt von Balzac selbst.

Biographische Notizen über die Romangestalten

Ein Fürst der Bohème

DU BRUEL, Jean-François, Graf, geboren um 1787, war 1816 ins Finanzministerium eingetreten (›Die ‚Fischerin im Trüben'‹), wo er 1824 als Bürochef tätig war (›Die Beamten‹). Unter seinen erfolgreichen Vaudevilles muß ›Der Alkalde in Verlegenheit‹ erwähnt werden; das Stück stellte bei seiner Erstaufführung 1822 im Panorama-Dramatique Florine und Coralie heraus (›Verlorene Illusionen‹). Jenes Vaudeville war auf Halbpart zusammen mit Nathan geschrieben worden, der ihm lange Zeit seine Mitarbeit aufnötigte (›Eine Evastochter‹).

DU BRUEL, Claudine, geb. Chaffaroux, Gräfin, geboren 1799, war zu Beginn der Restauration die Geliebte des Herzogs von Rhétoré gewesen (›Die ‚Fischerin im Trüben'‹; ›Verlorene Illusionen‹; ›Memoiren zweier Jungvermählter‹). Als sie durch ihre Heirat mächtig geworden und geachtet war, setzte sie 1840 alle Hebel in Bewegung, daß Thuillier die Ehrenlegion bekam (›Die Kleinbürger‹).

LA BAUDRAYE, Mme de, geborene Dinah Piédefer, geboren 1807, Gattin eines Großgrundbesitzers im Berry, eine zarte, literarisch gebildete Frau, hatte sich 1836 von dem Journalisten Lousteau verführen lassen, war ihm nach Paris gefolgt, hatte sich in sein Bohèmeleben geschickt und sich schließlich darein gefügt, ihren faulen Liebhaber mit ihrer Feder zu unterhalten. Lousteaus Würdelosigkeit flößte ihr schließlich Ekel ein, und sie kehrte im Mai 1842 zu ihrem Mann zurück (›Die Muse des Départements‹).

LA PALFERINE, Charles-Edouard Rusticoli, Graf de, geboren 1802, wurde tatsächlich der Liebhaber der Mme de Rochefide; aber dieses Verhältnis, bei dem er pekuniär auf seine Kosten kam, war künstlich herbeigeführt worden: Es war bezweckt worden, Mme de Rochefide und Calyste de Guénic zu entzweien, den letzteren zu seiner Frau und Mme de Rochefide zu ihrem Mann zurückzuführen (›Béatrix‹). Im Winter 1842 verliebte La Palferine sich in Mme Laginska, aber nach ein paar Zusammenkünften scheiterte er an der Willenskraft des Rittmeisters Tadeusz Paz (›Die falsche Geliebte‹).

LOUSTEAU, Etienne, geboren 1799 in Sancerre, war während der letzten zehn Jahre der Restauration und der Juli-Monarchie der Typus des ›Journalisten für alles‹: intelligent, geistvoll, aber skrupellos (›Die ‚Fischerin im Trüben'‹; ›Verlorene Illusionen‹; ›Glanz und Elend der Kurtisanen‹). Sein Verhältnis mit Mme de La Baudraye, bei dem sein Charakter sich am deutlichsten bekundete, war das einzige wichtige Geschehnis seines Lebens (›Die Muse des Départements‹).

NATHAN, Raoul, Sohn eines jüdischen Trödlers, war von 1820 bis 1845 einer der meistbewunderten Roman- und Bühnenschriftsteller. Er war ein sehr unausgeglichener Charakter und überaus berechnender Geist; er lebte vorzugsweise in der journalistischen und galanten Bohème (›Ein Lebensbeginn‹; ›Verlorene Illusionen‹; ›Glanz und Elend der Kurtisanen‹; ›Die Muse des Départements‹), verstand es aber auch, in der großen Welt empfangen zu werden (›Die Geheimnisse der Fürstin von Cadignan‹). Bei der Marquise d'Espard lernte er Mme Félix de Vandenesse kennen, verliebte sich in sie, errang ihre Gegenliebe und hätte sie sogar verführt, wenn nicht der intelligente, zartfühlende Graf Félix eingegriffen hätte (›Eine Evastochter‹). Niedergeschlagen durch diese Enttäuschung kehrte Nathan zu seiner alten Geliebten Florine zurück und heiratete sie schließlich (›Die Komödianten wider ihr Wissen‹).

ROCHEFIDE, Béatrix-Maximilienne-Rose, geb. de Castéran, Marquise de, geboren um 1808, hatte 1828 den Marquis de Rochefide geheiratet; sie verließ ihn bald und folgte dem Musiker Gennaro Conti, den sie 1832 ihrer Freundin Mlle des Touches ausgespannt hatte. Aber Béatrix war zu wahrer Liebe ebensowenig fähig wie zur Tugend; sie bekam Conti bald satt, reizte mit ihren Koketterien den jungen Calyste de Guénic auf, stachelte ihn zu einer Liebe an und machte sich ein Spiel daraus, ihr nicht nachzugeben. Erst die Heirat Calystes mit Sabine de Grandlieu und das Verlockende des Ehebruchs trieben Mme de Rochefide Calyste in die Arme. Dies Verhältnis endete erst nach 1840 durch eine komplizierte Intrige, bei der La Palferine die Rolle des ›neuen Gottes‹ spielte (›Béatrix‹).

Die Beamten

Übertragung von Ernst Sander

Der Erstabdruck des Romans ›Die Beamten‹ erfolgte unter dem Titel ›La Femme supérieure‹ (›Die überlegene Frau‹) vom 1. bis 14. Juli 1837 in ›La Presse‹. Im folgenden Jahr wurde ihm die Widmung an die Gräfin San Severino hinzugefügt sowie der Schluß, den der Zeitungsabdruck nicht enthalten hatte, und es erschien die erste Buchausgabe in zwei Bänden, die auch ›La Torpille‹ (ursprünglicher Titel des ersten Teils von ›Glanz und Elend der Kurtisanen‹) und ›Das Bankhaus Nucingen‹ enthielt. 1846 wurde der Roman unter dem abgeänderten Titel: ›Die Beamten oder die überlegene Frau‹ in die ›Szenen aus dem Pariser Leben‹ der ›Menschlichen Komödie‹ eingegliedert. Für diese Ausgabe überarbeitete Balzac seinen Text und fügte Fragmente aus der ›Physiologie de l'Employé‹ (›Physiologie des Beamten‹) ein, die er 1841 veröffentlicht hatte. Eine Nachlaßnotiz beseitigte den Untertitel und änderte das Datum der Entstehungszeit von Juli 1838 in Juli 1836 um: Beide Daten sind falsch; denn wie aus Balzacs Brief an Mme Hanska vom 8. Juli 1837 hervorgeht, verbrachte er den ganzen Juni jenes Jahres mit der Arbeit an dem Roman.

Die Widmungsempfängerin, die Gräfin Serafina San Severino, wohnte in Paris; Balzac hatte sie 1835 auf der österreichischen Botschaft kennengelernt. Sie war eine hochkultivierte Dame; aber anstatt auf Triumphe in der großen Pariser Welt bedacht zu sein, war es ihr einziger Ehrgeiz, sich ihrer Familie zu widmen und wohltätig zu wirken. Spaßigerweise bat Balzac sie 1837, ihm italienische Flüche und Schimpfwörter aus dem 16. Jahrhundert mitzuteilen, die er in ›Le Secret des Ruggieri‹ verwenden wollte.

In Paris, wo die Männer der Wissenschaft und des Denkens, da sie in demselben Milieu leben, untereinander einige Ähnlichkeit haben, sind sie sicherlich schon Gesichtern wie dem Rabourdins begegnet. Dieser Gestalt nimmt sich diese Erzählung in dem Augenblick an, da er Bürovorsteher in einem der wichtigsten Ministerien ist. Vierzig Jahre alt, mit Haar von einem so fein abgetönten Grau, daß Frauen es notfalls so mögen, wie es ist, da es einen melancholischen Ausdruck mildert; blaue Augen voller Feuer, eine noch weiße, aber durch einige rote Flecken lebhafte Gesichtsfarbe; Stirn und Nase wie bei Ludwig XV., ein ernster Mund; eine hochgewachsene Gestalt, mager oder vielmehr abgemagert wie die eines Menschen, der gerade eine Krankheit überwunden hat, und schließlich ein Gang, der ein Mittelding zwischen der Lässigkeit eines Spaziergängers und der Gedankenversunkenheit eines beanspruchten Mannes darstellt. Wenn dieses Porträt etwa vorzeitig auf den Charakter schließen läßt, so wird die Kleidung des Mannes vielleicht dazu beitragen, ihn noch deutlicher zu machen. Rabourdin trug für gewöhnlich einen großen blauen Überrock, eine weiße Halsbinde, eine kreuzweis zugeknöpfte Weste wie Robespierre, eine lange schwarze Hose ohne Stege, graue Seidenstrümpfe und ausgeschnittene Schuhe. Er war um acht Uhr morgens bereits rasiert, hatte seine Tasse Kaffee getrunken, verließ das Haus mit der Pünktlichkeit einer Uhr und begab sich durch immer dieselben Straßen zum Ministerium. Und dabei wirkte er so adrett, so gemessen, daß man ihn für einen Engländer hätte halten können, der auf dem Weg zu seiner Gesandtschaft war. Aus diesen Hauptzügen kann man entnehmen, daß es sich um einen von häuslichen Widerwärtigkeiten geplagten und von Ärger im Ministerium gequälten Mann handelte, der indessen genugsam Philosoph war, um das Leben zu nehmen, wie es ist. Ein anständiger Mensch, der sein Vaterland und den Dienst liebt, ohne sich die Hindernisse zu verhehlen, auf die man stößt, wenn man das Gute will. Vorsichtig, weil er die Menschen kennt, von erlesener Höflichkeit den Frauen gegenüber, weil er nichts von ihnen erwartet. Kurzum, ein Mann voller Lebenserfahrung, freundlich im Umgang mit seinen Untergebenen, auf großen Abstand gegenüber seinesgleichen bedacht und voll hoher Würde seinen Vorgesetzten gegenüber. Zu der Zeit, da diese Studie sich seiner annimmt, hätte man bei ihm die kalt resignierende Miene des Mannes wahrnehmen können, der die Illusionen seiner Jugend begraben, der auf die Erfüllung seines heimlichen Ehrgeizes verzichtet hat. Man hätte in ihm einen Entmutigten, aber noch nicht Überdrüssigen erkannt, einen, der an seinen ersten Plänen festhielt, mehr um seine Fähigkeiten zu betätigen als aus Hoffnung auf einen zweifelhaften Triumph. Er war mit keinem Orden ausgezeichnet worden und betrachtete es als eine Art Schwäche, in den ersten Tagen der Restauration den Lilienorden[1] getragen zu haben.

Das Leben dieses Mannes barg mysteriöse Besonderheiten: Seinen Vater hatte er nie gekannt; seine Mutter, eine Frau, die im Luxus geprangt hatte, immer geschmückt war, stets im Festrausch lebte, die einen prunkvollen Wagen besaß und deren Schönheit ihm in der Erinnerung wie ein Wunder erschien, und zwar um so mehr, als er sie nur selten zu Gesicht bekommen hatte, hatte ihm nur wenig hinterlassen. Aber sie hatte ihm die gewöhnliche, unvollkommene Erziehung angedeihen lassen, die soviel Ehrgeiz entwickelt und so wenig Fähigkeiten. Mit sechzehn Jahren, ein paar Tage vor dem Tod seiner Mutter, war er vom Lycée Napoléon abgegangen, um als Supernumerar in den Verwaltungsdienst einzutreten, und ein unbekannter Gönner hatte sogleich dafür gesorgt, daß er ein Gehalt erhielt. Mit zweiundzwanzig Jahren war Rabourdin bereits zweiter, mit fünfundzwanzig oberster Bürovorsteher. Seit jenem Tag hatte die Hand, die dem jungen Mann bislang im Leben Hilfe angedeihen ließ, ihre Macht nur noch bei einer einzigen Gelegenheit spürbar werden lassen. Sie hatte ihn, den Armen, in das Haus des Monsieur Leprince geleitet, eines ehemaligen Auktionskommissars, eines Witwers, der als sehr vermögend galt und Vater einer einzigen Tochter war. Xavier Rabourdin verliebte sich wahnsinnig in Mademoiselle Célestine Leprince, die damals siebzehn Jahre alt war und jene Ansprüche erhob, welche eine Mitgift von zweihunderttausend Francs mit sich bringen. Sie war von ihrer künstlerisch veranlagten Mutter, deren Begabung sie geerbt hatte, sorgfältig erzogen worden, und so mußte dieses junge Mädchen die Blicke der höchstgestellten Männer auf sich ziehen. Sie war groß, schön, von wunderbarem Wuchs. Sie sprach mehrere Sprachen und hatte einen Anflug von wissenschaftlicher Bildung erhalten, welches ein gefährlicher Vorzug ist, weil eine Frau dadurch gezwungen wird, ungemein auf der Hut zu sein, wenn sie den Anschein der Pedanterie vermeiden will. Die von einer mißverstandenen Zärtlichkeit verblendete Mutter hatte in der Tochter falsche Hoffnungen bezüglich ihrer Zukunft erweckt: Ihrer Meinung nach konnten einzig ein Herzog oder ein Botschafter, ein Marschall von Frankreich oder ein Minister ihrer

Célestine den Platz in der Gesellschaft verschaffen, der ihr zukam. Zu allem Überfluß beherrschte jenes Mädchen die Manieren, die Ausdrucksweise und das Gehaben der großen Welt. Ihre Toilette war reicher und eleganter, als es für ein heiratsfähiges Mädchen angebracht ist: Ein Ehemann konnte ihr nur noch Glück schenken. Und zudem hatte das beständige Verwöhnen der Mutter, die ein Jahr nach der Heirat der Tochter starb, die Aufgaben eines Liebhabers zu etwas recht Schwierigem gemacht. Wieviel Überlegenheit war erforderlich, um eine solche Frau zu leiten. Die erschreckten Bürgersleute zogen sich zurück. Xavier war Waise, er hatte keine Einnahmen außer von seinem Posten als Bürovorsteher. Dennoch schlug ihn Monsieur Leprince Célestine vor; sie widerstrebte lange. Mademoiselle Leprince hatte gegen den ihr Zugedachten nicht eigentlich Einwände: Er war jung, verliebt und sah gut aus; aber sie wollte nicht Madame Rabourdin heißen. Der Vater sagte der Tochter, Rabourdin sei aus dem Holz, aus dem die Minister geschnitzt werden. Célestine antwortete, daß ein Mann namens Rabourdin es unter den Bourbonen nie zu etwas bringen werde, usw. Als damit die letzten Argumente des Vaters über den Haufen geworfen worden waren, beging er eine schwere Indiskretion. Er erklärte nämlich der Tochter, ihr Zukünftiger werde, noch ehe er das zum Eintritt in die Abgeordnetenkammer erforderliche Alter erreicht habe, de Rabourdin heißen. Xavier werde bald Referent über die Bittschriften und Generalsekretär seines Ministeriums werden. Von diesen beiden Leitersprossen werde der junge Mann in die höheren Regionen des Verwaltungsdienstes aufsteigen. Er habe dann ein Vermögen und einen Namen, die ihm durch ein gewisses, dem Vater bekanntes Testament zufallen würden. Die Heirat fand statt.

Rabourdin und seine Frau glaubten an die mysteriöse Macht, auf die der alte Auktionskommissar hingewiesen hatte. Getragen von dieser Hoffnung und der Leichtlebigkeit, die die erste Zeit der Liebe Jungvermählten anrät, vergeudeten Monsieur und Madame Rabourdin innerhalb von fünf Jahren etwa hunderttausend Francs ihres Kapitals. Célestine, die mit Recht erschrocken war, daß ihr Gatte nicht befördert wurde, wollte die verbliebenen hunderttausend Francs ihrer Mitgift in Grundstükken anlegen, was jedoch nur wenig Einkünfte abwarf. Aber eines Tages würde ja die Hinterlassenschaft Monsieur Leprinces weise Einschränkungen mit den Früchten eines schönen Wohllebens belohnen. Als der ehemalige Auktionskommissar merkte, daß sein Schwiegersohn keinerlei Protektion mehr genoß, versuchte er, aus Liebe zu seiner Tochter, diesen geheimen Schaden dadurch auszugleichen, daß er einen Teil seines Vermögens in einer verheißungsvollen Spekulation anlegte. Aber der arme Mann wurde durch eine der Liquidationen des Bankhauses Nucingen geschädigt, starb vor Kummer und hinterließ nur ungefähr zehn schöne Gemälde, die das Wohnzimmer seiner Tochter schmückten, und ein paar antike Möbel, die sie auf den Speicher schaffte. Acht Jahre vergeblichen Wartens machten Madame Rabourdin schließlich klar, daß der väterliche Gönner ihres Mannes vom Tod überrascht worden, daß das Testament unterschlagen oder verlorengegangen sein müsse. Zwei Jahre vor Leprinces Tod war der Posten des Abteilungsleiters frei geworden; erhalten hatte ihn ein Monsieur de La Billardière, ein Verwandter eines Abgeordneten der Rechten, der seit 1823 Minister war. Das verdarb einem die Freude am Beruf. Aber konnte Rabourdin auf achttausend Francs Gehalt nebst Gratifikationen verzichten, wenn sein Haushalt sich daran gewöhnt hatte, sie auszugeben, und wenn sie drei Viertel der Einkünfte ausmachten? Hatte er überdies nicht am Ende von ein paar Jahren der Geduld Anrecht auf ein Ruhegehalt? Welch ein Sturz für eine Frau, deren hohe Ansprüche am Lebensbeginn beinahe berechtigt gewesen zu sein schienen und die als eine überlegene Frau galt!

Madame Rabourdin rechtfertigte die Hoffnungen, die Mademoiselle Leprince erweckt hatte: Sie besaß die Grundzüge einer augenscheinlichen Überlegenheit, die der Welt gefällt. Ihre weite Bildung erlaubte es ihr, mit jedem in seiner Sprache zu sprechen. Ihre Begabung war echt; sie zeigte sich von unabhängiger, hochstehender Geistesart. Die Gespräche mit ihr nahmen durch die Mannigfaltigkeit und die Seltsamkeit ihrer Gedanken gefangen. Solcherlei Eigenschaften, die bei einer Herrscherin, bei einer Botschaftersgattin nützlich und am Platze sind, bedeuten indessen wenig in einem Haushalt mit seinen Alltagssorgen. Menschen, die gut reden, wollen ein Publikum; sie reden gern lange und ermüden bisweilen ihre Zuhörer. Um ihre geistigen Bedürfnisse zu befriedigen, gab Madame Rabourdin wöchentlich einen Empfangstag, ging häufig in die Gesellschaft, um dort die Genüsse auszukosten, an die ihre Eigenliebe sie gewöhnt hatte. Kenner des Pariser Lebens dürften wissen, was eine so geartete Frau, die durch ihre beschränkten pekuniären Mittel daheim gemartert wird, zu leiden hat. Wenn man in Paris lebt, muß man ungeachtet aller pathetischen Redereien über Ziffernkolumnen gebeugt sitzen, den Zahlen Tribut zollen und den gespaltenen Huf des goldenen Kalbes küssen. Welch ein Problem, mit zwölftausend Francs Einkünften die Kosten eines Haushalts zu bestreiten, der aus Vater und Mutter, zwei Kindern, einer Zofe und einer Köchin besteht, der in der Rue Duphot untergebracht ist, im zweiten Stock, in einer Wohnung, die hundert Louis kostet! Davon sind noch die Kosten für Madames Toiletten und Wagenfahrten abzuziehen, ehe man die großen Ausgaben für den Haushalt abschätzt, da ja doch die Kleidung allem vorgeht. Überlegt man, was dann noch für die Erziehung der Kinder übrigbleibt (ein Mädchen von sieben und ein Junge von neun Jahren, deren Unterhalt, trotz eines vollen Stipendiums, bereits zweitausend Francs kostete), so wird man zu der Einsicht kommen, daß Madame Rabourdin ihrem Mann kaum dreißig Francs im Monat geben konnte. In dieser Lage sind fast alle Pariser Ehemänner, oder sie werden als Scheusale betrachtet. Diese Frau, die sich dazu ausersehen geglaubt hatte, in der Gesellschaft zu glänzen, sie zu beherrschen, sah sich schließlich genötigt, ihre Intelligenz und ihre Fähigkeiten in einem niedrigen, unerwarteten Kampf abzunutzen, in einem Ringen Leib an Leib mit ihrem Ausgabenbuch. Sie hatte bereits, und wie hatte ihr Selbstgefühl darunter gelitten!, beim Tod ihres Vaters ihren Diener entlassen müssen. Die meisten Frauen ermüden bei diesem täglichen Kampf, sie klagen und jammern, und schließlich beugen sie sich ihrem Schicksal. Célestines Ehrgeiz jedoch wuchs mit den Schwierigkeiten, anstatt daran zu zerschellen, und da sie sie nicht bezwingen konnte, wollte sie sie beseitigen. In ihren Augen glich diese Komplikation in den Bereichen des Lebens dem gordischen Knoten, der nicht gelöst werden kann, den aber das Genie einfach durchschneidet. Weit davon entfernt, sich mit der Schäbigkeit eines bürgerlichen

Geschicks abzufinden, sah sie ungeduldig auf die Verzögerungen, die ihrer großen Zukunft widerfuhren, und sie beschuldigte das Schicksal des Betrugs. Célestine hielt sich gutgläubig für eine überlegene, eine höher geartete Frau. Vielleicht hatte sie recht; vielleicht wäre sie in großen Verhältnissen groß gewesen; vielleicht stand sie nicht an der richtigen Stelle. Geben wir es offen zu: Wie bei den Männern, gibt es auch bei den Frauen Erscheinungsformen, die sich die Gesellschaften ihren Bedürfnissen entsprechend umbilden. Nun aber finden sich in der menschlichen Gesellschaft wie in der Natur mehr junge Schößlinge als Bäume, mehr Laich als ausgewachsene Fische. Viele Begabungen, Menschen wie Athanase Granson[2], müssen also verdorren und sterben wie Samenkörner, die auf nackten Fels fallen. Freilich, es gibt Hausfrauen, Frauen, die für das Vergnügen da sind, Frauen des Luxus, Frauen, die ausschließlich Gattinnen sind, Mütter oder Liebende, rein geistig oder rein materiell eingestellte Frauen; gerade so wie es Künstler gibt, Soldaten, Handwerker, Mathematiker, Dichter, Kaufherren, Leute, die sich einzig und allein aufs Geld verstehen, auf die Landwirtschaft oder die Verwaltung. Dann führt jedoch die Absonderlichkeit der Geschehnisse zu Widersinnigkeiten: Viele sind berufen, aber wenige auserwählt, dieses Gesetz besitzt in der Großstadt die gleiche Gültigkeit wie im Himmel. Madame Rabourdin hielt sich für durchaus befähigt, einen Staatsmann aufzuklären, die Seele eines Künstlers zum Erglühen zu bringen, den Interessen eines Erfinders zu dienen und ihm in seinen Kämpfen beizustehen, sich der Finanzpolitik eines Nucingen zu widmen, mit Glanz ein großes Vermögen zu repräsentieren. Vielleicht wollte sie auf diese Weise sich selbst ihren Abscheu vor dem Wäschebuch erklären, vor der täglichen Kontrolle der Küche, den ökonomischen Berechnungen und den Sorgen eines kleinen Haushalts. Sie gab sich dort überlegen, wo es ihr Freude machte, es zu sein. Da sie so heftig die Dornen einer Lage empfand, die am ehesten der des heiligen Laurentius auf seinem Rost zu vergleichen ist, mußten ihr da nicht Aufschreie entfahren? Daher griff Célestine in den Augenblicken, da ihre verletzte Eitelkeit ihr bohrende Schmerzen verursachte, Xavier Rabourdin an. War es nicht seine Aufgabe als Ehemann, ihr eine ihr gemäße gesellschaftliche Stellung zu schaffen? Wenn sie ein Mann gewesen wäre, hätte sie sicherlich die Energie aufgebracht, eine geliebte Frau glücklich zu machen. Sie warf ihm vor, er sei ein allzu anständiger Mensch. Im Mund gewisser Frauen ist diese Anschuldigung gleichbedeutend mit einem Attest, das Schwachsinn bezeugt. Sie entwarf ihm großartige Pläne, bei denen sie indessen die Hindernisse außer acht ließ, die ihnen Menschen und Dinge entgegensetzen. Darauf wurde sie, wie alle Frauen, die ein heftiges Gefühl antreibt, in ihren Gedanken macchiavellistischer als ein Gondreville[3], verschlagener als ein Maxime de Trailles[4]. Célestines Geist begriff dann alles, und sie betrachtete sich selbst in der Weite ihrer Gedanken. War sie mit diesen schönen Phantasien am Ende, blieb Rabourdin, der sich in der Wirklichkeit auskannte, kalt und ungerührt. Das betrübte Célestine; sie hielt ihren Mann für geistig beschränkt, für ängstlich, für verständnislos und gelangte unmerklich zu einer falschen Meinung über ihren Lebensgefährten: Anfangs brachte sie ihn durch ihre glänzende Zungenfertigkeit beständig zum Schweigen; später unterbrach sie ihn, wenn er eine Erklärung zu geben begann; denn da ihr die Gedanken blitzartig kamen, wollte sie keinen Funken ihres Geistes verlieren. Von den ersten Tagen ihrer Ehe an tat sich Célestine, die sich von Rabourdin geliebt und bewundert fühlte, ihm gegenüber keinerlei Zwang an. Sie setzte sich über alle Regeln des ehelichen Umgangs und einer vertrauten Höflichkeit hinweg und forderte im Namen der Liebe Verzeihung für ihre kleinen Missetaten; und da sie sich nie besserte, behielt sie ständig die Oberhand. In einer solchen Lage steht der Mann seiner Frau gegenüber wie ein Kind seinem Lehrer, wenn dieser nicht glauben kann oder will, daß das Kind, das er gegängelt hat, inzwischen groß geworden ist. Gerade wie Madame de Staël, die einmal mitten in einem Salon einem Mann, der bedeutender war als sie, zurief: »Wissen Sie, daß Sie da eben etwas recht Tiefsinniges gesagt haben?«, äußerte Madame Rabourdin über ihren Gatten: »Manchmal hat er Geist.« Die Abhängigkeit, in der sie Xavier zu beständig hielt, bekundete sich in seinen Zügen in einem kaum merklichen Zucken. Seine Haltung und seine Manieren drückten den ihm versagten Respekt aus. Ohne es zu wissen, schadete sie also ihrem Mann; denn in jedem Land achtet die Welt, ehe sie sich über einen Mann ein

Urteil bildet, darauf, wie seine Frau über ihn denkt, und verlangt somit das, was die Genfer »préavisse«[5] nennen. Als Rabourdin sich seines Fehlers bewußt wurde, den er aus Liebe begangen hatte, war nichts mehr zu ändern; er schwieg und litt. Wie manche Männer, bei denen Fühlen und Denken gleich stark sind, bei denen eine schöne Seele und ein gut organisiertes Gehirn sich gleichzeitig finden, wurde er vor dem Tribunal seiner Selbstbeurteilung zum Anwalt seiner Frau. Er sagte sich, die Natur habe sie zu einer Rolle bestimmt, die sie durch seine Schuld verloren habe. Sie sei wie ein reinblütiges englisches Pferd, ein Rennpferd, das man vor einen mit Bruchsteinen beladenen Karren gespannt habe; sie müsse leiden. Mit einem Wort: er verurteilte sich selbst. Ferner hatte seine Frau ihm durch beständiges Wiederholen ihren Glauben an sich selbst eingeimpft. In der Ehe sind Gedanken ansteckend. Der 9. Thermidor[6] ist, wie so viele Ereignisse von ungeheurer Tragweite, das Ergebnis weiblichen Einflusses. Daher hatte der durch Célestines Ehrgeiz angestachelte Rabourdin seit langem über Mittel und Wege nachgedacht, wie er sie zufriedenstellen könnte. Allein er hielt seine Hoffnungen vor ihr verborgen, um ihr Qualen zu ersparen. Dieser rechtliche Mann war entschlossen, sich gewaltsam in der Verwaltung eine Bresche zu schlagen. Er wollte darin eine der Revolutionen hervorrufen, die einen Mann an die Spitze irgendeiner Partei der Gesellschaft stellen. Aber da er außerstande war, einen Umsturz zum eigenen Nutzen herbeizuführen, gab er sich mit nützlichen Gedanken ab und träumte von einem durch edle Mittel erlangten Triumph. Es gibt nur wenige Beamte, die nicht einen solchen zugleich ehrgeizigen und großherzigen Gedanken gefaßt hätten; aber bei den Beamten wie bei den Künstlern gibt es mehr Fehlgeburten als ausgetragene Kinder, was an Buffons Ausspruch gemahnt: »Genie ist Geduld.«

Da Rabourdin in der Lage war, die französische Verwaltung zu studieren und ihren Mechanismus zu beobachten, ging er in dem Milieu vor, in dem der Zufall seine Gedanken in Bewegung gesetzt hatte, was nebenbei gesagt das Geheimnis vieler menschlicher Werke ist, und er endete damit, daß er ein neues Verwaltungssystem erdachte. Er kannte die Leute, mit denen er zu tun hatte. Deswegen hatte er die Maschine, wie sie damals funktionierte, wie sie nach wie vor funktioniert und noch lange funktionieren wird, unangetastet gelassen, denn stets wird alle Welt vor dem Gedanken zurückschrecken, sie neu zu konstruieren; aber niemand durfte Rabourdins Meinung nach sich weigern, sie zu vereinfachen. Das zu lösende Problem bestand für ihn in einer besseren Ausnützung der gleichen Kräfte. Auf die einfachste Formel gebracht, bestand der Plan in einer Neuregelung der Steuern, die erniedrigt werden sollten, ohne daß der Staat an Einkünften Einbuße erlitt, und mit dem gleichen Budget, das damals so viele wahnwitzige Diskussionen ausgelöst hat, zu Ergebnissen zu gelangen, die doppelt so ansehnlich waren wie die gegenwärtigen. Eine lange Praxis hatte Rabourdin bewiesen, daß bei allen Dingen die Vollkommenheit durch einfache Umschwünge erzielt wird. Sparen heißt vereinfachen. Vereinfachen heißt ein unnützes Ruderwerk ausschalten, es findet also eine Umstellung statt. Daher beruhte sein System auf einer Neuordnung, die sich in einer neuen administrativen Nomenklatur ausdrückte. Darauf beruht vielleicht der Haß, den alle Neuerer sich zuziehen. Die Unterdrückungen, die die Verbesserung erfordert und die zunächst falsch verstanden werden, bedrohen Existenzen, die sich nur schwer entschließen, ihre Lebensbedingungen zu ändern. Was Rabourdin wahrhaft groß macht, ist die Tatsache, daß er es fertiggebracht hat, die Begeisterung im Zaum zu halten, die alle Erfinder packt, geduldig nach einer Verzahnung bei jeder Maßnahme geforscht zu haben, um Erschütterungen und Stöße zu vermeiden, indem er der Zeit und der Erfahrung die Sorge überließ, die Vortrefflichkeit jeder Veränderung zu beweisen. Die Großartigkeit des Endergebnisses würde vielleicht an dessen Unmöglichkeit glauben lassen, wenn man mitten in der raschen Analyse dieses Systems diesen Gedanken aus dem Auge verlöre. Es ist also nicht gleichgültig, entsprechend seinen vertraulichen Mitteilungen, so unvollständig sie auch waren, auf den Ausgangspunkt hinzuweisen, von dem aus er die ganze Ausdehnung des Verwaltungswesens betrachtete. Dieser Bericht, der übrigens unmittelbar mit der Romanhandlung zusammenhängt, wird vielleicht auch ein paar Fehlstellen in den heutigen Sitten aufdecken.

Tief erschüttert über das Elend, das er im Dasein der Beamten wahrgenommen hatte, hatte Xavier überlegt, woher wohl ihre wachsende Geringschätzung rühre. Er hatte deren Ursachen nachgeforscht und sie in den kleinen Teilrevolutionen gefunden, die wie die Nachwehen des Sturms von 1789 waren und die die Historiker der großen sozialen Bewegungen zu untersuchen vernachlässigen, obwohl durch sie letztlich unsere Sitten zu dem geworden sind, was sie sind.

Ehedem, unter der Monarchie, gab es keine Armeen von Bürokraten. Es gab nur eine geringe Zahl von Beamten, und diese unterstanden einem Premierminister, der in steter Verbindung mit dem Souverän stand; sie dienten also beinahe unmittelbar dem König. Die Vorgesetzten dieser eifrigen Diener wurden schlicht als »Erste beamtete Schreiber« bezeichnet. Auf den Verwaltungsgebieten, die der König nicht selbst leitete, wie etwa die Finanzpachten, waren die Beamten gegenüber ihren Vorgesetzten das, was die Angestellten eines Handelshauses gegenüber ihren Chefs sind: Sie erlernten einen Beruf, der ihnen dazu dienen sollte, sich ein Vermögen zu erwerben. Auf diese Weise war der geringste Punkt des Kreisumfangs mit dem Mittelpunkt verbunden und empfing von ihm aus das Leben. Somit gab es Aufopferung und Treue. Seit 1789 ist der Staat oder, wenn man will, das Vaterland an die Stelle des Fürsten getreten. Anstatt direkt von einer ersten politischen Behörde abzuhängen, sind die Angestellten ungeachtet unserer schönen Vorstellungen vom Vaterland zu Gebrauchsgegenständen der Regierung geworden, und ihre Vorgesetzten treiben auf den Wellen einer Macht namens ›Ministerium‹, die am Abend nicht weiß, ob sie am anderen Morgen noch existiert. Da die laufenden Geschäfte unablässig erledigt werden müssen, schwimmt eine gewisse Zahl von Angestellten an der Oberfläche, die unentbehrlich sind, aber jederzeit verabschiedet werden können, jedoch ihre Posten behalten wollen. So ist die Bürokratie entstanden, eine gigantische Macht, die von Zwergen in Bewegung gesetzt wird. Wenn Napoleon dadurch, daß er jedes Ding und jeden Menschen seinem Willen unterordnete, den Einfluß der Bürokratie für eine Weile hinauszögerte, diesen schweren Vorhang zwischen dem Guten, das zu tun ist, und dem, der es befehlen kann, so ist sie unter der konstitutionellen Regierung endgültig organisiert worden, die eine unvermeidliche Freundin alles Mittelmäßigen, eine große Liebhaberin von Beweisstücken und Rechnungen, kurz, eine Quenglerin wie eine Kleinbürgersfrau ist. Die Büros sind glücklich, wenn sie die Minister in ständigem Kampf mit vierhundert kleinen Geistern sehen, mit zehn oder zwölf ehrgeizigen oder unzuverlässigen Köpfen. Sie sind eifrig bestrebt, ihre Lebensnotwendigkeit zu erweisen, indem sie an die Stelle des lebendigen Tuns das geschriebene Tun treten ließen und eine tatlose, leblose Macht erschufen, genannt ›der Bericht‹. Wir wollen erklären, was es mit dem Bericht auf sich hat.

Seit die Könige sich mit Ministern umgaben, was erst unter Ludwig XV. begann, ließen sie sich über wichtige Fragen Bericht erstatten, anstatt wie früher mit den Großen des Staates Rat zu halten. Unmerklich wurden die Minister durch ihre Büros dahingebracht, zu tun wie die Könige. Sie waren damit beschäftigt, sich vor den beiden Kammern und vor dem Hof zu verteidigen, sie ließen sich durch das Gängelband des Berichts leiten. Es konnte sich in der Verwaltung nichts so Wichtiges ereignen, ohne daß der Minister auch bei der dringlichsten Angelegenheit nicht geantwortet hätte: »Ich habe einen Bericht angefordert.« So wird der Bericht für die Geschäftsführung und für den Minister das, was der Bericht in der Abgeordnetenkammer für die Gesetzgebung ist: ein Gutachten, in dem die Gründe für und wider mit mehr oder weniger Parteilichkeit behandelt werden. Der Minister, genau wie die Kammer, ist nach dem Bericht genauso weit wie vorher. Jede Art von Entschluß ist immer nur Sache des Augenblicks. Was man auch tun möge, es muß ein Moment kommen, da man sich entscheidet. Je mehr Gründe für und je mehr Gründe gegen etwas man ins Feld führt, desto schiefer wird das Urteil. Die schönsten Dinge in Frankreich sind vollbracht worden, als es noch keinen Bericht gab und als die Entscheidungen spontan getroffen wurden. Das höchste Gesetz des Staatsmannes ist es, die dem einzelnen genau entsprechenden Formeln anzuwenden, gerade wie die Richter und die Ärzte. Rabourdin, der sich gesagt hatte: »Man ist Minister, um die Entscheidung zu haben, um die Geschäfte zu kennen und sie voranzutreiben«, sah, daß der Bericht Frankreich vom Oberst bis zum Marschall beherrschte, vom Polizeikommissar bis zum König, von den Präfekten bis zu den Ministern, von der Abgeordnetenkammer bis zum Gesetz. Vom

Jahre 1818 an begann alles diskutiert zu werden, wurde mit lebendiger Stimme und schriftlich alles gewogen und gegengewogen; alles nahm literarische Form an. Frankreich ruinierte sich, trotz der so schönen Berichte, indem man erörterte anstatt zu handeln. Damals wurden in Frankreich jährlich eine Million Berichte zu Papier gebracht! Deswegen herrschte ja auch die Bürokratie! Die Aktenstücke, die Aktendeckel der Papierkram zur Kommentierung der Aktenstücke, ohne die Frankreich verloren gewesen wäre, die Rundschreiben, ohne die es nicht vom Fleck gekommen wäre, häuften sich und wurden immer schöner. Die Bürokratie schürte seit der Zeit zu ihrem Nutzen das Mißtrauen zwischen Einnahmen und Ausgaben. Sie verleumdete die Verwaltung zum Heil der Verwalter. Schließlich erfand sie Spinnwebenfäden, die Frankreich an die Pariser Zentralisation fesselten, als wenn von 1500 bis 1800 Frankreich nichts ohne dreißigtausend Schreiberseelen hätte unternehmen können. Die Beamten, die sich an die öffentlichen Angelegenheiten hefteten wie die Mistel an den Birnbaum, verloren das Interesse, und zwar auf folgende Weise. Die Minister waren gezwungen, den Fürsten oder den Kammern zu gehorchen, die ihnen Entnahmen aus dem Budget und Beibehaltungen von Arbeitenden auferlegten. Also setzten sie die Gehälter herab und vergrößerten die Zahl der Angestellten im Glauben, eine Regierung sei um so stärker, je mehr Menschen sie beschäftige. Die das Gegenteil besagende Regel ist ein ins Universum geschriebenes Axiom: Energie entsteht nur durch die Seltenheit der handelnden Prinzipien. Daher haben die Ereignisse seit dem Juli 1830 den Irrtum der Regierungsprinzipien der Restauration bewiesen. Um eine Regierung im Herzen einer Nation fest einwurzeln zu lassen, muß man sich darauf verstehen, *Interessen* an sie zu heften, und nicht *Menschen.* Der Beamte wurde dazu gebracht, die Regierung zu verachten, die ihm gesellschaftliche Achtung und Gehalt entzog. Er verhielt sich in diesem Augenblick ihr gegenüber wie eine Kurtisane gegen einen alten Liebhaber, er gab ihr Arbeit für ihr Geld. Das war eine unerträgliche Situation für die Verwaltung wie für den Beamten, wenn beide es wagten, einander den Puls zu fühlen, und wenn die dicken Gehälter nicht die Stimme der kleinen erstickten. Der Beamte befaßte sich einzig damit, im Amt zu bleiben, sein Gehalt einzustecken und ins pensionsberechtigte Alter zu gelangen, und er glaubte, um dieses große Resultat zu erhalten, sei ihm alles erlaubt. Dieser Stand der Dinge führte zum Servilismus der Beamtenschaft, er erzeugte die ständigen Intrigen innerhalb der Ministerien, wo die armen Beamten gegen eine degenerierte Aristokratie ankämpften, die auf den Gemeindewiesen der Bourgeoisie weidete und Ämter und Stellen für ihre ruinierten Söhne verlangte. Ein überlegener Mann konnte sich nur unter Schwierigkeiten an diesen gewundenen Hecken entlangschlängeln, sich beugen, kriechen, sich im Schlamm dieses Pfuhls wälzen, wo alle Welt vor bemerkenswerten Köpfen zurückschreckte. Ein ehrgeiziges Genie wird alt, um die Tiara zu erlangen, es ahmt aber nicht Sixtus V.[7] nach, um Bürochef zu werden. Es blieben oder kamen nur Faultiere, Unfähige oder Nullen. Auf diese Weise etablierte sich langsam die Mittelmäßigkeit in der französischen Verwaltung. Die Bürokratie war lediglich aus kleinen Geistern zusammengesetzt und bildete ein Hemmnis für den Wohlstand des Landes. Sieben Jahre lang hielt sie in ihren Aktendeckeln das Projekt eines Kanals zurück, der die Produktionskraft einer Provinz angestachelt haben würde. Sie bekam es vor allem und jedem mit der Angst, sie dehnte die Langsamkeit zur Unendlichkeit aus, sie verewigte die Mißbräuche, durch die sie selbst zu einer dauernden Einrichtung wurde. Sie hielt alles und sogar den Minister am Gängelband, und schließlich erstickte sie die begabten Menschen, die kühn genug waren, ohne sie ihre eigenen Wege gehen oder sie über ihre Dummheiten aufklären zu wollen. Als das Verzeichnis der Pensionen veröffentlicht wurde, entdeckte Rabourdin darin, daß ein Bürodiener mit einem Ruhegehalt bedacht wurde, das höher war als dasjenige der alten, wundenbedeckten Obersten. Daraus ließ sich die ganze Geschichte der Bürokratie ablesen. Eine weitere Wunde haben die modernen Gepflogenheiten geschlagen, und er rechnete sie zu den Ursachen jener geheimen Demoralisation: In der Pariser Verwaltung gibt es keine wirkliche Subordination; es herrscht dort völlige Gleichheit zwischen dem Leiter einer wichtigen Abteilung und dem letzten Expedienten. Der eine ist so groß wie der andere in einer Arena, die man verläßt, um anderswo zu thronen, denn dort macht man aus einem Dichter, einem Kaufmann einen schlichten Beamten. Die Beamten urteilen einer über den anderen ohne jeden Respekt. Die allen gleichmäßig ohne Unterschied ermöglichte Schulbildung führt heutzutage dazu, daß der Sohn eines Pförtners am Ministerium über das Schicksal eines Mannes von Verdienst oder eines Großgrundbesitzers entscheiden kann, für den sein Vater einmal die Schnur zum Öffnen der Haustür zog. Der Letztgekommene kann also gegen den Ältesten ankämpfen. Ein reicher Supernumerar bespritzt seinen Chef mit Schmutz, wenn er in einem Tilbury nach Longchamp[8] fährt, an der Seite einer hübschen Frau, der er mit einer Bewegung seiner Peitsche den armen, zu Fuß gehenden Familienvater zeigt und dabei sagt: »Der da ist mein Chef!« Die Liberalen nennen diesen Stand der Dinge den »Fortschritt«; Rabourdin erblickte darin die »Anarchie« im Herzen der Regierung. Mußte er darin letztlich nicht wildeste Intrigen erblicken, wie sie sich im Serail unter Eunuchen, Haremsdamen und schwachsinnigen Sultanen abspielen, Niedrigkeiten wie unter Nonnen, dunkle Beleidigungen, Schülertyranneien, diplomatische Wühlarbeit, die einen Botschafter erschrecken könnte, und nur um einer Gratifikation oder einer Gehaltserhöhung willen unternommen werden, Sprünge von Flöhen, die vor einen Kartonwagen gespannt sind, Negerbosheiten gegen den Minister persönlich gerichtet? Auf der anderen Seite die wahrhaft Nützlichen, die arbeiten und Opfer von Parasiten sind, die ihrem Vaterland ergeben sind, die sich kraftvoll von der Masse der Unfähigen abheben und gemeinen Denunziationen erliegen. Da alle hohen Stellungen durch parlamentarischen Einfluß und nicht mehr durch die Königsmacht besetzt wurden, mußten die Beamten sich früher oder später wie die Rädchen einer Maschine vorkommen: Es ging für sie nur noch darum, mehr oder weniger geölt zu sein. Diese fatale Überzeugung, zu der gute Köpfe bereits gelangt waren, unterdrückte viele in Gedanken verfaßte Denkschriften über die Wunden des Landes, entwaffnete mancherlei Mut, verdarb die strengste Rechtschaffenheit, ermüdet von der Ungerechtigkeit und durch zermürbende Schikanen zur Sorglosigkeit veranlaßt. Ein einziger Angestellter der Gebrüder Rothschild[9] führt die ganze Korrespondenz mit England. Ein einziger Beamter könnte mit sämtlichen Präfekten korrespondieren. Aber dort, wo der eine die Grundkenntnisse zur Schaffung seines Vermögens erlernt, vertut der andere unnütz seine Zeit, sein Leben und seine Gesundheit. Darin wurzelte das Übel. Zwar ist ein Land noch nicht unmittelbar vom Tode bedroht, weil ein befähigter Beamter sich zurückzieht und ein mittelmäßiger Mensch an seine Stelle tritt. Zum Unglück für die Nationen scheint kein Mensch für ihr Dasein unentbehrlich zu sein. Aber wenn auf die Dauer alles immer minderwertiger wird, verschwinden die Nationen. Jeder kann zu seiner Belehrung in Venedig, in Madrid, in Amsterdam, in Stockholm und in Rom die Stätten aufsuchen, wo einst ungeheure Macht glänzte, die heute zerstört ist durch die Niedrigkeit, die in sie einsickerte und dabei die Gipfelstellungen gewann. Als an einem Kampftage sich alles als kraftlos erwies, unterlag der Staat einem schwachen Angriff. Einen erfolgreichen Dummkopf anzubeten, um den Sturz eines begabten Mannes nicht bekümmert zu sein, das ist das Ergebnis unserer traurigen Erziehung und unserer Sitten, die geistvolle Leute zum Spott reizen und das Genie zur Verzweiflung treiben. Aber welche Schwierigkeiten standen der Lösung des Problems der Rehabilitierung der Beamten in dem Augenblick entgegen, da der Liberalismus durch seine Zeitungen in allen Werkräumen ausschrie, die Beamtengehälter stellten einen beständigen Diebstahl dar; in dem Augenblick, da er die einzelnen Unterabteilungen des Budgets in der Gestalt von Blutegeln darstellte und jedes Jahr anfragte, was eigentlich aus einer Milliarde an Steuereinnahmen werde! In Rabourdins Augen war das Verhältnis des Beamten zum Budget das gleiche wie das des Spielers zum Spiel. Alles, was ihm daraus zufließt, erstattet er ihm zurück. Jedes hohe Gehalt schließt eine produktive Leistung ein. Einem Mann jährlich tausend Francs zu zahlen und dafür alle seine Tage zu fordern, bedeutet das nicht, den Diebstahl und das Elend zu organisieren? Ein Zuchthäusler kostet fast genausoviel und arbeitet weniger. Aber zu verlangen, daß ein Mann, dem der Staat jährlich zwölftausend Francs zahlen würde, sich seinem Vaterland widmete, das wäre für beide Teile ein vorteilhafter Vertrag, der fähige Köpfe anlocken könnte.

Diese Erwägungen hatten also Rabourdin dazu geführt, eine Umschmelzung des Personals zu verlangen. Wenige Menschen zu beschäftigen, die Gehälter zu verdreifachen oder zu verdoppeln und die Pensionen abzuschaffen; junge Beamte einzustellen, wie Napoleon, Ludwig XIV., Richelieu und Ximenes[10] es taten, aber sie lange zu behalten und ihnen die hohen Stellungen vorzubehalten und große Ehren, das waren die Hauptpunkte einer Reform, die dem Staat ebenso nützlich sein würde wie dem Beamten. Es ist schwierig, in allen Einzelheiten, Abschnitt für Abschnitt, einen Plan wiederzugeben, der das Budget umfaßte und bis zu den unendlich kleinen Einzeldingen der Verwaltung hinabstieg, um sie zusammenzufassen. Aber vielleicht genügt ein Hinweis auf die hauptsächlichsten Veränderungen für alle, die sich auskennen, wie für die, die nichts von dem administrativen Aufbau wissen. Obwohl es für einen Historiker gefährlich ist, über einen Plan zu sprechen, der der Politik ähnelt, die am Kaminfeuer ausgeheckt wird, ist es notwendig, ihn zu skizzieren, damit der Mann durch sein Werk verdeutlicht wird. Würde der Bericht über seine Arbeiten ausgelassen, dann könnte man dem Erzähler nicht mehr aufs Wort glauben, wenn er sich damit begnügte, zu versichern, ein Bürochef habe Talent oder Wagemut besessen.

Rabourdin teilte die hohe Verwaltung in drei Ministerien ein. Er war der Ansicht, wenn sich ehedem Köpfe fanden, die imstande waren, das Gesamt der Geschäfte der Innen- und Außenpolitik zu bewältigen, dann würde es dem heutigen Frankreich schwerlich an Männern wie Mazarin[11], Suger[12], Sully[13], Choiseul[14] und Colbert[15] fehlen, um umfangreichere Ministerien als die gegenwärtigen zu leiten. Übrigens, konstitutionell gesprochen, verständigen sich drei Minister leichter als sieben.[16] Ferner ist es dann auch weniger schwierig, sich bei der Wahl zu irren. Schließlich würde vielleicht die Königsgewalt auf diese Weise die beständigen Umbildungen und Wechsel der Ministerien vermeiden, die es nicht erlauben, eine planmäßige Außenpolitik zu betreiben oder im Inneren Verbesserungen auszuführen. In Österreich, wo unterschiedliche vereinte Nationen verschieden geartete Interessen haben, die ausgeglichen und unter derselben Krone geleitet werden müssen, haben zwei Staatsmänner die Last der öffentlichen Angelegenheiten getragen, ohne davon zu Boden gedrückt zu werden. War Frankreich an politischen Kapazitäten ärmer als Deutschland? Das ziemlich alberne Spiel der sogenannten konstitutionellen Institutionen hat, wie man weiß, mit der Forderung nach vielen Ministern geendet, um dem vervielfachten Ehrgeiz der Bourgeoisie genugzutun. Vor allem dünkte es Rabourdin damals als das Gegebene, das Marine- und das Kriegsministerium zusammenzulegen. Für ihn war die Marine eins der laufenden Konten des Kriegsministeriums wie die Artillerie, die Kavallerie und die Heeresverwaltung. War es nicht widersinnig, den Admiralen und den Marschällen eine getrennte Verwaltung zu geben, wenn sie doch ein gemeinsames Ziel anstrebten, nämlich die Verteidigung des Landes, das Angreifen des Feindes und den Schutz des Nationaleigentums? Das Innenministerium sollte den Handel, die Polizei und die Finanzen zusammenfassen, sofern es seinen Namen nicht Lügen strafen wollte. Dem Außenministerium sollte die Justiz, die königliche Hofhaltung und alles zufallen, was im Innenministerium die Künste, die Wissenschaft und Literatur und überhaupt das Musische betreute. Alle Förderung sollte unmittelbar vom Staatsoberhaupt ausgehen. Dieses Ministerium sollte die Präsidentschaft des Staatsrats ausüben. Jedes dieser drei Ministerien sollte über nicht mehr als zweihundert Beamte zu seiner zentralen Verwaltung verfügen, in der Rabourdin sie alle unterbrachte, wie ehedem unter der Monarchie. Indem er ein Durchschnittsgehalt von zwölftausend Francs pro Kopf annahm, rechnete er nur sieben Millionen für Zwecke, die im gegenwärtigen Budget mehr als zwanzig beanspruchten. Denn dadurch, daß er die Ministerien auf drei Köpfe reduzierte, beseitigte er ganze Verwaltungszweige, die überflüssig geworden waren, und die enormen Kosten ihrer Sitze in Paris. Er bewies, daß ein Arrondissement von zehn Menschen verwaltet werden könne, eine Präfektur von höchstens zwölf, was für ganz Frankreich (abgesehen von der Justiz und der Armee) nur fünfhundert Beamte ausmachte, eine Zahl, die damals allein schon hinter der Zahl der in den Ministerien tätigen Beamten zurückblieb. Aber in diesem Plan waren ja auch die Gerichtsschreiber mit der Verwaltung der Hypotheken beauftragt, und der Staatsanwaltschaft oblag die Führung der Grundbücher und die Verwaltung der Domänen. Rabourdin vereinigte alle gleichgearteten Teile in einem und demselben Zentrum. Auf diese Weise verblieben das Hypothekenwesen, die Erbschaften, die Eintragungen ins Grundbuch stets innerhalb ihres Wirkungskreises und bedurften an jedem Gericht nur dreier Supernumerare sowie dreier für das Königliche Gericht. Die beständige Anwendung dieses Prinzips hatte Rabourdin zur Reform des Finanzwesens geführt. Er hatte sämtliche Steuererhebungsstellen in einer einzigen zusammengefaßt, indem er statt des Eigentums den gesamten Konsum besteuerte. Seiner Meinung nach war in Friedenszeiten der Konsum die einzige besteuerbare Materie. Die Besteuerung von Grund und Boden sollte für den Kriegsfall vorbehalten bleiben. Nur dann konnte der Staat vom Grundbesitz Opfer verlangen, denn dann ging es darum, diesen zu verteidigen. In Friedenszeiten dagegen war es ein schwerer politischer Fehler, ihn über eine bestimmte Grenze hinaus zu beunruhigen; in großen Krisen war dann nämlich nichts mehr aus ihm herauszuholen. Deswegen gibt es Staatsanleihen nur im Frieden, weil sie dann zum Nennwert verkauft werden können und nicht mit fünfzig Prozent Verlust wie in schlechten Zeiten; während des Krieges jedoch tritt die Grundsteuer ein.

»Die Invasion von 1814 und 1815«, pflegte Rabourdin zu seinen Freunden zu sagen, »hat in Frankreich eine Institution begründet und praktisch vorgeführt, die weder Law[17] noch Napoleon haben durchsetzen können: den Kredit.«

Unglücklicherweise betrachtete Xavier die wahren Prinzipien dieser wunderbaren Maschinerie zur Zeit seiner Arbeit, die 1820 begonnen hatte, noch als wenig verstanden. Rabourdin legte Verbrauchssteuern als direkte Steuern auf und unterdrückte das ganze Zubehör der indirekten Steuern. Die Steuererhebung löste sich in eine einzige Steuerliste auf, die sich aus verschiedenen Abschnitten zusammensetzte. Auf diese Weise legte er die behindernden Zollschranken nieder, die die Städte versperrten, denen er dadurch größere Einkünfte verschaffte, daß er ihre gegenwärtigen, ungeheuer kostspieligen Methoden der Steuererhebung vereinfachte. Die Größe der Steuerlast mindern ist, finanztechnisch betrachtet, nicht identisch mit der Herabsetzung der Steuern, es heißt lediglich, sie besser zu verteilen. Sie zu erleichtern bedeutet, die Masse des Umsatzes zu heben, indem man ihm mehr Spielraum läßt. Das Individuum bezahlt weniger, und der Staat empfängt mehr. Diese Reform, die als gewaltig anmuten könnte, beruhte auf einem höchst einfachen Mechanismus. Rabourdin hatte die Kopfsteuer und die Besteuerung des beweglichen Eigentums als die getreueste Vertretung des allgemeinen Konsums angenommen. Die individuellen Vermögen treten in Frankreich auf wunderbare Weise durch die Miete, die Zahl der Dienstboten, durch die Pferde und Luxusgefährte, die sich dem Fiskus darbieten, deutlich in Erscheinung. Die Wohnungen und ihr Inhalt ändern sich wenig und verschwinden kaum je gänzlich. Nachdem er die Mittel und Wege angegeben hatte, wie ein Verzeichnis der auf bewegliches Eigentum zu erhebenden Steuern angefertigt werden könne, die ehrlicher sei als die gegenwärtige Liste, teilte er die Summen, die dem Schatzamt die sogenannten indirekten Steuern einbrachten, in soundsoviel Prozent für jede individuelle Quote ein. Steuern sind eine Vorwegnahme von Geld auf Dinge oder auf Personen, die unter mehr oder weniger in die Augen fallenden Bemäntelungen gemacht werden. Diese Bemäntelungen, die ein geeignetes Mittel waren, als es sich darum handelte, Geld auszupressen, sind lächerlich in einer Epoche, wo die Klasse, auf der die Steuern lasten, weiß, warum der Staat sie erhebt und durch welchen Mechanismus er sie ihr zurückerstattet. Tatsächlich ist ja doch das Budget kein Geldschrank, sondern eine Berieselungsanlage. Je mehr sie schöpft und Wasser ausströmt, desto besser gedeiht ein Land. Nimmt man also sechs Millionen »leicht Zahlende« an (Rabourdin hatte ihre Existenz bewiesen, da er darunter die »reichen Zahler« verstand), so war es doch wohl besser, ihnen direkt eine »Weinauflage« abzufordern, die nicht verhaßter sein würde als die »Tür- und Fenstersteuer« und hundert Millionen abwerfen würde, anstatt sie zu quälen, indem man die Sache selber besteuerte. Durch diese Regelung der Steuer würde der Privatmann in Wirklichkeit weniger bezahlen, der Staat würde mehr einnehmen, und den Verbrauchern würde eine ungeheure Verbilligung der Waren zugute kommen, deren Preis der Staat nicht mehr ständig vergewaltigen würde. Rabourdin erhielt eine Anbausteuer auf die Weinberge aufrecht, um diesen Industriezweig vor einer Überschwemmung dieses Produkts zu schützen. Um dem Verbrauch der armen Steuerzahler entgegenzukommen, wurden die Gewerbesteuern der Händler entsprechend der Bevölkerung des Wohnorts festgesetzt. So erhielt das Schatzamt durch drei Formen: die Weinauflage, die Anbausteuer und die Gewerbesteuer, eine riesige Einnahme ohne Kosten und ohne Bedrückung dort, wo eine ärgerliche Steuer gelastet hatte, die sich auf das Schatzamt und seine Beamten aufgeteilt hatte. Die Steuer betraf auf diese Weise die Reichen, anstatt die Armen zu quälen. Ein anderes Beispiel. Angenommen, es entfällt auf jeden Kopf ein Franc oder zwei an Salzsteuer, dann erhält man zehn oder zwölf Millionen, die moderne Salzsteuer fällt fort, die arme Bevölkerung atmet auf, die Landwirtschaft ist getröstet, der Staat erhält genau das gleiche wie zuvor, und kein Mensch beklagt sich. Jeder Steuerzahler, ob er nun Arbeitnehmer oder Arbeitgeber ist, kann sogleich die Wohltaten einer so verteilten Steuer erkennen, weil er sieht, daß auch in der tiefsten Provinz die Lebensbedingungen besser werden und der Handel zunimmt. Kurzum, der Staat würde von Jahr zu Jahr die Anzahl der »wohlhabenden Steuerzahler« anwachsen sehen. Das Schatzamt und der einzelne würden, da die Verwaltung der indirekten Steuern, ein überaus kostspieliger Apparat, der noch dazu ein Staat im Staate ist, wegfällt, dadurch riesige Gewinne einstreichen, gar nicht zu reden von der Ersparnis der Kosten der Steuererhebung. Tabak und Schießpulver sollten unter staatlicher Regie verpachtet werden, also unter Überwachung. Das System dieser beiden Regien, das von andern als Rabourdin zur Zeit der Erneuerung des Tabakgesetzes[18] entwickelt wurde, war so überzeugend, daß dieses Gesetz von keiner Kammer gutgeheißen worden wäre, der man nicht freie Hand gelassen hätte, wie es das Ministerium damals getan hat. Es war damals weniger eine Finanz- als eine Regierungsfrage. Der Staat sollte nichts mehr an Eigentum besitzen, weder Forste noch Bergwerke, noch Betriebe. In Rabourdins Augen stellte der Staat als Besitzer der Domänen einen verwaltungstechnischen Widersinn dar. Der Staat versteht es nicht, sie zu bewirtschaften, und beraubt sich der Steuern; er verliert zweierlei Produkte auf einmal. Was nun die der Regierung gehörenden Fabriken angeht, so war das der gleiche Unsinn, in die Sphäre der Industrie übertragen. Der Staat erhält Produkte, die teurer sind als die des Handels und deren Herstellung länger dauert. Ferner verzichtet er auf seine Rechte auf den Umsatz in der Industrie, der er alle Unterstützung abschneidet. Heißt es ein Land verwalten, wenn man selbst produziert, anstatt produzieren zu lassen, wenn man darin über Besitz verfügt, anstatt möglichst verschieden gearteten Besitz zu schaffen? In diesem System sollte der Staat keine einzige Kaution mehr in barem Geld fordern dürfen. Rabourdin ließ nur Kautionen in Gestalt von Hypotheken zu. Und zwar aus folgendem Grund. Entweder behält der Staat die Kaution in realen Werten, was den Geldumlauf hemmt; oder er benutzt sie zur Festlegung eines Zinssatzes, der höher ist als die Zinsen, die er dafür zahlt, was gemeiner Diebstahl ist; oder er verliert dabei, und das ist eine Dummheit. Kurzum, wenn er eines Tages über die Masse der Kautionen verfügt, bereitet er in gewissen Fällen einen schrecklichen Bankrott vor. Die Grundsteuer verschwand nicht gänzlich; Rabourdin behielt einen geringen Teil davon bei, als Ausgangspunkt für den Kriegsfall. Aber offenbar sollten die Bodenprodukte frei sein, und die Industrie, die die Rohstoffe zu billigem Preis vorfand, konnte mit dem Ausland ohne trügerische Schutzzölle kämpfen. Die Reichen verwalteten die Départements kostenlos und bekamen als Belohnung unter gewissen Bedingungen die Pairswürde. Die Richter, das Korps der Wissenschaftler, die Subaltern-Offiziere sahen ihre Dienste ehrenvoll vergolten. Es gab keinen Beamten, dem nicht höchste Achtung gezollt wurde, er verdiente sie durch den weiten Bereich seiner Arbeit und die Höhe seines Gehalts. Jeder einzelne war von sich aus auf seine Zukunft bedacht, und Frankreich hatte nicht mehr das Krebsgeschwür der Pensionen im Leibe. Rabourdin gelangte zu dem Ergebnis, daß Frankreich nur noch siebenhundert Millionen Ausgaben und zwölfhundert Millionen Einnahmen haben würde. Es war klar, daß ein jährlicher Überschuß von fünfhundert Millionen mit etwas mehr Erfolg angesetzt werden konnte als die magere Tilgungssumme, deren Unvollkommenheit erwiesen war. Auf diese Weise wurde seiner Meinung nach der Staat zum Rentner, während er sich andernfalls darauf versteifte, zu besitzen und zu produzieren. Als letztes forderte Rabourdin, um seine Reform ohne Erschütterungen durchzuführen und um eine Bartholomäusnacht unter den Beamten zu vermeiden, eine Frist von zwanzig Jahren.

Das waren die Gedanken, die dieser Mann seit dem Tage

hatte reifen lassen, da sein Posten an Monsieur de La Billardière, einen unfähigen Menschen, gegeben worden war. Dieser dem Anschein nach so umfassende, in Wirklichkeit so einfache Plan, der so viele hohe Beamte und ebenso viele kleine und gleichermaßen überflüssige Posten abschaffte, hatte beständige Berechnungen erfordert, genaue Statistiken, einleuchtendes Beweismaterial. Lange Zeit hindurch hatte Rabourdin sich mit dem doppelten Antlitz des Budgets befaßt, dem der Mittel und Wege und dem der Ausgaben. Daher hatte er, ohne das Wissen seiner Frau, zahlreiche Nächte durchwacht. Es bedeutete noch nichts, daß er gewagt hatte, diesen Plan zu konzipieren und ihn auf den Kadaver der Verwaltung zu übertragen. Er mußte sich an einen Minister wenden, der fähig war, ihn zu würdigen. Rabourdins Erfolg hing also von der Ruhe einer Politik ab, die vorerst noch wild bewegt war. Er betrachtete die Regierung erst dann als endgültig im Sattel, wenn dreihundert Abgeordnete den Mut aufbrächten, eine kompakte, eindeutig regierungstreue Mehrheit zu bilden[19]. Seit Rabourdin seine Arbeit vollendet hatte, war eine auf dieser Basis gegründete Verwaltung etabliert worden. Zu jener Zeit hatte der Luxus des Friedens, der den Bourbonen zu verdanken war, den kriegerischen Luxus jener Tage in Vergessenheit geraten lassen, da Frankreich geglänzt hatte wie ein weites Feldlager, verschwenderisch und prächtig, weil siegreich. Nach seinem Feldzug[20] in Spanien schien das Ministerium eine der friedlichen Epochen einleiten zu müssen, in denen das Gute vollbracht werden kann, und seit drei Monaten hatte ein neues Regime begonnen, ohne auf ein Hindernis zu stoßen, denn die Linke hatte Karl X. mit der gleichen Begeisterung willkommen geheißen wie die Rechte[21]. Auch die Hellsichtigen ließen sich dadurch täuschen. Der Augenblick schien Rabourdin also günstig. War es nicht ein Unterpfand für die Dauer einer Verwaltung, eine Reform vorzuschlagen und durchzuführen, deren Resultate so groß waren?

Zu keiner Zeit hatte dieser Mann so sorgenvoll, so beschäftigt gewirkt wie damals, wenn er morgens durch die Straßen zum Ministerium ging und nachmittags um halb fünf wieder heimkehrte. Madame Rabourdin ihrerseits in ihrer Verzweiflung über ihr verpfuschtes Leben hatte es satt, sich heimlich abzuplagen, um sich ein paar Toilettenfreuden zu gönnen. Sie hatte sich nie zuvor so bitter und mißzufrieden gezeigt; doch als eine an ihren Mann gefesselte Gattin fand sie es einer überlegenen Frau unwürdig, durch schmähliche Geschäfte unterderhand, wie gewisse Beamtenfrauen sie betrieben, das unzulängliche Gehalt aufzubessern. Das war der Grund, warum sie jede Beziehung zu Madame Colleville ablehnte, die damals mit François Keller liiert war und deren Abendgesellschaften oftmals die in der Rue Duphot in den Schatten stellten. Sie hielt die Unbeweglichkeit des politischen Denkers und die Gedankenversunkenheit des unerschrocken Arbeitenden für die apathische Niedergeschlagenheit eines Beamten, den die Langweiligkeit der Büros gebändigt, den die hassenswerteste aller Miseren, nämlich ein mäßiger Wohlstand, der gerade eben zu leben gestattet, besiegt hatte. Sie seufzte, weil sie mit einem Mann ohne Energie verheiratet worden war. Daher beschloß sie zu jener Zeit, von sich aus das Glück ihres Mannes zu machen, ihn um jeden Preis in die obere Sphäre zu zwingen und ihm die Triebfedern ihrer Machenschaften verborgen zu halten. Sie zeigte in ihren Plänen die gedankliche Unabhängigkeit, die sie auszeichnete, und sie gefiel sich darin, sich über die Frauen erhaben zu dünken, indem sie sich über deren kleine Vorurteile hinwegsetzte und sich nicht im mindesten um die Fesseln kümmerte, die die Gesellschaft ihnen auferlegt. In ihrer Wut gelobte sie sich, die Dummen mit ihren eigenen Waffen zu schlagen und mit sich selbst ihr Spiel zu treiben, wenn es sein mußte. Kurzum, sie sah die Dinge von oben. Die Gelegenheit war günstig. Monsieur de La Billardière lag todkrank darnieder und mußte binnen weniger Tage sterben. Wenn Rabourdin sein Nachfolger wurde, würden seine Talente, denn Talente auf dem Gebiet der Verwaltung gestand Célestine ihm zu, so gewürdigt werden, daß ihm der Posten eines Referenten über die Bittschriften, der ihm früher einmal zugesagt worden war, zuteil werden würde. Sie sah ihn bereits als Bevollmächtigten des Königs, der sich vor der Kammer für Gesetzesvorschläge einsetzte: Dann würde sie ihm helfen! Sie würde, wenn es nötig wäre, seine Sekretärin sein; sie würde die Nächte hindurch arbeiten. Und das alles nur, um in einer hübschen Kalesche ins Bois de Boulogne fahren zu können, um mit

Madame Delphine de Nucingen auf gleichem Fuß zu stehen, um ihren Salon auf die Höhe dessen der Madame Colleville zu bringen, um zu den großen Festen im Ministerium eingeladen zu werden, um Zuhörer zu gewinnen, um die Leute dahin zu bringen, daß sie von ihr sagten: Madame Rabourdin de Soundso (sie wußte den Namen ihres Guts noch nicht), wie man sagte Madame Firmiani, Madame d'Espard, Madame d'Aiglemont, Madame de Carigliano; mithin, um vor allem den verhaßten Namen Rabourdin auszulöschen.

Diese geheimen Vorstellungen brachten einige Veränderungen im Haushalt mit sich. Madame Rabourdin schlug festen Schrittes den Weg in die Schulden ein. Sie stellte wieder einen Diener an und ließ ihn eine nichtssagende Livree tragen, braunes Tuch mit roten Litzen. Sie frischte ein paar Stücke ihres Mobiliars auf, ließ die Wohnung neu bespannen, verschönte sie durch häufig erneuerte Blumen und überlud sie mit all den nichtigen Kleinigkeiten, die damals in Mode kamen. Alsdann zögerte sie, die bislang bei jeder Ausgabe Skrupel gehegt hatte, nicht länger, ihre Garderobe in Einklang mit dem erstrebten Rang zu setzen, dessen Einkünfte in einigen Läden diskontiert wurden, in denen sie sich ihre Kriegsausrüstung beschaffte. Um ihre Mittwochnachmittage in Mode zu bringen, gab sie regelmäßig jeden Freitag ein Abendessen. Den Gästen wurde dann nahegelegt, am folgenden Mittwoch bei ihr vorzusprechen und eine Tasse Tee zu trinken. Geschickt suchte sie ihre Gäste unter den einflußreichen Abgeordneten aus, unter Leuten, die mittelbar oder unmittelbar ihren Interessen dienen konnten. Kurzum, sie schuf eine höchst anständige Umgebung. Man amüsierte sich vortrefflich bei ihr. Wenigstens sagte man es, und das genügt in Paris, um Leute herbeizulocken. Rabourdin war so tief mit der Vollendung seiner ernsten, großen Arbeit beschäftigt, daß er den Wiederausbruch des Luxus in seinem Haus nicht wahrnahm.

So belagerten die Frau und der Mann dieselbe Festung und operierten dabei auf parallelen Linien, ohne daß einer vom andern wußte.

Im Ministerium blühte und gedieh damals als Generalsekretär ein gewisser Monsieur Clément Chardin des Lupeaulx, eine der Persönlichkeiten, die die Wogen der politischen Geschehnisse für ein paar Jahre an die Oberfläche tragen, die sie aber an einem Sturmtage wieder wegschwemmen und die man dann am Gestade vorfindet, in weiter Ferne, gescheitert wie ein Schiffsrumpf, die dann jedoch noch immer etwas darzustellen scheinen. Der Wanderer fragt sich, ob dieses Wrack nicht kostbare Fracht enthalte, ob es an großen Unternehmungen teilgenommen, bei einem Widerstand mitgewirkt, den Samt eines Throns getragen oder die Leiche eines Königtums transportiert habe. Im gegenwärtigen Augenblick stand Clément des Lupeaulx (die Lupeaulx hatten den Chardin verschlungen) auf dem Höhepunkt. Im Dasein der berühmtesten wie der obskursten Wesen, bei den Tieren wie bei den Generalsekretären gibt es einen Zenit und einen Nadir, eine Periode, wo das Fell prächtig ist, wo das Glück in vollem Glanz strahlt. Innerhalb der von den Fabeldichtern geschaffenen Nomenklatur gehörte er zur Gattung der Bertrands und beschäftigte sich mit nichts als der Suche nach Ratons[22], und da er einer der Hauptdarsteller in diesem Drama ist, verdient er eine um so ausgiebigere Schilderung, als die Juli-Revolution jenen Posten abgeschafft hat, der für konstitutionelle Minister so ungemein wichtig ist.

Die Moralisten entfalten für gewöhnlich ihren dichterischen Schwung nur dann, wenn sie über das gewöhnliche Maß hinausgehende Schandtaten schildern. Für sie existieren Verbrechen nur vor dem Schwurgericht oder der Zuchtpolizei, aber die sozialen Finessen entgehen ihnen. Die Geschicklichkeit, die, mit dem Gesetzbuch gewappnet, triumphiert, ist ihnen etwas zu Hohes oder zu Niedriges. Sie besitzen weder Lupe noch Fernrohr; sie brauchen wackere, dicke, gut sichtbare Schreckenstaten. Da sie immerfort mit Fleischfressern beschäftigt sind, übersehen sie die Reptilien. Und zum Glück für die Komödiendichter überlassen sie ihnen die Nuancen, die Leute wie Chardin des Lupeaulx tönen. Dieser Generalsekretär war egoistisch und eitel, geschmeidig und stolz, ein lockerer Zeisig und Feinschmecker, geldgierig seiner Schulden wegen, verschwiegen wie ein Grab, aus dem nichts laut wird, was die für die Vorübergehenden bestimmte Inschrift Lügen strafen würde, unerschrocken und furchtlos, wenn er um eine Gunst bat, liebenswürdig und geistreich in jedem Sinn des Worts, ein Spötter, wenn es angebracht war, taktvoll, er verstand sich darauf, jemanden durch ein Streicheln wie durch einen Ellbogenstoß zu kompromittieren, er schreckte vor keinem noch so trüben Bach zurück und sprang elegant hinüber, er war ein kecker Voltairianer und ging zur Messe in Saint-Thomas-d'Aquin, wenn sich dort eine ansehnliche Versammlung befand. Er ähnelte all den Mittelmäßigkeiten, die den Kern der politischen Welt bilden. Da er wissend durch die Kenntnisse der andern war, hatte er die Haltung des Zuhörers angenommen, und es gab schwerlich einen aufmerksameren. Daher war er, um keinen Argwohn zu wecken, ein Schmeichler bis zum Ekelerregenden, von sanfter Eindringlichkeit wie ein Parfüm und zärtlich wie eine Frau. Demnächst wurde er vierzig. Seine Jugend hatte ihm lange Kummer gemacht. Er wußte ja, daß sein Glück in der Politik davon abhing, daß er Abgeordneter wurde. Wie war er vorangekommen? wird man sich fragen. Durch ein recht einfaches Mittel: Als politischer Bonneau[23] übernahm des Lupeaulx heikle Aufträge, wie man sie keinem Mann mit Selbstachtung noch einem Mann ohne Selbstachtung erteilen kann, sondern nur Menschen, die verläßlich und gleichzeitig dunkle Ehrenmänner sind, solche, die man je nach den Gegebenheiten anerkennen oder verleugnen kann. Es war sein Beruf, in einem fort kompromittiert zu sein, aber gleichgültig, ob durch Niederlage oder Erfolg: er kam stets voran. Er hatte begriffen, daß unter der Restauration, einer Zeit der ständigen Transaktionen zwischen den Menschen, zwischen den Dingen, zwischen vollendeten Tatsachen und solchen, die sich am Horizont zusammenballten, die Regierung einer Haushälterin bedürfe. Hat eine Alte Eingang in ein Haus gefunden, die weiß, wie ein Bett gemacht und frisch bezogen wird, wohin die Abfälle gekehrt werden müssen, wohin die schmutzige Wäsche geworfen und wo sie abgezogen werden muß, wo das Tischsilber liegt, wie ein Gläubiger zu beschwichtigen ist, welche Leute vorgelassen werden dürfen und welchen die Tür gewiesen werden muß, dann mag dies Geschöpf Laster haben, dreckig sein, krummbeinig oder zahnlos, in der Lotterie spielen und täglich dreißig Sous unterschlagen, um sich den Einsatz zu schaffen. Ihre Herrschaft liebt sie aus Gewohnheit und berät sich in ihrem Dabeisein über die kritischsten Angelegenheiten. Sie ist da, ruft Hilfskräfte herbei und wittert Geheimnisse, bringt im rechten Augenblick den Rougetopf oder den Schal, läßt sich ausschimpfen, die Treppe hinunterwerfen, und am nächsten Morgen beim Aufwachen reicht sie einem eine vortreffliche Kraftbrühe. So groß ein Staatsmann auch sein mag, er bedarf einer Haushälterin, vor der er Schwäche und Unentschlossenheit zeigen, vor der er mit seinem eigenen Schicksal hadern, mit sich zu Rate gehen, sich Rechenschaft ablegen, sich für den Kampf rüsten kann. Ist das nicht wie das weiche Holz der Wilden, das, wenn es an hartem Holz gerieben wird, Feuer fängt? Viele Genies entzünden sich auf diese Weise. Napoleon führte Haushalt mit Berthier[24], Richelieu[25] mit Pater Joseph[26]. Des Lupeaulx führte Haushalt mit aller Welt. Er blieb der Freund der gestürzten Minister, indem er sich zu ihrem Vermittler mit den neu ernannten Ministern machte und auf diese Weise die letzte Schmeichelei mit Balsam beträufelte und das erste Kompliment parfümierte. Im übrigen verstand er sich bewundernswert auf die kleinen Dinge, die zu bedenken es einem Staatsmann an Muße mangelt: Er begriff, was notwendig war, er gehorchte gut. Er hob seine Niedrigkeit auf, indem er als erster über sie scherzte, um ihren Wert zu steigern, und suchte unter allen zu leistenden Diensten den aus, den man ihm niemals vergessen würde. Als es galt, den Graben zu überqueren, der das Kaiserreich von der Restauration trennte, als jeder nach einer Planke suchte, um hinüberzuschwimmen, in dem Augenblick, da die Köter des Kaiserreichs sich in eine nur in Worten bestehende Ergebenheit stürzten, überschritt des Lupeaulx die Grenze, nachdem er zuvor bei Wucherern große Summen geliehen hatte. Er setzte alles aufs Spiel, er kaufte auch die geringsten Schuldforderungen König Ludwigs XVIII. auf und liquidierte, er als erster, durch dieses Mittel nahezu drei Millionen zu zwanzig Prozent; denn er hatte das Glück, 1814 und 1815 aufs richtige Pferd zu setzen. Die Gewinne wurden von den Herren Gobseck, Werbrust und Gigonnet eingezogen, den stillen Teilhabern des Unternehmens. Aber so hatte des Lupeaulx es ihnen versprochen. Er spielte nicht um seinen Einsatz, er spielte um die ganze Bank, da er genau wußte, daß Ludwig XVIII. nicht der Mann war, diese »große Wäsche«[27] zu vergessen. Des Lupeaulx wurde zum Referenten über die Bittschriften ernannt, zum Ritter des Sankt-Ludwigs-Ordens und zum Offizier der Ehrenlegion. Jetzt, da er auf der Leiter stand, suchte der geschickte Mann nach Möglichkeiten, sich auf ihr zu halten; denn in der Festung, in die er gelangt war, duldeten die Kommandierenden einen unnützen Esser nicht lange. Daher hatte er seinem Gewerbe als »Haushälterin« und Mittelsperson auch das der unentgeltlichen Konsultation bei den geheimen Krankheiten der Regierung hinzugefügt. Er hatte bei den vorgeblich hervorragenden Persönlichkeiten der Restauration eine tiefgehende Unterlegenheit den Geschehnissen, von denen sie beherrscht wurden, festgestellt, und er imponierte ihrer politischen Mittelmäßigkeit dadurch, daß er ihnen inmitten einer Krise den richtigen Entschluß, den Leute von Talent aus der Zukunft heraushören, beibrachte und verkaufte. Man darf nicht glauben, daß er von sich aus auf diese Gedanken verfallen wäre, denn dann wäre des Lupeaulx ein Genie gewesen, und er war bloß ein intelligenter Mensch. Dieser Bertrand ging überall hin, sammelte die Ansichten, sondierte die Gewissen und merkte sich die Töne, die sie wiedergaben. Er sammelte sein Wissen als eine echte, unermüdliche politische Biene. Dieses lebende Bayle[28]-Lexikon machte es aber nicht wie das berühmte Nachschlagewerk. Er trug nicht alle Meinungen zusammen, ohne Schlüsse zu ziehen, er hatte das Talent der Fliege und setzte sich unmittelbar auf das beste Stück Fleisch, mitten in der Küche. Daher galt er den Staatsmännern als unentbehrlich. Dieser Glaube hatte in den Geistern so tief Wurzeln geschlagen, daß die ehrgeizigen Neuernannten es für notwendig hielten, des Lupeaulx zu kompromittieren, um zu verhindern, daß er höher steige. Sie entschädigten ihn durch einen geheimen Kredit für sein geringes Ansehen in der Öffentlichkeit. Nichtsdestoweniger hatte dieser Ideenangler, indem er sich auf alle stützte, Handgelder verlangt. Vom Etatmajor in der Nationalgarde besoldet, wo er eine Sinekure innehatte, die von der Pariser Stadtverwaltung bezahlt wurde, Bevollmächtigter der Regierung bei einer Aktiengesellschaft, hatte er überdies einen Inspektorsposten in der Königlichen Hofhaltung. Seine beiden offiziellen, ins Budget eingetragenen Posten waren die des Generalsekretärs und des Referenten für die Bittschriften. Jetzt wollte er Kommandeur der Ehrenlegion, Kammerherr,

Graf und Abgeordneter werden. Um Abgeordneter zu werden, mußte man tausend Francs Grundsteuer zahlen, und das elende kleine Gut, das des Lupeaulx besaß, warf kaum fünfhundert Francs an Einkünften ab. Woher das Geld zum Bau eines Schlosses nehmen, es mit mehreren ansehnlichen Parzellen an Grund und Boden umgeben und dann von dort aus einem ganzen Arrondissement Sand in die Augen streuen? Obgleich er täglich in der Stadt zum Essen geladen war, obgleich er seit neun Jahren auf Staatskosten wohnte, obgleich das Ministerium ihm einen Wagen stellte, besaß des Lupeaulx in dem Augenblick, da dieser Roman beginnt, kaum etwas anderes als dreißigtausend Francs Schulden, was niemand bestritt. Eine Heirat hätte diesen Ehrgeizling flottmachen und sein mit dem Wasser der Schulden vollgelaufenes Schifflein leerschöpfen können. Aber eine gute Partie hing von seiner Beförderung ab, und seine Beförderung davon, daß er Abgeordneter wurde. Auf der Suche nach Mitteln, aus diesem *circulus vitiosus*[29] auszubrechen, gewahrte er nur einen ungeheuren Gefälligkeitsdienst oder den Abschluß irgendeines guten Geschäfts. Aber leider waren Verschwörungen etwas Veraltetes, und dem Anschein nach hatten die Bourbonen die Parteien besiegt. Und schließlich stand, um das Unglück vollzumachen, die Regierung seit ein paar Jahren durch die dummen Diskussionen der Linken, die darauf erpicht war, in Frankreich jede Regierung unmöglich zu machen, so sehr im vollen Licht der Öffentlichkeit, daß man dort keine Geschäfte mehr machen konnte: Die letzten waren in Spanien abgeschlossen, und wie war deswegen gezetert worden! Überdies hatte des Lupeaulx selber die Schwierigkeiten verdoppelt. Er hatte an die Freundschaft seines Ministers geglaubt und war so unvorsichtig gewesen, ihm zu verstehen zu geben, er säße gern auf den Bänken der Regierungstreuen. Die Minister hatten erraten, woher dieser Wunsch rührte: Des Lupeaulx wollte eine prekäre Stellung festigen und nicht mehr von ihnen abhängig sein. Der Hetzhund revoltierte gegen den Jäger. Die Minister versetzten ihm abwechselnd ein paar Peitschenhiebe und streichelten ihn, sie schufen ihm Rivalen. Allein des Lupeaulx verhielt sich ihnen gegenüber wie eine geschickte Kurtisane gegen junge Berufsgenossinnen: Er stellte ihnen Fallen, sie tappten hinein, er veranlaßte sofort ein Strafgericht über sie. Je mehr er sich bedroht fühlte, desto mehr verlangte ihn nach einem Posten, von dem er nicht abberufen werden konnte. Aber er mußte vorsichtig spielen. In einem einzigen Augenblick konnte er alles verlieren. Ein Federstrich konnte ihm die Schulterstücke des Zivilobersten nehmen, seinen Inspektorsposten, seine Sinekure bei der Aktiengesellschaft, seine beiden Stellungen und deren Vorteile: alles in allem sechs Gehälter, die er im Feuer des Gesetzes gegen das Innehaben mehrerer Ämter eingesäckelt hatte. Oft bedrohte er seinen Minister, wie eine Maîtresse ihren Liebhaber bedroht: Daraufhin verhätschelte der Minister seinen lieben des Lupeaulx. Bei einer dieser Aussöhnungen erhielt er das formelle Versprechen, er solle einen Sitz in der ›Académie des Inscriptions et Belles Lettres‹ erhalten, sobald einer frei werde. Das sei, sagte er, ein Stück Brot fürs Pferd. In seiner wunderbaren Stellung war Clément Chardin des Lupeaulx wie ein in guten Boden gepflanzter Baum. Er konnte seinen Lastern, seinen Launen, seinen Tugenden und seinen Fehlern frönen.

Solcherart waren die Strapazen seines Lebens: Zwischen fünf oder sechs täglichen Einladungen hatte er das Haus auszuwählen, wo es das beste Essen gab. Morgens mußte er beim ersten Frühstück den Minister und dessen Frau zum Lachen bringen, ihre Kinder streicheln und mit ihnen spielen. Dann arbeitete er eine oder zwei Stunden, das heißt, er rekelte sich in einem guten Lehnsessel und las die Zeitungen, diktierte einen Brief, empfing Besucher, wenn der Minister nicht anwesend war, gab in großen Zügen Erklärungen über die zu erledigenden Aufgaben ab, erhaschte oder verteilte ein paar Tropfen höfischen Weihwassers, durchflog mit einem raschen Blick durchs Lorgnon die Bittschriften oder versah sie mit Randglossen mittels eines Zeichens, das bedeutete: »Ist mir schnuppe, macht, was ihr wollt!« Jeder wußte, daß, wenn des Lupeaulx sich für jemanden oder etwas interessierte, er die Sache persönlich in die Hand nahm. Den höheren Beamten gestattete er diese und jene intime Plauderei über heikle Angelegenheiten und hörte sich ihre Klatschgeschichten an. Von Zeit zu Zeit ging er ins Schloß, um sich die politische Parole zu holen. Und schließlich wartete er auf den Minister, wenn dieser zur Sessionszeit aus der Kammer kam, um zu erfahren, ob irgendein Manöver ausgeheckt und geleitet werden müsse. Der regierungstreue Sybarit machte Toilette, aß zu Abend und besuchte von acht Uhr abends bis drei Uhr morgens zwölf bis fünfzehn Salons. In der Oper plauderte er mit den Journalisten, denn mit ihnen stand er sich denkbar gut. Es gab zwischen ihnen und ihm einen ständigen Austausch kleiner Gefälligkeiten; er sang ihnen seine falschen Neuigkeiten vor und schluckte die ihrigen; er hinderte sie daran, diesen oder jenen Minister um dieser oder jener Sache willen anzugreifen, die, wie er sagte, deren Frauen oder Geliebte sehr schmerzlich berühren würde.

»Schreiben Sie, daß der Gesetzesvorschlag nichts taugt, und beweisen Sie es, wie Sie können. Aber schreiben Sie nicht, Mariette habe schlecht getanzt. Verleumden Sie unsere heftigen Neigungen zu unseren lieben Nächsten in Röcken, aber enthüllen Sie nicht unsere jugendlichen Streiche. Zum Henker, wir haben alle unsere Jugendeseleien gemacht, und wir wissen nicht, was in Zeiten wie diesen aus uns noch werden kann. Vielleicht werden Sie, der Sie heute die langweiligen Artikel des ›Constitutionnel‹ salzen, einmal Minister ...«

Als Ausgleich war er dann bei sich bietender Gelegenheit den Redakteuren gefällig. Er beseitigte alle Hindernisse für die Aufführung eines Stücks, er sorgte dann und wann für Gratifikationen oder irgendein gutes Diner, er versprach, den Abschluß eines Geschäfts zu erleichtern. Übrigens wußte er die Literatur zu schätzen und begönnerte die Künste: Er bekam Autographen, wunderbare Albumeintragungen gratis, Skizzen, Bilder. Er tat den Künstlern viel Gutes, indem er ihnen nicht schadete und indem er sie bei gewissen Gelegenheiten, wenn ihr Ehrgeiz eine wenig kostspielige Befriedigung erheischte, unterstützte. Daher war er in der ganzen Welt der Kulissen, der Journalisten und Künstler beliebt. Erstens hatten alle dieselben Laster und waren gleich faul; und zweitens ließ es sich zwischen zwei Flaschen Wein und zwei Tänzerinnen so gut spotten! War das nicht Grund genug, gut Freund zu sein? Wenn des Lupeaulx nicht Generalsekretär gewesen wäre, dann wäre er Journalist gewesen. Daher bekam des Lupeaulx in dem fünfzehnjährigen Kampf, wo die Pritschenhiebe boshafter Bemerkungen die Bresche schlugen, durch die der Aufruhr eindrang, niemals auch nur den leisesten Schlag ab.

Wenn die niederen Beamten sahen, wie dieser Mann im Garten des Ministeriums mit Monseigneurs Kindern Boule spielte, zerbrachen sie sich den Kopf, um hinter das Geheimnis seines Einflusses und die Natur seiner Arbeit zu kommen, während die Hochgestellten aller Ministerien ihn für den gefährlichsten Mephistopheles hielten, ihn hochschätzten und ihm mit Wucherzinsen die Schmeicheleien zurückerstatteten, die er in der oberen Sphäre freigebig verteilte. Die Nützlichkeit des Generalsekretärs war für die Kleinen unlösbar wie ein hieroglyphisches Rätsel; für die Interessierten dagegen war sie klar wie die Regeldetri. Dieser kleine Fürst von Wagram[30] des Minister-Napoleon, dessen Aufgabe es war, unter den Ratschlägen und Ideen eine Auswahl zu treffen und mündlich Bericht zu erstatten, kannte sämtliche Geheimnisse der parlamentarischen Politik. Er brachte die Lauen wieder auf den rechten Weg, er überbrachte Vorschläge, berichtete über sie und begrub sie. Er sagte die »Nein« oder »Ja«, die der Minister nicht auszusprechen wagte. Er war dazu geschaffen, die ersten Salven und die ersten Hiebe der Verzweiflung oder des Zorns entgegenzunehmen. Er jammerte oder lachte mit dem Minister. Er war der geheimnisvolle Ring, durch den viele Interessen mit dem Schloß verbunden waren, und diskret wie ein Beichtvater. Bald wußte er alles, bald wußte er nichts. Ferner sagte er über den Minister, was ein Minister über sich selber schlechterdings nicht sagen konnte. Kurzum: Mit diesem politischen Hephaistion[31] wagte der Minister, er selbst zu sein: seine Perücke und sein künstliches Gebiß beiseite zu legen, seine Skrupel hintanzustellen und in Pantoffeln aufzutreten, seine durchtriebenen Streiche auszuplaudern und seinem Gewissen Luft zu machen. Übrigens war für des Lupeaulx nicht alles rosig: Er schmeichelte seinem Minister und beriet ihn. Er mußte ja schmeicheln, um zu beraten, mußte beim Schmeicheln beraten und die Schmeichelei durch den Ratschlag tarnen. Daher hatten fast alle Politiker, die dieses Handwerk betrieben, ein ziemlich gelbes Gesicht. Ihre Gewohnheit, andauernd bestätigend zu nikken, um das Gesagte zu billigen oder doch wenigstens so zu wirken, als täten sie es, teilte ihrem Kopf etwas Seltsames mit. Sie hießen gleichgültig alles gut, was in ihrem Dabeisein gesagt wurde. Ihre Ausdrucksweise war durchsät mit »aber«, mit »indessen«, mit »nichtsdestoweniger«, mit »ich würde an Ihrer Stelle« (sie sagten sehr häufig: »an Ihrer Stelle«) – lauter Phrasen, die den Widerspruch vorbereiten.

Was nun das Äußere betrifft, so war Clément des Lupeaulx der Überrest eines hübschen Mannes: fünf Fuß vier Zoll groß, erträgliches Bäuchlein, Gesichtsfarbe leicht erhitzt durch gutes Essen, Züge ein bißchen verlebt, gepuderter Tituskopf, elegante kleine Brille. Beinahe blond, welche Farbe zu seiner Hand paßte, die mollig war wie die einer alten Dame, ein bißchen zu viereckig, Nägel kurz, eine Satrapenhand. Sein Fuß ermangelte nicht der Vornehmheit. Nach fünf Uhr nachmittags trug des Lupeaulx stets durchbrochene Seidenstrümpfe, Halbschuhe, lange schwarze Hosen, eine Kaschmirweste, ein parfümiertes Battisttaschentuch, eine goldene Uhrkette, einen königsblauen Frack mit ziselierten Knöpfen und seine Ordensschnalle. Vormittags knarrten seine Stiefel unter einer grauen Hose und einem kurzen, enganliegenden Gehrock. Sein Aussehen glich dann weit mehr demjenigen eines gewitzten Anwalts als dem eines Ministers. Seine durch das Brillentragen schillernden Augen ließen ihn, wenn er das Pech hatte, die Brille abzusetzen, häßlicher erscheinen, als er in Wirklichkeit war. Für kundige Beurteiler, für aufrechte Leute, denen nur angesichts des Echten wohl ist, war des Lupeaulx unerträglich. Sein anmutiges Gehaben grenzte an die Lüge. Seine liebenswürdigen Beteuerungen, seine alten und für die Einfältigen immer neuen Nettigkeiten waren allzu fadenscheinig. Jeder Scharfsichtige erkannte in ihm eine morsche Planke, auf die den Fuß zu setzen es sich sorglich zu hüten galt. Als die schöne Madame Rabourdin geruhte, sich mit dem Glück ihres Mannes im Verwaltungsdienst zu befassen, fiel ihr Blick auf Clément des Lupeaulx, und sie befaßte sich eingehend mit ihm, um herauszubekommen, ob in diesem Brett noch genügend verläßliche Holzfasern seien, um darauf bei einiger Geschicklichkeit vom Büro zur Abteilung, von achttausend zu zwölftausend Francs zu schreiten. Die überlegene Frau glaubte, diesen politischen Roué überspielen zu können. Somit wurde Monsieur des Lupeaulx halbwegs zur Ursache der außergewöhnlichen Ausgaben, die in Rabourdins Haushalt gemacht und beibehalten wurden.

Die unter dem Kaiserreich erbaute Rue Duphot zeichnet sich durch ein paar äußerlich elegante Häuser aus, deren Wohnungen im allgemeinen gut aufgegliedert sind. Die der Madame Rabourdin war vortrefflich angelegt, welcher Vorteil viel zur Vornehmheit des häuslichen Lebens beiträgt. Ein hübscher, ziemlich geräumiger Flur, der sein Licht vom Hof her erhielt, führte in ein großes Wohnzimmer, dessen Fenster auf die Straße hinausgingen. Zur Rechten dieses Wohnraums befanden sich Rabourdins Arbeits- und Schlafzimmer. Daneben lag das Eßzimmer, in das man vom Flur aus gelangte. Zur Linken lagen Madames Schlafzimmer und ihr Toilette-Kabinett; neben diesen beiden Räumen war das kleine Zimmer ihrer Tochter gelegen. An Empfangstagen blieben die Türen zu Rabourdins Arbeitszimmer und Madames Zimmer offen. Die Geräumigkeit ließ den Empfang einer gewählten Gästeschar zu, ohne der Lächerlichkeit anheimzufallen, die auf gewissen bürgerlichen Abendgesellschaften lastet, bei denen der Luxus auf Kosten des täglich Gewohnten improvisiert wird und somit als eine Ausnahme wirkt. Das Wohnzimmer war kürzlich neu mit gelber, hellbraun ornamentierter Seide ausgespannt worden. Madames Zimmer war mit echt persischen Stoffen verkleidet und im Rokokostil[32] möbliert. Rabourdins Arbeitszimmer hatte die gereinigte Wandbespannung des früheren Wohnzimmers geerbt; es hingen darin die schönen, von Leprince geerbten Gemälde. Die Tochter des Auktionskommissars verwandte in ihrem Eßzimmer entzükkende türkische Teppiche, die ihr Vater bei guter Gelegenheit an sich gebracht hatte. Sie hatte sie in alte Ebenholzrahmen fassen lassen, deren Preis exorbitant geworden war. Herrliche Boulle-Anrichten, ebenfalls Erwerbungen des verstorbenen Auktionskommissars, zierten ringsum diesen Raum. In der Mitte glänzten die in Schildpatt eingelegten Messingornamente der ersten Standuhr, die wieder erschienen war, um die Meisterwerke aus dem 17. Jahrhundert ins rechte Licht zu setzen. Blumen dufteten in diesem geschmackvollen, an schönen Dingen reichen Zimmer, in dem jede Einzelheit ein Kunstwerk war, das sich am rechten Platz und in der richtigen Umgebung befand. Madame

Rabourdin, die sich mit der originellen Schlichtheit kleidete, wie sie den Künstlern einfällt, bewegte sich darin wie eine Dame, die an dergleichen Genüsse gewohnt ist. Sie ließ sie unerwähnt und überließ es ihren geistvollen Äußerungen, die Wirkung zu vervollständigen, die das Gesamt dieser Einrichtung auf ihre Gäste ausübte. Dank ihrem Vater machte Célestine, seit das Rokoko wieder Mode geworden war, von sich reden.

Wie sehr auch des Lupeaulx an falsche oder echte Pracht jeden Ranges gewöhnt sein mochte: Er war dennoch überrascht über die Wohnung der Madame Rabourdin. Man kann sich die Bezauberung, die diesen Pariser Asmodi[33] überkam, am besten durch einen Vergleich klarmachen. Man stelle sich einen Reisenden vor, der, ermüdet von den Tausenden üppiger Landschaften Italiens, Brasiliens und Indiens in seine Heimat zurückkehrt und unterwegs einen köstlichen kleinen See findet, wie etwa den Ortasee am Fuß des Monte Rosa, darin eine wohlig in stille Wasser gebettete Insel, kokett und schlicht, naiv und dennoch schmuck, einsam und geziert mit eleganten Baumgruppen, Statuen von schöner Wirkung. Ringsum Gestade, die zugleich urwüchsig und gepflegt sind. Außen das Grandiose, Ungestüme, im Innern menschliche Maße. Die Welt, die der Reisende erblickt hat, findet sich hier im kleinen wieder, bescheiden und rein. Seine ausgeruhte Seele lädt ihn ein, hier zu verweilen; denn ein poetischer und melodischer Zauber umfängt ihn mit allen Harmonien und erweckt in ihm eine Fülle von Gedanken. Es ist gleichzeitig eine Kartause und das lebendige Leben! Ein paar Tage zuvor hatte die schöne Madame Firmiani, eine der entzückendsten Damen des Faubourg Saint-Germain, die Madame Rabourdin gern hatte und bei sich empfing, zu des Lupeaulx, der eigens eingeladen worden war, um diesen Satz zu vernehmen, gesagt: »Warum gehen Sie eigentlich nie zu dieser Dame?« Und dabei hatte sie auf Célestine gedeutet. »Sie gibt reizende Abendgesellschaften, und vor allem: man ißt dort ... besser als bei mir.« Des Lupeaulx hatte sich von der schönen Madame Rabourdin, die zum erstenmal beim Sprechen zu ihm aufgeblickt hatte, eine Zusage entreißen lassen. Und er war in die Rue Duphot gegangen; ist damit nicht alles gesagt? »Frauen kennen nur *eine* List«, ruft Figaro[34] aus, »aber diese ist unfehlbar.« Als des Lupeaulx bei dem einfachen Bürochef zu Abend aß, gelobte er sich, dort öfter zu speisen. Dank dem dezenten und keinesfalls unpassenden Spiel der reizenden Dame des Hauses, die ihre Rivalin Madame Colleville mit dem Spitznamen »die Célimène[35] der Rue Duphot« bedacht hatte, pflegte er dort seit einem Monat jeden Freitag zu Abend zu essen, und mittwochs kam er aus eigenem Antrieb zu einer Tasse Tee. Seit ein paar Tagen glaubte Madame Rabourdin nach klugen, raffinierten Untersuchungen, auf dieser ministeriellen Planke eine Stelle gefunden zu haben, auf die man einmal den Fuß setzen konnte. Sie zweifelte nicht mehr an ihrem Erfolg. Ihre Freude kann nur in Beamtenhaushalten verstanden werden, in denen drei oder vier Jahre hindurch das Wohlleben berechnet wurde, das das Ergebnis einer erhofften, gehätschelten, liebkosten Beförderung ist. Welch eine Fülle von besänftigten Leiden! Wieviel Gelübde, die zu den Gottheiten im Ministerium hinaufgesandt worden sind! Wieviel Besuche zu eigennützigen Zwecken! Kurzum, Madame Rabourdin hörte dank ihrer Kühnheit die Stunde schlagen, da sie jährlich zwanzigtausend Francs statt achttausend zur Verfügung haben würde.

»Und dann erweist sich, daß ich richtig gehandelt habe«, sagte sie sich. »Ich habe zwar einige Ausgaben gemacht. Aber wir leben nun einmal nicht in einem Zeitalter, in dem man darauf bedacht ist, nach Verdiensten zu suchen, die verborgen sind, während jemand, der sich ins rechte Licht setzt, der in der Gesellschaft verkehrt, der seine Beziehungen pflegt, der sich neue schafft, vorwärtskommt. Schließlich interessieren sich Minister und ihre Freunde nur für Leute, die sie zu sehen bekommen. und mein Mann hat keine Ahnung von Welt und Leben! Hätte ich jene drei Abgeordneten nicht eingewickelt, so hätten sie vielleicht de La Billardières Posten haben wollen. Soeben habe ich sie in meinem Haus empfangen, und nun schämen sie sich, sie werden unsere Hilfskräfte, anstatt unsere Rivalen zu sein. Ich habe ein bißchen die Kokette gespielt, aber ich bin nur zu froh, daß die ersten kleinen Albernheiten, mit denen man die Männer amüsiert, genügt haben ...«

An dem Tag, da tatsächlich ein unerwarteter Kampf um jenen Posten einsetzte, nach dem Essen beim Minister, dem eine der Abendgesellschaften vorherging, die die Minister als öffentliche Angelegenheiten betrachten, saß des Lupeaulx neben der Gattin des Ministers am Kamin. Als er seine Tasse Kaffee trank, erkannte er abermals in einem jähen Einfall, daß Madame Rabourdin zu den sieben oder acht wahrhaft überlegenen Pariser Frauen gehörte. Schon verschiedene Male hatte er Madame Rabourdin im Spiel eingesetzt wie der Korporal Trim[36] seine Mütze.

»Sagen Sie das nicht zu laut, lieber Freund, Sie könnten ihr damit schaden«, sagte die Ministersgattin mit einem halben Auflachen.

Keine Frau schätzt es, wenn in ihrer Anwesenheit eine andere Frau herausgestrichen wird. Alle behalten sich in diesem Fall das letzte Wort vor, um das Lob zu vergällen.

»Der arme La Billardière liegt im Sterben«, warf Seine Exzellenz ein, »seine Nachfolge im Verwaltungsdienst kommt Rabourdin zu. Er ist einer unserer fähigsten Beamten, und unsere Vorgänger haben sich ihm gegenüber nicht eben gut verhalten, obwohl einer von ihnen seine Stellung als Polizeipräfekt unter dem Kaiserreich einer gewissen Persönlichkeit verdankt hat, die bezahlt wurde, um sich für Rabourdin einzusetzen. Offen gesagt, lieber Freund, Sie sind noch zu jung, um um Ihrer selbst willen geliebt zu werden ...«

»Wenn der Posten de La Billardières Rabourdin zugefallen ist, könnte man mir glauben, wenn ich die Überlegenheit seiner Frau rühme«, entgegnete des Lupeaulx, der des Ministers Ironie gespürt hatte. »Aber wenn Frau Gräfin sich selbst ein Urteil bilden wollen ...«

»Ich soll ihn wohl zu meinem ersten Ball einladen, nicht wahr? Ihre überlegene Frau soll kommen, wenn ich einige der Damen bei mir habe, die einzig hierher kommen, um sich über uns lustig zu machen. Sie werden aufhorchen, wenn Madame Rabourdin gemeldet wird.«

»Aber wird denn nicht auch Madame Firmiani beim Außenminister gemeldet?«

»Die ist doch eine geborene Cadignan ...!« sagte der neugebackene Graf und bedachte seinen Generalsekretär mit einem niederschmetternden Blick; denn weder er noch seine Frau waren geborene Adlige.

Viele Leute glaubten, es handele sich um wichtige politische Angelegenheiten. Die Bittsteller verblieben im Hintergrund des Salons. Als des Lupeaulx hinausging, sagte die neugebackene Gräfin zu ihrem Mann: »Ich glaube, des Lupeaulx ist verliebt.«

»Das wäre dann das erstemal in seinem Leben«, antwortete er und zuckte die Achseln, wie wenn er seiner Frau sagen wollte, des Lupeaulx befasse sich nicht mit kleinen Liebschaften.

Der Minister sah einen Abgeordneten des rechten Flügels der Mitte eintreten und erhob sich von der Seite seiner Frau, um einer unsicheren Stimme zu schmeicheln. Aber jener Abgeordnete war von einer unvorhergesehenen Katastrophe betroffen worden. Er wollte sich eine Protektion sichern und teilte unterderhand mit, er werde gezwungen sein, in wenigen Tagen sein Abschiedsgesuch einzureichen. Der auf diese Weise vorbereitete Minister konnte noch vor der Opposition seine Batterien das Feuer eröffnen lassen.

Der Minister, das heißt: des Lupeaulx, hatte zum Essen eine Persönlichkeit eingeladen, wie sie in allen Ministerien »klebte«. Jener Herr hatte es schwer mit sich selbst, und in seinem Verlangen, eine würdige Haltung zu bekunden, stand er auf seinen beiden aneinandergedrängten Beinen da wie eine ägyptische Mumie. Dieser Beamte wartete am Kamin darauf, dem Generalsekretär danken zu können. Dessen jähes, unvorhergesehenes Abwenden hatte ihn in dem Augenblick überrascht, da er ein gedrechseltes Kompliment hatte anbringen wollen. Es war kein anderer als der Kassierer des Ministeriums, der einzige Beamte, der bei einer Kabinettsumbildung nie zitterte. In jener Zeit trieb die Kammer mit dem Budget nicht auf so schäbige Weise Schwindel, wie es in der kläglichen Zeit, in der wir leben, der Fall ist. Sie kürzte nicht unvornehm die Ministergehälter, sie machte nicht, was man im Küchenstil »Kerzenstummel-Ersparnisse« nennt. Sie gewährte jedem Minister, der die Geschäfte übernahm, eine sogenannte »Umzugsentschädigung«. Der Eintritt ins Ministeramt kostet leider genausoviel wie der Austritt, und gerade das Eintreten zieht Kosten aller Art nach sich, die zu erörtern wenig schicklich wäre. Jene Entschädigung bestand in der netten kleinen Summe von fünfundzwanzigtausend Francs. Die Kabinettsorder erschien im ›Moniteur‹, und währenddessen hockten

Große und Kleine um ihre Kanonenöfen oder vor ihren Kaminen, wurden auf ihren Posten vom Sturm gerüttelt und fragten sich: »Was wohl der Neue tun wird? Ob er die Zahl der Beamten erhöht? Ob er zwei entläßt und dafür drei neue einstellt?« Der friedliche Kassierer hingegen nahm fünfundzwanzig schöne Tausendfrancsscheine, heftete sie mit einer Stecknadel zusammen, und sein Gesicht mit dem Ausdruck eines Kirchendieners nahm einen fröhlichen Ausdruck an. Er lief die Treppe zu den Wohngemächern hinauf und ließ sich zum Lever bei Monseigneur melden, und zwar von Leuten, die aus gleicher Machtvollkommenheit alles durcheinanderbringen, das Geld und den Hüter des Geldes, das Gefäß und den Inhalt, dic Idcc und die Form. Der Kassierer überraschte das Ministerehepaar in der Morgenröte des Entzückens, in der ein Staatsmann leutselig und ein milder Fürst ist. Auf das »Was wollen Sie?« des Ministers antwortete er mit der Darbietung der Banknoten und sagte, er habe sich beeilt, Seiner Exzellenz die übliche Entschädigung zu überbringen. Der erstaunten, aber beglückten Madame, die nie verfehlte, etwas davon an sich zu bringen, oft jedoch das Ganze, erklärte er, wie es dazu komme. Ein Umzug ist eine Haushaltsangelegenheit. Der Kassierer drechselte sein Kompliment und säuselte Monseigneur ein paar Phrasen zu: Wenn Seine Exzellenz geruhe, ihn auf seinem Platz zu belassen, wenn sie mit einem rein mechanischen Dienst zufrieden sei, wenn usw. Da ein Mann, der fünfundzwanzigtausend Francs überbringt, immer ein würdiger Beamter ist, verließ der Kassierer das Zimmer nicht, ohne auf seinem Posten bestätigt worden zu sein, von dem aus er seit einem Vierteljahrhundert die Minister hatte kommen, gehen und vergehen sehen. Dann stellte er sich Madame zur Verfügung. Er überbrachte die monatlichen dreizehntausend Francs im richtigen Augenblick. Er zahlte sie vorher aus oder verzögerte die Zahlung, je nach Befehl, und erhielt sich auf diese Weise, einem alten Klosterausdruck entsprechend, »eine Stimme im Kapitel«.

Der wackere Saillard war Buchhalter im Schatzamt gewesen, als das Schatzamt noch zweifach Bücher führte. Als darauf verzichtet wurde, war er durch seinen gegenwärtigen Posten entschädigt worden. Er war ein dicker, fetter, gutartiger Mensch, sehr erfahren in der Buchhaltung und sehr unerfahren in allen übrigen Dingen, rund wie eine Null, schlicht wie eine Begrüßungsformel. Er kam mit abgezählten Schritten wie ein Elefant und ging ebenso zurück zur Place-Royale[37], wo er im Erdgeschoß eines alten, ihm gehörenden Stadtpalais wohnte. Sein Weggefährte war Monsieur Isidore Baudoyer, Bürochef in der Abteilung, der Monsieur de La Billardière vorstand, und mithin Kollege Rabourdins. Er hatte Elisabeth Saillard geheiratet, die einzige Tochter des Kassierers, und natürlich eine Wohnung oberhalb von dessen Wohnung bezogen. Keine Menschenseele im Ministerium bezweifelte, daß Saillard ein Dummkopf sei. Aber niemand hatte herausbekommen, wie weit seine Dummheit gehe. Sie war zu kompakt, als daß man ihr mit Fragen hätte beikommen können. Sie klang nicht hohl, sie verschluckte alles und gab nichts wieder von sich. Bixiou (ein Beamter, von dem bald die Rede sein wird) hatte eine Karikatur des Kassierers gezeichnet. Er hatte einem Ei einen Perückenkopf aufgesetzt und unten zwei Beinchen angefügt. Darunter stand zu lesen: »Geboren, um Geld auszuzahlen und einzukassieren, ohne sich je zu irren. Bei etwas weniger Glück hätte er es zum Boten der Bank von Frankreich gebracht. Bei etwas mehr Ehrgeiz hätte er den Lohn davongetragen.«

In diesem Augenblick betrachtete der Minister seinen Kassierer, wie man einen Gardinenhalter oder ein Gesims betrachtet, ohne zu bedenken, daß dergleichen Verzierungen der Unterhaltung zuhören oder einen geheimen Gedanken begreifen könnten.

»Ich lege um so größeren Wert darauf, daß wir mit dem Präfekten alles im tiefsten Geheimnis abgemacht haben, als des Lupeaulx Absichten hat«, sagte der Minister zu dem Abgeordneten, der zurücktreten wollte, »sein kleines Gut liegt in Ihrem Arrondissement, und wir mögen ihn nicht.«

»Er hat weder den Zensus noch das Alter[38]«, sagte der Abgeordnete.

»Freilich, aber Sie wissen ja, was bezüglich des Alters bei Casimir Périer[39] entschieden worden ist. Was nun den Grundbesitz für die jährliche Steuer betrifft, so hat des Lupeaulx etwas, das nicht viel wert ist. Aber das Gesetz hat ja Vergrößerungen außer acht gelassen, und er kann hinzukaufen. Bei Abgeordneten der Mitte haben die Wahlkommissionen ein weites Gewissen, und wir könnten uns nicht offen dem guten Willen widersetzen, der diesem lieben Freund bezeigt werden könnte.«

»Aber woher würde er das Geld für Ankäufe nehmen?«

»Und wie ist Manuel[40] Besitzer eines Hauses in Paris geworden?« rief der Minister.

Der Gardinenhalter spitzte die Ohren, aber ohne es sich anmerken zu lassen. Das heftige Hinundher von Rede und Gegenrede, obwohl nur geflüstert, drang durch die noch unzulänglich erforschten Launen der Akustik an Saillards Ohr. Kann man sich vorstellen, welches Gefühl sich des Biederen bemächtigte, als er diese vertraulichen politischen Mitteilungen vernahm? Er empfand brodelndes Entsetzen. Er gehörte zu den naiven Leuten, denen sich die Haare sträuben, wenn es scheinen könnte, als hörten sie etwas mit an, das sie nicht hören dürfen, wenn sie ein Zimmer betreten, in das sie nicht gerufen worden sind; die kühn wirken, wenn sie furchtsam, neugierig, wenn sie diskret sind. Der Kassierer glitt über den Teppich; er zog sich zurück, so daß der Minister, wenn er ihn wahrnahm, meinen konnte, er stehe weit weg. Saillard war ein getreuer Anhänger jedes Ministers und unfähig zu der leisesten Indiskretion. Hätte der Minister geglaubt, der Kassierer sei Mitwisser des Geheimnisses, so hätte er ihm nur zu sagen brauchen: Mund halten! Der Kassierer machte sich das Heranfluten der Höflinge zunutze, stieg wieder in eine Droschke aus seiner Stadtgegend, wie er sie für dergleichen kostspielige Einladungen zu benutzen pflegte, und fuhr nach der Place-Royale zurück.

Zu der Stunde, da der alte Saillard durch Paris gondelte, waren sein Schwiegersohn und seine geliebte Elisabeth dabei, mit dem Abbé Gaudron, ihrem Seelenhirten, eine tugendhafte Partie Boston zu spielen. Es waren auch ein paar Nachbarn anwesend, darunter ein gewisser Martin Falleix, ein Kupferschmelzer aus dem Faubourg Saint-Antoine, dem Saillard das erforderliche Kapital zur Gründung eines gewinnbringenden Unternehmens geliehen hatte. Dieser Falleix, ein ehrlicher Auvergnate, der mit seinem Kochkessel auf dem Rücken nach Paris gekommen war, hatte sofort Anstellung bei den Brézacs gefunden, großen Zerstückelern von Schlössern. Mit etwa siebenundzwanzig Jahren war Martin Falleix, der auf Wohlstand erpicht war wie jeder beliebige andere, zu seinem Glück von Monsieur Saillard, der sein stiller Teilhaber wurde, die Möglichkeit verschafft worden, eine Erfindung in der Schmelzerei auszubeuten. (Er bekam ein Patent und bei der Ausstellung von 1825 eine goldene Medaille.) Madame Baudoyer, deren einzige Tochter, wie der alte Saillard sagte, sich auf ihren zwölfjährigen Zopf trat, hatte ein Auge auf Falleix geworfen, einen stämmigen, schwarzhaarigen, arbeitsfrohen, auf schlaue Weise rechtschaffenen Burschen, dessen Erziehung sie in die Hand nahm. Ihrer Auffsassung nach bestand jene Erziehung darin, daß sie dem wackeren Auvergnaten beibrachte, Boston zu spielen, seine Karten richtig zu halten, sich nicht hineinschauen zu lassen, rasiert zu ihnen zu kommen, die Hände mit grober, gewöhnlicher Waschseife zu reinigen, nicht zu fluchen, ihr Französisch zu sprechen, Stiefel statt Schuhen zu tragen, Schirtinghemden statt solcher aus Sackleinen zu tragen und sein Haar nicht in die Stirn zu bürsten. Seit acht Tagen hatte Elisabeth Falleix dazu bewogen, zwei riesengroße, flache Ohrringe abzulegen, die wie Faßreifen ausgesehen hatten.

»Sie gehen zu weit, Madame Baudoyer«, sagte er, als er sah, wie glücklich sie über dieses Opfer war. »Sie gewinnen zuviel Oberherrschaft über mich: Sie verlangen, daß ich mir die Zähne putze, wodurch sie wackeln. Bald muß ich mir auch noch die Fingernägel bürsten und das Haar lockig brennen, und das schickt sich nicht in unserm Beruf: Da mag man keine Stutzer.«

Elisabeth Baudoyer, geborene Saillard, ist eine der Gestalten, die sich, eben ihrer Vulgarität wegen, dem Pinsel entziehen und die dennoch skizziert werden müssen. Sie sind der Inbegriff jenes Pariser Kleinbürgertums, das über den reichen Handwerkern und unterhalb der gehobenen Gesellschaftsschichten steht; dessen gute Eigenschaften beinahe Laster sind, dessen Fehler nichts Liebenswertes haben, aber dessen Sitten, obwohl glatt und alltäglich, nicht der Originalität ermangeln. Elisabeth haftete etwas Dürftiges an, das sich übel ausnahm. Ihr Wuchs betrug kaum vier Fuß; sie war so schlank, daß ihr Gürtelumfang kaum eine halbe Elle maß. Ihre feinen Züge zogen sich nach der Nase hin zusammen und liehen ihrem Gesicht eine leichte Ähnlichkeit mit dem Schnäuzchen eines Wiesels. Sie war über dreißig, sah aber aus, als sei sie erst sechzehn oder siebzehn. Ihre fayenceblauen Augen versanken unter dicken Lidern, die zu den Bögen der Brauen paßten; sie besaßen wenig Glanz. Alles an ihr war armselig: Ihr Haar von einem weißlichen Blond, ihre flache Stirn hatte helle, ebene Stellen, auf denen das Tageslicht zu verharren schien. Ihr Teint wies beinahe bleigraue Tönungen auf. Der untere Teil des mehr dreieckigen als ovalen Gesichts beendete unregelmäßige, auf ziemlich gewöhnliche Weise gequälte Konturen. Und ihre Stimme schließlich bot eine ziemlich hübsche Folge von bittersüßen Intonationen dar. Elisabeth war voll und ganz die Kleinbürgerin, die ihrem Mann abends auf dem Kopfkissen Ratschläge erteilt. Ihre Tugenden hatten nichts Verdienstliches, ihr Ehrgeiz war ohne Hintergedanken und einzig eine Weiterentwicklung des häuslichen Egoismus. Hätte sie auf dem Lande gelebt, so würde sie die Abrundung ihres Grundbesitzes angestrebt haben. Da ihr Mann Verwaltungsbeamter war, wollte sie vorankommen. Schildert man das Leben ihrer Eltern, so stellt man zugleich in der Beschreibung der Kindheit des jungen Mädchens die ganze Frau dar.

Monsieur Saillard hatte die Tochter eines Möbelhändlers geheiratet, der unter den Pfeilern der Markthallen seinen Stand hatte. Die Kärglichkeit ihres Vermögens hatte das Ehepaar Saillard zunächst zu beständigen Entbehrungen gezwungen. Nach dreiunddreißigjähriger Ehe und neunundzwanzigjähriger Büroarbeit bestand das Vermögen der Saillards (wie ihre Bekannten sie nannten) aus sechzigtausend Francs, die Falleix anvertraut worden waren, dem Haus an der Place-Royale, das sie 1804 für vierzigtausend Francs gekauft hatten, und den sechsunddreißigtausend Francs, die sie ihrer Tochter als Mitgift gegeben hatten. In diesem Kapital war die Erbschaft der Witwe Bidault, der Mutter der Madame Saillard, mit etwa fünfzigtausend Francs enthalten. Saillards Gehalt hatte stets viertausendfünfhundert Francs betragen; denn sein Posten war im Verwaltungsdienst eine wahre Sackgasse, die lange Zeit hindurch niemanden verlockt hatte. Diese neunzigtausend Francs, die Sou für Sou zusammengescharrt worden waren, rührten also aus filzigen und sehr unintelligent angelegten Ersparnissen her. Die Saillards kannten tatsächlich keine andere Art, ihr Geld anzulegen, als es in Summen von je fünftausend Francs zu ihrem Notar Monsieur Sorbier zu tragen, dem Vorgänger Cardots, und es zu fünf Prozent als erste Hypotheken auszuleihen, unter Eintreten in die Rechte der Frau, wenn der Darlehensnehmer verheiratet war! Madame Saillard erhielt 1804 ein Büro für Stempelpapier, dessen Führung die Einstellung eines Dienstmädchens für den Haushalt erforderlich machte Um diese Zeit brachte das Haus, das mehr als hunderttausend Francs Wert hatte, achttausend ein. Falleix zahlte für seine sechzigtausend Francs sieben Prozent; außerdem wurde der Gewinn zu gleichen Teilen geteilt. Auf diese Weise hatten die Saillards mindestens siebzehntausend Francs Einkünfte. Der ganze Ehrgeiz des Biederen bestand darin, bei seinem Eintritt in den Ruhestand das Kreuz der Ehrenlegion zu bekommen.

Elisabeths Jugend war eine beständige Plackerei in einer Familie, deren Sitten so hart und deren Denken so einfältig war. Es wurden um den Kauf eines Hutes für Saillard lange Beratschlagungen abgehalten. Man rechnete nach, wie lange ein Frack gehalten hatte. Die Regenschirme wurden an einem Messingring hochgehängt. Seit 1804 war an dem Haus keine einzige Reparatur vorgenommen worden. Die Saillards beließen ihr Erdgeschoß in dem Zustand, in dem der Vorbesitzer es ihnen übergeben hatte: Die Vergoldung der Pfeilerspiegel war verblichen, die Malereien über den Türen war unter der Staubschicht, die die Zeit darüber gebreitet hatte, kaum noch zu sehen. In den großen, schönen Räumen mit gemeißelten Marmorkaminen, mit Decken, die derer in Versailles würdig waren, standen die bei der Witwe Bidault vorgefundenen Möbel. Es waren aus den Fugen geplatzte Lehnsessel aus Nußbaumholz mit Gobelinbezug, Kommoden aus Rosenholz, Wandtische mit kleinen Messinggittern und Einlegearbeiten aus weißem, gespaltenem Marmor, ein herrlicher Boulle-Sekretär, dem die Mode noch nicht seinen Wert wieder zuerkannt hatte, kurzum: das Tohuwabohu von Gelegenheitskäufen, die die Händlerin für ihren Laden zwischen den Pfeilern der Markthalle getätigt hatte: Gemälde, die um der Schönheit der Rahmen willen gekauft worden waren, Geschirr unterschiedlicher Art, das heißt, köstliche japanische Desserteller, der Rest aber aus allen möglichen Manufakturen, Tischsilber, das nicht zusammenpaßte, altes Kristall, schöne Damasttischwäsche, ein Himmelbett mit Vorhängen aus persischen Druckstoffen und Straußenfedern.

Inmitten all dieser Relikte saß Madame Saillard breit auf einer modernen Mahagoni-Bergère[41], die Füße auf einem Wärmer, an dem jedes Loch versengt war, an einem Kamin voller Asche und ohne Glut, auf dem eine Uhr, antike Bronzen, Kandelaber mit plastischen Blumengewinden, aber ohne Kerzen standen. Sie ließ sich nämlich von einem messingnen Handleuchter Licht spenden, aus dem sich eine hohe Kerze erhob, die durch das überall herabgeronnene Wachs kanneliert worden war. Madame Saillard hatte ein Gesicht, in dem sich, trotz der Falten, Dickköpfigkeit und Strenge, Enge der Gedankenwelt, hartkantige Redlichkeit, mitleidlose Frömmigkeit, naiver Geiz und der Friede eines sauberen Gewissens abzeichneten. Auf gewissen flämischen Gemälden kann man Bürgermeistersfrauen sehen, die auf diese Weise von der Natur gebildet und vom Pinsel trefflich wiedergegeben worden sind. Aber sie tragen schöne Samtroben oder kostbare Stoffe, wogegen Madame Saillard keine Roben hatte, sondern jenes Kleidungsstück trug, das in der Touraine und in der Picardie »cotte«[42] oder ganz allgemein in Frankreich »cotillon«[43] genannt wird. Es besteht aus hinten und an den Seiten gefältelten Röcken, die übereinandergezogen werden. Ihr Oberkörper war in ein Mieder gezwängt, auch das entstammte der Mode eines anderen Zeitalters! Sie hatte die Schmetterlingshaube und die Schuhe mit hohen Absätzen beibehalten. Obgleich sie siebenundfünfzig Jahre alt war und obgleich ihre hartnäckige Arbeit im Haushalt ihr das Recht zum Ausruhen verliehen hätte, strickte sie die Strümpfe ihres Mannes, ihre eigenen und die eines Onkels, wie Bauersfrauen zu stricken pflegen, beim Hinundhergehen, beim Sprechen, während sie durch den Garten schlendern und nachschauen, was in der Küche getrieben wird.

Der den Saillards zunächst von der Notwendigkeit auferlegte Geiz war ihnen zur Gewohnheit geworden. Wenn der Kassierer aus dem Büro kam, zog er den Frack aus. Er bearbeitete selber den schönen, vom Hof durch ein Eisengitter abgetrennten Garten, den er sich vorbehalten hatte. Lange Zeit hindurch war

Elisabeth mit ihrer Mutter morgens auf den Markt gegangen, und beide hatten sie die Arbeiten für den Haushalt erledigt. Die Mutter verstand sich wunderbar auf das Kochen einer Ente mit weißen Rüben. Aber wie Papa Saillard sagte, hatte Elisabeth nicht ihresgleichen im Zubereiten der Reste einer Hammelkeule mit Zwiebeln. »Das schmeckt so gut, daß man seinen eigenen Onkel aufessen könnte, ohne es zu merken!« Sobald Elisabeth eine Nadel halten konnte, hatte die Mutter sie die Hauswäsche und die Garderobe ihres Vaters stopfen lassen. Unablässig war sie beschäftigt; nie ging sie allein aus. Obwohl sie nur zwei Schritte vom Boulevard du Temple entfernt wohnten, wo sich der Zirkus Franconi, das Théâtre de la Gaîté, das Ambigu-Comique und etwas weiter das Théâtre de la Porte Saint-Martin befanden, war Elisabeth nie in die Komödie gegangen. Als sie einmal die Lust überkam, »zu sehen, was damit los sei«, führte Monsieur Baudoyer, selbstverständlich mit der Erlaubnis des Abbés Gaudron, sie aus Freigebigkeit, und um ihr das schönste aller Spektakelstücke zu zeigen, in die Oper, wo damals »Der chinesische Bauer«[44] gegeben wurde. Elisabeth fand die Komödie langweilig wie die Fliegen und wollte nie wieder hingehen. Wenn sie sonntags viermal von der Place-Royale zur Kirche Saint-Paul getrabt war, denn die Mutter ließ sie die Vorschriften und Pflichten der Kirche strikt einhalten, führten die Eltern sie zum Café Turc[45], wo sie sich auf Stühle setzten, die zwischen dem Gitter und der Hauswand aufgestellt waren. Die Saillards beeilten sich, als die ersten anzulangen, um gute Plätze zu bekommen, und vergnügten sich damit, die große Welt vorbeidefilieren zu sehen. Zu jener Zeit bildete der Jardin Turc den Treffpunkt der eleganten Damen und Herren des Marais, des Faubourg Saint-Antoine und der benachbarten Örtlichkeiten Elisabeth trug im Sommer immer nur Kattunkleider, im Winter immer nur Merinokleider, und die hatte sie sich selbst genäht. Ihre Mutter gab ihr monatlich nur zwanzig Francs für ihre Garderobe. Allein ihr Vater, der sie sehr liebhatte, milderte diese Strenge durch gelegentliche Geschenke. Sie hatte nie etwas von dem gelesen, was der Abbé Gaudron, der Vikar von Saint-Paul und Beichtvater der Familie, als »profane Bücher« bezeichnete. Diese Diät hatte Früchte getragen. Da Elisabeth ihre Gefühle in irgendeine Leidenschaft ausströmen mußte, war sie gewinngierig geworden. Obwohl es ihr weder an Vernunft noch an Scharfblick gebrach, hatten die religiösen Vorstellungen und ihre Unwissenheit ihre guten Eigenschaften in einen ehernen Kreis eingesperrt. Sie wirkten sich nur auf die banalsten Lebensdinge aus, und da sie nur auf wenige Punkte gerichtet wurden, beschränkten sie sich gänzlich auf das, was es gerade zu tun gab. Ihr durch die Bigotterie unterdrücktes Gefühlsleben mußte sich in den Grenzen entfalten, die die Gewissensfragen setzten, und die sind ein ganzes Lager von Subtilitäten, unter denen der Eigennutz sich seine Ausflüchte auswählt. Gleich gewissen frommen Leuten, bei denen die Religion den Ehrgeiz nicht erstickt hat, war sie imstande, von ihren Mitmenschen die schmählichsten Handlungen zu fordern und deren sämtliche Früchte einzuernten. Bei Gelegenheit hatte sie gleich jenen unversöhnlich auf dem ihr Zustehenden bestanden und hätte in den Mitteln vor keiner Tücke zurückgescheut. Wäre sie gekränkt worden, so hätte sie ihre Gegner mit der perfiden Geduld der Katzen beobachtet und sich eine kalte, vollkommene Rache verschafft, die sie dann auf das Konto des lieben Gottes gesetzt hätte. Bis zu Elisabeths Heirat hatten die Saillards keinen andern Umgang als den mit dem Abbé Gaudron, einem aus der Auvergne stammenden Priester, der bei der Wiederherstellung des katholischen Kults zum Vikar von Saint-Paul ernannt worden war. Diesem Geistlichen, einem Freund der seligen Madame Bidault, gesellte sich der Madame Saillard ein Onkel väterlicherseits hinzu, ein alter Papierhändler, der seit dem Jahre II der Republik im Ruhestand lebte, jetzt neunundsechzig Jahre alt war und immer nur sonntags zu ihnen kam, da an diesem Tag keine Geschäfte getätigt wurden.

Er war ein altes Männlein mit grünlichem Gesicht, das fast gänzlich von einer Nase eingenommen wurde, die rot wie die eines Trinkers war, und das zwei Geieraugen durchstachen. Er ließ sein graues Haar unter einem Dreispitz wehen, trug Kniehosen, deren Zipfel maßlos über die Schnallen hinaushingen, baumwollene Strümpfe mit Mustern, die von seiner Nichte, die er immer »die kleine Saillard« nannte, gestrickt worden waren, plumpe Schuhe mit Silberschnallen und einen vielfarbenen Überrock. Er ähnelte sehr einem der kleinen Sakristan-Kirchendiener-Glöckner-Schweizer-Totengräber-Küster auf dem Dorfe, die man für die Phantasieprodukte der Karikaturisten hält, bis man sie bei der Ausübung ihrer Funktionen gesehen hat. Um diese Zeit kam er noch immer zu Fuß zum Essen und ging ebenso zurück in die Rue Grenétat, wo er ein drittes Stockwerk bewohnte. Sein Beruf bestand darin, daß er die Wechsel der Kaufleute im Stadtviertel Saint-Martin diskontierte, wo er unter dem Spitznamen Gigonnet[46] bekannt war, wegen der fieberhaften, konvulsivischen Zuckungen, mit denen er die Beine hob. Mit den Wechselgeschäften hatte Monsieur Bidault im Jahre II angefangen, und zwar gemeinsam mit einem Holländer namens Werbrust, einem Freunde Gobsecks.

Später, auf den Bänken des Kirchenvorstands von Saint-Paul, machte Saillard die Bekanntschaft des Ehepaars Transon, Großhändlern in Töpferwaren, die in der Rue de Lesdiguières ihr Geschäft hatten, sich für Elisabeth interessierten und in der Absicht, sie zu verheiraten, den jungen Isidore Baudoyer mit den Saillards bekannt machten. Die Verbindung von Monsieur und Madame Baudoyer mit den Saillards wurde dadurch noch enger, daß Gigonnet sie billigte. Er hatte sich längere Zeit hindurch bei seinen Geschäften eines gewissen Mitral bedient, eines Gerichtsvollziehers und Bruders der alten Madame Baudoyer, der sich jetzt in einem hübschen Haus in l'Isle-Adam zur Ruhe setzen wollte. Monsieur und Madame Baudoyer, Isidores Eltern, ehrenhafte Weißgerber aus der Rue Censier, hatten langsam in einem routinemäßigen Handel ein mäßiges Vermögen zusammengebracht. Nachdem sie ihren einzigen Sohn, dem sie fünfzigtausend Francs mitgaben, verheiratet hatten, gedachten sie, auf dem Lande zu leben, und ihre Wahl war auf die kleine Stadt l'Isle-Adam gefallen, wohin sie Mitral nachgezogen hatten. Aber sie kamen häufig nach Paris, wo sie sich ein Absteigequartier in dem Haus in der Rue Censier vorbehielten, das sie Isidore als Mitgift gegeben hatten. Auch nach der Dotierung ihres Sohnes hatten die Baudoyers noch immer tausend Taler Zinsen.

Mitral, ein Mensch mit einer unheimlichen Perücke und einem Gesicht von der Farbe des Seinewassers, in dem zwei Augen von der Tönung spanischen Tabaks funkelten, war kalt wie ein Brunnenseil, roch nach Mäusen und bewahrte über sein Vermögen Schweigen. Aber er mußte wohl in seinem Winkel Geschäfte machen wie Gigonnet im Stadtviertel Saint-Martin.

Wenn sich der Kreis dieser Familie auch erweitert hatte, so hatten weder ihre Gedankenwelt noch ihre Sitten eine Änderung erfahren. Es wurden die Namenstage des Vaters, der Mutter, des Schwiegersohns, der Tochter und der Enkelin gefeiert, die Geburts- und Hochzeitstage, Ostern, Weihnachten, Neujahr und der Dreikönigstag. Diese Feste boten jedesmal Gelegenheit zum Hausputz, zu einer Generalsäuberung der ganzen Wohnung, was den Annehmlichkeiten dieser häuslichen Feiern das Nützliche hinzufügte. Dann wurden, mit großem Pomp und von Blumensträußen begleitet, nützliche Geschenke überreicht: ein paar Seidenstrümpfe oder eine Pelzmütze für Saillard, goldene Ohrringe, ein silbernes Tablett für Elisabeth oder für ihren Mann, dem nach und nach ein ganzes Silberservice geschenkt wurde, seidene »Cottes« für Madame Saillard, die sie Stück für Stück aufbewahrte. Bei jedem Geschenk mußte der zu Beschenkende sich in einen Lehnstuhl setzen, und er wurde mehrmals gefragt: »Rate mal, was wir dir jetzt schenken wollen!« Schließlich gab es ein glänzendes Essen, das fünf Stunden dauerte und zu dem Abbé Gaudron, Falleix, Rabourdin, Monsieur Godard, der frühere Unterchef Baudoyers, Monsieur Bataille, Hauptmann der Kompanie der Nationalgarde, der Schwiegersohn und Schwiegervater eingeladen wurden. Monsieur Cardot, der dazu geboren war, eingeladen zu werden, machte es wie Rabourdin, er nahm immer nur eine von sechs Einladungen an. Beim Nachtisch wurde gesungen, man küßte sich begeistert und wünschte sich jedes erdenkliche Glück, man zeigte die Geschenke vor und fragte jeden Gast um seine Meinung. An dem Tag, da Saillard die Pelzmütze bekam, hatte er sie sich beim Dessert aufgesetzt, zur allgemeinen Genugtuung. Abends kamen dann die entfernteren Bekannten, und es gab einen Ball. Man tanzte lange zum Klang einer einzigen Geige. Seit sechs Jahren trug Monsieur Godard, ein großer Flötenspieler, zu dem Feste bei, indem er ein schrilles Flageolett[47] spielte. Die Köchin und Zofe der Madame Baudoyer, die alte Catherine, das Dienstmädchen der Madame Saillard, der Pförtner oder dessen Frau bildeten an der Wohnzimmertür die Zuschauer. Die Bediensteten bekamen ein Dreifrancsstück, damit sie sich Wein und Kaffee kaufen konnten. Diese Gesellschaft betrachtete Baudoyer und Saillard als überragende Männer: Sie waren Regierungsbeamte, sie hatten sich durch eigenes Verdienst durchgesetzt. Sie arbeiteten, so hieß es, mit dem Minister zusammen. Sie dankten ihr Vermögen ihren Talenten, sie waren Politiker. Baudoyer aber galt als der Fähigste, seine Stellung als Bürochef umfaßte sehr viel kompliziertere, schwieriger zu bewältigende Arbeiten als die Führung einer Kasse. Überdies hatte Isidore, obwohl er der Sohn eines Weißgerbers aus der Rue Censier war, das Genie besessen, die höhere Schule hinter sich zu bringen, ferner die Kühnheit, auf das väterliche Geschäft zu verzichten, um den Verwaltungsdienst anzusteuern, wo er es zu einer eminenten Stellung gebracht hatte. Kurzum, da er wenig mitteilsam war, wurde er als ein tiefer Denker angesehen, und vielleicht, sagten die Transons, würde er gar eines Tages Abgeordneter des achten Arrondissements werden. Wenn er solcherlei Bemerkungen hörte, widerfuhr es Gigonnet oft, daß er die ohnehin schon verkniffenen Lippen noch mehr zusammenkniff und einen Blick auf seine Nichte Elisabeth warf.

Was seine leibliche Erscheinung betraf, so war Isidore ein Mann von siebenunddreißig Jahren, groß und dick, der leicht schwitzte und dessen Kopf dem eines Hydrozephalen[48] ähnelte. Dieser riesige, mit kastanienbraunem, kurz geschnittenem Haar bedeckte Kopf war mit dem Hals durch eine Fleischwulst verbunden, die seine Kragenweite verdoppelte. Er hatte Herkulesarme, eines Domitian[49] würdige Hände und einen Bauch, den nur sein mäßiges Leben in den Grenzen des Majestätischen hielt, wie Brillat-Savarin[50] sagt. Sein Gesicht hatte viel Ähnlichkeit mit dem des Zaren Alexander. Der tatarische Typ kehrte in seinen kleinen Augen wieder, in seiner abgeplatteten, an der Spitze aufgestülpten Nase, in seinem Mund mit den kalten Lippen und seinem kurzen Kinn. Die Stirn war niedrig und eng. Obwohl von lymphatischem Temperament, huldigte der fromme Isidore einer übertriebenen ehelichen Liebe, an der die Zeit nichts änderte. Trotz seiner Ähnlichkeit mit dem schönen russischen Kaiser und dem schrecklichen Domitian war Isidore ganz einfach ein Bürokrat, wenig geeignet zum Bürochef, aber durch die Routine für die laufende Arbeit zurechtgebogen. Er verbarg eine flaue Nichtigkeit unter einer so dicken Hülle, daß kein Skalpell sie bloßlegen konnte. Sein angestrengtes Arbeiten während der Schuljahre, in denen er die Geduld und die Weisheit eines Büffels entfaltet hatte, und sein Quadratschädel hatten seine Eltern getäuscht. Sie hielten ihn für einen Ausnahmemenschen. Ängstlich und pedantisch, wie er war, ein Phrasendrescher und Nörgler, der Schrecken seiner Beamten, denen er beständig Vorhaltungen machte, verlangte er alles bis auf den i-Punkt genau, führte die Dienstvorschriften streng durch und bezeigte sich so grauenhaft genau, daß jeder in seinem Büro darauf bedacht war, sich vor ihm dort einzufinden. Baudoyer trug einen kornblumenblauen Frack mit gelben Knöpfen, eine gemsfarbene Weste, eine graue Hose und eine farbige Halsbinde. Seine breiten Füße steckten in billigen Schuhen. Seine Uhrkette war mit einer enormen Masse von Anhängseln geschmückt, worunter er noch im Jahre 1824, nach der Mode des Jahres VII, in Amerika gefundene Goldkörner aufbewahrte.

Im Schoß der Familie, die durch die Stärke der religiösen Bande aufrechterhalten wurde, sowie durch die Strenge ihrer Sitten und nur durch einen einzigen Leitgedanken, den des Geizes nämlich, der inzwischen zum Kompaß geworden war, konnte Elisabeth nicht anders, als ihre Gedanken in Selbstgesprächen zu äußern; denn sie spürte, daß es ihr an Gleichgearteten fehlte, die sie hätten verstehen können. Obgleich die Tatsachen sie hätten zwingen können, ihren Mann zu verurteilen, bewahrte die Bigotte sich nach Kräften eine günstige Meinung über Baudoyer; sie erwies ihm tiefe Achtung, sie ehrte in ihm den Vater ihrer Tochter, ihren Ehegemahl, »die zeitliche Macht«, wie der Vikar von Saint-Paul zu sagen pflegte. Deswegen hätte sie es als eine Todsünde betrachtet, wenn sie eine einzige Geste getan, einen einzigen Blick geworfen, ein einziges Wort gesprochen hätte, das einem Außenstehenden ihre wahre Meinung über den beschränkten Baudoyer hätte enthüllen können. Sie trug sogar einen passiven Gehorsam gegenüber allen seinen Willensäußerungen zur Schau. Alle Geräusche des Lebens drangen an ihr Ohr. Sie nahm sie auf, verglich sie für sich allein miteinander und schätzte Dinge und Menschen auf eine so gesunde Weise ein, daß sie im Augenblick, da diese Geschichte beginnt, das geheime Orakel der beiden Beamten war. Diese waren unmerklich dahin gelangt, nichts zu tun, ohne sich vorher mit ihr zu beraten. Der alte Saillard sagte naiv: »Wie gewitzt doch diese Elisabeth ist!« Aber Baudoyer, der zu dumm war, um nicht aufgeblasen über die unberechtigte Hochschätzung zu sein, deren er sich im Stadtviertel Saint-Antoine erfreute, leugnete die Intelligenz seiner Frau und machte sie sich gleichzeitig zunutze. Elisabeth hatte gewittert, daß ihr Onkel Bidault, genannt Gigonnet, reich sein müsse und daß er mit riesigen Summen umgehe. Durch die Verfolgung ihrer Interessen kannte sie Monsieur des Lupeaulx besser als der Minister. Als sie merkte, daß sie mit einem Schwachkopf verheiratet war, gelangte sie zu der Auffassung, daß ihr Leben einen anderen Verlauf hätte nehmen können. Aber sie ahnte das Bessere nur, ohne es erkennen zu wollen. Alle ihre weicheren Neigungen fanden Nahrung in der Liebe zu ihrer Tochter, der sie all die Drangsal ersparte, die sie selber in ihrer Jugend hatte ertragen müssen, und damit, so glaubte sie, sei sie gegenüber der Welt der Gefühle quitt. Lediglich um der Tochter willen hatte sie den Vater dazu bestimmt, das Wagnis der Teilhaberschaft mit Falleix einzugehen. Falleix war mit den Saillards durch den alten Bidault bekannt gemacht worden, der ihm auf seine Waren Geld geliehen hatte. Falleix fand »seinen alten Landsmann« zu teuer. Er hatte sich bei den Saillards in aller Harmlosigkeit darüber beschwert, daß Gigonnet einem Auvergnaten achtzehn Prozent abnehme. Die alte Madame Saillard hatte es gewagt, ihrem Onkel Vorwürfe zu machen.

»Eben weil er Auvergnate ist, nehme ich nur achtzehn Prozent von ihm!« hatte Gigonnet geantwortet.

Der achtundzwanzigjährige Falleix hatte eine Erfindung gemacht und mit Saillard offen darüber gesprochen. Deshalb schien er das Herz auf der Zunge zu haben (ein Ausdruck aus Saillards Vokabular) und ein großes Vermögen zu verheißen. Elisabeth beschloß sogleich, ihn für ihre Tochter zu ködern und ihn zu ihrem Schwiegersohn heranzubilden, wobei sie den Altersunterschied von sieben Jahren außer acht ließ. Martin Falleix erwies Madame Baudoyer einen unglaublichen Respekt. Er erkannte in ihr eine überlegene Intelligenz. Auch wenn er später einmal Millionen besitzen sollte, würde er immer diesen Leuten angehören, in denen er eine Familie gefunden hatte. Die kleine Baudoyer war bereits abgerichtet worden, ihm liebenswürdig etwas zu trinken zu bringen und ihm den Hut aufzuhängen.

Als Monsieur Saillard vom Ministerium heimkam, war die Boston-Partie in vollem Gange. Elisabeth gab Falleix Ratschläge. Madame Saillard strickte am Kamin und schaute dem Vikar von Saint-Paul in die Karten. Monsieur Baudoyer verhielt sich reglos wie eine Hermensäule und setzte seine Intelligenz für die Berechnung ein, wer welche Karten habe. Er spielte gegen Mitral, der für die Weihnachtstage aus l'Isle-Adam herübergekommen war. Keiner ließ sich durch das Kommen des Kassierers stören. Er ging ein paar Minuten im Wohnzimmer auf und ab, und sein dickes Gesicht wies durch ein ungewohntes Nachgrübeln Falten auf.

»So ist er immer, wenn er beim Minister zum Essen war, glücklicherweise kommt das alljährlich nur zweimal vor«, sagte Madame Saillard dann, »sonst töteten sie ihn mir noch. Mein Mann ist nun einmal nicht für Leute von der Regierung geschaffen. – Na, Mann«, sagte sie laut zu ihm, »du wirst doch hoffentlich nicht hier im Haus deine seidene Kniehose und deinen Frack aus Elbeufer Tuch anbehalten? Zieh dich doch um und nütze deine Sachen nicht um nichts und wieder nichts ab, Bester.«

»Dein Vater hat etwas«, sagte Baudoyer zu seiner Frau, als der Kassierer in sein ungeheiztes Schlafzimmer gegangen war, um sich umzuziehen.

»Vielleicht ist Monsieur de La Billardière gestorben«, sagte Elisabeth schlicht, »und da er möchte, daß du an dessen Stelle trittst, macht ihm das zu schaffen.«

»Wenn ich irgend etwas für Sie tun kann«, sagte der Vikar von Saint-Paul und beugte sich vor, »dann verfügen Sie über mich. Ich habe die Ehre, der Frau Dauphine[51] bekannt zu sein. Wir leben in einer Zeit, da die Ämter an königstreue Männer gegeben werden müssen, an solche, deren religiöse Grundsätze unerschütterlich sind.«

»Schau, schau«, sagte Falleix, »müssen Leute von Verdienst, wenn sie bei euch im Staat weiterkommen wollen, denn Protektion haben? Da habe ich recht daran getan, daß ich Schmelzer geworden bin. Die Kundschaft weiß schon, gut gefertigte Dinge herauszufinden ...«

»Monsieur«, antwortete Baudoyer, »die Regierung ist und bleibt die Regierung; sagen Sie hier nie etwas gegen sie.«

»Tatsächlich«, sagte der Vikar, »Sie reden einher wie der ›Constitutionnel‹.«

»Der ›Constitutionnel‹ sagt genau dasselbe«, fiel Baudoyer ein, der diese Zeitung nie las.

Der Kassierer glaubte, sein Schwiegersohn sei Rabourdin an Begabung genauso überlegen wie Gott dem heiligen Crispin[52], wie er sich ausdrückte. Der wackere Mann wünschte diese Beförderung in aller Naivität. Er wurde dazu durch das Gefühl bewogen, das alle Beamten treibt, zu einem höheren Rang aufsteigen zu wollen; es war eine heftige, unüberlegte, brutale Leidenschaft. Er wollte den Erfolg, wie er das Kreuz der Ehrenlegion wollte, ohne etwas gegen sein Gewissen zu unternehmen, einzig durch die Macht der Leistung. Seiner Meinung nach hatte ein Mann, der geduldig fünfundzwanzig Jahre lang in einem Büro hinter Gitterstäben sich für das Vaterland abgerackert hatte, sehr wohl das Kreuz verdient. Um seinem Schwiegersohn weiterzuhelfen, war ihm kein anderer Gedanke gekommen, als der Gattin Seiner Exzellenz beim Überbringen des Monatsgehalts ein paar Worte zuzuflüstern.

»Na, Mann, du siehst ja aus, als seien dir deine sämtlichen Verwandten weggestorben! Sprich dich doch aus, mein Junge. Sag uns was«, rief seine Frau ihm zu, als er wieder hereinkam.

Saillard kehrte ihr den Rücken, nachdem er seiner Tochter einen Wink gegeben hatte, im Dabeisein Fremder nicht über Politik zu sprechen. Als Monsieur Mitral und der Vikar gegangen waren, schob Saillard den Tisch zurück, setzte sich in einen Sessel, wie er stets tat, wenn er einen Büroklatsch erzählen wollte, welche Bewegungen den drei Schlägen[53] auf der Bühne der Comédie-Française glichen. Nachdem er seiner Frau, seinem Schwiegersohn und seiner Tochter tiefstes Stillschweigen angeraten hatte, denn so bedeutungslos die Klatschgeschichte auch sein mochte, hingen seiner Meinung nach ihre Stellungen stets von ihrer Verschwiegenheit ab, erzählte er ihnen von dem unbegreiflichen Rätsel des Rücktritts eines Abgeordneten, von dem nur zu berechtigten Verlangen des Generalsekretärs, an die Stelle jenes zu treten, von dem heimlichen Widerstreben des Ministers gegenüber dem Wunsch einer seiner stärksten Stützen, eines seiner eifrigsten Diener; und dann kam die Sache mit dem Alter und dem Zensus. Die Überlegungen der beiden Beamten, die einander mit den ödesten Dummheiten bewarfen, gingen unter in einer Lawine von Vermutungen. Elisabeth ihrerseits stellte drei Fragen.

»Wenn Monsieur des Lupeaulx für uns ist: Wird mein Mann dann ganz sicher ernannt?«

»Ja, natürlich, zum Donnerwetter!« rief der Kassierer.

»Im Jahre 1814 haben mein Onkel Bidault und dessen Freund Gobseck ihn sich verpflichtet«, dachte sie. »Hat er noch Schulden?«

»Ja«, sagte der Kassierer und betonte den Schlußvokal durch einen kläglichen, langen Pfeifton. »Sogar sein Gehalt ist schon gepfändet gewesen, aber das ist von oben her aufgehoben worden, weil ein Abgeordnetenmandat in Aussicht stand.«

»Wo liegt eigentlich sein Gut des Lupeaulx?«

»Na, zum Donnerwetter, doch in der Heimat deines Großonkels Bidault und Falleix', nicht weit von dem Arrondissement des Abgeordneten entfernt, der jetzt abtritt ...«

Als ihr Koloß von Mann im Bett lag, beugte Elisabeth sich über ihn, obwohl er ihre Fragen als Schrullen abgetan hatte, und sagte: »Mein Lieber, vielleicht bekommst du Monsieur de La Billardières Posten.«

»Jetzt kommst du mir schon wieder mit deinen Hirngespinsten«, sagte Baudoyer. »Laß doch Monsieur Gaudron mit der Dauphine sprechen, und misch dich nicht in Büroangelegenheiten.«

Um elf Uhr nachts, zu der Stunde, da an der Place-Royale alles ruhig war, verließ Monsieur des Lupeaulx die Oper und begab sich in die Rue Duphot. Dieser Mittwochabend war einer der glänzendsten der Madame Rabourdin. Es waren mehrere ihrer Stammgäste aus dem Theater gekommen und hatten die Gruppen vergrößert, die sich in ihren Räumen gebildet hatten und in denen einige Berühmtheiten zu sehen waren: der Dichter Canalis, der Maler Schinner, der Arzt Bianchon, Lucien de Rubempré, Octave de Camps, der Graf de Granville, der Vicomte de Fontaine, der Vaudevilleschreiber du Bruel, der Journalist

Andoche Finot, der Anwalt Derville, einer der fähigsten Köpfe im Justizpalast, der Abgeordnete Graf du Châtelet, der Bankier Du Tillet, ferner junge, elegante Herren wie Paul de Manerville und der junge Vicomte de Portenduère. Célestine war gerade dabei, den Tee zu reichen, als der Generalsekretär eintrat. Ihre Toilette stand ihr an diesem Abend besonders gut: Sie trug ein schmuckloses schwarzes Samtkleid, eine Schärpe aus schwarzem Tüll, das Haar glatt anliegend, durch einen runden Zopf zur Geltung gebracht, und beiderseits niederfallende Locken nach englischer Mode. Was diese Frau auszeichnete, war die italienische, an eine Künstlerin gemahnende Lässigkeit, die Fähigkeit, alles und jedes leicht aufzufassen, und die Anmut, mit der sie den leisesten Wunsch ihrer Freunde willkommen hieß. Die Natur hatte sie mit einer schlanken Taille begabt, so daß sie sich bei der ersten an sie gerichteten Frage geschmeidig umwenden konnte. Schwarze, orientalisch geschnittene Augen, die ein wenig schräg standen wie die der Chinesinnen, mit denen sie seitwärts blicken konnte. Sie verstand sich darauf, ihre Stimme einnehmend und weich klingen zu lassen, so daß über jedes Wort ein schmeichlerischer Zauber gebreitet wurde, auch über ein beiläufig hingesprochenes. Ihre Füße waren solcherart, wie man sie nur auf Porträts erblickt, auf denen die Maler aus freiem Ermessen lügen, wenn sie ihr Modell mit Schuhen versehen, die einzige Schmeichelei, durch die die Anatomie nicht bloßgestellt wird. Ihre Gesichtsfarbe war bei Tage ein wenig gelblich wie die aller Brünetten. Sie strahlte bei künstlichem Licht ein Leuchten aus, das ihr Haar und ihre dunklen Augen verstärkten. Und schließlich erinnerten ihre zierlichen, gut proportionierten Formen an die Venus des Mittelalters, die Jean Goujon[54] gelungen sind, dem erlauchten Bildhauer der Diane de Poitiers[55].

Des Lupeaulx blieb an der Tür stehen und lehnte sich mit der Schulter an den Rahmen. Dieser auf Ideen erpichte Spion ließ sich die Freude nicht entgehen, auch einmal einem Gefühl nachzuspionieren; denn diese Frau interessierte ihn sehr viel mehr als alle übrigen, zu denen er in Beziehungen getreten war. Des Lupeaulx war in das Alter gelangt, in dem die Männer übertriebene Ansprüche an die Frauen stellen. Die ersten weißen Haare bringen die letzten Leidenschaften mit sich, und die sind die heftigsten, weil sie auf einer Manneskraft einhergeritten kommen, die im Enden ist, und auf einer beginnenden Schwäche. Vierzig Jahre sind das Alter der Vernarrtheiten, das Alter, in dem der Mann um seiner selbst willen geliebt werden will, weil dann die Liebe nicht mehr aus sich selbst ihre Stütze erhält, wie die der frühen Lebenstage, wo man glücklich sein kann, wenn man kreuz und quer liebt, wie Cherubino[56]. Mit vierzig Jahren will man alles, so sehr fürchtet man, nichts zu erlangen, während man mit fünfundzwanzig so viel besitzt, daß man es fertigbringt, nichts zu wollen. Mit fünfundzwanzig ist man mit so vielen Kräften begabt, daß man sie ungestraft vergeudet. Aber mit vierzig hält man den Mißbrauch für ein Zeichen der Kraft. Die Gedanken, die des Lupeaulx in diesem Augenblick überkamen, waren sicherlich melancholisch. Die Nerven dieses alten Beau ließen nach. Das angenehme Lächeln, das er gewöhnlich zeigte und das ihm als Maske diente, indem er sein Gesicht in Falten legte, löste sich auf. Der wahre Mensch kam zum Vorschein, und er wirkte abstoßend. Rabourdin gewahrte ihn und fragte sich: »Was ist dem denn widerfahren? Ist er etwa in Ungnade gefallen?« Der Generalsekretär dachte lediglich daran, daß er unlängst allzu rasch von der hübschen Madame de Colleville verabschiedet worden war, deren Absichten genau dieselben wie die Célestines waren. Rabourdin ertappte diesen falschen Staatsmann dabei, daß er die Blicke auf seine Frau richtete, und er verleibte diesen Blick seinem Gedächtnis ein. Rabourdin war ein viel zu scharfsichtiger Beobachter, um nicht des Lupeaulx durch und durch zu kennen. Er verachtete ihn tief, aber wie bei allen sehr beschäftigten Menschen gelangten seine Gefühle nicht an die Oberfläche. Das Besessensein von einer geliebten Arbeit kommt der geschicktesten Verstellungskunst gleich. Rabourdins Meinungen waren also für des Lupeaulx ein Buch mit sieben Siegeln. Der Bürochef sah diesen politischen Parvenü nur mit Unbehagen in seinem Hause, aber er hatte Célestine nicht widersprechen wollen. In diesem Augenblick plauderte er vertraulich mit einem Supernumerar. Dieser sollte eine Rolle in der Intrige spielen, die der gewisse Tod de La Billardières im Gefolge haben würde. Er spähte deswegen nur mit sehr zerstreuten Blicken nach Célestine und des Lupeaulx.

An dieser Stelle muß vielleicht für die Ausländer wie für unsere Nachkommen dargelegt werden, was in Paris ein Supernumerar ist.

Der Supernumerar ist in der Verwaltung, was der Chorknabe in der Kirche, was der Trommlerbube beim Regiment, was die Ballettratte beim Theater ist: etwas Naives, Harmloses, ein von Illusionen geblendetes Menschenwesen. Was würde aus uns ohne die Selbsttäuschung werden? Sie verleiht die Kraft, das Elendsdasein der Kunst zu ertragen, die Anfänge alles Wissens in uns aufzunehmen, da sie uns Glauben spendet. Die Illusion, die Selbsttäuschung ist ein überdimensionierter Glaube! Nun aber glaubt der Supernumerar an die Verwaltung! Er hält sie nicht für so kalt, grausam und hart, wie sie ist. Es gibt zwei Arten von Supernumeraren: die reichen und die armen. Der arme Supernumerar ist reich an Hoffnungen und bedarf eines Postens; der reiche Supernumerar ist arm an geistigen Fähigkeiten und braucht nicht das mindeste. Eine reiche Familie ist nicht so dumm, einen intelligenten Menschen im Verwaltungsdienst unterzubringen. Der reiche Supernumerar wird einem höheren Beamten anvertraut oder in der Nähe des Generalsekretärs untergebracht, der ihn dann in das einweiht, was Bilboquet[57], dieser tiefe Philosoph, die Komödie hohen Stils der Verwaltung nennen würde: Man versüßt ihm die Schrecken der Anfangszeit, bis er zu irgend etwas ernannt wird. Der reiche Supernumerar setzt die Büroangestellten niemals in Schrecken. Die Beamten wissen, daß er ihnen nie gefährlich wird. Der reiche Supernumerar hat einzig die gehobene Beamtenstellung in der Verwaltung im Auge. Zu jener Zeit fragten sich zahlreiche Familien: »Was fangen wir mit unseren Söhnen an?« Der Heeresdienst bot keine Möglichkeiten, zu Vermögen zu kommen. Die Speziallaufbahn, die eines Zivilingenieurs, in der Handelsmarine, im Bergbauwesen, die des Pionieroffiziers, im höheren Schuldienst waren durch gesetzliche Bestimmungen versperrt oder verboten sich durch den Wettbewerb, während die Rotationsbewegung, die Beamte in Präfekten, Unterpräfekten, Steuerdirektoren, Steuereinnehmer usw. verwandelt, in Männlein, wie die Laterna magica sie auf die Leinwand zaubert, keinem Gesetz untersteht und keiner Vorbereitung bedarf. Aus dieser Lücke tauchten dann die Supernumerare mit Pferd und Wagen auf, gut angezogen, mit einem Schnurrbart und impertinent wie Parvenüs. Der Journalismus ging mit dem reichen Supernumerar ziemlich hart ins Gericht, der stets Vetter, Neffe oder sonst ein Verwandter irgendeines Ministers war, irgendeines Abgeordneten, eines einflußreichen Pairs. Die Beamten nun aber, die Spießgesellen ebenjenes Supernumerars, warben um seine Protektion. Der arme Supernumerar dagegen, der echte, der einzige Supernumerar, ist fast immer der Sohn einer Beamtenwitwe, die von einer kärglichen Pension lebt und sich abrackert, den Sohn zu ernähren, bis er zu dem Posten eines Expedienten gelangt ist, und die dann stirbt und ihn in der Nähe des Marschallstabs zurückläßt, einer Stellung als Schriftführer im Verwaltungsdienst, als Registrator oder vielleicht als Unterchef. Solch ein Supernumerar wohnt fast immer in einer Stadtgegend, wo die Mieten billig sind. Er steht früh auf; für ihn ist der Zustand des Himmels die einzige »Orientalische Frage«![58] Zu Fuß gehen müssen, sich nicht beschmutzen, seine Kleidung schonen, die Zeit berechnen, die ihm ein allzu heftiger Regenguß nehmen kann, wenn er gezwungen ist, irgendwo Schutz zu suchen, welche Sorgen schafft so etwas! Die Bürgersteige der Straßen, die breiten Steinplatten der Boulevards und der Quais sind für ihn Wohltaten. Wenn man aus absonderlichen Gründen im Winter morgens um halb acht oder acht in Paris ist und dann bei beißendem Frost, bei Regen, bei irgendwelchem schlechten Wetter einen ängstlichen, blassen jungen Menschen ohne Zigarre auftauchen sieht und dann auf dessen Taschen blickt ... dann gewahrt man die Form einer Flûte[59], die seine Mutter ihm mitgegeben hat, damit er, ohne daß sein Magen gefährdet wird, die neun Stunden überstehen kann, die sein Frühstück von seinem Abendessen trennen. Die Harmlosigkeit der Supernumerare währt übrigens nur kurze Zeit. Ein junger Mensch, dem das Pariser Leben die Augen geöffnet hat, hat bald den grausigen Abstand ermessen, der zwischen einem Unterchef und ihm klafft, jenen Abstand, den kein Mathematiker, kein Archimedes, kein Newton, kein Pascal, kein Leibniz, kein Kepler, kein Laplace hat berechnen können. Es ist der Abstand, der zwischen 0 und der Zahl 1 besteht, zwischen einer problematischen Gratifikation und einem festen Gehalt! Der

Supernumerar wird sich also ziemlich rasch über die Unmöglichkeit voranzukommen klar. Er hört von Vergünstigungen und Zurücksetzungen reden, und die Beamten erklären sie ihm. Ihm gehen die Augen über die Bürointrigen auf. Er erkennt die außeretatmäßigen Mittel, durch die seine Vorgesetzten es zu etwas gebracht haben: Der eine hat eine junge Dame geheiratet, die einen Fehltritt begangen hatte; der andere die natürliche Tochter eines Ministers. Dieser hat eine schwere Verantwortung auf sich genommen. Jener, ein begabter Mensch, hat seine Gesundheit durch eine wahre Sträflingsarbeit aufs Spiel gesetzt; er hat mit der Beharrlichkeit eines Maulwurfs geschuftet, denn zu solcherlei Wundertaten ist man nicht immer befähigt! In den Büros bleibt nichts verborgen. Ein untüchtiger Mann hat eine hochintelligente Frau, die ihn zu dem gemacht hat, was er jetzt ist, nämlich Abgeordneter. Im Verwaltungsdienst hat er kein Talent entwickelt; also spinnt er kleine Ränke in der Kammer. Dieser hat einen Staatsmann, der der intime Freund seiner Frau ist. Jener ist der Geldgeber eines mächtigen Journalisten. Dann bittet der angeekelte Supernumerar um seine Entlassung. Dreiviertel der Supernumerare scheiden aus dem Verwaltungsdienst aus, ohne Beamte geworden zu sein. Es bleiben nur ganz dickköpfige junge Leute oder Schwachköpfe, die sich sagen: »Ich bin jetzt schon drei Jahre dabei, einmal muß ich doch fest angestellt werden!« Oder aber junge Leute, die sich berufen fühlen. Offenbar ist das Supernumerariat für die Verwaltung das, was das Noviziat für die Mönchsorden ist: eine Probezeit. Diese Probezeit ist hart. Der Staat entdeckt dabei die Menschen, die Hunger, Durst und Armut ertragen können, ohne alledem zu erliegen, die die Arbeit ertragen können, ohne von ihr angeekelt zu werden, und deren Temperament das schauerliche Dasein, oder, wenn man will, die physischen Leiden im Büro auf sich nimmt. Unter diesem Gesichtspunkt wäre dann das Supernumerariat, anstatt eine infame Spekulation der Regierung zur Erlangung unbezahlter Arbeit zu sein, eine wohltätige Einrichtung.

Der junge Mann, mit dem Rabourdin sprach, war ein armer Supernumerar namens Sébastien de La Roche, der auf den Stiefelspitzen von der Rue du Roi-Doré im Marais[60] hergekommen war, ohne den geringsten Schmutzspritzer davonzutragen. Daheim sagte er »Maman«. Er wagte nicht, den Blick zu Madame Rabourdin zu erheben, deren Haus auf ihn den Eindruck eines Louvre machte. Seine mit einem Radiergummi gereinigten Handschuhe zeigte er möglichst wenig. Seine arme Mutter hatte ihm hundert Sous in die Tasche gesteckt, für den Fall, daß er sich unbedingt am Spiel beteiligen müsse. Dabei hatte sie ihm empfohlen, nichts anzunehmen, stehen zu bleiben und darauf zu achten, daß er keine Lampe umstoße oder eine hübsche, auf einem Wandbrettchen stehende Nippsache. Gekleidet war er in strengstes Schwarz. Sein helles Gesicht, seine grünlichen Augen mit den goldenen Reflexen standen im Einklang mit schönem, warm getöntem blondem Haar. Bisweilen schaute der arme Junge Madame Rabourdin verstohlen an und dachte bei sich: »Welch schöne Frau!« Auf dem Heimweg mußte er an diese Fee denken, bis der Schlummer ihm die Lider schloß. Rabourdin hatte in Sébastien einen Berufenen erblickt und, da er das Supernumerariat ernst nahm, sich lebhaft für diesen armen Jungen interessiert. Übrigens hatte er erraten, welch eine Not im Haushalt einer armen Witwe mit einer Pension von siebenhundert Francs herrschte, deren Sohn erst unlängst das Gymnasium hinter sich gebracht und der sie, wie es nicht anders sein konnte, ein gut Teil ihrer Ersparnisse gekostet hatte. Daher bezeigte er sich dem armen Supernumerar gegenüber vollauf väterlich. In den Sitzungen kämpfte er oftmals um eine Gratifikation für ihn, und manchmal zog er sie von der eigenen ab, wenn die Diskussion zwischen den Verteilern der Gnadengaben und ihm gar zu heftig geworden war. Ferner überhäufte er Sébastien mit Arbeit, er bildete ihn weiter. Er ließ ihn den Posten ausfüllen, den du Bruel innehatte, der Verfertiger von Bühnenstücken, der in der dramatischen Literatur und auf den Theaterplakaten unter dem Namen de Cursy bekannt war. Er überließ Sébastien hundert Taler seines Gehalts. Für Madame de La Roche und ihren Sohn galt Rabourdin gleichzeitig als ein großer Mann, ein Tyrann und ein Engel. An ihn hefteten sich alle ihre Hoffnungen. Stets dachte Sébastien an den Augenblick, da er zum Beamten ernannt werden würde. Ach, der Tag, von dem an die Supernumerare ein festes Gehalt beziehen, ist für sie ein schöner Tag! Alle haben sie seit langem über ihr erstes Monatsgehalt verfügt. Sie geben es nicht ganz und gar an ihre Mütter ab! Stets lächelt Venus diesen Erstlingen aus der Kasse des Ministeriums. Jene Hoffnung konnte für Sébastien allein durch Monsieur Rabourdin Wirklichkeit werden, seinen einzigen Gönner. Daher war seine Ergebenheit für seinen Chef grenzenlos. Zweimal im Monat aß der Supernumerar in der Rue Duphot zu Abend, aber im Familienkreis, und von Rabourdin mitgebracht. Madame lud ihn immer nur zu Bällen ein, bei denen es ihr an Tänzern mangelte. Dem armen Supernumerar klopfte das Herz, wenn er den imponierenden des Lupeaulx erblickte, den oft um halb fünf ein Wagen des Ministers abholte, während er selber unter dem Torbogen des Ministeriums seinen Regenschirm aufspannte und sich auf den Heimweg zum Marais machte. Der Generalsekretär, von dem sein Schicksal abhing, den es nur ein Wort gekostet hätte, ihm eine Stellung mit zwölfhundert Francs (ja, zwölfhundert Francs waren Sébastiens ganzer Ehrgeiz; mit dieser Summe hätten seine Mutter und er glücklich sein können!) zu verschaffen, jener Generalsekretär kannte ihn leider nicht! Des Lupeaulx wußte kaum, daß ein gewisser Sébastien de La Roche überhaupt existierte. Und dabei, wenn der Sohn de La Billardières, der reiche Supernumerar aus Baudoyers Büro, zufällig ebenfalls unter dem Torbogen stand, dann versäumte des Lupeaulx nie, ihn mit einem freundschaftlichen Nicken zu grüßen. Monsieur Benjamin de La Billardière war der Sohn eines Vetters des Ministers.

In diesem Augenblick schalt Rabourdin den armen kleinen Sébastien aus, den einzigen, der völlig in seine riesigen Arbeiten eingeweiht war. Der Supernumerar fertigte Abschrift nach Abschrift des berühmten Memorandums auf großformatigem Tellier-Papier[61] an, das hundertfünfzig Seiten umfaßte, außer den Tabellen in der summarischen Übersicht, die bloß ein Blatt einnahmen, den Berechnungen in Klammern, den Titeln in Kursivschrift und den Zwischentiteln in Rundschrift. Der Zwanzigjährige war Feuer und Flamme bei seiner mechanischen Mitarbeit an diesem großen Gedanken. Er schrieb lieber eine ganze Seite neu ab, anstatt zu radieren. Er setzte seine Ehre darein, die Schriftzeichen hinzumalen, die Grundelemente eines so noblen Vorhabens. Sébastien hatte die Unklugheit begangen, das Konzept des gefährlichsten Teils der Arbeit mit ins Büro zu nehmen und deren Abschrift dort zu Ende zu führen. Es war dies ein allgemeiner Überblick über die Beamten der Zentralverwaltungen aller Pariser Ministerien, mit Angaben über ihre gegenwärtigen und künftigen Einnahmen und ihre privaten Betätigungen neben dem Staatsdienst.

In Paris fügt jeder Beamte, der nicht, wie Rabourdin, patriotischen Ehrgeiz hegt oder überlegene Fähigkeiten besitzt, die Erträge eines Nebenberufs den Einkünften aus seiner Stellung hinzu, um existieren zu können. Er tut wie Monsieur Saillard, er beteiligt sich an einem Unternehmen, das Grundstücke verpachtet, und führt am Abend die Geschäftsbücher seines Teilhabers. Viele Beamte sind mit Wäscheaufseherinnen verheiratet, mit Leiterinnen von Tabakverkaufsstellen, von Lotteriebüros oder von Lesekabinetten. Manche, wie der Mann der Madame Colleville, der Gegenspielerin Célestines, spielen im Orchester eines Theaters. Andere, wie du Bruel, fabrizieren Vaudevilles, Textbücher komischer Opern, Melodramen oder leiten Schauspielhäuser. Als Beispiele dafür lassen sich Sewrin[62], Pixérécourt[63], Planard[64] usw. anführen. Zu ihrer Zeit hatten Pigault-Lebrun[65], Piis[66] und Duvicquet[67] Beamtenstellungen inne. Der erste Verleger Monsieur Scribes[68] war Beamter am Schatzamt.

Außer diesen Auskünften enthielt die von Rabourdin angefertigte Denkschrift Angaben über die moralischen und physischen Fähigkeiten, die erforderlich waren, um Menschen ausfindig zu machen, die über Intelligenz, Befähigung zur Arbeit und Gesundheit verfügten, drei unentbehrliche Vorbedingungen für Männer, die die Bürde des Staatsdienstes auf sich nehmen und alles schnell und gut durchführen sollten. Aber diese schöne Arbeit, die Frucht einer zehnjährigen praktischen Erfahrung, einer langen Kenntnis der Menschen und Dinge, die durch den Umgang mit den wichtigsten Funktionären der verschiedenen Ministerien erworben worden war, roch für jeden, der nicht verstand, worauf sie sich bezog, nach Spitzeltum und Polizei. Wurde ein einzelnes Blatt davon gelesen, konnte es um Monsieur Rabourdin geschehen sein. Sébastien zollte seinem Chef uneingeschränkte Bewunderung und wußte noch nichts von der

Bosheit der Bürokratie. Er besaß die Ungeschicklichkeit der Naivität wie deren ganze Anmut. Daher brachte er, obwohl er schon dafür gescholten worden war, daß er jene Arbeit mitgenommen hatte, sogar noch den Mut auf, seinen Fehler in vollem Umfang einzugestehen: Er hatte Konzept und Reinschrift in einen Karton gelegt, wo niemand sie finden konnte. Als er die Bedeutsamkeit seines Verstoßes erriet, entrollten seinen Augen ein paar Tränen.

»Also, Monsieur«, sagte Rabourdin voller Güte zu ihm, »begehen Sie keine Unbedachtsamkeiten mehr, und seien Sie nicht untröstlich. Gehen Sie morgen zu sehr früher Stunde ins Büro, hier ist der Schlüssel zu einer Kassette, die in meinem Zylindersekretär steht. Sie hat ein Kombinationsschloß und läßt sich öffnen, wenn das Wort ›Himmel‹ eingestellt wird. Darin verschließen Sie Reinschrift und Konzept.«

Diese Vertrauensbekundung trocknete die Tränen des sympathischen Supernumerars. Sein Chef nötigte ihn überdies noch, eine Tasse Tee und Gebäck zu nehmen.

»Maman hat mir verboten, Tee zu trinken, meines Brustleidens wegen«, sagte Sébastien.

»Na, schön, lieber Junge«, entgegnete die imposante Madame Rabourdin, die ihre Güte zur Schau stellen wollte, »hier sind Sandwiches und Sahne; kommen Sie zu mir.«

Sie zwang Sébastien, sich neben sie an den Tisch zu setzen, und das Herz des armen Jungen schlug ihm bis zum Halse, als er spürte, wie das Kleid dieser Gottheit seinen Frack streifte. In diesem Augenblick gewahrte die schöne Madame Rabourdin Monsieur des Lupeaulx, lächelte ihm zu, und anstatt zu warten, daß er zu ihr komme, ging sie ihm entgegen.

»Warum halten Sie sich abseits, als ob Sie mit uns schmollten?« fragte sie.

»Ich habe nicht geschmollt«, erwiderte er. »Aber selbst wenn ich Ihnen eine gute Nachricht mitteilen möchte, kann ich nicht umhin zu glauben, daß Sie mich dann noch strenger behandeln würden. Ich stellte mir bereits vor, daß ich in einem halben Jahr für Sie beinahe ein Fremder bin. Ja, Sie haben zuviel Geist, und ich habe zuviel Erfahrung in . . . üblen Streichen, wenn Sie wollen, als daß wir uns gegenseitig täuschen könnten. Sie haben Ihr

Ziel erreicht, ohne daß es Sie mehr kostet als ein Lächeln und ein paar liebenswürdige Worte . . .«

»Uns gegenseitig täuschen? Was meinen Sie damit?« rief sie und wirkte dabei leicht gekränkt.

»Ja, es geht Monsieur de La Billardière heute abend noch schlechter als gestern. Und nach dem, was der Minister mir gesagt hat, soll Ihr Mann zum Abteilungsleiter ernannt werden.«

Er erzählte ihr von dem, was er als seinen Auftritt beim Minister bezeichnete, von der Eifersucht der Gräfin, und was er im Zusammenhang mit der Einladung gesagt, die er für Madame Rabourdin in die Wege geleitet habe.

»Monsieur des Lupeaulx«, antwortete Madame Rabourdin würdevoll, »erlauben Sie mir, Sie darauf hinzuweisen, daß mein Mann der älteste Bürochef ist und der fähigste, daß die Ernennung des alten La Billardière eine Zurücksetzung war, die die Büros in Aufregung versetzt hat, daß mein Mann ihn seit einem Jahre vertritt, so daß wir weder einen Konkurrenten noch einen Rivalen haben.«

»Das stimmt.«

»Also gut«, fuhr sie lächelnd fort und zeigte dabei die schönsten Zähne der Welt, »sollte also die Freundschaft, die ich Ihnen entgegenbringe, vielleicht durch einen eigennützigen Hintergedanken befleckt werden? Halten Sie mich dessen fähig?«

Des Lupeaulx vollführte eine bewundernd verneinende Geste.

»Ach!« sprach sie weiter, »ein Frauenherz wird auch für die geschicktesten unter euch stets ein Geheimnis sein. Ja, ich habe Sie mit der größten Freude bei uns aus- und eingehen sehen, und im tiefsten Grunde meiner Freude hockte ein eigensüchtiger Gedanke.«

»Siehe da!«

»Vor Ihnen«, sagte sie leise zu ihm, »liegt eine Zukunft ohne Grenzen, Sie werden Abgeordneter und dann Minister!« (Welche Wonne für einen Ehrgeizling, wenn er in seiner Ohrmuschel solcherlei Worte von der hübschen Stimme einer hübschen Frau vernimmt!) »Oh, ich kenne Sie besser, als Sie selbst sich kennen. Rabourdin ist ein Mann, der Ihnen in Ihrer Laufbahn ungeheuer nützlich sein kann. Er übernimmt Ihre Arbeit, wenn Sie in der

Abgeordnetenkammer sind! Gerade wie Sie von einem Ministerposten träumen, will ich für Rabourdin einen Sitz im Staatsrat oder den Posten eines Ministerialdirektors. Also habe ich es mir in den Kopf gesetzt, zwei Männer zusammenzubringen, die einander nie ins Gehege kommen werden und die einander gehörig unter die Arme greifen können. Ist das nicht die Rolle einer Frau? Sind Sie Freunde, so werden Sie beide rascher vorankommen, und es ist für Sie beide an der Zeit, sich auf den Weg zu machen! Ich habe meine Schiffe hinter mir verbrannt«, fügte sie lächelnd hinzu. »Aber Sie sind nicht so offen zu mir wie ich zu Ihnen.«

»Sie wollen mich nicht erhören«, sagte er mit einem Gesicht, das ungeachtet der tiefen inneren Befriedigung, die Madame Rabourdin ihm hatte zuteil werden lassen, melancholisch war. »Was nützen mir Ihre künftigen Gunstbezeigungen, wenn Sie mich heute absetzen?«

»Bevor ich Sie erhöre«, sagte sie mit ihrer Pariser Lebhaftigkeit, »müßten wir uns verstehen.«

Und sie ließ den alten Gecken stehen, um ein paar Worte mit Madame de Chesnel zu plaudern, einer Gräfin aus der Provinz, die sich anschickte, wegzugehen.

»Dies ist eine ungewöhnliche Frau«, sagte sich des Lupeaulx, »ich erkenne mich nicht wieder, wenn ich mit ihr zu tun habe.«

Und tatsächlich, dieser Lebemann, der vor sechs Jahren eine Ballettratte ausgehalten, der sich dank seiner Stellung aus den hübschen Beamtenfrauen einen Harem geschaffen hatte, der in der Welt der Journalisten und Schauspielerinnen lebte, war den ganzen Abend über reizend zu Célestine und verließ den Salon als letzter.

»Endlich«, dachte Madame Rabourdin beim Auskleiden, »haben wir den Posten! Jährlich zwölftausend Francs, die Gratifikation und die Einkünfte aus unserm Pachthof Les Grajeux, all das ergibt fünfundzwanzigtausend Francs. Das ist noch kein Wohlstand, aber es ist auch keine Notlage mehr.«

Beim Einschlafen überdachte Célestine ihre Schulden. Sie rechnete damit, daß sie, wenn sie jährlich sechstausend Francs vom Gehalt abzweige, sie innerhalb dreier Jahre loswerden könne. Nicht im entferntesten ahnte sie, daß eine Frau, die niemals einen Salon betreten hatte, daß eine zänkische, selbstsüchtige, frömmlerische, unbekannt im Marais hausende Kleinbürgerin ohne Protektion und Beziehungen plante, im Sturm den Posten zu erobern, auf den sie schon im voraus ihren Mann gestellt hatte. Madame Rabourdin hätte Madame Baudoyer verachtet, wenn sie gewußt hätte, daß sie ihre Gegenspielerin war. Sie ahnte nichts von der Macht der Niedrigkeit und Schwachheit, der Kraft des Wurms, der eine Ulme dadurch zernagt, daß er unter ihrer Rinde umherkriecht.

Wenn es in der Literatur möglich wäre, daß man sich des Mikroskops von Leuten wie Leuwenhoeck[69], Malpighi[70] und Raspail[71] bediente, das, was der Berliner Hoffmann[72] versucht hat, und wenn man die Bohrwürmer vergrößerte und zeichnete, die Holland dadurch an den Rand des Verderbens gebracht haben, daß sie die Deiche zernagten, dann würde man vielleicht Gestalten zeigen können, die den Herren Gigonnet, Mitral, Baudoyer, Saillard, Gaudron, Falleix, Transon, Godard und Kompanie ähnelten, Bohrwürmern, die, nebenbei gesagt, ihre Macht im dreißigsten Jahr dieses Jahrhunderts ausübten[73]. Daher ist jetzt der Augenblick gekommen, die Bohrwürmer zu zeigen, die in den Büros wimmelten, in denen die Hauptszenen dieser Studie spielen werden.

In Paris sieht ein Büro fast genauso aus wie das andere. In welchem Ministerium man auch umherirren mag, um die geringste Wiedergutmachung für angetanes Unrecht oder die leichteste Gunst zu erbitten, immer wird man dunkle Korridore vorfinden, schlecht beleuchtete Nebenausgänge, Türen, die wie die von Theaterlogen ein ovales Glasfenster haben, das wie ein Auge anmutet und durch das man eines Callot[74] würdige Phantasiegestalten erblickt, Türen, an denen unverständliche Vorschriften zu lesen sind. Hat man dann den Gegenstand seiner Wünsche gefunden, so steht man in einem ersten Zimmer, in dem der Bürodiener sich aufhält. Dann kommt ein zweites, in dem die niederen Beamten sitzen. Darauf folgt rechts oder links das Arbeitszimmer eines Unterchefs. Danach ein bißchen weiter oder ein bißchen höher das des Bürochefs. Was nun die gewichtige Persönlichkeit betrifft, die unter dem Kaiserreich als Bürochef bezeichnet wurde, unter der Restauration manchmal als Direktor und jetzt wieder als Bürochef, so residierte sie oberhalb oder unterhalb ihrer zwei oder drei Büros, zuweilen hinter dem eines seiner Unterchefs. Stets zeichnen seine Gemächer sich durch Weitläufigkeit aus, welcher Vorzug hoch anzuerkennen ist inmitten der sonderbaren Waben des Bienenkorbs, der als Ministerium oder Generaldirektion bezeichnet wird, sofern tatsächlich eine einzige Generaldirektion, eine Oberleitung existiert! Heutzutage haben fast alle Ministerien die ehemals getrennten Verwaltungszweige zusammengelegt. Durch die Anhäufung haben die Generaldirektoren zusammen mit ihrem Stadtpalais, ihren Leuten, ihren Salons und ihrem kleinen Hofstaat auch ihren Glanz verloren. Wer würde heute in dem Mann, der zu Fuß beim Schatzamt anlangt und zum zweiten Stock hinaufsteigt, den Generaldirektor für das Forstwesen oder die indirekten Steuern erkennen, der ehedem in einem prächtigen Stadtpalais in der Rue Sainte-Avoye[75] oder der Rue Saint-Augustin wohnte und der oftmals Staatsrat, Staatsminister und Pair von Frankreich war? (Die Herren Pasquier[76] und Molé[77], unter anderen, haben sich, nachdem sie Minister waren, mit Generaldirektionen begnügt und so den Ausspruch in die Praxis umgesetzt, den der Herzog von Antin vor Ludwig XIV. tat: »Sire, als Jesus Christus am Freitag starb, hat er genau gewußt, daß er am Sonntag auferstehen würde.«) Hätte der Generaldirektor, als er seinen Luxus einbüßte, ein breiteres Betätigungsfeld auf dem Gebiet der Verwaltung gefunden, so wäre das Übel nicht so groß gewesen. Aber heute werden diese Persönlichkeiten mit Not und Mühe Bearbeiter der Bittgesuche mit einigen elenden zwanzigtausend Francs Gehalt. Als Symbol ihrer früheren Macht gewährt man ihnen einen Türsteher in Kniehose, Seidenstrümpfen und Frack à la française, sofern nicht auch diese Einrichtung unlängst reformiert worden ist.

Nach den Gepflogenheiten des Verwaltungsdienstes besteht ein Büro aus einem Diener, mehreren Supernumeraren, die eine gewisse Anzahl von Jahren ohne Gehalt arbeiten, einfachen Expedienten, Schriftführern, ordentlichen Beamten oder Hauptbeamten, einem Unterchef und einem Chef. Die Abteilung, die für gewöhnlich zwei oder drei Büros umfaßt, zählt manchmal mehrere. Die Bezeichnungen wechseln je nach den Verwaltungszweigen: Es kann einen Kontrolleur anstatt eines ordentlichen Beamten geben, einen Buchhalter usw.

Das Zimmer, in dem der Bürodiener sich aufhält, hat einen Fliesenboden wie der Flur und eine schäbige Tapete. Es stehen darin ein Ofen und ein großer schwarzer Tisch, darauf Federn, Tintenfaß und manchmal ein Zimmerbrunnen. Ferner niedrige Bänke ohne Strohmatten für die Füße der gewöhnlichen Besucher, die lange warten müssen. Aber der Bürodiener, der in einem bequemen Lehnstuhl sitzt, stellt die seinen auf eine richtige Fußmatte. Das Büro der Beamten ist ein großer, mehr oder weniger heller Raum und hat nur selten einen Holzfußboden. Parkett und Kamin sind ein ganz besonderes Vorrecht der Bürochefs und der Abteilungsleiter, gerade wie Schränke, Schreibtische und Mahagonitische, Sessel mit rotem oder grünem Maroquinbezug, Sofas, seidene Fenstervorhänge und andere Dinge eines behördlichen Luxus. Das Büro der Beamten enthält einen Ofen, dessen Rohr in einen zugemauerten Kamin mündet, falls ein Kamin vorhanden ist. Die Tapete ist einfarbig, grün oder braun. Die Tische sind aus schwarzem Holz. Die Eigenart der Beamten bekundet sich in der Art, wie sie sich ihre Arbeitsplätze einrichten. Der gegen Kälte Empfindliche hat unter den Füßen eine Art hölzernes Pult. Der Sanguiniker hat nur eine einfache Strohmatte; der Lymphatische, der den Zugwind fürchtet, das Öffnen der Türen und andere Ursachen eines Temperaturwechsels, macht sich einen Wandschirm aus Aktendeckeln. Es gibt auch einen Schrank, in den jeder seinen Arbeitsfrack hängt, die leinenen Unterärmel, die an der Stirn zu tragenden Lichtschirme, die Mützen, die Käppchen und alles mögliche andere zum Beruf Gehörende. Fast immer stehen auf dem Kaminsims Wasserflaschen, Gläser und Reste des Frühstücks. In gewissen dunklen Räumen finden sich Lampen. Die Tür des Arbeitszimmers, in dem der Unterchef sich aufhält, steht offen, so daß er seine Beamten im Auge behalten, sie an allzu eifrigem Plaudern hindern oder bei besonders großen Gelegenheiten kommen und mit ihnen plaudern kann. Das Mobiliar eines Büros würde notfalls dem Beobachter den Wert derer offenbaren, die es bewohnen. Die Vorhänge sind weiß oder aus farbigem Stoff, aus Baumwolle oder aus Seide. Die Stühle sind aus Kirschbaumholz oder Mahagoni und haben Strohsitze, solche aus Maroquin oder Stoff. Die Tapeten sind mehr oder weniger neu. Aber welchem Verwaltungszweig alle diese öffentlichen Dinge auch angehören, sobald sie aus dem Ministerium herauskommen, mutet nichts seltsamer an als diese Welt von Möbelstücken, die so viele Herren und so viele Regierungen erlebt, die so viele Katastrophen durchgemacht hat. Daher sind unter allen Pariser Umzügen die groteskesten die der Behörden. Niemals hat das Genie Hoffmanns, dieses Dichters des Unmöglichen, etwas Phantastischeres ersonnen. Man kann sich nicht vorstellen, was in den Möbelkarren vor sich geht. Die Kartons klaffen und hinterlassen in den Straßen Staubwolken. Tische strecken ihre vier Beine in die Luft, abgeschabte Sessel, all die unglaublichen Utensilien, mit denen Frankreich verwaltet wird, haben ein erschreckendes Aussehen. Sie wirken gleichzeitig, als gehörten sie zum Inventar eines Theaters oder zu den Gerätschaften von Gauklern und Seiltänzern. Gerade wie auf den Obelisken gewahrt man auf ihnen Spuren von Intelligenz und Schatten von Schriftzügen, die die Phantasie verwirren wie alles, was man sieht, ohne dessen Sinn und Zweck zu begreifen! Und schließlich ist dies alles so alt, so abgebraucht, so verschossen, daß das dreckigste Küchengeschirr einen unendlich viel angenehmeren Anblick bietet als die Utensilien der Behörden-Küche.

Vielleicht genügt eine Schilderung der Abteilung des Monsieur La Billardière, damit Ausländer und in der Provinz Ansässige sich genaue Vorstellungen von den intimen Gepflogenheiten in den Büros bilden können. Denn diese Hauptzüge sind sicherlich allen europäischen Behörden gemeinsam.

Zunächst und vor allem: Kann man sich einen Mann vorstellen, der in der jährlichen Rangliste folgendermaßen verzeichnet steht?

ABTEILUNGSLEITER

»Baron Flamet de La Billardière (Athanase-Jean-François-Michel), ehemaliger Groß-Profoß[78] des Départements Corrèze[79], Kammerherr, Referent über die Bittschriften im außerordentlichen Dienst, Präsident des großen Wahlkollegiums[80] des Départements Dordogne, Offizier der Ehrenlegion, Ritter des Sankt-Ludwigs-Ordens[81], Träger ausländischer Auszeichnungen: des Christus-Ordens, des Isabellen-Ordens, des Ordens vom heiligen Wladimir usw.; Mitglied der Akademie von Gers[82] und mehrerer anderer gelehrter Gesellschaften; Vizepräsident der Gesellschaft für gute Literatur, Mitglied der Sankt-Josephs-Bruderschaft und der Vereinigung für Gefangenenfürsorge[83], usw. usw.«

Diese Persönlichkeit, die eines so großen typographischen Aufwands bedurfte, beanspruchte damals fünf Fuß sechs Zoll Länge und sechsunddreißig Linien[84] Breite in einem Bett. Seinen Kopf zierte eine Baumwollmütze mit feuerroten Bändern, und es untersuchten ihn der berühmte Desplein, der Leibchirurg des Königs, und der junge Doktor Bianchon. Bei ihm saßen zwei alte Verwandte, und ihn umgaben Fläschchen, Leinentücher, Medizinschachteln und andere einem Sterbenden gemäße Gerätschaften, die der Pfarrer von Saint-Roch im Auge behielt. Er redete auf ihn ein, er möge auf sein Seelenheil bedacht sein. Sein Sohn Benjamin de La Billardière hatte allmorgendlich die beiden Ärzte gefragt: »Glauben Sie, daß ich das Glück habe, meinen Vater zu behalten?« An diesem Morgen hatte der Erbe sich versprochen und das Wort Unglück an die Stelle des Wortes Glück gesetzt.

Nun aber lag die Abteilung La Billardière einundsiebzig Schritt in der Länge unter dem gleichen Breitengrad wie die Mansarden im ministeriellen Ozean eines prächtigen Stadtpalais, im Nordosten eines Hofs, wo sich einstmals die Pferdeställe befunden hatten. Diese nahm jetzt die Abteilung Clergeot ein. Ein Treppenabsatz schied die beiden Büros voneinander. An ihren Türen waren Schilder; sie lagen längs eines geräumigen Flurs mit kleinen Fenstern. Die Arbeitszimmer und Vorzimmer der Herren Rabourdin und Baudoyer lagen darunter, im zweiten Stock. Nach demjenigen Rabourdins kamen das Vorzimmer, der Salon und die beiden Arbeitszimmer La Billardières.

Im ersten Stock, der durch einen Zwischenstock geteilt wurde, befanden sich Wohnung und Büro von Monsieur Ernest de La Brière, einer dunklen, mächtigen Persönlichkeit, die in einigen Sätzen geschildert werden muß, da sie sehr wohl eine Einschiebung verdient. Dieser junge Mann war während der ganzen Dauer des Ministeriums der Privatsekretär des Ministers. Daher stand seine Wohnung durch eine Geheimtür mit dem eigentlichen

Arbeitszimmer Seiner Exzellenz in Verbindung. Hinter diesem Arbeitszimmer lag ein weiteres, das mit den großen Wohnräumen zusammenhing, wo Seine Exzellenz Empfänge abhielt. Diese Aufteilung hatte ihren Grund darin, daß der Minister abwechselnd mit seinem Privatsekretär ohne Zeugen arbeiten und mit großen Persönlichkeiten ohne das Dabeisein seines Sekretärs konferieren konnte. Ein Privatsekretär ist für einen Minister dasselbe, was des Lupeaulx für das Ministerium war. Zwischen dem jungen La Brière und des Lupeaulx bestand der gleiche Unterschied wie zwischen einem Adjutanten und einem Chef des Generalstabes. Solch ein Ministerlehrling verschwindet heutzutage zusammen mit seinem Gönner und erscheint mit diesem aufs neue. Wenn der Minister im Reich der königlichen Gunst oder dem parlamentarischer Hoffnungen gestürzt wird, nimmt er seinen Sekretär mit und bringt ihn auch wieder mit sich zurück. Andernfalls setzt er ihn auf einer behördlichen Weide ab, etwa beim Rechnungshof, dieser Herberge, in der die Sekretäre zu warten pflegen, bis das Gewitter sich verzogen hat. Dieser junge Mann ist kein Staatsmann im eigentlichen Sinne, sondern ein Mann der Politik, und bisweilen die Politik eines Mannes. Wenn man die unendliche Zahl von Briefen bedenkt, die er neben seinen sonstigen Obliegenheiten zu entsiegeln und zu lesen hat, ist es dann nicht offenbar, daß in einer Monarchie dergleichen nützliche Dienstleistungen sehr hoch bezahlt werden würden? Ein Opfer dieser Art kostet in Paris zehn- bis zwanzigtausend Francs. Aber der betreffende junge Mann profitiert von den Theaterlogen, den Einladungen und dem Wagen des Ministers. Der Kaiser von Rußland wäre sehr glücklich, wenn er für fünfzigtausend Francs pro Jahr einen dieser liebenswürdigen, sanften, gut getrimmten, schmeichlerischen, gehorsamen, großartig dressierten, wachsamen und ... treuen konstitutionellen Pudel hätte! Aber der Privatsekretär kommt nur in den Treibhäusern einer repräsentativen Regierung vor und hält und entwickelt sich nur dort. In einer Monarchie gibt es nur Höflinge und Diener, während man, wenn eine Verfassung besteht, von freien Männern bedient, umschmeichelt und gestreichelt wird. Also sind in Frankreich die Minister glücklicher dran als die Frauen und Könige. Sie haben jemanden, der sie versteht.

Vielleicht sind die Privatsekretäre genauso zu bedauern wie Frauen und unbeschriebenes Papier: Sie erleiden alles. Wie züchtige Frauen dürfen sie nur im geheimen Talente haben, und nur für ihre Minister. Erweisen sie sich vor der Öffentlichkeit als talentiert, so ist es um sie geschehen. Ein Privatsekretär ist also ein von der Regierung verliehener Freund. Wollen wir uns jetzt wieder den Büros zuwenden?

In der Abteilung La Billardière lebten drei Bürodiener friedlich miteinander: einer für die beiden Büros, ein gemeinsamer für die beiden Chefs und der des Abteilungsleiters. Alle drei bekamen Heizung und Kleidung vom Staat geliefert. Sie trugen die bekannte Livree, königsblau mit roten Litzen für den täglichen Dienst und für große Gelegenheiten breite blaue, weiße und rote Tressen. La Billardières Diener trug eine Türhüteruniform. Um dem Selbstgefühl des Vetters des Ministers zu schmeicheln, hatte der Generalsekretär diesen Eingriff geduldet, der übrigens das Verwaltungswesen adelte. Diese Diener waren wahrhafte Grundpfeiler der Ministerien, Fachleute in den bürokratischen Gepflogenheiten. Sie waren bedürfnislos, saßen im Warmen, waren auf Staatskosten gekleidet, reich durch ihre Mäßigkeit, und sie sondierten die Beamten bis ins Herz hinein. Sie besaßen kein anderes Mittel, der Langeweile zu entgehen, als die Beamten zu beobachten und deren Manien zu studieren. Daher wußten sie, bis zu welchem Punkt sie sich bei ihnen mit Pumpversuchen vorwagen durften. Im übrigen erledigten sie mit der größten Diskretion Besorgungen für die Beamten, trugen Pfänder zum Mont-de-Piété[85] oder lösten sie aus, kauften Pfandscheine an und liehen ohne Zinsen. Aber kein Beamter nahm von ihnen auch nur die kleinste Summe an, ohne sie mit einer Gratifikation zurückzuerstatten. Die Beträge waren gering, und daraus ergibt sich, daß es sich immer nur um Darlehen »für ein paar Tage« handelte. Diese Diener ohne Herren bekamen ein Jahresgehalt von neunhundert Francs. Die Neujahrszulagen und Gratifikationen brachten diese Einkünfte auf zwölfhundert Francs, und sie waren durchaus in der Lage, fast ebensoviel an den Beamten zu verdienen, denn die Mahlzeiten derjenigen, die im Büro aßen, gingen durch ihre Hände. In manchen Ministerien bereitete der Pförtner diese Mahlzeiten. Der Pförtnersposten des Finanzministeriums hatte ehedem dem dicken Papa Thuillier, dessen Sohn einer der Beamten in der Abteilung La Billardières war, an die viertausend Francs eingebracht. Bisweilen fanden die Bürodiener in ihrer rechten Hand Hundertsous-Stücke, die ihnen eilige Bittsteller hineingedrückt und die sie hingenommen hatten, ohne eine Miene zu verziehen. Die ältesten trugen die Staatslivree nur im Ministerium. Auf dem Heimweg trugen sie Zivilkleidung.

Dieser, übrigens der reichste Mann der Büros, beutete die Schar der Beamten aus. Ein Sechziger, mit weißem, hochgebürstetem Haar, untersetzt, beleibt, mit dem Hals eines Apoplektikers, ein vulgäres Gesicht voller Pickel, graue Augen, ein Mund wie eine Bratpfanne: So sah Antoine aus, der älteste Diener im Ministerium. Antoine hatte aus Les Echelles in Savoyen seine beiden Neffen Laurent und Gabriel kommen lassen und sie im Ministerium untergebracht, den einen bei den beiden Chefs, den anderen beim Abteilungsleiter. Diese beiden Savoyarden waren aus dem gleichen Holz geschnitzt wie ihr Onkel: Sie waren zwischen dreißig und vierzig alt, hatten Gesichter wie Gepäckträger, nahmen am Abend in einem königlichen Theater die Anweisungen auf Eintrittskarten entgegen, welche Stellungen sie dem Einfluß de La Billardières dankten. Sie waren mit zwei geschickten Spitzenwäscherinnen verheiratet, die auch Kaschmirschals ausbesserten. Der unverheiratete Onkel, seine Neffen und deren Frauen führten gemeinsamen Haushalt und lebten sehr viel besser als die Mehrzahl der Unterchefs. Gabriel und Laurent, die kaum zehn Jahre lang ihrem Dienst oblagen, waren noch nicht dahingelangt, die Livree der Regierung zu verachten. Sie trugen sie auch auf der Straße und waren stolz wie Dramatiker nach einem einträglichen Erfolg. Ihr Onkel, dem sie fanatisch ergeben waren und den sie für einen überaus gewitzten Menschen hielten, hatte sie langsam in die Berufsgeheimnisse eingeweiht. Alle drei schlossen die Büros auf, reinigten sie morgens zwischen sieben und acht, lasen die Zeitungen oder politisierten auf ihre Art über die Vorkommnisse in der Abteilung mit anderen Dienern, mit denen sie auch ihre Erkundungsergebnisse austauschten. Daher waren sie gleich modernen Dienstboten, die sich in den Angelegenheiten ihrer Herrschaft auf das vollkommenste auskennen, im Ministerium wie Spinnen in ihrem Netz und spürten darin das leiseste Beben.

Am Donnerstagmorgen, am Tag nach den Abendgesellschaften beim Minister und bei Rabourdin, als der Onkel sich im Dabeisein seiner beiden Neffen im Vorzimmer der Abteilung, im zweiten Stock, gerade fertig rasiert hatte, wurden sie durch das unverhoffte Kommen eines Beamten überrascht.

»Es ist Monsieur Dutocq«, sagte Antoine, »ich erkenne ihn an seinem Spitzbubenschritt. Er macht immer den Eindruck, als laufe er Schlittschuh! Plötzlich taucht er einem hinter dem Rükken auf, ohne daß man wüßte, woher er eigentlich gekommen ist. Gestern ist er wider seine Gewohnheit als letzter im Abteilungsbüro geblieben, solch ein übertriebener Diensteifer hat ihn keine dreimal gepackt, seit er im Ministerium ist.«

Achtunddreißig Jahre, ein längliches Gesicht mit galligem Teint, graues, krauses, immer kurz gestutztes Haar; niedrige Stirn, dichte, zusammengewachsene Brauen, schiefe Nase, verkniffene Lippen, hellgrüne Augen, die stets dem Blick anderer Leute auswichen, hochgewachsen, die rechte Schulter etwas höher als die andere; brauner Frack, schwarze Weste, seidene Halsbinde, gelbliche Hose, schwarze Wollstrümpfe, Schuhe mit herabhängenden Senkeln: Das ist Monsieur Dutocq, Beamter erster Ordnung in Rabourdins Büro. Da er ein untauglicher Bummler war, haßte er seinen Chef. Nichts ist selbstverständlicher. Rabourdin hatte kein Laster, dem er hätte schmeicheln können, keine schlechte Seite, bei der Dutocq sich hätte nützlich machen können. Rabourdin war viel zu nobel, um einem Beamten zu schaden. Er war auch viel zu scharfsichtig, um sich von irgend jemandem mißbrauchen zu lassen. Dutocq existierte also nur durch die Großzügigkeit Rabourdins und hatte keine Aussicht auf Beförderung, solange dieser als Chef die Abteilung leiten würde. Obwohl Dutocq sich außerstande fühlte, einen höheren Posten auszufüllen, kannte er sich zur Genüge im Büroleben aus und wußte daher, daß Unfähigkeit nicht am Aufrücken hindert. Die konnte er vertuschen, wenn er unter seinen Untergebenen einen Rabourdin ausfindig machte; denn das Beispiel La Billardières war schlagend gewesen und hatte sich unheilvoll ausgewirkt. Bosheit im Verein mit persönlichem Ehrgeiz wiegt Klugheit gut und gern auf. Dieser Beamte nun aber war sehr boshaft und sehr eigensüchtig: Er hatte nämlich versucht, seine Stellung dadurch zu festigen, daß er sich in den Büros zu Spitzeldiensten hergab. Seit 1816 hatte er sich mit einer sehr dunklen religiösen Farbe getarnt, da er vorausgefühlt hatte, welcher Gunst sich die Leute erfreuen würden, die zu jener Zeit die Dummköpfe unterschiedslos unter dem Namen ›Jesuiten‹ zusammenfaßten. Dutocq gehörte der ›Congrégation‹[86] an, ohne zu deren Mysterien zugelassen zu sein. Er ging von einem Büro zum andern, erforschte die Gewissen, indem er leichtfertige Witze erzählte, und schmückte dann seine Berichte bei des Lupeaulx aus, den er über die kleinsten Begebenheiten unterrichtete. Daher setzte der Generalsekretär den Minister oftmals durch seine gründliche Kenntnis der intimen Angelegenheiten in Erstaunen. Als ein zu allem dienlicher Bonneau dieses politischen Bonneau[87] bemühte Dutocq sich eifrig um die Ehre, von des Lupeaulx Geheimaufträge zu übernehmen, und dieser duldete diesen unsauberen Menschen, weil er meinte, er könne ihm durch Zufall einmal nützlich werden, und sei es auch nur, um ihn oder eine andere bedeutende Persönlichkeit durch eine schmähliche Heirat aus der Schlinge zu ziehen. Beide verstanden sich gut. Dutocq rechnete mit jenem günstigen Zufall, in dem er gute Möglichkeiten erblickte; er blieb Junggeselle. Dutocq war der Nachfolger Poirets des Älteren gewesen, der sich in eine bürgerliche Pension zurückgezogen hatte und 1814 pensioniert worden war, zu einer Zeit, da es unter den Beamten große Personalveränderungen gegeben hatte. Er bewohnte ein fünftes Stockwerk in der Rue Saint-Louis-Saint-Honoré[88], dicht beim Palais-Royal, in einem Reihenhaus. Als leidenschaftlicher Sammler alter Stiche wollte er den gesamten Rembrandt, Charlet[89], Silvestre[90], Audran[91], Callot[92], Albrecht Dürer usw. besitzen. Wie die meisten Sammler und die Leute, die ihren Haushalt selber führen, behauptete er, er kaufe alles wohlfeil. Er aß in einer Pension in der Rue de Beaune, verbrachte den Abend im Palais-Royal und ging manchmal ins Theater. Das dankte er du Bruel, der ihm jede Woche eine Autorenfreikarte schenkte. Jetzt ein Wort über du Bruel.

Obwohl du Bruel durch Sébastien vertreten wurde, dem er die schon erwähnte, armselige Entschädigung überließ, kam er dennoch ins Büro, aber einzig und allein, um glauben zu machen und sich zu sagen, er sei Unterchef, und um sein Gehalt einzustreichen. Er schrieb kleine Theaterkritiken für das Feuilleton einer regierungstreuen Zeitung, wo er auch die von den Ministern verlangten Artikel schrieb: Das war eine bekannte, fest umrissene, unangreifbare Stellung. Du Bruel ließ es übrigens niemals an einer der kleinen diplomatischen Listen ermangeln, die ihm allgemeines Wohlwollen eintragen konnten. Zu jeder Uraufführung bot er Madame Rabourdin eine Loge an, holte sie im Wagen ab und geleitete sie wieder heim, für welche Aufmerksamkeit sie sich empfänglich zeigte. Daher ließ auch Rabourdin, der seinen Beamten gegenüber sehr duldsam und sehr wenig nörglerisch war, ihn zu seinen Proben gehen, kommen, wann es ihm beliebte, und an seinen Vaudevilles arbeiten. Der Herzog von Chaulieu wußte, daß du Bruel an einem Roman arbeitete, der ihm gewidmet werden sollte. Der Unterchef kleidete sich mit der Nachlässigkeit eines Vaudevilleautors, trug vormittags Gamaschen, eine umgearbeitete Weste, einen olivfarbenen Überrock und eine schwarze Halsbinde. Abends zog er sich elegant an, denn er wollte als Gentleman erscheinen. Du Bruel wohnte, und zwar aus guten Gründen, im Haus Florines, einer Schauspielerin, für die er Rollen schrieb. Florine wohnte damals im gleichen Haus wie Tullia, eine um ihrer Schönheit und ihres Talents willen im Vordergrund stehende Tänzerin. Diese Nachbarschaft erlaubte es dem Unterchef, häufig dem Herzog von Rhétoré zu begegnen, dem ältesten Sohn des Herzogs von Chaulieu, des Günstlings des Königs. Der Herzog von Chaulieu hatte dafür gesorgt, daß du Bruel nach seinem elften Gelegenheitsstück das Kreuz der Ehrenlegion bekam. Du Bruel oder, wenn man lieber will, Cursy arbeitete zu jener Zeit an einem fünfaktigen Stück für das Théâtre-Français. Sébastien hatte du Bruel sehr gern, er bekam von ihm stets ein paar Parkettplätze und klatschte mit der Gläubigkeit eines jungen Menschen immer an den Stellen Beifall, die du Bruel ihm als zweifelhaft bezeichnet hatte. Sébastien hielt ihn für einen großen Schriftsteller. Sébastien hatte du Bruel am Tag nach der Erstaufführung eines Vaudeville, das, wie alle Vaudevilles, von drei Mitarbeitern stammte und bei dem an einigen Stellen gepfiffen worden war, gesagt: »Das Publikum hat die Stellen erkannt, die von zweien geschrieben worden sind.«

»Warum arbeiten Sie denn nicht allein?« hatte du Bruel naiv geantwortet.

Es gab vortreffliche Gründe dafür, daß du Bruel nicht allein arbeitete. Er war nur zu einem Drittel ein Autor. Ein Dramatiker, wie nur wenige wissen, setzt sich zusammen aus: erstens einem Mann, der Einfälle hat, dem es obliegt, Themen zu finden und das Gerüst oder das Szenarium des Vaudeville zu entwerfen; alsdann aus einem »Schanzarbeiter«, dessen Aufgabe es ist, das Stück auszuarbeiten, und letztlich aus einem »Überarbeiter«, der Couplets in Musik setzen, die Chöre und Ensembles arrangieren und sie singen lassen und der Situation überordnen muß. Der »Überarbeiter« sorgt auch für die Einnahmen, indem er die Abfassung der Plakate überwacht und den Direktor nicht verläßt, ehe dieser nicht für den nächsten Tag ein Stück der Autorengemeinschaft angesetzt hätte. Du Bruel, als echter »Schanzarbeiter«, las im Büro die neuen Bücher, machte Auszüge von allen geistreichen Wendungen und trug sie in eine Liste ein, um seinen Dialog damit anzureichern. Cursy (so lautete sein Pseudonym) wurde um seiner Pünktlichkeit und Genauigkeit willen geschätzt. Der »Ideengeber« konnte die Hände in den Schoß legen. Die Beamten der Abteilung hatten den Vaudevilleverfasser so gern, daß sie in hellen Scharen in seine Stücke gingen und ihnen zum Erfolg verhalfen, denn er war wirklich ein guter Kerl. Er hatte die Hand locker in der Tasche und ließ sich nie lange bitten, wenn es galt, Eis oder Punsch zu bezahlen. Er lieh fünfzig Francs, ohne sie je zurückzuverlangen. Du Bruel besaß ein Landhaus in Aulnay, lebte in geordneten Verhältnissen und legte sein Geld an. Er verfügte außer über seine viertausendfünfhundert Francs Gehalt über zwölfhundert Francs Pension aus der Zivilliste und über achthundert von den hunderttausend Talern, die die Abgeordnetenkammer zur Förderung der Künste bewilligt hatte. Zu diesen Einkünften muß man neuntausend Francs hinzufügen, die er aus Viertel-, Drittel- und Halbarbeiten an den Vaudevilles bezog, die von drei Theatern gespielt wurden. Daraus dürfte man verstehen, daß er dick, fett und kugelrund war und aussah wie ein wohlhabender Hausbesitzer. Was sein Innenleben betraf, so war du Bruel der Herzensgeliebte der Tullia und glaubte, er werde für alle Zeit dem glänzenden Herzog von Rhétoré, dem Titulargeliebten, vorgezogen.

Nicht ohne Erschrecken hatte Dutocq das beobachtet, was er als die Liaison zwischen des Lupeaulx und Madame Rabourdin bezeichnete, und seine verhaltene Wut war darüber noch gewachsen. Überdies war es seinem allzu scharfen Späherauge nicht entgangen, daß Rabourdin sich neben seinen dienstlichen Obliegenheiten einer großen Arbeit widmete, und es reizte ihn, daß er nichts davon wußte, während der kleine Sébastien ganz oder teilweise in das Geheimnis eingeweiht war. Dutocq hatte versucht, sich mit Monsieur Godard anzufreunden, Baudoyers Unterchef, einem Kollegen du Bruels, und das war ihm gelungen. Die hohe Achtung, die Dutocq Baudoyer bezeigte, hatte seinen Umgang mit Godard begünstigt. Nicht, daß Dutocq ehrlich gewesen wäre. Aber dadurch, daß er Baudoyer rühmte und Rabourdin mit keiner Silbe erwähnte, befriedigte er seinen Haß auf die Art kleiner Geister.

Joseph Godard, ein Vetter Mitrals mütterlicherseits, hatte auf dieser Verwandtschaft mit Baudoyer, so entfernt sie auch war, Hoffnungen auf die Hand der Mademoiselle Baudoyer gegründet. Infolgedessen war Baudoyer in seinen Augen vom Strahlenglanz des Genies umgeben. Er bekannte hohe Achtung für Elisabeth und Madame Saillard, ohne vorerst bemerkt zu haben, daß Madame Baudoyer für ihre Tochter mit Falleix liebäugelte. Er brachte Mademoiselle Baudoyer kleine Geschenke mit, künstliche Blumen, Bonbons zu Neujahr, hübsche Dosen zu ihrem Namenstag. Godard war sechsundzwanzig Jahre alt, als Arbeiter nicht viel wert, züchtig wie eine Jungfer, einsilbig und apathisch, verabscheute Cafés, Zigarren und den Reitsport, ging jeden Abend um zehn zu Bett und stand um sieben auf, verfügte über einige gesellige Talente, spielte Kontertänze auf dem Flageolett[93], was ihn bei den Saillards und den Baudoyers in hohe Gunst gesetzt hatte, war Querpfeifer bei der Nationalgarde, um seine Nächte nicht in der Wachstube verbringen zu müssen, und hatte eine besondere Schwäche für die Naturwissenschaft. Dieser Junggeselle legte Sammlungen von Mineralien und Muscheln an, verstand sich darauf, Vögel auszustopfen, und stapelte in seinem Zimmer einen Haufen billig gekaufter Kuriositäten auf: Steine mit darauf gepinselten Landschaftsbildern, Korkmodelle von Palästen, Versteinerungen aus der Quelle Saint-Allyre[94] bei Clermont (Auvergne), usw. Er belegte alle Parfümflaschen mit Beschlag und tat seine Proben von Bariumoxyd, Sulfaten, Salzen, Magnesium, Korallenkalk usw. hinein. Er sammelte Schmetterlinge in Glaskästen. An seinen Zimmerwänden hingen chinesische Sonnenschirme und getrocknete Fischhäute. Er wohnte bei seiner Schwester, einer Blumenhändlerin in der Rue de Richelieu. Obgleich dieser musterhafte junge Mann von den Familienmüttern sehr bewundert wurde, zollten ihm die Arbeiterinnen seiner Schwester, und zumal die an der Kasse sitzende, Mißachtung. Sie hatte lange gehofft, ihn sich zu »angeln«. Joseph Godard war mager und schmächtig, mittelgroß, hatte Ringe unter den Augen, einen schwachen Bartwuchs, roch aus dem Munde, daß er, wie Bixiou sagte, die Fliegen im Fluge tötete, und wandte wenig Sorgfalt an sich selbst: Seine Kleidung war von schlechtem Schnitt, seine weiten Hosen waren ausgebeutelt. Zu allen Jahreszeiten trug er weiße Strümpfe, einen schmalkrempigen Hut und Schnürschuhe. Im Büro saß er auf einem Rohrstuhl, dessen Sitz in der Mitte ein Loch hatte, darauf lag ein grünes Maroquinkissen; immerfort stöhnte er über seine Verdauung. Sein Hauptlaster war es, im Sommer für die Sonntage Landpartien und Picknicks nach Montmorency vorzuschlagen und auf dem Boulevard du Montparnasse Milchspeisen zu essen. Seit einem halben Jahr hatte Dutocq angefangen, dann und wann zu Mademoiselle Godard zu gehen, in der Hoffnung, in jenem Haus etwas wie ein weibliches Juwel zu entdecken.

Auf diese Weise hatte Baudoyer in den Büros in Dutocq und Godard zwei Lobredner. Monsieur Saillard, der außerstande war, Dutocq richtig einzuschätzen, stattete ihm manchmal im Büro kleine Besuche ab. Der junge La Billardière, der Baudoyer als Supernumerar zugeteilt war, gehörte ebenfalls zu dieser Clique. Die Intelligenteren lachten weidlich über dieses Bündnis der Unfähigen. Baudoyer, Godard und Dutocq waren von Bixiou mit dem Spitznamen »Die Dreieinigkeit ohne Geist« belegt worden, und den kleinen La Billardière nannte er »das Osterlamm«.

»Sie sind heute beizeiten aufgestanden«, sagte Antoine zu Dutocq und grinste ihn an.

»Und Sie, Antoine«, antwortete Dutocq, »sehen wohl, daß die Zeitungen manchmal früher ankommen, als Sie sie uns geben.«

»Zufällig heute mal«, sagte Antoine, ohne sich aus der Fassung bringen zu lassen. »Noch nie sind sie zweimal hintereinander zur selben Zeit gekommen.«

Die beiden Neffen blickten einander verstohlen an, als wollten sie sagen, wobei sie den Onkel bewunderten: »So eine Frechheit!«

»Wenn er mir auch durch das Essen zwei Sous einbringt«, sagte Antoine leise, als er Dutocq die Tür zumachen hörte, »würde ich darauf gern verzichten, wenn er nicht mehr in unserer Abteilung wäre.«

»Haha, heute sind Sie nicht der erste, Monsieur Sébastien«, sagte eine Viertelstunde später Antoine zu dem Supernumerar.

»Wer ist denn vor mir gekommen?« fragte der arme Junge und erblaßte.

»Monsieur Dutocq«, antwortete der Türhüter Laurent.

Jungfräuliche Naturen besitzen mehr als alle übrigen die unerklärliche Gabe des zweiten Gesichts, die vielleicht in der Reinheit ihres gewissermaßen unberührten Nervensystems beruht. Sébastien hatte den Haß gewittert, den Dutocq gegen seinen hochverehrten Rabourdin hegte. Daher hatte Laurent kaum jenen Namen ausgesprochen, als der von einer schrecklichen Ahnung gepackte Supernumerar auch schon ausrief: »Ich hab's mir ja gedacht!« und pfeilgeschwind hinaus auf den Flur stürzte.

»Es gibt Krach im Büro!« sagte Antoine, schüttelte den weißhaarigen Kopf und zog seine Amtsgewandung an. »Man merkt, daß der Herr Baron seine Rechnung mit Gott macht . . . ja, Madame Gruget, seine Krankenwärterin, hat mir gesagt, er werde den Tag nicht überleben. Na, das wird hier ein schönes Durcheinander geben! Soll es doch! Seht mal nach, ob alle Öfen gut bullern, ihr beiden! Los, los, gleich müssen unsere Leutchen kommen.«

»Stimmt schon«, sagte Laurent, »der arme, nette junge Mensch war wie vom Donner gerührt, als er hörte, dieser Jesuit von Dutocq sei ihm zuvorgekommen.«

»Vergeblich rede ich auf ihn ein, denn schließlich ist man einem guten Beamten doch die Wahrheit schuldig, und als einen guten Beamten bezeichne ich einen wie diesen Jungen, der mir an jedem Neujahrstag pünktlich seine zehn Francs gibt«, fuhr Antoine fort. »Ich habe ihm also gesagt: ›Je mehr Sie tun, desto mehr wird von Ihnen verlangt, und befördert werden Sie auch nicht!‹ Na, er hört einfach nicht auf mich, er versteift sich darauf, bis fünf hierzubleiben, eine Stunde länger als alle andern (er zuckte die Achseln). Das sind Dummheiten, damit bringt man es zu nichts ... Beweis dafür ist, daß der arme Junge, aus dem ein ausgezeichneter Beamter werden würde, noch nicht einmal fest angestellt ist. Nach zwei Jahren! Das muß einen doch anöden, Ehrenwort.«

»Monsieur Rabourdin hat Monsieur Sébastien gern«, sagte Laurent.

»Aber Monsieur Rabourdin ist nicht Minister«, erwiderte Antoine, »und wenn er es wird, dann geht es hier heiß zu, dann zeigt er sein wahres Gesicht; er ist viel zu ... Genug davon! Wenn ich bedenke, daß ich in die Liste die Gehälter von Hanswursten eintrage, die zu Hause bleiben und da tun und treiben, was sie wollen, während dieser kleine La Roche sich abschuftet, dann frage ich mich, ob der Herrgott ein Auge auf die Büros hat! Und was gehen sie unsereinen an, diese Protektionskinder des Herrn Marschalls, des Herrn Herzogs? Sie danken einem (er nickte gönnerisch): ›Danke, mein lieber Antoine!‹ Ihr Bande von Nichtstuern, arbeitet doch! Oder ihr werdet Anlaß zu einer Revolution. Ob es solche Jammerlappen unter Monsieur Robert Lindet[95] gegeben hat? Denn wie ihr mich hier vor euch seht, bin ich schon unter Robert Lindet in diesen Laden eingestiegen. Und unter dem mußten die Beamten arbeiten! Das hättet ihr erleben sollen, wie alle diese Federfuchser bis Mitternacht dasaßen, bei ausgegangenen Öfen, ohne es überhaupt zu merken. Aber da gab es ja auch noch die Guillotine ...! Und das ist keine Redensart. Aber das war etwas anderes, als ihnen, wie es heute geschieht, einen Punkt anzukreiden, wenn sie zu spät kommen.«

»Papa Antoine«, sagte Gabriel, »da Sie heute morgen so redselig sind, sagen Sie uns doch, was für eine Vorstellung Sie sich vom Beamten machen.«

»Ein Beamter«, sagte Antoine in vollem Ernst, »ist ein Mensch, der in einem Büro sitzt und schreibt. Aber was schwatze ich denn da? Was würde aus uns ohne die Beamten? Los, seht nach euren Öfen und redet niemals schlecht über die Beamten! Gabriel, der Ofen im großen Büro zieht wie der Teufel, den mußt du ein bißchen abstellen.«

Antoine nahm Aufstellung auf dem Treppenabsatz, und zwar an einer Stelle, von der aus er die Beamten unter dem Einfahrtstor hervorkommen sehen konnte. Er kannte alle Angehörigen des Ministeriums, beobachtete ihre Gangart und stellte die Unterschiedlichkeit ihrer Kleidung fest. Bevor wir das Drama seinen Verlauf nehmen lassen, ist es notwendig, hier die Silhouetten der Hauptakteure der Abteilung La Billardière zu zeichnen. Sie werden übrigens einige Abwandlungen der Gattung »Beamter« darstellen und nicht nur Rabourdins Beobachtungen rechtfertigen, sondern darüber hinaus den Titel dieser typisch pariserischen Studie. Es ist so, man darf sich darüber nicht hinwegtäuschen! Unter dem Gesichtspunkt der Mängel und der Originalität betrachtet, gibt es Beamte und Beamte, wie es vielerlei Galeerensträflinge gibt. Vor allem muß man einen Unterschied zwischen einem Pariser Beamten und einem Beamten in der Provinz machen. In der Provinz geht es dem Beamten gut: Er hat eine geräumige Wohnung, einen Garten, im allgemeinen fühlt er sich in seinem Büro ganz behaglich. Er trinkt guten Wein, der noch dazu billig ist, braucht kein Pferdefilet zu essen und kennt den Luxus des Nachtischs. Statt Schulden macht er Ersparnisse. Ohne genau zu wissen, was er verzehrt, wird jedermann einem sagen, er zehre sein Gehalt nicht auf! Ist er Junggeselle, so grüßen die Familienmütter ihn zuerst, wenn er vorbeigeht; und wenn er verheiratet ist, gehen seine Frau und er zum Ball beim Generalsteuereinnehmer, beim Präfekten, beim Unterpräfekten, beim Oberpräsidenten. Man befaßt sich mit seinem Charakter, er hat gute Aussichten, er gilt als ein intelligenter Mensch, es kommt vor, daß er bemitleidet wird, die ganze Stadt kennt ihn und interessiert sich für seine Frau, seine Kinder. Er gibt Abendgesellschaften, und wenn er die Mittel dazu hat, etwa einen wohlhabenden Schwiegervater, kann er Abgeordneter werden. Seine Frau wird durch die argwöhnische Kleinstadtbespitzelung überwacht, und wenn ihm ein eheliches Unglück zustößt, erfährt er es, während ein Pariser Beamter möglicherweise nichts davon erfährt. Kurzum, der Provinzbeamte ist etwas, während der Pariser Beamte mit knapper Not einer unter vielen ist.

Als erster nach Sébastien kam ein Schriftführer des Büros Rabourdin, ein ehrenhafter Familienvater namens Phellion. Der Protektion seines Chefs dankte er zwei halbe Freiplätze für seine beiden Söhne am Collège Henri IV: Das war eine Vergünstigung an der richtigen Stelle, denn Phellion hatte überdies noch eine Tochter, die kostenfrei in einer Mädchenbildungsanstalt erzogen wurde, wo seine Frau Klavierstunden gab und er selber in den Abendstunden Geschichts- und Geographieunterricht. Er war ein Mann von fünfundvierzig Jahren, Kompaniefeldwebel in der Nationalgarde, sehr mitleidig mit der Zunge, aber außerstande, einen roten Heller zu verschenken. Er wohnte in der Rue du Faubourg-Saint-Jacques, unweit der Taubstummenanstalt, in einem Gartenhaus, wo sein »Lokal« (in Phellions Stil gesprochen) nur vierhundert Francs Jahresmiete kostete. Er war stolz auf sein Amt, mit seinem Los zufrieden, eifrig bemüht, der Regierung zu dienen, glaubte, seinem Vaterland nützlich zu sein, und rühmte sich seiner Sorglosigkeit in politischen Dingen, in denen er nichts sah als die jeweils herrschende Macht. Monsieur Rabourdin machte Phellion eine Freude, wenn er ihn bat, eine halbe Stunde länger zu bleiben, damit irgendeine Arbeit abgeschlossen werden konnte, und dann sagte er immer zu den Damen La Grave, da er in der Rue Notre-Dame-des-Champs in dem Mädchenpensionat zu Abend aß, in dem seine Frau Musiklehrerin war: »Mesdemoiselles, der Dienst hat erfordert, daß ich im Büro blieb. Gehört man der Regierung an, so ist man nicht sein eigener Herr!« Er hatte aus Fragen und Antworten bestehende Lehrbücher zum Unterricht in Mädchenpensionaten verfaßt. Diese kleinen »Substantiellen Traktate«, wie er sie bezeichnete, wurden beim Universitätsbuchhändler unter dem Titel »Historischgeographischer Katechismus« verkauft. Er glaubte sich verpflichtet, von jedem neuen Katechismus ein Exemplar auf Velinpapier, in rotes Maroquinleder gebunden, Madame Rabourdin zu überreichen, und fand sich dann stets in großer Aufmachung bei ihr ein: in seidener Kniehose, Seidenstrümpfen, Schuhen mit

Goldschnallen usw. Monsieur Phellion empfing jeden Donnerstagabend, wenn die Pensionärinnen zu Bett gegangen waren. Es gab dann Bier und Backwerk. Gespielt wurde Bouillotte mit fünf Sous Spielgeld. Trotz dieses mäßigen Einsatzes verlor an besonders hitzigen Donnerstagen Monsieur Laudigeois, ein Beamter vom Rathaus, seine zehn Francs. Sein Wohnzimmer wies eine amerikanisch-grüne Tapete mit roter Bordüre auf. Es hingen darin die Bildnisse des Königs, der Dauphine[96] und Madames[97], zwei Kupferstiche: Mazeppa nach Horace Vernet[98], und ›Das Begräbnis des Armen‹, nach Vigneron[99], »ein Bild von erhabenem Gedankengehalt, das«, nach Phellion, »die untersten Klassen der Gesellschaft dadurch trösten sollte, daß es ihnen bewies, sie hätten Freunde, die treuer seien als die Menschen, und deren Gefühle über das Grab hinausreichten!« An diesen Worten erkannte man den Mann, der alljährlich seine Kinder am Allerseelentag zum Westfriedhof führte, wo er ihnen die zwanzig Quadratmeter für alle Ewigkeit gekaufter Erde zeigte, in der bereits sein Vater und die Mutter seiner Frau bestattet lagen. – »Hierher kommen wir alle einmal«, pflegte er ihnen zu sagen, um sie mit dem Gedanken an den Tod vertraut zu machen. Eine seiner größten Freuden bestand darin, die Umgebung von Paris zu durchforschen, wozu er sich eine Karte geleistet hatte. Antony Arcueil, Bièvre, Fontenay-aux-Roses, Aulnay[100], das durch den Aufenthalt mehrerer großer Schriftsteller so berühmt geworden ist, kannte er bereits gründlich. Mit der Zeit hoffte er, den ganzen westlichen Teil der Umgebung von Paris kennenzulernen. Seinen ältesten Sohn hatte er für den Verwaltungsdienst bestimmt, den zweiten für die Ecole Polytechnique[101]. Häufig sagte er zu seinem Ältesten: »Wenn du erst die Ehre hast, Regierungsbeamter zu sein!«, allein er verdächtigte ihn einer Begabung für die exakten Wissenschaften, die er zu unterdrücken versuchte, freilich unter dem Vorbehalt, dem Jungen seinen Willen zu lassen, wenn er durchaus darauf bestehen sollte. Phellion hatte nie gewagt, Monsieur Rabourdin um die Ehre zu bitten, bei ihm zu Abend zu essen, obgleich er diesen Tag als einen der schönsten seines Lebens betrachtet haben würde. Er sagte immer, wenn er einen seiner Söhne auf den Fußspuren eines Mannes wie Rabourdin wandeln lassen könnte, würde er als der glücklichste Vater der Welt sterben. Immer wieder blies er den Damen La Grave das Lob dieses würdigen, hochachtbaren Chefs in die Ohren, daß sie sich wünschten, den großen Rabourdin zu sehen, wie etwa ein junger Mensch sich wünschen kann, Monsieur de Chateaubriand zu sehen. Sie würden sich sehr glücklich schätzen, sagten sie, wenn sie »seine Demoiselle« hätten erziehen dürfen! Wenn zufällig der Wagen des Ministers ausfuhr oder einfuhr, zog Phellion, gleich, ob jemand darin saß oder nicht, sehr respektvoll den Hut und behauptete, es würde Frankreich sehr viel besser gehen, wenn alle Welt die Regierung so hoch ehrte, daß er sie sogar in ihren Insignien ehre. Wenn Rabourdin ihn »nach unten« kommen ließ, um ihm eine Arbeit zu erklären, dann spannte Phellion seinen Verstand an und lauschte auf die geringsten Worte des Chefs, wie ein ›dilettante‹ im Théâtre des Italiens einer Arie lauscht. Im Büro saß er schweigsam da, die Füße nicht auf dem Boden, sondern auf einer Fußbank, ohne sie zu bewegen, und befaßte sich gewissenhaft mit dem, was ihm zu tun oblag. In seiner dienstlichen Korrespondenz drückte er sich mit einer geradezu frommen Gravität aus, nahm alles ernst und berief sich mittels feierlicher Phrasen auf die ihm vom Minister übermittelten Weisungen. Dieser Mann, der so beschlagen in allem war, was die Konvenienz betraf, hatte in seiner Laufbahn als Schriftführer eine Katastrophe erlebt, und was für eine Katastrophe! Trotz der äußersten Sorgfalt, die er bei den Konzepten anwandte, war es ihm widerfahren, daß er sich einen folgendermaßen formulierten Satz hatte entschlüpfen lassen: »Sie werden gebeten, sich mit den notwendigen Papieren an die bezeichnete Örtlichkeit zu begeben.« Die Schreiber waren nur zu froh, auf Kosten dieses harmlosen Gemüts einmal lachen zu können. Sie hatten ohne sein Wissen Rabourdin um Rat gefragt, der sich den Charakter seines Schriftführers vergegenwärtigte, ebenfalls lachen mußte und am Rand den Satz folgendermaßen verbesserte: »Sie werden gebeten, sich mit allen bezeichneten Schriftstücken an Ort und Stelle zu begeben.« Phellion, dem die Korrektur gezeigt wurde, sah sie sich genau an, erwog den Unterschied der Ausdrucksweise, scheute sich nicht, einzugestehen, er würde zwei Stunden benötigt haben, um den Satz so zu formulieren, und rief aus: »Monsieur Rabourdin ist ein genialer

Mensch!« Dennoch meinte er, seine Kollegen hätten es in bezug auf ihn an Höflichkeit mangeln lassen, als sie so schnell zum Chef gelaufen waren, aber sein Respekt vor der Hierarchie war zu groß, als daß er ihnen nicht das Recht zuerkannt hätte, sich so zu verhalten, und zwar um so eher, als er abwesend gewesen war. Allein er hätte an ihrer Stelle gewartet, das Zirkular war nicht eilig. Die Angelegenheit schuf ihm ein paar schlaflose Nächte. Wenn man ihn ärgern wollte, brauchte man nur auf den verdammten Satz anzuspielen, indem man zu ihm sagte, wenn er hinausging: »Haben Sie auch die notwendigen Papiere bei sich?« Der würdige Schriftführer wandte sich dann stets um, schmetterte die Beamten mit einem Blick nieder und antwortete ihnen: »Was Sie da sagen, meine Herren, kommt mir sehr deplaciert vor.« Eines Tages kam es in diesem Zusammenhang zu einem so lauten Streit, daß Rabourdin sich einmischen und den Beamten die Wiederholung jenes Satzes untersagen mußte. Monsieur Phellion hatte das Gesicht eines nachdenklichen Widders, fast farblos, pockennarbig, dicke Hängelippen, hellblaue Augen, er war etwas über mittelgroß. In seinem Äußeren war er so gepflegt, wie eben ein Geschichts- und Geographielehrer vor jungen Damen erscheinen muß. Er trug schöne Wäsche, ein plissiertes Jabot, eine offene, schwarze Tuchweste, trug von seiner Tochter gestickte Hosenträger zur Schau, eine Diamantnadel im Hemd, einen schwarzen Frack und eine blaue Hose. Im Winter zog er einen haselnußbraunen Garrick-Mantel[102] mit dreifachem Schulterkragen an und bewaffnete sich mit einem bleigefüllten Spazierstock, »wegen der großen Einsamkeit einiger Teile seiner Stadtgegend«. Er hatte sich das Schnupfen abgewöhnt und führte diesen Wandel als ein frappierendes Beispiel dafür an, welche Herrschaft der Mensch über sich zu gewinnen vermag. Die Treppen stieg er langsam hinauf, denn er fürchtete, Asthma zu bekommen. Er hatte nämlich das, was er als »eine fette Brust« bezeichnete. Antoine grüßte er würdevoll.

Unmittelbar nach Monsieur Phellion kam ein Schreiber, der einen seltsamen Gegensatz zu jenem tugendhaften Biedermann darstellte. Vimeux war ein junger Mensch von fünfundzwanzig Jahren mit einem Gehalt von fünfzehnhundert Francs, gut gewachsen, mit ausgeprägter Taille, dem eleganten Gesicht eines

Romanhelden, da sein Haar, sein Bart, seine Augen und Brauen rabenschwarz waren, mit schönen Zähnen, bezaubernd gepflegten Händen, und er trug einen so dichten, sorglich gekämmten Schnurrbart, daß er wie ein Friseurgehilfe wirkte. Vimeux besaß eine solche Befähigung für seine Arbeit, daß er rascher expedierte als jeder andere. – »Welch ein begabter junger Mann«, sagte Phellion stets, wenn er sah, daß der Expedient die Beine überschlug und nicht wußte, was er mit seiner Zeit anfangen sollte, wenn er seine Arbeit getan hatte. – »Und sehen Sie nur, so was ist sauber gearbeitet!« sagte der Schriftführer zu du Bruel. Vimeux verzehrte zu Mittag immer nur eine Flûte[103] und trank ein Glas Wasser, aß für zwanzig Sous bei Katcomb[104] zu Abend und wohnte in einem möblierten Zimmer, das ihn monatlich zwölf Francs kostete. Sein Glück, seine einzige Freude war seine Toilette. Er richtete sich zugrunde durch bewundernswerte Westen, enganliegende oder halbenge Hosen, mit Falten oder Stikkereien, mit erlesenem Schuhwerk, gut geschnittenen Fräcken, die seine Taille hervorhoben, entzückenden Kragen, stets frischen Handschuhen und Hüten. Seine Hand schmückte ein Siegelring, den er über dem Handschuh trug. Stets hatte er einen hübschen Spazierstock bei sich. Er versuchte so, sich das Aussehen und Gehaben eines reichen jungen Herrn zu geben. Ferner ging er, einen Zahnstocher im Munde, auf dem Hauptweg des Tuileriengartens spazieren, ganz wie ein Millionär, der gerade vom Tische aufgestanden ist. In der Hoffnung, eine Frau, eine Engländerin, irgendeine Ausländerin oder eine Witwe könne sich in ihn vergaffen, befleißigte er sich der Kunst, mit seinem Spazierstock zu spielen und einen Blick von der Art zu werfen, die Bixiou als »amerikanisch« bezeichnete. Er lachte, um seine schönen Zähne zu zeigen. Er behalf sich ohne kurze Strümpfe und ließ sich alle Tage frisieren. Vermöge seiner festen Grundsätze hätte Vimeux mit sechstausend Francs Zinsen eine Bucklige geheiratet, mit achttausend eine Fünfundvierzigjährige, mit tausend Talern eine Engländerin. Phellion war von der Handschrift des jungen Mannes entzückt, überdies tat er ihm leid, und so hielt er ihm lange Reden, um ihn zu überzeugen, daß er Stunden in Schönschrift geben müsse. Das sei ein ehrenhafter Beruf, durch den er seine materielle Lage verbessern und sie sogar recht angenehm gestalten könne. Er sagte ihm sogar das Pensionat der Damen La Grave zu. Aber Vimeux war so sehr von seiner Idee besessen, daß niemand ihn von dem Glauben an seinen Stern abbringen konnte. Also fuhr er fort, sich nüchtern anzupreisen wie ein Stör in Chevets[105] Schaufenster, nachdem er bereits drei Jahre lang seinen riesigen Schnurrbart zur Schau gestellt hatte. Da Vimeux bei Antoine dreißig Francs Schulden für sein Essen hatte, schlug er, wenn er an ihm vorüberging, stets die Augen nieder, um seinem Blick auszuweichen. Doch gegen Mittag bat er ihn stets, ihm doch eine Flûte zu holen. Rabourdin hatte versucht, ein paar richtigen Gedanken Eingang in diesen armseligen Kopf zu verschaffen, aber schließlich darauf verzichtet. Der alte Vimeux, der Vater, war Schreiber an einem Friedensgericht in einem nördlichen Département. Adolphe Vimeux hatte unlängst Katcomb eingespart und von Brötchen gelebt, um sich Sporen und eine Reitpeitsche kaufen zu können. Um seine Heiratsabsichten zu verspotten, war er der »Villiaume-Täuberich«[106] getauft worden. Die Spöttereien über diesen Amadis[107] ohne Weg und Ziel lassen sich nur dem bösen Geist zuschreiben, der das Vaudeville geschaffen hat, denn Vimeux war ein guter Kamerad und schadete niemandem als sich selbst. Der Hauptspaß über ihn in den Büros bestand darin, zu wetten, ob er ein Korsett trage. Vimeux hatte ursprünglich in Baudoyers Büro gearbeitet, hatte aber alles in Bewegung gesetzt, um zu Rabourdin versetzt zu werden, der großen Strenge bezüglich der »Engländer« wegen, wie die Beamten ihre Gläubiger nannten. Der »Engländer-Tag« ist derjenige, an dem die Büros für das Publikum geöffnet sind. Dann sind die Gläubiger sicher, ihre Schuldner vorzufinden. Sie strömen herbei, quälen sie mit der Frage, wann sie nun endlich bezahlt würden, und drohen mit Beschlagnahme ihres Gehalts. Der unerbittliche Baudoyer zwang seine Beamten, dazubleiben. – »Sie hätten ja keine Schulden zu machen brauchen«, sagte er. Seine Strenge betrachtete er als etwas für das Gemeinwohl Notwendiges. Rabourdin dagegen schützte die Beamten gegen die Gläubiger. Er setzte die letzteren vor die Tür und sagte, die Büros würden nicht für private, sondern für öffentliche Angelegenheiten geöffnet. Vimeux war in beiden Büros weidlich ausgelacht worden, als er seine Sporen auf den Fluren und Treppen hatte klingeln lassen. Bixiou, der Spaßvogel des Ministeriums, hatte in den beiden Abteilungen Clergeot und La Billardière ein Blatt zirkulieren lassen, auf dessen oberer Hälfte Vimeux auf einem Pferd aus Pappe karikiert worden war. Jedermann wurde aufgefordert, seine Unterschrift zu geben, damit ihm ein richtiges Pferd gekauft werden könne. Monsieur Baudoyer war für einen Zentner Heu vorgemerkt, der auf seine Privatmahlzeiten angerechnet werden sollte, und jeder Beamte schrieb eine boshafte Bemerkung über seinen Nachbarn darunter. Vimeux als ein wahrhaft guter Kerl unterschrieb selber mit dem Namen Miss Fairfax.

Die eleganten, gutaussehenden Beamten von der Art Vimeux' haben ihre Stellungen, um zu leben, und ihr Äußeres, um Liebesabenteuer zu erleben. In der Karnevalszeit lassen sie keinen der Maskenbälle aus. Sie besuchen sie um ebenjener Abenteuer willen, werden aber auch dort häufig enttäuscht. Viele heiraten schließlich entweder Modistinnen, die sie in Kauf nehmen, weil sie des Kriegspfads müde sind, oder alte Frauen, oder auch junge, denen ihr Äußeres gefallen hat und mit denen sie einen mit blöden Briefen durchwirkten Roman eingefädelt haben, Briefen, die indessen ihre Wirkung taten. Manchmal sind dergleichen junge Beamte kühn. Sie sehen auf den Champs-Elysées eine Dame in schmuckem Wagen vorüberfahren, verschaffen sich ihre Adresse, schicken ihr auf gut Glück leidenschaftliche Episteln und geraten gelegentlich in Situationen, die leider derart niedrige Spekulation auch noch begünstigen.

Jener Bixiou (auszusprechen: Bisiou)[108] war ein Zeichner, der sich gleichermaßen über Dutocq wie über Rabourdin lustig machte; den letzteren nannte er »die tugendhafte Rabourdin«. Um die Vulgarität seines Chefs zu kennzeichnen, benamste er ihn »die Place Baudoyer«, und den Vaudeville-Autor betitelte er »Flon-Flon«[109]. Ganz sicher war er der geistvollste Mann der Abteilung und des ganzen Ministeriums, aber geistvoll nach Art der Affen, ohne die Tragweite und die Folgerungen zu bedenken. Bixiou war für Baudoyer und Godard von so großem Nutzen, daß sie trotz seiner Bösartigkeit die Hand über ihn hielten. Er setzte sich nämlich im stillen tatkräftig für sie ein. Bixiou erstrebte Godards oder du Bruels Posten, aber sein Verhalten hinderte ihn am Weiterkommen. Bald machte er sich über die Büros lustig, und das war der Fall, wenn er ein gutes Geschäft gemacht hatte, wie bei der Veröffentlichung von Porträtskizzen, die er von Gesichtern des Prozesses Fualdès[110] abgezeichnet hatte oder während der Debatten im Prozeß Castaing[111]; bald packte ihn der Drang zum Vorwärtskommen, und er stürzte sich in die Arbeit. Darauf ließ er sie wieder liegen und begann ein Vaudeville, das er nie beendete. Im übrigen war er ein Egoist, zugleich geizig und verschwenderisch, das heißt, er gab sein Geld nur für sich selbst aus. Zudem war er hochfahrend, aggressiv und indiskret. Er tat das Böse um des Bösen willen: Vor allem griff er die Schwachen und Wehrlosen an, empfand vor nichts Achtung, glaubte weder an Frankreich noch an Gott noch an die Kunst, weder an die Griechen noch die Türken noch an das Champ-d'Asile[112] noch an die Monarchie. Er verhöhnte gerade das, was er nicht verstand. Er war der erste, der den Kopf Karls X. auf den Hundertsousstücken mit schwarzen Priesterkäppchen krönte. Er äffte den Doktor Gall[113] bei seinen Vorlesungen nach, und zwar auf eine Weise, daß auch der zugeknöpfteste Diplomat sich vor Lachen bog. Der Hauptscherz dieses fürchterlichen Witzboldes bestand darin, die Öfen zu überheizen, so daß alle, die unvorsichtigerweise seine Schwitzstube verließen, sich einen Schnupfen zuzogen. Zudem hatte er dabei die Freude, das Brennholz der Regierung zu vergeuden. Es waren bemerkenswert lose Streiche, und er variierte sie so geschickt, daß immer wieder einer darauf hereinfiel. Sein großes Geheimnis bestand darin, daß er die heimlichen Wünsche jedes einzelnen erriet. Er kannte den Zugang zu allen Luftschlössern, den Träumen, in denen der Mensch hinters Licht zu führen ist, weil er danach strebt, sich selbst zu täuschen, und Bixiou ließ die Leute sich dann stundenlang aufspielen. Auf diese Weise brachte es dieser tiefe Menschenkenner, der, wenn es eine Spöttelei galt, ein unerhörtes Fingerspitzengefühl entfaltete, nicht mehr fertig, seine Macht dazu einzusetzen, die Menschen für sein materielles Wohlergehen oder seine Beförderung einzuspannen. Am liebsten ärgerte er den jungen La Billardière, der sein Sündenbock war, sein Alpdruck, und nichtsdestoweniger redete er ihm immerfort nach dem Munde, um ihn besser hineinlegen zu können: Er ließ ihm fingierte Liebesbriefe von Frauen zugehen, unterzeichnete Gräfin de M . . . oder Marquise de B . . ., lockte ihn dann an Tagen großen Andrangs ins Foyer der Oper vor die Standuhr und überließ ihn dort, nachdem er ihn aller Welt gezeigt hatte, einer Grisette. Mit Dutocq (den er als einen ernsthaften Possenreißer ansah) war er sich einig in seinem Haß gegen Rabourdin und in seinen Lobreden auf Baudoyer und unterstützte ihn liebevoll. Jean-Jacques Bixiou war der Enkel eines Pariser Krämers. Sein als Oberst gefallener Vater hatte ihn der Fürsorge einer Großmutter überlassen, die in zweiter Ehe einen Prokuristen namens Descoings geheiratet hatte und 1822 gestorben war. Beim Verlassen des Gymnasiums hatte er noch nicht gewußt, welchen Beruf er ergreifen sollte, und es mit der Malerei versucht. Aber trotz der Freundschaft, die ihn mit seinem Kindheitsfreund Joseph Bridau verband, hatte er auf die Malerei verzichtet und sich der Karikatur und dem Buchschmuck, der Bebilderung von Büchern zugewandt, Dingen, die zwanzig Jahre später als »Illustrationen« bezeichnet wurden. Die Protektion durch die Herzöge von Maufrigneuse und Rhétoré, die er durch Tänzerinnen kennengelernt, hatte ihm 1819 seine Stellung eingetragen. Er kam gut mit des Lupeaulx aus, mit dem er gesellschaftlich auf einer Stufe stand, duzte sich mit du Bruel und bildete das lebende Beispiel für Rabourdins Beobachtungen über den fortschreitenden Verfall der Pariser Beamtenhierarchie durch die persönliche Geltung, die sich ein Mann außerhalb des Bürodienstes erwirbt. Er war von kleinem, aber gutem Wuchs, hatte ein feingeschnittenes Gesicht, das durch eine vage Ähnlichkeit mit Napoleon auffiel, schmale Lippen, ein flaches, gerade abfallendes Kinn, einen kastanienbraunen Backenbart. Er war fünfundzwanzig Jahre alt, blond, hatte eine scharfe Stimme und funkelnde Augen: Das war Bixiou. Dieser Mann, leidenschaftlich und geistreich, ruinierte sich durch einen wüsten Hang für Lustbarkeiten aller Art, der ihn in ein ständiges Leben in Saus und Braus stürzte. Er war ein furchtloser Grisettenjäger, Raucher, Amüsierer, Gast bei Diners, paßte sich allem und jedem an, glänzte ebenso hinter den Kulissen wie beim Grisettenball in der Allée des Veuves, erregte Erstaunen bei Tisch wie auf einer Lustpartie, war um Mitternacht auf der Straße genauso auf der Höhe wie morgens, wenn man ihn dabei überraschte, daß er aus dem Bett sprang. War er indessen mit sich allein, so war er düster und traurig wie die meisten großen Komiker. Da er es in der Welt der Schauspielerinnen und Schauspieler, der Schriftsteller, der Künstler und gewisser Frauen zu etwas gebracht hatte, deren Vermögen auf dem Zufall beruht, lebte er gut, ging ins Theater, ohne bezahlen zu müssen, spielte bei Frascati[114] und gewann oft. Kurzum, dieser Künstler, der wahrhaft tiefe, aber nur blitzartige Einsichten hatte, wiegte sich im Leben auf und ab wie auf einer Schaukel, ohne sich über den Augenblick zu beunruhigen, da der Strick reißen würde. Die Lebhaftigkeit seines Geistes, sein übergroßer Ideenreichtum brachten es mit sich, daß er von allen gesucht wurde, die an das Funkeln der Intelligenz gewöhnt sind. Aber im Grunde mochte ihn keiner seiner Freunde. Da er außerstande war, ein Witzwort zurückzudämmen, gab er, noch ehe der erste Gang beendet war, seine beiden Tischnachbarn dem Gespött preis. Trotz seiner an der Oberfläche liegenden Heiterkeit schimmerte bei allem, was er äußerte, eine geheime Mißzufriedenheit über seine gesellschaftliche Stellung durch. Er strebte etwas Besseres an, und dieser fatale, in seinem Geist verborgene Dämon hinderte ihn daran, den Ernst zu bekunden, der den Hohlköpfen so imponiert. Er wohnte in der Rue de Ponthieu, wo er in drei Zimmern hauste, die die Unordnung eines Junggesellenhaushalts aufwiesen, das reinste Biwak. Oft sprach er davon, daß er Frankreich den Rücken kehren und die Glücksgöttin in Amerika vergewaltigen wolle. Keine Hellseherin hätte das Schicksal eines jungen Mannes voraussagen können, dessen sämtliche Talente unvollkommen waren, dem es an Ausdauer mangelte, der immer von Freuden aller Art berauscht war und glaubte, am folgenden Tag breche der Weltuntergang herein. Was seine Kleidung betraf, so hegte er den Ehrgeiz, nie lächerlich zu wirken, und vielleicht war er der einzige im ganzen Ministerium, von dessen Haltung und Garderobe niemand sagen konnte: »Da, ein Beamter!« Er trug elegantes Schuhwerk, schwarze Hose mit Stegen, eine Phantasieweste und einen hübschen blauen Gehrock, eine Halsbinde, die stets das Geschenk einer Grisette war, einen Hut von Bandoni[115] und dunkle Ziegenlederhandschuhe. Seinem Gang, der zugleich weltmännisch und unauffällig war, fehlte es nicht an Anmut. Als er daher einmal von des Lupeaulx einer gar zu gesalzenen Frechheit über den Baron de La Billardière wegen, die er geäußert hatte, gerügt und mit Entlassung bedroht wurde, hatte er sich damit begnügt, ihm zu antworten: »Allein wegen meiner Kleidung stellen Sie mich ja doch bald wieder ein.« Des Lupeaulx hatte lachen müssen. Der hübscheste Scherz, den Bixiou sich im Büro leistete, war der, den er für Godard ausgeheckt hatte: Er bot ihm einen aus China stammenden Schmetterling an, der sich noch heute in der Sammlung des Unterchefs befindet und den er allen zeigt, ohne gemerkt zu haben, daß er aus bemaltem Papier besteht. Bixiou hatte die Geduld aufgebracht, ein Meisterwerk hinzupinseln, nur um seinem Unterchef einen Streich zu spielen.

Der Teufel schafft stets ein Opfer in die Nähe eines Bixiou. Also hatte auch das Büro Baudoyer sein Opfer, nämlich einen armen, zweiundzwanzigjährigen Schreiber mit einem Gehalt von fünfzehnhundert Francs. Er hieß Auguste-Jean-François Minard. Minard hatte aus Liebe eine Blumenfabrikantin geheiratet, die Tochter eines Portiers. Sie arbeitete daheim für Mademoiselle Godard, in deren Laden in der Rue de Richelieu Minard sie kennengelernt hatte. Als junges Mädchen hatte Zélie Lorain mancherlei unternommen, um aus ihrem Stand herauszukommen. Früher Schülerin am Conservatoire, in der Folge Tänzerin, Sängerin und Schauspielerin, hatte sie daran gedacht, so ihr Leben einzurichten, wie es viele Arbeiterinnen tun, aber die Angst, ein schlechtes Ende zu nehmen und in entsetzliches Elend zu geraten, hatte sie vor dem Laster bewahrt. Sie schwankte zwischen unzähligen Anträgen, als Minard schließlich unter ihnen allen hervorstach und ihr unumwunden einen Heiratsantrag machte. Zélie verdiente jährlich fünfhundert Francs, Minard hatte fünfzehnhundert. Sie glaubten, bei äußerster Sparsamkeit, mit zweitausend Francs leben zu können und heirateten ohne Ehekontrakt. Minard und Zélie hatten eine Wohnung nahe der Zollschranke von Courcelles[116] im dritten Stock bezogen. Sie kostete hundert Taler Miete, und sie lebten darin wie zwei Turteltauben: An den Fenstern Gardinen aus weißem Kaliko, an den Wänden eine schottisch gemusterte Tapete zu fünfzehn Sous die Rolle, Fliesenfußboden, Nußbaummöbel, eine kleine, sehr saubere Küche. Erst kam ein Zimmer, in dem Zélie ihre Blumen anfertigte, dann ein Wohnzimmer mit dunklen, mit Roßhaar gepolsterten Stühlen, ein runder Tisch in der Mitte, ein Spiegel, eine Stutzuhr, die einen Brunnen mit einem sich drehenden Kristallstäbchen darstellte, vergoldete, mit Tüll umwickelte Leuchter. Dem schloß sich ein Schlafzimmer mit den Farben weiß und blau an. Bett, Kommode und ein Sekretär aus Mahagoni, ein kleiner, gestreifter Teppich vor dem Bett, sechs Sessel und vier Stühle. In einer Ecke die Kirschholzwiege, in der ein Sohn und ein Töchterchen schliefen. Zélie nährte ihre Kinder selbst, kochte, fertigte ihre Blumen an und erledigte die Hausarbeit. Es lag etwas Rührendes in diesem glücklichen, fleißigen Mittelmaß. Zélie fühlte sich von Minard geliebt und liebte ihn aufrichtig. Liebe zieht Liebe an, es ist das abyssus abyssum[117] der Bibel. Der arme Mann verließ morgens das Bett, wenn seine Frau noch schlief, und kaufte für sie die Lebensmittel ein. Die fertigen Blumen lieferte er auf dem Wege zum Büro ab, und auf dem Heimweg besorgte er das Rohmaterial. Während er dann auf das Abendessen wartete, schnitt oder stanzte er die Blätter aus, umwickelte die Stengel und verdünnte die Farben. Er war klein, mager, schmächtig, nervös, hatte krauses, rotes Haar, hellgelbe Augen, einen Teint von leuchtender Blässe, der jedoch mit Sommersprossen durchsät war. Er besaß eine dumpfe, unauffällige Tapferkeit. Auf Schönschrift verstand er sich genauso gut wie Vimeux. Im Büro hielt er sich abseits, erledigte seine Arbeit und bewahrte die gesammelte Haltung eines leidenden, nachdenklichen Menschen. Seine weißen Wimpern und spärlichen Brauen hatten ihm von seiten des erbarmungslosen Bixiou den Spitznamen »das weiße Karnickel« eingetragen. Minard, dieser Rabourdin in niederer Sphäre, wurde vom Verlangen verzehrt, für seine Zélie bessere Verhältnisse zu schaffen. Er suchte in dem Ozean der Luxusbedürfnisse und der Pariser Artikel nach einer Idee, einer Erfindung, einer Vervollkommnung, die ihn rasch zu Vermögen gelangen lassen konnte. Seine augenscheinliche Dummheit wurde durch seine ständige geistige Anspannung erzeugt: Er grübelte über Erfindungen von der ›Doppelten Sultaninnen-Paste‹ zum ›Cephalus-Öl‹[118], vom Phosphor-Feuerzeug[119] zur tragbaren Gasflasche[120], von dehnbaren Überschuhen[121] zu hydrostatischen Lampen[122]. Auf diese Weise befaßte er sich mit dem »unendlich Kleinen« der äußeren Erfordernisse des Kulturlebens. Er ertrug Bixious Späße, wie ein Vielbeschäftigter das Summen eines Insekts erträgt. Er verlor dabei keineswegs die Geduld. Ungeachtet seiner Klugheit witterte Bixiou nicht die tiefe Verachtung, die Minard ihm entgegenbrachte. Minard brach keinen Streit vom Zaun, da er darin nichts als Zeitverschwendung erblickte. Daher hatte er seine Verfolger schließlich ermüdet. Er kam äußerst schlicht gekleidet ins Büro, trug die Zwillichhose bis in den Oktober hinein, dazu Schuhe und Gamaschen, eine Ziegenfellweste, einen Frack aus leichtem Wollstoff im Winter und aus grobem Merinostoff im Sommer, einen Strohhut oder einen Seidenhut zu elf Francs, je nach der Jahreszeit, denn sein Glanzstück war seine Zélie: Er hätte aufs Essen verzichtet, um ihr ein Kleid zu kaufen. Er aß mit seiner Frau und verzehrte im Büro nichts. Einmal in jedem Monat führte er Zélie ins Theater, und zwar mit Eintrittskarten, die du Bruel oder Bixiou ihm schenkten; denn Bixiou tat alles, sogar Gutes. Zélies Mutter verließ dann ihre Pförtnerinnenloge, kam und paßte auf die Kinder auf Minard war in Baudoyers Büro an Vimeux' Stelle getreten. Das Ehepaar Minard stattete seine Besuche am Neujahrstag persönlich ab. Sah man die beiden, so fragte man sich, wie die Frau eines armen Beamten mit fünfzehnhundert Francs Jahresgehalt es fertigbringe, daß ihr Mann einen schwarzen Anzug trug und sie selbst italienische Strohhüte mit Blumen darauf, Kleider aus besticktem Musselin, seidene Überwürfe, pflaumenfarbene Halbschuhe, prächtige Fichus und einen chinesischen Sonnenschirm; daß sie in einer Mietdroschke vorfuhr und dennoch tugendhaft blieb, während Madame Colleville oder diese und jene andere »Dame« kaum auskamen, und dabei hatten sie doch zweitausendvierhundert Francs ...!

In jedem dieser Büros kam es vor, daß ein Beamter mit einem anderen so befreundet war, daß ihrer beider Freundschaft lächerlich wirkte, denn im Büroleben wird über alles und jedes gelacht. Colleville, aus dem Büro Baudoyer, war dort erster Schreiber, und ohne die Restauration wäre er seit langem Unterchef oder gar Chef gewesen. Er hatte in seiner Gattin eine Frau, die auf ihre Art ebenso überlegen war wie Madame Rabourdin auf die ihre. Colleville, Sohn eines ersten Geigers des Opernorchesters, hatte sich in die Tochter einer berühmten Tänzerin verliebt. Flavie Minoret, eine der geschickten, liebreizenden Pariserinnen, die ihre Ehemänner glücklich zu machen und sich selbst alle Freiheit zu bewahren wissen, machte das Haus ihres Mannes zum Treffpunkt unserer besten Künstler, der Kammerredner. Bei ihr daheim vergaß man fast die niedrige Stellung, die Colleville innehatte. Das Auftreten Flavies, einer ein wenig allzu fruchtbaren Frau, bot soviel Ansatzpunkte zu übler Nachrede, daß Madame Rabourdin alle ihre Einladungen abgelehnt hatte. Collevilles Freund hieß Thuillier. Er nahm in Rabourdins Büro genau die gleiche Stellung ein wie Colleville in dem Baudoyers, und er war in seiner Beamtenlaufbahn durch die gleichen Gründe gehemmt worden wie sein Freund. Wer Colleville kannte, der kannte auch Thuillier und umgekehrt. Ihre im Büro entstandene Freundschaft stammte aus ihren gleichzeitigen Anfängen im Verwaltungsdienst. Die hübsche Madame Colleville, so hieß es in den Büros, habe die Huldigungen Thuilliers angenommen, den seine Frau ohne Kinder gelassen hatte. Thuillier, genannt »der schöne Thuillier«, ein Mann mit Glück bei den Frauen, führte ein ebenso mäßiges Leben wie Colleville ein vielbeschäftigtes. Colleville, erster Klarinettist an der Opéra-Comique und morgens Buchhalter, gab sich große Mühe, seine Familie durchzubringen, obwohl es ihm nicht an Protektion fehlte. Man hielt ihn für einen äußerst gewitzten Menschen, und zwar um so eher, als er seinen Ehrgeiz mit einer gewissen Gleichgültigkeit tarnte. Dem Anschein nach war er mit seinem Schicksal zufrieden, liebte seine Arbeit und fand alle Welt, sogar seine Vorgesetzten, bereit, sein tapferes Dasein zu protegieren. Erst seit ein paar Tagen hatte Madame Colleville ihren Haushalt umgestaltet und schien sich der Frömmelei zuzuneigen. Daher munkelte man in den Büros, sie beabsichtigte, sich in der Congrégation eine sicherere Stütze zu verschaffen, als es der berühmte Redner François Keller war, einer ihrer beharrlichsten Anbeter, dessen Ansehen bislang nicht hingereicht hatte, Colleville auf einen höheren Posten gelangen zu lassen. Flavie hatte sich an des Lupeaulx gewandt, und das war einer ihrer Mißgriffe gewesen. Colleville huldigte der Leidenschaft, das Horoskop berühmter Männer aus dem Anagramm ihrer Namen zu stellen. Er brachte ganze Monate damit hin, deren Namen auseinanderzunehmen und wieder zusammenzusetzen[123]. ›Un Corse la finira‹ war in ›Revolution française‹ herausgefunden worden, ›Vierge de son mari‹ in ›Marie de Vigneros‹, der Nichte des Kardinals Richelieu, ›Henrici mei casta dea‹ in ›Catharina de Medicis‹, ›Eh! c'est large nez‹ in ›Charles Genest‹[124], dem Abbé am Hofe Ludwigs XIV., so bekannt wegen seiner dicken Nase, die den Herzog von Burgund[125] amüsierte. Kurzum, alle diese wohlbekannten Anagramme hatten Colleville in staunendes Entzücken versetzt. Er erhob das Anagramm zur Wissenschaft und behauptete, das Schicksal jedes Menschen stehe in dem Satz geschrieben, der sich aus den Buchstaben seines Namens, Vornamens und Ranges bilden lasse. Seit der Thronbesteigung Karls X.[126] befaßte er sich mit dem Anagramm des Königs. Thuillier, der hin und wieder Wortspiele vom Stapel ließ, behauptete, das Anagramm sei ein Wortspiel mit Buchstaben. Colleville, ein Mann mit Herz, stellte durch seine nahezu untrennbare Bindung an Thuillier, das Musterbild eines Egoisten, ein nicht zu lösendes Rätsel dar. Viele Angestellte der Abteilung erklärten es sich durch die Worte: »Thuillier ist reich, und Collevilles Haushaltskosten wiegen schwer!« Tatsächlich hieß es von Thuillier, er füge seinem Beamtengehalt noch die Erträge von Wechseldiskonten hinzu. Oft wurde er zu Gesprächen mit Kaufleuten hinausgebeten, mit denen er dann immer ein paar Minuten im Hof konferierte, aber das geschah auf Rechnung seiner Schwester Mademoiselle Thuillier. Jene durch die Zeit gefestigte Freundschaft basierte auf Gefühlen und recht natürlichen Begebnissen, von denen an anderer Stelle berichtet wird (siehe ›Die Kleinbürger‹)[127]. Sie würden hier nur das bilden, was die Kritiker als »Längen« bezeichnen. Vielleicht ist es dennoch nicht unnütz, darauf hinzuweisen, daß man zwar Madame Colleville in den Büros sehr gut kannte, daß jedoch die Existenz der Madame Thuillier so gut wie unbekannt war. Colleville, ein tätiger, mit Kindern belasteter Mann, war dick, fett und ein lustiger Bruder, während Thuillier, der »Beau aus dem Kaiserreich«, dem Anschein nach ohne Sorgen und stets müßig war. Er war von schlankem Wuchs und bot dem Blick ein fahles und fast melancholisches Gesicht dar. – »Wir wissen nicht«, pflegte Rabourdin zu sagen, wenn die Rede auf diese beiden Beamten kam, »ob unsere Freundschaften nicht mehr den Gegensätzen als den Ähnlichkeiten entstammen.«

Abweichend von diesen beiden siamesischen Zwillingen waren Chazelle und Paulmier zwei Beamte, die einander ständig in den Haaren lagen: Der eine rauchte, der andere schnupfte, und sie stritten sich ohne Unterlaß, welche dieser beiden Praktiken des Tabakgenusses die bessere sei. Ein Fehler, den sie beide besaßen und der sie beide den anderen Beamten langweilig machte, bestand darin, daß sie sich ständig über bewegliche Werte kabbelten, über den Preis der jungen Erbsen, der Makrelen, dieser und jener Stoffe, der Regenschirme, der Fräcke, Hüte, Spazierstöcke und Handschuhe ihrer Kollegen. Sie rühmten zum Neide des jeweils anderen neue Errungenschaften, ohne jemals daran teilzunehmen. Chazelle machte sich Auszüge aus Verlegerprospekten und Ankündigungen von Lithographien und Zeichnungen, bestellte sich aber nie etwas. Paulmier, Chazelles Schwatzgenosse, verbrachte seine Zeit damit, daß er sagte, wenn er dieses oder jenes Vermögen hätte, würde er sich dieses oder jenes leisten. Eines Tages ging Paulmier zu dem berühmten Douriat[128] und beglückwünschte ihn, daß er den Buchhandel dazu gebracht habe, Bücher auf satiniertem Papier mit bedruckten Umschlägen herzustellen, und um ihn aufzufordern, auf seinem Weg der Verbesserungen beharrlich weiterzuschreiten, und dabei besaß Paulmier kein einziges Buch! Der Haushalt des von seiner Frau tyrannisierten und dabei unabhängig wirken wollenden Chazelle lieferte Paulmier den Stoff zu ewigen Meckereien, wogegen der Junggeselle Paulmier, der wie Vimeux oft fastete, Chazelle durch seine abgetragene Kleidung und seine verhüllte Dürftigkeit ebenfalls einen dankbaren Stoff darbot. Chazelle und Paulmier setzten beide Bäuche an: Der Bauch Chazelles war rund, klein und spitz und besaß, nach einem Ausspruch Bixious, die Frechheit, immer als erster durch eine Tür zu gehen, der Paulmiers wogte von rechts nach links. Bixiou ließ sie ihre Bäuche etwa einmal jedes Vierteljahr messen. Beide waren sie zwischen dreißig und vierzig Jahre alt, beide waren ziemlich beschränkt, übten keine Nebenbeschäftigung aus und stellten den Typus des reinblütigen Beamten dar: Sie waren durch den Aktenkram und das ständige Herumsitzen in Büros verblödet. Chazelle schlief oft bei der Arbeit ein, und seine Feder, die er dabei in der Hand behielt, markierte seine Atemzüge durch kleine Punkte. Paulmier schrieb dieses Einnicken dann stets ehelicher Überanstrengung zu. Chazelle beantwortete diesen Scherz dadurch, daß er Paulmier vorwarf, er trinke vier von den zwölf Monaten des Jahrs hindurch Kräutertee, und er sagte ihm überdies, er werde einmal an einer Grisette sterben. Daraufhin demonstrierte dann Paulmier, Chazelle streiche im Kalender die Tage an, an denen seine Frau ihn liebenswürdig gefunden habe. Diese beiden Beamten hatten sich dadurch, daß sie ihre schmutzige Wäsche wuschen, indem sie sich in wechselseitigen Beschimpfungen die winzigsten Einzelheiten ihres Privatlebens vorhielten, die Mißachtung zugezogen, die sie verdienten. – »Halten Sie mich etwa für einen Chazelle?« war eine Redewendung, die dazu diente, eine langweilige Diskussion abzuschließen.

Monsieur Poiret der Jüngere, im Unterschied zu seinem Bruder Poiret dem Älteren, der zurückgezogen in der Pension Vauquer[129] wohnte, wohin Poiret der Jüngere manchmal zum Abendessen ging, mit dem Vorsatz, dort gleichfalls seine Tage zu beschließen, hatte dreißig Dienstjahre hinter sich. Die Natur ist in ihren Umwälzungen nicht so unwandelbar, wie dieser arme Mann es in den Verrichtungen seines täglichen Lebens war: Stets legte er seine Sachen an dieselbe Stelle, die Feder auf immer dieselbe Holzader, immer zur selben Stunde nahm er seinen Platz ein, wärmte sich stets zur selben Minute am Ofen, denn seine einzige Eitelkeit bestand darin, eine unfehlbar richtiggehende Taschenuhr zu besitzen, die er übrigens täglich nach der Uhr am Hôtel-de-Ville[130] stellte, an dem er vorbeikam, da er in der Rue du Martroi[131] wohnte. Von sechs bis acht Uhr morgens führte er die Bücher eines großen Modegeschäfts in der Rue Saint-Antoine und von sechs bis acht Uhr abends diejenigen der Firma Camusot in der Rue des Bourdonnais. Auf diese Weise verdiente er tausend Taler, sein Beamtengehalt eingeschlossen. Da er in einigen Monaten die erstrebte Pensionsberechtigung erreichen würde, bezeigte er gegenüber den Intrigen in den Büros große Gleichgültigkeit. Gleich seinem Bruder, dem es sehr geschadet hatte dadurch, daß er sich zur Ruhe setzte, würde sicherlich auch er es sehr entbehren, wenn er nicht mehr von der Rue du Martroi zum Ministerium ging, sich auf seinen Stuhl setzte und seiner Schreiberarbeit oblag. Es war seine Aufgabe, die Zeitungen zu sammeln, die das Büro hielt, und außerdem den ›Moniteur‹, und dieses Sammeln betrieb er fanatisch. Wenn irgendein Beamter eine Nummer verschlampt, sie mitgenommen und nicht zurückgebracht hatte, ließ Poiret der Jüngere sich die Erlaubnis zum Fortgehen geben, begab sich auf der Stelle zur Expedition der Zeitung, verlangte die fehlende Nummer und kam begeistert über die Höflichkeit des Kassierers zurück. Er hatte es stets mit einem liebenswürdigen jungen Mann zu tun bekommen, und seiner Meinung nach waren die Zeitungsleute ganz entschieden reizende und wenig bekannte Leute. Poiret war mittelgroß, hatte halberloschene Augen, einen matten Blick ohne Wärme, eine gegerbte, faltige, graugetönte, mit bläulichen Pünktchen übersäte Haut, eine platte Nase und einen eingezogenen Mund, in dem ein paar schadhafte Zähne herumstanden. Daher sagte Thuillier, Poiret könne getrost in einen Spiegel schauen: Er sehe sich nicht darin[132]. Seine mageren, langen Arme endeten in riesigen Händen, an denen nichts weiß war. Sein graues Haar, das ihm durch den Druck des Huts am Kopf klebte, ließ ihn aussehen wie einen Geistlichen, was für ihn eine wenig schmeichelhafte Ähnlichkeit war, denn er haßte Priester und Klerus, ohne imstande zu sein, seine religiösen Überzeugungen klar darzulegen. Diese Antipathie hinderte ihn nicht, der Regierung, gleichgültig welcher, außerordentlich wohlgesonnen zu sein. Seinen alten, grünlichen Überrock knöpfte er niemals zu, nicht einmal bei sehr starkem Frost. Er trug immer nur Schnürstiefel und eine schwarze Hose. Seit einem Menschenalter kaufte er in den gleichen Läden. Als sein Schneider starb, erbat er Urlaub, um zum Begräbnis gehen zu können, drückte dem Sohn am Grab des Vaters die Hand und versicherte ihm, er werde sein Kunde bleiben. Als der Freund aller seiner Lieferanten erkundigte er sich nach ihrem Geschäftsgang, plauderte mit ihnen, hörte sich ihr Gestöhn an und bezahlte sie prompt Wenn er an einen »dieser Herren« schrieb, um eine Änderung in seinen Aufträgen anzuordnen, bediente er sich der höflichsten Formen, räumte der Anrede »Monsieur« eine besondere Zeile ein, setzte das Datum und fertigte eine Inhaltsangabe des Briefes an, die er in einem Aktendeckel mit der Aufschrift »Meine Korrespondenz« aufbewahrte. Es gab kein geregelteres Leben als das seine. Poiret besaß seine sämtlichen quittierten Rechnungen, seine sämtlichen Quittungen, sogar die belanglosesten und seine jährlichen Ausgabenbücher, die er von seinem Eintritt ins Ministerium an nach den Jahren ordnete und in Hemden wikkelte. Er aß immer in demselben Restaurant zu Abend, immer am gleichen Platz, als Abonnent, und zwar im ›Veau-qui-tette‹[133] an der Place du Châtelet. Die Kellner hielten ihm seinen Platz frei. Da er dem ›Cocon-d'Or‹[134], der berühmten Seidenhandlung, keine fünf Minuten über die ausbedungene Zeit hinaus gab, langte er um halb neun im Café David an, dem bekanntesten des Stadtviertels, und blieb dort bis elf. Wie in das ›Veau-qui-tette‹ kam er seit dreißig Jahren dorthin und trank um halb elf eine Bavaroise[135]. Die Arme auf seinen Spazierstock gestützt, das Kinn in der rechten Hand, hörte er den politischen Gesprächen zu, ohne sich je daran zu beteiligen. Die Dame an der Kasse, die einzige Frau, mit der er gern sprach, war die Vertraute der kleinen Geschehnisse seines Lebens; er hatte nämlich seinen Platz an dem Tisch neben der Kasse. Er spielte Domino, das einzige Spiel, das er begriffen hatte. Wenn seine Partner nicht gekommen waren, fand man ihn bisweilen eingenickt, den Rücken an das Holzgetäfel gelehnt, in der Hand eine Zeitung, deren Halter auf der Marmorplatte seines Tischs ruhte. Er interessierte sich für alles, was in Paris vorging, und widmete die Sonntage der Kontrolle der Neubauten. Den Invaliden, dessen Aufgabe es war, das Publikum am Betreten der mit Plankenzäunen umgebenen Bauplätze zu hindern, bedrängte er mit Fragen und machte sich Sorgen um die Verzögerungen beim Bau, über den Mangel an Material oder an Geld, über die Schwierigkeiten, denen der Architekt begegnete. Man hörte ihn sagen: »Ich habe den Louvre aus Trümmern erstehen sehen, ich habe die Entstehung der Place du Châtelet miterlebt, des Quai aux Fleurs, der Markthallen!« Er und sein Bruder waren in Troyes als Söhne eines Schreibers im Pachtamt geboren und nach Paris geschickt worden, um sich im Verwaltungsdienst auszubilden. Ihre Mutter hatte sich eines katastrophalen Lebenswandels schuldig gemacht, denn die beiden Brüder hatten zu ihrem Kummer erfahren, daß sie im Hospital zu Troyes gestorben sei, obwohl sie ihr häufig Geld geschickt hatten. Nicht nur, daß sie daraufhin heilige Eide schworen, niemals zu heiraten, sie faßten auch Abscheu vor Kindern: Es war ihnen in deren Nähe unbehaglich zumute, sie hatten Angst vor ihnen, wie man vor Geisteskranken Angst hat, und sie betrachteten sie mit scheuen Blicken. Beide waren unter Robert Lindet[136] von einem Übermaß an Arbeit fast zermalmt worden. Später bezeigte die Verwaltung sich ihnen gegenüber ungerecht, aber sie hielten sich für glücklich, ihre Köpfe behalten zu haben, und beschwerten sich nur untereinander über diese Ungerechtigkeit. Sie hatten nämlich »die Höchstpreise« organisiert. Als Phellion der Streich mit der Verbesserung seines berüchtigten Satzes durch Rabourdin gespielt worden war, nahm Poiret Phellion beim Hinausgehen auf den Flur beiseite und sagte zu ihm: »Glauben Sie mir, Monsieur, daß ich mich mit all meiner Kraft dem widersetzt habe, was da stattgefunden hat.« Seit seiner Ankunft in Paris hatte er die Stadt nie wieder verlassen. Seit jener Zeit hatte er ein Tagebuch geführt, in das er die wichtigsten Ereignisse des Tages eintrug. Du Bruel hatte ihm gesagt, auch Lord Byron habe das getan. Diese Übereinstimmung erfüllte Poiret mit Freude und veranlaßte ihn, sich Lord Byrons Werke in der Übersetzung von Chastopalli[137] zu kaufen; er verstand davon kein Wort. Im Büro wurde er oft dabei ertappt, daß er in einer melancholischen Pose dasaß. Er sah aus, als sinne er tiefen Gedanken nach, dabei dachte er an überhaupt nichts. Er kannte keinen einzigen der Mieter seines Hauses und behielt seinen Wohnungsschlüssel immer bei sich. Am Neujahrstag gab er eigenhändig bei sämtlichen Beamten der Abteilung seine Karte ab; Besuche machte er nie. An einem der Hundstage ließ Bixiou sich einfallen, das Innere eines alten Hutes, den Poiret der Jüngere (er war zweiundfünfzig) seit neun Jahren schonte, mit Schweineschmalz einzufetten. Bixiou, der immer nur diesen Hut auf Poirets Kopf gesehen hatte, träumte davon, er hatte ihn beim Essen stets vor Augen. Im Interesse seiner Verdauung hatte er beschlossen, das Büro von diesem schandbar schmutzigen Hut zu befreien. Poiret der Jüngere pflegte stets um vier Uhr wegzugehen. Als er durch die Pariser Straßen schritt, wo die vom Pflaster und den Hauswänden zurückgeworfenen Sonnenstrahlen eine tropische Hitze erzeugen, fühlte er, der nur selten schwitzte, seinen Kopf naß werden. Er meinte, er sei krank oder drauf und dran, es zu werden. Anstatt in das »Veau-qui-tette« zu gehen, begab er sich heim, entnahm seinem Sekretär sein Tagebuch und trug das Ereignis folgendermaßen ein:

»Heute, am 23. Juli 1823, werde ich durch einen sonderbaren Schweißausbruch überrascht, der vielleicht ein Symptom des Schweißfiebers ist, einer für die Champagne typischen Krankheit, und beschließe, den Doktor Haudry zu konsultieren. Der Krankheitsanfall hat in der Höhe des Quai de l'Ecole eingesetzt.«

Plötzlich, als er den Hut abgesetzt hatte, erkannte er, daß der angebliche Schweiß eine von ihm selber unabhängige Ursache hatte. Er trocknete sich das Gesicht ab und konnte nichts entdekken, da er nicht wagte, das Hutfutter aufzutrennen. Also trug er folgende Notiz in sein Tagebuch ein:

»Den Hut zu Tournan gebracht, dem Hutmacher in der Rue Saint-Martin, in Anbetracht des Umstands, daß ich eine andere Ursache jenes Schweißes argwöhne, der dann kein Schweiß wäre, sondern die Auswirkung von irgend etwas, das kürzlich oder vor längerer Zeit in den Hut hineingetan worden ist.«

Monsieur Tournan wies seinen Kunden sofort darauf hin, daß in dem Hut etwas Fettes sei, entstanden durch das Auslassen vom Speck eines Schweins oder einer Sau. Am anderen Tag erschien Poiret mit einem Hut, den er sich von Monsieur Tournan geliehen hatte, bis sein neuer fertig war. Aber er hatte sich nicht schlafen gelegt, ohne in sein Tagebuch den Satz eingetragen zu haben: »Es ist erwiesen, daß mein Hut Schweineschmalz oder Schweinefett enthielt.« Diese unerklärliche Begebenheit beschäftigte Poirets Verstand vierzehn Tage lang. Er erfuhr nie, wie dieses Phänomen hatte zustande kommen können. Im Büro wurde ihm von Krötenregen und anderen Hundstagsabenteuern erzählt, von dem in einer Ulmenwurzel gefundenen Napoleonskopf, von tausend Absonderlichkeiten der Naturgeschichte. Vimeux sagte ihm, eines Tages habe sein eigener Hut schwarz auf sein Gesicht abgefärbt; die Hutmacher verkauften Schundware. Daraufhin ging Poiret mehrmals zu Tournan, um sich über dessen Herstellungsmethoden zu vergewissern.

Es gab bei Rabourdin noch einen Beamten, und dieser spielte sich als tapferer Mann auf, bekannte sich zu den Anschauungen des linken Flügels der Mitte und empörte sich über die Tyrannei Baudoyers gegenüber den unglücklichen Sklaven in dessen Büro. Dieser junge Mensch hieß Fleury, hielt sich kühn ein Oppositionsblatt, trug einen grauen, breitkrempigen Hut, rote Litzen an seiner blauen Hose, eine blaue Weste mit Goldknöpfen, einen Rock, der über der Brust kreuzweis übereinandergeschlagen war wie der eines Gendarmeriewachtmeisters. Obgleich er unerschütterlich auf seine Grundsätze pochte, blieb er Verwaltungsbeamter, sagte indessen der Regierung eine böse Zukunft voraus, wenn sie dabei beharre, die Kirche zu unterstützen. Er bekannte seine Sympathien für Napoleon, seit der Tod des großen Mannes die Gesetze gegen die Anhänger des Usurpators außer Kraft gesetzt hatte. Fleury war unter dem Kaiser Hauptmann in einem Linienregiment gewesen. Er war hochgewachsen, von schöner, brauner Gesichtsfarbe und im Nebenberuf Billettkontrolleur beim Cirque Olympique[138]. Bixiou hatte sich nie einen gegen Fleury gerichteten Streich erlaubt, denn dieser rauhe Landsknecht, ein sehr guter Pistolenschütze und vortrefflicher Fechter, erweckte den Anschein, er könne sich bei Gelegenheit zu großen Brutalitäten hinreißen lassen. Fleury war ein begeisterter Subskribent von ›Siege und Eroberungen‹[139], weigerte sich aber, obwohl er die Lieferungen behielt, sie zu bezahlen, was er damit begründete, daß die Anzahl der Exemplare die im Prospekt verheißenen überschreite. Er vergötterte Rabourdin, der seine Entlassung verhindert hatte. Er hatte sich zu der Äußerung hinreißen lassen, wenn jemals durch jemanden Monsieur Rabourdin ein Unglück zustoße, würde er diesen Jemand umbringen. Dutocq ging Fleury auf niedrige Weise um den Bart, solche Angst hatte er vor ihm. Fleury, der bis an den Hals in Schulden steckte, spielte seinen Gläubigern unzählige Streiche. Da er sich in den Gesetzen vorzüglich auskannte, unterschrieb er nie Wechsel. Ferner hatte er unter dem Namen fingierter Gläubiger selber einen Teil seines Gehalts mit Beschlag belegt, so daß er es nahezu ungekürzt ausgezahlt erhielt. Er war sehr intim mit einer Statistin des Théâtre de la Porte-Saint-Martin liiert, bei der er seine Möbel untergestellt hatte, spielte mit Glück Ecarté, bildete durch seine Talente den Mittelpunkt gesellschaftlicher Veranstaltungen, trank ein Glas Champagner in einem Zug, ohne sich dabei die Lippen zu befeuchten, und wußte alle Lieder Bérangers auswendig. Auf seine volle, dröhnende Stimme war er stolz. Seine drei großen Männer waren Napoleon, Bolívar[140] und Béranger[141]. Foy[142], Laffitte[143] und Casimir Delavigne[144] besaßen lediglich seine Achtung. Fleury entstammte dem Süden, wie man wohl schon erraten hat. Es war ihm bestimmt, als verantwortlicher Redakteur irgendeiner liberalen Zeitung seine Tage zu beschließen.

Desroys, der geheimnisumwitterte Mann der Abteilung, verkehrte mit niemandem, redete wenig und hielt sein Leben so verborgen, daß kein Mensch seine Wohnung, seine Gönner und seine Existenzmittel kannte. Auf der Suche nach der Ursache einer solchen Verschwiegenheit machten die einen aus Desroys einen Carbonaro[145], die andern einen Orléanisten; diese einen Spion, jene einen tiefen Denker. Dabei war Desroys ganz einfach der Sohn eines Konventsmitglieds, das nicht für die Hinrichtung des Königs gestimmt hatte. Von Temperament war er kalt und verschwiegen. Er hatte sich sein Urteil über die Welt gebildet und verließ sich nur noch auf sich selbst. Als heimlicher Republikaner bewunderte er Paul-Louis Courier[146], war mit Michel Chrestien[147] befreundet und erwartete von der Zeit und der allgemeinen Vernunft den europäischen Triumph seiner Anschauungen. Daher träumte er vom Jungen Deutschland und vom Jungen Italien. Sein Herz schwoll vor stupider Kollektivliebe, die man »Humanitarismus« nennen mußte, den ältesten Sohn der verstorbenen Philanthropie, welcher für die göttliche katholische Caritas dasselbe bedeutet wie der Regelzwang für die Kunst, das Klügeln für das Werk. Dieser gewissenhafte Puritaner der Freiheit, dieser Apostel einer unmöglichen Gleichheit bedauerte, daß seine materielle Notlage ihn zwang, der Regierung zu dienen, und unternahm Schritte, um in die Verwaltung eines Postkutschenunternehmens einzutreten. Er war lang, dürr, wirrköpfig und ernst wie ein Mann, der sich dazu berufen fühlt, eines Tages seinen Kopf für das große Werk hinzugeben. Er lebte von einer Seite Volney[148], studierte Saint-Just und befaßte sich mit einer Rehabilitierung Robespierres, den er für einen Fortsetzer Jesu Christi hielt.

Die letzte all dieser Persönlichkeiten, die ein paar Federzüge verdient, ist der junge La Billardière. Zu seinem Unglück hatte er seine Mutter verloren. Der Minister protegierte ihn, er blieb verschont von den Barschheiten der Place-Baudoyer. In allen regierungstreuen Salons wurde er empfangen und von jedermann ob seiner Dreistigkeit und Geckenhaftigkeit gehaßt. Die Chefs verhielten sich ihm gegenüber höflich, aber die Beamten hatten ihn durch eine groteske, eigens für ihn erfundene Überhöflichkeit aus ihrem Kameradenkreis ausgeschlossen. Er war ein zweiundzwanzigjähriger Zierbengel, aufgeschossen und schmächtig, hatte die Manieren eines Engländers, verletzte die Büros durch sein Dandygehaben, kam frisiert, parfümiert, mit Hemdkragen, gelben Handschuhen, gefütterten, stets neuen Hüten ins Büro, trug ein Lorgnon, speiste im Palais-Royal und war von einer Dummheit, die nur von seinen nachgeahmt wirkenden Manieren übertüncht wurde. Benjamin de La Billardière hielt sich für einen hübschen Jungen und besaß alle Laster der großen Welt, freilich ohne deren Anmut. Er war überzeugt davon, daß etwas in ihm steckte, und so gedachte er ein Buch zu schreiben, um als Literat den Orden der Ehrenlegion zu bekommen und sie seinen Talenten als Beamter zuzuschreiben. Also umschmeichelte er Bixiou in der Absicht, ihn auszubeuten, aber offen mit ihm über sein Vorhaben zu sprechen hatte er noch nicht gewagt. Dies edle Herz wartete ungeduldig auf den Tod seines Vaters, um den Baronstitel zu erben, der jenem unlängst verliehen worden war. Auf seinen Visitenkarten bezeichnete er sich als »Chevalier de La Billardière«, und in seinem Arbeitszimmer hatte er eingerahmt sein Wappen aufgehängt: blauer Schild mit drei Sternen, zwei gekreuzte Degen auf schwarzem Grund, mit der Devise »Stets getreu!« Da er der Manie huldigte, sich über die Wissenschaft der Heraldik zu unterhalten, hatte er den jungen Vicomte de Portenduère einmal gefragt, weshalb dessen Wappen so überladen sei, und die hübsche Antwort bekommen: »Ich habe es nicht machen lassen.« Er sprach von seiner Ergebenheit für die Monarchie und davon, wie gütig die Dauphine[149] sich ihm erwiesen habe. Er stand sich sehr gut mit des Lupeaulx, speiste oft mit ihm und hielt ihn für seinen Freund. Bixiou tat, als sei er sein Mentor, hoffte aber, er werde die Abteilung und Frankreich von diesem Fant befreien, und sprach diesen Plan ganz offen aus.

Das waren die hervorstechenden Physiognomien der Abteilung La Billardière. Es befanden sich darin noch ein paar andere Beamte, deren Charakter oder Gesichter sich den hier beschriebenen mehr oder weniger annäherten oder sich von ihnen entfernten. Im Büro Baudoyer begegnete man Beamten mit kahler Stirn, in Flanell eingewickelten Fröstlingen, die in fünften Stockwerken hausten, dort Blumen züchteten, Spazierstöcke aus Schlehdornholz hatten, alte, abgeschabte Fräcke trugen und nie ohne Regenschirm waren. Diese Leute halten die Mitte zwischen glücklichen Portiers und geplagten Arbeitern. Sie sind den Zentren der Verwaltung zu fern, um an irgendeine Beförderung zu denken, und stellen die Bauern auf dem bürokratischen Schachbrett dar. Sie sind froh, wenn sie Wachdienst[150] haben, weil sie dann nicht ins Büro zu gehen brauchen. Gegen eine Gratifikation sind sie zu allem fähig. Ihre Existenz ist sogar für diejenigen ein Rätsel, die sie gebrauchen, und eine Anklage gegen den Staat, der, das steht fest, all dieses Elend erzeugt, indem er es duldet. Beim Anblick dieser absonderlichen Physiognomien ist es schwierig, zu entscheiden, ob diese Säugetiere mit Federn bei ihrem Beruf verblöden, oder ob sie etwa diesen Beruf ausüben, weil sie von Geburt ein bißchen schwachsinnig sind. Vielleicht ist der Schuldanteil der Natur und der Regierung gleich groß. »Die Dörfler«, hat ein Unbekannter gesagt, »unterstehen, ohne sich dessen bewußt zu sein, der Einwirkung der atmosphärischen Umstände und der äußeren Gegebenheiten. Irgendwie sind sie mit der Natur identisch, in der sie leben, und unmerklich werden sie von Ideen und Gefühlen durchdrungen, die die Natur erweckt, und reproduzieren sie in dem, was sie tun, und auf ihren Gesichtszügen, je nach ihrer Anlage und ihrem individuellen Charakter. Auf diese Weise werden sie von langer Hand her von den Dingen, die sie umgeben, unablässig gemodelt und geformt. Sie sind das interessanteste und ehrlichste Buch für jeden, der sich zu diesem Bereich der Physiologie hingezogen fühlt, der so wenig bekannt und so fruchtbar ist, der die Beziehungen zwischen den geistig-moralischen Wesen und den von außen her wirkenden

Triebkräften der Natur erklärt.« Nun aber ist für den Beamten die Natur das Büro. Sein Horizont ist nach allen Seiten hin begrenzt durch grüne Aktendeckel. Für ihn sind die atmosphärischen Umstände die Luft der Korridore, die männlichen Ausdünstungen in Räumen ohne Ventilatoren, der Geruch der Papiere und der Federn. Sein Ackerland ist ein Stück Fliesen- oder Dielenboden, auf dem seltsame Abfälle liegen und der von der Gießkanne des Bürodieners befeuchtet wird. Sein Himmel ist eine Zimmerdecke, zu der er hinaufgähnt, und sein Element ist der Staub. Die Bemerkung über die Dörfler paßt haargenau auf die mit der Natur, in der sie leben, identisch gewordenen Beamten. Wenn mehrere hervorragende Ärzte den Einfluß ebendieser zugleich wilden und zivilisierten Natur auf das geistig-moralische Wesen fürchten, das sich in diesen schauerlichen, Büro genannten Räumen aufhält, in die wenig Sonne eindringt, in denen das Denken durch Betätigungen eingeschränkt wird, die denen von Pferden gleichen, die ein Göpelwerk antreiben, die sich entsetzlich langweilen und rasch sterben, dann hatte Rabourdin also vollauf recht, wenn er die Zahl der Beamten einschränken wollte und für sie hohe Gehälter und gewaltige Arbeitsleistungen forderte. Man langweilt sich nie, wenn man viel zu tun hat. Aber so, wie die Büros nun einmal beschaffen sind, gehen von den neun Stunden, die die Beamten dem Staat schulden, vier durch Unterhaltungen drauf, wie man sehen wird, durch Geschwätz, durch Streitereien, und vor allem durch das Schmieden von Ränken. Daher muß man in den Büros aus und ein gegangen sein, wenn man erkennen will, bis zu welchem Grade das reduzierte Leben darin dem in den Internaten gleicht. Aber überall, wo Menschen in Kollektiven leben, ist eine solche Ähnlichkeit anzutreffen: Beim Militär und in den Gerichtshöfen findet man das Internat mehr oder minder vergrößert wieder. Alle diese während ihrer achtstündigen Arbeitszeit in den Büros vereinigten Beamten erblickten darin eine Art Schulklasse, in der Aufgaben zu machen waren. Die Chefs ersetzten die Studienaufseher; die Gratifikationen waren die Schulpreise für gutes Betragen, die an Günstlinge verteilt wurden. Eine Art Schulklasse, in der die einen sich über die andern lustig machten, wo man einander haßte und wo dennoch so etwas wie Kameradschaft herrschte, aber wo eine bereits etwas kühlere Luft herrschte als beim Militär, die an sich schon dünner, schwächer ist als die im Internat. In dem Maße, wie der Mensch im Leben vorankommt, entwickelt sich der Egoismus und lockert die sekundären Bande der Zuneigung. Kurzum, sind die Büros mit ihren Absonderlichkeiten, ihren Freundschaften, ihrem Haß, ihrem Neid und ihren Begehrlichkeiten, ihrem Fortstreben trotz alledem, ihren frivolen Redereien, die soviel Wunden schlagen, und ihrer unaufhörlichen Bespitzelung nicht eine Welt im kleinen?

Die Abteilung des Herrn Barons de La Billardière stand in diesem Augenblick im Bann einer außergewöhnlichen Aufregung, und diese war nur zu gerechtfertigt durch das Ereignis, das sich vollziehen sollte, denn nicht alle Tage sterben Abteilungsleiter, und es gibt keine Leibrentengesellschaft, bei der die Möglichkeiten des Überlebens oder Sterbens scharfsinniger berechnet werden als in den Büros. Dort erstickt der Eigennutz alles Mitleid, wie bei den Kindern. Aber bei den Beamten tritt noch die Heuchelei hinzu.

Die Beamten des Büros Baudoyer kamen um acht zum Dienst, während die des Büros Rabourdin sich kaum um neun zeigten, was nicht hinderte, daß bei Rabourdin die Arbeit sehr viel schneller vonstatten ging als bei Baudoyer. Dutocq hatte für sein frühes Kommen gewichtige Gründe gehabt. Am Vortage war er unerwartet in das Zimmer gekommen, in dem Sébastien arbeitete, und hatte ihn dabei überrascht, daß er etwas für Rabourdin abschrieb. Er hatte sich versteckt und Sébastien ohne Papiere herauskommen sehen. Er war sicher, daß das ziemlich umfangreiche Konzept und die Abschrift irgendwo versteckt sein mußten, hatte alle Aktenstücke, eins nach dem andern, durchstöbert und schließlich das schreckliche Dokument gefunden. Eiligst war er zu dem Leiter einer Vervielfältigungsanstalt gegangen und hatte mittels einer Kopierpresse zwei Abzüge dieser Arbeit herstellen lassen. Auf diese Weise war er sogar im Besitz von Rabourdins Handschrift. Um keinen Argwohn zu erwecken, hatte er sich als erster ins Büro begeben und hatte das Konzept schleunigst wieder in das Aktenstück gelegt. Sébastien war bis Mitternacht in der Rue Duphot zurückgehalten worden, und trotz seiner Eile war der Haß ihm zuvorgekommen. Der Haß wohnte in der Rue Saint-Louis-Saint-Honoré, während die Treue im Marais, in der Rue du Roi-Doré wohnte. Diese einfache Verspätung sollte auf Rabourdins ganzem Leben lasten. Sébastien öffnete hastig den Aktendeckel, fand darin seine unvollendete Abschrift und das Konzept, wie er sie hineingelegt hatte, und verschloß beides in der Schublade seines Chefs. Gegen Ende Dezember ist es morgens in den Büros oft noch ziemlich dunkel; in manchen brennen sogar die Lampen bis zehn Uhr. Deswegen hatte Sébastien den Druck des Steins auf dem Papier nicht bemerken können. Aber als um halb zehn Rabourdin sein Konzept überprüfte, gewahrte er die Auswirkungen des Vervielfältigungsverfahrens an dem Papier um so eher, als er sich eingehend mit der Untersuchung befaßt hatte, ob autographische Pressen die Schreiber zu ersetzen vermöchten. Der Bürochef setzte sich in seinen Sessel, nahm die Feuerzange und begann methodisch, sein Kaminfeuer zu schüren, so sehr wurde er von seinen Überlegungen beansprucht; dann packte ihn die Neugier, zu erfahren, in wessen Händen sein Geheimnis sich befinde, und er ließ Sébastien kommen.

»Ist jemand vor Ihnen ins Büro gekommen?« fragte er ihn.

»Ja«, sagte Sébastien, »Monsieur Dutocq.«

»Gut, der ist pünktlich. Schicken Sie mir Antoine.«

Rabourdin besaß zuviel Größe, um Sébastien unnütz zu betrüben, indem er ihm ein schon geschehenes Unglück vorwarf; deswegen hatte er ihm weiter nichts gesagt. Antoine kam, und Rabourdin fragte ihn, ob am Vortage einige Beamte über vier Uhr hinaus dageblieben seien. Der Bürodiener sagte ihm, Dutocq habe länger als Monsieur de La Roche gearbeitet. Rabourdin verabschiedete den Diener durch ein Nicken und hing dann wieder seinen Überlegungen nach.

»Zweimal habe ich seine Entlassung verhindert«, sagte er sich. »Das ist nun mein Lohn.«

Dieser Vormittag mußte für den Bürochef wie der feierliche Augenblick sein, da große Heerführer im Erwägen aller Möglichkeiten eine Schlacht beschließen. Er kannte besser als irgendjemand sonst den Geist der Büros. Er wußte, daß man dort genausowenig wie im Internat, im Zuchthaus oder bei der Armee etwas verzeiht, das nach Angeberei, nach Spitzeltum aussah. Ein

Mensch, der es fertigbringt, Angaben über seine Kameraden zu liefern, wird in Acht und Bann getan, ist erledigt und mit Schimpf und Schande bedeckt. In einem solchen Fall lassen die Minister ihre eigenen Werkzeuge im Stich. Der betreffende Beamte muß dann sein Abschiedsgesuch einreichen und Paris verlassen. Seine Ehre ist für alle Zeit befleckt: Erklärungen sind unnütz, keiner verlangt sie und keiner will sie hören. Bei diesem Spiel ist ein Minister ein großer Mann, weil es seine Aufgabe ist, die Menschen auszuwählen. Aber ein einfacher Beamter gilt als Spitzel, gleichgültig, aus welchen Beweggründen er gehandelt hat. Rabourdin ermaß die Hohlheit all dieser Dummheiten, wußte aber, welch große Bedeutung ihnen innewohnte, und sah, daß sie über ihn hereinbrachen. Er war mehr erstaunt als zu Boden geschmettert und überlegte, welches die beste Haltung sei, die es unter diesen Umständen einzunehmen gelte, und so erfuhr er nichts von der Bewegung in den Büros, die der Tod de La Billardières auslöste. Er erfuhr erst durch den jungen de La Brière davon, der den ungeheuren Wert des Bürochefs zu würdigen wußte.

Im Büro der Baudoyers (man sagte: »die Baudoyers«, »die Rabourdins«) hatte also Bixiou gegen zehn Uhr von den letzten Augenblicken des Abteilungsleiters erzählt. Dabei waren anwesend: Minard, Desroys, Godard, den er aus seinem Arbeitszimmer geholt hatte, und Dutocq, der aus zweierlei Gründen zu den Baudoyers hinübergelaufen war. Colleville und Chazelle fehlten.

BIXIOU *(steht vor dem Ofen, vor dessen Öffnung er abwechselnd seine beiden Stiefelsohlen hält, um sie zu trocknen)*

Heute morgen um halb acht habe ich mich nach dem Befinden unseres würdigen, hochachtbaren Abteilungsleiters, Ritters des Christus-Ordens usw. usw. erkundigt. Großer Gott, ja, meine Herren, gestern war der Baron noch zwanzigfach usw. Aber heute ist er nichts mehr, nicht einmal mehr Beamter. Ich habe gefragt, bis in alle Einzelheiten, wie er die Nacht verbracht habe. Seine Pflegerin, diese Garde, die sich ergibt und nicht stirbt[151], hat mir gesagt, morgens gegen fünf habe er sich Sorgen um die königliche Familie gemacht. Er hat sich die Namen derer von uns vorlesen lassen, die sich nach seinem Befinden erkundigt haben. Schließlich hat er gesagt: »Füllen Sie meine Tabaksdose, geben Sie mir die Zeitung, bringen Sie mir meine Brille; wechseln Sie mein Band der Ehrenlegion aus, es ist recht schmutzig.« Ihr wißt ja, er trägt seine Orden auch im Bett. Er war also bei vollem Bewußtsein, klaren Geistes, und hatte seine gewöhnlichen Gedanken. Aber pah! zehn Minuten später war das Wasser gestiegen, gestiegen, gestiegen bis ans Herz, bis in die Brust. Er fühlte, daß er starb, weil er merkte, wie die Blutgefäße platzten. In diesem fatalen Augenblick hat er bewiesen, wie stark sein Geist war und wie umfassend sein Verstand! Ach, wir alle haben ihn nicht gewürdigt! Wir haben uns über ihn lustig gemacht, wir haben ihn für einen Einfaltspinsel, für den einfältigsten aller Einfaltspinsel gehalten, nicht wahr, Monsieur Godard?

GODARD Ich meinerseits habe die hohen Gaben von Monsieur de La Billardière höher gewertet als irgendein anderer.

BIXIOU Sie haben sich mit ihm verstanden!

GODARD Schließlich und endlich war er kein schlechter Mensch. Nie hat er jemandem was zuleide getan.

BIXIOU Um jemandem was anzutun, muß man überhaupt etwas tun, und er hat nie etwas getan. Wenn nicht Sie ihn für absolut unfähig gehalten haben, dann ist es also Minard.

MINARD (*achselzuckend*) Ich?

BIXIOU Na, und Sie, Dutocq? *(Dutocq schüttelt heftig verneinend den Kopf.)* Gut! Also niemand! Wir alle haben ihn somit für einen herkulischen Kopf gehalten! Gut, gut, Sie hatten recht: Er endete als ein Mann von Geist, von Talent, von Verstand, mit einem Wort: als der große Mann, der er war.

DESROYS *(ungeduldig)* Mein Gott, was hat er denn so Großes getan? Wahrscheinlich gebeichtet!

BIXIOU Ja, freilich, er hat die heiligen Sakramente empfangen wollen. Aber um sie zu empfangen, wissen Sie, was er da getan hat? Er hat sich seine Hoftracht als diensttuender Kammerherr anziehen lassen, seine sämtlichen Orden angelegt, und dann hat er sich pudern lassen. Sein Zopf (dieser arme Zopf) ist in ein neues Seidenband gewickelt worden. Nun aber sage ich, daß nur ein Mensch von viel Charakterstärke sich im Augenblick des Todes den Zopf herrichten lassen kann. Wir sind hier acht, aber kein einziger unter uns würde darauf verfallen. Und das ist noch nicht alles. Er hat gesagt, denn ihr wißt ja, daß alle berühmten Leute im Sterben einen letzten speech (das ist ein englisches Wort und bedeutet: parlamentarisches Geschwätz) von sich geben. Er hat also gesagt ... Wie war es doch gleich? Ach so: »Ich muß mich wohl schmücken, um den himmlischen König zu empfangen, ich, der ich mich so oft in Gala geworfen habe, um zum irdischen König zu gehen!« So hat Monsieur de La Billardière geendet. Er hat versucht, den Ausspruch des Pythagoras zu rechtfertigen: »Erst nach ihrem Tod kennt man die Menschen richtig.«

COLLEVILLE *(kommt)* Also, meine Herren, eine wichtige Neuigkeit ...

ALLE Kennen wir schon.

COLLEVILLE Das bezweifle ich! Ich beschäftige mich damit, seit Seine Majestät die gemeinsamen Throne von Frankreich und Navarra bestiegen hat. Diese Nacht habe ich die Lösung gefunden, und zwar unter einer so großen Mühewaltung, daß meine Frau mich gefragt hat, was mir denn soviel zu schaffen mache.

DUTOCQ Glauben Sie, wir hätten Zeit, uns mit Ihren Anagrammen zu befassen, wenn der hochachtbare Monsieur de La Billardière gerade verschieden ist ...?

COLLEVILLE Daran erkenn' ich meinen Bixiou! Ich komme von Monsieur de La Billardière, er lebte noch. Aber es wird auf seinen Hinübergang gewartet ... *(Godard durchschaut die Posse und verschwindet mißzufrieden in seinem Arbeitszimmer.)* Meine Herren, Sie würden nie darauf kommen, auf welche Ereignisse das Anagramm des sakramentalen Satzes *(er zeigt ein Papierblatt)* schließen läßt: »Charles dix, par la grâce de Dieu, roi de France et de Navarre[152].«

GODARD *(kommt wieder)* Sagen Sie es doch und halten Sie die Herren nicht auf.

COLLEVILLE *(entfaltet triumphierend die verdeckte Seite seines Papierblattes)*

A.H.V. il cédera
De S.C.J. d. partira
En nauf errera
Décède à Gorix

Sämtliche Buchstaben sind darin! *(Er wiederholt)* Heinrich V. wird er abtreten (seine Krone), von Saint-Cloud wird er abreisen: im Schiff (im Boot, einem Segelschiff, einer Feluke, einer Korvette, ganz wie Sie wollen, ›nauf‹ ist ein altes französisches Wort), wird er umherirren ...

DUTOCQ Was für ein Gespinst von Absurditäten! Wie soll denn der König seine Krone an Heinrich V. abtreten, der doch in Ihrer Hypothese sein Enkel ist, wo doch Monseigneur der Dauphin auch noch da ist? Sie prophezeien schon den Tod des Dauphin[153]!

BIXIOU Was ist eigentlich Gorix? Ein Katername?

COLLEVILLE *(pikiert)* Die lapidare Abkürzung eines Städtenamens, lieber Freund, ich habe im Malte-Brun[154] nachgeschlagen: Görz, lateinisch Gorixia, liegt in Böhmen oder Ungarn, mithin in Österreich ...[155]

BIXIOU In Tirol, den baskischen Provinzen oder Südamerika. Sie hätten auch nach einer Melodie suchen sollen, um Ihr Verschen auf der Klarinette zu spielen.

GODARD *(zuckt im Weggehen die Achseln)* Dummheiten!

COLLEVILLE Dummheiten! Dummheiten! Ich wollte, Sie machten sich die Mühe, sich mit dem Fatalismus, der Religion des Kaisers Napoleon, zu befassen.

GODARD *(pikiert über Collevilles Ton)* Monsieur Colleville, Bonaparte mag von den Historikern als »Kaiser« bezeichnet werden, aber in den Büros darf er in dieser Eigenschaft nicht anerkannt werden.

BIXIOU *(lächelnd)* Wollen Sie darüber nicht ebenfalls ein Anagramm machen, lieber Freund? Wissen Sie: Was Anagramme betrifft, da ist mir Ihre Frau lieber, die läßt sich leichter umdrehen. *(Leise)* Flavie sollte Sie in ihren Mußestunden zum Bürochef ernennen lassen, und sei es nur, um Sie von den Dummheiten von Leuten wie Godard abzulenken ...!

DUTOCQ *(unterstützt Godard)* Wenn es sich nicht um Dummheiten handelte, würden Sie Ihre Stellung verlieren, weil Sie Ereignisse prophezeit haben, die für den König wenig angenehm sind. Jeder gute Royalist muß voraussetzen, daß der König an zwei Aufenthalten im Ausland genug hat.

COLLEVILLE Wenn ich meine Stellung verlöre, würde François

Keller Ihren Minister kräftig zausen. *(Tiefe Stille)* Sie müssen nämlich wissen, Meister Dutocq, daß sich alle bekannten Anagramme erfüllt haben. Aber hören Sie mal ...! Sie sollten nicht heiraten! In Ihrem Namen kommt coqu[156] vor!

BIXIOU Es bleiben noch D und t übrig, für detestabel.

DUTOCQ *(anscheinend nicht verärgert)* Ich wollte, das käme nur in meinem Namen vor.

PAULMIER *(ganz leise zu Desroys)* Colleville ist ertappt.

DUTOCQ *(zu Colleville)* Haben Sie das Anagramm von »Xavier Rabourdin, chef de bureau« gemacht?

COLLEVILLE Natürlich!

BIXIOU *(schneidet seine Feder)* Und was ist dabei herausgekommen?

COLLEVILLE Folgendes: »D'abord rêva bureaux, E-u ...« Haben Sie verstanden ...? »Et il eut!« - »E-u fin riche.« Das bedeutet: Nachdem er im Verwaltungsdienst angefangen hatte, wird er ihn an den Nagel hängen und sein Glück anderswo machen. *(Er wiederholt)* »D'abord rêva bureaux, E-u fin riche.«

DUTOCQ Das ist zumindest eigenartig.

BIXIOU Und Isidore Baudoyer?

COLLEVILLE *(geheimnisvoll)* Das möchte ich lieber nur Thuillier sagen.

BIXIOU Ich wette um ein Mittagessen, daß ich es Ihnen sage.

COLLEVILLE Das bezahle ich, wenn Sie es herausbekommen.

BIXIOU Dann müssen Sie mich also einladen. Aber seien Sie deswegen nicht böse: Zwei Künstler wie wir werden uns großartig amüsieren ...! »Isidore Baudoyer« ergibt: »Ris d'aboyeur d'oie[157]!«

COLLEVILLE *(hoch erstaunt)* Das haben Sie mir gestohlen.

BIXIOU *(feierlich)* Monsieur de Colleville, tun Sie mir die Ehre an und glauben Sie mir, daß ich mich für so reich an albernen Einfällen halte, daß ich die meines lieben Nächsten nicht zu klauen brauche.

BAUDOYER *(kommt, ein Aktenstück in der Hand)* Meine Herren, sprechen Sie doch bitte noch ein bißchen lauter, dann bringen Sie das Büro in guten Ruf in den höheren Kreisen der Verwaltung. Der würdige Monsieur Clergeot, der mir die Ehre erwiesen hat, mich wegen einer Auskunft aufzusuchen, hat alles gehört, was Sie geredet haben. *(Er geht zu Monsieur Godard hinein.)*

BIXIOU *(leise)* Der Beller ist heute morgen sehr sanft, sicher gibt es eine Veränderung in der Atmosphäre.

DUTOCQ *(leise zu Bixiou)* Ich muß Ihnen etwas sagen.

BIXIOU *(befühlt Dutocqs Weste)* Sie tragen eine hübsche Weste, und die hat Sie sicher fast nichts gekostet. Ist das das Geheimnis?

DUTOCQ Wie? Fast nichts? Noch nie habe ich etwas so teuer bezahlt! Der Stoff kostet sechs Francs die Elle, in dem großen Kaufhaus in der Rue de la Paix! Es ist ein schöner, matter Stoff, man kann ihn gut bei tiefer Trauer tragen.

BIXIOU In Kupferstichen kennen Sie sich aus, aber von den Regeln der Etikette haben Sie keine Ahnung. Nun, alles wissen kann man nicht. Seide trägt man nicht bei tiefer Trauer. Daher trage ich bloß Wolle. Monsieur Rabourdin, Monsieur Clergeot, der Minister, alle tragen sie Wolle, der ganze Faubourg Saint-Germain trägt Wolle. Nur Minard trägt keine Wolle, er hat Angst, für einen Hammel gehalten zu werden, ›Lanifer‹ im bukolischen Latein. Unter diesem Vorwand hat er dann Abstand genommen, Trauer um Ludwig XVIII. zu tragen, den großen Gesetzgeber, Autor der Charte und Mann von Geist, einen König, der sich seinen Platz in der Weltgeschichte bewahren wird, wie er ihn sich auf dem Thron bewahrt hat und auch überall sonst. Kennen Sie eigentlich den schönsten Zug seines Lebens? Nein? Also: Bei seiner zweiten Rückkehr, als er alle verbündeten Herrscher empfing, hat er als erster die Tür durchschritten, als zu Tische gegangen wurde.

PAULMIER *(blickt Dutocq an)* Ich sehe nicht recht ein ...

DUTOCQ *(blickt Paulmier an)* Ich auch nicht.

BIXIOU Sie verstehen nicht? Ganz einfach: Er betrachtete sich nicht als im eigenen Haus befindlich. Das war geistvoll, groß und boshaft. Die Herrscher haben es genausowenig verstanden wie Sie, auch nicht, als sie einander prüfend anschauten, um es zu verstehen. Allerdings waren sie ja fast ausnahmslos Ausländer ...

(Baudoyer steht während dieser Unterhaltung im Arbeitszimmer seines Unterchefs am Kamin, beide sprechen leise miteinander.)

BAUDOYER Ja, der würdige Mann liegt im Sterben. Die beiden

Minister sind bei ihm, um seinen letzten Seufzer zu vernehmen. Mein Schwiegervater ist vorhin von dem Ereignis benachrichtigt worden. Wenn Sie mir einen besonderen Gefallen tun wollen, dann nehmen Sie eine Droschke und benachrichtigen meine Frau. Monsieur Saillard kann nicht von seiner Kasse weggehen, und ich wage es nicht, das Büro sich selbst zu überlassen. Stellen Sie sich ihr zur Verfügung: Sie hat, wie ich glaube, gewisse Absichten und könnte mehrere Schritte gleichzeitig veranlassen wollen. *(Die beiden Beamten gehen zusammen hinaus.)*

GODARD Monsieur Bixiou, ich bin heute den ganzen Tag über nicht im Büro. Vertreten Sie mich also.

BAUDOYER *(wohlwollend zu Bixiou)* Notfalls können Sie mich ja fragen.

BIXIOU Ganz sicher ist La Billardière jetzt tot!

DUTOCQ *(leise zu Bixiou)* Kommen Sie auf einen Augenblick mit mir hinaus.

(Bixiou und Dutocq gehen hinaus auf den Korridor und schauen einander an wie zwei Auguren.)

DUTOCQ *(flüstert Bixiou ins Ohr)* Passen Sie auf. Wir beide müssen uns jetzt verständigen, um weiterzukommen. Was würden Sie dazu sagen, wenn Sie jetzt Chef würden, und ich Unterchef?

BIXIOU *(zuckt die Achseln)* Machen Sie keine Witze!

DUTOCQ Wenn Baudoyer ernannt wird, bliebe Rabourdin nicht hier, er würde seinen Abschied einreichen. Ganz unter uns: Baudoyer ist so unfähig, daß er, wenn du Bruel und Sie ihm nicht helfen, binnen zweier Monate entlassen wird. Wenn ich rechnen kann, haben wir dann drei leere Stellen vor uns.

BIXIOU Drei leere Stellen, die uns vor der Nase weggeschnappt werden, und die Fettwänsten, Lakaien, Spitzeln, Leuten von der Congrégation gegeben werden, etwa Colleville, dessen Frau da geendet hat, wo alle hübschen Frauen enden . . . bei der Frömmelei . . .

DUTOCQ Oder die Ihnen gegeben werden, mein Lieber, wenn Sie einmal in Ihrem Leben Ihren Geist logisch anwenden wollten. *(Er hält ein, um zu sehen, welche Wirkung sein Ausspruch auf Bixious Gesicht hervorgerufen hat.)* Lassen Sie uns die Karten offen auf den Tisch legen.

BIXIOU *(ungerührt)* Decken Sie also Ihr Spiel auf!

DUTOCQ Ich will nichts anderes als Unterchef werden. Ich kenne mich, ich weiß, daß ich nicht wie Sie über die Mittel verfüge, Chef zu sein. Du Bruel kann Abteilungsleiter werden, Sie sind dann sein Bürochef, er überläßt Ihnen seinen Posten, wenn er sein Schäfchen ins trockene gebracht hat, und ich schlängele mich, wenn Sie mich protegieren, bis zu meiner Pensionierung durch.

BIXIOU Sie Schlaukopf! Aber mit welchen Mitteln wollen Sie ein Unternehmen durchführen, bei dem es darum geht, dem Minister die Hand zu führen und einen begabten Mann auszubooten? Unter uns: Rabourdin ist der einzige fähige Kopf in der Abteilung, und vielleicht im ganzen Ministerium. Und es würde sich doch darum handeln, an seine Stelle die Dummheit in der zweiten Potenz zu setzen, die Null in der dritten Potenz, die ›Place Baudoyer‹!

DUTOCQ *(wirft sich in die Brust)* Mein Lieber, ich könnte sämtliche Büros gegen ihn in Harnisch bringen! Sie wissen doch, wie Fleury ihn schätzt? Nein, Fleury wird ihn verachten.

BIXIOU Von Fleury verachtet werden!

DUTOCQ Kein einziger wird zu Rabourdin halten: Die gesamte Beamtenschaft wird sich beim Minister über ihn beschweren, nicht nur unsere Abteilung, sondern auch die Abteilung Clergeot, die Abteilung Bois-Levant und die anderen Ministerien...

BIXIOU So ist es! Kavallerie, Infanterie, Artillerie und das Mirinekorps der Garde, vorwärts zum Sturmangriff! Sie reden irre, mein Lieber! Und was habe *ich* dabei zu tun?

DUTOCQ Sie zeichnen eine bissige Karikatur, ein Blatt, das einen Menschen umbringen kann.

BIXIOU Honorieren Sie sie?

DUTOCQ Mit hundert Francs.

BIXIOU *(für sich)* Irgend etwas ist los.

DUTOCQ *(fährt fort)* Man müßte Rabourdin in Metzgergewandung vorführen, aber sehr ähnlich, sich ein Mittelding zwischen Büro und Küche ausdenken, ihm ein Tranchiermesser in die Hand geben, die wichtigsten Beamten der Ministerien als Geflügel darstellen, sie in eine übergroße Mausefalle stecken, an der ein Schild hängt: »Administrative Hinrichtungen«. Er müßte dabeisein, einem nach dem andern den Hals abzuschneiden. Gänse müßten zu sehen sein, Enten, alle mit Köpfen, ähnlich wie unsere, unbestimmte Porträts, Sie verstehen schon! Ein Stück Federvieh müßte er in der Hand halten, Baudoyer zum Beispiel, in Gestalt eines Puters.

BIXIOU Lachen des Gänse-Anbellers! *(Er schaut Dutocq lange an)* Sind Sie selber auf den Gedanken gekommen?

DUTOCQ Ja, ich ganz allein.

BIXIOU *(im Selbstgespräch)* Sollten heftige Gefühle zu dem gleichen Ziel führen wie das Talent? *(Zu Dutocq)* Mein Lieber, ich werde das machen... *(Dutocq läßt sich eine Bemerkung der Freude entschlüpfen)*, wenn *(Pause)* ich weiß, worauf ich mich stützen kann. Denn wenn Sie keinen Erfolg haben, verliere ich meine Stellung, und ich muß ja schließlich von etwas leben. Sie sind sonderbarerweise noch ein harmloser Knabe, lieber Kollege!

DUTOCQ Gut. Fertigen Sie die Lithographie erst an, wenn Ihnen der Erfolg bewiesen ist...

BIXIOU Warum leeren Sie Ihren Sack nicht gleich jetzt?

DUTOCQ Vorher muß die Luft im Büro erschnüffelt werden; wir kommen bald nochmals auf die Sache zu sprechen. *(Ab)*

BIXIOU *(allein im Korridor)* Dieser Rochen mit brauner Butter, denn er ähnelt mehr einem Fisch als einem Vogel, dieser Dutocq hat eine gute Idee gehabt. Ich weiß nicht, wo er sie aufgegabelt hat. Wenn die ›Place Baudoyer‹ tatsächlich La Billardières Nachfolger würde, dann wäre das komisch, mehr als komisch, wir würden dabei gewinnen! *(Er geht zurück ins Büro.)* Meine Herren, es wird hier beträchtliche Veränderungen geben, der alte La Billardière ist offenbar tot. Ohne Scherz! Ehrenwort! Godard ist für unseren ehrenwerten Chef Baudoyer unterwegs, den vermutlichen Nachfolger des Verstorbenen. *(Minard, Desroys und Colleville heben erstaunt die Köpfe, alle legen die Federn nieder, Colleville schneuzt sich.)* Jetzt werden wir alle befördert! Colleville wird mindestens Unterchef, Minard vielleicht erster Schreiber und warum auch nicht? Er ist genauso dumm wie ich. Was, Minard? Wenn Sie zweitausendfünfhundert bekämen, dann wäre das Ihrer kleinen Frau gar nicht unlieb, und Sie könnten sich Stiefel kaufen.

COLLEVILLE Aber Sie haben sie noch nicht, die zweitausendfünfhundert.

BIXIOU Monsieur Dutocq hat sie im Büro Rabourdin, warum sollte also nicht auch ich sie dieses Jahr beziehen? Monsieur Baudoyer hat sie gehabt.

COLLEVILLE Weil Monsieur Saillard seinen Einfluß geltend gemacht hat. In der Abteilung Clergeot hat kein einziger erster Schreiber sie gehabt.

PAULMIER Das ist denn doch! Bekommt Monsieur Cochin nicht etwa seine dreitausend? Er war Monsieur Vevasseurs Nachfolger, und der hat unter dem Kaiserreich zehn Jahre lang viertausend gehabt. Bei der ersten Rückkehr[158] ist er auf dreitausend zurückgesetzt worden, und gestorben ist er mit zweitausendfünfhundert. Aber Monsieur Cochin ist durch die Fürsprache seines Bruders auf dreitausend hinaufgesetzt worden.

COLLEVILLE Monsieur Cochin unterschreibt »E.L.L.E. Cochin«, er heißt nämlich Emile-Louis-Lucien-Emmanuel, und das Anagramm davon lautet »Cochenille«. Er ist an einer Drogenhandlung in der Rue des Lombards beteiligt, der Firma Matifat. Sie ist durch Spekulationen in dieser Art von Kolonialwaren reich geworden.

BIXIOU Der arme Mann! Er hat ein Jahr ›Florine‹ abdienen müssen.

COLLEVILLE Cochin nimmt manchmal an unseren Abendgesellschaften teil, er ist nämlich ein erstklassiger Geiger. *(Zu Bixiou, der sich noch nicht wieder an die Arbeit gemacht hat)* Sie sollten nächsten Dienstag einmal zu uns kommen und sich ein Konzert anhören. Es wird ein Quintett von Reicha[159] gespielt.

BIXIOU Danke, ich lese es lieber in der Partitur.

COLLEVILLE Soll das ein Witz sein ...? Ein Künstler von Ihrer Begabung muß doch was für Musik übrig haben.

BIXIOU Gut, ich komme, aber nur um Ihrer Frau willen.

BAUDOYER *(kommt zurück)* Monsieur Chazelle ist noch nicht gekommen. Beglückwünschen Sie ihn in meinem Namen, meine Herren.

BIXIOU *(der, als er Baudoyer kommen hörte, einen Hut auf Chazelles Platz legte)* Verzeihung, Monsieur, er ist ins Büro Rabourdin gegangen, um eine Auskunft für Sie zu erbitten.

CHAZELLE *(kommt, den Hut auf dem Kopf, ohne Baudoyer zu sehen)* Der alte La Billardière hat das Zeitliche gesegnet, meine Herren! Rabourdin ist Abteilungsleiter, Sachbearbeiter für die Bittgesuche! *Der* hat sich seine Beförderung wirklich nicht ergaunert ...

BAUDOYER *(zu Chazelle)* Diese Ernennung haben Sie in Ihrem zweiten Hut gefunden, nicht wahr, Monsieur? *(Zeigt auf den Hut, der auf Chazelles Platz liegt)* Es ist das drittemal seit Monatsbeginn, daß Sie nach neun Uhr kommen. Wenn das so weitergeht, werden Sie Ihren Weg machen, aber auch wissen, in welchem Sinne! *(Zu Bixiou, der die Zeitung liest)* Mein lieber Monsieur Bixiou, bitte überlassen Sie die Zeitung den Herren, die jetzt frühstücken wollen, und machen Sie sich an die Tagesarbeit. Ich weiß nicht, was Monsieur Rabourdin mit Gabriel macht. Er behält ihn, wie ich glaube, für seine Privatdinge bei sich, ich habe schon dreimal nach ihm geschellt. *(Baudoyer und Bixiou gehen ins Arbeitszimmer zurück.)*

CHAZELLE Verdammtes Pech!

PAULMIER *(glücklich, daß er Chazelle ärgern kann)* Es ist Ihnen wohl unten nicht gesagt worden, daß er schon oben ist? Konnten Sie übrigens beim Hereinkommen nicht die Augen aufmachen und den Hut auf Ihrem Platz sehen, und den Elefanten ...

COLLEVILLE *(lachend)* In der Menagerie!

PAULMIER Er ist doch schließlich dick genug, um aufzufallen.

CHAZELLE *(verzweifelt)* Zum Teufel, für vier Francs fünfundsiebzig Centimes, die die Regierung uns täglich zahlt, braucht man doch nicht zum Sklaven zu werden! Ich sehe das nicht ein ...

FLEURY *(kommt)* Nieder mit Baudoyer! Hoch Rabourdin! So ruft die ganze Abteilung.

CHAZELLE *(immer wütender)* Soll Baudoyer mich doch an die Luft setzen, wenn er will, ich bin dann kein bißchen schlechter dran. Fünf Francs den Tag zu verdienen, dazu gibt es in Paris tausend Mittel und Wege! Im Justizpalast zum Beispiel, durch Abschriften für die Anwälte ...

PAULMIER *(will Chazelle noch immer ärgern)* Das sagen Sie so, aber eine feste Anstellung ist und bleibt eine feste Anstellung, und der tapfere Colleville, der sich im Nebenberuf plagt wie ein Galeerensklave, könnte, wenn er seine Stellung einbüßte und nichts als Musik triebe, mehr als sein jetziges Gehalt verdienen, aber, na ja, er behält lieber seine Stellung bei. Zum Teufel, man läßt doch sein Ruhegehalt nicht fahren!

CHAZELLE *(fährt mit seiner Philippika fort)* Ja, er, aber nicht ich! Wir haben keine Aussichten mehr? Zum Henker! Es gab eine Zeit, da nichts verlockender war als die Beamtenlaufbahn. Es gab im Heeresdienst genausoviel Männer, wie sie im Verwaltungsdienst fehlten. Zahnlose, an der Hand, am Fuß Verwundete, Leute mit schlechter Gesundheit wie Paulmier, Kurzsichtige, alle wurden sie schnell befördert. Familien, deren Söhne die Gymnasien bevölkerten, ließen sich damals durch die glänzende Existenz eines jungen Mannes faszinieren, der eine Brille trug, einen blauen Frack, in dessen Knopfloch ein rotes Band leuchtete, der tausend Francs im Monat bekam und nichts zu tun hatte, als ein paar Stunden täglich in irgendein Ministerium zu gehen, dort irgend etwas zu kontrollieren, spät hinzukommen und früh wieder wegzugehen, und Mußestunden wie Lord Byron hatte, Romanzen schreiben, im Tuileriengarten lustwandeln konnte, eine hochmütige Miene zur Schau trug, sich überall sehen ließ, im Theater, bei Bällen, »in den besten Kreisen verkehrte«, sein Gehalt verschwendete und auf diese Weise Frankreich alles wiedererstattete, was Frankreich ihm gab, womit er ihm sogar einen Gefallen tat. Wahrhaftig, damals wurden die Beamten, wie heute Thuillier, von hübschen Frauen umschmeichelt. Sie sahen aus, als hätten sie Geist. In den Büros strengten sie sich nicht allzusehr an. Die Kaiserinnen, Königinnen, Prinzessinnen und Marschallinnen jenes glücklichen Zeitalters hatten Launen und gewisse kleine Abenteuer. Alle diese schönen Damen besaßen die Leidenschaft der schönen Seelen: Sie hatten eine Schwäche, andere zu protegieren. Daher konnte man fünfundzwanzig Jahre lang einen gehobenen Posten bekleiden, Auditor im Staatsrat oder Sachbearbeiter der Bittschriften sein, dem Kaiser Bericht erstatten und sich dabei mit seiner erhabenen Familie amüsieren. Man amüsierte sich, und gleichzeitig arbeitete man. Alles ging schnell vonstatten. Aber heute, seit die Abgeordnetenkammer die Sparte »Ausgaben« erfunden hat und die Spalten mit der

Unterschrift »Persönlich«, sind wir womöglich noch weniger als die Soldaten. Die geringsten Posten sind tausend Zufälligkeiten unterworfen, denn es gibt tausend Souveräne ...

BIXIOU *(kommt wieder herein)* Ist Chazelle verrückt geworden? Wo sieht er denn tausend Souveräne ...[160]? Etwa in seiner Hosentasche ...?

CHAZELLE Wir wollen einmal zählen! Vierhundert am Ende des Pont de Concorde[161], so benannt, weil jene Brücke zum Schauspiel der beständigen Zwietracht zwischen der Linken und der Rechten in der Kammer führt; dreihundert weitere am Ende der Rue de Tournon[162]. Der Hof, der für dreihundert zählen muß, ist also genötigt, das Siebenhundertfache an Willenskraft aufzubringen als der Kaiser, um einem seiner Schützlinge zu irgendeinem Posten zu verhelfen ...!

FLEURY Das alles bedeutet, daß in einem Lande, wo es drei Gewalten gibt, tausend gegen eins zu wetten ist, daß ein Beamter, der nur von sich selbst protegiert wird, niemals mit einer Beförderung rechnen kann.

BIXIOU *(blickt abwechselnd Chazelle und Fleury an)* Ach, Kinder, ihr werdet schon noch die Erfahrung machen, daß heutzutage der schäbigste Beruf der Staatsdienst ist ...

FLEURY Das liegt an der konstitutionellen Regierung.

COLLEVILLE Meine Herren ...! Bitte keine Politik.

BIXIOU Fleury hat recht. Heutzutage, meine Herren, heißt dem Staat dienen, nicht mehr: einem Fürsten dienen, der zu bestrafen und zu belohnen wußte! Der Staat, das ist heutzutage jedermann. Jedermann dienen heißt niemandem dienen. Niemand nimmt Anteil an niemandem. Der Beamte lebt zwischen diesen beiden Negationen! Die Welt kennt kein Mitleid, keine Rücksichtnahme, sie hat weder Herz noch Kopf. Alle Welt ist egoistisch, alle Welt vergißt morgen die gestern geleisteten Dienste. Sie können getrost, wie Monsieur Baudoyer, vom zartesten Alter an ein Verwaltungsgenie sein, der Chateaubriand der Berichte, der Bossuet der Zirkulare, der Canalis[163] der Denkschriften, das erhabene Kind der Depeschen, es besteht nichtsdestoweniger ein trostloses Gesetz gegen das Verwaltungsgenie, nämlich das Gesetz über die Beförderung mit seinem Durchschnitt. Dieser fatale Durchschnitt ergibt sich aus der Kombination der Gesetzestafeln über die Beförderung und der Gesetzestafeln über die Sterblichkeit. Es steht fest, daß man, wenn man mit achtzehn Jahren in irgendeine Verwaltungsbehörde eintritt, erst mit dreißig achtzehnhundert Francs Gehalt bekommt. Um mit fünfzig sechstausend zu bekommen, beweist Collevilles Leben uns, daß das Genie einer Frau, die Unterstützung durch mehrere Pairs von Frankreich, durch mehrere einflußreiche Abgeordnete zu nichts nütze ist. Es gibt also keine freie, unabhängige Laufbahn, in der ein junger Mann innerhalb von zwölf Jahren, nachdem er das humanistische Gymnasium hinter sich gebracht hat, geimpft und vom Militärdienst befreit worden ist und über seine fünf gesunden Sinne verfügt, ohne gerade über eine überragende Intelligenz zu verfügen, nicht ein Kapital von fünfundvierzigtausend Francs und soundso viel Centimes angesammelt hätte, das die theoretisch lebenslange Rente aus unserm Gehalt darstellt, aber seinem Wesen nach transitorisch ist, da es keine Leibrente ist. Im gleichen Zeitraum muß ein Krämer sich ein Zinseinkommen von zehntausend Francs verschafft, den Konkurs angemeldet haben oder Präsident des Handelsgerichts geworden sein. Ein Maler hat einen Kilometer Leinwand bepinselt, er muß mit der Ehrenlegion ausgezeichnet werden oder als verkanntes Genie posieren. Ein Literat ist Lehrer auf irgendeinem Gebiet oder Journalist zu hundert Francs für tausend Zeilen, oder er sitzt in Sainte-Pélagie[164], weil er ein lichtvolles Pamphlet geschrieben hat, das die Jesuiten verstimmte, was einen enormen Wert darstellt und den Verfasser zum Politiker stempelt. Und ein Müßiggänger schließlich, der nichts getan hat, denn es gibt auch Müßiggänger, die etwas tun, hat Schulden gemacht und eine Witwe geheiratet, die sie ihm bezahlt. Ein Priester hat Zeit gehabt, Bischof ›in partibus‹[165] zu werden. Ein Vaudevilleautor ist Hauseigentümer geworden, wenn er nie, wie du Bruel, ein Vaudeville allein zustande gebracht hat. Ein intelligenter, nüchterner junger Mensch, der etwa mit einem sehr kleinen Kapital, wie Mademoiselle Thuillier, unter der Hand Wechselgeschäfte betrieben hat, kauft dann ein Viertel der Agentur eines Wechselmaklers. Wir wollen noch niedriger greifen! Ein kleiner Schreiber ist Notar, ein Lumpensammler hat tausend Taler Zinsen, die unglücklichsten Arbeiter haben Fabrikanten werden können, wogegen in der Rotationsbewegung dieser Zivilisation, die die unendliche Teilung für den Fortschritt hält, ein Mann wie Chazelle von zweiundzwanzig Sous pro Kopf gelebt hat...! Mit seinem Schneider und seinem Schuster kämpfen muß...! Schulden hat...! Nicht ist! Und verblödet ist! Los, ihr Herren! Eine schöne Regung! Na? Wollen wir alle unsere Abschiedsgesuche einreichen...? Fleury, Chazelle, wollen Sie was anders anfangen? Und dabei zu großen Männern werden...?

CHAZELLE *(durch Bixious Rede beruhigt)* Danke. *(Allgemeines Gelächter)*

BIXIOU Sie haben unrecht. In Ihrer Lage würde ich dem Generalsekretär zuvorkommen.

CHAZELLE *(unruhig)* Was hat er mir denn zu sagen?

BIXIOU Odry[166] würde Ihnen sagen, Chazelle, und zwar liebenswürdiger als des Lupeaulx, der einzige freie Platz für Sie sei die Place de la Concorde.

PAULMIER *(umfaßt die Ofenröhre)* Du lieber Himmel, Baudoyer wird Ihnen gegenüber keine Gnade walten lassen, das können Sie glauben!

FLEURY Abermals eine Gewaltmaßnahme von Baudoyer! Da haben Sie etwas Rechtes gesagt! Sehen Sie sich dagegen Monsieur Rabourdin an, das ist ein Mann! Er hat mir Arbeit auf den Tisch gelegt, die zu erledigen hier in diesem Büro drei Tage beanspruchen würde... na ja, er soll sie bis heute nachmittag um vier fix und fertig vorgelegt bekommen. Dabei sitzt er mir nicht auf den Hacken und hindert mich, hierher zu kommen und mit Ihnen zu plaudern.

BAUDOYER *(steckt den Kopf durch die Tür)* Meine Herren, Sie dürfen mir zugeben, daß man zwar das Recht hat, über das parlamentarische System oder den Gang der Verwaltung zu lästern, aber daß das überall anderswo geschehen muß als im Büro. *(Zu Fleury gewandt)* Was haben Sie hier zu suchen, Monsieur?

FLEURY *(dreist)* Ich habe den Herren mitteilen wollen, daß große Veränderungen bevorstehen! Du Bruel ist ins Generalsekretariat befohlen worden, Dutocq geht hin! Alle fragen sich, wer ernannt werden wird.

BAUDOYER *(zieht den Kopf zurück)* Das, Monsieur, ist nicht

Ihre Angelegenheit: Gehen Sie zurück in Ihr Büro und stören Sie nicht die Ordnung in meinem ...

FLEURY *(an der Tür)* Es wäre eine schreiende Ungerechtigkeit, wenn Rabourdin übergangen würde! Wahrhaftig, dann kehrte ich dem Ministerium den Rücken. *(Kommt wieder)* Haben Sie Ihr Anagramm herausbekommen, Papa Colleville?

COLLEVILLE Ja, hier ist es.

FLEURY *(beugt sich über Collevilles Schreibtisch)* Famos! Famos! Gerade das wird unbedingt eintreten, wenn die Regierung mit ihrer berufsmäßigen Heuchelei fortfährt. *(Er bedeutet den Beamten durch ein Zeichen, daß Baudoyer mithört.)* Wenn die Regierung offen und ohne Hintergedanken ihre Absichten kundtäte, würden die Liberalen schon sehen, was sie zu tun hätten. Eine Regierung, die ihre besten Freunde gegen sich in Harnisch bringt, und Männer wie die von den ›Débats‹[167], wie Chateaubriand[168] und Royer-Collard[169], ist zu bedauern!

COLLEVILLE *(nachdem er Blicke mit seinen Kollegen getauscht hat)* Hören Sie, Fleury, Sie sind ein guter Kerl, aber reden Sie nicht über Politik. Sie wissen nicht, was Sie uns damit antun.

FLEURY *(trocken)* Auf Wiedersehen, meine Herren. Ich mache mich an meine Arbeit. *(Kommt wieder und redet leise mit Bixiou)* Es heißt, Madame Colleville stehe in Verbindung zur Congrégation.

BIXIOU Wodurch ...?

FLEURY *(bricht in Lachen aus)* Sie überrascht man nie unvorbereitet!

COLLEVILLE *(beunruhigt)* Was haben Sie da gesagt?

FLEURY Unser Theater hat gestern mit dem neuen Stück tausend Taler gemacht, obgleich es schon die vierzigste Vorstellung war! Sie sollten es sich einmal ansehen, die Bühnenbilder sind herrlich.

In diesem Augenblick empfing des Lupeaulx im Sekretariat du Bruel, dem Dutocq sich angeschlossen hatte. Des Lupeaulx hatte durch seinen Diener erfahren, daß Monsieur de La Billardière gestorben sei, und wollte den beiden Ministern dadurch gefallen, daß er am selben Abend noch einen Nekrolog erscheinen ließ.

»Guten Tag, mein lieber du Bruel«, sagte der halbe Minister zu dem Unterchef, als er ihn hereinkommen sah, forderte ihn aber nicht auf, Platz zu nehmen. »Wissen Sie es schon? La Billardière ist tot. Die beiden Minister waren dabei, als er versehen wurde. Der gute Mann hat wärmstens Rabourdin empfohlen. Er hat gesagt, er würde tief unglücklich sterben, wenn er nicht wüßte, daß derjenige sein Nachfolger werde, der beständig die Arbeit für ihn geleistet habe. Anscheinend ist die Agonie ein Zustand, in dem man alles eingesteht . . . Der Minister hat sich um so mehr dazu verpflichtet, als seine Absicht wie auch die des Staatsrats ist, die zahlreichen Dienste Monsieur Rabourdins (er schüttelte den Kopf) zu belohnen. Der Staatsrat verlangt seinen hellen Kopf. Es heißt, Monsieur de La Billardière solle aus der Abteilung seines verstorbenen Vaters ausscheiden und in den Ausschuß des Justizministeriums überwechseln, das ist, als mache der König ihm ein Geschenk von hunderttausend Francs. Die Stellung ist dasselbe wie eine Notarsbestallung und kann verkauft werden. Diese Neuigkeit dürfte Ihre Abteilung erfreuen, man hätte glauben können, Benjamin würde dort fest angestellt werden. Du Bruel, es müssen schleunigst zehn oder zwölf Zeilen nach Art der ›Pariser Neuigkeiten‹ über den guten Alten niedergeschrieben werden. Ihre Exzellenzen werden einen Blick darauf werfen (er liest die Presse). Wissen Sie über Papa La Billardières Leben Bescheid?«

Du Bruel vollführte eine Geste, um seine Ahnungslosigkeit zu bekunden.

»Nein?« fuhr des Lupeaulx fort. »Na, er hat mit den Geschichten in der Vendée zu tun gehabt, er war einer der Vertrauensleute des hochseligen Königs. Wie der Graf de Fontaine hat er niemals mit dem Ersten Konsul paktieren wollen. Er hat ein bißchen Chouan gespielt. Er stammt aus der Bretagne, aus einer so jungen Parlamentsrichterfamilie, daß er erst von Ludwig XVIII. geadelt worden ist. Wie alt er war? Kommt nicht drauf an. Bringen Sie das irgendwie zusammen . . . ›Treue, die sich niemals verleugnet hat . . . aufgeklärte Frömmigkeit . . .‹ (der arme Alte hatte die Manie, nie den Fuß in eine Kirche zu setzen), bezeichnen Sie ihn als ›frommen Diener . . .‹ Flechten Sie auf nette Weise ein, bei der Thronbesteigung Karls X. habe er Simeons Lobgesang angestimmt. Der Graf von Artois hat La Billardière sehr geschätzt, er hat nämlich unglücklicherweise an der Affäre von Quiberon[170] mitgewirkt und alles auf sich genommen. Sind Sie im Bilde ...? La Billardière hat den König in einer Broschüre gerechtfertigt, die er als Antwort auf eine impertinente Geschichte der Revolution veröffentlicht hat, die von einem Journalisten geschrieben worden war. Sie können sich also auf seine Königstreue berufen. Also kurz und gut: Wägen Sie Ihre Worte, damit die anderen Zeitungen sich nicht über uns lustig machen, und bringen Sie mir den Artikel. Waren Sie gestern abend bei Rabourdin?«

»Ja, ›Monseigneur‹«, sagte du Bruel. »Oh, Verzeihung!«

»Macht nichts«, antwortete des Lupeaulx lachend.

»Seine Frau war bezaubernd schön«, fuhr du Bruel fort, »es gibt in Paris nicht zwei solche Frauen. Es gibt zwar ebenso geistvolle, aber keine außer ihr, die auf eine so anmutige Weise geistvoll wäre. Eine Frau kann schöner sein als Célestine, aber schwerlich kann sie in ihrer Schönheit so mannigfaltig sein. Madame Rabourdin ist Madame Colleville weit überlegen!« sagte der Vaudevilleautor, da ihm des Lupeaulx' Abenteuer einfiel. »Flavie dankt das, was sie ist, dem Umgang mit Männern, während Madame Rabourdin alles durch sich selbst ist. Sie weiß schlechthin alles: In ihrem Dabeisein dürfte man kein Geheimnis auf Latein sagen. Wenn ich eine solche Frau hätte, würde ich glauben, alles erreichen zu können.«

»Sie haben mehr Geist, als einem Autor zu besitzen erlaubt ist«, antwortete des Lupeaulx, in dem die Eitelkeit aufschwoll. Dann wandte er sich ab, um zu tun, als bemerke er jetzt erst Dutocq, zu dem er sagte: »Ah! Guten Tag, Dutocq. Ich habe Sie kommen lassen, weil ich Sie bitten möchte, mir Ihren Charlet[171] zu leihen, wenn er vollständig ist. Die Gräfin kennt nichts von Charlet.«

Du Bruel zog sich zurück.

»Warum kommen Sie zu mir, ohne gerufen worden zu sein?« fragte des Lupeaulx mit harter Stimme Dutocq, als sie allein waren. »Ist der Staat in Gefahr, daß Sie um zehn Uhr hier hereinschneien, in dem Augenblick, da ich mit Seiner Exzellenz frühstücken will?«

»Vielleicht, Monsieur«, sagte Dutocq. »Hätte ich die Ehre gehabt, Ihnen heute morgen zu früher Stunde zu begegnen, würden Sie schwerlich Rabourdins Lob gesungen haben, nachdem Sie gelesen hätten, wie er das Ihrige skizziert hat.«

Dutocq knöpfte seinen Überrock auf, entnahm ihm ein Heft, dessen Papierblätter auf der linken Seite bedruckt waren. Eine Stelle war angestrichen. Dann ging er zur Tür und schob den Riegel vor, da er eine Explosion befürchtete. Während Dutocq die Tür verriegelte, las der Generalsekretär über sich das Folgende:

> MONSIEUR DES LUPEAULX Eine Regierung bringt sich in Verruf, wenn sie an sichtbarer Stelle einen Mann beschäftigt, dessen besonderer Begabung eine Tätigkeit innerhalb der diplomatischen Polizei entspräche. Man kann diese Persönlichkeit mit Erfolg gegen die politischen Freibeuter anderer Kabinette einsetzen. Es wäre schade, ihn im inneren Dienst zu verwenden. Er steht hoch über einem gewöhnlichen Spitzel, er begreift einen Plan. Er könnte eine notwendig gewordene Infamie zu gutem Ende führen und auf kluge Weise seinen Rückzug decken.

Des Lupeaulx war in fünf oder sechs Zeilen, der Quintessenz des biographischen Porträts, das an den Beginn dieser Geschichte gestellt worden ist, bündig charakterisiert worden. Gleich bei den ersten Worten fühlte der Generalsekretär sich von einem Manne beurteilt, der ihm überlegen war. Aber er wollte sich vorbehalten, diese Arbeit, die weit ging und hoch griff, genau zu prüfen, ohne, was er darüber dachte, einem Menschen wie Dutocq preiszugeben. Des Lupeaulx zeigte also dem Spitzel ein ruhiges, ernstes Gesicht. Wie die Anwälte und Richter, wie die Diplomaten und alle, die gezwungen sind, im menschlichen Herzen herumzustöbern, wunderte der Generalsekretär sich über nichts mehr. Er war an die Verrätereien, die Tücken des Hasses, an Fallen gewöhnt. Er hätte im Rücken verwundet werden können, ohne daß sein Gesicht es kundgetan hätte.

»Wie haben Sie sich dieses Dokument verschafft?«

Dutocq erzählte von dem glücklichen Zufall. Des Lupeaulx' Gesicht zeigte beim Zuhören keinerlei Billigung. Daher beendete der Spitzel seinen Bericht, den er triumphierend begonnen hatte, recht beklommen.

»Dutocq, Sie haben den Finger zwischen Rinde und Baum gesteckt«, antwortete der Generalsekretär trocken. »Wenn Sie sich nicht sehr mächtige Feinde schaffen wollen, bewahren Sie das tiefste Stillschweigen über dies hier. Es handelt sich um eine Arbeit von höchster Wichtigkeit, die mir bekannt ist.«

Des Lupeaulx wies Dutocq mit einem der Blicke die Tür, die ausdrucksvoller als Worte sind.

»Ach! Dieser Schurke von Rabourdin hat schon wieder die Hände im Spiel!« Dutocq war erschrocken, in seinem Chef einen Rivalen zu gewahren. »Er ist im Generalstab, und ich bin bloß Gemeiner! Ich hätte das nicht für möglich gehalten!«

Zu allen Gründen seiner Abneigung gegen Rabourdin gesellte sich die Eifersucht eines Fachmannes gegen einen Kollegen, und die ist eine der stärksten Triebfedern des Hasses.

Als des Lupeaulx allein war, fiel er seltsamen Gedanken anheim. Das Werkzeug welcher Macht war Rabourdin? Durfte man sich dieses sonderbaren Dokuments bedienen, um ihn zu vernichten, oder konnte man sich damit bewaffnen, um bei seiner Frau Erfolg zu haben? Dies Geheimnis lag für des Lupeaulx völlig im Dunkeln. Er überflog voller Entsetzen die Seiten dieser Aufstellung, auf denen Leute, die er kannte, mit unerhörtem Scharfblick charakterisiert wurden. Er bewunderte Rabourdin, obwohl er sich von ihm ins Herz getroffen fühlte. Die Stunde des Frühstücks überraschte ihn bei seiner Lektüre.

»Monseigneur dürfte auf Sie warten, wenn Sie nicht hinübergehen«, sagte der Diener des Ministers zu ihm.

Der Minister frühstückte mit seiner Frau, seinen Kindern und des Lupeaulx, ohne die Anwesenheit von Dienerschaft. Der Morgenimbiß ist der einzige Augenblick häuslichen Beisammenseins, den Staatsmänner der Fülle ihrer aufreibenden Arbeiten abgewinnen können. Aber trotz der einfallsreichen Schranken, mit denen sie diese Stunde vertraulichen Geplauders und des Sichgehenlassens, die sie ihrer Familie und deren Liebe weihen, abschirmen, bringen viele Große und Kleine es fertig, sie zu überschreiten. Oft, wie in diesem Augenblick, drängen die Geschäfte sich in ihre Behaglichkeit.

»Ich habe Rabourdin für jemanden gehalten, der über den gewöhnlichen Beamten steht, und jetzt, zehn Minuten nach La Billardières Tod, läßt er sich einfallen, mir durch La Brière ein wahres Theaterbriefchen zukommen zu lassen. Da, sehen Sie«, sagte der Minister zu des Lupeaulx und hielt ihm ein Briefblatt hin, das er zwischen den Fingern rollte.

Rabourdin war viel zu nobel, um an den beschämenden Sinn zu denken, den der Tod La Billardières seinem Brief lieh, und so hatte er ihn La Brière nicht wieder abgenommen, als er von diesem die Todesnachricht erfahren hatte. Des Lupeaulx las Folgendes:

»Monseigneur,
wenn dreiundzwanzig Jahre untadelhaften Dienstes eine Gunstbezeigung verdienen könnten, bitte ich Eure Exzellenz dringlich, mir noch am heutigen Tag eine Audienz zu gewähren. Es handelt sich um eine Angelegenheit, bei der meine Ehre auf dem Spiel steht.«

Es folgten die üblichen Höflichkeitsfloskeln.

»Der arme Mann!« sagte des Lupeaulx in mitleidigem Ton, der den Minister in seinem Irrtum beließ, »wir sind unter uns, lassen Sie ihn doch kommen. Sie haben nach der Kammersitzung eine Sitzung des Staatsrats, und Eure Exzellenz müssen heute der Opposition antworten. Sie könnten ihn zu keiner anderen Stunde empfangen.« Des Lupeaulx stand auf, rief den Türhüter, sagte ihm etwas und setzte sich wieder an den Tisch. – »Ich habe seinen Besuch bis zum Dessert hinausgeschoben«, sagte er.

Wie alle Minister der Restauration war auch dieser ein Mann ohne Jugend. Die von Ludwig XVIII. bewilligte Verfassung hatte den Fehler, den Königen die Hände zu binden und sie zu zwingen, die Schicksale des Landes den Vierzigjährigen in der Abgeordnetenkammer und den Sechzigjährigen in der Pairskammer zu überantworten, ihnen das Recht zu rauben, sich eines Mannes mit politischem Talent zu bemächtigen, wo er ging und stand, ungeachtet seiner Jugend oder seiner kümmerlichen Abkunft. Einzig Napoleon konnte nach seinem Belieben junge

Menschen anstellen, ohne dabei durch irgendein Bedenken gehemmt zu werden. Daher hatte nach dem Sturz dieses großen Willensmenschen alle Energie die Regierung verlassen. Nun aber ist eine Ablösung der Strenge durch Milde in Frankreich ein weit gefährlicherer Gegensatz als in jedem anderen Lande. Im allgemeinen sind Minister, die ihr Amt alt angetreten haben, mittelmäßig gewesen, während die Minister, die jung ernannt wurden, den europäischen Monarchien und Republiken, deren Geschäfte sie leiteten, zur Ehre gereicht haben. Noch immer hallt die Welt wider von dem Ringen zwischen Pitt und Napoleon, zwei Männern, die die Politik im gleichen Alter leiteten, in dem Heinrich von Navarra, Richelieu, Mazarin, Colbert, Louvois, Wilhelm von Oranien, der Herzog von Guise, Julius II. und Macchiavelli, kurz alle bekannten großen Männer, gleichgültig, ob sie unten angefangen hatten oder in der Nähe von Thronen geboren worden waren, gerade erst begannen, Staaten zu regieren. Der Konvent, dieses Musterbild an Energie, setzte sich zum großen Teil aus jungen Köpfen zusammen. Kein Herrscher sollte vergessen, daß der Konvent es fertiggebracht hat, vierzehn Armeen gegen Europa einzusetzen. Seine Politik, die so fatal in den Augen derer ist, die an der sogenannten absoluten Macht festhalten, wurde nichtsdestoweniger von den wahren Prinzipien der Monarchie diktiert, denn er hat sich verhalten wie ein großer König. Nach zehn oder zwölf Jahren parlamentarischer Kämpfe, nachdem er seine Politik immer wieder durchgesetzt und sich dabei erschöpft hatte, war dieser Minister erst richtig von einer Partei eingesetzt worden, die ihn als ihren Geschäftsführer betrachtete. Zu seinem Glück war er dem sechzigsten Lebensjahr näher als dem fünfzigsten. Hätte er sich einige jugendliche Kräfte erhalten, so wäre er schnell zerbrochen. Aber da er es gewohnt war, aufzugeben, den Rückzug anzutreten, wiederzukommen, konnte er sich abwechselnd von seiner Partei, von der Opposition, vom Hof, vom Klerus angreifen lassen und ihnen die träge Kraft eines gleichzeitig weichen und zähen Stoffes entgegensetzen. Kurzum, er genoß die Segnungen seines Unglücks. Da er abgebrüht in tausenderlei Regierungsfragen war, wie es das Urteilsvermögen eines alten Anwalts ist, nachdem er für alles und jedes plädiert hat, besaß sein Geist nicht mehr die Lebendigkeit, die die Einsamen sich bewahren, noch die rasche Fähigkeit zu Entscheidungen, über die Leute verfügen, die frühzeitig daran gewöhnt worden sind zu handeln, und die bei jungen Offizieren besonders deutlich hervortritt. Konnte es denn anders sein? Er hatte beständig Winkelzüge gemacht, anstatt zu urteilen. Er hatte die Wirkungen kritisiert, ohne an den Ursachen mitzuwirken. Vor allem hatte er den Kopf voll von tausend Reformplänen, wie eine Partei sie ihrem Führer zuschiebt, von Programmen, die die Privatinteressen an einen zukunftsreichen Redner herantragen und durch die sie ihn mit unausführbaren Plänen und Ratschlägen überhäufen. Anstatt sein Amt frisch anzutreten, war er erschöpft von seinen Märschen und Gegenmärschen dazu gelangt. Als er dann auf dem so sehr angestrebten Gipfel Stellung bezog, hatte er sich dort an tausend Dornbüschen festgehakt, er hatte dort einander entgegengesetzte Willensrichtungen vorgefunden, die es zu versöhnen galt. Wenn die Staatsmänner der Restauration ihren eigenen Gedanken hätten folgen können, wären ihre Fähigkeiten sicherlich von der Kritik weniger angezweifelt worden. Aber wenn ihr Wollen sie mitriß, rettete ihr Alter sie, indem es ihnen nicht mehr erlaubte, den Widerstand zu entfalten, den man zu Beginn des Lebens jenen Intrigen entgegenzusetzen weiß, die zugleich niedrig und hochstehend sind, die manchmal einen Mann wie Richelieu besiegen und in denen, in einer weniger hohen Sphäre, Rabourdin sich verfangen sollte. Nach dem Geplänkel ihrer ersten Kämpfe gerieten diese Leute, die weniger alt als gealtert waren, in das Gefecht mit den Beamten ihrer Ministerien. So wurden ihre Augen bereits zu einer Zeit getrübt, da es eines Adlerscharfblicks bedurft hätte. Ihr Geist war müde, als er seine Schwungkraft hätte verdoppeln müssen. Der Minister, dem Rabourdin sich anvertrauen wollte, hörte täglich Männer von unbestreitbarer Überlegenheit an, die ihm die geistvollsten Theorien, anwendbare oder unanwendbare, über die Staatsgeschäfte Frankreichs darlegten. Diese Leute, die von den Schwierigkeiten der allgemeinen Politik keine Ahnung hatten, überfielen den Minister bei der Rückkehr aus einer parlamentarischen Schlacht, nach einem Ringen mit der geheimen Beschränktheit des Hofs oder am Vorabend eines Kampfs mit der öffentlichen Meinung oder am Tag, nachdem eine diplomatische Frage akut geworden war, die den Staatsrat in drei Meinungen zersplittert hatte. In solch einer Lage hält ein Staatsmann selbstverständlich ein Gähnen für den ersten Satz in Bereitschaft, in dem es sich darum handelt, die öffentlichen Belange besser zu organisieren. Es gab zu jener Zeit kein Diner, bei dem nicht die kühnsten Spekulanten, die Männer in den Kulissen der Finanz und der Politik in einem tiefsinnigen Ausspruch die Meinungen der Börse oder der Bankwelt, Pläne zur europäischen Politik, zur Überraschung der Diplomatie zusammengefaßt hätten. Der Minister hatte übrigens in des Lupeaulx und seinem Privatsekretär einen kleinen Rat, mit dem zusammen er diese Nahrung wiederkäuen und die Interessen kontrollieren und analysieren konnte, die mit so vielen geschickten Stimmen auf ihn einredeten. Im Grunde bestand sein Unglück, das dasjenige aller sechzigjährigen Minister sein wird, darin, daß er alle Schwierigkeiten umgehen wollte: den Journalismus, der in diesem Augenblick im stillen geschwächt anstatt offen niedergeschlagen werden sollte[172]; die Finanzfrage, den mit der Industrie verknüpften Fragenkomplex, den Klerus, die Frage der Nationalgüter, den Liberalismus und die Abgeordnetenkammer. Nachdem der Minister sieben Jahre lang die Macht gedreht und gewendet hatte, glaubte er, auch alle diese Fragen drehen und wenden zu können. Es ist so natürlich, daß man sich die Mittel behaupten will, die zum Aufsteigen gedient haben, daß niemand ein System zu tadeln wagt, das die Mittelmäßigkeit erfunden hat, um der Mittelmäßigkeit zu gefallen. Die Restauration gerade wie die polnische Revolution hatte es verstanden, den Nationen und den Fürsten zu zeigen, was ein Mann wert ist und was ihnen geschieht, wenn er ihnen fehlt. Der letzte und schwerste Fehler der Staatsmänner der Restauration war ihre Anständigkeit in einem Kampfe, bei dem ihre Gegner sich aller Hilfsmittel der politischen Schurkerei bedienten, der Lüge und der Verleumdung, wodurch sie die verständnislosen Massen gegen sie entfesselten, die Massen, die lediglich befähigt sind, die Unordnung zu begreifen.

Das alles hatte Rabourdin sich gesagt. Aber er war nun einmal zu dem Entschluß gelangt, den vollen Einsatz zu wagen.

wie jemand, der des Spiels müde ist und sich nur noch einen einzigen Schlag zutraut. Nun aber hatte der Zufall ihm in der Person des Lupeaulx' einen unehrlichen Spieler entgegengestellt. Dennoch stellte der Bürochef sich trotz all seiner Klugheit, da er mehr von der Verwaltung als von parlamentarischer Optik verstand, nicht die ganze Wahrheit vor: Er wußte nicht, daß die große Arbeit, die sein Leben ausgefüllt hatte, für den Minister zu nichts als einer Theorie werden sollte und daß es für den Staatsmann unmöglich war, ihn nicht mit den Neuerern beim Nachtisch, mit den Plauderern am Kamin zu verwechseln.

»Seine Exzellenz und ich sind im Bilde über das, was Ihnen zu schaffen macht, und Sie haben nichts zu befürchten«, sagte des Lupeaulx und senkte die Stimme, »weder von Dutocq noch von wem auch immer«, fügte er laut hinzu.

»Quälen Sie sich nicht, Rabourdin«, sagte Seine Exzellenz gütig, tat jedoch gleichzeitig, als wolle sie sich zurückziehen.

Rabourdin trat respektvoll vor, und der Minister konnte ihm nicht ausweichen.

»Würden Eure Exzellenz geruhen, mir zu erlauben, Ihnen zwei Worte unter vier Augen zu sagen?« fragte Rabourdin und zwinkerte der Exzellenz auf mysteriöse Weise zu.

Der Minister blickte auf die Stutzuhr und trat an das Fenster, wohin der arme Chef ihm folgte.

»Wann könnte ich die Ehre haben, Eurer Exzellenz meine Angelegenheit zu unterbreiten, um Ihnen den neuen Verwaltungsplan zu erklären, auf den sich das Schriftstück bezieht, das man entstellen wird ...«

»Ein Verwaltungsplan!« unterbrach ihn der Minister und runzelte die Brauen. »Wenn Sie mir etwas dieser Art mitzuteilen haben, dann warten Sie bitte den Tag ab, an dem wir miteinander arbeiten. Ich habe heute Staatsratssitzung, ich schulde der Kammer eine Antwort auf den Einwurf, den die Opposition gestern gegen Ende der Sitzung erhoben hat. Ihr Tag ist der nächste Mittwoch. Wir haben gestern nicht gearbeitet, weil ich mich gestern nicht mit den Angelegenheiten des Ministeriums befassen konnte. Die politischen Dinge haben den rein verwaltungsmäßigen im Wege gestanden.«

»Ich lege meine Ehre vertrauensvoll in die Hände Eurer Exzellenz«, sagte Rabourdin ernst, »und ich flehe Sie an, nicht zu vergessen, daß Sie mir keine Zeit zu einer sofortigen Erklärung über das entwendete Schriftstück gelassen haben ...«

»Aber Sie brauchen doch nichts zu befürchten«, sagte des Lupeaulx. Er war zwischen den Minister und Rabourdin getreten und hatte den letzteren unterbrochen. »Noch ehe eine Woche um ist, sind Sie sicherlich ernannt ...«

Der Minister fing an zu lachen, als er an die Begeisterung des Lupeaulx' für Madame Rabourdin dachte, und er blinzelte seiner Frau zu, die lächelte. Rabourdin überraschte dieses stumme Spiel, überlegte sich dessen Bedeutung, hörte für eine Sekunde auf, den Minister im Auge zu behalten, und diesen Moment nahm die Exzellenz wahr und ging hinaus.

»Wir plaudern noch über dies alles«, sagte des Lupeaulx, mit dem der Bürochef sich zu seinem Erstaunen allein sah. »Aber seien Sie Dutocq deswegen nicht böse, ich verbürge mich für ihn.«

»Ihre Frau ist ganz reizend«, sagte die Ministersgattin zu dem Bürochef, um ihm überhaupt etwas zu sagen.

Die Kinder schauten Rabourdin neugierig an. Rabourdin erwartete irgend etwas Feierliches. Er war wie ein großer, in den Maschen eines leichten Netzes gefangener Fisch; er kämpfte mit sich selbst.

»Frau Gräfin sind sehr gütig«, sagte er.

»Kann ich nicht die Freude haben, sie an einem Mittwoch bei mir zu sehen?« fragte die Gräfin. »Bringen Sie sie doch mit, ich wäre Ihnen verbunden ...«

»Madame Rabourdin hat am Mittwoch ihren Empfangstag«, antwortete des Lupeaulx. Er wußte, wie banal die offiziellen Mittwochsempfänge waren. »Aber wenn Sie ihr soviel Güte bezeigen, dann haben Sie doch, wie ich glaube, demnächst eine Abendgesellschaft im kleinen Kreise.«

Die Ministersgattin stand verärgert auf.

»Sie sind mein Zeremonienmeister«, sagte sie zu des Lupeaulx.

Das war ein doppelsinniger Ausdruck. Es ging daraus hervor, wie sehr des Lupeaulx sie geärgert hatte, als er über ihre Abendgesellschaften im kleinen Kreis verfügte, bei denen sie nur erlesene Gäste zuließ. Sie nickte Rabourdin kurz zu und ging hinaus. Des Lupeaulx und der Bürochef waren jetzt also allein in dem kleinen Salon, in dem der Minister im Familienkreis zu frühstücken pflegte. Des Lupeaulx zerknitterte zwischen seinen Fingern den vertraulichen Brief, den La Brière dem Minister überbracht hatte; Rabourdin erkannte ihn.

»Sie kennen mich nicht zur Genüge«, sagte er zu dem Bürochef und lächelte ihn an. »Am Freitagabend werden wir uns gründlich verständigen. In diesem Augenblick muß ich Audienz abhalten, der Minister hat sie mir für heute aufgeladen, weil er sich für die Kammer vorbereitet. Aber ich wiederhole Ihnen, Rabourdin, Sie brauchen keine Angst zu haben.«

Rabourdin schritt langsam über die Treppen. Er war verwirrt über die seltsame Wendung, die die Dinge genommen hatten. Er hatte gemeint, Dutocq habe ihn denunziert, und darin hatte er sich nicht getäuscht. Des Lupeaulx hatte den Entwurf in Händen, in dem er so streng beurteilt worden war, und des Lupeaulx war zu seinem Richter liebenswürdig. Wie sollte man daraus klug werden? Aufrechte Menschen durchschauen nur unter Schwierigkeiten verwickelte Intrigen, und Rabourdin verirrte sich in diesem Labyrinth, ohne das Spiel erraten zu können, das der Generalsekretär spielte.

»Entweder hat er den ihn betreffenden Artikel nicht gelesen, oder er liebt meine Frau.«

Das waren die beiden Gedanken, bei denen der Chef verweilte, als er den Hof überquerte; denn es war ihm blitzartig der Blick eingefallen, der, wie er beobachtet hatte, am Abend zuvor zwischen Célestine und des Lupeaulx gewechselt worden war. Während Rabourdins Abwesenheit war sein Büro, wie es nicht anders sein konnte, einer heftigen Aufregung anheimgefallen. Denn in den Ministerien sind die Beziehungen zwischen den Beamten und deren Vorgesetzten so streng geregelt, daß, wenn der Türsteher des Ministers im Auftrag Seiner Exzellenz zu einem Bürochef geht, vor allem zu einem Zeitpunkt, da der Minister sonst nicht zu sprechen ist, es zu ausgiebigen Kommentaren kommt. Das Zusammentreffen dieser außergewöhnlichen Botschaft mit dem Tod des Monsieur La Billardière gab übrigens dieser Tatsache ein ungewohntes Gewicht. Monsieur Saillard erfuhr sie von Monsieur Clergeot, und er war gekommen, um sie mit seinem Schwiegersohn zu besprechen. Bixiou, der gerade mit seinem Chef zu arbeiten hatte, ließ ihn ruhig mit seinem Schwiegervater plaudern und begab sich ins Büro Rabourdins, wo alle Arbeit unterbrochen war.

BIXIOU *(eintretend)* Es geht bei Ihnen nicht heiß her, meine Herren? Sie wissen wohl nicht, was unten passiert. »Die tugendhafte Rabourdin« sitzt in der Tinte! Jawohl, entlassen! Ein schrecklicher Auftritt beim Minister.

DUTOCQ *(blickt Bixiou an)* Tatsächlich?

BIXIOU Wem kann das etwas ausmachen? Ihnen nicht, Sie werden Unterchef, und du Bruel Chef. Monsieur Baudoyer übernimmt die Abteilung.

FLEURY Ich wette hundert Francs, daß Baudoyer niemals Abteilungsleiter wird.

VIMEUX Ich wette mit. Sie auch, Monsieur Poiret?

POIRET Ich trete am 1. Januar in den Ruhestand.

BIXIOU Wie? Wir sollen Ihre Schnürschuhe nicht mehr sehen? Und was soll ohne Sie aus dem Ministerium werden? Wer geht auf meine Wette ein?

DUTOCQ Ich kann es nicht, ich wäre bei dieser Wette meiner Sache zu sicher. Monsieur Rabourdin ist ernannt, Monsieur de La Billardière hat ihn auf seinem Sterbebett den beiden Ministern empfohlen und sich dabei beschuldigt, er habe die Einkünfte eines Postens eingesäckelt, dessen Arbeit von Rabourdin geleitet worden sei: Er hat Gewissensbisse bekommen, und in Ermangelung jedweder höheren Weisung haben sie ihm, um ihn zu beruhigen, versprochen, Rabourdin zu ernennen.

BIXIOU Meine Herren, wetten Sie getrost gegen mich; sind Sie jetzt sicher? Denn Sie machen doch ebenfalls mit, Monsieur Phellion. Ich wette um ein Abendessen zu fünfhundert Francs im ›Rocher-de-Cancale‹, daß Rabourdin nicht an die Stelle de La Billardières rücken wird. Die Sache kostet jeden von Ihnen noch keine hundert Francs, und ich selber setze fünfhundert aufs Spiel. Kurzum, ich nehme es mit Ihnen allen auf. Einverstanden? Machen auch Sie mit, du Bruel?

PHELLION *(legt seine Feder nieder)* Monsieur, worauf gründen Sie diesen gewagten Vorschlag, denn »gewagt« ist der einzig richtige Ausdruck. Aber ich greife fehl, wenn ich »Vorschlag« sage.

»Vertrag« habe ich sagen wollen. Eine Wette stellt einen Vertrag dar.

FLEURY Nein, die Bezeichnung »Vertrag« gilt nur für gesetzlich zulässige Vereinbarungen, und das Gesetz erkennt der Wette keine Rechtsgültigkeit zu.

DUTOCQ Sie in Acht und Bann zu tun heißt sie anerkennen.

BIXIOU Das ist sehr intelligent, Dutocq, mein Junge!

POIRET Das ist denn doch!

FLEURY Es stimmt. Es ist gerade so, wie wenn man die Bezahlung seiner Schulden verweigert; dadurch erkennt man sie an.

THUILLIER Ihr würdet großartige Rechtsberater abgeben!

POIRET Ich bin ebenso neugierig wie Monsieur Phellion. Ich wüßte gern, worauf Monsieur Bixiou sich stützt ...

BIXIOU *(ruft quer durch das Büro)* Machen Sie mit, du Bruel?

DU BRUEL *(erscheint)* Sapperlot, meine Herren! Ich habe etwas Schwieriges zu erledigen, nämlich den Reklameartikel über den Tod La Billardières. Bitte verhaltet euch ein bißchen ruhig: Lachen und wetten könnt ihr hinterher immer noch.

THUILLIER Lachen und nicht lachen! Sie maßen sich meine Wortspiele an[173]!

BIXIOU *(geht in du Bruels Büro)* Wahrhaftig, du Bruel, eine Lobeshymne auf den Alten ist eine recht schwierige Sache; ihm eines auszuwischen fiele mir leichter.

DU BRUEL Hilf mir doch, Bixiou!

BIXIOU Gern, obwohl sich dergleichen Artikel leichter beim Essen schreiben.

DU BRUEL Wir essen zusammen zu Abend. *(Er liest vor)* »Die Kirche und die Monarchie verlieren alle Tage einen derjenigen, die für sie in revolutionären Zeiten gekämpft haben ...«

BIXIOU Schlecht. Ich würde schreiben:

»Der Tod richtet seine Verheerungen ganz besonders unter den ältesten Verteidigern der Monarchie und unter den getreuesten Dienern des Königs an, dessen Herz unter diesen Schicksalsschlägen blutet. *(Du Bruel schreibt schnell mit.)* Der Herr Baron Flamet de La Billardière ist heute vormittag der Brustwassersucht, hervorgerufen durch eine Affektion des Herzens, erlegen.«

Siehst du, es kommt darauf an, zu beweisen, daß auch Beamte ein Herz haben. Wollen wir jetzt ein paar Phrasen über die

Empfindungen der Royalisten während der Schreckensherrschaft einfügen? Hm, das wäre nicht übel. Ach, Unsinn! Die Lokalblätter würden dann schreiben, jene Empfindungen hätten mehr die Eingeweide als die Herzen betroffen. Lassen wir das lieber. Wie geht's bei dir weiter?

DU BRUEL *(liest)* »Er entstammte einem alten Parlamentsrichter-Stamm ...«

BIXIOU Tadellos! Das ist poetisch, und »Stamm« ist durchaus zutreffend.

DU BRUEL *(fährt fort)* »Wo die Treue zum Thron erblich war, gerade wie das Festhalten am Glauben unserer Väter, und so hat Monsieur de La Billardière ...«

BIXIOU Ich würde schreiben: »Der Herr Baron.«

DU BRUEL Aber das war er doch 1793 noch gar nicht.

BIXIOU Kommt nicht drauf an. Du weißt doch, daß unter dem Kaiserreich Fouché beim Erzählen einer Anekdote über den Konvent, wo Robespierre mit ihm sprach, folgendermaßen begann: »Robespierre sagte zu mir: ›Herzog von Otranto, Sie gehen jetzt ins Hôtel-de-Ville!‹« Du hast also einen Vorgänger.

DU BRUEL Laß mich diesen Ausspruch notieren! Aber wir wollen nicht »Baron« schreiben, denn die Gunstbezeigungen, die ihm zuteil geworden sind, habe ich mir für den Schluß aufgespart.

BIXIOU Na, schön! Das ist dann der Bühneneffekt, die Schlußapotheose des Artikels.

DU BRUEL Siehst du?

»Als der König Monsieur de La Billardière zum Baron ernannte, zum gewöhnlichen Kammerherrn ...«

BIXIOU *(als Nebenbemerkung)* Zum sehr gewöhnlichen!

DU BRUEL *(fährt fort)* »Kammerherrn usw., hat er das Gesamt der Dienste des Prevotalrichters belohnt, der die Strenge seiner Amtsführung mit der den Bourbonen eigentümlichen Milde zu versöhnen wußte, sowie den Mut des Vendéers, der vor dem kaiserlichen Idol nicht das Knie gebeugt hat. Er hinterläßt einen Sohn, den Erben seiner Treue und seiner hohen Gaben, usw.«

BIXIOU Ist das nicht allzu geschraubt im Ton, zu reich an Farben? Ich würde diese poetische Ausdrucksweise ein bißchen dämpfen: kaiserliches Idol, das Knie beugen! Den Teufel auch! Das

Vaudevilleschreiben verdirbt einem den Stil, man bleibt in der Prosa nicht mehr mit beiden Füßen auf der Erde. Ich würde schreiben: »Er gehörte der kleinen Schar derer an, die« usw. Simplifiziere, es handelt sich doch um einen Simpel.

DU BRUEL Schon wieder ein Vaudevillewitz! Du könntest dein Glück mit Bühnenstücken machen, Bixiou!

BIXIOU Was hast du über Quiberon geschrieben? *(Er liest)* Das trifft nicht ins Schwarze! Ich würde es folgendermaßen formulieren:

»In einem unlängst veröffentlichten Werk hat er sämtliche Unglücksgeschehnisse bei der Expedition von Quiberon auf sich genommen und so ein Beispiel der Treue gegeben, die vor keinem Opfer zurückschreckte.«

Das ist fein und geistreich, und du baust La Billardière eine goldene Brücke.

DU BRUEL Auf wessen Kosten?

BIXIOU *(ernst wie ein Priester, der die Kanzel besteigt)* Auf Kosten Hoches[174] und Talliens[175]. Kennst du dich in der Weltgeschichte nicht aus?

DU BRUEL Nein. Ich habe zwar die Memoirensammlung der Baudouins[176] subskribiert, habe aber noch keine Zeit gehabt, sie aufzuschlagen: Es sind keine Vaudevillestoffe darin.

PHELLION *(an der Tür)* Wir wüßten alle gern, Monsieur Bixiou, was Sie zu dem Glauben veranlassen kann, der tugendhafte, würdige Monsieur Rabourdin, der seit neun Monaten die Abteilung vertretungsweise leitet, der der älteste Bürochef des Ministeriums ist und den der Minister nach der Rückkehr von Monsieur de La Billardière durch seinen Türhüter hat holen lassen, werde nicht zum Abteilungsleiter ernannt.

BIXIOU Papa Phellion, kennen Sie sich in der Geographie aus?

PHELLION *(wirft sich in die Brust)* Darauf bin ich stolz, Monsieur.

BIXIOU Und in der Weltgeschichte?

PHELLION *(bescheiden)* Vielleicht.

BIXIOU *(sieht ihn an)* Ihr Diamant sitzt locker, er fällt gleich herunter. Also: Sie kennen das menschliche Herz nicht. Sie sind, was das betrifft, nicht weiter gekommen als in die Umgebung von Paris.

POIRET *(leise zu Vimeux)* Die Umgebung von Paris? Ich dachte, es handelte sich um Monsieur Rabourdin?

BIXIOU Wettet das Büro Rabourdin geschlossen gegen mich?

ALLE Ja.

BIXIOU Du Bruel, machst du mit?

DU BRUEL Ich glaube. Es liegt in unserm Interesse, daß unser Chef durchkommt, dann rückt nämlich jeder in unserem Büro eine Stufe auf.

THUILLIER Um einen Schädel[177]. *(Leise zu Phellion)* Der hat den Bogen 'raus.

BIXIOU Ich gewinne. Aus folgendem Grund. Ihr werdet zwar eure liebe Not haben, ihn zu verstehen, aber ich will ihn euch trotzdem sagen. Es ist richtig und gerecht: Monsieur Rabourdin müßte ernannt werden; *(er blickt Dutocq an)* denn für ihn sprechen das Dienstalter, die Begabung und die Ehrenhaftigkeit, und sie würden damit anerkannt und belohnt. Die Ernennung liegt sogar im wohlverstandenen Interesse der Verwaltung. *(Phellion, Poiret und Thuillier hören zu, ohne das mindeste zu begreifen; sie wirken wie Menschen, die im Dunkel klarsehen möchten.)* Na ja, eben wegen dieser Übereinstimmungen und Verdienste, bei aller Anerkennung, daß deren Ermessung billig und vernünftig ist, wette ich, daß die Ernennung nicht stattfindet. Ja! Sie wird fehlschlagen, wie die Expeditionen von Boulogne[178] und der Rußland-Feldzug[179] fehlgeschlagen sind, bei denen das Genie alle Erfolgsmöglichkeiten vereinigt hatte! Sie wird fehlschlagen, wie hier auf Erden alles fehlschlägt, was gerecht und gut zu sein scheint. Ich setze auf die Karte des Teufels.

DU BRUEL Wer wird denn nun aber ernannt?

BIXIOU Je mehr ich über Baudoyer nachdenke, desto mehr scheint er in sich alle gegenteiligen Eigenschaften zu vereinen, folglich wird er Abteilungsleiter.

DUTOCQ *(zum Äußersten getrieben)* Aber Monsieur des Lupeaulx, der mich zu sich gerufen hat, um mich um meinen Charlet zu bitten, hat mir gesagt, Monsieur Rabourdin werde ernannt werden, und der kleine La Billardière würde als Referendar ins Justizministerium versetzt.

BIXIOU Ernannt! Ernannt! Die Ernennung wird erst in zehn Tagen unterzeichnet. Ernennungen finden immer am Neujahrstag statt. Da, sehen Sie sich Ihren Chef an, unten im Hof, und sagen Sie mir, ob »die tugendhafte Rabourdin« wie ein Mann aussieht, der in Gunst steht. Man würde eher meinen, er sei entlassen worden! *(Fleury stürzt ans Fenster)* Adieu, meine Herren. Ich will jetzt Monsieur Baudoyer mitteilen, Sie hätten für Monsieur Rabourdin gestimmt. Das wird ihn wütend machen, den frommen Mann! Danach erzähle ich ihm dann von unserer Wette, damit er wieder Mut faßt. Beim Theater nennen wir das eine Peripetie, nicht wahr, du Bruel? Aber was macht mir das aus? Wenn ich gewinne, macht er mich zum Unterchef.

POIRET Alle Welt erkennt diesem Herrn Geist zu, aber ich werde nie aus dem, was er redet, klug. *(Er fährt dabei mit seiner Arbeit fort.)* Ich höre ihm zu, höre ihm zu, und höre Worte und begreife ihren Sinn nicht: Er redet im Zusammenhang mit dem menschlichen Herzen von der Umgebung von Paris und *(er legt die Feder hin und tritt an den Ofen)* sagt, er setze auf die Karte des Teufels, im Zusammenhang mit dem Lager von Boulogne und dem Rußland-Feldzug! Man müßte doch zunächst einmal voraussetzen, daß der Teufel überhaupt Karten spielt, und wissen, welches Spiel er spielt! Ich denke da zunächst an Domino… *(Er schneuzt sich)*

FLEURY *(fällt ihm ins Wort)* Es ist elf, Papa Poiret hat sich die Nase geputzt.

DU BRUEL Richtig. Schon! Ich laufe zum Sekretariat.

POIRET Wo bin ich stehengeblieben?

THUILLIER Beim Domino[180], du lieber Himmel! Denn es handelt sich um den Teufel, und der Teufel ist ein Lehnsherr ohne Freibrief[181]. Aber das zielt mehr auf eine Pointe ab als auf ein Wortspiel. Es ist bloß eine Spielerei mit Worten. Übrigens sehe ich keinen Unterschied zwischen einem Spiel mit Worten und…

(Sébastien kommt, um die Zirkulare zur Unterzeichnung und zum Vergleichen mit dem Original einzusammeln.)

VIMEUX Da sind Sie ja, schöner Jüngling! Die Zeit Ihrer Nöte ist vorbei, Sie werden fest angestellt! Monsieur Rabourdin wird ernannt! Sie sind gestern auf Madame Rabourdins Abendgesellschaft gewesen. Was für ein Glückspilz sind Sie, daß Sie da hindürfen! Es heißt, daß da großartige Frauen verkehren.

SÉBASTIEN Das weiß ich nicht.

FLEURY Sind Sie etwa blind?

SÉBASTIEN Ich sehe lieber nicht an, was ich nicht erlangen kann.

PHELLION *(entzückt)* Gut gesprochen, junger Mann!

VIMEUX Sie haben aber doch wohl Madame Rabourdin beachtet, zum Teufel! Eine bezaubernde Frau!

FLEURY Pah! Reichlich mager. Ich habe sie im Tuileriengarten gesehen. Da ist mir Percilliée lieber, die Ballettmeisterin, das Opfer Castaings[182].

PHELLION Aber was gibt es denn Gemeinsames zwischen einer Bühnenkünstlerin und der Frau eines Bürochefs?

DUTOCQ Sie spielen beide Komödie.

FLEURY *(sieht Dutocq von der Seite an)* Das Körperliche hat nichts mit dem Moralischen zu tun, und wenn Sie darunter verstehen, daß ...

DUTOCQ Ich verstehe überhaupt nichts.

FLEURY Wollt ihr wissen, wer von allen Beamten Bürochef wird?

ALLE Heraus mit der Sprache!

FLEURY Colleville.

THUILLIER Warum?

FLEURY Weil Madame Colleville schließlich den kürzeren Weg eingeschlagen hat ... den über die Sakristei ...

THUILLIER *(trocken)* Ich bin eng mit Colleville befreundet und muß Sie also bitten, Monsieur Fleury, von leichtfertigen Äußerungen über seine Frau Abstand zu nehmen.

PHELLION Die Frauen, die sich nicht wehren können, sollten niemals das Thema unserer Gespräche sein ...

VIMEUX Und zwar um so weniger, als die hübsche Madame Colleville Fleury nicht hat empfangen wollen und er sie aus Rache anschwärzt.

FLEURY Sie hat mich nicht auf gleichem Fuß wie Thuillier empfangen wollen, aber ich bin hingegangen ...

THUILLIER Wann ...? Wo ...? Unter ihr Fenster ...

Obwohl Fleury in den Büros um seiner intelligenten Verwegenheit willen gefürchtet war, nahm er Thuilliers letzte Äußerung schweigend hin. Diese Selbstbescheidung überraschte die Beamten. Sie hatte ihre Ursache in einem Wechsel über zweihundert Francs mit ziemlich zweifelhafter Unterschrift, den Thuillier seiner Schwester Mademoiselle Thuillier vorlegen sollte. Nach diesem Scharmützel trat tiefes Schweigen ein. Von ein Uhr bis drei arbeiteten alle. Du Bruel kam nicht wieder.

Um halb vier wurden in allen Büros des Ministeriums die Vorbereitungen zum Weggehen getroffen. Die Hüte wurden gebürstet, die Beamten zogen sich um. Diese geliebte halbe Stunde wird zur Erledigung kleiner persönlicher Dinge benutzt und kürzt die Dienststunden ab. Um diese Zeit werden die überheizten Räume lauer, der spezifische Bürogeruch verfliegt, es kehrt wieder Stille ein. Um vier sind nur noch die waschechten Beamten da, die, die ihren Beruf ernst nehmen. Ein Minister könnte diejenigen seines Ministeriums, die wahrhaft arbeiten, kennenlernen, wenn er sich Punkt vier zu einem Rundgang entschlösse. Doch das ist eine Schnüffelei, die keine dieser gewichtigen Persönlichkeiten sich herausnimmt.

Um diese Stunde redeten in den Höfen einige Chefs einander an, um sich ihre Gedanken über das Tagesereignis mitzuteilen. Man ging zu zweit oder zu dritt weg, und im allgemeinen wurde zugunsten Rabourdins gefolgert. Aber Alterfahrene wie Monsieur Clergeot schüttelten den Kopf und sagten: »Habent sua sidera lites[183].« Saillard und Baudoyer wurden auf höfliche Weise gemieden, denn keiner wußte, was er ihnen im Zusammenhang mit La Billardières Tod sagen sollte, und jeder sah ein, daß Baudoyer den Posten wünschen müsse, obwohl er ihn nicht verdiente.

Als Schwiegersohn und Schwiegervater sich in einer gewissen Entfernung vom Ministerium befanden, brach Saillard das Schweigen und sagte: »Die Sache steht schlecht für dich, mein guter Baudoyer.«

»Mir ist unbegreiflich«, antwortete der Chef, »was Elisabeth im Kopf hat. Sie hat Godard eingespannt, um Hals über Kopf einen Paß für Falleix zu bekommen. Godard hat mir gesagt, sie habe auf den Rat meines Onkels Mitral eine Postchaise bestellt, und um diese Stunde sei Falleix unterwegs in seine Heimat.«

»Das hängt wohl mit unserm Geschäft zusammen«, sagte Saillard.

»Unser dringlichstes Geschäft wäre augenblicklich, an Monsieur de La Billardières Posten zu denken.«

Sie waren jetzt auf der Höhe des Palais-Royal in der Rue Saint-Honoré, als Dutocq sie grüßte und zu ihnen trat.

»Monsieur«, sagte er zu Baudoyer, »wenn ich Ihnen in der Lage, in der Sie sich augenblicklich befinden, nützlich sein kann, dann verfügen Sie bitte über mich. Ich bin Ihnen genauso zugetan wie Monsieur Godard.«

»Ein solcher Schritt ist zumindest tröstlich«, sagte Baudoyer, »man ist im Besitz der Achtung anständiger Menschen.«

»Wenn Sie geruhten, Ihren Einfluß dahingehend geltend zu machen, daß Sie mich in Ihrer Abteilung als Unterchef unterbrächten und Bixiou als Chef einsetzten, würden Sie das Glück zweier Männer machen, die befähigt sind, für Ihre Rangerhöhung alles zu tun.«

»Wollen Sie uns aufziehen, Monsieur?« fragte Saillard und machte große, dumme Augen.

»Nichts liegt mir ferner«, sagte Dutocq. »Ich komme gerade aus der Zeitungsdruckerei. Ich habe im Auftrag des Herrn Generalsekretärs den Nachruf auf Monsieur de La Billardière hingebracht. Der Artikel, den ich dort gelesen habe, hat mir die höchste Achtung für Ihre Begabung vermittelt. Wenn es darum geht, Rabourdin fertigzumachen, könnte ich ihm einen gehörigen Axthieb versetzen. Geruhen Sie, sich dessen zu erinnern.«

Dutocq verschwand.

»Ich will gehängt werden, wenn ich ein einziges Wort von alledem verstehe«, sagte der Kassierer und schaute Baudoyer an, in dessen kleinen Augen eine seltsame Verdutztheit zu lesen war. »Wir müssen unbedingt die Abendzeitung holen lassen.«

Als Saillard und sein Schwiegersohn das Wohnzimmer im Erdgeschoß betraten, fanden sie dort ein großes Kaminfeuer vor, und überdies Madame Saillard, Elisabeth, Monsieur Gaudron und den Pfarrer von Saint-Paul. Der Pfarrer wandte sich Monsieur Baudoyer zu, dem seine Frau einen Wink gab; er blieb ihm unverständlich.

»Monsieur«, sagte der Pfarrer, »ich wollte nicht zögern, zu Ihnen zu kommen und Ihnen für das prächtige Geschenk zu danken, durch das Sie meine arme Kirche verschönt haben. Ich selber habe nicht gewagt, mich in Schulden zu stürzen, um die schöne Monstranz zu kaufen; sie ist einer Kathedrale würdig. Sie, der Sie eines unserer frömmsten und pflichtgetreuesten Pfarrkinder sind, müssen mehr als jeder andere über die Kahlheit unseres Hauptaltars betroffen gewesen sein. Ich gehe jetzt gleich zu Monseigneur dem Koadjutor. Er wird Ihnen bald seine Genugtuung bezeigen.«

»Aber ich habe doch nichts getan . . .«, sagte Baudoyer.

»Herr Pfarrer«, schnitt seine Frau ihm das Wort ab, »ich kann Ihnen sein ganzes Geheimnis offenbaren. Mein Mann plant, sein Werk dadurch zu vollenden, daß er Ihnen zum nächsten Fronleichnamsfest einen Baldachin stiftet. Aber dieser Kauf hängt ein bißchen von unsern Finanzen ab, und unsere Finanzen wiederum sind abhängig von unserer Beförderung.«

»Gott belohnt alle, die ihn ehren«, sagte Monsieur Gaudron und wollte sich mit dem Pfarrer zurückziehen.

»Warum«, sagte Saillard zu Monsieur Gaudron und dem Pfarrer, »erweisen Sie uns nicht die Ehre, mit uns zu essen, was es gerade gibt?«

»Bleiben Sie hier, lieber Vikar«, sagte der Pfarrer zu Gaudron. »Sie wissen doch, daß ich beim Herrn Pfarrer von Saint-Roch eingeladen bin, der morgen Monsieur de La Billardière bestattet.«

»Könnte der Herr Pfarrer von Saint-Roch dabei nicht ein Wort zu unseren Gunsten einflechten?« fragte Baudoyer, den seine Frau heftig am Rockzipfel zupfte.

»Aber schweig doch, Mann«, sagte sie zu ihm, zog ihn in einen Winkel und flüsterte ihm zu: »Du hast der Gemeinde eine Monstranz für fünftausend Francs geschenkt. Nachher erkläre ich dir alles.«

Der geizige Baudoyer schnitt eine schreckliche Grimasse und blieb während des ganzen Essens nachdenklich.

»Warum hast du dich so sehr für Falleix' Paß eingesetzt? Wohinein mischst du dich?« fragte er sie schließlich.

»Mir scheint, Falleix' Angelegenheiten sind auch ein wenig die unseren«, antwortete Elisabeth trocken und warf ihrem Mann einen Blick zu, der ihn auf Monsieur Gaudron hinwies. Es galt, vor ihm zu schweigen.

»Ganz bestimmt«, sagte der alte Saillard; er dachte an seine stille Teilhaberschaft.

»Hoffentlich haben Sie rechtzeitig in der Zeitungsredaktion vorgesprochen?« fragte Elisabeth Monsieur Gaudron, als sie ihm die Suppe auffüllte.

»Freilich, Liebe und Verehrte«, antwortete der Vikar. »Sowie der Chefredakteur die Zeilen der Grand-Aumônerie[184] gelesen hatte, hat er keinerlei Schwierigkeiten mehr gemacht. Er hat dafür gesorgt, daß die kleine Notiz an den passendsten Platz eingerückt wurde. Ich hätte nie daran gedacht; aber dieser junge Zeitungsmann hat einen wachen Verstand. Die Verteidiger der Kirche können den Unglauben bekämpfen, ohne dabei den kürzeren zu ziehen, es gibt in den royalistischen Zeitungen viele Talente. Ich habe alle Ursache zu der Annahme, daß der Erfolg Ihre Hoffnungen krönen wird. Aber vergessen Sie nicht, mein lieber Baudoyer, Monsieur Colleville zu protegieren. Seine Eminenz zollt ihm Aufmerksamkeit, man hat mir nahegelegt, Sie auf ihn hinzuweisen ...«

»Wenn ich Abteilungsleiter bin, mache ich ihn zu einem meiner Bürochefs, wenn man will!« sagte Baudoyer.

Die Lösung des Rätsels erfolgte, als das Abendessen beendet war. Das regierungstreue Blatt, das der Portier gekauft hatte, enthielt unter ›Pariser Nachrichten‹ die beiden folgenden Artikel, sogenannte Einschiebsel:

»Der Herr Baron de La Billardière ist heute morgen nach langem, qualvollem Leiden verschieden. Der König verliert diesen getreuen Diener, die Kirche einen ihrer frömmsten Söhne. Das Ende Monsieur de La Billardières ist die Krönung seines würdigen Lebens, das in schweren Zeiten gänzlich der Durchführung gefährlicher Missionen und noch unlängst den schwierigsten Amtsgeschäften geweiht gewesen ist. Monsieur de La Billardière war oberster Prevotalrichter in einem Département, wo sein Charakter über Hindernisse triumphierte, die die Rebellion gerade dort vervielfacht hatte. Er hatte einen schwierigen Abteilungsleiterposten übernommen, bei dem seine hohe Klugheit sich als nicht minder nützlich erwies als die echt französische, milde Höflichkeit seiner Umgangsformen, wenn es hieß einen Ausgleich in den schwerwiegendsten Angelegenheiten herbeizuführen. Keinerlei Belohnungen waren besser verdient als die, durch die König Ludwig XVIII. und Seine Majestät eine Treue zu belohnen geruht haben, die unter dem Usurpator nicht gewankt hatte. Diese alte Familie wird in einem Sproß weiterleben, der der Erbe der hohen Begabung und der Treue des hervorragenden Mannes ist, dessen Verlust so viele Freunde schmerzlich berührt. Seine Majestät hat bereits durch ein huldvolles Wort wissen lassen, daß Monsieur Benjamin de La Billardière hinfort in die Zahl seiner Kammerherren aufgenommen sei.

Die zahlreichen Freunde, die keine Traueranzeigen erhalten haben oder bei denen jene Anzeigen nicht rechtzeitig eingetroffen sind, werden darauf hingewiesen, daß die Trauerfeier morgen um vier Uhr in der Kirche Saint-Roch stattfindet. Die Leichenpredigt hält Herr Abbé Fontanon.«

»Monsieur Isidore Baudoyer, Oberhaupt einer der ältesten Pariser Bürgerfamilien und Bürochef in der Abteilung La Billardière, hat sich der alten Tradition der Frömmigkeit erinnert, wie sie jene großen Familien von je ausgezeichnet hat, die so eifrig auf den Glanz der Kirche bedacht und deren Monumenten so freundschaftlich zugetan waren. Die Kirche Saint-Paul ermangelte einer Monstranz, die der Pracht dieser von der Gesellschaft Jesu errichteten Basilika entsprochen hätte. Weder der Kirchenvorstand noch der Pfarrer waren reich genug, den Altar damit zu schmücken. Monsieur Baudoyer hat der Gemeinde eine Monstranz gespendet, die mehrere Persönlichkeiten bei Monsieur Gohier[185], dem Goldschmied des Königs, bewundert haben. Dank diesem frommen Manne, der vor dem sehr hohen Preis nicht zurückgeschreckt ist, besitzt die Kirche Saint-Paul jetzt dieses Meisterwerk der Goldschmiedekunst, dessen Entwurf Monsieur de Sommervieux[186] zu verdanken ist. Nur zu gern veröffentlichen wir eine Tatsache, die beweist, wie leer und eitel die Deklamationen des Liberalismus über die Geisteshaltung der Pariser Bürgerschaft sind. Das Großbürgertum ist zu allen Zeiten royalistisch eingestellt gewesen, und es wird es stets bei jeder Gelegenheit beweisen.«

»Der Preis betrug fünftausend Francs«, sagte der Abbé Gaudron. »Aber da er in bar entrichtet worden ist, hat der Hofgoldschmied ihn herabgesetzt.«

»Oberhaupt einer der ältesten Pariser Bürgerfamilien!« sagte Saillard. »So steht es schwarz auf weiß gedruckt, und noch dazu im Regierungsblatt!«

»Lieber Monsieur Gaudron, helfen Sie doch meinem Vater bei der Formulierung eines Satzes, den er der Frau Gräfin zuflüstern könnte, wenn er ihr das Monatsgehalt überbringt, einen Satz, der unaufdringlich alles enthält! Ich lasse Sie mit ihm allein. Ich muß nämlich mit meinem Onkel Mitral ausgehen. Ob Sie es glauben oder nicht: Es war mir unmöglich, meinen Onkel Bidault anzutreffen. Und in welch einem Hundeloch wohnt er! Kurz und gut, Monsieur Mitral, der sich in seinen Lebensgewohnheiten auskennt, hat mir gesagt, er erledige seine geschäftlichen Angelegenheiten immer zwischen acht und zwölf. Danach könne man ihn dann in einem Café antreffen, das Café Themis heißt, ein sonderbarer Name ...«

»Wird da etwa Gericht gehalten?« fragte der Abbé Gaudron lächelnd.

»Warum mag er nur in ein Café gehen, das an der Ecke der Rue Dauphine und des Quai des Augustins liegt? Aber es heißt, er spiele dort allabendlich mit seinem Freund Monsieur Gobseck Domino. Ich will da nicht ganz allein hingehen. Mein Onkel Mitral führt mich hin und bringt mich wieder zurück.«

In diesem Augenblick zeigte Mitral sein gelbes Gesicht. Er hatte eine Perücke darüber gestülpt, die aussah, als sei sie aus Quecken gemacht. Er winkte seine Nichte herbei. Er wollte keine Zeit verlieren, die ihm mit zwei Francs die Stunde bezahlt wurde. Madame Baudoyer ging also, ohne ihrem Vater oder ihrem Mann irgendwelche Erklärungen zu geben.

»Der Himmel«, sagte Monsieur Gaudron zu Baudoyer, als Elisabeth das Zimmer verlassen hatte, »hat Ihnen in dieser Frau einen Schatz an Klugheit und Tugend beschert, ein Musterbild an Sittsamkeit, eine Christin von göttlicher Urteilskraft. Einzig die Religion formt so vollkommene Charaktere. Morgen werde ich eine Messe für den Erfolg der guten Sache lesen! Im Interesse der Monarchie und der Kirche müssen Sie unbedingt ernannt werden. Monsieur Rabourdin ist ein Liberaler, er liest das ›Journal des Débats‹[187], eine verderbliche Zeitung, die Krieg gegen den Herrn Grafen de Villèle führt, um der verletzten Eitelkeit Monsieur de Chateaubriands zu dienen. Seine Eminenz wird heute abend die Zeitung lesen, und sei es auch nur um seines armen Freudes Monsieur de La Billardière willen, und Monseigneur der Koadjutor wird mit Seiner Eminenz über Sie und Rabourdin sprechen. Ich kenne den Herrn Pfarrer: Wer an seine geliebte Kirche denkt, den vergißt er nicht in seiner Predigt. Nun aber hat er in dieser Stunde die Ehre, beim Herrn Pfarrer von Saint-Roch mit dem Koadjutor zu Abend zu speisen.«

Diese Worte machten Saillard und Baudoyer begreiflich, daß Elisabeth seit dem Augenblick, da Godard ihr ein Licht aufgesteckt hatte, nicht müßig gewesen war.

»Die hat's faustdick hinter den Ohren, diese Elisabeth«, rief Saillard und würdigte damit gerechter als der Abbé den Maulwurfsgang, den seine Tochter rasch gewühlt hatte.

»Sie hat Godard an Monsieur Rabourdins Tür geschickt, damit er ausfindig mache, welche Zeitung er hält«, sagte Gaudron, »und das habe ich dem Sekretär Seiner Eminenz gesagt: Wir befinden uns nämlich gegenwärtig in einer Situation, in der Kirche und Thron genau Bescheid wissen müssen, welches ihre Freunde und welches ihre Feinde sind.«

»Seit fünf Tagen zerbreche ich mir den Kopf über einen Satz, den ich der Gattin Seiner Exzellenz sagen könnte«, sagte Saillard.

»Das liest ganz Paris«, rief Baudoyer, der den Blick nicht von der Zeitung abzuwenden vermochte.

»Dein Lob kostet uns viertausendachthundert Francs, Söhnchen!« sagte Madame Saillard.

»Sie haben das Haus Gottes verschönt«, antwortete der Abbé Gaudron.

»Wir hätten unser Seelenheil auch ohne das finden können«, entgegnete sie. »Aber wenn Baudoyer den Posten bekommt, verdient er achttausend Francs mehr. Dann ist das Opfer also nicht groß. Und wenn er ihn nicht bekäme ...? Du lieber Himmel!« sagte sie und blickte ihren Mann an, »das wäre ein Aderlaß ...!«

»Na, schön!« sagte Saillard begeistert, »das holen wir bei Falleix wieder herein. Der vergrößert jetzt sein Geschäft und bedient sich dazu seines Bruders, den er dazu eigens als Wechselmakler eingesetzt hat. Elisabeth hätte uns getrost sagen sollen, warum Falleix ausgeflogen ist. Aber jetzt wollen wir uns den Satz überlegen. Folgendes habe ich schon gefunden: ›Madame, wenn Sie Seiner Exzellenz zwei Worte sagen wollten . . .‹«

»›Wollten‹ geht nicht«, sagte Gaudron, »›zu sagen geruhten‹, das klingt respektvoller. Übrigens müssen wir vor allem in Erfahrung bringen, ob die Frau Dauphine[188] uns ihre Protektion gewährt, denn dann könnten Sie die Gräfin auf den Gedanken bringen, sie gehe in gleicher Richtung mit den Wünschen Ihrer Königlichen Hoheit zu Werke.«

»Es müßte auch auf die freie Stelle hingewiesen werden«, sagte Baudoyer.

»›Frau Gräfin‹«, fuhr Saillard fort, wobei er aufstand und seine Frau freundlich lächelnd anblickte.

»Jesus! Mann, wie bist du komisch! Aber, mein Junge, nimm dich bloß zusammen, sonst bringst du sie womöglich zum Lachen, diese Frau!«

»›Frau Gräfin . . .‹, wirkt es so besser?« fragte er und schaute seine Frau an.

»Ja, mein Hähnchen.«

»›Der Posten des verstorbenen würdigen Monsieur La Billardière ist frei. Mein Schwiegersohn, Monsieur Baudoyer . . .‹«

»›Ein begabter Mann von tiefer Frömmigkeit‹«, soufflierte Gaudron.

»Schreib mit, Baudoyer«, rief der alte Saillard, »schreib den Satz auf.«

Baudoyer nahm in aller Unschuld eine Feder und schrieb, ohne zu erröten, sein eigenes Lob nieder, genauso wie Nathan und Canalis es taten, wenn einer des andern Buch rezensierte.

»›Frau Gräfin . . .‹ Siehst du, Mutter«, sagte Saillard zu seiner Frau, »ich tue, als wärst du die Frau des Ministers.«

»Hältst du mich für dumm? Ich hab's schon gemerkt«, antwortete sie.

»›Der Posten des verstorbenen, würdigen Monsieur de La Billardière ist frei. Mein Schwiegersohn Monsieur Baudoyer, ein

Mann von hervorragender Begabung und tiefer Frömmigkeit . . .‹« Nachdem er Monsieur Gaudron angeblickt hatte, der nachdachte, fügte er hinzu: »›wäre sehr glücklich, wenn er ihn bekäme.‹ Na, das ist gar nicht übel; das ist kurz und bündig und sagt alles.«

»Aber warte doch, Mann, du siehst ja, daß der Herr Abbé schwer nachdenkt«, sagte seine Frau zu ihm, »stör ihn nicht.«

»›Wäre sehr glücklich, wenn Sie geruhten, sich seiner anzunehmen‹«, fuhr Gaudron fort, »›und indem Sie Seiner Exzellenz ein paar Worte darüber sagten, würden Sie sich der Frau Dauphine besonders angenehm machen, von der protegiert zu werden er das Glück hat.‹«

»Ach, Monsieur Gaudron, dieser Satz wiegt die Monstranz auf, und die viertausendachthundert tun mir jetzt weniger leid . . . Übrigens, sag einmal, Baudoyer, mein Sohn, die bezahlst *du* doch, nicht wahr? Hast du mitgeschrieben?«

»Ich werde es dir abhören«, sagte Madame Saillard, »du wirst es mir jeden Morgen und jeden Abend aufsagen. Ja, der ist fein gedrechselt, der Satz! Haben Sie ein Glück, daß Sie so gelehrt sind, Monsieur Gaudron! Da sieht man, was es bedeutet, wenn man am Priesterseminar studiert. Da lernt man, mit Gott und seinen Heiligen zu sprechen.«

»Er ist ebenso gütig wie gelehrt«, sagte Baudoyer und drückte dem Priester die Hand. »Haben Sie den Artikel geschrieben?« fragte er ihn und deutete auf die Zeitung.

»Nein«, antwortete Gaudron. »Der Text stammt vom Sekretär Seiner Eminenz, einem jungen Abbé, der mir sehr verpflichtet ist und der sich für Monsieur Colleville interessiert. Ich habe ihm früher seine Pension im Seminar bezahlt.«

»Wohltun trägt stets Zinsen«, sagte Baudoyer.

Während diese vier Leute sich an den Tisch setzten, um ihre Partie Boston zu spielen, langten Elisabeth und ihr Onkel Mitral am Café Themis an. Unterwegs hatten sie sich über die Angelegenheit unterhalten, die Elisabeths feiner Spürsinn als den stärksten Hebel bezeichnet hatte, durch den die Hand des Ministers gezwungen werden könne. Der Onkel Mitral, ein ehemaliger Gerichtsvollzieher, der sich auf mancherlei Kniffe und Pfiffe verstand, auf juristische Hilfsmittel und Vorsichtsmaßnahmen, war der Meinung, die Ehre seiner Familie sei an dem Triumph seines Neffen unmittelbar beteiligt. Sein Geiz hatte ihn Gigonnets Geldschrank sondieren lassen, und er wußte, daß dessen Inhalt als Erbschaft seinem Neffen Baudoyer zufallen würde. Also wollte er für ihn eine Stellung, die im Einklang mit dem Vermögen der Saillards und Gigonnets stand, die beide einmal an die kleine Baudoyer gelangen mußten. Was konnte nicht alles ein Mädchen beanspruchen, dessen Vermögen ihr mehr als hunderttausend Francs Zinsen abwerfen würde! Er hatte die Gedanken seiner Nichte zu seinen eigenen gemacht und sie verständlich gefunden. Daher hatte er auch Falleix' Abreise dadurch beschleunigt, daß er ihm auseinandergesetzt hatte, wie man mit dem Postwagen am schnellsten weiterkommt. Danach hatte er während des Abendessens überlegt, welche Biegung man der von Elisabeth erfundenen Sprungfeder geben müsse. Bei der Ankunft vor dem Café Themis sagte er zu seiner Nichte, das Geschäft mit Gigonnet könne er allein deichseln. Sie möge in der Droschke sitzen bleiben, damit sie zur rechten Zeit und an der richtigen Stelle eingreifen könne. Durch die Fensterscheiben hindurch sah Elisabeth die beiden Gesichter Gobsecks und ihres Onkels Bidault sich von dem kräftigen Gelb der Holztäfelung dieses alten Cafés abheben wie zwei Gemmenköpfe, kalt und unzugänglich in der Haltung, die der Steinschnitzer ihnen gegeben hatte. Die beiden Pariser Geizhälse hatten alte Gesichter, in deren Furchen dreißig Prozent Diskont eingegraben zu sein schienen; jene rund verlaufenden Furchen gingen von der Nase aus und gruben sich durch die gefrorenen Wangen. Bei Mitrals Anblick belebten sich ihre Züge, und ihre Augen funkelten vor tigerhafter Neugier.

»Hehe! Der Papa Mitral«, rief Chaboisseau.

Dieser kleine Greis diskontierte die Wechsel des Buchhandels.

»Ja, wahrhaftig!« antwortete ein Papierhändler namens Métivier. »Ach, solch ein alter Affe kennt sich in Grimassen aus.«

»Und Sie sind ein alter Rabe, der sich in Kadavern auskennt«, antwortete Mitral.

»Richtig«, sagte der gestrenge Gobseck.

»Was haben Sie hier zu suchen, mein Sohn? Wollen Sie unseren Freund Métivier pfänden?« fragte ihn Gigonnet und deutete auf den Papierhändler, der das Vollmondgesicht eines alten Portiers hatte.

»Ihre Großnichte Elisabeth ist draußen, Papa Gigonnet«, flüsterte Mitral ihm zu.

»Nanu? Was ist passiert?« fragte Bidault.

Der alte Mann runzelte die Brauen und setzte eine zärtliche Miene auf, wie ein Henker, der seines Amts walten will. Trotz seiner Römertugend schien er innerlich angerührt zu sein, denn seine tiefrote Nase verlor etwas von ihrer Farbe.

»Na, wenn nun wirklich etwas passiert wäre, würden Sie dann Saillards Tochter nicht helfen, wo die Kleine Ihnen doch seit dreißig Jahren Strümpfe strickt?« rief Mitral.

»Bei Bürgschaften sage ich nicht nein!« antwortete Gigonnet. »Dahinter steckt Falleix. Ihr Falleix etabliert seinen Bruder als Wechselmakler, er macht genauso viel Geschäfte wie die Brézacs, und womit? Mit seiner Intelligenz, nicht wahr? Kurz und gut, Saillard ist kein Kind.«

»Er kennt den Wert des Geldes«, sagte Chaboisseau.

Dieser unter alten Männern getane Ausspruch hätte einen Künstler zusammenzucken lassen, und alle nickten.

»Übrigens geht mich das Pech meiner lieben Nächsten nichts an«, fuhr Bidault-Gigonnet fort. »Mein Grundsatz ist es, weder meinen Freunden noch meinen Verwandten gegenüber mich gehenzulassen. Nur an seinen schwachen Stellen kann man zugrunde gehen. Wenden Sie sich an Gobseck, der ist weich.«

Die Wechselwucherer zollten dieser Lehre durch eine Bewegung ihrer metallischen Köpfe Beifall; und wer sie gesehen hätte, der müßte gemeint haben, er höre das Quietschen schlecht geölter Maschinen.

»Also, Gigonnet, wie wär's mit ein bißchen Verwandtenliebe?« fragte Chaboisseau. »Sie hat dreißig Jahre lang für Sie Strümpfe gestrickt.«

»Ach, das ist schon etwas wert«, sagte Gobseck.

»Sie sind unter sich, da kann man offen reden«, sagte Mitral, nachdem er die Umsitzenden gemustert hatte. »Ich bin um eines guten Geschäfts willen hergekommen . . .«

»Wenn es so gut ist, warum kommen Sie dann zu uns?« fiel Gigonnet Mitral bösartig ins Wort.

»Einer, der Kammerherr war, ein alter Chouan, wie heißt er doch gleich . . . La Billardière ist gestorben.«

»Stimmt«, sagte Gobseck.

»Und Ihr Herr Neffe schenkt der Kirche Monstranzen!« sagte Gigonnet.

»Er ist nicht so dumm, sie zu verschenken, er verkauft sie, Papa«, entgegnete Mitral stolz. »Es handelt sich darum, den Posten von Monsieur de La Billardière zu ergattern, und um dazu zu gelangen, muß man zupacken . . .«

»Zupacken! Pfänden! Immer noch Gerichtsvollzieher«, sagte Métivier und klopfte Mitral freundschaftlich auf die Schulter. »So etwas mag ich!«

»Zupacken und einen gewissen Chardin des Lupeaulx in unsere Klauen bekommen«, fuhr Mitral fort. »Nun aber hat Elisabeth die Mittel und Wege dazu gefunden, und zwar . . .«

»Elisabeth!« fiel Gigonnet ihm abermals ins Wort. »Das liebe kleine Geschöpf ist nach seinem Großvater geartet, meinem seligen Bruder! Bidault hatte nicht seinesgleichen! Ach, wenn ihr den bei den Versteigerungen alter Möbel erlebt hättet! Welch ein Takt! Welche Gerissenheit! Was will sie denn?«

»Schau, schau«, sagte Mitral, »Ihnen fällt die Verwandtenliebe recht schnell wieder ein, Papa Gigonnet. Dies Phänomen dürfte seine Gründe haben.«

»Sie Kind!« sagte Gobseck zu Gigonnet. »Immer zu schnell bei der Hand!«

»Schon gut, Gobseck und Gigonnet, meine Lehrmeister, Sie brauchen beide des Lupeaulx. Sie dürften sich erinnern, daß Sie ihn gerupft haben, und nun haben Sie Angst, er könne einiges von seinen Daunen zurückfordern«, sagte Mitral.

»Kann man ihm etwas von dem Geschäft sagen?« fragte Gobseck Gigonnet.

»Mitral ist einer der Unsern, er würde seinen alten Kunden nie einen schlechten Streich spielen«, antwortete Gigonnet. »Also, Mitral, ganz unter uns dreien«, sagte er dem ehemaligen Gerichtsvollzieher ins Ohr, »wir haben unlängst Schuldverschreibungen aufgekauft, deren Rechtsgültigkeit von der Liquidierungskommission abhängt.«

»Was können Sie opfern?« fragte Mitral.

»Nichts«, sagte Gobseck.

»Keiner weiß, daß wir damit zu tun haben«, sagte Gigonnet. »Samanon dient uns als Strohmann.«

»Hören Sie mal zu, Gigonnet!« sagte Mitral. »Es ist kalt draußen, und Ihre Großnichte wartet. Sie werden mich nach drei Worten verstehen. Sie müssen beide zusammen, ohne Zinsen, zweihundertfünfzigtausend Francs an Falleix schicken, der augenblicklich dreißig Meilen von Paris entfernt über die Landstraße fährt, daß die Achsen glühen; ein Kurier reitet ihm voraus.«

»Tatsächlich?« fragte Gobseck.

»Wohin denn?« rief Gigonnet.

»Natürlich auf das großartige Gut Les Lupeaulx«, entgegnete Mitral. »Er kennt die Gegend, er will rings um die Bruchbude des Generalsekretärs für besagte zweihundertfünfzigtausend Francs vorzügliche Ländereien aufkaufen, die immer wert sein werden, was sie gekostet haben. Wir haben neun Tage Zeit für die notarielle Eintragung (lassen Sie das nicht aus den Augen!). Mit dieser kleinen Abrundung zahlt das Gut Les Lupeaulx tausend Francs Steuern. Ergo, des Lupeaulx wird Wähler im Großen Wahlkollegium, wählbar, Graf, und alles, was er will! Sie wissen doch, welcher Abgeordnete vor die Hunde gegangen ist?«

Die beiden Wucherer nickten.

»Des Lupeaulx würde sich ein Bein ausreißen, um Abgeordneter zu werden. Aber wenn er die Verkaufsverträge, die wir ihm vorzeigen werden, auf seinen Namen ausgestellt haben will, selbstverständlich als eingetragene Hypothek für unser Darlehen, mit gerichtlicher Einsetzung in die Rechte der Verkäufer ... (Haha! Haben Sie kapiert ...?), dann müssen wir zuerst den Posten für Baudoyer bekommen. Danach treten wir Ihnen des Lupeaulx ab! Falleix bleibt in der Gegend und bereitet die Wahlgeschichten vor. Auf diese Weise nehmen Sie des Lupeaulx während der ganzen Wahlzeit durch Falleix aufs Korn. Es handelt sich um eine Arrondissementswahl, bei der Falleix' Freunde die Mehrheit haben. Na, Papa Gigonnet, steckt Falleix dahinter?«

»Auch Mitral«, entgegnete Métivier. »Sauber eingefädelt.«

»Abgemacht«, sagte Gigonnet. »Nicht wahr, Gobseck? Falleix unterzeichnet uns die Gegenwerte und läßt die Hypothek auf seinen Namen eintragen. Zum gegebenen Zeitpunkt suchen wir dann des Lupeaulx auf.«

»Und dann«, sagte Gobseck, »sind wir bestohlen.«

»Aber Papa!« sagte Mitral. »Den Dieb möchte ich wohl kennen.«

»Hehe, nur wir selber können uns bestehlen«, antwortete Gigonnet. »Wir haben geglaubt, wir täten recht daran, sämtliche Wechsel aller Gläubiger des Lupeaulx' mit sechzig Prozent Abzug aufzukaufen.«

»Die lassen Sie als Hypothek auf sein Gut eintragen und haben ihn dann immer noch durch die Zinsen in der Hand!« antwortete Mitral.

»Möglich«, sagte Gobseck.

Nach Austausch eines listigen Blickes mit Gobseck ging Bidault, genannt Gigonnet, an die Tür des Cafés.

»Elisabeth, mach so weiter, mein Kind«, sagte er zu seiner Nichte. »Wir stehen zu deinem Mann, aber vernachlässige du nicht die Nebensächlichkeiten. Das hast du fein angefangen, du durchtriebenes Frauenzimmer! Aber nun führe es auch bis zum Ende durch, du hast die Hochachtung deines Onkels . . .!« Und er klapste ihr wohlgelaunt auf die Hand.

»Ja«, sagte Mitral, »eigentlich könnten uns Métivier und Chaboisseau in die Hände arbeiten, indem sie heute abend in die Redaktion irgendeines Oppositionsblattes gingen und dort den Ball an die Bande spielten, nämlich dadurch, daß sie den Artikel im Regierungsblatt untermalen. Fahr allein nach Hause, Kleines, ich kann diese beiden Kormorane jetzt nicht allein lassen.« Damit ging er in das Café zurück.

»Morgen geht das Kapital durch eine Zeile an den Generalsteuereinnehmer an seinen Bestimmungsort ab. Wir bekommen von unserem ›Freunde‹ hunderttausend Taler für seinen Wechsel«, sagte Gigonnet zu Mitral, als der Gerichtsvollzieher mit dem Wucherer ins Gespräch gekommen war.

Am folgenden Tage lasen die zahlreichen Abonnenten einer liberalen Zeitung in der Spalte ›Neueste Pariser Nachrichten‹ ein Einschiebsel, das vermöge der Autorität von Chaboisseau und

Métivier eingerückt worden war. Sie waren beide Aktionäre der Zeitung, Diskontierer des Verlags, der Druckerei und die Papierlieferanten, und kein Redakteur konnte ihnen etwas abschlagen. Hier der Artikel.

»Gestern hat eine regierungstreue Zeitung ziemlich deutlich auf Monsieur Baudoyer als den Nachfolger des Barons de La Billardière hingewiesen, einen der achtenswertesten Bürger einer dichtbevölkerten Stadtgegend, wo seine Wohltätigkeit nicht minder bekannt ist als seine Frömmigkeit, auf die das Regierungsblatt so großen Wert legt. Es hätte auch von seiner Begabung schreiben können! Aber hat es auch bedacht, als es das Alter der bürgerlichen Familie Monsieur Baudoyers rühmend hervorhob, das gewißlich ein Adel ist wie jeder andere, daß es damit auf die wahrscheinliche Ursache des Scheiterns seines Kandidaten hingewiesen hat? Eine mutwillige Perfidie! Die gute Dame von Regierungszeitung streichelt, ihrer Gewohnheit gemäß, den, den sie umbringt. Monsieur Baudoyer als Kandidaten namhaft machen, das heißt den Tugenden, den Talenten der Mittelklasse huldigen, deren Anwälte wir stets gewesen sind, obwohl wir dabei häufig für eine verlorene Sache gekämpft haben. Diese Beförderung wäre ein Akt der Gerechtigkeit und der guten Politik, und den wird sich das Ministerium nie erlauben. Das fromme Blatt hat diesmal mehr Geist gehabt als seine Hintermänner. Es wird dafür eins aufs Dach bekommen.«

Am anderen Morgen, einem Freitag, dem Tag des Abendessens bei Madame Rabourdin, von der des Lupeaulx sich um Mitternacht auf der Treppe des Théâtre des Italiens verabschiedet hatte – sie war von blendender Schönheit gewesen –, um Madame de Camps (Madame Firmiani[189] hatte kurz zuvor geheiratet) den Arm zu reichen, erwachte der alte Lebemann, und seine Rachegedanken hatten sich beruhigt, oder vielmehr neu belebt: Er war noch ganz erfüllt von dem letzten Blick, den er mit Madame Rabourdin gewechselt hatte.

»Ich versichere mich Rabourdins, indem ich ihm zunächst verzeihe und ihn später beim Kragen packe. Gegenwärtig müßte ich, wenn er seinen Posten nicht bekäme, auf eine Frau verzichten, die eins der kostbarsten Instrumente für eine Laufbahn in der großen Politik werden könnte. Sie versteht alles, schreckt vor keinem Einfall zurück. Und außerdem würde ich nicht vor dem Minister den Plan der Verwaltungsreform erfahren, den Rabourdin ausgeheckt hat! Also, mein lieber des Lupeaulx, es handelt sich darum, für deine Célestine dich selbst zu besiegen. Wenn Sie auch die Nase rümpfen, Frau Gräfin, Sie werden Madame Rabourdin zu Ihrer ersten Abendgesellschaft im kleinen Kreis einladen.«

Des Lupeaulx war einer der Menschen, die, um eine Leidenschaft zu befriedigen, sich darauf verstehen, ihre Rachegedanken in einen Winkel ihres Herzens zu verbannen. So war denn sein Entschluß gefaßt. Er wollte Rabourdin ernennen lassen.

»Ich werde Ihnen beweisen, lieber Chef, daß ich einen guten Platz in Ihrem diplomatischen Zuchthaus verdiene«, sagte er sich, als er sich in seinem Arbeitszimmer hinsetzte und die Streifbänder der Zeitungen aufriß.

Es war fünf Uhr, und er wußte allzu genau, was das Regierungsblatt bringen werde, als daß er sich damit amüsieren wollte, es zu lesen. Aber er schlug es auf, um sich den Artikel über La Billardière anzusehen, wobei er an die Verlegenheit dachte, in die du Bruel ihn versetzt hatte, als er ihm Bixious spöttische Fassung brachte. Er konnte sich ein Lächeln nicht verkneifen, als er die Biographie des seligen Grafen de Fontaine wiederlas, der vor ein paar Monaten gestorben war und die er für La Billardière hatte nachdrucken lassen, als ihm plötzlich der Name Baudoyer in die Augen fiel. Voller Wut las er den unübersehbaren Artikel, der an das Ministerium gerichtet war. Er schellte heftig und ließ Dutocq kommen. Er wollte ihn zur Redaktion schicken. Wie groß war sein Erstaunen, als er die Antwort der Opposition las! Denn durch Zufall hatte er sich das liberale Blatt als erstes vorgenommen. Die Sache war ernst. Er kannte diese Partei, und der Meister, der ihm sein Kartenspiel durcheinandergebracht hatte, schien ihm ein hochbegabter Bauernfänger zu sein. In diesem Augenblick, noch am heutigen Abend, mit einer solchen Geschicklichkeit über zwei Zeitungen entgegengesetzter Richtung zu verfügen, den Kampf dadurch zu eröffnen, daß er die Absicht des Ministers erriet! Er erkannte den Stil eines ihm bekannten liberalen Redakteurs und nahm sich vor, ihn am Abend in der Oper zu befragen. Dutocq erschien.

»Lesen Sie das«, sagte des Lupeaulx zu ihm, hielt ihm die beiden Zeitungen hin und fuhr fort, die anderen Blätter zu überfliegen, um zu sehen, ob Baudoyer noch eine andere Saite angeschlagen habe. »Gehen Sie und forschen Sie nach, wer auf den Einfall gekommen ist, das Ministerium auf diese Weise bloßzustellen.«

»Ganz bestimmt nicht Monsieur Baudoyer«, antwortete Dutocq. »Er hat gestern sein Büro nicht verlassen. Ich brauche gar nicht zur Redaktion zu gehen. Als ich gestern Ihren Artikel hinbrachte, habe ich den Abbé gesehen. Er hatte sich mit einem Brief aus der Grande-Aumônerie eingefunden, und vor der hätten Sie selber sich gebeugt.«

»Dutocq, Sie haben etwas gegen Monsieur Rabourdin, und das ist unrecht, weil er zweimal Ihre Entlassung verhindert hat. Aber schließlich sind wir nicht Herren unserer Gefühle: Man kann seinen Wohltäter hassen. Die Sache ist nur die: Sie müssen wissen, daß, wenn Sie sich die geringste Verräterei gegen Rabourdin herausnehmen, ehe ich Sie dazu ermächtigt habe, Sie erledigt sind, denn dann können Sie mich als Ihren Feind betrachten. Was nun die Zeitung meines Freundes betrifft, so möge die Grande-Aumônerie, wenn sie sich des Blattes ausschließlich bedienen will, die Zahl unserer Abonnements übernehmen. Wir stehen am Jahresende, die Frage der Abonnements wird demnächst erörtert werden. Ich nehme an, wir verstehen einander? Was nun aber La Billardières Posten betrifft, so gibt es nur *ein* Mittel, damit zum Ende zu kommen, und das ist, daß die Ernennung heute noch erfolgt.«

»Meine Herren«, sagte Dutocq zu seinen Kollegen, als er wieder ins Büro kam, »ich weiß nicht, ob Bixiou die Gabe besitzt, in die Zukunft zu schauen, aber wenn Sie das Regierungsblatt noch nicht gelesen haben, dann lege ich Ihnen nahe, sich mit dem Artikel über Baudoyer zu befassen. Danach mögen Sie dann, da Monsieur Fleury sich das Blatt der Opposition hält, darin die Antwort lesen. Monsieur Rabourdin hat unbedingt Talent, aber ein Mann, der im gegenwärtigen Augenblick den

Kirchen Monstranzen im Wert von sechstausend Francs schenkt, hat ebenfalls Talent, und zwar verteufeltes.«

BIXIOU *(kommt herein)* Was sagen Sie zu dem ›Ersten Korintherbrief‹ in unserer frommen Zeitung und der ›Epistel an den Minister‹ in dem liberalen Blatt? Wie geht's Monsieur Rabourdin, du Bruel?

DU BRUEL *(kommt dazu)* Keine Ahnung. *(Er zieht Bixiou in sein Arbeitszimmer und redet leise auf ihn ein.)* Mein Lieber, Ihre Art, den Leuten zu helfen, ähnelt der Methode des Henkers, der einem die Füße auf die Schultern setzt, damit man schneller den Hals bricht. Sie haben dafür gesorgt, daß des Lupeaulx mir einen Verweis erteilt hat, der meiner Dummheit würdig war. Feine Sache, der Artikel über La Billardière! Diesen Streich vergesse ich mein Lebtag nicht. Der erste Satz schien dem König zu sagen: »Es ist Zeit zum Sterben.« Der über Quiberon sagte klar und deutlich, der König sei ein ... Kurz und gut: Alles war pure Ironie.

BIXIOU *(lacht auf)* Was, Sie sind wütend? Darf man sich denn keinen Spaß mehr erlauben?

DU BRUEL Spaß erlauben! Spaß erlauben! Wenn Sie Unterchef werden wollen, wird man Sie fragen, ob Sie sich einen Spaß erlaubten, mein Lieber.

BIXIOU *(in drohendem Ton)* Sind wir jetzt verkracht?

DU BRUEL Ja.

BIXIOU *(trocken)* Meinetwegen. Dabei ziehen Sie den kürzeren.

DU BRUEL *(nachdenklich und unruhig)* Würden *Sie* mir so etwas verzeihen?

BIXIOU *(schmeichlerisch)* Einem Freunde? Ich glaube ja. *(Man hört Fleurys Stimme.)* Da flucht Fleury auf Baudoyer. Na, heißt das gut gespielt oder nicht? Baudoyer bekommt den Posten. *(Vertraulich)* Alles in allem ist das auch das beste. Du Bruel, machen Sie sich die Folgen klar. Rabourdin würde ein Feigling sein, wenn er unter Baudoyer hierbliebe. Er wird sein Abschiedsgesuch einreichen, und das schafft uns zwei leere Posten. Sie werden Chef, und Sie ziehen mich als Unterchef nach sich. Wir schreiben zusammen Vaudevilles, und ich erledige Ihre Arbeit im Büro.

DU BRUEL *(lächelnd)* Schau, schau, daran habe ich noch gar

nicht gedacht. Der arme Rabourdin! Leid würde es mir dennoch tun.

BIXIOU Ach nein, so gern haben Sie ihn? *(Wechselt den Ton)* Nun, auch ich weine ihm keine Träne nach. Schließlich ist er reich. Seine Frau gibt Abendgesellschaften und lädt mich nicht dazu ein, mich, der ich überall verkehre! Also, mein guter du Bruel, adieu, tragen Sie mir nichts nach! *(Er geht durch das Büro.)* Adieu, meine Herren. Habe ich Ihnen gestern nicht gesagt, ein Mann, der nichts als Tugenden und Talent besitzt, sei immer arm, auch wenn er eine hübsche Frau habe?

FLEURY Dann sind *Sie* reich!

BIXIOU Gar nicht übel, lieber Cincinnatus! Aber das Abendessen im ›Rocher-de-Cancale‹ werden *Sie* mir geben.

POIRET Ich bringe es nie und nimmer fertig, Monsieur Bixiou zu verstehen.

PHELLION *(mit elegischer Miene)* Monsieur Rabourdin liest so selten die Zeitungen, daß es vielleicht angebracht ist, wenn wir uns ihrer für eine Weile berauben und sie ihm bringen.

(Fleury hält ihm seine Zeitung hin, Vimeux die des Büros; er nimmt die Zeitungen und geht hinaus.)

In diesem Augenblick fragte sich des Lupeaulx, der die Treppe hinunterstieg, um mit dem Minister zu frühstücken, ob, ehe er seine feingesponnenen Ränke für den Ehemann einsetzte, die Klugheit ihm nicht beföhle, das Herz der Frau zu sondieren, um sich darüber klar zu sein, ob er für seine Dienstbeflissenheit auch belohnt werden würde. Er tastete gerade das bißchen Herz ab, als er auf der Treppe seinem Anwalt begegnete, der ihn mit der Vertraulichkeit der Leute, die sich unentbehrlich wissen, lächelnd fragte: »Kann ich Sie ganz kurz sprechen, Monseigneur?«

»Was ist denn los, mein lieber Desroches?« fragte der Politiker. »Was soll ich zu hören bekommen? Sie werden unruhig, diese Herren, und bringen es nicht fertig, zu tun wie ich: nämlich abzuwarten!«

»Ich bin hergeeilt, um Ihnen zu sagen, daß Ihre sämtlichen Schuldscheine in den Händen der Herren Gobseck und Gigonnet sind, unter dem Namen eines gewissen Samanon.«

»Also in den Händen von Leuten, die ich ungeheure Summen habe verdienen lassen!«

»Lassen Sie sich sagen«, flüsterte der Anwalt, »daß Gigonnet eigentlich Bidault heißt, daß er der Onkel Ihres Kassierers Saillard ist, und Saillard der Schwiegervater eines gewissen Baudoyer, der ein Anrecht auf einen freien Posten in Ihrem Ministerium zu haben glaubt. Tat ich nicht recht daran, Sie zu warnen?«

»Danke«, sagte des Lupeaulx und verbeugte sich mit durchtriebener Miene vor dem Anwalt.

»Es kostet Sie einen Federzug, dann bekommen Sie die Quittung«, sagte Desroches und verabschiedete sich.

»Das kostet sehr große Opfer!« sagte sich des Lupeaulx. »Unmöglich kann man mit einer Frau darüber sprechen«, dachte er. »Ist Célestine die Quittung über alle meine Schulden wert? Ich will heute vormittag zu ihr gehen.«

Auf diese Weise sollte die schöne Madame Rabourdin innerhalb weniger Stunden die Entscheidung über die Geschicke ihres Mannes fällen, ohne daß irgendeine Macht sie über die Bedeutsamkeit ihrer Antworten hätte aufklären können, ohne daß ein Zeichen ihr den Wink gegeben hätte, Haltung und Stimme den Umständen anzupassen. Und unglücklicherweise glaubte sie sich des Erfolgs sicher, sie wußte ja nicht, daß Rabourdin von allen Seiten durch die verschwiegene Arbeit der Bohrwürmer unterhöhlt war.

»Nun, Monseigneur«, fragte des Lupeaulx beim Betreten des kleinen Salons, in dem gefrühstückt wurde, »haben Sie die Zeitungsartikel über Baudoyer gelesen?«

»Um Gottes willen, mein Lieber«, antwortete der Minister, »verschonen Sie mich in diesem Augenblick mit den Ernennungen. Man hat mir gestern mit dieser Monstranz den Schädel eingeschlagen. Wenn Rabourdin gerettet werden soll, muß seine Beförderung vor den Staatsrat gebracht werden, wenn es nicht so aussehen soll, als wären mir die Hände gebunden. Der Fall ist geeignet, einem alles Dienstliche zu verekeln. Wenn wir Rabourdin behalten wollen, müssen wir einen gewissen Colleville befördern . . .«

»Überlassen Sie doch bitte die Weiterführung dieses Vaudevilles mir und befassen Sie sich nicht damit! Ich werde Sie jeden Morgen durch einen Bericht über die Schachpartien erheitern, die ich gegen die Grande-Aumônerie spiele«, sagte des Lupeaulx.

»Meinetwegen«, sagte der Minister, »machen Sie das zusammen mit dem Personalchef. Wissen Sie eigentlich, daß nichts so geeignet ist, den König zu erschrecken, wie die Argumente, die die Oppositionszeitung ins Feld führt? Leiten Sie mal ein Ministerium mit Leuten wie Baudoyer!«

»Ein frommer Schwachkopf, und genauso unfähig wie . . .«

»Wie La Billardière«, sagte der Minister.

»La Billardière hatte wenigstens die Manieren eines Kammerherrn«, entgegnete des Lupeaulx. »Madame«, wandte er sich an die Gräfin, »es ist jetzt dringend notwendig, Madame Rabourdin zu Ihrer nächsten Abendgesellschaft im engsten Kreis einzuladen. Ich weise Sie darauf hin, daß sie mit Madame de Camps befreundet ist. Sie waren gestern zusammen im Théâtre des Italiens, und ich habe sie im Palais Firmiani kennengelernt. Übrigens werden Sie ja sehen, ob sie so geartet ist, daß sie einen Salon kompromittieren könnte.«

»Lade Madame Rabourdin ein, meine Liebe«, sagte der Minister, »und laß uns von etwas anderem sprechen.«

»Damit wäre Célestine in meinen Klauen«, sagte sich des Lupeaulx, als er die Treppe zu seiner Wohnung hinaufstieg, um sich für den Vormittag umzukleiden.

Die Pariser Haushaltungen werden von der Notwendigkeit verzehrt, sich in Einklang mit dem Luxus zu setzen, der sie überall umgibt. Daher finden sich nur wenige, die so vernünftig sind, ihre äußere Erscheinung ihrem Budget anzupassen. Aber diese Last hängt vielleicht mit einem durchaus französischen Patriotismus zusammen und verfolgt das Ziel, Frankreichs Überlegenheit in bezug auf die Kleidung zu bewahren. Frankreich herrscht durch die Mode über ganz Europa. Jeder Franzose verspürt die Notwendigkeit, ein Handelszepter festzuhalten, das in Frankreich aus der Mode das macht, was in England die Flotte ist. Diese patriotische Begeisterung, die dazu treibt, alles dem »äußeren Schein« zu opfern, wie d'Aubigné[190] zu Heinrich IV. gesagt hat, ist die Ursache von geheimen, gewaltigen Arbeiten, die den ganzen Vormittag der Pariser Frauen beanspruchen, wenn sie, wie Madame Rabourdin, mit zwölftausend Francs Einkünften einen Aufwand treiben wollen, den viele Reiche sich nicht einmal mit dreißigtausend leisten. Daher half Madame Rabourdin an den Freitagen, den Tagen ihrer Diners, der Zofe beim Säubern der Wohnung. Denn die Köchin ging schon frühmorgens zur Markthalle, und der Diener putzte das Tischsilber, faltete die Servietten und staubte die Kristallüster ab. Der Unbedachte, der durch die Unachtsamkeit der Portiersfrau gegen elf oder zwölf Uhr zu Madame Rabourdin hinaufgestiegen wäre, hätte sie mitten in einer Unordnung vorgefunden, die alles andere als malerisch war, im Morgenrock, die Füße in alten Pantoffeln, schlecht frisiert, wie sie eigenhändig ihre Lampen aufstellte, eigenhändig ihre Blumenkrippen verteilte oder sich in aller Hast ein wenig poetisches Mittagessen bereitete. Ein Besucher ohne Kenntnis der Mysterien des Pariser Lebens hätte sicherlich gelernt, daß er den Fuß nicht hinter die Kulissen des Theaters setzen dürfe. Er wäre nur zu bald als jemand bekannt geworden, der der schwärzesten Heimtücke fähig sei, und die bei ihren morgendlichen Mysterien überraschte Dame hätte, um ihn unmöglich zu machen, überall von seiner Taktlosigkeit erzählt. Die Pariserin, die so duldsam gegenüber aller Neugier ist, die ihr nützt, ist unnachsichtig gegenüber derjenigen, durch die sie Einbuße an Prestige erleidet. So kommt es, daß ein solcher Hausfriedensbruch nicht etwa, wie die Sittenpolizei es nennt, eine Verletzung des Schamgefühls darstellt, sondern einen Diebstahl des Kostbarsten, des Ansehens! Eine Frau läßt sich gern leichtbekleidet und mit herabhängendem Haar überraschen. Ist all ihr Haar ihr eigenes, so gewinnt sie dadurch. Aber sie will sich nicht dabei ertappen lassen, wenn sie selbst ihre Wohnung in Ordnung bringt, dadurch verliert sie an »äußerem Schein«. Madame Rabourdin steckte in sämtlichen Zurüstungen für ihren Freitag, inmitten der Lebensmittel, die ihre Köchin im Ozean der Markthalle gefischt hatte, als Monsieur des Lupeaulx sich tückischerweise zu ihr begab. Natürlich war der Generalsekretär wohl der letzte, den die schöne Rabourdin erwartete. Als sie daher das Knarren von Stiefeln auf dem Treppenabsatz hörte, rief sie: »Jetzt schon der Friseur!« Dieser Ausruf war für des Lupeaulx genausowenig angenehm, wie es der Anblick des Lupeaulx' für sie war. Sie lief also schleunigst in ihr Schlafzimmer, wo ein fürchterliches Durcheinander von Möbelstücken, die nicht gesehen werden sollten, und von Dingen unterschiedlichster Eleganz herrschte, ein richtiger häuslicher Fastnachtsdienstag. Der dreiste des Lupeaulx folgte der schönen Kopflosen, so pikant fand er sie in ihrem Negligé. Irgend etwas verlockte seinen Blick: Die Haut, die durch eine Falte des Morgenrocks zu sehen war, wirkte tausendmal anziehender, als wenn sie sich anmutig über der Halbkreislinie abhob, die der gesteppte Plüschrand auf dem Rücken zeichnete, bis hinauf zu den sich verjüngenden Rundungen des hübschesten Schwanenhalses, auf den je ein Liebhaber vor dem Ball seinen Kuß gedrückt hat. Wenn das Auge über eine gänzlich angekleidete Frau hinwandert, die eine herrliche Brust besitzt, dann glaubt man das üppige Dessert nach einem schönen Essen zu gewahren. Aber der Blick, der sich zwischen die vom Schlummer zerknitterten Stoffteile einschleicht, erfaßt schmackhafte Einzelheiten und labt sich daran, wie man eine stibitzte Frucht verzehrt, die am Spalier rot zwischen zwei Blättern hervorlugte.

»Warten Sie! Warten Sie!« rief die hübsche Pariserin und schob den Riegel vor ihre Unordnung.

Sie schellte nach Thérèse, ihrem Mädchen, der Köchin, dem Diener, forderte einen Schal und wünschte sich den Pfiff des Maschinisten in der Oper[191]. Und der Pfiff erscholl. Und im Handumdrehen vollzog sich die Verwandlung! Das Schlafzimmer nahm ein sehr pikantes Aussehen an, das im Einklang mit einer hastig zusammengestellten Toilette stand. Sie diente dieser Frau, die in solcherlei Dingen offenbar sehr bewandert war, zum höchsten Ruhm.

»Sie?« fragte sie. »Und zu dieser Stunde? Was gibt es denn?«

»Das Ernsteste von der Welt«, antwortete des Lupeaulx, »es handelt sich heute darum, daß wir zu gutem Einverständnis gelangen.«

Célestine sah diesen Mann durch seine Brille hindurch an und begriff.

»Es ist mein Hauptlaster«, antwortete sie, »über die Maßen grillenhaft zu sein, und so vermenge ich meine Neigungen nicht mit der Politik. Lassen Sie uns über Politik, über Geschäftliches sprechen, und hernach werden wir dann sehen. Es entspringt übrigens nicht einer Laune, sondern ist eine Konsequenz meines künstlerischen Geschmacks, was mir verbietet, die Farben allzu grell aufzutragen, unvereinbare Dinge zu vereinen; was mir befiehlt, die Dissonanzen zu vermeiden. Auch wir Frauen haben unsere Politik!«

Allein schon der Klang ihrer Stimme und die Liebenswürdigkeit ihres Gehabens hatten ihre Wirkung auf den Generalsekretär ausgeübt und sein ungestümes Vorgehen in sentimentale Höflichkeit verwandelt. Sie hatte ihn an seine Verpflichtungen als Liebhaber erinnert. Wenn eine hübsche Frau geschickt ist, so wirkt sie wie eine Atmosphäre, in der die Nerven sich entspannen, in der die Gefühle sanfter werden.

»Sie wissen nicht, was vorgeht«, entgegnete des Lupeaulx barsch; er legte Wert darauf, sich barsch zu geben. »Da, lesen Sie.«

Und er hielt der anmutigen Rabourdin die beiden Zeitungen hin. Jeden Artikel hatte er mit roter Tinte umrahmt. Während sie las, glitt Célestines Schal auseinander, entweder schien sie es nicht zu bemerken oder sie verbarg sorglich ihre Absicht. Des Lupeaulx stand in einem Alter, in dem die Kraft der Phantasie von ihrer Schnelligkeit abhängt, und so konnte er genausowenig kaltes Blut bewahren wie Célestine.

»Wie?« fragte sie. »Aber das ist ja entsetzlich! Wer ist denn dieser Baudoyer?«

»Ein Esel«, sagte des Lupeaulx, »aber Sie sehen ja, er trägt Reliquien[192], und da eine geschickte Hand ihn am Zügel führt, wird er sein Ziel erreichen.«

Der Gedanke an ihre Schulden glitt vor Madame Rabourdins Augen vorüber und blendete sie, als habe sie zwei unmittelbar aufeinanderfolgende Blitze gesehen. In ihren Ohren klangen verdoppelte Schläge durch den Druck des Blutes, das in ihren Arterien pochte. Völlig verstört stand sie da und starrte auf einen Kleiderhaken, ohne ihn zu sehen.

»Aber Sie sind uns doch treu!« sagte sie zu des Lupeaulx und streichelte ihn mit einem Blick, der ihn an sie fesseln sollte.

»Je nachdem«, sagte er und beantwortete ihr Äugeln durch einen inquisitorischen Blick, der die arme Frau erröten ließ.

»Wenn Sie einen Vorschuß forderten, würden Sie den ganzen Preis verlieren«, sagte sie lachend. »Ich habe Sie für größer gehalten, als Sie sind. Und Sie halten mich für recht klein, für ein Schulmädchen.«

»Sie haben mich nicht verstanden«, entgegnete er mit durchtriebener Miene. »Ich habe sagen wollen, ich könne mich nicht für einen Mann einsetzen, der gegen mich spielt wie der Unbesonnene gegen Mascarille[193].«

»Was soll das heißen?«

»Dies hier dürfte Ihnen beweisen, daß ich großherzig bin.«

Und er bot Madame Rabourdin das von Dutocq gestohlene Konzept dar und wies ihr die Stelle, an der ihr Mann ihn so treffend analysiert hatte.

»Lesen Sie!«

Célestine erkannte die Handschrift, las und erbleichte unter diesem Keulenschlag.

»Alle Zweige der Verwaltung kommen darin vor«, sagte des Lupeaulx.

»Aber zum Glück«, sagte sie, »sind Sie allein im Besitz dieser Arbeit, die ich mir übrigens nicht erklären kann.«

»Der sie gestohlen hat, ist nicht so dumm, als daß er sich kein Duplikat hätte anfertigen lassen. Er ist zu verlogen, um es einzugestehen, und zu intelligent in seinem Tun, um das Duplikat herauszurücken. Ich habe nicht einmal versucht, davon zu reden.«

»Wer ist es denn?«

»Ihr Erster Schreiber.«

»Dutocq. Immer nur für seine Wohltaten wird man bestraft! Aber«, fuhr sie fort, »der ist doch ein Hund, der einen Knochen will.«

»Wissen Sie, was mir armem Teufel von Generalsekretär angeboten wird?«

»Wieso?«

»Ich habe unselige dreißigundeinigetausend Francs Schulden. Wahrscheinlich werden Sie jetzt eine sehr schlechte Meinung von mir haben, wo Sie wissen, daß es nur so wenig sind. Aber in diesen Dingen bin ich nun einmal klein! Also: Baudoyers Onkel hat unlängst meine sämtlichen Schuldscheine aufgekauft und schickt sich wohl an, sie mir zu präsentieren.«

»Aber das alles ist ja teuflisch!«

»Keinesfalls, es ist monarchistisch und fromm, weil nämlich die Grande-Aumônerie die Hände im Spiel hat . . .«

»Was gedenken Sie zu tun?«

»Was befehlen Sie mir zu tun?« fragte er mit anbetenswerter Eleganz und hielt ihr die Hand entgegen.

Célestine war sich nicht mehr bewußt, daß er häßlich, alt, leicht gepudert, Generalsekretär oder sonst etwas Unsauberes war. Aber sie gab ihm nicht die Hand. Abends in ihrem Salon hätte sie sie ihn hundertmal ergreifen lassen, aber jetzt am Morgen, da sie allein war, hätte diese Geste ein ein wenig gar zu positives Versprechen bedeutet und weit führen können.

»Und da heißt es immer, Staatsmänner hätten kein Herz!« rief sie und wollte die Härte der Verweigerung durch die Milde der Entgegnung ausgleichen. »Das hat mich immer erschreckt«, fügte sie hinzu und setzte die harmloseste Miene der Welt auf.

»Welch eine Verleumdung!« antwortete des Lupeaulx. »Einer der starrsten Diplomaten, einer, der seit seiner Geburt Selbstbeherrschung gewahrt hat, hat unlängst die Tochter einer Schauspielerin geheiratet und dafür gesorgt, daß sie an dem Hof empfangen wurde, wo man den größten Wert auf adlige Abkunft legt.«

»Sie werden uns also unterstützen?«

»Ich bin mit den Ernennungen beauftragt. Aber keine Hinterhältigkeit!«

Sie hielt ihm die Hand zum Kuß hin und versetzte ihm einen leichten Backenstreich.

»Sie gehören mir«, sagte sie.

Des Lupeaulx bewunderte diesen Ausspruch. (Abends in der Oper erzählte der Geck ihn folgendermaßen weiter: »Eine Dame, die einem Mann nicht sagen wollte, sie gehöre ihm, welches Geständnis eine Frau von Welt niemals macht, hat zu ihm gesagt: ›Sie gehören mir.‹ Wie finden Sie diesen Schachzug?«)

»Seien Sie meine Verbündete«, entgegnete er, »Ihr Mann hat dem Minister gegenüber einen Plan zur Verwaltungsreform erwähnt, mit dem das Konzept zusammenhängt, in dem ich so gut behandelt worden bin. Erkunden Sie diesen Plan und teilen Sie ihn mir heute abend mit.«

»Das soll geschehen«, sagte sie. Sie erblickte keine große Wichtigkeit in dem, was des Lupeaulx zu so früher Stunde zu ihr geführt hatte.

»Madame, der Friseur«, sagte die Zofe.

»Er hat lange auf sich warten lassen, ich weiß nicht, wie ich mich aus der Affäre gezogen hätte«, dachte Célestine.

»Sie wissen nicht, wie weit meine Ergebenheit geht«, sagte des Lupeaulx zu ihr und stand auf. »Sie werden zur nächsten Abendgesellschaft im engsten Kreis eingeladen, die die Gattin des Ministers veranstaltet . . .«

»Oh, Sie sind ein Engel!« sagte sie. »Und jetzt merke ich, wie sehr Sie mich lieben: Sie lieben mich auf intelligente Weise.«

»Heute abend, liebes Kind«, fuhr er fort, »werde ich in der Oper herausbekommen, welches die Journalisten sind, die für Baudoyer konspirieren, und dann werden wir die Länge unserer Fechtstöcke messen.«

»Ja, aber zum Abendessen kommen Sie doch zu uns, nicht wahr? Ich habe lauter Dinge suchen lassen und aufgetrieben, die Sie mögen.«

»All das sieht so sehr nach Liebe aus, daß es reizend wäre, möglichst lange auf diese Weise getäuscht zu werden!« sagte sich des Lupeaulx, als er die Treppe hinabstieg. »Aber wenn sie sich über mich lustig macht, werde ich es schon erfahren: Ich stelle ihr, bevor die Unterschrift erfolgt, die geschickteste aller Fallen, damit ich in ihrem Herzen lesen kann. Ihr Kätzchen, wir kennen euch! Denn letztlich sind die Frauen samt und sonders genauso wie wir Männer! Achtundzwanzig Jahre und tugendhaft, noch dazu hier, in der Rue Duphot! Das ist ein seltenes Glück; es lohnt, sich damit zu befassen.«

Der wahlfähige Schmetterling hüpfte die Stufen hinab.

»Mein Gott, dieser Mann muß ohne seine Brille, aber gepudert, im Schlafrock sehr komisch aussehen«, sagte sich Célestine. »Er hat die Harpune im Rücken und schleppt mich endlich dorthin, wohin ich wollte, nämlich zum Minister. Er hat seine Rolle in meiner Komödie ausgespielt.«

Als um fünf Rabourdin heimkam, um sich umzuziehen, blieb seine Frau, während er Toilette machte, bei ihm und übergab ihm das Konzept, das dem armen Mann, wie der Pantoffel in dem Märchen aus »Tausendundeiner Nacht«, überall begegnen sollte.

»Wer hat dir das zugesteckt?« fragte Rabourdin verblüfft.

»Monsieur des Lupeaulx!«

»Ist er hier gewesen?« fragte Rabourdin und warf seiner Frau einen der Blicke zu, die eine Schuldige sicherlich hätten erbleichen lassen, der indessen bei ihr auf eine marmorne Stirn und ein lachendes Auge stieß.

»Und er wird sogar zum Abendessen wiederkommen«, antwortete sie. »Warum schaust du so erschreckt drein?«

»Liebste«, sagte Rabourdin, »des Lupeaulx ist von mir tödlich beleidigt worden. Menschen seiner Art kennen kein Verzeihen, und er umschmeichelt mich! Meinst du, ich merkte nicht, aus welchem Grund?«

»Dieser Mann«, erwiderte sie, »scheint mir einen sehr fein ausgeprägten Geschmack zu haben, ich kann ihn nicht tadeln. Schließlich kenne ich nichts, was für eine Frau schmeichelhafter wäre, als einen abgestumpften Gaumen aufs neue zu reizen. Dennoch . . .«

»Schluß mit den Scherzen, Célestine! Verschone einen Mann, der schwere Sorgen hat. Ich kann den Minister nicht sprechen, und meine Ehre steht auf dem Spiel.«

»Mein Gott, nein! Dutocq bekommt einen Posten versprochen, und du wirst zum Abteilungsleiter ernannt.«

»Ich durchschaue dich, liebes Kind«, sagt Rabourdin. »Aber das Spiel, das du spielst, ist genauso entehrend wie die Wirklichkeit. Lüge ist Lüge, und eine anständige Frau . . .«

»Laß mich doch die Waffen gebrauchen, die gegen uns eingesetzt werden.«

»Célestine, je mehr dieser Mann sich bewußt wird, auf welch dumme Weise er in die Falle getappt ist, desto mehr wird er sich gegen mich erbosen.«

»Und wenn ich ihn stürze?«

Rabourdin blickte seine Frau verwundert an.

»Ich denke nur an deinen Aufstieg, und es war die höchste Zeit, mein Lieber . . .!« antwortete Célestine. »Aber du hältst den Jagdhund für das Wild«, sagte sie nach einer Pause. »In ein paar Tagen wird des Lupeaulx seine Mission trefflich erfüllt haben. Während du dich bemühst, den Minister zu sprechen, und noch ehe du ihn zu Gesicht bekommst, werde *ich* mit ihm gesprochen haben. Du hast Blut und Wasser geschwitzt, um einen Plan zur Welt zu bringen, den du vor mir verheimlicht hast, und innerhalb von drei Monaten wird deine Frau mehr vollbracht haben als du in sechs Jahren. Erzählst du mir jetzt wohl von deinem schönen System?«

Rabourdin ließ sich von seiner Frau versprechen, kein Wort über seine Arbeit verlauten zu lassen. Und während er fortfuhr, sich zu rasieren, und sie darauf hinwies, daß, wenn sie einen einzigen Gedanken des Lupeaulx anvertraue, es das gleiche wäre, wie wenn man die Katze vor den Milchtopf setzte, begann er, ihr seine Arbeit darzulegen.

»Und davon hast du mir nie etwas erzählt, Mann?« fragte Célestine und schnitt ihm schon nach dem fünften Satz das Wort ab. »Dann nämlich hättest du dir unnütze Mühe erspart. Daß man für einen Augenblick durch eine Idee geblendet werden kann, das sehe ich ein, aber sechs oder sieben Jahre lang, das ist mir unbegreiflich. Du willst das Budget reduzieren, das ist ein vulgärer, bourgeoiser Einfall! Dabei müßte man zu einem Budget von zwei Milliarden gelangen; dann stände Frankreich doppelt so groß da. Ein neues System wäre, wenn man alles durch Anleihen in Bewegung setzte, wie Monsieur de Nucingen es ausposaunt. Die ärmste Staatskasse ist die, die mit Talern angefüllt ist, ohne daß sie gebraucht werden. Aufgabe eines Finanzministers ist es, das Geld zum Fenster hinauszuwerfen, dann nämlich kehrt es durch die Kellerlöcher zu ihm zurück, und du willst ihn veranlassen, Schätze anzuhäufen! Die Zahl der Beamten müßte doch vervielfacht anstatt vermindert werden. Anstatt Staatsrenten zurückzuzahlen, müßte die Zahl der Rentner vergrößert werden. Wenn die Bourbonen in Frieden regieren wollen, müssen sie Rentner im letzten Dorf schaffen, und vor allem dürfen sie keine Ausländer in Frankreich Zinsen einstreichen lassen, denn die verlangen eines Tages von uns das Kapital. Während, wenn alle Renten in Frankreich bleiben, weder Frankreich noch der Kredit zugrunde gehen können. Dadurch ist England gerettet worden. Dein Plan ist ein Kleinbürgerplan. Ein ehrgeiziger Mann hätte nur vor seinem Minister erscheinen dürfen, wenn er wie Law ohne dessen Pech auftreten und die Macht des Kredits erklären und ihm beweisen könnte, daß wir nicht das Kapital amortisieren sollten, sondern, wie die Engländer, die Zinsen ...«

»Nur weiter, Célestine«, sagte Rabourdin, »bring alle Gedanken durcheinander, spiele sie gegeneinander aus. Hab deinen Spaß daran wie am Spielzeug! An so etwas bin ich gewöhnt. Aber kritisiere nicht eine Arbeit, die du noch nicht kennst.«

»Brauche ich einen Plan zu kennen«, sagte sie, »der darauf hinausläuft, Frankreich mit sechstausend Beamten zu verwalten statt mit zwanzigtausend? Aber, mein Lieber, auch wenn es der Plan eines Genies wäre, ein König von Frankreich, der ihn durchführen wollte, würde sich selber vom Thron stoßen. Man unterwirft eine feudale Aristokratie, indem man ein paar Köpfe abschlägt, aber man unterwirft keine Hydra mit tausend Pfoten. Nein, die Kleinen kann man nicht zertreten, sie sind unter dem Fuß zu platt. Und mit unseren heutigen Ministern, die doch, unter uns gesagt, armselige Tröpfe sind, willst du die Menschen ändern? Man ändert den Zinsfuß, aber nicht die Menschen; die schreien zu sehr, während das Geld stumm ist.«

»Aber Célestine, wenn du in einem fort sprichst und geistreiche Reden führst, die den Kernpunkt der Frage nicht berühren, dann werden wir uns nie verständigen ...«

»Ach, jetzt verstehe ich, wozu das Konzept dienen soll, in dem du die Verwaltungsbeamten und ihre Fähigkeiten klassifiziert hast«, fuhr sie fort, ohne auf ihren Mann zu hören. »Mein Gott, aber du selbst hast ja das Fallbeil geschliffen, mit der dir der Kopf abgeschlagen werden soll. Heilige Jungfrau! Warum hast du mich nicht um Rat gefragt? Dann nämlich hätte ich dich zumindest daran gehindert, auch nur eine einzige Zeile niederzuschreiben, oder doch wenigstens, wenn du dieses Memorandum unbedingt hättest aufstellen wollen, hätte ich selbst es abgeschrieben, und es wäre nie aus dem Hause gekommen ... Mein Gott, warum hast du mir nichts von alledem gesagt? So sind die Männer! Sie bringen es fertig, sieben Jahre lang neben einer Frau zu schlafen und sieben Jahre lang ein Geheimnis für sich zu behalten! Sieben Jahre lang sich vor einer armen Frau zu verstecken und an ihrer Treue und Verschwiegenheit zu zweifeln!«

»Aber es sind doch jetzt elf Jahre«, sagte Rabourdin ungeduldig, »daß ich nie mit dir habe diskutieren können, ohne daß du mir ins Wort gefallen wärest und sofort deine Ideen den meinen unterschoben hättest . . . Du hast keine Ahnung von meiner Arbeit.«

»Keine Ahnung? Ich weiß alles!«

»Dann sag es mir doch!« rief Rabourdin. Zum erstenmal seit seiner Heirat verlor er die Geduld.

»Hör mal, es ist halb acht, rasier dich zu Ende, zieh dich an«, antwortete sie, wie alle Frauen antworten, wenn man sie so sehr in die Enge treibt, daß sie schweigen müssen. »Ich möchte mit meiner Toilette fertig werden, wir wollen unser Gespräch lieber aufschieben. Ich will an meinem Empfangstag nicht verärgert sein. Mein Gott, der arme Mann!« sagte sie beim Hinausgehen, »sieben Jahre Arbeit, und heraus kommt dabei sein Tod und Mißtrauen gegen seine Frau!«

Sie kam noch einmal zurück.

»Wenn du zur rechten Zeit auf mich gehört hättest, dann würdest du nicht eingegriffen haben, um deinen Ersten Schreiber zu behalten, außerdem hat er ganz sicher ein vervielfältigtes Duplikat dieses verdammten Konzepts! Adieu, du kluger Mann!«

Als sie sah, daß ihr Mann in einer schmerzlich-tragischen Haltung dastand, wurde sie sich bewußt, daß sie zu weit gegangen war. Sie eilte zu ihm hin, und obwohl sein Gesicht eingeseift war, küßte sie ihn zärtlich.

»Lieber Xavier, sei mir nicht böse«, sagte sie, »heute abend wollen wir uns mit deinem Plan befassen. Ich höre dir so lange zu, wie du willst . . .! Ist das nett von mir oder nicht? Laß es gut sein. Ich will ja nichts anderes sein als Mohammeds Frau.«

Sie mußte lachen. Auch Rabourdin konnte sich das Lachen nicht verkneifen, denn Célestine hatte weißen Seifenschaum auf den Lippen, und ihre Stimme hatte die Schätze der reinsten und verläßlichsten Liebe ausgebreitet.

»Geh und zieh dich an, mein Kind, und vor allem sag nichts zu des Lupeaulx, schwörst du mir das? Das ist die einzige Buße, die ich dir auferlege.«

»›Auferlege . . .?‹« fragte sie. »Dann schwöre ich nichts!«

»Ach, Célestine, ich habe lachend etwas Ernstes gesagt.«

»Heute abend«, antwortete sie, »weiß dein Generalsekretär,

gegen wen wir zu kämpfen, und ich weiß, wen ich zu attackieren habe.«

»Wen denn?« fragte Rabourdin.

»Den Minister«, antwortete sie und wuchs um zwei Fuß.

Trotz der verliebten Anmut seiner geliebten Célestine konnte Rabourdin beim Ankleiden einige schmerzliche Gedanken nicht daran hindern, daß sie seine Stirn verdüsterten.

»Wann endlich wird sie lernen, mich richtig einzuschätzen?« fragte er sich. »Sie hat nicht einmal begriffen, daß einzig sie die Ursache all dieser Arbeit gewesen ist! Welch eine Schwätzerin ist sie doch, und dabei wie intelligent! Hätte ich nicht geheiratet, wäre ich schon sehr hoch gestiegen und wäre sehr reich! Ich hätte von meinem Gehalt jährlich fünftausend Francs gespart. Bei guter Anlage verfügte ich heute über zehntausend Francs Zinsen über mein Gehalt hinaus. Ich wäre Junggeselle und hätte die Möglichkeit, durch eine Heirat ... Ja«, unterbrach er sich, »aber jetzt habe ich Célestine und meine beiden Kinder.« Seine Gedanken wandten sich wieder seinem Glück zu. Auch in der glücklichsten Ehe kommt es stets zu Augenblicken des Bedauerns. Er betrat den Salon und betrachtete seine Wohnung. – »Es gibt in Paris keine zwei Frauen, die so lebenstüchtig wie sie sind. Mit zwölftausend Francs Zinsen dies alles fertigzubringen!« sagte er, musterte die Krippen voller Blumen und mußte an die Genüsse der Eitelkeit denken, die die Gäste ihr gewähren würden. »Sie wäre dazu geschaffen, die Frau eines Ministers zu sein. Wenn ich bedenke, daß die meines Ministers zu nichts nütze ist! Sie wirkt wie eine gute, dicke Bürgersfrau, dagegen wenn sie bei Hofe ist, in den Salons ...« Er biß sich auf die Lippen. Sehr beschäftigte Männer haben so falsche Vorstellungen von den Kosten eines Haushalts, daß man ihnen ohne weiteres einreden kann, mit hunderttausend Francs habe man nichts, und mit zwölftausend Francs habe man alles.

Obwohl des Lupeaulx voller Ungeduld erwartet wurde, und trotz allem, was vorbereitet war, um seinem Gaumen, dem eines ausgepichten Feinschmeckers, zu schmeicheln, kam er nicht zum Abendessen. Er erschien erst sehr spät am Abend, gegen Mitternacht, die Stunde, da das Geplauder in allen Salons intimer und vertraulicher wird. Andoche Finot, der Journalist, war geblieben.

»Ich weiß alles«, sagte des Lupeaulx, als er behaglich auf der Causeuse am Kamin saß, seine Tasse Tee in der Hand. Madame Rabourdin stand vor ihm, sie hielt eine Platte mit Sandwiches und Schnitten eines Kuchens, der mit Fug »Bleikuchen« genannt wird. »Finot, mein lieber, geistvoller Freund, Sie könnten unserer anmutigen Königin einen Gefallen tun und ein paar Hunde auf die Leute loslassen, von denen wir jetzt plaudern werden. Sie haben gegen sich«, sagte er zu Monsieur Rabourdin und senkte dabei die Stimme, damit er nur von den dreien gehört werden konnte, zu denen er sprach, »die Wucherer und den Klerus, das Geld und die Kirche. Der Artikel in der liberalen Zeitung ist von einem alten Wechseldiskontierer verlangt worden, dem das Blatt verpflichtet ist, aber dem Kerlchen, das ihn geschrieben hat, ist er völlig gleichgültig. In drei Tagen tritt in der Chefredaktion jener Zeitung ein Wechsel ein; dann werden wir weitersehen. Die royalistische Opposition, denn dank Monsieur de Chateaubriand haben wir eine royalistische Opposition, das heißt, es gibt Royalisten, die zu den Liberalen übergehen, aber keine große Politik machen, diese Mörderbande Karls X. also hat mir ihre Unterstützung versprochen und als Preis für Ihre Ernennung unsere Billigung eines ihrer Abänderungsvorschläge bezeichnet. Wenn uns Baudoyer aufgedrängt wird, dann sagen wir einfach der Grande-Aumônerie: ›Die und die Zeitung und die Herren Soundso werden das Gesetz angreifen, das Sie wollen, und die ganze Presse wird dagegen sein (denn die regierungstreuen Blätter, die ich in der Hand habe, werden sich taubstumm stellen, das wird nicht schwer sein, da sie es schon zur Genüge sind, nicht wahr, Finot?). Stimmen Sie für Rabourdin, und Sie werden die öffentliche Meinung für sich haben.‹ Arme, leichtgläubige Provinzler, die sich in ihren Sesseln am Kamin vergraben und nur zu froh über die Unabhängigkeit der Organe der öffentlichen Meinung sind, haha!«

»Hihihi!« kicherte Andoche Finot.

»Also seien Sie unbesorgt«, sagte des Lupeaulx. »Ich habe heute abend alles gedeichselt. Die Grande-Aumônerie geht in die Knie.«

»Ich hätte lieber alle Hoffnung aufgegeben und Sie zum Abendessen bei uns gehabt«, flüsterte Célestine ihm zu und sah ihn mit einer gekränkten Miene an, die sehr wohl als der Ausdruck wahnwitziger Verliebtheit hätte gelten können.

»Dies hier wird Ihre Gnade zurückerobern«, entgegnete er und hielt ihr eine Einladung für die am Dienstag stattfindende Abendgesellschaft hin.

Célestine öffnete den Umschlag, und flammende Freude belebte ihre Züge. Kein Genuß läßt sich mit dem der triumphierenden Eitelkeit vergleichen.

»Sie wissen ja, was die Dienstagabendgesellschaft bedeutet«, fuhr des Lupeaulx mit geheimnisvoller Miene fort. »Sie ist in einem Ministerium dasselbe wie das ›Kleine Schloß‹[194] für den Hof. Sie gelangen auf diese Weise ins Zentrum der Macht! Die Gräfin Féraud [195] wird da sein. Trotz des Todes Ludwigs XVIII. steht sie nach wie vor in Gunst. Ferner Delphine de Nucingen, Madame de Listomère, die Marquise d'Espard und Ihre liebe Madame de Camps, die ich dazugebeten habe, damit Sie einen Halt haben, falls die Damen Sie boykottieren sollten. Ich will Sie inmitten dieses Kreises sehen.«

Célestine warf den Kopf zurück wie ein Vollblutpferd vor dem Rennen und überlas die Einladung ein zweites Mal, gerade wie Baudoyer und Saillard ihre Zeitungsartikel zweimal gelesen hatten, ohne davon genug bekommen zu können.

»Zunächst dort, und eines Tages in den Tuilerien«, sagte sie zu des Lupeaulx.

Des Lupeaulx erschrak über den Ausspruch und die Haltung, so sehr sprachen daraus Ehrgeiz und Sicherheit. – »Sollte ich etwa nur ein Sprungbrett sein?« fragte er sich. Er stand auf, begab sich in das Schlafzimmer der Madame Rabourdin, und sie ging ihm nach. Ein Wink des Generalsekretärs hatte ihr bedeutet, daß er unter vier Augen mit ihr zu sprechen wünsche.

»Nun, und der Plan?« fragte er.

»Pah! Dummheiten eines Ehemanns! Er will fünfzehntausend Beamte entlassen und nur fünf- oder sechstausend beibehalten. Sie können sich solch eine Ungeheuerlichkeit nicht vorstellen, ich werde Sie seine Denkschrift lesen lassen, wenn die Abschrift fertig ist. Er ist gutgläubig. Sein analytischer Katalog der Beamten ist ihm von der reinsten Absicht diktiert worden. Der arme, liebe Mann!«

Des Lupeaulx wurde durch das unverstellte Lachen, das diese spöttischen, verächtlichen Worte begleitete, um so mehr in Sicherheit gewiegt, als er sich in Lügen auskannte und da Célestine in diesem Augenblick sagte, was sie wirklich dachte.

»Und was steht nun eigentlich hinter alledem?« fragte er.

»Haha, er will die Grundsteuern abschaffen und sie durch Verbrauchssteuern ersetzen.«

»Aber François Keller und Nucingen haben ja schon vor einem Jahr einen ganz ähnlichen Plan vorgeschlagen, und der Minister denkt nicht daran, die Grundsteuer herabzusetzen.«

»Da haben wir's! Ich habe ihm ja gesagt, es sei nichts Neues!« rief Célestine lachend.

»Ja, aber er begegnet sich da mit einem der größten Finanzleute unserer Zeit, einem Manne, der, unter uns gesagt, der Napoleon des Bankwesens ist. Er muß zumindest ein paar Ideen über die Mittel und Wege der Durchführung gehabt haben.«

»Alles ist recht banal«, sagte sie und zwang ihren Lippen ein verächtliches Schmollen auf. »Bedenken Sie doch, daß er Frankreich mit fünf- oder sechstausend Beamten regieren und verwalten will, während es doch, ganz im Gegenteil, erforderlich ist, daß es in Frankreich keinen einzigen Menschen gebe, der nicht an der Aufrechterhaltung der Monarchie unmittelbar interessiert wäre.«

Des Lupeaulx schien befriedigt, daß ein Mann, dem er eine überragende Begabung zuerkannt hatte, sich als mittelmäßig entpuppte.

»Sind Sie überzeugt davon, daß er ernannt wird? Wollen Sie den Rat einer Frau hören?« fragte sie.

»Ihr Frauen versteht euch besser auf elegante Verrätereien als wir Männer«, sagte des Lupeaulx und nickte zustimmend.

»Also gut. Sagen Sie dem Hofe und der Grande-Aumônerie, um ihnen jeden Argwohn zu nehmen und sie einzuschläfern, ›Baudoyer‹; aber schreiben Sie im letzten Augenblick ›Rabourdin‹.«

»Es gibt Frauen, die ›ja‹ sagen, solange sie jemanden brauchen, und ›nein‹, wenn er seine Rolle ausgespielt hat«, antwortete des Lupeaulx.

»Das ist mir bekannt«, sagte sie lachend. »Aber solche Frauen sind dumm, denn im politischen Leben begegnet man einander immer wieder. Dergleichen ist angebracht bei Nullen, Sie jedoch sind ein Mann von Geist. Meiner Meinung nach besteht der größte Fehler, den man im Leben begehen kann, darin, sich mit einem überlegenen Mann zu überwerfen.«

»Nein«, sagte des Lupeaulx, »denn der verzeiht. Gefahr besteht nur bei kleinen, rachsüchtigen Geistern, die nichts zu tun haben, als sich zu rächen, und damit verbringe ich mein Leben.«

Als alle gegangen waren, blieb Rabourdin mit seiner Frau beisammen. Er bat sie für dieses eine Mal um ihre volle Aufmerksamkeit und legte ihr dann seinen Plan dar. Er machte ihr verständlich, daß jener Plan das Budget keineswegs einschränke, sondern vermehre. Er zeigte ihr, zu welchen Zwecken die öffentlichen Gelder verwendet werden sollten. Er setzte ihr auseinander, wie der Staat den Umlauf des Geldes verzehnfache, indem er das seine für ein Drittel oder ein Viertel an die Unkosten wendete, die von privaten oder lokalen Interessen getragen werden würden. Kurzum, er bewies ihr, daß sein Plan weniger ein theoretisches Werk als eine Arbeit, die fruchtbar durch ihre Mittel zur Durchführung sei. Die begeisterte Célestine fiel ihrem Mann um den Hals und setzte sich am Kamin auf seine Knie.

»Endlich habe ich in dir den Mann, den ich mir erträumt habe!« sagte sie. »Daß ich von deiner Leistung nichts ahnte, hat dich aus den Klauen des Lupeaulx' gerettet. Ich habe dich wunderbar und in gutem Glauben verleumdet!«

Er weinte vor Glück. Jetzt endlich hatte er also seinen Triumphtag. Nachdem er alles unternommen hatte, um seiner Frau zu gefallen, stand er in den Augen seines einzigen Publikums groß da!

»Und für jemanden, der weiß, wie gut, wie sanft, wie gleichmäßig du von Charakter bist und wie liebevoll, für den bist du noch zehnmal größer. Aber«, sagte sie, »ein genialer Mann ist stets mehr oder weniger ein Kind, und du bist ein Kind, ein vielgeliebtes Kind.« Sie zog die Einladung dort heraus, wohin Frauen stets das stecken, was sie verbergen wollen, und zeigte sie ihm. – »Eben das habe ich gewollt«, sagte sie. »Des Lupeaulx bringt mich mit dem Minister zusammen, und wäre diese Exzellenz auch aus Bronze, sie soll eine Zeitlang mein Diener sein.«

Vom Morgen an beschäftigte sich Célestine mit ihrer Einführung in den engsten Kreis des Ministers. Es war ihr großer Tag! Schwerlich hat eine Kurtisane je soviel Sorgfalt an ihre äußere Erscheinung gewandt, als es diese anständige Frau tat. Nie ist eine Schneiderin mehr gequält worden als die ihrige, und nie hat eine Schneiderin besser die Bedeutsamkeit ihrer Kunst erkannt. Kurzum: Madame Rabourdin ließ nichts außer acht. Sie ging persönlich zu einem Wagenvermieter und suchte ein Coupé aus, das weder altmodisch noch bürgerlich, noch herausfordernd wirkte. Wie alle Diener in einem guten Hause wurde ihr Diener angehalten, aufzutreten wie ein Herr. An dem berühmten Dienstag fuhr sie dann gegen zehn Uhr abends in einer entzückenden Trauertoilette weg. Als Kopfschmuck trug sie köstlich gearbeitete Weintrauben aus Jett. Es war ein Schmuck im Wert von tausend Talern, den eine Engländerin bei Fossin[196] bestellt hatte, die jedoch abgereist war, ohne ihn abzuholen. Die Blätter waren aus gestanztem Eisenblech, dabei leicht wie wirkliches Weinlaub, und der Künstler hatte auch nicht die anmutigen Ranken vergessen, die dazu dienten, sich in die Locken zu schlingen, wie sie sich um jeden Zweig ranken. Die Armreifen, der Halsschmuck und die Ohrgehänge waren aus sogenanntem Berliner Eisenguß[197]; aber diese zarten Arabesken stammten aus Wien, und sie schienen von jenen Feen angefertigt worden zu sein, die in den Märchen von irgendeiner eifersüchtigen Carabosse[198] damit beauftragt worden waren, Ameisenaugen zu sammeln oder Gewebe herzustellen, die man in einer Haselnuß aufbewahren konnte. Ihre durch das Schwarz ohnehin besonders schlank wirkende Taille wurde noch durch ein Kleid von raffiniertem Schnitt hervorgehoben, das an der Schulter, in der Achselhöhlung, ohne Achselbänder endete. So schien es bei jeder Bewegung, als müsse die Frau aus ihrer Hülle schlüpfen wie ein Schmetterling aus der Puppe, aber dank einer Erfindung der hochbegabten Schneiderin rutschte das Kleid nicht. Es bestand aus Wollmusselin, einem Stoff, den der Fabrikant noch nicht nach Paris geschickt hatte, einem göttlichen Stoff, der später einen tollen Erfolg hatte. Jener Erfolg erstreckte sich weiter als die Mode in Frankreich. Die absolute Sparsamkeit des Wollmusselins, der nicht gebügelt zu werden braucht, hat später den Baumwollstoffen geschadet und die Fabrikationsmethoden in Rouen revolutioniert. Célestine trug feinmaschige Strümpfe, und an den edel geformten Füßen Schuhe aus türkischem Satin, da tiefe Trauer Seidensatin ausschloß. Célestine wirkte auf diese Weise sehr schön. Ihr Teint war durch ein Kleiebad erfrischt und hatte einen weichen Glanz. Ihre erwartungsvollen Augen strahlten Geist aus und bestätigten die Überlegenheit, von der der glückliche, stolze des Lupeaulx damals in einem fort sprach. Ihr erstes Erscheinen in jenem Kreis gelang vollauf, und die Frauen dürften die Bedeutung dieses Satzes zu würdigen wissen. Voller Anmut vollführte sie einen leichten Knicks vor der Ministersgattin. Sie vereinigte in diesem Gruß die ihr gebührende Achtung mit Selbstachtung und stieß sie keineswegs dadurch vor den Kopf, daß sie sich in ihrer ganzen Majestät zur Schau stellte. Denn jede schöne Frau ist eine Königin. Daher erwies sie auch dem Minister gegenüber jene niedliche Impertinenz, die die Frauen sich den Männern gegenüber herausnehmen dürfen, und handele es sich um Großfürsten. Als sie sich niedersetzte, musterte sie das Terrain. Sie befand sich in einer der erlesenen, nur aus wenigen Leuten bestehenden Abendgesellschaften, auf denen die Frauen sich aneinander messen, sich abschätzen können, auf denen das geringste Wort in allen Ohren widerhallt, wo jeder Blick seine Wirkung hat, wo ein Gespräch ein Zweikampf mit Zeugen ist, alles Mittelmäßige platt wird, aber alles Hervorragende stumm willkommen geheißen wird, gleich als entspreche es dem geistigen Niveau jedes einzelnen. Rabourdin hatte sich in einen anstoßenden Salon zurückgezogen, wo gespielt wurde. Dort blieb er stehen und schaute zu, was beweist, daß es ihm nicht an Geist gebrach.

»Meine Liebe«, sagte die Marquise d'Espard zur Gräfin Féraud, der letzten Geliebten Ludwigs XVIII., »Paris ist einzigartig! Ohne daß man sich dessen gewärtig ist und ohne daß man weiß, woher sie kommen, bringt es Frauen wie diese hervor, Frauen, die alles zu können und zu wollen scheinen ...«

»Aber sie will und kann wirklich alles«, sagte des Lupeaulx und warf sich in die Brust.

In dieser Minute machte die durchtriebene Madame Rabourdin der Gattin des Ministers den Hof. Sie war am Vortage von des Lupeaulx, der die schwachen Stellen der Gräfin kannte, eingeweiht worden und umschmeichelte sie, ohne daß es den Anschein hatte, sie tue es. Dann wieder schwieg sie an der richtigen Stelle.

Denn des Lupeaulx, dem ungeachtet seiner Verliebtheit die Fehler dieser Frau nicht entgangen waren, hatte ihr gesagt: »Vor allem reden Sie nicht zuviel!« Das war ein übertriebener Beweis der Zuneigung! Bertrand Barère[199] hat das sublime Axiom hinterlassen: »Unterbrich nie eine Frau beim Tanzen und gib ihr einen Rat«; dem könnte man hinzufügen: »Mach einer Frau nie zum Vorwurf, daß sie Perlen ausstreue!« Damit würde dieser Paragraph des weiblichen Gesetzbuches vollkommen werden. Die Unterhaltung wurde allgemein. Von Zeit zu Zeit beteiligte sich Madame Rabourdin daran wie eine wohlerzogene Katze, die die Pfote auf die Spitzen ihrer Herrin legt und dabei ihre Krallen weich wie Samt macht. Was Herzensangelegenheiten betrifft, so stellte der Minister wenig Ansprüche. Kein Staatsmann der Restauration hat in bezug auf die Galanterie makelloser dagestanden, und die Oppositionspresse, der ›Miroir‹[200], die ›Pandore‹[201] und der ›Figaro‹[202], vermochte ihm nicht das leiseste Herzklopfen vorzuwerfen. Seine Geliebte war ›L'Etoile‹[203], und seltsamerweise blieb sie ihm im Unglück treu; sie hatte dabei wohl gar noch gewonnen! Madame Rabourdin wußte das, aber sie wußte auch, daß in alten Schlössern Geister spuken, und so hatte sie sich in den Kopf gesetzt, den Minister eifersüchtig auf das Glück zu machen, dessen sich des Lupeaulx unter Vorbehalt näherer Prüfung noch zu erfreuen schien. In diesem Augenblick führte des Lupeaulx Célestines Namen immerfort im Munde. Um seiner vorgeblichen Geliebten den Weg zu bahnen, brachte er sich schier um, der Marquise d'Espard, Madame de Nucingen und der Gräfin in einer Unterhaltung, an der acht Ohren beteiligt waren, verständlich zu machen, daß sie Madame Rabourdin in ihre Koalition aufnehmen müßten, und Madame de Camps unterstützte ihn dabei. Im Verlauf einer Stunde war der Minister bereits recht aufgekratzt, die Klugkeit der Madame Rabourdin gefiel ihm. Sie hatte seine Frau verführt, die von dieser Sirene entzückt war und sie gerade eingeladen hatte, zu kommen, wann sie wolle.

»Denn, Liebste«, hatte die Ministersgattin zu Célestine gesagt, »Ihr Mann wird ja bald Direktor. Der Minister hat die Absicht, zwei Abteilungen zusammenzulegen und sie einem Direktor zu unterstellen. Dann gehören Sie zu uns.«

Die Exzellenz führte Madame Rabourdin in einen um seines verschwenderischen Prunks berühmten Raum der Wohnung, was die Opposition ihm vorgeworfen hatte. Er wollte die Albernheit der Journalisten beweisen. Er bot ihr den Arm.

»Wahrhaftig, Madame, Sie müßten der Gräfin und mir die Freude machen, recht oft zu kommen ...«

Und er überschüttete sie mit Ministerliebenswürdigkeiten.

»Aber Monseigneur«, sagte sie und bedachte ihn mit einem der Blicke, die die Frauen stets in Reserve haben, »mir scheint, das hängt von Ihnen ab.«

»Wieso?«

»Nun, Sie können mir das Recht dazu einräumen.«

»Möchten Sie sich nicht deutlicher ausdrücken?«

»Nein. Als ich hierherkam, habe ich mir gesagt, ich werde nicht so geschmacklos sein, als Bittstellerin aufzutreten.«

»Sprechen Sie doch! ›Placets‹[204] dieser Art sind nicht deplaciert«, sagte der Minister lachend.

Dergleichen dumme Wortwitze machen solcherart ernsten Menschen immer den meisten Spaß.

»Nun, es wäre lächerlich, wenn die Frau eines Bürochefs hier häufig erschiene, während die Frau eines Direktors nicht deplaciert wirken würde.«

»Lassen wir das«, sagte der Minister. »Ihr Mann ist unentbehrlich, er ist ernannt.«

»Sagen Sie die volle Wahrheit?«

»Wollen Sie die Ernennungsurkunde in meinem Arbeitszimmer sehen? Sie ist ausgefertigt.«

»Gut«, sagte sie und blieb in einer Ecke allein mit dem Minister, dessen Eifer von einer verdächtigen Eilfertigkeit war, »lassen Sie mich Ihnen sagen, daß ich Sie dafür belohnen kann ...«

Sie wollte gerade damit beginnen, ihm den Plan ihres Mannes darzulegen, als des Lupeaulx, der auf den Zehenspitzen hereingekommen war, zornige Räusperlaute ausstieß, die bedeuteten, er wolle nicht den Anschein erwecken, verstanden zu haben, was er gehört hatte. Der Minister warf einen mißgelaunten Blick auf den alten Gecken, der in die Falle gegangen war. Des Lupeaulx hatte das Gelingen seiner Eroberung kaum noch abwarten können. Er hatte die Bearbeitung der Personalakte über die Maßen vorwärtsgetrieben, das Dokument dem Minister vorgelegt und am nächsten Tag die vollzogene Ernennung derjenigen vorlegen wollen, die als seine Geliebte galt. In diesem Augenblick erschien mit geheimnisvoller Miene der Diener des Ministers und sagte zu des Lupeaulx, sein Diener habe ihn gebeten, dem Generalsekretär auf der Stelle einen Brief zu überbringen, von dem er behaupte, er sei äußerst wichtig.

Der Generalsekretär trat an eine Lampe heran und las folgende Zeilen:

»Gegen meine Gewohnheit warte ich in einem Vorzimmer, und Sie haben keinen Augenblick zu verlieren, sich ins Einvernehmen zu setzen

mit Ihrem Diener

Der Generalsekretär zuckte zusammen, als er die Unterschrift erkannte, die nicht in Faksimile wiederzugeben schade wäre, da sie in Paris selten ist und für alle kostbar sein muß, die darauf aus sind, den Charakter der Menschen aus der Physiognomie ihrer Unterschriften zu erraten. Wenn je ein hieroglyphisches Bild irgendein Tier symbolisierte, dann sicherlich dieser Namenszug, dessen Anfangsbuchstabe und Schlußschnörkel den gefräßigen Rachen eines Hais darstellen, der unersättlich und stets geöffnet ist, der alles einfängt und verschlingt, das Starke wie das Schwache. Es hat sich als unmöglich erwiesen, die ganze Handschrift typographisch wiederzugeben, sie ist allzu fein, allzu winzig und gedrängt, wenngleich sauber. Aber man kann sie sich vorstellen, der Satz beanspruchte lediglich eine Zeile. Einzig der Geist des Wuchers vermochte einen so unverschämt befehlshaberischen und grausam korrekten, klaren und stummen Satz einzuflößen, der alles sagte und nichts verriet. Auch wenn Gobseck einem unbekannt wäre, hätte der Anblick dieser Zeile, die einen kommen hieß, ohne ein Befehl zu sein, den unerbittlichen Geldmann aus der Rue des Grès[205] erraten lassen. Daher gab des Lupeaulx wie ein Hund, den der Jäger gerufen hat, sogleich seine

Fährte auf und ging eilends zu ihm, wobei er seine gefährdete Stellung überdachte. Man stelle sich einen Oberbefehlshaber vor, dem sein Adjutant gerade gemeldet hat: »Der Feind rückt mit dreißigtausend Mann frischen Truppen an und fällt uns in die Flanke.« Eine kurze Bemerkung dürfte das Eintreffen der Herren Gigonnet und Gobseck auf dem Schlachtfeld erklären; denn sie standen beide vor des Lupeaulx. Abends um acht hatte Martin Falleix, der für ein Trinkgeld von drei Francs und mit einem Postillion, der die Fahrzeit bedeutend verkürzte, auf Windesflügeln herbeigeeilt war, die Kaufverträge überbracht, die das Datum des vorhergehenden Tages trugen. Mitral war damit sogleich ins Café Themis gegangen. Die Kontrakte waren in die Hände der beiden Wucherer gelangt, und diese hatten sich schleunigst ins Ministerium begeben, aber zu Fuß. Es schlug elf. Des Lupeaulx erbebte, als er die beiden unheimlichen Gesichter erblickte, die dennoch durch einen Blick etwas Übermütiges hatten, der unmittelbar wie eine Pistolenkugel und aufleuchtend wie das Mündungsfeuer war.

»Na, meine Herren und Meister, was gibt es?«

Die Wucherer verharrten in kalter Reglosigkeit. Gigonnet deutete erst auf seine Dokumente und dann auf den Diener.

»Wir wollen in mein Arbeitszimmer gehen«, sagte des Lupeaulx und gab dem Diener einen Wink, zu verschwinden.

»Sie verstehen wunderbar Französisch«, sagte Gigonnet.

»Kommen Sie, um jemanden zu quälen, durch den jeder von Ihnen zweihunderttausend Francs verdient hat?« fragte er und tat unwillkürlich eine hochmütige Geste.

»Und der sie uns, wie ich hoffe, nochmals verdienen läßt«, sagte Gigonnet.

»Ein Geschäft . . .?« entgegnete des Lupeaulx. »Wenn Sie mich brauchen: Ich habe ein gutes Gedächtnis.«

»Und wir haben Ihre Schuldscheine[206]«, antwortete Gigonnet.

»Meine Schulden werden bezahlt«, sagte des Lupeaulx verächtlich, um sich keine Blöße zu geben.

»Stimmt«, sagte Gobseck.

»Zur Sache, mein Junge«, sagte Gigonnet. »Spielen Sie sich nicht auf, das hat uns gegenüber keinen Zweck. Nehmen Sie die Dokumente hier und lesen Sie sie.«

Die beiden Wucherer führten in Gedanken eine Inventaraufnahme im Arbeitszimmer des Lupeaulx' durch, während dieser erstaunt und verblüfft die Kaufverträge las, die ihm von Engeln aus den Wolken herabgeworfen zu sein schienen.

»Haben Sie in uns nicht intelligente Geschäftsführer?« fragte Gigonnet.

»Welchem Umstand verdanke ich eine so geschickte Zusammenarbeit?« fragte des Lupeaulx beunruhigt.

»Wir wissen seit acht Tagen, was Sie ohne uns erst morgen erfahren würden. Der Präsident des Handelsgerichts, der zugleich Abgeordneter ist, sieht sich gezwungen, morgen sein Abschiedsgesuch einzureichen.«

Des Lupeaulx' Augen weiteten sich und wurden groß wie Margeriten.

»Diesen Streich hat Ihr Minister Ihnen gespielt«, sagte Gobseck kurz und bündig.

»Sie sind mir überlegen, und ich bin in Ihrer Hand«, sagte der Generalsekretär und verbeugte sich mit tiefem Respekt, der von Spott durchtränkt war.

»Richtig«, sagte Gobseck.

»Wollen Sie mich jetzt erdrosseln?«

»Möglich.«

»Gut, dann ans Werk, ihr Henker!« entgegnete der Generalsekretär lächelnd.

»Wie Sie sehen«, fuhr Gigonnet fort, »sind Ihre Schulden mit dem für den Kauf geliehenen Gelde hypothekarisch eingetragen worden.«

»Hier sind die Unterlagen«, sagte Gobseck und zog aus der Tasche seines grünlichen Überrocks die Anwaltsakten.

»Sie haben drei Jahre Zeit, alles zurückzuzahlen«, sagte Gigonnet.

»Aber«, fragte des Lupeaulx erschrocken über ein solches Entgegenkommen und eine so phantastische Regelung, »was wollen Sie nun eigentlich von mir?«

»La Billardières Posten für Baudoyer«, sagte Gigonnet lebhaft.

»Das ist recht wenig, obwohl ich dabei Unmögliches zu leisten hätte«, antwortete des Lupeaulx. »Mir sind die Hände gebunden.«

»Dann zernagen Sie die Stricke mit den Zähnen«, sagte Gigonnet.

»Die sind nämlich scharf!« fügte Gobseck hinzu.

»Ist das alles?« fragte des Lupeaulx.

»Wir behalten die Unterlagen bis zur Gültigkeitserklärung Ihrer Schuldscheine«, sagte Gigonnet und hielt dem Generalsekretär eine Aufstellung vor die Augen. »Wenn sie nicht innerhalb von sechs Tagen durch die Kommission anerkannt werden, wird Ihr Name auf diesem Aktenstück durch den meinen ersetzt.«

»Sie sind geschickt!« rief der Generalsekretär.

»Richtig«, sagte Gobseck.

»Ist das nun wirklich alles?« fragte des Lupeaulx.

»Stimmt«, sagte Gobseck.

»Einverstanden?« fragte Gigonnet.

Des Lupeaulx nickte.

»Gut! Dann unterschreiben Sie diese Vollmacht«, sagte Gigonnet. »Innerhalb von zwei Tagen Baudoyers Ernennung, innerhalb von sechs Tagen die Anerkennung Ihrer Schuldscheine, und dann ...«

»Und dann was?« fragte des Lupeaulx.

»Dann garantieren wir Ihnen ...«

»Was?« fragte der mehr und mehr erstaunte des Lupeaulx.

»Ihre Wahl zum Abgeordneten«, antwortete Gigonnet und reckte sich auf. »Wir bilden mit zweiundfünfzig Stimmen der Pächter und Industriellen, die ihrem Geldgeber gehorchen werden, die Mehrheit.«

Des Lupeaulx drückte Gigonnet die Hand.

»Nur unter Leuten wie uns schalten alle Mißverständnisse aus«, sagte er. »Das nenne ich Geschäfte tätigen! Daher werde ich Ihnen den Einsatz zurückerstatten.«

»Richtig«, sagte Gobseck.

»In welcher Form?« fragte Gigonnet.

»In Gestalt des Kreuzes der Ehrenlegion für Ihren Schwachkopf von Neffen.«

»Gut«, sagte Gigonnet. »Sie kennen ihn.«

Die Wucherer verabschiedeten sich von des Lupeaulx; er geleitete sie bis zur Treppe.

»Es sind also Geheimagenten irgendeiner ausländischen Macht gewesen«, sagten sich die beiden Diener.

Auf der Straße schauten die beiden Wucherer im Lichtkreis einer Laterne einander lachend an.

»Jetzt schuldet er uns jährlich neuntausend Francs Zinsen, und sein Gut wirft kaum fünftausend netto ab«, rief Gigonnet.

»Wir haben ihn noch lange in der Hand«, sagte Gobseck.

»Er wird bauen, er wird Dummheiten machen«, antwortete Gigonnet. »Dann kauft Falleix das Gut.«

»Für ihn kommt es darauf an, Abgeordneter zu werden, einem Kerl wie dem ist alles übrige schnuppe«, sagte Gobseck.

»Hehe!«

»Hehe!«

Diese kurzen, trockenen Ausrufe dienten den beiden Wucherern als Lachen; sie gingen zu Fuß ins Café Themis.

Des Lupeaulx ging in den Salon zurück und stellte fest, daß Madame Rabourdin sich sehr schön in Szene zu setzen wußte. Sie war bezaubernd, der für gewöhnlich so traurige Minister hatte ein faltenloses, liebenswürdiges Gesicht.

»Sie vollbringt Wunder«, sagte sich des Lupeaulx. »Welch kostbare Frau! Die müßte man bis ins tiefste Herz hinein durchschauen können.«

»Sie ist ganz entschieden tadellos, Ihre kleine Dame«, sagte die Marquise zu dem Generalsekretär, »ihr fehlt lediglich Ihr Name.«

»Ja, ihr einziger Fehler besteht darin, daß sie die Tochter eines Auktionskommissars ist; an diesem Geburtsfehler wird sie zugrunde gehen«, antwortete des Lupeaulx mit einer kalten Miene, die von der Wärme abstach, die er kurz zuvor noch gezeigt hatte, wenn er von Madame Rabourdin sprach.

Die Marquise blickte des Lupeaulx an.

»Sie haben den beiden einen Blick zugeworfen, der mir nicht entgangen ist«, sagte sie und deutete auf den Minister und Madame Rabourdin. »Er hat die Wolke Ihrer Brille durchdrungen. Sie beide sind amüsant, daß Sie einander diesen Knochen streitig machen.«

Als die Marquise sich der Tür zuwandte, eilte der Minister auf sie zu und geleitete sie hinaus.

»Nun?« fragte des Lupeaulx Madame Rabourdin. »Was halten Sie von unserem Minister?«

»Er ist ganz reizend. Wahrhaftig«, antwortete sie und erhob die Stimme, um von der Gattin Seiner Exzellenz gehört zu werden, »man muß diese armen Minister kennen, um sie richtig einzuschätzen. Die Winkelblätter und die Verleumdungen der Opposition pflegen die Politiker so sehr zu entstellen, daß man sich schließlich von ihnen beeinflussen läßt. Aber solche Voreingenommenheiten wandeln sie zu ihrem Vorteil, wenn man sie vor sich sieht.«

»Er ist tadellos«, sagte des Lupeaulx.

»Freilich, ich versichere Ihnen, daß man ihn gern haben könnte«, sagte sie gutherzig.

»Liebes Kind«, sagte des Lupeaulx und spielte seinerseits den Gutherzigen und Liebenswürdigen, »Sie haben etwas Unmögliches zustande gebracht.«

»Was denn?« fragte sie.

»Sie haben einen Toten erweckt. Ich hätte nicht geglaubt, daß er ein Herz habe, fragen Sie nur seine Frau danach. Dabei hat er gerade genug davon, um sich eine Verliebtheit zu gestatten. Aber nehmen Sie das wahr, kommen Sie öfter hierher, und wundern Sie sich nicht.« Er führte Madame Rabourdin in das Boudoir und setzte sich mit ihr auf den Diwan. – »Sie sind raffiniert, und ich liebe Sie deswegen nur um so mehr. Unter uns, Sie sind eine überlegene Frau. Ich habe Sie hier eingeführt, und damit bin ich erledigt, nicht wahr? Übrigens, wenn man sich schon entschließt, aus Eigennutz zu lieben, dann sollte man lieber einen sechzigjährigen Minister als einen vierzigjährigen Generalsekretär nehmen: Dabei kommt mehr heraus, und man hat weniger Verdruß. Ich trage eine Brille, mein Haar ist gepudert, ich bin von den Freuden dieses Lebens abgenutzt, was für eine Liebschaft würde das ergeben! Ja, eben das habe ich mir gesagt! Wenn man denn schon dem Nützlichen etwas hinzufügen muß, wäre ich schwerlich das Angenehme, nicht wahr? Man muß verrückt sein, wenn man es nicht versteht, sich über seine Lage klarzuwerden. Sie können mir die Wahrheit gestehen, mir den Grund Ihres Herzens offenbaren: Wir sind zwei Geschäftsteilhaber, aber kein Liebespaar. Wenn ich ein bißchen verliebt bin, sind Sie eine viel zu überlegene Frau, um dergleichen kleine Nöte zu beachten. Sie sehen sie mir nach; denn andernfalls hätten Sie die Vorstellungen eines Schulmädchens oder einer Kleinbürgersfrau aus der Rue Saint-Denis! Pah, wir sind über all das erhaben, Sie und ich. Da, eben geht die Marquise d'Espard fort. Glauben Sie nicht, daß sie genauso denkt? Vor zwei Jahren haben sie und ich uns ins Einvernehmen gesetzt (der Geck!), und jetzt braucht sie mir nur ein Briefchen zu schreiben, ein ganz kurzes: ›Mein lieber des Lupeaulx, Sie würden mich verpflichten, wenn Sie dieses oder jenes täten!‹, und dann wird es pünktlich ausgeführt. Augenblicklich sind wir dabei, ihren Mann entmündigen zu lassen. Euch Frauen kostet es lediglich ein bißchen Liebeserfüllung, dann bekommt ihr alles, was ihr wollt. Na, also, machen Sie den Minister in sich verliebt, liebes Kind, ich helfe Ihnen dabei, es liegt in meinem Interesse. Ja, ich wollte, er hätte eine Frau, die ihn beeinflussen könnte. Dann könnte er mir nicht entschlüpfen, manchmal entschlüpft er mir nämlich, und das ist begreiflich. Ich gängele ihn lediglich durch seine Vernunft. Wenn ich mich jedoch mit einer hübschen Frau verständige, gängele ich ihn durch seine Narrheit, und das wirkt sich stärker aus. Also lassen Sie uns gute Freunde bleiben und den Einfluß teilen, den Sie gewinnen werden.«

Mit tiefstem Erstaunen hörte Madame Rabourdin dies sonderbare Eingeständnis der Schurkerei an. Die Naivität des politischen Maklers schloß jeden Gedanken an Überrumpelung aus

»Glauben Sie, daß er mich beachtet hat?« fragte sie; sie saß in der Falle.

»Ich kenne ihn, ich bin dessen sicher.«

»Ist meines Mannes Ernennungsdekret tatsächlich unterzeichnet?«

»Ich habe ihm die Ausfertigung heute morgen vorgelegt. Aber vorerst ist er bloß Direktor; er muß Bearbeiter der Denkschriften werden . . .«

»Ja«, sagte sie.

»Na, schön, dann gehen Sie doch wieder hinein und kokettieren Sie mit Seiner Exzellenz.«

»Wirklich«, sagte sie, »erst heute abend habe ich Sie richtig kennengelernt Sie sind kein alltäglicher Mensch.«

»Dann also«, fuhr des Lupeaulx fort, »sind wir jetzt zwei alte

Freunde, wir unterdrücken das zärtliche Gehabe, die langweilige Lieberei und fassen die ganze Frage auf wie unter der Regentschaft[207]; da besaß man sehr viel Geist.«

»Sie sind wirklich höchst intelligent, und ich bewundere Sie«, sagte sie lächelnd und bot ihm die Hand. »Sie dürften wissen, daß man für seinen Freund mehr tut als für seinen . . .«

Sie sprach nicht zu Ende und kehrte in den Salon zurück.

»Die liebe Kleine!« monologisierte des Lupeaulx, als er sah, wie sie sich an den Minister heranmachte, »ich habe keine Gewissensbisse mehr, daß ich mich jetzt gegen dich wende! Wenn du mir morgen abend eine Tasse Tee anbietest, dann wirst du mir zugleich anbieten, was ich nicht mehr will . . . Erledigt! Ach, wenn wir Männer vierzig sind, überlisten die Frauen uns stets, aber geliebt werden können wir nicht mehr.«

Er musterte sich im Spiegel, erkannte, daß er ein höchst ansehnlicher Politiker, aber ein vollständiger Invalide auf der Insel Kythera sei, und ging in den Salon. Madame Rabourdin resümierte in dieser Minute alles Geschehene. Sie gedachte jetzt wegzugehen und bemühte sich, in jedem der Anwesenden einen letzten, anmutigen Eindruck zu hinterlassen, was ihr auch gelang. Entgegen den Salongepflogenheiten rief jeder, als sie nicht mehr da war: »Welch eine reizende Dame!« Der Minister hatte sie bis zur letzten Tür geleitet.

»Sicherlich werden Sie morgen an mich denken?« hatte er das Ehepaar gefragt und damit auf die Ernennung angespielt.

»Es gibt so wenig hohe Beamte mit sympathischen Frauen, daß ich recht froh über unsere Neuerwerbung bin«, sagte der Minister, als er zurück in den Salon kam.

»Finden Sie sie nicht ein bißchen gar zu eroberungssüchtig?« fragte des Lupeaulx spitz.

Die Damen tauschten untereinander vielsagende Blicke aus, die Rivalität zwischen dem Minister und seinem General machte ihnen Spaß. Dann fand eine der niedlichen Mystifikationen statt, auf die die Pariserinnen sich so wunderbar verstehen. Die Damen stachelten den Minister und des Lupeaulx dadurch an, daß sie Madame Rabourdin durchhechelten: Die eine fand sie zu sehr hergerichtet und darauf erpicht, die Geistreiche zu spielen; die andere verglich die Anmut der Bourgeoisie mit den Umgangsformen der großen Welt, um an Célestine Kritik zu üben. Und des Lupeaulx verteidigte seine vorgebliche Geliebte, wie man im Salon seine Feinde verteidigt.

»Beurteilen Sie sie doch gerecht, meine Damen! Ist es nicht etwas Außergewöhnliches, daß die Tochter eines Auktionskommissars sich so herausgemacht hat? Bedenken Sie doch ihre Herkunft und sehen Sie, wo sie jetzt steht. Sie wird noch in die Tuilerien gelangen, das nämlich erstrebt sie, sie selbst hat es mir gesagt.«

»Auch wenn sie die Tochter eines Kommissars ist«, sagte Madame d'Espard[208] lächelnd, »was kann das der Beförderung ihres Mannes schaden?«

»Zumal in Zeiten wie den unsern, nicht wahr?« sagte die Gattin des Ministers und biß sich auf die Lippen.

»Madame«, sagte der Minister streng zur Marquise, »mit solcherlei Worten, die der Hof leider niemandem erspart, bereitet man Revolutionen vor. Sie glauben gar nicht, wie sehr das wenig angemessene Verhalten der Aristokratie gewissen klarsehenden Persönlichkeiten im ›Château‹ mißfällt. Wäre ich ein großer Herr statt eines kleinen Provinzedelmanns, der dort zu stehen scheint, wo ich stehe, um Ihre Geschäfte zu führen, so würde es um die Monarchie weniger schlecht bestellt sein, wie es mir der Fall zu sein scheint. Was wird aus einem Thron, der seinen Glanz nicht denen mitzuteilen weiß, die ihn repräsentieren? Wir sind weit von den Zeiten entfernt, da der König einzig durch seinen Willen Leute wie Louvois[209], Colbert[210], Richelieu[211], Jeannin[212], Villeroy[213] und Sully[214] groß machte ... Ja, Sully war in seinen Anfängen nicht mehr als ich. Ich sage Ihnen dies alles, weil wir unter uns sind und weil ich wirklich sehr wenig wäre, wenn ich mich an einer solchen Kleinigkeit stieße. Es liegt bei uns und nicht bei anderen, uns groß zu machen.«

»Du bist ernannt, mein Lieber«, sagte Célestine und drückte ihrem Mann die Hand. »Wäre des Lupeaulx nicht dazwischengekommen, hätte ich dem Minister deinen Plan dargelegt; aber das soll am nächsten Dienstag geschehen, und dann kannst du um so schneller Bearbeiter der Bittschriften werden.«

Im Leben aller Frauen gibt es einen Tag, an dem sie in all ihrem Glanz gestrahlt haben und der ihnen eine ewig währende

Erinnerung spendet, auf die sie gern zurückkommen. Als Madame Rabourdin ein Stück ihres Schmucks nach dem andern ablegte, ließ sie den Verlauf des Abends an sich vorüberziehen und zählte ihn zu ihren Ehren- und Glückstagen: Sie war um alles beneidet worden, was an ihr schön war, die Gattin des Ministers hatte sie gerühmt und war glücklich gewesen, sie ihren Freundinnen gegenüberstellen zu können. Kurzum, alles, was an Eitelkeit in ihr war, hatte zum Nutzen ihrer ehelichen Liebe geglänzt. Rabourdin war ernannt!

»War ich nicht auf der Höhe heute abend?« fragte sie ihren Mann, wie wenn sie ihm hätte Mut zusprechen müssen.

Zur gleichen Stunde sah Mitral die beiden Wucherer, auf die er im Café Themis gewartet hatte, eintreten, gewahrte aber auf ihren kaltblütigen Gesichtern nicht das mindeste.

»Wie stehen die Dinge?« fragte er sie, als sie am Tische Platz genommen hatten.

»Na, wie immer«, sagte Gigonnet und rieb sich die Hände, »die Taler haben gesiegt.«

»Richtig«, sagte Gobseck.

Mitral nahm eine Droschke und fuhr zu den Saillards und den Baudoyers, deren Boston-Partie sich ausgedehnt hatte. Aber außer ihnen war nur noch der Abbé Gaudron da, der vor Erschöpfung halbtote Falleix war zu Bett gegangen.

»Sie werden ernannt, Neffe, und es wartet Ihrer eine Überraschung.«

»Und welche?« fragte Saillard.

»Das Kreuz der Ehrenlegion!« rief Mitral.

»Gott schützt die, die seiner Altäre gedenken!« sagte Gaudron.

Auf diese Weise waren beide Lager gleich glücklich und sangen das Tedeum.

Am nächsten Tag, einem Mittwoch, sollte Monsieur Rabourdin mit dem Minister arbeiten, da er doch seit der Erkrankung des verstorbenen La Billardière die Abteilung vertretungsweise geleitet hatte. In jenen Tagen waren die Beamten sehr pünktlich, die Bürodiener eifrig, denn an Tagen der Unterzeichnung liegt in den Büros alles in der Luft, und warum? Das weiß niemand. Die drei Diener waren also auf ihrem Posten und hofften, eine Gratifikation zu bekommen. Das Gerücht von der Ernennung Monsieur Rabourdins hatte sich schon am Abend zuvor verbreitet, dafür hatte des Lupeaulx gesorgt. Onkel Antoine und der Türhüter Laurent waren in Galalivree, als um ein Viertel vor acht der Sekretariatsdiener kam und Antoine bat, er möge Monsieur Dutocq heimlich einen Brief übergeben. Der Generalsekretär habe ihm um sieben gesagt, er solle ihn dem Ersten Schreiber bringen.

»Ich weiß nicht, wie es zugegangen ist, Alter, ich habe geschlafen, geschlafen, daß ich kaum habe wach werden können. Er würde mir einen schönen Marsch blasen, wenn er wüßte, daß der Brief noch nicht abgeliefert ist. Aber ich behaupte einfach, ich selbst hätte ihn Monsieur Dutocq gegeben. Ganz großes Geheimnis, Papa Antoine: Sagen Sie den Beamten nichts, versprechen Sie mir das! Er würde mich 'rauswerfen, ich würde meine Stellung verlieren, wenn ich ein einziges Wort sagte, hat er gesagt!«

»Was steht denn in dem Brief drin?« fragte Antoine.

»Nichts. Ich habe ihn mir angesehen, so, passen Sie mal auf.«

Er ließ den Brief aufklaffen, es war nur weißes Papier zu sehen.

»Heute ist für Sie ein großer Tag, Laurent«, sagte der Sekretariatsdiener, »Sie bekommen einen neuen Direktor. Sicher soll gespart werden, es werden zwei Abteilungen zu einer Direktion zusammengelegt, Obacht, Bürodiener!«

»Ja, neun Beamte werden pensioniert«, sagte Dutocq, der gerade kam. »Wie habt ihr das herausbekommen?«

Antoine händigte Dutocq den Brief ein; er öffnete ihn, polterte die Treppe hinab und hastete ins Sekretariat.

Seit dem Tag, an dem Monsieur de La Billardière gestorben war, hatten das Büro Rabourdin und das Büro Baudoyer nach weidlichem Geschwätz endlich ihr gewöhnliches Aussehen und das gewohnte ›dolce far niente‹[215] der Verwaltungsbeamten wiedergewonnen. Freilich veranlaßte das Jahresende die Büros zu einer Art gewissenhafter Beflissenheit, gerade wie es die Portiers auf eine salbungsvolle Weise servil macht. Alle kamen pünktlich, es blieben nach vier Uhr mehr Beamte als sonst im Büro; denn die Verteilung der Gratifikationen hängt von dem letzten Eindruck ab, den man den Vorgesetzten gemacht hat. Am Vortage hatte die Nachricht von der Vereinigung der beiden Abteilungen La Billardière und Clergeot unter einer Direktion mit neuer Bezeichnung die Gemüter der beiden Abteilungen erregt. Man kannte die Zahl der Beamten, die in den Ruhestand versetzt werden sollten, aber man wußte ihre Namen nicht. Es wurde vermutet, daß für Poiret niemand anders eingestellt werden würde, sein Posten sollte eingespart werden. Der junge La Billardière war versetzt worden. Zwei neue Supernumerare kamen, und, o Schrecken, es waren Söhne von Abgeordneten! Diese Nachricht, die tags zuvor in den Büros in dem Augenblick bekanntgeworden war, als die Beamten heimgehen wollten, hatte alle mit Entsetzen erfüllt. Deswegen kam es in der halben Stunde des Kommens zu mancherlei Plaudereien an den Öfen. Noch bevor einer der Beamten angelangt war, hatte Dutocq den Generalsekretär aufgesucht, der noch bei der Toilette war; ohne sein Rasiermesser aus der Hand zu legen, hatte der Generalsekretär ihm den Blick eines Generals zugeworfen, der einen Befehl erteilt.

»Sind wir allein?« fragte er.

»Ja.«

»Dann gut, rücken Sie Rabourdin auf den Leib, gehen Sie ohne alle Bedenken vor! Sie haben doch sicher noch eine Kopie seines Konzepts?«

»Ja.«

»Sie verstehen mich: *Inde irae!*[216] Wir brauchen ein allgemeines Zetergeschrei. Denken Sie sich irgendwas aus, das gehörig Lärm macht ...«

»Ich könnte eine Karikatur zeichnen lassen, aber ich habe nicht die fünfhundert Francs, die sie kosten würde ...«

»Wer soll sie zeichnen?«

»Bixiou.«

»Er soll dafür tausend Francs haben und Unterchef bei Colleville werden; der wird sich schon mit ihm vertragen.«

»Aber er wird mir nicht glauben.«

»Wollen Sie mich etwa bloßstellen? Los, los, oder aber nicht, verstanden?«

»Wenn Monsieur Baudoyer Direktor ist, könnte er doch die Summe leihen ...«

»Ja, er wird Direktor. Gehen Sie jetzt, beeilen Sie sich, und lassen Sie sich nicht anmerken, daß Sie bei mir gewesen sind. Gehen Sie über die Hintertreppe.«

Während Dutocq mit vor Freude höher schlagendem Herzen zurück ins Büro ging und sich überlegte, auf welche Weise er Gerüchte gegen seinen Chef in Umlauf setzen könnte, ohne sich allzusehr zu kompromittieren, war Bixiou in das Büro der Rabourdins gegangen, um den Kollegen rasch guten Morgen zu sagen. Der Spaßvogel glaubte, er habe seine Wette verloren, und fand es amüsant, so zu tun, als habe er sie gewonnen.

BIXIOU *(ahmt Phellions Stimme nach)* Meine Herren, ich begrüße Sie und entbiete Ihnen im Kollektiv einen guten Morgen. Ich bezeichne den nächsten Sonntag als geeignet für ein Abendessen im ›Rocher-de-Cancale‹. Allein es stellt sich ein ernstes Problem. Sollen die in den Ruhestand versetzten Beamten daran teilnehmen?

POIRET Sogar die, die sich aus eigenen Stücken pensionieren lassen.

BIXIOU Mir ist es gleich, ich bezahle ja nicht. *(Allgemeine Verblüffung)* Baudoyer ist ernannt. Ich wollte, ich hörte ihn schon nach Laurent rufen. *(Er ahmt Baudoyer nach)* »Laurent, schließen Sie mein Bußgewand und meine Geißel weg.« *(Allgemeines Gelächter)* Lachen des Gänseankläffers! Colleville hat recht mit seinen Anagrammen. Ihr wißt ja, das Anagramm von ›Xavier Rabourdin, chef de bureaux‹ ist: ›D'abord rêva bureaux, e, u, fin riche.‹ Hieße ich ›Charles X., par la grâce de Dieu roi de France et de Navarre‹, so würde ich angesichts des Schicksals erzittern, von dem mein Anagramm mir prophezeit, daß es sich erfüllen werde.

THUILLIER Ach so, Sie wollen bloß lachen!

BIXIOU *(lacht ihm ins Gesicht)* Lache über den Häßlichen[217]! Hübsches Wortspiel, Papa Thuillier, weil Sie wirklich nicht schön sind. Rabourdin reicht vor Wut sein Abschiedsgesuch ein, wenn er erfährt, daß Baudoyer Direktor wird.

VIMEUX *(kommt)* Ist das ein Schabernack! Eben habe ich Antoine dreißig oder vierzig Francs zurückgezahlt, und da hat er mir erzählt, Monsieur und Madame Rabourdin hätten gestern beim Minister an der Abendgesellschaft im engsten Kreis teilgenommen und seien bis Viertel vor Mitternacht geblieben. Seine Exzellenz habe Madame Rabourdin bis an die Treppe begleitet. Anscheinend hat sie ein geradezu göttliches Kleid angehabt. Kurz und gut, er wird ganz bestimmt Direktor. Riffé, der Schreiber des Personalchefs, hat die ganze Nacht durchgearbeitet, damit die Ernennungsurkunde so schnell wie möglich fertig werde: Es ist kein Geheimnis mehr. Monsieur Clergeot wird pensioniert. Nach einer Dienstzeit von dreißig Jahren ist das keine Kränkung. Monsieur Cochin, der reich ist ...

BIXIOU Nach Colleville gibt er Cochenille ab.

VIMEUX Aber er hat ja tatsächlich mit Cochenille zu tun, weil er stiller Teilhaber der Firma Matifat in der Rue des Lombards ist. Na, kurz und gut, der geht ebenfalls in Pension. Auch Poiret. Für die beiden werden keine Neuen eingestellt. Das steht fest, alles übrige ist noch unbekannt. Rabourdins Ernennung wird heute vormittag bekanntgegeben; man befürchtet nämlich Intrigen.

BIXIOU Was für Intrigen denn?

FLEURY Von seiten Baudoyers, zum Donnerwetter! Den stützt doch die Priesterpartei. Hier, ein neuer Artikel in der liberalen Zeitung, nur ganz kurz, aber recht komisch *(Er liest ihn vor)*

»Einige Leute haben sich gestern im Foyer des Théâtre des Italiens über den Wiedereintritt Monsieur Chateaubriands ins Ministerium unterhalten und sich dabei darauf berufen, daß Monsieur Rabourdin, der Schützling der Freunde des edlen Vicomte, dazu ausersehen ist, den Posten zu bekommen, der ursprünglich Monsieur Baudoyer zugedacht war. Der Priesterpartei ist nichts übriggeblieben, als vor einer Transaktion mit dem großen Schriftsteller zurückzuweichen.«

Kanaillen!

DUTOCQ *(hat gelauscht und kommt dann herein)* Wer ist die Kanaille? Rabourdin! Ihr wißt also schon das Neueste?

FLEURY *(rollt wütend die Augen)* Rabourdin ...? Eine Kanaille? Sind Sie verrückt, Dutocq, und wollen Sie eine Kugel, damit Sie sich das Gehirn verlöten können?

DUTOCQ Ich habe nichts gegen Monsieur Rabourdin gesagt. Die Sache ist nur die, daß mir eben unten im Hof unter dem Siegel der Verschwiegenheit anvertraut worden ist, er habe viele Beamte denunziert, kritische Bemerkungen über sie gemacht, kurzum, er danke seine Gunst einer Arbeit über die Ministerien, in der jeder von uns heruntergemacht wird ...

PHELLION *(mit starker Stimme)* Monsieur Rabourdin ist außerstande ...

BIXIOU Das ist ja eine schöne Geschichte! Sagen Sie mir doch, Dutocq ... *(Sie tuscheln miteinander und gehen hinaus auf den Flur.)*

BIXIOU Was ist denn los?

DUTOCQ Wissen Sie noch, die Karikatur?

BIXIOU Ja. Und?

DUTOCQ Machen Sie sie. Sie werden Unterchef und bekommen eine phantastische Gratifikation. Sehen Sie, mein Lieber, in den oberen Regionen herrscht Zwietracht. Der Minister hat sich Rabourdin gegenüber festgelegt. Aber wenn er Baudoyer nicht ernennt, überwirft er sich mit dem Klerus. Wissen Sie es denn nicht? Der König, der Dauphin und die Dauphine, die Grande-Aumônerie, mithin der ganze Hof will Baudoyer, und der Minister will Rabourdin.

BIXIOU Gut ...!

DUTOCQ Um der Annäherung willen, denn der Minister hat eingesehen, daß er nachgeben muß, will er die Schwierigkeit aus der Welt schaffen. Er braucht einen Anlaß, um Rabourdin loszuwerden. Zu diesem Zweck ist eine alte Arbeit ausfindig gemacht worden, die er mit dem Ziel, sie zu reinigen, über die Verwaltung geschrieben hat, und über diese Arbeit ist etwas im Umlauf. So wenigstens versuche ich mir die Sachlage zu erklären. Machen Sie die Zeichnung, Sie treten damit in das Spiel auf hoher Ebene ein, dienen gleichzeitig dem Ministerium, dem Hof und aller Welt und werden ernannt. Verstanden?

BIXIOU Ich verstehe nur nicht, wie Sie das alles wissen können, sofern Sie es nicht erfunden haben!

DUTOCQ Soll ich Ihnen die Unterlagen zeigen?

BIXIOU Ja.

DUTOCQ Gut, dann kommen Sie mit zu mir; ich will jene Arbeit in sichere Hände legen.

BIXIOU Gehen Sie allein. *(Er kehrt in das Büro der Rabourdins zurück)* Was Ihnen Dutocq gesagt hat, stimmt, Ehrenwort. Monsieur Rabourdin muß wenig schmeichelhafte Notizen über die Beamtenschaft gemacht haben; er will sie reformieren. Darin beruht das Geheimnis seiner Beförderung. Wir leben in einer Zeit, in der einen nichts mehr erstaunt. *(Drapiert sich wie Talma*[218])

IHR, DIE IHR FALLEN SAHT MANCH HOCHERLAUCHTES HAUPT,
IHR NARREN WUNDERT EUCH UND HÄTTET NIE GEGLAUBT,

daß eine solche Ursache zugunsten eines Mannes sprechen könne? Der gute Baudoyer ist zu dumm, um durch solcherlei Mittel voranzukommen! Ich verneige mich vor Ihnen, meine Herren, Sie unterstehen einem illustren Chef. *(Er geht)*

POIRET Ich scheide aus dem Ministerium aus, ohne daß ich je auch nur einen einzigen Satz jenes Herrn habe verstehen können. Was hat er eigentlich mit den gefallenen Häuptern sagen wollen?

FLEURY Du lieber Himmel! Damit meint er natürlich die vier Sergeanten von La Rochelle[219], Berton[220], Ney[221], Caron[222] und die Brüder Faucher[223], all die Blutbäder!

PHELLION Er führt leichtfertig gewagte Behauptungen ins Feld.

FLEURY Jetzt sagen Sie bloß noch, daß er lügt, daß er aufschneidet, daß in seinem Mund die Wahrheit Grünspan ansetzt!

PHELLION Ihre Worte stehen jenseits der Regeln der Höflichkeit und Rücksichtnahme, die man einander unter Kollegen schuldig ist.

VIMEUX Mir scheint, wenn das, was er gesagt hat, nicht stimmt, dann muß man es als Verleumdung und Diffamierung bezeichnen, und ein Verleumder verdient Hiebe mit der Reitpeitsche.

FLEURY *(lebhafter)* Und wenn die Büros eine öffentliche Örtlichkeit wären, gehörte der Fall vor das Zuchtpolizeigericht.

PHELLION *(will einen Streit vermeiden und versucht, dem Gespräch eine andere Wendung zu geben)*
Meine Herren, ich bitte um Ruhe. Ich arbeite an einem neuen kleinen Traktat über die Moral und bin gerade bei der Seele.

FLEURY *(unterbricht ihn)* Was sagen Sie darüber, Monsieur Phellion?

PHELLION *(liest)* – Frage: Was ist die Seele des Menschen? – Antwort: Eine spirituelle Substanz, die denkt und urteilt.

THUILLIER Eine spirituelle Substanz, das ist, als sagte man: immaterieller Sandstein.

POIRET Lassen Sie ihn doch ausreden . . .

PHELLION *(fährt fort)* – Frage: Woher kommt die Seele? – Antwort: Sie kommt von Gott, der sie einfach und unteilbar geschaffen hat, so daß also ihre Unzerstörbarkeit etwas Unbegreifliches ist; und er hat gesagt . . .

POIRET *(verblüfft)* Gott?

PHELLION Ja. So lautet die Überlieferung.

FLEURY *(zu Poiret)* Jetzt haben Sie selbst ihn unterbrochen!

PHELLION *(fährt fort)* – Und er hat gesagt, er habe sie unsterblich geschaffen, was bedeutet, daß sie nie stirbt. – Frage: Wozu dient die Seele? – Antwort: Zu verstehen, zu wollen und sich zu erinnern; das bildet das Verständnis, den Willen und das Gedächtnis. – Frage: Wozu dient das Verständnis? – Antwort: Zum Erkennen. Es ist das Auge der Seele.

FLEURY Und wovon ist die Seele das Auge?

PHELLION *(fährt fort)* – Frage: Was soll das Verständnis erkennen? – Antwort: Die Wahrheit. – Frage: Warum hat der Mensch einen Willen? – Antwort: Um das Gute zu lieben und das Böse zu hassen. – Frage: Was ist das Gute? – Antwort: Was glücklich macht.

VIMEUX Und so etwas schreiben Sie für junge Mädchen?

PHELLION Freilich. *(Er fährt fort)* – Frage: Wieviel Arten des Guten gibt es?

FLEURY Wie gewagt!

PHELLION *(unwillig)* Oh, ich bitte Sie! *(Beruhigt sich)* Hier ist übrigens die Antwort. Passen Sie auf! *(Liest)* – Antwort: Es gibt zwei Arten, das ewige Gut und das zeitliche Gut.

POIRET *(verächtlich)* Und so etwas findet guten Absatz?

PHELLION Ich wage es zu hoffen. Es gehört eine große geistige Anspannung dazu, diese Fragen und Antworten systematisch aufzustellen. Deshalb hatte ich Sie gebeten, mich ungestört denken zu lassen, denn die Antworten . . .

THUILLIER *(unterbricht ihn)* Übrigens könnten die Antworten gesondert verkauft werden . . .

POIRET Soll das ein Witz sein?

THUILLIER Ja, man könnte Geld daraus machen[224].

PHELLION Es war sehr unrecht von mir, Sie zu unterbrechen. *(Er senkt den Kopf wieder auf seine Akten.)* Aber *(zu sich selbst)*, sie denken jetzt nicht mehr an Monsieur Rabourdin.

Zur gleichen Zeit vollzog sich zwischen des Lupeaulx und dem Minister eine Szene, die über Rabourdins Schicksal endgültig entschied. Vor dem Frühstück hatte der Generalsekretär die Exzellenz im Arbeitszimmer aufgesucht und sich versichert, daß La Brière nicht mithören konnte.

»Eure Exzellenz treiben kein offenes Spiel mit mir . . .«

»Jetzt sind wir verkracht«, dachte der Minister, »weil seine Geliebte gestern mit mir kokettiert hat.« – »Ich hätte Sie für weniger kindisch gehalten, lieber Freund«, entgegnete er laut.

»Ob wirklich Freund«, antwortete der Generalsekretär, »das werde ich gleich erfahren.«

Der Minister blickte des Lupeaulx stolz an.

»Wir sind unter uns, und wir können offen miteinander reden. Der Abgeordnete des Arrondissements, in dem mein Gut Les Lupeaulx liegt . . .«

»Ist es denn tatsächlich ein Gut?« fragte der Minister lachend, um seine Überraschung zu tarnen.

»Es ist um Landkäufe im Werte von zweihunderttausend Francs vergrößert worden«, entgegnete des Lupeaulx lässig. »Sie wußten seit zehn Tagen um das Abschiedsgesuch jenes Abgeordneten, und Sie haben mir davon nichts mitgeteilt. Das hatten Sie auch nicht nötig, aber Sie wußten ganz genau, daß ich wünschte, Sitz und Stimme in der Mitte zu haben. Haben Sie bedacht, daß ich mich auch den Doktrinären[225] anschließen könnte, die Sie und die Monarchie stürzen werden, wenn man auch weiterhin jene Partei Männer von einer gewissen verkannten Begabung anwerben läßt? Wissen Sie, daß es in einer Nation immer nur fünfzig oder sechzig gefährliche Köpfe gibt, bei denen der Geist in enger Beziehung zum Ehrgeiz steht? Regieren können bedeutet, diese Köpfe zu kennen, um sie abzuschlagen oder zu kaufen. Ich weiß nicht, ob ich Talent habe. Aber ich habe Ehrgeiz, und Sie begehen den Fehler, sich nicht mit jemandem zu verständigen, der Ihnen nur Gutes will. Die Krönungsfeierlichkeiten haben für einen Augenblick geblendet, aber dann . . .? Dann wird der

Krieg mit Worten und Diskussionen aufs neue einsetzen und immer gehässiger werden. Gut und schön, aber was Sie betrifft, so finden Sie mich nicht im linken Flügel der Mitte, glauben Sie mir! Trotz aller Machenschaften Ihres Präfekten, dem wohl vertrauliche Instruktionen gegen mich zugeleitet worden sind, werde ich die Mehrheit haben. Der Augenblick der Verständigung zwischen Ihnen und mir ist gekommen. Nach einem kleinen Jarnac-Hieb[226] wird man bisweilen gut Freund. Ich will in den Grafenstand erhoben werden, und für meine Leistungen wird mir der Großkordon der Ehrenlegion schwerlich verweigert werden. Aber auf diese beiden Punkte lege ich weniger Wert als auf etwas, mit dem Ihr eigenes Interesse verquickt ist ... Sie haben Rabourdin noch nicht ernannt. Ich bin heute morgen dahingehend informiert worden, daß Sie vielen Leuten eine Genugtuung bereiten würden, wenn Sie ihm Baudoyer vorzögen.«

»Baudoyer ernennen?« rief der Minister. »Aber den kennen Sie doch!«

»Ja«, sagte des Lupeaulx. »Wenn seine Unfähigkeit erwiesen ist, dann entlassen Sie ihn und bitten seine Gönner, ihn bei sich zu verwenden. Dann haben Sie eine wichtige Direktionsstelle an Ihre Freunde zu vergeben, und das wird Ihnen eine Transaktion erleichtern, durch die Sie sich einen Ehrgeizling vom Halse schaffen können.«

»Ich habe ihm versprochen ...«

»Allerdings, und ich verlange ja auch nicht von Ihnen, schon heute Ihren Sinn zu ändern. Ich weiß, wie gefährlich es ist, am selben Tage ja und nein zu sagen. Schieben Sie die Ernennungen auf, Sie können sie übermorgen unterzeichnen. Bis übermorgen dürften Sie sich darüber klar sein, daß Sie Rabourdin unmöglich behalten können. Überdies werden Sie von ihm bis dahin ein schönes und gutes Abschiedsgesuch erhalten haben.«

»Sein Abschiedsgesuch?«

»Ja.«

»Und warum ...?«

»Er ist das Werkzeug einer unbekannten Macht, für die er in allen Ministerien Spionage im großen getrieben hat. Die Sache ist durch eine Unachtsamkeit herausgekommen. Es wird darüber geredet, die Beamten sind wütend. Bitte arbeiten Sie heute nicht mit ihm zusammen, lassen Sie mich einen Ausweg ausdenken, durch den Sie davon befreit werden. Gehen Sie zum König. Ich bin überzeugt, daß Sie auf Leute stoßen werden, die sich über Ihr Nachgeben im Falle Baudoyer freuen werden. Sie werden als Vergeltung dafür irgend etwas erhalten. Dann stehen Sie später gestärkt da, wenn Sie diesen Dummkopf entlassen, denn dann ist es Ihnen sozusagen befohlen worden.«

»Wer hat Sie zu dieser Meinungsänderung über Rabourdin veranlaßt?«

»Würden Sie Monsieur de Chateaubriand helfen, einen Artikel gegen das Staatsministerium zu schreiben? Bitte lesen Sie, wie Rabourdin mich in seinem Konzept behandelt«, sagte er und übergab dem Minister seine Kennzeichnung. »Er stellt eine ganze Regierung zusammen, wahrscheinlich zum Nutzen einer Vereinigung, die wir nicht kennen. Ich will sein Freund bleiben, um ihn zu überwachen: Ich glaube, damit bringe ich etwas zuwege, das mir die Pairswürde verschafft; denn die Pairswürde ist das einzige Ziel meiner Wünsche. Bitte beachten Sie, ich will weder einen Ministerposten noch sonst etwas, das Ihnen im Wege sein könnte. Ich bin lediglich auf die Pairswürde erpicht, weil sie es mir ermöglichen würde, die Tochter irgendeines Bankhauses mit zweihunderttausend Francs Zinsen zu heiraten. Also lassen Sie mich für Sie etwas Wichtiges leisten, das den König sagen läßt, ich hätte den Thron gerettet. Schon seit langem sage ich: Der Liberalismus wird uns keine regelrechte Schlacht mehr liefern. Er hat auf Verschwörungen, auf Carbonaritum, auf Waffenergreifung verzichtet. Er betreibt unterirdische Wühlarbeit und bereitet ein vollkommenes Bäumchen-wechsle-dich-Spiel vor. Glauben Sie, ich hätte mich aus purem Vergnügen zum Schleppenträger der Frau eines Mannes wie Rabourdin gemacht? Nein, ich besaß Auskünfte! Es handelt sich also heute um zweierlei: die Vertagung der Ernennungen, und Ihre *ehrliche* Mitarbeit bei meiner Wahl. Sie werden sehen, daß ich Ihnen gegen Ende der Sitzungsperiode meine Schuld großzügig bezahlt habe.«

Statt einer Antwort nahm der Minister die Ausfertigung der Personalabteilung und händigte sie des Lupeaulx ein.

»Ich lasse Rabourdin sagen«, fuhr des Lupeaulx fort, »daß Sie die Arbeit mit ihm auf Samstag verschieben.«

Der Minister stimmte durch ein Nicken zu. Bald danach durcheilte der Sekretariatsdiener die Höfe und benachrichtigte Rabourdin, daß die Arbeit auf Samstag verschoben worden sei, an welchem Tag die Kammer sich nur mit Bittschriften und kleinen Anfragen befaßte und der Minister den ganzen Tag zur Verfügung hatte. Um die gleiche Zeit flüsterte Saillard der Ministersgattin seinen Satz zu. Sie antwortete ihm würdevoll, sie mische sich nicht in Staatsangelegenheiten, und im übrigen habe sie sagen hören, Monsieur Rabourdin sei ernannt worden. Der erschrockene Saillard stieg zu Baudoyer hinauf und fand dort Dutocq, Godard und Bixiou in einem Zustand der Erbitterung vor, der zu schildern schwierig ist. Sie lasen nämlich gerade das schreckliche Konzept Rabourdins über die Beamten.

BIXIOU *(zeigt mit dem Finger auf einen Absatz)* Das hier betrifft Sie, Papa Saillard.

»SAILLARD. In allen Ministerien ist die Kassenführung abzuschaffen; sie müssen ihre laufenden Konten beim Schatzamt haben. Saillard ist reich und braucht kein Ruhegehalt.« Wollen Sie Ihren Schwiegersohn gekennzeichnet sehen? *(Er blättert)* Da!

»BAUDOYER. Vollkommen unfähig. Wird ohne Pension entlassen; er ist reich.«

Und Freund Godard?

»GODARD. Zu entlassen. Pension in Höhe eines Drittels seines Gehalts.«

Kurzum: Jeder von uns kommt darin vor. Ich selber bin »ein Künstler, der für die Zivilliste, bei der Oper, den Lustbarkeiten[227], im Museumswesen brauchbar ist. Viele Fähigkeiten, wenig Haltung, außerstande zu regelmäßiger, fleißiger Arbeit, ein unruhiger Geist«. Ha, du sollst mich als Künstler kennenlernen!

SAILLARD Die Kassierer abschaffen ...? Aber das ist ja ein Unmensch!

BIXIOU Was sagt er eigentlich über unsern geheimnisvollen Desroys? *(Er blättert und liest)*

»DESROYS. Gefährlicher Mensch, da er unerschütterlich bei Grundsätzen beharrt, die jeder monarchischen Regierung entgegengesetzt sind. Als Sohn eines Konventsmitgliedes bewundert er den Konvent. Er könnte ein bösartiger Journalist werden.«

BAUDOYER Nicht einmal die Polizei ist so geschickt!

GODARD Ich gehe zum Generalsekretariat und reiche eine ordnungsgemäße Klage ein. Wir müssen geschlossen den Abschied einreichen, wenn solch ein Mensch ernannt wird.

DUTOCQ Hören Sie mich an, meine Herren! Handeln Sie klug und vorsichtig. Wenn Sie jetzt alle auf einmal opponieren, würden wir der Rachsucht und persönlicher Motive beschuldigt! Nein, lassen Sie das Gerücht ganz allmählich verbreiten. Wenn der gesamte Verwaltungsapparat in Wallung gebracht ist, finden Ihre Schritte allgemeine Zustimmung.

BIXIOU Dutocq bekennt sich grundsätzlich zu der großen Arie, die der erhabene Rossini für Don Basilio[228] geschrieben hat, und die beweist, daß dieser große Komponist ein Politiker ist! Das dünkt mich recht und billig. Ich gedenke morgen bei Monsieur Rabourdin meine Visitenkarte abgeben zu lassen, mit dem gestochenen Namen »Bixiou«, und darunter, als Ehrentitel: »Wenig Haltung, außerstande zu regelmäßiger, fleißiger Arbeit, ein unruhiger Geist.«

GODARD Guter Gedanke, meine Herren. Wir wollen uns ebenfalls solche Visitenkarten drucken lassen, und dann kann Monsieur Rabourdin sie morgen früh sämtlich bekommen.

BAUDOYER Monsieur Bixiou, übernehmen Sie diese Kleinigkeit, und lassen Sie die Platten abschleifen, wenn ein einziger Abzug gemacht worden ist.

DUTOCQ *(nimmt Bixiou beiseite)* Na, wollen Sie jetzt die Karikatur zeichnen?

BIXIOU Mir wird klar, mein Lieber, daß Sie seit acht Tagen eingeweiht sind. *(Er blickt ihm fest in die Augen)* Werde ich Unterchef?

DUTOCQ Auf mein Ehrenwort, und tausend Francs Honorar, wie ich Ihnen gesagt habe. Sie wissen ja gar nicht, welchen Gefallen Sie mächtigen Leuten tun.

BIXIOU Kennen Sie sie?

DUTOCQ Ja.

BIXIOU Dann will ich mit ihnen sprechen.

DUTOCQ *(trocken)* Machen Sie die Karikatur oder machen Sie sie nicht – davon hängt ab, ob Sie Unterchef werden oder nicht.

BIXIOU Na schön, und die tausend Francs?

DUTOCQ Die bekommen Sie von mir gegen die Zeichnung.

BIXIOU Dann also los. Die Karikatur soll morgen in den Büros kursieren. Jetzt wollen wir die »Rabourdins« ein bißchen ärgern. *(Er wendet sich an Saillard, Godard und Baudoyer, die leise miteinander reden)* Wir wollen die Nachbarn bearbeiten. *(Er geht mit Dutocq in das Büro Rabourdin. Bei seinem Anblick fahren Fleury, Thuillier und Vimeux auf)* Na, was haben die Herren? Was ich Ihnen gesagt habe, ist so wahr, daß Sie sich die Beweisstücke für die infamste aller Angebereien bei dem tugendhaften, ehrsamen, achtbaren, redlichen und frommen Baudoyer anschauen können. Der ist ganz bestimmt außerstande, so etwas zu betreiben. Ihr Chef hat eine Art Guillotine für die Beamten erfunden, das steht fest. Gehen Sie nur hin und schauen Sie es sich an! Tun Sie wie alle, man zahlt nicht, wenn man unzufrieden ist, Sie können also Ihr Unglück kostenlos genießen! Deswegen sind die Ernennungen aufgeschoben worden. Die Büros sind im Aufruhr, und Rabourdin ist benachrichtigt worden, daß der Minister heute nicht mit ihm arbeiten könne. So gehen Sie doch!

Phellion und Poiret waren allein geblieben. Der erstere hing zu sehr an Rabourdin, als daß er sich eine Überzeugung hätte verschaffen wollen, die einem Manne schaden konnte, über den er nicht urteilen mochte; der zweite blieb nur noch fünf Tage im Büro. In diesem Augenblick kam Sébastien herunter, um abzuholen, was in den Mappen zur Unterzeichnung bereitliegen mußte. Ohne es sich anmerken zu lassen, war er recht erstaunt, das Büro leer zu finden.

PHELLION Junger Freund *(er steht auf, was selten geschieht)*, wissen Sie, was hier vorgeht, und welche Gerüchte über Monsieur Rabourdin im Umlauf sind, den Sie so gern haben, und *(er senkt die Stimme und beugt sich zu Sébastiens Ohr nieder)* den ich genauso gern habe, wie ich ihn achte? Es heißt, er sei so unvorsichtig gewesen, eine Ausarbeitung über die Beamten herumliegen zu lassen ... *(Mit diesen Worten hält Phellion inne, er muß mit seinen kräftigen Armen den jungen Sébastien festhalten, der blaß wie eine weiße Rose geworden ist und ohnmächtig auf einen Stuhl sinkt)* Einen Schlüssel in den Rücken! Monsieur Poiret, haben Sie einen Schlüssel zur Hand?

POIRET Ich habe meinen Wohnungsschlüssel immer bei mir. *(Der alte Poiret der Jüngere schiebt Sébastien seinen Schlüssel in den Rücken. Phellion gibt ihm ein Glas kaltes Wasser zu trinken. Der arme Junge schlägt die Augen lediglich auf, um einen Strom von Tränen zu vergießen. Er lehnt den Kopf auf Phellions Schreibtischplatte und wirft sich dann darüber, als habe der Blitz ihn getroffen; er schluchzt so laut, so unverstellt, so überschwenglich, daß Poiret zum erstenmal in seinem Leben durch den Schmerz eines anderen Menschen erschüttert wird.)*

PHELLION *(mit lauterer Stimme)* Na, aber, junger Freund, nehmen Sie sich doch zusammen! Das muß man nämlich in schlimmen Lagen. Sie sind doch ein Mann. Was ist los? Wie kann Sie diese Angelegenheit so über die Maßen erschüttern?

SÉBASTIEN *(unter Schluchzern)* Ich habe Monsieur Rabourdin in den Untergang gestürzt. Ich habe das Konzept, das ich abschreiben sollte, im Büro liegenlassen, ich habe meinen Wohltäter umgebracht, ich gehe daran zugrunde. Ein so großer Mann! Einer, der Minister geworden wäre!

POIRET *(putzt sich die Nase)* Dann stimmt es also, daß er sich Notizen gemacht hat?

SÉBASTIEN *(unter Schluchzern)* Aber das war doch nur, um ... Nein, jetzt hätte ich beinahe seine Geheimnisse verraten! Ach, der schuftige Dutocq! Er hat es gestohlen ...

Und aufs neue setzte das Weinen, das Schluchzen ein, so daß Rabourdin es in seinem Arbeitszimmer hörte, die Stimme erkannte und heraufkam. Der Chef fand Sébastien beinahe bewußtlos wie einen Christus in Phellions und Poirets Armen vor, die auf eine groteske Weise die untätige Haltung der beiden Marien nachahmten und deren Gesichter vor Rührung faltig waren.

RABOURDIN Was ist hier los, meine Herren?

(Sébastien steht auf und fällt vor Rabourdin auf die Knie.)

SÉBASTIEN Ich habe Sie zugrunde gerichtet, Monsieur! Dutocq zeigt das Konzept herum, er hat es wohl entdeckt!

RABOURDIN *(ruhig)* Ich habe es gewußt. *(Er hebt Sébastien auf und führt ihn weg)* Sie sind ein Kind, mein Freund. *(Zu Phellion)* Wo sind die andern Herren?

PHELLION In Monsieur Baudoyers Büro; sie sehen sich ein Konzept an, von dem es heißt ...

RABOURDIN Genug.

(Er geht hinaus und stützt dabei Sébastien. Poiret und Phellion blicken einander völlig verdutzt an und wissen nicht, was sie sagen sollen.)

POIRET *(zu Phellion)* Monsieur Rabourdin ...!

PHELLION *(zu Poiret)* Monsieur Rabourdin!

POIRET Das ist denn doch! Monsieur Rabourdin!

PHELLION Haben Sie gemerkt, wie ruhig und würdig er dennoch ...

POIRET *(mit listiger Miene, die wie eine Grimasse anmutet)* Dahinter könnte etwas stecken, das mich nicht wundern würde.

PHELLION Ein Ehrenmann, sauber, makellos.

POIRET Und Dutocq?

PHELLION Monsieur Poiret, Sie denken über Dutocq genauso wie ich. Verstehen Sie mich nicht?

POIRET *(nickt ein paarmal andeutend und antwortet durchtrieben)* Ja. *(Alle Beamten kommen wieder herein.)*

FLEURY Das ist ein harter Schlag, und obwohl ich es gelesen habe, glaube ich es noch nicht. Monsieur Rabourdin, der vortrefflichste aller Menschen! Mein Gott, wenn es unter Leuten dieser Art Spitzel gibt, dann müßte man sich vor der Tugend ekeln. Ich hatte Rabourdin unter die Helden Plutarchs eingeordnet.

VIMEUX O ja!

POIRET *(muß daran denken, daß er nur noch fünf Tage bleibt)* Aber, meine Herren, was sagen Sie zu dem, der das Konzept entwendet, der Monsieur Rabourdin nachspioniert hat?

(Dutocq geht hinaus)

FLEURY Der ist ein Judas Ischariot! Wer ist es?

PHELLION *(gewitzt)* Er ist bestimmt nicht unter uns.

VIMEUX *(dem ein Licht aufgeht)* Es ist Dutocq.

PHELLION Dafür habe ich keinen Beweis. Während Sie alle draußen waren, ist dieser junge Mann, dieser Monsieur de La Roche, hier beinahe gestorben. Da, Sie können auf meiner Schreibtischplatte noch seine Tränen sehen ...!

POIRET Wir haben ihn ohnmächtig in den Armen gehalten. Und

meinen Wohnungsschlüssel, tja, tja, den hat er immer noch im Rücken. *(Poiret ab)*

VIMEUX Der Minister hat heute nicht mit Rabourdin arbeiten wollen, und Monsieur Saillard, dem der Personalchef etwas zugeflüstert hat, ist hergekommen und hat Monsieur Baudoyer gesagt, er solle ein Gesuch um das Kreuz der Ehrenlegion einreichen. Der Abteilung wurde zum Neujahrstag eines bewilligt, und Monsieur Baudoyer soll es bekommen. Ist jetzt alles klar? Monsieur Rabourdin ist von denen geopfert worden, die sich seiner bedient haben. Das sagt auch Bixiou. Wir hätten alle entlassen werden sollen, außer Phellion und Sébastien.

DU BRUEL *(kommt)* Ja, meine Herren, ist es denn wahr?

THUILLIER Nichts kann wahrer sein.

DU BRUEL *(nimmt seinen Hut wieder)* Adieu, meine Herren. *(Ab)*

THUILLIER Dem macht dies Lauffeuer keinen Spaß, diesem Vaudevilleschreiber! Jetzt geht er zum Herzog von Rhétoré, zum Herzog von Maufrigneuse; mag er doch laufen! Es heißt, Colleville wird unser Chef.

PHELLION Dabei sah es doch so aus, als schätzte er Monsieur Rabourdin.

POIRET *(kommt wieder)* Ich habe die größte Mühe von der Welt gehabt, meinen Wohnungsschlüssel wiederzubekommen. Der Junge schmilzt in Tränen, und Monsieur Rabourdin ist völlig von der Bildfläche verschwunden.

(Dutocq und Bixiou kommen)

BIXIOU Na, ihr Herren, in Ihrem Büro geschehen ja seltsame Dinge! Du Bruel? *(Er schaut in dessen Arbeitszimmer)* Verduftet!

THUILLIER Im Galopp!

BIXIOU Und Rabourdin?

FLEURY Zerschmolzen! Destilliert! In blauen Dunst aufgelöst! Da sage man von jemandem, er sei der vortrefflichste aller Menschen . . .!

POIRET *(zu Dutocq)* Monsieur Dutocq, der kleine Sébastien hat Sie in seinem Schmerz beschuldigt, Sie hätten vor zehn Tagen das Konzept an sich genommen . . .

BIXIOU *(sieht Dutocq an)* Von diesem Vorwurf müssen Sie sich reinwaschen, mein Lieber. *(Alle Beamten starren Dutocq an.)*

DUTOCQ Wo steckt denn diese kleine Viper, die die Abschrift gemacht hat?

BIXIOU Wieso wissen Sie, daß er die Abschrift gemacht hat? Mein Lieber, kann etwa nicht nur der Diamant den Diamanten schleifen? *(Dutocq ab)*

POIRET Hören Sie mal, Monsieur Bixiou, ich muß noch fünfeinhalb Tage im Büro bleiben, und ich möchte einmal, nur ein einziges Mal, die Freude haben, Sie zu verstehen! Erweisen Sie mir die Ehre und erklären Sie mir, wozu in dieser Situation der Diamant herhalten soll ...

BIXIOU Es soll besagen, Papa, denn ich möchte mich dies eine Mal bis zu Ihnen herablassen, daß, gerade wie nur der Diamant dem Diamanten etwas anhaben kann, nur ein Neugieriger seinesgleichen zu besiegen vermag.

FLEURY »Neugieriger« steht hier für Spitzel.

POIRET Ich verstehe aber nicht ...

BIXIOU Na, vielleicht ein andermal!

Monsieur Rabourdin war zum Minister geeilt. Der Minister war in der Abgeordnetenkammer. Rabourdin begab sich zur Kammer, wo er ein paar Zeilen an den Minister schrieb. Der Minister befand sich auf der Rednertribüne mitten in einer hitzigen Diskussion. Rabourdin wartete, nicht im Sitzungsraum, sondern im Hof und beschloß trotz der Kälte, sich vor dem Wagen der Exzellenz aufzustellen, um den Minister anzusprechen, wenn er einstieg. Der Türhüter hatte ihm gesagt, der Minister sei in eine stürmische Debatte verwickelt, die die Neunzehn von der äußersten Linken[229] entfacht hätten; die Sitzung sei gewittrig. Rabourdin ging in dem weitläufigen Hof des Palais auf und ab, im Bann einer fieberhaften Erregung, und wartete fünf tödliche Stunden lang. Um halb sieben begannen die Abgeordneten das Palais zu verlassen. Der Leibjäger des Ministers trat an den Kutscher heran.

»He, Jean!« sagte er zu ihm, »Monseigneur ist mit dem Kriegsminister weggefahren. Sie wollen zum König, und danach essen sie zusammen zu Abend. Wir sollen ihn um zehn abholen, es findet eine Besprechung statt.«

Langsamen Schrittes ging Rabourdin heim, in begreiflicher

Niedergeschlagenheit. Es war sieben Uhr. Kaum hatte er Zeit zum Umkleiden.

»Na also! Du bist ernannt!« sagte seine Frau fröhlich zu ihm, als er im Salon erschien.

Rabourdin hob in einer Aufwallung grausiger Melancholie den Kopf und antwortete: »Ich fürchte, ich werde das Ministerium nie wieder betreten.«

»Wie bitte?« fragte seine Frau, die eine schreckliche Angst durchbebte.

»Mein Memorandum über die Beamten ist in den Büros im Umlauf, und es ist mir nicht möglich gewesen, den Minister zu erreichen!«

Célestine hatte eine jähe Vision, in der der Böse ihr durch einen seiner höllischen Blitze den Sinn ihres letzten Gesprächs mit des Lupeaulx erhellte.

»Wenn ich mich wie eine Durchschnittsfrau verhalten hätte«, dachte sie, »dann hätten wir die Stellung bekommen.«

Sie musterte Rabourdin mit einem schmerzlichen Blick. Es entstand ein bekümmertes Schweigen, und das Abendessen verlief beiderseits unter Grübeln.

»Und dabei ist heute unser Mittwoch«, sagte sie.

»Noch ist nicht alles verloren, meine liebe Célestine«, sagte Rabourdin und drückte seiner Frau einen Kuß auf die Stirn, »vielleicht kann ich morgen vormittag den Minister sprechen, und es wird sich alles aufklären. Sébastien ist gestern nacht hiergeblieben. Alle Reinschriften sind fertig und kollationiert, ich werde dem Minister alles auf den Schreibtisch legen und ihn bitten, es zu lesen. La Brière wird mir helfen. Man verurteilt niemanden, ohne ihn anzuhören.«

»Ich bin neugierig, ob Monsieur des Lupeaulx heute abend zu uns kommen wird.«

»Der ...? Der wird unbedingt kommen«, sagte Rabourdin. »In dem steckt ein Tiger, er leckt nur zu gern das Blut der Wunden, die er gerissen hat!«

»Du Ärmster«, entgegnete seine Frau und nahm ihn bei der Hand, »es ist mir unbegreiflich, wie der Mann, der eine so schöne Verwaltungsreform zu erdenken vermochte, nicht erkannt hat, daß sie niemandem mitgeteilt werden durfte. Sie gehört zu den Planungen, die ein Mann für sich behält, da einzig er selbst sie durchführen kann. Du hättest in deiner Sphäre handeln müssen wie Napoleon in der seinen: Er hat sich gebogen, gewunden, er ist gekrochen! Ja, Bonaparte ist gekrochen! Um Oberbefehlshaber zu werden, hat er Barras'[230] Geliebte geheiratet. Du hättest warten, dich zum Abgeordneten wählen lassen, den Bewegungen der Politik folgen müssen, bald am Meeresgrunde, bald auf des Messers Schneide, und du hättest dir, wie Monsieur de Villèle[231], die italienische Devise ›Col tempo‹[232] erwählen sollen, die, ins Französische übersetzt, lauten könnte: ›Kommt Zeit, kommt Rat.‹ Dieser Redner hat sieben Jahre lang nach der Macht gestrebt, und er hat damit begonnen, daß er 1814 gegen die Charte protestiert hat, in dem Alter, in dem du heute stehst. Das ist der Fehler! Du hast dich untergeordnet, wo du doch geschaffen bist, zu befehlen.«

Das Kommen des Malers Schinner gebot der Frau und dem Mann, den diese Worte nachdenklich stimmten, Schweigen.

»Lieber Freund«, sagte der Maler und drückte dem Verwaltungsbeamten die Hand, »die Anhänglichkeit eines Künstlers ist recht unnütz, aber unter diesem Umstand sind wir Ihnen alle treu! Ich habe die Abendzeitung gekauft. Baudoyer ist zum Direktor ernannt und mit dem Kreuz der Ehrenlegion ausgezeichnet worden . . .«

»Ich bin der Dienstältere, ich habe vierundzwanzig Dienstjahre aufzuweisen«, sagte Rabourdin lächelnd.

»Ich kenne den Grafen de Sérisy, den Staatsminister, ziemlich gut. Wenn Sie ihn einsetzen wollen, könnte ich zu ihm gehen«, sagte Schinner.

Der Salon füllte sich mit Leuten, denen nicht bekannt war, was im Verwaltungswesen vor sich ging. Du Bruel kam nicht. Madame Rabourdin übertraf sich selbst an Heiterkeit, an Anmut, wie ein in der Schlacht verwundetes Pferd noch die Kraft aufbringt, seinen Herrn zu tragen.

»Sie ist recht tapfer«, sagten ein paar Damen, die besonders nett zu ihr waren, jetzt, da sie sie im Unglück sahen.

»Dabei hat sie des Lupeaulx mancherlei Aufmerksamkeiten erwiesen«, sagte die Baronin du Châtelet zur Vicomtesse de Fontaine.

»Glauben Sie, daß . . .?« fragte die Vicomtesse.

»Aber dann hätte doch Monsieur Rabourdin zumindest das Kreuz!« sagte Madame de Camps, die für ihre Freundin eintreten wollte.

Gegen elf erschien des Lupeaulx, und er läßt sich nur dadurch schildern, daß man von ihm sagt, seine Brille sei traurig und seine Augen seien heiter gewesen, aber die Gläser verhüllten die Blicke so gut, daß man hätte Physiognomiker sein müssen, um ihren diabolischen Ausdruck wahrzunehmen. Er trat zu Rabourdin, um ihm die Hand zu drücken, und Rabourdin konnte nicht umhin, sie ihm zu reichen.

»Wir haben miteinander zu plaudern«, sagte er und setzte sich zu der schönen Madame Rabourdin, die ihn wunderbar liebenswürdig begrüßte.

»Ja«, sagte er und bedachte sie mit einem Seitenblick, »Sie sind groß, und ich gewahre Sie so, wie ich Sie mir vorgestellt habe: erhaben als Besiegte. Wissen Sie, wie selten es geschieht, daß eine überlegene Frau dem Bild entspricht, das man sich von ihr macht? Die Niederlage hat Sie also nicht zu Boden geschlagen? Sie haben recht, wir werden noch triumphieren«, sagte er leise zu ihr. »Ihr Schicksal liegt nach wie vor in Ihren eigenen Händen, solange Sie als Verbündeten einen Mann haben, der Sie vergöttert. Wir werden beratschlagen.«

»Aber ist Baudoyer tatsächlich ernannt worden?« fragte sie ihn.

»Ja«, sagte der Generalsekretär.

»Und hat er das Kreuz?«

»Noch nicht, aber er bekommt es.«

»Na, und?«

»Sie kennen sich in der Politik nicht aus.«

Während jene Abendgesellschaft sich für Madame Rabourdin ewig hinzuziehen schien, spielte sich an der Place-Royale eine der Komödien ab, wie sie in Paris bei jedem Regierungswechsel in sieben Salons zugleich aufgeführt werden. Das Wohnzimmer der Saillards war gestopft voll. Monsieur und Madame Transon kamen um acht. Madame Transon küßte Madame Baudoyer »geborene Saillard« auf beide Wangen. Monsieur Bataille, Hauptmann der Nationalgarde, war mit seiner Gattin und dem Pfarrer von Saint-Paul gekommen.

»Monsieur Baudoyer«, sagte Madame Transon, »ich will die erste sein, die Sie beglückwünscht; Ihre Talente haben Gerechtigkeit erfahren. Wirklich, Sie haben Ihre Beförderung verdient.«

»Jetzt sind Sie Direktor«, sagte Monsieur Transon und rieb sich die Hände, »das ist sehr schmeichelhaft für unser Stadtviertel.«

»Und man kann getrost sagen, daß es sich ohne Intrige vollzogen hat«, rief der alte Saillard. »Wir sind nämlich keine Intriganten! Wir gehen nicht zu den Abendgesellschaften ›im engsten Kreis‹ des Ministers.«

Onkel Mitral rieb sich lächelnd die Nase. Er sah zu seiner Nichte Elisabeth hinüber, die mit Gigonnet plauderte. Falleix wußte nicht, was er von der Verblendung des alten Saillard und Baudoyers halten sollte. Die Herren Dutocq, Bixiou, du Bruel, Godard und der zum Chef ernannte Colleville traten ein.

»Was für Köpfe sind das!« sagte Bixiou zu du Bruel, »welch schöne Karikatur ergäbe es, wenn man sie als Rochen, Barsche und Claquarts (Vulgärbezeichnung einer Muschel. Anm. Balzacs) zeichnete, die eine Sarabande tanzen!«

»Herr Direktor«, sagte Colleville, »ich komme, um Sie zu beglückwünschen, oder vielmehr: uns selber zu beglückwünschen, daß wir Sie an der Spitze der Direktion haben, und wir möchten Ihnen versichern, daß wir Ihre Arbeiten aufs eifrigste unterstützen werden.«

Monsieur und Madame Baudoyer, die Eltern des neugebackenen Direktors, waren da und genossen den Glanz ihres Sohnes und ihrer Schwiegertochter. Onkel Bidault, der daheim zu Abend gegessen hatte, zeigte einen etwas flackernden, tückischen Blick, der Bixiou erschreckte.

»Der da«, sagte der Künstler zu du Bruel und deutete auf Gigonnet, »könnte eine Vaudevillegestalt abgeben! Was mag so einer verkaufen? Solch ein Chinese könnte den ›Deux-Magots‹[233] als Aushängeschild dienen. Und dieser Gehrock! Ich hätte geglaubt, nur Poiret sei imstande, so etwas zu tragen, nachdem es zehn Jahre lang den Unbilden des Pariser Wetters ausgesetzt ist.«

»Baudoyer ist großartig«, sagte du Bruel.

»Schwindelerregend«, antwortete Bixiou.

»Meine Herren«, sagte Baudoyer zu ihnen, »hier mein eigener Onkel, Monsieur Mitral, und mein angeheirateter Großonkel, Monsieur Bidault.«

Gigonnet und Mitral warfen auf die drei Beamten einen jener tiefen Blicke, in denen die Farbe des Geldes schimmert und der auf die beiden Spötter Eindruck machte

»Na ja«, sagte Bixiou, als sie unter der Arkade der Place-Royale heimgingen, »haben Sie sich die beiden Onkel genau angesehen? Shylock in doppelter Ausfertigung. Jede Wette, die gehen in die Markthalle und legen ihre Taler zu hundert Prozent wöchentlich an. Sie leihen gegen Pfand, sie verkaufen Fräcke, Tressen, Käse, Frauen und Kinder. Sie sind arabisch-jüdisch-genuesisch-griechisch-genfische Lombardeure und gleichzeitig Pariser, von einer Wölfin gesäugt und einer Türkin geboren.«

»Ich glaube, der Onkel Mitral ist Gerichtsvollzieher gewesen«, sagte Godard.

»Da haben wir's!« sagte du Bruel.

»Ich muß zusehen, wie die Abzüge vom Stein gemacht werden«, entgegnete Bixiou, »aber weit lieber würde ich nachschauen, wie es in Monsieur Rabourdin aussieht. Sie sind gut dran, du Bruel, daß Sie hingehen können.«

»Ich?« fragte der Vaudevilleautor. »Was soll ich da anfangen? Mein Gesicht ist für Kondolenzbesuche ungeeignet. Und überdies ist es heutzutage recht gemein, bei Entlassenen Schlange zu stehen.«

Um Mitternacht hatte der Salon der Madame Rabourdin sich geleert. Es waren nur noch zwei oder drei Leute, des Lupeaulx und die Gastgeber dort. Als Schinner und das Ehepaar de Camps gegangen waren, stand des Lupeaulx mit geheimnisvoller Miene auf, kehrte der Stutzuhr den Rücken zu und blickte abwechselnd den Mann und die Frau an.

»Liebe Freunde«, sagte er zu ihnen, »nichts ist verloren, denn es bleiben Ihnen der Minister und ich. Dutocq hat unter zwei Mächten diejenige vorgezogen, die ihn die stärkere dünkte. Er hat die Grande-Aumônerie und den Hof bedient, mich hat er verraten, das ist in Ordnung: Ein Politiker jammert nie über einen Verrat. Die Sache ist ganz einfach die, daß Baudoyer in ein paar Monaten entlassen und an die Polizeipräfektur versetzt werden wird, da die Grande-Aumônerie ihn schwerlich fallen läßt.«

Und er ließ eine lange Tirade über die Grande-Aumônerie folgen, über die Gefahren, die die Regierung lief, wenn sie sich auf die Kirche, die Jesuiten etc. stützte. Aber es ist nicht ohne Nutzen, darauf hinzuweisen, daß der Hof und die Grande-Aumônerie, der die liberalen Zeitungen einen gewaltigen Einfluß auf das Verwaltungswesen zuschrieben, sich kaum um Baudoyer gekümmert hatten. Solcherlei kleine Intrigen lösten sich in der hohen Sphäre zu nichts auf angesichts der großen Interessen, um die es dort ging. Wenn auf die Zudringlichkeit des Pfarrers von Saint-Paul und des Monsieur Gaudron hin ein paar Worte erpreßt worden wären, so wäre ein solches Ersuchen durch die erste Gegenbemerkung des Ministers zunichte gemacht worden. Einzig und allein Leidenschaften bildeten die Polizei der Congrégation, dadurch, daß sie einander denunzierten . . . Die dunkle Macht jener Gemeinschaft, die angesichts der unverschämten Gesellschaft mit der Doktrin »Hilf dir selbst, dann hilft dir Gott«[234] etwas Erlaubtes war, wurde furchtbar nur durch die Tätigkeit der Untergebenen, indem sie einander nach Belieben bedrohten. Kurzum, die liberalen Verleumdungen gefielen sich darin, die Grande-Aumônerie als einen Giganten in der Politik, dem Verwaltungswesen, dem Zivil- und Militärleben hinzustellen. Stets wird die Furcht sich Götzen schaffen. Augenblicklich glaubte Baudoyer an die Grande-Aumônerie, während die einzige Aumônerie, die ihn begönnert hatte, im Café Themis ihre Sitzungen abhielt. In gewissen Epochen gibt es Namen, Institutionen und Mächte, denen man alles Unglück zuschreibt, denen man ihre Talente abstreitet und die die Dummen unterstützen. Gerade wie man glaubte, Monsieur de Talleyrand habe jedes Ereignis mit einem geistvollen Witzwort begrüßt, meinte man in dieser Phase der Restauration, die Grande-Aumônerie mache und zerstöre alles. Leider jedoch machte und zerstörte sie nichts. Ihr Einfluß lag weder in den Händen eines Kardinals Richelieu noch eines Kardinals Mazarin, sondern in den Händen einer Art Kardinal Fleury[235], eines Mannes, der, nach fünf Jahren schüchternen Zögerns, nur einen einzigen Tag lang etwas wagte und dann das Falsche wagte[236]. Später tat die »Doktrin« bei Saint-Merri[237] ungestraft mehr, als Karl X. im Juli 1830 zu tun vorgab. Ohne den Paragraphen über die Zensur, der dummerweise in die neue Charte[238] aufgenommen wurde, hätte der Journalismus ebenfalls sein Saint-Merri erlebt. Der jüngere Zweig[239] hätte den Plan Karls X. gesetzlich durchgeführt.

»Bleiben Sie Bürochef unter Baudoyer, bringen Sie den Mut dazu auf«, fuhr des Lupeaulx fort, »seien Sie ein wahrhafter Politiker. Lassen Sie alle edelmütigen Gedanken und Regungen beiseite, beschränken Sie sich gänzlich auf Ihre Funktionen. Sagen Sie Ihrem Direktor kein einziges Wort, geben Sie ihm keinen Ratschlag, tun Sie nichts ohne seinen Befehl. Innerhalb dreier Monate wird Baudoyer das Ministerium verlassen. Entweder wird er pensioniert oder in ein anderes Gefilde der Verwaltung deportiert. Vielleicht wird er an das königliche Haushaltsministerium versetzt. Mir ist es zweimal im Leben geschehen, daß ich auf solcherlei Weise von einer Lawine von Albernheiten überrollt worden bin; ich habe sie rollen lassen.«

»Ja«, sagte Rabourdin, »aber Sie sind nicht verleumdet, in Ihrer Ehre angegriffen, kompromittiert worden . . .«

»Hahaha!« Des Lupeaulx unterbrach den Bürochef durch ein homerisches Gelächter. »Aber das ist doch das tägliche Brot jedes Mannes, der sich im schönen Lande Frankreich hervortut, und es gibt zweierlei Weisen, die Sache aufzufassen: Entweder man steht darunter, dann muß man seine Sachen packen, auf und davon gehen und Kohl pflanzen; oder man steht darüber, dann schreitet man furchtlos weiter und wendet nicht den Kopf.«

»Ich habe nur ein einziges Mittel zum Lösen der Schlinge, die Spitzelei und Verrat mir um den Hals gelegt haben«, entgegnete Rabourdin, »und das besteht darin, mich sofort dem Minister zu eröffnen. Wenn Sie mir so aufrichtig zugetan sind, wie Sie behaupten, dann können Sie mich ihm morgen Auge in Auge gegenüberstellen.«

»Wollen Sie ihm Ihren Plan einer Verwaltungsreform darlegen . . .?«

Rabourdin nickte.

»Gut! Dann vertrauen Sie mir Ihre Pläne, Ihre Denkschriften an, und ich schwöre Ihnen, daß er damit die Nacht verbringen wird.«

»Lassen Sie uns doch zusammen zu ihm gehen«, sagte Rabourdin lebhaft, »denn es ist doch wohl das mindeste, daß ich nach sechs Jahren harter Arbeit in den Genuß von zwei oder drei Stunden komme, in denen ein königlicher Minister gezwungen sein dürfte, einer solchen Beharrlichkeit Beifall zu zollen.«

Rabourdins Zähigkeit hatte des Lupeaulx auf einen Weg ohne Gebüsch genötigt, hinter dem die Arglist sich hätte verstecken können. Er zögerte eine kurze Weile, blickte Madame Rabourdin an und fragte sich: »Wer wird triumphieren: mein Haß gegen ihn oder meine Neigung zu ihr?«

»Wenn Sie kein Vertrauen zu mir haben«, sagte er nach einer Pause zu dem Bürochef, »dann sehe ich, daß Sie, was mich betrifft, noch immer der Mann Ihrer ›Geheimnotiz‹ sind. Adieu, Madame.«

Madame Rabourdin grüßte kühl. Célestine und Xavier zogen sich jeder nach seiner Seite zurück, ohne noch ein Wort zu wechseln, so sehr bedrückte sie das Unglück. Die Frau grübelte über die schreckliche Lage nach, in der sie sich gegenüber ihrem Mann befand. Der Bürochef, der beschlossen hatte, das Ministerium nicht wieder zu betreten und sein Abschiedsgesuch einzureichen, verlor sich in der Unermeßlichkeit seiner Überlegungen: Für ihn handelte es sich darum, sein Leben zu ändern und einen neuen Weg einzuschlagen. Die ganze Nacht über blieb er am Kamin sitzen, ohne Célestine zu bemerken, die mehrmals im Nachtgewand auf den Zehenspitzen hereinkam.

»Da ich ein letztes Mal ins Ministerium gehen muß, um meine Papiere abzuholen und Baudoyer in die laufenden Geschäfte einzuführen, will ich dort die Wirkung meines Abschiedsgesuchs überprüfen«, sagte er sich.

Er schrieb das Gesuch und überlegte sorglich die Ausdrucksweise seines Begleitbriefes. Dieser lautete folgendermaßen:

»Monseigneur,
ich habe die Ehre, Eurer Exzellenz anliegend mein Abschiedsgesuch zu überreichen; ich wage jedoch zu glauben, daß Eure Exzellenz sich erinnern, von mir vernommen zu haben, daß ich meine Ehre in die Hände Eurer Exzellenz gelegt habe, und daß sie von einer schnellen Erklärung abhinge. Um diese Erklärung

habe ich vergebens gebeten, und heute ist sie vielleicht unnütz, da ein Bruchstück meiner Ausarbeitung über die Verwaltung mir entwendet wurde und entstellt sich in den Büros im Umlauf befindet, das vom Haß falsch interpretiert wird und mich zwingt, mich vor der schweigenden Mißbilligung der Macht zurückzuziehen. An dem Morgen, da ich Eure Exzellenz hatte sprechen wollen, haben Eure Exzellenz meinen können, es handele sich um die Beförderung, während ich lediglich an den Ruhm Ihres Ministeriums und an das Gemeinwohl gedacht habe. Es lag mir daran, die Meinung Eurer Exzellenz hierüber zu berichtigen.« Es folgten die Höflichkeitsfloskeln.

Um halb acht hatte Rabourdin das Opfer seiner Ideen vollzogen; er hatte seine gesamte Arbeit verbrannt. Sein Grübeln hatte ihn erschöpft, sein seelisches Leid hatte ihn besiegt. Den Kopf an seinen Sessel geschmiegt, war er eingeschlummert. Eine absonderliche Empfindung weckte ihn. Er fand seine Hände von den Tränen seiner Frau bedeckt, die vor ihm kniete. Célestine hatte gerade das Abschiedsgesuch gelesen. Sie und Rabourdin würden in Zukunft auf viertausend Francs Einkünfte angewiesen sein. Sie hatte ihre Schulden nachgerechnet, sie beliefen sich auf zweiunddreißigtausend Francs! Das war in allem Elend das am meisten erniedrigende. Und dieser noble, vertrauensvolle Mann ahnte nichts von dem Mißbrauch, den sie sich mit dem ihr anvertrauten Vermögen erlaubt hatte. Sie schluchzte zu seinen Füßen, schön wie Magdalena.

»Das Unglück ist vollkommen«, sagte Xavier in seinem Entsetzen, »ich bin im Ministerium entehrt, und auch entehrt in . . .«

Der Blitz unbefleckter Ehre flammte in Célestines Augen. Sie bäumte sich auf wie ein erschrecktes Pferd und warf einen lodernden Blick auf Rabourdin.

»In mir? In mir?« wiederholte sie in erhabenem Ton. »Bin ich denn eine vulgäre Frau? Wärst du nicht ernannt worden, wenn ich einen Fehltritt begangen hätte? Aber«, fuhr sie fort, »es ist ja leichter, das zu glauben als die Wahrheit.«

»Was ist denn?« fragte Rabourdin.

»Alles in zwei Worten«, antwortete sie. »Wir haben dreißigtausend Francs Schulden.«

Rabourdin packte seine Frau mit einer wilden Geste und setzte sie freudig auf seine Knie.

»Tröste dich, Liebste«, sagte er, und bewundernswerte Güte klang in seiner Stimme, die die Bitterkeit ihrer Tränen in Süße wandelte. »Auch ich habe Fehler begangen! Ich habe gänzlich unnützerweise für mein Land gearbeitet oder doch wenigstens geglaubt, ich könne ihm nützlich sein ... Jetzt muß und werde ich einen anderen Pfad einschlagen. Hätte ich Kolonialwaren verkauft, wären wir Millionäre. Gut denn! Werden wir Krämer! Du bist erst achtundzwanzig, mein Engel! Gut denn! In zehn Jahren hat dir die Industrie den Luxus zurückerstattet, den du liebst und auf den wir für ein paar Tage verzichten müssen. Auch ich, liebes Kind, bin kein vulgärer Ehemann. Wir verkaufen unsern Pachthof! Er hat innerhalb von sieben Jahren an Wert gewonnen. Mit dieser Versteigerung und dem Erlös aus unserem Mobiliar werden *meine* Schulden beglichen ...«

Sie küßte ihren Mann tausendmal in einem einzigen Kuß für dieses großherzige Wort.

»Wir haben«, fuhr er fort, »hunderttausend Francs, die wir in irgendeinem Handelsunternehmen anlegen. Innerhalb eines Monats habe ich eine Spekulationsmöglichkeit ausfindig gemacht. Der Zufall, der einen Martin Falleix und einen Saillard zusammengeführt hat, wird auch uns begegnen. Erwarte mich zum Mittagessen. Ich komme dann vom Ministerium heim und bin meines Elendshalsbands ledig.«

Célestine schloß ihren Mann mit einer Kraft in die Arme, wie sie die Männer nicht einmal in Augenblicken höchsten Zornes aufbringen. Denn die Frau ist stärker durch das Gefühl als der Mann durch seine Körperkraft. Sie weinte, lachte, schluchzte und sprach, und alles gleichzeitig.

Als Rabourdin um acht das Haus verließ, übergab die Portiersfrau ihm die höhnischen Visitenkarten Baudoyers, Bixious, Godards und anderer. Dennoch begab er sich ins Ministerium, vor dessen Tür er Sébastien vorfand, der ihn anflehte, die Büros nicht zu betreten, wo eine infame Karikatur über ihn herumgezeigt werde.

»Wenn Sie mir die Bitterkeit meines Sturzes mildern wollen, dann bringen Sie mir diese Zeichnung«, sagte er; »ich will nämlich mein Abschiedsgesuch persönlich zu Ernest de La Brière bringen, damit es nicht auf dem Verwaltungsweg verfälscht wird. Ich habe meine Gründe, wenn ich Sie um die Karikatur bitte.«

Als er sich davon überzeugt hatte, daß sein Brief in den Händen des Ministers war, kehrte Rabourdin in den Hof zurück, wo er Sébastien in Tränen antraf. Er überreichte ihm die Lithographie, deren wesentlicher Inhalt in dieser flüchtigen Nachzeichnung wiedergegeben sei.

»Es liegt viel Geist darin«, sagte Rabourdin und bot dem Supernumerar eine Stirn dar, die heiter war wie die des Erlösers, als ihm seine Dornenkrone aufgesetzt wurde.

Mit ruhiger Miene betrat er die Büros und ging zunächst in das Baudoyers, um ihn zu bitten, mit in das Arbeitszimmer der Abteilung zu kommen, wo er ihm die Instruktionen über die Geschäfte geben wollte, die dieser Schablonenmensch fortan leiten sollte.

»Sagen Sie zu Monsieur Baudoyer, es dulde keine Verzögerung«, fügte er vor Godard und den Beamten hinzu, »mein Abschiedsgesuch ist in den Händen des Ministers, und ich will keine fünf Minuten länger als unbedingt notwendig im Büro bleiben!«

Als Rabourdin Bixiou gewahrte, ging er stracks auf ihn zu, zeigte ihm die Lithographie und sagte zum größten Erstaunen aller zu ihm: »Hatte ich nicht recht, zu behaupten, Sie seien ein Künstler? Schade ist nur, daß Sie die Spitze Ihres Zeichenstifts gegen einen Mann gekehrt haben, der weder auf diese Weise noch in den Büros beurteilt werden konnte. Aber man lacht in Frankreich ja über alles, sogar über Gott!«

Dann zog er Baudoyer in die Gemächer des verstorbenen La Billardière. An der Tür standen Phellion und Sébastien, die einzigen, die es wagten, in dieser großen Katastrophe eines Einzelmenschen dem Beschuldigten vor aller Augen treu zu bleiben. Als Rabourdin wahrnahm, daß Phellion feuchte Augen hatte, konnte er nicht umhin, ihm die Hand zu drücken.

»Monsieur«, sagte der Wackere, »wenn wir Ihnen irgendwie behilflich sein können, dann verfügen Sie bitte über uns ...«

»Kommt mit hinein, ihr Freunde«, sagte Rabourdin mit nobler Liebenswürdigkeit zu ihnen. »Sébastien, mein Junge, schreiben Sie Ihr Abschiedsgesuch und lassen Sie es durch Laurent überbringen. Sie werden in die Verleumdung verwickelt werden, durch die ich gestürzt worden bin. Aber ich werde für Ihre Zukunft Sorge tragen; wir bleiben fortan beieinander.«

Sébastien zerrann in Tränen.

Monsieur Rabourdin schloß sich mit Monsieur Baudoyer im Arbeitszimmer des verstorbenen La Billardière ein, und Phellion half ihm, den neuen Abteilungsleiter über sämtliche verwaltungstechnische Schwierigkeiten ins Bild zu setzen. Bei jedem

Konvolut, das Rabourdin erklärte, bei jedem aufgeklappten Aktendeckel wurden Baudoyers kleine Augen groß wie Untertassen.

»Adieu, Monsieur«, sagte Rabourdin schließlich mit einer zugleich feierlichen und spöttischen Miene.

Inzwischen hatte Sébastien die dem Bürochef gehörenden Papiere zusammengebündelt und in eine Droschke getragen. Rabourdin ging über den großen Hof des Ministeriums, alle Angestellten standen an den Fenstern. Er wartete dort eine Weile auf die Weisungen des Ministers. Der Minister ließ nichts von sich hören. Phellion und Sébastien leisteten Rabourdin Gesellschaft. Phellion geleitete unerschrocken den Gestürzten bis zur Rue Duphot und gab seiner respektvollen Bewunderung Ausdruck. Zufrieden mit sich selbst kehrte er zurück, und nachdem er dem verkannten Verwaltungsgenie die letzten Ehren erwiesen hatte, nahm er seinen Platz wieder ein.

BIXIOU *(sieht Phellion eintreten)* Victrix causa diis placuit, sed victa Catoni[240].

PHELLION Allerdings!

POIRET Was soll das bedeuten?

FLEURY Daß die Priesterpartei sich freut und daß Monsieur Rabourdin die Achtung aller anständigen Menschen besitzt.

DUTOCQ *(spitz)* Das haben Sie gestern *nicht* gesagt.

FLEURY Wenn Sie nochmals das Wort an mich richten, haue ich Ihnen eine 'runter! Es ist nämlich erwiesen, daß Sie Monsieur Rabourdins Konzept geklaut haben. *(Dutocq ab)* Beschweren Sie sich getrost bei Monsieur des Lupeaulx, Sie Spitzel!

BIXIOU *(lacht und grimassiert wie ein Affe)* Ich bin gespannt, wie jetzt die Abteilung funktionieren wird. Monsieur Rabourdin war ein so hervorragender Mann, daß er, als er das Konzept schrieb, sich etwas dabei gedacht haben muß. Das Ministerium verliert einen bedeutenden Kopf. *(Er reibt sich die Hände.)*

LAURENT Monsieur Fleury soll ins Sekretariat kommen.

DIE BEAMTEN DER BEIDEN BÜROS 'reingefallen!

FLEURY *(im Hinausgehen)* Das ist mir schnuppe, ich habe eine Stellung als verantwortlicher Redakteur. Jetzt kann ich den ganzen Tag umherschlendern oder irgendeine amüsante Beschäftigung in der Zeitungsredaktion ausüben.

BIXIOU Dutocq hat bereits dafür gesorgt, daß der arme Desroys entlassen worden ist, unter der Beschuldigung, er wolle Köpfe fallen lassen ...

THUILLIER Königsköpfe[241]?

BIXIOU Herzlichen Glückwunsch! Ein reizender Witz![242]

COLLEVILLE *(tritt freudig ein)* Meine Herren, ich bin Ihr Chef ...

THUILLIER *(umarmt ihn)* Ach, lieber Freund! Wenn ich selber es geworden wäre, würde ich nicht so froh sein!

BIXIOU Das ist das Werk seiner Frau. Aber es war keine Kopfarbeit ...! *(Gelächter)*

POIRET Und was ist die Moral von dem, was wir heute erleben ...?

BIXIOU Wollen Sie sie hören? Das Vorzimmer der Verwaltung ist fortan die Abgeordnetenkammer, deren Hof ist das Boudoir, der gewöhnliche Weg hinein ist der Keller, und das Bett mehr denn je ein kleiner, abkürzender Seitenpfad.

POIRET Bitte, Monsieur Bixiou, möchten Sie uns das nicht näher erklären?

BIXIOU Ich will umschreiben, wie es gemeint ist. Um etwas zu sein, muß man damit anfangen, alles zu sein. Offenbar muß eine Verwaltungsreform durchgeführt werden. Denn, darauf verpfände ich mein Ehrenwort, der Staat bestiehlt die Beamten ebensosehr, wie die Beamten die Zeit stehlen, die dem Staate gebührt. Aber wir arbeiten wenig, weil wir so gut wie nichts bekommen, da wir viel zu zahlreich für die zu leistende Arbeit sind, und eben das hat meine tugendhafte Rabourdin ganz richtig erkannt! Dieser große Mann des Bürowesens hat vorausgesehen, meine Herren, was geschehen muß und was die Nullen das Spiel unserer bewundernswerten liberalen Institutionen nennen. Die Abgeordnetenkammer wird verwalten, und die Verwaltungsbeamten werden Gesetzgeber sein wollen. Die Regierung wird verwalten, und die Verwaltung wird regieren wollen. Daher werden die Gesetze Erlasse, und die Kabinettsordres werden Gesetze werden. Gott hat dieses Zeitalter für die erschaffen, die gern lachen. Ich erblicke in der Verwaltung bewundernd ein Schauspiel, das der größte Spötter der modernen Zeit, Ludwig XVIII., für uns vorbereitet hat. *(Allgemeine Verblüffung)* Meine Herren, wenn Frankreich, das bestverwaltete Land Europas, schon so ist, dann stellen Sie sich bitte vor, wie erst die andern sein müssen. Die armen Länder, ich frage mich, wie sie ohne die beiden Kammern, ohne die Pressefreiheit, ohne den ›Bericht‹ und die ›Denkschrift‹, ohne Zirkulare, ohne eine Armee von Beamten existieren können ...! Du lieber Himmel, wie können sie Armeen, Flotten haben? Wie existieren sie, ohne bei jedem Atemzug und jedem Happen zu diskutieren ...? Kann man so was überhaupt als Regierungen, als Vaterländer bezeichnen ...? Es ist mir gegenüber behauptet worden . . (durch spottsüchtige Reisende ...!), diese Menschen behaupteten, sie hätten eine Politik, und sie genössen einen gewissen Einfluß. Aber ich bedaure sie ...! Ihnen fehlt der ›Fortschritt der erleuchtenden Erkenntnis‹, sie können keine Ideen wälzen, sie haben keine unabhängigen Rednertribünen, sie verharren in der Barbarei. Einzig das französische Volk ist geistvoll. Begreifen Sie, Monsieur Poiret *(Poiret bekommt etwas wie einen Rippenstoß)*, daß ein Land auf Abteilungschefs, auf Generaldirektoren, den schönen Generalstab, den Ruhm Frankreichs und des Kaisers Napoleon verzichten könnte, der seine Gründe hatte, Posten und Stellungen zu schaffen? Tja, da diese Länder die Kühnheit besitzen zu existieren, und man im Wiener Kriegsministerium etwa hundert Beamte hat, während bei uns die Gehälter und die Pensionen ein Drittel des Budgets ausmachen, was man sich vor der Revolution nicht hat träumen lassen, fasse ich das Gesagte zusammen in den Worten, daß die Académie des Inscriptions et Belles-Lettres, die ohnehin wenig zu tun hat, einen Preis für denjenigen aussetzen sollte, der folgende Frage löst: ›Welcher Staat ist der besser konstituierte: der, der vielerlei mit wenig Beamten leistet, oder der, der wenig mit viel Beamten zuwege bringt?‹

POIRET Ist das Ihr letztes Wort?

BIXIOU Yes, Sir ...! Ja, mein Herr ...! Si, signor! Da ...! Die übrigen Sprachen erlasse ich Ihnen.

POIRET *(hebt die Hände zum Himmel)* Mein Gott . ..! Und von Ihnen heißt es immer, Sie seien geistreich!

BIXIOU Haben Sie mich denn nicht verstanden?

PHELLION Dabei ist die letzte Bemerkung doch sehr sinnvoll ...

BIXIOU Gerade wie das Budget, das genauso kompliziert ist,

wie es einfach anmutet, und so hänge ich Ihnen etwas wie ein Lämpchen über diese gefährliche Stelle, über dieses Loch, diesen Schlund, den Vulkan, den der ›Constitutionnel‹ den »politischen Horizont« nennt.

POIRET Ich hätte lieber eine Erklärung, die ich verstehen könnte ...

BIXIOU Hoch Rabourdin ...! Das ist meine Meinung. Sind Sie jetzt zufrieden?

COLLEVILLE *(ernst)* Monsieur Rabourdin hat nur einen einzigen Fehler begangen.

POIRET Welchen denn?

COLLEVILLE Den, ein Staatsmann statt eines Bürochefs gewesen zu sein.

PHELLION *(pflanzt sich vor Bixiou auf)* Warum, Monsieur, haben Sie, der Sie Monsieur Rabourdin so gut verstanden haben, diese gem ..., diese inf ..., die abscheuliche Karikatur gezeichnet?

BIXIOU Und unsere Wette? Haben Sie vergessen, daß ich das Spiel des Teufels gespielt habe und daß mir das Büro ein Abendessen im ›Rocher-de-Cancale‹ schuldet?

POIRET *(sehr verärgert)* So steht denn also fest, daß ich aus dem Verwaltungsdienst ausscheide, ohne daß ich je einen Satz, einen Wortwitz, einen Gedanken von Monsieur Bixiou verstanden hätte.

BIXIOU Das ist Ihre eigene Schuld! Fragen Sie die Herren hier ...! Meine Herren, haben Sie den Sinn meiner Bemerkungen verstanden? Sind sie richtig? Lichtvoll?

ALLE Leider ja!

MINARD Und der Beweis dafür ist, daß ich vorhin mein Abschiedsgesuch eingereicht habe. Adieu, meine Herren, ich gehe in die Industrie ...

BIXIOU Haben Sie mechanische Korsetts oder Saugfläschchen erfunden, Feuerlöscher oder Schutzgamaschen, Kamine, die kein Holz verbrauchen, oder Bratöfen, in denen ein Kotelett mit drei Blatt Papier gar wird?

MINARD *(im Abgehen)* Ich behalte mein Geheimnis für mich.

BIXIOU Also, junger Poiret-junior, sehen Sie ...? All die Herren hier verstehen mich ...

POIRET *(gedemütigt)* Monsieur Bixiou, würden Sie mir die Ehre erweisen, sich zu mir herabzulassen und ein einziges Mal in meiner Sprache zu mir zu sprechen ...

BIXIOU *(blinzelt zu den Beamten hinüber)* Aber gern! *(Nimmt Poiret am Knopf seines Gehrocks)* Vielleicht möchten Sie, ehe Sie hier ausscheiden, ganz gern erfahren, wer Sie eigentlich sind ...

POIRET *(eifrig)* Ein anständiger Mensch, Monsieur.

BIXIOU (zuckt die Achseln) ... Definiert, erklärt, durchleuchtet, analysiert hören, was ein Beamter ist ...? Wissen Sie es?

POIRET Ich glaube.

BIXIOU *(dreht den Knopf)* Das bezweifle ich.

POIRET Ein Beamter ist ein Mann, den die Regierung dafür bezahlt, daß er eine Arbeit tut.

BIXIOU Offenbar ist ein Soldat dann ebenfalls ein Beamter.

POIRET *(verlegen)* Ach, Unsinn!

BIXIOU Dabei wird er doch vom Staat bezahlt, damit er auf Wache zieht und Paraden mitmacht. Jetzt werden Sie mir sagen, er wünsche viel zu sehr, seinen Posten zu verlassen, er sei viel zu wenig am rechten Platz, er arbeite viel zuviel und bekomme für gewöhnlich viel zuwenig Metall in die Hand, abgesehen von dem, das an seinem Gewehr ist.

POIRET *(macht große Augen)* Also, Monsieur, logischer definiert müßte ein Beamter ein Mensch sein, der zum Leben sein Gehalt braucht und dem es nicht freigestellt ist, seinen Posten zu verlassen, da er nichts als Büroarbeit leisten kann.

BIXIOU Aha! Jetzt kommen wir der Lösung schon näher ... Das Büro ist also die Muschelschale des Beamten. Kein Beamter ohne Büro, kein Büro ohne Beamte. Was machen wir dann mit dem Zollbeamten? *(Poiret versucht freizukommen; er entschlüpft Bixiou, der ihm einen Knopf abgedreht hat und ihn an einem andern festhält.)* Pah! Der wäre dann auf dem Gebiet der Bürokratie ein neutrales Wesen. Der Zöllner ist nur zur Hälfte Beamter, er steht auf der Scheide zwischen Büromensch und Waffenträger, wie auf der der Landesgrenze: weder gänzlich Soldat noch gänzlich Beamter. Aber, Papa, wohin geraten wir? *(Er dreht den Knopf)* Wo hört der Beamte auf? Eine ernste Frage! Ist ein Präfekt ein Beamter?

POIRET *(schüchtern)* Der ist ein Funktionär.

BIXIOU Ach, jetzt geraten Sie in den Widersinn, daß ein Funktionär kein Beamter sein könne ...!

POIRET *(erschöpft, sieht einen Beamten nach dem andern an)* Monsieur Godard sieht aus, als wolle er etwas sagen.

GODARD Der Beamte wäre also eine Ordnung und der Funktionär ein Grad.

BIXIOU Diese feine Unterscheidung hätte ich Ihnen nicht zugetraut, Sie wackerer Untergeordneter.

POIRET Und worauf läuft das hinaus ...?

BIXIOU La, la, Papa ... Wir wollen uns nicht in der eigenen Schlinge fangen ... Hören Sie zu; schließlich werden wir uns doch noch verständigen. Also aufgepaßt, ich will ein Axiom aufstellen und es den Büros vermachen!

Wo der Beamte endet, beginnt der Funktionär, und wo der Funktionär endet, beginnt der Staatsmann.

Nun aber finden sich unter den Präfekten wenig Staatsmänner. Der Präfekt wäre also ein Neutrum höheren Grades. Er steht zwischen dem Staatsmann und dem Beamten, wie der Zöllner zwischen Zivil und Militär steht. Wir wollen fortfahren, diese wichtigen Fragen zu entwirren. *(Poiret wird rot.)* Könnte man es nicht nach dem de La Rochefoucaulds[243] würdigen Satz: »Wer über zwanzigtausend Francs Gehalt erhält, ist kein Beamter mehr« formulieren? Daraus können wir mathematisch den ersten Folgesatz ziehen: »Der Staatsmann wird in der Sphäre der höheren Gehälter erkennbar.« Und jetzt der nicht minder wichtige und logische zweite Folgesatz: »Generaldirektoren können Staatsmänner sein.« Vielleicht sagt sich in diesem Sinne mehr als nur ein Abgeordneter: »Ein schöner Beruf, Generaldirektor zu sein!« Aber im Interesse der französischen Sprache und der Akademie ...

POIRET *(völlig im Bann von Bixious starrem Blick)* Die französische Sprache ...! Die Akademie ...

BIXIOU *(hat den zweiten Knopf abgerissen und faßt den obersten an)* Ja, im Interesse unserer schönen Sprache muß bemerkt werden, daß, wenn der Bürochef allenfalls noch ein Beamter sein kann, der Abteilungsleiter unbedingt ein Bürokrat sein muß. Diese Herren ... *(er wendet sich den Beamten zu und zeigt ihnen den dritten Knopf, den er von Poirets Gehrock abgedreht hat)*, diese Herren dürften diese taktvoll dargelegte Nuance zu schätzen wissen. Also, Papa Poiret, der Bamte endet ausschließlich beim Abteilungsleiter. Jetzt ist also die Frage richtig gestellt, es gibt keine Ungewißheit mehr, der Beamte, von dem man hätte meinen können, er sei undefinierbar, ist definiert worden.

POIRET Da scheint mir jeder Zweifel auszuschalten.

BIXIOU Dennoch haben Sie bitte die Freundlichkeit und beantworten Sie folgende Frage: Darf ein Richter, der unabsetzbar ist und folglich nach Ihrer subtilen Unterscheidung kein Funktionär sein kann und der kein seiner Leistung entsprechendes Gehalt bezieht, in die Klasse der Beamten einbegriffen werden ...?

POIRET *(blickt zum Kranzgesims auf)* Monsieur, ich komme nicht mehr mit ...

BIXIOU *(dreht ihm einen vierten Knopf ab)* Ich habe Ihnen beweisen wollen, Monsieur, daß nichts einfach ist, aber vor allem, und was ich jetzt sagen will, ist für die Philosophen bestimmt (wenn Sie mir erlauben, einen Ausspruch Ludwigs XVIII. umzukehren), vor allem also will ich dies eine deutlich machen: Neben der Notwendigkeit, zu definieren, besteht die Gefahr, den Faden zu verlieren.

POIRET *(wischt sich die Stirn)* Verzeihung, mir ist übel ... *(Er will sich den Gehrock zuknöpfen)* Oh, Sie haben mir alle meine Knöpfe abgedreht.

BIXIOU Freilich! Verstehen Sie ...?

POIRET *(mißzufrieden)* Ja, freilich ... ja, ich verstehe, daß Sie mir einen sehr schlechten Streich haben spielen wollen, indem Sie meine Knöpfe abdrehten, ohne daß ich es merkte ...!

BIXIOU *(ernst)* Ehrwürdiger Greis, Sie irren sich! Ich habe Ihrem Gehirn das denkbar lebendigste Sinnbild der konstitutionellen Regierung einprägen *(alle Beamten blicken Bixiou an; der verblüffte Poiret betrachtet ihn mit einer gewissen Unruhe)* und Ihnen auf diese Weise mein Versprechen halten wollen. Ich habe mich dabei der parabolischen Methode der Wilden bedient! (Hört, hört!) Während die Minister in der Abgeordnetenkammer fast ebenso triftige, fast ebenso nützliche Kolloquien halten wie das unsrige, dreht die Verwaltung den Steuerzahlern die Knöpfe ab.

ALLE Bravo, Bixiou!

POIRET *(versteht)* Jetzt tut es mir nicht mehr leid um meine Knöpfe.

BIXIOU Und ich tue wie Minard, ich will mich nicht länger für so wenig abrackern, ich beraube das Ministerium meiner Mitarbeit. *(Ab unter dem Gelächter aller Beamten.)*

Im Empfangssalon des Ministeriums spielte sich eine andere Szene ab. Sie ist instruktiver als die vorhergegangene, da sie zu lehren vermag, wie große Ideen in den höheren Sphären zugrunde gehen und wie man sich dort über ein Unglück tröstet.

Zu jener Stunde stellte des Lupeaulx dem Minister den neuen Direktor Monsieur Baudoyer vor. Im Salon befanden sich mehrere einflußreiche, regierungstreue Abgeordnete sowie Monsieur Clergeot, dem die Exzellenz ein ehrenvolles Gehalt zusicherte. Nach ein paar banalen Redensarten kam das Ereignis des Tages aufs Tapet.

EIN ABGEORDNETER Rabourdin scheidet also aus?

DES LUPEAULX Er hat sein Abschiedsgesuch eingereicht.

CLERGEOT Es heißt, er habe die Verwaltung reformieren wollen.

DER MINISTER *(schaut die Abgeordneten an)* Die Gehälter stehen vielleicht nicht im rechten Verhältnis zu den Anforderungen des Dienstes.

DE LA BRIÈRE Nach Monsieur Rabourdins Meinung würden hundert Beamte mit zwölftausend Francs Gehalt besser und schneller arbeiten als tausend Beamte mit zwölfhundert.

CLERGEOT Vielleicht hat er recht.

DER MINISTER Hilft nichts. Die Maschine ist nun einmal so montiert. Man müßte sie auseinandernehmen und neu konstruieren. Aber wer brächte dazu den Mut auf angesichts der Rednertribüne, unter dem Beschuß durch die dummen Deklamationen der Opposition oder durch die schrecklichen Artikel der Presse? Daraus folgt, daß es eines Tages zu einer schädlichen Auflösung der Kontinuität zwischen Regierung und Verwaltung kommen wird.

DER ABGEORDNETE Was wird dann geschehen?

DER MINISTER Ein Minister wird das Gute wollen, ohne es durchführen zu können. Es hat sich eine endlose Trägheit zwischen den Dingen und den Ergebnissen herausgebildet. Zwar hat man den Diebstahl eines Talers völlig unmöglich gemacht, aber ein heimliches Einverständnis in der Sphäre der Interessen hat man nicht verhindern können. In gewisse Finanzoperationen willigt man erst nach geheimen Abmachungen ein, die festzustellen schwierig sein dürfte. Kurzum, die Beamten, vom niedrigsten bis zum Bürochef, werden eigene Meinungen haben. Sie sind nicht länger die Hände eines Gehirns, sie repräsentieren nicht mehr das Denken der Regierung. Die Opposition neigt dazu, ihnen das Recht zu geben, gegen die Regierung zu sprechen, gegen sie zu stimmen, gegen sie zu urteilen.

BAUDOYER *(ganz leise, aber so, daß er verstanden wird)* Monseigneur ist erhaben.

DES LUPEAULX Freilich, die Bürokratie hat ihre Schwächen: Mir kommt sie langsam und anmaßend vor, sie schränkt die ministerielle Tatkraft ein wenig gar zu sehr ein, sie erstickt viele Pläne, sie hemmt den Fortschritt. Aber die französische Verwaltung ist auf bewundernswerte Weise nützlich.

BAUDOYER Ganz bestimmt!

DES LUPEAULX Und sei es nur, um die Papierfabrikation und die Stempelämter am Leben zu erhalten. Wenn sie auch, wie alle vortrefflichen Hausmütter, ein bißchen zänkisch ist, so kann sie doch jederzeit Rechenschaft über ihre Ausgaben erstatten. Welcher geschickte Kaufmann würde nicht fünf Prozent seines Umsatzes irgendeiner Versicherung in den Rachen werfen, damit er nicht unvorhergesehene Verluste hat?

DER ABGEORDNETE Die Industriellen beider Welten würden mit tausend Freuden einen solchen Pakt mit dem bösen Geist, genannt »unvorhergesehene Verluste«, unterzeichnen.

DES LUPEAULX Also, obwohl die Statistik die Kinderei der modernen Staatsmänner ist, die da glauben, Ziffern seien bereits das Rechnungsergebnis, muß man sich der Ziffern bedienen, wenn man rechnen will. Wollen wir einmal berechnen? Die Ziffer, die Zahl ist übrigens der Beweisgrund der Gesellschaften, die auf dem persönlichen Interesse und auf dem Gelde beruhen, und so ist die Gesellschaft beschaffen, die uns die Charte, die Verfassung beschert hat! Meiner Meinung nach wenigstens. Ferner dürfte nichts die »intelligenten Massen« besser überzeugen als ein paar Zahlen. Alles, sagen unsere Staatsmänner von der Linken, ergibt sich letztlich aus Zahlen. Beziffern wir also. *(Der Minister geht mit einem Abgeordneten in eine Ecke und plaudert leise mit ihm.)* Man zählt in Frankreich etwa vierzigtausend Beamte, abgesehen von den Lohnarbeitern, denn ein Chausseewärter, ein Straßenkehrer, eine Zigarrendreherin sind keine Beamten. Der Durchschnitt der Gehälter beträgt fünfzehnhundert Francs. Multipliziert man vierzigtausend mit fünfzehnhundert, so erhält man sechzig Millionen. Und zunächst könnte nun ein Publizist China, Rußland, wo alle Beamten stehlen, Österreich, die amerikanischen Republiken, die ganze Welt darauf hinweisen, daß für diesen Preis Frankreich die eifrigste, gewissenhafteste, schreibwütigste, am meisten Papier verbrauchende, am meisten auf Inventaraufnahmen versessene, kontrollsüchtigste, auf Nachprüfungen erpichteste, sorgfältigste, kurzum am meisten einer Hausfrau ähnliche unter allen bekannten Verwaltungen besitzt! In Frankreich wird kein Centime ausgegeben oder einkassiert, der nicht durch einen Erlaß befohlen, durch ein Aktenstück bewiesen, in Ausweisen gebucht und gegengebucht, gegen Quittung gezahlt wurde; alsdann werden Anforderung und Quittung registriert, kontrolliert und von Leuten mit Brillen als richtig befunden. Beim geringsten Formfehler gerät der Beamte in Harnisch, denn von solcherlei Skrupeln lebt er. Kurz und gut, viele Länder würden zufrieden sein, aber Napoleon hat es dabei nicht bewenden lassen. Dieser große Organisator hat die höchsten Beamtenstellen eines in der ganzen Welt einzigartigen Hofes wiederhergestellt. Diese Beamten verbringen ihre Tage damit, alle Gutschriften, allen Papierkram, alle Steuerregister, Bestandslisten, Zolldurchlaßscheine, Zahlungen, empfangene Kontributionen, ausgezahlte Kontributionen usw., die die Beamten geschrieben haben, nachzuprüfen. Diese strengen Richter treiben das Talent zur Gewissenhaftigkeit, das Genie zum Nachforschen, die Luchsaugen, den Argwohn in bezug auf Abrechnungen so weit, daß sie alle Additionen nochmals durchführen, um Unterschlagungen auf die Spur zu kommen. Diese erhabenen Opfer der Zahlen schicken nach zwei Jahren an einen Militärintendanten irgendeine Aufstellung, in der sich ein Irrtum über zwei Centimes findet. Auf diese Weise hat die französische Verwaltung, die sauberste unter allen, die auf dem Erdball massenweise Papier verbrauchen, den Diebstahl, wie Seine Exzellenz vorhin gesagt hat, zu etwas Unmöglichem gemacht, die Veruntreuung ist eine Chimäre. Was kann man dagegen einwenden? Frankreich besitzt ein Einkommen von zwölfhundert Millionen, und es gibt sie aus, das ist alles. Es gelangen zwölfhundert Millionen in seine Kassen, und zwölfhundert Millionen fließen wieder heraus. Es manipuliert also mit zwei Milliarden, vierhundert Millionen, und bezahlt nur sechzig Millionen, also zweieinhalb Prozent, dafür, daß es die Gewißheit hat, es gebe keine unvorhergesehenen und unkontrollierbaren Verluste. Unser politisches Haushaltsbuch kostet sechzig Millionen, aber die Gendarmerie, die Gerichte, die Zuchthäuser und die Polizei kosten genausoviel und erstatten uns nichts zurück. Und wir finden schon Beschäftigung für Leute, die nichts anderes tun können, als was sie tun; das glauben Sie mir bitte. Die Verschwendung, sofern sie überhaupt statthaft, vollzieht sich nur noch moralisch und gesetzlich. Die Kammern sind jetzt daran mitschuldig, die Verschwendung wird legal. Die unvorhergesehenen und unkontrollierbaren Verluste bestehen darin, Arbeiten machen zu lassen, die nicht dringend oder nicht notwendig sind, den Truppen die Tressen zu nehmen oder sie ihnen wiederzugeben, Schiffe in Auftrag zu geben, ohne sich Gedanken darüber zu machen, ob Holz vorhanden ist, und dann das Holz zu teuer zu bezahlen, einen Krieg vorzubereiten, ohne ihn zu führen, einem Staat die Schulden zu bezahlen, ohne von ihm Rückerstattung oder Garantien zu verlangen, usw. usw.

BAUDOYER Aber diese hohen unvorhergesehenen und unkontrollierbaren Ausgaben gehen doch den Beamten nichts an. Diese schlechte Führung der Staatsgeschäfte betrifft doch den Staatsmann, der das Schiff steuert.

DER MINISTER *(hat seine Unterhaltung beendet)* Es ist mancherlei Wahres an dem, was des Lupeaulx eben gesagt hat. Aber Sie *(zu Baudoyer)* müssen wissen, Herr Direktor, daß niemand den Überblick eines Staatsmanns hat. Jede Art von Ausgaben befehlen, selbst unnötige, ist noch keine schlechte Geschäftsführung. Es heißt immer noch den Geldumlauf ankurbeln, dessen Stocken gerade in Frankreich zu etwas Verhängnisvollem durch die geizigen und tief unlogischen Gepflogenheiten der Provinz wird, die das Gold haufenweise eingräbt …

DER ABGEORDNETE *(der des Lupeaulx zugehört hat)* Aber mir scheint, daß, wenn Eure Exzellenz im gegenwärtigen Augenblick recht hätte, und wenn unser geistreicher Freund hier *(er nimmt des Lupeaulx beim Arm)* nicht unrecht hat, man was daraus folgern müßte?

DES LUPEAULX *(nachdem er den Minister angesehen hat)* Sicherlich gäbe es etwas zu tun …

DE LA BRIÈRE *(zaghaft)* Dann hat Monsieur Rabourdin also recht gehabt?

DER MINISTER Ich werde Rabourdin noch bei mir sehen …

DES LUPEAULX Der arme Mann hat den Fehler begangen, sich zum obersten Richter des Verwaltungswesens und der Männer aufzuwerfen, aus denen es besteht; er will nur drei Ministerien …

DER MINISTER *(unterbricht)* Ist der Mann wahnsinnig geworden?

BAUDOYER *(mit einer Miene, die er für sehr intelligent hält)* Vielleicht hat Monsieur Rabourdin auch die Verfassung ändern wollen, deren der König als Gesetzgeber bedarf?

DER MINISTER *(ist nachdenklich geworden, nimmt La Brière beim Arm und führt ihn hinaus)* Ich möchte Rabourdins Ausarbeitung sehen, und da Sie sie kennen …

DE LA BRIÈRE *(im Arbeitszimmer)* Er hat alles verbrannt. Da Sie zugelassen haben, daß er entehrt wurde, scheidet er aus dem Verwaltungsdienst aus. Bitte glauben Sie nicht, Monseigneur, daß er den törichten Gedanken gehegt hat, wie des Lupeaulx glauben machen will, etwas an der bewundernswerten Zentralisation der Regierung zu ändern.

DER MINISTER *(zu sich selbst)* Ich habe einen Fehler begangen. *(Er verharrt kurze Zeit in Schweigen.)* Pah, es wird uns niemals an Reformplänen mangeln …

DE LA BRIÈRE Nicht an Ideen, sondern an Männern, die sie durchführen, besteht Mangel.

Des Lupeaulx, dieser köstliche Advokat der Mißbräuche, trat in das Arbeitszimmer.

»Monseigneur, ich begebe mich auf meine Wahlreise.«

»Warten Sie!« sagte die Exzellenz, ließ den Privatsekretär stehen, nahm des Lupeaulx' Arm und trat mit ihm in die Fensternische. »Mein Lieber, lassen Sie mir dieses Arrondissement. Sie werden zum Grafen ernannt, und ich bezahle Ihre Schulden ... Kurz und gut, wenn ich nach der Neuwahl der Kammer im Amt bleibe, werde ich Gelegenheit finden, Sie beim nächsten Schub zum Pair von Frankreich ernennen zu lassen.«

»Sie sind ein Ehrenmann; ich bin einverstanden.«

So geschah es, daß Clément Chardin des Lupeaulx, dessen Vater, den Ludwig XV. geadelt hatte, im ersten Schildviertel einen silbernen Wolf auf schwarzem Grund hatte, der ein rotes Lamm raubte; im zweiten drei Silberspangen auf Purpur; auf dem dritten, zwei oben, einer unten, drei rote Balken mit zwölf silbernen Flecken; im vierten auf Gold einen geflügelten, von der grünen Schlange umwundenen roten Hermesstab als Balken, von vier Greifenklauen an den Seiten des Wappens gestützt, mit der Devise ›En Lupus in Historia‹[244]; daß also des Lupeaulx auf dieses halbwegs ironische Wappen eine Grafenkrone setzen konnte.

Im Jahre 1830, gegen Ende Dezember, wurde Monsieur Rabourdin durch eine geschäftliche Angelegenheit in sein früheres Ministerium geführt, wo in den Büros von oben bis unten große Umwandlungen und Veränderungen stattgefunden hatten. Diese Revolution hatte hauptsächlich den Bürodienern zu schaffen gemacht, die nun einmal keine neuen Gesichter mögen. Rabourdin war zu früher Stunde ins Ministerium gekommen, dessen Verhältnisse ihm ja bekannt waren, und so konnte er folgendes Zwiegespräch zwischen den beiden Neffen Laurents belauschen, deren Onkel pensioniert worden war.

»Na, was tut und treibt dein Abteilungsleiter?«

»Red mir nicht von dem, ich kann mit ihm nichts anfangen. Er schellt nach mir und fragt mich, ob ich nicht weiß, wo sein Taschentuch oder seine Tabaksdose geblieben seien. Er empfängt, ohne die Leute warten zu lassen, also keine Spur von Würde. Ich bin genötigt, ihm zu sagen: ›Aber Monsieur, der Herr Graf,

Ihr Vorgänger, schnitzelte im Interesse der Regierung immer mit seinem Taschenmesser an seinem Sessel herum, damit geglaubt werde, er arbeite.‹ Kurz und gut, er bringt alles durcheinander! Alles geht drunter und drüber, er ist ein recht kleiner Geist. Und deiner?«

»Meiner? Oh, den habe ich schließlich ein bißchen angelernt. Er weiß jetzt, wo sein Briefpapier, seine Umschläge, sein Brennholz, alle seine Sachen liegen. Mein anderer hat immer geschimpft und geflucht, dieser ist lammfromm . . ., aber er hat nicht den großen Stil. Außerdem hat er keine Ordensauszeichnung, ich mag nun mal keinen Chef ohne Orden: Man könnte ihn für einen von uns halten, und das ist demütigend. Er nimmt Büropapier mit nach Hause, und er hat mich gefragt, ob ich nicht bei ihm servieren wolle, wenn er Abendgesellschaften hat.«

»Tja, ist das eine Regierung, mein Lieber!«

»Ja, die knausern alle.«

»Hoffentlich wird unser armseliges Gehalt nicht gekürzt...!«

»Das befürchte ich beinah! Die beiden Kammern sind schrecklich sparsam. Sogar mit dem Brennholz wird gespart.«

»Na, das wird nicht lange gutgehen, wenn sie sich so benehmen.«

»Da haben wir's, es hat uns wer zugehört.«

»Ach, das ist bloß der verflossene Monsieur Rabourdin . . . oh, Monsieur, ich habe Sie gleich am Schritt erkannt, als Sie hereinkamen . . . Wenn Sie hier jemanden brauchen sollten, dann wird keiner wissen, daß man Ihnen Achtung und Rücksichtnahme schuldig ist. Wir sind nämlich die einzigen, die noch aus Ihrer Zeit hier sind . . . Monsieur Colleville und Monsieur Baudoyer haben das Maroquin ihrer Sessel nicht abgenutzt, nachdem Sie ausgeschieden waren . . . Ach, mein Gott, ein halbes Jahr danach sind sie beide zu Pariser Steuereinnehmern ernannt worden . . .«

Anmerkungen

Die Beamten

1 Dieser von Ludwig XVIII. gestiftete, nur kurze Zeit verliehene Orden hatte die Gestalt einer silbernen Lilie, des Emblems der Bourbonen.

2 Siehe Balzacs Roman ›Die alte Jungfer‹.

3 Siehe Balzacs Roman ›Eine dunkle Begebenheit‹.

4 Eine der Hauptgestalten der ›Menschlichen Komödie‹, die immer wieder erscheint.

5 Préavis: Vorherbenachrichtigung.

6 Der 27. Juli 1794: Sturz Robespierres auf Betreiben Talliens, hinter dem seine Frau stand, und anderer; Ende der Schreckensherrschaft.

7 Papst Sixtus V. (1521–1590), 1585 zum Papst gewählt, weil er die Kardinäle durch simulierte Altersschwäche getäuscht hatte und nun als energischer Wiederhersteller der Ordnung in Rom auftrat.

8 Dem berühmten Rennplatz.

9 James de Rothschild ließ sich 1812 in Paris nieder und übernahm die Leitung der dortigen Filiale der in Frankfurt am Main befindlichen väterlichen Bank. Seine Brüder wirkten in Frankfurt und London.

10 Kardinal, spanischer Staatsmann, Großinquisitor von Toledo (1436 bis 1517).

11 Giulio Mazzarini, genannt Mazarin (1602–1661), Kardinal, geschmeidiger, kundiger Diplomat, Nachfolger Richelieus, Premierminister unter Ludwig XIII. und Ludwig XIV.

12 Abbé Suger (um 1081–1151), Minister und Ratgeber Ludwigs VI. und Ludwigs VII. Er führte während des zweiten Kreuzzuges die Regentschaft.

13 Maximilien de Béthune, Herzog von Sully (1559–1641), Minister und Freund Heinrichs IV.

14 Etienne-François, Herzog von Choiseul (1719–1785), Außenminister unter Ludwig XV., erfolgreicher Staatsmann.

15 Jean-Baptiste Colbert (1619–1683), einer der größten Minister Frankreichs, von Mazarin an Ludwig XIV. empfohlen, segensreich wirkender Reformator auf allen Gebieten der Verwaltung.

16 Es gab 1824 in Frankreich ein Ministerium des Äußeren, ein Kriegs-, ein Marine-, ein Finanz-, ein Justiz-, ein Innenministerium und ein Ministerium der Königlichen Hofhaltung.

17 John Law (1671–1729), Finanzmann, Generalkontrolleur der französischen Finanzen, Schöpfer der Indischen Compagnie und, unter der Regentschaft, eines Banksystems, das, nicht durch seine Schuld, zu einem furchtbaren Bankrott führte. Er war als reicher Mann nach Paris gekommen und starb arm in Venedig.

18 Das Tabakmonopol in Frankreich geht bis in das Jahr 1674 zurück. Bis 1791 wurde es an Privatgesellschaften verpachtet. Die Revolution schaffte es ab; 1811 wurde es provisorisch wieder eingerichtet. Seither ist aus dem Provisorium etwas Endgültiges geworden; das Staatsmonopol wurde durch ein Dutzend aufeinanderfolgender Gesetze erneuert und geregelt.

19 Am 24. Dezember 1823 hatte das Ministerium Villèle beim König die Auflösung der Kammer durchgesetzt. Die Wahlen vom 24. Februar 1824 verschafften den Liberalen nur 15 Sitze von 430; der Rest gehörte der monarchistischen Rechten. Nach dem Ausspruch Ludwigs XVIII. war die »unauffindbare Kammer« gefunden. Das Gesetz, das auf Gotteslästerung die Todesstrafe setzte, das Gesetz, das den Emigranten eine Milliarde zusprach, und das die Pressefreiheit einschränkende Gesetz waren das Werk dieser »systematisch regierungstreuen« Mehrheit (was erhebliche Zweifel an Balzacs politischen Weisheiten hervorruft)! Übrigens wurde jene Mehrheit bei den Wahlen im November 1827 nicht wieder erreicht; es kamen nur 170 »regierungstreue« Abgeordnete in die Kammer, und Villèle mußte zurücktreten.

20 Am 5. Januar 1820 war in Spanien eine Revolution ausgebrochen, die mit Riegos Revolte einsetzte und sich bald über das ganze Königreich ausbreitete. Ferdinand VII. mußte machtlos dem spontanen Zusammentreten der Cortes beiwohnen, die ihm die liberale Verfassung von 1812 aufzwangen. Dieses neue Regime dauerte drei Jahre und endete 1825, als auf Beschluß des Laibacher Kongresses eine französische Armee unter dem Herzog von Angoulême und dem Marschall Bourmont in Spanien einrückte und Ferdinand VII. als »Rey neto« wieder einsetzte. Der Interventionskrieg endete durch die glorreiche Einnahme des Trocadero, die den Fall von Cadix, der letzten Zufluchtsstätte der Cortes, entschied.

21 Gegen Ende des Ancien Régime hatte der Graf von Artois (der spätere Karl X.), »schön wie der Liebesgott«, mutwillig und hei-

ter, wegen seiner Umgangsformen, seines eleganten Auftretens und seiner Vorliebe für körperliche Übungen die Oberherrschaft über die Mode inne. Nach seiner Rückkehr aus dem Exil 1815 ließen ihn seine glückliche Geistesanlage und sein leutseliger Charakter häufig geistvolle und zugleich höfliche Aussprüche prägen, die ihn beinahe volkstümlich machten. Nach seiner Thronbesteigung am 29. November 1824 schien der König den Liberalen Zugeständnisse machen zu wollen, indem er die am 15. August in Kraft getretene Zensur der Presse abschaffte. Nur zu bald jedoch schufen die vom Ministerium Villèle erlassenen Gesetze eine neue Opposition der Linken (vgl. Anmerkung 19).

22 La Fontaine, Fables IX, 17: Der Affe Bertrand läßt den Kater Raton die Kastanien aus dem Feuer holen.

23 Von Voltaire erfundene Gestalt eines zu allem zu gebrauchenden Staatsrats.

24 Louis-Alexandre Berthier (1753–1815), Fürst von Wagram, Fürst von Neuchâtel, Marschall von Frankreich, Generalstabschef der Großen Armee, genoß das Vertrauen Napoleons, beging bei der Nachricht der Rückkehr von Elba in Bamberg Selbstmord.

25 Hier ist der Kardinal de Richelieu gemeint (1585–1642), der große Minister Ludwigs XIII.

26 François Le Clerc du Tremblay, genannt Pater Joseph (1577 bis 1638), Vertrauter und Berater des Kardinals Richelieu, genannt »die graue Eminenz«.

27 ›Lessive‹ in der Doppelbedeutung von ›großer Wäsche‹ (Bereinigung des Schuldenkontos des Königs) und ›großer Spielverlust‹ (den des Lupeaulx dadurch erlitten hatte).

28 Pierre Bayle (1647–1706), Schriftsteller, Verfasser eines ›Dictionnaire historique‹, als solcher ein Vorläufer der Enzyklopädisten.

29 Lateinisch: Zirkel falscher Schlüsse.

30 Berthier; siehe Anmerkung 24.

31 Günstling Alexanders des Großen, † 324 v. Chr.

32 Die Herzogin von Berry, die Schwiegertochter des Grafen von Artois und späteren Königs Karl X., Gattin des 1820 ermordeten Thronfolgers, hatte diesen Stil wieder in Mode gebracht.

33 Nach der Bibel Dämon der unsauberen Lüste; Gestalt in Lesages Roman ›Le Diable boiteux‹ (›Der hinkende Teufel‹) (1707).

34 In Beaumarchais' Komödie ›Der Barbier von Sevilla‹ (1775).

35 Gestalt der herzlosen Koketten in Molières Komödie ›Le Misanthrope‹ (1667).

36 Eine der Hauptgestalten in Laurence Sternes Roman ›Tristram Shandy‹ (1760–1767).

37 Der heutigen Place des Vosges.

38 Durch das Wahlgesetz vom Ende Juni 1820 war der Zensus an eine Grundsteuer von tausend Francs gebunden; als untere Altersgrenze für die Wählbarkeit waren dreißig Jahre festgesetzt worden.

39 Casimir Périer (1777–1832), Pariser Bankier, Abgeordneter seit 1817, gehörte während der ganzen Restauration der dynastischen Opposition an, hielt sich aber den Liberalen fern. Als die Revolution von 1830 vollendete Tatsache war, schloß er sich Louis-Philippe an, der ihn zum Präsidenten des ersten ›Résistance‹-Ministeriums machte. Im Verdacht, an der Cholera erkrankt zu sein, starb er an der Behandlung, die der Arzt Broussais ihm angedeihen ließ.

40 Jacques-Antoine Manuel (1775–1827), während der Revolution Offizier, dann Advokat in Aix, wurde während der Hundert Tage Abgeordneter von Barcelonnette. 1818 schickte die Vendée ihn abermals in die Kammer. Er gehörte der Gruppe der fortschrittlichsten Liberalen an. Bald danach wurde er unter dem Ministerium Villèle, dessen Plan einer Expedition nach Spanien er heftig bekämpfte, am 3. März 1823 aus der Kammer ausgestoßen. Fortan hielt er sich der Politik fern.

41 Breiter, tiefer Lehnstuhl mit besonderen Sitzkissen.

42 Deutsch: Kutte; ein Frauenkleid ohne Taille.

43 Schürzenkleid.

44 Nicht nachweisbar.

45 Jene bürgerliche Vergnügungsstätte lag, wie die obenerwähnten Theater, ebenfalls am Boulevard du Temple, nahe der heutigen Place de la République, zwischen der Rue Charlot und der Passage Vendôme.

46 Substantivierte Verkleinerungsform von gigoter, mit den Beinen strampeln oder zappeln.

47 Kleines Blasinstrument, letzter Vertreter der Schnabelflöte, noch jetzt in Frankreich, England und Belgien in kleineren Orchestern gebraucht, von der Größe der Pikkoloflöte, also eine Oktave höher als die gewöhnliche Querflöte.

48 An Kopfwassersucht Leidender.

49 Römischer Kaiser, 81–96, geb. 51, Sohn des Vespasian, Bruder des

Titus. Grausamer Despot, auf Betreiben seiner Frau Domitia Longina durch einen Sklaven ermordet.

50 Anthelme Brillat-Savarin (1755–1826), kultivierter, geistvoller Feinschmecker, schrieb ›Physiologie du goût‹.

51 Erst mit der Thronbesteigung Karls X. wurde der traditionelle Titel ›Dauphin‹ wieder eingeführt. Die Dauphine war Marie-Thérèse, die Tochter Ludwigs XVI., Gemahlin des Herzogs von Angoulême, des ältesten Sohnes des Königs. Da die Ehe kinderlos war, hatte als Thronfolger des Königs zweiter Sohn, der Herzog von Berry, gegolten, der 1820 ermordet wurde.

52 Der heilige Crispinus, der 287 den Märtyrertod erlitt, übte in Soissons das Schusterhandwerk aus und stahl nach der Legende Leder, um daraus für die Armen Schuhe zu machen.

53 In der Comédie-Française zeigt noch heute das dreimalige Aufstampfen eines Stocks auf der Bühne bei geschlossenem Vorhang und verdunkeltem Zuschauerraum den Beginn der Vorstellung an.

54 Jean Goujon (um 1510–zwischen 1566 und 1568), Bildhauer und Architekt. Kein Künstler des Mittelalters, wie Balzac schreibt, sondern der Renaissance. Er ist der Schöpfer der ›Fontaine des Innocents‹ in Paris, einer Statue der Diane de Poitiers als Diana, im Louvre, und der Empore von Saint-Germain-l'Auxerrois, von der sich Fragmente im Louvre befinden.

55 Geliebte Heinrichs II., der für sie das Schloß Anet erbauen ließ und ihr das Herzogtum Valentinois schenkte (1499–1566).

56 Pagengestalt in Beaumarchais' Komödie ›Der tolle Tag‹ und Mozarts Oper ›Figaros Hochzeit‹.

57 Bilboquet ist der Held des berühmten Ausstattungsstücks ›Les Saltimbanques‹ (›Die Jahrmarktsgaukler‹) von Dumersan und Varin, Erstaufführung am 25. Juni 1831 im Théâtre des Variétés. In seinen Briefen an Mme Hanska legte Balzac selber sich diesen Namen zu.

58 Letztlich die Frage, ob die 1453 mit der Eroberung Konstantinopels in Europa eingedrungenen Türken ihre dortigen Besitzungen behalten oder wieder verlieren würden.

59 Flöte: die langen, schmalen französischen Weißbrote.

60 Kleine Straße zwischen der Rue Turenne und der Rue de Thorigny, gerade gegenüber der Kirche Saint-Denis-du-Saint-Sacrement. – Marais ist die mittelalterliche Bezeichnung eines das heutige III. und IV. Arrondissement umfassenden Stadtviertels, wo viele alte Adelspaläste stehen.

61 Ein besonders gutes, starkes Papier, das zum erstenmal für die Kanzlei des Kanzlers und Justizministers Michel Le Tellier (1603 bis 1685) angefertigt und nach ihm benannt wurde.

62 Charles-Augustin Sewrin (1771–1853), fruchtbarer, heute vergessener Autor von Komödien und Vaudevilles von ausgeprägtem Bühneninstinkt.

63 Charles-Guilbert de Pixérécourt (1773–1844), der »Boulevard-Shakespeare«, der heute nahezu vergessene, zu seiner Zeit berühmteste und fruchtbarste Verfasser von Rührstücken.

64 François-Antoine-Eugène de Planard (1783–1855), Dramatiker.

65 Charles-Antoine Pigault-Lebrun (1753–1835), fruchtbarer, amüsanter, recht freier Romanschriftsteller.

66 Antoine-Pierre-Auguste de Piis (1755–1838), Vaudevilleautor, Liedersänger und Journalist.

67 Pierre Duvicquet (1755–1835), durch Fouché der politischen Polizei der Republik eingegliedert, in Lyon während der Schreckenszeit sein fanatischster Helfer. Zu Beginn der Kaiserzeit nahm er seinen Abschied: 1814 wurde er der Nachfolger Julien-Louis Geoffroys (1743–1814) als Theaterkritiker am ›Journal des Débats‹ und gewann als solcher durch seinen Bühneninstinkt und seine Unparteilichkeit großes Ansehen.

68 Eugène Scribe (1791–1861), noch heute gespielter Dramatiker (›Das Glas Wasser‹) und Verfasser wirkungsvoller Operntexte (›Die Hugenotten‹; ›Die Jüdin‹; ›Der Prophet‹ usw.).

69 Der Delfter Antony Leuwenhoeck (1632–1723), ein gelehrter Anatom, klärte durch den methodischen Gebrauch des Mikroskops einige der Geheimnisse der Physiologie.

70 Marcel Malpighi (1628–1694), polnischer Arzt, wandte das Mikroskop bei Studien der Anatomie des Menschen an.

71 François-Vincent Raspail (1794–1878), Politiker und Wissenschaftler, der eigentliche Schöpfer der organischen Chemie, hat als erster in der Zelle das Grundelement im Aufbau jedes Organismus erkannt.

72 Ernst Theodor Amadeus Hoffmann (1776–1822), besaß als phantastischer Erzähler damals europäischen Ruf; seine Werke sind mehrfach ins Französische übersetzt worden. Balzac nennt ihn den ›Berliner Hoffmann‹, um ihn von dem Pariser Dramatiker und Kritiker François-Benoît Hoffmann (1760–1828) zu unterscheiden.

73 Anspielung auf die Balzac verhaßte Juli-Revolution.

74 Jacques Callot (1592–1635), französischer Kupferstecher, Schöpfer von Darstellungen voll bizarren, phantastischen Humors.

75 Der Teil der heutigen Rue du Temple, der zwischen der Rue Sainte-Croix-de-la-Bretonnerie und der Rue des Vieilles-Haudriettes lag.

76 Etienne-Denis, Baron Pasquier (1767–1862), war während der Revolution mehrmals mit knapper Not dem Tode entgangen; unter Napoleon wurde er zum Staatsrat und Polizeipräfekten ernannt. Obwohl er sich durch Mallets Verschwörung (1812) hatte überraschen lassen, blieb ihm die kaiserliche Gunst erhalten. Auch unter Ludwig XVIII., dem er seine Dienste anbot, stand er in Gunst. Er war gemäßigt, klarblickend und geschickt, aber allzu geschmeidig, und so gehörte er unter der Restauration fast allen Ministerien, gleichgültig, wie sie zusammengesetzt waren, an, was ihm den Spitznamen ›der Unvermeidliche‹ und die geringe Achtung aller Parteien eintrug. Im Jahre des Attentats auf den Herzog von Berry (1820) war er Justizminister. 1821 trat er in die Pairskammer ein und wurde erst unter der Juli-Monarchie wieder Minister. 1837 wurde er zum Kanzler ernannt, welches Amt unmittelbar nach der Juli-Revolution abgeschafft worden war und um seinetwillen neu geschaffen wurde. Er erhielt den Herzogstitel. 1848 zog er sich aus dem politischen Leben zurück. Er hinterließ interessante Memoiren.

77 Louis-Mathieu, Graf Molé (1781–1855), einer der wichtigsten Minister der ›Beharrung‹ unter Louis-Philippe, war von 1813 bis zum Sturz des Kaiserreichs Napoleons Justizminister gewesen. Während der Hundert Tage übernahm er, wie Balzac sagt, die Stellung, die er innegehabt hatte, ehe er Minister wurde: die eines Generaldirektors des Amtes für Brücken- und Landstraßenbau.

78 Grand-Prévôt. Die Prevotal-Gerichte wurden unter dem lebhaften Beifall Cuviers durch das Gesetz vom 4. Dezember 1815 geschaffen. Diese Gerichtshöfe, die in jeder Départementshauptstadt tagten und aus einem Militär-Profoß mindestens im Rang eines Obersten, einem Präsidenten und vier einem Gericht erster Instanz angehörenden Richtern bestanden, waren beauftragt, selbständig über jedes rebellische oder aufrührerische Individuum zu urteilen. Die Urteile wurden innerhalb von vierundzwanzig Stunden vollstreckt. Sie waren unerbittlich gegen die »Unruhestifter« der Hundert Tage. Am 31. Dezember 1817 wurden diese Gerichte aufgehoben.

79 Im Limousin, Hauptstadt Tulle; das Département dankt seinen Namen dem Fluß, der es durchströmt.

80 Das Wahlgesetz vom Juni 1820, das auf dasjenige vom Januar 1817 zurückgriff, setzte in jedem Département zwei Wahlkollegien ein: das der Arrondissements und das des Départements. Die ersteren, die »kleinen« Wahlkollegien, umfaßten Wähler, die 300 Francs Steuern zahlten, und hatten 258 Abgeordnete zu wählen, je einen pro Arrondissement. Die zweiten, die »großen« Wahlkollegien, bestanden aus den höher besteuerten Wählern und wählten 172 neue Abgeordnete. Auf diese Weise stimmten die Wähler der zweiten Kategorie einmal in jedem Kollegium ab.

81 1683 von Ludwig XIV. einzig für katholische Offiziere gestiftetes, am roten Band getragenes Ordenskreuz, von der Revolution abgeschafft, am 18. September 1814 neu gestiftet, 1831 endgültig abgeschafft. Die alten Ritter behielten indessen das Recht, das Kreuz zu tragen.

82 Départementshauptstadt in der Gascogne.

83 Die Vereinigung aller dieser Bruderschaften und Gesellschaften bildete die berüchtigte ›Congrégation‹.

Soweit es sich hat feststellen lassen, stand hinter dem Phantom der ›Congrégation‹, die den Liberalen der Restauration verhaßt war, folgendes: Die Bezeichnung ›Congrégation‹ trug ursprünglich eine Gemeinschaft von Menschen jedes Alters, die unter der Leitung des Jesuitenpaters Ronnin im Gebäude der Missions Etrangères in der Rue du Bac zusammenkamen, um sich frommen Exerzitien zu unterziehen. Neben ihr, bei mehr oder weniger enger Zusammenarbeit, wirkten andere fromme Gemeinschaften mit mannigfachen Bezeichnungen. Trotz der Präsidentschaft Chateaubriands wurden sie alle vom Geist Bonalds und de Maistres inspiriert und setzten sich in der Hauptsache aus Royalisten zusammen. Über diese unterschiedlichen Gemeinschaften, die sich nicht politisch betätigten, sondern lediglich sozial, erhob sich nach und nach eine erst geheim, dann öffentlich auftretende Gesellschaft und beherrschte alsbald die andern. Diese war rein politischer Natur, und ihr eigentliches Oberhaupt war der Bruder Ludwigs XVIII., der Graf von Artois, der spätere Karl X. Sie war im Grunde lediglich eine Weiterführung der unter dem Kaiserreich gebildeten Geheimliga, die die Verbindung zwischen dem von Napoleon gefangengesetzten Papst Pius VII. und den Anhängern des Heiligen Stuhls aufrechterhielt. Unter Ludwig XVIII. war der Einfluß der ›Congrégation‹ gering; nach der Thronbesteigung Karls X.

gewann sie die Oberhand. In ihrem Dienst standen zahlreiche Zeitungen, wie ›La Gazette de France‹, ›La Quotidienne‹, ›Le Drapeau Blanc‹, ›L'Etoile‹ usw.

84 Die Pariser Linie betrug im alten Maßsystem $^{1}/_{12}$ Pariser Zoll.

85 Das berühmte, 1777 gegründete, 1804 neu eingerichtete Pariser Leihhaus in der Rue des Francs-Bourgeois, Haupteingang Rue des Blancs-Manteaux Nr. 18; jetzt ›Caisse de Crédit Municipal de Paris‹ genannt.

86 Siehe Anmerkung 83.

87 Von Voltaire geschaffene Gestalt eines schmeichlerischen, zweideutigen königlichen Ratgebers.

88 Kleine Straße, die die Rue Saint-Honoré mit der Rue de Rivoli verband; sie verschwand beim Durchbruch der Rue d'Echelle.

89 Nicolas-Toussaint Charlet (1792–1845), lernte in Gros' Atelier zeichnen, gelangte aber, trotz der freundschaftlichen Hilfe Géricaults, nie dahin, sich die Technik der Malerei vollkommen anzueignen. Daher weihte er seine Begabung der Lithographie und wurde darin bald Meister. Er hatte zunächst keinen Erfolg, da seine raffinierte Technik den Prinzipien der David-Schule entgegengesetzt war, fand dann aber durch seine patriotischen und bonapartistischen Darstellungen ein breites Publikum. Seine Steinzeichnungen waren fast so populär wie die Lieder Bérangers.

90 Israël Silvestre (1621–1691), Kupferstecher.

91 Gérard Audran (1640–1703), gehörte einer berühmten Kupferstecherfamilie an, die zehn Meister hervorgebracht hat.

92 Siehe Anmerkung 74.

93 Siehe Anmerkung 47.

94 Jene Quelle, wie viele in der nördlichen Auvergne, hat einen außerordentlich hohen Kalkgehalt, der bewirkt, daß in das Wasser gelegte kleine und größere Gegenstände »versteinern«, d. h. sich mit einer mehr oder weniger dicken Kalkschicht überziehen. Diese werden dann als Reiseandenken verkauft.

95 Jean-Baptiste-Robert Lindet (1746–1825), stimmte als Konventsmitglied für die Hinrichtung des Königs, wurde Mitglied des Wohlfahrtsausschusses; unter dem Direktorium Finanzminister. Nach Errichtung des Konsulats trat er in den Ruhestand.

96 Die Herzogin von Angoulême, Tochter Ludwigs XVI., vermählt mit ihrem Vetter, dem ältesten Sohn Karls X. Die Ehe blieb kinderlos.

97 Die Herzogin von Berry, Witwe des 1820 erdolchten Thronfolgers, des zweiten Sohns des Grafen von Artois, des späteren Karls X.

98 Horace Vernet (1789–1863), einer berühmten Malerfamilie entstammend, hervorragender Schlachtenmaler. Im Salon von 1827 hatte er zwei von Lord Byrons ›Mazeppa‹ inspirierte Gemälde ausgestellt; das berühmtere, ›Mazeppa unter den Wölfen‹, hängt heute im Museum Calvet in Avignon.

99 Pierre-Roche Vigneron (1789–1872), Maler und Lithograph. Das von Balzac erwähnte Bild ist nicht nachweisbar; offenbar läuft dem Sarg des Armen ein Hund nach.

100 In Aulnay hatte vor allem Chateaubriand gewohnt.

101 Höhere Bildungsanstalt für Artillerie-Offiziere und Ingenieure.

102 Von dem englischen Schauspieler David Garrick (1716–1779) erfundener und getragener langer Mantel mit mehreren übereinanderliegenden Schulterkragen.

103 Siehe Anmerkung 59.

104 Nicht nachweisbar.

105 Chevet und Beauvain besaßen eine Delikatessenhandlung im Palais-Royal, Galerie de Chartres, deren eifriger Kunde Balzac war. Aus dem Jahre 1836 ist eine Rechnung über 264 Francs erhalten geblieben.

106 Villiaume war unter dem Kaiserreich Leiter einer Ehevermittlungsagentur gewesen; 1815 war über ihn und sein Unternehmen ein parodistisches Duodez-Bändchen erschienen.

107 Amadis de Gaule, Held eines spätmittelalterlichen Ritterromans, Typus des treuen Liebhabers und fahrenden Ritters.

108 Anmerkung Balzacs.

109 Französisch: Gassenhauer.

110 Antoine-Bernardin Fualdès, geboren 1761, ehemaliger kaiserlicher Staatsanwalt, von der Restauration entlassen, wurde am 19. März 1817 in Rodez von zweien seiner alten Freunde ermordet, die Verbrechen begangen hatten und seine Enthüllungen fürchteten. Die niedrigen, romanhaften Begleitumstände jenes Mordes, der in einem von der Witwe Bancal geleiteten Freudenhaus stattfand, machten den Fall schnell berühmt. Der Prozeß, der sechsundzwanzig Sitzungen beanspruchte, mußte eines Formfehlers wegen wiederaufgenommen werden und hielt ganz Europa in Atem; der zweite Prozeß dauerte vom 25. März bis zum 4. Mai 1818

und bildete den Anlaß zu einer Moritat von achtundvierzig Strophen Länge.

111 Edme-Samuel Castaing (1797–1823) war ein Arzt, der seinen Freund Hippolyte Ballet vergiftete, um sich eines Teils seines Besitzes zu bemächtigen; auf die gleiche Weise beseitigte er Hippolytes Bruder Auguste Ballet, der ein Testament zu Castaings Gunsten gemacht hatte. Horace Raisson, ein Freund Balzacs und der Brüder Ballet, sammelte Indizien, und Castaing wurde des Doppelmordes angeklagt. Obwohl Berryer ihn verteidigte, wurde er zum Tode verurteilt und hingerichtet.

112 Das Champ-d'Asile (Zufluchtslager) war eine nach der Zweiten Restauration am Golf von Mexiko von französischen Flüchtlingen, Liberalen und hauptsächlich Bonapartisten, gegründete Kolonie. Aber das zur Verfügung gestellte Gelände wurde von Spanien zurückverlangt, und die französischen Kolonisten erhielten von den Vereinigten Staaten als Ersatz ein Gebiet im Staat Alabama, das sie den ›Staat Marengo‹ nannten, mit der Hauptstadt Aigleville (Adlerstadt). Die neue Niederlassung gedieh nicht, und unter dem liberalen Ministerium Decazes kehrten die meisten Exilierten nach Frankreich zurück.

113 Franz-Joseph Gall (1758–1828), deutscher Arzt, Erfinder der Phrenologie, der Schädellehre: Er versuchte, aus den Buckeln des Schädels, die dem Gehirn entsprechen sollten, auf Eigenschaften und Begabungen zu schließen. Seine (wissenschaftlich nicht haltbare) Lehre blieb in Deutschland erfolglos; als Gall nach Paris gegangen war und eine Französin geheiratet hatte, setzte er sich durch, vor allem in der großen Welt, wo die Schädellehre alsbald zu einer Art Gesellschaftsspiel wurde, das das mit Lavaters Physiognomik betriebene ablöste.

114 Das unter dem Direktorium durch einen neapolitanischen Eishändler an der Ecke der Rue de Richelieu gegründete Café Frascati wurde bald zu einem Restaurant und zum aristokratischsten aller Pariser Spielsäle. ›Frascati‹ war von vier Uhr nachmittags bis zwei Uhr morgens geöffnet. Man bekam am Eingang keine Nummern wie im Palais-Royal, und auch Damen waren zugelassen. Dafür war eleganteste Kleidung Vorschrift. Es wurde dort Roulette, Trente-et-quarante und Krebs gespielt. Auch konnten dort Empfänge, Soupers und Bälle veranstaltet werden. ›Frascati‹ schloß am 31. Dezember 1837 seine Pforten, als alle Spielsäle verboten wurden.

115 Dieser Hutmacher hatte seine Geschäft in der Rue Vivienne Nr. 26.

116 Heute der Kreuzungspunkt der Rue und des Boulevard de Courcelles.

117 ›Abyssus abyssum invocat‹. Lateinisch: Ein Abgrund ruft den andern, d. h. eine Sünde zieht die andere herbei (Psalm 41,8).

118 Kosmetische Erfindungen des Parfümhändlers César Birotteau. Siehe Balzacs Roman dieses Titels.

119 Das Phosphor-Feuerzeug bestand aus einem Phosphor enthaltenden Fläschchen, mit dessen Hilfe man geschwefelte Hölzchen entzündete, vor der Erfindung der Streichhölzer.

120 Leuchtgas, das nicht durch Röhren, sondern in tragbaren Flaschen in die Wohnungen gebracht wird.

121 Die Überschuhe hatten damals Holzsohlen; die Gummischuhe waren noch nicht erfunden.

122 Das Funktionieren der hydrostatischen Lampe beruhte auf dem Unterschied der Dichtigkeit der verbrennenden Flüssigkeit und einer anderen. Philippe de Girard erfand eine hydrostatische Lampe mit Öl und Wasser, deren Licht jedoch zu schwach war.

123 Von der Übersetzung der folgenden Anagramme ist abgesehen worden; sie sind nur als solche merkwürdig, und ihre Übertragung würde dem des Französischen gänzlich Unkundigen nichts sagen.

124 Der Abbé Charles Genest (1639–1719) war der Lehrer der Mlle de Blois, der Tochter Ludwigs XIV. und der Mme de Montespan; er gehörte dem literarischen Kreis um die Herzogin von Maine am Hof zu Sceaux an. Einige Tragödien und eine Versdichtung öffneten ihm die Pforten der Académie.

125 Louis, Herzog von Burgund (1682–1712), Enkel Ludwigs XIV. und Vater Ludwigs XV., Schüler Fénélons, der für ihn seinen ›Télémaque‹ schrieb und dem es gelang, den ungestümen Charakter des Prinzen zu mäßigen.

126 16. Dezember 1824.

127 Anmerkung Balzacs.

128 Von Balzac erfundene Verlegergestalt.

129 Diese Pension ist der Schauplatz von Balzacs Roman ›Vater Goriot‹.

130 Das Pariser Rathaus, ursprünglich 1533 im Renaissancestil nach den Plänen des italienischen Architekten Domenico Boccadoro da Cortona erbaut, 1871 beim Aufstand der Kommune niedergebrannt, 1874–1882 vergrößert neu errichtet.

131 Die Straße mündete mit einer Arkade auf die Place de l'Hôtel-

de-Ville; sie verschwand beim Neubau und der Vergrößerung des Rathauses.

132 Unübersetzbares Wortspiel mit ›dedans‹ (darin) und ›des dents‹ (Zähne).

133 Französisch: ›Zum saugenden Kalb‹.

134 Die Seiden-Firma des obenerwähnten Camusot.

135 Mit Kapillarsirup gesüßter Tee.

136 Siehe Anmerkung 95.

137 Pseudonym des Doktors François Eusèbe de Salle, der 1819/20 zusammen mit Pichot Lord Byrons Werke ins Französische übersetzte.

138 Unter dem Kaiserreich von den Kindern des berühmten Kunstreiters Adolphe Franconi gegründet, anfangs im Boulevard du Temple, seit 1840 an den Champs-Elysées.

139 ›Victoires et Conquêtes des Français‹, ein Werk der Generale Beauvais, Thiébaut und Parisot, eine Art heroischer Geschichte Frankreichs, erschien 1817 bis 1821 in vierundzwanzig, 1828 bis 1829 in vierunddreißig Bänden. Der Hauptteil, achtundzwanzig Bände, ist den Kriegen der Revolution, des Kaiserreichs und der Restauration gewidmet. Der große Erfolg beruhte darauf, daß die Berichte und Bulletins aus dem ›Moniteur‹ nachgedruckt wurden. Das Werk, nichts als eine Kompilation, trug wesentlich zur Entstehung der Napoleon-Legende bei und war eine der Waffen der liberalen Opposition. Es kam an Wirkung den Liedern Bérangers gleich.

140 Simón Bolívar (1783–1830), geboren in Caracas, studierte in Spanien, bereiste Europa und stellte 1812 sich selbst und sein Vermögen den aufständischen südamerikanischen Kolonien in ihrem Freiheitskampf gegen Spanien zur Verfügung. Er kämpfte erst unter General Miranda, dann als Oberkommandierender, und nach einer Reihe von Rückschlägen und Erfolgen gelang ihm die Vertreibung der Spanier. 1824 waren sämtliche Kolonien befreit und als Republiken zu einer Föderation vereinigt, die Bolívar regierte. Indessen kam es zu inneren Kämpfen, und der Diktator wurde der Tyrannei beschuldigt. Er beschloß nach seiner Abdankung nach Europa zu gehen, starb aber kurz vor der Einschiffung.

141 Pierre-Jean de Béranger (1780–1857), Liederdichter, erst epikureisch, dann patriotisch und politisch. Viele seiner Lieder sind noch heute populär.

142 General Maximilien-Sébastien Foy (1775–1825) hatte während

der Republik unter Masséna und Moreau gekämpft, unter dem Kaiserreich an den Feldzügen in Spanien und Portugal und schließlich an denen von 1815 (Waterloo) teilgenommen. Während der Schreckensherrschaft wurde er gefangengesetzt, 1801 trieb er in der Armee Opposition gegen den Ersten Konsul. Unter der Restauration schied er aus dem Militärdienst aus und ließ sich 1819 zum Abgeordneten des Départements Aisne wählen. In der Kammer erkannte er sogleich seine Berufung: Dieser General war der geborene Parlamentarier. Er gehörte stets der liberalen Opposition an und war ein erbitterter, redegewaltiger Gegner sämtlicher Ministerien Ludwigs XVIII. Das machte ihn populär. Sein Tod galt der liberalen Presse als ein nationales Unglück. Die öffentliche Sammlung für seine Kinder ergab rasch mehr als eine Million.

143 Jacques Laffitte (1767–1844), Sohn eines Zimmermanns, anfangs Angestellter des Bankhauses Perregoux, 1800 dessen Teilhaber. 1814 Gouverneur der Bank von Frankreich, 1816 Abgeordneter. Er wurde beständig wiedergewählt, gehörte stets der Linken an, bekämpfte alle Maßnahmen sämtlicher Restaurationsministerien und trieb zum Widerstand gegen die Ordonnanzen vom Juli 1830. In seinem Hause versammelten sich die Aufrührer; der Vorschlag, dem Herzog Louis-Philippe von Orléans erst die Regentschaft, dann den Thron anzubieten, ging von ihm aus. Er war der erste vom Bürgerkönig ernannte Ministerpräsident. Er vertrat die Politik des ›Mouvement‹, des Fortschritts, was dem König mißfiel. Am 13. März 1831 wurde das Kabinett Laffitte gestürzt. Die Revolution von 1830 hatte Laffitte sehr viel Geld gekostet; die vollständige Wiederherstellung seines Vermögens ist ihm, bei aller Bemühung, nie gelungen.

144 Casimir Delavigne (1793–1843), Lyriker und Dramatiker. ›Les Messéniennes‹ rufen mit rhetorischem Schwung zu Nationalstolz und liberalen Ideen auf.

145 Anhänger des die italienische Einheit und Freiheit anstrebenden Geheimbundes der Carbonari, der auch auf Frankreich übergegriffen hatte.

146 Paul-Louis Courier de Méré (1772–1825), Gräzist und politischer Schriftsteller.

147 Von Balzac erfundene Gestalt eines idealistischen Republikaners, der heimlich die Fürstin von Cadignan liebte und bei Saint-Merri fiel. (Siehe Balzac, ›Die Geheimnisse der Fürstin von Cadignan‹.)

148 Constantin, Graf de Volney (1757–1820), Gelehrter, gerechter und liberaler Geist.

149 Die Herzogin von Angoulême.

150 Als der Nationalgarde Angehörende.

151 Wortspiel mit ›garde‹, Krankenpflegerin und ›garde‹, Garde. Der Satz parodiert den berühmten, dem General Cambronne, Kommandeur der alten kaiserlichen Garde in der Schlacht bei Waterloo, zugeschriebenen Ausspruch, als er zur Kapitulation aufgefordert wurde: ›Die Garde stirbt, doch sie ergibt sich nie!‹ Tatsächlich soll Cambronne nur ein einziges Wort gesprochen haben, das etwa der bekannten Antwort des Götz von Berlichingen entspricht.

152 Das Buchstabenspiel läßt sich im Deutschen nicht wiedergeben. Der Satz lautet: »Karl X., von Gottes Gnaden König von Frankreich und Navarra.«

153 Heinrich V. wurde von seinen Anhängern Herzog von Bordeaux genannt. Der Dauphin ist der kinderlose Herzog von Angoulême.

154 Conrad Malte-Brun (1775–1826), dänischer Publizist und Geograph, schrieb u. a. einen ›Abriß der allgemeinen Geographie‹.

155 Karl X., 1830 entthront, starb tatsächlich 1836 in Görz, dem heutigen Gorizia. Die Stadt liegt in Venetien am Isonzo.

156 Französisch: Hahnrei. Alte Schreibweise, jetzt cocu.

157 Etwa: »Lache über den Gänseanbeller!«

158 Ludwigs XVIII. im Jahre 1814, nach Napoleons erster Abdankung.

159 Anton Reicha (1770–1836), geboren in Prag, Schüler Mozarts und Haydns, mit dem jungen Beethoven befreundet, seit 1804 Musiklehrer in Paris, Verfasser einer geschätzten Kompositionslehre, Komponist zahlreicher Kompositionen für Orchester- und Kammermusik. Seine Opern hatten nur geringe Erfolge. 1835 wurde er als Boïeldieus Nachfolger in die Académie gewählt.

160 Wortspiel mit ›souverain‹, Herrscher und ›souverain‹, Sovereign (ein Pfund Sterling).

161 Wo das Abgeordnetenhaus, das ehemalige Palais Bourbon, gelegen ist. Concorde, französisch Eintracht.

162 Wo der Sitz der Pairskammer sich befand.

163 Von Balzac erfundene Dichtergestalt, der als Vorbild Lamartine gedient hat. (Siehe Balzacs Romane ›Modeste Mignon‹ und ›Memoiren zweier Jungvermählter‹.)

164 Das Gefängnis Sainte-Pélagie in der Rue de la Clef diente bis 1826 als Schuldgefängnis; seit jenem Jahr wurden säumige Schuldner in dem Gefängnis in der Rue de Clichy festgesetzt. Sainte-Pélagie diente später der Unterbringung von politischen Häftlingen.

165 Lateinisch: in den Ländern (der Ungläubigen). Gebraucht für Bischöfe, die diesen Titel nur ehrenhalber führen, aber keine Funktion ausüben.

166 Jacques-Charles Odry (1781–1853), Schauspieler von unvergleichlicher Komik, die er bis zur Hanswursterei zu steigern wußte, ohne vulgär zu wirken.

167 Das ›Journal des Débats‹, 1789 gegründet, schwankte während des Kaiserreichs zwischen Loyalität und Opposition. Während der Restauration blieb das Blatt seinen liberalen Tendenzen getreu und steuerte der konstitutionellen Opposition zu; doch Chateaubriands Einfluß führte es zu der Gruppe der ›Ultras‹ zurück. Nach Villèles Sturz kehrte es zur liberalen Opposition zurück und stützte den breiten Flügel der Mitte. Obwohl die ›Débats‹ die Politik Martignacs unterstützt und diejenige Polignacs bekämpft hatten, zollten sie der Juli-Revolution keinen Beifall, sondern nahmen sie lediglich hin, schlossen sich aber dann sogleich Louis-Philippe an. Sie wurden ein Regierungsblatt, und die Redakteure standen in enger Verbindung zu den Fürsten: Cuvillier-Fleury wurde der Lehrer des Herzogs von Aumale; Bertin de Vaux wurde Pair von Frankreich. 1848 wandten die ›Débats‹ sich von der aktiven Politik ab; unter dem Zweiten Kaiserreich hielten sie sich abwartend zurück.

168 François-René, Vicomte de Chateaubriand (1768–1848), Dichter (als solcher von großem Einfluß auf die Romantik) und Staatsmann, war seit 1821 Außenminister im Kabinett Villèle und wurde 1824 durch eine königliche Verfügung abgesetzt. Er schloß sich daraufhin der liberalen Opposition an und begann im ›Journal des Débats‹ den Kampf für die Unabhängigkeit Griechenlands und die Pressefreiheit.

169 Pierre-Paul Royer-Collard (1763–1845) war während des Direktoriums Mitglied des Rats der Fünfhundert und während des Kaiserreichs Professor der Philosophie gewesen. Er war Royalist und trat 1815 in die ›Unauffindbare Kammer‹ ein. Später wechselte er dann zur Partei der ›Doktrinäre‹ über, deren Theoretiker er wurde. Die Revolution von 1830 fand in ihm einen ihrer entschlossensten und redegewandtesten Gegner.

170 Im Jahre 1795 landeten zahlreiche Emigranten, ermutigt durch die bevorstehende Beseitigung des Konvents und die royalistische Reaktion der Pariser Sektionen, unter dem Schutz eines englischen Geschwaders bei Quiberon an der bretonischen Küste; die aufständischen Vendéer unter Cadoudal vereinigten sich mit ihnen. General Hoche rückte mit seinen Truppen an, warf das kleine Heer der Insurgenten auf die Halbinsel zurück und trieb es ins Meer. Die Uneinigkeit der royalistischen Führer, die keine Verbindung mit dem englischen Geschwader, das sie hätte unterstützen sollen, gehalten hatten, machte Hoche den Sieg leicht. Ein großer Teil der Vendéer ertrank beim Versuch, das Geschwader, das gleichgültig zuschaute, schwimmend zu erreichen. Ein anderer Teil ergab sich, um das Leben zu retten, dem General Humbert. Aber Hoche hatte vom Konvent strengen Befehl, in keine Kapitulation einzuwilligen; er mußte 711 Gefangene wider seinen Willen erschießen lassen. Diese Katastrophe kostete die royalistische Partei über 1200 Tote. Die Schuld wurde der Ungeschicklichkeit des Grafen von Artois zugeschrieben, der der Flucht seiner Parteigänger von einem englischen Schiff aus in aller Ruhe zugeschaut hatte. »Die Feigheit Ihres Bruders hat alles verschuldet«, schrieb Charette an Ludwig XVIII.

171 Nicolas-Toussaint Charlet (1792–1845), Graphiker, Lithograph; bekannt durch Szenen aus dem Soldatenleben, Darstellungen alter Haudegen.

172 Die Regierung der Restauration war trefflich gewappnet gegen die Presse der liberalen Opposition, aber nicht minder gegen die Zeitungen der Royalisten. Das Ministerium Villèle beschloß also, sie aufzukaufen. Eine Schuldentilgungskasse von etwa zwei Millionen wurde zu diesem Zweck konstituiert, mit Geheimmitteln der Polizei, des Innen- und des Außenministeriums sowie Subsidien der Zivilliste. Auf diese Weise wurden nach und nach ›La Foudre‹, ›L'Oriflamme‹, ›Le Drapeau blanc‹, ›La Gazette de France‹ und ›Le Journal de Paris‹ aufgekauft.

173 Das Wortspiel beruht auf dem annähernden Gleichklang von »Rirez et parierez« (was du Bruel sagt) und »Rirez et pas rirez« (was Thuillier sagt).

174 Lazare Hoche (1768–1797), General, während der Revolution Kommandeur der Moselarmee. Während der Schreckensherrschaft als verdächtig für kurze Zeit eingekerkert, dann beauftragt, die Vendée zu befrieden (vgl. Anmerkung 170). Eine der größten und lautersten Gestalten der Revolution.

175 Jean-Lambert Tallien (1767–1820), Konventsmitglied, Gegner der Girondisten, trug zur Krise des 9. Thermidor (Sturz Robespierres) bei.

176 ›Collection des Mémoires relatifs à la Révolution française‹, ab 1822 von Berville und Barrière publiziert, besteht, da die Protagonisten der Revolution fast alle schon gestorben waren, aus Erinnerungen von Persönlichkeiten zweiten Ranges, Royalisten und Republikanern. Die Sammlung umfaßt 40 Oktavbände.

177 Unübersetzbares Wortspiel mit ›cran‹, Einschnitt, Kerbe und ›crâne‹, Schädel, Hirnschale und zugleich Tollkopf.

178 In Boulogne-sur-Mer zog Napoleon 1805 ein Heer zusammen, um nach England überzusetzen. Das Unternehmen wurde aufgegeben.

179 1812.

180 Wortspiel: Domino bezeichnet einerseits das Domino-Spiel, andererseits lateinisch: dominus, der Herr, Gott.

181 Abermals ein Wortspiel: ›charte‹ bedeutet ›Freibrief‹, zugleich aber ›Verfassung‹, spielt also auf die Verfassung Ludwigs XVIII. von 1814 an, die dem Royalisten Balzac als mit dem Königtum unvereinbar galt.

182 Siehe Anmerkung 111.

183 Lateinisch: »Streitfälle haben ihre Gestirne.« Abwandlung des Aphorismus des Terentius Maurus: »Habent sua fata libelli ...« (»Bücher haben ihre Schicksale ...«)

184 Königliches Amt für Almosenpflege. Im Jahre 1829 waren die Würdenträger der Grande-Aumônerie: Groß-Almosenier der Kardinal Fürst von Croy, Erzbischof von Rouen, Pair von Frankreich; Erster Almosenier Graf Frayssinous, Titularbischof von Hermopolis, Pair von Frankreich, ehemaliger Minister für kirchliche Angelegenheiten.

185 Jener Goldschmied hieß in Wirklichkeit Charles Cahier; Balzac hat aus naheliegenden Gründen den Namen absichtlich in Gohier abgeändert.

186 Von Balzac erfundene Malergestalt. Vgl. die Novelle ›Das Haus zum ballspielenden Kater‹.

187 Vgl. Anmerkung 167.

188 Die Herzogin von Angoulême, Tochter Ludwigs XVI. und Schwiegertochter Karls X.

189 Siehe Balzacs Novelle ›Madame Firmiani‹.

190 Théodore-Agrippa d'Aubigné (1552–1630), Waffengefährte Heinrichs IV. und satirischer Dichter, Großvater der Mme de Maintenon.

191 Das Zeichen für die ›Verwandlung‹ bei offenem Vorhang.

192 Anspielung auf La Fontaine, Fables V, 14.

193 Gestalten aus Molières ›L'Étourdi‹ (1655).

194 ›Petit-Château‹, Kleines Schloß, wurde die engste Umgebung des Königs genannt, im Gegensatz zum ›Château‹, in welcher Bezeichnung der gesamte Hofstaat zusammengefaßt wird.

195 Balzac schreibt diesen Namen bald ›Féraud‹, bald ›Ferraud‹. Es handelt sich um die Frau des Obersten Chabert, die, da sie ihren Mann in der Schlacht bei Preußisch-Eylau (Februar 1807) gefallen glaubte, einen Grafen Ferraud geheiratet hatte; Balzac bezeichnet sie als die letzte Geliebte Ludwigs XVIII. Siehe Balzacs Roman ›Oberst Chabert‹.

196 Der Juwelier Fossin, der Nachfolger des kaiserlichen Goldschmieds Nitot, hatte sein Geschäft in der Rue de Richelieu Nr. 78.

197 Der Berliner Eisenguß war in den Jahren nach den Befreiungskriegen berühmt geworden; die Entwürfe lieferte u. a. Schinkel.

198 Feengestalt aus Perraults Märchen.

199 Bertrand Barère (1755–1841), Mitglied des Konvents, betrieb nachdrücklich die Hinrichtung Ludwigs XVI. Als Mitglied des Wohlfahrtsausschusses schmeichelte er zunächst Robespierre, ließ ihn aber im Stich, als er ihn bedroht sah, und überhäufte ihn nach seinem Sturz mit Schmähungen. Die Thermidor-Reaktion bedrohte Barère seinerseits; er wurde zur Deportation verurteilt und hielt sich bis zum 18. Brumaire verborgen. Während des Kaiserreichs beschäftigte er sich lediglich mit Geschichte und Literatur; die Restauration verbannte ihn als Königsmörder; erst unter Louis-Philippe kehrte er nach Frankreich zurück.

200 ›Le Miroir (der Spiegel) des spectacles, des lettres, des moeurs et des arts‹ erschien vom 15. Februar 1821 bis zum 24. Juni 1823.

201 Am 16. Juli 1823 erschien ›Le Miroir‹ aufs neue, und zwar unter dem Titel ›La Pandore‹. Die Zeitung ging im August 1828 ein, weil sie die Kaution nicht zahlen konnte, die das Gesetz vom 18. Juli 1828 verlangte. ›Le Miroir‹ und ›La Pandore‹ gehörten zu den geistreichsten und volkstümlichsten Zeitungen der Restauration. Obgleich nicht politisch im eigentlichen Sinne, erregten ihre

boshaften Anspielungen den Unwillen der Zensur, die einen berühmt gebliebenen Prozeß anstrengte. Die »politischen Sarkasmen«, die den Hauptpunkt der Anklage bildeten, wurden bei der Verhandlung zum Jubel der Zuhörer verlesen; die Angeklagten wurden freigesprochen.

202 Der ›Figaro‹ wurde unter der Restauration gegründet, hatte aber in seiner ursprünglichen Gestalt nur eine kurze Lebensdauer.

203 ›L'Étoile‹ (der Stern), eine Abendzeitung, erschien vom 21. Oktober 1820 bis Ende Juni 1827. Am 1. Juli jenes Jahres wurde sie mit der ›Gazette de France‹ vereinigt. Sie stand unter dem Schutz der Polizei, die jede Polemik anderer Zeitungen und alle gegen das Blatt angestrengten Klagen vereitelte.

204 Lateinisch: placet, es beliebt. Daraus die ältere französische Wendung placet, Bittschrift, heute pétition. Der Minister macht einen mäßigen Wortwitz.

205 Die heutige Rue Cujas.

206 Wortspiel mit ›mémoire‹, Gedächtnis und ›mémoire‹, Schuldschein.

207 Während der Minderjährigkeit Ludwigs XV. führte Herzog Philipp von Orléans, der Sohn der Liselotte von der Pfalz, 1715–1723 die Regierungsgeschäfte. Jene Zeit, die Reaktion auf die letzten Jahre Ludwigs XIV., galt, da sie heiter und lebensfroh war, als besonders »sittenlos«, was durch die tendenziöse Literatur der Revolution noch übertrieben wurde.

208 Balzac hat hier übersehen, daß er die Marquise schon hatte weggehen lassen.

209 Michel Le Tellier, Marquis de Louvois (1639–1691), Staatsmann und Verwaltungsbeamter, Reorganisator der Armee unter Ludwig XIV., Anreger der Verwüstung der Pfalz.

210 Jean-Baptiste Colbert (1619–1683), einer der größten Minister Frankreichs, Sohn eines Tuchhändlers, durch Mazarin, dessen Vertrauensmann er war, an Ludwig XIV. empfohlen. Generalkontrolleur der Finanzen, die er reorganisierte. Förderer der Künste und Wissenschaften.

211 Armand-Jean du Plessis, Kardinal de Richelieu (1585–1642), Minister Ludwigs XIII., einer der größten französischen Staatsmänner.

212 Pierre Jeannin (1540–1622), Präsident des Parlamentsgerichts in Dijon, anfangs duldsam gegenüber den Hugenotten, später der Liga angehörend. Heinrich IV. machte ihn zum Finanzintendan-

ten. Bei verschiedenen Missionen im Ausland vertrat er erfolgreich die Interessen Frankreichs. Der sterbende König empfahl ihn Maria von Medici.

213 Entweder Nicolas de Villeroi (1598–1685), Marschall von Frankreich, Erzieher Ludwigs XIV., oder dessen Sohn François de Villeroi (1644–1730), Marschall von Frankreich, feiner Höfling, als Feldherr erfolglos.

214 Maximilian de Béthune, Baron de Rosay, Herzog von Sully (1559–1641), Minister und Freund Heinrichs IV.

215 Italienisch: süßes Nichtstun.

216 Lateinisch: Daher die Wut (Juvenal, Satiren I, 168).

217 Unübersetzbares Wortspiel mit »Ris au laid« (Lache über den Häßlichen) und »Riz au lait« (Milchreis).

218 François-Joseph Talma (1763–1826), Tragöde, Lieblingsschauspieler Napoleons, Reformator der Kostüme und des Bühnenbilds sowie der Sprechweise der Schauspieler, die er von der tragischen Emphase zum natürlichen Vortragston zurückführte.

219 Jean-François-Louis Bories (1795–1822), Feldwebel im 45. Linienregiment, das 1821 in Paris in Garnison stand, hatte in seinem Regiment eine ›Venta‹ (Zelle) der Charbonnerie organisiert und seine Kameraden Goubin, Pommier und Goupillon zum Beitritt veranlaßt. Als im Januar 1822 sein Regiment von Paris nach La Rochelle verlegt wurde, erhielt Bories die Nachricht, er werde unterwegs und am Ziel Instruktionen der ›Obersten Venta‹ erhalten. Unmittelbar nach der Ankunft in La Rochelle wurde Bories auf einige Verdachtsmomente hin verhaftet. Es war zu derselben Zeit, da Bertons Verschwörung (siehe Anmerkung 220) in Thouars ausbrach und in Saumur scheiterte. Unkluge Äußerungen und Indiskretionen führten zur Verhaftung von Bories' Komplicen, bevor sie sich mit Berton ins Einvernehmen setzen konnten, der nach La Rochelle zurückgekehrt war und sich dort verborgen gehalten hatte. Sie gestanden schließlich, und Goupillon deckte die Fäden der Verschwörung auf. Vor dem Seine-Gericht wurde der Denunziant Goupillon freigesprochen, und Goubin, Pommier und Bories zum Tode verurteilt. Trotz der Bemühungen ihrer Freunde von der Charbonnerie wurden alle drei am 21. September 1822 hingerichtet.

220 Der General Jean-Baptiste Berton (1769–1822), der sich in den Kriegen des Kaiserreiches ausgezeichnet hatte, wurde durch die Restauration auf Halbsold gesetzt. Er schloß sich daraufhin der

Charbonnerie an, dem französischen, aus Bonapartisten und andern Gegnern der Bourbonen bestehenden Zweig des italienischen Geheimbunds der ›Carbonari‹ (Kohlenbrenner), der die italienische Unabhängigkeit und Einheit verfocht. Im Wissen, daß sich in den westlichen Provinzen Frankreichs eine große Erhebung des Militärs und des Volkes vorbereitete, ging Berton Ende 1821 nach Saumur, um die Leitung der Bewegung zu übernehmen. Nach mancherlei Verzögerungen und Gegenbefehlen brach die Bewegung am 24. Februar 1822 aus, aber nicht in Saumur, sondern in Thouars. Es wurde mit einer gleichzeitigen Revolte in acht Départements gerechnet; im letzten Augenblick, teils aus mangelndem Einvernehmen, teils aus Furchtsamkeit, wich alles zurück, und Berton konnte lediglich mit 130 Mann auf Saumur marschieren. Die Stadt schloß ihm die Tore. Der Handstreich war mißglückt. Berton hielt sich zwei Monate lang in La Rochelle verborgen, versuchte im Mai einen neuen Handstreich auf Saumur, der gleichfalls fehlschlug, wurde in einen Hinterhalt gelockt und am 17. Juni verhaftet. Das Schwurgericht zu Poitiers verurteilte ihn zum Tode; am 5. Oktober 1822 wurde er hingerichtet.

221 Michel Ney (1769–1815), Herzog von Elchingen, Fürst von der Moskwa, Marschall von Frankreich, zeichnete sich in den Kriegen der Revolution und des Kaiserreichs aus und erhielt den Beinamen ›der Tapferste der Tapferen‹. Ludwig XVIII. ernannte ihn zum Pair von Frankreich. Während der Hundert Tage schloß er sich Napoleon an, kämpfte bei Waterloo, wurde nach der Rückkehr Ludwigs XVIII. des Verrats bezichtigt, von einem Pairsgericht zum Tode verurteilt und im Jardin du Luxembourg erschossen. Das Urteil erregte großen Unwillen in weiten Kreisen.

222 Auguste-Joseph Caron (1774–1822), Oberst des Kaiserreichs, wurde 1820 in ein bonapartistisches Komplott verwickelt und durch die Pairskammer freigesprochen. Er zog sich nach Colmar zurück, trat in Verbindung zu einigen Unteroffizieren der Garnison, um die Gefangenen der vorhergegangenen Verschwörung in Belfort zu befreien, wurde denunziert, verhaftet, von einem Straßburger Kriegsgericht zum Tode verurteilt und erschossen.

223 Die Zwillingsbrüder César und Constantin Faucher (1759–1815) waren seit 1780 Dragoneroffiziere, kämpften in der Vendée für die Republik und wurden zu gleicher Zeit zu Brigadegenerälen befördert. Beide waren unter dem Kaiserreich in der Verwaltung ihres Départements beschäftigt. Ihre zweideutige politische Haltung im Jahre 1814 gereichte ihnen zum Verderben. Sie wurden

unter der zweiten Restauration bezichtigt, sie hätten die weiße Fahne der Bourbonen durch ein Infanteriebataillon mit Füßen treten lassen; sie wurden vor ein Kriegsgericht gestellt, zum Tode verurteilt und am 17. September 1815 beide hingerichtet.

224 Wortspiel mit ›réponse‹, Antwort, und ›raiponce‹, Rapunzel.

225 Als ›die Doktrin‹ oder ›die Doktrinäre‹ wurde während der Restauration die später ›Juste-Milieu‹ genannte Partei der konstitutionellen Royalisten bezeichnet, die sich als Ziel gesetzt hatte, »das Königtum zu nationalisieren und Frankreich zu royalisieren«. Sie bekämpfte die Folgeerscheinungen der Ideen der Revolution, aber nahm die Revolution hin als ein Geschehnis innerhalb der »historischen Evolution«. Obwohl sie sich auf die Überlegenheit der Vernunft und die Lehren der Geschichte berief, ist nicht einzusehen, daß ihre politische Philosophie etwas anderes gewesen sei als ein recht plumper, verworrener, schlecht unterrichteter evolutionistischer Fetischismus. Durch die Thronbesteigung des Hauses Orléans wurden die Wünsche der ›Doktrinäre‹ erfüllt; sie blieben während der ganzen Regierungszeit Louis-Philippes an der Macht, zumal durch Guizot.

226 Guy Chabot, Graf de Jarnac, Höfling Heinrichs II., berühmt durch sein Duell gegen La Châtaigneraie im Jahre 1547, aus dem er durch einen besonders geschickten, aber tückischen Hieb als Sieger hervorging. Er fiel 1568 in einem anderen Zweikampf.

227 Menus-Plaisirs: Während der Restauration, die damit den Brauch der ehemaligen Monarchie aufgriff, unterstanden die Theater den ›Menus-Plaisirs‹ des Königs und damit der Verwaltung des königlichen Haushalts. Demgemäß waren sie der Überwachung durch die Kammerherren unterworfen, denen in jedem Theater eine Loge reserviert war.

228 Die berühmte ›Verleumdungsarie‹ im ›Barbier von Sevilla‹. Auch, als Prosatirade, in Beaumarchais' Komödie gleichen Titels.

229 Bei den Wahlen von 1824, die der Kammerauflösung vom vorhergegangenen Dezember folgten, gehörten von 430 gewählten Abgeordneten nur 15 der Linken an. Die Zahl dieser Opponierenden wurde durch Überläufer aus den Reihen der Doktrinäre auf 19 erhöht.

230 Paul, Vicomte de Barras (1755–1829), Mitglied des Konvents, dann des Direktoriums; er sorgte dafür, daß Bonaparte den Oberbefehl über die Truppen in Italien erhielt.

231 Joseph, Graf de Villèle (1773–1854), Staatsmann, während der

Restauration Haupt der Ultra-Royalisten, Präsident des Staatsrats von 1821–1825, machte sich unpopulär durch das Gesetz, das den Emigranten Milliarden zur Entschädigung zusprach, und das Gesetz, das Gotteslästerung mit dem Tode bestrafte.

232 Italienisch: Mit der Zeit.

233 Das berühmte Künstlercafé bei St.-Germain-des-Prés.

234 Diese Gesellschaft, die es sich als Ziel gesetzt hatte, mit allen gesetzlichen Mitteln, zumal den Wahlen, den reaktionären Bestrebungen der Ultras und der Congrégation entgegenzuarbeiten, tarnte in Wirklichkeit die revolutionäre Propaganda der ›Ventes‹ (Zellen) der Charbonnerie. Ihr Organ war der ›Globe‹. Sie hatten großen Anteil an der Juli-Revolution von 1830.

235 André-Hercule de Fleury (1654–1743), Kardinal, Minister Ludwigs XV. Balzac schätzt diesen großen Staatsmann und Verwaltungsbeamten, dessen segensreiches Wirken erst in neuester Zeit, an Voltaires Urteil anknüpfend, gerecht gewürdigt wird, zu gering ein. Fleury ordnete das Finanzwesen und erhielt, mit dem englischen Minister Walpole zusammenarbeitend, den Frieden. Den Polnischen Erbfolgekrieg vermochte er nicht mehr zu verhindern.

236 Anspielung auf Denis Frayssinous (1765–1841), den Titularbischof von Hermopolis, der der Hofprediger Ludwigs XVIII. gewesen war, und 1825 im Kabinett Villèle Minister für das öffentliche Unterrichtswesen wurde. Gleichzeitig war er der Groß-Almosenier Karls X. und galt als Schirmherr der Congrégation. Als diese 1826 in der Abgeordnetenkammer öffentlich diskriminiert wurde, gab Frayssinous loyal deren Bestehen zu, versuchte indessen, die erhobenen wilden Beschuldigungen zu entkräften. Dies loyale, aber politisch unkluge Eingeständnis mobilisierte die Opposition zum Kampf gegen die ›Priester-Partei‹ und wurde von Frayssinous' Ministerkollegen mißbilligt. Dieser blieb jedoch 1828 unter Polignac Minister der kirchlichen Angelegenheiten. Er widerstrebte den Juli-Ordonnanzen und verließ mit Karl X. Frankreich. Der König ernannte ihn zum Erzieher des Herzogs von Bordeaux, des Sohnes des 1820 ermordeten Thronfolgers.

237 Beim Begräbnis des ehemaligen kaiserlichen Generals Maximilien Lamarque (1770–1832), der unter der Restauration und der Juli-Monarchie Abgeordneter der Opposition gewesen war, am 5. Juli 1832, kam es zu Aufständen, die seit dem Tode des Premierministers Casimir Périer geschwelt hatten. Der Aufstand setzte am Pont d'Austerlitz ein, als der Leichenzug des Generals dort vorbei-

fuhr, und dehnte sich auf die ganze Osthälfte von Paris aus. Trotz dieses Anfangserfolgs weigerten die Häupter der Republikaner sich, die Führung zu übernehmen. Dadurch gewannen Regierung und Nationalgarde wieder Mut. Der Aufstand wurde niedergeworfen; am 6. Juni erlagen 120 Aufrührer unter dem Befehl eines jungen Arbeiters namens Jeanne nach zwölfstündigem Kampf den Angriffen der Nationalgarde, die zu ihrer Unterstützung Artillerie einsetzen mußte. Dennoch gelang es einem Teil der Aufständischen, die Zernierung zu durchbrechen und zu entkommen. Sechs der Insurgenten, darunter Jeanne, wurden zur Deportation verurteilt. Balzac gibt eine packende Schilderung des Kampfes am Kloster Saint-Merri in seinem Roman ›Die Geheimnisse der Fürstin von Cadignan‹.

238 Die Zensur war bei der Thronbesteigung Karls X. abgeschafft, aber 1827 für einige Monate wieder eingeführt worden. Dennoch blieb sie einer der Hauptangriffspunkte der Opposition gegen die Regierung. Daher enthielt die Charte (Verfassung) von 1830 den Paragraphen: »Die Zensur kann und darf nie wieder eingeführt werden.«

239 Der jüngere Zweig des bourbonischen Königsgeschlechts, die Orléans.

240 Lateinisch: »Die Götter waren für den Sieger, aber Cato für den Besiegten.« Hexameter aus dem Epos ›Pharsalia‹ des Lucanus (I, 128).

241 Unübersetzbares Wortspiel mit dem Namen ›Desroys‹ und ›des rois‹.

242 Hier endet der Text des Zeitungsvorabdrucks. Den folgenden Schluß fügte Balzac, ohne daß er vorher gedruckt erschienen wäre, der Buchausgabe von 1838 an.

243 François, Herzog von La Rochefoucauld (1613–1680), spielte eine wichtige Rolle in den Frondekämpfen und verbrachte den letzten Teil seines Lebens am Hofe. Er schrieb u. a. die berühmten ›Maximes et réflexions morales‹ (1665).

244 Lateinisch: Als Wolf in der Historie. Parodiert die bekannte Redensart »Lupus in fabula«, der Wolf in der Fabel, »wenn man von ihm spricht, dann kommt er«.

Biographische Notizen über die Romangestalten

Die Beamten

BAUDOYER, Isidore, geboren 1788, unterhielt lange gute Beziehungen zu dem Ehepaar Thuillier (›Die Kleinbürger‹). Später geriet er auf Abwege: Sein Amt als Bürgermeister eines Pariser Arrondissements hinderte ihn nicht daran, eine Geliebte auszuhalten, die geistreiche Héloïse Brisetout (›Vetter Pons‹).

BIDAULT, genannt Gigonnet, geboren 1755, Wucherer, machte 1816 mit Luigi Porta Geschäfte (›La Vendetta‹), 1819 mit Birotteau (›César Birotteau‹), später, 1826, mit Nucingen (›Das Bankhaus Nucingen‹), um dieselbe Zeit mit Gobseck (in der Novelle dieses Titels), und schließlich 1833 mit Nathan (›Eine Evastochter‹).

BIXIOU, Jean-Jacques, geboren 1797, Vetter von Philippe und Joseph Bridau durch seine Großmutter Descoings, bildete in Gros' Atelier seine Fähigkeiten als Karikaturist aus; sein Brot verdiente er als Beamter am Schatzamt. 1824 hatte er die Heirat Philippe Bridaus mit Flore Brazier begünstigt, aber später hintertrieb er bewußt die Ehe, die Philippe mit der Tochter des Grafen de Soulanges schließen wollte (›Die ‚Fischerin im Trüben'‹). Seine Beobachtungsgabe und sein Hang zur Satire setzten ihn ins Bild über alle Intrigen und Liebeleien der literarischen Bohème (›Die Muse des Départements‹; ›Verlorene Illusionen‹), der Welt der Dirnen (›Glanz und Elend der Kurtisanen‹; ›Tante Bette‹), der Geschäftswelt (›Das Bankhaus Nucingen‹; ›Ein Geschäftsmann‹) und vor allem der Beamtenwelt. Gegen Ende der Regierungszeit Louis-Philippes war er der beste Cicerone für alle Provinzler geworden, die sich in den Hintergründen des Pariser Lebens nicht auskannten.

CHABOISSEAU, Diskontierer des Buchhandels, hatte sein Kontor am Quai Saint-Michel und machte bereits 1822 Geschäfte mit Lousteau und Lucien de Rubempré (›Verlorene Illusionen‹). Unter Louis-Philippe stand er in Beziehungen zu der Firma Cérizet-Claparon (›Ein Geschäftsmann‹).

COLLEVILLE, der Pariser Steuereinnehmer und 1832 Offizier der Ehrenlegion geworden war, beschäftigte sich nur noch mit der Heirat der Tochter, die seine Frau von seinem Freunde Thuillier hatte. Nach langem Zögern gab er sie schließlich Félix Phellion (›Die Kleinbürger‹).

DES LUPEAULX, Clément Chardin, geboren um 1785, hatte sich zu Beginn der Restauration dem König, der sich in schwierigen Umständen befand, als nützlich und verschiedenen ehemaligen Emigranten als unentbehrlich erwiesen, indem er mehrere heikle Geschäfte durchführte (›Die Muse des Départements‹). Er verkehrte viel in der Welt der Journalisten und Dirnen und zog Liebesabenteuer und Intrigen allem übrigen vor (›Verlorene Illusionen‹). 1822 hatte er kaum seine Geliebte Esther Gobseck verlassen, als diese Lucien de Rubempré anheimfiel (›Glanz und Elend der Kurtisanen‹). Durch sein heuchlerisches Spiel erlangte des Lupeaulx schließlich die Grafenkrone, wurde Abgeordneter und gewann großen Einfluß (›Eugénie Grandet‹; ›Glanz und Elend der Kurtisanen‹). Dennoch kam er aus den Schulden nicht heraus und blieb von seinen Gläubigern abhängig, denen er gelegentlich als Zutreiber diente (›Ursule Mirouët‹).

DU BRUEL, Jean-François, geboren um 1797, Sohn eines Abteilungschefs im Innenministerium, war 1816 als Beamter ins Schatzamt eingetreten (›Die ‚Fischerin im Trüben'‹). Zumal seine Erfolge als Vaudevilleautor (›Verlorene Illusionen‹) trugen ihm die Gunst der Tänzerin Tullia ein, die er 1829 heiratete; ihre Intelligenz, ihr Ehrgeiz, ihre Geschmeidigkeit und ihre galanten Abenteuer brachten ihm einen Sitz im Institut, den Grafentitel und schließlich die Pairswürde (›Ein Fürst der Bohème‹).

DUTOCQ, geboren 1780, war 1840 in den Ruhestand versetzt worden und übte das Gewerbe des Aktuars am Friedensgericht des Arrondissements Panthéon aus. Er war Mieter bei seinem ehemaligen Kollegen Thuillier und nahm teil an den üblen Machenschaften Cérizets, seines Schreibers in der Kanzlei, und Théodoses de La Peyrade (›Die Kleinbürger‹).

FLEURY wurde 1840 verantwortlicher Redakteur des ›Journal de la Bièvre‹, einer Zeitung, deren Besitzer sein ehemaliger Kollege Thuillier war (›Die Kleinbürger‹).

GAUDRON, Abbé, war im Jahre 1824 Gast bei einem Abendessen des Grafen de Bauvan, wo er die Herren de Sérisy und de Granville kennenlernte, die beide, wie ihr Gastgeber, in unglücklicher Ehe lebten (›Honorine‹). 1826 führte er Mme Clapart zur Kirche zurück und empfahl ihren Sohn ein paar Jahre später der Dauphine (›Ein Lebensbeginn‹).

LA BILLARDIÈRE, Athanase-Jean-François-Michel Flamet, Baron de, hatte an den Vendée-Kriegen teilgenommen, nahm 1818 an dem Ball teil, den der Parfümhändler Birotteau (›César Birotteau‹) gab.

LA BRIÈRE, Ernest de, geboren 1802 in Toulouse, Privatsekretär des Dichters Canalis und Rat an der Oberrechnungskammer, heiratete im Februar 1830 Modeste Mignon (im Roman dieses Titels), nach einem Briefwechsel, in dem er unschuldigerweise die Rolle seines Chefs Canalis übernommen hatte. Jene Heirat trug ihm durch die Hand einer reizenden Frau Reichtum und Glück ein.

MINARD, Auguste-Jean-François, erlebte endlich, daß ihm das Glück lächelte. Nachdem er 1824 aus dem Beamtendienst ausgeschieden war, eröffnete er einen Großhandel mit gefälschten Kolonialwaren und später eine Schnapsbrennerei, die ihn zu einem der reichsten Kaufleute des Stadtviertels Saint-Victor machte. 1840 war er Bürgermeister des XI. Arrondissements und Konkurrent seines ehemaligen Kollegen und Freundes Thuillier bei der Abgeordnetenwahl (›Die Kleinbürger‹).

PHELLION, geboren 1780, ein Gegenstück zu Joseph Prudhomme, ließ sich unter der Juli-Monarchie pensionieren, kaufte ein Haus im Impasse des Feuillantines und richtete sich dort mit seiner Familie bürgerlich ein. Er wurde Bataillonschef der Nationalgarde und widmete seine Mußestunden der Politik und dem Theater. Schließlich verheiratete er seinen Sohn Félix mit Céleste Colleville, der Tochter seines ehemaligen Kollegen, mit dem er in Beziehungen geblieben war (›Die Kleinbürger‹).

RABOURDIN, Xavier, geboren 1784, verlor 1840 seine Frau, bezog eine Wohnung an der Place de la Madeleine und wurde mit der Leitung einer im Aufbau begriffenen Eisenbahn-Gesellschaft betraut (›Die Kleinbürger‹).

SAILLARD wurde unter der Juli-Monarchie Bürgermeister seines Arrondissements und besuchte eifrig seine ebenfalls im Ruhestand lebenden Kollegen Minard und Thuillier (›Die Kleinbürger‹).

THUILLIER, Louis-Jérome, geboren 1791, wurde nach seiner Pensionierung durch seine ehrgeizige, tatkräftige Schwester in die Grundstücksspekulation getrieben. Er wurde reich, ließ sich von dem Heuchler Théodose de La Peyrade umgarnen, der ihn beerben wollte, und stürzte sich auf dessen Betreiben in den Journalismus und die Politik, hatte jedoch damit keinen Erfolg. Schließlich machte er sich von La Peyrade frei und verheiratete seine natürliche Tochter Céleste Colleville mit dem Sohn seines ehemaligen Kollegen Phellion (›Die Kleinbürger‹).

Gaudissart II

Übertragung von Ernst Sander

Die kleine Studie ›Gaudissart II‹, nach Balzacs Notiz im November 1844 in Paris niedergeschrieben, gehört einer Folge ähnlicher Arbeiten an, die 1844/45 für ein Sammelwerk ›Le Diable à Paris‹ entstanden, an dem auch andere Autoren mitarbeiteten und das in jenen Jahren in zwei Oktavbänden bei dem Verleger Hetzel erschien. Die Erstveröffentlichung wa. betitelt: ›Un Gaudissart de la rue Richelieu, les comédiens qu'on peut voir gratis‹ (›Ein Gaudissart aus der Rue Richelieu, die Komödianten, die man umsonst sehen kann‹). Ein Nachdruck in ›La Presse‹ erfolgte am 12. Oktober 1844. Die Widmung an die Fürstin Belgiojoso wurde 1846 hinzugefügt und das kleine Werk unter dem endgültigen Titel ›Gaudissart II‹ den ›Szenen aus dem Pariser Leben‹ der ›Menschlichen Komödie‹ eingefügt.

Das Manuskript hatte den Titel ›Un Gaudissart de la rue Vivienne‹ geführt. Ungeachtet des geringen Umfangs waren neun mit Korrekturen bedeckte Fahnenabzüge erforderlich, bis Balzac mit seinem Text zufrieden war.

Die Prinzessin Cristina Trivulzio (1808–1871), seit 1824 Fürstin Belgiojoso, hatte 1831, von der österreichischen Polizei der Zugehörigkeit zu der politischen Geheimgesellschaft der Carbonari verdächtigt, Mailand verlassen müssen und war nach Paris übergesiedelt. Sie lebte von ihrem Mann getrennt, der ein Freudenleben führte, worin er lediglich durch die Fürstin übertroffen wurde. Diese, eine sehr schöne, dunkle Frau, umgab sich mit der Elite der Literaten und Künstler und hatte zahlreiche Abenteuer, ohne dabei ihre Betätigungen für die italienische Unabhängigkeit hintanzustellen. Balzac bezeichnet sie in einem Brief an Mme Hanska (7. August 1844) als »eine Kurtisane, eine schöne Imperia, aber grauenhaft blaustrümpfig«. 1848 reiste sie während des Aufstands gegen Österreich nach Mailand und stellte dort auf eigene Kosten ein Freiwilligenbataillon auf. Nach der Annexion der Lombardei durch Piemont kehrte sie nach Mailand zurück, wo sie starb. Neben historischen und politischen Schriften hat sie mehrere Reisebücher geschrieben.

Sich aufs Verkaufen verstehen, verkaufen können, und verkaufen! Das Publikum hat keine Ahnung, was Paris diesen drei Aspekten desselben Problems an Großartigem verdankt. Der Prunk der Läden, die ebenso üppig ausgestattet sind wie die Salons des Adels vor 1789, der Glanz der Cafés, der oft, und zwar mit Leichtigkeit, den des Neoversailles auslöscht, das Dichtwerk der Schaufensterauslagen, das allabendlich zerstört und allmorgendlich aufs neue geschaffen wird; die Eleganz und Anmut der jungen Männer, die mit den Käuferinnen unterhandeln, die pikanten Physiognomien und Toiletten der jungen Mädchen, die Käufer anlocken sollen, und schließlich, seit kurzem erst, die tiefen Raumfluchten und der babylonische Luxus der Galerien, in denen die Kaufleute die Spezialitäten, indem sie sie vereinigen, monopolisieren, das alles ist noch nichts . . .! Es handelt sich vorerst lediglich darum, dem gierigsten und am meisten blasierten Organ zu gefallen, das sich beim Menschen seit der römischen Gesellschaft entwickelt hat und dessen Forderungen dank den Anstrengungen der raffiniertesten Zivilisation grenzenlos geworden sind. Dieses Organ ist das Auge der Pariser . . .! Dieses Auge verschlingt Feuerwerke, die hunderttausend Francs kosten, Paläste von zwei Kilometern Länge bei sechzig Fuß Höhe aus buntem Glas, allabendlich feenhafte Schauspiele in vierzehn Theatern, wiederauflebende Panoramen, beständige Ausstellungen von Meisterwerken, eine Welt der Schmerzen und ein Universum der Freude bei einem Schlendergang über die Boulevards oder einem Streifzug durch die Straßen; Enzyklopädien von Lumpenfetzen beim Karneval, jedes Jahr zwanzig illustrierte Werke, tausend Karikaturen, zehntausend Buchillustrationen, Lithographien und Gravüren. Dieses Auge trinkt allabendlich für fünfzehntausend Francs Gasbeleuchtung in sich hinein; und um es zu befriedigen, gibt die Stadt Paris jährlich einige Millionen für Aussichtspunkte und Anpflanzungen aus. Und auch das ist noch gar nichts . . .! Es ist bloß die materielle Seite der Frage. Ja, es bedeutet, unserer Meinung nach, wenig im Vergleich zu den Bemühungen der Intelligenz, der eines Molière würdigen Listen, die von den sechzigtausend Verkäufern in den Läden und den vierzigtausend Verkäuferinnen eingesetzt werden, die sich an die Geldtaschen der Käufer heranmachen wie die Tausende von Weißfischen an die in den Wassern der Seine schwimmenden Brotstücke.

Der Gaudissart mit festem Wohnsitz ist an Fähigkeiten, Geist, Spott und Philosophie dem berühmten Geschäftsreisenden, der zum Typ dieser Gattung geworden ist, zumindest ebenbürtig. Außerhalb seines Ladens, seiner Heimat, ist er wie ein Ballon ohne Gas; seine Fähigkeiten dankt er der Umwelt seiner Waren, gerade wie der Schauspieler nur auf seiner Bühne wahrhaft groß ist. Obwohl der französische Verkäufer im Vergleich zu dem des übrigen Europa gebildeter ist, obgleich er notfalls über den Asphalt, den Bal Mabille[1], die Polka, über Literatur, illustrierte Bücher, Eisenbahnen, Politik, die beiden Kammern und die Revolution mitreden kann, ist er über die Maßen dumm, wenn er sein Sprungbrett, seine Elle und seine Geschäftsumgangsformen hinter sich läßt. Auf der Bühne des Ladentischs indessen, wenn er das Wort auf den Lippen, das Auge auf der Kundin und den Schal in der Hand hat, überschattet er den großen Talleyrand. Er besitzt mehr Geist als Désaugiers[2], mehr Raffinesse als Kleopatra, er ist Monrose[3] und Molière in einem. Bei sich daheim hätte Talleyrand Gaudissart hineingelegt; aber in seinem Laden hätte Gaudissart Talleyrand übers Ohr gehauen.

Wollen wir dies Paradox durch ein Beispiel erläutern.

Zwei hübsche Herzoginnen schwatzten neben jenem erlauchten Fürsten, sie wollten ein Armband. Man wartet auf einen Verkäufer des berühmtesten Pariser Juweliers und auf die Armbänder. Ein Gaudissart erscheint und bringt drei Armbänder mit, drei Wunderwerke, zwischen denen die beiden Damen schwanken. Eine Wahl treffen! Das ist das Aufblitzen der Intelligenz. Zögert man ...? Das besagt alles, man greift fehl. Der Geschmack kennt keine zwei Inspirationen. Schließlich, nach zehn Minuten, wird der Fürst befragt. Er sieht die beiden Herzoginnen mitten in den tausend Facetten der Ungewißheit der Wahl zwischen den beiden vornehmsten jener Schmuckstücke; denn eins war von vornherein ausgeschieden worden. Der Fürst läßt das Buch, in dem er liest, nicht sinken, er sieht nicht die Armbänder an, sein Blick ruht prüfend auf dem Verkäufer. – »Welches würden Sie für Ihre kleine Freundin wählen?« fragt er ihn. Der junge Mann zeigt auf eins der beiden Schmuckstücke. – »In diesem Fall nehmen Sie das andere; Sie machen dadurch zwei Damen glücklich«, sagte der intelligenteste der modernen Diplomaten, »und Sie, junger Mann, machen in meinem Namen Ihre kleine Freundin glücklich.« Die beiden hübschen Damen lächeln, und der Verkäufer zieht sich zurück und ist ebenso geschmeichelt über das Geschenk, das der Fürst ihm gemacht, wie über die gute Meinung, die er von ihm hatte

Eine Dame entsteigt in der Rue Vivienne ihrer glänzenden Equipage, und zwar vor einem der üppigen Läden, wo Schals verkauft werden; sie wird von einer andern Dame begleitet. Bei dergleichen Expeditionen sind die Damen fast immer zu zweit. Alle durchstreifen dann angelegentlich zehn Geschäfte, ehe sie sich entschließen; und auf der Fahrt vom einen zum andern machen sie sich über die kleine Komödie lustig, die ihnen die Verkäufer vorspielen. Wir wollen untersuchen, wer seine Rolle am besten durchführt, die Käuferin oder der Verkäufer, und wer von beiden in diesem kleinen Vaudeville den Sieg davonträgt.

Wenn es sich darum handelt, das größte Geschehnis im Pariser Geschäftsleben, den Verkauf, zu schildern, gilt es einen Typus vorzuführen und in diesem die ganze Frage zu resümieren. Nun aber wird in diesem Zusammenhang der Schal oder die Uhrkette im Wert von tausend Francs mehr Aufregung verursachen als ein Stück Batist, als ein Kleid für dreihundert Francs. Aber, o ihr Fremden aus beiden Welten, wenn ihr je diese Physiologie der Rechnung lesen solltet, vernehmt, daß diese Szene sich in den Modegeschäften um ein Stück Barege zu zwei Francs oder um bedruckten Musselin zu vier Francs das Meter abspielt!

Wie solltet ihr, Prinzessinnen oder Bürgersfrauen, diesem hübschen, noch ganz jungen Mann mit Wangen wie ein Pfirsich, den unschuldigen Augen mißtrauen, der fast so gut gekleidet ist wie euer ... euer ... Vetter und der eine Stimme besitzt, die so weich ist wie das Vlies, das er vor euch entfaltet? Es gibt drei oder vier von seiner Art: Der eine ist schwarzäugig, hat eine entschlossene Miene und sagt euch mit einer kaiserlichen Geste: »Da!« Von dem anderen, dem mit den blauen Augen, den schüchternen Umgangsformen, den unterwürfigen Sätzen, heißt es: »Der arme Junge! Er ist nicht zum Kaufmann geboren . . !«

Der da ist hell kastanienfarben, hat gelbe, lachende Augen und ist mit einer südlichen Betriebsamkeit und Fröhlichkeit begabt. Der dort ist fahlrot, trägt einen Fächerbart, ist steif wie ein Kommunist, streng, Achtung gebietend, trägt eine unmögliche Halsbinde und ist im Reden kurz angebunden.

Diese verschiedenen Arten von Verkäufern, die den wichtigsten Charaktertypen der Frauen entsprechen, sind die Armee ihres Herrn und Meisters, eines dicken Spießers mit breitem Gesicht, einer zur Hälfte kahlen Stirn, dem Bauch eines regierungstreuen Abgeordneten, manchmal mit dem Orden der Ehrenlegion ausgezeichnet, weil er die Überlegenheit des französischen Gewerbes gefördert hat. Er zeigt die Umrisse beruhigender Rundungen an, hat Frau, Kinder, ein Landhaus und sein Konto bei der Bank von Frankreich. Diese Persönlichkeit steigt wie ein ›Deus ex machina‹[4] in die Arena, wenn die allzu verwirrten Unterhandlungen eine plötzliche Lösung erforderlich machen. Auf diese Weise werden die Frauen von Gutmütigkeit, Jugend, Liebenswürdigkeit, Lächeln, Scherzen umgeben, mit allem, was die zivilisierte Menschheit an Einfalt und Betrügereien darzubieten hat, und alles ist mit feinen Unterschieden für jeden Geschmack arrangiert.

Ein Wort über die natürlichen Wirkungen von Optik, Architektur, von Dekor; ein kurzes, bündiges, schreckliches Wort; ein Wort, das an Ort und Stelle geschehene Geschichte ist. Das Buch, in dem man diese instruktive Seite lesen kann, wird in der Rue de Richelieu 76 verkauft, und zwar in einem eleganten, mit rotem Samt ausgeschlagenen Laden, zu dem ein Raum im Zwischenstock gehört. Er bekommt volles Licht von der Rue de Ménars her, und jenes Licht ist, wie bei einem Maler, frei, rein, sauber, immer gleichmäßig. Welcher Spaziergänger hat nicht den Perser bewundert, diesen König aus Asien, der sich an der Ecke der Rue de la Bourse und der Rue de Richelieu brüstet und ›urbi et orbi‹[5] zu sagen beauftragt ist: »Ich regiere hier ungestörter als in Lahore.« In fünfhundert Jahren könnte diese Skulptur an jener Straßenecke ohne diese unsterbliche Analyse die Altertumsforscher beschäftigen und zur Abfassung von bebilderten Quartbänden veranlassen wie die des Monsieur Quatremère[6] über den Olympischen Jupiter, in welchen dann nachgewiesen würde,

Napoleon habe, ehe er Kaiser der Franzosen wurde, in irgendeiner Gegend des Orients ein bißchen Sofi[7] gespielt. Na, also gut, jener reiche Laden hat den armen kleinen Raum im Zwischenstock belagert, und durch eine Beschießung mit Banknoten hat er sich seiner bemächtigt. Die ›Menschliche Komödie‹ ist der Kaschmirschalkomödie gewichen. Der Perser hat ein paar Diamanten aus seiner Krone geopfert, um das so notwendige Tageslicht zu erlangen. Dieser Sonnenstrahl steigert den Verkauf um hundert Prozent durch seine Einwirkung auf das Farbenspiel; er betont die verführende Schönheit der Schals; er wirft ein unwiderstehliches Licht, er ist ein Goldstrahl! Könnten Sie daraufhin noch die Ausstattung der Pariser Läden beurteilen?

Wollen wir jetzt wieder auf die jungen Leute zurückkommen, auf den Vierziger mit dem roten Ordensbändchen, den der König der Franzosen an seiner Tafel empfangen hat, auf den ersten Verkäufer mit dem rostroten Bart und der selbstherrlichen Miene? Diese ausgelernten Gaudissarts haben sich wöchentlich mit tausend Launen gemessen, sie kennen alle Schwingungen der Kaschmirsaite in den Herzen der Frauen. Wenn eine Lorette, eine achtbare Dame, eine junge Mutter, eine Löwin, eine Herzogin, eine gute Bürgersfrau, eine freche Tänzerin, ein harmloses Mädchen, eine allzu harmlose Ausländerin sich einfinden, wird jede von ihnen sofort von einem dieser sieben oder acht Männer analysiert. Sie hatten sie bereits genau ins Auge gefaßt, als sie die Hand auf die Türklinke legte; sie verweilen an den Fenstern, am Ladentisch, an der Tür, in einer Ecke oder mitten im Laden und erwecken den Anschein, als sännen sie den Freuden eines stürmisch verlaufenen Sonntags nach. Mustert man sie, so fragt man sich: »Worüber in aller Welt mögen sie nachdenken?« Das Geldtäschchen einer Frau, ihre Wünsche, ihre Absichten, ihre Laune werden innerhalb eines Augenblicks besser durchstöbert als an der Grenze ein verdächtiger Wagen in sieben Viertelstunden durch die Zollbeamten. Diese intelligenten Burschen, die ernst wie Heldenväter wirken, haben alles gesehen: die Einzelheiten der Kleidung, eine kaum sichtbare Schmutzspur ihrer Stiefel, eine nicht mehr moderne Borte, ein schmutziges oder schlecht gewähltes Hutband, Schnitt und Sitz des Kleides; sie haben erspäht, ob die Handschuhe neu sind, ob das Kleid von der geschickten Schere der Victorine IV.[8] zugeschnitten wurde, ob der Schmuck von Froment-Meurice stammt[9], ob die zierenden Kleinigkeiten der Mode entsprechen, kurzum: Sie kennen alles, was bei einer Frau ihren Rang, ihr Vermögen, ihren Charakter verraten kann. Zittert und bebt! Dieses Sanhedrin[10] von Gaudissarts unter dem Präsidium des Chefs irrt sich nie. Überdies werden die Vorstellungen, die jeder einzelne sich gebildet hat, mit telegraphischer Schnelligkeit durch Blicke, durch nervöses Zucken, Lächeln und Lippenbewegungen vom einen zum andern übermittelt. Wer sie dabei beobachtet, denkt an das plötzliche Aufflammen der Straßenbeleuchtung in der großen Avenue der Champs-Elysées, wo das Gas von Kandelaber zu Kandelaber strömt, eben wie jene Vorstellung die Pupille von Verkäufer zu Verkäufer aufleuchten läßt.

Ist es eine Engländerin, tritt sogleich der düstere, geheimnisvolle, vom Schicksal gezeichnete Gaudissart wie eine romantische Gestalt Byrons vor.

Ist es eine Bürgersfrau, so wird ihr der älteste Verkäufer verabfolgt. Innerhalb einer Viertelstunde zeigt er ihr hundert Schals, berauscht sie mit Farben, mit Mustern. Er breitet so viele Schals vor ihr aus, wie der Milan Kreise um ein Kaninchen beschreibt. Und nach einer halben Stunde ist die würdige Bourgeoise ganz betäubt, weiß nicht, was sie wählen soll, ist in allen ihren Ideen geschmeichelt und überläßt sich wieder dem Verkäufer, der sie zwischen die zwei Hämmer dieses Dilemmas und die gleich starke Verführungskraft zweier Schals stellt. – »Dieser hier, Madame, ist sehr vorteilhaft, apfelgrün ist er, die Modefarbe, aber die Mode ändert sich; während dieser hier« (ein schwarzer oder weißer, der dringend verkauft werden muß) »wer weiß wie lange getragen werden kann und zu allen Toiletten paßt.«

Dieses ist das Abc des Berufs.

»Man glaubt es kaum, welch ein Redeschwall in dieser vertrackten Branche erforderlich ist«, sagte unlängst einmal der erste Gaudissart der Firma, als er sich mit zweien seiner Freunde unterhielt, nämlich mit Duronceret und Bixiou, die hereingekommen waren, um einen Schal zu kaufen, und sich ihm anvertrauten. »Nun, ihr seid diskrete Künstler, euch kann man was von den Listen unseres Chefs erzählen. Er ist der tüchtigste

Geschäftsmann, den ich je erlebt habe. Ich meine nicht als Fabrikant, da steht Monsieur Fritot ohnehin an der Spitze, aber als Händler; er hat nämlich den Selim-Schal erfunden, einen Schal, der schlechthin unverkäuflich ist und den wir stets verkaufen. In einem Kästchen aus Zedernholz, das sehr schlicht, aber mit Satin ausgeschlagen ist, bewahren wir einen Schal im Wert von fünf- bis sechshundert Francs auf, einen der Schals, die Selim[11] an den Kaiser Napoleon geschickt hat. Dieser Schal ist unsere Kaiserliche Garde, er wird vorgeschickt, wenn alles verloren ist: Er wird verkauft und stirbt nicht.«[12]

In diesem Augenblick stieg eine Engländerin aus ihrem Mietwagen und erwies sich als die schöne Idealverkörperung jenes England und all seinen vorgeblich lebendigen Produkten eigentümlichen Phlegmas. Man hätte meinen können, die Statue des Komturs[13] bewege sich mit ruckartiger Unbeholfenheit, wie sie in London in allen Familien mit nationalem Eifer gepflegt wird.

»Die Engländerinnen«, flüsterte er Bixiou zu, »sind unsere Schlacht bei Waterloo. Es kommen zu uns Frauen, die uns aus den Händen schlüpfen wie Aale – sie fängt man dann auf der Treppe wieder ein. Es kommen Loretten, die sich über uns lustig machen – mit denen lacht man, die hält man durch Kreditgewährung. Es kommen undefinierbare Ausländerinnen, denen trägt man mehrere Schals ins Haus und verständigt sich mit ihnen durch ausgiebige Schmeicheleien. Aber die Engländerinnen: das ist, als wolle man sich an die Bronze des Denkmals Ludwigs XIV. heranmachen ... Diese Damen machen sich einen Zeitvertreib, ein Vergnügen daraus zu feilschen ... Bei denen müssen wir Theater spielen, und wie ...!«

Der romantische Verkäufer war vorgetreten.

»Wünschen Madame einen indischen oder einen französischen Schal[14], in der hohen Preislage, oder ...«

»Ich werde sehn.«

»Welche Summe möchte Madame dafür aufwenden?«

»Ich werde sehn.«

Als der Verkäufer sich umdrehte, um die Schals zu nehmen und sie auf einem Gestell auszubreiten, warf er seinem Kollegen einen bedeutungsvollen Blick zu (»Welch eine Nervensäge!«), den ein unmerkliches Achselzucken begleitete.

»Dies hier sind unsere besten Qualitäten in Indischrot, in Blau, in Orangegelb; sie kosten alle zehntausend Francs .. Diese hier kosten fünftausend, und diese dreitausend . . .«

Die verdrossen-gleichmütige Engländerin betrachtete durch ihr Lorgnon zunächst alles, was um sie war, ehe sie die drei ihr vorgeführten Schalqualitäten musterte, ohne dabei ein Zeichen der Billigung oder Mißbilligung zu bekunden.

»Haben Sie andere?« fragte sie.

»Gewiß, Madame. Aber vielleicht sind Madame nicht fest entschlossen, einen Schal zu nehmen?«

»Oh! Ganz entschlossen.«

Und der Verkäufer holte billigere Schals hervor. Aber er breitete sie feierlich aus, als seien sie etwas, von dem man zu sagen scheint: »Beachten Sie bitte diese Kostbarkeiten.«

»Diese sind sehr viel teurer«, sagte er. »Sie sind nicht getragen worden; Kuriere haben sie mitgebracht; sie sind unmittelbar bei den Herstellern in Lahore gekauft worden.«

»Oh! Ich verstehe«, sagte sie, »sie gefallen mir weit besser.«

Der Verkäufer blieb ernst, trotz eines heimlichen Lachreizes, der auf Duronceret und Bixiou ansteckend wirkte. Die Engländerin blieb kalt wie Brunnenkresse und wirkte in ihrem Phlegma glücklich.

»Welcher Preis?« fragte sie und zeigte auf einen himmelblauen Schal, der mit in Pagoden nistenden Vögeln bedeckt war.

»Siebentausend Francs.«

Sie nahm den Schal, wickelte sich hinein, beschaute sich im Spiegel, gab ihn zurück und sagte: »Nein, ich liebe nicht.«

Eine gute Viertelstunde ging mit fruchtlosem Anprobieren hin.

»Weiter haben wir nichts, Madame«, sagte der Verkäufer und warf seinem Chef einen Blick zu.

»Madame ist schwierig wie alle Damen von Geschmack«, sagte der Geschäftsinhaber und trat mit der krämerhaften Liebenswürdigkeit vor, in der Arrogantes und Schmeichlerisches sich auf angenehme Weise mischten.

Die Engländerin musterte mit ihrem Lorgnon den Fabrikanten von Kopf bis Fuß, ohne begreifen zu wollen, daß dieser Mann wahlfähig sei und in den Tuilerien zum Essen geladen wurde.

»Es bleibt mir nur noch ein einziger Schal, aber den zeige ich nie«, fuhr er fort, »niemand hat ihn nach seinem Geschmack gefunden, er ist nämlich recht absonderlich. Heute morgen hatte ich mir vorgenommen, ihn meiner Frau zu schenken. Wir haben ihn seit 1805, er kommt von der Kaiserin Joséphine.«

»Wollen sehen, Monsieur.«

»Holen Sie ihn«, sagte der Chef zu einem Verkäufer, »er ist in meinem Zimmer ...«

»Ich würde sehr zufrieden sein, ihn zu sehen«, antwortete die Engländerin.

Diese Antwort war wie ein Triumph, denn die spleenige Dame schien drauf und dran gewesen zu sein, wegzugehen. Sie tat, als habe sie für nichts Augen als für die Schals, während sie heuchlerisch nach den Verkäufern und den beiden Käufern hinblickte, wobei sie die Augen hinter dem Gestell ihres Lorgnons verbarg.

»Er hat in der Türkei sechzigtausend Francs gekostet, Madame.«

»Oh!«

»Es ist einer der sieben Schals, die Selim vor seiner Ermordung[15] dem Kaiser Napoleon geschickt hat. Die Kaiserin Joséphine, eine Kreolin, wie Mylady wissen, und sehr launenhaft, hat ihn gegen einen der Schals, die vom türkischen Gesandten mitgebracht wurden und die mein Vorgänger gekauft hatte, eingetauscht. Aber ich habe nie den seinem Wert entsprechenden Preis geboten bekommen; denn hier in Frankreich sind unsere Damen nicht reich genug, es ist nicht wie in England ... Der Schal kostet siebentausend Francs, und die stellen sicherlich vierzehn- oder fünfzehntausend durch die angesammelten Zinsen dar ...«

»Wovon angesammelt?« fragte die Engländerin.

»Hier, Madame.«

Und unter Vorsichtsmaßnahmen, die die Führer im Grünen Gewölbe zu Dresden angestaunt haben würden, öffnete der Chef mit einem winzigen Schlüssel ein viereckiges Kästchen aus Zedernholz, dessen Form und Schlichtheit auf die Engländerin tiefen Eindruck machten. Diesem mit schwarzem Satin ausgeschlagenen Kasten entnahm er einen Schal im Wert von etwa fünfzehnhundert Francs. Er war goldgelb und schwarz gemustert, und seine Grellheit wurde nur durch die bizarren indischen Ornamente übertroffen.

»Splendid!« sagte die Engländerin, »er ist wahrhaftig schön ... Das ist mein Ideal von Schal, *it is very magnificent* ...«[16]

Alles übrige ging in der Madonnenpose unter, die sie annahm, um ihre kalten Augen zu zeigen, von denen sie glaubte, sie seien schön.

»Der Kaiser Napoleon hat ihn sehr geschätzt; er hat ihn getragen ...«

»Sehr«, wiederholte sie.

Sie nahm den Schal, drapierte ihn auf ihren Schultern und musterte sich. Der Chef nahm ihr den Schal wieder ab, trat ans Licht, knüllte ihn zusammen, befühlte ihn, ließ ihn aufschimmern; er spielte damit, wie Liszt Klavier spielt.

»Er ist *very fine, beautiful, sweet!«* sagte die Engländerin seelenruhig.

Duronceret, Bixiou und die Verkäufer wechselten freudige Blicke, die bedeuteten: »Der Schal ist verkauft.«

»Nun, Madame?« fragte der Händler, als er die Engländerin in eine Art Versunkenheit verfallen sah, die sich allzu sehr in die Länge zu ziehen schien.

»Ganz entschieden«, sagte sie, »ich liebe mehr einen Wagen ...!«

Die stumm und aufmerksam dastehenden Verkäufer zuckten sämtlich zusammen, als habe ein elektrischer Strom sie berührt.

»Ich hole einen sehr schönen, Madame«, antwortete der Chef ruhig, »ich habe ihn von einer russischen Prinzessin erworben, der Prinzessin Narzikoff. Sie hat ihn mir als Gegenwert für unsere Lieferungen überlassen. Wenn Madame ihn anschauen würde, wäre Madame begeistert. Er ist neu, keine zehn Tage ist er benutzt worden, es gibt in Paris nicht seinesgleichen.«

Die Verblüffung der Verkäufer wurde nur durch ihre tiefe Bewunderung im Zaum gehalten.

»Ich will gern«, antwortete sie.

»Wollen Madame bitte den Schal umgelegt behalten«, sagte der Händler, »Madame werden sehen, wie er im Wagen wirkt.«

Der Händler holte seine Handschuhe und seinen Hut.

»Wie mag das enden . . .?« fragte der erste Verkäufer und sah seinem Chef nach, der der Engländerin die Hand gereicht hatte und mit ihr in dem Mietwagen davongefahren war.

Für Duronceret und Bixiou besaß dies alles das Spannende eines Romanschlusses, ganz abgesehen von dem besonderen Interesse, das sie für alle Kämpfe, auch die winzigsten, zwischen England und Frankreich zeigten. Nach zwanzig Minuten erschien der Chef wieder.

»Fahren Sie zum Hotel Lawson, hier ist die Karte: Mistress Noswell. Bringen Sie die Rechnung hin, die ich Ihnen geben werde; Sie bekommen sechstausend Francs.«

»Und wie haben Sie es fertiggebracht?« fragte Duronceret und verneigte sich vor diesem König der Rechnungsausfertiger.

»Nun, ganz einfach, ich habe den Charakter dieser exzentrischen Dame durchschaut; sie möchte auffallen. Als sie merkte, daß alle Welt ihren Schal anschaute, hat sie zu mir gesagt: ›Ganz entschieden behalten Sie Ihren Wagen, Monsieur, ich behalte den Schal.‹ Während Monsieur Bigorneau«, sagte er und deutete auf den romantischen Verkäufer, »ihr die Schals ausbreitete, habe ich die Frau beobachtet. Sie lorgnettierte zu Ihnen hin, um herauszubekommen, welchen Eindruck sie auf Sie machte. Sie beschäftigte sich weit mehr mit Ihnen als mit den Schals. Die Engländerinnen haben eine besondere Abgeschmacktheit (denn von Geschmack kann nicht die Rede sein): Sie wissen nie, was sie wollen, und sie entschließen sich mehr durch einen zufälligen Umstand dazu, etwas zu nehmen, um das sie gehandelt haben, als durch den Willen. Ich habe in ihr eine der Frauen erkannt, die ihre Männer und ihre Gören satt haben, die tugendhaft bis zum Erbarmungswürdigen sind und auf der Suche nach etwas Aufregendem und die stets Trauerweide spielen . . .«

Das hat der Geschäftsinhaber wortwörtlich gesagt.

Es beweist, daß in einem Händler jeden anderen Landes nichts als ein Händler steckt, während in Frankreich und zumal in Paris ein Händler ein Mann ist, der ein königliches Gymnasium absolviert hat, der gebildet ist und eine Schwäche für die Künste, das Angeln oder das Theater hat oder den das Verlangen verzehrt, der Nachfolger des Monsieur Cunin-Gridaine[17] oder Oberst der Nationalgarde oder Mitglied des Generalrats des Départements Seine oder Richter am Handelsgericht zu werden.

»Monsieur Adolphe«, sagte die Frau des Fabrikanten zu ihrem kleinen, blonden Verkäufer, »bestellen Sie beim Schreiner ein Zedernholzkästchen.«

»Und«, sagte der Verkäufer, als er Duronceret und Bixiou, die einen Schal für Madame Schontz ausgewählt hatten, zur Tür geleitete, »jetzt müssen wir unter unsern alten Schals nachsehen, welcher die Rolle des Selim-Schals spielen kann.«

Anmerkungen

Gaudissart II

1 Der Bal Mabille wurde 1840 begründet. Der Tanzsaal und die Gärten lagen an der Avenue Montaigne, ganz in der Nähe des Rond-Point der Champs-Elysées. Dort wurde der Cancan erfunden.

2 Marc-Antoine-Madeleine Désaugiers (1772–1827), Vaudevilleschreiber und Sänger. Er war der Entdecker, Förderer und Gönner Bérangers und war auf diesen jungen Rivalen, der ihn bald übertraf, niemals neidisch oder eifersüchtig. Dabei waren die beiden durchaus verschieden geartet, vor allem, was die politische Einstellung betraf. Béranger war die Koryphäe der Liberalen, Désaugiers war und blieb Monarchist. Seine Lieder besaßen weder den Atem noch das Poetische noch den satirischen Geist derjenigen Bérangers; aber sie waren geistvoll, fröhlich und im allgemeinen dezent; ihren Erfolg dankten sie ihrem Autor, der sie selbst vortrug.

3 Claude Barizain, genannt Monrose (1784–1843), Schauspieler, war in der Provinz und in Italien aufgetreten, als er 1815 in der Comédie-Française debütierte. Er spielte hauptsächlich die Dienerrollen in der alten Komödie auf eine originelle Weise.

4 Lateinisch: ein mittels einer Theatermaschinerie herabgestiegener Gott, der eine tragische Situation unvermittelt einer glücklichen Lösung zuführt.

5 Lateinisch: der Stadt und dem Weltall.

6 Antoine-Chrysostome Quatremère de Quincy (1755–1849), Archäologe.

7 Persischer Mönch; alter Name des persischen Herrschers, durch ›Schah‹ ersetzt.

8 Unter dieser muß man sich wohl die dritte Nachfolgerin der Victorine Pierrard vorstellen. Sie war eine berühmte Schneiderin, deren Laden sich 1821 in der Rue du Hasard befand, welche heute den Teil der Rue Thérèse zwischen der Rue Molière und der Rue Sainte-Anne bildet.

9 Désiré-François Froment, genannt Froment-Meurice (1802–1855), wurde von seinen Zeitgenossen als der Erneuerer der französischen Goldschmiedekunst betrachtet. Er suchte seine Vorbilder in den Werken des ausgehenden Mittelalters und der Renaissance.

10 Hoher Rat im antiken Jerusalem.

11 Selim III. (1761–1808), Sultan der Türkei, schloß 1806 durch die Vermittlung des französischen Gesandten, des Generals Sebastiani, ein Offensivbündnis gegen England und Rußland.

12 Die Textstelle lautet im Original: »il se vend et ne meurt pas«. Balzac persifliert damit die berühmte Antwort, die General Cambronne gegen Ende der Schlacht bei Waterloo gegeben haben soll, als die kaiserliche Garde zur Übergabe aufgefordert wurde: »La Garde meurt, mais ne se rend jamais.«

13 Der steinerne Gast im ›Don Juan‹.

14 Der Schal wurde zum erstenmal während des Kaiserreichs aus dem Orient nach Frankreich importiert und machte in allen Gesellschaftsschichten Furore; er blieb bis zum Ende des zweiten Kaiserreichs Mode. Der echte, aus der Wolle der Kaschmirziege gewebte Schal war sehr teuer. Eine elegante Dame zögerte nicht, dafür mehrere tausend Francs zu zahlen. Daher bemühte die französische Textilindustrie sich, »französischen Kaschmir« aus einheimischer Schafwolle zu fabrizieren, der indessen weder die Feinheit noch die seidige Weichheit des indischen hatte: Dieser ließ sich ohne weiteres durch den Ring einer Dame ziehen. Der Tuchfabrikant Guillaume-Louis Ternaux (1765–1833), unter dem Kaiserreich Präsident des Generalrats der Manufakturen, versuchte 1819, in Frankreich Tibetziegen zu akklimatisieren, um aus deren Wolle Schals herzustellen, die billiger waren als die aus Indien importierten Kaschmirgewebe. Die Akklimatisierung gelang nur zum Teil: Zwar blieben die Ziegen am Leben, aber ihre Wolle büßte das Flaumige ein. Indessen setzte Ternaux seine Versuche fort, und es gelang ihm die Herstellung von ›französischem Kaschmir‹ zu relativ niedrigen Preisen, der indessen keinen Kenner und keine Frau täuschen konnte.

15 28. Juli 1808, nach seiner Entthronung durch einen Aufstand.

16 Englisch: Er ist sehr prächtig.

17 Laurent Cunin-Gridaine (1778–1859), seit 1827 Abgeordneter, der doktrinären Opposition angehörend. Die Juli-Revolution trieb ihn in die Reihen der ›Résistance‹ (der Konservativen); er wurde mehrmals Handels- und Landwirtschaftsminister im Kabinett Guizot.

Biographische Notizen über die Romangestalten

GAUDISSART II

BIXIOU, Jean-Jacques, geboren 1797, durch seine Großmutter Descoings Vetter von Philippe und Joseph Bridau, bildete in Gros' Atelier sein Talent als Karikaturist aus; aber aus Gründen des Broterwerbs war er Beamter im Schatzamt. Nachdem er 1824 die Heirat Philippe Bridaus mit Flore Brazier begünstigt hatte, hintertrieb er die Heirat, die Philippe später mit der Tochter des Grafen de Soulanges schließen wollte (›Die ‚Fischerin im Trüben'‹). Seine Fähigkeit zum Beobachten und zur Satire weihte ihn in alle Intrigen und Liebesverhältnisse der literarischen Bohème (›Die Muse des Départements‹; ›Verlorene Illusionen‹), der Welt der Dirnen (›Glanz und Elend der Kurtisanen‹; ›Tante Bette‹), der Geschäftswelt (›Das Bankhaus Nucingen‹; ›Ein Geschäftsmann‹) und vor allem der Welt der Beamten ein, aus der er sich im Dezember 1824 zurückzog, nachdem er dazu beigetragen hatte, seinen Bürochef Xavier Rabourdin aus dem Schatzamt zu verdrängen (›Die Beamten‹). Gegen Ende der Regierungszeit Louis-Philippes war er der beste Cicerone für Provinzler geworden, die sich in den Hintergründen des Pariser Lebens nicht auskannten (›Die Komödianten wider ihr Wissen‹).

DU RONCERET, Fabien-Félicien, geboren um 1802 in Alençon, wo er die Verschwendungssucht des bedenkenlosen Victurnien d'Esgrignon eifrig förderte (›Das Antiquitätenkabinett‹). 1838 ging er nach Paris und widmete sich dem Bohèmeleben; er tat sich ein wenig in der literarischen Welt um und ließ sich gegen Geld ein paar Reden anfertigen; um endlich in der Gesellschaft voranzukommen, heiratete er 1846 Mme Schontz, eine intelligente, ehrgeizige Lorette, die aus ihrem Mann einen Gerichtspräsidenten machen wollte (›Béatrix‹).

Die übrigen Gestalten treten in der »Menschlichen Komödie« nicht wieder auf.

Die Komödianten wider ihr Wissen

Übertragung von Ernst Sander

Die Novelle ›Die Komödianten wider ihr Wissen‹ wurde, mit der Widmung an den Grafen Jules de Castellane, zum erstenmal vom 14. bis zum 24. April 1846 in ›Le Courrier français‹ abgedruckt und erschien noch im gleichen Jahr im IV. Band der ›Szenen aus dem Pariser Leben‹ in der ›Menschlichen Komödie‹. Als Zeit der Entstehung wurde der November 1845 angegeben. 1848 erschien eine Separatausgabe unter dem Titel ›Der Provinzler in Paris‹; sie enthielt auch ›Gillette‹ (›Das unbekannte Meisterwerk‹), ›Le Rentier‹ und ›El Verdugo‹ sowie eine Vorrede.

Die Novelle besteht aus drei kleinen, älteren Arbeiten Balzacs, die durch Streichungen und Übergänge zu einem Ganzen zusammengeschlossen wurden; sie lagen bereits gedruckt vor, so daß das vom Autor genannte Datum der Entstehung als dasjenige der Überarbeitung anzusehen ist. Die erste, ›Un Espion à Paris: le petit Père Fromenteau, Bras droit des Gardes du Commerce‹ (›Ein Pariser Spitzel: Väterchen Fromenteau, die rechte Hand des Handelsgerichts‹), war 1844 im ersten Band von ›Le Diable à Paris‹ erschienen. Die zweite, ›Une marchande à la Toilette ou Madame La Ressource en 1844‹ (›Eine Modistin, oder Madame La Ressource 1844‹), gleichfalls im ersten Band von ›Le Diable à Paris‹. Die dritte, ›Le Luther des chapeaux‹ (›Der Luther der Hüte‹) war gleichfalls für ›Le Diable‹ bestimmt, erschien aber am 19. August 1845 in ›Le Siècle‹.

Der Widmungsempfänger Graf Jules de Castellane, ein Freund der Sophie Gay und der Herzogin von Abrantès, war ein leidenschaftlicher Theaterliebhaber und ließ in seinem Stadtpalais im Faubourg Saint-Honoré Bühnenwerke aller Art aufführen. Diese Vorstellungen, obwohl nicht von Berufsschauspielern, sondern von Damen und Herren der Gesellschaft gespielt und ausgezeichnet durch Reichtum der Dekorationen und Kostüme, hatten Niveau und waren berühmt. Graf Castellane starb 1861.

Unser berühmter Landschaftsmaler Léon de Lora entstammt einer der edelsten Familien des Roussillon[1]; sie ist spanischen Ursprungs, zeichnet sich zwar durch hohes Alter aus, ist aber seit einem Jahrhundert zu der sprichwörtlichen Armut der Hidalgos[2] verurteilt. Mit einem Betrag von nur elf Francs in der Tasche war er aus dem Département Pyrénées-Orientales leichten Fußes nach Paris gewandert und hatte dort, in den unvermeidlichen Nöten und Bedrängnissen eines Malschülers, eines Farbenreibers und Ateliergehilfen, dessen ganzes Vermögen ein unerschütterlicher Glaube an seine Berufung ist, die Nöte seiner Kinderjahre und seine Familie vergessen. Weitere Gründe zum Vergessen waren die Sorgen, die Ruhm und Erfolg mit sich brachten.

Wenn man den verschlungenen, launischen Lauf dieser »Studien« verfolgt hat, erinnert man sich vielleicht des »Treffbuben«, des Schülers Schinners, eines der Helden aus ›Ein Lebensbeginn‹ (›Szenen aus dem Privatleben‹)[3] und seines Auftretens in einigen anderen ›Szenen‹. Im Jahre 1845 ähnelt der Landschaftsmaler, der Nacheiferer der Hobbema[4], Ruysdael[5] und Lorrain[6], nicht mehr dem mittellosen, zappeligen Malschüler, als den man ihn erlebt hat. Er ist jetzt ein berühmter Mann, besitzt ein reizendes Haus in der Rue de Berlin, nicht weit vom Stadtpalais Bramberg, in dem sein Freund Bridau wohnt, und ganz in der Nähe vom Hause Schinners, seines ersten Lehrers. Er ist Mitglied des Instituts und Offizier der Ehrenlegion, neununddreißig Jahre alt, hat zwanzigtausend Francs Zinsen, seine Bilder werden mit Gold aufgewogen, und, was ihn noch mehr verwundert als die gelegentlichen Einladungen zu Hofbällen, sein Name wird seit sechzehn Jahren in der europäischen Presse so oft genannt, daß er schließlich sogar in das Tal des Départements Pyrénées-Orientales gedrungen ist, wo drei echte Loras kümmerlich ihr Leben fristen, nämlich sein älterer Bruder, sein Vater und eine alte Tante väterlicherseits, Mademoiselle Urraca y Lora.

In der mütterlichen Linie verbleibt dem berühmten Maler nur noch ein Vetter, der Neffe seiner Mutter; er ist fünfzig Jahre alt und wohnt in einer kleinen Fabrikstadt des Départements. Dieser Vetter war der erste, der sich an Léon erinnerte. Erst im Jahre 1840 empfing Léon de Lora einen Brief von Monsieur Sylvestre Palafox-Castel-Gazonal (schlicht und einfach Gazonal genannt), dem er antwortete, er sei tatsächlich er selber, das heißt der Sohn der seligen Léonie Gazonal, Gattin des Grafen Fernand Didas y Lora.

Der Vetter Sylvestre Gazonal ließ im Sommer 1841 die erlauchte, unbekannte Familie der Lora wissen, der kleine Léon sei nicht nach dem Rio de la Plata gegangen, wie man geglaubt hatte, er sei dort nicht umgekommen, wie man ebenfalls geglaubt hatte, sondern eine der schönsten Begabungen der französischen Malerschule geworden, was nicht geglaubt wurde. Der ältere Bruder, Don Juan de Lora, sagte zu seinem Vetter Gazonal, daß er das Opfer eines Pariser Spaßvogels geworden sei.

Nun aber hatte besagter Gazonal die Absicht, nach Paris zu reisen, um dort einen Prozeß zu verfolgen, den im Verlauf eines Konfliktes der Präfekt des Départements Pyrénées-Orientales der gewöhnlichen Gerichtsbarkeit entrissen und dem Staatsrat übertragen hatte; deshalb hatte der Provinzler sich vorgenommen, den Tatbestand aufzuklären und von dem Pariser Maler Rechenschaft für dessen Frechheit zu fordern. Monsieur Gazonal, der in einem schäbigen Hotel in der Rue Croix-des-Petits-Champs abgestiegen war, machte große Augen, als er das Stadtpalais in der Rue de Berlin erblickte. Als er dort erfuhr, der Besitzer sei auf Reisen in Italien, verzichtete er vorerst darauf, ihn zur Rechenschaft zu ziehen, und bezweifelte, es zu erleben, daß der berühmte Mann den Verwandten mütterlicherseits anerkenne.

Von 1843 bis 1844 verfolgte Gazonal seinen Prozeß. Dieser Streit um einen Wasserlauf und dessen Spiegelhöhe und die Beseitigung eines Wehrs, in den sich die von den Anliegern unterstützte Verwaltung eingemischt hatte, bedrohte die Existenz der Fabrik. 1845 betrachtete Gazonal den Prozeß als gänzlich verloren; der Sekretär des Bearbeiters der Bittschriften, der beauftragt war, den Bericht zu erstatten, hatte ihm anvertraut, jener Bericht würde das genaue Gegenteil seiner Schlußfolgerungen enthalten, und sein Anwalt hatte es ihm bestätigt. Obwohl Gazonal Major der Nationalgarde seiner Stadt und einer der tüchtigsten Fabrikanten seines Départements war, fand er sich so schlecht in Paris zurecht, war so erschrocken darüber, wie teuer das Leben und die geringsten Nebendinge dort waren, daß er sich ganz und gar auf sein schäbiges Hotel beschränkt hatte. Der der Sonne beraubte Südländer verabscheute Paris; er bezeichnete es als eine Rheumatismus-Fabrik. Als er die Kosten seines Prozesses und seines Aufenthalts zusammenrechnete, gelobte er sich, nach seiner Heimkehr den Präfekten zu vergiften oder ihn zu »minotaurisieren«! In Augenblicken der Kümmernis brachte er den Präfekten kurzerhand um; in Augenblicken der Wohlgelauntheit begnügte er sich, ihn zu minotaurisieren[7].

Als er eines Morgens gegen Ende seines Frühstücks vor sich hin schimpfte und fluchte, langte er wütend nach der Zeitung. Die Schlußzeilen eines Artikels: »Unser großer Landschaftsmaler Léon de Lora, der seit einem Monat aus Italien zurück ist, wird im ›Salon‹ mehrere Gemälde ausstellen; wie man sieht, wird die Ausstellung überaus glänzend sein . . .«, machten Gazonal so betroffen, als habe die Stimme, die zu den Spielern spricht, wenn sie am Gewinnen sind, sie ihm ins Ohr gerufen. Mit der jähen Tatkraft, die die Menschen aus dem Süden auszeichnet, eilte Gazonal aus seinem Hotel auf die Straße, wo er in ein Kabriolett[8] sprang und sich nach der Rue de Berlin zu seinem Vetter fahren ließ.

Léon de Lora ließ seinem Vetter sagen, er lade ihn für den nächsten Tag zum Mittagessen ins Café de Paris ein; für den Augenblick sei er auf eine Weise beschäftigt, die ihm nicht gestatte, einen Besucher zu empfangen. Gazonal als Südländer erzählte alle seine Nöte dem Diener.

Am nächsten Morgen um zehn erwartete Gazonal, der sich für diese Gelegenheit viel zu gut angezogen hatte (er trug seinen kornblumenblauen Frack mit vergoldeten Knöpfen, ein Hemd mit Jabot, eine weiße Weste und gelbe Handschuhe), seinen Amphitryon; nachdem er von dem ›Cafetier‹ (wie die Café-Besitzer in der Provinz genannt werden) erfahren hatte, die Herren pflegten für gewöhnlich zwischen elf und zwölf zu speisen, war er eine geschlagene Stunde auf dem Boulevard hin und her getrabt.

»Gegen halb zwölf«, so sagte er, wenn er sein Abenteuer daheim seinen Bekannten erzählte, »rief einer von zwei Parisern, die ganz schlicht gekleidet waren und nach überhaupt nichts aussahen, als er mich auf dem Boulevard erblickte: ›Da ist ja dein Gazonal . . .!‹«

Der Rufer war Bixiou, mit dem Léon de Lora sich bewaffnet hatte, um seinen Vetter »ins rechte Licht zu setzen«.

»›Seien Sie nicht böse, lieber Vetter, ich bin der Ihrige‹, rief der kleine Léon und schloß mich in die Arme«, erzählte Gazonal nach seiner Rückkehr seinen Freunden. »Das Essen war köstlich. Und mir war, als flimmere es mir vor den Augen, als ich sah, welch eine Anzahl von Geldstücken auf der Speisekarte gefordert wurden. Diese Leute da müssen ihr Körpergewicht in Gold verdienen; mein Vetter hat nämlich dem Kellner dreißig Sous gegeben, den Tageslohn eines Mannes.«

Während dieser Monster-Mahlzeit wurden sechs Dutzend Ostender Austern verzehrt, sechs Koteletts à la Soubise[9], ein Hähnchen à la Marengo, eine Hummer-Mayonnaise, junge Erbsen, geröstete Schnitten mit Champignons, angefeuchtet mit drei Flaschen Bordeaux, drei Flaschen Champagner, dazu mehrere Tassen Kaffee und Liköre, ganz abgesehen von den Vorspeisen – während dieser Mahlzeit zog Gazonal schwungvoll und wacker gegen Paris vom Leder. Der adlige Fabrikant beschwerte sich über die Länge der Vierpfundbrote, über die Höhe der Häuser, über die Gleichgültigkeit der Leute auf der Straße zueinander, über Kälte und Regen, über die Preise der Droschken, und das alles auf so witzige Weise, daß die beiden Künstler sogleich Freundschaft für Gazonal empfanden und ihn von seinem Prozeß erzählen ließen.

»Mein Prozeß[10]«, sagte er, rollte die »R« und akzentuierte nach Art der Provenzalen, »ist etwas ganz Einfaches: Sie wollen meine Fabrik. Ich habe hier einen Blödian von Advokaten ausfindig gemacht, dem ich jedesmal zwanzig Francs zahle, damit er die Augen offenhält, und jedesmal merke ich, daß er geschlafen hat . . . Er ist eine Schnecke, die mit Pferd und Wagen vorfährt, während ich zu Fuß komme, er beutet mich auf unwürdige Weise aus, ich laufe mir von einer Stelle zur andern die Beine vom Leibe und merke, daß ich mir einen Wagen hätte halten sollen . . . Hier gelten nur Leute etwas, die sich in ihrem Wagen verstekken . . .! Anderseits besteht der Staatsrat aus einem Haufen von Nichtstuern, die ihre Arbeit von kleinen Gaunern erledigen lassen, die unser Präfekt bestochen hat . . . Das ist mein Prozeß . . .! Sie wollen meine Fabrik, schön, sie sollen sie haben . . .! Und dann sollen sie sehen, wie sie mit meinen Arbeitern fertig werden, es sind nämlich an die hundert, und die werden ihnen schon mit Knüppelhieben die Köpfe zurechtsetzen ...«

»Schon gut, Vetter«, sagte der Landschaftsmaler, »seit wann bist du hier?«

»Seit zwei Jahren ...! Bei Gott, dieser Handel soll den Präfekten teuer zu stehen kommen, ich bringe ihn ums Leben, und das meine befehle ich dem Schwurgericht an ...«

»Welches Mitglied des Staatsrats befindet über deine Sache?«

»Ein ehemaliger Journalist, der keine zehn Sous wert ist; Massol heißt er!«

Die beiden Pariser tauschten einen Blick aus.

»Und der Berichterstatter ...?«

»Ein noch komischerer Kerl! Ein Bearbeiter der Bittgesuche, der Professor für irgendwas an der Sorbonne ist, der was in einer Zeitschrift geschrieben hat, und für den ich tiefste Mißachtung bekunde ...«

»Claude Vignon«, sagte Bixiou.

»Eben der ...«, antwortete der Südländer, »Massol und Vignon, das ist die soziale Vernunft ohne Vernunft, das sind die Trestaillons[11] meines Präfekten.«

»Da läßt sich Abhilfe schaffen«, sagte Léon de Lora. »Siehst du, Vetter, in Paris ist alles möglich, im Guten wie im Bösen, im Gerechten wie im Ungerechten. Hier wird alles getan, zunichte gemacht und neu errichtet.«

»Hol mich der Teufel, wenn ich noch zehn Sekunden länger hier bleibe ... diese Stadt ist die langweiligste in ganz Frankreich.«

In diesem Augenblick schritten die beiden Vettern und Bixiou auf dem Stück Asphalt einher, vom einen Ende bis zum andern, auf dem es zwischen eins und zwei Uhr schwierig ist, nicht einige der Persönlichkeiten vorübergehen zu sehen, für die die Ruhmesgöttin nicht in diese oder jene ihrer Reklametrompeten stößt. Früher hatte die Place-Royale[12], danach der Pont-Neuf dieses Privileg, das sich heute der Boulevard des Italiens erworben hat.

»Paris«, sagte jetzt der Landschaftsmaler zu seinem Vetter, »ist ein Instrument, das zu spielen man verstehen muß; und wenn wir hier zehn Minuten lang verweilen, kann ich dir eine

Lehre geben. Da, schau«, sagte er, hob den Spazierstock und deutete auf ein Paar, das gerade aus der Passage de l'Opéra herauskam.

»Wer ist denn das?« fragte Gazonal.

Es war eine alte Frau mit einem Hut, der ein halbes Jahr im Schaufenster gelegen hatte, einem sehr ausgefallenen Kleid, einem verschossenen, schottischen Wollschal; ihr Gesicht hatte zwanzig Jahre lang in einer feuchten Portiersloge geweilt; ihre sehr angeschwollene Markttasche verkündete, daß sie sich in keiner besseren sozialen Lage als der einer ehemaligen Hausmeistersfrau befand; neben ihr ging ein schlankes, schmales kleines Mädchen, dessen von schwarzen Wimpern gesäumte Augen nicht mehr voller Unschuld dreinschauten, dessen Gesichtsfarbe von Erschöpfung zeugte, aber dessen hübsch geschnittenes Geicht frisch war, dessen Haar versprach, üppig zu werden, dessen Stirn reizend und kühn war, dessen Brust mager; kurzum, eine unreife Frucht.

»Das«, antwortete ihm Bixiou, »ist eine mit ihrer Mutter dekorierte Ratte.«

»Eine Ratte? Wieso?«

»Diese Ratte«, sagte Léon und nickte Mademoiselle Ninette freundschaftlich zu, »kann dich deinen Prozeß gewinnen lassen.«

Gazonal vollführte einen Satz, aber seit sie das Café verlassen hatten, hielt Bixiou ihn am Arm fest; er meinte, sein Gesicht sei ein wenig gar zu sehr gerötet.

»Diese Ratte kommt aus einer Opernprobe; sie geht jetzt zu einer kärglichen Mahlzeit heim und kommt in drei Stunden wieder, um sich umzuziehen, falls sie heute abend im Ballett auftritt, da wir heute ja Montag haben. Diese Ratte ist dreizehn Jahre alt, also schon eine alte Ratte. In zwei Jahren wird dieses Geschöpf mit sechzigtausend Francs bewertet werden, sie wird alles oder nichts sein, eine große Tänzerin oder eine Statistin, ein berühmter Name oder eine gewöhnliche Kurtisane. Sie arbeitet seit ihrem achten Lebensjahr. So, wie du sie da siehst, ist sie vor Müdigkeit erschöpft, sie hat heute vormittag in der Tanzschule ihren Körper überanstrengt; sie kommt aus einer Probe, bei der die einzelnen Tanzbewegungen schwieriger sind als die Kombination bei einem chinesischen Brettchenspiel; heute abend muß sie wieder hin. Die Ratte ist eines der Grundelemente der

Oper; sie ist für die Solotänzerin das, was der kleine Schreiber für den Notar ist. Die Ratte ist die Hoffnung.«

»Wer erzeugt denn die Ratten?« fragte Gazonal.

»Die Hausmeister, die Armen, die Schauspieler, die Tänzer«, antwortete Bixiou. »Nur das tiefste Elend kann einem achtjährigen Kind dazu raten, seine Füße und Gelenke den härtesten Martern preiszugeben, bis zum sechzehnten oder achtzehnten Lebensjahr, und zwar einzig aus Spekulation, unberührt zu bleiben, und eine fürchterliche Alte zur Seite zu haben, wie wenn man um eine hübsche Blume Mist legt. Sie werden jetzt der Reihe nach alle Leute von Talent vorüberziehen sehen, kleine und große, werdende Künstler oder gereifte, alle, die zu Frankreichs Ruhm das ›Oper‹ genannte Alltagsmonument errichten, die Vereinigung aller Kräfte, aller Willensanspannungen, aller Begabungen, die sich in Paris finden ...«

»Ich bin schon in der Oper gewesen«, antwortete Gazonal süffisant.

»Du hast sie von deinem Platz zu drei Francs sechzig Centimes aus gesehen«, antwortete der Landschaftsmaler, »wie du Paris von der Rue Croix-des-Petits-Champs aus gesehen hast ... ohne auch nur das mindeste davon zu erfahren ... Was gab es denn in der Oper, als du drin warst ...?«

»Wilhelm Tell[13] ...«

»Gut«, entgegnete der Landschaftsmaler, »das große Duett der Mathilde hat dir sicherlich gefallen. Ja, und womit hat sich deiner Meinung nach die Sängerin beschäftigen müssen, als sie mit ihrem Auftritt fertig war ...?«

»Sie hat sich ... ja, was denn?«

»Hingesetzt und zwei blutige Lammkoteletts gegessen, die ihre Zofe für sie bereithielt ...« – »Ach, du Witzbold!«

»Die Malibran hat sich mit Schnaps aufrecht erhalten, und das hat sie zugrundegerichtet ... Aber etwas anderes. Du hast das Ballett gesehen, und eben hast du es in der schlichten Vormittagskleidung nochmals gesehen, ohne zu ahnen, daß dein Prozeß von einigen dieser Beine abhängt!«

»Mein Prozeß?«

»Schau, Vetter, das da ist eine sogenannte Statistin.«

Léon wies ihn auf eins der prächtigen Geschöpfe hin, die mit fünfundzwanzig Jahren schon sechzig durchlebt haben; die von einer so wahrhaften und ihres Gepflegtwerdens so sicheren Schönheit sind, daß sie sie gar nicht zu betonen brauchen. Sie war groß, hatte einen ansprechenden Gang, den selbstsicheren Blick eines Dandys, und ihre Kleidung empfahl sich durch eine mehr als kostspielige Schlichtheit.

»Das ist Carabine«, sagte Bixiou, der, wie auch der Maler, leicht den Kopf neigte, was Carabine durch ein Lächeln beantwortete.

»Abermals eine, die deinen Präfekten absetzen lassen könnte.«

»Eine Statistin? Aber was ist denn das?«

»Eine Statistin ist eine Ratte von großer Schönheit, die ihre Mutter, die echte oder die unechte, verkauft hat, und zwar an dem Tage, da sie weder erste noch zweite, noch dritte Solotänzerin hat werden können, und da sie den Beruf einer Choristin jedem andern vorgezogen hat, aus dem gewichtigen Grund, daß sie nach dem, womit sie sich in ihrer Jugend beschäftigte, keinen anderen ergreifen konnte; sicherlich hat sie bei den kleinen Theatern, die Tänzerinnen brauchen, nicht ankommen können; in den drei Städten Frankreichs, wo Ballette aufgeführt werden, hat sie keinen Erfolg gehabt; auch hatte sie wohl kein Geld und kein Verlangen, ins Ausland zu gehen, denn Sie müssen wissen, daß die Pariser hohe Schule des Tanzes die ganze Welt mit Tänzern und Tänzerinnen versorgt. Deswegen muß eine Ratte, die Statistin oder Figurantin geworden ist, irgendeine verläßliche Bindung haben, die sie in Paris festgehalten hat, einen reichen Mann, den sie nicht liebte, oder einen armen Jungen, den sie zu sehr liebte. Die, die Sie da haben vorübergehen sehen, und die sich heute abend vielleicht dreimal ausziehen und wieder anziehen muß, als Prinzessin, als Bäuerin, als Tirolerin usw., bekommt zweihundert und einige Francs monatlich.«

»Dabei ist sie besser gekleidet als unsere Präfektin ...«

»Wenn Sie zu ihr in die Wohnung gingen«, sagte Bixiou, »würden Sie sehen, daß sie eine Zofe hat, eine Köchin und einen Diener; sie hat eine prachtvolle Wohnung in der Rue Saint-Georges inne; kurzum, sie ist, innerhalb des Verhältnisses der heutigen französischen Vermögen zu den ehemaligen, ein Überbleibsel des ›Mädchens von der Oper‹ des achtzehnten Jahrhunderts. Carabine ist eine Macht; gegenwärtig herrscht sie über Du Tillet, einen Bankier, der über großen Einfluß in der Abgeordnetenkammer verfügt ...«

»Und was gibt es noch oberhalb dieser beiden Ballett-Rangstufen?« fragte Gazonal.

»Schau hin!« sagte sein Vetter zu ihm und deutete dabei auf eine elegante Kalesche, die am Ende des Boulevards an der Rue Grange-Batelière vorüberfuhr, »das da ist eine der ersten Solotänzerinnen; erscheint ihr Name auf den Plakaten, so lockt er ganz Paris an; sie verdient jährlich sechzigtausend Francs und lebt wie eine Fürstin; der Preis deiner Fabrik würde nicht ausreichen, dir das Recht zu erkaufen, ihr dreißigmal Guten Tag zu sagen.«

»Na, schön, dann sage ich mir selbst Guten Tag, das ist nicht so teuer!«

»Sehen Sie auf dem Vordersitz der Kalesche jenen gutaussehenden jungen Herrn?« fragte Bixiou ihn. »Das ist ein Vicomte; er trägt einen guten Namen, und er ist ihr erster Kammerherr, der, der ihre Geschäftchen mit der Presse erledigt, der dem Direktor der Oper morgens Botschaften des Friedens oder des Krieges überbringt, oder der sich mit dem Beifall befaßt, mit dem sie beim Auf- oder Abtreten begrüßt wird.«

»Das, liebe Herren, ist der Gnadenstoß; ich habe von Paris keine Ahnung gehabt.«

»Nun, jetzt wissen Sie zumindest, was alles man innerhalb von zehn Minuten in der Passage de l'Opéra[14] zu sehen bekommen kann, nicht wahr ...?« sagte Bixiou.

In diesem Augenblick kamen zwei Personen aus der Passage heraus, ein Herr und eine Dame. Die Dame war weder häßlich noch hübsch; ihre Kleidung verriet durch die Vornehmheit der Form, des Schnitts und der Farbe eine Künstlerin, und der Herr sah ziemlich nach einem Sänger aus.

»Das«, sagte Bixiou, »sind ein erster Baß und eine zweite Solotänzerin. Der Baß ist ein ungeheuer begabter Mensch, aber da Baß-Partien in den Partituren nur eine Nebenrolle spielen, verdient er kaum soviel wie die Tänzerin. Die zweite Solotänzerin war vor dem Auftreten der Taglioni[15] und der Elßler[16] eine Berühmtheit; sie vertritt bei uns noch immer den Charaktertanz und die Mimik; hätten die beiden andern nicht im Tanz eine bis dahin unbemerkt gebliebene Poesie enthüllt, gälte jene als ein Talent erster Ordnung; so jedoch ist sie heute in die zweite Reihe gerückt; dennoch tanzt sie sich ihre dreißigtausend Francs zusammen, und überdies hat sie als treuen Freund einen in der Abgeordnetenkammer sehr einflußreichen Pair von Frankreich. Und das da ist eine Tänzerin dritten Ranges, eine, die nur durch die Allmacht einer Zeitung existiert. Wäre ihr Engagement nicht erneuert worden, so hätte das Ministerium einen Feind mehr auf dem Halse gehabt. Das Ballettkorps ist in der Oper die Großmacht; daher ist es auch in den hohen Sphären des Dandytums und der Politik besserer Ton, Beziehungen zum ›Tanz‹ statt zum ›Gesang‹ zu haben. Im Parkett, wo die Stammgäste der Oper sitzen, gilt die Äußerung ›Der Herr für den Gesang‹ als eine Art Spott.«

Ein untersetzter, einfach gekleideter Mann mit gewöhnlichem Gesicht ging gerade vorüber.

»Na, da kommt endlich die andere Hälfte der Kasseneinnahme der Oper, der Tenor. Es gibt keine Dichtung, keine Musik, keine Aufführung mehr ohne einen berühmten Tenor, dessen Stimme bis zu einer bestimmten Höhe hinaufreicht. Der Tenor ist die Liebe, ist die Stimmlage, die zu Herzen geht, die in der Seele nachschwingt, und das wird in einem Gehalt beziffert, das ansehnlicher als das eines Ministers ist. Hunderttausend Francs für eine Kehle, hunderttausend Francs für ein paar Fußgelenke, das sind die beiden finanziellen Geißeln der Oper.«

»Ich bin ganz betäubt von all den hunderttausend Francs, die hier spazierengehen«, sagte Gazonal.

»Du wirst es bald noch mehr sein, lieber Vetter, komm nur mit uns ... Wir wollen Paris zur Hand nehmen wie ein Künstler sein Violoncello und dir zeigen, wie es gespielt wird, kurz und gut: Wie man sich in Paris amüsiert.«

»Paris ist ein Kaleidoskop von sieben Meilen Umfang«, rief Gazonal.

»Ehe wir den Herrn hindurchlotsen, muß ich bei Gaillard vorsprechen«, sagte Bixiou.

»Aber Gaillard könnte uns doch von Nutzen für den Vetter sein.«

»Was ist das nun wieder für eine Maschine?« fragte Gazonal.

»Keine Maschine, sondern ein Maschinist. Gaillard ist einer unserer Freunde, dem es schließlich gelungen ist, verantwortlicher Herausgeber einer Zeitung zu werden; sein Charakter und seine Kasse empfehlen sich durch Bewegungen, die den Gezeiten vergleichbar sind. Gaillard kann dazu beitragen, dich deinen Prozeß gewinnen zu lassen...«

»Der ist doch schon verloren...«

»Dann ist es jetzt der rechte Augenblick, ihn zu gewinnen«, antwortete Bixiou.

Bei Théodore Gaillard, der damals in der Rue de Ménars[17] wohnte, ließ der Diener die drei Freunde in einem Boudoir warten; er sagte, sein Herr sei bei einer Geheimkonferenz ...

»Mit wem?« fragte Bixiou.

»Mit einem Mann, der ihm den Haftbefehl für einen nicht zu fassenden Schuldner verkauft«, antwortete eine prachtvolle Frau, die in einer köstlichen Morgentoilette erschienen war.

»In diesem Fall, liebe Suzanne«, sagte Bixiou, »können wir wohl näher treten...«

»Oh, welch ein schönes Geschöpf«, sagte Gazonal.

»Es ist Madame Gaillard«, flüsterte Léon de Lora dem Vetter zu. »Du erblickst in ihr, mein Lieber, die bescheidenste Frau von ganz Paris: Sie hatte die Öffentlichkeit, jetzt begnügt sie sich mit einem Ehemann.«

»Was wünschen die erlauchten Herren?« fragte der zu Späßen aufgelegte Zeitungsmann, als er seine beiden Freunde erblickte, im Tonfall Frédérick Lemaîtres[18].

Théodore Gaillard, ehedem ein Mann von Geist, war schließlich verstumpft, da er immer im selben Milieu geblieben war; dieses Phänomen ist in Paris häufig zu beobachten. Sein Hauptvergnügen bestand zu jener Zeit darin, seine Gespräche mit Zitaten aus Stücken zu durchsetzen, die gerade im Schwange waren, und sie in der Betonung zu sprechen, die die berühmten Schauspieler ihnen geliehen hatten.

»Wir wollen ein bißchen lästern«, antwortete Léon.

»Schon wieder, junger Mann?« (Odry in den ›Gauklern[19]‹.)

»Kurz und gut, es steht fest, wir fassen ihn«, sagte abschließend Gaillards Gesprächspartner.

»Sind Sie Ihrer Sache so sicher, Papa Fromenteau?« fragte Gaillard. »Es ist jetzt elfmal, daß wir ihn abends gehabt haben und daß er Ihnen morgens entwischt ist.«

»Nichts zu machen! Nie zuvor habe ich mit einem Schuldner wie diesem zu tun gehabt; er ist eine Lokomotive; er schläft in Paris ein und wacht im Département Seine-et-Oise wieder auf. Das reinste Vexierschloß.« Als er auf Gaillards Lippen ein Lächeln wahrnahm, fuhr er fort: »So sagt man bei uns ›Leuten vom Bau‹. Jemanden ›zwicken‹, jemanden ›schnappen‹ heißt ihn verhaften. Bei der richtigen Polizei gibt es dafür andere Ausdrücke. Vidocq[20] sagte zu denen, mit denen er es zu tun hatte: ›Du bist bedient.‹ Das ist komischer, weil es sich dabei um die Guillotine handelt.«

Auf einen Ellbogenstoß hin, den Bixiou ihm versetzte, wurde Gazonal ganz Auge und Ohr.

»Schmiert der Herr die Pfote?« fragte Fromenteau drohenden, wenngleich kalten Tons.

»Es handelt sich um fünfzig Centimes« (Odry in den ›Gauklern‹), antwortete der Zeitungsmann, nahm ein Hundertsousstück und hielt es Fromenteau hin.

»Und was bekommt die Kanaille ...?« entgegnete dieser.

»Welche?« fragte Gaillard.

»Die, die ich benutze«, erwiderte Fromenteau ruhig.

»Gibt es denn noch niedriger Stehende?« fragte Bixiou.

»Freilich«, antwortete der Spitzel. »Nämlich die, die uns Auskünfte geben, ohne es zu wissen und ohne sie sich bezahlen zu lassen. Die Dummen und die Nullen rangiere ich noch unter die Kanaille ein.«

»Die Kanaille ist oft schön und witzig!« rief Léon aus.

»Sie gehören also der Polizei an?« fragte Gazonal und blickte mit beunruhigter Neugier auf das dürre, unzugängliche Männlein, das gekleidet war wie der dritte Schreiber eines Gerichtsvollziehers.

»Welche meinen Sie?« fragte Fromenteau.

»Gibt es denn mehrere?«

»Es hat schon bis zu fünf gegeben«, antwortete Fromenteau. »Die Kriminalpolizei, deren Chef Vidocq gewesen ist! Die Gegenpolizei, deren Chef stets unbekannt bleibt. Die politische Polizei, die Fouchés. Dann die für die auswärtigen Angelegenheiten und die des ›Château‹ (des Kaisers, Ludwigs XVIII. usw.), die sich immer mit der vom Quai Malaquais kabbelte. Das hat mit Monsieur Decazes[21] aufgehört. Ich habe der Polizei Ludwigs XVIII. angehört, ich war einer von denen von 1793, zusammen mit dem armen Contenson[22].«

Léon de Lora, Bixiou, Gazonal und Gaillard blickten einander an und hatten alle denselben Gedanken: »Wie vielen Menschen hat er wohl den Kopf abschlagen lassen?«

»Jetzt will man ohne uns auskommen, solch eine Dummheit!« fuhr nach einer Pause der kleine Mann fort, der innerhalb eines Augenblicks so furchtbar geworden war. »Seit 1830 wollen sie in der Präfektur nur anständige Leute, und da habe ich den Abschied genommen und schaffe mir einen kleinen Nebenverdienst durch die Verhaftung von Schuldnern . . .«

»Er ist die rechte Hand der Büttel des Handelsgerichts[23]«, flüsterte Gaillard Bixiou zu. »Aber man kann nie wissen, ob der Schuldner oder der Gläubiger ihn besser bezahlt.«

»Je mehr ein Staat Kanaille ist, desto mehr bedarf er der Redlichkeit«, sagte Fromenteau sentenziös, »ich gehöre dem, der mir am meisten zahlt. Sie wollen fünfzigtausend Francs eintreiben und knausern mit den Mitteln dazu. Geben Sie mir fünfhundert Francs, dann ist Ihr Mann morgen geschnappt, wir haben ihn nämlich gestern gesichtet.«

»Fünfhundert Francs für Sie allein?« rief Théodore Gaillard.

»Lisette braucht einen Schal«, antwortete der Spitzel, ohne daß ein Muskel seines Gesichts gezuckt hätte. »Lisette nenne ich sie Bérangers wegen[24].«

»Sie haben eine Lisette und bleiben dennoch in Ihrem Beruf?« rief der tugendsame Gazonal aus.

»Er ist so amüsant! Meinetwegen mag man das Angeln und die Jagd lobpreisen; die Menschenjagd in Paris ist ein viel interessanterer Beruf.«

»Tatsächlich«, sagte Gazonal laut zu sich selbst, »dazu gehört eine große Begabung . . .«

»Wenn ich Ihnen die Eigenschaften aufzählte, die bei unserem Gewerbe einen Mann ausmachen, der die andern überragt«, antwortete ihm Fromenteau, dessen rascher Blick Gazonal gänzlich durchschaut hatte, »so würden Sie glauben, ich spräche von einem Genie. Brauchen wir etwa keine Luchsaugen? – Kühnheit (wie eine Bombe in ein Haus platzen, die Leute anreden, als sei man gut mit ihnen bekannt, Gemeinheiten vorschlagen, zu denen sie sich stets bereitfinden usw.). – Gedächtnis. – Scharfsinn. – Erfindungsgabe (sich rasch Listen ausdenken, niemals dieselben, denn das Spitzeltum schmiegt sich dem Charakter und den Gewohnheiten jedes einzelnen an); das ist eine Himmelsgabe. – Schließlich Behendigkeit, Kraft, usw. Alle diese Fähigkeiten, meine Herren, sind auf die Tür der Gymnastikschule Amoros[25] als Inbegriff der Tugend gepinselt worden! All das müssen wir besitzen, sonst büßen wir die hundert Francs Gehalt ein, die uns der Staat, die Rue de Jérusalem[26] oder der Büttel des Handelsgerichts zahlt.«

»Und solch ein überragender Mann scheinen Sie mir zu sein«, sagte Gazonal zu ihm.

Fromenteau schaute den Provinzler an, ohne ihm zu antworten, ohne anzudeuten, was in ihm vorging, und verschwand, ohne jemanden zu grüßen. Ein wahrer Geniezug!

»Tja, Vetter, da hast du die fleischgewordene Polizei gesehen«, sagte Léon zu Gazonal.

»Er hat auf mich gewirkt wie ein Verdauungsmittel«, antwortete der ehrenhafte Fabrikant, während Gaillard und Bixiou leise miteinander plauderten.

»Die Antwort gebe ich dir heute abend bei Carabine«, sagte Gaillard laut und setzte sich wieder an seinen Schreibtisch, ohne Gazonal zu sehen oder zu begrüßen.

»Was für ein anmaßender Bursche«, rief der Südländer vor der Tür.

»Sein Blatt hat zwanzigtausend Abonnenten«, sagte Léon de Lora. »Er ist eine der fünf Großmächte von heutzutage, und vormittags hat er keine Zeit, höflich zu sein ...«

»Wenn wir in die Abgeordnetenkammer gehen müssen, um seinen Prozeß zu arrangieren, dann ist es am besten, wenn wir den längsten Weg einschlagen«, sagte Léon zu Bixiou.

»Worte großer Männer sind wie Teelöffel aus feuervergoldetem Silber, bei denen im Gebrauch die Vergoldung schwindet; dadurch, daß sie oftmals wiederholt werden, verlieren sie all ihren Glanz«, entgegnete Bixiou. »Aber wohin wollen wir gehen?«

»Nicht weit; zu unserm Hutmacher«, antwortete Léon.

»Bravo!« rief Bixiou. »Wenn wir so weitermachen, wird es vielleicht ein amüsanter Tag.«

»Gazonal«, fuhr Léon fort, »ich will ihn für dich ins rechte Licht setzen; die Sache ist nur die, daß du ernst sein mußt wie der König auf einem Hundertsousstück; du bekommst nämlich gratis und franco ein stolzes Original vorgeführt, einen Mann, den seine Bedeutsamkeit den Kopf verlieren läßt. Heutzutage, mein Lieber, will jedermann sich mit Ruhm bedecken, und dabei bedecken sich viele mit Lächerlichkeit; daher rühren die lebenden Karikaturen, die etwas ganz Neues sind ...«

»Wenn alle berühmt sind, wie könnte man da noch hervorstechen?« fragte Gazonal.

»Berühmt sein ...? Das dürfte dann heißen: dumm sein«, antwortete ihm Bixiou. »Ihr Vetter trägt eine Ordensauszeichnung, ich bin gut gekleidet, also werde *ich* angesehen ...«

Auf diese Bemerkung hin, die zu erläutern vermag, weshalb die Redner und die andern großen Politiker in Paris nichts mehr in das Knopfloch ihres Fracks stecken, ließ Léon Gazonal in goldenen Lettern den erlauchten Namen VITAL, FINOT NACHFOLGER, HUTFABRIKANT (und nicht mehr, wie früher, Hutmacher) lesen; seine Reklameanzeigen bringen den Zeitungen genausoviel Geld ein wie die von drei Pillen- oder Pralinenhändlern; er war überdies der Verfasser einer kleinen Schrift über den Hut.

»Mein Lieber«, sagte Bixiou zu Gazonal und zeigte ihm das glanzvolle Schaufenster, »Vital hat vierzigtausend Francs Zinsen.«

»Und dann bleibt er Hutmacher?« rief der Südländer und zuckte so heftig zusammen, daß er beinahe Bixiou den Arm gebrochen hätte.

»Du wirst den Mann gleich zu sehen bekommen«, antwortete Léon. »Du brauchst einen neuen Hut; du sollst ihn umsonst haben.«

»Ist Monsieur Vital nicht da?« fragte Bixiou, der niemanden an der Kasse sitzen sah.

»Monsieur korrigiert seine Fahnenabzüge in seinem Arbeitszimmer«, antwortete ein Verkäufer.

»Na? Ist das nicht etwa Stil?« fragte Léon seinen Vetter. Dann wandte er sich an den Verkäufer: »Können wir ihn sprechen, ohne seinen Inspirationen zu schaden?«

»Lassen Sie die Herren eintreten«, sagte eine Stimme.

Es war eine bürgerliche Stimme, die Stimme eines Wählbaren, eine machtvolle zinsenschwere Stimme.

Und Vital geruhte, sich in Person zu zeigen; er war ganz in schwarzes Tuch gekleidet und prangte in einem prächtigen Jabothemd, das ein Diamant zierte. Die drei Freunde sahen am Schreibtisch eine junge, hübsche Frau sitzen; sie arbeitete an einer Stickerei.

Vital ist ein Mann zwischen dreißig und vierzig; seine ursprüngliche Jovialität ist unter dem Druck seiner ehrgeizigen Gedanken zurückgedämmt worden. Er erfreut sich eines mittelgroßen Wuchses, des Privilegs eines gesunden Organismus. Er ist ziemlich beleibt und daher auf sein Äußeres bedacht; seine Stirn erkahlt; aber diesem Haarschwund hilft er nach, um sich das Aussehen eines vom Denken Verzehrten zu leihen. Aus der Art und Weise, wie seine Frau ihn anblickt und ihm lauscht, ersieht man, daß sie an das Genie und die Berühmtheit ihres Mannes glaubt. Vital hat eine Schwäche für die Künstler, nicht weil er etwas für die Künste übrighätte, sondern aus Kollegialität; er hält sich nämlich ebenfalls für einen Künstler und läßt es durchblicken, wenn er sich gegen diesen Adelstitel sträubt und zwischen sich und der Kunst mit nie wankendem Vorbedacht einen riesigen Abstand schafft, damit man ihm sagt: »Aber Sie haben doch den Hut bis zur Höhe einer Wissenschaft erhoben!«

»Haben Sie nun endlich einen Hut für mich gefunden?« fragte der Landschaftsmaler.

»Wieso, Monsieur, in vierzehn Tagen?« antwortete Vital, »und für Sie . . .? Es dürften kaum zwei Monate genügen, um auf die Form zu kommen, die zu Ihren Zügen paßt! Da, hier sehen Sie Ihre Lithographie, ich habe sie vor mir, ich habe Sie bereits sorgfältig studiert! Für keinen Fürsten würde ich mir soviel Mühe geben; Sie sind nämlich mehr, Sie sind ein Künstler! Und Sie verstehen mich, lieber Herr.«

»Ich bringe Ihnen hier einen unserer größten Erfinder, er stände groß da wie Jacquard[27], wenn er sich nur bequemen würde zu sterben«, sagte Bixiou und stellte Gazonal vor. »Unser Freund, ein Tuchfabrikant, hat das Mittel entdeckt, den Indigo aus alten blauen Fräcken wiederzugewinnen, und er hat in Ihnen ein Weltwunder kennenlernen wollen, denn Sie haben den Ausspruch getan: ›Der Hut ist der Mann[28]‹. Dieser Ausspruch hat den Herrn entzückt. Ach, Vital, Sie haben den Glauben! Sie glauben an etwas, Sie ereifern sich leidenschaftlich für Ihr Werk.«

Vital hörte kaum zu; er war vor Freude ganz blaß geworden.

»Steh auf, Frau ...! Der Herr ist ein Fürst der Wissenschaft.«

Auf einen Wink ihres Mannes erhob sich Madame Vital, und Gazonal verneigte sich vor ihr.

»Hätte ich wohl die Ehre, für Ihre Kopfbedeckung zu sorgen?« fuhr Vital mit fröhlicher Liebedienerei fort.

»Zum gleichen Preis wie für mich«, sagte Bixiou.

»Selbstverständlich, ich erbitte als Honorar lediglich die Freude, gelegentlich von Ihnen zitiert zu werden, meine Herren! Der Herr bedarf eines pittoresken Hutes, nach der Art desjenigen Monsieur Lousteaus«, sagte er und bedachte Bixiou mit einem herrischen Blick. »Ich werde darüber nachdenken.«

»Sie geben sich recht große Mühe«, sagte Gazonal zu dem Pariser Fabrikanten.

»Oh, nur für einige wenige, für solche, die den Wert meiner Mühewaltung zu schätzen wissen. Sehen Sie, in der Aristokratie gibt es nur einen einzigen Mann, der den Hut verstanden hat, und das ist der Fürst von Béthune[29]. Da die Männer nie bedenken, wie die Frauen es tun, daß der Hut der erste Bestandteil der Toilette ist, der in die Augen fällt, kommen sie nicht auf den Gedanken, das gegenwärtige System abzuändern, das, sagen wir es getrost, vulgär ist. Aber unter allen Völkern ist das französische dasjenige, das am längsten bei einer Dummheit beharrt! Ich weiß nur zu gut um die Schwierigkeiten, meine Herren! Ich rede nicht von meinen Schriften über dies Thema, von dem ich meine, ich hätte es als Philosoph angepackt, sondern lediglich als Hutmacher habe ich ganz allein Mittel und Wege entdeckt, immer wieder auf die infame Kopfbedeckung hinzuweisen, die Frankreich trägt, bis es mir endlich gelingt, ihr den Garaus zu machen.«

Er zeigte den scheußlichen Hut, wie er heute im Gebrauch ist.

»Da sehen Sie den Feind, meine Herren«, fuhr er fort. »›Sich zu sagen, daß das geistreichste Volk auf Erden sich bereit findet, auf dem Kopf dies Stück Ofenrohr zu tragen!‹ hat einer unserer Schriftsteller gesagt. Und hier sehen Sie all die Kurvungen, die ich diesen gräßlichen Linien habe geben können«, fügte er hinzu und wies auf eine seiner »Kreationen«. »Aber obwohl ich mich darauf verstehe, sie dem Charakter eines jeden anzupassen, wie Sie sehen, denn dieser Hut hier wird von Ärzten, von Krämern, von Dandys, von Künstlern, von dicken Männern, von mageren Männern getragen, ist er noch immer grauenhaft! Haben Sie die ganze Reichweite meines Gedankens erfaßt . . .?«

Er nahm einen niedrigen Hut mit breiter Krempe vor.

»Dies hier ist der alte Hut Claude Vignons, eines großen Kritikers und freisinnigen Lebemanns . . . Er hat sich der Regierung angeschlossen, er wird zum Professor ernannt, zum Bibliothekar, er schreibt nur noch für die ›Débats‹, er wird Bearbeiter der Bittschriften, er hat ein Gehalt von sechzehntausend Francs, viertausend verdient er an seiner Zeitung, er hat das Kreuz der Ehrenlegion . . . Also kurz und gut: Dies ist sein neuer Hut.«

Und Vital zeigte einen Hut, dessen Schnitt und Form voll und ganz »goldene Mitte« war.

»Sie hätten ihm eine Narrenkappe entwerfen sollen!« rief Gazonal.

»Sie sind ein Genie höchsten Grades, Monsieur Vital«, sagte Léon.

Vital verbeugte sich, ohne das Wortspiel bemerkt zu haben[30].

»Könnten Sie mir wohl sagen, warum Ihre Läden abends in Paris am längsten offen bleiben, sogar noch länger als die Cafés und die der Weinhändler? Tatsächlich, das macht mich neugierig«, sagte Gazonal.

»Erstens sehen unsere Läden beleuchtet schöner aus als bei Tage; und zweitens kommen auf zehn tagsüber verkaufte Hüte fünfzig am Abend verkaufte.«

»In Paris ist alles komisch«, sagte Léon.

»Nun, trotz meiner Bemühungen und meiner Erfolge«, fuhr Vital in seiner Selbstbelobigung fort, »muß zum Hut mit einer runden Kalotte gelangt werden. In dieser Richtung arbeite ich . . .!«

»Was steht dem entgegen?« fragte Gazonal.

»Die Billigkeit, Monsieur! Zunächst werden schöne Seidenhüte für fünfzehn Francs angeboten, das tötet unsern Handel, denn in Paris legt keiner fünfzehn Francs für einen neuen Hut an! Auch wenn der Hut aus Biberhaar dreißig Francs kostete, wäre das Problem noch immer dasselbe. Wenn ich sage ›Biberhaar‹, so muß betont werden, daß in Frankreich keine zehn Pfund Biberhaar gekauft werden. Dieses Material kostet nämlich dreihundertfünfzig Francs das Pfund, und für einen Hut braucht man eine Unze[31]; übrigens taugen Biberhüte nichts. Dieses Haar nimmt den Farbstoff schlecht an, wird innerhalb von zehn Minuten in der Sonne rot, und der Hut beult sich in der Hitze aus. Was wir als ›Biber‹ bezeichnen, ist ganz einfach Hasenhaar. Die guten Qualitäten wachsen auf dem Rücken des Tieres, die zweitbesten auf den Flanken, die dritten am Bauch. Ich verrate Ihnen Berufsgeheimnisse, aber Sie sind ja anständige Menschen. Doch ob wir nun Hasenhaar oder Seide auf dem Kopf tragen, fünfzehn Francs oder dreißig Francs, das Problem ist nach wie vor unlösbar. Man muß seinen Hut stets bezahlen, und deshalb bleibt der Hut, was er ist. Die Ehre der französischen Bekleidungsindustrie wird an dem Tag gerettet sein, da graue Hüte mit rundem Kopfteil hundert Francs kosten! Dann könnten wir, wie die Schneider, Kredit geben. Um zu diesem Ergebnis zu gelangen, müßte man sich entschließen, Schnalle und goldenes Hutband, Federn und Satinrevers wie unter Ludwig XIII. und Ludwig XIV. zu tragen. Unser Gewerbe träte dann in die Bereiche der Phantasie ein und würde sich verzehnfachen. Der Weltmarkt würde Frankreich gehören, gerade wie es bei der Damenmode der Fall ist, in der Paris immer tonangebend sein wird, wogegen unser gegenwärtiger Hut überall fabriziert werden kann. Es geht bei dieser Frage darum, zehn Millionen ausländisches Geld für unser Land zu erobern . . .«

»Das ist ja die reinste Revolution!« sagte Bixiou und tat begeistert.

»Ja, von Grund auf, weil nämlich die Form geändert werden muß.«

»Sie sind genauso gut dran wie Luther«, sagte Léon, der immer auf Wortwitze aus ist, »Sie träumen von einer Reformation.«

»Freilich, Monsieur. Ach, wenn zwölf oder fünfzehn Künstler, Kapitalisten oder Dandys, die den Ton angeben, nur vierundzwanzig Stunden lang Mut hätten, dann würde Frankreich eine herrliche Handelsschlacht gewinnen! Sehen Sie, ich sage in einem fort zu meiner Frau: Um mich durchzusetzen, gäbe ich mein Vermögen preis! Ja, mein ganzer Ehrgeiz ist es, auf diesem Gebiet ein Neugestalter zu sein und dann zu verschwinden . . .!«

»Ein kolossaler Kerl«, sagte Gazonal beim Hinausgehen, »aber ich versichere euch, daß alle eure Originale etwas Südländisches haben . . .«

»Laßt uns dort entlang gehen«, sagte Bixiou und zeigte auf die Rue Saint-Marc.

»Bekommen wir noch was zu sehen . . .?«

»Ich will Ihnen die Wucherin der Ratten und Statistinnen zeigen, eine Frau, die im Besitz ebensovieler abscheulicher Geheimnisse ist, wie Sie Kleider hinter ihrem Glasfenster hängen hat«, sagte Bixiou.

Und er deutete auf einen der Läden, die in ihrer Vernachlässigung Schandflecke inmitten der blendenden modernen Geschäfte bilden. Es war ein Laden mit Schaukästen, der 1820 zuletzt gestrichen worden war, und der wohl durch eine Pleite dem Hausbesitzer in zweifelhaftem Zustand überlassen worden war; die Farbe war unter einer zwiefachen Schmutzschicht durch Benutzung und Ablagerung durchfetteten Staubes verschwunden; die Scheiben waren unsauber, der Türdrücker drehte sich von selbst, wie an allen Stätten, die man noch schneller wieder verläßt, als man sie betreten hat.

»Was sagen Sie zu der da? Ist sie nicht die Kusine der Todesgöttin?« fragte der Zeichner ganz leise Gazonal und wies auf eine schreckenerregende Gevatterin hinter dem Ladentisch, »na, und sie heißt Madame Nourrisson[32].«

»Was kostet diese Seidenspitze, Madame?« fragte der Fabrikant, der seinen Schwung mit dem der beiden Künstler messen wollte.

»Für Sie, der Sie von weit her kommen, Monsieur, nur hundert Taler«, antwortete sie.

Und da sie eine den Südländern eigentümliche Art des Zurückzuckens wahrnahm, fügte sie eindringlich hinzu: »Sie stammt von der armen Prinzessin Lamballe[33].«

»Wie? Also aus unmittelbarer Nähe des Château[34]?« rief Bixiou.

»Monsieur, ›die‹ glauben nicht daran«, lautete die Antwort.

»Madame, wir sind nicht hergekommen, um zu kaufen«, sagte Bixiou beherzt.

»Das sehe ich nur zu gut«, entgegnete Madame Nourrisson.

»Wir haben verschiedene Dinge zu verkaufen«, fuhr der berühmte Karikaturenzeichner fort, »ich wohne Rue de Richelieu 112, im sechsten Stock. Wenn Sie dort einmal kurz vorsprechen wollten, könnten Sie ein glänzendes Geschäft machen . . .!«

»Vielleicht wünscht der Herr ein paar Ellen gut erhaltenen Musselin aus zweiter Hand?« fragte sie lächelnd.

»Nein, es handelt sich nämlich um ein Brautgewand«, antwortete Léon de Lora ernst.

Eine Viertelstunde später kam Madame Nourrisson tatsächlich zu Bixiou, der, um den Scherz vollends durchzuführen, Léon de Lora und Gazonal mit zu sich genommen hatte; Madame Nourrisson fand die drei ernst wie Autoren, deren Zusammenarbeit »nicht den Erfolg findet, den sie verdient hätte«.

»Madame«, sagte der furchtlose Spaßvogel zu ihr und zeigte ihr ein Paar Frauenpantoffel, »dies hier stammt von der Kaiserin Josephine.«

Der Madame Nourrisson mußte doch die Prinzessin Lamballe heimgezahlt werden.

»Das . . .?« sagte sie, »das stammt aus diesem Jahr; sehen Sie sich mal die Fabrikmarke auf der Sohle an!«

»Können Sie sich nicht denken, daß diese Pantoffel eine Vorrede sind«, antwortete Léon, »obwohl sie für gewöhnlich den Schluß eines Romans bilden?«

»Mein Freund hier«, fuhr Bixiou fort und zeigte auf den Südländer, »möchte aus hochwichtigen Familieninteressen wissen, ob eine junge Dame aus gutem, reichem Haus, die er zu heiraten wünscht, einen Fehltritt begangen hat.«

»Wieviel würde der Herr zahlen?« fragte sie und musterte Gazonal, den nichts mehr wunderte.

»Hundert Francs«, antwortete der Fabrikant.

»Danke«, sagte sie mit einer ablehnenden Grimasse, die eine Meerkatze außer sich gebracht haben würde.

»Wieviel wollen Sie denn, meine kleine Madame Nourrisson?« fragte Bixiou und faßte sie um die Taille.

»Erstens, liebe Herren, habe ich, seit ich arbeite, es nie erlebt, gleichgültig, ob es sich um Herren oder Damen handelte, daß gefeilscht wurde, wenn es ums Lebensglück ging! Und zweitens, nicht wahr?, sind Sie drei Spaßmacher«, fuhr sie fort, ließ auf ihren kalten Lippen ein Lächeln erscheinen und verstärkte es durch einen eisigen Blick, aus dem das Mißtrauen einer Katze sprach. – »Wenn es sich nicht um Ihr Lebensglück handelt, dann geht es um Geldinteressen; und wenn man so hoch wie Sie wohnt, feilscht man noch weniger um eine Mitgift. Also heraus mit der Sprache«, sagte sie mit zuckersüßer Miene, »um was handelt es sich nun eigentlich, ihr Schäfchen?«

»Um die Firma Beunier & Co.«, antwortete Bixiou, dem es lieb war, zu erfahren, woran er mit einer jungen Dame sei, die ihn interessierte.

»Oh, wenn es nur das ist«, entgegnete sie, »da genügt ein Louis ...«

»Und wieso?«

»Ich habe den gesamten Schmuck der Mutter; und alle drei Monate ist sie in größter Verlegenheit, jawohl, und weiß nicht, wie sie für das, was ich ihr geliehen habe, die Zinsen auftreiben soll. Da wollen Sie hineingeraten, Sie Einfaltspinsel ...?« fragte sie. »Geben Sie mir vierzig Francs, und ich plaudere Ihnen für mehr als hundert Taler aus.«

Gazonal ließ ein Vierzigfrancsstück sehen, und Madame Nourrisson kramte erschreckende Einzelheiten über das geheime Elend einiger als »tadellos« geltender Frauen aus. Die Althändlerin, die das Gespräch aufheiterte, trat jetzt deutlich hervor. Ohne einen Namen oder ein Geheimnis zu verraten, ließ sie die beiden Künstler erschauern, indem sie ihnen darlegte, daß es in Paris wenig Glücksumstände gebe, die nicht auf der schwankenden Basis des Darlehns beruhten. Sie besaß in ihren Schubfächern verstorbene Großmütter, lebende Kinder, abgeschiedene Ehemänner, tote Enkeltöchter in Gestalt von goldgefaßten, mit Brillanten besetzten Erinnerungsstücken! Sie hatte erschreckende Geschichten erfahren, dadurch nämlich, daß sie ihre Kundinnen dahinbrachte, voneinander zu erzählen, dadurch, daß sie ihnen in den Augenblicken leidenschaftlicher Erregung, der Zerwürfnisse, des Zorns und der harmlosen Vorbereitungen, deren ein Darlehen zu seinem Abschluß bedarf, ihre Geheimnisse entriß.

»Wie sind Sie eigentlich dazu gekommen, sich auf diese Weise zu betätigen?« fragte Gazonal.

»Für meinen Sohn«, sagte sie naiv.

Nahezu stets rechtfertigen die Hökerinnen mit alten Kleidern ihr Gewerbe mit den schönsten Motiven. Madame Nourrisson posierte damit, daß sie mehrere Bräutigame verloren habe, drei Töchter, die nicht gutgetan hätten, ihre sämtlichen Illusionen mit einem Wort! Sie zeigte als ihre besten Werte die Pfandscheine des Mont-de-Piété[35] vor, um zu beweisen, wie schlecht es um ihr Geschäft stehe. Sie tat, als sehe sie voller Bangnis dem nächsten Dreißigsten entgegen. Man »stehle« ihr viel, behauptete sie.

Die beiden Künstler schauten einander bei diesem etwas gar zu heftigen Wort an.

»Paßt nur auf, Kinder, jetzt will ich mal zeigen, wie unsereiner übers Ohr gehauen wird! Es handelt sich nicht um mich, sondern um meine Nachbarin gegenüber, Madame Mahuchet, die Damenschuhhändlerin. Ich hatte einer Gräfin Geld geliehen, einer Dame, die im Vergleich zu ihren Einkünften gar zuviele Leidenschaften hatte. So was räkelt sich auf schönen Möbeln in einer prächtigen Wohnung! So was veranstaltet Empfänge, so was tut dicke, wie wir sagen, auf Teufel komm 'raus! Sie schuldet also ihrer Schuhhändlerin dreihundert Francs, und dann hat sie ein Abendessen gegeben, eine Gesellschaft, und zwar erst vorgestern. Die Schuhhändlerin, die das von der Köchin erfahren hat, kommt zu mir; wir machen uns gegenseitig die Köpfe heiß, sie will einen Skandal vom Zaun brechen, und ich sage zu ihr: ›Mütterchen Mahuchet, was soll dabei herauskommen? Man macht sich bloß verhaßt. Weit besser ist es, sich gute Pfänder zu verschaffen. Lästige Kundinnen muß man übertrumpfen! Dabei schont man seine Galle ...‹ Sie will hingehen, bittet mich, ihr zur Seite zu stehen, wir zuckeln los. – ›Madame ist nicht da.‹ – Kennen wir! – ›Wir warten auf sie‹, sagt Mutter Mahuchet, ›und sollte ich bis Mitternacht hierbleiben.‹ Und wir lassen uns im Vorzimmer nieder und schwätzen. Ach, jetzt gehen Türen, klappen zu, leise Schritte, leise Stimmen ... Mir war unbehaglich zu Mute. Die Gäste kamen zum Abendessen. Stellen Sie sich doch vor, welche Wendung das genommen hätte. Die Gräfin schickt ihre Zofe, um die Mahuchet zu besänftigen. – ›Sie bekommen Ihr Geld, morgen, ganz bestimmt!‹ Kurzum, die ganze Leier ...! Nichts verfängt. Die Gräfin, aufgedonnert wer weiß wie, kommt ins Eßzimmer. Meine Mahuchet hört sie, macht die Tür auf und tritt in Erscheinung. Na, als sie eine vor Silberzeug funkelnde Tafel erblickt (die Speisenwärmer, die Leuchter, es glänzte wie ein Heiligenschrein), platzt sie los wie Sodawasser und läßt ihre Rakete steigen: ›Wenn man anderer Leute Geld ausgibt, sollte man bescheiden sein und keine großen Essen geben. Gräfin sein und einer armen Schustersfrau hundert Taler schulden, die sieben Kinder hat ...!‹ Sie können sich wohl denken, was alles sie herausgekotzt hat, diese Frau, sie ist ja so gut wie ungebildet. Auf eine Entschuldigung (›Kein Bargeld zur Hand‹) der Gräfin schreit meine Mahuchet: ›Na, Madame, und das Tischsilber da? Verpfänden Sie Ihre Bestecke und bezahlen Sie mich!‹ – ›Nehmen Sie sie selber‹, sagt die Gräfin, rafft ein halbes Dutzend Bestecke zusammen und drückt sie ihr in die Hand. Wir machen, daß wir die Treppe hinunterkommen ... ah, bah! wenigstens was wie ein Erfolg ...! Nein; denn auf der Straße sind der Mahuchet die Tränen gekommen, sie ist nämlich eine gute Seele, sie hat die Bestecke zurückgebracht und sich entschuldigt, sie hatte die Notlage dieser Gräfin eingesehen; die Bestecke waren aus Neusilber ...!«

»Dann ist sie also unbesteckt[36] geblieben«, sagte Léon de Lora, bei dem der alte »Treffbube« immer wieder einmal durchschimmerte.

»Ach, mein lieber Herr«, sagte Madame Nourrisson, die dieser Wortwitz aufgeklärt hatte, »Sie sind ein Künstler, Sie schreiben Theaterstücke, Sie wohnen in der Rue du Helder, Sie sind bei Madame Antonia hängengeblieben, ich kenne Ihre Ticks ... Schon gut, jetzt wollen Sie etwas Seltenes und Erstklassiges haben, Carabine oder Mousqueton, Malaga oder Jenny Cadine.«

»Malaga und Carabine, aus denen haben *wir* ja erst gemacht, was sie sind ...«, rief Léon de Lora.

»Ich schwöre Ihnen, liebe Madame Nourrisson, daß wir einzig und allein die Freude haben wollten, Ihre Bekanntschaft zu machen, und daß wir Auskünfte über Ihre Vergangenheit wünschen, daß wir wissen möchten, auf welcher schiefen Ebene Sie in Ihr Gewerbe gerutscht sind«, sagte Bixiou.

»Ich war Vertrauensperson bei einem Marschall von Frankreich, dem Fürsten von Ysembourg«, sagte Madame Nourrisson und nahm eine Dorinen[37]-Pose ein. »Eines Morgens kommt eine der vornehmsten Gräfinnen des kaiserlichen Hofes, sie will den Marschall sprechen, und zwar unter vier Augen. Ich stelle mich so auf, daß ich lauschen kann. Die gute Dame zerschmilzt in Tränen, sie vertraut diesem Einfaltspinsel von Marschall (dem Fürsten von Ysembourg, diesem Condé[38] der Republik) an, ihr Mann, der in Spanien diene, habe ihr nicht mal einen Tausendfrancsschein dagelassen; wenn sie nicht sofort einen oder zwei bekomme, seien ihre Kinder ohne Brot, sie habe für morgen nichts zu essen. Mein Marschall, der zu jener Zeit sehr freigebig war, entnimmt seinem Schreibpult zwei Tausendfrancsscheine. Ich schaue der schönen Gräfin auf der Treppe nach, ohne daß sie mich sehen kann; sie lachte mit einer so unmütterlichen Zufriedenheit, daß ich ihr bis in den Säulenvorbau der Auffahrt nachschleiche, und da höre ich sie ganz leise zu ihrem Leibjäger sagen: ›Zu Leroy!‹ Ich laufe hin. Die Familienmutter geht in das berühmte Geschäft in der Rue Richelieu, Sie wissen ja, hinein ... Sie bestellt und bezahlt ein Abendkleid für fünfzehnhundert Francs, damals mußte nämlich ein Kleid bei der Bestellung bezahlt werden. Am übernächsten Tag konnte sie bei einem Botschafterball erscheinen, aufgetakelt, wie eine Frau es sein muß, die jedermann und einem bestimmten Mann gefallen will. Von jenem Tag an habe ich mir gesagt: ›Jetzt weiß ich einen Beruf für mich! Wenn ich nicht mehr jung bin, leihe ich den großen Damen auf ihre Garderobe und ihren Putz Geld, denn die Leidenschaft rechnet nicht und zahlt blind.‹ Wenn Sie nach Vaudeville-Stoffen suchen, kann ich Ihnen welche verkaufen ...«

Nach dieser Tirade, auf die jede Phase ihres Vorlebens abgefärbt hatte, verschwand sie und ließ Gazonal stehen; er war ebenso erschrocken über dieses Geständnis wie über die fünf gelben Zähne, die sie bei dem Versuch zu lächeln gezeigt hatte.

»Und was machen wir jetzt?« fragte Gazonal.

»Wechsel . . .!« sagte Bixiou und pfiff seinem Hausmeister; »ich brauche nämlich Geld, und Sie sollen sehen, wozu Hausmeister dienlich sind; Sie glauben wohl, sie seien dazu da, den Strick zum Haustüröffnen zu ziehen; dabei sind sie dazu da, dunkle Existenzen wie mich aus der Verlegenheit zu ziehen, Künstler, die sie unter ihre Fittiche nehmen; deshalb bekommt der meine eines Tages mal den Montyon-Preis[39].«

Gazonal sperrte die Augen auf, und zwar auf eine Weise, daß einem der Sinn des Ausdrucks »Ochsenauge« klar wurde.

Ein Mann mittleren Alters, halb Graukopf, halb Bürodiener, aber öliger und geölter, mit gefettetem Haar, Quabbelbauch und einer Gesichtsfarbe, die fahl und feucht war wie die der Oberin eines Klosters, an den Füßen Hausschuhe aus Tuchstreifen, in blaues Tuch gekleidet, mit ins Graue spielender Hose, erschien plötzlich.

»Was gibt's, Monsieur . . .?« fragte er mit einer Miene, die zugleich gönnerhaft und unterwürfig war.

»Ravenouillet . . . Er heißt nämlich Ravenouillet«, sagte Bixiou zu Gazonal. »Hast du unser Terminheft bei dir?«

Ravenouillet zog aus der Seitentasche das klebrigste Notizbuch, das Gazonal je gesehen hatte.

»Schreib darunter die beiden Dreimonatsakzepte zu je fünfhundert Francs, die du mir jetzt unterzeichnen mußt.«

Und Bixiou präsentierte zwei fix und fertige Wechsel, die durch Ravenouillet auf seine Order ausgestellt waren; Ravenouillet unterzeichnete sie auf der Stelle und trug sie in das fettige Heft ein, in dem seine Frau die Schulden der Mieter notierte.

»Danke, Ravenouillet«, sagte Bixiou. »Da, eine Logenkarte fürs ›Vaudeville‹ . . .«

»Oh, da hat meine Tochter heute abend ihren Spaß«, sagte Ravenouillet, als er sich trollte.

»Wir sind hier einundsiebzig Mieter«, sagte Bixiou, »der Durchschnittsbetrag, den wir Ravenouillet schulden, beläuft sich auf monatlich sechstausend Francs, vierteljährlich auf achtzehntausend Francs, alles für Vorschüsse und Briefporto, ungerechnet die fälligen Mieten. Er ist die Vorsehung . . . zu dreißig Prozent, und die geben wir ihm, ohne daß er je etwas verlangt hätte . . .«

»O Paris, Paris ...!« rief Gazonal.

»Jetzt wollen wir weitergehen«, sagte Bixiou, der die Wechsel eingelöst hatte, »denn, Vetter Gazonal, ich möchte Ihnen noch einen Komödianten zeigen, der uns gratis eine reizende Szene vorspielen wird.«

»Wo denn?« fragte Gazonal.

»Bei einem Wucherer. Unterwegs erzähle ich Ihnen von Freund Ravenouillets Pariser Anfängen.«

Beim Vorübergehen an der Hausmeisterloge gewahrte Gazonal Mademoiselle Lucienne Ravenouillet; sie hielt ein Solfeggien-Lehrbuch in der Hand, da sie Schülerin der Musikhochschule war; der Vater las eine Zeitung, und Madame Ravenouillet wollte gerade Briefe für die Mieter hinauftragen.

»Danke, Monsieur Bixiou!« sagte die Kleine.

»Das ist keine Ratte«, sagte Léon zu seinem Vetter, »sondern eine Grillenlarve.«

»Anscheinend«, sagte Gazonal, »erwirbt man sich die Freundschaft der Loge wie die aller Welt durch Logen ...«

»Macht er sich nicht im Beieinandersein mit uns?« rief Léon, den das Wortspiel entzückte.

»Jetzt kommt Ravenouillets Geschichte«, fuhr Bixiou fort, als die drei Freunde sich auf dem Boulevard befanden. »Im Jahre 1831 war Massol, euer Staatsrat, ein sich im Journalismus betätigender Advokat, der damals unbedingt Justizminister werden wollte; er geruhte Louis-Philippe auf dem Thron zu lassen. Sein Ehrgeiz muß ihm verziehen werden, er stammt aus Carcassonne. Eines Morgens sieht er einen jungen Landsmann zu sich hereinkommen, und der sagt zu ihm: ›Sie kennen mich gut, Monsieur Massol, ich bin der Sohn Ihres Nachbarn, des Krämers, ich komme von da unten her, es ist uns nämlich gesagt worden, hier finde jedermann ein Unterkommen ...‹ Als er diese Worte vernahm, durchschauerte es Massol, und er sagte sich, wenn er das Unglück hätte, diesen ihm übrigens völlig unbekannten Landsmann irgendwo unterzubringen, dann würde das ganze heimatliche Département über ihn herfallen; dabei würden zahlreiche Schellen, elf Türstricke und seine Teppiche draufgehen; sein einziger Diener würde ihn verlassen; es würde Schwierigkeiten mit dem Hausbesitzer über die Abnutzung der Treppe geben, und mit den Mietern über den Gestank nach Knoblauch und Postkutsche im ganzen Haus. Also musterte er den Bittsteller, wie ein Metzger einen Hammel mustert, ehe er ihm die Kehle durchschneidet; aber obgleich der Landsmann von diesem Blick oder diesem Dolchstoß durchbohrt worden war, fuhr er folgendermaßen fort, hat uns Massol erzählt: ›Ich habe den gleichen Ehrgeiz wie alle, und ich will nur als reicher Mann wieder heimkehren, sofern ich überhaupt heimkehre; denn Paris ist das Vorzimmer des Paradieses. Es heißt, Sie, der Sie in den Zeitungen schreiben, machten hier Regen und schönes Wetter, Sie brauchten bloß zu bitten, dann erreichten Sie bei der Regierung, was Sie wollten; aber wenn ich auch Fähigkeiten habe wie wir alle, so kenne ich mich doch, ich bin nämlich ganz ungebildet; ich habe zwar Anlagen, aber ich kann nicht schreiben, und das ist ein Unglück, weil ich nämlich Ideen habe; ich denke also nicht daran, Ihnen Konkurrenz zu machen, ich kann mich beurteilen, ich würde dabei keinen Erfolg haben; aber da Sie alles können, und da wir beinahe Brüder sind, weil wir als Kinder miteinander gespielt haben, rechne ich damit, daß Sie mich lancieren und mich begönnern ... Oh, das muß so sein, ich will eine Stellung, einen Posten, der meinen Mitteln und dem, was ich bin, entspricht, und durch den ich zu Vermögen gelangen kann ...‹ Massol war drauf und dran, dem Landsmann brutal die Tür zu weisen und ihm irgendeinen groben Satz an den Kopf zu werfen, als der Landsmann folgendermaßen schloß: ›Ich verlange also nicht, in den Verwaltungsdienst einzutreten, wo man nur wie eine Schildkröte weiterkommt und wo Ihr Vetter seit zwanzig Jahren nur ambulanter Kontrolleur geblieben ist ... Nein, ich möchte lediglich debütieren ...‹ – ›Beim Theater ...?‹ fragte ihn Massol, glücklich über diese Lösung. – ›Nein, ich kann zwar gestikulieren und habe die Gestalt dazu und das Gedächtnis; aber da gibt es zu viele Schwierigkeiten; ich möchte debütieren in der Laufbahn ... der Portiers.‹ Massol blieb ernst und sagte zu ihm: ›Da gibt es noch mehr Schwierigkeiten[40], aber dafür sehen Sie wenigstens die Logen voll!‹ Und er verschaffte ihm, wie Ravenouillet sagte, seinen ersten ›Cordon[41]‹.«

»Ich bin der erste«, sagte Léon, »der sich mit der Gattung ›Portier‹ beschäftigt hat. Es gibt Spitzbuben an Moral, Taschenspieler an Eitelkeit, moderne Sykophanten[42], sich mit tierischem Ernst spreizende Septembermörder[43], Erfinder von Fragen von brennender Aktualität, die die Befreiung der Negersklaven, die Besserung der kleinen Diebe, die Wohltätigkeit zugunsten entlassener Zuchthäusler predigen, und die dabei ihre Portiers in einem Zustand belassen, der schlimmer ist als der der Irren, die sie in Gefängniszellen hausen lassen, die scheußlicher sind als Hütten; und die ihnen zum Lebensunterhalt jährlich weniger Geld zahlen, als der Staat für einen Sträfling auswirft ... Ich habe in meinem Leben nur eine gute Tat getan, und das ist die Einrichtung der Loge meines Portiers.«

»Wenn es einen Menschen gäbe«, entgegnete Bixiou, »der große Käfige gebaut hätte, die in tausend Abteile unterteilt wären wie die Waben eines Bienenkorbs oder die Einzelkäfige einer Menagerie, und die dazu bestimmt wären, Geschöpfe aller Art und jeder Betätigung aufzunehmen, und wenn dann dies Vieh in Gestalt eines Hausbesitzers einen Gelehrten befragte und zu ihm sagte: ›Ich will ein Individuum aus der Gattung der Zweihänder, das in einem zehn Quadratfuß großen Gelaß voll alter Stiefel und stinkender Lumpen lebt, und zwar sein ganzes Leben lang, das darin schlafen soll, glücklich sein, Kinder haben, die schön wie die Liebesgötter sind; darin arbeitet, kocht, umhergeht, Blumen züchtet, singt und nie herauskommt, das nie richtiges Licht hat und dennoch alles wahrnimmt, was draußen geschieht, dann wäre der Gelehrte schwerlich befähigt, den Portier zu erfinden; den zu erschaffen, war Paris nötig, oder, wenn ihr wollt, der Teufel ...«

»Die Pariser Industrie ist im Unmöglichen noch weiter gegangen«, sagte Gazonal. »Sehen Sie sich doch nur die Arbeiter an ... Sie, die sie anstellen, kennen nicht alle Produkte der Industrie. Unsere Industrie kämpft gegen die des Kontinents mit Hilfe des Elends an, wie Napoleon während des Kaiserreichs mit Hilfe von Regimentern gegen Europa angekämpft hat ...«

»Jetzt sind wir bei meinem Freunde Vauvinet, dem Wucherer, angelangt«, sagte Bixiou. »Einer der größten Fehler, die die Schilderer unserer Sitten begehen, besteht darin, daß sie fortwährend alte Porträts wiederholen. Heutzutage hat jeder Stand sich erneuert. Krämer werden Pairs von Frankreich, Künstler häufen Kapital an, Vaudevilleverfasser leben von ihren Zinsen. Zwar sind einige seltene Gestalten geblieben, was sie ehedem waren, aber im allgemeinen haben die Berufe nicht mehr ihre besondere Tracht oder ihre alten Sitten. Wir haben Gobseck, Gigonnet, Chaboisseau und Samanon gehabt, die letzten Römer, und erfreuen uns heute an Vauvinet, dem gutmütigen Wucherer, dem Stutzer, der hinter den Kulissen und bei den Loretten zu Hause ist, und der in einem kleinen Coupé mit einem Pferde davor spazierenfährt ... Schauen Sie sich meinen Mann genau an, Freund Gazonal; dann werden Sie die Komödie des Geldes sehen, den kalten Mann, der nichts herausrücken will, und den warmherzigen, der eine Wohltat vermutet; vor allem hören Sie ihm zu!«

Und sie betraten alle drei das zweite Stockwerk eines sehr schön aussehenden Hauses am Boulevard des Italiens und gerieten dort in die Gesamtheit der Eleganz, die damals Mode war. Ein junger Herr von etwa achtundzwanzig Jahren trat ihnen mit beinah lachender Miene entgegen; er hatte nämlich als den ersten Léon de Lora erblickt. Vauvinet schüttelte Bixiou anscheinend auf das freundschaftlichste die Hand, grüßte Gazonal kühl und ließ die drei in ein Arbeitszimmer eintreten, wo unter dem Augenschein einer künstlerischen Möbelausstattung der bürgerliche Geschmack durchschimmerte, trotz der modischen Statuetten und der tausenderlei kleinen Dinge, die durch die Kunst unserer Zeit, die sich ebenso klein gemacht hat, wie ihr Verbraucher es ist, in unsere kleinen Gemächer gelangt sind. Vauvinet war gekleidet wie alle jungen Leute, die sich dem Kaufmännischen widmen, nämlich mit einer übertriebenen Gepflegtheit, die für viele von ihnen eine Art Werbeprospekt ist.

»Ich möchte von dir Geld abholen«, sagte Bixiou lachend und präsentierte seine Wechsel.

Vauvinet setzte eine ernste Miene auf, die Gazonal belächelte, so groß war der Unterschied zwischen dem lachenden Gesicht und dem des zum Zahlen aufgeforderten Diskontierers.

»Mein Lieber«, sagte Vauvinet und schaute Bixiou an, »ich wäre dir mit dem größten Vergnügen gefällig; aber augenblicklich habe ich kein Geld.«

»Ach, Unsinn!«

»Ja, ich habe alles weggegeben; du weißt ja, an wen ... Der arme Lousteau hat sich einer Theaterdirektion wegen mit einem alten Vaudevilleschreiber assoziiert, den das Ministerium sehr begönnert ... mit Ridal; sie haben dreißigtausend Francs gebraucht, gestern erst. Ich sitze auf dem trockenen, und zwar so sehr auf dem trockenen, daß ich gerade bei Cérizet Geld holen lassen wollte, um hundert Louis zu bezahlen, die ich heute morgen bei Jenny Cadine beim ›Landsknecht‹ verloren habe ...«

»Sie müssen ungemein auf dem trockenen sitzen, wenn Sie dem armen Bixiou nicht unter die Arme greifen«, sagte Léon de Lora, »er hat nämlich eine böse Zunge, wenn er am Ende seiner Barmittel ist ...«

»Aber von Vauvinet kann ich doch nur Gutes sagen«, entgegnete Bixiou, »er ist doch ein einziges Guthaben ...«

»Mein Lieber«, erwiderte Vauvinet, »auch wenn ich Geld hätte, wäre es mir unmöglich, und sei es gegen fünfzig Prozent, die Wechsel einzulösen, die dein Portier unterschrieben hat ... Ravenouillet ist nicht gefragt. Er ist kein Rothschild. Ich weise dich darauf hin, daß diese Wechsel sehr windig sind, du mußt dir eine andere Firma ausdenken. Wie wär's mit einem Onkel? Denn einen Freund, der für uns Wechsel unterschreibt, den gibt es nicht mehr; die Nüchternheit des Jahrhunderts macht erschreckende Fortschritte.«

»Ich habe«, sagte Bixiou und wies auf Léons Vetter, »ich habe einen Herrn mitgebracht ... einen unserer bedeutendsten Tuchfabrikanten aus dem Süden, namens Gazonal ... Er ist nicht sehr gut frisiert«, fuhr er fort und warf einen Blick auf den wirren, üppig wuchernden Haarschopf des Provinzlers, »aber ich werde ihn zu Marius[44] bringen, und der wird ihn von dem pudelhaften Aussehen befreien, das seinem Ansehen und dem unsern so schädlich ist.«

»Ich glaube nicht an aus dem Süden stammende Werte, ohne daß ich damit dem Herrn zu nahe treten wollte«, antwortete Vauvinet, an dem Gazonal soviel Spaß hatte, daß er ihm diese Unverschämtheit nicht übelnahm.

Gazonal, als ein mit ungemeinem Scharfsinn begabter Mann, glaubte, der Maler und Bixiou wollten, um ihm zu zeigen, wie man in Paris lebe, ihn tausend Francs für das Mittagessen im

Café de Paris zahlen lassen; denn der Sohn des Roussillon hatte noch nicht das ungeheuerliche Mißtrauen abgelegt, hinter dem sich in Paris der Provinzler verschanzt.

»Wie kommst du darauf, ich wollte zweihundertfünfzig Meilen von Paris entfernt, hinten in den Pyrenäen, Geschäfte abschließen?« fügte Vauvinet hinzu.

»Dann ist also nichts zu machen«, entgegnete Bixiou.

»Ich habe zwanzig Francs bei mir«, sagte der junge Diskontierer.

»Das bedaure ich um deinetwillen«, entgegnete der Spaßvogel. »Ich hatte geglaubt, ich sei tausend Francs wert«, sagte er trokken.

»Hunderttausend Francs bist du wert«, entgegnete Vauvinet; »manchmal bist du sogar unbezahlbar ... Aber ich sitze auf dem trockenen.«

»Na, schön«, antwortete Bixiou, »wir brauchen nicht länger darüber zu reden ... Ich hatte dir heute abend bei Carabine das beste Geschäft zugedacht, das du dir hättest wünschen können ... du weißt ja.«

Vauvinet blickte Bixiou an und zwinkerte dabei mit einem Auge; es war die Grimasse der Roßtäuscher, wenn sie einander zu verstehen geben wollen: »Hat keinen Zweck, daß wir einander an Schlauheit überbieten.«

»Du erinnerst dich wohl nicht mehr, daß du mich um die Taille gefaßt hast wie eine hübsche Frau; daß du mir mit Blikken und Worten geschmeichelt hast, als du mir sagtest: ›Ich tue alles für dich, wenn du mir die Eisenbahnaktien, die Du Tillet und Nucingen anbieten, zu pari verschaffen kannst.‹ Also, mein Lieber, Maxime und Nucingen kommen zu Carabine; sie empfängt heute abend viele Politiker. Du läßt dir da eine schöne Gelegenheit entgehen. Na, wie du willst. Adieu, du Geizkragen.«

Und Bixiou stand auf. Vauvinet blieb dem Anschein nach kalt, aber in Wirklichkeit war er mißzufrieden wie jemand, der merkt, daß er eine Dummheit begangen hat.

»Augenblick, mein Lieber ...«, sagte der Wechseldiskontierer. »Ich habe zwar kein Geld, aber ich habe Kredit ... Deine Wechsel sind nichts wert; aber ich kann sie ja behalten und dir dagegen welche aus meinen Beständen geben ... Kurz und gut, wir können uns über die Eisenbahnaktien verständigen, wir können in einem gewissen Verhältnis den Gewinn aus dieser Operation teilen, und ich würde dir dann eine Provision gutschreiben, auf die Gew . . .«

»Nein, nein«, antwortete Bixiou, »ich brauche Bargeld, ich muß unbedingt meine Ravenouillet-Wechsel . . .«

»Ravenouillet ist übrigens tadellos«, sagte Vauvinet, »er legt bei der Sparkasse an, er ist ausgezeichnet . . .«

»Er ist besser als du«, warf Léon ein, »er unterhält keine Lorette, er wohnt mietfrei, er läßt sich nicht auf Spekulationen ein, bei denen er vor der Hausse oder der Baisse Angst haben muß . . .«

»Sie glauben, Sie sind witzig, großer Mann«, entgegnete Vauvinet, der jovial und schmeichlerisch geworden war, »Sie haben mir ein Konzentrat aus La Fontaines Fabel ›Eiche und Schilfrohr‹[45] vorgesetzt. – Komm her, ›Gubetta, alter Spießgeselle‹[46]«, sagte Vauvinet und faßte Bixiou um die Taille, »du brauchst Geld, na gut, ich kann schließlich meinen Freund Cérizet auch um dreitausend Francs anpumpen statt um zweitausend . . . ›Cinna, wir wollen Freunde sein . . .!‹[47] Gib mir deine beiden Riesenkohlblätter. Wenn ich ›Nein‹ gesagt habe, so geschah das, weil es hart für einen Mann ist, der sein armes Geschäft nur dadurch betreiben kann, daß er seine Wechsel über die Bank von Frankreich gehen läßt, wenn er deine Ravenouillet-Akzepte in seinem Schreibtischschubfach liegen lassen muß . . . Das ist hart, sehr hart ist das . . .«

»Und wieviel Diskont berechnest du mir . . .?« fragte Bixiou.

»Fast nichts«, erwiderte Vauvinet. »Die Sache kostet dich bei einer Laufzeit von drei Monaten schäbige fünfzig Francs . . .«

»Was Emile Blondet früher mal gesagt hat: Du bist mein Wohltäter«, antwortete Bixiou.

»Zwanzig Prozent, Zinsen inbegriffen . . .!« flüsterte Gazonal Bixiou zu, der ihm durch einen kräftigen Ellbogenstoß in die Gegend der Speiseröhre antwortete.

»Schau, schau«, sagte Vauvinet, als er sein Schreibtischschubfach aufgezogen hatte, »da sehe ich einen alten Fünfhundertfrancsschein, mein Guter; er war am Kastenrand festgeklebt; ich hatte keine Ahnung, daß ich so reich sei, weil ich eigentlich für dich einen am nächsten Ersten fälligen Wechsel auf vierhundertfünfzig hervorsuchen wollte. Den nimmt dir Cérizet ohne großen Abzug ab, und damit ist deine Summe beisammen. Du spielst mir doch keinen Streich, Bixiou? Also, ich gehe heute abend zu Carabine . . . schwörst du mir . . .«

»Haben wir uns aufs neue befreundet oder nicht?« fragte Bixiou und steckte den Fünfhundertfrancsschein und den Wechsel über vierhundertfünfzig Francs ein. »Ich gebe dir mein Ehrenwort, daß du heute abend bei Carabine mit du Tillet und einigen andern Leuten zusammentreffen wirst, die . . . mit der Eisenbahn fahren wollen.«

Vauvinet geleitete die drei Freunde bis auf den Treppenabsatz und umschmeichelte dabei Bixiou. Bis zur Haustürschwelle blieb Bixiou ernst und hörte Gazonal zu, der ihn über diese Operation aufzuklären versuchte und ihm bewies, daß, wenn Vauvinets Kumpan, jener Cérizet, ihm zwanzig Francs Diskont auf den Wechsel über vierhundertfünfzig Francs abnähme, er das Geld gegen eine Einbuße von vierzig Prozent bekommen hätte . . . Auf dem Asphaltgehsteig ließ Bixiou Gazonal durch das Lachen des Pariser Spaßvogels zu Stein erstarren, jenes lautlose, kalte Lachen, das wie ein Lippenwindstoß ist.

»Die Vergebung des Eisenbahnbaus an den Mindestfordernden wird von der Abgeordnetenkammer unbedingt vertagt«, sagte er, »das wissen wir seit gestern durch die Statistin, die uns zugelächelt hat . . . Und wenn ich heute abend fünf- bis sechstausend Francs beim ›Landsknecht‹ gewinne, was sind dann siebzig Francs Verlust gegen die Tatsache, daß ich jetzt Geld für den Einsatz habe . . .«

»Das Landsknecht-Spiel ist abermals eine der tausend Facetten des wahren Paris«, fuhr Léon fort. »Deswegen, Vetter, verlassen wir uns darauf, daß wir dich einer Herzogin der Rue Saint-Georges vorstellen können; dort kannst du die Aristokratie der Loretten kennenlernen und deinen Prozeß gewinnen. Nun aber ist es ausgeschlossen, daß du dich dort mit deinem Pyrenäen-Haarschopf sehen läßt; du siehst aus wie ein Igel; deshalb bringen wir dich jetzt ganz in der Nähe, an der Place de la Bourse, zu Marius; der gehört ebenfalls zu unsern Mitspielern . . .«

»Was ist das nun wieder für einer?«

»Hören Sie folgende Anekdote«, antwortete Bixiou. »Im Jahre 1800 kam ein Toulouser namens Cabot, ein junger, vom Ehrgeiz verzehrter Perückenmacher, nach Paris und ›startete‹ (ich bediene mich Ihres Dialekts) einen Laden. Dieser geniale Mensch (er verzehrt in Libourne[48], wo er sich zur Ruhe gesetzt hat, achtzigtausend Francs Zinsen) sah ein, daß sein vulgärer, alltäglicher Name ihm schwerlich je Berühmtheit eintragen könne[49]. Monsieur de Parny[50], der sich bei ihm frisieren ließ, gab ihm den Namen Marius, der den Vornamen Armand und Hippolyte unendlich überlegen ist, unter denen sich Familiennamen verstecken, die einen genauso üblen Klang wie ›Cabot‹ haben. Sämtliche Nachfolger Cabots haben sich ›Marius‹ genannt. Der gegenwärtige Marius ist Marius V.; eigentlich heißt er Mougin. Ähnlich liegen die Dinge bei vielen Handelsartikeln, bei der Eau de Botot[51], bei der Tinte ›Petite-Vertu[52]‹. In Paris wird ein Name zum Handelseigentum und schließlich zu einer Art Firmenschildadel. Marius, der übrigens Schüler hat, behauptet, er habe die erste Friseurschule der Welt geschaffen.«

»Auf meiner Reise durch Frankreich«, sagte Gazonal, »habe ich viele Firmenschilder gesehen, auf denen zu lesen stand: ›Soundso, Marius-Schüler‹.«

»Diese Schüler müssen sich nach jeder Frisier-Prozedur die Hände waschen«, antwortete Bixiou. »Aber Marius trifft eine strenge Auswahl; sie müssen hübsche Hände haben und dürfen nicht häßlich sein. Die Besten, die über Redegabe und gute Haltung verfügen, gehen in die Privathäuser, arbeiten dort und kommen über die Maßen abgemattet zurück. Marius selber bemüht sich nur für Damen mit hohen Adelstiteln; er hält sich ein Kabriolett mit Groom.«

»Aber schließlich ist er doch nur ein Perückenmacher!« rief Gazonal unwillig.

»Perückenmacher!« erwiderte Bixiou. »Sie müssen bedenken, daß er Hauptmann in der Nationalgarde ist und das Kreuz der Ehrenlegion trägt, weil er 1832[53] als erster in eine Barrikade eingedrungen ist.«

»Gib Obacht, er ist weder ein Friseur noch ein Perückenmacher, sondern der Direktor von Frisiersalons«, sagte Léon und stieg eine Treppe mit Kristallbalustern und Mahagonigeländer hinauf; die Stufen waren mit einem prunkvollen Teppich bedeckt.

»Freilich, Sie dürfen uns nicht blamieren«, sagte Bixiou zu Gazonal. »Im Vorzimmer finden Sie Lakaien, die Ihnen den Frack und den Hut abnehmen und beides bürsten; dann begleiten sie Sie zur Tür eines Frisiersalons, die sie öffnen und wieder schließen. Ihnen das zu sagen ist nützlich, Freund Gazonal«, fügte Bixiou gewitzt hinzu, »denn Sie könnten ja schreien: ›Hilfe! Diebe!‹«

»Die Salons«, sagte Léon, »bestehen aus drei Boudoirs, in denen der Direktor alle Erfindungen des modernen Luxus vereinigt hat. An den Fenstern Bogengehänge; überall Blumenkrippen, schwellende Ruhebetten, auf denen man wartet, bis man drankommt, und dabei Zeitungen lesen kann, wenn alle Kabinen besetzt sind. Beim Hineingehen wirst du sicher deine Geldtasche betasten und glauben, man werde dir fünf Francs abverlangen; aber in welche Tasche du auch langen mögest, du brauchst fürs Frisieren nur zehn Sous herauszurücken, und für Frisieren und Haarschneiden zwanzig Sous. Zwischen den Blumenkrippen finden sich elegante Porzellanbecken, und aus Hähnen fließt Wasser hinein. Überall wiederholen riesige Spiegel die Gesichter. Also spiel nicht den Erstaunten. Wenn der ›Klient‹ (dieses elegante Wort hat Marius an die Stelle des Vulgärausdrucks ›Kunde‹ treten lassen), wenn der Klient auf der Schwelle erscheint, wirft Marius ihm einen Blick zu, und damit ist er ab- und eingeschätzt worden: Für ihn ist man ›ein Kopf‹, mit dem es sich nun zu beschäftigen gilt. Für Marius gibt es keine Menschen mehr, sondern lediglich ›Köpfe‹.«

»Wir werden Sie Marius in allen Tönen seiner Tonleiter vernehmen lassen«, sagte Bixiou, »wenn Sie es verstehen, unser Spiel nachzuahmen.«

Sobald Gazonal erschien, wurde ihm von Marius ein günstiger Blick zuteil, und der Friseur rief: »Regulus, übernehmen Sie diesen Kopf! Stutzen Sie ihn zunächst mit der kleinen Schere.«

»Verzeihung«, sagte Gazonal auf einen Wink Bixious hin zu dem Lehrling, »ich möchte von Monsieur Marius persönlich bedient werden.«

Marius fühlte sich ob dieser Anmaßung höchst geschmeichelt, ließ den Kopf los, an dem er beschäftigt war, und trat hinzu.

»Ich stehe Ihnen gern zur Verfügung, ich bin gleich fertig, seien Sie unbesorgt, mein Schüler bereitet Sie vor, über den Schnitt entscheide ich allein.«

Marius, ein pockennarbiges Männlein, dessen pechschwarzes Haar gelockt war wie das Rubinis[54], war dunkel gekleidet, trug Manschetten und hatte im Hemdjabot einen Diamanten. Er erkannte Bixiou und begrüßte ihn wie eine Großmacht, die der seinen ebenbürtig war.

»Das da ist ein gewöhnlicher Kopf«, sagte er zu Léon und zeigte auf den Herrn, den er gerade frisiert hatte, »ein Krämer, hilft eben nichts . . .! Wenn man nichts betriebe als die Kunst, stürbe man in Bicêtre[55], als armer Irrer . . .!« Und mit einer unnachahmlichen Geste wandte er sich wieder seinem Klienten zu, nachdem er zu Regulus gesagt hatte: »Nimm dich des Herrn an; er ist offenbar ein Künstler.«

»Ein Journalist«, sagte Bixiou.

Auf diese Äußerung hin fuhr Marius dem gewöhnlichen Kopf zwei- oder dreimal mit dem Kamm durchs Haar, stürzte sich auf Gazonal und faßte Regulus am Arm, als dieser gerade seine kleine Schere spielen lassen wollte.

»Ich übernehme Monsieur. Bitte, Monsieur«, sagte er zu dem Krämer, »mustern Sie Ihr Ebenbild in dem großen Spiegel, falls der Spiegel damit einverstanden ist . . . – Ossian!«

Der Lakai kam herein und bemächtigte sich des Klienten, um ihm beim Ankleiden zu helfen.

»Sie zahlen an der Kasse, Monsieur«, sagte Marius zu dem verblüfften »Kunden«, der schon seine Börse gezogen hatte.

»Empfiehlt es sich, mein Lieber, diese Operation mit der kleinen Schere vorzunehmen?« fragte Bixiou.

»Bei mir wird jeder Kopf zunächst vorgesäubert«, antwortete der berühmte Friseur. »Und um Ihretwillen übernehme ich den Monsieur ganz allein. Meine Schüler skizzieren bloß, und darauf lege ich keinen Wert. Alle Welt sagt wie Sie: ›Ich möchte von Marius bedient werden!‹ Dabei kann ich nur den letzten Schliff geben . . . Für welche Zeitung arbeitet der Herr?«

»An Ihrer Stelle hätte ich drei oder vier Mariusse«, sagte Gazonal.

»Ah! Ich merke, der Herr ist Feuilletonist!« sagte Marius. »Leider ist es im Friseurgewerbe, wo man mit seiner Person bezahlt, unmöglich ... Pardon!«

Er verließ Gazonal, um Regulus zu überwachen, der einen neu eingetroffenen Kopf vorbereitete. Er schnalzte mit der Zunge am Gaumen, wodurch er ein mißbilligendes Geräusch hervorbrachte, das sich etwa mit Titt, titt, titt wiedergeben läßt.

»Aber, aber, du lieber Himmel! Das ist nicht glatt genug, Ihre Schere schneidet Treppen ... Passen Sie auf ... so! Regulus, Sie sind nicht beim Pudelscheren ... Sie haben es mit Menschen zu tun, die ihren Charakter haben, und wenn Sie weiterhin zur Decke schauen, anstatt Ihre Aufmerksamkeit zwischen Spiegel und Gesicht zu teilen, entehren Sie ›meine Firma‹.«

»Sie sind streng, Monsieur Marius.«

»Ich schulde den Klienten die Geheimnisse meiner Kunst ...«

»Ist es denn eine Kunst?« fragte Gazonal.

Marius musterte Gazonal unwillig im Spiegel und hielt inne, den Kamm in der einen, die Schere in der andern Hand.

»Monsieur, Sie sprechen darüber wie ein ... Kind! Und dabei scheinen Sie Ihrem Akzent nach aus dem Süden zu stammen, dem Land der Genies.«

»Ja, ich weiß, daß ein gewisser Geschmack dazugehört«, entgegnete Gazonal.

»Aber schweigen Sie doch, Monsieur; ich habe von Ihnen Besseres erwartet. Ich muß nämlich sagen, ein Friseur, ich sage nicht, ein *guter* Friseur, denn man ist Friseur oder man ist es nicht ... also, ein Friseur ... der ist schwieriger zu finden ... als ... wie drücke ich es nur richtig aus ...? als ein ... ich weiß nicht ... als ein Minister ... (bleiben Sie sitzen), nein, über den Wert eines Ministers kann man nicht urteilen, die Straßen wimmeln von Ministern ... also als ein Paganini ... nein, auch das ist noch nicht genug ...! Ein Friseur, Monsieur, ein Mann, der Ihre Seele und Ihre Lebensgewohnheiten errät, damit er Ihnen entsprechend Ihren Gesichtszügen das Haar richten kann, der muß das sein, was den Philosophen ausmacht. Und bei den Damen erst ...! Bedenken Sie, die Damen schätzen uns, sie wissen um unsern

Wert ... wir sind soviel wert wie die Eroberung, die sie an dem Tag machen wollen, da sie sich frisieren lassen, um einen Triumph davonzutragen ... das heißt also, daß ein Friseur ... man weiß nicht, was das eigentlich ist. Sehen Sie, ich, der ich hier mit Ihnen rede, ich bin so etwa das, was sich finden ließe an ... ohne mich aufzuspielen, man kennt mich ja ... Also gut, nein, ich finde, es könnte noch besser sein ... Die Ausführung, darauf kommt es an! Ach, wenn die Damen mir freie Hand ließen, wenn ich alles ausführen könnte, was mir an Ideen kommt ... ich habe nämlich, müssen Sie wissen, eine verteufelte Phantasie ...! Aber die Damen lassen sich dazu nicht herbei, sie haben ihre Vorstellungen, sie fahren, kaum daß man weggegangen ist, mit den Fingern oder mit dem Kamm in unsere köstlichen Bauwerke, die in Kupfer gestochen und gesammelt werden müßten, denn unseren Werken, Monsieur, ist nur die Dauer von ein paar Stunden beschieden ... Ein großer Friseur, ach ja, der sollte etwas sein wie Carême[56] und Vestris[57] auf ihrem Gebiet ... (Bitte hierher den Kopf, so, jetzt kommen die Schläfen dran, gut.) Unser Beruf wird durch Pfuscher verdorben, die weder ihr Zeitalter noch die Kunst verstehen ... Es gibt Händler mit Perücken oder Haarwuchsmitteln ... die haben nur die Flaschen im Sinn, die sie Ihnen verkaufen wollen ...! Es ist zum Gotterbarmen ...! Nichts als Geschäft. Diese erbärmlichen Kerle schneiden das Haar oder frisieren, wie sie es eben können ... Als ich jedoch von Toulouse nach hier gekommen bin, hatte ich den Ehrgeiz, der Nachfolger des großen Marius, ein wahrer Marius zu werden, und ganz allein den Namen noch berühmter zu machen als die vier andern. Ich habe mir gesagt: Sieg oder Tod ... (So! Bitte halten Sie sich grade, jetzt kommt die Vollendung!) Ich habe als erster Wert auf Eleganz gelegt. Ich habe meine Salons zum Gegenstand der Neugier gemacht. Ich verachte Reklameanzeigen, und was die Annoncen gekostet hätten, Monsieur, das lege ich an in Behaglichkeit, in Annehmlichkeiten. Nächstes Jahr lasse ich in einem kleinen Salon ein Streichquartett spielen, es wird Musik gemacht, und zwar die beste. Ja, man muß die Langeweile derer, die man frisiert, vertreiben. Ich mache mir über das Mißvergnügen der Kundschaft nichts vor. (Schauen Sie sich bitte an.) Sich frisieren lassen, das strengt an, vielleicht ebenso sehr, wie wenn man für ein Porträt ›sitzt‹. Und Monsieur weiß vielleicht, daß der berühmte Herr von Humboldt[58] (ich habe mich darauf verstanden, Nutzen aus den paar Haaren zu ziehen, die Amerika ihm gelassen hat. Die Naturwissenschaft hat mit den Indianern das eine gemein, daß sie vortrefflich skalpiert), dieser berühmte Gelehrte also hat gesagt, daß nach dem Schmerz, sich hängen zu lassen, gleich der kommt, sich malen zu lassen[59]; aber wenn ich manchen Frauen glauben soll, kommt das Frisiertwerden noch vor dem Gemaltwerden. Also kurz und gut, Monsieur, die Leute kommen mit wahren Lustgefühlen hierher und lassen sich frisieren. (Sie haben da ein Haarbüschel, das gebändigt werden muß.) Ein Jude hatte mir italienische Sängerinnen vorgeschlagen, bei denen hätten dann in den Zwischenakten die jungen Vierzigjährigen Haare gelassen; aber es hat sich herausgestellt, daß es junge Mädchen vom ›Conservatoire‹ waren, Klavierlehrerinnen aus der Rue Montmartre. Jetzt sind Sie frisiert, Monsieur, wie ein Mann von Talent es sein muß. – Ossian«, sagte er zu seinem livrierten Lakai, »bürsten Sie den Herrn ab und geleiten Sie ihn hinaus. – Wer ist der nächste bitte?« fragte er voller Stolz und musterte die Wartenden.

»Lache nicht, Gazonal«, sagte Léon zu seinem Vetter, als sie am Fuß der Treppe angelangt waren, von wo aus der Blick über die Place de la Bourse schweifte, »ich sehe da hinten einen unserer großen Männer; du kannst dessen Redeweise mit derjenigen des Friseurs vergleichen, und wenn du ihn angehört hast, sollst du mir sagen, welche von beiden die originellere ist.«

»Lache nicht, Gazonal«, sagte Bixiou und äffte dabei drollig Léons Tonfall nach. »Womit befaßt sich Ihrer Meinung nach Marius?«

»Mit dem Friseurgewerbe.«

»Er hat«, entgegnete Bixiou, »das Monopol für den en-gros-Verkauf von Menschenhaar an sich gebracht, gerade wie ein gewisser Lebensmittelhändler, der uns gleich eine Terrine für einen Taler verkaufen wird, sich das für den Verkauf von Trüffeln zuschreibt; er diskontiert die Wechsel seiner Kollegen, er verleiht gegen Pfand Geld an seine Klienten, die in Verlegenheit sind, er ist an einem Leibrentenunternehmen beteiligt, er spekuliert an der Börse, er ist Aktionär sämtlicher Modezeitschriften; und schließlich verkauft er unter dem Namen eines Apothekers ein infames Präparat, das ihm für seinen Anteil dreißigtausend Francs Zinsen einbringt und das jährlich hunderttausend Francs für Reklameanzeigen kostet.«

»Ist es die Möglichkeit?« rief Gazonal.

»Merken Sie sich Folgendes«, sagte Bixiou ernst. »In Paris gibt es keinen Kleinhandel, hier steigert sich alles ins Große, vom Lumpenhandel bis zum Verkauf von Zündhölzern. Der Limonadeverkäufer, der, die Serviette unterm Arm, Sie bei sich eintreten sieht, kann fünfzigtausend Francs Zinsen haben; ein Kellner im Restaurant ist Wähler und wählbar, und irgendwer, den Sie für einen Bedürftigen halten würden, wenn Sie ihm auf der Straße begegnen, kann in seiner Westentasche für hunderttausend Francs Diamanten bei sich tragen, die er fassen lassen will, und er braucht sie nicht gestohlen zu haben ...«

Die drei Unzertrennlichen, für diesen Tag wenigstens, schlugen unter Führung des Landschaftsmalers eine Richtung ein, daß sie unbedingt auf einen etwa vierzigjährigen Mann mit Ordensbändchen stoßen mußten, der durch die Rue Neuve-Vivienne[60] auf den Boulevard kam.

»Ja, wovon träumst du, lieber Dubourdieu?« fragte Léon. »Von irgendeiner schönen symbolistischen Komposition ...? Mein lieber Vetter, es freut mich, dir unsern illustren Maler Dubourdieu vorstellen zu können; er ist nicht minder berühmt durch sein Talent als durch seine humanitäre Gesinnung ... Dubourdieu, mein Vetter Palafox!«

Dubourdieu, ein bläßliches Männlein mit melancholisch blauen Augen, nickte Gazonal leicht zu; dieser verbeugte sich vor dem genialen Mann.

»Ihr habt also für Stidmann gestimmt, an Stelle von ...«

»Hilft nichts, ich war nicht dabei«, antwortete der große Landschaftsmaler.

»Ihr bringt die Akademie in Mißkredit«, entgegnete der Maler. »Einen solchen Menschen zu wählen! Ich will ihm nichts Schlechtes nachsagen, aber was er macht, ist doch bloß Handwerk ...! Wohin wird die erste der Künste geführt, die, deren Werke am dauerhaftesten sind, die, die noch von den Nationen kündet, wenn die Welt nichts mehr von ihnen weiß, bis auf die

Tatsache, daß sie existiert haben ...? Die die großen Männer heiligt? Die Bildhauerei ist ein priesterliches Amt, sie faßt die Ideen einer Epoche zusammen, und ihr nehmt in euern Kreis einen Puppenfabrikanten auf, einen Kaminverfertiger, einen Ornamentmeißler, einen der Händler im Tempel! Ach, es ist, wie Chamfort[61] gesagt hat: Man müßte jeden Morgen damit anfangen, daß man eine Viper verschluckt, um Paris ertragen zu können ... Aber schließlich bleibt uns die Kunst, man kann uns nicht daran hindern, sie zu pflegen ...«

»Und überdies, mein Lieber, haben Sie einen Trost, wie ihn nur wenige Künstler besitzen: Ihnen gehört die Zukunft«, sagte Bixiou. »Wenn die Welt zu unserer Lehre bekehrt ist, stehen Sie an der Spitze Ihrer Kunst, da Sie Ideen hineintragen, die man verstehen wird ... wenn sie verallgemeinert worden sind! Heute in fünfzig Jahren sind Sie für alle Welt, was Sie gegenwärtig lediglich für uns sind, nämlich ein großer Mann! Es handelt sich einzig und allein darum, bis dorthin zu gelangen.«

»Ich habe gerade«, fuhr der Künstler fort, und sein Gesicht lächelte breit wie das eines Menschen, dessen Steckenpferd man schmeichelt, »die allegorische Gestalt der Harmonie vollendet, und wenn Sie zu mir kommen und sie sich ansehen wollen, dann werden Sie einsehen, daß es zweier Jahre bedurfte, sie zu schaffen. Alles ist darin! Beim ersten Blick, den man darauf wirft, erkennt man das Schicksal des Erdballs. Die Königin hält in der einen Hand den Hirtenstab, das Symbol der Vermehrung der den Menschen nützlichen Tierrassen; sie trägt die Phrygiermütze der Freiheit, ihre Brüste sind sechsfach nach ägyptischer Art, denn die Ägypter haben Fourier[62] vorausgeahnt; ihre Füße ruhen auf zwei verschlungenen Händen, die den Erdball zum Zeichen der Verbrüderung der menschlichen Rasse umspannen; sie tritt zerstörte Kanonen mit Füßen, was die Abschaffung des Krieges bedeutet, und ich habe versucht, sie die heitere Würde der triumphierenden Landwirtschaft ausdrücken zu lassen ... Übrigens habe ich neben sie einen riesigen Wirsingkohlkopf gestellt, der nach der Meinung unseres Meisters das Symbol der Eintracht ist. Oh, es ist nicht der geringste unter allen Ruhmestiteln Fouriers, um derentwillen ihm Verehrung gebührt, daß er den Pflanzen das Denken rückerstattet hat; er hat in der Schöpfung alles verbunden durch die Bedeutung, die die Dinge untereinander haben, und auch durch ihre besondere Sprache. In hundert Jahren wird die Welt sehr viel größer sein, als sie jetzt ist . . .«

»Und wodurch wird das geschehen, Monsieur?« fragte Gazonal, der verblüfft war, einen Menschen so reden zu hören, ohne daß er sich im Irrenhaus befand.

»Durch die Ausdehnung der Produktion. Wenn man ›Das System‹ anwenden wollte, wäre es nicht unmöglich, Einfluß auf die Gestirne zu gewinnen . . .«

»Und was wird dann aus der Malerei?« fragte Gazonal.

»Die ist dann noch größer.«

»Und bekommen wir dann auch größere Augen?« fragte Gazonal und blickte seine beiden Freunde bedeutungsvoll an.

»Der Mensch wird wieder, was er vor seiner Entartung war; unsere sechs Fuß großen Männer sind dann Zwerge . . .«

»Und dein Bild?« fragte Léon. »Ist es fertig?«

»Ganz und gar fertig«, erwiderte Dubourdieu. »Ich habe versucht, bei Hiclar vorzusprechen, damit er eine Symphonie komponiert; ich möchte nämlich, daß die Leute beim Anschauen des Bildes eine Musik à la Beethoven hören, die dessen Gedankengehalt entwickelt, damit dieser auf zwiefache Weise dem Verständnis faßbar gemacht wird. Ach, wenn die Regierung mir einen der Säle des Louvre zur Verfügung stellen würde . . .«

»Ich kann es ja mal erwähnen, wenn es dir recht ist; es darf nichts vernachlässigt werden, was auf die Geister Eindruck machen könnte . . .«

»Oh, meine Freunde bereiten schon Zeitungsartikel vor, aber ich habe Angst, daß sie zu weit gehen . . .«

»Pah!« sagte Bixiou, »über die Zukunft werden sie nicht hinausgehen . . .«

Dubourdieu sah Bixiou schief an und ging seines Weges.

»Aber der ist ja verrückt«, sagte Gazonal. »Der lebt unter Wahnvorstellungen.«

»Er hat Handgelenk, und er weiß was . . .«, sagte Léon. »Aber der Fourierismus hat ihn umgebracht. Da hast du eine der Auswirkungen des Ehrgeizes bei den Künstlern erlebt, Vetter. In Paris leihen sich die Künstler im Verlangen, rascher als auf dem natürlichen Weg zu der Berühmtheit zu gelangen, die für sie

Glück und Reichtum bedeutet, nur zu oft die Flügel der Zeitumstände; sie glauben, sie würden größer, wenn sie sich in den Dienst einer Sache stellen, wenn sie sich zu Hilfskräften eines Systems machen; sie hoffen dabei, sie könnten eine Clique in ein Publikum verwandeln. Dieser ist Republikaner, ein anderer Saint-Simonist[63], dieser Aristokrat, jener Katholik, ein anderer Juste-Milieu[64], noch einer Verfechter des Mittelalters oder der Deutschen, je nach vorgefaßter Meinung. Aber wenn die Meinung kein Talent spendet, so zerstört sie es wenigstens stets; ein Beispiel dafür ist der arme Kerl, den ihr eben kennengelernt habt. Die Meinung eines Künstlers muß der Glaube an seine Werke sein . . ., und das einzige Mittel zum Erfolg die Arbeit, wenn die Natur ihn mit dem heiligen Feuer begabt hat.«

»Wir wollen machen, daß wir wegkommen«, sagte Bixiou. »Léon moralisiert.«

»Und jener Mann ist gutgläubig?« rief Gazonal, der noch immer nicht aus dem Staunen herausgekommen war.

»Vollauf gutgläubig«, entgegnete Bixiou. »Genauso gutgläubig wie vorhin der König der Friseure.«

»Er ist doch komplett verrückt!« sagte Gazonal.

»Und er ist nicht der einzige, den Fouriers Ideen verrückt gemacht haben«, sagte Bixiou. »Sie wissen nichts von Paris. Fordern Sie hier hunderttausend Francs, um die der Menschheit nützlichste Idee durchzuführen, um etwas wie die Dampfmaschine zu versuchen, und Sie werden, wie Salomon de Caus[65], darüber hinsterben, und zwar in Bicêtre; aber wenn es sich um etwas Paradoxes handelt, dann läßt man sich dafür zugrunde richten, sich und sein Vermögen. Ja, ja, hier geht es mit den Systemen wie mit den Dingen. Die unmöglichen Zeitungen haben hier seit fünfzehn Jahren Millionen verschlungen. Was Ihren Prozeß so schwierig macht, ist der Umstand, daß Sie recht haben, und daß es, wie Sie sagen, für den Präfekten geheime Gründe gibt.«

»Begreifst du, daß kein Mann von Geist, wenn er einmal das Wesen von Paris verstanden hat, anderswo leben könnte?« fragte Léon den Vetter.

»Wenn wir nun Gazonal zur Mutter Fontaine brächten?« fragte Bixiou und winkte einen Droschkenkutscher heran. »Das hieße doch, vom Ernsten zum Phantastischen überwechseln. Kutscher, Vieille Rue du Temple.«

Und die drei rollten in Richtung Marais[66] davon.

»Was wollt ihr mir jetzt vorführen?« fragte Gazonal.

»Den Beweis dessen, was Bixiou dir gesagt hat«, antwortete Léon. »Wir zeigen dir eine Frau, die jährlich zwanzigtausend Francs dadurch einnimmt, daß sie eine Idee ausbeutet.«

»Eine Kartenlegerin«, sagte Bixiou, der nicht umhin konnte, die Miene des Südländers als eine Frage auszudeuten. »Unter denen, die die Zukunft kennenlernen möchten, gilt Madame Fontaine für noch kundiger, als es die selige Mademoiselle Lenormand[67] war.«

»Dann muß sie sehr reich sein!« rief Gazonal.

»Sie war das Opfer ihrer Idee, solange die Lotterie[68] existiert hat«, antwortete Bixiou. »In Paris gibt es nämlich keine großen Einnahmen ohne große Ausgaben. Alle tüchtigen Köpfe bekommen hier einen Sprung, gewissermaßen als Ventil für ihren Dampf. Wer viel Geld verdient, hat Laster oder Neigungen, wohl zur Herstellung des inneren Gleichgewichts.«

»Und nun die Lotterie abgeschafft worden ist ...?« fragte Gazonal.

»Na, sie hat einen Neffen, für den sie Geld scheffelt.«

Als sie angelangt waren, erblickten die drei Freunde in einem der ältesten Häuser jener Straße eine Treppe mit wackeligen Stufen, an deren senkrechten Teilen Schmutzknollen hingen; sie führte sie im Halbdunkel und in dem üblen Geruch, wie er den Durchgangshäusern eigentümlich ist, zum dritten Stockwerk hinauf und an eine Tür, die nur die Zeichenkunst wiederzugeben vermag; die Literatur würde zu viele Nächte verlieren, um sie würdig zu schildern.

Eine Alte, die vollauf der Tür entsprach und die vielleicht die lebende Tür war, führte die drei Freunde in einen Raum, der als Vorzimmer diente; sie verspürten darin ungeachtet der in den Pariser Straßen herrschenden Wärme die eisige Kälte der tiefsten Krypten. Es strömte feuchte Luft aus einem Binnenhof herein, der einem geräumigen Kellerloch glich; das Tageslicht darin war grau, und auf dem Fensterbrett stand ein Blumenkasten mit kümmernden Pflanzen. In diesem mit einer fetten, rußigen Substanz überzogenen Raum hatten die Stühle, der Tisch, schlechthin alles ein schäbiges Aussehen. Der Fliesenboden schwitzte wie ein Kühlkrug. Kurzum, die geringsten Beiläufigkeiten stimmten mit der abscheulichen, krummnasigen Alten überein; ihr Gesicht war blaß, und sie war zerlumpt, aber dezent gekleidet. Sie bat die Fragebegierigen, Platz zu nehmen, und verkündete ihnen, man trete immer einer nach dem andern bei »Madame« ein.

Gazonal spielte den Unerschrockenen, ging tapfer hinein und sah sich einer der Frauen gegenüber, die der Tod vergessen hat; er vergißt sie wohl absichtlich, damit ein paar Exemplare, die ihm selbst gleichen, unter den Lebenden zurückbleiben. Sie hatte ein ausgedörrtes Gesicht, in dem zwei graue Augen von ermüdender Reglosigkeit funkelten; eine eingestülpte, mit Schnupftabak besudelte Nase; Knöchelchen, die mit ihnen sehr ähnlichen Muskeln bespannt waren, und die unter dem Vorwand, sie seien Hände, lässig die Karten legten, wie eine Maschine, deren Bewegung gleich innehalten wird. Der Körper war eine Art Besenstiel und wohlanständig von einem Kleid verhüllt; er genoß die Vorzüge eines Stillebens, weil er sich nicht regte. Über der Stirn erhob sich eine schwarze Samthaube. Madame Fontaine, sie war eine leibhaftige Frau, hatte zu ihrer Rechten ein schwarzes Huhn, und zu ihrer Linken eine dicke Kröte namens Astaroth[69], die Gazonal anfangs nicht sah.

Die Kröte war von überraschenden Dimensionen; dadurch erschreckte sie an sich weniger als durch zwei Topasaugen von der Größe von Fünfzigcentimesstücken; sie leuchteten wie zwei Lampen. Diesen Blick auszuhalten war unmöglich. Wie der verstorbene Lassailly[70] gesagt hat, der, auf dem Boden liegend, mit einer ihn faszinierenden Kröte ausprobieren wollte, wer von ihnen des andern Blick am längsten aushalten könne: »Die Kröte ist ein unerklärliches Wesen.« Vielleicht resümiert sich in ihr das geschaffene Tierreich, den Menschen eingeschlossen; denn die Kröte, hat Lassailly gesagt, lebt unendlich; und wie man weiß, ist sie von allen erschaffenen Tieren dasjenige, dessen Geschlechtsakt am längsten dauert.

Das schwarze Huhn hatte seinen Käfig zwei Fuß von dem mit einer grünen Decke bedeckten Tisch entfernt und betrat ihn mittels eines Bretts, das etwas wie eine Zugbrücke zwischen dem Käfig und dem Tisch bildete.

Als die Frau, das am wenigsten wirkliche unter den Geschöpfen, die dieses an Hoffmann[71] gemahnende Gelaß belebten, zu Gazonal sagte: »Abheben ...!«, zuckte der ehrenhafte Fabrikant unwillkürlich zusammen. Was dergleichen Wesen so furchtbar macht, ist die Wichtigkeit dessen, was wir wissen wollen. Man geht zu ihnen, um Hoffnung zu kaufen, und sie wissen es nur zu gut.

Die Höhle der Sibylle war weit dunkler als das Vorzimmer; nicht einmal die Farbe der Tapete war zu erkennen. Die rauchgeschwärzte Decke warf keineswegs das bißchen Licht zurück, das das von magerem, blassem Pflanzenwuchs überwucherte Fenster hereinließ, sondern saugte einen großen Teil davon auf; aber dieses Zwielicht fiel voll auf den Tisch, an dem die Hexe saß. Jener Tisch, der Lehnsessel der Alten und der, den Gazonal innehatte, bildeten das gesamte Mobiliar dieses kleinen Zimmers, das durch einen Hängeboden, wo Madame Fontaine sicherlich nächtigte, in zwei Teile geteilt wurde. Durch eine kleine, halb offenstehende Tür vernahm Gazonal das typische Brodeln eines kochenden Pot-au-feu[72]. Dieses Küchengeräusch, dem sich ein Geruchsgemisch hinzugesellte, in dem der Gestank des Ausgusses vorherrschte, schob unpassenderweise den Gedanken an die Notwendigkeiten des wirklichen Lebens in die Vorstellungen von einer übernatürlichen Macht. Es war der Ekel in der Neugier. Gazonal gewahrte eine Stufe aus Pappelholz, wohl die letzte der Binnentreppe, die zu dem Hängeboden hinaufführte. Er erfaßte alle diese Einzelheiten mit einem einzigen Blick, und es wurde ihm übel. Es war auf eine andere Weise furchteinflößend als die Schilderungen der Romanschreiber und die Szenen deutscher Dramen; es war von würgender Echtheit. Die Luft war schwindelerregend schwer, die Dunkelheit reizte schließlich die Nerven. Als der Südländer, den eine Art Albernheit dazu antrieb, die Kröte anschaute, empfand er in der Magenhöhle einen Brechreiz und verspürte ein Erschrecken fast wie dasjenige eines Verbrechers angesichts eines Gendarms. Er versuchte, wieder zu sich selbst zu kommen, indem er Madame Fontaine scharf ansah; allein er begegnete zwei fast weißen Augen, deren unbewegliche, eisesstarre Pupillen er nicht zu ertragen vermochte. Die Stille wurde jetzt beängstigend.

»Was wollen Sie, Monsieur?« fragte Madame Fontaine Gazonal. »Das Spiel zu fünf Francs, das Spiel zu zehn Francs, oder das große Spiel?«

»Das Spiel zu fünf Francs ist bereits recht teuer«, antwortete der Südländer, der sich innerlich unerhört anstrengte, um sich von der Umwelt, in der er sich befand, nicht beeindrucken zu lassen.

Gerade als Gazonal sich zu sammeln versuchte, ließ eine höllische Stimme ihn aus seinem Sessel auffahren: Das schwarze Huhn hatte gegackert.

»Nur ruhig, mein Kind, nur ruhig, der Herr will nur fünf Francs ausgeben.« Und das Huhn schien seine Herrin verstanden zu haben; denn nachdem es bis auf einen Schritt an die Karten herangekommen war, ging es gravitätisch auf seinen alten Platz zurück. – »Welches ist Ihre Lieblingsblume?« fragte die Alte mit einer Stimme, die durch den unaufhörlich aus ihren Bronchien aufsteigenden Schleim wie eingerostet klang.

»Die Rose.«

»Welche Farbe mögen Sie besonders?«

»Blau.«

»Welches Tier ist Ihnen das liebste?«

»Das Pferd. Warum alle diese Fragen?« fragte er seinerseits.

»Der Mensch hängt durch seine früheren Daseinsformen mit allen Erscheinungen zusammen«, sagte sie formelhaft. »Daher rühren seine Instinkte, und seine Instinkte beherrschen sein Schicksal. – Was schmeckt Ihnen am besten: Fisch, Wild, Hülsenfrüchte, Fleisch aus der Metzgerei, Süßigkeiten, Gemüse oder Früchte?«

»Wild.«

»In welchem Monat sind Sie geboren worden?«

»Im September.«

»Zeigen Sie mir Ihre Hand.«

Madame Fontaine betrachtete sehr aufmerksam die Linien der ihr dargebotenen Hand. All das vollzog sich ernst, ohne vorsätzliche Hexerei, und mit der Schlichtheit, mit der ein Notar sich über die Absichten eines Klienten unterrichtet hätte, ehe er eine Urkunde ausfertigt. Als die Karten zur Genüge gemischt waren, bat sie Gazonal, abzuheben und selber drei Stapel aufzuschichten. Sie nahm die Stapel, teilte sie aus, wobei sie eine Karte über die andere legte, und prüfte sie, wie ein Spieler die sechsunddreißig Nummern der Roulette prüft, ehe er seinen Einsatz wagt. Gazonal verspürte Kälte bis ins Mark hinein; er wußte nicht mehr, wo er sich befand; aber sein Staunen wuchs, als die gräßliche Alte mit der grünen, fetten, platten Kapotte, deren falscher Aufbau sehr viel mehr schwarze Bänder als zu Fragezeichen gedrehte Locken sehen ließ, ihm mit ihrer verschleimten Stimme alle besonderen Einzelheiten, sogar die intimsten, seines früheren Lebens darlegte, ihm von seinen Neigungen, seinen Gewohnheiten, seinem Charakter, und sogar von seinen Gedanken in der Kindheit erzählte, von allem, was möglicherweise Einfluß auf ihn gehabt hatte, von seiner fehlgeschlagenen Ehe und dem Grund dafür, und mit wem er verheiratet gewesen sei; sie gab die genaue Schilderung der Frau, die er geliebt hatte, und schließlich sagte sie, aus welcher Stadt er gekommen sei, und sprach von seinem Prozeß, usw.

Gazonal glaubte an eine von seinem Vetter in die Wege geleitete Mystifikation; aber das Absurde einer solchen Verschwörung wurde ihm im gleichen Augenblick klar, da der Gedanke daran ihm gekommen war, und er verharrte mit offenem Munde angesichts dieser wahrhaft höllischen Macht, deren Verkörperung der Menschheit das entlehnte, was zu allen Zeiten die Phantasie der Maler und Dichter als das Fürchterlichste betrachtet hat: eine abstoßende Alte, engbrüstig, zahnlos, mit kalten Lippen, stumpfer Nase und weißen Augen. Die Pupille der Madame Fontaine hatte sich belebt, es durchglitt sie ein Aufstrahlen, das aus den Tiefen der Zukunft oder der Hölle aufschoß. Gazonal unterbrach die Alte und fragte mechanisch, wozu ihr die Kröte und das Huhn nütze seien.

»Damit ich die Zukunft voraussagen kann. Der Fragesteller wirft mit eigener Hand, wie es gerade kommt, die Körner auf die Karten; dann kommt Bilouche und pickt sie auf; Astaroth kriecht darüber und holt sich das Futter, das der Kunde ihr hinhält, und diese beiden wunderbar intelligenten Tiere haben sich noch nie geirrt. Wenn Sie sie bei der Arbeit sehen wollen, werden Sie Ihre Zukunft erfahren. Kostet hundert Francs.«

Der von Astaroths Blicken entsetzte Gazonal verbeugte sich vor der schrecklichen Madame Fontaine und hastete ins Vorzimmer. Er war schweißnaß und fühlte sich wie unter der höllischen Inkubation des bösen Geistes.

»Wir wollen weg von hier ...!« sagte er zu den beiden Künstlern. »Habt ihr je diese Hexe befragt?«

»Ich unternehme nichts Wichtiges, ohne Astaroth zu Äußerungen zu bewegen«, sagte Léon, »und bin dabei stets sehr gut gefahren.«

»Ich warte auf das ehrlich gewonnene Vermögen, das Bilouche mir verheißen hat«, sagte Bixiou.

»Mir ist, als hätte ich Fieber«, rief der Südländer. »Wenn ich glaubte, was ihr mir da sagt, müßte ich also auch an Hexerei, an eine übernatürliche Macht glauben?«

»Es kann nur eine natürliche sein«, erwiderte Bixiou. »Ein Drittel der Loretten, ein Viertel der Staatsmänner, die Hälfte der Künstler holen sich Rat bei Madame Fontaine, und man weiß sogar, daß sie einem Minister als Egeria[73] dient.«

»Hat sie dir die Zukunft geweissagt?« fragte Léon.

»Nein, ich habe es bei meiner Vergangenheit bewenden lassen; das hat mir genügt. Aber wenn sie mit Hilfe ihrer widerlichen Mitarbeiter die Zukunft voraussagen kann«, entgegnete Gazonal, den ein Gedanke gepackt hatte, »wie hat sie dann in der Lotterie verlieren können?«

»Tja, da legst du den Finger auf eins der tiefsten Mysterien der Geheimwissenschaften«, antwortete Léon. »Sobald diese Art inneren Spiegels, in dem sich für sie Zukunft oder Vergangenheit reflektiert, sich unter dem Hauch eines persönlichen Gefühls trübt, von einem Gedanken, der der Betätigung der von ihnen ausgeübten Macht fremd ist, sehen die Hexenmeister oder Hexen nichts mehr, gerade wie der Künstler, der seine Kunst durch eine politische oder mit einem System verknüpfte Kombination besudelt, sein Talent verliert. Vor einiger Zeit hat ein der Gabe der Divination mittels der Karten befähigter Mann, der Rivale der Madame Fontaine, der sich verbrecherischen Praktiken gewidmet hatte, nicht sich selbst die Karten legen und sehen können, er würde verhaftet, verhört und vom Schwurgericht verurteilt werden. Madame Fontaine, die in acht von zehn Malen die Zukunft richtig voraussagt, hat nie erfahren, daß sie in der Lotterie ihren Einsatz verlieren würde.«

»Genauso verhält es sich mit dem Magnetismus, der Hypnose«, gab Bixiou zu bedenken. »Man hypnotisiert nicht sich selber.«

»Gut! Jetzt sind wir also beim Magnetismus angelangt!« rief Gazonal. »Ja, kennt ihr denn alles und jedes ...?«

»Freund Gazonal«, erwiderte Bixiou ernst, »um über alles lachen zu können, muß man alles kennen. Was mich betrifft, so bin ich seit meiner Kindheit in Paris, und mein Zeichenstift läßt mich von den hiesigen Lächerlichkeiten leben, von fünf Karikaturen den Monat ... Auf diese Weise mache ich mich sehr häufig über eine Idee lustig, an die ich glaube!«

»Wir wollen uns andern Betätigungen zuwenden«, sagte Léon. »Laßt uns in die Abgeordnetenkammer gehen; da können wir die Angelegenheit des Vetters in Ordnung bringen.«

»Das«, sagte Bixiou und imitierte dabei Odry[74] und Gaillard, »ist Komödie großen Stils, denn wir veranlassen den erstbesten Redner, dem wir in der Vorhalle begegnen, sich ins rechte Licht zu setzen; Sie werden dort wie anderswo die Pariser Sprache wahrnehmen, die immer nur zwei Rhythmen hat: Selbstsucht oder Eitelkeit.«

Als sie wieder in den Wagen stiegen, gewahrte Léon in einem schnell vorüberfahrenden Kabriolett einen Herrn, dem er durch einen Wink andeutete, er wolle ein paar Worte mit ihm sprechen.

»Es ist Publicola Masson«, sagte Léon zu Bixiou, »ich will ihn für heute nachmittag um fünf, nach der Kammer, um eine Sitzung bitten. Dann bekommt der Vetter das seltsamste aller Originale zu sehen ...«

»Wer ist denn das?« fragte Gazonal, während Léon sich mit Publicola Masson besprach.

»Ein Fußpfleger, Verfasser eines Traktats über Korporistik; er schneidet einem die Hühneraugen im Abonnement, und wenn die Republikaner ein halbes Jahr lang triumphieren, wird er ganz bestimmt unsterblich.«

»Und er fährt im eigenen Wagen?« rief Gazonal.

»Aber, Freund Gazonal, in Paris haben lediglich die Millionäre Zeit, zu Fuß zu gehen.«

»Zur Kammer«, rief Léon dem Kutscher zu.

»Zu welcher, Monsieur?«

»Zur Abgeordnetenkammer«, antwortete Léon, nachdem er mit Bixiou ein Lächeln ausgetauscht hatte.

»Paris fängt an, mich völlig durcheinander zu bringen«, sagte Gazonal.

»Um Ihnen eine Vorstellung von seiner moralischen, politischen und literarischen Unermeßlichkeit zu vermitteln, handeln wir augenblicklich wie der römische Cicerone[75], der einem in der Peterskirche die große Zehe der Statue zeigt: Man hat geglaubt, sie sei von natürlicher Größe, und dann sieht man, daß sie einen Fuß lang ist. Sie haben noch keine einzige der Zehen von Paris gemessen . . .!«

»Und beachten Sie bitte, Vetter Gazonal, daß wir nur das aufgreifen, dem wir gerade begegnen; wir treffen keine Auswahl.«

»Heute abend sollst du zur Nacht speisen, wie man bei Belsazar getafelt hat, und du sollst unser eigentliches Paris erleben, wie es ›Landsknecht‹ spielt und ohne mit der Wimper zu zucken mit einem Schlag hunderttausend Francs riskiert.«

Eine Viertelstunde danach hielt die Droschke unten vor den Stufen der Abgeordnetenkammer, auf der Seite des Pont de la Concorde, der nach der Eintracht benannten Brücke, die zur Zwietracht führt.

»Ich habe geglaubt, man dürfe nicht ohne weiteres in die Kammer hinein . . .«, sagte der Südländer, den es überraschte, plötzlich mitten in der großen Vorhalle zu stehen.

»Je nachdem«, antwortete Bixiou. »Finanziell gesprochen, kostet es dreißig Sous Fahrgeld mit der Droschke; politisch gesprochen, muß man etwas mehr ausgeben. Ein Dichter hat gesagt, die Schwalben hätten bei der Errichtung des Triumphbogens gemeint, er werde eigens für sie gebaut; wir Künstler meinen, dies Bauwerk hier sei geschaffen worden als Ausgleich für die Wertlosigkeiten des Théâtre-Français und um uns zum Lachen zu bringen; aber diese Komödianten hier kosten sehr viel mehr, und sie geben uns nicht alle Tage was für unser Geld.«

»Das ist nun also die Kammer . . .!« sagte Gazonal zweimal. Und er durchmaß die Halle, in der sich in diesem Augenblick etwa zehn Personen befanden; er schaute sich alle mit einer Miene an, die Bixiou in sein Gedächtnis eingrub, um daraus eine der berühmten Karikaturen zu machen, mit denen er sich gegen Gavarni[76] durchzusetzen suchte.

Léon sprach einen der Türhüter an, die beständig zwischen dieser Halle und dem Sitzungssaal hin und her gehen, mit dem sie durch einen Gang verbunden ist, in dem die Stenographen des ›Moniteur‹[77] und einige andere zur Kammer gehörende Personen sich aufhalten.

»Der Minister«, antwortete der Türhüter gerade Léon, als Gazonal zu den beiden hintrat, »ist drin; aber ob Monsieur Giraud noch da ist, weiß ich nicht; ich will mal nachsehen . . .«

Als der Türhüter einen der Flügel der Tür öffnete, durch die nur Abgeordnete, Minister und Bevollmächtigte des Königs eintreten dürfen, sah Gazonal einen Mann herauskommen, der ihm noch recht jung zu sein schien, obgleich er achtundvierzig Jahre alt war; der Türhüter wies Léon de Lora auf ihn hin.

»Siehe da, ihr seid hier!« sagte er und schüttelte Léon und Bixiou kräftig die Hand. »Ihr komischen Vögel . . .! Was habt ihr im Sanktuarium der Gesetze zu suchen?«

»Du lieber Himmel, wir kommen her, um zu lernen, wie man seinen Spott treibt«, sagte Bixiou. »Sonst würde man ja einrosten.«

»Dann kommt mit in den Garten«, sagte der junge Mann; er vermutete nicht, daß der Südländer dazugehörte.

Beim Anblick dieses gut und ganz in Schwarz gekleideten Unbekannten, der keine Ordensauszeichnung trug, wußte Gazonal nicht, in welche politische Kategorie er ihn einordnen sollte; indessen folgte er ihm in den Garten, der sich an die Vorhalle anschließt und längs des früher nach Napoleon benannten Quais hinzieht. Nun er sich im Garten befand, ließ der ehemals junge Mann einem Lachen, das er seit dem Betreten der Vorhalle zurückgehalten hatte, freien Lauf.

»Was hast du denn . . .?« fragte ihn Léon de Lora.

»Lieber Freund, um die Ehrlichkeit der konstitutionellen Regierung erhärten zu können, sind wir genötigt, schreckliche Lügen mit unglaublichem Nachdruck auszusprechen. Aber ich bin ja schließlich Tagelöhner. Es gibt zwar Tage, an denen ich lüge wie ein politisches Programm, aber auch andere, an denen ich nicht ernst bleiben kann. Nun aber ist augenblicklich der Kabinettschef, den die Opposition aufgefordert hat, die Geheimnisse der Diplomatie preiszugeben – was sie verweigern würde, wenn sie selber die Regierung wäre –, dabei, auf der Rednertribüne seine Zungenübungen vorzuführen; und da er ein anständiger Mensch ist, der nicht auf eigene Rechnung lügt, hat er mir, ehe er zum Angriff schritt, zugeflüstert: ›Ich habe keine Ahnung, was ich ihnen vorsetzen soll . . .!‹ Als ich ihn so dastehen sah, hat mich ein Lachanfall gepackt und ich bin hinausgegangen; schließlich kann man auf der Ministerbank nicht lachen; meine Jugend überkommt mich dort oft genug zur Unzeit.«

»Endlich«, rief Gazonal, »stoße ich in Paris auf einen anständigen Menschen! Sie müssen ein sehr überlegener Mann sein!« fügte er hinzu und blickte den Unbekannten an.

»Nanu, wer ist denn dieser Herr?« fragte der ehemals junge Mann und musterte Gazonal.

»Mein Vetter«, entgegnete Léon lebhaft. »Ich bürge für sein Schweigen und seine Redlichkeit wie für mich selber. Seinetwegen sind wir hergekommen; er hat nämlich einen Prozeß mit der Behörde, der von deinem Ministerium abhängt; sein Präfekt will ihn ganz einfach zugrunde richten, und wir haben dich aufgesucht, um zu verhindern, daß der Staatsrat eine Ungerechtigkeit begeht . . .«

»Wer ist Berichterstatter . . .?«

»Massol.«

»Gut!«

»Und unsere Freunde Giraud und Claude Vignon sind im Ausschuß«, sagte Bixiou.

»Sag ihnen ein Wort, und sie möchten doch heute abend zu Carabine kommen, wo du Tillet unter dem Vorwand der Railways[78] ein Fest gibt; es wird nämlich jetzt mehr denn je mit Eisenbahnen Raubbau getrieben«, fügte Léon hinzu.

»Ach so; aber die Sache spielt in den Pyrenäen . . .?« fragte der junge Mann, der ernst geworden war.

»Ja«, sagte Gazonal.

»Und Sie stimmen bei den Wahlen nicht für uns . . .?« fragte der Staatsmann und blickte Gazonal an.

»Nein; aber durch das, was Sie soeben in meinem Dabeisein gesagt haben, bin ich bestochen worden; bei meinem Wort als

Major der Nationalgarde, ich sorge dafür, daß Ihr Kandidat gewählt wird . . .«

»Na, schön; kannst du noch immer für deinen Vetter garantieren . . .?« fragte der junge Mann Léon.

»Wir kneten ihn zurecht . . .«, sagte Bixiou in einem Tonfall von tiefer Komik.

»Gut, ich werde sehen . . .«, sagte jene Persönlichkeit, verabschiedete sich von ihren Freunden und kehrte schleunigst in den Sitzungssaal zurück.

»Ja, wer war denn das?« fragte Gazonal.

»Na, der Graf de Rastignac, der Minister des Verwaltungsfachs, in das dein Prozeß fällt . . .«

»Ein Minister . . .! Danach hat er aber gar nicht ausgesehen!«

»Er ist ein alter Freund von uns. Er hat dreihunderttausend Francs Zinsen, er ist Pair von Frankreich, der König hat ihn zum Grafen gemacht, er ist Nucingens Schwiegersohn und einer der zwei oder drei Staatsmänner, die die Juli-Revolution hervorgebracht hat; aber bisweilen langweilt ihn die Macht, und dann kommt er und lacht mit uns . . .«

»Ja, aber Vetter, du hast uns ja gar nicht gesagt, daß du da unten in deiner Heimat der Opposition angehörst . . .?« fragte Léon und faßte Gazonal beim Arm. »Bist du blödsinnig? Ob ein Abgeordneter mehr oder weniger auf der Linken oder der Rechten sitzt, geht es dir deshalb besser . . .?«

»Wir sind nun mal für die andern . . .«

»Lassen Sie sie«, sagte Bixiou auf so komische Weise, wie wenn Monrose[79] es gesagt hätte, »sie haben die Vorsehung auf ihrer Seite, und die wird sie schon auch ohne Sie und trotz Ihnen geleiten . . . Ein Fabrikant muß Feudalist sein.«

»Gut! Da kommt Maxime mit Canalis und Giraud!« rief Léon.

»Kommen Sie, Freund Gazonal, die angekündigten Schauspieler treten auf«, sagte Bixiou.

Und sie gingen alle drei auf die genannten Persönlichkeiten zu, die gewissermaßen unbeschäftigt wirkten.

»Seid ihr zum Spazierengehen hinausgeschickt worden, daß ihr hier so herumschlendert . . .?« fragte Bixiou Giraud.

»Nein, aber während der geheimen Abstimmung wollen wir ein bißchen frische Luft schöpfen ...«, antwortete Giraud.

»Und wie hat der Kabinettschef sich aus der Affäre gezogen?«

»Großartig war er!« sagte Canalis.

»Schlechthin großartig!« wiederholte Giraud.

»Großartig!« sagte Maxime.

»Siehe da! Dann sind also die Rechte, die Linke und die Mitte einig?«

»Wir haben jeder eine andere Auffassung«, gab Maxime de Trailles zu bedenken.

Maxime war ein regierungstreuer Abgeordneter.

»Freilich«, pflichtete Canalis lachend bei.

Obwohl Canalis bereits Minister gewesen war, gehörte er gegenwärtig der Rechten an.

»Na, Sie haben eben einen schönen Triumph davongetragen!« sagte Maxime zu Canalis. »Denn schließlich haben Sie ja doch den Minister gezwungen, auf die Tribüne zu steigen.«

»Und zu lügen wie gedruckt«, entgegnete Canalis.

»Sieg ist Sieg!« antwortete der ehrliche Giraud. »Was hätten Sie an seiner Stelle getan?«

»Ich hätte ebenfalls gelogen.«

»Das nennt man nicht lügen«, sagte Maxime de Trailles; »das nennt man die Krone decken.«

Und er führte Canalis ein paar Schritte abseits.

»Er ist schon ein großer Redner!« sagte Léon zu Giraud und wies auf Canalis.

»Ja und nein«, antwortete der Staatsrat. »Er ist hohl, aber was er sagt, das klingt; er ist eher ein Wortkünstler als ein Redner. Kurzum: Er ist ein schönes Instrument, aber nicht die Musik; daher hat er nicht ›das Ohr der Kammer‹ und wird es niemals haben. Er glaubt, Frankreich könne ohne ihn nicht auskommen; aber keinesfalls wird er je ›der Herr der Lage‹ sein.«

Canalis und Maxime waren wieder zu der Gruppe getreten, und zwar in dem Augenblick, da Giraud, der Abgeordnete der linken Mitte, gerade dieses Urteil gefällt hatte. Maxime nahm Giraud beim Arm, führte ihn weit von der Gruppe weg und machte ihm vielleicht dieselben vertraulichen Mitteilungen, die er Canalis gemacht hatte.

»Welch anständiger, würdiger Kerl!« sagte Léon und wies Canalis auf Giraud hin.

»Er ist einer der Rechtlichen, die den Regierungen zum Untergang gereichen«, antwortete Canalis.

»Ist er Ihrer Meinung nach ein guter Redner …«

»Ja und nein«, antwortete Canalis. »Er verfügt über einen großen Wortschatz, er ist weitschweifig. Er arbeitet sich ab durch Begründungen, er ist ein guter Logiker; aber er versteht nichts von der großen Logik, der Ereignisse und der zu bewältigenden Geschäfte; deshalb hat er nicht ›das Ohr der Kammer‹ und wird es nie haben …«

In dem Augenblick, da Canalis dieses Urteil über Giraud vorbrachte, kam dieser mit Maxime wieder zurück zu der Gruppe; und da er vergaß, daß ein Fremder dabei war, von dem sie nicht wußten, ob er verschwiegen sei wie Léon und Bixiou, ergriff er auf bedeutungsvolle Weise Canalis' Hand.

»Also gut«, sagte er zu ihm, »ich stimme dem bei, was der Herr Graf de Trailles vorschlägt; ich werde interpellieren, aber mit großer Strenge.«

»Dann haben wir also bei dieser Frage die Kammer für uns; denn ein Mann von Ihrer Bedeutung und Ihrer Rednergabe ›hat stets das Ohr der Kammer‹«, antwortete Canalis. »Ich werde antworten … aber lebhaft, um Sie zu zermalmen.«

»Sie können einen Kabinettswechsel zuwege bringen, denn auf gerade diesem Gebiet können Sie mit der Kammer machen, was Sie wollen, und dann sind Sie ›der Herr der Lage‹ …«

»Maxime hat sie alle beide übers Ohr gehauen«, sagte Léon zu seinem Vetter. »Dieser kecke Knabe fühlt sich in den Kammerintrigen wie der Fisch im Wasser.«

»Wer ist er eigentlich?«

»Ein Ex-Schurke, der drauf und dran ist, Botschafter zu werden«, antwortete Bixiou.

»Giraud!« rief Léon dem Staatsrat zu, »gehen Sie nicht weg, ohne Rastignac nach dem zu fragen, was er mir versprochen hat, Ihnen bezüglich eines Prozesses zu sagen, den Sie übermorgen zu entscheiden haben, und der meinen hier anwesenden Vetter etwas angeht; ich möchte morgen vormittag bei Ihnen deswegen vorsprechen.«

Und die drei Freunde folgten den drei Politikern in einiger Entfernung, als sie sich wieder der Vorhalle zuwandten.

»Da, Vetter, sieh dir die beiden Herren dort an«, sagte Léon zu Gazonal und zeigte ihm einen ehemaligen, sehr berühmten Minister und den Parteiführer der linken Mitte, »das sind zwei Redner, auf die die Kammer hört und denen man lächerlicherweise den Spitznamen ›Minister im Bereich der Opposition‹ gegeben hat; sie haben so sehr das Ohr der Kammer, daß sie sie sehr häufig daran zupfen.«

»Es ist vier, wir wollen zurück in die Rue de Berlin«, sagte Bixiou.

»Ja, jetzt hast du einen Blick ins Herz der Regierung getan; nun müssen wir dir auch die Eingeweidewürmer, die Spulwürmer, die Bandwürmer, also die Republikaner zeigen, da man sie mit ihren wahren Namen benennen muß«, sagte Léon zu seinem Vetter.

Als die drei Freunde in ihrer Droschke hockten, blickte Gazonal seinen Vetter und Bixiou spöttisch an, wie jemand, der eine Sturzflut oratorischer und südlicher Galle loslassen will.

»Ich war von vornherein mißtrauisch gegen diese Vettel von Großstadt; aber seit heute vormittag verachte ich sie! Die arme, schäbige Provinz ist ein anständiges Mädchen; aber Paris ist eine gierige, verlogene, Komödie spielende Prostituierte, und ich bin nur zu froh, hier nicht meine Haut zu Markte getragen zu haben . . .«

»Der Tag ist noch nicht zu Ende«, sagte Bixiou beziehungsreich und blickte Léon mit einem Augenzwinkern an.

»Und warum beschwerst du dich so dümmlich über eine vorgebliche Prostitution«, sagte Léon, »durch die du deinen Prozeß gewinnen wirst . . .? Hältst du dich für tugendhafter als uns, für weniger komödiantisch, weniger gierig, weniger leicht zum Hinabrutschen auf irgendeiner schiefen Ebene geeignet, weniger eitel als alle die, mit denen wir gespielt haben wie mit Hampelmännern?«

»Versucht doch, mich herumzukriegen . . .«

»Armer Junge!« sagte Léon achselzuckend, »hast du nicht schon Rastignac deine Einflußnahme auf die Wahlen versprochen?«

»Ja, weil er der einzige ist, der es fertiggebracht hat, über sich selber zu lachen . . .«

»Armer Junge!« wiederholte Bixiou. »Sie fordern mich heraus, und dabei habe auch ich nichts getan als zu lachen . . .! Sie ähneln einem kleinen Kläffer, der einen Tiger reizt . . . Ach, wenn Sie uns doch gesehen hätten, wie wir uns über jemanden lustig machen . . . Wissen Sie, daß wir einen geistig Gesunden verrückt machen können . . .?«

Diese Unterhaltung währte, bis Gazonal in der Wohnung seines Vetters angelangt war; dort verschlug der Anblick der üppigen Einrichtung ihm die Sprache und machte dem Wortstreit ein Ende. Der Südländer wurde sich bewußt, wenngleich erst später, daß Bixiou ihn dahin gebracht hatte, sich selbst »ins rechte Licht zu setzen«.

Um halb sechs, als Léon de Lora bei der Abendtoilette war, wurde zum mundaufsperrenden Erstaunen Gazonals, der die tausendundeine Überflüssigkeiten seines Vetters beaugenscheinigte und den Ernst bewunderte, mit dem der Diener seines Amtes waltete, »Monsieurs Fußpfleger« gemeldet. Publicola Masson, ein fünfzigjähriges Männlein, dessen Gesicht an dasjenige Marats erinnerte, hielt seinen Einzug, stellte einen kleinen Kasten mit Werkzeugen nieder und setzte sich, nachdem er sich vor Gazonal und Bixiou verbeugt hatte, auf einen Hocker, Léon gegenüber.

»Wie geht das Geschäft?« fragte Léon und befahl ihm einen seiner Füße an, die der Diener vorsorglicherweise bereits gewaschen hatte.

»Ach, ich muß mir zwei Schüler halten, zwei junge Leute, die daran verzweifelten, es zu etwas zu bringen, und der Chirurgie den Rücken gekehrt haben um der Korporistik willen; sie waren dem Hungertod nahe, und dabei sind sie begabt . . .«

»Oh, ich meinte nicht das Fußpflegegeschäft, ich habe Sie gefragt, wie es mit Ihren politischen Geschäften steht . . .«

Masson warf einen Blick auf Gazonal, der beredter war als jede wie auch immer beschaffene Frage.

»Reden Sie getrost, der Herr ist mein Vetter, und er ist beinahe einer der Ihrigen; er hält sich für einen Legitimisten.«

»Gut, gut. Also, wir kommen weiter! Es geht vorwärts! In fünf Jahren gehört uns ganz Europa . . .! Die Schweiz und Italien sind wacker bearbeitet worden, und wenn die Gelegenheit kommt, sind wir fertig. Hier in Paris verfügen wir über fünfzigtausend bewaffnete Männer, ganz abgesehen von den zweihunderttausend Citoyens, die keinen Sou besitzen . . .«

»Pah!« sagte Léon, »und die Befestigungen?«

»Pastetenkrusten, die wir einfach verschlingen«, antwortete Masson. »Erstens lassen wir die Kanonen gar nicht herankommen; und zweitens haben wir eine kleine Maschine, die stärker ist als alle Festungswerke der Welt, eine Maschine, die wir dem Arzt[80] verdanken, der mehr Leute geheilt hat, als die Ärzte in der Zeit, da die Maschine funktionierte, umgebracht haben.«

»Wie Sie sich ins Zeug legen . . .!« sagte Gazonal, dem Publicolas Miene eine Gänsehaut verursachte.

»Oh, das muß so sein! Wir leben nach Robespierre und Saint-Just, deshalb müssen wir es besser machen; sie sind zu schüchtern gewesen; Sie sehen ja, was uns widerfahren ist: ein Kaiser, die ältere Linie und die jüngere Linie! Die Bergpartei[81] hat den Baum der Gesellschaft nicht genügend ausgeholzt.«

»Wenn dem so ist, dann bedenken Sie«, sagte Bixiou, »Sie, der Sie, wie es heißt, Konsul oder eine Art Tribun werden, daß ich Sie seit zwölf Jahren um Ihre Protektion gebeten habe.«

»Ihnen wird nichts geschehen, wir brauchen nämlich Spaßmacher; Sie könnten das Amt Barères[82] übernehmen«, antwortete der Fußpfleger.

»Und ich?« fragte Léon.

»Oh, Sie sind mein Kunde, das rettet Ihnen den Hals; das Genie ist nämlich ein abscheuliches Privileg, dem in Frankreich viel zu viele Zugeständnisse gemacht werden; deshalb werden wir genötigt sein, unter unsern großen Männern aufzuräumen, um die andern zu lehren, sich als schlichte Bürger zu verhalten . . .«

Der Fußpfleger sprach mit halb ernster, halb scherzhafter Miene, und Gazonal lief es eiskalt über den Rücken.

»Dann gibt es also keine Religion mehr?« fragte der Südländer.

»Keine Staatsreligion mehr«, entgegnete der Fußpfleger und betonte die erste Silbe, »jeder soll seine eigene haben. Es trifft sich gut, daß im gegenwärtigen Augenblick die Klöster begönnert werden; das verschafft unserer Regierung die finanzielle Basis. Alles verschwört sich für uns. Auf diese Weise sind alle, die die Völker bedauern, die laut über die Proletarier- und die Lohnfrage schreien, die Bücher gegen die Jesuiten schreiben, die sich mit der Verbesserung von irgendwas befassen . . ., die Kommunisten, die Menschheitsfreunde, die Philanthropen, verstehen Sie, alle diese Leute sind unsere Avantgarde. Während wir Schießpulver sammeln, drehen sie die Zündschnur, die der Funke einer günstigen Gelegenheit anstecken wird.«

»So so. Was wollen Sie nun eigentlich, damit Frankreich glücklich wird?«

»Alle Bürger sollen gleich und alle Waren billig sein . . . Wir wollen, daß es nicht länger Menschen, denen alles fehlt, und Millionäre gibt, nicht länger Blutsauger und Opfer!«

»So ist es also. Höchstpreise und Mindestpreise«, sagte Gazonal.

»Ganz wie Sie sagen«, antwortete der Fußpfleger unumwunden.

»Keine Fabrikanten mehr . . .?« fragte Gazonal.

»Fabriziert wird für Rechnung des Staates, dann sind wir alle Nutznießer Frankreichs . . . Jeder bekommt seine Ration zugeteilt, wie auf einem Schiff, und jeder muß seinen Fähigkeiten entsprechend arbeiten.«

»Gut!« sagte Gazonal. »Und bis Sie den Aristokraten die Köpfe abschlagen können . . .«

». . . beschneide ich ihnen die Fußnägel«, sagte der radikale Republikaner, packte seine Werkzeuge ein und machte dem Scherz von sich aus ein Ende.

Er verbeugte sich überaus höflich und ging.

»Ist so was möglich? Im Jahre 1845 . . .?« rief Gazonal aus.

»Wenn wir Zeit dazu hätten«, antwortete der Landschaftsmaler, »würden wir dir sämtliche Gestalten von 1793 zeigen und du könntest mit ihnen plaudern. Eben hast du Marat[83] gesehen; nun, wir kennen Fouquier-Tinville[84], Collot-d'Herbois[85], Robespierre[86], Chabot[87], Fouché[88], Barras[89], und es gibt sogar eine prächtige Madame Roland[90].«

»Nun, bei dieser Vorführung hat das Tragische nicht gefehlt«, sagte der Südländer.

»Es ist sechs Uhr; ehe wir dich zu den ›Gauklern‹ führen, in denen Odry heute abend auftritt«, sagte Léon zu seinem Vetter, »mußt du unbedingt einen Besuch bei Madame Cadine machen, einer Schauspielerin, die viel für deinen Berichterstatter Massol übrig hat, und der du heute abend aufs eifrigste den Hof machen solltest.«

»Da Sie sich diese Macht geneigt machen müssen, will ich Ihnen ein paar Instruktionen geben«, fuhr Bixiou fort. »Beschäftigen Sie in Ihrer Fabrik auch Arbeiterinnen ...?«

»Natürlich«, antwortete Gazonal.

»Weiter habe ich nichts wissen wollen«, sagte Bixiou. »Sie sind unverheiratet, Sie sind ein gewaltiger ...«

»Ja!« rief Gazonal. »Sie haben meine starke Seite erraten; ich habe viel für die Frauen übrig ...«

»Gut, gut; wenn Sie das kleine Manöver durchführen wollen, das ich Ihnen anraten möchte, dann werden Sie, ohne einen Liard zu zahlen, die Reize kennenlernen, die man im intimen Umgang mit einer Schauspielerin genießt.«

Bei der Ankunft in der Rue de la Victoire, wo die berühmte Schauspielerin wohnte, war Bixiou, der einen Eulenspiegelstreich gegen den mißtrauischen Gazonal ausgeheckt hatte, kaum damit fertig geworden, ihm seine Rolle zu skizzieren; aber der Südländer hatte, wie man sehen wird, alles ohne weiteres verstanden.

Die drei Freunde stiegen in das zweite Stockwerk eines recht schönen Hauses hinauf und fanden Jenny Cadine im Begriff, ihr Abendessen zu beenden; sie hatte nämlich in dem Stück zu spielen, das im Gymnase an zweiter Stelle aufgeführt wurde. Nachdem Gazonal dieser mächtigen Persönlichkeit vorgestellt worden war, wollten Léon und Bixiou ihn mit ihr allein lassen und bedienten sich des Vorwands, sie wollten ein neues Möbelstück anschauen; aber bevor sie die Schauspielerin verließen, hatte Bixiou ihr zugeflüstert: »Es handelt sich um Léons Vetter, einen millionenschweren Fabrikanten, der, um seinen Prozeß vor dem Staatsrat gegen den Präfekten zu gewinnen, es für angebracht hält, Sie zu verführen, um Massol auf seiner Seite zu haben.«

Ganz Paris kennt die Schönheit dieser jugendlichen ersten Liebhaberin, und so dürfte man verstehen, wie verblüfft der Südländer war, als er sie erblickte. Er war ziemlich kühl bewillkommnet worden; doch dann wurde er während der paar Minuten, die sie allein blieben, von Jenny Cadine mit Liebenswürdigkeiten bedacht.

»Wieso«, sagte Gazonal und beschaute mit verächtlichen Blikken durch die von seinen Komplicen halb offengelassene Tür das Mobiliar des Salons und schätzte ab, was dasjenige des Eßzimmers wert sei, »wieso läßt man eine Frau wie Sie in solch einem elenden Loch wohnen ...?«

»Ach, es hilft eben nichts, Massol ist nicht reich; ich warte darauf, daß er Minister wird ...«

»Der Glückliche!« rief Gazonal und stieß einen Provinzlerseufzer aus.

»Gut!« sagte sich die Schauspielerin. »Ich bekomme neue Möbel, ich kann es also mit Carabine aufnehmen!«

»Also, liebes Kind«, sagte Léon, als er wieder hereinkam, »Sie kommen heute abend zu Carabine, nicht wahr? Es wird dort soupiert und Landsknecht gespielt.«

»Kommt Monsieur auch hin?« fragte Jenny Cadine voll naiver Anmut.

»Ja, Madame«, antwortete der ob dieses schnellen Erfolgs geblendete Gazonal.

»Aber Massol wird doch gleichfalls kommen«, wandte Bixiou ein.

»Na, was macht denn das aus?« erwiderte Jenny. »Aber jetzt müssen wir aufbrechen, ihr Goldjungen, ich muß in mein Theater.«

Gazonal geleitete die Schauspielerin an der Hand bis zu der wartenden Droschke und drückte sie ihr zärtlich, was Jenny Cadine dadurch beantwortete, daß sie die Finger abschüttelte und sagte: »He! Ich kann Ihnen augenblicklich nichts herausgeben ...«

Als er im Wagen saß, versuchte Gazonal, Bixiou um die Taille zu fassen und an sich zu drücken, wobei er ausrief: »Sie hat angebissen! Sie sind schon ein toller Bursche ...«

»Die Frauen behaupten es«, entgegnete Bixiou.

Um halb zwölf, nach dem Theater, brachte eine Droschke die drei Freunde zu Mademoiselle Séraphine Sinet, die bekannter unter dem Namen Carabine ist; das ist eins jener Pseudonyme, die sich die berühmten Loretten zulegen oder die ihnen gegeben werden; er rührte vielleicht davon her, daß sie stets ihren Täuberich abgeschossen hatte.

Carabine, die für den berühmten Bankier Du Tillet, den Abgeordneten der linken Mitte, fast zur Lebensnotwendigkeit geworden war, bewohnte damals ein bezauberndes Haus in der Rue Saint-Georges. Es gibt in Paris Häuser, die immer derselben Bestimmung dienen, und dieses hatte bereits sieben Kurtisanen in seinen Mauern gesehen. Um 1827 hatte ein Wechselmakler Suzanne du Val-Noble, die spätere Madame Gaillard, darin untergebracht. Die berühmte Esther hatte darin den Baron de Nucingen die einzigen Liebestollheiten begehen lassen, denen er sich je unterzogen hat. Florine und alsdann jene, die scherzhafterweise »die selige Madame Schontz« genannt wurde, hatten darin nacheinander geglänzt. Als Du Tillet seine Frau satt hatte, hatte er dieses kleine, moderne Haus erworben und die berühmte Carabine hineingesetzt, deren lebhafter Geist, deren ungezwungene Manieren, deren brillante Schamlosigkeit ein Gegengewicht zu den Lasten seines häuslichen, politischen und mit seiner Bank zusammenhängenden Lebens bildeten. Ob Du Tillet und Carabine in dem Haus weilten oder nicht, stets war der Tisch, und zwar höchst prunkvoll, jeden Tag für zehn Personen gedeckt. Künstler, Literaten, Journalisten, die Stammgäste des Hauses pflegten dort zu speisen. Abends wurde gespielt. Mehr als ein Mitglied der einen oder der anderen Kammer kam und suchte dort, was in Paris für Gold verkauft wird, nämlich Liebesfreuden. Die exzentrischen Frauen, diese Meteore des Pariser Firmaments, die sich so schwer klassifizieren lassen, trugen dort ihre üppigen Toiletten zur Schau. Man war dort sehr geistreich, da man alles aussprechen konnte, und es wurde dort auch alles ausgesprochen. Caroline, die Rivalin der nicht minder berühmten Malaga, hatte sich schließlich zur Erbin von Florines Salon aufgeworfen, als Florine Madame Nathan geworden war; ferner des Salons der Tullia, jetzt Madame du Bruel; und dessen der Madame Schontz, der jetzigen Präsidentin du Ronceret. Beim Eintreten tat Gazonal nur einen einzigen Ausspruch, aber der war zugleich legitim und legitimistisch: »Hier ist es schöner als in den Tuilerien ...« Die Seide, der Samt, die Brokate, das Gold, die

Kunstgegenstände, was alles im Übermaß vorhanden war, lenkten die Blicke des Provinzlers so sehr auf sich, daß er Jenny Cadine übersah, die in einem Respekt einflößenden Abendkleid hinter Carabine versteckt stand und, während sie mit ihr plauderte, den Eintritt des Prozeßführenden und um ihre Gunst Werbenden genau beobachtete.

»Mein liebes Kind«, sagte Léon zu Carabine, »dies ist mein Vetter, ein Fabrikant, der heute morgen aus den Pyrenäen über mich hereingebrochen ist; er kennt noch nichts von Paris, er braucht Massol für einen Prozeß vor dem Staatsrat, und so sind wir so frei gewesen, Monsieur Gazonal einfach mit zu Ihrem Souper zu bringen, wobei wir Ihnen empfehlen möchten, ihn bei klarem Verstand zu lassen ...«

»Wie es den Herren beliebt; der Wein ist teuer«, sagte Carabine, musterte Gazonal von oben bis unten und fand an ihm nichts Bemerkenswertes.

Gazonal war betäubt von den Toiletten, dem Lichterglanz, dem Gold und dem Geplauder der Gruppen, von denen er meinte, sie befaßten sich mit ihm; er konnte nur stammeln: »Madame ... Madame ... sind ... sehr gütig.«

»Was fabrizieren Sie eigentlich?« fragte die Herrin des Hauses ihn lächelnd.

»Spitzen, und bieten Sie ihr Gipüren[91] an«, soufflierte ihm Bixiou.

»Spi ... Spi ...[92]«

»Wie? Spitzel sind Sie ...? Na, hör mal, Cadine! Dich haben sie hinters Licht geführt, mein Kind!«

»Spitzen ...«, stieß Gazonal hervor und begriff, daß er sein Souper bezahlen müsse. »Es würde mir eine große Freude sein, wenn ich Ihnen ein Abendkleid ... einen Schal ... eine Mantille aus meiner Fabrik anbieten dürfte.«

»Oh, gleich dreierlei? Na, Sie sind netter, als Sie aussehen«, erwiderte Carabine.

»Paris hat mich beim Wickel!« sagte Gazonal, erblickte Cadine, trat auf sie zu und begrüßte sie.

»Und ich, was bekomme ich ...?« fragte ihn die Schauspielerin.

»Ja ... mein ganzes Vermögen«, antwortete Gazonal, der Meinung, alles anbieten heiße nichts geben.

Massol, Claude Vignon, Du Tillet, Maxime de Trailles, Nucingen, Du Bruel, Malaga, Monsieur und Madame Gaillard, Vauvinet und eine Fülle anderer Leute kamen herein.

Nach einer eingehenden Unterhaltung mit dem Fabrikanten über den Prozeß sagte Massol, ohne etwas zu versprechen, der Bericht sei noch nicht erstattet worden, und die Bürger möchten der Erleuchtung und der Unabhängigkeit des Staatsrats vertrauen. Auf diese kalte, würdige Antwort hin hielt der verzweifelte Gazonal es für angebracht, die reizende Jenny Cadine zu verführen, in die er sich bis über beide Ohren verliebt hatte. Léon de Lora und Bixiou ließen ihr Opfer in den Händen der mutwilligsten Frau dieser bizarren Gesellschaft; denn Jenny Cadine ist die einzige Rivalin der berühmten Déjazet[93]. Bei Tisch war Gazonal hingerissen von den silbernen Tafelaufsätzen, die von Froment-Meurice[94], dem modernen Benvenuto Cellini, stammten und deren Inhalt dem Behältnis entsprach. Die beiden Spaßvögel hatten Sorge getragen, sich weit von dem seinen entfernte Plätze zu suchen: Aber sie verfolgten mit listigen Blicken die Fortschritte der geistvollen Schauspielerin, die, von dem verfänglichen Versprechen der Erneuerung ihres Mobiliars verlockt, sich vorgenommen hatte, Gazonal in ihre Wohnung zu entführen. Nun aber hat nie ein Fronleichnamslamm mehr Willfährigkeit bezeigt, sich von seinem Johannes dem Täufer führen zu lassen, als Gazonal, dieser Sirene zu gehorchen.

Drei Tage danach suchten Léon und Bixiou, die Gazonal nicht wiedergesehen hatten, ihn gegen zwei Uhr in seinem Hotel auf.

»Na also, Vetter! Ein Urteil des Staatsrats hat dich einen Prozeß gewinnen lassen.«

»Hat leider keinen Zweck, Vetter«, sagte Gazonal und schaute melancholisch zu seinen beiden Freunden auf, »ich bin Republikaner geworden ...«

»*Was* ist los?« fragte Léon.

»Ich habe nichts mehr, nicht mal soviel, daß ich meinen Advokaten bezahlen könnte«, antwortete Gazonal. »Madame Jenny Cadine hat von mir Wechsel, die mehr an Geldeswert darstellen als alles, was ich besitze ...«

»Cadine ist ja tatsächlich ein bißchen teuer, aber ...«

»Oh, ich habe was für mein Geld gehabt«, entgegnete Gazonal. »Ist das eine Frau . . .! Wirklich, die Provinz kann nicht mit Paris in Wettstreit treten; ich ziehe mich nach La Trappe[95] zurück.«

»Gut«, sagte Bixiou, »jetzt sind Sie wieder vernünftig. Also, erkennen Sie jetzt die Majestät der Kapitale an . . .?«

»Und des Kapitals!« rief Léon und überreichte Gazonal seine Wechsel.

Gazonal schaute die Papiere an und sperrte Mund und Nase auf.

»Sie sollen nicht sagen, wir verstünden nichts von Gastfreundschaft; wir haben Ihre Kenntnisse erweitert, Sie vor Not und Elend gerettet, Sie bewirtet und . . . amüsiert«, sagte Bixiou.

»Und zwar umsonst«, fügte Léon hinzu und vollführte die Geste der Straßenjungen, wenn sie andeuten wollen, sie hätten etwas geklaut.

Anmerkungen

Die Komödianten wider ihr Wissen

1 Ehemalige französische Provinz, Hauptstadt Perpignan, 1659 mit der Krone vereint, bildet heute das Département Pyrénées-Orientales.

2 Spanische Adlige.

3 Anmerkung Balzacs.

4 Meindert Hobbema (1638–1709), bedeutender holländischer Landschaftsmaler.

5 Jacob van Ruysdael (1625–1682), Schöpfer von Landschaftsbildern von melancholischer Einsamkeit, Schüler seines Onkels, des Landschaftsmalers Salomon van Ruysdael (1605–1670).

6 Claude Gelée, gen. Lorrain (1600–1682), Hauptvertreter der idealen Landschaftsmalerei.

7 Was Balzac unter diesem von ihm gebildeten Zeitwort versteht, ist unklar. Vielleicht stellt es eine Anspielung auf die südfranzösischen Stierkämpfe dar, wenngleich nicht einzusehen ist, daß der Präfekt sich an diesen aktiv beteiligt hätte, und wieso er durch das Betreiben Gazonals dabei hätte zu Tode kommen können.

8 Leichter, zweirädriger Wagen, seit dem Ende des achtzehnten Jahrhunderts im Gebrauch.

9 Charles de Rohan, Fürst von Soubise (1715–1787), Marschall von Frankreich, wenig begabter Feldherr (er war der Besiegte von Roßbach), aber geschmeidiger, kultivierter Höfling.

10 Balzac läßt Gazonal ein kurioses, provenzalisch gefärbtes Französisch sprechen, auf dessen andeutungsweise Wiedergabe verzichtet worden ist.

11 Ein Einwohner von Nîmes, der sich 1815 durch die royalistische Reaktion berechtigt glaubte, seinen liberalen Nachbarn die Kränkungen heimzuzahlen, die seine persönlichen Feinde seiner Frau angetan hatten.

12 Die heutige Place des Vosges.

13 Rossinis letztes Bühnenwerk und die beste seiner »Großen Opern«, Uraufführung am 3. August 1829, Text von Hippolyte Bis und de Jouy.

14 Diese Passage erstreckte sich längs des Operngebäudes nach der Rue Lepeletier hin.

15 Maria Taglioni (1804–1884), Tänzerin, trat von 1827–1847 an der Pariser Oper auf und zog sich dann nach Italien zurück.

16 Fanny Elßler (1810–1884) war schon in früher Jugend eine der berühmtesten Tänzerinnen ihrer Zeit. Sie gehörte der Pariser Oper seit 1834 an. Der frauliche Reiz ihrer Erscheinung war freilich ihrer tänzerischen Begabung überlegen; ihm vor allem dankte sie ihre lauten, jahrelang anhaltenden Erfolge. Sie war die Geliebte des Fürsten Metternich. Ihre Schwester Therese, gleichfalls Tänzerin, wurde 1850 vom Prinzen Adalbert von Preußen geheiratet und zur Freifrau von Barnim erhoben.

17 Diese Straße verband damals die Rue de Richelieu mit der Rue de Grammont. Der Durchbruch der Rue de Quatre-Septembre hat sie zur Hälfte verschwinden lassen.

18 Frédérick Lemaître (1800–1876), der berühmteste, typischste Schauspieler der Romantik, der »Boulevard-Talma«, mit Balzac befreundet.

19 Jacques-Charles Odry (1781–1853), Komiker, der seinen Spielstil bis zur Hanswursterei vortrieb, zumal in der Rolle des Bilboquet in dem Ausstattungsstück »Les Saltimbanques« (Die Gaukler), das am 25. Januar 1831 im Théâtre des Variétés uraufgeführt wurde. Bekanntlich bezeichnete Balzac sich in seinen Briefen an Mme Hanska gelegentlich als »Bilboquet«.

20 François-Eugène Vidocq (1775–1857) versuchte bis 1796 vergeblich, im Heeresdienst weiterzukommen, und stürzte sich dann in Abenteuer hart am Rande der Gesetze. Nach mehreren Delikten wurde er einer Urkundenfälschung wegen verhaftet, die er für einen Freund begangen hatte. Er brach aus dem Zuchthaus aus, wurde gefaßt, entwich abermals, wurde nochmals gefaßt und entwich wiederum. 1809 bot er dem Polizeipräfekten Baron Pasquier seine Mitarbeit an. Er überzeugte ihn, daß seine Erfahrung mit Dieben und Zuchthäuslern sich auswerten lasse, und so wurde ihm eine Fahndungsbrigade anvertraut, die zunächst aus vier ehemaligen Verbrechern bestand, dann aus acht, aus zwölf und schließlich aus vierundzwanzig. Er führte die ihm anvertrauten Aufträge erfolgreich durch, vor allem, wie Balzac sagt und wie Vidocq als erster behauptet hat, vermöge seines Blicks, der den Übeltäter irremachte. 1827 trat Vidocq in den Ruhestand. Aber die Untätigkeit fiel ihm schwer. Um wieder in seine alte Stellung eingesetzt zu werden, zog er ein Ränkespiel auf, das jedoch enthüllt wurde. Kurze Zeit leitete er ein privates Auskunftsbüro und starb dann im Elend, nachdem er seinem Freunde Balzac und anderen alle Hintergrün-

digkeiten und Tricks der gewöhnlichen und der politischen Polizei anvertraut hatte. Die unter seinem Namen veröffentlichten Bücher, die hohe Auflagen erzielten, sind nach seinen mündlichen Berichten geschrieben worden; er selber hat nie zur Feder gegriffen.

21 Elie, Herzog von Decazes (1780–1861), war Berater des Königs Louis von Holland (Bruder Napoleons, verheiratet mit dessen Stieftochter Hortense de Beauharnais, Vater Napoleons III.), erregte das Mißfallen des Kaisers, schloß sich der Restauration an, protestierte gegen die Hundert Tage und wurde nach der Rückkehr Ludwigs XVIII. aus Gent Polizeipräfekt. Am 24. September 1815 wurde er der Nachfolger Fouchés als Polizeiminister. Fortan arbeitete er eng mit dem König zusammen, dem sein Freimut und seine geistige Schwungkraft gefielen. Nach dem Rücktritt des Herzogs von Richelieu 1818 bildete er unter der Hand ein gemäßigtes Ministerium; es wurde 1819 neu gebildet, unter Decazes' Vorsitz, und schlug einen liberalen Kurs ein. Die Ermordung des Herzogs von Berry am 14. Februar 1820 verursachte seinen Sturz: Er hatte die königliche Familie, die auf seinen ausschließlichen Einfluß eifersüchtig war, und die Ultras gegen sich, die ihn beschuldigten, daß seine Politik das Attentat möglich gemacht habe. Ludwig XVIII., der Decazes als »sein Kind« zu bezeichnen pflegte, mußte sich von seinem Minister trennen und ernannte ihn zum Pair von Frankreich. Unter Louis-Philippe schloß Decazes sich der neuen Regierung an.

22 Deckname des Barons Bernard Polydore Bryond des Tours-Minières, Polizeispitzel, tritt in mehreren Romanen Balzacs auf.

23 Es gab in Paris sieben Büttel des Handelsgerichts, denen die Festnahme zahlungsunfähiger Schuldner oblag.

24 Lisette ist in Bérangers Liedern der Typ der fröhlichen Pariser Grisette.

25 François Amoros (1769–1848), Schüler Pestalozzis, war in Spanien unter König Joseph Oberst und Minister. 1814 ließ er sich in Frankreich naturalisieren und organisierte unter der Restauration den zivilen und militärischen Gymnastik-Unterricht.

26 In dieser Straße lag die Polizeipräfektur. Sie stand mit der Rue de Nazareth in Verbindung und war während der letzten Jahre ihres Bestehens nur noch eine Sackgasse; durch die Neubauten am Südflügel des Justizpalastes ist sie verschwunden.

27 Joseph-Marie Jacquard (1752–1834) war ein armer Weber, bis ihm 1790 die Idee zu dem vervollkommneten Webstuhl kam, der sei-

nen Namen trägt. Lange Zeit hindurch verzögerte die Not seine Versuche. Endlich konnte er auf der Industrie-Ausstellung von 1801 das erste Holzmodell ausstellen, das er selber mit dem Messer geschnitzt hatte. Ermutigt durch den Kaiser, stellte er 1806 ein betriebsfertiges Modell aus und eröffnete in Lyon Werkstätten, die gediehen, trotz des anfänglichen Widerstands der heimarbeitenden Weber, die glaubten, die neue Maschine werde sie um ihren Broterwerb bringen.

28 Parodie auf die falsche Zitierung »Le style, c'est l'homme« von Buffons berühmtem Ausspruch »Le style est l'homme même«.

29 Vielleicht Anspielung auf Sully.

30 Der Wortwitz liegt in der Doppelbedeutung der Wendung »en chef«, die »im höchsten Grade«, aber auch »in bezug auf den Kopf« bedeutet.

31 Etwa 30 Gramm.

32 Nourrisson bedeutet Säugling oder Pflegekind.

33 Marie-Thérèse-Louise von Savoyen-Carignano, Prinzessin de Lamballe (1749–1792), intime, getreue Freundin der Königin Marie-Antoinette, bei den »Septembermorden« vom Pöbel auf viehische Weise umgebracht. Ihr (jetzt abgebrochenes) Palais enthielt später die Irrenanstalt der Doktoren Blanche, Vater und Sohn, deren Patienten u. a. Gérard de Nerval und Maupassant waren.

34 Mit »Château« wurde der gesamte Hofstaat, mit »Petit Château« der engste Kreis um den König bezeichnet.

35 Das altberühmte Pariser Leihhaus in der Rue des Francs-Bourgeois, 1777 gegründet, 1804 neu eingerichtet (Haupteingang Rue des Blancs-Manteaux 18).

36 Unübersetzbares Wortspiel mit couvert = Besteck und découvert = ungedeckt.

37 Zofe in Molières Komödie ›Le Malade imaginaire‹ (1673).

38 Gemeint ist wahrscheinlich Louis II., Fürst von Condé, genannt der Große Condé (1621–1686). Er zeichnete sich bereits in jungen Jahren durch die Siege bei Rocroi, Freiburg, Nördlingen und Lens aus, spielte eine zweideutige Rolle in den Fronde-Wirren, ging nach Spanien, söhnte sich mit dem König aus und hatte ruhmreichen Anteil an den Kriegen in Flandern und Holland. Seine Trauerpredigt hielt Bossuet.

39 Jean-Baptiste-Antoine Auget, Baron de Montyon (Balzac schreibt »Monthyon«) (1733–1820), aufgeklärter Philanthrop, stiftete meh-

rere Tugend- und Literatur-Preise, die alljährlich vom Institut de France verteilt werden.

40 Unübersetzbares Wortspiel mit »tirage«, das einerseits Schwierigkeiten, anderseits das Ziehen des Türstricks durch den Portier oder Hausmeister bedeutet.

41 Unübersetzbares Wortspiel: »cordon« bedeutet sowohl »Türstrick« als auch das breite, über der Schulter getragene Ordensband z. B. der Ehrenlegion.

42 Denunziant, Erpresser.

43 Angehörige der Pöbelbanden, die auf Geheiß Marats in den Schrekkenstagen vom 2. bis 6. September 1792 in Paris die politischen Gefangenen ermordeten.

44 Von Balzac erfundene Friseurgestalt, die in mehreren seiner Romane vorkommt.

45 La Fontaine, Fables I, 22.

46 Nicht nachweisbar; wahrscheinlich Zitat aus einem Vaudeville jener Zeit.

47 Sprichwörtlich gewordenes Zitat aus Pierre Corneilles Tragödie ›Cinna‹ (1643).

48 Hauptstadt des Arrondissements Gironde, am Zusammenfluß der Dordogne und der Isle.

49 Cabot bedeutet Schmierenschauspieler, aber auch Hund.

50 Evariste, Vicomte de Parny (1753–1814), Mitglied der Akademie, Verfasser pikanter erotischer, selbst schlüpfriger Gedichte.

51 Das bekannte Mundwasser, das sein Erfinder M.-S. Botot 1755 auf den Markt brachte.

52 Nicht nachweisbar.

53 In jenem Jahr fanden in Paris unaufhörlich Aufstände statt.

54 Giovanni-Battista Rubini (1795–1854), italienischer Tenor, hatte anfänglich schwer zu kämpfen, bis er in den Opern Rossinis und später Donizettis und Bellinis Möglichkeiten zur Entfaltung seiner großen Begabung fand. 1831–1843 sang er abwechselnd in London und im Théâtre des Italiens zu Paris. 1845 zog er sich von der Bühne zurück und lebte, ein Millionär, auf seinem Schloß in der Nähe von Bergamo.

55 Dorf im Département Seine, oberhalb der Bièvre, mit Hospiz für Greise und Geisteskranke, 1632 von Ludwig XIII. erbaut. Der Gebäudekomplex und der Park umfassen 5000 Hektar.

56 Marie-Antoine Carême (1784–1833) war nacheinander der Küchenchef Talleyrands, des Prinzregenten von England, des Königs von Württemberg, des Zaren und des Kaisers von Österreich. Er war als Theoretiker und Praktiker gleich groß und schrieb mehrere Werke über die Kochkunst.

57 Die Vestris sind eine Tänzerfamilie florentinischen Ursprungs, deren Mitglieder länger als ein Jahrhundert auf der Bühne der Pariser Oper geglänzt haben. Auguste Vestris (1760–1842), auf den Balzac hier anspielt, wurde »der Gott des Tanzes« genannt. Er trat noch mit 66 Jahren auf.

58 Alexander von Humboldt (1769–1859), bereiste und erforschte 1799 bis 1804 Südamerika, Mexiko und Kuba, lebte bis 1827 in Paris, bereiste 1829 Ural, Altai und das Kaspische Meer, lebte danach in Berlin. Der größte Naturforscher seiner Zeit. Er schrieb die meisten seiner Werke französisch.

59 Unübersetzbares Wortspiel mit pendre = hängen und peindre = malen.

60 Das ist der Teil der heutigen Rue Vivienne, der zwischen der Rue du Quatre-Septembre und dem Boulevard Montmartre liegt.

61 Nicolas-Sébastien Roch, genannt de Chamfort (1741–1794), geistvoller Moralist, sah während der Schreckenszeit seiner Verhaftung entgegen und beging Selbstmord.

62 Charles Fourier (1772–1837), sozialistischer Weltverbesserer, ursprünglich Makler in Lyon und Marseille, schöpfte den ersten Gedanken seiner Sozial-Doktrin aus der Praxis. Ihr Prinzip war die Organisation der Arbeit durch Gemeinschaft. Er schrieb mehrere Werke. 1830 wollte er seine sozialistische Konzeption praktisch durchführen und gründete in Condé-sur-Vesgre ein ›Phalanstère‹ (Gemeinschaftshaus, in dem alle alles arbeiten). Der Versuch schlug völlig fehl. In Fouriers theoretischen Werken herrscht ein Durcheinander von klarer, gerechter Kritik der sozialen Mißstände und Phantastereien über das »tausendjährige Reich«. R. Birnbaum (›Psychopathologische Dokumente‹, Berlin 1920) bezeichnet ihn als schizophren; es fänden sich bei ihm die seltsamsten schizophrenen Beziehungs- und Symbolbildungen von abstrus-phantastischer Prägung; daneben jedoch produktive Ideengänge.

63 Claude-Henri de Rouvray, Graf de Saint-Simon (1760–1825), französischer Sozialreformer, seiner Überzeugung nach von Gott zur Verbesserung der Welt berufen. Seine Lehre läßt sich in den Sätzen zusammenfassen: »Jedem soll nach seiner Fähigkeit gegeben werden,

jede Fähigkeit entspricht ihrer Leistung.« Der soziale Antagonismus soll einer universellen Gemeinschaft weichen, die Menschheit hierarchisch gegliedert werden. Das erbliche Eigentum wird abgeschafft; der Staat ist Eigentümer aller Vermögen und verleiht die Mittel zur Arbeit entsprechend den Bedürfnissen und den Fähigkeiten. So wird die Herrschaft der Gerechtigkeit durchgeführt. Saint-Simon focht unter Washington in Nordamerika, spekulierte 1790 in Nationalgütern, vertat sein Vermögen in den Jahren, da er seine »physiko-politische Wissenschaft« entwickelte, und starb in dürftigen Verhältnissen. Er erstrebte moralische, intellektuelle und physische Verbesserung des Loses der Armen. Der Saint-Simonismus als Lehre und Sekte konstituierte sich erst nach dem Tode des Gründers, und zwar zunächst unter den Liberalen, von denen er sich jedoch bald trennte. Während der letzten Jahre der Restauration war seine Zeitung ›L'Organisation‹, der 1831 ›Le Globe‹ folgte. Es bildeten sich in der Folgezeit zwei verschiedengeartete Tendenzen heraus: eine rein politische unter Buchez und Bazard, die beide der Charbonnerie angehörten und aus dem Saint-Simonismus eine republikanische Partei machen wollten, die sich des Staats bemächtigen sollte; und die mystisch-religiöse Tendenz unter Enfantin. Er verfocht Heiligung und Gottesdienst durch Arbeit und Lust. Durch Abschaffung aller Privilegien der Geburt sollte die völlige Gleichheit von Mann und Frau herbeigeführt werden; die Familie müsse zerstört werden; es müsse Gütergemeinschaft und Frauengemeinschaft herrschen. Die Menschheit sei in ein riesiges, kommunistisches Kloster für beide Geschlechter gemeinsam zu verwandeln.

64 Die richtige oder goldene Mitte; unter der Juli-Regierung die Partei der protzigen, selbstgefälligen Bürger.

65 Salomon de Caus (um 1576–1626), Ingenieur, versuchte als erster, die Dampfkraft als Antriebsmittel nutzbar zu machen. Richelieu ließ ihn ins Irrenhaus bringen. Er ist das Urbild der Hauptgestalt in Balzacs Schauspiel ›Les Ressources de Quinola‹.

66 Altes Pariser Stadtviertel (III. und IV. Arrondissement), in dem sich viele alte Adelspaläste befinden. Dort wohnten zeitweise Balzacs Eltern.

67 Marie-Anne-Adélaïde Lenormand (1772–1843) scheint tatsächlich einen seltenen Scharfblick und eine besondere Intuition zur Durchdringung von Charakteren bewiesen zu haben, was sie befähigte, ihre Antworten ihren Kunden anzupassen. Eine der eifrigsten Besucherinnen ihrer Wohnung in der Rue de Tournon war Madame Joséphine de Beauharnais, der sie 1794 ihren Aufstieg vorausgesagt

haben soll. Die Beziehungen der Wahrsagerin zu der schwatzhaften Kaiserin machten sie mit mancherlei Geheimnissen des Kaisers bekannt. Die Kaiserin setzte ihr eine Pension aus.

68 Die National-Lotterie wurde 1762 nach dem Muster der italienischen durch einen Beschluß des Staatsrats begründet; durch sie sollten die Kosten der Errichtung der École militaire bestritten werden. Sie diente dem Staat bald als feste Einnahmequelle. Revolution, Kaiserreich und Restauration ließen sie bestehen; erst 1836 wurde sie, wie jede andere Lotterie, abgeschafft.

69 Syrische Göttin der verderblichen Naturkräfte, des Krieges und des Todes.

70 Charles Lassailly (1812–1843), Bohemien, kurze Zeit Balzacs Mitarbeiter, ein haltloser Mensch, hinterließ einen autobiographischen Roman.

71 E.T.A. Hoffmann.

72 Wohlschmeckendes Gericht aus Ochsenfleisch, Suppenhuhn, Karotten, Porree usw.

73 Nymphe, Beraterin des römischen Königs Numa Pompilius.

74 Jacques-Charles Odry (1781–1853), Komiker, der seine Begabung bis zur Hanswursterei vortrieb.

75 Italienisch: Fremdenführer.

76 Sulpice-Guillaume Chevalier, genannt Gavarni (1804–1866), Zeichner und Lithograph, geistvoller, bissiger Schilderer der Gesellschaft der Juli-Monarchie.

77 ›La Gazette nationale ou le Moniteur universel‹, 1789 gegründet, war zunächst ein reines Informationsblatt, eine opportunistische Zeitung, die jedermanns Meinung vertrat, offiziös und mit allen Regierungen befreundet. Auf diese Weise überstand sie alle politischen Stürme. Einer der Gründe ihres Erfolgs war die Veröffentlichung der Sitzungsberichte aller politischen Versammlungen der Revolution. Nach dem 18. Brumaire machte Bonaparte sie zum Organ seiner Regierung und veröffentlichte darin seine berühmten ›Bulletins‹. Die Zeitung genoß in der Folgezeit das Vertrauen der Restauration, der Juli-Regierung und Napoleons III.

78 Englisch: Eisenbahnen.

79 Claude Barizain, genannt Monrose (1784–1843), hatte in der Provinz und in Italien gespielt, als er 1815 in Dienerrollen der alten Komödie an der Comédie-Française debütierte. Er behielt dieses Rollenfach bis ins Alter bei.

80 Anspielung auf den Doktor Joseph-Ignace Guillotin (1738–1814), den Erfinder der Guillotine.

81 Der »Berg« oder die »Bergpartei« wurde die Gruppe von Konventsmitgliedern genannt, die im Sitzungssaal die höchsten Bänke innehatten und stets für Gewaltmaßnahmen stimmten.

82 Bertrand Barère de Vieuzac (1755-1841), Mitglied des Konvents und des Wohlfahrtsausschusses, ursprünglich Girondist, ging dann zur Bergpartei über.

83 Jean-Paul Marat (1743–1793), einer der »Schreckensmänner«, Redakteur des ›Ami du Peuple‹, berüchtigter Demagoge, wahrscheinlich Anstifter der Septembermorde, Mitglied des Konvents, Feind der Girondisten, wütender Gegner Ludwigs XVI., für dessen Hinrichtung er sich einsetzte; in der Badewanne von Charlotte Corday ermordet.

84 Antoine Fouquier-Tinville (1746–1795), der berüchtigte »Öffentliche Ankläger« des Revolutions-Tribunals, unermüdlicher Belieferer der Guillotine, unter der er selber endete.

85 Jean-Marie Collot-d'Herbois (1750–1796), Mitglied des Konvents und des Wohlfahrtsausschusses, wütete besonders in Lyon und wurde nach Französisch-Guayana verbannt, wo er starb.

86 Maximilien de Robespierre (1758–1794), ursprünglich Advokat, Mitglied des Konvents und des Wohlfahrtsausschusses, dessen Seele er war und den er durch Terror beherrschte. Er ließ hinrichten, wer ihm im Wege stand, um die Welt zu »reinigen«. Am 9. Thermidor des Jahres II (27. Juli 1794) wurde er gestürzt und am nächsten Tag hingerichtet.

87 François Chabot (1759–1794), ehemaliger Kapuziner, Mitglied des Konvents, während der Schreckensherrschaft hingerichtet.

88 Joseph Fouché (1759–1820), Mitglied des Konvents, der Bergpartei angehörend, ließ in Lyon Massenerschießungen vornehmen, während des Kaiserreichs Polizeiminister und Herzog von Otranto, verriet nach den Hundert Tagen Napoleon, behielt unter der Restauration zunächst sein Ministerium, wurde dann Gesandter in Dresden, mußte, als »Königsmörder«, seinen Posten aufgeben, ließ sich in Österreich naturalisieren und starb in Triest.

89 Paul, Vicomte de Barras (1755–1829), Mitglied des Konvents, später des Direktoriums.

90 Manon Philipon, später Mme Roland (1754–1793), Verehrerin Plutarchs, Republikanerin und Stoikerin, unterhielt in Paris einen berühmten Salon von beträchtlichem politischem Einfluß, in dem zu-

mal die Girondisten verkehrten. Der Haß der Bergpartei brachte sie aufs Schafott. Sie war die Gattin des Ministers Jean-Marie Roland de la Platière, der auf die Nachricht von ihrer Hinrichtung Selbstmord beging. – Balzac spielt durch die Nennung ihres Namens wahrscheinlich auf seine (platonische) schöne, anmutige Freundin, die Schriftstellerin Delphine Gay (1804–1855) an, die Gattin des großen Zeitungsmannes Emile de Girardin, des Gründers von ›La Presse‹.

91 Mit gedrehter Seide übersponnene Spitze.

92 Unübersetzbarer Kalauer. Gazonal stottert im Französischen statt »Des dentelles« »Des dent ... des«, und Carabine meint, er sei Dentist.

93 Pauline-Virginie Déjazet (1797–1875), Schauspielerin, die vorzugsweise in Hosenrollen auftrat. 1859 gründete sie ein eigenes Theater, das ihren Namen führte. Ihr Spiel war schwungvoll und erfüllt von gallischer Heiterkeit, und dem entsprach ihr reiches Liebesleben.

94 Désiré-François Froment, genannt Froment-Meurice (1802–1855), galt seinen Zeitgenossen als der Erneuerer der französischen Goldschmiedekunst. Er griff dabei auf Formen des ausgehenden Mittelalters und der Renaissance zurück.

95 1140 gegründete Abtei bei Mortagne (Orne), deren Mönche (Trappisten) ganz besonders strengen Regeln gehorchen.

Biographische Notizen über die Romangestalten

Die Komödianten wider ihr Wissen

BIXIOU, Jean-Jacques, geboren 1797, Vetter von Philippe und Joseph Bridau durch seine Großmutter Descoings, bildete in Gros' Atelier seine Fähigkeiten als Karikaturist aus; im Brotberuf jedoch war er Beamter am Schatzamt. 1824 hatte er die Heirat Philippe Bridaus mit Flore Brazier begünstigt, aber später hintertrieb er bewußt die Ehe, die Philippe mit der Tochter des Grafen de Soulanges schließen wollte (›Die ‚Fischerin im Trüben‘‹). Seine Beobachtungsgabe und sein Hang zur Satire setzten ihn ins Bild über alle Intrigen und Liebeleien der literarischen Bohème (›Die Muse des Départements‹; ›Verlorene Illusionen‹), diejenigen der Welt der Dirnen (›Glanz und Elend der Kurtisanen‹; ›Tante Bette‹), diejenigen der Geschäftswelt (›Das Bankhaus Nucingen‹; ›Ein Geschäftsmann‹) und vor allem diejenigen der Beamtenwelt. Gegen Ende der Regierungszeit Louis-Philippes war er der beste Cicerone für alle Provinzler geworden, die sich in den Hintergründen des Pariser Lebens nicht auskannten.

CADINE, Jenny, geboren 1814, war bereits als Dreizehnjährige von dem Baron Hulot »protegiert« worden (›Tante Bette‹). Zwischen 1835 und 1840 war sie die Geliebte Coutures (›Béatrix‹).

CARABINE, eigentlich Séraphine Sinet, wohnte 1838 der feierlichen Einweihung des Palais der Josepha Mirah bei und wurde 1843 die Geliebte des Finanzmanns Du Tillet (›Tante Bette‹).

GAILLARD, Théodore, hatte sich 1822 in den Journalismus gestürzt, durch Gründung eines royalistischen und romantischen Blattes, in dem auch Lucien de Rubempré schrieb. Er hatte Erfolg, und durch die Julirevolution wurde sein Vermögen auf eine sichere Basis gestellt. 1838 heiratete er seine frühere Geliebte Suzanne (›Die alte Jungfer‹), genannt Madame du Val-Noble (›Béatrix‹).

GIRAUD, Léon, ehemals Mitglied des Literatenkreises um d'Arthez, seit 1821 Verfechter der saint-simonistischen Lehren (›Verlorene Illusionen‹). Die Julirevolution tat ihm die Pforten der Politik weit auf. Nach der Affäre von Saint-Merri, bei der sein Freund Michel Chrestien gefallen war, schloß er sich Louis-Philippe an und wurde Staatsrat (›Die Geheimnisse der Fürstin von Cadignan‹).

LORA, Léon de, geboren 1806, ehemals Schüler von Schinner, begleitete 1820 seinen Kameraden Joseph Bridau nach Presles, wo der letztere dekorative Malereien im Schloß des Grafen des Sérisy auszuführen hatte. Die Witzworte und Scherze des vierzehnjährigen Malschülers, der »Treffbube« (Mistigris) genannt wurde, nahmen den Minister Ludwigs XVIII. für ihn ein (›Ein Lebensbeginn‹). Als er berühmt geworden war, protegierte er seinen unbegabten Kollegen Pierre Grassou (in der Novelle dieses Titels), begleitete 1836 Claude Vignon und Félicité des Touches auf ihrer Italienreise, und hörte in Genua Maurice d'Hostal von dem ehelichen Unglück des Grafen de Bauvan und der Honorine (im Roman dieses Titels) erzählen. Auch auf dem Gipfel des Ruhms und der Ehren blieb Léon ein getreuer Freund und zugleich ein Lebemann; 1838 befreite er auf seine Kosten den Bildhauer Wenceslas Steinbock aus dem Schuldgefängnis Clichy, wohnte dessen Hochzeit mit Hortense Hulot bei und verkehrte in den Salons der Mme Marneffe und der Héloïse

Brisetout, und ferner in dem der tugendhaften Mme Hulot (›Tante Bette‹).

NOURRISSON, Mme, führte dank der Protektion durch Jacqueline Collin auf ertragreiche Weise bis zum Ende der Regierungszeit Louis-Philippes ihr Doppelgewerbe als Hökerin mit Toiletten und und als Pächterin eines Bordells durch.

TRAILLES, Graf Maxime de, geboren 1791, ein wahrer Condottiere der großen Welt, hatte nacheinander alle seine Geliebten ruiniert: Sarah Gobseck (›César Birotteau‹), Anastasie de Restaud (›Vater Goriot‹; ›Gobseck‹), usw. Seine Erfahrung mit Frauen machte ihn wertvoll und sogar unentbehrlich, nicht nur für angehende Lebemänner wie Savinien de Portenduère (›Ursule Mirouët‹), sondern sogar für Minister wie De Marsay (›Die Geheimnisse der Fürstin von Cadignan‹), aber auch für adlige Witwen, die ihren Schwiegersohn zu dessen Ehefrau zurückführen wollten, wie die Herzogin von Grandlieu (›Béatrix‹). Einmal jedoch wurde er in Geschäftsdingen von Cérizet übertölpelt (›Ein Geschäftsmann‹).

VAUVINET, geboren 1817, eleganter Wucherer, lieh um 1842 dem Baron Hulot mehr als hunderttausend Francs (›Tante Bette‹).

Die Kleinbürger

Übertragung von Ernst Sander

Der Roman ›Die Kleinbürger‹ wurde von Balzac um 1839 konzipiert, aber erst 1843 begonnen. Er sollte den ›Szenen aus dem Pariser Leben‹ angehören und war ursprünglich ›Schwiegersöhne und Schwiegermütter‹ (›Gendres et Belles-mères‹), dann ›Ein großer Künstler‹ (›Un Grand Artiste‹) und schließlich ›Die Pariser Kleinbürger‹ (›Les Petits Bourgeois de Paris‹) betitelt worden. Für die Hauptgestalt hatte Balzac ein moderner Tartuffe vorgeschwebt. Da aber schlug Mme Hanska ihm das Thema von ›Modeste Mignon‹ vor, das Balzac sogleich aufgriff; aus dem ›großen Künstler‹ wurde die Gestalt des Dichters Canalis, deren Modell Lamartine war. 1846 machte Balzac sich abermals an die Arbeit an seiner Romanstudie über die Pariser Kleinbürger; das Manuskript ging unvollendet in die Druckerei, und Balzac ging daran, seiner Gewohnheit gemäß, die Fahnenabzüge durchzukorrigieren, zu verbessern und zu verändern. Nun jedoch drängten sich die Pläne zu den beiden Romanen der Folge ›Die armen Verwandten‹ (›Tante Bette‹ und ›Vetter Pons‹) vor, und die Arbeit an den ›Kleinbürgern‹ wurde abermals unterbrochen und nicht wieder aufgenommen, da Balzac 1850 starb.

Skizzen oder Notizen über den weiteren Verlauf der Handlung hat er nicht hinterlassen. Mme de Balzac war somit beim Tode des Dichters im Besitz von drei Romanfragmenten ›Die Bauern‹ vollendete sie selbst; ›Der Abgeordnete von Arcis‹ wurde zur Beendung Charles Rabou anvertraut, dessen Name auch auf dem Titelblatt der Buchausgabe erschien; ›Die Kleinbürger› sollte Jules Champfleury abschließen, mit dem Mme de Balzac eine Zeitlang eng befreundet war; er erklärte jedoch, nicht die Kraft für eine solche Arbeit zu besitzen, und wies auf Rabou als den bestgeeigneten Fortsetzer hin.

Charles Rabou (1803–1871), ein heute vergessener Autor damals gern gelesener Feuilletonromane, der frühere Chefredakteur der ›Revue de Paris‹ und Balzacs Mitarbeiter an den ›Contes bruns‹, empfing also die teils korrigierten, teils unkorrigierten Fahnenabzüge der ›Kleinbürger‹ und machte sich ans Werk . . .

Der Roman erschien vom 26. Juli bis 28. Oktober 1854 als Feuilletonabdruck in ›Le Pays‹, die vierbändige Buchausgabe wurde 1856 unter dem Titel ›Les Petits Bourgeois‹ veröffentlicht; 1857 folgten weitere vier Bände unter dem Titel ›Les Parvenus‹, ohne daß Rabous Name erwähnt oder mittels einer

Notiz auf die Vollendung durch fremde Hand hingewiesen worden wäre, obwohl nur die knappe Hälfte des vorgelegten Textes von Balzac stammte.

Dieser Umstand ist die Ursache, daß die bislang einzige deutsche Übertragung des Romans von Hugo Kaatz, 744 Seiten stark, 1924 nur unter Balzacs Namen und ohne Hinweis darauf, daß der größere Teil des Romans von Charles Rabou stammt, veröffentlicht wurde. Freilich erschien der ›Die Kleinbürger‹ enthaltende Band XX der Edition Conard, der den Tatbestand erstmals weiteren Kreisen bekanntmachte, erst 1951. Aber der Balzac-Forscher und -Sammler Vicomte de Lovenjoul hatte bereits 1888 in der dritten Ausgabe seiner ›Histoire des oeuvres de H. de Balzac‹ andeutend auf den Mißstand hingewiesen, den er in der Folgezeit vollends aufgedeckt hat. Dennoch brachte der Neudruck jener Übersetzung (1961) den Roman in der alten Gestalt, ohne Hinweis auf die Ergänzung durch Rabou.

Unsere Ausgabe enthält lediglich, getreu der Edition Conard, Balzacs fragmentarischen Text, von dem indessen zu sagen ist, daß er, Balzacs Arbeitsweise entsprechend, keinesfalls die endgültige Fassung darstellt. Rabous Fortsetzung wurde in einer knapp resümierten Inhaltsangabe angefügt, nach dem Vorbild der Edition Conard, der auch bei der Ausfüllung von Textlücken gefolgt wurde.

In dem Doppelnamen der Widmungsempfängerin, ›Constance-Victoire‹, (Beständigkeit und Sieg), niedergeschrieben am 1. Januar 1844, symbolisierte Balzac den, wie er glaubte, nahen Triumph seiner ausdauernden Liebe und seines langen Wartens auf die Gräfin Eveline Hanska, die er seit 1832 kannte, deren Mann 1841 gestorben war und die er am 5. April 1850 heiratete, vier Monate vor seinem Tode. Auch die Romane ›Modeste Mignon‹ und ›Séraphita‹ wurden Mme Hanska gewidmet.

Das Drehkreuz Saint-Jean, dessen Beschreibung zu Beginn der ›Eine doppelte Familie‹ betitelten Studie (siehe die ›Szenen aus dem Privatleben‹)[1] seiner Zeit als langweilig angemutet haben könnte, dieser harmlose Bestandteil des alten Paris existiert nur noch in jener typographischen Gestalt. Der Bau des Hôtel-de-Ville[2], wie es heute dasteht, hat ein ganzes Stadtviertel hinweggefegt.

Noch im Jahre 1830 konnten die Vorübergehenden das Drehkreuz[3] auf dem Aushängeschild eines Weinhändlers sehen, aber das Haus ist seither abgebrochen worden. Heißt an diese Tatsache erinnern nicht, eine neue anzukünden? Ach, das alte Paris verschwindet mit erschreckender Schnelligkeit! Hier und dort wird in diesem Erzählwerk ein Wohnhaustyp aus dem Mittelalter uns erhalten bleiben wie das zu Beginn vom ›Ballspielenden Kater‹[4] geschilderte, von dem ein oder zwei Beispiele nach bestehen, oder das vom Richter Popinot in der Rue de Fouarre bewohnte Haus, das Musterbild eines alten Bürgerhauses. Hier die Reste von Fulberts Haus[5], dort das ganze Seine-Bassin unter Karl IX.[6] Warum sollte der Historiker der französischen Gesellschaft, ein neuer Old Mortality[7], nicht solcherlei kuriose Denkmäler der Vergangenheit retten, wie Walter Scotts alter Mann die Gräber ausgebessert hat? Freilich, seit etwa zehn Jahren sind die Warnrufe der Literatur nicht unnütz verhallt: Die Kunst beginnt, unter ihren Blumen die vulgären Fassaden dessen zu verbergen, was man in Paris als ›Zinshäuser‹ bezeichnet und was Victor Hugo aufgeräumt mit Kommoden vergleicht.

Wir wollen an dieser Stelle bemerken, daß die Erschaffung einer städtischen Kommission »del ornamento«[8], die in Mailand die Architektur der Straßenfassaden überwacht und der jeder Bauherr seinen Plan vorzulegen hat, aus dem zwölften Jahrhundert stammt. Wer hat daher nicht in dieser hübschen Hauptstadt die Auswirkungen des Patriotismus der Bürgerschaft und des Adels festgestellt und die Bauwerke dort, die Charakter und Originalität besitzen, bewundert ...? Der abstoßende, zügellose Spekulationsgeist, der von Jahr zu Jahr die Stockwerke niedriger macht, aus dem Raum, den ein zerstörter Salon einnahm, eine ganze Wohnung herausschneidet, und der die Gärten beseitigt, wird sich auf die Pariser Sitten auswirken. Bald wird man gezwungen sein, mehr draußen als drinnen zu leben. Das geheiligte Privatleben, die Freiheit im eigenen Heim, wo findet sich so etwas noch? Es beginnt mit fünfzigtausend Francs Zinsen. Dabei gibt es nur wenige Millionäre, die sich den Luxus eines kleinen Stadtpalais gestatten, das durch einen Vorhof von der Straße abgetrennt ist und vor der Neugier der Öffentlichkeit durch einen Schatten spendenden Garten geschützt wird.

Durch die Nivellierung der Vermögen hat der Abschnitt des Gesetzbuches, der die Erbschaften regelt, jene Bruchstein-Phalanster[9] geschaffen, die dreißig Familien beherbergen und hunderttausend Francs Zinsen abwerfen. Deswegen werden in fünfzig

Jahren in Paris die Häuser zu zählen sein, die demjenigen ähneln, das in dem Augenblick, da diese Geschichte einsetzt, von der Familie Thuillier bewohnt wurde. Es war tatsächlich ein merkwürdiges Haus und verdient die Ehre einer genauen Schilderung, und sei es nur, um die ehemalige Bourgeoisie mit der heutigen zu vergleichen.

Die Lage und das Äußere des Hauses, das den Rahmen dieses Sittenbildes darstellt, haben übrigens einen Anhauch von Kleinbürgerlichkeit, der je nach den Gewohnheiten eines jeden die Aufmerksamkeit zu fesseln oder abzustoßen vermag.

Zunächst sei gesagt, daß das Haus Thuillier weder Monsieur noch Madame, sondern Mademoiselle Thuillier gehörte, Monsieur Thuilliers älterer Schwester.

Das Haus war während des ersten halben Jahres nach der Revolution von 1830 von Mademoiselle Marie-Jeanne-Brigitte Thuillier, einem volljährigen Mädchen, erworben worden. Es liegt ungefähr in der Mitte der Rue Saint-Dominique-d'Enfer[10], auf deren rechter Seite, wenn man durch die Rue d'Enfer hineingeht, so daß der Haupttrakt, in dem die Thuilliers wohnen, nach Süden gelegen ist.

Die wachsende Tendenz der Pariser Bevölkerung, sich auf den Höhen des rechten Seineufers anzusiedeln und das linke Ufer zu meiden, hatte seit langem die Verkaufsmöglichkeiten der Grundstücke des sogenannten Quartier Latin[11] beeinträchtigt, als Gründe, die bei der Beschreibung von Monsieur Thuilliers Charakter und Gepflogenheiten dargelegt werden sollen, seine Schwester zur Erwerbung eines Wohnhauses bestimmten: Sie kaufte für den geringen Grundpreis von sechsundvierzigtausend Francs, die Nebenkosten beliefen sich auf sechstausend Francs, so daß die Gesamtsumme zweiundfünfzigtausend Francs betrug. Die Einzelbeschreibung des Grundstücks im Stil einer Ankündigung für den Verkauf und die durch Monsieur Thuilliers Bemühungen erzielten Ergebnisse dürften erklären, auf welche Weise so viele Vermögen im Juli 1830 sich bilden konnten, während so viele andere Vermögen zunichte wurden.

Nach der Straße hin bot das Haus eine mit Kalk verputzte Bruchsteinfassade dar, deren Bewurf im Lauf der Zeit wellig geworden war. Der Haken des Maurers hatte Rillen hineingekratzt, um Haustein vorzutäuschen. Eine solche Hausfront ist in Paris so häufig, und sie ist so häßlich, daß die Stadt Prämien für Hausbesitzer ausschreiben sollte, die in Stein bauen und die neuen Fassaden mit Skulpturen schmücken. Diese ins Grau spielende Fassade mit ihren sieben Fenstern war drei Stockwerke hoch und endete in mit Ziegeln gedeckten Mansarden. Das breite, solide Einfahrtstor bekundete durch seine Art und Weise und seinen Stil, daß das Haus unter dem Kaiserreich erbaut worden war, damit ein Teil des Hofs einer weitläufigen, altertümlichen Wohnstatt ausgenutzt werden konnte. Sie entstammte einer Zeit, da das Quartier d'Enfer sich noch einer gewissen Gunst erfreute.

Auf der einen Seite befand sich die Unterkunft des Pförtners, auf der andern stieg die Treppe des Vorderhauses an. Zwei Trakte, die an die Nachbarhäuser stießen, hatten ehedem als Wagenschuppen, Pferdeställe, Küchen und Gesinderäume des weiter hinten gelegenen eigentlichen Wohnhauses gedient; aber seit 1830 waren sie in Lagerräume und Läden umgewandelt worden.

Die rechte Seite war an einen Papierhändler en gros namens Monsieur Métivier Neffe vermietet worden, die linke Seite an einen Buchhändler namens Barbet. Die Büros der beiden Kaufleute erstreckten sich über ihren Verkaufsräumen, und der Buchhändler wohnte im ersten, der Papierhändler im zweiten Stock des Vorderhauses. Der Neffe Métivier war weit mehr Makler der Papierbranche als Kaufmann im eigentlichen Sinne. Barbet war sehr viel mehr Wechseldiskontierer als Buchhändler. Beide verfügten über ausgedehnte Lagerräume, in denen der eine Papiervorräte stapelte, die er von Fabrikanten, welche sich in bedrängter Geschäftslage befanden, aufgekauft hatte, während der andere ganze Auflagen von Büchern anhäufte, die ihm als Pfand für seine Darlehen gegeben worden waren.

Der Hai des Verlagswesens und der Hecht des Papierhandels lebten in überaus gutem Einvernehmen, und ihre geschäftlichen Betätigungen, die frei von der Geschäftigkeit waren, wie der Detailhandel sie erfordert, führten nur wenige Wagen in diesen für gewöhnlich so ruhigen Hof, in dem der Pförtner verpflichtet war, das Gras zwischen diesen und jenen Pflastersteinen zu entfernen. Die Herren Barbet und Métivier, denen hier kaum eine

Statistenrolle obliegt, statteten ihren Hausbesitzern nur selten Besuche ab, und die Pünktlichkeit, mit der sie ihre Miete bezahlten, reihte sie in die Kategorie der guten Mieter ein. In den Augen der Sozietät Thuillier galten sie als hochanständige Leute.

Was nun den dritten Stock des Vorderhauses betraf, so enthielt er zwei Wohnungen: Die eine nahm Monsieur Dutocq ein, der Aktuar beim Friedensrichter und ein pensionierter Beamter war und überdies Stammgast im Salon Thuillier. Die andere bewohnte der Held dieses Romans: Daher möge man sich für den Augenblick damit begnügen, die Höhe seiner Miete zu erfahren, die sich auf siebenhundert Francs belief, und von der Stellung zu hören, die er inmitten der Stätte einnahm, drei Jahre vor dem Zeitpunkt, da der Vorhang sich vor diesem häuslichen Drama hebt.

Der Aktuar, ein fünfzigjähriger Junggeselle, hauste in der ansehnlicheren der beiden Wohnungen des dritten Stocks. Er hatte eine Köchin, und seine Miete betrug tausend Francs. Zwei Jahre nach ihrem Hauskauf verfügte Mademoiselle Thuillier über siebentausendzweihundert Francs Einkünfte aus einem Hause, das der Vorbesitzer mit Jalousien versehen, dessen Inneres er neu hergerichtet, das er mit Spiegeln geschmückt hatte, ohne es verkaufen oder vermieten zu können. Und die Thuilliers, die, wie man sehen wird, überaus behaglich wohnten, erfreuten sich eines der schönsten Gärten der Stadtgegend; seine Bäume beschatteten die kleine, menschenverlassene Rue Neuve-Sainte-Catherine[12].

Jenes zwischen Hof und Garten gelegene Haus scheint der Laune eines unter Ludwig XIV. reich gewordenen Bürgerlichen entsprungen zu sein, eines Präsidenten des Parlamentsgerichts, oder es war die Wohnstatt eines stillen Gelehrten gewesen. Es hatte in seinem schönen, von der Zeit verzehrten Haustein ein gewisses Air der Louis-quatorzienneschen (man verzeihe diese barbarische Wortbildung[13]) Großartigkeit. Die senkrechten Steinquader der Fassade bilden getrennte Lagen, die roten Ziegelsteinmuster erinnern an die Seitenflächen der Versailler Pferdeställe. Die oben abgerundeten Fenster haben als Zierstücke in den Schlußsteinen der Bögen und unterhalb der Fensterbänke groteske Masken. Die Tür schließlich, die an ihrem oberen Teil kleine Scheiben aufweist und unten glatt ist, durch die man in den Garten blicken kann, zeigt den anständigen, von jeder Übertreibung freien Stil, der so oft für die Pavillons der Pförtner in den königlichen Schlössern angewandt worden ist.

Dieses fünffenstrige Gartenhaus hat oberhalb des Parterres zwei Stockwerke und zeichnet sich durch ein vierflächiges Dach aus, das in einer Wetterfahne endet und durch große, schöne Schornsteine und Bullaugenfenster durchbrochen wird. Vielleicht ist dieses Gartenhaus das Überbleibsel eines großen Adelspalais. Aber eine Nachprüfung der alten Pariser Stadtpläne hat nichts ergeben, was diese Mutmaßung bestätigt hätte, und ferner nennen die Urkunden der Mademoiselle Thuillier als Hauseigentümer zur Zeit Ludwigs XIV. den berühmten Emailmaler Petitot[14], der diesen Besitz des Präsidenten Le Camus[15] innehatte. Es ist durchaus glaubwürdig, daß der Präsident das Gartenhaus bewohnte, während er sein berühmtes Stadtpalais in der Rue de Thorigny erbauen ließ.

Der Richterstand und die Kunst haben also beide hier vorübergehend eine Wohnstatt besessen. Aber mit welch weitgehendem Verständnis für das Notwendige und das Angenehme war das Innere jenes Gartenhauses auch ausgestattet worden! Zur Rechten, wenn man in einen quadratischen Saal eintritt, der die Vorhalle bildet, schwingt sich eine Steintreppe auf, unter der sich die Kellertreppe befindet; [zur Linken tun sich die Türen eines Salons auf][16], dessen zwei Fenster auf den Garten hinausgehen, und die Tür eines Eßzimmers, das nach dem Hof zu gelegen ist. Jenes Eßzimmer schließt sich seitlich an eine Küche an, der wiederum Barbets Lagerräume folgen. Hinter der Treppe, an der Gartenseite, erstreckt sich ein prächtiges, langes, zweifenstriges Arbeitszimmer. Der erste und der zweite Stock bilden zwei in sich abgeschlossene Wohnungen, und die Unterkünfte der Dienerschaft werden unter dem vierflächigen Dach durch die Bullaugenfenster angedeutet. Ein prunkvoller Eisenofen schmückt die geräumige, quadratische Vorhalle, und die beiden einander gegenüberliegenden Glastüren verbreiten darin Helligkeit. Diesen mit Fliesen aus schwarzem und weißem Marmor ausgelegten Raum ziert eine aus vorspringenden Balken gefügte Decke. Sie waren ehedem bemalt und vergoldet, aber wahrscheinlich unter dem Kaiserreich sind sie einförmig weiß übertüncht worden. Gegenüber dem Ofen befindet sich ein Brunnen aus rotem Marmor mit Marmorbecken. Über den drei Türen des Arbeitszimmers, des Salons und des Eßzimmers sind Sopraporten in ovalen Rahmen angebracht, deren Malereien einer mehr als dringend notwendigen Restaurierung warten. Die Täfelung ist plump, aber das Zierwerk ist nicht ohne Reiz. Der gänzlich holzgetäfelte Salon erinnert an das große Jahrhundert, und zwar vor allem durch seinen Kamin aus Languedoc-Marmor, durch seine in den Winkeln verzierte Decke und durch die Form der Fenster, die gleichfalls kleine Scheiben aufweisen. Das Eßzimmer, in das man vom Salon aus durch eine zweiflügelige Tür gelangt, hat einen Steinfliesenboden, eichenes Getäfel ohne Anstrich, und die Gobelins der alten Zeit sind durch eine schauerliche moderne Tapete ersetzt worden. Die Kassettendecke aus Kastanienholz ist geschont worden. Das von Thuillier modernisierte Arbeitszimmer steigert noch all diese Mißklänge. Das Gold und das Weiß der Simswerke des Salons sind so verschlissen, daß man nur noch rote Linien anstelle des Goldes wahrnimmt, und das vergilbte, streifige Weiß blättert ab. Niemals hätten die lateinischen Worte »Otium cum dignitate«[17] für die Augen eines Dichters einen schöneren Kommentar abgegeben als in dieser noblen Wohnung. Das Schmiedeeisen des Treppengeländers ist eines Richters und eines Künstlers würdig, aber um heute seine Spuren auf dem gemeißelten Balkon des ersten Stockwerks, in den Resten dieser majestätischen Altertümlichkeit wiederzuentdecken, bedarf es der Augen eines dichterisch begabten Beobachters. Die Thuilliers und ihre Vorgänger haben dieses großbürgerliche Kleinod nur zu oft durch die Lebensgewohnheiten und Einfälle des Kleinbürgertums entehrt. Man schaue sich die dunklen Nußbaumstühle mit Roßhaarbezug an, einen Mahagonitisch mit Wachstuchdecke, Mahagoni-Anrichten, einen aus zweiter Hand gekauften Teppich unter dem Tisch, Lampen aus Gußmetall, eine billige Tapete mit roter Bordüre, die abscheulichen Schabstichblätter und die rot gesäumten Kalikogardinen in diesem Eßzimmer, in dem Petitots Freunde getafelt haben ...! Kann man sich vorstellen, wie im Salon die Porträts von Madame, Monsieur und Mademoiselle Thuillier wirkten, die von Pierre Grassou[18] stammen, dem Maler der Bourgeoisie . . .? Und die Spieltische, die zwanzig Dienstjahre hinter sich haben, die Konsolen aus der Zeit des Kaiserreichs, ein Teetisch, der von einer großen Lyra gestützt wird, ein Sessel aus Mahagoniwurzelholz, bezogen mit buntem Plüsch auf schokoladefarbenem Grund, auf dem Kamin eine Stutzuhr mit der Bellona des Kaiserreichs, Kandelaber, die aus kannelierten Säulen bestehen, Gardinen aus Wolldamast und Gardinen aus gesticktem Musselin, die durch Halter aus gestanztem Messing gerafft wurden . . .! Auf dem Parkettboden liegt ein aus zweiter Hand gekaufter Teppich. Die schöne, oblonge Vorhalle hat Plüschbänkchen, und die Wände mit den geschnitzten bildlichen Darstellungen sind hinter Schränken aus unterschiedlichen Zeiten verborgen. Sie entstammen allen Wohnungen, die die Thuilliers vormals bewohnt haben. Auf dem Brunnen liegt ein Brett, und darauf steht eine qualmende Lampe aus dem Jahr 1815. Und schließlich hat die Angst, diese widerwärtige Gottheit, nach der Garten- wie nach der Hofseite hin doppelte, mit Eisenblech beschlagene Türen anbringen lassen, die tagsüber an die Wand geklappt und nachts geschlossen werden.

Es ist nicht eben schwierig, die beklagenswerte Profanierung zu erklären, die dieses Monument des Privatlebens im siebzehnten Jahrhundert durch das Privatleben des neunzehnten erfahren hat. Zu Beginn des Konsulats vielleicht ist ein Maurermeister, der das kleine Haus erworben hatte, auf den Gedanken gekommen, Nutzen aus dem nach der Straße zu gelegenen Terrain zu ziehen, und da hat er wahrscheinlich das schöne Einfahrtstor mit den kleinen Pavillons an beiden Seiten, die diese hübsche »Wohnstatt«, um einen Ausdruck der Sprache älterer Zeit zu gebrauchen, vervollkommnet hatten, niedergerissen, und die Betriebsamkeit des Pariser Hausbesitzers drückte der Stirn dieser Eleganz ihren Schandfleck auf, wie die Zeitung und ihre Druckerpressen, die Fabrik und ihre Lager, der Handel und seine Kontore an die Stelle der Aristokratie, des alten Bürgertums, der Finanzwelt und des Richterstandes überall dort getreten sind, wo diese ihren Glanz entfaltet hatten. Welch ein interessantes Studium würde das der Urkunden über die Pariser Hausbesitzer bilden! In der Rue des Batailles[19] ist aus der Behausung des Chevaliers Pierre Bayard du Terrail[20] ein Krankenhaus geworden. Der

Dritte Stand hat auf der Baustelle des Stadtpalais Necker[21] eine Straße durchgebrochen. Das alte Paris schwindet hin, wie die Könige hingeschwunden sind. Ein architektonisches Meisterwerk wird durch eine polnische Fürstin[22] vor dem Untergang bewahrt. Aber wie viele kleine Adelspaläste fallen gleich Petitots Haus in die Hände von Leuten wie die Thuilliers! Hier die Gründe, durch die Mademoiselle Thuillier Besitzerin jenes Hauses wurde.

Beim Sturz des Ministeriums Villèle[23] wurde Monsieur Louis-Jérôme Thuillier, der damals sechsundzwanzig Dienstjahre im Finanzministerium hinter sich hatte, zum Unterchef ernannt. Doch kaum war er im Genuß der subalternen Autorität einer Stellung, die ehedem seine geringste Hoffnung gebildet hatte, als die Ereignisse des Juli 1830 ihn zwangen, sein Abschiedsgesuch einzureichen. Er hatte schlauerweise damit gerechnet, daß sein Ruhegehalt anständig und glatt von Leuten geregelt werden würde, die nur zu froh waren, einen weiteren freien Posten zu finden, und damit hatte er recht gehabt, denn seine Pension wurde auf siebzehnhundert Francs festgesetzt.

Als der kluge und vorsichtige Unterchef davon sprach, er wolle sich aus dem Verwaltungsdienst zurückziehen, zitterte seine Schwester, die weit mehr als seine Frau seine Lebensgefährtin war, um die Zukunft des Beamten.

»Was soll aus Thuillier werden . . .?« war die Frage, die Madame und Mademoiselle Thuillier voller Angst einander stellten; sie wohnten damals in einer kleinen Wohnung im dritten Stock in der Rue d'Argenteuil.

»Die Regelung seiner Pension wird ihn eine Zeitlang beschäftigen«, hatte Mademoiselle Thuillier gesagt. »Aber ich denke an eine Anlage meiner Ersparnisse, die ihm gehörig zu tun gibt . . . Ja, die Verwaltung eines Hauses ist beinahe dasselbe wie eine Stellung im Verwaltungsdienst.«

»Ach, liebe Schwägerin, dadurch retten Sie ihm das Leben!« rief Madame Thuillier.

»Ich habe doch schon immer an solch eine Krise in Jérômes Leben gedacht!« antwortete die alte Jungfer mit Gönnermiene.

Allzu oft hatte Mademoiselle Thuillier ihren Bruder sagen hören: »Der und der ist gestorben! Er hat seine Pensionierung nur um zwei Jahre überlebt!« Allzu oft hatte sie Colleville, Thuilliers intimen Freund, der ebenfalls Beamter war, über dieses Klimakterium der Bürokraten scherzen hören: »Auch wir kommen alle mal dran ...!« Und so wußte sie die Gefahr, in der sich ihr Bruder befand, zu würdigen. Der Übergang von der beruflichen Tätigkeit zum Ruhestand ist für den Beamten tatsächlich eine kritische Periode. Diejenigen unter den Pensionierten, die sich nicht darauf verstehen oder dazu außerstande sind, an die Stelle der Tätigkeit, die sie aufgeben, eine andere treten zu lassen, verändern sich auf befremdliche Weise: Manche sterben, viele verlegen sich aufs Angeln, was ein Vergnügen ist, das in seiner Leere der Büroarbeit ähnelt. Wieder andere, die Arglistigen, werden Aktionäre, büßen ihre Ersparnisse ein und sind glücklich, wenn sie eine Anstellung in einem Unternehmen bekommen, das sich nach einem ersten Zusammenbruch und einer ersten Liquidation in geschickteren Händen, die dies alles abgewartet haben, gedeihlich entwickelt. Dann reibt der Beamte sich seine Hände, die gänzlich leeren, und sagt sich: »Ich habe wenigstens die Zukunft dieser Sache vorausgeahnt ...« Aber fast alle haben sie gegen ihre alten Gewohnheiten anzukämpfen.

»Es gibt welche«, pflegte Colleville zu sagen, »die von dem den Beamten eigentümlichen Spleen (er sagte »Splehn«) aufgezehrt werden. Sie sterben an ihren nicht in Umlauf gesetzten Zirkularen. Sie leiden zwar nicht am Bandwurm, aber Aktenbände wurmen sie. Der kleine Poiret konnte keinen weißen, blau geranderten Aktendeckel sehen, ohne daß dieser heißgeliebte Anblick ihn die Gesichtsfarbe wechseln ließ, vom Grün ins Gelb.«

Mademoiselle Thuillier galt als das Genie in diesem geschwisterlichen Haushalt. Es fehlte ihr weder an Kraft noch an Entschlußfähigkeit, wie die Geschichte ihres Lebens beweisen wird. Jene Überlegenheit, die übrigens nur in bezug auf ihre Umgebung bestand, erlaubte ihr, den Bruder richtig zu beurteilen, obwohl sie ihn vergötterte. Nachdem sie das Scheitern der auf ihr Idol gesetzten Hoffnungen erlebt hatte, besaß sie zuviel mütterliches Gefühl, als daß sie sich über den sozialen Wert des Unterchefs hätte täuschen können. Thuillier und seine Schwester waren die Kinder des ersten Portiers im Finanzministerium. Dank seiner Kurzsichtigkeit war Jérôme allen militärischen Einziehungen und Aushebungen entgangen. Der Vater hatte den Ehrgeiz besessen, aus seinem Sohn einen Beamten zu machen. Zu Beginn dieses Jahrhunderts gab es zu viele Stellen im Heer, als daß nicht in den Büros der Verwaltung viele unbesetzt gewesen wären, und der Mangel an Subalternbeamten ermöglichte es dem dicken Papa Thuillier, den Sohn die ersten Stufen der bürokratischen Hierarchie überschreiten zu lassen. Der Portier starb 1814. Jérôme stand damals kurz vor der Beförderung zum Unterchef, aber der Vater hinterließ ihm als einziges Vermögen lediglich diese Hoffnung. Der dicke Thuillier und seine 1810 gestorbene Frau waren 1806 in den Ruhestand getreten. Ihre Pension bildete ihr einziges Guthaben, da sie ihre Einnahmen dazu verwandt hatten, Jérôme eine zeitgemäße Erziehung zuteil werden zu lassen und für seinen und seiner Schwester Lebensunterhalt zu sorgen. Man kennt den Einfluß der Restauration auf die Bürokratie. Aus einundvierzig abgeschafften Départements kehrte eine Menge ehrenwerter Beamter zurück und verlangte Stellungen, auch wenn diese niedriger als die innegehabten waren. Diesen Rechtsansprüchen gesellten sich die der geächteten und durch die Revolution verarmten Familien hinzu. Der von diesen beiden Zuflüssen in die Enge getriebene Jérôme war nur zu gut dran, daß er nicht unter irgendeinem fadenscheinigen Vorwand einfach entlassen wurde. Er zitterte davor bis zu dem Tage, da er durch einen Glückszufall Unterchef wurde und die Gewißheit einer Pensionierung in Ehren vor sich sah. Diese schnelle Zusammenfassung erklärt Monsieur Thuilliers geringe Bedeutung und seinen Mangel an Bekanntschaften. Er hatte Latein, Mathematik, Geschichte und Geographie gelernt, soviel man eben im Internat davon eingebleut bekommt. Aber er war nicht über die sogenannte Zweite Klasse hinausgekommen, da sein Vater eine Gelegenheit hatte wahrnehmen wollen, ihn im Ministerium unterzubringen; er hatte zu diesem Behuf »die vortreffliche Handschrift« des Sohns gerühmt. Auf diese Weise schrieb der kleine Thuillier zwar die ersten Eintragungen ins Staatsschuldbuch, aber hatte nicht die Unterprima und die Oberprima absolvieren können. Nun er in die Maschinerie des Ministeriums eingefügt war, befaßte er sich wenig mit Literatur und noch weniger mit den bildenden Künsten. Er erwarb sich eine routinemäßige Kenntnis seiner Pflichten. Und als er unter dem Kaiserreich Gelegenheit hatte, in die Sphäre der höheren Beamten zu gelangen, eignete er sich dort die äußeren Formen an, hinter denen er den Portierssohn verbarg. Aber er gelangte dort nicht einmal zu oberflächlicher Berührung mit geistigen Dingen. Seine Unbildung hatte ihn gelehrt, den Mund zu halten, und sein Schweigen kam ihm zustatten. Unter dem kaiserlichen Regime gewöhnte er sich an den passiven Gehorsam, der den Vorgesetzten gefällt, und eben dieser Eigenschaft dankte er später seine Beförderung zum Unterchef. Seine Routine gedieh zu einer großen Erfahrung, seine Umgangsformen und sein Schweigen tarnten seine Bildungslücken. Eine solche Nichtigkeit wurde zur Empfehlung, wenn sich der Bedarf nach einem nichtigen Menschen herausstellte. Man scheute sich, die beiden Parteien in der Abgeordnetenkammer zu verstimmen, die jede einen Mann protegierten, und der Minister half sich dadurch aus der Verlegenheit, daß er sich auf das Prinzip der Anciennität berief. Auf diese Weise wurde Thuillier Unterchef. Mademoiselle Thuillier wußte, daß ihr Bruder Bücher und Lesen verabscheute und die Büroplackerei durch keine andere Betätigung ersetzen konnte, und so hatte sie denn vernünftigerweise beschlossen, ihm die Sorge für das Grundstück aufzuhalsen, die Pflege eines Gartens, die unendlich kleinen Mühen des bürgerlichen Daseins und die Kabbeleien mit der Nachbarschaft.

Die Verpflanzung des Thuillier-Haushalts von der Rue d'Argenteuil in die Rue Saint-Dominique-d'Enfer, die Sorgen, wie ein Grundstückskauf sie mit sich bringt, das Suchen nach einem passenden Portier, das Herbeischaffen von Mietern – das alles beschäftigte Thuillier von 1831 bis 1832. Als das Phänomen der Verpflanzung durchgeführt worden war, als die Schwester sah, daß Jérôme diese Operation gut überstanden hatte, machte sie für ihn andere Beschäftigungen ausfindig, von denen später die Rede sein soll, deren Gründe jedoch auf Thuilliers Charakter beruhten, den darzulegen nicht überflüssig ist.

Obwohl er der Sohn eines Portiers eines Ministeriums war, konnte Thuillier als das angesprochen werden, was man als einen »schönen Mann« bezeichnet. Er war über das Mittelmaß groß, schlank, und besaß Gesichtszüge, die recht angenehm waren, wenn er seine Brille aufhatte, aber schrecklich, wie bei vielen

Kurzsichtigen, sobald er sie abnahm; denn die Gewohnheit, durch Augengläser zu sehen, hatte über seine Pupillen etwas wie einen Schleier geworfen.

Der junge Thuillier hatte zwischen achtzehn und dreißig Erfolge bei Frauen gehabt, freilich immer nur in einer Sphäre, die beim Kleinbürgertum begann und bei den Abteilungsleitern endete. Aber man weiß ja, daß unter dem Kaiserreich der Krieg die Pariser Gesellschaft ein wenig bedürftig gemacht hatte, da er alle kräftigen Männer auf die Schlachtfelder führte, und, wie ein großer Arzt gesagt hat, vielleicht ist diesem Umstand die Schlaffheit der Generation zuzuschreiben, die in der Mitte des neunzehnten Jahrhunderts lebt.

Thuillier war genötigt, durch andere Annehmlichkeiten als die des Geistes aufzufallen, und so lernte er so gut tanzen, und zumal Walzer tanzen, daß man davon redete. Er wurde »der schöne Thuillier« genannt. Er war ein perfekter Billardspieler. Er konnte Silhouetten schneiden. Sein Freund Colleville übte so trefflich mit ihm, daß er Romanzen singen konnte, die in Mode waren. Aus solcherlei kleinen gesellschaftlichen Künsten ergab sich der Anschein des Erfolgs, der junge Menschen täuscht und sie über die Zukunft benebelt. Von 1806 bis 1814 glaubte Mademoiselle Thuillier an ihren Bruder, wie Mademoiselle d'Orléans an Louis-Philippe glaubt[24]. Sie war stolz auf Jérôme, sie sah ihn bereits an der Spitze einer Generaldirektion, wozu er durch seine Erfolge gelangen würde, deren er sich zu jener Zeit in einigen Salons rühmen konnte, in die er niemals ohne die Zeitumstände gelangt wäre, die unter dem Kaiserreich aus der Gesellschaft ein buntes Allerlei gemacht hatten.

Allein die Triumphe des schönen Thuillier waren im allgemeinen von kurzer Dauer: Die Frauen legten genausowenig Wert darauf, ihn zu behalten, wie er, sie sich zu bewahren. Er hätte das Thema zu einer Komödie mit dem Titel ›Der Don Juan wider Willen‹ abgeben können. Die Tätigkeit eines Beau langweilte Thuillier so sehr, daß sie ihn alt machte. Sein Gesicht war mit Runzeln bedeckt wie das einer alten Koketten. Es ließ ihn ein Dutzend Jahre älter erscheinen, als seine Geburtsurkunde aussagte. Von seinen Erfolgen blieb ihm nur die Gewohnheit übrig, sich im Spiegel zu betrachten, sich selbst um die Taille zu fassen, um sie anzudeuten, und Tänzerposen einzunehmen, die über den Genuß seiner Vorzüge hinaus den Vertrag verlängerten, den er mit seinem Spitznamen »der schöne Thuillier« geschlossen hatte!

Die Wahrheit von 1806 wurde 1826 zu Spott und Hohn. Er behielt einige Spuren der Tracht eines Beau der Kaiserzeit bei, was übrigens der Würde eines ehemaligen Unterchefs keinen Abbruch tat. Er trägt nach wie vor die weiße Halsbinde mit den zahlreichen Falten, in der das Kinn begraben wird und deren beide Zipfel die Vorübergehenden zur Rechten und Linken bedrohen und ihnen dabei einen leidlich koketten Knoten zeigen, der ehedem von den Händen der Schönen geknüpft worden war. Er folgt der sich wandelnden Mode von weitem und paßt sie seiner Körperhaltung an, er schiebt den Hut sehr nach hinten, trägt im Sommer Halbschuhe und feine Strümpfe. Seine langen Gehröcke erinnerten an die Überröcke des Kaiserreiches; die gestärkten Jabots und die weißen Westen hat er noch immer nicht abgelegt. Er spielt nach wie vor mit seinem dünnen Spazierstöckchen von 1810; er hält sich kerzengerade. Niemand, der Thuillier über die Boulevards schreiten sieht, würde ihn für den Sohn eines Mannes halten, der den Beamten des Finanzministeriums das Mittagessen gebracht und die Livree Ludwigs XVI. getragen hatte: Er ähnelt einem kaiserlichen Diplomaten, einem alten Präfekten. Nun aber beutete Mademoiselle Thuillier auf sehr unschuldige Weise nicht nur die Schwäche ihres Bruders aus, indem sie ihn zu übertriebener Sorgfalt für sein Äußeres anreizte, was bei ihr lediglich eine Fortsetzung ihres Kults war, sondern sie schuf ihm überdies die Freuden des Familienlebens, indem sie einen Hausstand in ihrer aller nächste Nähe verpflanzte, dessen Dasein gewissermaßen eine Seitenlinie des ihrigen darstellte.

Es handelt sich hier um Monsieur Colleville, Thuilliers intimen Freund. Doch bevor Pylades geschildert wird, ist es um so unerläßlicher, mit der Schilderung des Orest fertig zu werden, denn es gilt zu erklären, warum Thuillier, der schöne Thuillier, ohne Familie war. Denn die Familie existiert als solche nur durch die Kinder, und hier muß eins der tiefen Mysterien offenbart werden, die in den Geheimmitteln des Privatlebens begraben bleiben und von denen einige Züge in dem Augenblick an die Oberfläche gelangen, da die Schmerzen einer geheimgehaltenen Situation allzu heftig werden. Es handelt sich um das Leben der Madame und der Mademoiselle Thuillier, denn bislang ist man nur in das irgendwie öffentliche Leben Jérôme Thuilliers eingeführt worden.

Marie-Jeanne-Brigitte Thuillier, die vier Jahre mehr als ihr Bruder zählte, war ihm gänzlich aufgeopfert worden. Es war leichter gewesen, diesem eine Lebensstellung zu verschaffen als der Tochter eine Mitgift. Für gewisse Charaktere ist das Unglück ein Leuchtturm, der ihnen die dunklen, niedrigen Teile des sozialen Lebens erhellt. Brigitte war ihrem Bruder an Tatkraft und Intelligenz überlegen und einer der Charaktere, die, unter dem Hammer der Verfolgung zusammengepreßt, kompakt und sehr widerstandsfähig werden, um nicht zu sagen unbeugsam. Sie war eifersüchtig auf ihre Unabhängigkeit bedacht. Sie wollte sich von dem Leben in der Portiersloge freimachen und sich zum einzigen, unbeschränkten Gebieter ihres Schicksals machen.

Mit vierzehn Jahren zog sie sich in eine Mansarde zurück, nur ein paar Schritte vom Finanzministerium entfernt, das in der Rue Vivienne gelegen war und nicht weit von der Rue de la Vrillière, wo sich die Bank von Frankreich niedergelassen hatte. Tapfer widmete sie sich einer wenig bekannten Tätigkeit, für die sie dank den Gönnern ihres Vaters ein Privileg erhielt und die darin bestand, daß sie Säcke für die Bank, das Finanzministerium und auch für große Finanzhäuser anfertigte. Vom dritten Jahr an beschäftigte sie zwei Arbeiterinnen. Da sie ihre Ersparnisse in das Staatsschuldbuch eintragen ließ, besaß sie im Jahre 1814 dreitausendsechshundert Francs Zinsen aus Rentenpapieren, sie hatte sie innerhalb von fünfzehn Jahren verdient. Sie gab wenig aus. Fast alle Tage nahm sie die Hauptmahlzeit bei ihrem Vater ein, solange er am Leben war, und man weiß ja außerdem, daß die Staatsrenten während der letzten Zuckungen des Kaiserreichs auf vierzig und einige Francs abgesunken waren: So erklärt sich dieses dem Anschein nach übertriebene Ergebnis ganz von selbst.

Nach dem Tod des alten Portiers vereinigten Brigitte und Jérôme, sie siebenundzwanzig, er dreiundzwanzig Jahre alt, ihre Geschicke. Bruder und Schwester hatten einander über die Maßen gern. Wenn Jérôme, der damals die Zeiten seiner Erfolge durchlebte, in Geldnöten war, bot die Schwester, die grobe, graue Wollkleider trug und von dem drahtartigen Faden, dessen sie sich beim Nähen bediente, Finger hatte, von denen die Haut abblätterte, dem Bruder stets ein paar Louis an. In Brigittes Augen war Jérôme der schönste und liebenswürdigste Mann des französischen Kaiserreichs. Dem Bruder den Haushalt zu führen, in seine Lindor-[25] und Don-Juan-Geheimnisse eingeweiht zu werden, seine Magd, sein Pudelhund zu sein, war von je Brigittes Traum gewesen. Auf fast verliebte Weise opferte sie sich einem Idol, dessen von ihr geheiligter Egoismus noch gesteigert werden mußte. Sie verkaufte ihre Kundschaft für fünfzehntausend Francs an ihre erste Arbeiterin und zog zu ihrem Bruder in die Rue d'Argenteuil, wo sie sich zur Mutter, zur Schutzherrin, zur Dienerin »dieses Hätscheljungen der Damen« aufwarf. Mit einer Klugheit, die bei einem Mädchen, das alles seiner Umsicht und seiner Arbeit verdankte, etwas Selbstverständliches ist, hielt sie ihr Vermögen vor ihrem Bruder geheim. Sie fürchtete wohl die Verschwendung, die das Leben eines von den Frauen begünstigten Mannes mit sich brachte, und steuerte nur sechshundert Francs zum Haushalt bei, was zusammen mit Jérômes achtzehnhundert Francs ermöglichte, im Jahr gut auszukommen.

Vom ersten Tag dieses gemeinsamen Lebens an hörte Thuillier auf seine Schwester wie auf ein Orakel, fragte sie bei den geringfügigsten Angelegenheiten um Rat, verbarg vor ihr nicht das geringste seiner Geheimnisse und ließ sie auf diese Weise von den Früchten des Herrschaftswillens kosten, der Lieblingssünde dieses Charakters. So also hätte die Schwester dem Bruder alles geopfert. Sie baute fest auf sein Herz, sie lebte durch ihn. Brigittes Einfluß auf Jérôme verstärkte sich noch seltsam durch die Eheschließung, die sie um 1814 für ihn anbahnte.

Als Brigitte merkte, mit welch heftigen Druckmitteln die neuen Emporkömmlinge der Restauration in den Büros zu Werke gingen, und zumal bei der Rückkehr der alten Gesellschaft, die die Bürgerlichen beiseite schob, begriff sie, und zwar um so eher, als ihr Bruder sie ihr erklärte, die soziale Krise, in der ihrer beider Hoffnungen erloschen. Bei den Adligen, die den Bürgerlichen des Kaiserreichs nachfolgten, waren für den schönen Thuillier keine Erfolge mehr möglich!

Thuillier besaß nicht die Kraft, sich eine politische Meinung zuzulegen, und er empfand, genausogut wie seine Schwester, die Notwendigkeit, Nutzen aus den Resten der Jugend zu ziehen und einen entscheidenden Schritt zu tun. In einer solchen Situation mußte und wollte ein Mädchen, das eifersüchtig wie Brigitte war, ihren Bruder verheiraten, und zwar im gleichen Maße um ihret- wie um seinetwillen, denn sie allein konnte ihren Bruder glücklich machen, und dessen Frau war nichts als ein unentbehrliches Zubehör, um ein oder zwei Kinder zu bekommen. Wenn Brigitte auch nicht all den ihrer Willenskraft nötigen Geist besaß, so hatte sie doch wenigstens den Instinkt ihrer Oberherrschaft. Denn Bildung besaß sie nicht, sie ging einfach geradeaus, mit der Halsstarrigkeit einer Natur, die es gewohnt ist, Erfolg zu haben. Sie hatte eine hohe Begabung für die Hauswirtschaft, Sinn für Sparsamkeit, sie war lebensklug und arbeitete gern. Sie erriet daher, daß es ihr niemals gelingen würde, Jérôme in einer höheren Sphäre als der ihrigen zu verheiraten. Dort würden die Familien Erkundigungen über ihre häuslichen Verhältnisse einziehen und dadurch beunruhigt werden, daß bereits eine Leiterin des Hausstandes vorhanden war. Sie hielt daher vielmehr in einer niedrigeren Gesellschaftsschicht Umschau, unter Leuten, die geblendet werden konnten, und sie fand ganz in der Nähe eine passende Partie.

Der älteste Diener der Bank von Frankreich, er hieß Lemprun, hatte eine einzige Tochter namens Céleste. Mademoiselle Céleste Lemprun mußte das Vermögen ihrer Mutter erben, der einzigen Tochter eines Landwirts. Es bestand aus ein paar Morgen Grund und Boden in der Umgebung von Paris, die der alte Mann nach wie vor selber bewirtschaftete. Ferner war sie die Erbin des Vermögens des wackeren Lemprun, eines Mannes, der bei dem Bankhaus Thélusson und dem Bankhaus Keller angestellt gewesen und dann in die Bank von Frankreich übergewechselt war, die zu jener Zeit gegründet wurde[26]. Lemprun, damals Dienstleiter, erfreute sich der Schätzung und Hochachtung des Gouverneurs der Bank und der Kommissare.

Daher verhieß der Verwaltungsrat der Bank, als von Célestes Eheschließung mit einem ehrenwerten Beamten des Finanzministeriums die Rede war, eine Gratifikation von sechstausend

Francs. Diese Gratifikation, die zu den zwölftausend Francs hinzukam, die der alte Lemprun gab, und zu den zwölftausend, die Galard aussetzte, der Gemüsebauer in Auteuil, steigerte die Mitgift auf dreißigtausend Francs. Der alte Galard sowie das Ehepaar Lemprun waren entzückt über diese Heirat. Der Dienstleiter kannte Mademoiselle Thuillier als eins der würdigsten, redlichsten Mädchen von ganz Paris. Brigitte hatte übrigens nachdrücklich auf ihre Eintragungen ins Staatsschuldbuch hingewiesen und Lemprun anvertraut, sie werde nie heiraten, und weder der Dienstleiter noch seine Frau, Leute aus dem goldenen Zeitalter, hätten sich ein Urteil über Brigitte erlaubt. Vor allem stach die glänzende Stellung des schönen Thuillier ihnen in die Augen, und so fand die Hochzeit, einer geheiligten Formel gemäß, zur allgemeinen Zufriedenheit statt.

Der Gouverneur der Bank von Frankreich und der Sekretär wurden Trauzeugen der Braut, gerade wie Monsieur de La Billardière, der Abteilungsleiter, und Monsieur Rabourdin, der Bürochef, diejenigen Thuilliers wurden. Sechs Tage nach der Hochzeit wurde der alte Lemprun das Opfer eines kühnen Diebstahls, über den die Zeitungen jener Epoche berichteten, der aber durch die Ereignisse von 1815 rasch in Vergessenheit geriet. Da die Urheber des Diebstahls entschlüpft waren, wollte Lemprun für den Verlust aufkommen, und obgleich die Bank das Defizit auf Verlustkonto gebucht hätte, starb der alte Mann an dem Kummer, den dieser Schimpf ihm verursacht hatte. Er betrachtete diesen Handstreich als ein Attentat auf seine siebzigjährige Redlichkeit.

Madame Lemprun überließ ihr ganzes Erbteil ihrer Tochter Madame Thuillier und zog zu ihrem Vater nach Auteuil; der Alte starb durch einen Unfall im Jahre 1817. Madame Lemprun schreckte davor zurück, die Gemüseplantagen und Felder ihres Vaters selbst zu bewirtschaften oder zu verpachten, und so bat sie Brigitte, deren praktischen Sinn und deren Redlichkeit sie anstaunte, den Besitz des wackeren Galard zu Geld zu machen und alles so einzurichten, daß die Tochter zwar alles bekomme, ihr selbst indessen eine Rente von fünfzehnhundert Francs zugesichert und das Haus in Auteuil belassen würde. Die Felder des alten Landwirts, die in Parzellen aufgeteilt verkauft wurden, erbrachten dreißigtausend Francs. Lempruns Hinterlassenschaft hatte ebensoviel ergeben, und die Gesamtsumme dieser beiden Vermögen und der Mitgift betrug im Jahre 1818 neunzigtausend Francs.

Die Mitgift war in Aktien der Bank von Frankreich angelegt worden, und zwar zu der Zeit, da sie auf neunhundert standen. Brigitte kaufte für sechzigtausend Francs Staatspapiere, die fünftausend Francs Zinsen brachten, denn die fünfprozentige Anleihe stand damals auf sechzig, und ließ auf den Namen der Witwe Lemprun als Nutznießerin fünfzehntausend Francs in das Staatsschuldbuch eintragen. Also hatte zu Beginn des Jahres 1818 durch den Beitrag von sechshundert Francs, den Brigitte zahlte, durch die achtzehnhundert Francs, die Thuillier an Gehalt bezog, durch die dreißigtausendfünfhundert Francs Zinsen, die Céleste hatte, und durch die Dividende der vierunddreißig Aktien der Bank von Frankreich die Familie Thuillier ein Gesamteinkommen von elftausend Francs, über die Brigitte frei verfügte. Es war erforderlich, sich vor allem anderen mit der Finanzfrage zu befassen, nicht nur, um Einwänden zuvorzukommen, sondern überdies, um das eigentliche Drama nicht damit zu belasten.

Ganz zu Anfang gab Brigitte ihrem Bruder monatlich fünfhundert Francs und steuerte das Schifflein so, daß die Haushaltskosten mit fünftausend Francs bestritten werden konnten. Der Schwägerin gewährte sie monatlich fünfzig Francs und machte ihr klar, sie selbst begnüge sich mit vierzig. Um ihre Oberherrschaft durch die Macht des Geldes sicherzustellen, vermehrte Brigitte den Überschuß ihrer eigenen Einkünfte. In den Büros hieß es, sie gebe Darlehen zu Wucherzinsen, und zwar durch die Vermittlung ihres Bruders, der als Makler betrachtet wurde. Wenn Brigitte von 1815 bis 1830 ein Kapital von sechzigtausend Francs zusammengebracht hat, so könnte man das Vorhandensein dieser Summe auch durch Operationen mit den Staatsrentenpapieren erklären, deren Kurs sich um vierzig Prozent änderte, und brauchte sich dann nicht auf mehr oder weniger begründete Anschuldigungen zu berufen, die, auch wenn sie wahr wären, nichts mit dieser Geschichte zu tun hätten.

Vom ersten Tage an machte sich Brigitte die unglückliche Madame Thuillier durch erste Sporenstöße gefügig, die sie ihr versetzte, und durch die Betätigung von Gebiß und Kinnkette, die sie sie hart spüren ließ. Aber dieser Aufwand an Tyrannei war unnütz, das Opfer fügte sich sogleich. Céleste war von Brigitte richtig beurteilt worden. Sie war geistlos, ungebildet, an ein seßhaftes, häusliches Leben gewöhnt, an eine ruhige Atmosphäre. Sie besaß einen Charakter von ungemeiner Sanftmut und war fromm im weitesten Sinn dieses Wortes. Sie würde durch harte Bußübungen ein Unrecht ausgelöscht haben, durch das sie unwillentlich ihrem Nächsten einen Schmerz zugefügt hätte. Vom Leben wußte sie nicht das mindeste. Sie war es gewohnt, von ihrer Mutter bedient zu werden, die die Hausarbeit selbst besorgte, und außerdem durfte sie sich nur wenig Bewegung machen, ihrer lymphatischen Konstitution wegen, die es mit sich brachte, daß sie bei der geringsten Arbeit ermüdete. Sie war eben ein rechtes Kind des Volkes von Paris, wo die Kinder nur selten schön sind, da sie das Ergebnis der Not, der übermäßigen Arbeit darstellen, aufgewachsen in Wohnungen ohne Luft, ohne freie Betätigungsmöglichkeit, ohne irgendeine der Bequemlichkeiten des Lebens.

Um die Zeit ihrer Heirat erblickte man in ihr eine kleine Frau mit beinahe Übelkeit erregendem, fadblondem Haar. Sie war fett, träge und von einer dummen Gemütsruhe. Ihre Stirn war zu breit und sprang zu sehr vor, sie ähnelte der Stirn eines Wasserköpfigen, und unter dieser wachsfarbenen Kuppel lief ihr offenbar zu kleines Gesicht spitz wie ein Mauseschnäuzchen aus. Einige der Hochzeitsgäste hegten deswegen die Befürchtung, sie müsse früher oder später geisteskrank werden. Ihre hellblauen Augen und das nahezu starre Lächeln ihrer Lippen straften diesen Gedanken nicht Lügen. Sie zeigte an diesem feierlichen Tage die Haltung, die Miene und das Gehaben eines zum Tode Verurteilten, der wünscht, daß alles möglichst bald zu Ende sein möge.

»Ein bißchen kloßhaft ist sie ...!« sagte Colleville zu Thuillier.

Brigitte war wohl das Messer, das in dieses wehrlose Wesen eindringen sollte; sie bildete dessen heftigsten Gegensatz. Sie fiel durch eine regelmäßige, korrekte Schönheit auf, die heimgesucht worden war durch die Arbeiten, die sie von Kindheit an unter mühselige, undankbare Betätigungen gebeugt hatten, durch heimliche Entbehrungen, die sie sich auferlegt hatte, um Ersparnisse machen zu können. Ihr beizeiten fleckig gewordener Teint hatte eine stählerne Tönung. Ihre braunen Augen waren von dunklen Ringen umsäumt oder vielmehr zerquetscht. Ihre Oberlippe zierte ein brauner Flaum, der irgendwie rauchig wirkte. Sie hatte schmale Lippen, und ihre herrscherliche Stirn wurde betont durch ehemals schwarzes, jetzt graumeliertes Haar. Sie hielt sich grade wie eine schöne Blondine, und alles an ihr zeugte von der Zurückhaltung ihrer dreißig Jahre, von erlahmtem Feuer. Sie hatte, wie die Gerichtsvollzieher sagen, »die Kosten der Pfändung« zu tragen.

Für Brigitte war Céleste lediglich ein Vermögen, das es einzustecken galt, eine Mutter, die man mattsetzen mußte, eine Untertanin mehr in ihrem Herrschaftsbereich. Nur zu bald warf sie ihr ihre Schlappheit vor, wie sie sich auszudrücken beliebte, und die Eifersüchtige, die durch eine tatkräftige Schwägerin zur Verzweiflung getrieben worden wäre, empfand eine wüste Lust dabei, die Energie dieses schwachen Geschöpfes anzustacheln. Céleste schämte sich, als sie sah, wie die Schwägerin als kräftiges, langes Frauenzimmer ihren Eifer entfaltete und die Haushaltsarbeit auf sich nahm, und sie versuchte, ihr zu helfen. Davon wurde sie krank, und sogleich bemühte sich Brigitte in tausenderlei kleinen Dingen um Madame Thuillier. Sie pflegte sie wie eine geliebte Schwester und sagte im Dabeisein Thuilliers zu ihr: »Du hast keine Kraft, also laß lieber die Finger davon, Kleine ...!« Durch diese dünkelhaften Trostworte, wie sie Frauen zu finden wissen, die ihr eigenes Loblied singen, betonte sie Célestes Unfähigkeit noch nachdrücklicher.

Und da despotische Naturen ihre Kräfte gern üben und von Zärtlichkeit gegenüber körperlichen Leiden erfüllt sind, betreute sie hernach die Schwägerin, damit Célestes Mutter mit ihr zufrieden sei, als sie die Tochter besuchen kam.

Als dann Madame Thuillier genesen war, bezeichnete sie sie so, daß sie es hören mußte, als »kränkliche Schlafmütze, zu nichts tauglich«, usw. Céleste zog sich weinend in ihr Schlafzimmer zurück, und als Thuillier sie dort dabei ertappte, daß sie sich die Tränen abwischte, entschuldigte er seine Schwester durch die Worte:

»Sie ist tadellos, aber temperamentvoll, auf ihre Art hat sie dich gern, mit mir macht sie es genauso.«

Céleste mußte daran denken, daß sie mütterliche Fürsorge empfangen hatte, und so verzieh sie der Schwägerin. Übrigens behandelte Brigitte ihren Bruder als den Herrn und König des Hauses: Sie hob ihn Céleste gegenüber rühmend hervor, sie machte aus ihm einen Autokraten, einen Ladislaus[27], einen unfehlbaren Papst. Madame Thuillier, die ihres Vaters und ihres Großvaters beraubt und von ihrer Mutter so gut wie verlassen war, da diese nur donnerstags zu Besuch kam und zu der man im Sommer sonntags ging, hatte nur ihren Mann als Liebhaber, erstens, weil sie mit ihm verheiratet war, und zweitens, weil er für sie der »schöne Thuillier« blieb. Nun, er behandelte sie ja auch bisweilen wie seine Frau, und die Gesamtheit aller dieser Gründe machte ihn für sie anbetenswert. Er dünkte sie um so vollkommener, als er oftmals Célestes Verteidigung übernahm und mit seiner Schwester schalt, nicht um seiner Frau willen, sondern aus Egoismus und um für die wenigen Augenblicke, die er daheim weilte, im Haus Ruhe und Frieden zu haben.

Denn der »schöne Thuillier« kam nur zur Hauptmahlzeit nach Hause und kehrte sehr spät abends heim, um sich schlafen zu legen. Er ging zu Tanzvergnügungen in seinen Kreisen, ganz allein und völlig so, als sei er noch immer Junggeselle. Auf diese Weise waren die beiden Frauen stets mit sich allein. Unmerklich glitt Céleste in eine passive Haltung hinein und wurde, was Brigitte wollte, nämlich eine Sklavin. Die Königin Elisabeth[28] dieses Haushalts gelangte von der Oberherrschaft zu einer Art Mitleid gegen dieses unaufhörlich aufgeopferte Opferlamm. Schließlich mäßigte sie ihr hochmütiges Gehaben, ihre schneidenden Redensarten, ihren verächtlichen Ton, als sie sich gewiß geworden war, die Schwägerin bis zur Erschöpfung innerlich zerbrochen zu haben.

Als sie einmal die Druckstellen merkte, die die Kette am Hals ihres Opfers verursacht hatte, sorgte sie für Céleste wie für ein ihr gehörendes Etwas, und Céleste lernte bessere Zeiten kennen. Wenn sie die Anfangszeit mit dem verglich, was dann später folgte, überkam sie eine Art Zuneigung zu ihrer Henkerin. Die einzige Aussicht, die die arme Sklavin besaß, Energie aufzubringen, sich zur Wehr zu setzen und etwas im Schoß eines Haushalts darzustellen, der ohne ihr Wissen von ihrem Vermögen lebte, ohne daß für sie etwas anderes abfiel als die Brosamen vom Tische, wurde ihr versagt.

Innerhalb von sechs Jahren hatte Céleste kein Kind bekommen. Diese Unfruchtbarkeit, die sie von Monat zu Monat Ströme von Tränen vergießen ließ, schürte lange Zeit hindurch Brigittes Verachtung. Sie warf der Schwägerin vor, sie sei zu nichts tauglich, nicht einmal zum Kinderkriegen. Die alte Jungfer, die sich so sehr vorgenommen hatte, das Kind ihres Bruders liebzuhaben wie ein eigenes, hörte erst um 1820 auf, über die Zukunft des Familienvermögens zu stöhnen und zu jammern, das, wie sie sagte, der Regierung anheimfallen würde.

In der Zeit, da diese Geschichte beginnt, also im Jahr 1839, war Céleste sechsundvierzig Jahre alt und weinte nicht länger, da sie zu der traurigen Gewißheit gelangt war, nie Mutter werden zu können. Wie seltsam! Nach einem Vierteljahrhundert dieses Lebens, als sie das Opfer schließlich entwaffnet, als es das Schlachtmesser zerbrochen hatte, gewann Brigitte Céleste genauso lieb wie Céleste Brigitte. Die Zeit, der Wohlstand, die beständigen Reibungen des häuslichen Lebens, die wohl die Ecken abgeschliffen, die Vorsprünge geglättet hatten, sowie die Resignation und die Lammsgeduld Célestes hatten zu einem heiteren Herbst geführt. Übrigens waren die beiden Frauen einig in dem einzigen Gefühl, das sie je belebt hatte, nämlich in ihrer Vergötterung des glücklichen, egoistischen Thuillier.

Kurzum, jene beiden Frauen, die alle beide kinderlos waren, hatten sich beide, wie alle Frauen, die sich vergebens Kinder gewünscht, in ein Kind verliebt. Dieses künstliche Muttergefühl, das jedoch an Stärke einem echten Muttergefühl glich, bedarf einer Erklärung, die zum Kernpunkt dieses Romans führt, und die zugleich die zusätzliche Beschäftigung begründet, die Mademoiselle Thuillier für ihren Bruder ausfindig gemacht hatte.

Thuillier war zusammen mit Colleville, von dem als seinem besten Freund bereits die Rede gewesen ist, als Supernumerar ins Ministerium eingetreten. Neben den düsteren, trübseligen Haushalt Thuilliers hatte die auf Geselligkeit erpichte Natur als Gegensatz denjenigen Collevilles gestellt, und wenn sich auch der Hinweis nicht umgehen läßt, daß dieser zufällige Gegensatz wenig moralische Gründe hat, muß doch hinzugefügt werden, daß es sich empfiehlt, mit Schlußfolgerungen bis zum Ende dieses Dramas zu warten, das leider allzu wahr ist, und für das, nebenbei gesagt, der Erzähler nicht verantwortlich zu machen ist.

Jener Colleville war der einzige Sohn eines begabten Musikers, der ehedem, unter Francoeur und Rebel[29], erster Geiger an der Oper gewesen war. Zu seinen Lebzeiten hatte er allmonatlich mindestens sechsmal die Anekdoten über die Proben des ›Dorfwahrsagers‹[30] zum besten gegeben. Er hatte Jean-Jacques Rousseau imitiert und ihn wunderbar geschildert. Colleville und Thuillier wurden unzertrennliche Freunde. Sie hatten keine Geheimnisse voreinander, und ihre in ihrem fünfzehnten Lebensjahr begonnene Freundschaft hatte bis 1839 nie eine Wolke getrübt.

Colleville war einer der Beamten, die in den Büros spöttisch als »Doppelverdiener«[31] bezeichnet werden. Diese Beamten zeichnen sich durch ihre Betriebsamkeit aus. Colleville, ein guter Musiker, verdankte dem Namen und dem Einfluß seines Vaters die Stelle als erster Klarinettist in der Opéra-Comique, und solange er Junggeselle war, hatte er, da er über höhere Einkünfte als Thuillier verfügte, oftmals mit dem Freunde geteilt. Aber im Gegensatz zu Thuillier schloß Colleville eine Neigungsehe. Er heiratete nämlich Mademoiselle Flavie, die natürliche Tochter einer berühmten Tänzerin der Oper. Flavie galt als die Tochter du Bourguiers[32], eines der reichsten Heereslieferanten jener Zeit, der um 1800 verarmt war und seine Tochter um so eher vergaß, als er Zweifel an der Reinheit der berühmten Tänzerin hegte.

Flavie war durch ihr Aussehen und ihre Herkunft zu einem recht traurigen Handwerk bestimmt, als Colleville, der häufig in das Haus der im Überfluß lebenden Solotänzerin der Oper kam, sich in das Mädchen verliebte und sie heiratete. Der Fürst Galathionne[33], der im September 1815 die berühmte Tänzerin protegiert hatte und der zu jener Zeit am Ende seiner glänzenden Laufbahn stand, gab Flavie zwanzigtausend Francs Mitgift, der die Mutter die prächtigste Aussteuer hinzufügte. Die Stammgäste ihres Hauses und die Kollegen und Kolleginnen von der Oper machten Geschenke an Schmuckstücken, an Geschirr, so daß der Hausstand Collevilles reicher an überflüssigen Dingen als an Kapital war. Die im Überfluß aufgewachsene Flavie hatte von Anfang an eine reizende, vom Tapezierer ihrer Mutter eingerichtete Wohnung, in der diese junge Frau thronte. Sie hatte eine große Neigung für die Künste, die Künstler und für eine gewisse Eleganz.

Madame Colleville war zugleich hübsch und pikant, geistvoll und frohsinnig sowie voller Anmut, und sie war, um alles auf eine Formel zu bringen, gutherzig. Als die Tänzerin dreiundvierzig Jahre alt war, zog sie sich von der Bühne zurück, zog aufs Land und entzog der Tochter die Hilfsquellen, die eine üppige Verschwendungssucht ihr dargeboten hatte. Madame Colleville führte ein sehr angenehmes, aber außerordentlich kostspieliges Haus. Zwischen 1816 und 1826 bekam sie fünf Kinder. Colleville, der abends Orchestermusiker war, führte morgens von sieben bis neun einem Kaufmann die Bücher. Um zehn war er in seinem Büro. Dadurch, daß er abends ein Holzinstrument blies und morgens doppelte Buchführung trieb, verdiente er jährlich sieben- bis achttausend Francs.

Madame Colleville spielte die elegante Dame. Der Mittwoch war ihr Empfangstag, jeden Monat gab sie ein Konzert und alle vierzehn Tage ein Abendessen. Ihren Mann sah sie nur zur Hauptmahlzeit, und wenn er um Mitternacht heimkehrte. Es geschah übrigens häufig, daß sie dann noch nicht wieder zu Hause war. Sie ging ins Theater, da ihr häufig Logen geschenkt wurden, und sie teilte ihrem Mann durch ein paar Zeilen mit, er möge sie in diesem oder jenem Hause, wo sie getanzt, wo sie zur Nacht gespeist hatte, abholen. Die Küche in Madame Collevilles Haus war vorzüglich, und die Gesellschaft dort, wenngleich gemischt, war über die Maßen amüsant. Sie empfing berühmte Schauspielerinnen, Maler, Literaten und ein paar reiche Leute. Die Eleganz der Madame Colleville kam derjenigen der Tullia gleich, der ersten Solotänzerin der Oper, die häufig zu ihr kam. Aber wenn die Collevilles auch ihre Einkünfte voll und ganz verbrauchten und oft Mühe hatten, ans Monatsende zu gelangen, machte Flavie nie Schulden.

Colleville war sehr glücklich. Er liebte seine Frau nach wie vor und war nach wie vor ihr bester Freund. Er wurde beständig durch ein liebevolles Lächeln und mit mitteilsamer Freude empfangen, und so unterwarf er sich ihrer unwiderstehlichen Anmut und Art. Die wilde Tatkraft, die er in seinen drei Berufen entfaltete, entsprach übrigens seinem Charakter und seinem Temperament. Er war ein gutmütiger, dicker Mann von lebhafter Gesichtsfarbe, jovial, alles andere als knickerig, voll von Einfällen. Innerhalb von zehn Jahren hatte es in seiner Ehe kein einziges Zerwürfnis gegeben. Im Ministerium galt er als unbesonnener Taps wie alle Künstler, hieß es. Allein die oberflächlichen Leute hielten die beständige Hast des Arbeitsbesessenen für das Hinundher eines Wirrkopfs.

Colleville besaß die Klugheit, sich dumm zu stellen. Er pries sein häusliches Glück und frönte der Mühe des Aufstellens von Anagrammen, um sich den Anschein geben zu können, er werde von dieser Leidenschaft völlig beansprucht. Die Beamten seiner Abteilung im Ministerium, die Bürochefs, sogar die Abteilungsleiter kamen zu seinen Konzerten. Von Zeit zu Zeit und bei passender Gelegenheit verteilte er Theaterbilletts, da er einer außerordentlichen Nachsicht wegen seines beständigen Fernbleibens vom Dienst bedurfte. Die Opernproben kosteten ihn die Hälfte seiner Bürozeit. Aber das Können als Musiker, das er von seinem Vater geerbt hatte, war so echt und so gründlich, daß es ihm erlaubte, lediglich an den Generalproben teilzunehmen. Dank den Beziehungen der Madame Colleville beugten sich das Theater und das Ministerium den Erfordernissen der Lage dieses würdigen Doppelverdieners, der übrigens nach Kräften einen jungen Menschen verhätschelte, der ihm von seiner Frau lebhaft empfohlen worden war, einen künftigen großen Musiker, der ihn im Orchester vertrat und dem er versprochen hatte, er solle einmal sein Nachfolger werden.

Tatsächlich wurde im Jahre 1827, als Colleville zurücktrat, jener junge Mann erster Klarinettist. Die ganze Kritik an Flavie beschränkte sich auf den Ausspruch: »Madame Colleville ist ›ein klein bißchen‹ kokett!« Das älteste der Colleville-Kinder, geboren 1816, war das leibhaftige Ebenbild des guten Colleville. Im Jahre 1818 stellte Madame Colleville die Kavallerie über alles, sogar über die Künste. Sie zeichnete zu jener Zeit einen Dragonerleutnant aus Saint-Chamans aus, den jungen, reichen Charles Gondreville, der später im Spanischen Feldzug fiel. Sie hatte damals bereits ihren zweiten Sohn, den sie von da an für die Offizierslaufbahn bestimmte. Im Jahre 1820 betrachtete sie das

Bankwesen als die Nährmutter der Industrie, die Stütze des Staats, und ihr Idol war der große Keller, der berühmte Redner. Sie bekam damals ihren Sohn François, aus dem sie später einen Kaufherrn zu machen beschloß und dem die Protektion Kellers niemals fehlen sollte. Gegen Ende 1820 empfand Thuillier, der gute Freund des Ehepaars Colleville, der Bewunderer Flavies, das Verlangen, seine Schmerzen in den Busen dieser vortrefflichen Frau zu ergießen, und erzählte ihr von seinen ehelichen Nöten. Seit zehn Jahren versuche er, Kinder zu bekommen, und Gott segne seine Anstrengungen nicht, denn seine arme Frau ergebe sich unnützerweise neuntägigen Andachten. Sogar nach Notre-Dame de Liene[34] sei sie gepilgert! Er schilderte Céleste auf jede erdenkliche Weise, und den Lippen der Madame Colleville entsprangen die Worte: »Sie armer Mann!« Allein auch sie selbst kam sich ziemlich traurig vor. Sie hegte nämlich damals keine besondere Vorliebe und schüttete ihre Kümmernisse in Thuilliers Herz. Der große Keller, dieser Heros der Linken, stecke in Wirklichkeit voller Kleinlichkeiten. Sie kenne die Kehrseite des Ruhms, die Dummheiten der Bankwelt, die Frostigkeit eines Volkstribunen. Der Redner spreche nur in der Abgeordnetenkammer gut, und ihr gegenüber habe er sich sehr schlecht benommen. Thuillier wurde unwillig. »Nur die Dummen verstehen zu lieben«, sagte er, »nehmen Sie mich!« Es hieß, der schöne Thuillier mache der Madame Colleville andeutungsweise den Hof. Er wurde einer ihrer »Beflissenen«, wie man zur Zeit des Kaiserreichs sagte.

»Haha, du willst meiner Frau zu Leibe!« sagte Colleville lachend zu ihm. »Paß auf, sie läßt dich sitzen wie alle andern auch.«

Das war eine recht gewitzte Wendung, Colleville rettete dadurch im Ministerium seine Manneswürde. Von 1820 bis 1821 fühlte Thuillier sich in seiner Eigenschaft als Hausfreund ermächtigt, Colleville unter die Arme zu greifen, der ihm früher so oft geholfen hatte, und innerhalb von achtzehn Monaten lieh er dem Ehepaar Colleville etwa zehntausend Francs in der Absicht, daß davon nie wieder die Rede sein solle. Im Frühling 1821 kam Madame Colleville mit einem entzückenden kleinen Mädchen nieder, das als Patenonkel und Patentante das Ehepaar Thuillier erhielt. Daher wurde es Céleste-Louise-Caroline-Brigitte getauft. Mademoiselle Thuillier hatte jenem kleinen Mädchen unbedingt einen ihrer Vornamen geben wollen.

Der Name Caroline war eine Colleville erwiesene Aufmerksamkeit. Die alte Madame Lemprun nahm es auf sich, das kleine Geschöpf unter ihren Augen, in Auteuil, einer Amme anzuvertrauen; Céleste und ihre Schwägerin besuchten es dort wöchentlich zweimal. Sobald Madame Colleville wiederhergestellt war, sagte sie ganz offen und ernsten Tons zu Thuillier:

»Lieber Freund, wenn wir gute Freunde bleiben wollen, dann seien Sie nur noch unser Freund, Colleville hat Sie gern, na, und wenn einer im Hause das tut, dann genügt es.«

»Bitte erklären Sie mir«, fragte um jene Zeit der schöne Thuillier die Tänzerin Tullia, die sich gerade bei Madame Colleville befand, »warum die Frauen nicht an mir festhalten? Ich bin zwar kein Apollo von Belvedere, aber schließlich bin ich auch kein Vulcanus[35]. Ich bin durchaus passabel, ich habe Geist, ich bin treu ...«

»Wollen Sie die Wahrheit hören ...?« antwortete ihm Tullia.

»Ja«, sagte der schöne Thuillier.

»Also, wir können zwar manchmal ein Tier lieben, aber nie einen Dummkopf.«

Dieser Ausspruch machte Thuillier den Garaus, er hat sich nicht wieder davon erholt. Seither war er schwermütig und beschuldigte die Frauen der Bizarrerie.

»Habe ich dich nicht gewarnt ...?« fragte ihn Colleville. »Ich bin kein Napoleon, mein Lieber, es wäre mir sogar sehr unlieb, einer gewesen zu sein. Aber ich habe meine Joséphine ... eine Perle!«

Der Generalsekretär des Ministeriums, des Lupeaulx, dem Madame Colleville mehr Einfluß zugetraut hatte, als er tatsächlich besaß, und von dem sie später immer sagte: »Der ist einer meiner Irrtümer ...«, war damals eine Zeitlang der große Mann des Salons Colleville. Aber da er nicht die Macht besaß, Colleville in die Abteilung Bois-Levant versetzen zu lassen, war Flavie vernünftig genug, sich über die Huldigungen zu ärgern, die er Madame Rabourdin erwies, der Gattin eines Bürochefs, einer Zierpuppe, in deren Haus sie niemals eingeladen worden war und die zweimal die Impertinenz besessen hatte, nicht zu ihren Konzerten zu kommen.

Madame Colleville wurde tief erschüttert durch den Tod des jungen Gondreville. Sie war darüber untröstlich; sie spürte, wie sie sagte, die Hand Gottes. Im Jahre 1824 ging sie in sich, redete von Sparmaßnahmen, verzichtete auf die Empfangstage, beschäftigte sich mit ihren Kindern, wollte eine gute Hausmutter sein, und ihre Freunde nahmen bei ihr keinen einzigen Günstling wahr. Sie ging zur Kirche, wandelte ihre Kleidung, trug graue Farben, redete vom Katholizismus und von der Schicklichkeit. Und dieser Mystizismus ließ 1825 einen reizenden kleinen Jungen zur Welt kommen, den sie Théodore nannte, das heißt: »Gottesgabe«.

Daher wurde im Jahre 1826, den schönen Zeiten der Kongregation[36], Colleville zum Unterchef der Abteilung Clergeot ernannt, und 1828 zum Steuereinnehmer eines Pariser Arrondissements. Colleville erhielt das Kreuz der Ehrenlegion, damit er eines Tages seine Tochter in Saint-Denis erziehen lassen könne. Der halbe Freiplatz, den Keller für Charles, den ältesten der Colleville-Söhne, 1823 erlangt hatte, wurde dem zweitältesten gegeben. Charles bekam einen vollen Freiplatz im Collège Saint-Louis, und dem dritten, der sich der Protektion der Frau Dauphine[37] erfreute, wurde ein Dreiviertel-Freiplatz am Collège Henri IV zuteil.

Im Jahre 1830 war Colleville, der das Glück hatte, alle seine Kinder zu behalten, durch seine Anhänglichkeit an die gestürzte Linie des Königshauses genötigt, seinen Abschied einzureichen; aber er besaß die Geschicklichkeit, dabei irgendwie so vorzugehen, daß er in Anerkennung seiner Dienstzeit eine Pension von zweitausendvierhundert Francs und von seinem Nachfolger eine Entschädigung von zehntausend Francs bekam. Überdies wurde er zum Offizier der Ehrenlegion ernannt. Dennoch befand er sich in einer schwierigen Lage, und im Jahre 1832 riet ihm Mademoiselle Thuillier, er möge in ihre Nähe ziehen, wobei sie die Möglichkeit durchschimmern ließ, er könne einen Posten im Bürgermeisteramt erhalten. Dieser wurde ihm nach vierzehn Tagen zuteil, und er war mit tausend Talern Gehalt verbunden.

Charles Colleville war gerade in die Marineschule eingetreten. Die Gymnasien, in denen die beiden andern kleinen Collevilles unterrichtet wurden, lagen im Stadtviertel. Das Seminar Saint-Sulpice, in das eines Tages der letzte Sohn eintreten sollte, befand sich ganz in der Nähe des Luxembourg. Kurzum, Thuillier und Colleville sollten ihre Lebenstage gemeinsam beenden. 1832 war die damals fünfunddreißigjährige Madame Colleville mit Céleste und dem kleinen Théodore in die Rue d'Enfer gezogen, in das Eckhaus an der Rue des Deux-Eglises[38]. Colleville hatte die gleiche Wegstrecke zum Bürgermeisteramt und zur Rue Saint-Dominique. Nach einem abwechselnd glänzenden, gelokkerten, an Festen reichen, geruhsamen, stillen Dasein war das Ehepaar zurückgeworfen ins bürgerliche Dunkel und besaß als Einkommen nichts als fünftausendvierhundert Francs.

Céleste war damals vierzehn Jahre alt und schön. Sie brauchte Lehrer. Sie mußte jährlich mindestens zweitausend Francs kosten. Die Mutter hielt es für erforderlich, daß sie unter den Augen ihres Paten und ihrer Patin aufwuchs. Daher hatte sie sich den übrigens recht vernünftigen Vorschlägen der Mademoiselle Thuillier gefügt, die, ohne sich festzulegen, der Madame Colleville ziemlich deutlich zu verstehen gegeben hatte, die Vermögen ihres Bruders, ihrer Schwägerin und ihr eigenes seien Célestine zugedacht. Das kleine Mädchen war bis zu seinem siebenten Lebensjahr in Auteuil geblieben. Die gute, alte Madame Lemprun hatte es vergöttert. Sie war 1829 gestorben und hatte zwanzigtausend Francs Ersparnisse und ein Haus hinterlassen, das für die exorbitante Summe von achtundzwanzigtausend Francs verkauft wurde. Die kleine Schelmin hatte inzwischen ihre Mutter nur sehr wenig, aber Mademoiselle und Madame Thuillier sehr oft gesehen. Von 1829, dem Zeitpunkt ihres Einzugs in das väterliche Haus, bis 1833 geriet sie unter die Oberherrschaft ihrer Mutter, die sich damals alle Mühe gab, ihre Pflichten gut zu erfüllen, und die sie übertrieb wie alle Frauen, denen Gewissensbisse zu schaffen machen. Ohne eine schlechte Mutter zu sein, hielt Flavie ihre Tochter sehr streng. Sie mußte an ihre eigene Erziehung denken und gelobte sich insgeheim, aus Céleste eine anständige Frau zu machen und keine leichtfertige. Also führte sie sie zur Messe und ließ ihr die Erstkommunion unter der Leitung eines Pariser Pfarrers erteilen, der später Bischof wurde. Céleste wurde desto frommer, als Madame Thuillier, ihre Patentante, förmlich eine Heilige war. Und das Kind hing sehr an seiner Patentante; es fühlte, daß es von der armen, verlassenen Frau mehr geliebt wurde als von seiner Mutter.

Von 1833 bis 1839 erhielt sie, nach bürgerlichen Vorstellungen, die glänzendste Erziehung. So machten die besten Musiklehrer aus ihr eine leidlich gute Musikerin. Sie verstand sich darauf, säuberlich in Aquarell zu malen. Sie tanzte wunderbar. Sie hatte ein korrektes Französisch, Weltgeschichte, Geographie, Englisch und Italienisch gelernt, kurzum, alles, was die Bildung einer eleganten höheren Tochter ausmacht. Sie war mittelgroß, etwas dicklich, kurzsichtig, weder häßlich noch hübsch. Ihre Gesichtsfarbe war weder bläßlich noch leuchtend. Aber sie hatte nicht die mindeste Ahnung, was gute Manieren sind. Sie besaß ein starkes, zurückgedämmtes Gefühlsleben, und ihr Pate, ihre Patin, Mademoiselle Thuillier und ihr Vater waren sich über einen Punkt einig, der der große Trost aller Mütter ist, nämlich daß Céleste herzlicher Anhänglichkeit fähig sei. Zum schönsten an ihr gehörte ihr herrliches aschblondes, feines Haar, aber ihre Hände und Füße zeugten von bürgerlicher Abkunft.

Céleste fiel durch wertvolle Tugenden auf. Sie war gütig, schlicht, ohne alle Gehässigkeit. Ihre Eltern hatte sie sehr lieb, sie hätte sich für sie aufgeopfert. Sie war in tiefer Verehrung ihres Patenonkels erzogen worden, und zwar durch Brigitte, die sich von ihr »Tante Brigitte« nennen ließ, durch Madame Thuillier und durch ihre Mutter, die sich mehr und mehr an den alten Beau des Kaiserreichs anschloß. Und so hegte Céleste die höchste Vorstellung von dem Ex-Unterchef. Das Gartenhaus in der Rue Saint-Dominique hatte auf sie die gleiche Wirkung wie das Tuilerienschloß auf einen Höfling der jüngeren Linie.

An Thuillier war die Tätigkeit in dem Walzwerk, das die Drähte der Verwaltung produziert, und wo man desto dünner, je länger man wird, nicht spurlos vorübergegangen. Die langweilige Arbeit hatte ihn ebenso abgenützt, wie seine Erfolge als Mann es getan hatten. Der Ex-Unterchef hatte alle seine Fähigkeiten eingebüßt, als er in die Rue Saint-Dominique gezogen war. Aber sein erschöpftes Gesicht, das von einem hochmütigen Ausdruck beherrscht wurde, in den sich eine gewisse Selbstzufriedenheit mischte, die der Aufgeblasenheit eines höheren Beamten ähnelte, machte auf Céleste großen Eindruck. Sie allein begeisterte sich für dieses fahle Gesicht. Sie wußte, daß sie die Freude dieses Hauses war.

Die Collevilles und deren Kinder wurden natürlich zum Kernpunkt des geselligen Kreises, den um ihren Bruder zu scharen Mademoiselle Thuillier den Ehrgeiz hegte. Ein ehemaliger Beamter der Abteilung La Billardière, der seit dreißig Jahren im Stadtviertel Saint-Jacques wohnte, Monsieur Phellion, Bataillonskommandeur der Seine-Legion, wurde gleich bei der ersten Parade von dem ehemaligen Steuereinnehmer und dem ehemaligen Unterchef wiederentdeckt. Phellion war einer der angesehensten Männer des Arrondissements. Er hatte eine Tochter, eine ehemalige Hilfslehrerin im Pensionat Lagrave. Sie war mit einem Lehrer aus der Rue Saint-Hyacinthe[39] verheiratet, einem Monsieur Barniol.

Phellions ältester Sohn war Mathematikprofessor an einem königlichen Gymnasium. Er gab Unterricht, Nachhilfestunden und widmete sich, wie sein Vater es auszudrücken beliebte, der reinen Mathematik. Der zweite Sohn besuchte die ›Ecole des ponts et chaussées‹[40]. Phellion hatte neunhundert Francs Ruhegehalt und besaß neuntausend und ein paar hundert Francs Zinsen, die Frucht seiner Arbeit und derjenigen seiner Frau während dreißig Jahren der Arbeit und der Entbehrungen. Übrigens war er Eigentümer eines kleinen Hauses mit Garten, das er im Impasse des Feuillantines[41] bewohnte. (Innerhalb von dreißig Jahren hat er kein einziges Mal den alten Ausdruck »Cul-de-sac«, Sackgasse, gebraucht[42].)

Dutocq, der Gerichtsvollzieher des Friedensrichters, war ebenfalls ein ehemaliger Ministerialbeamter. Er war seinerzeit das Opfer einer Zwangsmaßregel geworden, wie sie bei Repräsentativregierungen bisweilen vorkommen. Er hatte [in einem kritischen Augenblick][43] die Rolle des Sündenbocks auf sich genommen und war unter der Hand mit einer Summe belohnt worden, die ihn in den Stand gesetzt hatte, sich seine Stelle als Gerichtsvollzieher zu kaufen. Dieser im übrigen kaum als ehrenhaft zu bezeichnende Mensch, Bürospitzel, wurde von den Thuilliers nicht so aufgenommen, wie man es ihm seiner Meinung nach schuldig war. Aber gerade die Kälte seiner Hausbesitzer brachte ihn dahin, beharrlich zu ihnen zu gehen.

Er war Junggeselle geblieben und besaß Laster. Seine Lebensweise hielt er ziemlich sorgfältig geheim, und bei seinen Vorgesetzten wußte er sich durch Schmeichelei zu behaupten. Der Friedensrichter hatte Dutocq sehr gern. Diese schmähliche Persönlichkeit brachte es durch niedrige und plumpe Schmeicheleien, die nie ihre Wirkung verfehlen, fertig, bei den Thuilliers geduldet zu werden. Er wußte über Thuilliers Leben von Grund auf Bescheid, er kannte seine Beziehungen zu Colleville und zu dessen Frau. Man hatte Angst vor seiner fürchterlichen Zunge, und so duldeten die Thuilliers ihn, ohne ihn ihrem engeren Kreis einzuverleiben. Der Stolz des Salons Thuillier jedoch war die Familie eines armen kleinen Beamten, der ehedem im Ministerium ein Gegenstand des Mitleids gewesen war. Von der Armut gezwungen, hatte er 1827 dem Verwaltungsdienst den Rücken gekehrt und sich in die Industrie gestürzt, mit einer Idee.

Minard hatte ein Vermögen in einer der perversen Konzeptionen gewittert, die den französischen Handel in Mißkredit gebracht haben, aber die um 1827 von der Öffentlichkeit noch nicht gebrandmarkt worden waren. Minard hatte Tee aufgekauft und ihn zur Hälfte mit schon aufgebrühtem und wieder getrocknetem Tee gemischt. Dann hatte er mit den Grundbestandteilen der Schokolade Veränderungen vorgenommen, die es ihm ermöglichten, sie billig zu verkaufen. Dieser Handel mit Kolonialwaren, der im Stadtviertel Saint-Marcel begonnen worden war, hatte aus Minard einen Großhändler gemacht. Er besaß eine Fabrik, und auf Grund seiner Beziehungen konnte er sich seine Rohstoffe an der Quelle beschaffen. Er betrieb sein Geschäft, das er zunächst rücksichtslos angefangen hatte, jetzt auf anständige Weise und im großen. Er wurde Schnapsbrenner, er arbeitete mit riesigen Quantitäten von Waren. Im Jahre 1835 galt er als der reichste Kaufherr des Stadtviertels Maubert. Er hatte eins der schönsten Häuser in der Rue des Maçons-Sorbonne[44] gekauft. Er war Beigeordneter gewesen. Im Jahre 1839 war er Bürgermeister eines Arrondissements und Richter am Handelsgericht. Er besaß einen Wagen, ein Landhaus bei Lagny. Seine Frau trug bei Hofbällen

Diamanten, und er prunkte mit einer Offiziersrosette der Ehrenlegion im Knopfloch.

Minard und seine Frau waren übrigens über die Maßen wohltätig. Vielleicht wollten sie den Armeen im kleinen zurückerstatten, was sie der Allgemeinheit abgenommen hatten. Phellion, Colleville und Thuillier hatten Minard gelegentlich der Wahlen wiederentdeckt, und es ergab sich eine um so engere Verbindung mit den Thuilliers und den Collevilles, als Madame Zélie Minard entzückt schien, daß sie ihr Fräulein Tochter die Bekanntschaft Céleste Collevilles machen lassen konnte. Bei einem großen Ball, den die Minards gaben, wurde Céleste in die Gesellschaft eingeführt. Sie war damals sechzehneinhalb Jahre alt und ihrem Namen entsprechend, der für ihr Leben prophetisch zu sein schien[45], herausgeputzt. Sie war nur zu froh, sich an Mademoiselle Minard anschließen zu können, die vier Jahre älter als sie war. Sie nötigte ihren Paten und ihren Vater, die Beziehungen zum Haus Minard zu pflegen. Dort gab es vergoldete Salons, dort herrschte üppiger Wohlstand, dort fanden sich immer ein paar politische Berühmtheiten des *Juste-milieu* ein: Monsieur Popinot, der seither Handelsminister geworden ist, Cochin, der zum Baron Cochin geworden war, ein ehemaliger Beamter der Abteilung Clergeot im Finanzministerium, der als bedeutender Teilhaber einer Drogenfirma das Orakel der Stadtviertel des Lombards und des Bourdonnais[46] darstellte, zusammen mit Monsieur Anselme Popinot. Minards ältester Sohn, ein Advokat, der plante, den Advokaten nachzufolgen, die nach 1830 aus dem Justizpalast in die Politik desertiert waren, galt als das Genie des Hauses, und seine Mutter und sein Vater strebten gleichermaßen danach, ihn gut zu verheiraten. Zélie Minard, ehedem Arbeiterin in einer Werkstatt für die Herstellung künstlicher Blumen, hegte eine Leidenschaft für die hohen Sphären der Gesellschaft und wollte durch die Heirat ihrer Tochter sowie ihres Sohnes in sie hineingelangen, während Minard, der vernünftiger als sie und sehr eingenommen von der Kraft der Mittelklasse war, die die Juli-Revolution in die Adern der Regierenden hatte einströmen lassen, nur an das Vermögen dachte.

Er verkehrte im Salon der Thuilliers, um dort Verläßliches über die Vermögen zu erfahren, die einmal auf Céleste übergehen würden. Er kannte, wie Dutocq, wie Phellion, die Gerüchte, die ehedem über das Verhältnis Thuilliers mit Flavie im Umlauf gewesen waren, und er hatte auf den ersten Blick die abgöttische Liebe der Thuilliers zu ihrem Patenkind erkannt. Um bei Minard verkehren zu dürfen, umschmeichelte Dutocq ihn ausgiebig auf die niedrigste Weise. Wenn Minard, der Rothschild des Arrondissements, bei den Thuilliers erschien, verglich er ihn auf beinahe geistvolle Weise mit Napoleon, denn im Büro hatte er ihn als mager, blaß und kränklich gekannt, und nun hatte er ihn dick, fett und blühend wiedergefunden. »In der Abteilung La Billardière waren Sie wie Bonaparte vor dem 18. Brumaire, und jetzt sehe ich den Napoleon des Kaiserreichs vor mir!« Minard begegnete Dutocq kühl, und einladen tat er ihn nie. Daher machte er sich den giftigen Gerichtsvollzieher zum Todfeind.

Monsieur und Madame Phellion waren würdige Leute, aber dennoch konnten sie es sich nicht verkneifen, Berechnungen anzustellen und sich in Hoffnungen zu wiegen. Sie meinten, Céleste sei eine gute Partie für den Professor. Um daher eine Rolle im Salon Thuillier zu spielen, brachten sie ihren Schwiegersohn Monsieur Barniol mit, einen im Faubourg Saint-Jacques hochangesehenen Mann, und einen alten Beamten vom Bürgermeisteramt, dem Colleville irgendwie seinen Posten weggenommen hatte, denn Monsieur Laudigeois, der seit zwanzig Jahren dort tätig gewesen war, hatte als Belohnung für seine lange Dienstzeit die Sekretärsstellung erwartet, die Colleville erhalten hatte. Auf diese Weise bildeten die Phellions eine aus sieben samt und sonders ziemlich verläßlichen Personen bestehende Phalanx. Die Familie Colleville war nicht minder zahlreich, so daß sich an bestimmten Sonntagen im Salon Thuillier dreißig Menschen versammelten. Thuillier schloß aufs neue Bekanntschaft mit den Saillards, den Baudoyers, den Falleix', angesehenen Leuten aus dem Viertel um die Place-Royale[47], die häufig zum Abendessen eingeladen wurden.

Madame Colleville war als Dame die vornehmste Frau dieses Kreises, gerade wie der Sohn Minard und der Professor Phellion darin die überragenden Männer darstellten. Denn alle andern waren ohne Hirn, ohne Bildung, entstammten den unteren Schichten und verkörperten die Typen und die Lächerlichkeiten des Kleinbürgertums. Obgleich jeder Hochgekommene vermuten läßt, er habe etwas geleistet, war Minard lediglich ein aufgeblasener Ballon. Er erging sich in weitschweifigen Redensarten, hielt Unterwürfigkeit für Höflichkeit und gängige Formeln für Geist. Er verschwendete Gemeinplätze mit einem solchen Aplomb und einer solchen prallen Unumwundenheit, daß sie aufgenommen wurden, als seien sie Redegewandtheit. Wörter, die nichts besagen und auf alles eine Antwort bilden: Fortschritt, Dampfkraft, Asphalt, Nationalgarde, Ordnung, demokratisches Element, Gemeinschaftsgeist, Gesetzlichkeit, fortschrittliche Gesinnung und konservative Gesinnung, Einschüchterung schienen in jeder politischen Phase eigens für Minard erfunden worden zu sein. Er paraphrasierte dann die Ideen seiner Zeitung. Julien Minard, der junge Advokat, litt genauso unter seinem Vater, wie dieser unter seiner Frau litt. Denn wirklich, mit dem Reichtum war Zélie Minard anspruchsvoll geworden, ohne daß sie es fertiggebracht hätte, jemals ein korrektes Französisch zu lernen. Außerdem war sie dick geworden und sah aus wie eine von ihrem Dienstherrn geheiratete Köchin.

Phellion, dieses Musterbild des Kleinbürgers, trug ebenso viele Tugenden wie Lächerlichkeiten zur Schau. Sein ganzes Bürokratenleben lang war er Subalterner gewesen, und so besaß er Respekt vor sozial Höherstehenden. Deshalb hielt er den Mund, wenn er vor Minard stand. Er hatte für sein Teil die kritische Zeit nach der Pensionierung bewundernswert überstanden, und zwar auf folgende Weise. Nie zuvor hatte dieser würdige, vortreffliche Mann seinen Neigungen frönen können. Er liebte die Stadt Paris, er interessierte sich für die Baulinien, für die Verschönerungen, er war so geschaffen, daß er vor Häusern stehenblieb, die abgebrochen wurden. Man konnte ihn dabei überraschen, daß er unerschütterlich auf seinen zwei Beinen dastand, die Nase in der Luft, und auf das Herabfallen eines Steines wartete, den ein Maurer hoch oben auf einer Mauer mit der Brechstange gelockert hatte. Er wich nicht vom Fleck, bis der Stein fiel, und wenn der Stein dann gefallen war, schritt er glücklich vondannen wie etwa ein Akademiker nach dem Durchfall eines romantischen Dramas. Phellion, Laudigeois und ihresgleichen sind die echten Statisten in der großen sozialen Komödie, sie erfüllen die Funktionen des antiken Chors. Sie weinen, wenn geweint wird, sie lachen, wenn gelacht werden muß, sie singen den Kehrreim aller öffentlichen Leiden und Freuden. Sie triumphieren in ihrem Winkel über die Triumphe von Algier[48], Constantine[49], Lissabon[50] und Ulloa[51]. Sie jammern gleichermaßen über den Tod Napoleons und die verhängnisvollen Katastrophen von Saint-Merri[52] und in der Rue Transnonain[53]. Sie trauern ihren unbekannten großen Männern nach. Einzig Phellion zeigt ein Doppelantlitz: Vorerst erkennt er noch die Gründe der Opposition und die der Regierung an. Wenn in den Straßen gekämpft wurde, brachte Phellion den Mut auf, sich seinen Nachbarn offen zu erklären. Er ging auf die Place Saint-Michel, bedauerte die Regierung und tat seine Pflicht. Vor und während eines Aufstands unterstützte er die Dynastie, das Werk des Juli. Aber sobald dann ein politischer Prozeß angestrengt wurde, trat er auf die Seite der Angeklagten. Dieses ziemlich harmlose »Wetterfahnenverhalten«[54] zeigte sich auch in seinen politischen Meinungen. Er antwortete auf alles mit dem Hinweis auf den »nordischen Koloß«[55], einer Abart des englischen Materialismus. England ist für ihn, wie für den alten ›Constitutionnel‹[56], eine Klatschbase mit zwei Hauptabsichten, je nachdem das macchiavellistische Albion und das Musterland: macchiavellistisch, wenn es sich um die Interessen des gekränkten Frankreich und Napoleons handelt, Musterland, wenn es um die Fehler der Regierung geht. Er heißt, mit der Zeitung, das demokratische Element gut und lehnt im Gespräch alles Paktieren mit dem republikanischen Geist ab. Der republikanische Geist, das ist 1793, ist der Aufruhr, die Schrekkensherrschaft, das Agrargesetz. Das demokratische Element ist die Entwicklung des Kleinbürgertums, ist die Herrschaft von Leuten wie Phellion.

Dieser ehrenwerte alte Herr ist stets würdevoll; die Würde dient zur Erklärung seines Lebens. Er hat seine Kinder würdig erzogen, er ist in ihren Augen stets der Vater geblieben, er legt Wert darauf, daheim so geehrt zu werden, wie er die Regierung und seine Vorgesetzten ehrt. Schulden hat er nie gehabt. Als Geschworener schwitzt er Blut und Wasser, wenn er den Verhandlungen eines Prozesses folgt, und er lacht niemals, nicht einmal, wenn der Gerichtshof, die Zuhörerschaft und der Staatsanwalt lachen. Er ist über die Maßen gefällig. Er spendet seine Fürsorge, seine Zeit, alles, ausgenommen sein Geld. Félix Phellion, sein Professorsohn, ist sein Idol. Er hält ihn für befähigt, Mitglied der Akademie der Wissenschaften zu werden. Thuillier bildete zwischen der wagemutigen Nichtigkeit Minards und der kompakten Albernheit Phellions etwas wie ein neutrales Element, aber seine melancholische Erfahrung ließ ihn mit beiden sympathisieren. Die Leere seines Kopfes tarnte er durch Banalitäten, gerade wie er die gelbe Haut seines Schädels unter den fasrigen Strähnen seines grauen Haars verbarg, das der Kamm seines Friseurs mit unendlicher Kunst darüberzog.

»In jeder anderen Laufbahn«, pflegte er zu sagen, wenn er von der Verwaltung sprach, »hätte ich ein ganz anderes Vermögen zusammengebracht.«

Er hatte es erlebt, daß das Gute in der Theorie möglich, in der Praxis unmöglich war, daß die Ergebnisse den Prämissen widersprachen. Er erzählte von Ungerechtigkeiten, von Intrigen, von der Affäre Rabourdin[57].

»Nach alledem könnte man an alles und nichts glauben«, sagte er. »Ach, eine Verwaltung ist schon etwas Komisches, und ich bin nur zu froh, daß ich keinen Sohn habe. Auf diese Weise erlebe ich es nicht, daß er die Laufbahn der Postenjägerei einschlägt.«

Colleville war stets heiter, rundlich, gutmütig. Er wartete mit Kalauern auf, machte seine Anagramme, war immerfort beschäftigt und der Inbegriff des tüchtigen, spottsüchtigen Bürgers, der erfolglosen Begabung, der hartnäckigen Arbeit ohne Ergebnis, aber auch der jovialen Resignation, des Geistes ohne Reichweite, der nutzlosen Kunst, denn er war ein vortrefflicher Musiker und spielte jetzt nur noch für seine Tochter.

Jener Salon war also eine Art Provinzsalon, wenngleich erhellt vom Widerschein der beständigen Pariser Feuersbrunst: Seine Mittelmäßigkeit, seine Plattheiten folgten der Strömung des Jahrhunderts. Das Modewort und die Sache, denn in Paris sind Wort und Sache wie Pferd und Reiter, gelangten dort immer nur durch Rückprall hinein. Stets wartete man auf Monsieur Minard, um über wichtige Geschehnisse die Wahrheit zu erfahren. Die Frauen hielten zu den Jesuiten, die Männer verteidigten die Universität[58]. Im allgemeinen jedoch beschränkten die Frauen sich aufs Zuhören. Ein Mann von Geist, sofern er die Langweiligkeit dieser abendlichen Zusammenkünfte hätte ertragen können, würde gelacht haben wie bei einer Komödie Molières, wenn er dort nach langen Diskussionen Dinge wie die folgenden mitangehört hätte:

»Hätte die Revolution von 1789 vermieden werden können? Die Anleihen Ludwigs XIV. hatten sie schon angedeutet. Ludwig XV., ein Egoist, ein zeremoniöser Geist (er hat gesagt: ›Wenn ich Polizeileutnant wäre, würde ich die Kabrioletts verbieten‹), ein liederlicher König, man kennt ja doch seinen Hirschpark[59]!, hat viel dazu beigetragen. Monsieur de Necker[60], ein übelgesonnener Genfer, hat den Anstoß gegeben. Die Ausländer haben deswegen Frankreich stets gegrollt. Es kommt noch einmal zum Krieg auf beiden Seiten. Die Höchstpreise[61] haben der Revolution sehr geschadet. Von Rechts wegen hätte Ludwig XVI. nicht verurteilt werden dürfen, Geschworene hätten ihn freigesprochen. Bonaparte hat die Pariser niederschießen lassen, und diese Kühnheit hat seinen Erfolg besiegelt. Warum ist Karl X. gestürzt worden? Napoleon ist ein großer Mann, und die Einzelheiten, die sein Genie beweisen, sind zu Anekdoten geworden: Er nahm in der Minute fünf Prisen Tabak, und zwar aus ledergefütterten Taschen, die in seiner Weste eingenäht waren. Er bezahlte alle Rechnungen der Lieferanten. Er ging in die Rue Saint-Denis, um zu erkunden, was alles kostete. Er war mit Talma befreundet, der ihn seine Gesten lehrte[62], und dennoch hat er es stets abgelehnt, Talma eine Ordensauszeichnung zu verleihen. Der Kaiser hat für einen eingeschlafenen Soldaten Posten gestanden, um zu verhindern, daß der Mann erschossen wurde. Solcherlei Dinge dienten dazu, daß die Soldaten ihn vergötterten. Ludwig XVIII., der schließlich doch Geist hatte, ist Napoleon nicht gerecht geworden, als er ihn ›Monsieur de Buonaparte‹ nannte. Der Fehler der gegenwärtigen Regierung besteht darin, daß sie sich leiten läßt, anstatt selber zu leiten. Sie hat sich zu gering eingeschätzt. Sie hat Angst (das sagte Minard) vor energischen Männern. Sie hätte die Verträge von 1815 zerreißen und von Europa den Rhein verlangen müssen. Man spielt im Ministerium zuviel mit denselben Männern.«

»Jetzt haben Sie genügend Geistessprünge gemacht«, sagte Mademoiselle Thuillier, »der Altar ist hergerichtet, machen Sie Ihr Spielchen.«

Durch diesen Vorschlag beendete die alte Jungfer stets die Diskussionen, bei denen die Damen sich langweilten.

Wären alle diese zurückliegenden Geschehnisse, alle diese Verallgemeinerungen nicht in Gestalt von Argumenten angeführt worden, um den Rahmen dieser Szene zu bilden und eine Vorstellung vom Geist dieses geselligen Kreises zu geben, so hätte vielleicht das eigentliche Drama darunter gelitten. Übrigens ist diese Skizze von unverfälscht historischer Treue und zeigt eine Gesellschaftsschicht von gewisser Bedeutung als Sittenbild, zumal wenn man bedenkt, daß das politische System der jüngeren Linie[63] sich ihrer als seines Stützpunkts bedient hat.

Der Winter des Jahres 1839 war gewissermaßen die Zeit, da der Salon der Thuilliers auf dem Höhepunkt seines Glanzes angelangt war. Die Minards kamen fast jeden Sonntag hin und begannen, dort eine Stunde zu verweilen, auch wenn sie unbedingt andere Abendgesellschaften besuchen mußten, und oftmals ließ Minard seine Frau dort und nahm, wenn er ging, seine Tochter und seinen ältesten Sohn, den Advokaten, mit. Diese häufigen Besuche der Minards fanden ihre Erklärung in einer, übrigens ziemlich spät erfolgenden Begegnung, die zwischen den Herren Métivier, Barbet und Minard stattfand, und zwar an einem Abend, als jene beiden wichtigen Mieter ein bißchen länger als für gewöhnlich dageblieben waren, um mit Mademoiselle Thuillier zu plaudern. Minard erfuhr von Barbet, daß die alte Jungfer ihm für etwa dreißigtausend Francs Wechsel auf fünf oder sechs Monate zu jährlich siebeneinhalb Prozent abnahm, und daß sie auch von Métivier welche in gleicher Höhe nahm, so daß sie mindestens über hundertachtzigtausend Francs verfügen mußte.

»Ich diskontiere für den Buchhandel zu zwölf Prozent und nehme immer nur gute Wechsel. Das ist ungeheuer bequem«, sagte Barbet abschließend. »Ich sage, sie hat hundertachtzigtausend Francs, denn der Bank von Frankreich kann sie nur Dreimonatsakzepte geben.«

»Hat sie denn ein Konto bei der Bank von Frankreich?«

»Ich glaube, ja«, sagte Barbet.

Da Minard gut bekannt mit einem der Gewaltigen der Bank war, erfuhr er, daß Mademoiselle dort ein Konto mit etwa zweihunderttausend Francs besaß und als Garantie ein Depot von vierzig Aktien. Diese Garantie, hieß es, sei überflüssig. Die Bank schulde einer Frau Rücksichtnahme, die ihr bekannt sei und die die Geschäfte der Céleste Lemprun führe, der Tochter eines der Beamten, der genausoviel Dienstjahre aufzuweisen habe, wie die Bank Jahre des Bestehens. Übrigens habe Mademoiselle Thuillier innerhalb von zwanzig Jahren niemals ihren Kredit überschritten. Sie reiche allmonatlich für sechzigtausend Francs Dreimonatsakzepte ein, was insgesamt etwa hundertsechzigtausend Francs ausmache. Die deponierten Aktien stellten einen Wert von hundertzwanzigtausend Francs dar, also laufe man keinerlei Risiko, denn die Effekten seien gut und gern sechzigtausend Francs wert. – »Wenn sie uns daher«, sagte der Bankkommissar, »im dritten Monat für hunderttausend Francs Wechsel einreichte, würden wir keinen einzigen davon zurückweisen. Sie hat ein nicht mit Hypotheken belastetes Haus, das mehr als hunderttausend Francs wert ist. Ferner kommen alle ihre Wechsel von Barbet und Métivier, und sie tragen vier Unterschriften, die ihrige inbegriffen.«

»Warum arbeitet Mademoiselle Thuillier eigentlich auf diese Weise?« fragte Minard Métivier.

»Oh, sicherlich doch, um ihre Céleste auszustatten.«

»Aber das müßte doch etwas für Sie sein«, sagte Minard.

»Oh, ich«, antwortete Métivier, »ich kann etwas Besseres tun, indem ich nämlich eine meiner Kusinen heirate. Mein Onkel Métivier hat mir die Führung seiner Geschäfte übertragen. Er hat hunderttausend Francs Zinsen und nur zwei Töchter.«

So geheimnistuerisch Mademoiselle Thuillier, die niemandem, nicht einmal ihrem Bruder, etwas von ihren Geldanlagen sagte, auch vorgehen mochte, und obgleich sie in ihre Masse auch die Ersparnisse einschmolz, die sie aus dem Vermögen der Madame Thuillier und aus ihrem eigenen gewann, wäre es schwierig gewesen, wenn dieser Lichtstrahl nicht unter dem Scheffel hervorgedrungen wäre, der ihren Schatz bedeckte.

Dutocq, der bei Barbet aus und ein ging, mit dem er, was den Charakter und das Äußere betraf, mehr als nur eine Ähnlichkeit besaß, hatte, genauer als Minard, im Jahre 1838 die Ersparnisse der Thuilliers auf hundertfünfzigtausend Francs geschätzt, und er hatte ihr Anwachsen heimlich verfolgen können, wenn er mit Unterstützung des klugen Diskontierers Barbet die Gewinne ausrechnete.

»Céleste bekommt von uns zweihunderttausend Francs in bar«, hatte die alte Jungfer im Vertrauen zu Barbet gesagt, »und Madame Thuillier will ihr durch Kontrakt ihr Vermögen verschreiben und sich selbst nur die Nutznießung vorbehalten. Was mich betrifft, so ist mein Testament aufgesetzt. Mein Bruder behält zu seinen Lebzeiten alles, und unter diesem Vorbehalt ist Céleste meine Erbin. Monsieur Cardot, mein Notar, ist mein Testamentsvollstrecker.«

Mademoiselle Thuillier hatte inzwischen ihren Bruder dazu angetrieben, seine alten Beziehungen zu den Saillards, den Baudoyers und den Falleix' wieder anzuknüpfen, die im Stadtviertel Saint-Antoine, wo Saillard Bürgermeister war, eine ähnliche Rolle spielten wie die Thuilliers und die Minards. Der Notar Cardot hatte seinen Bewerber in der Gestalt des Advokaten Godeschal vorgestellt, des Nachfolgers Dervilles. Er war ein befähigter Mann von sechsunddreißig Jahren, der beim Kauf seiner Praxis hunderttausend Francs angezahlt hatte und der durch zweihunderttausend Francs Mitgift von allen Belastungen frei sein würde. Minard sorgte dafür, daß Godeschal abgelehnt wurde. Er hatte nämlich Mademoiselle Thuillier wissen lassen, Céleste werde sonst als Schwägerin die berüchtigte Mariette von der Oper bekommen.

»Sie kommt schließlich von da her«, sagte Colleville und spielte dabei auf seine Frau an, »und sie hat es nicht nötig, dorthin zurückzukehren.«

»Außerdem ist Monsieur Godeschal viel zu alt für Céleste«, sagte Brigitte.

»Und müßte man sie ferner nicht«, warf Madame Thuillier schüchtern ein, »nach ihrem eigenen Geschmack wählen lassen, damit sie glücklich wird?«

Die arme Frau hatte nämlich gemerkt, daß Félix Phellion mit wahrer Liebe an Céleste hing, einer Liebe, wie eine von Brigitte zerquetschte und durch die Gleichgültigkeit ihres Mannes, der sich um sie noch weniger als um eine Dienstmagd gekümmert hatte, gekränkte Frau sich die Liebe hätte erträumen können: kühn im Herzen, schüchtern nach außen hin, selbstsicher und furchtsam, in sich verschlossen für alle und in den Himmelsweiten erblühend. Félix Phellion war mit seinen dreiundzwanzig Jahren ein sanfter, treuherziger junger Mann, wie es die Gelehrten sind, die die Wissenschaft um der Wissenschaft willen betreiben. Er war auf vernünftige Weise von einem Vater erzogen worden, der, da er alles ernst nahm, ihm nur gute Beispiele gegeben und sie ihm mit trivialen Maximen kommentiert hatte. Er war ein mittelgroßer junger Mann mit hell kastanienbraunem Haar, grauen Augen, das Gesicht voller Sommersprossen. Er besaß eine bezaubernde Stimme, eine ruhige Haltung, machte wenig Gesten, war versonnen, sagte nur sinnvolle Dinge, widersprach niemandem und war vor allem schmutziger Gedanken und egoistischer Berechnung unfähig.

»So hätte ich mir meinen Mann gewünscht«, hatte Madame Thuillier sich oftmals gesagt.

Gegen Mitte des Winters 1839/1840, im Februar, waren im Salon die unterschiedlichsten Leute anwesend, deren Silhouetten soeben vorgeführt worden sind. Das Monatsende stand bevor. Barbet und Métivier, die jeder Mademoiselle Brigitte um dreißigtausend Francs zu bitten hatten, spielten mit Monsieur Minard und Phellion Whist. Ein anderer Tisch vereinigte Julien-Advokat, welchen Spitznamen Colleville dem jungen Minard beigelegt hatte, Madame Colleville, Monsieur Barniol und Madame Phellion. Eine Bouillotte[64] zu einem Sou den Point beschäftigte Madame Minard, die nur dieses Spiel kannte, die beiden Collevilles, den alten Papa Saillard und Baudoyer, dessen Schwiegersohn. Ersatzmänner waren Laudigeois und Dutocq. Die Damen Phellion, Baudoyer, Barniol und Mademoiselle Minard spielten Boston, und Céleste saß neben Prudence Minard. Der junge Phellion hörte Madame Thuillier zu und schaute dabei Céleste an.

An der andern Seite des Kamins thronte auf einer Bergère[65] die Königin Elisabeth der Familie, genauso schlicht gekleidet, wie sie es seit dreißig Jahren war, denn von ihren Lebensgewohnheiten hätte kein noch so großer Wohlstand sie abgebracht. Auf ihrem graumelierten Haar trug sie eine schwarze, mit Geranien »Karls X.« garnierte Gazehaube. Ihr Kleid aus dünnem, korinthenfarbenem Stoff hatte fünfzehn Francs gekostet, ihre gestickte Halskrause sechs Francs. Sie verhüllte notdürftig die tiefe Furche, die die beiden Muskeln hervorbringen, durch die der Kopf an der Wirbelsäule befestigt ist. Wenn Monvel[66] den Augustus[67] in seinen alten Tagen spielte, bot er kein härteres Profil dar als das dieser für ihren Bruder Socken strickenden Autokratin. Vor dem Kamin stand Thuillier, immer bereit, denen entgegenzugehen, die etwa noch kommen konnten. Neben ihm stand ein junger Mann, dessen Erscheinen großen Eindruck gemacht hatte, als der Portier, der sonntags immer seinen besten Frack anzog, um zu servieren, Monsieur Olivier Vinet gemeldet hatte.

Eine vertrauliche Mitteilung Cardots an den berühmten Generalstaatsanwalt, den Vater des jungen Beamten, war die Ursache dieses Besuchs gewesen. Olivier Vinet war vom Gericht zu Arcis an das des Seine-Départements versetzt worden, und zwar als Staatsanwaltsstellvertreter. Notar Cardot hatte Thuillier zusammen mit dem Generalstaatsanwalt, der zum Justizminister bestimmt zu sein schien, und dessen Sohn zu sich zum Abendessen geladen. Cardot schätzte für den Augenblick die Vermögen, die einmal Céleste zufallen mußten, auf mindestens siebenhunderttausend Francs. Der junge Vinet hatte hocherfreut darüber geschienen, daß ihm das Recht zugestanden wurde, sonntags zu den Thuilliers zu gehen. Große Mitgiften lassen heutzutage ohne die geringste Scham große Dummheiten begehen.

Zehn Minuten später erhob ein anderer junger Mann, der vor dem Kommen des Staatsanwaltsstellvertreters mit Thuillier geplaudert hatte, leidenschaftlich die Stimme bei einer politischen Diskussion und zwang den Beamten durch die Lebhaftigkeit, die die Debatte gewonnen hatte, seinem Beispiel zu folgen. Es war die Rede von der Abstimmung, in der die Abgeordnetenkammer vor kurzem das Ministerium vom 12. Mai dadurch gestürzt hatte, daß sie die für den Herzog von Nemours verlangte Dotation[68] ablehnte.

»Ganz bestimmt«, sagte der junge Mann, »bin ich weit davon entfernt, dynastischen Meinungen anzuhängen, aber ebenso weit bin ich davon entfernt, die Erhebung der Bourgeoisie zur Regierungsmacht zu billigen. Die Bourgeoisie darf genausowenig wie ehedem die Aristokratie im Staate alles sein. Aber schließlich hat die französische Bourgeoisie es auf sich genommen, eine neue Dynastie zu schaffen, ein ihr gemäßes Königtum, und jetzt sieht man, wie sie es behandelt! Wenn das Volk Napoleon hat hochkommen lassen, so hat es damit etwas Großartiges, etwas Monumentales erschaffen. Es war stolz auf seine Größe, und es hat edelmütig sein Blut und seinen Schweiß für den Aufbau des Kaiserreichs gespendet. Zwischen der Pracht des aristokratischen Throns und derjenigen des kaiserlichen Purpurs, zwischen den Großen und dem Volk wirkt die Bourgeoisie schäbig, sie zieht die Regierungsgewalt zu sich hinab, anstatt sich bis zu ihr hinauf zu erheben. Die Kerzenstümpfchensparsamkeit ihrer Kontore wendet sie auf ihre Fürsten an. Was in ihren Läden und Lagerräumen eine Tugend ist, ist dort oben falsch und ein Verbrechen. Ich hätte gern vielerlei Dinge für das Volk, aber ich hätte von der neuen Zivilliste nicht zehn Millionen abgestrichen. Dadurch, daß die Bourgeoisie in Frankreich fast alles geworden ist, schuldet sie uns das Glück des Volkes, Glanz ohne Prunk und Größe ohne Privilegien.«

Olivier Vinets Vater war einer der Lenker der Koalition: Die Amtstracht des Justizministers, die sein Traum war, ließ auf sich warten. Der junge Staatsanwaltsstellvertreter wußte also nicht, was er antworten sollte. Er glaubte recht zu tun, wenn er nur einer Seite der Frage beipflichtete.

»Sie haben recht, Monsieur«, sagte der junge Justizbeamte. »Aber bevor die Bourgeoisie sich in Szene setzt, hat sie Frankreich gegenüber Pflichten zu erfüllen. Der Luxus, von dem Sie sprechen, kommt erst nach den Pflichten. Was Ihnen als so sehr verwerflich erscheint, ist der Notwendigkeit des Augenblicks entsprungen. Die Kammer ist weit davon entfernt, ihren Anteil an der Führung der Geschäfte erhalten zu haben. Die Minister sind weniger für Frankreich als für die Krone da, und das Parlament hat gewollt, daß das Ministerium wie in England eine eigene Macht haben sollte, und keine erborgte. An dem Tage, da das Ministerium selbständig handeln und in der Kammer die Exekutive repräsentieren wird, wie die Kammer das Land repräsentiert, wird das Parlament der Krone gegenüber sehr großzügig sein. Das ist die eigentliche Frage. Ich lege sie dar, ohne meine Meinung zu sagen, denn die Pflichten meines Amtes bringen für mich in bezug auf Politisches eine Art Lehnstreue gegenüber der Krone mit sich.«

»Abgesehen von der politischen Frage«, entgegnete der junge Mann, dessen Stimmklang auf einen Provenzalen schließen ließ, »ist es nicht minder wahr, daß die Bourgeoisie ihre Mission nur unvollkommen erkannt hat. Wir sehen Generalstaatsanwälte, Gerichtspräsidenten, Pairs von Frankreich im Omnibus fahren, Richter von ihren Gehältern leben, Präfekten ohne Vermögen, Minister mit hohen Schulden. Wogegen doch die Bourgeoisie, wenn sie sich solcher Stellungen bemächtigt, sie ehren müßte, wie sie ehedem von der Aristokratie geehrt wurden, und anstatt sie zu besetzen, um zu Geld zu kommen, wie es verschiedene Skandalprozesse gezeigt haben, sie zu dem Zweck ausüben sollte, um dabei ihre Einkünfte auszugeben...«

»Wer ist eigentlich dieser junge Mann?« fragte Olivier Vinet sich beim Zuhören. »Etwa ein Verwandter? Cardot hätte mich bei diesem ersten Besuch recht gut begleiten können.«

»Wer ist eigentlich dieser kleine Herr?« fragte Minard Monsieur Barbet. »Ich habe ihn hier schon ein paarmal gesehen.«

»Ein Mieter«, antwortete Métivier und gab die Karten.

»Ein Advokat«, sagte Barbet leise. »Er bewohnt eine kleine Wohnung im dritten Stock, nach vorn heraus ... Ach, an dem ist nicht viel dran, und haben tut er nichts.«

»Wie heißt dieser junge Herr?« fragte Olivier Vinet Monsieur Thuillier.

»Théodose de la Peyrade, er ist Advokat«, flüsterte Thuillier dem Staatsanwaltsstellvertreter zu.

In diesem Augenblick blickten die Damen wie die Herren auf die beiden jungen Leute, und Madame Minard konnte es sich nicht verkneifen, zu Colleville zu sagen:

»Er sieht recht gut aus, dieser junge Herr.«

»Ich habe sein Anagramm gemacht«, antwortete Célestes Vater, »Und sein Vatername und seine Vornamen Charles-Marie-Théodose de la Peyrade prophezeien folgendes: ›Eh! Monsieur payera, de la dot, des oies é le char . . .‹[69] Deswegen, liebe Mama Minard, hüten Sie sich, ihm Ihre Tochter zu geben.«

»Manche Leute finden den jungen Mann hübscher als meinen Sohn«, sagte Madame Phellion zu Madame Colleville. »Wie denken Sie darüber?«

»Oh, was das Physische betrifft«, sagte Madame Colleville, »da könnte eine Frau schwanken, ehe sie ihre Wahl trifft.«

Jetzt glaubte der junge Vinet, als er diesen Salon voller Kleinbürger überblickte, besonders klug zu handeln, wenn er sich für die Bourgeoisie begeisterte, und er stimmte der Meinung des jungen provenzalischen Advokaten zu, indem er sagte, daß die durch das Vertrauen der Regierung geehrten Leute tun sollten wie der König, dessen Prachtentfaltung und Freigebigkeit die des ehemaligen Hofes bei weitem überträfen. Das mit einer Stellung verbundene Gehalt zu sparen sei eine Dummheit, und überdies, wie sei das überhaupt in Paris möglich, wo die Lebenskosten sich verdreifacht hätten, und wo die Wohnung eines Richters beispielsweise tausend Taler koste . . .!

»Mein Vater«, sagte er abschließend, »gibt mir jährlich tausend Taler, und damit und mit meinem Gehalt kann ich kaum meinem Rang entsprechend auftreten.«

Als der Staatsanwaltsstellvertreter auf diesen schlüpfrigen Pfad überwechselte, auf den der Provenzale ihn so listig geführt hatte, tauschte dieser, ohne daß jemand es wahrnahm, einen Blick mit Dutocq, der sich wieder dem Bouillotte-Spiel zuwenden mußte.

»Und dabei besteht ein solcher Bedarf an Stellungen«, sagte der Aktuar, »daß davon geredet wird, es würden in jedem Arrondissement zwei Friedensgerichte geschaffen werden, damit wir noch weitere zwölf Kanzleien bekämen . . . Gerade als ob man in unsere Rechte eingreifen wollte, wo wir doch für unsere Ämter eine so hohe Taxe gezahlt haben!«

»Ich habe noch nicht die Freude gehabt, Sie im Justizpalast plädieren zu hören«, sagte der Staatsanwaltsstellvertreter zu Monsieur de la Peyrade.

»Ich bin Armenadvokat, und ich plädiere nur vor dem Friedensgericht«, antwortete der Provenzale.

Als Mademoiselle Thuillier den jungen Justizbeamten seine

Theorie von der Notwendigkeit, seine Einnahmen auszugeben, äußern hörte, hatte sie eine feierliche Miene aufgesetzt, deren Bedeutung dem jungen Provenzalen und Dutocq nur zu bekannt war. Der junge Vinet ging mit Minard und Julien-Advokat, so daß das Schlachtfeld vor dem Kamin dem jungen de la Peyrade und Dutocq überlassen blieb.

»Die Großbourgeoisie«, sagte Dutocq zu Thuillier, »wird sich genauso verhalten wie ehedem die Aristokratie. Der Adel wollte Geldmädchen zum Düngen seiner Äcker. Unsere heutigen Parvenüs wollen Mitgiften, um Geld aufzuspeichern.«

»Eben das hat Monsieur Thuillier mir heute morgen gesagt«, antwortete der Provenzale dreist.

»Sein Vater«, fuhr Dutocq fort, »hat eine Demoiselle de Chargeboeuf geheiratet und sich die Meinungen des Adels angeeignet. Er braucht unbedingt ein Vermögen, seine Frau lebt aufwendig wie eine Fürstin.«

»Ach!« sagte Thuillier, in dem der Neid der Bourgeoisie gegen ihresgleichen erwachte, »man nehme diesen Leuten ihre Ämter, dann werden sie wieder, was sie gewesen sind ...«

Mademoiselle Thuillier strickte mit so überhasteten Bewegungen, daß man hätte meinen können, sie werde von einer Dampfmaschine angetrieben.

»Jetzt sind Sie dran, Monsieur Dutocq«, sagte Madame Minard und stand auf. »Ich habe kalte Füße«, redete sie weiter und trat an den Kamin heran, wo die Goldverbrämung ihres Turbans beim Licht der Kerzen des sternförmigen Kronleuchters, die sich vergebens bemühten, den riesigen Salon zu erhellen, wie ein Feuerwerk wirkte.

»Bei dem ist alles Schein, bei diesem Staatsanwaltsstellvertreter!« sagte Madame Minard und sah Mademoiselle Thuillier an.

»Meinen Sie Geldscheine[70]?« fragte der Provenzale. »Das ist sehr geistreich, Madame ...«

»Aber Madame hat uns doch seit langem an solcherlei Aussprüche gewöhnt«, sagte der schöne Thuillier.

Madame Colleville musterte den Provenzalen und verglich ihn mit dem jungen Phellion, der mit Céleste plauderte, ohne sich um das zu kümmern, was um sie beide her vorging. Jetzt ist es wohl an der Zeit, die seltsame Persönlichkeit zu schildern, die eine so große Rolle im Haus der Thuilliers spielen sollte und die sicherlich als ein großer Künstler gewertet werden muß.

Es gibt in der Provence, und zumal in der Zufluchtsstätte Avignon, eine blonde oder kastanienbraune Menschenrasse mit sanftem Teint und fast zärtlichen Augen, deren Blick eher schwach, ruhig oder schmachtend als lebhaft, glühend und tief ist, wie man es gemeinhin bei Südländern sehen kann. Es sei darauf hingewiesen, daß bei den Korsen, also Leuten, die zu Aufwallungen und den gefährlichsten Wutausbrüchen neigen, sich häufig blonde und dem Anschein nach ruhige Menschen finden. Solche blassen, ziemlich beleibten Männer mit gewissermaßen verwirrten grünen oder blauen Augen sind in der Provence die übelste Art, und Charles-Marie-Théodose de la Peyrade stellte ein gutes Beispiel dieser Rasse dar, deren Konstitution eine sorgfältige Untersuchung durch die medizinische Wissenschaft und die philosophische Physiologie verdiente. Es gerät bei ihnen eine Art Galle in Bewegung, etwas Bitteres, das ihnen zu Kopfe steigt, das sie zu wüsten Taten befähigt, die anscheinend kaltblütig ausgeführt werden und das Ergebnis eines inneren Rauschzustands sind, der unvereinbar ist mit ihrer sozusagen lymphatischen Hülle, mit der Ruhe ihres freundlichen Blicks.

Der junge Provenzale, der übrigens der Umgegend von Avignon entstammte, war mittelgroß, gut proportioniert, aber etwas dicklich. Sein Teint war glanzlos, weder fahl noch matt, noch farbig, sondern wie Gallert, denn einzig dieser Vergleich kann eine Vorstellung von dieser weichen, faden Außenseite geben, unter der sich weniger kräftige als vermutlich im gegebenen Augenblick über die Maßen widerstandsfähige Nerven verbargen. Die blaßblauen, kalten Augen hatten für gewöhnlich einen Ausdruck von trügerischer Melancholie, der für Frauen etwas sehr Reizvolles sein mußte. Der gut geformten Stirn mangelte es nicht an Adel, und sie paßte gut zu dem feinen, dünnen, hell kastanienbraunen Haar, das sich an den Spitzen natürlich, aber nur ganz leicht lockte. Die Nase war genau die eines Jagdhundes, stumpf, vorn gespalten, neugierig, intelligent, umherspürend und immer im Winde. Anstatt einen gutmütigen Ausdruck zu haben, war sie ironisch und spöttisch. Aber diese beiden Seiten des Charakters zeigten sich mitnichten, und der junge

Mann mußte aufhören, auf sich acht zu geben, mußte in Wut geraten, damit der Sarkasmus und der Geist hervorbrachen, die dann seine höllischen Späße verzehnfachten. Sein angenehm geschwungener Mund mit den granatroten Lippen schien ein wunderbares Instrument für eine beinahe liebliche Stimme zu sein, deren Mittellage Théodose fast immer beibehielt, die aber in der Höhenlage in den Ohren vibrierte wie der Ton eines Gongs. Dieses Falsett war die Stimme seiner Nerven und seines Zorns. Sein ovales Gesicht war infolge eines inneren Befehls ausdruckslos. Seine Umgangsformen schließlich stimmten mit der priesterlichen Ruhe seines Gesichts überein und waren zurückhaltend und voller Anstand. Aber er hatte etwas Geschmeidiges, etwas Stetiges in seinem Gehaben, das, ohne geradezu schmeichlerisch zu sein, einer gewissen Verführungskraft nicht ermangelte, die man sich nicht erklären konnte, sobald er nicht mehr anwesend war. Hat das Reizvolle seinen Ursprung im Herzen, so hinterläßt es tiefe Spuren, ist es indessen nur ein Kunstprodukt, so gelangt es, wie die Beredsamkeit, nur zu flüchtigen Triumphen; es erlangt seine Wirkung um jeden Preis. Aber wie viele Philosophen finden sich im Privatleben, die zu solch einem Vergleich befähigt sind? Fast immer hat der Kniff geklappt, um einen volkstümlichen Ausdruck zu gebrauchen, ehe die gewöhnlichen Menschen dahinterkommen, auf welche Weise.

Alles bei diesem siebenundzwanzigjährigen jungen Mann harmonierte mit seinem wirklichen Charakter. Er gehorchte seiner Berufung, wenn er die Philanthropie kultivierte, was der einzige Ausdruck ist, der den Philanthropen zu definieren vermag. Théodose hatte eine Schwäche für das Volk, denn er zerteilte seine Menschenliebe. Gerade wie Blumenzüchter sich den Rosen, den Dahlien, den Nelken, den Pelargonien widmen und keiner Blumengattung ihre Aufmerksamkeit zollen, die ihre Liebhaberei nicht erkoren hat, gehörte dieser junge La Rochefoucauld-Liancourt[71] ganz den Arbeitern, den Proletariern, dem Elend der Faubourgs Saint-Jacques und Saint-Marceau. Dem bedeutenden Mann, dem Genie in verzweifelter Notlage, den verschämten Armen der Bürgerklasse versagte er die Brüste der Wohltätigkeit. Bei allen von einer fixen Idee Besessenen ähnelt das Herz jenen Kästen mit Fächern, in die das Zuckerwerk nach Sorten gelegt wird. Ihr Wahlspruch ist das »suum cuique tribuere«[72]. Sie messen jedem ›Soll‹ seine Dosis ab. Es gibt Philanthropen, die einzig für die Verirrungen Verurteilter Mitleid empfinden. Sicherlich ist die Eitelkeit die Grundlage der Philanthropie. Aber bei dem jungen Provenzalen war es die Berechnung, eine angemaßte Rolle, eine liberale und demokratische Heuchelei, die mit einer Vollendung gemimt wurde, zu der kein Schauspieler je gelangen würde. Er griff die Reichen nicht an, er begnügte sich damit, sie für etwas Unverständliches zu halten, er duldete sie. Seiner Meinung nach sollte jeder die Nutznießung des von ihm Vollbrachten haben. Er sei, so sagte er, ein eifriger Schüler Saint-Simons[73] gewesen. Aber diesen Mißgriff müsse man seiner übergroßen Jugend zugute halten: Die moderne Gesellschaft könne keine andere Basis als das Erbrecht haben. Er war glühender Katholik wie fast alle Leute aus dem Comtat[74], ging in aller Morgenfrühe zur Messe und hielt seine Frömmigkeit geheim. Wie fast alle Philanthropen war er von schmutziger Sparsamkeit und schenkte den Armen nur seine Zeit, seine Ratschläge, seine Beredsamkeit und das Geld, das er für sie den Reichen entriß. Seine Kleidung bestand aus Stiefeln und einem Anzug aus schwarzem Tuch, den er so lange trug, bis die Nähte weiß geworden waren. Die Natur hatte viel für Théodose getan, sie hatte ihn nämlich nicht mit der erlesenen männlichen Schönheit der Südländer begabt, die bei den andern Forderungen der Phantasie erschafft, die ein Mann nur sehr schwer befriedigen kann, wogegen es ihm genügte, ohne großen Einsatz zu gefallen. Er wurde, ganz nach seinem Belieben, für gut gehalten, für hübsch oder für sehr gewöhnlich. Seit er im Hause Thuillier verkehren durfte, hatte er nie, wie an diesem Abend, gewagt, die Stimme zu erheben und sich so schulmeisterlich in die Brust zu werfen, wie er es vorhin gegenüber Olivier Vinet getan hatte. Aber vielleicht war es Théodose de la Peyrade gar nicht unlieb gewesen zu versuchen, aus dem Schatten hervorzutreten, in dem er sich bis dahin aufgehalten hatte. Des weiteren war es notwendig gewesen, sich des jungen Juristen zu entledigen, wie die Minards unlängst den Rechtsanwalt Godeschal erledigt hatten. Gleich allen überlegenen Geistern, denn an Überlegenheit gebrach es ihm nicht, hatte der Staatsanwaltsstellvertreter sich nicht bis zu dem

Punkt niedergebückt, wo die Fäden der bürgerlichen Spinnennetze sichtbar werden, sondern er war, wie eine Fliege, mit dem Kopf voran in die fast unsichtbare Falle gegangen, in die Théodose ihn mit einer der Tücken geleitet hatte, die auch Geschicktere als Olivier schwerlich mißtrauisch gemacht hätten.

Um das Porträt des Armenadvokaten zu vollenden, ist es nicht unnütz, von seinem ersten Auftreten im Hause Thuillier zu erzählen.

Théodose war gegen Ende des Jahres 1837 gekommen. Er war damals seit fünf Jahren Rechtslizentiat und hatte seine Vorbereitungszeit, um Advokat zu werden, in Paris hinter sich gebracht. Aber unbekannte Umstände, über die er sich ausschwieg, hatten ihn daran gehindert, sich in das Verzeichnis der Pariser Anwälte eintragen zu lassen, er war noch immer Probeadvokat. Doch als er in die kleine Wohnung im dritten Stock eingezogen war und die für seinen edlen Beruf unbedingt notwendigen Mittel besaß, wie der Advokatenstand sie verlangt, der keinen neuen Kollegen zuläßt, wenn er nicht ein anständiges Arbeitszimmer und einen Bücherschrank besitzt, wobei Dinge und Stätte nachgeprüft werden, wurde Théodose de la Peyrade Advokat am Königlichen Gericht zu Paris.

Das ganze Jahr 1838 wurde zur Durchführung dieses Wandels seiner Lage benutzt, und er führte ein denkbar regelmäßiges Leben. Vormittags studierte er bis zur Essensstunde daheim und ging, wenn wichtige Fälle verhandelt wurden, manchmal in den Justizpalast. Wie La Peyrade sagte, war es ihm sehr schwergefallen, sich an Dutocq anzuschließen, und er erwies ein paar Unglücklichen im Faubourg Saint-Jacques, die der Aktuar seiner Wohltätigkeit empfohlen hatte, die Gefälligkeit, bei Gericht für sie zu plädieren. Er setzte für sie Anwälte ein, die nach den Statuten der Anwaltschaft abwechselnd die Fälle Bedürftiger bearbeiten mußten, und da er nur absolut sichere Sachen übernahm, gewann er sie alle. Nachdem er auf diese Weise in Beziehungen zu einigen Anwälten getreten war, fiel er der Anwaltschaft durch sein löbliches Verhalten auf, und seine Handlungsweise führte dazu, daß er zunächst unter die Probeadvokaten aufgenommen und dann in das Advokatenverzeichnis eingetragen wurde. Seither, seit dem Jahre 1839, war er also Armenanwalt am Friedensgericht und begann für die Leute aus dem Volk einzutreten. Die Théodose Verpflichteten gaben ihrer Dankbarkeit und ihrer Bewunderung bei den Portiers Ausdruck, dem Einspruch des jungen Advokaten zum Trotz, und mancherlei davon stieg wohl bis zu den Hausbesitzern hinauf. Deswegen wollten im Verlauf jenes Jahres die Thuilliers, die entzückt darüber waren, daß in ihrem Hause ein so rühmenswerter und mildtätiger Mann wohne, ihn in ihren Salon ziehen und fragten Dutocq über ihn aus. Der Aktuar sprach, wie Neidhämmel zu sprechen pflegen. Er sagte, wobei er dem jungen Mann Gerechtigkeit widerfahren ließ, Théodose sei von auffallendem Geiz, »aber vielleicht ist das eine Auswirkung seiner Armut«, ergänzte er. »Übrigens habe ich Auskünfte über ihn. Er entstammt der Familie de la Peyrade, einer alten Familie aus dem Comtat Avignon. Er ist hergekommen, um Nachforschungen nach einem Onkel zu unternehmen, dessen Vermögen als ansehnlich galt. Schließlich hat er die Wohnung dieses Onkels drei Tage nach dem Tod des Besagten entdeckt, und mit dem Mobiliar sind die Kosten der Beerdigung und die Schulden gedeckt worden. Ein Freund des Verstorbenen hat dem armen jungen Mann hundert Louis geschenkt und ihm nahegelegt, Jura zu studieren und die Anwaltslaufbahn einzuschlagen. Mit den hundert Louis hat er dann in Paris drei Jahre lang seinen Lebensunterhalt bestritten. Er hat gelebt wie ein Mönch. Da er aber seinen unbekannten Gönner nie zu sehen bekommen oder wiedergefunden hat, ist der arme Student 1833 in große Not geraten. Er war ja schon im Winter 1829 nach Paris gekommen.

Also hat er sich wie alle Lizentiaten auf die Politik und die Literatur verlegt, und damit hat er sich eine Zeitlang über Wasser gehalten. Von seiner Familie war nichts zu erhoffen: Sein Vater, der jüngere Bruder des in der Rue des Moineaux gestorbenen Onkels, hat elf Kinder zu versorgen. Sie leben auf einem kleinen Gut, es heißt Les Canquoëlles.

Schließlich hat er sich bei einer regierungstreuen Zeitung anstellen lassen, deren verantwortlicher Herausgeber der bekannte Cérizet war. Dieser hat sich einen Namen durch die Verfolgungen gemacht, die er unter der Restauration zu erleiden hatte, weil er sich den Liberalen anschloß; die Leute von der neuen

Linken verzeihen ihm nicht, daß er jetzt regierungstreu geworden ist. Und da die heutige Regierung sich sehr wenig für ihre treuesten Anhänger einsetzt, siehe die Affäre Gisquet[75], haben die Republikaner Cérizet am Ende zugrunde gerichtet. Das mag Ihnen erklären, wie es kommt, daß Cérizet jetzt Expedient in meiner Kanzlei ist.

Na, kurz und gut, in der Zeit, da es Cérizet gut ging, weil er ja doch verantwortlicher Herausgeber einer Zeitung war, die das Ministerium Périer[76] gegen die Brandstifterzeitungen wie die ›Tribune‹[77] und andere losließ, hat er, als der wackere Kerl, der er ist, wenn er auch ein bißchen gar zuviel für die Frauen, für gutes Essen und die Freuden dieses Lebens übrig hat, sich Théodose als sehr nützlich erwiesen. Théodose leitete nämlich die politische Redaktion, und wenn Casimir Périer nicht gestorben wäre, dann wäre der junge Mann in Paris zum Staatsanwaltsstellvertreter ernannt worden. 1834 und 1835 ist es ihm, trotz seines Talents, wieder recht schlecht gegangen. Die Mitarbeit an der regierungstreuen Zeitung hatte ihm geschadet. ›Ohne meine religiösen Grundsätze‹, hat er mir damals gesagt, ›wäre ich in die Seine gesprungen.‹ Endlich hat dann, so scheint es, der Freund seines Onkels erfahren, in welch schlimmer Lage er sich befand. Er hat das Geld bekommen, das zu seiner Eintragung als Advokat erforderlich war. Aber noch immer kennt er weder Namen noch Wohnung dieses mysteriösen Gönners. Nach alledem ist unter solcherlei Umständen seine Sparsamkeit entschuldbar, und es gehört viel Charakterstärke dazu, abzulehnen, was arme Teufel ihm anbieten, denen seine Aufopferung ihre Prozesse gewinnen hilft. Es ist unwürdig, mitanzusehen, wie Leute, die auf die Unmöglichkeit spekulieren, daß arme Menschen die Kosten eines Prozesses vorschießen können, ihn ihnen ungerechterweise anhängen. Oh, der wird es schon noch zu etwas bringen. Es würde mich nicht wundern, wenn ich erlebte, daß dieser junge Mensch in eine glänzende Stellung aufrückte. Er ist zäh, redlich und tapfer! Er arbeitet weiter, er büffelt.«

Trotz der günstigen Aufnahme, die der Anwalt de la Peyrade gefunden hatte, ging er nur verhältnismäßig selten zu den Thuilliers. Doch als er seiner Zurückhaltung wegen getadelt wurde, ließ er sich häufiger sehen, kam schließlich jeden Sonntag, wurde zu allen großen Abendessen hinzugezogen und war ein so gerngesehener Gast im Hause, daß er, wenn er um vier kam, um mit Thuillier zu sprechen, genötigt wurde, mitzuessen, »was es gerade gab«. Mademoiselle Thuillier sagte sich:

»Dann sind wir wenigstens sicher, daß er gut zu essen bekommt, der arme junge Mensch!«

Ein soziales Phänomen, das gewiß beobachtet, aber noch nicht formuliert oder, wenn man will, publiziert worden ist, das indessen verdient, daß darauf hingewiesen wird, ist die Wiederkehr der Gewohnheiten, der Gedanken, der Umgangsformen der ursprünglichen Lebensbedingungen gewisser Leute, die von ihrer Jugend bis zum Alter sich über ihren ersten Daseinszustand emporgeschwungen haben. So war Thuillier, moralisch betrachtet, wieder zum Portierssohn geworden; er bediente sich einiger der Scherzworte seines Vaters, er ließ, kurz gesagt, an der Oberfläche seines Lebens wieder etwas vom Lehm der ersten Tage erscheinen.

Etwa fünf- oder sechsmal im Monat sagte er, wenn die fette Suppe gut war, als eine völlig neue Bemerkung, wenn er seinen Löffel auf den leeren Teller legte: »Das ist besser als ein Fußtritt, auch wenn man ihn aufs Schienbein bekommt . . .!« Als Théodose diesen Scherz, den er nicht kannte, zum erstenmal hörte, verlor sich sein Ernst, und er lachte so herzhaft los, daß Thuillier, der schöne Thuillier, in seiner Eitelkeit sich wie nie zuvor geschmeichelt fühlte. Seither hieß Théodose jenen Satz immer mit einem kleinen, durchtriebenen Lächeln willkommen. Diese unbedeutende Einzelheit dürfte erklären, wieso am Morgen nach der Abendgesellschaft, bei der Théodose mit dem jungen Staatsanwaltsstellvertreter aneinandergeraten war, er zu Thuillier hatte sagen können, als sie im Garten umhergingen, um sich die Schäden anzusehen, die der Frost angerichtet hatte:

»Sie haben viel mehr Geist, als Sie glauben!«

Und er hatte folgende Antwort erhalten:

»In jeder anderen Laufbahn, lieber Théodose, hätte ich es weiter gebracht, aber der Sturz des Kaisers hat mir das Genick gebrochen.«

»Es ist noch Zeit«, hatte der junge Advokat gesagt. »Zunächst erstmal: Was hat eigentlich dieser Hanswurst von Colleville geleistet, daß er das Kreuz bekommen hat?«

Damit hatte der Advokat de la Peyrade an die Wunde gerührt, die Thuillier vor den Augen aller verborgen hielt, und zwar so gut, daß nicht einmal seine Schwester darum wußte. Allein der junge Mann, der daran interessiert war, alle diese Bürgersleute genau kennenzulernen, hatte den heimlichen Neid erraten, der am Herzen des Ex-Unterchefs nagte.

»Wenn Sie mir die Ehre erweisen wollen, Sie, der soviel Erfahrung besitzt, sich durch meine Ratschläge leiten zu lassen, und vor allem niemals mit jemandem von unserem Pakt zu sprechen, nicht einmal mit Ihrer vortrefflichen Schwester, sofern ich nicht darin einwillige, mache ich mich anheischig, Ihnen unter dem Beifall des ganzen Stadtviertels die Ordensauszeichnung zu verschaffen.«

»Ach, wenn uns das gelänge«, hatte Thuillier ausgerufen, »dann wissen Sie gar nicht, was ich für Sie sein würde . . .«

Das erklärt, warum Thuillier sich vorhin in die Brust geworfen hatte, als Théodose so kühn gewesen war, ihm eigene Gedanken zu unterschieben.

In der Kunst, und vielleicht hat Molière die Heuchelei dadurch in den Rang der Kunst erhoben, daß er für alle Zeit Tartuffe unter die Komödianten einreihte, gibt es einen Grad der Vollkommenheit, zu dem das Talent nicht gelangt und den einzig das Genie erreicht. Es besteht ein so geringer Unterschied zwischen einem genialen und einem talentierten Werk, daß nur Menschen, die selber genial sind, den Abstand würdigen können, der Raffael von Coreggio, Tizian von Rubens trennt. Und mehr noch, der Durchschnittsmensch läßt sich in bezug auf diese Dinge täuschen. Das Merkmal des Genies ist ein gewisser Anschein der Leichtigkeit. Sein Werk muß, kurz gesagt, auf den ersten Blick als einfach erscheinen, so natürlich wirkt es immer, selbst bei den erhabensten Themen.

Viele Bäuerinnen halten ihre Kinder genauso wie die berühmte Dresdener Madonna[78] das ihrige. Nun, bei einem Manne von der Befähigung Théodoses ist es der Gipfel der Kunst, wenn er es fertigbringt, daß später von ihm gesagt wird: »Darauf wäre jeder 'reingefallen!« Allein er hatte im Salon Thuillier ein Widerstreben sich anbahnen sehen, er hatte bei Colleville den ziemlich klarsehenden und kritischen Charakter des gescheiterten

Künstlers gewittert. Der Advokat wußte, daß Colleville ihn nicht mochte, der, infolge von Umständen, die zu berichten sich erübrigt, allen Grund hatte, an die Weisheit der Anagramme zu glauben. Kein einziges seiner Anagramme war ein Fehlschlag gewesen. In den Büros war er ausgelacht worden, als er auf das Verlangen nach dem Anagramm des armen Auguste-Jean-François Minard gefunden hatte: »J'amassai une si grande fortune«[79]. Aber zehn Jahre später hatte die Wirklichkeit das Anagramm gerechtfertigt. Théodoses Anagramm nun aber war fatal. Das seiner Frau hatte ihn zusammenfahren lassen, und er hatte es nie jemandem gesagt, denn Flavie Minoret Colleville ergab: »La vieille C., nom flétri, vole[80].«

Schon mehrere Male hatte Théodose dem jovialen Sekretär des Bürgermeisteramtes ein paar Freundlichkeiten gesagt, aber die Empfindung gehabt, er werde mit einer Kälte zurückgestoßen, die bei einem so mitteilsamen Mann etwas Unnatürliches war. Als das Bouillotte-Spiel zu Ende war, geschah es, daß Colleville Thuillier in eine Fensternische zog und zu ihm sagte:

»Du läßt diesen Advokaten hier bei dir zu festen Fuß fassen, heute abend hat er die Unterhaltung fast ganz allein bestritten.«

»Danke, lieber Freund, ein gewarnter Mann ist zwei wert«, antwortete Thuillier und lachte innerlich über Colleville.

Théodose, der in dieser Minute mit Madame Colleville plauderte, hatte die Augen auf die beiden Freunde gerichtet und erriet durch das Vorherwissen, wie es den Frauen zur Verfügung steht, die stets wissen, wann und in welchem Sinne von ihnen gesprochen wird, von einer Salonecke zur andern, daß Colleville versuchte, ihm bei dem schwachen, nichtigen Thuillier zu schaden.

»Madame«, sagte er leise zu der Frömmlerin, »glauben Sie mir bitte, daß, wenn irgend jemand hier imstande ist, Sie richtig zu bewerten, ich es bin. Sie sind eine in den Schmutz gefallene Perle. Sie sind nicht zweiundvierzig Jahre alt, denn eine Frau ist nur so alt, wie sie zu sein scheint, und viele Frauen von dreißig Jahren stehen Ihnen nach und würden nur zu froh sein, wenn sie Ihren Wuchs und Ihr wundervolles Gesicht hätten, über das die Liebe hinweggeglitten ist, ohne Sie je vollständig glücklich zu machen. Sie haben sich Gott anbefohlen, ich weiß es. In mir ist zuviel

Frömmigkeit, als daß ich etwas anderes sein möchte als Ihr Freund. Aber Sie haben sich Ihm anbefohlen, weil Sie niemals jemanden gefunden haben, der Ihrer würdig gewesen wäre. Kurzum, Sie sind geliebt worden, aber Sie haben sich niemals angebetet gefühlt, und eben das habe ich erraten ... Doch da steht Ihr Mann, der es nicht verstanden hat, Ihnen eine Stellung zu schaffen, die mit Ihrem Wert im Einklang stünde. Er haßt mich, als ahnte er, daß ich Sie liebe, und er hindert mich daran, Ihnen zu sagen, was ich gefunden zu haben glaube, um Sie in die Sphäre zu versetzen, für die Sie auserkoren sind ... Nein, Madame«, sagte er laut und stand auf, »nicht der Abbé Gondrin wird dieses Jahr die Fastenpredigt in unserer schlichten Kirche Saint-Jacques du Haut-Pas halten, vielmehr Monsieur d'Estral, einer meiner Landsleute, der sich dem Predigen aus Anteilnahme für die Armen gewidmet hat, und Sie werden einen der salbungsvollsten Prediger hören, die ich kenne, einen Priester von wenig angenehmer äußerer Erscheinung, aber welch eine Seele wohnt in ihm ...!«

»Meine Wünsche werden also erfüllt«, sagte die arme Madame Thuillier; »ich habe die berühmten Prediger nie verstehen können!«

Ein Lächeln irrte über die trockenen Lippen der Mademoiselle Thuillier und über diejenigen mehrerer anderer.

»Jene Prediger beschäftigen sich zu sehr mit theologischen Demonstrationen, dieser Meinung bin ich schon lange«, sagte Théodose, »aber ich spreche niemals über religiöse Dinge, und ohne Madame ›de‹ Colleville ...«

»Es gibt in der Theologie also Demonstrationen?« fragte naiv und rundheraus der Mathematikprofessor.

»Ich möchte nicht annehmen«, entgegnete Théodose und sah Félix Phellion an, »daß Sie diese Frage ernst gemeint haben.«

»Mein Sohn«, sagte der alte Phellion, der seinem Sohn schwerfällig zu Hilfe kam, als er auf dem bleichen Gesicht der Madame Thuillier einen schmerzlichen Ausdruck wahrnahm, »mein Sohn zerlegt die Religion in zwei Kategorien: Er betrachtet sie sowohl vom menschlichen als auch vom göttlichen Gesichtspunkt aus, als Tradition und als Vernunftschluß.«

»Was für eine Ketzerei ist das, Monsieur!« antwortete Théodose. »Die Religion ist etwas Einheitliches, vor allem verlangt sie den Glauben.«

Der alte Phellion wußte auf diesen Satz hin nicht aus noch ein. Er blickte seine Frau an:

»Es wird Zeit, Beste . . .«

Und er zeigte auf die Stutzuhr.

»Ach, Monsieur Félix«, flüsterte Céleste dem arglosen Mathematiker zu, »könnte man nicht, wie Pascal und Bossuet, gelehrt und fromm zugleich sein . . .?«

Die Phellions verabschiedeten sich in ihrer Gesamtheit und zogen die Collevilles mit sich. Bald waren nur noch Dutocq, Théodose und die Thuilliers zurückgeblieben.

Die Schmeicheleien, mit denen Théodose Flavie bedachte, sind zwar nur Gemeinplätze, aber im Interesse dieser Geschichte muß darauf hingewiesen werden, daß der Advokat sich so eng wie möglich an diese vulgären Geister hielt. Er segelte in ihren Gewässern, er sprach zu ihnen in ihrer Sprache. Sein Lieblingsmaler war Pierre Grassou und nicht Joseph Bridau[81], sein Lieblingsbuch war »Paul und Virginie«[82]. Der größte Dichter der Gegenwart war für ihn Casimir Delavigne[83]. In seinen Augen bestand die Mission der Kunst vor allem in der Nützlichkeit. Parmentier[84], der »Urheber des Kartoffelanbaus«, galt ihm soviel wie dreißig Raffaels. Der Mann mit dem kurzen blauen Mantel[85] dünkte ihn »eine barmherzige Schwester«. Diese Ausdrücke Thuilliers brachte er zuweilen an den Mann.

»Dieser junge Félix Phellion ist völlig der Universitätsgelehrte unserer Zeit, das Produkt einer Wissenschaft, von der Gott beiseite geschoben worden ist. Mein Gott, wohin treiben wir? Einzig die Religion kann Frankreich retten, denn nur die Furcht vor der Hölle bewahrt uns vor dem häuslichen Diebstahl, der jederzeit im Schoß der Familie vorkommt und die am festesten gegründeten Vermögen zernagt. In allen Familien herrscht Kriegszustand.«

Nach dieser geschickten Tirade, die auf Brigitte starken Eindruck machte, wünschte er den drei Thuilliers gute Nacht und ging. Dutocq folgte ihm.

»Dieser junge Mann steckt voller Möglichkeiten!« sagte Thuillier mit Nachdruck.

»Ja, wahrhaftig«, antwortete Brigitte und blies die Lampen aus.

»Er ist fromm«, sagte Madame Thuillier und zog sich als erste zurück.

»Monsieur«, sagte Phellion zu Colleville, als sie bei der Ecole des Mines[86] angelangt waren, zuvor hatte er sich versichert, daß sie allein auf der Straße seien, »ich huldige der Gewohnheit, meine Erkenntnisse denen der anderen unterzuordnen, aber ich kann unmöglich übersehen, daß dieser junge Advokat bei unsern Freunden, den Thuilliers, recht herrisch auftritt.«

»Meiner persönlichen Meinung nach«, entgegnete Colleville, der mit Phellion hinter seiner Frau, Céleste und Madame Phellion herging, die sich alle drei dicht aneinander drängten, »ist er ein Jesuit, und diese Leute mag ich nun mal nicht ... Auch der beste unter ihnen taugt nichts. Für mich ist der Jesuit der verkörperte Betrug, und zwar der Betrug um des Betruges willen. Aus reiner Lust am Betrügen betrügen sie, und zwar, wie es heißt, damit sie nicht aus der Übung kommen. Das ist meine Meinung, ich halte damit nicht hinterm Berge ...«

»Ich verstehe Sie«, antwortete Phellion und hakte Colleville unter.

»Nein, Monsieur Phellion«, warf Flavie mit leiser Kopfstimme ein, »Sie verstehen meinen Mann nicht. Aber ich weiß nur zu gut, was er sagen will, und er täte besser, es dabei sein Bewenden haben zu lassen ... Dergleichen Themen können nicht um elf Uhr abends auf der Straße erörtert werden, und noch dazu im Dabeisein einer jungen Dame.«

»Recht hast du, Frau«, sagte Colleville.

Als sie an die Rue des Deux-Eglises gelangten, in die die Phellions einbiegen mußten, wünschte man einander einen guten Abend, und Félix Phellion sagte noch zu Colleville:

»Monsieur, Ihr Sohn François könnte in die Ecole Polytechnique eintreten, wenn er gehörig angetrieben würde. Ich erbiete mich, ihn so weit zu bringen, daß er noch dieses Jahr die Examen bestehen könnte.«

»Da sage ich nicht nein! Danke, lieber Freund«, sagte Colleville, »wir reden noch darüber.«

»Gut!« sagte Phellion zu seinem Sohn.

»Das war nicht gerade ungeschickt!« rief die Mutter.

»Was erblickt ihr denn darin?« fragte Félix.

»Na, das heißt doch, Célestes Eltern um den Bart gehen!«

»Ich will nie wieder eine mathematische Aufgabe lösen, wenn ich das im Sinn gehabt habe!« rief der junge Professor. »Als ich mich mit den Colleville-Kindern unterhielt, habe ich herausbekommen, daß François Begabung für die Mathematik hat, und da habe ich mich verpflichtet gefühlt, seinen Vater darüber aufzuklären . . .«

»Gut, mein Junge«, sagte Phellion nochmals, »anderes hätte ich mir von dir auch nicht erwartet. Meine Wünsche sind erhört worden, mein Sohn besitzt Redlichkeit und Ehrgefühl, die bürgerlichen und privaten Tugenden, von denen ich gewollt habe, daß er sie hätte.«

Als Céleste sich schlafen gelegt hatte, sagte Madame Colleville zu ihrem Manne:

»Mann, sprich dich nicht so unumwunden über Leute aus, die du nicht von Grund auf kennst. Wenn du von Jesuiten redest, weiß ich, daß du die Priester meinst. Mach mir doch die Freude, deine Meinung über alles, was die Religion betrifft, für dich zu behalten, jedenfalls, wenn deine Tochter dabei ist. Es steht uns frei, unsere eigenen Seelen zu opfern, aber nicht die unserer Kinder. Möchtest du etwa, daß deine Tochter ein Geschöpf ohne Religion wird . . .? Jetzt, mein Katerchen, sind wir von aller Welt abhängig, wir haben vier Kinder zu versorgen, kannst du da sagen, du habest irgendwann einmal nicht diesen oder jenen nötig? Schaff dir keine Feinde, bis jetzt hast du keine, du bist ein guter Kerl, und dank dieser Eigenschaft, die bei dir geradezu etwas Einnehmendes ist, sind wir bis jetzt ganz gut durchs Leben gekommen . . .!«

»Genug, genug!« sagte Colleville, der seinen Frack auf einen Stuhl geworfen hatte und sich seiner Halsbinde entledigte, »ich habe unrecht, du hast recht, meine schöne Flavie.«

»Bei der ersten Gelegenheit, du großes Schaf«, sagte das durchtriebene Frauenzimmer und klapste ihrem Ehemann auf die Wangen, »versuchst du, dem kleinen Advokaten etwas Nettes zu sagen. Der hat es faustdick hinter den Ohren, den müssen wir auf unserer Seite haben. Du sagst, er spiele Komödie . . .? Na, dann spiel doch mit ihm Komödie, tu, als seiest du ihm auf den Leim gegangen, und wenn er tatsächlich Talent, wenn er eine Zukunft hat, dann mach ihn dir zum Freunde. Glaubst du, ich möchte dich noch lange in der Bürgermeisterei sitzen sehen?«

»Kommen Sie her, Weib Colleville«, sagte lachend der ehemalige Klarinettist der Opéra-Comique und schlug sich aufs Knie, um anzudeuten, wohin er wollte, daß seine Frau sich setze, »wir wollen uns die Füßchen wärmen und ein bißchen miteinander plaudern ... Wenn ich dich ansehe, bin ich mehr und mehr davon überzeugt, daß die Jugend der Frauen tatsächlich in ihrem Wuchs liegt ...«

»Und in ihrem Herzen ...«

»In beidem«, entgegnete Colleville, »in der leichten Gestalt und dem schweren Herzen ...«

»Nein, du Riesendummkopf ...! In dem tiefen.«

»Das Schönste an dir ist, daß du dir deine weiße, glatte Haut bewahrt hast, ohne dir als Hilfsmittel dazu ein Bäuchlein zuzulegen ...! Aber schau ... was für kleine Knochen du hast ... Ach, Flavie, wenn ich mein Leben noch einmal von vorn anfangen müßte, möchte ich keine andere Frau als dich haben.«

»Du weißt ja, daß du mir immer lieber gewesen bist als die andern ... Schade, daß Monseigneur tot ist! Weißt du, was ich für dich möchte?«

»Nein.«

»Einen Posten in der Pariser Stadtverwaltung, einen Posten mit zwölfhundert Francs Gehalt, so etwas wie eine Stellung als Kassierer, an der Stadtkasse, oder an der von Poissy[87] oder als Geschäftsführer.«

»All das wäre mir recht.«

»Na, und wenn nun dies Monstrum von Advokat etwas tun könnte. Er hat etwas von einem Intriganten: Wir müssen schonsam mit ihm umgehen ... Ich will ihn auf Herz und Nieren prüfen ... laß mich nur machen ... und vor allem, störe sein Spiel bei den Thuilliers nicht.«

Théodose hatte an den wunden Punkt in Flavie Collevilles Herzen gerührt, und das bedarf einer Erklärung, die vielleicht den Wert eines synthetischen Blicks auf das Leben der Frauen besitzt.

Mit vierzig Jahren empfindet die Frau, und vor allem diejenige, die vom vergifteten Apfel der Liebesfreude gekostet hat, ein feierliches Erschrecken. Sie wird sich bewußt, daß es für sie zwei Tode gibt: den des Körpers und den des Herzens. Teilt man die Frauen in zwei große Kategorien ein, wie sie den vulgärsten Vorstellungen entsprechen, indem man sie als tugendhaft oder schuldhaft bezeichnet, dann ist es erlaubt, zu sagen, daß sie von dieser furchtbaren Zahl der Jahre an einen Schmerz von schrecklicher Eindringlichkeit verspüren. Die Tugendhaften und in den Ansprüchen ihrer Natur Getäuschten, entweder, weil sie sich unterworfen oder weil sie ihre Aufwallungen in ihrem Herzen oder zu Füßen der Altäre begraben haben, sagen sich nicht ohne ein Erschauern, daß für sie alles aus ist. Dieser Gedanke hat so seltsame und so teuflische Tiefen, daß sich darin der Grund für einige der Abtrünnigkeiten findet, die bisweilen die Welt überraschen und ihr Furcht einflößen. Sind sie schuldhaft, so befinden sie sich in einer der schwindelerregenden Lagen, die sich leider so oft durch Wahnsinn äußern oder in den Tod münden, oder aber in Liebesleidenschaften enden, die ebenso groß wie gefährlich sind.

Folgendes ist das Dilemma dieser Krise. Entweder haben sie das Glück kennengelernt, haben sich daraus ein wollustvolles Leben erschaffen und können nur noch jene weihrauchschwere Luft atmen, sich in dieser durchblühten Atmosphäre bewegen, in der Schmeichelworte Zärtlichkeiten sind, und wie sollten sie dann darauf verzichten? Oder, und dieses Phänomen ist noch bizarrer als selten, sie haben nur müde Liebesgenüsse auf der Suche nach einem Glück gefunden, das sie floh, und sie haben sich bei dieser wilden Jagd von den trügerischen Befriedigungen der Eitelkeit antreiben lassen und auf diesem Spiel bestanden wie Spieler auf der Verdoppelung des Einsatzes; denn für sie sind diese letzten Tage der Schönheit der letzte Einsatz des verzweifelten Hasardspielers.

»Sie sind geliebt, aber nicht vergöttert worden!«

Dieser Ausspruch Théodoses war von einem Blick begleitet worden, der nicht im Herzen, wohl aber im Leben gelesen hatte. Er war die Lösung eines Rätsels gewesen, und Flavie hatte sich durchschaut gefühlt.

Der Advokat hatte lediglich ein paar Gedanken wiederholt, die die Literatur zu etwas Trivialem gemacht hat. Aber was liegt daran, aus welcher Fabrik die Reitpeitsche stammt und wie geartet sie ist, wenn sie nur die empfindliche Stelle des Rassepferds trifft? Das Poetische lag in Flavie und nicht in der Ode, gerade wie der Donner nicht die Lawine ist, obgleich er durch sie hervorgebracht wird.

Ein junger Offizier, zwei Gecken, ein Bankier, ein ungeschickter kleiner Stutzer und der arme Colleville waren traurige Versuche. Einmal in ihrem Leben hatte sie das Glück bedeutet, aber sie hatte es nicht empfunden; dann hatte der Tod schleunigst die einzige Leidenschaft zunichte gemacht, in der Flavie etwas Reizvolles gefunden hatte. Seit zwei Jahren lauschte sie der Stimme der Religion, und die sagte ihr, daß weder die Kirche noch die Gesellschaft von Glück, von Liebe sprechen, sondern von Pflicht und Schicksalsergebenheit; daß für diese beiden großen Mächte das Glück in der Befriedigung beruht, die die Erfüllung mühseliger oder kostspieliger Pflichten erzeugt, und daß die Belohnung nicht hienieden erfolgt. Doch in ihrem Innern vernahm sie eine auf andere Weise gellende Stimme, und da ihre Frömmigkeit eine Maske darstellte, die zu tragen sie genötigt war, nicht aber eine Bekehrung, und da sie sie nicht ablegte, weil sie darin ein Hilfsmittel erblickte, und da des weiteren ihre geheuchelte oder echte Frömmigkeit nur ein ihrer Zukunft angepaßtes Verhalten war, verblieb sie in der Kirche, wie wenn sie auf einem Kreuzweg im Walde auf einer Bank gesessen, die Aufschriften des Wegweisers gelesen und in Erwartung des großen Dunkels auf einen Zufall gewartet hätte.

Daher war ihre Neugier lebhaft erregt worden, als sie Théodose anhörte, der ihr ihre heimliche Situation darlegte, ohne sie auszunutzen, sondern sich vielmehr an die rein innere Seite ihres Lebens wandte und ihr die Verwirklichung eines Luftschlosses verhieß, das schon sieben- oder achtmal eingestürzt war.

Vom Beginn des Winters an hatte sie gespürt, daß Théodose sie verstohlen und genau beobachtet hatte. Mehr als einmal hatte sie ihr graues Moireekleid, ihre schwarzen Spitzen und ihren Kopfputz aus in Mechelner Spitzen gewickelten Blumen angelegt, um möglichst vorteilhaft zu wirken, und die Männer wissen stets, wenn man eigens für sie Toilette gemacht hat. Der ungestüme Beau des Kaiserreichs hatte sie mit niedrigen Schmeicheleien bestürmt, sie war die Königin des Salons gewesen, aber der Provenzale hatte durch einen raffinierten Blick über all das tausendmal mehr gesagt.

Flavie hatte von Sonntag zu Sonntag auf eine Erklärung gewartet, sie hatte sich gesagt:

»Er weiß, daß ich verarmt bin, und er selber hat keinen Sou! Vielleicht ist er tatsächlich fromm.«

Théodose hatte nichts überstürzen wollen, und als geschickter Musiker hatte er in seiner Symphonie die Stelle angekreuzt, wo der Beckenschlag erklingen mußte. Als er merkte, daß Colleville ihn bei Thuillier schlechtmachte, hatte er seine während der drei oder vier Monate, die er sich eingehend mit Flavie beschäftigt hatte, geschickt vorbereitete Breitseite abgeschossen und damit den gleichen Erfolg gehabt wie am Morgen bei Thuillier.

Beim Zubettgehen sagte er sich:

»Die Frau ist für mich, der Mann kann mich nicht leiden. Um diese Stunde liegen sie einander in den Haaren, und ich werde der Stärkere sein, da sie aus ihrem Mann alles macht, was sie will.«

Der Provenzale hatte sich geirrt. Es hatte nicht den geringsten Streit gegeben, und Colleville schlief neben seiner lieben kleinen Flavie, während diese sich sagte:

»Théodose ist ein überlegener Mensch.«

Viele Männer gewinnen gerade wie la Peyrade ihre Überlegenheit der Kühnheit oder der Schwierigkeit eines Unternehmens ab. Die Kräfte, die sie dabei entfalten, lassen ihnen die Muskeln schwellen, sie geben sich dabei gewaltig aus. Dann aber, sei es nach dem Erfolg, sei es nach dem Mißlingen, ist die Welt erstaunt, daß sie sie klein, elend oder erschöpft sieht. Nachdem Théodose in das Innere der beiden Menschen, von denen Célestes Schicksal abhing, eine Neugierde gesenkt hatte, die fieberhaft werden mußte, spielte er den Vielbeschäftigten. Fünf oder sechs Tage lang war er von früh bis spät unterwegs, um Flavie erst in dem Augenblick wiederzusehen, als deren Begierde einen Punkt erreicht hatte, an dem man sich über alle Konvenienzen hinweggesetzt, und um den gewieften Beau zu zwingen, zu sich zu kommen.

Am folgenden Sonntag war er sich so gut wie gewiß, Madame Colleville in der Kirche vorzufinden, und sie verließen sie tatsächlich beide im gleichen Augenblick. Sie begegneten einander in der Rue des Deux-Eglises, und Théodose bot Flavie den Arm. Sie willigte ein und ließ ihre Tochter mit Théodore vorgehen. Dieser jüngstgeborene Sohn, damals zwölfjährig, war, bis er ins Priesterseminar eintrat, in Halbpension im Institut Barniol, wo er den Elementarunterricht erhielt, und natürlich hatte Phellions Schwiegersohn den Preis der Halbpension mit Rücksicht auf die erhoffte Eheschließung zwischen dem Professor Phellion und Céleste ermäßigt.

»Haben Sie mir die Ehre und die Gunst erwiesen, an das zu denken, was ich Ihnen neulich so ungeschickt gesagt habe?« fragte der Advokat – und seine Stimme klang dabei schmeichlerisch – die hübsche Frömmlerin und drückte mit einer Bewegung, die zugleich sanft und kräftig war, ihren Arm an sein Herz. Er schien sich Zwang anzutun, um widerwillig respektvoll zu wirken. »Täuschen Sie sich nicht über meine Absichten«, fuhr er fort, als er von Madame Colleville einen jener Blicke empfing, die an Leidenschaft gewohnte Frauen zu finden wissen und deren Ausdruck gleichermaßen ein strenges Erbostsein wie ein gefühlsmäßiges Einverständnis bedeuten kann. »Ich liebe Sie, wie man einen schönen Charakter liebt, der sich in den Klauen des Unglücks befindet. Das christliche Mitleid umfaßt die Starken wie die Schwachen, und was es an Reichtum birgt, gehört allen. Sie, die Sie so klug, anmutsvoll und elegant, die Sie dazu geschaffen sind, den höchsten Gesellschaftskreisen zur Zierde zu gereichen: Welcher Mann könnte Sie anschauen ohne ein gewaltiges Mitgefühl im Herzen, wie Sie sich unter diesen widerlichen Bürgersleuten bewegen, die nichts von Ihnen wissen, nicht einmal etwas von dem aristokratischen Wert Ihrer Haltung oder einem Ihrer Blicke merken oder den koketten Schwankungen Ihrer Stimme! Ach ... wenn ich reich wäre ...! Ach, wenn ich Macht hätte, dann würde Ihr Mann, der ganz bestimmt ein guter Kerl ist, Generalsteuereinnehmer, und Sie sorgten dafür, daß er Abgeordneter würde! Aber ich armer Ehrgeizling, dessen erste Pflicht es ist, mit seinem Ehrgeiz hintan zu halten, da ich ja nur ganz unten im Sack wie die letzte Nummer eines von der Familie gespielten Loses bin, ich kann Ihnen nur meinen Arm statt meines Herzens anbieten. Ich erhoffe mir alles von einer reichen Heirat, und Sie müssen mir glauben, daß ich meine Frau nicht nur glücklich, sondern zu einer der ersten Damen im Staat machen werde, da ich ja doch von ihr die Mittel zum Vorwärtskommen empfange ... – Es ist schönes Wetter, lassen Sie uns einen Gang durch den Jardin du Luxembourg tun«, sagte er, als sie an der Rue d'Enfer angelangt waren, an der Ecke des Hauses der Madame Colleville. Diesem gegenüber befindet sich ein Durchgang, der über die Treppe eines kleinen Bauwerks, des letzten Überbleibsels des berühmten Kartäuserklosters[88], in den Park führt.

Die Weichheit des Arms, den er hielt, verkündete ihm Flavies stummes Einverständnis, und da sie die Ehre einer Art von Gewalttat verdiente, zog er sie heftig mit sich fort und sagte noch:

»Kommen Sie! Wir werden nicht immer eine so gute Gelegenheit haben. – Oh!« sagte er, »Ihr Mann schaut zu uns hin, er steht am Fenster, wir wollen langsam gehen ...«

»Von meinem Mann brauchen Sie nichts zu befürchten«, sagte Flavie lächelnd, »er läßt mir in allem, was ich tue, vollkommene Freiheit.«

»Ach, Sie sind tatsächlich die Frau, die ich mir erträumt habe!« rief der Provenzale mit dem Überschwang und der Betonung, wie sie nur Seelen zum Erglühen bringen und wie sie nur Südländerlippen entspringen. »Pardon, Madame«, sagte er, nahm sich zusammen und kehrte aus einer höheren Welt zu dem verbannten Engel zurück, den er mit frommer Miene anschaute. »Pardon! Ich komme zurück auf das, was ich sagte ... Aber wie soll man nicht empfänglich für Schmerzen sein, die man selber empfindet, wenn man gewahrt, daß sie das Los eines Wesens sind, dem das Leben nichts als Freude und Glück hätte bescheren dürfen ...! Ihre Schmerzen sind die meinen. Ich bin genausowenig in der mir gemäßen Stellung, wie Sie es sind. Das Unglück hat uns zu Geschwistern gemacht. Ach, liebe Flavie! Der erste Tag, an dem mir beschieden wurde, Sie zu erblicken, war der letzte Sonntag im Dezember 1838 ... Sie sahen sehr schön aus. Ich werde Sie oftmals in dem einfachen Wollmusselinkleid vor Augen haben, das die Farben irgendeines schottischen Clans hatte ...! An jenem Tage habe ich mir gesagt: ›Warum ist diese

Frau bei den Thuilliers, und vor allem, warum hat sie je in Beziehungen zu jemandem wie Thuillier gestanden . . .?‹«

»Monsieur . . .!« sagte Flavie. Sie war erschrocken über die jähe Wendung, die der Provenzale dem Gespräch gegeben hatte.

»Ach, ich weiß alles!« rief er und begleitete diese Äußerung mit einem Achselzucken, »und ich erkläre mir alles . . . und ich achte Sie deswegen nicht weniger. Bedenken Sie, so etwas ist nie die Sünde einer Häßlichen oder einer Buckligen . . . Sie müssen die Früchte Ihres Fehltritts einsammeln, und dabei will ich Ihnen behilflich sein! Céleste wird einmal sehr reich, und darauf beruht für Sie Ihre ganze Zukunft. Sie können nur *einen* Schwiegersohn haben, bringen Sie also das Talent auf, ihn richtig auszuwählen. Ein Ehrgeiziger wird Minister, eine Null wird Sie demütigen, Ihnen Scherereien und Ihre Tochter unglücklich machen. Und wenn er ihr Vermögen verschwendet, wird er schwerlich je zu einem neuen gelangen. Freilich, ich liebe Sie«, sagte er, »und ich liebe Sie mit einer Zuneigung ohne Grenzen. Sie sind erhaben über eine Fülle kleinlicher Bedenken, in die die Dummen sich verstricken. Wir müssen uns verständigen . . .«

Flavie war niedergeschmettert. Nichtsdestoweniger war sie empfänglich für die ungemeine Offenheit dieser Redeweise, und sie sagte sich: »Der ist wenigstens kein Geheimniskrämer . . .!« Allein sie gestand sich, daß sie nie zuvor von jemandem so tief bewegt und aufgerührt worden sei wie von diesem jungen Menschen.

»Monsieur, ich weiß nicht, wer Ihnen eine so irrige Ansicht über mein Leben gegeben hat und mit welchem Recht Sie . . .«

»Oh, Pardon, Madame!« entgegnete er mit einer Kälte, die voll Verachtung war, »ich habe geträumt . . . Ich sagte mir: ›Das ist sie alles!‹, oder es hat so ausgesehen. Jetzt weiß ich, warum Sie für alle Zeit da oben im vierten Stock in der Rue d'Enfer wohnen bleiben werden.«

Und er kommentierte seine Worte durch eine energische Geste, durch die er auf die Fenster der Wohnung der Collevilles wies. Sie konnten von dem breiten Hauptweg des Jardin du Luxembourg, auf dem sie allein auf und ab gingen, gesehen werden, dieses riesigen Gefildes, das schon von so vielen jungen Ehrgeizigen beackert worden war.

»Ich bin frei und offen gewesen, ich hatte Gegenseitigkeit erwartet. Ich habe Tage ohne Brot hinter mir, Madame. Ich habe mich durchgeschlagen, mein Rechtsstudium hinter mich gebracht, den Grad eines Lizentiaten in Paris erworben, mein ganzes Kapital hat zweitausend Francs betragen, und ich bin durch die Barrière d'Italie mit fünfhundert Francs in der Tasche hereingekommen und habe mir gelobt, wie einer meiner Landsleute, eines Tages einer der ersten Männer meines Landes zu sein ... Und der Mann, der häufig sein Essen aus den Körben zusammengeklaubt hat, in die die Restaurateure werfen, was übriggeblieben ist, und die sie um sechs Uhr morgens vor ihren Türen ausschütten, wenn die kleinen Krämer nichts mehr davon haben wollen ... dieser Mann wird vor keinem Mittel zurückschrecken ... vor keinem, dessen man sich nicht zu schämen braucht. – Nicht wahr, Sie halten mich für einen Volksfreund ...?« fragte er lächelnd. »Nun, der Ruhm und der Ruf bedürfen eines Sprachrohrs. Sie werden nicht vernehmlich, wenn man sie flüsternd verkündet ... Und was nützt das Talent, wenn man keinen Namen hat? Der Armenadvokat wird einmal derjenige der Reichen sein ... Habe ich jetzt zur Genüge in mein Inneres blicken lassen? Tun Sie mir Ihr Herz auf ... Sagen Sie zu mir: ›Wir wollen Freunde sein‹, dann sind wir eines Tages glücklich ...«

»Mein Gott, warum bin ich hierhergekommen? Warum habe ich Ihnen den Arm gereicht ...?« rief Flavie.

»Weil es in Ihrem Schicksalsbuch geschrieben stand!« antwortete er. – »Meine liebe, vielgeliebte Flavie«, sprach er weiter und drückte ihren Arm an sein Herz, »waren Sie sich gewärtig, von mir Banalitäten zu vernehmen ...? Wir sind Geschwister ... und weiter gar nichts.«

Und er geleitete sie wieder zu dem Durchgang hin, um auf die Rue d'Enfer zurückzukehren.

Flavie empfand auf dem Grunde der Befriedigung, die den Frauen heftige Gemütsbewegungen bereiten, ein Erschrecken, und sie hielt diese Angst für das Erschauern, das eine neue Liebesleidenschaft mit sich bringt. Aber zugleich fühlte sie sich bezaubert; sie schritt einher und bewahrte tiefes Schweigen.

»Woran denken Sie ...?« fragte Théodose sie mitten in dem Durchgang.

»An alles, was Sie mir eben gesagt haben«, antwortete sie.

»Aber in unserm Alter«, sagte er, »läßt man die Präliminarien aus, wir sind keine Kinder mehr, wir gehören beide einer Sphäre an, in der man sich verständigen muß. Kurz und gut, vernehmen Sie«, fügte er hinzu, als sie in die Rue d'Enfer einbogen, »ich gehöre ganz Ihnen ...«

Und er verabschiedete sich mit einer tiefen Verneigung.

Beim Heimkommen fand Théodose auf dem Treppenabsatz eine Person vor, die in dieser Geschichte irgendwie ein unterseeisches Dasein führt und die darin dasselbe ist wie eine unterirdische Kirche, auf der die Fassade eines Palastes ruht. Der Anblick dieses Mannes, der sicherlich an seiner Tür geschellt hatte, ohne ihn anzutreffen, und der gerade eben bei Dutocq geläutet hatte, ließ den provenzalischen Advokaten erschauern, aber nur innerlich, und ohne daß sein tiefes Erschrecken nach außen hin spürbar wurde. Dieser Mann war jener Cérizet, von dem Dutocq bereits bei den Thuilliers als von seinem Expedienten gesprochen hatte.

Cérizet, der erst neununddreißig Jahre alt war, wirkte wie ein Fünfziger, so sehr war er durch alles, was die Menschen altern lassen kann, gealtert. Sein haarloser Kopf mit einem gelblichen Schädel war unzulänglich von einer Perücke bedeckt, die von verblichener gelber Farbe war. Sein blasses, schlaffes, über die Maßen faltiges Gesicht wirkte um so gräßlicher, als er eine Nase hatte, die zerfressen war, aber nicht genug, um sie durch eine künstliche Nase ersetzen zu können, denn von ihrer Wurzel an der Stirn an bis zu den Nasenlöchern war sie noch so vorhanden, wie sie von der Natur gestaltet worden war. Nachdem die Krankheit ihre Flügel zernagt hatte, waren davon nur zwei Löcher von bizarrer Form übriggeblieben, die die Aussprache verdarben und ihn am Sprechen hinderten. Die ursprünglich blauen Augen, die aber durch Elend jeder Art, durch durchwachte Nächte geschwächt und an den Rändern rot geworden waren, zeigten tiefreichende Entstellungen, und ihr Blick hätte, wenn die Seele ihm einen Ausdruck der Bosheit aufprägte, Richter oder Verbrecher erschreckt, also sogar Leute, die vor nichts erschrecken.

Der zahnlose Mund, in dem nur noch ein paar schwarze Stummel zu sehen waren, wirkte bedrohlich. Schauriger, spärlicher

Speichel rann daraus, der indessen nicht über die blassen, schmalen Lippen drang. Cérizet war klein, weniger hager als ausgedörrt. Er versuchte, seinem verunglückten Gesicht durch die Kleidung Abhilfe zu schaffen, die zwar nicht reich, aber so betont sauber gehalten war, daß sie sein Elend noch mehr hervorhob. Alles an ihm mutete zweifelhaft an, alles ähnelte seinem Alter, seiner Nase, seinem Blick; er hätte ebensogut neununddreißig wie sechzig sein können. Es war unmöglich, herauszubekommen, ob seine blaue, ungeblichene, aber enganliegende Hose bald der Mode entsprechen würde oder ob sie derjenigen des Jahres 1835 angehörte. Seine ausgetretenen, sorgsam gewichsten, schon dreimal besohlten, ehemals eleganten Schuhe waren vielleicht einmal über Teppiche in Ministerien geschritten. Der verschnürte Überrock war durch Regengüsse verwaschen, seine Knöpfe waren so indiskret, ihre Metallform durch den Stoff hindurchschimmern zu lassen. Das Kleidungsstück zeugte durch seinen Schnitt von hingeschwundener Eleganz. Die als Kragen dienende seidene Halsbinde verdeckte zum Glück die Wäsche, war aber hinten durch die Zunge der Schnalle zerrissen, und die Seide hatte durch eine Art Öl, das die Perücke destillierte, einen neuen Seidenglanz wie in den Tagen ihrer Jugend erhalten. Die Weste sah aus, als sei sie neu, aber es war eine der Westen, die nur vier Francs kosten und die aus den Tiefen der Bestände eines Händlers mit fertigen Kleidungsstücken stammte. Alles war sorgsam gebürstet, wie auch der glänzende, geschwungene Seidenhut. Alles paßte gut zueinander und ließ die schwarzen Handschuhe in Kauf nehmen, die die Hände dieses subalternen Beamten verbargen. Hier in einem einzigen Absatz sein Vorleben.

Er war ein Künstler auf dem Gebiet des Bösen, dem anfangs das Böse geglückt war und der in seiner Selbsttäuschung über erste Erfolge damit fortgefahren hatte, Infamien anzuzetteln und dabei innerhalb der gesetzlichen Grenzen zu verbleiben. Dadurch, daß er seinen Herrn und Meister verriet, war er der Leiter einer Druckerei geworden. Er hatte als Chefredakteur eines liberalen Blattes Verurteilungen über sich ergehen lassen und war in der Provinz während der Restauration eins der schwarzen Schafe der königlichen Regierung geworden. Er wurde der »unglückliche Cérizet« genannt, wie man von dem »unglücklichen Chauvet«[89] und dem »heroischen Mercier«[90] sprach. Diesem patriotischen Ruf hatte er 1830 ein Amt als Unterpräfekt verdankt. Allein er behauptete, er sei damals verurteilt worden, ohne angehört worden zu sein, und erhob ein solches Geschrei, daß er unter dem Ministerium Casimir Périer Chefredakteur einer gegenrepublikanischen, vom Ministerium bezahlten Zeitung wurde. Diesen Posten gab er auf, um Geschäfte zu machen, und unter diesen befand sich eine der übelsten Kommanditgesellschaften, die je von der Zuchtpolizei verurteilt worden sind. Er nahm seine Verurteilung stolz auf sich und gab sie als eine von der republikanischen Partei angezettelte Rache aus. Jene Partei, so sagte er, habe ihm die heftigen Schläge nicht verziehen, die er ihr in seiner Zeitung verabfolgt habe, sie habe ihm eine Wunde mit zehn heimgezahlt. Seine Haftzeit hatte er in einer Heilanstalt verbracht. Die Regierung schämte sich eines Mannes, der aus dem Findelhaus stammte, dessen beinahe liederliche Lebensgewohnheiten, dessen schmutzige, zusammen mit einem ehemaligen Bankier namens Claparon durchgeführten Geschäfte ihn schließlich der mehr als verdienten Verachtung hatten anheimfallen lassen. Auf diese Weise hatte Cérizet, der auf der sozialen Leiter von Stufe zu Stufe bis zur niedrigsten herabgeglitten war, eines Restes von Mitleid bedurft, um die Stelle als Expedient in Dutocqs Kanzlei zu erlangen. In der Tiefe seines Elends sann dieser Mann auf Rache, und da er nichts mehr zu verlieren hatte, war ihm jedes Mittel recht. Dutocq und er waren verbunden durch ihren lasterhaften Lebenswandel. Im Stadtviertel war Cérizet für Dutocq das, was der Jagdhund für den Jäger ist. Cérizet kannte die ständigen Bedürfnisse aller Unglücklichen. Er übte den sogenannten Gossenwucher aus, wie man kurzfristige kleine Darlehen bezeichnet. Er machte mit Dutocq Halbpart, und der frühere Pariser Gassenbube, der der Bankier der fliegenden Gemüsehändler geworden war, der Wechselmakler der Handkarrenschieber, war das nagende Insekt zweier Faubourgs.

»Na ja«, sagte Cérizet, als er sah, daß Dutocq seine Tür öffnete, »jetzt ist Théodose ja wieder da, wir können also zu ihm gehen ...«

Und der Armenadvokat ließ jenen beiden Männern den Vortritt.

Alle drei durchschritten ein kleines Vorzimmer mit blankgeriebenem Fliesenboden, wo das Tageslicht, wenn es durch die Perkalvorhänge hindurchschien, von einer roten Schicht Bohnerwachs zurückgeworfen wurde und einen bescheidenen runden Nußbaumtisch, Nußbaumstühle und eine Nußbaumanrichte sichtbar machte, auf der eine Lampe stand. Von dort gelangte man in einen kleinen Salon mit roten Vorhängen, mit Mahagonimöbeln und rotem Utrechter Samt. An der den Fenstern gegenüberliegenden Wand befand sich ein Bücherschrank voller juristischer Fachbücher. Auf dem Kamin stand eine vulgäre Garnitur: eine Stutzuhr mit vier Säulen aus Mahagoniholz, Leuchter unter Glas. Das Arbeitszimmer, wo die drei Freunde sich an ein Steinkohlenfeuer setzten, war dasjenige eines beginnenden Advokaten: Schreibtisch, Armsessel, an den Fenstern Vorhänge aus grüner Seide, ein grüner Teppich, Aktendeckel und ein Ruhebett, über dem auf samtenem Grund ein elfenbeinerner Christus hing. Offenbar waren Schlafzimmer und Küche dieser Wohnung nach dem Hof zu gelegen.

»Na?« fragte Cérizet, »funktioniert es? Kommen wir weiter?«

»Natürlich«, antwortete Théodose.

»Sie müssen doch zugeben«, rief Dutocq, »daß ich da eine großartige Idee gehabt habe? Als ich mir das Mittel ausdachte, diesen Halbidioten von Thuillier über den Löffel zu barbieren . . .?«

»Ja, aber ich bin nicht hinterhergehinkt«, rief Cérizet. »Ich bin heute morgen hergekommen, um euch die Schnüre zu bringen, mit denen ihr der alten Jungfer die Daumenschrauben anlegen und sie sich drehen lassen könnt wie ein Kreisel . . . Wir wollen uns nichts vormachen! Mademoiselle Thuillier ist in diesem Handel alles: Sie für sich haben heißt die Festung erobert haben . . . Wir wollen wenig, aber deutlich sprechen, wie es sich für intelligente Menschen gehört. Claparon, mein ehemaliger Sozius, ist, wie ihr wißt, ein Rindvieh, und er muß sein Leben lang bleiben, was er war, nämlich ein Strohmann. Nun aber dient er augenblicklich einem Pariser Notar als Deckname, der sich mit Bauunternehmern zusammengetan hat, die, der Notar und die Maurermeister, jetzt pleite gehen! Claparon sitzt in der Patsche. Er hatte nie zuvor Pleite gemacht, aber einmal ist immer das erstemal, und in diesem Augenblick hält er sich in meinem Schlupfloch in der Rue des Poules[91] versteckt, wo er niemals aufgestöbert werden kann. Claparon tobt, er hat keinen Sou. Unter den fünf oder sechs Häusern, die jetzt verkauft werden müssen, ist ein Juwel von Haus, ganz aus Haustein, in der Nähe der Madeleine, – eine Fassade, gemustert wie eine Melone, mit entzückenden Skulpturen, – aber das, da es noch nicht ganz fertig ist, für höchstens hunderttausend Francs weggegeben wird. Aber heute in zwei Jahren kann man vielleicht vierzigtausend Francs Einkommen herausholen, wenn man fünfundzwanzigtausend Francs anzahlt. Erweist man Mademoiselle Thuillier eine solche Gefälligkeit, macht man sich bei ihr lieb Kind, denn natürlich muß man ihr zu verstehen geben, daß sich alle Jahre solche Gelegenheitskäufe durchführen ließen. Eitle Leute fängt man dadurch ein, daß man ihrem Ehrgeiz dient oder daß man sie bedroht. Geizige hält man dadurch fest, daß man ihre Börse attackiert oder daß man sie ihnen füllt. Und da schließlich für die Thuilliers arbeiten heißt für uns arbeiten, müssen wir sie an diesem Coup verdienen lassen.«

»Und der Notar«, fragte Dutocq, »warum läßt der sich das entgehen?«

»Aber Dutocq, gerade der Notar rettet uns doch! Der Notar muß seine Praxis verkaufen, außerdem ist er ruiniert, aber er hat sich gerade dieses Stück von dem Rest des Kuchens reserviert. Da er an die Redlichkeit dieses Halbidioten Claparon glaubt, hat er ihn damit beauftragt, einen vorgeschobenen Käufer für ihn ausfindig zu machen; es bedarf jetzt ebensoschr des Vertrauens wie der Vorsicht. Wir müssen ihm einreden, Mademoiselle Thuillier sei eine anständige unverehelichte Dame, die ihren Namen dem armen Claparon leihe, und dann sitzen sie alle beide drin, Claparon und der Notar. Diesen kleinen Streich bin ich meinem Freund Claparon schuldig. Schließlich hat er in der Sache mit seiner Kommanditgesellschaft, bei der wir durch Couture begaunert worden sind, in dessen Haut zu stecken ich euch nicht wünsche, *mir* die ganze Last aufgepackt!« sagte er und ließ seine welken Augen in einem höllischen Haß aufglänzen. »Ich habe gesprochen, Euer Gnaden!« fügte er hinzu und sprach dabei lauter, so daß seine Stimme in vollem Umfang durch seine Nasengräben herausströmte, und nahm eine theatralische Pose ein, da er in einer Zeit äußerster Not auch einmal Schauspieler gewesen war.

Das tiefe Schweigen, mit dem Cérizets letzte Tirade aufgenommen worden war, ermöglichte es, den Klang der Flurglocke zu vernehmen, und Théodose eilte zur Tür.

»Sind Sie nach wie vor mit ihm zufrieden?« fragte Cérizet Dutocq. »Ich stelle bei ihm ein gewisses Etwas fest . . . schließlich kenne ich mich in Verrätereien aus.«

»Er ist so sehr in unserer Hand«, sagte Dutocq, »daß ich mir gar nicht die Mühe mache, ihn zu beobachten. Aber, unter uns, ich hätte ihn nicht für so gewitzt gehalten, wie er ist . . . Wir haben bei dieser Gelegenheit geglaubt, einen Rotfuchs einem Mann zwischen die Beine zu klemmen, der nicht reiten kann, und nun entpuppt der Bursche sich als ein ehemaliger Jockei! Jetzt . . .«

». . . soll er sich in acht nehmen!« sagte Cérizet dumpf, »ich kann ihn umpusten wie ein Kartenhaus. Was Sie betrifft, Papa Dutocq, so können Sie ihn jederzeit am Werk sehen und beobachten, behalten Sie ihn im Auge! Übrigens habe ich ein Mittel, bei ihm auf den Busch zu klopfen. Ich brauche ihm ja bloß durch Claparon vorschlagen zu lassen, er solle sich von uns freimachen. Dann können wir uns ein Bild von ihm machen . . .«

»Das wäre recht gut«, sagte Dutocq, »und du bist ein entschlossener Kerl.«

»Man ist eben vom Bau, und darauf kommt es an!« sagte Cérizet.

Diese Worte wurden mit leiser Stimme gewechselt, während Théodose zur Tür ging und zurückkam. Cérizet war dabei, sich im Arbeitszimmer alles genau anzusehen, als der Advokat wieder erschien.

»Es ist Thuillier, ich habe seinen Besuch erwartet«, sagte er. »Er ist im Salon, und er braucht Cérizets Überrock nicht zu sehen, die Tressen daran würden ihm Angst einflößen.«

»Pah! Du empfängst eben arme Teufel, das bringt deine Rolle mit sich . . . Brauchst du Geld?« fügte Cérizet hinzu und zog hundert Francs aus der Hosentasche. »Nimm nur, nimm nur, das tut gute Wirkung.«

Und er schichtete den Stapel auf dem Kaminsims auf.

»Übrigens«, sagte Dutocq, »können wir ja durch das Schlafzimmer verschwinden.«

»Gut, dann adieu«, sagte der Provenzale und machte ihnen die Tapetentür auf, durch die man aus dem Arbeitszimmer ins Schlafzimmer gelangte. – »Treten Sie näher, lieber Monsieur Thuillier«, rief er dem Beau aus der Kaiserzeit entgegen.

Und als er ihn in der Tür des Arbeitszimmers sah, geleitete er seine beiden Kumpane durch sein Schlafzimmer, sein Toilettekabinett und seine Küche, deren Tür auf den Treppenflur führte.

»In einem halben Jahr mußt du Célestes Mann und auf dem Weg zum Reichtum sein ... Du bist gut dran, du hast nicht zweimal auf der Anklagebank des Zuchtpolizeigerichts gehockt ... wie ich! Das erstemal 1824 durch einen Tendenzprozeß[92] ... wegen einer Serie von Artikeln, die ich nicht geschrieben habe, und das zweitemal um der Gewinne aus einer Kommanditgesellschaft willen, die uns durch die Lappen ging! Also los, mach Dampf dahinter, zum Teufel! Denn Dutocq und ich, wir haben jeder unsere dreißigtausend Francs verdammt nötig. Also guten Mut, Freundchen!« fügte er hinzu und hielt Théodose die Hand hin. Er machte aus diesem Händedruck eine Probe.

Der Provenzale gab Cérizet die Rechte und drückte ihm die seine aufs herzlichste.

»Mein Junge, sei ganz sicher, daß ich in keiner Lage vergessen werde, aus welcher Lage du mich herausgezogen und mir hier in den Sattel geholfen hast ... Ich bin euer Angelhaken, aber ihr gebt mir den schönsten Anteil, und ich müßte ein größerer Schuft als ein Sträfling sein, der sich als Spitzel anbietet, wenn ich nicht offenes Spiel triebe.«

Sobald die Tür zugeklappt war, schaute Cérizet durchs Schlüsselloch, weil er Théodoses Gesicht sehen wollte. Allein der Provenzale hatte sich bereits umgedreht, um wieder zu Thuillier zu gehen, und so konnte er den Ausdruck nicht erhaschen, den die Züge seines Genossen angenommen hatten.

Weder Ekel noch Schmerz, sondern eitel Freude zeichnete sich auf dessen entspanntem Gesicht ab. Théodose hatte gemerkt, daß die Mittel zum Erfolg wuchsen, und er traute es sich zu, sich der beiden üblen Kumpane entledigen zu können, denen er übrigens alles verdankte. Die Not hat unauslotbare Tiefen, zumal in Paris, morastige Gründe, und wenn ein fast Ertrunkener aus diesem Bett wieder an die Oberfläche kommt, bringt er an seinem Körper oder seiner Kleidung Schmutz mit herauf. Cérizet, der ehedem wohlhabende Freund und Gönner Théodoses, war noch der schlammige Schmutzfleck, der an dem Provenzalen haftete, und der frühere Geschäftsführer der Kommanditgesellschaft ahnte, daß er sich ihn abzubürsten wünsche, jetzt, da er sich in einer Sphäre befand, wo anständige Kleidung Zwang war.

»Also, mein lieber Théodose«, sagte Thuillier, »wir haben gehofft, Sie jeden Tag der Woche bei uns zu sehen, und an jedem Abend haben wir es erlebt, daß unsere Hoffnungen getäuscht wurden ... Da dieser Sonntag derjenige unseres Abendessens ist, haben meine Schwester und meine Frau mich beauftragt, Sie zu bitten, Sie möchten kommen ...«

»Ich habe soviel zu tun gehabt«, sagte Théodose, »daß ich niemandem, wem auch immer, zwei Minuten widmen konnte, nicht einmal Ihnen, den ich doch der Zahl meiner Freunde zurechne und mit dem ich zu reden habe ...«

»Wieso? Denken Sie denn tatsächlich im Ernst an das, was Sie mir gesagt haben?« fiel Thuillier Théodose ins Wort.

»Wenn Sie nicht zu mir gekommen wären, damit wir uns darüber verständigen, würde ich Sie nicht so hoch schätzen, wie ich es tue«, entgegnete la Peyrade lächelnd. »Sie sind Unterchef gewesen. Also steckt wohl ein klein wenig Ehrgeiz in Ihnen, und der ist wohl gerade bei Ihnen verteufelt berechtigt! Passen Sie einmal auf! Ganz unter uns: Wenn man sieht, wie ein Minard, eine vergoldete Hohlheit, geht und dem König Bücklinge macht, sich in den Tuilerien spreizt, wie ein Popinot drauf und dran ist, Minister zu werden ... und dann Sie, ein Mann, der von der Arbeit im Verwaltungsdienst wie gerädert ist, ein Mann, der über dreißig Jahre Erfahrung verfügt, der sechs Regierungen erlebt hat, und der jetzt seine Balsaminen pikiert ... Na, hören Sie mal ...! Ich bin offenherzig, mein lieber Thuillier, ich will Sie vorwärts stoßen, weil Sie mich dann nach sich ziehen werden ... Also: Folgendes ist mein Plan. Wir haben demnächst ein Mitglied des Generalrats dieses Arrondissements zu wählen, und das müssen unbedingt Sie sein ...! Und«, sagte er und betonte diesen Ausspruch nachdrücklich, »Sie werden es sein! Eines Tages werden Sie der Abgeordnete des Arrondissements sein, nämlich bei der Neuwahl der Kammer, und die wird nicht lange auf sich warten lassen ... Die Stimmen, die Sie in den Stadtrat wählen, bleiben Ihnen erhalten, wenn es um die Wahl zum Abgeordneten geht, verlassen Sie sich auf mich ....«

»Aber über welche Mittel und Wege verfügen Sie denn ...?« rief Thuillier fasziniert.

»Das werden Sie schon noch erfahren, aber lassen Sie mich zuvor diese langwierige, schwierige Angelegenheit in die Hand nehmen. Wenn Sie irgendeine Indiskretion begehen über das, was besprochen, eingefädelt, zwischen uns abgemacht wird, dann lasse ich Sie sitzen und empfehle mich!«

»Oh, auf die absolute Verschwiegenheit eines ehemaligen Unterchefs können Sie sich verlassen. Ich habe Geheimnisse zu bewahren gehabt ...«

»Gut! Aber hier handelt es sich darum, vor Ihrer Frau, Ihrer Schwester und dem Ehepaar Colleville Geheimnisse zu bewahren.«

»Kein Muskel in meinem Gesicht soll zucken«, sagte Thuillier und zwang sich zur Ruhe.

»Gut!« sagte la Peyrade nochmals, »ich will Sie auf die Probe stellen. Um wählbar zu sein, muß der Wahlzensus bezahlt werden, und den bezahlen Sie nicht.« – »Stimmt ... !«

»Na, schön. Meine Dienstwilligkeit Ihnen gegenüber geht so weit, daß ich Ihnen das Geheimnis eines Geschäfts preisgebe, bei dem Sie mit einem Kapital von höchstens hundertfünfzigtausend Francs eine Rente von dreißig- oder vierzigtausend Francs gewinnen können. Aber in Ihrer Familie leitet Ihre Schwester seit langem die Geldangelegenheiten, und damit haben Sie recht getan. Sie hat, wie man so sagt, das beste Urteilsvermögen der Welt: Sie müssen mich also die Zuneigung, die Freundschaft der Mademoiselle Brigitte dadurch gewinnen lassen, daß ich ihr diese Kapitalsanlage unterbreite, und zwar aus folgendem Grund. Wenn Ihre Schwester nicht volles Vertrauen zu dem hätte, was ich da heimlich anspinne, würde sich ein Hinundherziehen ergeben. Würden Sie es dann fertigbringen, ihr einzureden, daß das Grundstück auf Ihren Namen eingetragen werden müsse? Es ist schon besser, daß ich ihr diesen Gedanken einflöße. Überdies können Sie sich ja beide über das Geschäft ein Urteil bilden. Was nun meine Mittel und Wege betrifft, so hören Sie zu: Phellion verfügt über ein Viertel der Stimmen unseres Stadtviertels. Er und Laudigeois wohnen hier seit dreißig Jahren, man hört auf sie wie auf ein Orakel. Ich habe einen Freund, der über ein weiteres Viertel verfügt, und der Pfarrer von Saint-Jacques, der auf Grund seiner Tugenden eines gewissen Einflusses nicht ermangelt, hat wahrscheinlich auch ein paar Stimmen. Dutocq, der wie der Friedensrichter Beziehungen zur Einwohnerschaft hat, wird mir unter die Arme greifen, vor allem, wenn ich nicht im eigenen Interesse handele. Und schließlich stellt Colleville als Sekretär im Bürgermeisteramt ein Viertel der Stimmen dar.«

»Aber Sie haben ja vollauf recht, ich werde gewählt!« rief Thuillier.

»Glauben Sie?« fragte la Peyrade, und seine Stimme klang erschreckend ironisch. »Ja, dann gehen Sie bloß einmal zu Ihrem Freund Colleville und bitten ihn, er solle Ihnen helfen. Dann werden Sie ja sehen, was er Ihnen antwortet ... Bei Wahlen erlangt kein Kandidat den Triumph durch sich selbst, sondern durch seine Freunde. Niemals darf man selbst für sich selbst etwas erbitten. Man muß sich vielmehr bitten lassen, anzunehmen. Es muß aussehen, als sei man frei von Ehrgeiz.«

»La Peyrade ...!« rief Thuillier, sprang auf und ergriff die Hand des jungen Advokaten, »Sie sind ein sehr intelligenter Mensch ...«

»Nicht so sehr wie Sie, aber ich habe meine bescheidenen Verdienste«, antwortete der Provenzale lächelnd.

»Und wenn es uns gelingt, wie könnte ich Sie dann belohnen?« fragte Thuillier naiv.

»Ach so ... Ich werde Ihnen impertinent vorkommen. Aber bedenken Sie, daß in mir ein Gefühl lebendig ist, das alles entschuldigt, denn es hat mir den Mut gemacht, dies alles zu unternehmen! Ich liebe, und ich nehme Sie als Vertrauensmann ...«

»Aber wen denn?« fragte Thuillier.

»Ihre liebe kleine Céleste«, antwortete la Peyrade, »und meine Liebe bürgt Ihnen für meine Dienstbeflissenheit. Was täte ich nicht für einen Schwiegervater! Es geschieht aus Egoismus, ich arbeite ja für mich selbst ...«

»Pst!« machte Thuillier.

»Ach, lieber Freund«, sagte la Peyrade und faßte Thuillier um die Taille, »wenn ich Flavie nicht auf meiner Seite hätte und wenn ich nicht alles wüßte, würde ich dann mit Ihnen darüber sprechen? Die Sache ist nur die, daß Sie ihr zuhören müssen, wenn sie es erwähnt, Sie selber dürfen nicht darauf zu sprechen kommen. Hören Sie auf mich. Ich bin aus dem Holz, aus dem man Minister schnitzt, und ich will Céleste nicht haben, ohne daß ich sie mir verdient hätte: Deswegen sollen Sie sie mir erst am Vorabend der geheimen Abstimmung geben, bei der Ihr Name mit soviel Stimmen herauskommen soll, wie für einen Abgeordneten von Paris erforderlich sind. Um Abgeordneter von Paris zu werden, muß man über Minard siegen. Also muß Minard für null und nichtig erklärt werden, Sie müssen alle Mittel bewahren, die Ihnen Einfluß verschaffen, und um zu diesem Ergebnis zu gelangen, lassen Sie Céleste als eine Hoffnung bestehen, wir werden alle andern überspielen ... Madame Colleville, Sie und ich sind eines Tages bedeutende Persönlichkeiten. Glauben Sie übrigens nicht, ich sei materiell interessiert: Ich will Céleste ohne Vermögen, einzig mit ihren Erbaussichten ... Mit Ihnen gemeinsam im Familienkreis zu leben, Ihnen meine Frau in Ihrer Mitte zu überlassen, das ist das, was ich vorhabe ... Jetzt sehen Sie mich, wie ich bin, ich hege keine Hintergedanken. Was nun aber Sie betrifft, so bekommen Sie ein halbes Jahr nach Ihrer Wahl in den Generalrat das Chevaliers-Kreuz, und wenn Sie erst Abgeordneter sind, werden Sie ganz von selbst Offizier der Ehrenlegion ... Und Ihre Reden in der Abgeordnetenkammer, nun, die arbeiten wir gemeinsam aus! Vielleicht ergibt sich die Notwendigkeit, daß Sie als Autor eines ernsten Buches über ein halb moralisches, halb politisches Thema in Erscheinung treten, etwa über die Wohlfahrtseinrichtungen, von einem höheren Gesichtspunkt aus betrachtet, oder über die Reform des Mont-de-Piété[93], bei dem erschreckende Mißstände herrschen. Wir müssen Ihrem Namen eine kleine Berühmtheit anheften ... das wirkt gut, zumal in diesem Arrondissement. Ich habe Ihnen gesagt: ›Sie können das Kreuz haben und Mitglied des Generalrats des Départements Seine werden.‹ Gut, glauben Sie an mich. Sie brauchen mich erst in Ihre Familie aufzunehmen, wenn Sie ein Band im

Knopfloch haben, und einen Tag, nachdem Sie aus dem Hôtel de Ville heimkommen. Ich werde jedoch noch mehr tun: Ich verschaffe Ihnen eine Rente in Höhe von vierzigtausend Francs . . .«

»Allein schon für jedes einzelne dieser drei Dinge verdienten Sie unsere Céleste!«

»Was für eine Perle ist sie!« sagte la Peyrade und hob die Augen zum Himmel auf. »Ich habe die Schwäche, daß ich alle Tage für sie zu Gott bete . . . Sie ist bezaubernd, sie ist übrigens ganz nach Ihnen geartet . . . Aber lassen wir das. Braucht man mir etwa mit Hinweisen zu kommen? Mein Gott, Dutocq hat mir doch alles gesagt! Bis heute abend also! Ich gehe jetzt zu den Phellions und bearbeite sie um Ihretwillen. Ach, dies noch, selbstverständlich müssen Sie so tun, als seien Sie hundert Meilen weit davon entfernt, für Céleste an mich zu denken . . . denn sonst würden Sie mir Arme und Beine brechen. Also Schweigen über diesen Punkt, sogar Flavie gegenüber! Warten Sie ab, bis sie von sich aus die Rede darauf bringt. Phellion wird Ihnen heute abend heftig auf den Leib rücken, um Sie für sein Projekt zu gewinnen und Sie als Kandidaten aufzustellen.«

»Heute abend«, sagte Thuillier.

»Heute abend«, antwortete la Peyrade, »es sei denn, daß ich ihn nicht daheim antreffe.«

Im Fortgehen sagte sich Thuillier:

»Das ist wirklich ein überragender Mensch! Wir werden stets gut miteinander auskommen, und, wahrhaftig, wir könnten schwerlich für Céleste etwas Besseres finden. Die beiden leben mit uns zusammen, im Familienkreis, und das ist viel wert. Er ist ein wackerer Bursche, ein guter Mensch . . .«

Für Geister vom Schlage Thuilliers hat ein Nebenumstand die gleiche Bedeutung wie die Hauptsache. Théodose hatte die reizendste Gutartigkeit zur Schau getragen.

Das Haus, zu dem er sich ein paar Minuten später begab, war zwanzig Jahre lang das »Hoc erat in votis«[94] der Phellions gewesen. Aber es war ja auch das Haus der Phellions, wie die Verschnürungen auf Cérizets Überrock dessen notwendige Verzierungen bildeten.

Jenes an ein großes Haus angeklebte Bauwerk war nur so tief

wie die Zimmer, also etwa zwanzig Fuß[95]. Es endete an jeder Seite mit einer Art einfenstrigem Pavillon. Das Angenehmste daran war ein etwa dreißig Klafter[96] breiter Garten, der länger als die Fassade in der ganzen Ausdehnung eines Vorhofs nach der Straße hin war, und ferner eine Gruppe von Linden jenseits des zweiten Pavillons. Der Hof besaß an der Straßenseite zwei schmiedeeiserne Gitter, in deren Mitte eine kleine, zweiflügelige Tür angebracht war.

Dieser aus Sandstein und Mörtel errichtete Bau war zwei Stockwerke hoch und gelb getüncht. Die Jalousien waren grün, wie auch die Läden des Erdgeschosses. Die Küche lag im Erdgeschoß, und zwar in dem nach dem Hofe zu gelegenen Pavillon, und die Köchin, ein dickes, kräftiges Mädchen, wurde von zwei riesigen Hunden geschützt und übte die Funktionen einer Portiersfrau aus. Die Fassade bestand aus fünf Fenstern und den beiden um einen Klafter vorspringenden Pavillons. Sie war im Phellion-Stil gehalten. Über der Eingangstür war eine Marmortafel angebracht, auf der in goldenen Lettern zu lesen stand: »Aurea mediocritas«[97]. Unter der Sonnenuhr an jener Fassade hatte er den weisen Wahlspruch: »Umbra mea vita sit!«[98] einmeißeln lassen.

Die Fensterbänke waren unlängst durch solche aus rotem Languedoc-Marmor ersetzt, die bei einem Steinmetzen vorgefunden worden waren. Hinten im Garten stand eine bunt bemalte Statue, die Vorübergehende glauben lassen mochte, eine Amme nähre dort ihr Kind. Phellion war sein eigener Gärtner. Das Erdgeschoß bestand lediglich aus einem Wohn- und einem Eßzimmer, die durch das Treppenhaus getrennt wurden; der Treppenabsatz bildete den Flur. Hinter dem Wohnzimmer lag ein kleiner Raum, der Phellion als Arbeitszimmer diente.

Im ersten Stock lagen die Räume der beiden Gatten und der des jungen Professors; darüber die Schlafzimmer der Kinder und der Dienstboten. Denn in Anbetracht seines Alters und dem seiner Frau hatte Phellion sich einen etwa fünfzehnjährigen Diener zugelegt, vor allem, seit sein Sohn im Schuldienst tätig war. Betrat man den Hof, so gewahrte man links kleine Nebengebäude, die jetzt zum Aufbewahren des Brennholzes dienten und in denen der Vorbesitzer einen Pförtner untergebracht hatte. Sicherlich warten die Phellions die Heirat ihres Sohnes, des Professors, ab, um sich solch eine Annehmlichkeit zu leisten.

Dieser Besitz, auf den die Phellions lange Zeit hindurch ein Auge geworfen hatten, hatte 1831 achtzehntausend Francs gekostet. Das Haus wurde vom Hof durch eine Balustrade mit Hausteinbasis getrennt; sie bestand aus übereinander gelegten Hohlziegeln und war mit Fliesen bedeckt. Hinter dieser schmuckhaften Brustwehr wuchs eine Hecke aus Bengal-Rosensträuchern, und in der Mitte war eine hölzerne Gittertür angebracht, genau gegenüber der zweiflügeligen Tür unmittelbar an der Straße.

Wer den Impasse des Feuillantines kennt, dem wird klar sein, daß das Haus Phellion, als rechtwinklig zur Fahrbahn stehend, der vollen Mittagssonne ausgesetzt und vor Nordwinden durch die riesige Brandmauer geschützt war, an die es sich anlehnte. Die Kuppel des Panthéon und die des Val-de-Grâce ähneln zwei Riesen und vermindern die freie Luft so sehr, daß man, wenn man im Garten lustwandelt, sich eingeengt fühlt. Im übrigen ist es nirgends stiller als im Impasse des Feuillantines. So war die Zufluchtsstätte des großen, unbekannten Bürgers beschaffen, der die Annehmlichkeiten des Sichausruhens genoß, nachdem er durch seine Arbeit im Finanzministerium dem Vaterland seine Schuld abgezahlt hatte. Nach sechsunddreißigjähriger Dienstzeit hatte er sich als Rechnungsführer pensionieren lassen.

1832 hatte er sein Bataillon der Nationalgarde bei dem Angriff auf die Barrikade von Saint-Merri geführt. Aber seine Nachbarn hatten in seinen Augen Tränen gesehen, weil er auf irregeleitete Franzosen hatte schießen sollen. Der Kampf war schon entschieden gewesen, als die Legion im Laufschritt über den Pont Notre-Dame heranrückte, nachdem sie den Umweg über den Quai aux Fleurs gemacht hatte. Dieser löbliche Zug hatte ihm die Hochachtung seines Stadtviertels eingetragen, aber er hatte deswegen auf die Auszeichnung durch das Kreuz der Ehrenlegion verzichten müssen. Der Oberst hatte mit lauter Stimme erklärt, unter Waffen dürfe man nicht lange mit sich zu Rate gehen: Das gleiche hatte Louis-Philippe zu der Metzer Nationalgarde gesagt. Nichtsdestoweniger hatten Phellions bürgerliches Mitgefühl und die tiefe Verehrung, die er im Stadtviertel genoß, ihn seit acht Jahren Bataillonschef bleiben lassen[99]. Er war jetzt beinahe sechzig, und als er jetzt den Augenblick nahen sah, da er den Degen und den hohen Kragen ablegen mußte, hoffte er, daß der König (Roâ)[100] geruhen werde, seine Dienste dadurch zu belohnen, daß er ihm die Ehrenlegion zuerkannte, und die Wahrheitsliebe zwingt uns, zu bekennen, trotz des Makels, den diese Niedrigkeit einem so schönen Charakter aufprägt, daß der Major Phellion sich bei den Empfängen in den Tuilerien auf die Fußspitzen stellte, daß er sich vordrängte und den Bürgerkönig mit werbenden Blicken bedachte, wenn er an seinem Tisch speiste, mit einem Worte, daß er verstohlen intrigierte, und dabei war er bislang vom König seiner Wahl keines Blickes gewürdigt worden. Dieser Ehrenmann hatte es noch nicht übers Herz bringen können, Minard zu bitten, er möge doch in dieser Hinsicht Fürsprache für ihn einlegen.

Phellion, der Mann des passiven Gehorsams, war dort, wo es um seine Pflicht ging, ein Stoiker, und ehern in bezug auf alles, was mit dem Gewissen zu tun hatte. Um dieses Bildnis durch die Schilderung seiner Leiblichkeit zu vollenden, wie sie mit neunundfünfzig Jahren beschaffen war, muß mit einem Ausdruck aus der Sprache der Bourgeoisie gesagt werden, daß Phellion »Fett angesetzt« hatte. Sein pockennarbiges Schafsgesicht sah jetzt aus wie der Vollmond, so daß seine früher aufgeworfenen Lippen jetzt nicht weiter ungewöhnlich wirkten. Seine mattgewordenen Augen wurden durch Brillengläser verhüllt. Sie boten nicht mehr die Harmlosigkeit ihres hellen Blaus dar und reizten nicht länger zum Lächeln. Auch sein gebleichtes Haar, eben schlechthin alles, hatte einen gewissen Ernst über alles gebreitet, was zwölf Jahre zuvor beinahe albern angemutet und fast lächerlich gewirkt hatte. Die Zeit, die auf so unheilvolle Weise die Gesichter mit feinen, zarten Zügen verändert, verschönt diejenigen, die in der Jugend grobschlächtige, massive Formen aufweisen, wie es auch bei Phellion der Fall war. Er beschäftigte sich in den Mußestunden seines Alters damit, daß er einen Abriß der Geschichte Frankreichs schrieb. Denn Phellion war der Autor mehrerer Werke, die der Universitätsbuchhandel übernommen hatte.

Als la Peyrade sich einfand, war die Familie vollzählig versammelt. Madame Barniol hatte der Mutter gerade über eins ihrer Kinder berichtet, das kränkelte. Der Schüler der Ecole des ponts et chaussées verbrachte den Tag im Familienkreis. Alle waren sonntäglich gekleidet und saßen am Kamin des holzgetäfelten, grau in grau gestrichenen Wohnzimmers auf Mahagonisesseln und fuhren zusammen, als Geneviève denjenigen meldete, über den sie sich im Zusammenhang mit Céleste unterhalten hatten, Céleste, die Félix Phellion so sehr liebte, daß er in die Messe ging, nur um sie zu sehen. Der gelehrte Mathematiker hatte sich an ebenjenem Morgen dieser Mühe unterzogen, und man machte darüber freundliche Scherze, in der Hoffnung, Céleste und deren Eltern möchten sich darüber klarwerden, welcher Schatz sich ihnen darbot.

»Leider scheinen mir die Thuilliers an einem recht gefährlichen Menschen einen Narren gefressen zu haben«, sagte Madame Phellion. »Heute morgen hat er Madame Colleville einfach untergehakt, und sie sind zusammen in den Jardin du Luxembourg gegangen.«

»Diesem Advokaten haftet etwas Unheimliches an«, rief Félix Phellion. »Wenn er ein Verbrechen begangen hätte, würde es mich nicht wundern . . .«

»Du gehst zu weit«, sagte Vater Phellion. »Er ist bloß ein Vetter Tartuffes, dieser unsterblichen Gestalt, die unser ehrlicher Molière in Bronze gegossen hat, denn, Kinder, bei Molière bilden die Ehrlichkeit und die Vaterlandsliebe die Basis seines Genies.«

Gerade in diesem Augenblick kam Geneviève herein und sagte:

»Monsieur de la Peyrade ist da und möchte Monsieur sprechen.«

»Mich?« rief Monsieur Phellion. »Er soll näher treten!« fügte er mit der Feierlichkeit in kleinen Dingen hinzu, die ihm einen Anhauch von Lächerlichkeit lieh, die indessen bislang der Familie imponiert hatte. Er besaß in ihr die Geltung eines Königs.

Phellion, seine beiden Söhne, seine Frau und seine Tochter standen auf und empfingen die einen Halbkreis beschreibenden Verbeugungen des Advokaten.

»Was verschafft uns die Ehre Ihres Besuchs, Monsieur?« fragte Phellion gemessen.

»Ihre Bedeutsamkeit im Stadtviertel und in den öffentlichen

Angelegenheiten, mein lieber Monsieur Phellion«, antwortete Théodose.

»Dann wollen wir in mein Arbeitszimmer gehen«, sagte Phellion.

»Nein, nein, mein Lieber«, sagte die dürre Madame Phellion, eine kleine Frau, die platt wie ein Streichbrett war und deren Gesicht den Ausdruck aufgeschminkter Strenge beibehalten hatte, mit dem sie in Mädchenpensionaten Musikunterricht erteilte, »wir lassen euch hier allein.«

Ein Erardflügel, der zwischen den beiden Fenstern und gegenüber dem Kamin stand, kündete von den nie endenden Ansprüchen der würdigen Bourgeoise.

»Sollte ich das Unglück haben, Sie in die Flucht zu schlagen?« fragte Théodose und lächelte dabei Mutter und Tochter gutmütig an. »Sie haben hier eine entzückende Heimstätte«, fuhr er fort, »und es fehlt Ihnen nur noch eine hübsche Schwiegertochter, damit Sie den Rest Ihrer Tage in dieser ›aurea mediocritas‹ hinbringen können, nach dem Wunschbild des lateinischen Dichters, und inmitten der Freuden des Familienlebens. Ihr bisheriges Leben verdient diese Belohnung, denn nach allem, was über Sie gesagt wird, lieber Monsieur Phellion, sind Sie zugleich ein guter Bürger und ein Patriarch ...«

»Monsieur«, sagte Phellion verlegen, »Monsieur, ich habe meine Pflicht (devouar)[101] getan, und das ist alles (toute)[102].«

Madame Barniol, die ihrer Mutter ähnelte wie zwei Wassertropfen einander, schaute Madame Phellion und Félix bei dem Wort »Schwiegertochter« an, das Théodose mit einem Ausdruck aussprach, der zu sagen schien: »Sollten wir uns geirrt haben?«

Der Wunsch, über diesen Zwischenfall zu plaudern, brachte die vier Menschen dazu, sich in den Garten zurückzuziehen, denn im März 1840 war das Wetter, wenigstens in Paris, fast trocken.

»Herr Major«, sagte Théodose, als er mit dem würdigen Bourgeois allein war, dem diese Anrede stets schmeichelte, »ich gehöre nämlich zu Ihren Soldaten, und es handelt sich um die Wahl ...«

»Ja, richtig, wir wählen ja den Stadtrat«, fiel ihm Phellion ins Wort.

»Und weil ich eine Kandidatur vorschlagen möchte, komme ich her und störe Ihren sonntäglichen Frieden. Aber vielleicht bleiben wir dabei im Familienkreise.«

Es war für Phellion unmöglich, mehr Phellion zu sein, als Théodose Phellion war.

»Sie brauchen kein weiteres Wort zu sagen«, antwortete Phellion und nahm die Pause wahr, die Théodose machte; er wartete nämlich die Wirkung seines Satzes ab. »Denn meine Wahl ist getroffen.«

»Da haben wir denselben Gedanken gehabt!« rief Théodose. »Gute Menschen begegnen einander genauso gut wie geistreiche Menschen.«

»Ich glaube nicht«, entgegnete Phellion. »Dieses Arrondissement hatte als Vertreter im Stadtrat den tugendhaftesten aller Menschen, gerade wie er der größte aller Richter war, in der Person Monsieur Popinots, des verstorbenen Rats am königlichen Gericht. Als es darum ging, ihn zu ersetzen, wohnte sein Neffe, der Erbe seiner Wohltätigkeit, nicht in diesem Stadtviertel. Aber seither hat er das Haus bezogen und gekauft, das in der Rue de la Montagne-Sainte-Geneviève steht, wo sein Onkel gewohnt hat. Er ist der Arzt der Ecole Polytechnique und eines unserer Krankenhäuser. Er ist eine Zierde unseres Viertels. Eben deswegen, und um in der Person des Neffen das Andenken des Onkels zu ehren, haben einige Einwohner des Viertels und ich beschlossen, den Doktor Horace Bianchon durchzubringen. Er ist, wie Sie wissen, Mitglied der Akademie der Wissenschaften und eine der jungen Berühmtheiten der erlauchten Pariser Mediziner-Schule ... In unsern Augen ist ein Mann nicht nur groß, weil er berühmt ist, und der selige Rat Popinot ist meiner Ansicht nach fast ein heiliger Vincent de Paul[103] gewesen.«

»Ein Arzt ist kein Verwaltungsbeamter«, antwortete Théodose, »und außerdem handelt es sich um einen Mann, bei dem Ihre Lieblingsinteressen verlangen, Meinungen zum Opfer zu bringen, die für die öffentlichen Angelegenheiten gänzlich unwichtig sind.«

»Aber Monsieur!« rief Phellion, stand auf und nahm die gleiche Pose ein wie Lafon in ›Le Glorieux‹[104], »verachten Sie mich denn so sehr, daß Sie glauben, persönliche Interessen könnten jemals Einfluß auf mein politisches Gewissen haben? Sobald es sich um öffentliche Angelegenheiten handelt, bin ich Bürger, und nicht mehr und nicht weniger.«

Théodose lächelte innerlich bei der Vorstellung des Kampfes, der zwischen dem Vater und dem Bürger ausgefochten werden würde.

»Legen Sie sich nicht sich selbst gegenüber fest, darum bitte ich Sie dringend«, sagte La Peyrade. »Es handelt sich nämlich um das Lebensglück Ihres geliebten Félix.«

»Was wollen Sie damit sagen ...?« entgegnete Phellion und blieb mitten in seinem Wohnzimmer stehen, verschnaufte sich und schob die Hand von rechts nach links in die Weste, welche Geste er dem berühmten Odilon Barrot[105] nachahmte.

»Aber ich komme doch wegen unseres gemeinsamen Freundes, des würdigen, vortrefflichen Monsieur Thuillier, dessen Einfluß auf das Schicksal der schönen Céleste Colleville Ihnen ja doch zur Genüge bekannt ist. Und wenn, wie ich meine, Ihr Sohn, ein junger Mann, auf den jede Familie stolz sein könnte und dessen gute Eigenschaften unbestreitbar sind, Céleste mit ehrenhaften Absichten umwirbt, könnten Sie nichts Besseres tun, um sich Thuilliers ewiger Dankbarkeit zu versichern, als bei den Wählern gerade ihn unsern Mitbürgern vorzuschlagen ... Was nun aber mich betrifft, der hier im Viertel ein Neuankömmling ist, so kann ich ungeachtet des Einflusses, den mir einiges der armen Bevölkerung erwiesene Gute leiht, diesen Schritt nicht auf mich nehmen. Sich für die Armen einzusetzen schafft bei den Höchstbesteuerten wenig Kredit, und überdies paßt mein bescheidenes Leben nur wenig zu solch einem Glanz. Ich habe mich in den Dienst der kleinen Leute gestellt, Monsieur, wie der verstorbene Rat Popinot, der, wie Sie sagten, ein erhabener Mann war. Und wenn ich nicht ein gewissermaßen frommes Schicksal auf mich nehmen müßte, das zu den Verpflichtungen der Ehe kaum paßt, so würden meine Neigung, meine zweite Berufung mich veranlassen, in den Dienst Gottes, der Kirche zu treten ... Ich schlage keinen Lärm wie die falschen Philanthropen. Ich schreibe nicht, sondern handle, weil ich ein Mensch bin, der sich ganz einfach der christlichen Nächstenliebe gewidmet hat. Ich habe den Ehrgeiz unseres Freundes Thuillier zu wittern geglaubt, und ich habe zu dem Glück zweier füreinander geschaffener Wesen beitragen wollen, indem ich Ihnen den Weg zeigte, der Ihnen Einlaß in Thuilliers ein wenig kaltes Herz verschafft.«

Phellion war durch diese bewundernswert vorgetragene Tirade in Verwirrung geraten. Er war geblendet, erschüttert, aber er ging stracks auf den Advokaten zu, bot ihm die Hand, und la Peyrade reichte ihm die seine.

Beide verabfolgten einander einen Händedruck, wie er um den August 1830 zwischen der Bourgeoisie und den kommenden Männern gewechselt wurde.

»Monsieur«, sagte der Major bewegt, »ich habe Sie falsch beurteilt. Was anzuvertrauen Sie mir die Ehre erwiesen, liegt hier begraben . . .!« fuhr er fort und zeigte auf sein Herz. »Sie sind einer der Männer, deren es nur wenige gibt, aber die einen über viele Übelstände hinwegtrösten, Übelstände, die übrigens durch unseren gesellschaftlichen Zustand bedingt sind. Das Gute tritt so selten in Erscheinung, daß es unserer schwachen Natur entspricht, wenn wir dem Augenschein mißtrauen. Sie haben in mir einen Freund, wenn Sie mir gestatten, mich selber dadurch zu ehren, daß ich mir Ihnen gegenüber diese Bezeichnung beilege . . . Aber Sie sollen mich kennenlernen, Monsieur. Ich würde meine Selbstachtung verlieren, wenn ich Thuillier vorschlüge. Nein, mein Sohn soll sein Lebensglück nicht einer schlechten Handlungsweise seines Vaters verdanken . . . Ich werde meinen Kandidaten nicht wechseln, weil es im Interesse meines Félix läge . . . Die Tugend, Monsieur, daran ist alles gelegen!«

La Peyrade zog sein Taschentuch, rieb sich damit die Augen, brachte eine Träne zum Vorschein, reichte Phellion die Hand, wobei er den Kopf abwandte, und sagte:

»Es ist etwas Erhabenes, Monsieur, wenn das Privatleben und das politische Leben miteinander im Kampf liegen. Wäre ich einzig hergekommen, um diesem Schauspiel beizuwohnen, so würde mein Besuch nicht fruchtlos gewesen sein . . . Aber wie dem auch sei . . . ich würde an Ihrer Stelle genauso handeln . . . Sie sind das Größte, was Gott erschaffen hat: ein guter Mensch! Gäbe es doch viele Bürger von der Art Jean-Jacques'[106]! Denn Sie sind ein Mann nach der Art Jean-Jacques'! Frankreich, o mein Vaterland! Was könnte dann aus dir werden . . .! Mir,

Monsieur, kommt es zu, Sie flehentlich um die Ehre zu bitten, mein Freund zu sein.«

»Was geht da vor?« rief Madame Phellion, die diese Szene durchs Fenster beobachtet hatte, »euer Vater und dieser gräßliche Kerl liegen einander in den Armen.«

Phellion und der Advokat gingen hinaus und traten zu der im Garten versammelten Familie.

»Mein lieber Félix«, sagte der alte Mann und deutete auf la Peyrade, der sich vor Madame Phellion verneigte, »du mußt diesem würdigen jungen Herrn sehr dankbar sein. Er wird dir eher nützlich denn schädlich sein.«

Er ging fünf Minuten lang mit Madame Barniol und Madame Phellion unter den blätterlosen Linden auf und ab und erteilte ihnen in Anbetracht der schwierigen Umstände, die Phellions politische Hartnäckigkeit geschaffen hatte, Ratschläge, deren Wirkungen im Verlauf des Abends ausbrechen sollten und deren erstes Ergebnis darin bestand, aus den beiden Damen zwei Bewunderinnen seiner Talente, seines Freimuts und seiner unschätzbaren Fähigkeiten zu machen. Von der ganzen Familie als einer geschlossenen Einheit wurde der Advokat von der Haustürschwelle bis auf die Straße geleitet, und aller Augen folgten ihm, bis er in die Rue du Faubourg Saint-Jacques eingebogen war. Auf dem Rückweg ins Wohnzimmer nahm Madame Phellion den Arm ihres Mannes und sagte zu ihm:

»Aber Liebster, willst du, der du ein so guter Vater bist, tatsächlich aus übertriebenem Zartgefühl die schönste Partie, die unser Félix machen könnte, zunichte werden lassen?«

»Beste«, antwortete Phellion, »die großen Männer des klassischen Altertums, solche wie Brutus und einige andere, waren niemals Väter, wenn es sich darum handelte, sich als Bürger zu erweisen ... Das Bürgertum hat sehr viel mehr als der Adel, an dessen Stelle zu treten es berufen ist, die Verpflichtung zu hoher Tugend. Monsieur de Saint-Hilaire[107] dachte angesichts des toten Turenne[108] nicht an seinen abgeschossenen Arm ... Wir müssen Beweise erbringen, wir Bürger: Und das wollen wir auf allen Stufen der sozialen Hierarchie tun. Habe ich meiner Familie diese Lehren erteilt, um sie in dem Augenblick zu vernachlässigen, da es gilt, sie anzuwenden ...? Nein, Gute, weine, wenn du willst, heute. Morgen wirst du mich achten ...!« sagte er, als er sah, daß seine kleine, trockene bessere Hälfte Tränen in den Augen hatte.

Diese großen Worte wurden auf der Schwelle der Tür gesprochen, über der geschrieben stand: »Aurea mediocritas«.

»Ich hätte noch hinzusetzen sollen: ›et digna‹[109]!« sagte er noch und wies auf die Tafel. »Aber die beiden Wörter hätten dann wie Selbstlob geklungen.«

»Vater«, sagte Marie-Théodore Phellion, der künftige Ingenieur des Amtes für Brücken- und Straßenbau, als die ganze Familie im Wohnzimmer beisammen war, »mir scheint es nicht gegen die Ehre zu verstoßen, wenn man seinen Entschluß im Zusammenhang mit einer Wahl ändert, die an sich für das öffentliche Wohl ganz gleichgültig ist.«

»Gleichgültig, mein Junge?« rief Phellion. »Unter uns kann ich sagen, und Félix teilt meine Ansicht, daß Monsieur Thuillier auch nicht auf die mindeste Art und Weise befähigt ist! Er weiß nichts! Monsieur Horace Bianchon dagegen ist ein begabter Mann, er wird für unser Arrondissement tausend Dinge durchsetzen, und Thuillier kein einziges! Aber vernimm, mein Junge: Einen guten Entschluß aus Motiven persönlicher Interessen in einen schlechten umzuwandeln, das ist etwas Niederträchtiges, das sich vielleicht der Kontrolle durch Menschen entzieht, das indessen Gott bestraft. Ich bin vor meinem Gewissen von jedem Makel frei oder glaube es wenigstens zu sein, und ich bin es euch schuldig, euch ein unbeflecktes Andenken zu hinterlassen. Daher kann nichts mich umstimmen.«

»Oh, guter Vater«, rief die kleine Barniol und warf sich, auf einem Kissen, Phellion zu Füßen, »setz dich doch nicht aufs hohe Roß! Es gibt doch soviele Schwachköpfe und Nullen in den Stadträten, und Frankreich bleibt dennoch am Leben. Der wakkere Thuillier wird immer bloß beifällig nicken ... Bedenk doch, daß Céleste vielleicht einmal fünfhunderttausend Francs bekommt.«

»Und wenn sie Millionen hätte!« sagte Phellion, »und ich sähe sie hier vor mir liegen ... ich würde auch dann nicht Thuillier vorschlagen, wenn ich es dem Andenken des tugendsamsten aller Menschen schuldig bin, Horace Bianchon wählen zu lassen. Droben im Himmel schaut Popinot zu mir hin und zollt mir Beifall ...!« rief Phellion außer sich. »Mit solcherlei Anschauungen erniedrigt man Frankreich, und das Bürgertum setzt sich in ein schlechtes Licht.«

»Mein Vater hat recht«, sagte Félix, der aus tiefem Nachsinnen auffuhr, »und er verdient unsere Achtung und unsere Liebe jetzt wie während seines ganzen bescheidenen, erfüllten und ehrenhaften Lebens. Ich möchte mein Glück weder einem Gewissensbiß in seiner schönen Seele noch gesponnenen Ränken verdanken. Ich liebe Céleste im gleichen Maß wie meine Familie, aber höher als all das steht mir die Ehre meines Vaters, und von dem Augenblick an, da es für ihn zur Gewissensfrage wird, soll nicht wieder davon gesprochen werden.«

Mit Tränen in den Augen ging Phellion auf seinen ältesten Sohn zu, schloß ihn in die Arme und sagte mit erstickter Stimme: »Mein Sohn! Mein Junge ...!«

»Das Ganze ist pure Dummheit«, flüsterte Madame Phellion Madame Barniol zu. »Komm, hilf mir beim Anziehen. Dies muß aufhören, ich kenne deinen Vater, er hat sich da hinein verrannt ... Um das Mittel zur Anwendung zu bringen, das uns dieser wackere, fromme junge Mann in die Hand gegeben hat, brauche ich deine Unterstützung. Théodore, halte dich bereit, mein Junge.«

In diesem Augenblick kam Geneviève herein und übergab dem Vater Phellion einen Brief.

»Eine Einladung für meine Frau und mich zum Abendessen bei den Thuilliers«, sagte er.

Der glänzende, erstaunliche Gedanke des Armenadvokaten hatte die Thuilliers genauso in Aufregung versetzt, wie es bei den Phellions der Fall gewesen war, und Jérôme war ganz bestürzt zu seiner Schwester gegangen, der er nichts anvertraut hatte, da er das seinem Mephistopheles schuldig zu sein vermeinte, und hatte zu ihr gesagt:

»Liebe Kleine (diese Anrede streichelte ihr immer das Herz), wir haben heute lauter große Leute zum Abendessen bei uns. Ich will die Minards einladen, hab also Obacht auf das, was du vorsetzt. Ich schreibe an das Ehepaar Phellion und lade es ein. Es geschieht arg spät, aber bei den beiden braucht man sich nicht zu genieren . . . Den Minards muß ein bißchen Sand in die Augen gestreut werden, ich brauche sie.«

»Vier Minards, drei Phellions, vier Collevilles und wir, das macht dreizehn . . .«

»Und la Peyrade, also vierzehn, und auch Dutocq müßte eingeladen werden, er kann mir nützlich sein. Ich gehe zu ihm hinauf.«

»Was hast du eigentlich vor?« rief seine Schwester. »Fünfzehn Leute zum Abendessen, das kostet uns mindestens vierzig Francs!«

»Denen trauere ich nicht nach, gute Kleine, und vor allem sei ganz reizend zu unserm jungen Freund la Peyrade. Das ist nämlich ein Freund . . . die Beweise wirst du schon noch erleben . . .! Wenn du mich liebhast, dann behandle ihn wie deinen Augapfel.«

Und er ließ die verdutzte Brigitte stehen.

»Ach ja, auf diese Beweise bin ich gespannt!« sagte sie sich. »Mich fängt man nicht mit schönen Worten . . .! Er ist ein netter junger Mensch, aber ehe ich ihn in mein Herz schließe, muß ich mich eingehender mit ihm befassen, als wir es bislang getan haben.«

Thullier lud Dutocq ein, dann machte er sich fein und ging in die Rue des Maçons-Sorbonne, ins Stadtpalais Minard, um der dicken Zélie schöne Augen zu machen und das Unvorhergesehene der Einladung zu bemänteln.

Minard hatte eins der großen, prächtigen Häuser gekauft, wie die alten religiösen Orden sie rings um die Sorbonne erbaut hatten, und als er eine Treppe aus großen Steinstufen hinaufstieg, deren schmiedeeisernes Geländer bezeugte, in welchem Maß das Kunsthandwerk unter Ludwig XIII. geblüht hatte, überkam Thuillier Neid auf das Palais wie auf die Stellung des Herrn Bürgermeisters.

Das weitläufige, zwischen Ehrenhof und Garten gelegene Wohngebäude zeichnet sich durch den zugleich eleganten und noblen Stil der Regierungszeit Ludwigs XIII. aus, der auf so seltsame Weise den Raum zwischen dem schlechten Geschmack der sterbenden Renaissance und der Großartigkeit der Morgenröte Ludwigs XIV. einnimmt. Dieser Übergangsstil ist bei zahlreichen Bauwerken feststellbar. Massives Schnörkelwerk an den

Fassaden, wie bei der Sorbonne, nach der griechischen Ordnung gestaltete Säulen beginnen in dieser Architekturepoche zu erscheinen.

Ein ehemaliger Krämer, ein Schwindler, der Glück gehabt hatte, war der Nachfolger des priesterlichen Leiters einer Institution geworden, die einstmals das Economat genannt worden war und der Generalverwaltung des alten französischen Klerus unterstanden hatte. Es handelte sich um eine Gründung, die dem vorausschauenden Genie Richelieus zu verdanken war. Sein Name öffnete Thuillier die Türen des Salons, wo in rotem Samt und Gold inmitten der herrlichsten Chinoiserien eine arme Frau thronte, deren Gewicht schwer auf dem Herzen der Prinzen und Prinzessinnen bei den Bällen des Château[110] lastete, zu denen das Volk zugelassen war.

»Gibt das nicht der ›Caricature‹[111] recht?« hatte eines Tages eine herausgeputzte Pseudodame eine Herzogin gefragt, die ein Auflachen nicht hatte unterdrücken können, als sie die geschmacklos angezogene Zélie mit ihren Diamanten erblickt hatte, rot wie eine Mohnblüte, in ein Kleid aus Goldlamé gezwängt, und einherrollend wie eine der Tonnen ihres ehemaligen Ladens.

»Ob Sie es mir verzeihen werden, schöne Dame«, sagte Thuillier, als er sich herangewunden hatte und in der Pose Nummer zwei seiner Repertoires von 1807 stehengeblieben war, »daß ich diese Einladung auf meinem Schreibtisch habe liegen lassen, der Meinung, sie sei abgeschickt worden . . .? Sie ist für heute, vielleicht komme ich zu spät . . .«

Zélie musterte das Gesicht ihres Mannes, der vortrat, um Thuillier zu begrüßen, und antwortete dann:

»Wir hatten eigentlich ein Landhaus besichtigen und dann auf gut Glück in einem Restaurant zu Abend essen wollen. Aber wir verzichten auf unser Vorhaben, und zwar um so lieber, als es meiner Meinung nach verteufelt ordinär ist, sonntags aus Paris wegzufahren.«

»Wir wollen eine kleine Hüpferei mit Klavierbegleitung für die jungen Leute veranstalten, wenn wir zahlreich genug sind, aber das nehme ich an. Ich habe ein paar Zeilen an Phellion geschickt, dessen Frau mit Madame Pron befreundet ist, der Nachfolgerin . . .«

»Der Nachfolge«, sagte Madame Minard.

»Ach was«, widersprach Thuillier, »dann müßte es heißen ›der Nachfolgin‹[112], wie man ja auch ›Göttin‹ sagt, also der Nachfolgin der Demoiselle Lagrave, und die ist eine Barniol.«

»Muß große Toilette gemacht werden?« fragte Mademoiselle Minard.

»Ach, das fehlte gerade noch«, rief Thuillier, »dann würde meine Schwester mich schön ausschelten ... Nein, wir sind doch unter uns! Während des Kaiserreichs lernte man einander beim Tanzen kennen ... In jener großen Zeit genoß ein guter Tänzer genausoviel Achtung wie ein guter Offizier ... Heutzutage wird zuviel Wert auf das Materielle gelegt ...«

»Wir wollen lieber nicht über Politik reden«, sagte der Bürgermeister lächelnd. »Der König ist groß, er ist geschickt, ich bewundere meine Zeit und die Institutionen, die wir uns gegeben haben. Übrigens weiß der König genau, was er tut, wenn er die Industrie fördert. Er kämpft Leib an Leib mit England, und dem fügen wir mehr Schaden während dieses fruchtbaren Friedens zu als durch die Kriege des Kaiserreichs ...«

»Was für einen Abgeordneten wird mein Mann abgeben!« rief Zélie naiv. »Unter uns, er übt sich schon im Halten von Reden, und Sie helfen uns doch, daß er gewählt wird, nicht wahr, Thuillier?«

»Wir wollen lieber nicht über Politik reden«, antwortete auch Thuillier. »Kommen Sie um fünf ...«

»Kommt der kleine Vinet ebenfalls?« fragte Minard. »Er ist doch sicher Célestes wegen gekommen.«

»Er kann um ihretwillen Trauer anlegen«, erwiderte Thuillier. »Brigitte will nicht mehr von ihm reden hören.«

Zélie und Minard wechselten einen Blick der Genugtuung.

»Wenn man bedenkt, daß man sich um unseres Sohnes willen mit dergleichen Leuten gemein machen muß!« rief Zélie aus, als Thuillier auf der Treppe war, bis zu der der Bürgermeister ihn begleitete.

»Schau, schau! Du willst Abgeordneter werden!« sagte sich Thuillier, als er die Treppe hinabstieg. »Nie haben sie den Hals voll, diese Krämer! Mein Gott, was würde Napoleon sagen, wenn er die Regierungsmacht in den Händen dieser Leute sähe ...! Ich bin wenigstens Verwaltungsbeamter gewesen ...! Was ist das für ein Konkurrent! Was mag la Peyrade dazu sagen ...?«

Der ehrgeizige Unterchef lud noch die ganze Familie Laudigeois für die Abendgesellschaft ein und sprach bei Colleville vor, damit Céleste sich hübsch anziehe. Er fand Flavie ziemlich nachdenklich vor. Sie zögerte mit ihrer Zusage, aber Thuillier machte ihrer Unentschlossenheit ein Ende.

»Meine alte und nach wie vor junge Freundin«, sagte er und faßte sie um die Taille, da sie allein in ihrem Zimmer war, »ich will vor Ihnen keine Geheimnisse haben. Es handelt sich für mich um eine große Sache ... Ich will nichts darüber ausplaudern, aber ich möchte Sie bitten, ganz besonders reizend zu einem jungen Herrn zu sein ...«

»Zu wem denn?«

»Zu dem jungen la Peyrade.«

»Und warum, Charles?«

»Er hat meine Zukunft in der Hand. Nebenbei gesagt, ist er ein genialer Mensch. Oh, darin kenne ich mich aus ... Er hat dies!« sagte Thuillier und vollführte die Bewegung eines Zahnarztes, der einen Backenzahn ausreißt. »Den müssen wir an uns binden, Flavie ...! Aber wir dürfen ihn nichts merken lassen, ihm nicht das Geheimnis seiner Kraft preisgeben ... Dem gegenüber heißt es bei mir: Wurst wider Wurst.«

»Ja, aber wie? Soll ich ein bißchen kokett sein ...?«

»Nicht zu sehr, mein Engel«, antwortete Thuillier mit geckenhafter Miene.

Und er verabschiedete sich, ohne die Bestürzung wahrzunehmen, der Flavie anheimgefallen war.

»Er ist also eine Macht, dieser junge Mensch ...«, sagte sie sich. »Nun, wir werden sehen.«

Indessen legte sie ihren Marabu-Kopfputz an. Sie zog sich ihr hübsches, grau-rosa Kleid an, ließ ihre zarten Schultern unter dem schwarzen Umhang sehen und trug Sorge, daß Céleste ihr kleines seidenes Abendkleid mit einem großfaltigen Kragen anlegte und sich à la Berthe[113] frisierte.

Um halb fünf war Théodose auf seinem Posten. Er hatte seine wichtige, gewissermaßen dienstbeflissene Miene aufgesetzt. Seine

Stimme klang weich, und er ging erst einmal mit Thuillier in den Garten.

»Lieber Freund, ich hege keinen Zweifel an Ihrem Triumph, aber ich verspüre das Bedürfnis, Ihnen nochmals absolutes Stillschweigen zu empfehlen. Wenn Sie über was auch immer befragt werden sollten, besonders über Céleste, dann geben Sie ausweichende Antworten, die den Fragenden im Ungewissen lassen, so, wie Sie es ehedem im Büroleben getan haben.«

»In Ordnung!« antwortete Thuillier. »Aber wissen Sie Genaueres?«

»Sie werden das Dessert sehen, das ich Ihnen angerichtet habe. Vor allem seien Sie bescheiden. Da kommen die Minards, lassen Sie sie mich mit der Lockpfeife fangen ... Bringen Sie sie hierher, und dann verschwinden Sie.«

Nach den Begrüßungen war la Peyrade darauf bedacht, sich in der Nähe des Bürgermeisters aufzuhalten. In einem günstigen Augenblick nahm er ihn beiseite und sagte zu ihm:

»Herr Bürgermeister, ein Mann von Ihrer politischen Bedeutung kommt nicht ohne eine bestimmte Absicht hierher und langweilt sich. Ich maße mir kein Urteil über Ihre Beweggründe an, dazu habe ich nicht das mindeste Recht, und meine Rolle hienieden verbietet mir, mich in die Angelegenheiten der Mächtigen auf Erden zu mischen. Aber verzeihen Sie mir meine Vermessenheit und geruhen Sie, einen Rat anzuhören, den ich Ihnen zu geben wage. Wenn ich Ihnen heute einen Gefallen erweise, sind Sie in der Lage, es mir morgen durch zwei Gefälligkeiten zu vergelten. Für den Fall also, daß ich Ihnen einen Gefallen erweisen würde, gehorchte ich jetzt dem Gesetz des persönlichen Interesses. Unser Freund Thuillier ist unglücklich, daß er nichts ist und darstellt, und er besitzt die Anmaßung, etwas werden zu wollen, in seinem Arrondissement als eine Persönlichkeit dazustehen ...«

»Schau, schau!« sagte Minard.

»Oh, er will nur wenig, er möchte zum Mitglied des Stadtrates gewählt werden. Ich weiß, daß Phellion, der ahnt, welchen Einfluß eine solche Gefälligkeit haben könnte, sich vornimmt, unsern armen Freund als Kandidaten vorzuschlagen. Nun, vielleicht halten Sie es in Anbetracht Ihrer Pläne für erforderlich, ihm dabei zuvorzukommen. Die Ernennung Thuilliers kann

Ihnen nur günstig und angenehm sein. Er wird seinen Platz im Generalrat gut ausfüllen, es sitzen welche darin, die weit untüchtiger als er sind ... Überdies wird er, da er Ihnen eine solche Unterstützung verdankt, bestimmt mit Ihren Augen sehen. Er betrachtet Sie ohnehin schon als eins der Fanale der Stadt ...«

»Mein Lieber, ich danke Ihnen«, sagte Minard. »Sie tun mir da einen Gefallen, für den ich dankbar sein werde und der mir beweist ...«

»... daß ich diese Phellions nicht mag«, ergänzte la Peyrade und nahm dabei ein Zögern des Bürgermeisters wahr, der sich scheute, einen Gedanken auszusprechen, in dem der Advokat Mißtrauen hätte wittern können. »Ich hasse Leute, die mit ihrer Redlichkeit großtun, die aus schönen Gefühlen Münzen schlagen wollen.«

»Sie kennen sie gut«, sagte Minard, »es sind Sykophanten[114]! Das ganze Leben dieses Mannes seit zehn Jahren findet seine Erklärung in solch einem Stückchen roten Band[115]«, fügte der Bürgermeister hinzu und zeigte auf sein Knopfloch.

»Aber Obacht!« sagte der Advokat. »Sein Sohn liebt Céleste, und er ist im Zentrum der Festung.«

»Ja, aber mein Sohn hat zwölftausend Francs Zinsen zur freien Verfügung ...«

»Ach«, sagte der Advokat und warf sich in die Brust, »Mademoiselle Brigitte hat neulich gesagt, zumindest das müsse Célestes Zukünftiger haben. Und des weiteren werden Sie, ehe ein halbes Jahr um ist, erfahren, daß Thuillier ein Mietshaus mit einem Ertrag von vierzigtausend Francs sein eigen nennt.«

»Ach, zum Henker, ich habe es ja geahnt«, antwortete der Bürgermeister. »Na, gut, er wird Mitglied des Stadtrats.«

»Auf alle Fälle sprechen Sie ihm gegenüber nicht von mir«, sagte der Armenadvokat und beeilte sich, auf Madame Phellion zuzutreten und sie zu begrüßen. – »Na, schöne Dame, ist es Ihnen geglückt?«

»Ich habe bis vier gewartet, aber der würdige, vortreffliche Mann hat mich gar nicht ausreden lassen. Er hat viel zuviel zu tun, um ein solches Amt übernehmen zu können, und mein Mann hat den Brief gelesen, durch den Doktor Bianchon ihm für seine gute Absicht dankt und ihm schreibt, sein eigener Kandidat sei Monsieur Thuillier. Zu dessen Gunsten setzt er seinen Einfluß ein und bittet meinen Mann, dasselbe zu tun.«

»Und was hat Ihr prächtiger Gatte dazu gesagt ...?«

»Er habe seine Pflicht getan, er habe nicht gegen sein Gewissen verstoßen, und jetzt sei er ganz für Thuillier.«

»Also gut, dann ist ja alles in Ordnung«, sagte la Peyrade. »Vergessen Sie meinen Besuch, schreiben Sie sich selbst das ganze Verdienst an diesem Gedanken zugute.«

Und er ging zu Madame Colleville und zwang sich dabei zu einer respektvollen Haltung.

»Madame«, sagte er, »haben Sie doch die Güte und bringen Sie den guten Papa Colleville zu mir. Es handelt sich darum, eine Überraschung für Thuillier in die Wege zu leiten, und er muß in das Geheimnis eingeweiht werden.«

Während la Peyrade sein Spiel mit Colleville trieb und sich in höchst geistvollen Scherzen erging, als er ihn über die Kandidatur aufklärte und ihm sagte, Colleville müsse sie unterstützen, und sei es nur aus Familiengeist, belauschte Flavie im Salon folgendes Gespräch. Es verblüffte sie so sehr, daß ihr die Ohren klangen:

»Ich wüßte gern, was die Herren Colleville und la Peyrade reden, daß sie so lachen?« fragte Madame Thuillier dümmlich und blickte zum Fenster hinaus.

»Sie erzählen einander Dummheiten, wie alle Männer, wenn sie unter sich sind«, antwortete Mademoiselle Thuillier, die aus einem Rest von bei alten Jungfern natürlichem Instinkt über die Männer herzog.

»Das bringt er nicht fertig«, sagte Phellion ernst, »denn Monsieur de la Peyrade ist einer der tugendsamsten jungen Leute, denen ich je begegnet bin. Man weiß, was ich von Félix halte: Ja, wirklich, ich stelle ihn genauso hoch, und dennoch wünschte ich meinem Sohn ein wenig von der Frömmigkeit, die Monsieur Théodose zur Zierde gereicht!«

»Tatsächlich, er ist ein Mann von Verdiensten, und er wird es weit bringen«, entgegnete Minard. »Was mich betrifft, so ist meine Wahlstimme (es ziemt sich nicht, daß ich sage, ›meine Protektion‹) ihm sicher ...«

»Er gibt mehr Geld für Petroleum als fürs Essen aus«, sagte Dutocq. »Ich weiß Bescheid.«

»Seine Mutter, wenn er das Glück hat, daß sie noch am Leben ist, muß sehr stolz auf ihn sein«, sagte Madame Phellion sentenziös.

»Für uns ist er ein wahrer Schatz«, fügte Thuillier hinzu, »und wenn Sie wüßten, wie bescheiden er ist! Er hält mit sich hinterm Berge.«

»Ich kann mich dafür verbürgen«, versetzte Dutocq, »daß kein junger Mensch in bedrängter Lage eine noblere Haltung bewahrt hat, und er hat darüber triumphiert. Aber er hat es sehr schwer gehabt, das sieht man ihm an.«

»Der arme junge Mensch!« rief Zélie. »Ach, dergleichen Dinge tun mir weh...!«

»Dem kann man seine Geheimnisse und sein Vermögen anvertrauen«, sagte Thuillier. »Und in Zeiten wie den heutigen kann man von einem Manne nichts Schöneres sagen.«

»Jetzt bringt Colleville ihn zum Lachen!« rief Dutocq.

Colleville und la Peyrade kamen gerade als die besten Freunde von der Welt aus dem hinteren Teil des Gartens.

»Meine Herren«, sagte Brigitte, »die Suppe und den König darf man nicht warten lassen: Reichen Sie den Damen den Arm...!«

Fünf Minuten nach diesem der Portiersloge ihres Vaters entstammenden Scherzwort hatte Brigitte die Genugtuung, die Hauptgestalten dieses Dramas um ihren Tisch versammelt zu sehen. Sie gehörten alle ihrem geselligen Kreis an, ausgenommen den abscheulichen Cérizet. Das Porträt dieser alten Geldsacknäherin würde vielleicht unvollkommen bleiben, wenn man die Schilderung eines ihrer bestgelungenen Abendessen ausließe. Die Physiognomie der bürgerlichen Köchin im Jahre 1840 ist, nebenbei gesagt, eine für die Sittengeschichte unentbehrliche Einzelheit, und die geschickten Hausfrauen werden daraus etwas lernen. Man hat nicht zwanzig Jahre lang leere Geldsäcke angefertigt, ohne auf Mittel und Wege bedacht gewesen zu sein, einige davon für sich selbst zu füllen. Nun aber besaß Brigitte die Eigenschaft, daß sie die Sparsamkeit, der man sein Vermögen verdankt, mit dem Verständnis für notwendige Ausnahmen zu vereinigen wußte. Ihre relativ große Freigebigkeit, wenn es sich um ihren Bruder oder um Céleste handelte, war der Gegenpol des Geizes. Daher jammerte sie oft, sie sei nicht geizig. Bei ihrem letzten Abendessen hatte sie erzählt, wie sie nach einem zehn Minuten langen Kampf und nach durchlittenen Märtyrerqualen schließlich einer armen Arbeiterin ihres Stadtviertels, von der sie verläßlich wußte, daß sie seit zwei Tagen nichts gegessen, zehn Francs geschenkt habe.

»Der Charakter«, hatte sie naiv gesagt, »ist stärker als die Vernunft gewesen.«

Die Suppe war eine fast wasserhelle Fleischbrühe, denn sogar bei einer Gelegenheit dieser Art war der Köchin nahegelegt worden, sehr viel Fleischbrühe zu kochen. Da die Familie sich am nächsten und übernächsten Tag vom Rindfleisch nähren sollte, hatte dieses um so mehr Substanz, je weniger Saft es an die Brühe abtrat. Das nur wenig ausgekochte Rindfleisch wurde daher stets auf einen Satz Brigittes hin wieder abgetragen, wenn Thuillier gerade das Tranchiermesser hineinversenkte:

»Ich glaube, es ist ein bißchen zäh. Laß nur, Bruder, es wird keiner davon essen, es gibt ja noch etwas anderes!«

Tatsächlich standen neben der Suppenterrine vier Platten auf alten Réchauds, deren Versilberung hingeschwunden war. Darauf lagen bei diesem Abendessen, dem sogenannten Diner der Kandidatur, zwei Enten mit Oliven, denen gegenüber eine ziemlich große Pastete mit Fleischklößchen und ein Aal *à la tartare* sowie ein Fricandeau auf Chicorée prangten. Der zweite Gang hatte als Hauptstück eine herrliche, mit Maronen gefüllte Gans, einen mit Scheiben von roten Rüben garnierten Rapunzelsalat, umgeben von Schalen mit Sahne und gezuckerten Rüben, die zu einem Makkaronifleischtopf hinüberschauten: Dieses Essen eines Portiers, der ein Festmahl gibt, kostete höchstens zwanzig Francs. Von den Resten lebte die Familie zwei Tage lang, aber Brigitte sagte:

»Schrecklich! Wenn man Gäste hat, fliegt das Geld nur so davon ...! Es ist grauenhaft!«

Der Tisch wurde von zwei abscheulichen, vierarmigen Kandelabern aus versilbertem Messing erleuchtet. Darauf brannten die »Sterne« genannten Sparkerzen. Die Tischwäsche glänzte weiß, und das alte Silber mit Filetarbeit stammte aus dem väterlichen Erbe, der alte Thuillier hatte es während der Revolution gekauft. Er hatte es in dem Restaurant benutzt, das er heimlich in seiner Loge geführt hatte. Dieser Brauch war 1816 in allen Ministerien verboten worden. Auf diese Weise harmonisierten die Speisen mit dem Eßzimmer, dem Hause und den Thuilliers, die nicht über diese Kost und über ihre Gewohnheiten hinauskonnten. Die Minards, die Collevilles und la Peyrade tauschten einigemal ein Lächeln aus, das von gemeinsamen satirischen, aber zurückgedämmten Gedanken zeugte. Sie allein kannten sich im höheren Luxus aus, und die Minards gaben ihren Hintergedanken zur Genüge Ausdruck, wenn sie sich zu solch einem Abendessen bereitfanden. La Peyrade, der neben Flavie saß, flüsterte ihr zu:

»Geben Sie zu, wie nötig es ist, daß man ihnen Lebensart beibringt, und daß Sie und Ihr Mann hier allerlei auszustehen haben. Ich kenne das von früher her! Aber diese Minards mit ihrer ekelhaften Verfressenheit! Ihre Tochter wäre auf alle Zeit für Sie verloren. Die Parvenüs haben die Laster der großen Herren von ehedem, freilich nicht deren Eleganz. Ihr Sohn mit seinen zwölftausend Francs Zinsen könnte recht gut eine Frau in jeder x-beliebigen Familie finden, ohne daß sie den Rechen ihrer Spekulation hier einzusetzen brauchten. Welch ein Spaß, auf diesen Leuten zu spielen wie auf einem Kontrabaß oder einer Klarinette!«

Flavie hörte lächelnd zu und zog den Fuß nicht zurück, als Théodose seinen Stiefel darauf setzte.

»Ich möchte Sie über das, was hier vorgeht, ins Bild setzen«, sagte er. »Wir verständigen uns durch kleine Fußtritte. Sie sollten mich seit heute vormittag durch und durch kennen. Ich bin nicht danach geschaffen, nur geringfügige Bosheiten zu begehen ...«

Was geistige Überlegenheit anbetrifft, so war Flavie nicht verwöhnt worden. Der schneidende Tonfall und die Selbstsicherheit Théodoses blendeten diese Frau, die der geschickte Taschenspieler so in den Kampf verstrickt hatte, daß er sie zwischen ein Ja und ein Nein stellte. Sie mußte ihn absolut anerkennen oder absolut zurückweisen. Und da sein Verhalten das Ergebnis der

Berechnung war, verfolgte er mit sanften Blicken, aber innerlich mit angespanntem Scharfsinn die Auswirkungen seiner Bezauberung. Während das Geschirr des zweiten Ganges abgeräumt wurde, sagte Minard, von Phellion beunruhigt, mit ernster Miene zu Thuillier:

»Mein lieber Thuillier, wenn ich Ihrer Einladung zum Abendessen Folge geleistet habe, so ist es geschehen, weil es sich um eine wichtige Mitteilung handelte, die ich Ihnen zu machen habe und die Sie viel zu sehr ehrt, als daß ich nicht Ihre sämtlichen Gäste zu Zeugen davon machen müßte.«

Thuillier erbleichte.

»Sie haben das Kreuz der Ehrenlegion für mich durchgesetzt . . . !« rief er, als er einen Blick von Théodose auffing, dem er beweisen wollte, daß es ihm nicht an Schlauheit gebreche.

»Das werden Sie eines Tages bekommen«, sagte der Bürgermeister. »Aber es handelt sich um etwas Besseres als das. Das Kreuz ist eine Gunstbezeigung, die man der guten Meinung eines Ministers verdankt, während es sich hier um eine Art Auslese handelt, die man der Zustimmung aller seiner Mitbürger verdankt. Mit einem Wort, eine ziemlich große Anzahl von Wählern meines Arrondissements hat die Augen auf Sie gerichtet und will Sie durch ihr Vertrauen ehren, indem sie Sie beauftragt, dieses Arrondissement im Pariser Stadtrat zu vertreten, der, wie jedermann weiß, der Generalrat des Départements Seine ist . . .«

»Bravo!« rief Dutocq.

Phellion stand auf.

»Der Herr Bürgermeister ist mir zuvorgekommen«, sagte er mit bewegter Stimme. »Aber es ist so schmeichelhaft für unseren Freund, zu sehen, wie alle guten Bürger sich gleichzeitig mit ihm beschäftigen und wie er die öffentliche Stimme aller Punkte des Arrondissements auf sich vereinigt, daß ich nicht bedauern kann, erst in zweiter Linie zu Worte zu kommen, und überdies gebührt ja auch der regierenden Macht die Initiative . . .!« (Und er verneigte sich respektvoll vor Minard.) »Ja, Monsieur Thuillier, mehrere Wähler in dem Teil des Arrondissements, in dem ich meine bescheidenen Penaten habe, beabsichtigen, Ihnen ein Mandat zu übertragen, und für Sie besteht der besondere Fall, daß Sie ihnen durch einen berühmten Mann namhaft gemacht worden sind ... (Allgemeines Aufhorchen!), durch einen Mann, in dem wir einen der tugendhaftesten Bewohner des Arrondissements ehren wollen, dessen Vater er zwanzig Jahre lang gewesen ist, ich ziele hier auf den verstorbenen Monsieur Popinot ab, der zu seinen Lebzeiten Rat am königlichen Gericht und unser Rat im Stadtrat gewesen ist. Sein Neffe, der Doktor Bianchon, einer derjenigen, die uns zum Ruhm gereichen, hat in Rücksichtnahme auf seine ihn völlig beanspruchenden Funktionen die Verantwortung abgelehnt, mit der er hatte belastet werden sollen. Er hat uns für unsere ihm dargebrachte Huldigung gedankt und, beachten Sie das bitte, uns für unsere Abstimmung auf den Kandidaten des Herrn Bürgermeisters hingewiesen als den seiner Meinung nach Fähigsten, der Stellung wegen, die er ehedem innehatte, das Amt im Pariser Magistrat auszuüben.«

Und inmitten lärmender Beifallsbezeigungen setzte Phellion sich wieder.

»Thuillier, du kannst dich auf deinen alten Freund verlassen«, sagte Colleville.

Jetzt aber wurden die Tischgäste durch das Schauspiel gerührt, das die alte Brigitte und Madame Thuillier ihnen darboten. Brigitte war bleich, als wolle sie in Ohnmacht sinken. Sie ließ über ihre Wangen Tränen rinnen, die langsam eine der andern folgten, Tränen tiefer Freude, und Madame Thuillier saß da wie vom Donner gerührt, mit starren Blicken. Plötzlich stürzte die alte Jungfer in die Küche und rief Joséphine zu:

»Komm mit in den Keller, Mädchen ...! Wir brauchen den Wein hinter den Reisigbündeln!«

»Liebe Freunde«, sagte Thuillier mit bewegter Stimme, »dies ist der schönste Tag meines Lebens. Er ist noch schöner, als der meiner Wahl es sein wird, sofern ich einwilligen darf, mich durch meine Mitbürger zur Wahl stellen zu lassen. (Na, hören Sie! Hören Sie!) Ich fühle mich nämlich durch dreißig Jahre im öffentlichen Dienst recht verbraucht, und Sie können sich wohl denken, daß ein Ehrenmann sich über seine Kräfte und Fähigkeiten klarwerden muß, ehe er ein Amt in der Stadtverwaltung auf sich nimmt ...«

»Was anderes habe ich auch nicht von Ihnen erwartet, Monsieur Thuillier!« rief Phellion. »Pardon! Dies ist das erstemal in meinem Leben, daß ich jemanden unterbreche, und noch dazu einen ehemaligen Vorgesetzten. Aber es gibt eben Umstände . . .«

»Annehmen! Annehmen!« rief Zélie. »Zum Donnerwetter noch mal! Wir brauchen Leute wie Sie zum Regieren.«

»Fügen Sie sich, Chef!« sagte Dutocq. »Hoch soll er leben, der künftige Stadtrat . . .! Aber wir haben ja nichts zu trinken . . .«

»Also kurz und gut«, fiel Minard ein, »sind Sie unser Kandidat?«

»Sie haben eine viel zu gute Meinung von mir«, antwortete Thuillier.

»Rede doch keinen Unsinn!« rief Colleville. »Ein Mann, der dreißig Jahre Galeerenarbeit in den Büros des Finanzministeriums hinter sich hat, ist ein Schatz für die Stadt!«

»Viel zu bescheiden sind Sie!« sagte der junge Minard. »Ihre Fähigkeiten sind uns wohlbekannt. Im Finanzministerium wird noch immer davon geredet . . .«

»Sie haben es gewollt . . .!« rief Thuillier.

»Lassen Sie's gut sein: Der König wird mit dieser Wahl sehr zufrieden sein«, sagte Minard und warf sich in die Brust.

»Meine Herren«, sagte la Peyrade, »würden Sie einem jungen Einwohner des Faubourg Saint-Jacques eine kleine, nicht unwichtige Bemerkung gestatten . . .?«

Das Wissen eines jeden um den Wert des Armenadvokaten ließ sofort tiefste Stille eintreten.

»Der Einfluß des Herrn Bürgermeisters im benachbarten Arrondissement, der in dem unsrigen, wo er so schöne Erinnerungen hinterlassen hat, riesengroß ist; derjenige Monsieur Phellions, des Orakels, sagen wir doch die Wahrheit«, sagte er, als er eine Geste Phellions wahrnahm, »des Orakels seines Bataillons; der nicht minder mächtige, den Monsieur *de* Colleville seinem freimütigen Gehaben und seiner Urbanität verdankt; derjenige des Herrn Aktuars am Friedensgericht, der nicht minder wirksam sein dürfte, und die geringe Mühewaltung, die ich in meinem bescheidenen Tätigkeitsbereich einsetzen kann, sind Unterpfänder für den Erfolg, aber sie sind noch nicht der Erfolg selbst . . .! Um zu einem raschen Triumph zu gelangen, müssen wir uns samt und sonders verpflichten, das tiefste Stillschweigen über die Kundgebung zu bewahren, die hier soeben stattgefunden hat . . .

Ohne es zu wissen und zu wollen würden wir sonst den Neid und untergeordnete Leidenschaften anstacheln, und die würden uns später Hindernisse schaffen, die wir bezwingen müßten. Der politische Sinn der neuen Frage, die Grundlage ihrer Erscheinungsform und die Bürgschaft für ihr Vorhandensein beruhen in einer gewissen Aufteilung, in einer gewissen Begrenzung zwischen der Regierungsmacht und der Mittelklasse, der eigentlichen Kraft der modernen Gesellschaftsformen, der Stätte der Moral, der guten Gefühle, der intelligenten Arbeit. Aber wir dürfen uns nicht verheimlichen, daß die Wahl, die sich auf fast alle Funktionen erstreckt, die Voreingenommenheiten des Ehrgeizes, das wilde Verlangen, etwas zu sein, verzeihen Sie mir diese Bemerkung, in die sozialen Tiefen hat einsickern lassen, die davon unberührt hätten bleiben müssen. Manche erblicken darin etwas Gutes, manche ein Übel. Es kommt mir nicht zu, über die Frage im Dabeisein von Geistern zu entscheiden, vor deren Überlegenheit ich mich neige. Ich begnüge mich damit, sie zu stellen, um auf die Gefahr hinzuweisen, die die Parteinahme für unseren Freund laufen kann. Sehen Sie, das Abscheiden unseres verehrten Vertreters im Stadtrat liegt kaum acht Tage zurück, und schon regt sich im Arrondissement subalterner Ehrgeiz. Man will sich um jeden Preis ins rechte Licht setzen. Die Verordnung zum Zusammentritt der Wähler wird vielleicht erst in einem Monat wirksam werden. Wieviele Ränke können bis dahin angezettelt werden . . .! Wir dürfen, ich flehe Sie an, unseren Freund Thuillier nicht den Seitenhieben seiner Konkurrenten preisgeben! Wir dürfen ihn nicht der öffentlichen Diskussion aussetzen, dieser modernen Harpyie, die lediglich das Sprachrohr der Verleumdung und des Neides ist, der Vorwand, den die Feindschaft sich zunutze macht, die alles Große verkleinert, die alles Achtenswerte besudelt, die alles Heilige in den Staub zieht . . . Wir wollen es machen wie die Mittelpartei in der Abgeordnetenkammer, nämlich den Mund halten und abstimmen!«

»Ein guter Redner ist er«, sagte Phellion zu dem neben ihm sitzenden Dutocq.

»Und was er alles vorbringt . . .!«

Der Neid hatte Minards Sohn grün und gelb anlaufen lassen.

»Gut gesprochen, und überdies richtig!« rief Minard.

»Einstimmig angenommen«, sagte Colleville. »Meine Herren, wir sind Ehrenmänner, es genügt, daß wir uns über diesen Punkt verständigt haben.«

»Wer das Ziel will, der will auch den Weg«, sagte Phellion emphatisch.

In diesem Augenblick erschien Mademoiselle Thuillier, gefolgt von ihren beiden Dienstboten. Sie hatte sich den Kellerschlüssel in den Gürtel gesteckt, und drei Faschen Champagner, drei Flaschen [alter][116] Wein aus l'Hermitage und eine Flasche Malaga wurden auf den Tisch gestellt. Aber mit fast respektvoller Aufmerksamkeit trug sie, wie eine Fee Carabosse[117], eine kleine Flasche, die sie vor sich hinstellte. Inmitten der Heiterkeit, die dieses Übermaß an erlesenen Dingen auslöste, als Frucht der Dankbarkeit, und von der alten Jungfer in ihrem Freudenrausch mit einer Verschwendung gespendet, die ihrer alle vierzehn Tage geübten Gastlichkeit widersprach, wurden mehrere Platten mit Dessert aufgetragen, Feigen, Mandeln, Rosinen und Nüsse, Pyramiden von Orangen, Stapel von Äpfeln, verschiedene Käsesorten, Konfitüren, Kompotte. All das entstammte den Tiefen ihrer Vorratsschränke und wäre ohne diesen Anlaß nicht auf dem Tisch erschienen.

»Céleste, gleich wird dir eine Flasche Schnaps gebracht, die mein Vater schon 1802 hatte, bereite damit einen Orangensalat!« rief sie ihrer Schwägerin zu. – »Monsieur Phellion, machen Sie den Champagner auf, diese Flasche ist für Sie drei. – Monsieur Dutocq, nehmen Sie diese hier! – Monsieur Colleville, Sie verstehen sich doch so gut aufs Aufziehen von Flaschen . . .!«

Die beiden Mädchen verteilten die Champagnergläser, die Bordeaux- und Likörgläser, denn Joséphine hatte noch drei Flaschen Bordeaux gebracht.

»Das ist ja Kometenwein[118]!« rief Thuillier. »Meine Herren, Sie haben meiner Schwester den Kopf verdreht.«

»Und heute abend gibt es Punsch und Backwerk«, sagte sie.

»Ich habe aus der Apotheke Tee holen lassen. Mein Gott, wenn ich gewußt hätte, daß es sich um eine Wahl handelte, hätte ich Puter aufgetragen . . .«

Diesen Satz begrüßte allgemeines Gelächter.

»Aber wir hatten doch eine Gans«, sagte der junge Minard lachend.

»Heute wird nicht gespart!« rief Madame Thuillier, als sie sah, daß kandierte Maronen und Meringen aufgetragen wurden.

Mademoiselle Thuilliers Gesicht glühte. Sie war prächtig anzuschauen, und nie zuvor hatte die Liebe einer Schwester einen so starken Ausdruck gefunden.

»Für jemanden, der sie kennt, ist es ergreifend!« rief Madame Colleville.

Die Gläser waren gefüllt, alle schauten einander an, sie schienen auf einen Trinkspruch zu warten, und la Peyrade sagte:

»Meine Herren, wir wollen auf etwas Erhabenes anstoßen . . .!«

Alle machten erstaunte Gesichter.

»Auf Mademoiselle Brigitte . . .!«

Sie standen auf, sie stießen an, sie riefen: »Hoch Mademoiselle Thuillier!« In solchem Maße erzeugt das Überströmen eines echten Gefühls Begeisterung.

»Meine Herren«, sagte Phellion und las von einem mit Bleistift beschriebenen Zettel ab. »Auf die Arbeit, auf ihren Glanz in der Person unseres alten Kameraden, der einer der Bürgermeister von Paris geworden ist, auf Monsieur Minard und seine Gattin!«

Nach fünf Minuten der Unterhaltung stand Thuillier auf und sagte:

»Meine Herren, auf den König und die königliche Familie . . .! Ich füge nichts hinzu. Dieser Trinkspruch sagt alles.«

»Auf die Wahl meines Bruders!« sagte Mademoiselle Thuillier.

»Jetzt will ich Sie einmal zum Lachen bringen«, sagte la Peyrade, der Flavie ohne Unterlaß etwas ins Ohr getuschelt hatte.

Und er stand auf:

»Auf die Damen! Auf das zauberkräftige Geschlecht, dem wir soviel Glück verdanken, ganz abgesehen von unseren Müttern, Schwestern und Ehefrauen . . .!«

Dieser Trinkspruch erregte allgemeine Heiterkeit, und der schon etwas angesäuselte Colleville rief:

»Du Schuft! Du hast mir meinen Satz geklaut!«

Der Herr Bürgermeister steht auf, tiefste Stille tritt ein.

»Meine Herren, auf unsere Institutionen! Auf ihnen beruhen die Kraft und die Größe des dynastischen Frankreich!«

Unter beifälligen Äußerungen von Nachbar zu Nachbar über die erstaunliche Güte und Erlesenheit der Getränke wurden die Flaschen leer.

Céleste Colleville fragte schüchtern:

»Mama, darf ich ebenfalls einen Trinkspruch sagen . . .?«

Dem armen jungen Mädchen war das stumpfsinnige Gesicht ihrer Patentante aufgefallen, die, obwohl Herrin des Hauses, vergessen dasaß und beinahe mit dem Ausdruck eines Hundes, der nicht weiß, welchem Herrn er gehorchen soll, von der Physiognomie ihrer schrecklichen Schwägerin zu derjenigen Thuilliers blickte, die Gesichter befragte, selbstvergessen. Aber die Freude auf diesem Sklavinnenantlitz, die Gewohnheit, nicht mitzuzählen, alle Gedanken und Empfindungen zurückzudämmen, wirkte wie eine bleiche Wintersonne hinter Nebel: Sie erhellte mühselig die schlaffe, welke Gesichtshaut. Die mit dunklen Blumen verzierte Gazehaube, die vernachlässigte Frisur, das karmeliterbraune Kleid, dessen Oberteil als einzigen Schmuck eine dicke Goldkette trug, alles, sogar die Haltung, regte das Mitgefühl der jungen Céleste an, die als einzige auf Erden den Wert dieser zum Schweigen verurteilten Frau kannte und die um alles rings um sie wußte, die an allem litt und die sich mit ihr und Gott getröstet hatte.

»Lassen Sie sie doch ihre kleine Rede halten«, sagte la Peyrade zu Madame Colleville.

»Nur zu, Mädchen«, rief Colleville. »Es gibt l'Hermite-Wein, und er ist erstklassig!«

»Auf meine gute Patentante!« sagte das junge Mädchen, neigte respektvoll das Glas und hielt es ihr entgegen.

Die arme, verstörte Frau blickte, freilich durch einen Tränenschleier, abwechselnd ihre Schwägerin und ihren Mann an. Aber ihre Stellung im Familienkreis war so bekannt, und der Huldigung der Unschuld an die Schwäche wohnte etwas so Schönes inne, daß alle gerührt waren. Sämtliche Herren standen auf und verbeugten sich vor Madame Thuillier.

»Ach, Céleste! Ich wollte, ich hätte ein Königreich und könnte es Ihnen zu Füßen legen!« sagte Félix Phellion.

Der gute Phellion wischte sich eine Träne ab, und sogar Dutocq war bewegt.

»Was für ein reizendes Kind!« sagte Mademoiselle Thuillier, stand auf und küßte die Schwägerin auf die Wangen.

»Jetzt bin ich dran!« sagte Colleville und posierte den Ringkämpfer. »Hört alle zu! Auf die Freundschaft! – Leert eure Gläser! Schenkt sie wieder voll! – Gut! Auf die Kunst, die Blüte des sozialen Lebens. – Leert eure Gläser! Schenkt sie wieder voll! – Auf genauso ein Fest am Tag nach der Wahl!«

»Was ist denn mit der kleinen Flasche da los . . .?« fragte Dutocq Mademoiselle Thuillier.

»Es ist eine der drei Flaschen Madame-Amphoux-Likör[119]; die zweite ist für Célestes Hochzeit, und die letzte für die Taufe ihres ersten Kindes.«

»Anscheinend hat meine Schwester den Kopf verloren«, sagte Thuillier zu Colleville.

Das Essen endete mit einem Trinkspruch, den Thuillier ausbrachte und zu dem Théodose ihn angeregt hatte. Er erfolgte, als der Malaga in den kleinen Gläsern funkelte wie ebensoviele Rubine.

»Colleville, meine Herren, hat auf die Freundschaft getrunken. Ich aber trinke mit diesem feurigen Wein auf meine Freunde . . .!«

Ein herzhaftes Hurra hieß diese Sentimentalität willkommen. Aber es war, wie Dutocq zu Théodose sagte:

»Eine Sünde und Schande ist es, einen solchen Wein Zungen untersten Ranges zu spenden . . .«

»Ach, wenn man so etwas künstlich herstellen könnte, du lieber Himmel!« schrie die Bürgermeisterin und brachte durch die Art, wie sie den spanischen Wein süffelte, ihr Glas zum Klingen, »was für ein Vermögen könnte man damit machen . . .!«

Zélie war auf dem höchsten Temperaturgrad der Rotglut angelangt, sie wirkte erschreckend.

»Ach was!« antwortete Minard. »Unseres ist schon gemacht!«

»Meinst du nicht auch, Schwägerin«, fragte Brigitte Madame Thuillier, »daß wir den Tee im Salon trinken sollten . . .?«

Madame Thuillier stand auf.

»Ach, Sie sind ein großer Hexenmeister«, sagte Flavie Colleville, nahm den ihr gebotenen Arm de la Peyrades und ging vom Eßzimmer in den Salon hinüber.

»Und dabei liegt mir an nichts anderem, als Sie zu behexen«, antwortete er. »Aber das ist lediglich Rache: Sie sind heute bezaubernder denn je geworden!«

»Thuillier«, entgegnete sie, um dem Geplänkel auszuweichen, »ausgerechnet Thuillier hält sich für einen Politiker.«

»Aber Liebe, in der Politik ist die Hälfte alles Lächerlichen die Frucht von Verschwörungen dieser Art. Der betreffende Mann selbst hat daran weniger Schuld, als man meint. In wie vielen Familien erlebt man es nicht, daß der Ehemann, die Kinder, die Freunde des Hauses einer über die Maßen dummen Mutter einreden, sie habe Geist, einer fünfzigjährigen Mutter, sie sei jung und schön ...? Daher die für Außenstehende unbegreiflichen Verkehrtheiten. Dieser und jener Mann dankt seine zum Himmel stinkende Geckenhaftigkeit der Vergötterung durch eine Geliebte, und seine Einbildung als Versemacher denen, die dafür bezahlt worden sind, ihn glauben zu machen, er sei ein großer Dichter. Jede Familie hat ihren großen Mann, und daher rührt, wie in der Abgeordnetenkammer, trotz allen Leuchten eine allgemeine Dunkelheit in Frankreich ... Na, meinetwegen, die Leute von Geist lachen untereinander, darauf läuft es hinaus. Sie, Madame, sind der Geist und die Schönheit dieser Kleinbürgerwelt. Das treibt mich dazu, Ihnen einen Kult zu weihen. Aber mein zweiter Gedanke war, Sie aus dieser Welt herauszuziehen, denn ich liebe Sie aufrichtig. Aber mit mehr Freundschaft als Liebe, wenngleich sich dabei auch viel Liebe eingeschlichen hat«, fügte er hinzu, nahm die Fensternische wahr, in die er sie geführt hatte, und drückte sie an sein Herz.

»Madame Phellion übernimmt die Klavierbegleitung«, sagte Colleville. »Heute muß alles tanzen: die Flaschen, Brigittes Zwanzigsousstücke und unsere kleinen Mädchen! Ich will meine Klarinette holen.«

Und er reichte seine leere Kaffeetasse seiner Frau und lächelte, als er sie in so gutem Einvernehmen mit Théodose sah.

»Was haben Sie eigentlich mit meinem Mann angestellt?« fragte Flavie ihren Verführer.

»Muß ich Ihnen alle unsere Geheimnisse ausplaudern?«

»Dann lieben Sie mich also nicht?« antwortete sie mit der koketten Durchtriebenheit einer Frau, die sich fast entschieden hat.

»Oh, da Sie mir die Ihrigen ausplaudern«, sagte er und ließ sich zu der mit provenzalischer Fröhlichkeit getarnten Überschwenglichkeit hinreißen, die dem Anschein nach so bezaubernd und so natürlich ist, »möchte ich nicht den Schmerz verheimlichen, der meinem Herzen zu schaffen macht ...«

Und er führte sie abermals in die Fensternische und sagte lächelnd zu ihr:

»Ihr Mann, der arme Kerl, hat in mir den von all diesen Bourgeois unterdrückten Künstler erkannt, der vor ihnen schweigt, weil er doch nicht verstanden, falsch beurteilt, davongejagt werden würde. Er hat jedoch die Glut des heiligen Feuers verspürt, das mich verzehrt. Ja, ich bin übrigens«, sagte er im Tonfall tiefer Überzeugung, »ein Künstler des Worts nach der Art Berryers[120]. Ich könnte eine Geschworenenbank zum Weinen bringen, indem ich selber weinte, ich bin nämlich gefühlvoll wie eine Frau. Und dann hat dieser Mann, dem diese ganze Bourgeoisie ein Greuel ist, mit mir über sie gescherzt. Wir haben über sie angefangen zu lachen, und er meinte, ich sei genauso intelligent wie er. Ich habe ihn in den Plan eingeweiht, aus Thuillier etwas zu machen, und dabei angedeutet, welchen Nutzen er aus einem politischen Hampelmann ziehen könne: ›Und sei es auch nur‹, habe ich zu ihm gesagt, ›damit Sie Monsieur *de* Colleville werden und damit Ihre bezaubernde Frau dorthin gelangt, wo ich sie gern sähe, nämlich in einer guten Stellung als Frau eines Generalsteuereinnehmers. Danach könnten Sie sich dann zum Abgeordneten wählen lassen. Denn um alles zu werden, was Sie eigentlich sein müßten, brauchten Sie nur auf acht Jahre in die Hautes- oder die Basses-Alpes zu gehen, in irgendein Nest, wo jeder Sie gern haben und wo Ihre Frau alle Welt verführen wird ... Und das‹, habe ich zu ihm gesagt, ›kann nicht schiefgehen, vor allem nicht, wenn Sie Ihre liebe Céleste einem Mann geben, der befähigt ist, in der Abgeordnetenkammer Einfluß zu gewinnen ...‹ Die ins Scherzhafte übertragene Vernunft besitzt die Eigenschaft, bei gewissen Charakteren mehr zu erreichen, als sie es an sich vermöchte. Daher sind Ihr Mann und ich die besten Freunde der Welt. Hat er mir nicht bei Tisch gesagt: ›Du Schuft, du hast mir meinen Satz geklaut‹? Noch heute abend trinken wir Brüderschaft ... Dann kommt eine kleine, feine Lustpartie, bei der die

Künstler, die in der Ehe auf Fastenkost gesetzt sind, sich immer kompromittieren. Ich nehme ihn mit, das macht uns vielleicht zu noch engeren Freunden, als er und Thuillier es sind. Ich habe ihm nämlich gesagt, Thuillier würde vor Neid platzen, wenn er die Rosette im Knopfloch Ihres Mannes sähe . . . Ein tiefes Gefühl muß einem Mut machen, um dergleichen Dinge bewerkstelligen zu können, meine liebe Angebetete! Müßte Ihr Mann mich nicht eigentlich adoptieren, damit ich mit seiner Billigung bei Ihnen sein könnte . . .? Aber, sehen Sie, Sie würden mich dazu bringen, daß ich Aussätzige ableckte, lebende Kröten verschluckte, Brigitte verführte. Ja, ich würde mein Herz von dieser langen Latte da aufspießen lassen, wenn ich mich ihrer als Krücke bedienen müßte, um mich zu Ihren Füßen zu schleppen!«

»Heute morgen«, sagte sie, »haben Sie mir einen schönen Schrecken eingejagt . . .«

»Und heute abend haben Sie sich beruhigt . . .? Ja«, sagte er, »wenn ich bei Ihnen bin, wird Ihnen nie etwas Schlimmes zustoßen.«

»Wirklich, ich gebe zu, Sie sind ein recht ungewöhnlicher Mensch . . .!«

»Ach, Unsinn! Die kleinsten wie die größten Bemühungen sind Reflexe der Flamme, die Sie entfacht haben, und ich will Ihr Schwiegersohn werden, damit wir uns nie zu trennen brauchen . . . Meine Frau, haha, du großer Gott, die kann nichts sein als eine Maschine zum Kinderkriegen. Aber das erhabene Wesen, die Gottheit, das bist dann du«, flüsterte er ihr zu.

»Sie sind der leibhaftige Satan!« sagte sie entsetzt.

»Nein, ich bin bloß ein wenig Dichter, wie alle meine Landsleute. Nur zu, seien Sie meine Joséphine . . .! Morgen um zwei komme ich zu Ihnen, und ich wünsche mir glühend, zu erfahren, wo Sie schlafen, welche Möbel Sie benutzen, welche Farbe Ihre Stoffe haben, wie alles rings um Sie angeordnet ist. Ich möchte die Perle in ihrer Muschel bewundern . . .!«

Und nach diesen Worten ging er geschickterweise davon, ohne die Antwort abzuwarten.

Flavie, für die in ihrem ganzen Leben die Liebe nie die leidenschaftlichen Töne des Romans angeschlagen hatte, blieb erschüttert, aber glücklich, sitzen, mit klopfendem Herzen, und sagte sich, daß es schwierig sei, sich einem solchen Einfluß zu entziehen. Théodose hatte zum erstenmal eine neue Hose angezogen, graue Seidenstrümpfe und Escarpions, eine schwarze Seidenweste und eine Halsbinde aus schwarzem Satin, auf deren Knoten eine mit Geschmack ausgesuchte Nadel prangte. Er trug einen neuen, hochmodernen Frack und gelbe Handschuhe, die sich von den weißen Manschetten abhoben. Er war der einzige Mann mit Manieren und Haltung inmitten eines Salons, den die geladenen Gäste unmerklich gefüllt hatten.

Madame Pron, geborene Barniol, war mit zwei siebzehnjährigen Pensionärinnen gekommen. Sie waren ihrer mütterlichen Fürsorge von Familien anvertraut worden, die auf Bourbon[121] und Martinique[122] wohnten. Monsieur Pron, Professor der Rhetorik an einem von Priestern geleiteten Gymnasium, gehörte der Gesellschaftsschicht der Phellions an. Aber anstatt immer am Oberflächlichen zu haften, sich in Phrasen, in Beweisen zu ergehen, war er trocken und redete in Sentenzen. Das Ehepaar Pron, die Glanzstücke des Salons Phellion, empfing montags. Sie waren durch die Barniols eng mit den Phellions befreundet. Obwohl Professor, tanzte der kleine Pron. Der große Ruf der Unterrichtsanstalt Lagrave, mit der Monsieur und Madame Phellion zwanzig Jahre lang in Verbindung gestanden hatten, war unter der Leitung der Mademoiselle Barniol noch gewachsen, der geschicktesten und ältesten unter den Hilfslehrkräften. Monsieur Pron besaß großen Einfluß in dem Stadtviertel, das vom Boulevard du Mont-Parnasse, dem Jardin du Luxembourg und der Straße nach Sèvres begrenzt wird. Sowie daher Phellion seinen Freund erblickt hatte, nahm er ihn, ohne daß es dazu weiterer Umstände bedurft hätte, beim Arm, um ihn in einer Ecke in die Verschwörung Thuillier einzuweihen. Nach einer zehn Minuten währenden Unterhaltung holten sie beide Thuillier, und gegenüber der Fensternische, in der Flavie noch immer saß, vernahm man ein Terzett, das in seiner Art sicherlich des Terzetts der drei Schweizer in ›Wilhelm Tell‹[123] würdig gewesen wäre.

»Sehen Sie nur«, hatte Théodose gerade zu Flavie gesagt, »wie der ehrenwerte, reine Phellion intrigiert ...! Geben Sie einem redlichen Menschen einen Grund, und er patscht ohne weiteres in die schmierigsten Vereinbarungen hinein. Sehen Sie, er angelt sich den kleinen Pron, und Pron tritt in seine Fußstapfen, einzig und allein in Félix Phellions Interesse, der in dieser Minute Ihre kleine Céleste umschwänzelt ... Bringen Sie die beiden doch auseinander ... seit zehn Minuten sind sie schon beisammen, und der junge Minard umkreist sie wie eine gereizte Bulldogge.«

Félix stand noch unter dem Eindruck der tiefen inneren Bewegung, die die edelmütige Tat Célestes und der Ruf aus ihrem Herzen ihn hatten empfinden lassen, als außer Madame Thuillier schon niemand mehr daran dachte. Er hatte einen jener genialen Einfälle, die der ehrliche Scharlatanismus wahrer Liebe sind. Aber er war dergleichen nicht gewohnt, die Mathematik lenkte ihn immer ab. Er trat zu Madame Thuillier, weil er sich vorstellen konnte, daß Madame Thuillier Céleste an sich ziehen werde, was die tiefe Berechnung einer tiefen Liebe war. Sie wußte Félix um so mehr Dank dafür, als der Advokat Minard, der sie lediglich als eine Mitgift ansah, nicht diese Inspiration gehabt hatte, vielmehr ruhig seinen Kaffee trank und mit Laudigeois über Politik plauderte, der, zusammen mit Monsieur Barniol und Dutocq, sich auf Befehl seines Vaters, der an die Neuwahl der gesetzgebenden Körperschaft im Jahr 1842 dachte, im Salon befand.

»Man *muß* Céleste einfach liebhaben!« sagte Félix zu Madame Thuillier.

»Die arme, liebe Kleine. Nur sie auf Erden mag mich!« antwortete die Sklavin und hielt ihre Tränen zurück.

»Nein, nein, Madame, wir zwei haben Sie beide lieb!« entgegnete der treuherzige Mathieu[124] lachend.

»Wovon habt ihr denn geredet?« fragte die herzutretende Céleste.

»Mein Kind«, antwortete das fromme Opferlamm, zog das Patenkind an sich und küßte es auf die Stirn, »er hat gesagt, ihr beide hättet mich lieb ...«

»Seien Sie mir dieser Voraussage wegen nicht böse, Mademoiselle!« sagte der künftige Kandidat der Akademie der Wissenschaften ganz leise, »und lassen Sie mich alles tun, um sie zu verwirklichen ...! Sehen Sie, so bin ich nun einmal: Ungerechtigkeit empört mich tief ...! Oh, wie recht hat der Heiland, daß er das

Himmelreich den Sanftmütigen, den Lämmern ohne Fehl verheißen hat . . .! Wer Sie nur geliebt hätte, Céleste, der hätte Sie nach Ihrem erhabenen Tun bei Tische vergöttern müssen! Aber einzig der Unschuld kommt es zu, die Märtyrer zu trösten . . .! Sie sind eine gütige junge Dame, und Sie werden eine der Frauen sein, die zugleich der Stolz und das Glück einer Familie bilden. Glücklich der Mann, der Ihnen einmal gefallen wird!«

»Liebe Patentante, mit welchen Augen betrachtet Monsieur Félix mich eigentlich . . .?«

»Er schätzt dich richtig ein, mein Engelchen, und ich will für euch zu Gott beten . . .«

»Wenn Sie wüßten, wie froh ich bin, daß mein Vater Monsieur Thuillier hat gefällig sein können . . ., und wie gern würde ich mich Ihrem Bruder als nützlich erweisen . . .!«

»Dann mögen Sie also die ganze Familie?« fragte Céleste.

»Ja, freilich«, antwortete Félix.

Wahre Liebe umhüllt sich stets mit den Geheimnissen der Schamhaftigkeit, sogar in ihrem Ausdruck, denn sie beweist sich durch sich selber. Sie verspürt nicht die Notwendigkeit, wie die falsche Liebe eine Feuersbrunst zu entfachen, und wenn ein Beobachter sich in den Salon Thuillier hätte einschleichen können, so hätte er aus dem Vergleich der beiden Szenen den Stoff für ein zu schreibendes Buch gewinnen können, allein bei dem Anblick der ungeheuren Vorbereitungen Théodoses und der Schlichtheit Félix': Der eine war die Natur, der andere die Gesellschaft; das Wahre und das Falsche standen einander gegenüber. Als Flavie bemerkte, wie entzückt ihre Tochter war, deren Seele durch alle Poren ihres Gesichts ausströmte, und schön wie ein junges Mädchen, das die ersten Rosen einer versteckten Liebeserklärung pflückt, da regte sich in ihrem Herzen Eifersucht. Sie ging zu Céleste hinüber und flüsterte ihr zu:

»Du benimmst dich unpassend, mein Kind, alle Welt beobachtet dich, und du kompromittierst dich, wenn du dich so lange einzig und allein mit Monsieur Félix unterhältst, ohne zu wissen, ob uns das recht ist.«

»Aber Mama, die Patentante ist doch bei mir.«

»Oh, verzeihen Sie, liebe Freundin«, sagte Madame Colleville, »ich hatte Sie übersehen . . .«

»Da geht es Ihnen wie jedermann«, entgegnete der Sankt Johannes Goldmund[125].

Dieser Satz wirkte auf Madame Colleville, als habe sie ein Pfeil mit Widerhaken getroffen. Sie bedachte Félix mit einem Blick von oben herab und sagte zu Céleste: »Setz dich hierher, mein Kind«, wobei sie selber sich zu Madame Thuillier setzte und den neben sich stehenden Stuhl der Tochter anwies.

»Entweder ich arbeite mich tot«, sagte darauf Félix zu Madame Thuillier, »oder ich werde Mitglied der Akademie der Wissenschaften, um ihre Hand auf Grund meines Ruhms zu erhalten.«

»Ach«, sagte sich die arme Frau, »solch einen stillen, sanften Gelehrten wie den hätte ich haben müssen ...! Bei einem Leben im Schatten würde ich mich langsam entwickelt haben ... Lieber Gott, du hast es nicht gewollt, aber vereine und schütze diese beiden Kinder! Sie sind füreinander geschaffen.«

Und sie verharrte in Nachdenken und horchte dabei auf den Höllenlärm, den ihre Schwägerin, dies Arbeitspferd, vollführte, als sie ihren beiden Dienstmädchen zur Hand ging, den Tisch abräumte und alles aus dem Eßzimmer hinausschaffte, damit es den Tänzern und Tänzerinnen zur Verfügung stehe, wobei sie schimpfte und fluchte wie ein Fregattenkapitän auf der Offizierswachtbank, wenn ein Angriff bevorsteht: »Ist noch genug Johannisbeersaft da? Geht und kauft Mandelmilch!« Oder: »Es fehlt an Gläsern, an rotgefärbtem Wasser, nehmt dazu die sechs Flaschen gewöhnlichen Wein, die ich eben heraufgebracht habe. Paßt auf, daß Coffinet, der Portier, keine davon klaut ...! Caroline, mein Kind, du bleibst an der Anrichte ...! Es soll noch Schinkenbrote geben, falls um ein Uhr morgens noch getanzt wird. Keine Verschwendung! Habt auf alles ein Auge. Gebt mir mal den Besen her ... Füllt Petroleum in die Lampen ... und vor allem, zerbrecht mir nichts ... die Reste vom Dessert richtet ihr her und stellt sie auf die Anrichte, so daß es hübsch aussieht ...! Ob meine Schwägerin uns nun bald hilft? Ich weiß nicht, was sie im Kopf hat, diese Transuse ... Mein Gott, ist die langsam! Weg mit den Stühlen, dann haben sie mehr Platz.«

Im Salon drängten sich die Barniols, die Collevilles, die Laudigeois, die Phellions und alle, die das Gerücht herbeigelockt hatte, bei den Thuilliers werde eine Tanzerei veranstaltet. Es hatte sich zwischen zwei und vier Uhr im Jardin du Luxembourg verbreitet, zu der Stunde, da die Bourgeoisie des Stadtviertels ihren Spaziergang macht.

»Seid ihr fertig, mein Kind?« fragte Colleville, als er im Eßzimmer dazwischenfuhr. »Es ist neun Uhr, und die Leute stehen in Ihrem Salon zusammengepreßt wie die Heringe. Cardot, seine Frau, sein Sohn, seine Tochter und sein künftiger Schwiegersohn sind gerade gekommen, sie haben den jungen Staatsanwaltsstellvertreter Vinet mitgebracht, und in diesem Augenblick strömt auch noch der Faubourg Saint-Antoine herein. Wollen wir nicht das Piano aus dem Salon ins Eßzimmer schaffen, wie?«

Und er gab das Signal, indem er seine Klarinette versuchte, deren fröhliche Mißtöne im Salon mit einem »Hurra!« begrüßt wurden.

Die Schilderung eines Balls dieser Art erübrigt sich im Grunde. Die Toiletten, die Gesichter, die Unterhaltungen, alles stimmte mit einer Einzelheit überein, die einer beweglichen Phantasie genügen muß; denn in allen Dingen kann ein einziger Umstand durch seine Färbung und seine Eigenart bezeichnend sein. Auf Tabletts, deren Farbe stellenweise ausgebleicht und deren Lack abgeplatzt war, wurden gewöhnliche Gläser mit reinem Wein, stark verdünntem Rotwein und Zuckerwasser herumgereicht. Die Tabletts, auf denen Gläser mit Mandelmilch und Fruchtsaft standen, blieben häufig aus. Für fünfundzwanzig Spieler gab es fünf Spieltische! Achtzehn Paare tanzten. Um ein Uhr morgens wurden Madame Thuillier, Mademoiselle Brigitte, Madame Phellion sowie der alte Phellion in die Extravaganzen eines gemeinhin »Boulangère«[126] genannten Kontertanzes einbezogen, bei dem Dutocq mit einem Kopftuch nach Art der Kabylen mitwirkte! Die Bediensteten, die auf ihre Herrschaft warteten, und die Dienerschaft des Hauses bildeten die Zuschauerschar, und da dieser endlose Kontertanz eine Stunde dauerte, sollte Brigitte im Triumph umhergetragen werden, als sie verkündete, jetzt komme das Nachtessen dran. Freilich erkannte sie, daß unbedingt rasch noch zwölf Flaschen Burgunder versteckt werden müßten. Alle, die Matronen wie die jungen Mädchen, amüsierten sich so sehr, daß Thuillier Gelegenheit zu dem Ausspruch fand:

»Na, heute morgen haben wir kaum geahnt, daß wir heute abend ein solches Fest haben würden . . .!«

»Nichts macht mehr Spaß als diese Art von improvisierten Bällen«, sagte der Notar Cardot. »Redet mir nicht von ›Réunions‹, bei denen es steif und gezwungen hergeht . . .!«

Diese Auffassung stellt in der Bourgeoisie ein Axiom dar.

»Ach was«, sagte Madame Minard, »dummes Zeug . . .«

»Für Sie gilt das nicht, Madame, bei Ihnen hat die Lebensfreude ein erlesenes Domizil gefunden«, sagte Dutocq.

Als die Boulangère zu Ende war, zog Théodose Dutocq von der Anrichte weg, wo er sich gerade eine Scheibe Zunge genommen hatte, und sagte zu ihm:

»Wir wollen jetzt gehen, wir müssen morgen beizeiten bei Cérizet sein, damit wir Auskünfte über das Geschäft erhalten, das wir beide im Sinn haben. Das ist nämlich nicht so einfach, wie Cérizet glaubt.«

»Wieso denn?« fragte Dutocq, als er sein Stück Zunge im Salon gegessen hatte.

»Ja, kennen Sie sich denn nicht in den Gesetzen aus . . .? Ich weiß da genügend Bescheid, um im Bilde über die Gefahren der Angelegenheit zu sein. Wenn der Notar das Haus will und wenn wir es ihm vor der Nase wegschnappen, dann hat er die Möglichkeit, höher zu bieten, um es uns wieder abzunehmen. Er brauchte ja bloß in die Haut eines angemeldeten Gläubigers zu schlüpfen. Bei dem heute geltenden Hypothekenrecht haben alle Gläubiger, wenn ein Haus auf Antrag eines einzelnen Gläubigers versteigert wird und der Preis, zu dem es zugeschlagen wird, nicht zur Dekkung sämtlicher Forderungen ausreicht, das Recht, ein höheres Gebot zu machen. Und der Notar wird sich, wo er einmal 'reingefallen ist, eines Besseren besinnen.«

»Stimmt!« sagte Dutocq. »Na, dann gehen wir eben zu Cérizet.«

Die Worte: »Dann gehen wir eben zu Cérizet« wurden von dem Advokaten Minard vernommen, der dicht hinter den beiden Komplicen herging, aber sie hatten für ihn keinen Sinn. Jene beiden Männer standen ihm, seinem Wege und seinen Plänen so fern, daß er zwar hörte, was sie sagten, es aber nicht verstand.

»Das ist einer der schönsten Tage unseres Lebens gewesen«, sagte Brigitte, als sie mit ihrem Bruder allein in dem leeren Salon war, es war halb drei Uhr morgens. »Wie herrlich, auf diese Weise von seinen Mitbürgern gewählt zu werden!«

»Gib dich darüber keinen Täuschungen hin, Brigitte. All das, mein Kind, verdanken wir einem Manne ...«

»Wem denn?« – »Unserm Freund la Peyrade.«

Das Haus, dem nicht am Montag, sondern am übernächsten Tag, dem Dienstag, Dutocq und Théodose zustrebten, dem der Aktuar zu bedenken gegeben hatte, daß Cérizet sonntags und montags nie daheim sei, weil er sich das Fernbleiben seiner Kundschaft an den Sonntagen und Montagen zunutze machte, an welchen Tagen das Volk seinem Vergnügen nachgeht, – jenes Haus ist einer der hervorstechenden Züge in der Physiognomie des Faubourg Saint-Jacques und ebenso wichtig wie Thuilliers Haus oder das Phellions. Man weiß nicht (und es ist ja auch noch keine Kommission eingesetzt worden, die sich mit diesem Phänomen eingehend beschäftigte), man weiß nicht, warum die Pariser Stadtviertel sich innerlich und äußerlich erniedrigen und gemein machen; warum die alten Sitze des Hofs und der Kirche, die Gegend um das Luxembourg-Palais und das Quartier Latin das wurden, was sie heute sind, obwohl sich dort einer der schönsten Palais der Welt[127], die kühne Kuppel von Sainte-Geneviève[128], die des von Mansard erbauten Val-de-Grâce[129] und der Zauber des Jardin-des-Plantes[130] befinden. Warum die Eleganz des Lebens hinschwindet, warum die Häuser Vauquer, Phellion, Thuillier mit ihren Pensionen sich rasend schnell vermehren auf den Stätten der Palais der Stuarts, der Kardinäle Mignon[131] und Du Perron[132], und warum der Schmutz, unsaubere Gewerbebetriebe und das Elend sich eines Hügels bemächtigen, anstatt sich fern der alten, noblen Stadt auszubreiten ...? Nach dem Tode des Engels, dessen Wohltätigkeit über dieser Stadtgegend geschwebt hatte, war der Wucher in seiner niedrigsten Form herbeigeeilt. Dem Rat Popinot[133] war ein Cérizet gefolgt, aber, ein seltsamer Umstand, der übrigens genauer untersucht werden sollte, unter sozialen Gesichtspunkten betrachtet, war die Wirkung nahezu dieselbe. Popinot lieh ohne Zinsen und fand sich mit Verlusten ab; Cérizet erlitt nie Verluste und zwang die Unglücklichen, wacker zu arbeiten und vernünftig zu werden. Die Armen vergötterten Popinot, aber Cérizet war ihnen nicht verhaßt. Hier funktioniert das letzte Räderwerk der Pariser Finanz. Ganz oben das Bankhaus Nucingen, Leute wie die Kellers, wie du Tillet, wie die Mongenods; etwas tiefer Palma, Gigonnet, Gobseck; noch tiefer Samanon, Chaboisseau, Barbet. Und schließlich, nach dem Mont-de-Piété, der König der Wucherer, der seine Schlingen an den Straßenecken legt, um alle in Not Befindlichen zu erdrosseln und keinen auszulassen, Cérizet!

Der Überrock mit den Tressen läßt bereits auf das Schlupfloch dieses mit Mühe und Not dem Zusammenbruch der Kommanditgesellschaft und der sechsten Strafkammer Entgangenen schließen.

Es war ein vom Salpeter angefressenes Haus, dessen Mauern grüne Flecken aufwiesen und schwitzten und stanken wie die Gesichter seiner Bewohner. Es lag übrigens an der Ecke der Rue des Poules[134], und darin hauste ein Weinhändler niedrigster Art, in einem grellrot getünchten Laden, dessen Kalikovorhänge ebenfalls rot waren; darin stand ein Schanktisch mit Bleiplatte, den fürchterliche Eisenstangen abschirmten.

Über der Tür eines häßlichen Ganges hing eine scheußliche Laterne, auf der zu lesen stand: »Hôtel garni«. Auf den Hauswänden waren überall Eisenkreuze, die zeigten, wie übel es um die Festigkeit des Hauses bestellt war. Es gehörte übrigens dem Weinhändler, er bewohnte die Hälfte des Erdgeschosses mit dem Zwischenstock. Die Witwe Poiret (geborene Michonneau) führte das Hôtel garni, das aus dem ersten, zweiten und dritten Stock bestand und in dem die allerärmsten Studenten wohnten.

Cérizet hatte darin ein Zimmer im Erdgeschoß und ein weiteres im Zwischenstock, zu dem er auf einer Binnentreppe hinaufstieg, die ihr Licht von einem abscheulichen, gepflasterten Hof her erhielt, aus dem unappetitliche Gerüche aufstiegen. Cérizet zahlte der Witwe Poiret monatlich vierzig Francs für Abendessen und Frühstück. Er hatte sich die Wirtin verpflichtet, indem er ihr Kostgänger wurde, und den Weinhändler, indem er ihm einen enormen Verkauf verschaffte, einen Absatz an Getränken, Einkünfte, die vor Sonnenaufgang eingestrichen wurden. Das Kontor des Sieur Cadenet wurde noch vor demjenigen Cérizets geöffnet, der seine Tätigkeit am Dienstag begann, und zwar im Sommer um drei Uhr morgens, im Winter gegen fünf.

Zu der Stunde, wo die große Markthalle aufmachte, in die sich viele seiner Kunden und Kundinnen begaben, begann sein übles Gewerbe. Deswegen hatte auch Cadenet, der wußte, daß er seine Kundschaft gänzlich Cérizet dankte, ihm die beiden Zimmer für nur achtzig Francs jährlich vermietet und einen Mietvertrag auf zwölf Jahre unterzeichnet, den ohne Entschädigung vierteljährlich zu kündigen lediglich Cérizet das Recht besaß. Cadenet brachte persönlich jeden Tag seinem kostbaren Mieter eine vortreffliche Flasche Wein zum Abendessen, und wenn Cérizet einmal auf dem trockenen saß, brauchte er bloß zu seinem Freunde zu sagen: »Cadenet, pump mir mal hundert Taler.« Er zahlte sie ihm indessen stets getreulich zurück.

Cadenet besaß, wie geredet wurde, den Beweis, daß die Witwe Poiret Cérizet zweitausend Francs anvertraut hatte, was die gedeihliche Entwicklung seiner geschäftlichen Angelegenheiten von dem Tage an erklären könnte, da er sich mit einem letzten Tausendfrancsschein und der Gönnerschaft Dutocqs in dieser Stadtgegend niedergelassen hatte. Cadenet, den eine Geldgier antrieb, die der Erfolg noch steigerte, hatte zu Beginn des Jahres seinem Freunde Cérizet einige zwanzigtausend Francs angeboten. Cérizet hatte unter dem Vorwand abgelehnt, er laufe damit ein Risiko, das für den Fall des Fehlschlages zur Ursache eines Zerwürfnisses zwischen Geschäftsteilhabern werden könnte.

»Ich könnte sie nur zu sechs Prozent annehmen«, hatte er zu Cadenet gesagt, »bei Ihrem Geschäft können Sie mehr herausholen ... Wir wollen uns erst später zusammentun, wenn sich uns ein wirklich gutes Geschäft bietet. Aber eine gute Gelegenheit erfordert mindestens fünfzigtausend Francs, und wenn Sie über diese Summe verfügen, na, schön, dann reden wir darüber ...«

Cérizet hatte die Sache mit dem Mietshaus Théodose vorgetragen, als er festgestellt hatte, daß sie drei, Madame Poiret, Cadenet und er, zusammen nie hunderttausend Francs aufbringen konnten.

Der Geldverleiher auf kurze Frist war in diesem Schlupfloch absolut in Sicherheit, und notfalls hätte er sogar handgreifliche Hilfe gefunden. An bestimmten Vormittagen kamen nicht weniger als sechzig bis achtzig Personen, ebensoviel Männer wie Frauen, entweder zu dem Weinhändler oder in den Gang, wo sie auf den Treppenstufen saßen, oder in das Büro, in das der mißtrauische Cérizet immer nur sechs Leute gleichzeitig hineinließ. Die Besucher wurden der Reihe nach vorgelassen, und da jeder nur entsprechend seiner Nummer eintreten konnte, numerierten der Weinhändler oder sein Schankbursche die Männer an den Hüten und die Frauen auf dem Rücken.

Man verkaufte sich gegenseitig, wie auf den Droschkenhalteplätzen, die ersten Nummern gegen Nummern am Ende der Schlange. An gewissen Tagen, wenn die Geschäfte in der Markthalle zur Eile drängten, kostete eine Nummer weiter vorn ein Glas Schnaps und einen Sou. Die herauskommenden Nummern riefen die folgenden in Cérizets Arbeitszimmer, und wenn es dabei zu Streitigkeiten kam, machte ihnen Cadenet ein Ende, indem er sagte:

»Wenn ihr es so weit treibt, daß die Wache oder die Polizei kommt, was habt ihr dann? Dann macht *er* die Bude zu.«

»Er«, das war Cérizet. Wenn im Laufe des Tages eine arme, verzweifelte Frau, die zu Hause nichts Eßbares mehr hatte und an ihre blassen Kinder dachte, kam und zehn oder zwanzig Sous leihen wollte, dann lautete ihre Frage an den Weinhändler oder dessen ersten Gehilfen:

»Ist *er* da?«

Cadenet, ein vierschrötiger, dicker Mann, blau gekleidet, mit Überärmeln aus schwarzem Stoff, Weinhändlerschürze, eine Mütze auf dem Kopf, dünkte solche armen Mütter ein Engel, wenn er antwortete:

»*Er* hat mir gesagt, Sie seien eine ehrliche Frau, und ich solle Ihnen vierzig Sous geben. Sie wissen, was Sie zu tun haben . . .« Und unglaublicherweise wurde *er* gesegnet, wie ehedem Popinot gesegnet worden war.

Am Sonntagmorgen, wenn es ans Abrechnen und Bezahlen ging, verfluchte man Cérizet. In ganz Paris wurde er am Samstag verflucht, wenn gearbeitet werden mußte, um ihm die geliehene Summe und die Zinsen zurückzuzahlen! Allein vom Dienstag bis zum Freitag jeder Woche war er die Vorsehung, war er der liebe Gott.

Das Zimmer, in dem er sich aufhielt, war ehedem die Küche des ersten Stocks gewesen, und ganz kahl. Die weiß gekalkten

Deckenbalken trugen noch Spuren des Rauchs. Die Wände, an denen entlang er Bänke aufgestellt hatte, die Sandsteinfliesen, die den Fußboden bildeten, zogen abwechselnd die Feuchtigkeit an und schieden sie wieder aus. An die Stelle des Kamins, dessen Rauchfang erhalten geblieben war, war ein eiserner Ofen getreten, in dem Cérizet Steinkohlen verbrannte, wenn es kalt war. Unter jenem ein Quadratklafter großen Rauchfang erstreckte sich ein um einen halben Fuß erhöhtes Podest. Darauf standen ein Tisch im Wert von zwanzig Sous und ein Holzsessel, auf dem ein rundes grünes Lederkissen lag. Hinter sich hatte Cérizet die Wand mit Schiffsplanken verschalen lassen. Ferner hatte er neben sich einen kleinen Wandschirm aus Weißholz aufgestellt, der ihn gegen den Luftzug vom Fenster und von der Tür her schützen sollte, doch die Ofenwärme ließ ihm dieser aus zwei Flügeln bestehende Wandschirm zuteil werden. Das Fenster hatte an der Innenseite riesige, mit Eisenblech beschlagene Läden, die durch einen Eisenbarren gesichert waren. Übrigens fiel an der Tür die gleiche Schutzmaßnahme auf.

Hinten in diesem Zimmer, in einer Ecke, wand sich eine Treppe hoch, die irgendeinem abgebrochenen Lagerraum entstammte. Cadenet hatte sie in der Rue Chapon[135] aus zweiter Hand gekauft und sie in den durchbrochenen Fußboden des Zwischenstocks eingefügt, wobei jede Verbindung mit dem ersten Stock unterbunden worden war. Cérizet hatte verlangt, daß die auf den Treppenabsatz führende Tür des Zwischenstocks zugemauert werde. Somit war diese Behausung die reinste Festung. Das oben gelegene Schlafzimmer dieses Mannes hatte als einziges Mobiliar einen Teppich, der zwanzig Francs gekostet hatte, ein Schuljungenbett, eine Kommode, zwei Stühle, einen Sessel und einen eisernen Geldschrank in Gestalt eines Sekretärs, das Werk eines vortrefflichen Schlossers; es war ein Gelegenheitskauf gewesen. Rasieren tat er sich vor dem Kaminspiegel. Er besaß zwei Betttücher aus Kaliko, sechs Perkalhemden, alles übrige dementsprechend. Ein- oder zweimal hatte Cadenet Cérizet sozusagen elegant gekleidet zu Gesicht bekommen. Er hielt also im untersten Schubfach seiner Kommode eine vollständige Verkleidung verborgen, mit der er in die Oper hätte gehen, in der Gesellschaft verkehren können, ohne erkannt zu werden. Ohne seine ihm wohlbekannte Stimme hätte Cadenet ihn gefragt: »Was steht zu Diensten?«

Was an diesem Mann seinen »Kunden« am besten gefiel, war seine Jovialität, waren seine Entgegnungen; er sprach ihre Sprache. Cadenet, seine beiden Gehilfen und Cérizet, die inmitten des grausigsten Elends lebten, hatten sich den Gleichmut der Leichenträger bewahrt, die diese gegenüber den Erben, der alten Unteroffiziere der Garde zeigen. Sie seufzten nicht mehr, wenn sie die Aufschreie des Hungers und der Verzweiflung hörten, genausowenig wie die Chirurgen seufzen, wenn sie ihre Kranken in den Hospitälern hören, und wie die Soldaten und die Pfleger sagten sie die nichtssagenden Worte: »Habt nur Geduld und ein bißchen Mut! Was kommt dabei heraus, wenn man verzweifelt? Wenn ihr euch umbringt, was dann ...? Man gewöhnt sich an alles. Seid doch ein bißchen vernünftig, usw.«

Obgleich Cérizet so vorsichtig war, das Geld, das er für seine morgendliche Betätigung brauchte, in einem doppelten Boden des Sessels zu verstecken, auf dem er zu sitzen pflegte, und nie mehr als hundert Francs auf einmal zu nehmen, die er dann in die Hosentasche steckte, und obgleich er aus seinem Vorrat nur zwischen zwei Kundenschüben schöpfte, wobei seine Tür geschlossen blieb und erst wieder geöffnet wurde, nachdem er seine Taschen untersucht hatte, hätte er von den verschiedenen Verzweiflungen nichts zu befürchten gehabt, die von allen Seiten zu diesem Rendezvous des Geldes herbeigeströmt waren. Sicherlich gibt es viele Arten, redlich oder tugendhaft zu sein, und die ›Monographie der Tugend‹* hat nichts anderes als Grundlage als dieses soziale Axiom. Der Mensch verstößt wider sein Gewissen, er läßt es offensichtlich an Takt und Zartgefühl mangeln, er handelt gegen den Schmelz der Ehre, dessen Einbuße noch nicht allgemeine Mißachtung mit sich bringt, er braucht noch nicht vor dem Zuchtpolizeigericht zu erscheinen; er ist zwar ein Dieb, unterliegt aber noch nicht der Verurteilung durch das Schwurgericht. Ist er jedoch vom Schwurgericht verurteilt worden, so kann er im Zuchthaus geehrt werden, wenn er dort jene Redlichkeit

* Ein Werk in der Art der ›Physiologie der Ehe‹, an dem der Autor seit 1833 arbeitet; es ist damals angekündigt worden. (Fußnote Balzacs.)[136]

zeigt, die die Verbrecher untereinander üben und die darin besteht, nicht zu denunzieren, redlich zu teilen, die gleiche Gefahr auf sich zu nehmen. Nun, diese letztere Redlichkeit, die vielleicht nur der Berechnung, der Notwendigkeit entspringt, deren Ausübung aber dem Menschen noch Möglichkeiten eröffnet, sich großherzig zu bezeigen und zum Guten zurückzukehren, herrschte in vollem Umfang zwischen Cérizet und seinen Kunden. Cérizet beging niemals Fehlgriffe, und seine Armen ebensowenig: Man stritt einander nie etwas ab, weder die Höhe der Schuldsumme noch die der Zinsen. Mehrmals hatte Cérizet, der übrigens aus dem Volke stammte, von einer Woche zur andern einen unbeabsichtigten Irrtum gegenüber einer armen Familie zu deren Gunsten berichtigt, die ihn nicht einmal bemerkt hatte. Daher galt er zwar als ein Hund, aber als ein ehrlicher Hund. Sein Wort galt inmitten dieser »Stadt der Schmerzen«[137] als heilig. Als eine Frau gestorben war, die ihm noch dreißig Francs geschuldet hatte, sagte er zu den vor ihm Stehenden:

»Da seht ihr, was ich verdiene, und dabei heult ihr hinter mir her. Aber dennoch tue ich ihren kleinen Bälgern nichts an ...!« Und Cadenet hat ihnen Brot und den Wein für die Totenfeier gebracht.

Seit er diesen Zug bekundet hatte, der übrigens geschickter Berechnung entsprungen war, hieß es von ihm in den beiden Faubourgs:

»Der ist kein schlechter Mensch ...!«

Das kurzfristige Darlehen, wie Cérizet es auffaßte, ist, unter Wahrung der Proportionen, keine so grausame Plage wie die des Mont-de-Piété. Cérizet gab am Dienstag zehn Francs unter der Bedingung, daß er am Sonntagmorgen zwölf zurückbekomme. Innerhalb von fünf Wochen verdoppelte er sein Kapital, aber es gab dabei viele Vergleiche. Seine Güte bestand darin, dann und wann nur elf Francs fünfzig Centimes zurückzufordern, d. h. man blieb ihm die Zinsen schuldig. Wenn er einem kleinen Obsthändler fünfzig Francs gegen sechzig gab, oder einem Torfhändler hundert Francs gegen hundertzwanzig, so ging er ein Risiko ein.

Als Théodose und Dutocq von der Rue des Postes her in die Rue des Poules einbogen, gewahrten sie eine Ansammlung von

Männern und Frauen. In dem Lichtschein der Petroleumlampen des Weinhändlers erschraken sie beim Anblick dieser Masse roter, rissiger, faltiger, vom Leiden verhärteter, welker, verstörter, kahler, weingedunsener, von Schnäpsen ausgemergelter Gesichter. Die einen schauten drohend drein, andere resigniert; diese spöttisch, jene intelligent, andere verstumpft. Sie reckten sich aus abscheulichen Lumpen auf. Der Zeichner könnte niemals übertreiben, auch in seinen ausschweifendsten Phantasiegebilden nicht.

»Ich werde sicher wiedererkannt!« sagte Théodose, der Dutocq mit sich zog, »es war eine Dummheit, ihn mitten in seiner geschäftlichen Tätigkeit zu überraschen ...«

»Und zwar um so mehr, als wir nicht bedacht haben, daß er Claparon in seinem Schlupfloch, dessen Inneres wir nicht kennen, untergebracht hat. Tja, für Sie könnte es Unannehmlichkeiten geben, weniger für mich. Ich könnte ja mit meinem Expedienten etwas zu besprechen haben. Ich werde ihn zum Abendessen bitten, es ist nämlich heute Sitzung, da können wir nicht zu Mittag essen. Wir werden uns in der ›Chaumière‹[138] treffen, in einer der Lauben im Garten ...«

»Schlecht, da kann man belauscht werden, ohne es zu merken«, antwortete der Advokat. »Mir wäre der ›Petit Rocher-de-Cancale‹[139] lieber. Da setzt man sich in eine Nische und spricht leise.«

»Und wenn Sie zusammen mit Cérizet gesehen werden?«

»Na, schön, dann gehen wir eben ins ›Cheval-Rouge‹[140] am Quai de la Tournelle.«

»Das ist besser, um sieben treffen wir da niemanden mehr.«

Dutocq begab sich also ganz allein in diese Bettlerversammlung. Er hörte, wie in der Menge ein paarmal sein Name genannt wurde. Es wäre für ihn schwierig gewesen, hier jemanden zu treffen, der nicht mit dem Gericht zu tun gehabt hätte, gerade wie Théodose dort auch Klienten begegnen mußte.

In diesen Stadtvierteln ist der Friedensrichter die höchste Gerichtsperson. Durch ihn werden alle Klagen entschieden, insbesondere seit dem Gesetz, das ihm volle Kompetenz in allen Rechtsfällen übertragen hat, bei denen der Wert des Streitgegenstands nicht über hundertzwanzig Francs beträgt. Dem Aktuar, der nicht minder gefürchtet war als der Friedensrichter, wurde sogleich Platz gemacht. Auf den Treppenstufen sah er Frauen sitzen, eine grausige Schaustellung, wie Blumen auf Stufenbänken, mit jungen, bleichen, kränklichen Gesichtern. Die Mannigfaltigkeit der Farben, der Halstücher, der Hauben, der Kleider und Schürzen machte den Vergleich vielleicht noch treffender, als es ein Vergleich sein darf. Dutocq erstickte fast, als er die Tür des Zimmers aufmachte, in dem bereits sechzig Leute gewesen waren und ihre Ausdünstungen hinterlassen hatten.

»Haben Sie eine Nummer? Ihre Nummer!« schrien sämtliche Stimmen.

»Haltet die Schnauze!« rief eine rostige Stimme von der Straße her. »Es ist doch die Schreibfeder des Friedensrichters.«

Tiefste Stille trat ein. Dutocq traf seinen Expedienten in einer gelben Lederweste an, sie hatte die gleiche Farbe wie die Handschuhe der Gendarmerie. Darüber trug Cérizet eine vulgäre wollene Strickweste. Man kann sich wohl das kranke Gesicht vorstellen, wie es aus einem solchen Futteral herauslugte. Es war mit einem schäbigen, halbseidenen Tuch umwickelt, das die Stirn, den unbehaarten Hals sehen ließ und so diesem Kopf sein zugleich häßliches und drohendes Aussehen lieh, besonders im Schein einer der Kerzen, von denen zwölf auf das Pfund gehen.

»So geht das nicht, Papa Lantimèche«, sagte Cérizet zu einem hochgewachsenen alten Mann, der siebzig Jahre alt zu sein schien und vor ihm stand, seine rote Wollkappe in der Hand. Sein Kopf war kahl, im Spalt seiner armseligen kurzen Jacke war eine weißbehaarte Brust zu sehen. »Sie müssen mir reinen Wein einschenken über das, was Sie unternehmen wollen! Hundert Francs, auch unter der Bedingung, daß Sie mir hundertzwanzig zurückzahlen, die läßt man nicht davonlaufen, wie wenn ein Köter in eine Kirche läuft . . .«

Die fünf anderen Kunden, darunter zwei Frauen, beide Ammen, die eine strickend, die andere nähend, brachen in Gelächter aus.

Als Cérizet Dutocq erblickte, erhob er sich respektvoll, ging ihm rasch entgegen und sagte noch:

»Sie haben Zeit, sich die Sache zu überlegen. Sie müssen wissen, daß es mich ein bißchen beunruhigt, wenn ein alter Schlossermeister hundert Francs verlangt.«

»Aber es handelt sich doch um eine Erfindung . . .!« rief der alte Handwerker.

»Eine Erfindung, und hundert Francs . . .! Sie kennen sich in den Gesetzen nicht aus. Sie brauchen zweitausend Francs«, sagte Dutocq. »Sie müssen ein Patent haben, und vermögende Gönner . . .«

»Richtig«, sagte Cérizet, der immer mit derartigen Zufällen rechnete. »Passen Sie mal auf, Papa Lantimèche, kommen Sie morgen früh um sechs, dann reden wir mal darüber. Wenn andere dabei sind, kann man nicht gut über Erfindungen sprechen . . .«

Und Cérizet hörte Dutocq zu, dessen erstes Wort war:

»Wenn es was Gutes ist, machen wir Halbpart . . .!«

»Sind Sie etwa so früh aus den Federn gekrochen, um mir das zu sagen?« fragte der mißtrauische Cérizet, der sich über den »Halbpart« erboste. »Sie hätten mich doch auf der Kanzlei getroffen.«

Und er musterte verstohlen Dutocq, der, obgleich er die Wahrheit sagte, Claparon erwähnte und auf die Notwendigkeit hinwies, Théodoses Angelegenheit rasch zu erledigen, die sich zu verwickeln schien. Dann sagte er ihm von der Verabredung und wandte sich zum Gehen.

»Jedenfalls hätten Sie mich heute vormittag in der Kanzlei getroffen . . .«, antwortete Cérizet und geleitete Dutocq bis zur Tür.

»Das ist einer«, sagte er sich, als er wieder Platz nahm, »der mir seine Laterne ausgepustet zu haben scheint, damit ich nicht klarer sehe . . . Na, schön, dann geben wir eben unsere Stellung als Schreiber auf . . . Haha, Sie, Mütterchen!« rief er, »Sie erfinden Kinder . . . Amüsant, obschon der Kniff wohlbekannt ist!«

Es erübrigt sich um so mehr, von der Zusammenkunft der drei Komplicen zu berichten, als die getroffenen Vereinbarungen zur Grundlage der vertraulichen Mitteilungen Théodoses an Mademoiselle Thuillier wurden. Aber es muß unbedingt darauf hingewiesen werden, daß die Geschicklichkeit, die la Peyrade entfaltete, Cérizet und Dutocq beinahe Angst einjagte. Seit dieser Besprechung keimte im Bewußtsein des Bankiers der Armen der Gedanke auf, die Hand aus dem Spiel zu ziehen, wenn er sich in Gesellschaft von so gewandten Spielern befand. Die Partie um jeden Preis zu gewinnen und auch die Geschicktesten zu besiegen, und sei es durch ein Gaunerstück, das ist eine Eingebung der eigentümlichen Eitelkeit der Freunde des grünen Tuchs. Das war die Ursache des furchtbaren Schlags, den la Peyrade empfangen sollte.

Er kannte übrigens seine beiden Partner. Deswegen strengte ihn ungeachtet der ständigen Anspannung seiner intellektuellen Kräfte, ungeachtet der unaufhörlichen Aufmerksamkeit, die seine zehn Masken erforderten, nichts so sehr an wie seine Rolle gegenüber seinen beiden Spießgesellen. Dutocq war durch und durch ein Gauner, und Cérizet war früher einmal Schauspieler gewesen, die beiden kannten sich in Grimassen aus. Ein unbewegliches Gesicht à la Talleyrand hätte sie zum Bruch mit dem Provenzalen getrieben, der sich in ihren Klauen befand, und so mußte er Ungezwungenheit, Vertrauensseligkeit und offenes Spiel bezeigen, und das ist ganz sicher der Gipfelpunkt der Kunst. Ein Parkett in Illusionen zu wiegen ist ein alltäglicher Triumph. Aber Mademoiselle Mars[141], Frédérick Lemaître[142], Potier[143], Talma[144] oder Monrose[145] hinters Licht zu führen, das ist der Gipfel der Kunst.

Das Ergebnis dieser Besprechung bestand also darin, daß la Peyrade, der den gleichen Spürsinn wie Cérizet besaß, ein heimliches Angstgefühl überkam, das ihm während des letzten Abschnittes dieses Riesenkampfes zeitweise das Blut erhitzte und das Herz entflammte, so daß er schließlich in den morbiden Zustand des Spielers geriet, der mit dem Auge der Roulette folgt, wenn er seinen letzten Einsatz gewagt hat. Die Sinne haben dann bei ihrer Betätigung eine Hellsicht, und die Intelligenz nimmt eine Reichweite an, für die die menschliche Wissenschaft keine Maßstäbe besitzt.

Am Tag nach dieser Besprechung kam er zum Abendessen zu den Thuilliers. Und unter dem fadenscheinigen Vorwand, sie müßten Madame de Saint-Fondrille, der Gattin des berühmten Gelehrten, mit der sie sich anfreunden wollten, einen Besuch abstatten, ging Thuillier mit seiner Frau fort und ließ Théodose mit Brigitte allein. Weder Thuillier noch seine Schwester, noch Théodose glaubten an diese Komödie, und der alte Beau des Kaiserreichs bezeichnete dieses Manöver als »Diplomatie«.

»Junger Mann, mißbrauche die Unschuld meiner Schwester nicht, respektiere sie«, sagte Thuillier feierlich, ehe er sich verabschiedete.

»Haben Sie schon daran gedacht, Mademoiselle«, sagte Théodose und rückte seinen Lehnstuhl näher an die Bergère heran, in der Brigitte saß und strickte, »haben Sie schon daran gedacht, die Kaufmannschaft des Arrondissements für Ihres Bruders Interessen einzusetzen?«

»Und auf welche Weise?« fragte sie.

»Aber Sie stehen doch in Geschäftsverbindung mit Barbet und Métivier.«

»Ja, da haben Sie recht ...! Den Teufel auch, Sie sind nicht auf den Kopf gefallen!« sagte sie nach einer Pause.

»Wenn man jemanden gern hat, greift man ihm unter die Arme!« antwortete er sentenziös und zurückhaltend.

Brigitte zu überrumpeln, das war in dieser langen, seit zwei Jahren entfesselten Schlacht der Kulminationspunkt, gerade wie die Erstürmung der großen Schanze an der Moskwa[146]. Aber diese alte Jungfer mußte mit Beschlag belegt werden, wie man im Mittelalter vom Teufel glaubte, daß gewisse Menschen von ihm besessen seien, und zwar so, daß ihr unmöglich die Augen aufgehen konnten. Seit drei Tagen hatte la Peyrade sich mit seiner Aufgabe gemessen. Er hatte sie umschritten, um ihre Schwierigkeiten kennenzulernen. Die Schmeichelei, dieses unfehlbare Mittel in geschickten Händen, schlug bei einer Frau fehl, die seit langem wußte, daß sie alles andere als schön sei. Allein für einen willensstarken Mann gibt es nichts Unbezwingliches, und Leute wie Lamarque[147] verstehen sich immer darauf, Capri zu erobern. Daher darf bei der Schilderung der denkwürdigen Szene, die sich an diesem Abend abspielte, nichts weggelassen werden. Alles darin hat seine Bedeutung, die Ruhepausen, die niedergeschlagenen Augen, die Blicke, der Stimmklang.

»Aber«, antwortete Brigitte, »Sie haben uns doch schon bewiesen, daß Sie uns sehr gern haben ...«

»Hat Ihr Bruder mit Ihnen gesprochen ...?«

»Nein. Er hat lediglich gesagt, Sie hätten mit mir zu sprechen ...«

»Ja, Mademoiselle, denn Sie sind der einzige Mann in der Familie[148]. Aber nach genauer Überlegung habe ich gemerkt, daß bei dieser Sache für mich viele Gefahren bestehen. So kompromittiert man sich nur für Leute, die einem sehr nahestehen ... Es handelt sich um ein ganzes Vermögen, um dreißig- bis vierzigtausend Francs Einkünfte, und keineswegs um eine Spekulation ... um ein Mietshaus ...! Die Notwendigkeit, Ihren Bruder zu Gelde kommen zu lassen, hat mich vor allem verlockt ... So etwas fasziniert einen, wie ich ihm gesagt habe ... Denn wenn man kein Schwachkopf ist, dann fragt man sich: ›Warum will er uns soviel Gutes tun?‹ Und wie ich ihm also gesagt habe: Indem ich für ihn arbeite, habe ich mir geschmeichelt, für mich selber zu arbeiten. Wenn er Abgeordneter werden will, ist zweierlei absolut unumgänglich: nämlich den Wahlzensus zu entrichten und seinen Namen durch irgendeine Art von Berühmtheit ins rechte Licht zu setzen. Wenn ich in meiner Freundschaft so weit gehe, daß ich daran denke, ihm beim Schreiben eines Buches über den Staatskredit oder über irgend etwas anderes zu helfen ... dann müßte ich doch ebensogut an seine Vermögensumstände denken ... und es wäre geradezu absurd von Ihnen, ihm jenes Haus zu geben ...«

»Meinem Bruder ...? Aber gleich morgen würde ich es auf seinen Namen eintragen lassen ...!« rief Brigitte. »Sie kennen mich nicht ...«

»Ich kenne Sie nicht durch und durch«, sagte la Peyrade, »aber ich weiß von Ihnen Dinge, die mich bedauern lassen, daß ich Ihnen nicht von Anfang an alles gesagt habe, von dem Augenblick an, da ich den Plan konzipiert habe, dem Ihr Bruder seine Aufstellung als Kandidat verdanken soll. Schon einen Tag danach wird es Neidhämmel geben, und er steht ganz sicher vor einer elend schweren Aufgabe. Er muß sie in Verwirrung bringen, alle Einwände seiner Rivalen beseitigen!«

»Aber das Geschäft ...«, sagte Brigitte, »worin bestehen denn da die Schwierigkeiten?«

»Mademoiselle, die Schwierigkeiten kommen aus meinem Gewissen ... und ich bin Ihnen dabei ganz bestimmt nicht behilflich, ohne zuvor meinen Beichtvater um Rat gefragt zu haben ... Vor der Welt, ach, ist das Geschäft vollkommen legal, und ich bin, müssen Sie verstehen, ich, ein eingetragener Advokat, also Mitglied einer gestrengen Körperschaft, ich bin außerstande, ein Geschäft vorzuschlagen, das Anlaß zu einem Verweis bieten könnte ... Meine Entschuldigung wäre, daß ich daran keinen Liard verdient hätte ...«

Brigitte saß wie auf Kohlen, ihr Gesicht glühte, sie zerriß ihren Wollfaden, knotete ihn wieder zusammen und wußte nicht, welche Haltung sie einnehmen sollte.

»Man hat doch heutzutage«, sagte sie, »keine vierzigtausend Francs Einnahmen von einem Haus, das nicht mindestens eine Million achthunderttausend Francs ...«

»Ich garantiere Ihnen, daß Sie das Haus sehen und dann die möglichen Erträge abschätzen sollen, und ferner, daß ich es Ihrem Bruder für fünfzigtausend Francs verschaffen kann.«

»Ja, wenn Sie das Haus an uns brächten«, rief Brigitte, die unter der Geißel ihrer Geldgier auf dem höchsten Punkt ihrer Erregung angelangt war, »dann, wahrhaftig, mein lieber Monsieur Théodose ...«

Sie hielt inne.

»Nun, was, Mademoiselle?«

»Dann hätten Sie vielleicht für sich gearbeitet ...«

»Wenn Ihr Bruder Ihnen mein Geheimnis anvertraut hat, verlasse ich das Haus.«

Brigitte hob den Kopf.

»Hat er Ihnen gesagt, ich liebte Céleste?«

»Nein, so wahr ich ein anständiges Mädchen bin!« rief Brigitte. »Aber ich habe gerade mit Ihnen über sie sprechen wollen.«

»Sie mir anbieten ...! Oh, möge Gott uns verzeihen, ich will sie nur ihr selbst, ihren Eltern zu verdanken haben oder sie ihre Wahl treffen lassen ... Nein, von Ihnen will ich nichts als Ihr Wohlwollen, Ihre Gönnerschaft ... Versprechen Sie mir, wie Ihr Bruder es bereits getan hat, als Lohn für meine Bemühungen Ihren Einfluß, Ihre Freundschaft. Sagen Sie mir, daß Sie mich wie einen Sohn behandeln wollen ... Und dann werde ich Sie um Rat fragen ... Ihre Entscheidung schafft mir freie Bahn, ich brauche nicht mit meinem Beichtvater zu sprechen. Sie müssen wissen, seit zwei Jahren gehe ich zu ihm, seit ich die Familie beobachte, in die ich meinen Namen tragen, der ich meine Energie als Mitgift einbringen möchte ... denn ich werde es zu etwas bringen ...! Sie verfügen über die Redlichkeit der alten Zeiten, Sie haben eine gerade, unbeugsame Urteilsfähigkeit ... Sie kennen sich in Geschäftsdingen aus, und das alles sind Eigenschaften, die man gern in seiner Nähe hat ... Mit einer Schwiegermutter von Ihrer Tüchtigkeit würde mir ein häusliches Leben zuteil werden, das von einer Fülle kleinlicher Gelddinge frei wäre, die in der Politik den Weg versperren, sobald man sich damit abplagen muß ... Am Sonntagabend habe ich Sie ehrlich bewundert ... Wie großartig sind Sie gewesen! Wie sind Sie dazwischengefahren! Innerhalb von zehn Minuten, glaube ich, war das Eßzimmer ausgeräumt ... Und ohne daß Sie das Haus verlassen hätten, haben Sie alles aufgetrieben, was für die Erfrischungen, für das Souper erforderlich war ... ›Das‹, habe ich zu mir selbst gesagt, ›ist eine herrscherliche Frau ... !‹«

Brigittes Nasenflügel weiteten sich, sie sog die Worte des jungen Advokaten ein. Und er musterte sie verstohlen, um seinen Triumph zu genießen. Er hatte an ihre empfindliche Stelle gerührt.

»Ach«, sagte sie, »ich bin an die Führung des Haushalts gewöhnt, darin kenne ich mich aus ...«

»Ein sauberes, reines Gewissen befragen«, fuhr Théodose fort, »ach, das genügt mir.«

Er war aufgestanden. Er setzte sich wieder und sagte:

»Folgendermaßen sieht unser Geschäft aus, liebe Tante ... denn Sie werden ja halbwegs meine Tante ...«

»Still davon, Sie schlimmer Mensch ... !« sagte Brigitte. »Und jetzt reden Sie ...«

»Ich will Ihnen unumwunden sagen, wie die Dinge stehen, und beachten Sie bitte, daß ich mich bloßstelle, indem ich sie Ihnen mitteile, denn Sie müssen wissen, daß ich diese Geheimnisse meiner Stellung als Advokat verdanke ... Also stellen Sie sich vor, wir begingen zusammen das Verbrechen der Verletzung eines Kabinettsgeheimnisses! Ein Pariser Notar hat sich mit einem Architekten zusammengetan, und sie haben Grundstücke gekauft, sie haben darauf gebaut. In diesem Augenblick sind sie pleite ... sie haben sich in ihren Berechnungen geirrt ... Aber all das geht uns nichts an ... Unter den Häusern, die diese rechtswidrige Firma, denn Notare dürfen keine Geschäfte tätigen, gebaut hat, ist eins, das, da es noch nicht fertig ist, so niedrig eingeschätzt wurde, daß der Kaufpreis auf hunderttausend Francs festgesetzt werden wird, obwohl das Grundstück und der Bau vierhunderttausend gekostet haben. Da nur noch das Innere fertigzustellen ist und weiter nichts aufgewendet zu werden braucht, da überdies alles, was dazu erforderlich ist, fix und fertig bei den Bauunternehmern liegt, die es billig abgeben würden, wird die auszuwerfende Summe nicht fünfzigtausend Francs übersteigen. Nun aber wird das Haus durch seine Lage nach Abzug der Steuern mehr als vierzigtausend Francs einbringen. Es besteht ganz und gar aus Haustein, die Seitenmauern aus Bruchstein. Die Fassade trägt überreichen plastischen Schmuck, es sind mehr als zwanzigtausend Francs daran gewendet worden. Die Fenster sind verglast, die Rahmen nach einem neuen System, sogenannte Cremona-Rahmen.«

»Gut und schön, und worin besteht die Schwierigkeit?«

»Oh, in folgendem: Der Notar hat sich diesen Teil des Kuchens, den er im Stich läßt, selbst vorbehalten, und er ist unter dem Namen seiner Freunde einer der Darlehensgeber, die zuschauen, wenn der Konkurssyndikus das Haus versteigert. Es ist keine gerichtliche Versteigerung anberaumt worden, das wäre zu teuer, sondern einfach eine freiwillige Versteigerung. Nun aber hat sich der Notar, um es zu erwerben, an einen meiner Klienten gewandt und ihn um dessen Namen gebeten. Mein Klient ist ein armer Teufel, und er hat zu mir gesagt: ›Darin steckt ein Vermögen, wenn man es dem Notar vor der Nase wegschnappte...‹«

»Im Gesellschaftsleben kommt so etwas vor...!« sagte Brigitte lebhaft.

»Wenn es bloß diese Schwierigkeit gäbe«, fuhr Théodose fort, »so wäre es genauso, wie einer meiner Freunde zu einem seiner Schüler sagte, der darüber jammerte, wie mühselig es in der Malerei sei, ein Meisterwerk zu schaffen: ›Ach, mein Junge, wenn dem nicht so wäre, dann könnten die Lakaien welche anfertigen!‹ Aber, Mademoiselle, wenn man diesen gräßlichen Notar fängt, der, glauben Sie mir das bitte, vollauf verdient, überlistet zu werden, denn er hat viele Privatvermögen geschädigt, da er, wenngleich Notar, ein sehr intelligenter Mensch ist, wird es vielleicht sehr schwierig sein, ihn ein zweites Mal übers Ohr zu hauen. Wenn man ein Haus kauft, und wenn dann die, die darauf Geld vorgestreckt haben, nicht damit einverstanden sind, es durch den unzulänglichen Preis einzubüßen, sind sie innerhalb einer bestimmten Frist berechtigt, ein Übergebot zu machen, also mehr zu bieten und das Haus für sich zu behalten. Wenn man diese Pfuscher nicht so lange hinhalten kann, bis die für das Übergebot gesetzte Frist abgelaufen ist, muß eine neue List anstelle der alten treten. Aber ist solch ein Verhalten wohl legal...? Kann man es zum Nutzen einer Familie durchführen, in die man aufgenommen werden möchte ...? Das überlege ich seit drei Tagen ...«

Brigitte, das muß zugegeben werden, zögerte, und nun rückte Théodose mit seinem letzten Hilfsmittel heraus.

»Durchdenken Sie es während der Nacht. Morgen können wir darüber weiterreden ...«

»Hören Sie, mein Junge«, sagte Brigitte und blickte den Advokaten mit einer beinahe verliebten Miene an, »vor allem müßte man sich das Haus einmal ansehen. Wo steht es eigentlich?«

»In der Nähe der Madeleine! Da ist in zehn Jahren das Herz von Paris! Und, aber das können Sie nicht wissen, schon seit 1819 hat man jenes Gelände im Auge! Dorther stammt das Vermögen des Bankiers du Tillet ... Der berüchtigte Konkurs des Notars Roguin, der in Paris soviel Schrecken ausgelöst und dem Ansehen des Notariats einen so schweren Schlag versetzt hat, dieser Streich, in den auch der berühmte Parfümhändler Birotteau hineingezogen worden ist, hat keine andere Ursache gehabt. Sie haben ein bißchen zu früh mit diesen Grundstücken spekuliert.«

»Ich erinnere mich der Geschichte«, antwortete Brigitte.

»Das Haus könnte, soviel ist sicher, bis Ende dieses Jahres fertig sein, und die Mieter würden dann Mitte nächsten Jahres einziehen.«

»Können wir morgen einmal hingehen?«

»Liebe Tante, ich stehe gern zu Ihrer Verfügung.«

»Nennen Sie mich nur nicht so, wenn andere Leute dabei sind ... Und was das Geschäft betrifft«, fuhr sie fort, »so kann man darüber keine feste Meinung haben, bevor man das Haus gesehen hat ...«

»Es hat sechs Stockwerke, die Fassade mit neun Fenstern, einem schönen Hof, vier Läden, und es ist ein Eckhaus. Oh, lassen Sie's gut sein, der Notar kennt sich in so etwas aus! Aber es braucht bloß ein politisches Ereignis einzutreten, dann fallen die Staatsrentenpapiere, und alle Geschäfte gehen schlecht. An Ihrer Stelle würde ich alles verkaufen, was Ihre Schwägerin besitzt, und auch alles, was Sie an Werten besitzen, und dafür für Ihren Bruder das schöne Mietshaus erstehen, und dann würde ich das Vermögen dieser armen Betschwester durch die künftigen Ersparnisse wiederherstellen ... Können die Staatsrentenpapiere höher steigen, als sie heute stehen ...? Hundertzwanzig! Das ist fabelhaft! Man muß sich beeilen.«

Brigitte leckte sich die Lippen. Sie hatte die Mittel und Wege entdeckt, ihr eigenes Kapital zu behalten und den Bruder auf Kosten der Schwägerin zu bereichern.

»Mein Bruder hat recht«, sagte sie zu Théodose, »Menschen wie Sie sind selten, und Sie werden es noch weit bringen ...«

»Er wird mir voranschreiten!« antwortete Théodose mit einer Naivität, die die alte Jungfer rührte.

»Sie gehören dann zur Familie«, sagte sie.

»Es werden Hindernisse auftreten«, entgegnete Théodose, »Ihre Schwägerin ist leicht geistesgestört, und sie mag mich nicht.«

»Oh, das möchte ich mal sehen ...!« rief Brigitte. »Wir wollen das Geschäft machen«, fuhr sie fort, »wenn es durchführbar ist. Lassen Sie Ihre Interessen in meinen Händen.«

»Wenn Ihr Bruder Mitglied des Generalrats ist, Besitzer eines Hauses, das mindestens vierzigtausend Francs an Mieten einbringt, die Ehrenlegion trägt, ein ernstes, gewichtiges politisches Werk veröffentlicht hat ... dann wird er bei den Neuwahlen von 1842 Abgeordneter. Aber ganz unter uns, Tantchen, man kann sich in solchem Ausmaß nur seinem richtigen Schwiegervater widmen ...«

»Da haben Sie recht.«

»Wenn ich auch kein Vermögen besitze, so habe ich dann doch das Ihre verdoppelt, und wenn dieses Geschäft diskret durchgeführt werden kann, will ich andere ausfindig machen ...«

»Ehe ich mir das Haus nicht angesehen habe«, sagte Mademoiselle Thuillier, »kann ich mich über nichts äußern ...«

»Also gut, mieten Sie morgen einen Wagen, dann fahren wir hin. Bis morgen verschaffe ich mir den Erlaubnisschein für die Besichtigung . . .«

»Dann bis morgen, gegen Mittag«, antwortete Brigitte und streckte Théodose die Hand zum Einschlagen hin. Er jedoch drückte den zärtlichsten und zugleich respektvollsten Kuß darauf, den Brigitte je bekommen hatte.

»Adieu, lieber Junge!« sagte sie an der Tür.

Sie schellte hastig nach einem ihrer Dienstboten, und als das Mädchen erschien, sagte sie:

»Joséphine, gehen Sie auf der Stelle zu Madame Colleville und sagen Sie ihr, sie möge zu mir kommen, ich hätte mit ihr zu reden.«

Eine Viertelstunde später betrat Flavie den Salon, in dem Brigitte erschreckend erregt auf und ab ging.

»Liebe Kleine, es handelt sich um eine große Gefälligkeit, die Sie mir erweisen können und die unsere liebe Céleste betrifft . . . Sie kennen Tullia, die Tänzerin an der Oper. Ich habe noch die Ohren voll von dem, was mein Bruder mir von ihr seinerzeit erzählt hat . . .«

»Ja, Liebste, aber sie ist nicht mehr Tänzerin, sie ist jetzt die Frau Gräfin du Bruel. Ist ihr Mann nicht etwa Pair von Frankreich . . .?«

»Stehen Sie sich noch gut mit ihr?«

»Wir verkehren nicht mehr miteinander . . .«

»Na, ich weiß nun aber, daß Chaffaroux, der reichste Bauunternehmer, ihr Onkel ist . . .«, sagte die alte Jungfer. »Er ist alt, er ist vermögend. Machen Sie Ihrer alten Freundin einen Besuch und lassen Sie sich von ihr ein paar Zeilen an ihren Onkel geben, durch die sie ihm zu verstehen gibt, er würde ihr, nicht mir, sondern ihr, einen sehr großen Gefallen tun, wenn er sie freundschaftlich über ein Geschäft beriete, über das Sie ihm einige Fragen stellen möchte. Wir holen ihn dann morgen um ein Uhr ab. Aber die Nichte muß dem Onkel tiefstes Stillschweigen anempfehlen! Also los, mein Kind! Céleste, unser liebes Töchterchen, wird Millionärin, und sie bekommt aus meiner Hand, haben Sie gehört?, einen Mann, der sie bis in den Himmel erheben wird.«

»Soll ich Ihnen den ersten Buchstaben seines Namens sagen?«

»Nur zu...«

»Théodose de la Peyrade! Sie haben recht. Das ist einer, der, wenn eine Frau wie Sie ihn unterstützt, Minister werden kann!«

»Gott selbst hat ihn in unser Haus geführt«, rief die alte Jungfer.

In diesem Augenblick kam das Ehepaar Thuillier heim.

Fünf Tage später, im April, wurde im ›Moniteur‹[149] die Verordnung, die die Wahl für das Mitglied des Stadtrates auf den 20. des Monats anberaumte, veröffentlicht und in Paris durch Plakate öffentlich angeschlagen. Seit einem Monat war das sogenannte »Ministerium vom 1. März« am Ruder. Brigitte war glänzender Laune. Sie wußte jetzt, daß Théodoses Behauptungen der Wahrheit entsprachen. Das Haus war vom alten Chaffaroux von oben bis unten besichtigt worden, und er hatte geäußert, es sei ein bauliches Meisterwerk. Der arme Grindot, der an den Geschäften des Notars und Claparons beteiligte Architekt, glaubte, für ihn zu arbeiten. Der Onkel der Madame du Bruel bildete sich ein, es handele sich um die Interessen seiner Nichte. Er sagte, mit dreißigtausend Francs könne er das Haus fertigstellen. Daher war la Peyrade seit einer Woche Brigittes Gott. Sie bewies ihm auf naivste Weise durch unredliche Argumente, man müsse das Glück beim Schopf fassen, wenn es sich zeige.

»Und wenn dennoch etwas Sündhaftes dabei im Spiel sein sollte«, sagte sie mitten im Garten zu ihm, »so können Sie es ja beichten...«

»Also nur zu, lieber Freund«, rief Thuillier, »den Teufel auch, man ist es seinen Verwandten schuldig, daß man etwas für sie tut...«

»Ich werde mich dazu entschließen«, antwortete la Peyrade mit bewegter Stimme, »aber unter Bedingungen, die ich jetzt stellen möchte. Ich will, wenn ich Céleste heirate, nicht der Habsucht, der Geldgier beschuldigt werden ... Wenn Sie mich zu Gewissensnöten zwingen, dann sorgen Sie wenigstens dafür, daß ich in den Augen der Öffentlichkeit bleibe, was ich bin. Übertrage du, mein alter Thuillier, an Céleste lediglich das nächste Eigentumsrecht an dem Haus, das ich dir verschaffen will...«

»Das ist recht und billig . . .«

»Ihr sollt euch nicht berauben«, fuhr Théodose fort, »und mein liebes Tantchen soll im Ehekontrakt dasselbe tun. Laßt den Rest der verfügbaren Kapitalien auf den Namen der Madame Thuillier ins Staatsschuldbuch eintragen, sie kann dann damit machen, was sie will. Wir leben dann künftig im Familienkreis, und ich nehme es auf mich, mir ein Vermögen zu schaffen, sobald ich ohne Sorgen in die Zukunft blicken kann.«

»Das höre ich gern«, rief Thuillier aus. »Das sind die Worte eines Ehrenmanns.«

»Lassen Sie sich von mir auf die Stirn küssen, mein Junge«, rief die alte Jungfer. »Aber da es nun einmal ohne Mitgift nicht geht, setzen wir Céleste sechzigtausend Francs aus.«

»Für ihre Kleidung«, sagte la Peyrade.

»Wir sind alle drei anständige Menschen«, rief Thuillier. »Abgemacht, Sie lassen uns das Geschäft mit dem Haus machen, wir schreiben zusammen mein politisches Werk, und Sie tun das Ihre, damit ich die Ehrenlegion bekomme . . .«

»Das soll geschehen, sobald Sie Stadtrat sind, am 1. Mai! Die Sache ist nur die, guter Freund, daß Sie, und Sie ebenfalls, Tantchen, tiefstes Schweigen bewahren müssen. Auch dürfen Sie den Verleumdungen kein Gehör schenken, die mir arg zu schaffen machen werden, wenn alle diejenigen, die ich übers Ohr hauen will, über mich herfallen . . . Passen Sie nur auf, sie stellen mich dann als einen Habenichts hin, als einen Gauner, einen gefährlichen Menschen, einen Jesuiten, einen Ehrgeizling, einen Vermögensraffer . . . Ob Sie wohl all diese Anschuldigungen mit Ruhe anhören können . . .?«

»Keine Sorge«, sagte Brigitte.

Von diesem Tage an wurde Thuillier ein »guter Freund«. Guter Freund, so redete Théodose ihn an, und seine Stimme besaß dabei so vielfältige zärtliche Schwingungen, die Flavie erstaunten. Aber »Tantchen«, der Name, der für Brigitte so schmeichelhaft klang, wurde nur im Kreis der Thuilliers ausgesprochen, manchmal auch in Anwesenheit Flavies, im Dabeisein anderer bloß geflüstert. Der Tätigkeitsdrang, den alle entfalteten, Théodose und Cérizet, Barbet, Métivier, die Minards, die Phellions, die Laudigeois, Colleville, Pron, Barniol und deren Freunde, war außerordentlich. Groß und klein legte Hand ans Werk. Cadenet verschaffte in seiner Sektion dreißig Stimmen. Er unterschrieb für sieben Wähler, die nur ein Kreuz machen konnten. Am 30. April wurde Thuillier als Kandidat für das Amt eines Mitglieds des Generalrats des Seine-Départements aufgestellt, und zwar mit einer imponierenden Mehrheit, da zur Einstimmigkeit nur sechzig Stimmen fehlten. Am 1. Mai gesellte Thuillier sich der Städtischen Körperschaft zu, um sich in die Tuilerien zu begeben und den König zum Namenstag zu beglückwünschen, und er kam strahlend heim! Er war unmittelbar hinter Minard hergegangen.

Zehn Tage später kündigte ein gelber Maueranschlag die freiwillige Versteigerung des Hauses an, zu einem Mindestgebot von fünfundsechzigtausend Francs, der endgültige Zuschlag sollte gegen Ende Juli erfolgen. In diesem Zusammenhang kam es zwischen Claparon und Cérizet zu einem Vergleich, in dem Cérizet Claparon die Summe von fünfzehntausend Francs zusicherte, wohlverstanden nur mündlich, für den Fall, daß es ihm gelänge, den Notar über die für das Übergebot festgesetzte Frist hinaus hinzuhalten. Mademoiselle Thuillier, die von Théodose ins Bild gesetzt worden war, stimmte rückhaltlos dieser Geheimklausel zu, da sie einsah, daß die Helfershelfer bei diesem infamen Handel bezahlt werden müßten. Die Summe sollte durch die Hände des würdigen Advokaten gehen. Mitten in der Nacht hatte Claparon auf der Place de l'Observatoire eine Zusammenkunft mit seinem Spießgesellen, dem Notar, dessen Amt und Praxis zwar durch einen Beschluß der Disziplinarkammer der Pariser Notare zum Verkauf ausgeboten, aber noch nicht verkauft worden war.

Dieser junge Mann, der Nachfolger Théodore Hannequins, hatte im Laufschritt zu Vermögen kommen wollen, anstatt langsam darauf zuzugehen. Er sah vorerst noch andere Aussichten vor sich, und er versuchte, alles behutsam in die Wege zu leiten. Bei jener Besprechung war er bis zu zehntausend Francs gegangen, um sich seine Sicherheit bei diesem schmutzigen Handel zu erkaufen. Erst nach der Unterzeichnung einer Gegenverschreibung, die der Käufer unterschrieben hatte, sollten sie Claparon ausgezahlt werden. Der junge Mann wußte, daß dieser Betrag das einzige Kapital darstellte, mit dem Claparon wieder zu Vermögen gelangen konnte, und er glaubte, vor ihm sicher zu sein.

»Wer in ganz Paris könnte mir eine solche Provision für einen solchen Handel zahlen?« fragte ihn Claparon. »Schlafen Sie ruhig auf beiden Ohren. Ich habe als vorgeblicher Käufer einen der Ehrenmänner an der Hand, die zu dumm sind, Ideen Ihrer Art zu haben ... Es ist ein alter Beamter im Ruhestand. Sie geben ihm das Geld zum Bezahlen, dann unterzeichnet er Ihnen die Gegenverschreibung.«

Als der Notar gegenüber Claparon hatte durchblicken lassen, er könne von ihm nur zehntausend Francs bekommen, bot Cérizet seinem ehemaligen Teilhaber zwölftausend. Dann verlangte er von Théodose fünfzehntausend und behielt sich vor, davon an Claparon bloß dreitausend auszuzahlen. Alle diese Machenschaften zwischen den vier Männern wurden mit den schönsten Redensarten über die freundschaftlichen Gefühle und die Redlichkeit verbrämt, über alles das, was Leute, deren Schicksal es sei, zusammenzuarbeiten und es auch bei künftigen Gelegenheiten zu tun, einander schuldig seien. Während diese unterirdischen Betätigungen zum Nutzen Thuilliers durchgeführt wurden, den Théodose darüber unterrichtete, wobei er den heftigsten Ekel bekundete, seine Finger in dergleichen Machenschaften zu tauchen, grübelten die beiden Freunde über das große Werk nach, das der »gute Freund« veröffentlichen sollte. Das Mitglied des Stadtrats des Seine-Départements gelangte zu der Überzeugung, er könne nie etwas werden ohne diesen genialen Menschen, dessen Klugheit er anstaunte, dessen Unbeschwertheit ihn täglich überraschte, wobei er es als für immer notwendiger betrachtete, ihn zu seinem Schwiegersohn zu machen. Daher speiste Théodose im Verlauf des Mai an vier von den sieben Wochentagen mit dem »guten Freund« zu Abend.

Um jene Zeit beherrschte Théodose, ohne auf Widerspruch zu stoßen, die Familie. Er besaß damals die Billigung aller Freunde des Hauses. Dazu war es auf folgende Weise gekommen. Die Phellions, die von Brigitte und Thuillier das Lob Théodoses singen hörten, fürchteten, diese beiden mächtigen Leute zu verstimmen, wenn diese ewige Lobrednerei sie etwa peinlich berührt oder sie als übertrieben angemutet hätte. Genauso ging es der Familie Minard. Übrigens war das Verhalten dieses Hausfreundes stets vorzüglich. Durch die Art, wie er sich abseits hielt, entwaffnete er das Mißtrauen. Er war vorhanden wie ein zusätzliches Möbelstück. Er ließ die Phellions und die Minards glauben, er sei von Brigitte, von Thuillier beziffert, gewogen und zu leicht befunden worden, um je etwas anderes zu sein als ein netter junger Mensch, für den man sich bei Gelegenheit einsetzen würde.

»Vielleicht glaubt er«, sagte Thuillier eines Tages zu Minard, »daß meine Schwester ihn einmal in ihrem Testament bedenkt, aber da kennt er sie schlecht.«

Dieser Ausspruch war das Werk Théodoses. Er beschwichtigte die Besorgnisse und gewann den mißtrauischen Minard.

»Er hängt zwar sehr an uns«, sagte eines Tages die alte Jungfer zu Phellion, »aber er schuldet uns ja auch einige Dankbarkeit: Er wohnt umsonst, seine Ernährung wird nahezu gänzlich von uns bestritten . . .«

Diese Ablehnung durch die alte Jungfer, die Théodose ihr eingeflüstert hatte, ging in den Familien, die im Salon Thuillier verkehrten, von Mund zu Mund, machte alle Befürchtungen zunichte, und Théodose unterstrich die gelegentlichen Bemerkungen Thuilliers und seiner Schwester durch die Servilität eines Schmarotzers. Beim Whist rechtfertigte er die Fehler des »guten Freundes«. Sein Lächeln war starr und freundlich wie das der Madame Thuillier. Er hielt es bereit für alle kleinbürgerlichen Albernheiten des Geschwisterpaars.

Er erlangte, was er so eifrig angestrebt hatte, nämlich die Geringschätzung seiner eigentlichen Gegenspieler. Daraus machte er sich einen Mantel, mit dem er seine Macht tarnte. Vier Monate lang trug er den trägen Ausdruck einer Schlange zur Schau, die ihre verschlungene Beute verdaut. Daher lief er mit Colleville und Flavie in den Garten, lachte dort, legte seine Maske ab, erholte sich und sammelte neue Kräfte, indem er sich vor seiner künftigen Schwiegermutter in nervösen Ausbrüchen der Leidenschaft erging, die sie entweder erschreckten oder rührten.

»Empfinden Sie kein Mitleid mit mir . . . ?« fragte er sie am Abend vor dem provisorischen Zuschlag, durch den Thuillier das Haus für fünfundsiebzigtausend Francs bekam. »Ein Mensch wie ich muß kriecherisch wie ein Kater einherschleichen, seine boshaften Bemerkungen zurückdämmen ... seine Galle hinunterwürgen ...! Und dabei noch Ihre Weigerungen erdulden!«

»Lieber Freund, mein lieber Junge ... !« sagte Flavie, »entmutigt, wie ich bin ...!«

Diese Worte sind ein Thermometer, das anzeigen soll, bis zu welcher Temperatur dieser geschickte Künstler seine Liebschaft mit Flavie hochgesteigert hatte. Die arme Frau schwankte zwischen ihrem Herzen und der Moral, zwischen der Religion und der mysteriösen Leidenschaft.

Inzwischen gab der junge Félix Phellion opferwillig und mit lobenswerter Beharrlichkeit dem jungen Colleville Unterrichtsstunden. Er verschwendete seine Zeit, und er glaubte, für seine künftige Familie zu arbeiten. Um seine Mühe anzuerkennen und auf Théodoses Rat hin wurde der Lehrer donnerstags von den Collevilles zum Abendessen geladen, und der Advokat fehlte dann niemals. Flavie verfertigte bald eine Börse, bald Pantoffeln, bald ein Zigarrenetui für den glücklichen jungen Mann, der ausrief:

»Madame, ich bin zur Genüge bezahlt durch das Glück, das ich genieße, indem ich mich Ihnen als nützlich erweise ...«

»Wir sind nicht reich«, antwortete Colleville, »aber, zum Henker, wir wollen doch nicht undankbar sein.«

Der alte Phellion rieb sich die Hände, wenn er seinen Sohn bei der Rückkehr von diesen Abendgesellschaften erzählen hörte, und er erblickte seinen lieben, seinen noblen Félix bereits als Célestes Ehemann ...!

Dennoch, je mehr Céleste liebte, desto ernster und zurückhaltender wurde sie Félix gegenüber, und zwar um so mehr, als ihre Mutter sie eines Abends energisch zur Rede gestellt und ihr gesagt hatte:

»Mach dem jungen Phellion keinerlei Hoffnung, mein Kind. Weder dein Vater noch ich können über deine Hand verfügen. Du hast Erbaussichten zu berücksichtigen. Es handelt sich sehr viel weniger darum, einem Lehrer zu gefallen, der keinen Sou sein eigen nennt, als sich der Zuneigung der Mademoiselle Brigitte und deines Patenonkels zu versichern. Wenn du deine Mutter nicht umbringen willst, mein Engel, ja, mich umbringen ...

dann gehorch mir in dieser Angelegenheit blindlings, und präg dir ein, daß wir vor allem dein Glück wollen.«

Da die Erteilung des endgültigen Zuschlags auf Ende Juli festgesetzt worden war, riet Théodose Anfang Juni Brigitte, sich bereit zu machen, und am Vorabend verkaufte sie alle Staatspapiere der Schwägerin und die eigenen. Die Katastrophe des »Viermächte-Vertrags«[150], eine wahre Beleidigung für Frankreich, ist eine historische Tatsache, aber es muß hier unbedingt daran erinnert werden, daß vom Juli an bis Ende August die französischen Rentenpapiere bei den beunruhigenden Aussichten auf einen Krieg, dem Monsieur Thiers allzusehr zugetan war, auf zwanzig Francs fielen, und die Dreiprozentigen standen auf sechzig. Und das war noch nicht alles: Die Finanzkatastrophe wirkte sich auf höchst ärgerliche Weise auf den Pariser Grundstücksmarkt aus, und alle Häuser, die zum Verkauf standen, gingen zu niedrigen Preisen weg. Diese Geschehnisse machten aus Théodose in Brigittes und Thuilliers Augen einen Propheten, einen genialen Menschen. Das Haus wurde ihnen endgültig für fünfundsiebzigtausend Francs zugesprochen. Der in dieses politische Desaster verwickelte Notar, dessen Amt und Praxis verkauft worden waren, sah sich genötigt, für ein paar Tage aufs Land zu gehen. Aber die zehntausend Francs Claparons behielt er bei sich. Auf Théodoses Rat hin schloß Thuillier einen Vertrag in Bausch und Bogen mit Grindot, der für den Notar zu arbeiten glaubte, wenn er das Haus fertigstellte. Und da während jener Zeit die Arbeit ruhte und die Arbeiter mit untergeschlagenen Armen dastehen mußten, konnte der Architekt sein Lieblingswerk glänzend vollenden.

Für fünfundzwanzigtausend Francs vergoldete er vier Salons ...! Théodose forderte, daß der Handel schriftlich festgelegt werde, und statt fünfundzwanzigtausend müßten fünfzigtausend eingesetzt werden. Diese Erwerbung hatte Thuilliers Ansehen verzehnfacht. Was nun den Notar betraf, so hatte er angesichts von politischen Ereignissen, die wie ein Wirbelsturm an einem schönen Tage wirkten, den Kopf verloren. Théodose war seiner Oberherrschaft sicher. Die vielen Dienstleistungen hatten ihn gestärkt. Thuillier hatte er in der Hand durch das Werk, das sie gemeinsam verfaßten. Brigitte bewunderte ihn um seines Taktes willen, denn er hatte niemals auch nur die leiseste Anspielung auf seine bedrängte materielle Lage gemacht und nie von Geld gesprochen. Und so setzte er jetzt eine etwas weniger servile Miene auf als zuvor. Brigitte und Thuillier sagten zu ihm:

»Nichts kann Ihnen unsere Achtung entziehen, Sie sind hier wie zu Hause. Die Meinung Minards und Phellions, die Sie zu fürchten scheinen, hat für uns den Wert einer Strophe von Victor Hugo. Also lassen Sie sie reden ... tragen Sie den Kopf hoch!«

»Wir brauchen die beiden noch für die Wahl Thuilliers in die Abgeordnetenkammer!« sagte Théodose. »Folgen Sie meinem Rat. Sie befinden sich gut dabei, nicht wahr? Wenn Ihnen das Haus erst endgültig gehört, haben Sie es umsonst bekommen, da Sie dreiprozentige Staatsrenten für sechzig Francs im Namen der Madame Thuillier kaufen und damit deren ganzes Vermögen wieder auffüllen können ... Warten Sie damit bloß, bis die Frist für das Übergebot abgelaufen ist, und halten Sie mir die fünfzehntausend Francs für unsern Gauner bereit ...«

Brigitte wartete nicht ab: Sie setzte ihre gesamten Kapitalien ein, ausgenommen eine Summe von hunderttausend Francs, und kaufte unter Anrechnung auf das Vermögen ihrer Schwägerin zwölf Stücke der dreiprozentigen Rentenpapiere für zweihundertvierzigtausend Francs auf den Namen der Madame Thuillier, zehn Stücke der gleichen Emission auf ihren eigenen Namen, und gelobte sich, sich nicht länger mit dem sorgenvollen Diskontierungsgeschäft zu befassen. Sie sah, daß ihr Bruder außer seinem Ruhegehalt vierzigtausend Francs Einkünfte haben würde; Madame Thuillier zwölftausend Francs, und sie selber achtzehntausend Francs, alles in allem jährlich zweiundsiebzigtausend Francs, und dazu freie Wohnung, die sie mit achttausend Francs bezifferte.

»Jetzt haben wir genausoviel wie die Minards ...!« rief sie aus.

»Wir wollen noch keine Siegesgesänge anstimmen«, sagte Théodose zu ihr. »Die Frist für das Übergebot läuft erst in acht Tagen ab. Ich habe Ihre geschäftlichen Angelegenheiten durchgeführt, und die meinen liegen sehr im argen ...«

»Mein lieber Junge, Sie haben doch Freunde ...«, rief Brigitte, »und wenn Sie zufällig fünfundzwanzig Louis brauchen, dann finden Sie sie hier immer . . .!«

Bei diesem Satz tauschte Théodose ein Lächeln mit Thuillier, der ihn hinausführte und zu ihm sagte:

»Haben Sie Nachsicht mit meiner armen Schwester. Sie sieht die Welt aus der Froschperspektive . . . Aber wenn Sie fünfundzwanzigtausend Francs brauchen, dann leihe ich sie Ihnen . . . auf meine ersten Mieteinnahmen«, fügte er hinzu.

»Thuillier, ich habe einen Strick um den Hals«, rief Théodose. »Seit ich Advokat bin, habe ich Wechselschulden . . . Aber still!« sagte Théodose, der selbst erschrocken war, daß er sich das Geheimnis seiner Lage hatte entschlüpfen lassen. »Ich bin in den Pfoten von Gaunern . . . ich will sie übers Ohr hauen . . .«

Bei der Preisgabe seines Geheimnisses hatte Théodose zwei Beweggründe gehabt: Er hatte Thuillier prüfen und einem verhängnisvollen Schlag zuvorkommen wollen, der ihn in dem stummen, unheimlichen Kampf schon längst hätte treffen können. Zwei Worte werden seine schreckliche Lage klarlegen.

Als er im tiefsten Elend steckte, hatte nur Cérizet ihn in seiner Mansarde aufgesucht, wo er bei großer Kälte im Bett zu liegen pflegte, da er nichts anzuziehen hatte. Nur ein Hemd hatte er noch am Leibe. Seit drei Tagen lebte er von einem Brot, von dem er mit einer gewissen Umsicht Scheiben abschnitt und sich dabei fragte: »Was soll ich tun?« In diesem Augenblick erschien sein alter Gönner, der begnadigt aus dem Gefängnis kam. Was die Pläne betrifft, die die beiden Männer vor einem Kleinholzfeuer ausheckten, der eine in die Bettdecke seiner Wirtin gehüllt, der andere in seine Niedertracht, so erübrigt es sich, sie zu berichten. Am folgenden Tag brachte Cérizet, der am Vormittag Dutocq begegnet war, eine Hose, eine Weste, einen Frack, einen Hut und Stiefel, die er im Temple gekauft hatte, und nahm Théodose mit, um ihm ein Abendessen zu spendieren. Der Provenzale aß bei Pinson in der Rue de l'Ancienne-Comédie die Hälfte eines Essens, das siebenundvierzig Francs kostete. Beim Dessert, zwischen zwei Weinsorten, fragte Cérizet seinen Freund:

»Willst du mir für fünfzigtausend Francs Wechsel ausstellen und sie in deiner Eigenschaft als Advokat unterzeichnen . . .?«

»Dafür bekämst du nicht einmal fünftausend Francs ...«, sagte Théodose.

»Das geht dich nichts an. Du bezahlst sie schon noch zum Nennwert. Das ist unser Gewinnanteil, der des Herrn, der dich bewirtet, und meiner, und zwar aus einem Geschäft, bei dem du nichts riskierst, aber durch das du den Advokatentitel bekommst, eine schöne Klientel und die Hand eines Mädchens im Alter eines alten Hundes, das mindestens zwanzig- bis dreißigtausend Francs Zinsen hat. Weder Dutocq noch ich können sie heiraten. Wir müssen dich ausstatten, dir das Aussehen eines anständigen Menschen geben, dich ernähren, dir eine Unterkunft besorgen, dich in eigene Möbel setzen ... Also brauchen wir Garantien. Ich sage dir das nicht um meinetwillen, ich kenne dich, sondern des Herrn wegen, dessen Strohmann ich bin ... Wir equipieren dich als Korsar, na ja, der mit weißem Fleisch handelt. Wenn wir jene Mitgift nicht kapern können, machen wir uns an andere Unternehmungen ... Ganz unter uns: Wir brauchen die Dinge nicht mit der Zange anzufassen, das ist doch klar ... Wir geben dir Instruktionen, weil die Sache langsam in die Wege geleitet werden muß. Es gibt Schwierigkeiten, warte nur ab ...! Da, ich habe die Stempelmarken bei mir ...«

»Kellner, eine Feder und Tinte!« sagte Théodose.

»Solche Leute mag ich!« rief Dutocq.

»Unterzeichne ›Théodose de la Peyrade‹, und schreib eigenhändig ›Advokat, Rue Saint-Dominique-d'Enfer‹ unter die Worte: ›Akzeptiert für zehntausend‹, denn das Datieren übernehmen wir, wir bleiben dir auf den Fersen, ganz im geheimen, damit wir einen Haftbefehl gegen dich erwirken können. Die Reeder müssen ihre Sicherheiten haben, wenn der Kapitän und die Brigg auf hoher See sind.«

Am Tag nach der Eintragung arbeitete der Aktuar am Friedensgericht Cérizet in die Hände und erledigte heimlich alles Erforderliche. Er suchte am Abend den Advokaten auf, und alles wurde ordnungsgemäß durchgeführt, unter Ausschluß der Öffentlichkeit. Das Handelsgericht fällt in jeder Sitzungsperiode hundert solcher Urteile. Man kennt die strengen Satzungen des Ordnungsrats der Pariser Advokaten. Diese Körperschaft und die der Anwälte lassen über ihre Mitglieder strenge Disziplin walten. Ein Advokat, der nach Clichy[151] wandern müßte, würde aus der Liste gestrichen. Also hatte Cérizet auf Dutocqs Rat hin gegen ihrer beider Strohmann die einzigen Maßregeln ergriffen, die jedem von ihnen fünfundzwanzigtausend Francs von Célestes Mitgift zu sichern vermochten. Als Théodose die Wechsel unterschrieb, hatte er nichts als die Sicherstellung seines Lebensunterhalts und die Möglichkeit, etwas zu tun, im Auge gehabt. Aber je mehr der Horizont sich aufhellte, je mehr er im Durchführen seiner Rolle von Stufe zu Stufe zu einer immer höheren Stellung auf der sozialen Leiter emporstieg, träumte er davon, sich seiner beiden Teilhaber zu entledigen. Wenn er jetzt von Thuillier fünfundzwanzigtausend Francs erbat, hoffte er, um den Rückkauf seiner Wechsel unter einem Nachlaß von fünfzig Prozent mit Cérizet unterhandeln zu können.

Leider ist solch eine infame Spekulation kein Ausnahmefall. Sie kommt in Paris unter mehr oder weniger drastischen Formen viel zu häufig vor, als daß der Historiker sie bei einer genauen und vollkommenen Schilderung der Gesellschaft übergehen könnte. Dutocq, dieser abgefeimte Gauner, schuldete noch zwanzigtausend Francs auf sein Amt, und in der Hoffnung auf Erfolg hoffte er, familiär ausgedrückt, bis zum Ende des Jahres 1840 noch ein paar unlautere Profitchen zu machen. Bis jetzt hatte keine dieser drei Personen sich gerührt oder ein Gebrüll erhoben. Jeder war sich seiner Kraft bewußt und kannte die Gefahr. Bei allen waren das Mißtrauen, das Beobachten, das zur Schau getragene Vertrauen gleich und das Schweigen oder der Blick gleichermaßen düster, wenn wechselseitige Verdachtsmomente auf den Wangen oder in den Äußerungen zum Vorschein kamen. Besonders seit zwei Monaten wirkte Théodoses Stellung wie ein geschleiftes Fort. Dutocq und Cérizet hielten in ihrem Boot eine Pulverladung bereit, und die Lunte war stets am Brenner, aber der Wind konnte sie ausblasen, und der Teufel konnte das Pulver durchnässen.

Der Moment, da die Raubtiere sich auf ihr Fressen stürzen, gilt immer als besonders kritisch, und dieser Augenblick kam für die drei ausgehungerten Tiger jetzt heran. Cérizet hatte bisweilen mit dem Blick des Revolutionärs, den die Souveräne in diesem Jarhundert zweimal erlebten, zu Théodose gesagt:

»Ich habe dich zum König gemacht, und ich selber bin nichts. Ist man nicht alles, dann ist man überhaupt nichts.«

Eine Regung des Neids nahm in Cérizets Innern ihre Lawinenbahn. Dutocq hing von der Gnade seines reich gewordenen Expedienten ab. Théodose hätte am liebsten seine beiden Kommanditäre und deren Wechsel auf zwei Scheiterhaufen verbrannt. Alle drei hatten einander zu eingehend beobachtet, wenn sie ihre Gedanken zu verbergen suchten, als daß sie sie nicht erraten hätten. Théodose durchlebte eine dreifache Hölle, wenn er an das Aufdecken der Karten, an sein Spiel und an seine Zukunft dachte! Seine Äußerung gegenüber Thuillier war ein Verzweiflungsschrei gewesen. Er hatte das Senkblei in die Gewässer des [alten][152] Kleinbürgers geworfen und darin nur fünfundzwanzigtausend Francs gefunden.

»Und«, sagte er sich, als er wieder daheim war, »in einem Monat vielleicht überhaupt nichts!«

Er geriet in einen tiefen Haß gegen die Thuilliers. Aber er hielt Thuillier mit einer Harpune fest, die tief in dessen Selbstgefühl gedrungen war, nämlich mit dem »Steuern und Amortisation« betitelten Werk, in dem er die vom saint-simonistischen ›Globe‹[153] publizierten Gedanken koordiniert, ihnen in einem kraftvollen Südländerstil Farbe gegeben und ihnen eine systematische Form geliehen hatte. Thuilliers Kenntnisse auf diesem Gebiet waren Théodose dabei sehr zustatten gekommen. Auf dieses Seil setzte er sich, und von einer so schmalen Operationsbasis aus beschloß er, die Eitelkeit eines Dummkopfs zu bekämpfen. Den Charakteren entsprechend ist das Granit oder Sand. Nach einigem Überlegen war er froh, sein Geständnis abgelegt zu haben.

»Wenn er erkennt, daß ich ihm gegen die Auswerfung von fünfzehntausend Francs in einem Augenblick, da ich selber dringend Geld brauche, sein Vermögen gesichert habe, wird er mich für den Gott der Redlichkeit ansehen.«

Folgendermaßen hatten Claparon und Cérizet den Notar zwei Tage vor dem Ablauf der Frist für das Übergebot hingehalten. Cérizet, dem Claparon das Losungswort und die Zufluchtsstätte des Notars mitgeteilt hatte, sollte zu ihm sagen:

»Einer meiner Freunde, Claparon, den Sie ja kennen, hat mich gebeten, Sie aufzusuchen. Er erwartet Sie übermorgen mit zehntausend Francs, wo, das wissen Sie. Er hat das Dokument, das Sie von ihm haben wollen, aber ich soll bei der Aushändigung der Summe zugegen sein, denn davon gebühren mir fünftausend Francs ... und ich sage Ihnen schon jetzt, mein lieber Herr, daß der Name auf der Gegenverschreibung noch fehlt.«

»Ich komme«, sagte der Exnotar.

Der arme Teufel wartete bis zum Sonnenaufgang, und einer seiner Gläubiger, mit dem Cérizet sich über die Teilung der Schuldsumme geeinigt hatte, ließ ihn verhaften und empfing sechstausend Francs, den Betrag der Schuld.

»Das wären tausend Taler, um Claparon auszuschalten«, sagte sich Cérizet.

Cérizet suchte den Notar abermals auf und sagte zu ihm:

»Claparon ist ein miserabler Bursche, Monsieur! Er hat von dem Käufer, der jetzt Eigentümer bleiben wird, fünfzehntausend Francs bekommen ... Drohen Sie ihm, Sie würden seinen Gläubigern sein Versteck angeben, und drohen Sie auch mit einer Anzeige wegen betrügerischen Bankrotts. Dann gibt er Ihnen die Hälfte.«

In seiner Wut schrieb der Notar einen zornglühenden Brief an Claparon. Claparon in seiner Verzweiflung befürchtete eine Verhaftung, und Cérizet nahm es auf sich, ihm einen Paß zu verschaffen.

»Du hast mir manchen Streich gespielt, Claparon«, sagte Cérizet. »Aber hör zu, dann urteilst du gerecht über mich. Ich besitze als ganzes Hab und Gut tausend Taler ... die will ich dir geben! Verdufte nach Amerika, und fang dort an, dir ein Vermögen zu schaffen, wie ich es hier tue ...«

Am Abend reiste Claparon, den Cérizet als alte Frau verkleidet hatte, mit der Postkutsche nach Le Havre. Cérizet sah sich jetzt als den Herrn der von Claparon zu fordernden fünfzehntausend Francs und wartete ruhig, ohne sich zu beeilen, auf Théodose. Dieser mit einem wahrhaft seltenen Scharfsinn begabte Mann hatte nun aber unter dem Namen eines Gläubigers, der zweitausend Francs zu bekommen hatte, eines Dazwischengeschalteten, mit dem gar nicht gerechnet worden war, ein Übergebot eingereicht. Das war ein Einfall Dutocqs gewesen, den er schleunigst ins Werk gesetzt hatte. Er erblickte darin einen zusätzlichen Betrag von siebentausend Francs, die er bekommen konnte, und deren bedurfte er, um ein Geschäft aufzuziehen, das völlig dem Thuilliers glich. Darauf war er durch Claparon hingewiesen worden, den das Unglück ausgeschaltet hatte. Es handelte sich um ein Haus in der Rue Geoffroy-Marie, das für den Betrag von sechzigtausend Francs verkauft werden sollte. Die Witwe Poiret bot ihm zehntausend Francs an, der Weinhändler die gleiche Summe und für zehntausend Francs Wechsel. Diese dreißigtausend Francs und das, was er noch bekommen sollte, zusammen mit den sechstausend Francs, die er besaß, erlaubten ihm, sein Glück zu versuchen, und das mit um so größerem Recht, als die fünfundzwanzigtausend Francs, die Théodose ihm schuldete, ihm sicher zu sein schienen.

»Die Frist für das Übergebot ist verstrichen«, sagte sich Théodose, als er Dutocq bat, Cérizet kommen zu lassen. »Wenn ich jetzt versuchte, meine Blutegel loszuwerden . . .?«

»Sie können über diese Angelegenheit nur bei Cérizet verhandeln, da ja Claparon dort ist«, antwortete Dutocq.

Also begab sich Théodose zwischen sieben und acht Uhr in das Hundeloch des Bankiers der Armen, den der Aktuar am Morgen von dem Besuch ihres zweibeinigen Kapitals in Kenntnis gesetzt hatte.

La Peyrade wurde von Cérizet in der schauderhaften Küche empfangen, in der das Elend kleingehackt und die Leiden gekocht wurden. Sie gingen darin auf und ab wie zwei Bestien im Käfig, und sie spielten dabei folgende Szene:

»Bringst du mir die fünfzehntausend Francs?«

»Nein, aber ich habe sie bei mir daheim liegen.«

»Warum hast du sie nicht in der Tasche?« fragte Cérizet scharf.

»Das sollst du gleich hören«, antwortete der Advokat, der auf dem Weg von der Rue Saint-Dominique zur Estrapade seinen Entschluß gefaßt hatte.

Der Provenzale hatte, als er sich auf dem Rost wand, auf den seine beiden Kommanditäre ihn gelegt hatten, einen guten Einfall gehabt, der mitten in den glühenden Kohlen aufgeflammt war. Mit der Gefahr kommt die Erleuchtung. Er verließ sich auf die Macht des Freimuts, der auf alle Eindruck macht, sogar auf

Schurken. Man weiß einem Gegner stets Dank, der sich beim Duell bis auf den Gürtel entblößt.

»Gut!« sagte Cérizet, »jetzt fängt der Schabernack an . . .«

Das war eine unheilverkündende Äußerung, und sie wurde fast gänzlich durch die Nase ausgestoßen und klang dadurch schrecklich.

»Du hast mich in eine glänzende Lage gebracht, und das werde ich dir nie vergessen, lieber Freund«, entgegnete Théodose bewegt.

»Freilich, das stimmt . . .!« sagte Cérizet.

»Hör bitte zu: Du zweifelst doch nicht etwa an meinen Absichten?«

»Doch, das tue ich . . .!« erwiderte der Geber kurzfristiger Darlehen.

»Nein.«

»Du willst die fünfzehntausend nicht 'rausrücken . . .«

Théodose zuckte die Achseln und sah Cérizet starr an. Diesen machten jene beiden Gesten betroffen, und er verhielt sich still.

»Befändest du dich in meiner Lage und wüßtest, daß du vor einer Kanone mit Kartätschenladung stündest, hättest du dann nicht den Wunsch, damit Schluß zu machen . . .? Bitte hör mir gut zu. Du machst gefährliche Geschäfte, und du würdest nur zu froh sein, wenn du in der Pariser Justiz einen verläßlichen Schutz hättest . . . Ich kann, wenn ich so weitermache, innerhalb von drei Jahren Staatsanwaltsstellvertreter oder vielleicht gar Advokat am königlichen Gericht sein . . . Ich biete dir heute einen Teil der opferwilligen Freundschaft an, die dir sicherlich einmal zustatten kommen wird, und sei es nur, um später wieder eine ehrenvolle Stellung einnehmen zu können. Meine Bedingungen lauten folgendermaßen . . .«

»Bedingungen . . .!« rief Cérizet.

»Ich bringe dir in zehn Minuten fünfundzwanzigtausend Francs gegen Aushändigung aller Wechsel auf mich, die du in Händen hast . . .«

»Und Dutocq? Und Claparon . . .?« rief Cérizet.

»Die hängst du an den Nagel . . .«, flüsterte Théodose dem Freunde zu.

»Reizend!« antwortete Cérizet. »Und dieses Taschenspielerstück hast du dir in dem Augenblick ausgedacht, da du fünfzehntausend Francs in der Tasche hast, die dir nicht gehören ...!«

»Ich lege noch zehntausend dazu ... Und überdies kennen wir uns ja ...«

»Wenn du imstande bist, deinen Kleinbürgern zehntausend Francs zu entreißen«, sagte Cérizet lebhaft, »dann kannst du auch zwanzig von ihnen verlangen ... Zahlst du dreißig, ist die Sache in Ordnung ... Offenheit gegen Offenheit.«

»Du verlangst Unmögliches!« rief Théodose. »Wenn du es mit jemandem wie Claparon zu tun hättest, wärst du deine fünfzehntausend Francs los. Denn das Haus gehört unserm Thuillier ...«

»Ich will es ihm sagen«, entgegnete Cérizet und ging hinauf in sein Schlafzimmer, aus dem Claparon zehn Minuten vor Théodoses Kommen, als Bürgersfrau verkleidet, verschwunden war.

Wie man sich denken kann, hatten die beiden Gegner so miteinander geredet, daß sie nicht belauscht werden konnten, und sobald Théodose die Stimme erhob, hatte Cérizet dem Advokaten durch eine Geste zu verstehen gegeben, daß Claparon sie hören könne. Die fünf Minuten, in denen Théodose das Gemurmel von zwei Stimmen vernahm, wurden für ihn zu einer Marter, ging es doch um sein ganzes künftiges Leben. Cérizet stieg die Treppe hinab und kam wieder zu seinem Geschäftspartner. Seine Lippen lächelten, aus seinen Augen leuchtete eine höllische Bosheit. Er zitterte vor Freude, in seiner Heiterkeit wirkte er wie ein erschreckender Luzifer.

»Ich selber weiß von nichts ...!« sagte er und bewegte die Schultern, »aber Claparon hat Fachkenntnisse, er hat für Bankiers schweren Kalibers gearbeitet, und er hat zu lachen angefangen und gesagt: ›Hab' ich mir gleich gedacht ...!‹ Dir wird daher nichts anderes übrigbleiben, als mir morgen die bewußten fünfundzwanzigtausend Francs zu bringen, und nichtsdestotrotz mußt du deine Wechsel zurückkaufen, Kleiner.«

»Und warum ...?« fragte Théodose, der das Gefühl hatte, seine Wirbelsäule verflüssige sich, als habe ein elektrischer Strom sie aufgelöst.

»Das Haus gehört *uns*!«

»Und wie kommt das?«

»Claparon hat ein Übergebot eingereicht, im Namen eines Käufers, des ersten, der darauf aus gewesen ist, einer kleinen Kröte namens Sauvaignou. Der Advokat Desroches führt die Sache, und morgen erhaltet ihr die Zustellung ... Die Sache ist so lohnend, daß Claparon, Dutocq und ich Kapital aufzutreiben suchen ... Was wäre aus mir ohne Claparon geworden? Daher habe ich ihm verziehen ... Ich verzeihe ihm, und, das würdest du vielleicht nicht für möglich gehalten haben, lieber Freund, ich habe ihn umarmt. Mach andere Bedingungen ...«

Dieser letzte Satz hörte sich entsetzlich an, zumal da Cérizets Physiognomie ihn kommentierte. Er machte sich den Spaß, eine Szene aus dem ›Erben‹[154] vorzuspielen, während er dabei zugleich den Charakter des Provenzalen studierte.

»O Cérizet ...!« rief Théodose aus, »und das mir, der ich dir soviel Gutes tun wollte!«

»Ja, siehst du, mein Lieber, unter uns muß man *das* haben ...!« Und er schlug sich aufs Herz.

»Das hast du nämlich nicht. Seit du glaubst, du hättest uns an der Kandare, willst du uns kleinkriegen ... Ich habe dich aus dem Ungeziefer und dem Schrecken des Verhungerns herausgeholt! Du warst am Verrecken wie ein Halbidiot ... Wir haben dir ein Vermögen vor Augen gestellt, wir haben dich in die schönste gesellschaftliche Schale gesteckt, wir haben dich dahin geschickt, wo etwas zu holen war .... und nun? Jetzt kenne ich dich. Fortan marschieren wir bewaffnet.«

»Das heißt: Krieg!« entgegnete Théodose.

»Du hast als erster auf mich geschossen«, sagte Cérizet.

»Wenn ihr mich kaputt macht, dann ist es aus mit den Hoffnungen! Und wenn ihr mich nicht kaputt macht, dann habt ihr in mir einen Feind ...!«

»Eben das habe ich gestern zu Dutocq gesagt«, antwortete Cérizet kalt. »Aber es hilft eben nichts, wir müssen zwischen diesen beiden Möglichkeiten eine Wahl treffen ... uns nach den Umständen richten ... Ich bin ein guter Kerl«, fuhr er nach einer Pause fort. »Bring mir morgen um neun deine fünfundzwanzigtausend Francs, dann behält Thuillier das Haus ... Wir helfen dir auch weiterhin hinten und vorn, und du bezahlst uns ... Ist das nicht nett, mein Junge, nach allem, was geschehen ist ...?«

Und Cérizet schlug Théodose mit einem Zynismus auf die Schulter, der schimpflicher wirkte als früher das Brandeisen des Henkers.

»Gut, laß mir Zeit bis Mittag«, antwortete der Provenzale, »ich muß den Zaster doch erst lockermachen, wie du sagst . . .!«

»Ich will versuchen, Claparon dazu zu überreden. Er hat es eilig, der Mensch!«

»Also bis morgen«, sagte Théodose mit der Miene eines, der einen Entschluß gefaßt zu haben scheint.

»Guten Abend, Freund«, sagte Cérizet mit einem Nasalton, der das schönste Wort der Sprache schänden könnte. – »Den haben wir ausgesaugt . . .!« sagte er sich, als er Théodose nachsah, der wie ein Betrunkener die Straße entlangging.

Als Théodose in die Rue des Postes eingebogen war, strebte er schnellen Schrittes dem Haus der Madame Colleville entgegen, wobei er sich in einen Erregungszustand hineinsteigerte und dann und wann vor sich hinredete. Er gelangte durch die Glut seiner aufwallenden Leidenschaft und das Lodern in seinem Innern, das viele Pariser kennen, denn dergleichen schreckliche Situationen gibt es in Paris im Übermaß, in eine Art Wahnsinn und Redewut, die ein einziger Ausspruch verständlich macht. An der Ecke von Saint-Jacques du Haut-Pas, in der kleinen Rue des Deux-Eglises, rief er aus:

»Umbringen will ich ihn . . .!«

»Wieder mal einer, der unzufrieden ist!« sagte ein Arbeiter und beschwichtigte durch diesen Scherz den flammenden Wahnwitz, der sich Théodoses bemächtigt hatte.

Als er von Cérizet weggegangen war, hatte er daran gedacht, sich Flavie anzuvertrauen und ihr alles zu gestehen. So sind die Charaktere der Südländer nun einmal beschaffen. Sie sind stark, bis es zu Ausbrüchen der Leidenschaft kommt, in denen alles zusammenbricht. Er trat ein. Flavie war allein in ihrem Zimmer. Sie erblickte Théodose und meinte, jetzt würde sie vergewaltigt oder ermordet werden. – »Was ist Ihnen?« rief sie.

»Ich habe . . .«, sagte er. »Lieben Sie mich, Flavie?«

»Oh, können Sie daran zweifeln?«

»Lieben Sie mich bedingungslos . . . auch wenn ich ein Verbrecher wäre?«

»Hat er wen umgebracht?« fragte sie sich.

Sie antwortete durch ein Nicken.

In seinem Glück, diesen Weidenzweig fassen zu können, ging Théodose von seinem Stuhl zu Flavies Sofa, und dort ergossen sich aus seinen Augen zwei Tränenströme, und er schluchzte, daß es einen alten Richter hätte zum Weinen bringen können.

»Ich bin für niemanden zu sprechen!« sagte Flavie zu ihrer Zofe.

Sie schloß die Türen ab und trat wieder zu Théodose hin. Sie spürte, wie sie aufs tiefste von mütterlichen Gefühlen durchwogt wurde. Sie sah den Sohn der Provence ausgestreckt und zurückgeworfenen Kopfes weinend daliegen. Er hatte sein Taschentuch hervorgezogen. Als Flavie es wegziehen wollte, war es schwer von Tränen.

»Aber was gibt es denn, was haben Sie nur?« fragte sie.

Die Natur, die stärker als die Kunst ist, kam Théodose wunderbar zu Hilfe. Er spielte keine Rolle mehr, er war er selbst, und diese Tränen, dieser Nervenzusammenbruch waren das Zeichen dafür, daß alles Frühere nur Komödie gewesen war.

»Sie sind ein Kind . . .!« sagte sie mit weicher Stimme und strich Théodose übers Haar. Seine Tränen trockneten.

»Ich habe auf Erden nur Sie!« rief er und küßte gewissermaßen wütend Flavies Hände, »und wenn Sie mir bleiben, wenn Sie mir angehören wie der Körper der Seele und die Seele dem Körper«, sagte er und riß sich zusammen, was für ihn einnahm, »dann, ja, dann fasse ich wieder Mut.«

Er stand auf und schritt auf und ab.

»Ja, ich will kämpfen, ich gewinne wieder Kräfte wie Antäus, wenn ich meine Mutter umarme! Und ich werde mit meinen [Armen][155] die Schlangen erwürgen, die mich umstricken, die mir Schlangenküsse geben, die mir die Wangen mit Speichel bedecken, die mir mein Blut, meine Ehre aussaugen wollen! Oh, das Elend . . .! Oh, wie groß sind die, die sich darin mit erhobener Stirn aufrecht zu halten wissen . . .! Es wäre besser gewesen, wenn ich vor dreieinhalb Jahren auf meiner Matratze Hungers gestorben wäre . . .! Der Sarg ist ein gar weiches Bett im Vergleich zu dem Leben, das ich führe . . .! Seit achtzehn Monaten nähre ich mich von Bürgern . . .! Und in dem Augenblick, da ich ein anständiges, glückliches Leben, eine herrliche Zukunft vor mir sehe, in dem Augenblick, da ich mich an die soziale Festtafel setzen will, klopft mir der Henker auf die Schulter ... Ja, dies Scheusal! Es hat mir auf die Schulter geklopft und zu mir gesagt: ›Zahl dem Teufel den Zehnten oder stirb ...!‹ Und ich sollte sie nicht übertölpeln ...? Ich sollte ihnen nicht den Arm in den Rachen stoßen bis hinab in ihre Eingeweide ...? Doch, ich tue es ...! Sagen Sie, Flavie, sind meine Augen trocken ...? Haha, jetzt lache ich, ich spüre meine Kraft und gewinne meine Macht wieder ... Oh, sagen Sie mir, daß Sie mich lieben ... sagen Sie es noch einmal! Das ist in diesem Augenblick, wie wenn ein zum Tode Verurteilter das Wort ›Gnade‹ vernimmt!«

»Sie sind furchtbar ...! Lieber Freund ...!« sagte Flavie. »Ach, Sie haben mich zerbrochen.«

Sie verstand nichts, aber sie sank wie tot auf das Sofa nieder, erschüttert über dieses Schauspiel, und da warf sich Théodose ihr zu Füßen.

»Verzeih mir ... verzeih mir ...!« sagte er.

»Aber sagen Sie doch, was ist Ihnen ...?« fragte sie.

»Ich soll zugrunde gerichtet werden. Oh, versprechen Sie mir Céleste, und Sie sollen sehen, an welch einem schönen Leben ich Sie teilnehmen lasse ...! Wenn Sie zögern ... Nun, das sagt mir, daß Sie mein sein werden, und ich nehme Sie ...!«

Und er vollführte eine so jähe Bewegung, daß die erschrockene Flavie aufsprang und auf und ab zu gehen begann ...

»Oh, mein Engel! Zu Ihren Füßen, hier ... Welch ein Wunder! Ganz sicher steht Gott mir bei! Es überkommt mich wie eine Erleuchtung. Plötzlich hab' ich eine Idee ... ! Oh, danke, mein guter Engel, großer, heiliger Theodosius ...! Du hast mich gerettet!«

Flavie staunte über dieses Chamäleonwesen: Ein Knie am Boden, die Hände über der Brust gekreuzt und die Augen zum Himmel gekehrt, in religiöser Ekstase, sprach er ein Gebet, war er der glühendste Katholik. Er bekreuzigte sich. Es war schön wie das ›Abendmahl des heiligen Hieronymus‹[156].

»Adieu!« sagte er mit einer Schwermut und in einem Tonfall, dem etwas Verführerisches innewohnte.

»Oh!« rief Flavie, »lassen Sie mir dieses Taschentuch.«

Théodose hastete wie ein Irrer die Treppen hinab, stürzte auf die Straße und lief zu den Thuilliers. Aber er kehrte noch einmal um, sah Flavie am Fenster und machte ihr ein Zeichen des Triumphs.

»Welch ein Mann . . .!« sagte sie sich.

»Guter Freund«, sagte er sanft und ruhig, beinahe schmeichlerisch, zu Thuillier, »wir sind in den Händen von wüsten Schurken. Aber ich werde ihnen eine kleine Lehre erteilen.«

»Was ist denn los?« fragte Brigitte.

»Nichts, als daß sie fünfundzwanzigtausend Francs haben wollen, und um uns dazu zu zwingen, haben der Notar oder seine Komplicen ein Übergebot gemacht. Stecken Sie fünftausend Francs zu sich, Thuillier, und kommen Sie mit mir, ich bringe Sie in den sicheren Besitz Ihres Hauses . . . Aber dadurch mache ich mir unversöhnliche Feinde . . .!« rief er, »sie wollen mich moralisch totmachen. Hören Sie nicht auf ihre infamen Verleumdungen und halten Sie an Ihrer guten Meinung von mir fest, weiter verlange ich nichts. Was ist denn schließlich dabei? Wenn ich Erfolg habe, bezahlen Sie für das Haus hundertfünfundzwanzigtausend Francs statt hundertzwanzigtausend.«

»Ist damit dann auch wirklich Schluß . . .?« fragte Brigitte beunruhigt. Ihre Augen hatten sich durch die Auswirkung einer jähen Angst geweitet.

»Nur eingetragene Gläubiger haben das Recht, ein Übergebot zu machen, und da nur dieser eine sich das zunutze gemacht hat, können wir unbesorgt sein. Die Schuldsumme beträgt bloß zweitausend Francs, aber bei solcherlei Geschäften müssen auch die Advokaten bezahlt werden, und man muß sich darauf verstehen, dem betreffenden Gläubiger einen Tausendfrancsschein in die Hand zu drücken.«

»Geh, Bruder«, sagte Brigitte, »geh und hol deinen Hut und deine Handschuhe. Du weißt ja, wo das Geld liegt . . .«

»Ich habe die fünfzehntausend Francs erfolglos ausgegeben, also will ich nicht mehr, daß das Geld durch meine Hände geht . . . Thuillier soll selber bezahlen«, sagte Théodose, als er mit Brigitte allein war. »Sie haben gut und gern zwanzigtausend Francs bei dem Handel verdient, den Sie durch mich mit Grindot abgeschlossen haben. Er hat geglaubt, er arbeite dem Notar in die Hände, und Sie besitzen ein Haus, das in fünf Jahren etwa eine Million wert sein wird. Es ist ein Eckhaus auf einem Boulevard!«

Brigitte hörte unruhig zu, völlig wie eine Katze, die unter einer Fußbodendiele Mäuse wittert. Sie blickte Théodose ins Auge, und trotz der Richtigkeit seiner Bemerkungen kamen ihr Zweifel.

»Was haben Sie, Tantchen ...?«

»Ach, ich schwebe in Todesängsten, bis wir wirklich die Besitzer sind ...«

»Sie würden doch gern zwanzigtausend Francs daransetzen«, sagte Théodose, »damit Ihr Bruder das wird, was wir einen inkommutablen Besitzer nennen? Gut, dann vergessen Sie bitte nicht, daß ich Sie diese Summe zweimal habe verdienen lassen...«

»Wohin gehen wir ...?« fragte Thuillier.

»Zu Godeschal! Den müssen wir als Anwalt nehmen ...«

»Aber dem haben wir doch Célestes Hand verweigert ...«, rief die alte Jungfer.

»Eben deswegen gehe ich zu ihm«, antwortete Théodose. »Ich habe ihn auf Herz und Nieren geprüft, er ist ein Ehrenmann. Er wird es schön finden, wenn er Ihnen gefällig ist.«

Godeschal, Dervilles Nachfolger, war zehn Jahre lang Bürovorsteher von Desroches gewesen. Théodose, dem dieser Umstand bekannt war, hatte inmitten seiner Verzweiflung diesen Namen vernommen, als sei er ihm von einer inneren Stimme zugeraunt worden, und damit hatte er blitzartig die Möglichkeit gewahrt, Claparon die Waffe, mit der Cérizet ihn bedroht hatte, aus der Hand zu schlagen. Vor allem jedoch mußte der Advokat in Desroches' Arbeitszimmer eindringen und sich dort Aufklärung über die Situation der Gegner verschaffen. Einzig Godeschal konnte ihm auf Grund des guten Verhältnisses, wie es zwischen dem Bürovorsteher und dem Chef besteht, helfen.

Die Pariser Anwälte stehen, wenn sie in der Weise verbunden sind wie Godeschal und Desroches, in einem wahrhaft kollegialen Verhältnis zueinander, und daraus erwächst eine gewisse Leichtigkeit, Angelegenheiten, die sich regeln lassen, unschwer zu regeln. Sie erlangen voneinander unter gegenseitigen Bedingungen jede erdenkliche Konzession, entsprechend dem Sprichwort:

»Eine Hand wäscht die andere«, das ja schließlich in allen Berufen Gültigkeit besitzt, unter Ministern, im Heer, unter Richtern, Kaufleuten, überall, wo die Feindschaft nicht allzu starke Schranken zwischen den Parteien aufgerichtet hat.

»Ich verdiene bei diesem Vergleich ein ausreichend gutes Honorar«, das ist ein Gedanke, der gar nicht ausgesprochen zu werden braucht. Sie liegt bereits in der Geste, der Betonung, dem Blick. Und da die Anwälte Leute sind, die einander auf diesem Gebiet immer wieder begegnen, wird der Fall geregelt. Das Gegengewicht bei dieser Kameraderie besteht in dem, was als »Berufsehre« bezeichnet werden muß. Gerade so muß die Gesellschaft dem Arzt glauben, der als Gerichtsmediziner sagt: »Diese Leiche enthält Arsenik.« Kein Bedenken siegt über den Ehrgeiz des Schauspielers, die Redlichkeit des Rechtsgelehrten, die Unabhängigkeit des Staatsanwalts. Daher sagt der Pariser Anwalt mit derselben Biedermannsmiene: »Das läßt sich nicht durchsetzen, mein Klient versteift sich darauf«, wie er antwortet: »Na, schön, wir wollen mal sehen ...«

Nun aber war la Peyrade, ein intelligenter Mensch, zur Genüge im Justizpalast tätig gewesen, um zu wissen, wie sehr die Gepflogenheiten seinem Plan entgegenkamen.

»Bleiben Sie im Wagen sitzen«, sagte er zu Thuillier, als sie in der Rue Vivienne angelangt waren, wo Godeschal an der gleichen Stelle Chef geworden war, an der er sich die Sporen verdient hatte. »Sie brauchen erst heraufzukommen, wenn er den Fall tatsächlich übernimmt.«

Es war elf Uhr abends. La Peyrade hatte sich nicht getäuscht, wenn er gehofft hatte, einen erst jüngst ernannten Anwalt zu dieser Stunde noch in seinem Arbeitszimmer anzutreffen.

»Welchem Umstand verdanke ich den Besuch eines Advokaten?« fragte Godeschal und ging la Peyrade entgegen.

Die Ausländer, die Leute aus der Provinz und die der großen Welt Angehörenden wissen vielleicht nicht, daß die Advokaten sich zu den Anwälten verhalten wie die Generale zu den Marschällen. Es besteht in Paris eine streng eingehaltene Grenzlinie zwischen dem Orden der Advokaten und dem Verband der Anwälte. So ehrwürdig ein Anwalt auch sein mag, und ein so guter Kopf: Er muß zum Advokaten gehen. Der Anwalt ist der Administrator, der den Feldzugsplan entwirft, der die Munition heranschafft, der alles ins Werk setzt. Der Advokat liefert die Schlacht. Man weiß nicht, warum das Gesetz den Klienten zwei Männer statt nur einen zuerteilt, genausowenig, wie man weiß, warum der Schriftsteller einen Drucker und einen Verleger braucht. Der Orden der Advokaten verbietet seinen Mitgliedern, etwas zu tun, das in das Ressort der Anwälte gehört. Es geschieht sehr selten, daß ein großer Advokat ein Anwaltsbüro betritt, man trifft einander im Justizpalast. Aber im Gesellschaftsleben gibt es keine Schranke, und manche Advokaten, vor allem solche in der Lage la Peyrades, lassen sich dazu herab, gelegentlich einen Anwalt aufzusuchen. Aber diese Fälle sind selten und werden fast immer durch irgend etwas Dringliches gerechtfertigt.

»Tja, mein Gott«, sagte la Peyrade, »es handelt sich um einen ernsten Fall, und vor allem um eine heikle Frage, die wir beide untereinander zu lösen haben. Unten im Wagen sitzt Thuillier, und ich komme nicht in meiner Eigenschaft als Advokat zu Ihnen, sondern als Thuilliers Freund. Sie sind der einzige, der in der Lage ist, ihm einen sehr großen Gefallen zu tun, und ich habe gesagt, Sie hätten eine zu noble Seele (denn Sie sind der würdige Nachfolger des großen Derville), um ihm nicht Ihre ganze Befähigung zur Verfügung zu stellen. Um Folgendes handelt es sich.«

Nachdem er, in einem günstigen Licht für sich selbst, die Schurkerei dargelegt hatte, auf die mit Geschicklichkeit geantwortet werden mußte, denn die Anwälte haben mehr Klienten, die flunkern, als solche, die mit der Wahrheit herausrücken, faßte der Advokat seinen Feldzugsplan zusammen.

»Sie müssen, lieber Herr Anwalt, noch heute abend zu Desroches gehen, ihn von dieser Verschwörung in Kenntnis setzen und es erreichen, daß er morgen früh seinen Klienten, diesen Sauvaignou, zu sich kommen läßt. Den nehmen wir drei uns dann vor, und wenn er über seine Schuldforderung hinaus noch einen Tausendfrancsschein haben will, dann soll er ihn haben. Dazu käme ein Honorar von fünfhundert Francs für Sie und ebensoviel für Desroches, wenn Thuillier Sauvaignous Verzichterklärung morgen um zehn Uhr in Händen hält ... Was will denn dieser Sauvaignou? Sein Geld. Nun, solch ein Unterhändler wird schwerlich dem Köder eines Tausendfrancsscheins widerstehen, auch wenn er das Werkzeug einer hinter ihm stehenden Geldgier sein sollte. Der Streit zwischen denen, die ihn eingespannt haben, und ihm geht uns nichts an ... Nicht wahr, Sie helfen der Familie Thuillier da heraus ...«

»Ich gehe auf der Stelle zu Desroches«, sagte Godeschal.

»Nein, erst muß Thuillier Ihnen eine Vollmacht unterzeichnen und die fünfhundert Francs hinterlegen. Bei dergleichen Fällen gehört bares Geld auf den Tisch ...«

Nach einer kurzen Unterhaltung, bei der Thuillier beklommen dreinschaute, ließ la Peyrade Godeschal mit in den Wagen steigen und setzte ihn in der Rue de Béthisy bei Desroches ab. Er sagte dabei, sie wollten von dort aus in die Rue Saint-Dominique zurückfahren, und vor Desroches' Tür vereinbarte la Peyrade eine Zusammenkunft für den andern Morgen um sieben Uhr.

La Peyrades Zukunft und Vermögen hingen vom Erfolg dieser Konferenz ab. Daher darf man sich nicht wundern, daß er gegen die Gepflogenheiten der Advokatenschaft verstieß und zu Desroches ging, um sich Sauvaignou genau anzuschauen und sich in den Kampf einzumischen, trotz der Gefahr, die damit verbunden war, daß er es unter den Augen des meistgefürchteten Pariser Anwalts tat.

Beim Eintreten, noch während der Begrüßung, beobachtete er Sauvaignou. Dieser war, wie sein Name es ihm bereits zu erkennen gab, ein Marseiller, ein Vorarbeiter, der, wie die Bezeichnung Vermittler es andeutete, zwischen den Arbeitern und dem Schreinermeister des Baus stand, um die Ausführung der Akkordarbeiten zu verteilen. Der Gewinn des Bauunternehmers besteht in der Differenz zwischen dem Akkordpreis des Vermittlers und dem, den der Bauherr zahlt. Nach Abzug der Materialkosten handelt es sich nur um den reinen Arbeitslohn.

Da der Schreinermeister in Konkurs geraten war, hatte Sauvaignou sich durch ein Urteil des Handelsgerichts als Gläubiger an dem Haus erklären und als solcher eintragen lassen. Dieser geringfügige Umstand hatte den Zusammenbruch herbeigeführt. Sauvaignou, ein kleiner, vierschrötiger Mann in grauer Leinenbluse, mit einer Mütze auf dem Kopf, saß auf einem Sessel. Drei

Tausendfrancsscheine, die vor ihm auf Desroches' Schreibtischplatte lagen, sagten la Peyrade, daß der Vorschlag gemacht worden und daß die Anwälte gescheitert waren. Godeschals Augen sagten genug, und der Blick, den Desroches dem Armenadvokaten zuwarf, war wie der Hieb einer Spitzhacke in einen Graben. Die Gefahr stachelte den Provenzalen an, er wurde großartig. Er legte die Hand auf die Geldscheine und faltete sie zusammen, um sie einzustecken.

»Thuillier will nicht mehr«, sagte er zu Desroches.

»Na, dann sind war ja einig«, sagte der schreckliche Anwalt.

»Ja, Ihr Klient muß uns jetzt sechzigtausend Francs für die Ausgaben bei der Innenausstattung des Hauses zahlen, entsprechend dem zwischen Thuillier und Grindot geschlossenen und unterzeichneten Vertrag. Das habe ich Ihnen gestern nicht gesagt«, wandte er sich an Godeschal.

»Sind Sie sich klar darüber, was das heißt ...?« fragte Desroches Sauvaignou. »Das ergibt einen Prozeß, aber den übernehme ich nicht ohne Vorschuß ...«

»Aber liebe Herren«, sagte der aus der Provence stammende Sauvaignou, »ich kann doch nicht unterhandeln, ehe ich mit dem wackeren Mann gesprochen habe, der mir fünfhundert Francs als Anzahlung in die Hand gedrückt hat, weil ich ihm auf einem Papierfetzen Vollmacht erteilt habe.«

»Bist du aus Marseille?« fragte la Peyrade in seinem Dialekt Sauvaignou.

»Oh, wenn er sich ihn in seinem Dialekt vorknöpft, ist er erledigt!« sagte Desroches ganz leise zu Godeschal.

»Ja, da bin ich her.«

»Na, dann hör mal zu, du armer Teufel«, fuhr Théodose fort, »die wollen dich ruinieren ... Weißt du, was du tun mußt? Nimm deine dreitausend Francs, und wenn der andere wiederkommt, dann nimm dein Lineal, verabfolge ihm eine gehörige Tracht Prügel und sag ihm, er sei ein Lump, er habe sich deiner nur bedienen wollen, du widerriefest deine Vollmacht, und sein Geld bekomme er am Nimmermehrstag wieder. Und dann haust du mit den dreitausend Francs da und deinen Ersparnissen ab nach Marseille. Und wenn dir irgendwas zustoßen sollte, dann geh zu dem Herrn da ... Der weiß, wo ich zu finden bin, und dann ziehe ich dich aus der Patsche. Denn du mußt wissen, daß ich nicht nur ein guter Provenzale, sondern überdies einer der ersten Pariser Advokaten und ein Freund der Armen bin ...«

Als der Handwerker merkte, daß sein Landsmann eine Amtsperson war und die Gründe sanktionierte, die er besaß, um den Geber kurzfristiger Darlehen zu verraten, kapitulierte er und bat um die dreitausend Francs.

»Die sind schon eine tüchtige Tracht Prügel wert, denn er könnte mich ja bei der Zuchtpolizei anzeigen ...«

»Nein, verhau ihn erst, wenn er dir mit Dummheiten kommt«, antwortete la Peyrade, »dann ist es Notwehr ...«

Als Desroches Sauvaignou bestätigt hatte, la Peyrade sei plädierender Advokat, unterzeichnete er die Verzichterklärung sowie die Quittung über Kosten, Zinsen und den Betrag seiner Forderung in doppelter Ausfertigung für Thuillier und ihn selber, beide beglaubigt von den beiderseitigen Anwälten, so daß durch dieses Dokument alles als nichtig erklärt werden konnte.

»Wir überlassen Ihnen die fünfzehnhundert Francs«, sagte la Peyrade leise zu Desroches und Godeschal, »aber unter der Bedingung, daß Sie mir die Verzichterklärung geben. Ich will sie durch Thuillier, der diese Nacht kein Auge zugetan hat, bei seinem Notar Cardot unterzeichnen lassen ...«

»Gut«, sagte Desroches. »Sie können stolz darauf sein«, fügte er hinzu, als er Sauvaignou unterzeichnen ließ, »ohne große Mühe fünfzehnhundert Francs verdient zu haben.«

»Gehören sie wirklich mir ...? Herr Schriftführer ...?« fragte der Provenzale, der schon wieder unsicher war.

»Freilich, ganz gesetzmäßig«, antwortete Desroches. »Die Sache ist nur die, daß Sie heute morgen einen Widerruf der Vollmacht an Ihren Auftraggeber aufsetzen müssen, und zwar unter dem gestrigen Datum. Gehen Sie ins Büro hinüber, durch die Tür da ...«

Desroches sagte seinem Bürovorsteher, um was es sich handelte, und beauftragte einen Schreiber, darauf zu achten, daß der Gerichtsbote vor zehn Uhr zu Cérizet gehe.

»Ich danke Ihnen, Desroches«, sagte la Peyrade und drückte dem Anwalt die Hand. »Sie denken an alles, ich werde Ihnen diese Gefälligkeit nicht vergessen ...«

»Jetzt«, sagte Théodose zu Brigitte, »können Sie gänzlich ungefährdet den Preis des Hauses zahlen, achtzigtausend Francs, und die dreißigtausend Francs an Grindot, alles in allem also, mit den von Ihnen bezahlten Unkosten, hundertzwanzigtausend Francs, dazu die letzten zwanzigtausend, also insgesamt hundertvierzigtausend. Wenn Sie an einen Totalmieter vermieten, dann verlangen Sie die letzte Jahresmiete im voraus, und reservieren mir, für meine Frau und mich, den ganzen ersten Stock über dem Zwischenstock. Unter diesen Bedingungen haben Sie immer noch für zwölf Jahre vierzigtausend Francs. Wenn Sie aus diesem Stadtviertel weg- und in das der Abgeordnetenkammer ziehen wollen, dann finden Sie immer Platz in dem weitläufigen ersten Stock, zu dem ein Wagenschuppen, ein Pferdestall und alles gehört, was zu einem Dasein großen Stils erforderlich ist. Und jetzt, Thuillier, will ich dafür sorgen, daß du das Kreuz der Ehrenlegion bekommst!«

Bei diesem letzten Schachzug rief Brigitte aus:

»Wirklich, lieber Junge, Sie haben unsere Geschäfte so gut gedeichselt, daß ich Ihnen auch den Abschluß dessen überlasse, was das Haus Thuillier betrifft ...«

»Danken Sie nicht ab, liebe Tante«, sagte Théodose, »und möge Gott mich davor bewahren, auch nur einen Schritt ohne Sie zu tun! Sie sind der gute Geist der Familie. Ich denke lediglich an den Tag, da Thuillier in der Abgeordnetenkammer sitzen wird. Innerhalb zweier Monate können Sie über vierzigtausend Francs verfügen. Und das wird Thuillier nicht daran hindern, am nächsten Quartalsende seine zehntausend Francs einzustreichen.«

Nachdem er der alten Jungfer, die innerlich jubilierte, diese Hoffnung zugeworfen hatte, zog er Thuillier in den Garten, und dort sagte er ohne langes Hinundher zu ihm:

»Guter Freund, mach Mittel und Wege ausfindig, von deiner Schwester zehntausend Francs zu verlangen. Sie darf aber nicht ahnen, daß sie für mich bestimmt sind. Sag ihr, der Betrag sei für die Büros notwendig, damit deine Ernennung zum Ritter der Ehrenlegion schneller vonstatten gehe. Du wüßtest schon, an wen jene Summe verteilt werden müsse.«

»In Ordnung«, sagte Thuillier. »Übrigens kann ich sie ihr ja zurückzahlen, wenn die Mieten einlaufen.«

»Verschaff sie dir bis heute abend, guter Freund. Ich will jetzt für dein Kreuz die notwendigen Schritte unternehmen. Morgen wissen wir, woran wir uns zu halten haben . . .«

»Was für ein großartiger Kerl du bist!« rief Thuillier.

»Das Ministerium vom 1. März[157] steht vor dem Sturz, das Kreuz muß bei ihm durchgesetzt werden«, antwortete Théodose, der das Gras wachsen hörte.

Der Advokat eilte zu Madame Colleville und sagte beim Eintreten:

»Ich habe gesiegt. Wir bekommen für Céleste ein Mietshaus im Wert von einer Million, das Eigentumsrecht ohne Nutznießung wird ihr im Ehekontrakt von Thuillier übertragen. Aber das muß Geheimnis bleiben, sonst würden die Pairs von Frankreich um die Hand Ihrer Tochter bitten. Diese Bevorzugung erfolgt übrigens nur zu meinen Gunsten. Jetzt kleiden Sie sich bitte an, wir wollen zur Gräfin du Bruel fahren, sie kann durchsetzen, daß Thuillier das Kreuz verliehen wird. Während Sie sich wappnen, will ich Céleste einen Finger breit den Hof machen. Im Wagen können wir dann weiterreden.«

La Peyrade hatte im Salon Céleste und Félix Phellion beisammen gesehen. Flavie hegte soviel Vertrauen zu ihrer Tochter, daß sie sie mit dem jungen Professor allein gelassen hatte. Seit dem großen Erfolg, den Théodose am Vormittag davongetragen hatte, hielt er es für notwendig, sich an Céleste heranzumachen. Die Stunde, die beiden Liebenden zu entzweien, hatte geschlagen. Er zögerte nicht, das Ohr an die Tür des Salons zu drücken, ehe er hineinging, um zu erfahren, bis zu welchem Buchstaben des Alphabets der Liebe sie schon gelangt seien, und er wurde sozusagen aufgefordert, dieses Vergehen wider den Takt auf sich zu nehmen, als er aus ein paar heftigen Äußerungen schloß, daß sie sich zankten. Die Liebe ist, wie einer unserer Dichter sagt, »ein Privileg, das zwei Menschen einander erteilen, sich wechselseitig viel Kummer um nichts und wieder nichts zuzufügen«.

Als Céleste sich in ihrem Herzen Félix als Lebensgefährten auserkoren hatte, spürte sie weniger das Verlangen, ihn zu prüfen, als vielmehr, sich mit ihm in der Kommunion der Herzen zu vereinen, mit der jede Zuneigung beginnt und die bei jungen Menschen unwillkürlich zu einem Ausforschen führt. Der Streit, den Théodose belauschte, hatte seinen Ursprung in einer tiefen Meinungsverschiedenheit, die seit ein paar Tagen zwischen dem Mathematiker und Céleste bestand.

Dieses Mädchen, die moralische Frucht des Zeitabschnitts, während dessen Madame Colleville ihre Fehltritte zu bereuen versuchte, war von einer echten Frömmigkeit. Sie gehörte der wahren Herde der Gläubigen an. Bei ihr war der unbedingte Katholizismus, gemildert durch den Mystizismus, der jungen Seelen so sehr behagt, eine innere Dichtung geworden, ein Leben im Leben. Für junge Mädchen ist das der Ausgangspunkt, um ausschweifend leichtfertige Frauen oder Heilige zu werden. Aber während dieser schönen Zeit ihrer Jugend wohnt in ihrem Herzen ein wenig Absolutismus. In ihren Gedanken haben sie stets das Bild der Vollkommenheit vor Augen, alles muß für sie himmlisch, engelhaft oder göttlich sein. Jenseits ihres Ideals existiert nichts, alles andere ist Schmutz und Verunreinigung. Diese Vorstellung bringt junge Mädchen dazu, viele Diamanten wegzuwerfen. Sind sie dann Frau geworden, so vergöttern sie Straß.

Nun aber hatte Céleste bei Félix nicht Glaubenslosigkeit, aber Gleichgültigkeit in Glaubensdingen wahrgenommen. Wie die Mehrzahl der Geometer, Chemiker, Mathematiker und großen Naturwissenschaftler hatte er die Religion der Vernunft unterstellt; er betrachtete sie als ein unlösbares Problem, der Quadratur des Kreises vergleichbar. Als heimlicher Deist verblieb er in der Religion der meisten Franzosen und maß ihr nicht mehr an Wichtigkeit bei als dem neuen Gesetz, das der Juli hervorgebracht hatte. Gott gehörte in den Himmel wie eine Königsbüste auf einen Sockel im Rathaus. Félix Phellion, ein würdiger Sohn seines Vaters, hatte nicht den leichtesten Schleier über sein Gewissen gebreitet. Er ließ Céleste in aller Arglosigkeit darin lesen, mit der Geistesabwesenheit eines mit mathematischen Aufgaben Beschäftigten. Das junge Mädchen aber verquickte die religiöse Frage mit der weltlichen, sie bekannte einen tiefen Abscheu vor dem Atheismus. Ihr Beichtvater hatte ihr gesagt, der Deist sei der leibliche Vetter des Atheisten.

»Haben Sie an das gedacht, Félix, was zu tun Sie mir versprochen haben?« hatte Céleste gefragt, sobald Madame Colleville die beiden allein gelassen hatte.

»Nein, meine liebe Céleste«, hatte Félix geantwortet.

»Oh! Sein Versprechen nicht zu halten!« rief sie zärtlich aus.

»Es hätte sich um eine Profanierung gehandelt«, sagte Félix. »Ich habe Sie so lieb, und mit einer Zärtlichkeit, die Ihren Wünschen gegenüber so wenig Festigkeit besitzt, daß ich etwas versprochen habe, das gegen mein Gewissen verstößt. Das Gewissen, Céleste, ist unser Schatz, unsere Kraft und unser Halt. Wie soll ich es fertigbringen, in eine Kirche zu gehen und mich vor einem Priester auf die Knie zu werfen, in dem ich lediglich einen Menschen erblicke ...? Sie hätten mich verachtet, wenn ich Ihnen gehorcht hätte.«

»Sie wollen also nicht zur Kirche gehen, lieber Félix ...?« fragte Céleste und warf dem, den sie liebte, einen tränenfeuchten Blick zu. »Wenn ich Ihre Frau wäre, würden Sie mich dann allein hingehen lassen ...? Dann lieben Sie mich nicht, wie ich Sie liebe ...! Denn bislang habe ich im Herzen für [einen Atheisten][158] immer ein Gefühl gehegt, das dem, was Gott von mir will, entgegengesetzt ist!«

»Für einen Atheisten?« rief Félix Phellion. »O nein! Hören Sie, Céleste ... Es gibt bestimmt einen Gott, ich glaube daran, aber ich habe von ihm schönere Vorstellungen als Ihre Priester. Ich erniedrige ihn nicht bis hinab zu mir, ich versuche, mich bis zu ihm zu erheben ... Ich lausche auf die Stimme, die er mir einverleibt hat und die die aufrichtigen Menschen das Gewissen nennen, und ich versuche, die göttlichen Strahlen, die zu mir gelangen, nicht zu verdunkeln. Daher werde ich nie jemandem Schaden zufügen und niemals gegen die Gebote der allgemeingültigen Moral verstoßen. Sie ist die Moral des Konfuzius, des Moses, des Pythagoras, des Sokrates gewesen, wie auch die Jesu Christi ... Ich stehe vor Gott makellos da, meine Handlungen sollen meine Gebete sein. Ich werde nie lügen, mein Wort soll heilig sein, und ich werde nie etwas Niedriges oder Gemeines tun ... Das sind die Lehren, die ich meinem tugendhaften Vater verdanke, und die will ich meinen Kindern vermachen. Alles Gute, das ich tun kann, werde ich vollbringen, auch wenn ich deswegen leiden sollte. Können Sie von einem Manne mehr verlangen ...?«

Dieses Glaubensbekenntnis Phellions ließ Céleste schmerzlich den Kopf schütteln.

»Lesen Sie aufmerksam die ›Nachfolge Jesu Christi‹[159] ...«, sagte sie. »Versuchen Sie, sich zur heiligen katholischen, apostolischen und römischen Kirche zu bekennen, dann werden Sie erkennen, wie absurd Ihre Worte sind ... Lassen Sie sich gesagt sein, Félix, daß die Ehe für die Kirche nichts Diesseitiges ist, nicht die Erfüllung unseres Verlangens. Sie ist für die Ewigkeit geschaffen ... Was? Wir würden Tag und Nacht vereint, würden ein Fleisch und ein Geist sein und in unsern Herzen zwei verschiedene Sprachen sprechen, zwei Religionen anhängen? Das wäre doch die Ursache zu beständigen Meinungsverschiedenheiten! Sie würden mich zu Tränen über Ihren Seelenzustand verurteilen, die ich vor Ihnen geheimhalten müßte. Ich würde mich an Gott wenden müssen und gleichzeitig seine Rechte drohend gegen Sie erhoben sehen ...! Ihr Deistenblut und Ihre Anschauungen könnten in meine Kinder einströmen ...! O mein Gott, welch eine Fülle von Unglück für eine Gattin ...! Nein, diese Vorstellungen sind unerträglich ... O Félix, bekennen Sie sich zu meinem Glauben, da ich mich nicht zu dem Ihrigen bekennen kann! Reißen Sie nicht Abgründe zwischen uns auf ... Wenn Sie mich liebten, hätten Sie längst die ›Nachfolge Jesu Christi‹ gelesen ...!«

Die Phellions, die Abkömmlinge des ›Constitutionnel‹[160], hatten nichts für den Priestergeist übrig. Félix besaß die Unklugheit, auf die Art Gebet, das aus der Tiefe einer glühenden Seele emporgestiegen war, zu antworten:

»Sie sagen eine Lektion Ihres Beichtvaters auf, Céleste, und, glauben Sie mir, nichts ist dem Glück abträglicher, als die Einmischung von Priestern in das eheliche Leben ...«

»Oh!« rief Céleste unwillig und einzig von der Liebe inspiriert, »Sie lieben nicht ...! Die Stimme meines Herzens reicht nicht bis in das Ihrige hinein! Sie haben mich nicht verstanden, denn Sie haben mir nicht zugehört, aber ich verzeihe Ihnen, denn Sie wissen ja nicht, was Sie sagen.«

Sie hüllte sich in ein herrliches Schweigen, und Félix trat an ein Fenster und trommelte mit dem Finger an die Scheibe. Das ist eine vertraute Musik für alle, die sich quälenden Gedanken hingeben. Tatsächlich stellte Félix sich die eigentümlichen, heiklen Fragen der phellionischen Gewissenserforschung:

»Céleste ist eine reiche Erbin, und wenn ich gegen die Stimme der natürlichen Religion ihren Gedanken nachgebe, dann habe ich Aussicht, eine vorteilhafte Heirat zu machen, und das wäre eine infame Handlungsweise. Als Familienvater kann ich nicht dulden, daß die Priester in meinem Haus auch nur den mindesten Einfluß ausüben. Gebe ich heute nach, so ist das eine Bekundung der Schwäche, der viele andere, für die Autorität des Vaters und des Ehemanns gefährliche folgen werden ... Das alles ist eines Philosophen unwürdig.«

Und er trat wieder zu seiner Vielgeliebten hin.

»Céleste, ich flehe Sie auf den Knien an, lassen Sie uns nicht durcheinanderbringen, was das Gesetz in seiner Weisheit getrennt hat. Wir leben für zwei Welten, für die Gesellschaft und für den Himmel. Jeder möge den eigenen Weg zu seinem Heil gehen. Was nun aber die Gesellschaft betrifft, heißt es da nicht Gott gehorchen, wenn man deren Gesetze befolgt? Christus hat gesagt: ›Gebt dem Kaiser, was des Kaisers ist.‹ Der Kaiser ist die politische Welt ... Kommen Sie, wir wollen diesen kleinen Streit vergessen!«

»Diesen kleinen Streit ...!« rief die junge Enthusiastin. »Ich will, daß Sie mein Herz haben, wie ich das Ihrige haben will, nämlich ganz und gar, und Sie machen zwei Teile daraus ...! Wäre das nicht das Unglück? Sie vergessen, daß die Ehe ein Sakrament ist ...«

»Ihr Pfaffengesindel verdreht Ihnen den Kopf!« rief der ungeduldig gewordene Mathematiker.

»Monsieur Phellion«, fiel ihm Céleste heftig ins Wort, »Schluß mit diesem Thema!«

Als dieses Wort fiel, hielt Théodose es für angebracht, einzutreten. Er sah, daß Céleste blaß war und daß der junge Professor sich in dem beunruhigten Zustand eines Liebhabers befand, der gerade die Geliebte geärgert hat.

»Ich habe das Wort ›Schluß‹ vernommen ... Es gab also ein Zuviel ...?« fragte er und blickte abwechselnd Céleste und Félix an.

»Wir sprechen über religiöse Dinge ...«, antwortete Félix,

»und ich habe Mademoiselle gesagt, wie unheilvoll sich kirchlicher Einfluß auf das häusliche Leben auswirkt ...«

»Nicht darum handelt es sich, Monsieur«, sagte Céleste voller Bitterkeit, »sondern darum, zu wissen, ob Mann und Frau *ein* Herz sein können, wenn der eine Atheist und die andere Katholikin ist.«

»Gibt es denn überhaupt Atheisten ...?« rief Théodose mit allen Anzeichen tiefen Erstaunens. »Kann etwa eine Katholikin einen Protestanten heiraten? Aber Heil ist für zwei Ehegatten doch nur möglich, wenn bei ihnen vollkommene Übereinstimmung der religiösen Anschauungen waltet ...! Ich, der ich wahr und wahrhaftig aus dem Comtat stamme, und zwar aus einer Familie, die unter ihren Vorfahren einen Papst hat, denn unser Wappen führt silberne Schlüssel auf rotem Grunde, und als Schildträger haben wir einen Mönch, der eine Kirche trägt, und einen Pilger mit goldenem Stab und die Devise ›Ich öffne und schließe‹, ich bin in diesen Dingen von fanatischer Strenggläubigkeit. Aber dank dem modernen Erziehungssystem scheint es heute nichts Ungewöhnliches zu sein, solcherlei Fragen aufzuwerfen ...! Ich, das habe ich gesagt, ich würde nie eine Protestantin heiraten, und wenn sie Millionen hätte ... nicht einmal, wenn ich sie so sehr liebte, daß ich darüber den Verstand verlieren könnte! Über Glaubensdinge diskutiert man nicht. ›Una fides, unus Dominus‹[161], das ist meine politische Devise.«

»Da hören Sie es ...!« rief Céleste triumphierend und blickte Félix Phellion an.

»Ich bin kein Frömmler, ich gehe morgens um sechs zur Messe, wenn keiner mich sieht. Ich faste am Freitag. Ich bin, kurz und gut, ein Sohn der Kirche, und ich würde nie etwas Wichtiges unternehmen, ohne zuvor gebetet zu haben, wie unsere Vorväter es taten. Meine Religiosität ist unauffällig ... Während der Revolution von 1789 ist in meiner Familie etwas geschehen, das uns noch enger als in den vorhergehenden Zeiten mit unserer Mutter Kirche verbunden hat. Eine arme Demoiselle de la Peyrade aus dem älteren Zweig, dem die kleine Herrschaft La Peyrade gehört, denn wir, wir gehören zu den la Peyrades des Canquoëlles, aber die beiden Zweige beerben einander; jene Demoiselle hat sechs Jahre vor der Revolution einen Advokaten geheiratet, und der war, der Mode der damaligen Zeit entsprechend, Voltairianer, das heißt, ungläubig oder Deist, wenn Ihnen das lieber ist. Er hing revolutionären Ideen an und verfiel auf Späßchen, die Ihnen ja bekannt sind, auf den Kult der Göttin ›Freiheit und Vernunft‹. Er kam in unser Land als ein durchdrungener, ein fanatischer Anhänger des Konvents. Seine Frau war sehr schön, er hat sie gezwungen, die Rolle der Göttin der Freiheit zu spielen, und die arme Unglückliche ist darüber irrsinnig geworden ... Als Geisteskranke ist sie gestorben! Na ja, so, wie es heutzutage zugeht, können wir ein zweites 1789 erleben ...!«

Diese rein erdichtete Geschichte machte einen solchen Eindruck auf Célestes junge, unverbrauchte Phantasie, daß sie aufstand, den beiden jungen Herren zunickte und sich in ihr Zimmer zurückzog.

»Ach, Monsieur, was haben Sie da gesagt ...!« rief Félix, der durch den kalten Blick mit dem Ausdruck tiefer Gleichgültigkeit, den Céleste ihm zugeworfen hatte, ins Herz getroffen worden war. »Jetzt glaubt sie sich schon in die Göttin der Vernunft verwandelt ...«

»Um was hat es sich eigentlich gehandelt?« fragte Théodose.

»Um meine Indifferenz in religiösen Dingen.«

»Die tiefe Wunde unseres Jahrhunderts«, antwortete Théodose mit ernster Miene.

»Da bin ich«, sagte Madame Colleville und erschien in einem geschmackvollen Kleide. »Aber was ist nur mit meiner armen Tochter geschehen? Sie weint ...«

»Sie weint, Madame ...?« rief Félix aus. »Sagen Sie ihr, Madame, ich würde sofort darangehen und mich mit der ›Nachfolge Jesu Christi‹ befassen.«

Und Félix stieg mit Théodose und Flavie, der der Advokat den Arm drückte, um ihr anzudeuten, er werde ihr im Wagen den Wahnsinn des jungen Gelehrten erklären, die Treppe hinab.

Eine Stunde danach erschienen Madame Colleville und Céleste, Colleville und Théodose bei den Thuilliers, sie aßen mit ihnen zusammen zu Abend. Théodose und Flavie hatten Thuillier bewogen, mit ihnen in den Garten zu gehen, und Théodose sagte zu ihm:

»Guter Freund, in acht Tagen hast du das Kreuz. Schau, diese liebe Freundin hier wird dir von unserm Besuch bei der Gräfin du Bruel erzählen . . .«

Und Théodose ließ Thuillier stehen. Er hatte den von Mademoiselle Thuillier hereingeführten Desroches erblickt. Von einem schrecklichen, eisigen Vorgefühl getrieben, ging er dem Anwalt entgegen.

»Lieber Herr Advokat«, sagte Desroches leise zu Théodose, »ich komme, um mich zu überzeugen, ob Sie sich siebenundzwanzigtausendsechshundertachtzig Francs und sechzig Centimes beschaffen können . . .«

»Sind Sie Cérizets Anwalt . . . ?« rief der Advokat.

»Er hat die Wechsel Louchard übergeben, und Sie wissen, was Sie bei einer Verhaftung zu erwarten haben. Hat Cérizet etwa unrecht, wenn er meint, Sie hätten in Ihrem Sekretär fünfundzwanzigtausend Francs? Sie haben sie ihm angeboten, und er findet es recht natürlich, daß er sie nicht länger bei Ihnen liegen lassen will . . .«

»Ich danke Ihnen für Ihren Schritt, lieber Herr Anwalt«, sagte Théodose, »und ich bin auf diesen Angriff gefaßt gewesen . . .«

»Unter uns«, antwortete Desroches, »Sie haben ihn hübsch geprellt . . . Der Spaßvogel schreckt vor nichts zurück, um sich zu rächen, denn er verliert alles, wenn Sie die Robe in die Nesseln werfen und ins Gefängnis gehen . . .«

»Ich, und ins Gefängnis?« rief Théodose. »Ich bezahle . . .! Aber es sind da noch fünf Akzepte zu je fünftausend Francs: Was gedenkt er damit zu tun?«

»Oh, nach der Affäre von heute früh kann ich Ihnen darüber nichts sagen. Aber mein Klient ist ein schlauer Hund, und noch dazu ein räudiger. Er hat wohl seine kleinen Pläne . . .«

»Passen Sie auf, Desroches«, sagte Théodose und faßte den steifen, dürren Desroches um die Taille, »liegen die Wechsel noch bei Ihnen?«

»Wollen Sie bezahlen?«

»Ja, in drei Stunden.«

»Gut, dann seien Sie um neun bei mir. Ich nehme dann Ihr Geld entgegen und händige Ihnen die Wechsel aus. Aber um halb zehn werden sie bei Louchard sein . . .«

»In Ordnung, heute abend um neun«, sagte Théodose.

»Um neun«, antwortete Desroches, dessen Blick die ganze jetzt im Garten versammelte Familie überflogen hatte, Céleste, die mit geröteten Augen mit ihrer Patentante plauderte, Colleville und Brigitte, Flavie und Thuillier. Auf den Stufen der breiten Freitreppe, über die man vom Garten aus zum Eßzimmer hinanstieg, sagte Desroches zu Théodose, der ihn bis dorthin begleitet hatte:

»Sie können Ihre Wechsel recht gut bezahlen.«

Mit jenem einzigen Blick hatte Desroches, der zuvor Cérizet zum Reden gebracht hatte, die riesige Arbeit erkannt, die der Advokat hier geleistet hatte.

In der Morgenfrühe des andern Tages begab sich Théodose zu dem Bankier der kleinen Gewerbetreibenden, um zu sehen, welche Wirkung seine am Vorabend pünktlich vollzogene Zahlung auf seinen Feind gehabt habe, und um nochmals zu versuchen, diese stechende Bremse loszuwerden.

Er traf Cérizet an, als dieser im Gespräch mit einer Frau dastand, und er empfing von ihm einen gebieterischen Wink, einigen Abstand zu bewahren, um die Unterhaltung nicht zu stören. Der Advokat war somit auf Mutmaßungen über die Wichtigkeit dieser Frau angewiesen, von der wohl die besorgte Miene des kleinen Wucherers herrührte. Théodose hatte eine unbehagliche, übrigens äußerst vage Vorahnung, daß das Thema dieser Besprechung Cérizets Verhalten beeinflussen werde. Er nahm nämlich in dessen Zügen jene vollständige Wandlung wahr, die die Hoffnung hervorbringt.

»Aber liebe Mama Cardinal . . .«

»Ja, mein guter Herr . . .«

»Was wollen Sie nun eigentlich?«

»Es muß zu einer Entscheidung kommen . . .«

Diese Anfangs- oder Schlußworte von Sätzen waren die einzigen Erhellungen, die die lebhafte, aber leise geführte Unterhaltung von Ohr zu Mund dem reglosen Zeugen zuteil werden ließ. Seine Aufmerksamkeit richtete sich auf Madame Cardinal.

Madame Cardinal war eine der ersten Kundinnen Cérizets. Sie handelte mit Seefischen. Zwar kennen die Pariser diese ihrem Territorium eigentümlichen Produkte, Ausländer indessen haben keine Ahnung von ihrem Vorhandensein, und die Mutter Cardinal, im Stil eines Nekrologs gesprochen, war all des Interesses würdig, das sie bei dem Advokaten erregt hatte. Man begegnet auf der Straße so vielen Frauen dieser Art, daß der Spaziergänger ihnen kaum mehr Aufmerksamkeit zollt als den dreitausend Bildern einer Ausstellung. Hier nun aber, bei diesem Abstecher, besaß die Cardinal den ganzen Wert eines für sich aufgehängten Meisterwerks. Sie war nämlich der vollkommene Typus ihrer Gattung.

Sie steckte in schmutzbedeckten Holzschuhen, aber ihre sorglich in Socken gehüllten Füße trugen überdies lange, grobe, gewalkte Strümpfe. Ihr mit einem Saum aus Straßendreck garnierter Rock zeigte den Eindruck des Tragriemens, der ihren Fischkorb halten mußte und hinten die etwas tief sitzende Taille durchschnitt. Ihr Hauptbekleidungsstück war ein Schal aus sogenanntem »Kaninchenhaarkaschmir«, dessen beide Enden über ihrer »Turnüre« zusammengeknotet waren. Man muß schon diesen Ausdruck der eleganten Welt, »Turnüre«, gebrauchen, um die Wirkung wiederzugeben, die der Druck des Querriemens auf den Röcken hervorrief, die sich wie ein Kohlkopf bauschten. Ein grobes, buntes Baumwolltuch diente als Fichu und ließ einen roten Hals sehen, der wie das Bassin von La Villette gestreift war, wenn darauf viel Schlittschuh gelaufen worden ist. Als Kopfbedeckung diente ihr ein ziemlich pittoresk umgebundener gelber Seidenschal.

Kurz und dick, mit einem hochroten Gesicht, trank die Mutter Cardinal wahrscheinlich jeden Morgen ihr Schnäpschen. Sie war einmal schön gewesen. In den Hallen warf man ihr in der dortigen, an kühnen Bildern reichen Sprache vor, sie habe mehr als einen Tag zur Nacht gemacht. Um ihr Organ auf die Tonstärke einer normalen Unterhaltung abzustimmen, mußte sie es dämpfen, wie man es in einem Krankenzimmer tut. Aber auch dann noch drang es zäh und fettig aus dieser Kehle, gewohnt, den Namen des Fisches der betreffenden Jahreszeit bis zu den Mansarden hinauf zu brüllen. Ihre Nase à la Roxelane[162], ihr recht hübsch gezeichneter Mund, ihre blauen Augen, alles, was ehedem ihre Schönheit ausgemacht hatte, war jetzt unter einer starken Fettschicht begraben, die ein Leben an der frischen Luft verriet. Ihr Bauch und die Brust waren von der stattlichen Fülle von Rubensbildern.

»Sie wollen also, daß ich auf Stroh schlafe ...?« fragte sie Cérizet. »Was gehen mich die Poupilliers an ...? Bin ich nicht auch eine Poupillier ...? Wo sollen sie denn hin, die Poupilliers ...?«

Dieser ungestüme Ausbruch wurde durch Cérizet abgestoppt. Er fuhr die Händlerin mit einem der langgezogenen »Pst!« an, denen alle Verschwörer gehorchen.

»Also gut, gehen Sie und sehen Sie nach, was daran ist, und dann kommen Sie wieder«, sagte Cérizet und schob die Frau zur Tür, wobei er ihr noch ein paar Worte ins Ohr flüsterte.

»Na, lieber Freund«, fragte Théodose Cérizet, »hast du dein Geld?«

»Ja«, antwortete Cérizet. »Wir haben unsere Klauen gemessen, sie sind gleich hart, gleich lang und gleich stark ... Und nun?«

»Soll ich Dutocq sagen, daß du gestern siebenundzwanzig bekommen hast ...?«

»Oh, lieber Freund, keine Silbe ...! Wenn du mich liebhast ...!« rief Cérizet.

»Hör mal zu«, fuhr Théodose fort, »ich muß ein für allemal wissen, was du willst. Ich bin fest entschlossen, keine vierundzwanzig Stunden länger auf dem Rost zu liegen, auf den ihr mich gelegt habt. Ob du Dutocq übers Ohr haust oder nicht, das ist mir vollkommen gleichgültig. Aber ich will, daß wir uns verständigen ... Siebenundzwanzigtausend Francs sind ein schönes Stück Geld für dich, außerdem mußt du noch zehntausend Francs haben, die du bei deinen Geschäften verdient hast, und damit kannst du wieder zum anständigen Menschen werden. Cérizet, wenn du mich in Ruhe läßt, wenn du mich nicht daran hinderst, der Mann der Mademoiselle Colleville zu werden, werde ich hier in Paris etwas wie Advokat am königlichen Gericht: Du könntest nichts Besseres tun, als dir in dieser Sphäre eine Protektion zu sichern.«

»Dann hör meine Bedingungen, ich wünsche keine Diskussion darüber, es heißt annehmen oder ablehnen. Du sorgst dafür, daß ich Thuilliers Haus als Hauptmieter bekomme, und zwar mit einem guten Mietvertrag auf achtzehn Jahre. Dafür gebe ich dir einen der fünf noch laufenden Wechsel zurück. Damit bin ich dir dann aus dem Wege, für die vier restlichen Wechsel hast du mit Dutocq zu tun ... Mich hast du hineingelegt. Dutocq hat nicht die Kraft, gegen dich anzukämpfen ...«

»Damit bin ich einverstanden, sofern du für das Haus achtundvierzigtausend Francs Miete zahlst, das letzte Jahr als Vorauszahlung, und den Mietvertrag vom nächsten Oktober an laufen läßt ...«

»Ja, aber in bar gebe ich nur dreiundvierzigtausend, zusammen mit deinem Wechsel sind es dann achtundvierzigtausend. Ich habe mir das Haus angesehen, und zwar ganz genau. Es ist ganz das richtige für mich.«

»Eine letzte Bedingung«, sagte Théodose. »Du mußt mir gegen Dutocq helfen.«

»Nein«, antwortete Cerizet. »Der ist durch dich schon genügend gekocht, ich brauche ihn nicht noch mit der Spicknadel zu bearbeiten: Dann würde er all seinen Saft verlieren. Hier ist Vernunft am Platze. Der arme Kerl weiß nicht, wie er die letzten fünfzehntausend Francs für sein Amt bezahlen soll, und für dich reicht das Bewußtsein hin, daß du mit fünfzehntausend Francs deine Wechsel zurückkaufen kannst.«

»Gut, laß mir vierzehn Tage Zeit für die Beschaffung deines Mietvertrags ...«

»Nur bis zum nächsten Montag! Sonst geht am Dienstag dein Wechsel über fünftausend zu Protest, sofern du nicht bis Montag bezahlt hast, oder sofern mir Thuillier nicht den Mietvertrag gibt.«

»Schön, Montag, einverstanden ...!« sagte Théodose. »Sind wir jetzt wieder gut Freund ...?«

»Erst am Montagabend«, antwortete Cérizet.

»Meinetwegen, Montag also. Lädst du mich zum Abendessen ein?« fragte Théodose lachend.

»In den ›Rocher-de-Cancale‹[163], wenn ich den Mietvertrag habe. Dutocq kommt auch mit ... dann können wir lachen ... Ich habe seit recht langer Zeit nicht mehr gelacht ...«

Théodose und Cérizet schüttelten einander die Hand und sagten beide:

»Auf bald!«

Cérizet hatte sich nicht ohne Grund so schnell beruhigt. Vor allem weil, wie Desroches zu sagen pflegte, »die Galle die Geschäfte nicht erleichtert«, und der Wucherer hatte zu sehr diese Wahrheit eingesehen, um sich nicht kaltblütig zu entschließen, aus seiner Lage Nutzen zu ziehen und dem gewitzten Provenzalen »Daumenschrauben anzulegen« (wie der Fachausdruck lautet).

»Da ist eine Revanche fällig«, hatte Desroches zu ihm gesagt. »Und Sie haben den Knaben ja in der Hand ... Sehen Sie zu, daß Sie ihn schröpfen.«

Nun aber hatte Cérizet seit zehn Jahren mitangesehen, daß Leute durch das Gewerbe des Hauptmieters reich geworden waren. In Paris ist der Hauptmieter für die Hausbesitzer dasselbe, was die Pächter für die Gutsbesitzer sind. Ganz Paris hat es erlebt, daß einer der berühmtesten Schneider auf eigene Kosten auf dem bekannten Grundstück von Frascati[164] an der Ecke des Boulevard und der Rue de Richelieu das prächtigste Mietshaus gebaut hat, und zwar als Hauptmieter eines Adelspalastes, dessen Miete mindestens fünfzigtausend Francs hoch war. Trotz der etwa siebenhunderttausend Francs betragenden Baukosten gewährte der auf neunzehn Jahre geschlossene Mietvertrag schöne Einnahmen.

Cérizet hatte auf der Lauer nach solcherlei Geschäften gelegen. Er hatte die Gewinnchancen berechnet, die das Mieten des ihm von Thuillier »gestohlenen« Hauses, wie er sich Desroches gegenüber ausdrückte, ihm bieten konnte, und er hatte festgestellt, daß er durch Weitervermietung nach sechs Jahren mehr als sechzigtausend Francs herausgeholt haben könne. Es befanden sich darin vier Ladengeschäfte, je zwei an jeder Front, da es sich ja um ein Eckhaus handelte.

Cérizet hoffte, zwölf Jahre lang im Jahr mindestens zwölftausend Francs zu verdienen, ungerechnet die Nebeneinnahmen und auch nicht die Provisionen bei jeder Erneuerung der Mietverträge für die Läden, die er zunächst immer nur auf sechs Jahre zu vermieten gedachte. Er nahm sich vor, seine Praxis als Wucherer für etwa zehntausend Francs an die Witwe Poiret und an Cadenet zu verkaufen, er besaß etwa zehn. Also war er in der Lage, eine Jahresmiete im voraus zu bezahlen, was die Hausbesitzer von den Hauptmietern als Bürgschaft zu verlangen pflegen. Cérizet hatte also eine überglückliche Nacht verbracht, er war in einen schönen Traum hineingeschlummert. Er hatte sich auf dem besten Wege zur Ausübung eines ehrenhaften Gewerbes gesehen, um ein Bürger zu werden wie Thuillier, wie Minard, wie alle andern.

Also verzichtete er auf die Erwerbung des im Bau begriffenen Hauses in der Rue Geoffroy-Marie[165]. Aber er erlebte ein Erwachen, auf das er mitnichten gefaßt gewesen war: Er fand Fortuna vor sich stehen, wie sie ihre goldenen Füllhörner über ihn ausschüttete, und zwar in Gestalt der Madame Cardinal.

Er hatte von je besondere Achtung für diese Frau empfunden und ihr mehrmals, vor allem seit einem Jahr, die Summe versprochen, die zum Kauf eines Esels und eines kleinen Karrens erforderlich war, damit sie ihren Handel im großen betreiben und von Paris in die Banlieue gehen könne. Madame Cardinal, die Witwe eines Markthallenlastträgers, hatte eine einzige Tochter, deren Schönheit Cérizet von anderen Marktweibern gerühmt worden war. Olympe Cardinal war etwa dreizehn Jahre alt, als Cérizet 1837 sein Leihgeschäft im Stadtviertel eröffnet hatte, und in der infamen Absicht eines Wüstlings hatte er der Cardinal die größten Gefälligkeiten erwiesen. Er hatte sie aus dem tiefsten Elend gezogen, in der Hoffnung, Olympe zu seiner Geliebten zu machen. Aber 1838 war das Mädchen seiner Mutter davongelaufen, wahrscheinlich »ging sie auf den Strich«, um den Ausdruck zu gebrauchen, mit dem das Pariser Volk den Mißbrauch der kostbaren Gaben der Natur und der Jugend bezeichnet.

In Paris ein Mädchen suchen heißt in der Seine einen Weißfisch fangen wollen; den muß der Zufall ins Netz bringen. Dieser Zufall war eingetreten. Die Mutter Cardinal hatte einer anderen Marktfrau etwas spendieren wollen und sie mit ins Théâtre de Bobino[166] genommen. Dort erkannte sie in der jugendlichen Liebhaberin ihre Tochter. Seit drei Jahren hatte der erste Komiker sie in der Gewalt. Die Mutter war zunächst recht stolz gewesen, ihr Kind in einem schönen Kleid aus Goldlamé zu sehen, mit dem Kopfputz einer Herzogin, durchbrochenen Strümpfen, seidenen Schuhen, bei ihrem Auftritt mit Beifall begrüßt. Aber schließlich rief sie ihr von ihrem Platz aus zu:

»Du wirst noch von mir hören, du Muttermörderin . . .! Ich will doch sehen, ob gemeines Komödiantenvolk berechtigt ist, dreizehnjährige Mädchen zu verführen . . .!«

Sie hatte der Tochter am Ausgang auflauern wollen, aber die jugendliche Liebhaberin und der erste Komiker waren wahrscheinlich über die Rampe gesprungen und mit dem Großteil des Publikums hinausgegangen, anstatt den Bühnenausgang zu benutzen, an dem die Witwe Cardinal und die Mutter Mahoudeau, ihre gute Freundin, einen Höllenlärm vollführten, den zwei Angehörige der Munizipalgarde beschwichtigten. Diese erhabene Einrichtung, angesichts derer die beiden Frauen die Lautstärke ihrer Stimmen dämpften, gab der Mutter zu bedenken, daß ihre Tochter erst mit sechzehn Jahren theaterreif sei, und anstatt an der Tür nach dem Direktor zu schreien, könne sie ihn ja vor den Friedensrichter oder die Zuchtpolizei zitieren, ganz nach ihrem Ermessen.

Am anderen Morgen beschloß Madame Cardinal, *ihn*[167] um Rat zu fragen, da *er* ja doch am Friedensgericht tätig war. Aber sie wurde völlig zu Boden geschmettert durch das, was der Portier des Hauses ihr sagte, in dem der alte Poupillier wohnte, ihr Onkel, der, wie Monsieur Perrache sie wissen ließ, keine zwei Tage mehr zu leben habe und in den letzten Zügen liege.

»Ja, und was soll ich dabei tun?« fragte die Witwe Cardinal.

»Wir verlassen uns auf Sie, liebe Madame Cardinal. Sie werden uns nicht vergessen, weil wir es sind, die Ihnen diesen guten Wink geben. Die Sache ist nämlich die. In der letzten Zeit hat Ihr armer Onkel kein Glied mehr rühren können, und da hat er Vertrauen zu mir gefaßt, und ich habe sämtliche Mieten seines Hauses in der Rue Notre-Dame-de-Nazareth eingezogen, und ferner die Zinsen einer Renteneintragung beim Schatzamt, achtzehnhundert Francs . . .«

Bei dieser Verkündigung waren die Augen der Witwe Cardinal, so unstet sie sonst auch immer sein mochten, starr geworden.

»Ja, mein Mädchen«, hatte der biedere Perrache, der kleine, bucklige Portier, fortgefahren, »und da Sie die einzige sind, die an ihn gedacht, die ihm von Zeit zu Zeit Fisch gebracht und ihn besucht hat, trifft er vielleicht ›Verfügungen‹ zu Ihren Gunsten . . . Meine Frau hat in den letzten Tagen bei ihm gewacht.

Sie hat Sie erwähnt, aber er hat nicht gewollt, daß Ihnen gesagt würde, er sei so krank ... Sehen Sie wohl, jetzt ist es Zeit, daß Sie in Erscheinung treten. Wahrhaftig, jetzt sind es zwei Monate, daß er sein Geschäft nicht mehr betreibt.«

»Sie müssen zugeben, Sie alter Lederschaber«, sagte die Mutter Cardinal zu dem Portier, der von Beruf Schuster war, während sie mit höchster Geschwindigkeit der Rue Honoré-Chevalier zustrebte, wo ihr Onkel in einer scheußlichen Mansarde hauste, »daß mir eher Haare auf der Handfläche gewachsen wären, als daß ich das für möglich gehalten hätte ...! Was? Mein Onkel Poupillier ist reich? Der gute Bettler von der Kirche Saint-Sulpice?«

»Ach«, sagte der Portier, »er hat sich immer gut genährt ... jede Nacht hat er mit seiner Freundin geschlafen, einer dicken Pulle Roussillon-Wein. Meine Frau hat ihn mal gekostet. Freilich hat er uns immer gesagt, es sei ein Wein zu sechs Sous. Der Weinhändler an der Ecke der Rue des Canettes hat ihn ihm geliefert.«

»Halten Sie reinen Mund über all das, Bester«, hatte die Witwe Cardinal gesagt, »ich behalte Sie im Auge ... sofern da etwas zu holen ist.«

Jener Poupillier, ein ehemaliger Tambourmajor der französischen Garde, war zwei Jahre vor 1789 in den Dienst der Kirche getreten und Türsteher an Saint-Sulpice geworden. Die Revolution hatte ihn seines Amtes beraubt, und er war in entsetzliche Armut abgesunken. Er mußte sich als Modell verdingen, da er sich eines schönen Äußeren erfreute.

Bei der Wiedererrichtung des Kultus griff er abermals zur Hellebarde, aber 1816 wurde er entlassen, seines unmoralischen Lebenswandels wie seines hohen Alters wegen; er galt als Siebziger. Nichtsdestoweniger, gewissermaßen als Ruheposten, wurde er an der Kirchentür geduldet, wo er Weihwasser spendete. 1820 erregte sein Weihwedel Neid, und er gab ihn unter der Bedingung ab, daß er als Bettler an der Kirchentür stehen dürfe. Er war in jenem Jahr geschlagene fünfundsechzig Jahre alt, behauptete aber, er sei sechsundneunzig und begann das Gewerbe des Hundertjährigen.

In ganz Paris wäre es unmöglich gewesen, einen Bart und

einen Haarwuchs aufzutreiben, wie Poupillier ihn trug. Er hielt sich krumm. In seiner zitternden Hand, die mit Flechten bedeckt war, wie man sie auf Granit sieht, hielt er einen Stock, und er streckte den typischen, fettigen, breitkrempigen, geflickten Hut hin, in den mehr als reichliche Almosen fielen. Seine mit Binden und Lumpen umwickelten Beine schlurften in schrecklichen Bastschuhen einher, in die er jedoch vortreffliche Roßhaarsohlen zu legen pflegte. Das Gesicht beschmierte er sich mit Ingredienzien, die Spuren schwerer Krankheiten vortäuschten, Rauheiten und Knoten, und er spielte den greisenhaften Verfall eines Hundertjährigen bewundernswert. Von 1825 an zählte er hundert Jahre, und dabei war er tatsächlich erst siebzig. Er war das Oberhaupt der Bettler, der Herr und Meister des Platzes, und alle, die unter den Arkaden der Kirche bettelten, geschützt vor den Verfolgungen durch Polizeibeamte und unter dem Schutz des Kirchendieners, des Küsters, des Weihwasserspenders und auch des Pfarrhauses, zahlten ihm eine Art Zehnten.

Wenn beim Verlassen der Kirche ein Erbe, ein Bräutigam oder irgendein Taufpate sagte: »Du, das ist für euch alle, daß mir ja niemand belästigt wird«, steckte Poupillier, auf den der Kirchendiener, sein Nachfolger, hingewiesen hatte, drei Viertel der Spende in die eigene Tasche und gab seinen Spießgesellen nur ein Viertel, deren Tribut einen Sou pro Tag betrug. 1820 waren der Geiz und seine Liebe zum Wein die beiden einzigen Gefühle, die ihm verblieben waren. Aber er schränkte das zweite ein und widmete sich gänzlich dem ersten, ohne jedoch sein Wohlleben zu vernachlässigen. Abends, nach dem Essen, wenn die Kirche geschlossen war, trank er. Zwanzig Jahre lang schlummerte er in den Armen der Trunkenheit, seiner letzten Geliebten.

Morgens, beim Hellwerden, war er mit allem Zubehör auf seinem Posten. Vom frühen Morgen an bis zur Hauptmahlzeit, die er bei dem bekannten, durch Charlet[168] berühmt gewordenen Papa Lathuile verzehrte, kaute er als einzige Nahrung Brotkrusten, und er kaute sie als ein Künstler, mit einer Miene der Entsagung und Bescheidung, die ihm eine Überfülle von Almosen eintrug. Der Kirchendiener und der Weihwasserspender, mit denen er sich wahrscheinlich ins Einvernehmen gesetzt hatte, sagten von ihm:

»Das ist der Kirchenbettler. Er hat noch den Pfarrer Languet[169] gekannt, der Saint-Sulpice gebaut hat. Zwanzig Jahre lang war er Kirchendiener, vor und nach der Revolution: Hundert Jahre ist er alt.«

Diese kleine, allen Kirchgängern bekannte Biographie war das beste aller Reklameschilder, und kein Bettlerkind in ganz Paris hatte bessere Kunden. Sein Haus hatte der Alte 1826 gekauft, und seine Rentenpapiere 1830.

Entsprechend dem Wert dieser beiden Geldanlagen mußte er ein Einkommen von jährlich sechstausend Francs und damit Wuchergeschäfte ähnlich denjenigen Cérizets getätigt haben, denn das Haus hatte vierzigtausend Taler gekostet, und die Rentenpapiere hatten sich auf achtundvierzigtausend belaufen. Die Nichte, die der Onkel ebenso hinters Licht geführt hatte wie die Portiers, die kleinen Kirchenbeamten und die frommen Seelen, hatte ihn für weit ärmer als sich selbst gehalten, und wenn sie Fische hatte, die nicht mehr ganz frisch waren, hatte sie sie dem Onkel gebracht.

Daher hielt sie es für angebracht, Nutzen aus ihrer Ware und ihrem Mitleid für einen Onkel zu ziehen, der eine große Zahl unbekannter Seitenverwandter haben mußte, denn sie war die dritte und letzte Poupillier-Tochter. Sie hatte vier Brüder, und ihr Vater, ein Dienstmann mit einem Karren, hatte ihr in ihrer Kindheit von drei Tanten und vier Onkeln erzählt, die sämtlich die ungereimtesten Schicksale gehabt hatten.

Nachdem sie sich den Onkel angeschaut hatte, war sie im Galopp zu Cérizet gelaufen, hatte ihm erzählt, wie sie ihre Tochter wiedergefunden habe, und welche Gründe, Beobachtungen und Indizien sie annehmen ließen, ihr Onkel Poupillier habe in seiner Matratze einen Haufen Geld versteckt. Die Mutter Cardinal wußte, daß sie nicht intelligent genug sei, sich auf legale oder illegale Weise der Erbschaft des Bettlers zu bemächtigen, und so war sie zu Cérizet gegangen und hatte sich ihm anvertraut.

Der Ausbeuter der armen Leute sollte endlich, wie die Kanalreiniger, Diamanten in dem Schlamm finden, in dem er seit vier Jahren umherstocherte und nach einem der Zufälle Ausschau hielt, die einem, so hieß es, in diesen Stadtteilen begegnen konnten, wo ein paar reiche Erbinnen in Holzschuhen auf die Straße gingen.

»Mein lieber Benjamin«, sagte die Fischhändlerin mit einem Gesicht, das von der Schnelligkeit ihres Laufs und der Geldgier glühte, zu Cérizet, »mein Onkel schläft auf mehr als hunderttausend Francs in Gold . . .! Und ich bin überzeugt davon, daß die Perraches unter der Vorspiegelung, für ihn zu sorgen, auf den Schatz ein Auge geworfen haben.«

»Wenn dies Vermögen unter vierzig Erben aufgeteilt würde«, sagte Cérizet, »so käme dabei für jeden einzelnen nur wenig heraus. Passen Sie mal auf, Mutter Cardinal, ich heirate Ihre Tochter, wenn Sie ihr das Geld Ihres Onkels geben. Ihnen lasse ich dann die Rentenpapiere und das Haus . . . zur Nutznießung.«

»Gehen wir dabei auch kein Risiko ein?«

»Nicht das leiseste.«

»In Ordnung!« sagte die Witwe Cardinal. »Was für ein schönes Leben kann ich mit sechstausend Francs Zinsen führen!«

»Und mit einem Schwiegersohn wie mir obendrein!« rief Cérizet.

»Dann werde ich also eine Pariser Bürgersfrau!« sagte die Cardinal.

»Jetzt«, fuhr Cérizet nach einer Pause fort, in der Schwiegersohn und Schwiegermutter einander umhalst und auf die Wangen geküßt hatten, »muß ich das Gelände erkunden. Weichen Sie nicht vom Fleck und sagen Sie den Portiersleuten, Sie warteten auf einen Arzt. Der Arzt, das bin dann ich, lassen Sie sich nicht anmerken, daß Sie mich kennen.«

»Du hast es faustdick hinter den Ohren, du komischer Fettwanst!« sagte die Mutter Cardinal und gab Cérizet als Abschiedsgruß einen Klaps auf den Bauch.

Eine Stunde danach erschien Cérizet, ganz in Schwarz, mit einer fuchsroten Perücke getarnt und kunstvoll veränderten Zügen, mit der Stadtdroschke in der Rue Honoré-Chevalier. Er bat, daß man ihm die Wohnung eines armen Bettlers namens Poupillier zeige, und der Schuster-Portier fragte ihn:

»Ist Monsieur der Arzt, den Madame Cardinal erwartet?«

Und auf ein Nicken Cérizets hin führte er ihn eine Dienertreppe hinauf, die zu der von dem Bettler bewohnten Mansarde führte.

Dann trat Perrache vor die Haustür, und der Droschkenkutscher, den er ausfragte, bestätigte, daß Cérizet der sei, als den er sich ausgegeben hatte.

Das Haus, in dem Poupillier wohnte, ist eins von denjenigen, die dazu ausersehen sind, wegen der Fluchtlinienplanung die Hälfte ihrer Tiefe einzubüßen, denn die Rue Honoré-Chevalier ist eine der engsten Straßen des Viertels um Saint-Sulpice. Der Hauseigentümer, dem das Gesetz verbot, neue Stockwerke aufzusetzen oder Reparaturen durchzuführen, war verpflichtet, diese Bruchbude in dem Zustand zu vermieten, wie er sie gekauft hatte. Das nach der Straße zu über die Maßen häßliche Gebäude bestand aus einem ersten Stock mit Mansarden oberhalb des Erdgeschosses und einem kleinen, rechtwinklig anstoßenden Flügelgebäude an jeder Seite. Der Hof lief in einen baumbestandenen Garten aus, der zu der Wohnung im ersten Stock gehörte. Dieser vom Hof durch ein Eisengitter getrennte Garten hätte einem reichen Eigentümer gestattet, das Haus an die Stadt zu verkaufen und auf der Fläche des Hofes ein neues zu errichten. Aber nicht nur, daß der Eigentümer ein armer Mann war, er hatte überdies den ganzen ersten Stock durch einen auf achtzehn Jahre lautenden Vertrag an eine mysteriöse Persönlichkeit vermietet, über die weder die offiziöse Polizeigewalt des Portiers noch die Neugier der übrigen Mieter etwas hatten herausbekommen können.

Dieser zu jener Zeit siebzigjährige Mieter hatte im Jahr 1829 an das Fenster auf der Rückseite des Seitenflügels eine zum Garten führende Treppe anbringen lassen, um hinabzusteigen und dort lustwandeln zu können, ohne über den Hof gehen zu müssen. Die linke Hälfte des Erdgeschosses hatte ein Bücherhefter inne, der vor zehn Jahren die Wagenschuppen und Pferdeställe in Werkstätten umgewandelt hatte; in der anderen Hälfte wohnte ein Buchbinder. Der Buchbinder und der Bücherhefter bewohnten je die Hälfte der nach der Straße zu gelegenen Mansarden. Die hinteren Mansarden des einen Seitenflügels gehörten zu der Wohnung der mysteriösen Persönlichkeit. Poupillier schließlich bezahlte hundert Francs für die Mansarde, die den linken kleinen Seitenflügel krönte. Man stieg zu ihr auf einer Treppe hinauf, die nur durch vom Nachbarn geduldete Fenster Licht erhielt. Das Einfahrtstor war nach innen halbkreisförmig ausgebuchtet, wie es unumgänglich in einer Straße ist, in der zwei Wagen nicht aneinander vorbeifahren können.

Cérizet ergriff ein Seil, das als Treppengeländer diente, und klomm eine Art Leiter empor. Sie führte zu der Dachkammer, in der der Hundertjährige im Sterben lag und wo ihn das gräßliche Schauspiel zur Schau getragener Armut erwartete.

Freilich wird in Paris alles, was aus einer bestimmten Absicht heraus geschieht, bewundernswert vollkommen durchgeführt. Die Armen und Bettler sind, was das betrifft, genauso raffiniert wie die Ladenbesitzer mit ihren Schaufenstern und die vorgeblich Reichen, die einen Kredit erlangen wollen.

Der Fußboden war niemals gefegt worden, die Fliesen lugten unter einer Art Streu hervor, die aus Abfällen, Staub, getrocknetem Straßenschmutz und allem bestand, was Poupillier wegwarf. Ein schlechter, gußeiserner Ofen, dessen Rohr durch den Pfeiler über einem zugemauerten Kamin ging, diente diesem Loch als Zierstück; hinten befand sich ein Alkoven, in dem ein wie ein Grabmal aussehendes Bett stand, mit Vorhängen und Rüschen aus grünem Serge, aus denen die Motten ein Spitzengespinst gefressen hatten. Das so gut wie blinde Fenster hatte auf seinen Scheiben einen Überzug aus Staub und Schmutz, der es erübrigte, Gardinen davor zu hängen. Die gekalkten Mauern boten dem Blicke eine rußige Farbtönung, die von den Steinkohlen und den Torfsoden herrührte, die der Bettler in seinem Ofen verbrannte. Auf dem Kaminsims standen ein Wassertopf mit Sprüngen, zwei Flaschen und ein abgestoßener Teller. Eine schäbige, wurmstichige Kommode enthielt Wäsche und saubere Garderobe. Das Mobiliar bestand aus einem Nachttisch vulgärster Sorte, einem Tisch, der vierzig Sous wert war, und zwei Küchenstühlen mit beinahe nicht mehr vorhandenem Strohgeflecht. Das malerische Kostüm des Hundertjährigen hing an Nägeln, darunter gähnten die ausgetretenen Bastschuhe, die ihm als Fußbekleidung dienten. Sein zauberwirkender Stock und sein Hut befanden sich in der Nähe des Alkovens.

Beim Eintreten musterte Cérizet rasch den Greis. Er lag mit

dem Kopf auf einem braunen, schmutzstarrenden Kopfkissen ohne Bezug, und sein eckiges Profil, ähnlich denen, die im letzten Jahrhundert manche Kupferstecher scherzhafterweise den drohenden Felsen einer Landschaft geliehen haben und wie man sie auch auf den Boulevards erblicken kann, hob sich dunkel vom grünen Hintergrund der Bettvorhänge ab. Poupillier, ein etwa sechs Fuß großer Mann, starrte auf einen eingebildeten Gegenstand am Fußende seines Bettes. Er hatte sich nicht gerührt, als er die schwere Tür hatte knarren hören. Diese war eisenbeschlagen und mit einem starken Schloß versehen, das sein Domizil verläßlich verrammelte.

»Ist er bei Bewußtsein?« fragte Cérizet, vor dem die Cardinal zurückgewichen war; nur an der Stimme hatte sie ihn erkannt.

»Halbwegs«, sagte Madame Cardinal.

»Kommen Sie, draußen auf der Treppe kann uns niemand belauschen. Folgendes ist mein Plan«, fuhr Cérizet fort. Er flüsterte seine Worte seiner künftigen Schwiegermutter ins Ohr. »Er ist zwar schwach, aber er sieht ganz leidlich aus, und wir haben noch gut und gern acht Tage vor uns. Übrigens will ich einen Arzt besorgen, auf den wir uns verlassen können. Am Dienstag komme ich mit sechs Mohnköpfen wieder. In seinem gegenwärtigen Zustand, müssen Sie wissen, wird ein Mohndekokt ihn in tiefen Schlaf versetzen. Ich schicke Ihnen ein Gurtbett her, unter dem Vorwand, Sie brauchten eine Lagerstatt, wenn Sie nachts bei Ihrem Onkel blieben. Dann legen wir ihn aus dem grünen Bett auf das Gurtbett, und wenn wir dann herausbekommen haben, welche Summe das kostbare Möbelstück enthält, na, dann werden wir auch Mittel und Wege ausfindig machen, es beiseite zu bringen. Der Arzt kann uns sagen, ob er noch ein paar Tage durchhalten, und vor allem, ob er noch ein Testament machen kann ...«

»Mein Junge ...!«

»Aber wir müssen über die Bewohner dieser Bruchbude Bescheid wissen! Die Perraches könnten Lärm schlagen, und soviel Mieter, soviel Spitzel.«

»Pah! Ich weiß bereits, daß Monsieur du Portail, der Mieter des ersten Stocks, ein kleiner Alter, eine Irrsinnige betreut. Seit heute früh habe ich sie ›Lydie‹ rufen hören. Sie wird außerdem von einer alten Flämin namens Katt behütet. Der alte Herr hat nur einen einzigen Diener, der Bruno heißt. Der macht alles, nur daß er nicht kocht.«

»Aber dieser Buchbinder und dieser Bücherhefter«, sagte Cérizet, »die arbeiten schon vom frühen Morgen an. Wir wollen zum Rathaus gehen. Ich brauche für das Aufgebot Namen und sämtliche Vornamen Ihrer Tochter und auch deren Geburtsort, damit die nötigen Dokumente ausgefertigt werden können. Nächsten Samstag in acht Tagen ist die Hochzeit!«

»Wie das alles klappt bei diesem Kerl!« sagte Mutter Cardinal und rempelte den furchtbaren Schwiegersohn mit der Schulter an.

Beim Hinabsteigen erblickte Cérizet zu seiner Überraschung den kleinen Alten, jenen du Portail, der im Garten mit einer der wichtigsten Persönlichkeiten der Regierung, dem Grafen Martial de la Roche-Hugon, auf und ab ging. Er blieb im Hof stehen und musterte das alte, unter Ludwig XIV. erbaute Haus, dessen gelbe Mauern, obwohl aus Haustein, schief und krumm waren wie der alte Poupillier. Er warf einen Blick in die beiden Werkstätten und zählte die Arbeiter darin. Dies Haus war still wie ein Kloster. Da er selbst beobachtet wurde, ging Cérizet weg und überdachte alle Schwierigkeiten, die das Wegschaffen der von dem Sterbenden versteckten Summe mit sich bringen würde, obwohl sie nur geringen Raum einnahm.

»Sie während der Nacht beiseite bringen?« überlegte er. »Da passen die Portiersleute auf, und bei Tag würde man von zwanzig Leuten gesehen werden ... Es ist nicht so ganz einfach, fünfundzwanzigtausend Francs in Gold wegzuschleppen ...«

Die menschliche Gesellschaft hat zwei Erscheinungsformen der Vollkommenheit: Die erste besteht in einem Kulturzustand, in dem die gleichmäßig eingeflößte Moral jeden Gedanken an ein Verbrechen ausschließt, und die Jesuiten sind zu diesem erhabenen Zustand gelangt, der in der Urkirche geherrscht hat. Die zweite ist ein Kulturzustand, in dem die wechselseitige Überwachung der Bürger Verbrechen zu etwas Unmöglichem macht. Diesen Zustand strebt die moderne Gesellschaft an. In ihm ist das Verbrechen mit solchen Schwierigkeiten verbunden, daß man nicht darüber nachdenken darf, wenn man eins begehen will. Tatsächlich bleibt nicht eine einzige schwere Missetat, die das Gesetz ungeahndet läßt, unbestraft, und das Urteil der Gesellschaft ist noch strenger als das der Tribunale. Wenn jemand ohne Zeugen ein Testament vernichtet, wie Minoret, der Postmeister von Nemours[170], so wird diesem Verbrechen durch die Spitzeltätigkeit der Tugend nachgespürt, wie einem Diebstahl durch die Polizei nachgeforscht wird. Kein rücksichtsloses Benehmen bleibt unbemerkt, und jede Verletzung führt zu einer Narbe. Man kann nicht leichter wertvolle Sachen als Menschen verschwinden lassen, so genau werden, besonders in Paris, die Dinge numeriert, die Häuser bewacht, die Straßen beobachtet, die Plätze im Auge behalten. Um durchgeführt zu werden, bedarf ein Delikt einer Sanktion wie etwa durch die Börse, wie die durch Cérizets Kunden, die keinerlei Einwände erhoben und gezittert hätten, wenn sie ihn am Dienstag nicht in seiner Küche vorgefunden hätten.

»Na, mein lieber Herr«, fragte die Portiersfrau, die Cérizet entgegenging, »wie geht es ihm denn, dem Freund Gottes, dem armen Mann?«

»Ich bin der Sachwalter der Madame Cardinal«, antwortete Cérizet, »ich habe ihr gerade geraten, sie solle sich ein Gurtbett herschaffen lassen, um immer bei ihrem Onkel sein zu können, und ich will einen Notar herschicken, einen Arzt und eine Krankenpflegerin.«

»Ach, die Pflege könnte ich ganz gut übernehmen«, antwortete Madame Perrache. »Ich habe schon Wöchnerinnen betreut.«

»Nun, wir werden sehen«, entgegnete Cérizet. »Ich werde das regeln ... Wer ist eigentlich der Mieter des ersten Stocks?«

»Monsieur du Portail ... Ach, der wohnt hier schon seit dreißig Jahren. Er ist Rentner, ein sehr respektabler alter Herr ... Rentner, wissen Sie, die leben von ihren Zinsen ... Er hat sich früher geschäftlich betätigt. Seit bald elf Jahren versucht er, die Tochter eines seiner Freunde wieder zur Vernunft zu bringen, Mademoiselle Lydie de la Peyrade. Oh, die wird gut gepflegt, müssen Sie wissen, die beiden berühmtesten Ärzte behandeln sie ... Aber bis jetzt hat nichts sie wieder gesund machen können!«

»Mademoiselle Lydie de la Peyrade?« rief Cérizet aus. »Sind Sie sicher, daß sie so heißt?«

»Madame Katt, ihre Betreuerin, die auch ein bißchen für den

Haushalt kocht, hat es mir tausendmal gesagt, obgleich im allgemeinen weder Monsieur Bruno, der Diener, noch Madame Katt sehr gesprächig sind. Es ist, als rede man Mauern an, wenn man von ihnen was wissen will ... Wir sind hier seit zwanzig Jahren Portiersleute und haben niemals auch nur das geringste über Monsieur du Portail erfahren. Und das Schönste ist, mein lieber Herr, daß er Eigentümer des kleinen Hauses nebenan ist, sehen Sie? Das mit der kleinen Tür da ist es. Na ja, da kann er nach Belieben 'rausgehen und auf demselben Weg Leute bei sich empfangen, ohne daß wir was davon wissen. Unser eigener Hausbesitzer kennt sich auch nicht besser aus als wir. Wenn an der kleinen Tür geklingelt wird, dann kommt Monsieur Bruno und macht auf ...«

»Sie haben also auch nicht den Herrn hereinkommen sehen«, sagte Cérizet, »mit dem der mysteriöse kleine Alte sich da eben unterhält?«

»Sieh mal einer an! Nein, wirklich nicht ...«

»Es ist die Tochter von Théodoses Onkel«, sagte sich Cérizet, als er wieder in den Wagen stieg. »Sollte etwa du Portail der Gönner sein, der meinem Freund seinerzeit die zweitausendfünfhundert Francs geschickt hat ...? Wenn ich ihm nun einen anonymen Brief zukommen ließe, um ihn darauf hinzuweisen, in welcher Gefahr der junge Advokat durch die Wechsel über fünfundzwanzigtausend Francs schwebt?«

Eine Stunde danach traf ein komplettes Gurtbett für Madame Cardinal ein. Die neugierige Portiersfrau erbot sich, für sie zu kochen.

»Soll ich den Herrn Pfarrer holen lassen?« fragte Mutter Cardinal ihren Onkel, dem das Aufstellen des Gurtbettes arg zu schaffen machte.

»Wein will ich!« antwortete der Arme. »Und keine andere Medizin.«

»Wie fühlen Sie sich denn, Papa Poupillier?« fragte die Portiersfrau.

»Ich fühle mich überhaupt nicht«, antwortete er grinsend. »Seit zwölf Tagen bin ich nicht im Geschäft gewesen ...«

Seine fromme Bettelei, der Platz unter der Vorhalle von Saint-Sulpice war sein Geschäft ...

»Er erholt sich wieder«, sagte Mutter Cardinal.

»Sie bestehlen mich, sie behelfen sich ohne mich«, fuhr er fort und warf drohende Blicke ... »Ach, da bist du ja, kleine Cardinal, das ist ein kirchlicher Name ...«

»Ach, wie freut es mich, daß du wieder bei dir bist«, rief die »kleine Cardinal« aus; sie ging auf die Vierzig zu.

Der Hundertjährige war zurückgesunken.

»Ist egal, er kann sein Testament machen, wie mein Affe gesagt hat.« Sachwalter werden vom Volk als »Affen« bezeichnet. Auch den Bauunternehmern wird dieser Name verliehen.

»Vergessen Sie dabei mich nicht«, sagte die Portiersfrau. »Ich war es nämlich, die zu meinem Mann gesagt hat, er solle Sie holen.«

»Ich, und Sie vergessen? Eher würde ich den lieben Gott vergessen, Mädchen ... So wahr ich eine geborene Poupillier bin, Sie bekommen von dem, was ich bekomme, so viel, daß Ihnen die Schürze platzt ...«

Am Spätnachmittag kam Cérizet wieder. Er hatte alle notwendigen Schritte unternommen, um die für seine Eheschließung unentbehrlichen Dokumente zu bekommen, und er hatte das Aufgebot in zwei Bürgermeisterämtern aushängen lassen. Eine einzige Tasse Mohndekokt hatte den alten Poupillier in den tiefsten Schlaf sinken lassen. Die Nichte und Cérizet nahmen den Hundertjährigen und beförderten ihn von einem Bett ins andere. Dann zerwühlten sie in schamloser Hast das Bett und untersuchten den Strohsack, den Geldschrank der Bettler. Im Strohsack war nichts, aber anstatt der Traggurte hatte das Bett unten eine Holzplatte, wie ein Schubfach, und so fand das schwere Gewicht des Bettes, das die Mutter Cardinal am Morgen nicht hatte verrücken können, eine Erklärung, als die beiden Erben wahrnahmen, daß es einen doppelten Boden hatte. Cérizet untersuchte alles ganz genau und entdeckte schließlich, daß das vordere Querbrett durch ein dünnes Brettchen verkleidet war, es war eingefugt wie der Deckel einer Dominoschachtel. Er schob es hoch und erblickte vier Schubfächer von drei Zoll Breite, sämtlich randvoll von Goldstücken.

»Die ersetzen wir durch dicke Zweisousstücke«, sagte er und stieß Mutter Cardinal mit dem Ellbogen an.

»Was gibt's denn?«

»Neunzigtausend Francs, mindestens dreißigtausend in jedem Schubfach«, antwortete Cérizet. »Die Mitgift Ihrer Tochter. Aber wir wollen ihn wieder in sein Bett legen. Nichts ist leichter, als diese Mine auszubeuten, jetzt wo uns das Geheimnis bekannt ist; es ist übrigens geschickt ersonnen ...«

»Dies Geizhalsbett hat er wohl bei einem Althändler aufgestöbert ...«, rief Mutter Cardinal.

»Wollen mal sehen, ob ich tausend Vierzigfrancsstücke tragen kann«, sagte Cérizet und stopfte sich die beiden Hosentaschen voll Gold. Es gingen dreihundert Goldstücke hinein. In die beiden Westentaschen kamen zweihundert, in die beiden Taschen seines Überrocks zweihundertfünfzig, die er zuvor in sein Taschentuch wickelte, und zweihundertfünfzig kamen in das der Mutter Cardinal. »Sehe ich aus, als sei ich schwer beladen?« fragte er und ging hin und her.

»Nicht die Spur ...!«

»Gut, dann kostet es bloß vier Wege, und das Gold aus den Schubfächern ist bei mir.« Der schlafende Greis wurde wieder auf sein Bett gelegt, und Cérizet begab sich auf die Place Saint-Sulpice, wo er eine Droschke nahm und heimfuhr. Um keinen Argwohn zu erwecken, kam er noch ein zweites Mal, und zwar in Begleitung eines Arztes aus dem Stadtviertel Saint-Marcel, der häufig die Armen aufsuchte und sich in deren Krankheiten auskannte, und die Konsultation war gegen neun Uhr zu Ende. Der Arzt hatte erklärt, als er den Alten in so tiefer Abwesenheit durch die Tasse Mohndekokt sah, daß er keine drei Tage mehr leben werde. Kaum war der Arzt gegangen, da nahm Cérizet eine ...

Hier endet Balzacs Text.

Rabous Fortsetzung bringt weitere rund 500 Buchseiten, die seine freie Erfindung sind. Er verzahnt sie bereits mit der letzten von Balzac geschriebenen Szene, die er ›dramatisch‹ ausweitet. Daß er, wohl durch einen Lesefehler verleitet, aus Poupillier »Toupillier« macht, ist ein Nebenumstand. Jene Fortsetzung ist ein wenig gelungenes Machwerk. Ihr Inhalt sei kurz skizziert.

Cérizet und die Cardinal haben Poupillier mit einem Narkotikum eingeschläfert und durchstöbern sein elendes Gelaß. Schließlich entdecken sie in der Wand ein Geheimfach, das Gold und Edelsteine enthält. Sie wollen sich dessen bemächtigen, als der wachgebliebene du Portail plötzlich auftaucht: Er setzt Mme Cardinal vor die Tür und nach ein paar drohenden Äußerungen trifft er mit Cérizet eine Verabredung für den folgenden Tag.

Bei dieser Zusammenkunft erfährt du Portail durch Cérizet, daß Théodose de la Peyrade Céleste Colleville zu heiraten plane; darauf enthüllt du Portail einen Teil seiner eigenen Absichten mit Théodose. Denn die junge Geisteskranke, die er behütet, ist die natürliche Tochter eines seiner Freunde namens Peyrade, der seit etwa zehn Jahren tot ist. Poupillier, der inzwischen gestorben ist, hat ein Testament zu ihren Gunsten gemacht. Sie ist also reich, und er will sie an Théodose verheiraten, ihren Vetter, in der Hoffnung, daß Ehe und Mutterschaft sie heilen. Um jeden Preis muß also die Eheschließung zwischen Théodose und Céleste hintertrieben werden. Cérizet will sich an dem Komplott beteiligen und Théodose den Fall schmackhaft machen. Dieser lehnt ab, verharrt bei seinen Plänen mit den Thuilliers, um alle Beziehungen zu seinem ehemaligen Komplicen abzubrechen, und entledigt sich seiner Wechselschuld bei Dutocq.

Trotz dieses ersten Fehlschlags hält du Portail sich nicht für geschlagen, und alle seine Bemühungen zielen fortan darauf ab, la Peyrade und die Thuilliers zu entzweien und Théodose für sich zu gewinnen.

Eine gewisse Dame Torna, Gräfin de Godollo, eine hochtrabende Ungarin, ist die intime Freundin der Mlle Thuillier geworden, bei der sie Regen und gutes Wetter macht. Sie setzt ihren vollen Einfluß auf die Thuilliers ein, um Théodoses Pläne zunichte zu machen und die Absichten Félix Phellions auf Célestes Hand zu begünstigen. Aber die Frist, die Thuillier Céleste für die Entscheidung zwischen den beiden Bewerbern gesetzt hat, geht zu Ende. Mme de Godollo unternimmt einen letzten Versuch zugunsten Félix'. Bei einer von Mlle Thuillier gegebenen Abendgesellschaft singt sie zunächst ein Loblied auf den jungen Gelehrten und verkündet dann, sie wisse aus guter Quelle, daß er auf bestem Wege sei, zur Kirche zurückzufinden. Da greift

Félix ein und berichtigt sogleich auf noble Weise dieses Täuschungsmanöver aus Edelmut. Tödlich beleidigt über diese Seelenreinheit erklärt Mme de Godollo Théodose, sie gehe in sein Lager über.

Inzwischen ist die Broschüre über ›Steuern und Amortisierung‹ erschienen, die Théodose für Thuillier geschrieben hat. Sie wird sofort strafrechtlich verfolgt wegen Pressevergehens, Aufreizung zum Haß und Verachtung der Regierung. Thuillier mißt Théodose die Schuld bei und gibt ihm den Laufpaß. In Wirklichkeit ist die Verfolgung ein Streich der Gräfin de Godollo, die Théodose davon überzeugt hat, sie habe ihn einzig aus Liebe zu ihm angezettelt. Théodose glaubt und wird umgarnt. Er bricht vollends mit den Thuilliers und eilt zu Mme de Godollo, um seinen Lohn zu empfangen. Sie jedoch ist nach Ungarn zurückgekehrt. Einige Tage später gelangen ein paar Zeilen von ihr an Théodose. Sie gesteht, ihr ganzes Verhalten sei auf Grund von Machenschaften du Portails erfolgt, auf dessen Kosten sie gehandelt hat. Sie fordert Théodose auf, schleunigst zu ihm zu gehen.

Wütend und verzweifelt fällt Théodose in eine schwere Krankheit. Er erfährt unter anderem, daß er auf die Denunziation du Portails hin von der Advokatenkammer vorgeladen sei, um über den Handel mit dem Haus an der Madeleine auszusagen und sich zu verteidigen.

Kaum ist er genesen, schlägt Lousteau ihm vor, Thuillier zum Kauf eines Lokalblattes zu veranlassen, des ›Echo de la Bièvre‹, das Thuillier zur Stützung seiner Kandidatur für die Abgeordnetenkammer sehr nützlich sein werde. Abermals scheinen die Umstände la Peyrade zu begünstigen. Thuillier kauft die Zeitung und macht Théodose, dem er feierlich Célestes Hand verspricht, zum Herausgeber. Théodose nimmt den »tapferen Cérizet« als verantwortlichen Redakteur. Diese Kombination ist Wasser auf du Portails Mühle. Auf sein Anstiften hin überzeugt Cérizet Thuillier, Théodose sei ein Söldling der Polizei und habe in jene Broschüre absichtlich Sätze eingeschmuggelt, um Thuillier vors Schwurgericht zu bringen. Nur mit großer Mühe gelingt es la Peyrade, sich zu rechtfertigen und Cérizet hinauswerfen zu lassen. Seine Heirat mit Céleste ist endlich beschlossene Sache. Die

Abendgesellschaft zur Feier der Unterzeichnung des Ehekontrakts findet statt.

Aber bei jener Abendgesellschaft kommt es zu einem Alarm. Zunächst erfährt man, Félix Phellion, der junge Astronom, habe einen neuen Stern entdeckt, und in einem Bericht an die Akademie der Wissenschaften habe er sich edelmütig dieses Ruhmestitels entäußert und die Entdeckung seinem alten Lehrer Picot zugeschrieben, den er seit Jahren durch seine Anhänglichkeit und seine Börse unterstützt. Zweitens ist der mit der Aufsetzung des Ehekontrakts beauftragte Notar noch immer nicht da. Man erfährt, er sei mit seiner Kasse nach Belgien durchgebrannt. Félix, der um seiner schönen Entdeckung willen zum Ritter der Ehrenlegion ernannt worden ist, verkündet seine Absicht, er wolle sich in den Wahrheiten der Religion unterweisen lassen.

Auf diese Kunde hin versucht die sanfte Mme Thuillier, ihren Mitteln entsprechend, sich dem endgültigen Vollzug der Eheschließung ihres Patenkindes Céleste mit Théodose zu widersetzen. In den Familien Thuillier und Colleville geht alles drunter und drüber. Brigitte Thuillier ist dem Tode nahe. Da versucht Théodose einen persönlichen Schritt bei Céleste. Heuchlerisch stellt er ihr vor, sie müsse ihre Liebe zu Félix dem Willen der Mlle Thuillier opfern, und vor allem dem Seelenfrieden ihrer Patentante. Céleste fügt sich und verspricht ihm ihre Hand.

Nun aber sieht du Portail die Stunde gekommen, persönlich auf den Plan zu treten. Er sucht Thuillier auf und macht ihm Enthüllungen über la Peyrades Persönlichkeit. Als du Portail gegangen ist, nimmt Thuillier eiligst sein Théodose gegebenes Wort zurück und schickt ihn zu du Portail, um von diesem Erklärungen zu verlangen. Du Portail deckt la Peyrade auf, aus welchen geheimen Gründen er sich so verhalten habe und was er mit Théodose beabsichtige. Théodoses recht peinliches Vorleben, seine Schulden, sein Umgang mit übel beleumundeten Leuten, die ihn in den Klauen halten, die Schurkereien, an denen er teilgehabt hat und die zu seiner Streichung aus der Advokatenliste geführt haben, das alles macht für ihn jedes Einheiraten in die bürgerliche Welt unmöglich; es gibt für ihn nur eine Möglichkeit, im Leben weiterzukommen, und das ist die Heirat mit du Portails Schützling, seiner Kusine Lydie, der Tochter des berühmten und berüchtigten Polizeiagenten Peyrade. Sie ist hübsch und reich, durch die Heirat wird sie gesunden, und Théodose wird auf diese Weise der Erbe du Portails. Dieser rückt endlich damit heraus, wer er ist: nämlich kein anderer als Corentin, der »Präfekt der Geheimpolizei der Diplomatie und der hohen Polizei«, »der größte Polizeibeamte der neueren Zeit«. Théodose soll sein Nachfolger werden. Er erklärt sich einverstanden.

Während Thuillier bei der Wahl zum Abgeordneten durch die Machenschaften du Portails und de la Peyrades durchfällt, erhält Félix Phellion endlich die Hand Céleste Collevilles.

Anmerkungen

Die Kleinbürger

1 Anmerkung Balzacs.

2 Es handelt sich dabei um nötig gewordene Erweiterungsbauten des alten, 1533 begonnenen Rathauses, das beim Kommunarden-Aufstand 1870/71 niederbrannte. Der heutige Bau wurde um 1874 bis 1882 errichtet.

3 Die Rue Pet-au-Diable (Teufelsfurz), wegen des Drehkreuzes in Rue du Tourniquet-Saint-Jean umgetauft, das in jenem Jahr an der Ecke der Rue du Martroi angebracht wurde. Die Straße verschwand zwischen 1836 und 1838, als die breite Rue Lobau durchgebrochen wurde.

4 Der kleine Roman ›Das Haus ‚Zum ballspielenden Kater'‹ findet sich in Band I dieser Dünndruckausgabe.

5 Das Haus, das in der Überlieferung als das Haus des Kanonikus Fulbert und seiner Nichte Héloïse gilt, stand noch 1849 in der Rue de Chartres. Später wurde es abgebrochen. An seiner Stelle wurden zwei Mietshäuser errichtet, deren Fassaden jetzt am Quai aux Fleurs der Seine zugewandt sind. Es handelt sich um die Häuser Nr. 9 und 11. Über den beiden Eingangstüren befinden sich zwei ziemlich konventionelle Köpfe, die Abailard und Héloïse darstellen sollen.

6 Von Balzac in den ›Philosophischen Studien‹ geschildert, in ›Katharina von Medici‹, auf den ersten Seiten von ›Ein kalvinistischer Märtyrer‹.

7 Roman von Walter Scott (1816).

8 Italienisch: wörtlich: des Schmuckes.

9 In dem System des französischen Philosophen und Soziologen Charles Fourier die Wohnstätte der genossenschaftlich gegliederten Gemeinschaft.

10 Heute Rue Royer-Collard.

11 Pariser Stadtviertel, das dem V. Arrondissement (Panthéon) und dem VI. (Luxembourg) angehört und seit dem 12. Jahrhundert das Zentrum des Bildungswesens ist.

12 Heute der Teil der Rue des Francs-Bourgeois zwischen der Rue de Turenne und der Rue Payenne.

13 Anmerkung Balzacs.

14 Jean Petitot (1607–1691).

15 Die Le Camus waren eine Parlamentsrichterfamilie, die im 17. Jahrhundert das Hôtel Salé, Rue de Thorigny 5, bewohnte, das 1656 für den Finanzmann Aubert de Fontenay erbaut worden war. Nicolas Le Camus, der Sekretär des Königs, der Erste Präsident des Obersteueramts, hatte es gekauft. Später kam es an die Familie de Juigné. Unter anderen gehörte es dem Marschall de Villeroy. Im 19. Jahrhundert beherbergte es die École centrale des Arts et Manufactures. Bei der Erweiterung des Platzes, der heute Place de Thorigny heißt, wurde es abgebrochen.

16 In eckigen Klammern: von den Herausgebern der Edition Conard ergänzte Textlücke.

17 Lateinisch: Ehrenvolle Muße (Cicero, De oratore, I, 1, 1).

18 Von Balzac erfundene Gestalt eines unbegabten Malers. Siehe die Novelle ›Pierre Grassou‹.

19 Heute der Teil der Avenue d'Iéna zwischen der Place d'Iéna und dem ehemaligen Jardin du Trocadéro.

20 Bayard (1473[?]–1524), berühmter Heerführer unter Karl VIII., Ludwig XII. und Franz I. Er wurde »der Ritter ohne Furcht und Tadel« genannt.

21 Jacques Necker (1732–1804), Genfer Bankier, zweimal Finanzminister unter Ludwig XVI., Protestant, über die Maßen eitel. Neckers Stadtpalais befand sich in der Rue de Cléry; es verschwand 1843 beim Durchbruch der Rue de Mulhouse.

22 Es handelt sich um das Palais Lambert an der Spitze der Île Saint-Louis, das von Louis Le Veau für den Parlamentsgerichtspräsidenten Lambert de Thorigny im zweiten Drittel des 17. Jahrhunderts erbaut und von Le Sueur, Le Brun und Romanelli mit Gemälden geschmückt wurde. Es ist eine Zeitlang von der durch ihre Beziehungen zu Voltaire bekannten Marquise du Châtelet bewohnt worden. 1843 wurde es von der Fürstin Czartoryska erworben, der Gattin des ehemaligen Chefs der polnischen Regierung während der Revolution von 1830, die es restaurieren ließ.

23 Jean-Baptiste-Séraphim-Joseph, Graf de Villèle (1773–1854), war 1821 Ministerpräsident geworden. Seinem Ministerium gehörte auch Chateaubriand an. Es war das dauerhafteste der Restauration und auch das fähigste. Unter ihm wurde die politische, militärische und soziale Reorganisation des Landes durchgeführt. Es wurde am 3. Januar 1828 gestürzt, infolge der Wahlen von 1827,

aus denen die regierungstreuen Royalisten und die Liberalen gleich stark hervorgingen.

24 Eugénie-Louise-Adélaïde d'Orléans (1777–1847), genannt Madame Adélaïde, lebte stets in unmittelbarer Nähe ihres Bruders und war ihm bis zu ihrem Tode eine Beraterin, auf die er hörte. Ihrem Einfluß ist es zuzuschreiben, daß Louis-Philippe 1830 in die Thronbesteigung einwilligte. Mit ihrem Tod begannen die Ausartungen der »persönlichen Regierung«, die den Sturz des Königs herbeiführten.

25 Den Namen Lindor nimmt im ›Barbier von Sevilla‹ der Graf Almaviva an, als er um Rosina wirbt.

26 Nach dem Bankrott der Revolution, die den Umlauf von Sichtwechseln und auf den Vorzeiger ausgestellten Wechseln völlig freigegeben hatte, wurden mehrere Finanzgesellschaften gegründet, deren Geschäfte ab 1795 sich gedeihlich entwickelten. Als der Erste Konsul zur Macht gelangt war, war eines seiner ersten Ziele, wie die englische Regierung eine Bank zu seiner Verfügung zu haben. Der Staatsrat Cretet stellte also die Bank von Frankreich auf die Beine, deren Hauptaktionäre der Erste Konsul, die Mitglieder seiner Familie, die Konsuln, die Minister und die Bankiers Fould, Périer und Perregaux waren. Das Kapital wurde auf 30 Millionen festgesetzt, geteilt in 30000 Aktien zu je 1000 Francs. Die Bank von Frankreich gedieh, hatte aber nach wie vor Konkurrenten. Durch das Gesetz vom 14. April 1803 erhielt sie als einzige das Privileg, und zwar auf fünfzehn Jahre, Sichtwechsel und auf den Überbringer ausgestellte Wechsel in Umlauf zu bringen. Unter der Bedingung, daß sie ihr Kapital auf 45 Millionen erhöhe, wurde sie zu einer staatlichen Einrichtung. Das Gesetz vom 24. August 1806, das das Kapital auf 90 Millionen erhöhte, gab ihr eine Verwaltung, die die Basis ihrer heutigen ist.

27 Ladislaus, Ladislaw oder Wladislaw, Name von vier polnischen Königen, von denen Wladislaw III. auch zum König von Ungarn gewählt wurde. Auf welchen Balzac hier anspielt, ist unersichtlich.

28 Wahrscheinlich ist Elisabeth I. von England (1533–1603) gemeint, die Tochter Heinrichs VIII. und der Anne Boleyn, die Balzac durch Walter Scotts Roman ›Kenilworth‹ besonders gut bekannt war.

29 François Francoeur (1698–1767) und François Rebel (1705–1775) waren von 1751–1767 gemeinsam Direktoren der ›Académie royale de Musique‹, wie die Oper damals genannt wurde, und komponierten gemeinsam mehrere Opern.

30 Die kleine Spieloper ›Le Devin de Village‹, Text und Musik von Jean-Jacques Rousseau, war am 18. Oktober 1752 im Schloßtheater zu Fontainebleau vor dem Hof im Dabeisein Rousseaus und am 1. März 1753 in der Pariser Oper aufgeführt worden. Ob die Musik tatsächlich von Rousseau stammt oder zum großen Teil Plagiat ist, ist bis heute nicht festzustellen. Rameaus Urteil über das Werk und Rousseau als Komponisten war vernichtend.

31 Cumulard: ein Beamter, der mehrere besoldete Ämter zugleich innehat.

32 Von Balzac erfundene Gestalt, identisch mit dem du Bousquier in ›Die alte Jungfer‹ und dem du Croisier in ›Das Antiquitätenkabinett‹.

33 Von Balzac erfundene Gestalt eines russischen Fürsten, der in der ›Menschlichen Komödie‹ mehrmals auftritt, ohne eine größere Rolle zu spielen.

34 Dorf im Département Aisne, Arrondissement Laon, dessen gotische Kirche ein sehr altes, wundertätiges Madonnenbild birgt.

35 Der häßliche Gott der Schmiedekunst, griechisch Hephaistos.

36 Soviel sich feststellen läßt, steckte folgende Tatsache hinter dem Phantom der ›Kongregation‹, diesem schwarzen Schaf der Liberalen der Restauration. Den Namen Congrégation trug ursprünglich eine Vereinigung von Menschen jedes Alters, die sich unter der Leitung des Jesuitenpaters Ronsin in den ›Missions Etrangères‹, Rue du Bac, zusammenfanden, um sich religiösen Exerzitien zu unterziehen. Neben ihr waren andere fromme Gemeinschaften tätig und arbeiteten mehr oder weniger eng mit ihr zusammen. Trotz der Präsidentschaft Chateaubriands waren sie alle vom Geist Bonalds und de Maistres inspiriert, und ihre Anhänger gehörten meistens den Royalisten an. Über diesen verschiedenen Gemeinschaften, die sich nicht politisch betätigten, sondern lediglich der sozialen Arbeit widmeten, stand eine anfangs geheime, dann öffentliche Gesellschaft und gewann immer mehr Einfluß. Diese war stark politisch eingestellt, und ihr Haupt war der Graf von Artois, der spätere Karl X. Sie war hervorgegangen aus einem Geheimbund, der während des Kaiserreichs die Verbindung zwischen dem von Napoleon gefangengehaltenen Papst Pius VII. und den dem Heiligen Stuhl treugebliebenen Katholiken aufrechterhalten wollte. Der Einfluß der ›Kongregation‹ war unter Ludwig XVIII. gering, wurde aber mit der Thronbesteigung Karls X. vorherrschend. Die liberale Opposition übertrieb indessen ihren Ein-

fluß. Die Phantasie gewisser Zeitungen lieh ihr phantastische Proportionen, die ihren Mitteln und den ihr angehörenden Persönlichkeiten keinesfalls entsprachen.

37 Die Herzogin von Angoulême, Tochter Ludwigs XVI. und der Marie-Antoinette, war mit dem ältesten Sohn des Grafen von Artois vermählt.

38 Heute Rue de l'Abbé-de-l'Epée.

39 Diese Straße und die Rue Saint-Thomas, die zu dicht nebeneinanderlagen, wurden verschmolzen und bilden heute die Rue Malebranche.

40 Ingenieurschule für Straßen- und Brückenbau.

41 Diese Sackgasse, die heutige Rue des Feuillantines, ist berühmt durch den Aufenthalt, den die Mutter Victor Hugos dort mit ihren Söhnen während des Kaiserreichs nahm. Ein bekanntes Gedicht der »Feuilles d'automne« erinnert daran.

42 Anmerkung Balzacs.

43 Ergänzte Textlücke.

44 Die heutige Rue Champollion.

45 ›Céleste‹ bedeutet: Himmlische.

46 Die Stadtgegend zwischen den Markthallen, der Seine und der Rue Saint-Martin.

47 Die heutige Place des Vosges.

48 Am 30. April 1827 hatte der Bey von Algier den französischen Konsul, der ihm Vorhaltungen machte, mit dem Fächer ins Gesicht geschlagen. Als Antwort auf diese Beleidigung blockierte ein französisches Geschwader Algier. Der Bey ließ sich dadurch nicht einschüchtern, beschoß vielmehr am 3. August 1829 das Flaggschiff des Admirals, mit dem er eine Zusammenkunft gehabt hatte. Villèle und Martignac hatten sich einer Landung widersetzt. Angesichts dieser neuen Beleidigung beschloß Polignac, der kurz zuvor Ministerpräsident geworden war, einen Feldzug. Etwa hundert Kriegs- und fünfhundert Transportschiffe wurden zusammengezogen, die 36 000 Mann unter dem Befehl des Marschalls Bourmont nach Algerien beförderten. Am 25. Mai 1830 verließ die Flotte Toulon. Stürmisches Wetter ließ sie indessen erst am 13. Juni Algier sichten. Das Heer ging bei Sidi-Ferruch an Land, und bald machte der Sieg bei Staouëli die Straße nach Algier frei, das nach sehr kurzer Belagerung am 5. Juli 1830 genommen wurde. Damit begann die Eroberung Algeriens. Am 27. Juli brach in Paris die Revolution aus, und Karl X. wurde gestürzt.

49 Ende November 1836 war ein von Marschall Clauzel geplanter erster Handstreich auf Constantine gescheitert. Anfang Oktober des folgenden Jahres fand eine neue Expedition unter General Damrémont mit 10 000 Mann statt. Die Bresche war bereits geschlagen, als der General am 12. Oktober fiel. Am andern Morgen um sieben Uhr befahl General Valée den Angriff. Trotz der Explosion der Pulverfabrik, die die französischen Truppen dezimierte, drangen die Truppen, fortgerissen vom Herzog von Nemours, von Leflô und Lamoricière in die Festung ein und zwangen sie zur Übergabe.

50 Am 11. Juli 1831 erzwang ein französisches Geschwader die Einfahrt in die Tajo-Mündung und ging vor den Kais von Lissabon vor Anker. Der kommandierende Admiral forderte und erhielt daraufhin von Don Miguel völlige Genugtuung für die zahlreichen Schikanen, die den in Portugal ansässigen französischen Bürgern angetan worden waren.

51 San Juan d'Ulloa, das Fort von Veracruz, war das letzte Bollwerk der Spanier in Mexiko. Es ergab sich den Aufständischen erst 1823 nach tapferem Widerstand.

52 Beim Begräbnis von Maximilien Lamarque (1770–1832), einem ehemaligen kaiserlichen General, der unter der Restauration und der Juli-Monarchie Abgeordneter der Opposition gewesen war, brach am 5. Juni 1832 der Aufstand offen aus, der seit dem Tode Casimir Périers, des konservativen Ministers, geschwelt hatte. Der Aufstand begann am Pont d'Austerlitz, als der Leichenzug des Generals vorüberfuhr, und verbreitete sich rasch über den ganzen Ostteil von Paris. Trotz dieses Anfangserfolgs weigerten sich die Führer der Republikaner, die Leitung zu übernehmen. Diese Ablehnung stärkte das Vertrauen der Regierung, und die Nationalgarde faßte neuen Mut. Der letzte Widerstand wurde am 6. Juni bei dem Kloster Saint-Merri zunichte gemacht, wo 120 Aufständische unter dem Kommando eines jungen Arbeiters namens Jeanne auf einer Barrikade zwölf Stunden lang den Angriffen der Nationalgarde standhielten, die schließlich Geschütze einsetzen mußte. Die meisten der Insurgenten entkamen dennoch. Jeanne und sechs seiner Kameraden wurden zur Deportation verurteilt.

53 Anfang April 1834 war in Lyon ein Aufstand ausgebrochen. Die ›Gesellschaft für Menschenrechte‹ hatte ihn geschürt, weil sie mit den Gesetzen, die die konservativen Ministerien vorgeschlagen hatten, unzufrieden war. Der Aufstand wurde vom 9. bis 12. April

niedergeschlagen. Die Pariser Republikaner hielten ihr gegebenes Wort und erhoben sich gleichfalls. Am Sonntag, dem 13. April, errichtete eine kleine Schar von Aufständischen Barrikaden in der Rue Beaubourg, der Rue Geoffroy-l'Angevin, der Rue Aubry-le-Boucher, der Rue aux Ours und der Rue Transnonain. Vierzigtausend Mann wurden eingesetzt, um diese vom »Wahnwitz der Republik« Befallenen zu vertreiben. Nach Beendigung der Kampfhandlungen metzelte ein Zug Infanterie eine Handvoll Aufständischer sowie Frauen und Kinder nieder, die sich in ein Haus der Rue Transnonain geflüchtet hatten. Diese unselige Episode wurde von der Opposition gebrandmarkt. Daumier hat sie durch eine Lithographie unsterblich gemacht.

54 Anspielung auf den ›Dictionnaire des Girouettes ou Nos Contemporains peints par eux-mêmes‹, erschienen 1815, ein anonymes Werk des Grafen César de Proisy-d'Eppes. Es handelt sich dabei um ein satirisches Repertorium, in dem getreulich die unterschiedlichen Meinungswandlungen sämtlicher Politiker der Revolution, des Kaiserreichs, der Hundert Tage und der beiden Restaurationen verzeichnet stehen. Anstatt die Namen der darin aufgenommenen Persönlichkeiten mit den Insignien der Ehrenlegion oder des Sankt-Ludwigs-Ordens zu versehen, stehen dort Wetterfahnen, deren Anzahl derjenigen ihrer Abtrünnigkeiten entspricht. Louis de Fontanes (1757–1821), der Literat und Großmeister der Universität, und Fouché haben dabei mehr als zwölf Wetterfahnen zugeteilt bekommen.

55 Rußland.

56 Der ›Constitutionnel‹ wurde während der Hundert Tage von ehemaligen Revolutionären gegründet und machte während mehrerer Monate mancherlei Wandlungen durch, ehe er unter seinem endgültigen Titel erscheinen konnte. Dann jedoch bekannte er sich zu der Richtung, die er fortan beibehalten sollte, nämlich zu einem antiklerikalen, opportunistischen Liberalismus. Die Juli-Revolution gab dem ›Constitutionnel‹ die Regierung seiner Träume, sie bekam indessen der Zeitung schlecht. 1830 hatte sie 22000 Abonnenten gehabt, 1843 hatte sie nur noch 3500. In jenem Jahr kaufte Véron die Zeitung und brachte sie aufs neue in Schwung, wie Girardin ›La Presse‹, indem er Schriftsteller ersten Ranges zur Mitarbeit verpflichtete und im Feuilleton die Romane der George Sand und Eugène Sues veröffentlichte. Sainte-Beuve publizierte darin seine ›Lundis‹. In der Literaturgeschichte ist der ›Constitutionnel‹ berühmt geblieben durch seine Proteste gegen die Roman-

tik, in der Naturgeschichte und der Geschichte des Journalismus durch die Erfindung der Seeschlange.

57 Siehe Balzacs Roman ›Die Beamten‹.

58 Nach der Diffamierung der Jesuiten, die sich der Orden in den letzten Jahren der Restauration durch den Kampf gegen die Kongregation zugezogen hatte, deren Seele zu sein er beschuldigt worden war, erlebten die Jesuiten während der ersten zehn Jahre der Juli-Monarchie eine Zeit der Ruhe. Die Unterrichtsanstalten, die sie seit ihrer Rückkehr nach Frankreich im Jahre 1815 gegründet hatten, gediehen und machten der Universität Sorgen, deren Gymnasien einzugehen drohten. Der Kampf brach 1840 aus: Auf der einen Seite verlangten Montalembert und seine Freunde im Namen der Rechte der Religion und der Freiheit die Abschaffung des Monopols der Universität, auf der anderen Seite erhoben die Liberalen heftigen Widerspruch und antworteten, die Freiheit des Unterrichtswesens bedeute dann lediglich die Freiheit der Jesuiten. Im Jahre 1843 erreichte auf beiden Seiten die Erregung ihren Höhepunkt: Die leidenschaftlichen Vorlesungen Quinets und Michelets im Collège de France, die sich beide als Thema den ›jesuitischen Geist‹ erwählt hatten, erregten im Quartier latin alle Gemüter. Zwei Bücher resümieren am besten die Argumente der Parteien. Auf seiten der Jesuiten ›Le Monopole universitaire‹, ein anonym erschienenes Werk des Paters Deschamps, erschienen 1843, und auf seiten der Liberalen ›Les Jésuites et l'Université‹, die im folgenden Jahr auf jenes Buch erschienene Antwort von François Génin.

59 In einem Gartenhaus des Hirschparks zu Versailles ließ Ludwig XV. junge Geliebte wohnen, die er, ohne sich zu erkennen zu geben, aufsuchte. Die Mädchen, die der Kammerdiener des Königs auftrieb, wurden später mit einer ansehnlichen Mitgift versehen und gut verheiratet. Einige hat Boucher gemalt. Die Revolution und die nachfolgende bürgerliche Zeit haben, um das Ansehen der Monarchie zu schädigen, aus jenem recht harmlosen Lusthaus eine fürchterliche Lasterhöhle gemacht, in die Mädchen aus dem Volk zu Dutzenden mit Gewalt hineingeschleppt worden seien. In Wahrheit hat das Haus nacheinander nur vier oder fünf Bewohnerinnen gehabt.

60 Necker war nicht adlig.

61 Durch ein Konventsdekret vom 2. Mai 1793, das die Spekulation mit lebensnotwendigen Waren und deren Ankauf zu Wucherzwecken bekämpfen sollte, wurden Höchstpreise festgesetzt. Das

Gesetz hatte keine der erwarteten Wirkungen. Die Kosten der Lebenshaltung stiegen auch weiterhin, und die Kaufleute machten Bankrott. Das Dekret vom 24. Februar 1794 verschärfte die Bestimmungen und setzte Entschädigungen für die durch diesen Willkürakt ruinierten Kaufleute fest. Es gelangte aber nicht einmal zur Durchführung. Ende Dezember desselben Jahrs wurde das Höchstpreisgesetz zurückgezogen, und es traten wieder gedeihliche Verhältnisse ein.

62 Von den Royalisten verbreitete Legende: Eher hätte das Gegenteil der Fall sein können.

63 Des Königshauses, d. h. die Orléans.

64 Einfaches Kartenspiel.

65 Breiter, tiefer Lehnstuhl mit besonderen Sitzkissen.

66 Jacques-Marie Boutet de Monvel (1745–1811), Darsteller tragischer Rollen an der Comédie-Française, Vater der Schauspielerin Mlle Mars.

67 Gestalt in Corneilles Tragödie ›Cinna‹ (1641).

68 Louis-Charles-Philippe, Herzog von Nemours (1814–1896), zweiter Sohn Louis-Philippes, zeichnete sich bei der Eroberung Algeriens aus. Das Ministerium Soult schlug der Abgeordnetenkammer vor, dem Herzog eine jährliche Apanage von 500 000 Francs zu zahlen. Der Herzog hatte sich durch seine stolze Haltung und vor allem durch seine wenig ›demokratische‹ Einstellung unpopulär gemacht. Übrigens setzte er 1873 die Versöhnung der Prinzen von Orléans mit dem Grafen von Chambord, dem von seinen Anhängern Heinrich V. genannten Prätendenten der älteren Linie, durch.

69 Französisch: He! Der Herr wird bezahlen, von der Mitgift, den Gänsen und den Wagen.

70 Unübersetzbarer Kalauer. Madame Minard sagt: »Ce n'est que de la Saint-Jean, ce substitut-là«, was annähernd zu übersetzen wäre: »Dem ist jedes Mittel recht.« Worauf de la Peyrade erwidert: »De la Saint-Argent! dites-vous?«

71 François-Alexandre-Frédéric, Herzog von La Rochefoucauld-Liancourt (1747–1827), ging schon in sehr jungen Jahren nach England und studierte dort die landwirtschaftlichen und industriellen Methoden. Nach seiner Rückkehr nach Liancourt wandte er sie auf ein Mustergut an und gründete eine Kunstgewerbeschule, aus der die in Châlons hervorging. Aus dem klassischen Land des konstitutionellen Regierungssystems hatte er auch libe-

rale Ideen mitgebracht, die dann das Experiment der Revolution unendlich übersteigerte, ohne ihn jedoch davon zu heilen, und die er unter der Restauration nicht verwerten konnte. Er trat also der Opposition bei, betätigte sich aber nicht politisch, sondern als Philanthrop. Er setzte sich eifrig für die Pockenschutzimpfung ein und förderte das Sparwesen und die Volksbildung.

72 Lateinisch: Jedem das Seine zuteilen.

73 Claude-Henri, Graf von Saint-Simon (1760–1825), Weltverbesserer, Begründer des nach ihm benannten sozialistischen Systems, das von seinen Schülern ausgebaut wurde und zu Sektenbildungen führte.

74 Provinz des alten Frankreich im heutigen Département Vaucluse. Das ›Comtat-Venaissin‹ war, mit Avignon, von 1274 bis 1791 päpstlicher Besitz.

75 Henri-Joseph Gisquet (1792–1866), Teilhaber von Périers Bankhaus. 1831 Polizeipräfekt von Paris; er war unpopulär und mußte 1836 zurücktreten.

76 Casimir Périer (1777–1832), Bankier, seit 1817 Abgeordneter, gehörte während der ganzen Restauration der dynastischen Opposition an. Im besonderen bekämpfte er 1827 unter dem Ministerium Villèle das Gesetz, das die Pressefreiheit einschränkte. 1830 verhielt Périer sich zögernd, da er die Konsequenzen der eigensinnigen Opposition der Liberalen gegen die Regierung Karls X. erkannte. Er hat nicht zum Sturz der legitimen Dynastie beigetragen; nach der Durchführung der Revolution schloß er sich Louis-Philippe an, der ihm am 13. März 1831 die Leitung des ersten konservativen (›Résistance‹-) Ministeriums anvertraute. Er starb 1832.

77 ›La Tribune‹, 1829 gegründet, erschien zunächst unter verschiedenen anderen Namen; sie war republikanisch eingestellt. Unausgesetzt hatte sie kostspielige Prozesse wegen beleidigender polemischer Artikel zu führen. Für den Aufstand vom April 1834 ist sie verantwortlich. Am 11. Mai 1835 stellte sie ihr Erscheinen ein.

78 Raffaels ›Sixtinische Madonna‹.

79 Französisch: »Ich habe ein so großes Vermögen zusammengerafft.«

80 Französisch: »Die alte C., gebrandmarkter Name, klaut.«

81 Von Balzac erfundene Malergestalten; siehe die Novelle ›Pierre Grassou‹.

82 Roman von Bernardin de Saint-Pierre (1787).

83 Jean-François-Casimir Delavigne (1793–1843), seit 1825 Mitglied der Akademie, befreundet mit der Königin Hortense, der Mutter Napoléons III., und Eugène Scribe. Sein Ruhm beruhte auf seinen patriotischen Elegien ›Les Messéniennes‹, die dem gekränkten Nationalstolz nach dem Sturz Napoleons Ausdruck geben und die Zeitgenossen aufrütteln und für liberale Ideen begeistern wollten.

84 Antoine-Augustin Parmentier (1737–1813), Landwirt und Volkswirtschaftler.

85 Edme Champion (1764–1852) wurde durch Juwelenhandel reich und widmete sich in den letzten Regierungsjahren Karls X. der Wohltätigkeit. In einem kurzen blauen Mantel ging er morgens durch die Straßen und verteilte an die Armen Almosen, Essen und Kleider. Seine guten Taten waren vor allem schöne Gesten, die ihm 1848 nicht den erhofften Lohn einbrachten. Das allgemeine Wahlrecht verhinderte seinen Eintritt in die Nationalversammlung.

86 École supérieure des Mines (Bergschule) am Boulevard St.-Michel, südöstlich des Jardin du Luxembourg. Sie enthält ein Museum für Mineralogie, Geologie und Paläontologie.

87 Städtchen in der Nähe von St.-Germain-en-Laye, Geburtsort Ludwigs IX., des Heiligen, in angenehmer Lage am linken Seineufer.

88 Jenes Kloster lag am heutigen Boulevard Saint-Michel an der Stelle, wo sich heute die École des Mines befindet.

89 Nicht nachweisbar.

90 Mercier war jener Sergeant der Nationalgarde, der sich am 4. März 1823, als der Abgeordnete Manuel aus der Kammer ausgestoßen worden war, geweigert hatte, mit seinen Leuten »Monsieur Manuel hinauszuführen«. Es mußten Gendarmen herbeordert werden, die den widerspenstigen Abgeordneten »festnahmen«.

91 Die heutige Rue de la Romiguière.

92 Klageerhebung gegen einen Schriftsteller oder Redakteur, eine Folge der nach der Ermordung des Herzogs von Berry im Frühling 1820 erlassenen strengen Pressegesetze, die 1823 noch ergänzt wurden. Jene Ergänzungen wurden praktisch kaum je angewandt und 1828 wieder aufgehoben. Dennoch waren sie die Hauptvorwürfe der Liberalen gegen die Regierung und eine der frühesten Ursachen der Juli-Revolution.

93 Das altberühmte Pariser Leihhaus, 1777 gegründet, 1804 neu eingerichtet, in der Rue des Francs-Bourgeois, Haupteingang Rue des Blancs-Manteaux.

94 Lateinisch: »Das hatte ich mir gewünscht« (Horaz, Satiren II, 6,1).

95 Altes Längenmaß: 32,5 cm.

96 Altes Längenmaß: 1,95 m.

97 Lateinisch: »Das goldene Mittelmaß« (Horaz, Oden II, 10,5).

98 Lateinisch: »Mein Leben verlaufe im Dunkel«.

99 Die Offiziere der Nationalgarde wurden von den Mitbürgern gewählt, nicht von oben her ernannt oder befördert.

100 Aussprachebezeichnung Balzacs, um den Kleinbürger zu charakterisieren.

101/102 Aussprachebezeichnungen Balzacs.

103 Vincent de Paul (1581–1660), Priester, zeichnete sich durch seine Wohltätigkeit aus. Er gründete mehrere Wohltätigkeits- und Missionsgesellschaften. Nach seinem Tode wurde er heiliggesprochen. Seine Biographie schrieb 1819 Graf Friedrich-Leopold Stolberg.

104 Pierre Lafon (1773–1846), Schauspieler am Théâtre-Français, begann mit tragischen Rollen und wechselte dann zu komischen über. Die Aufführung des Lustspiels ›Le Glorieux‹ von Philippe Néricault, genannt Destouches (1680–1754), fand 1806 statt. Es ist eine vortreffliche, noch heute gespielte Sittenkomödie.

105 Camille-Hyacinthe-Odilon Barrot (1791–1873), Staatsmann, vor der Juli-Revolution Advokat am Pariser Kassationsgericht, Haupt der Opposition bis 1848, Teilnehmer an den Reformbanketten, die der Februar-Revolution vorausgingen. Am 24. Februar für einige Stunden Minister, dann Mitglied der Nationalversammlung; vom 20. Dezember 1848 bis 30 Oktober 1849 Justizminister. Nach dem Staatsstreich Napoleons III. vom 2. Dezember 1851 zog er sich aus dem politischen Leben zurück. Er veröffentlichte Memoiren.

106 Rousseau.

107 Pierre de Mormis de Saint-Hilaire (1614–1680), Feldherr, Kommandeur der Artillerie unter Marschall Turenne, wurde 1675 bei Sasbach in Baden durch die Kugel, die seinen Chef tötete, schwer verwundet. Er starb an jener Verwundung erst fünf Jahre später.

108 Henri de la Tour d'Auvergne, Vicomte de Turenne (1611–1675), Marschall von Frankreich.

109 Lateinisch: und würdige.

110 Die Umgebung des Königs im weiteren Sinne, im Gegensatz zum ›Petit Château‹, der Bezeichnung für den intimen Kreis um den Monarchen.

111 ›La Caricature‹ war eine von Charles Philipon im November 1830 gegründete satirische, illustrierte Wochenzeitschrift. Die Illustratoren, die wöchentlich zwei Lithographien beisteuerten, davon eine in Farben, waren u. a. Charlet, Gavarni, Monnier, Daumier und Philipon selber. Die Zeitschrift war ursprünglich die Wortführerin der rechten wie der linken Opposition, so daß Balzac eine Zeitlang unter vier verschiedenen Pseudonymen hatte mitarbeiten können. Bald jedoch wurde sie zum Organ der Fortschrittspartei (›Mouvement‹). Als sie sich von der Regierung enttäuscht sah, wandte sie sich gegen sie und nahm den Generalstaatsanwalt Persil, Thiers, Guizot sowie die Marschälle Soult und Lobau aufs Korn. Auch der König diente in Gestalt einer Birne wegen seiner Kopfform als bevorzugte Zielscheibe der Karikaturisten. Auf diese Weise hielt sich Philipon weit häufiger im Gefängnis Sainte-Pélagie als in seiner Wohnung auf, und nach fünf Jahren ging ›La Caricature‹ ein, wegen der hohen Kosten der politischen Prozesse.

112 Um die Unbildung der Madame Minard anzudeuten, läßt Balzac sie die nicht existierende weibliche Form von ›successeur‹ bilden, nämlich ›successrice‹, was dann Thuillier zu der korrekter gebildeten, aber ebensowenig existierenden Form ›successeresse‹ parodiert. Statt ›maîresse‹, Bürgermeisterin, ist ›Göttin‹ übersetzt worden, um im Wortbild zu bleiben.

113 Gemahlin Pipins des Kurzen, Mutter Karls des Großen, gestorben 783. Die Frisur à la Berthe bestand aus in doppelten breiten, glatten Streifen herabfallendem Haar mit Mittelscheitel.

114 Denunzianten; ursprünglich Spitzel, die jene Schmuggler denunzierten, die Feigen aus Attika ausführten.

115 Das Abzeichen eines Chevaliers der Ehrenlegion, der untersten Klasse dieses Ordens.

116 Vom französischen Herausgeber ausgefüllte Textlücke.

117 Die böse Fee in Perraults Märchen.

118 Wein aus dem Kometenjahr 1811.

119 Madame Amphoux aus Bordeaux, Geschäftsteilhaberin der Marie Brizard (Liköre der Firma, die den Namen der letzteren trägt, werden noch heute geschätzt), führte Liköre aus Westindien ein und stellte sie auch selbst her. Die ›Liqueurs des Îles‹ waren um

1830 genauso beliebt wie ein halbes Jahrhundert später die Champagner der Veuve Cliquot.

120 Nicolas Berryer (1757–1841), Advokat, verteidigte vor dem Pairsgericht mit einer glänzenden Rede den Marschall Ney, ohne seine Verurteilung zum Tode abwenden zu können. – Sein Sohn Antoine (1790–1868), Redner der legitimistischen Partei und Gegner des zweiten Kaiserreichs, war ebenfalls ein Anwalt höchsten Ranges.

121 Die Île de Bourbon, heute Réunion genannt, im Indischen Ozean, seit 1642 französischer Besitz.

122 Eine Insel der Kleinen Antillen, seit 1635 französisch, zwischen 1762 und 1814 mehrfach von den Engländern besetzt.

123 ›Wilhelm Tell‹, Rossinis letzte und beste »Große Oper«, Text von Bis und de Jouy, wurde am 3. August 1829 uraufgeführt.

124 Mathieu Laënsberg, Astrologe gegen Ende des 16. Jahrhunderts, soll der Verfasser des ersten, so häufig nachgeahmten ›Almanach de Liège‹ (›Lütticher Kalender‹, unserem ›Lahrer hinkenden Boten‹ vergleichbar) gewesen sein, der u. a. astrologische Voraussagen enthielt. Balzac vergleicht ihn scherzhafterweise mit dem treuherzigen Félix, der die ›Konjunktion‹ Madame Thuillier und Céleste ja ebenfalls, wie jener Sterndeuter, vorausgeahnt hatte.

125 Johannes Chrysostomos (Johannes Goldmund) (347–407), Kirchenvater, Patriarch von Konstantinopel.

126 Französisch: Bäckerin.

127 Das heutige Palais du Luxembourg wurde 1615 durch den Architekten Salomon de Brosse für Maria von Medici, die Witwe Heinrichs IV., begonnen, und zwar anstelle des Schlosses und Parks des Herzogs von Piney-Luxembourg, welchen Besitz die Königin 1612 gekauft hatte. Der Name des früheren Besitzers verblieb dem Gebäude. Es dient heute dem Senat. Die ehemalige Orangerie des Palais birgt heute das Luxembourg-Museum.

128 1635–1659 von Kardinal Richelieu erbaut.

129 1645 von François Mansard nach dem Vorbild der Peterskirche in Rom begonnen, von Lemercier und anderen weitergeführt, 1665 vollendet.

130 1635 von Guy de la Brosse (1586–1641), dem Leibarzt Ludwigs XIII., gegründet zum Studium von Arzneipflanzen, durch Buffon (1707–1788) weiterentwickelt. Die Anlage umfaßt 30 ha. Sie enthält eine botanische Abteilung und eine für lebende Tiere, ferner eine Anzahl von Gebäuden für die naturwissenschaftlichen

Sammlungen, die Bibliothek, die Laboratorien und die Lehrsäle der naturwissenschaftlichen Hochschule.

131 In Wirklichkeit der Archidiakonus Jean Mignon, der 1343 testamentarisch ein Collège stiftete.

132 Jacques Davy, Kardinal Du Perron (1556–1618), Sohn eines reformierten Pfarrers. Er konvertierte und schloß sich Heinrich IV. an, der ihn mit einer Mission nach Rom betraute.

133 Von der Wohltätigkeit dieser von Balzac erfundenen Gestalt berichtet der Autor zu Beginn seiner Novelle ›Die Entmündigung‹.

134 Die heutige Rue de la Romiguière.

135 Die Straße führt jenen Namen noch heute; sie verbindet die Rue du Temple mit der Rue Saint-Martin.

136 Das Werk ist niemals erschienen.

137 Anspielung auf Dante, Inferno III, 1.

138 ›La Chaumière‹ (›Die Strohhütte‹), deren Name andeutet, daß sie aus den »empfindsamen« Tagen der Marie-Antoinette stammt, lag am Boulevard Montparnasse, dicht an der Ecke des Boulevard d'Enfer. Besitzer war zur Zeit Louis-Philippes der Papa Lahire, ein dicker Weinhändler, der die Leitung der Gaststätte innehatte und auch die Polizeigewalt ausübte. Außer Musik und Tanz gab es dort noch andere Lustbarkeiten; am beliebtesten waren die Rutschbahnen. Im Vergleich zum ›Jardin Mabille‹ war die ›Chaumière‹ primitiv. Ihr größter Reiz waren die ungestutzten Gebüsche, die alten, nicht ausgeästeten Bäume, die nicht geschorenen Rasenflächen. Erst gegen Ende der Regierungszeit Louis-Philippes ging die Beliebtheit der Gaststätte zurück.

139 Kleines Restaurant, aus dem später der berühmte, von Balzac häufig erwähnte ›Rocher-de-Cancale‹ hervorging.

140 Nach jener Kneipe wurde der von Balzac gegründete Literaten-Geheimbund ›Das rote Pferd‹ benannt.

141 Anne Boutet, genannt Mlle Mars (1779–1847), glänzende Darstellerin der Frauenrollen Molières und Marivaux', führte auf dem Gebiet der Komödie die gleiche Umwälzung durch wie Talma auf dem der Tragödie.

142 Frédérick Lemaître (1800–1876) errang als Schauspieler Triumphe im Drama der Romantik.

143 Charles Potier (1775–1838), beliebter Darsteller komischer Rollen, spielte hauptsächlich in Vaudevilles und Possen. Talma regte ihn dazu an, sich der Komödie großen Stils zuzuwenden, aber er starb, ehe es dazu kam.

144 François-Joseph Talma (1763–1826), Napoleons Lieblingsschauspieler, setzte die historische Wahrheit in Kostümen und Inszenierung durch und statt der tragischen Emphase die natürliche Sprechweise.

145 Claude Barizain, genannt Monrose (1784–1843), spielte zunächst in der Provinz und in Italien, trat aber dann seit 1815 in der Comédie-Française in den Dienerrollen der alten Komödie auf.

146 In der blutigen Schlacht an der Moskwa 1812, im Krieg, den Napoleon gegen Rußland führte.

147 Der General Maximilien Lamarque (1770–1832) hatte 1807 durch einen außerordentlich kühnen Handstreich die Insel Capri erobert, die Sir Hudson Lowe, Napoleons späterer Kerkermeister, verteidigte. Der General hatte sich in Neapel, bei Wagram und in Spanien ausgezeichnet. Zu Beginn der Restauration wurde er verbannt, 1818 zurückberufen und 1828 zum Abgeordneten gewählt. Er gehörte der Opposition an, auch nach der Juli-Revolution, die seine liberalen Hoffnungen nicht erfüllt hatte. Diese Haltung machte ihn ungemein populär. Er starb am 1. Juni 1832 an der Cholera, kurz nach dem Tode des Ministers Casimir Périer.

148 Balzac legt hier la Peyrade einen Ausspruch Napoleons in den Mund, der dasselbe von der Herzogin von Angoulême aussagte, der Tochter Ludwigs XVI. und Schwiegertochter Karls X.

149 Die ›Gazette nationale‹ oder der ›Moniteur universel‹ wurde 1789 gegründet und war zunächst gleichzeitig ein Informationsblatt und eine opportunistische Zeitung, die »jedermanns Ansichten« vertrat. Auf diese Weise überstand sie unbeschadet alle politischen Stürme. Einer der Gründe ihres Erfolgs waren die genauen Berichte über die Sitzungen der politischen Körperschaften der Revolution. Nach dem 18. Brumaire machte Bonaparte den ›Moniteur‹ zur offiziellen Zeitung seiner Regierung und verschaffte ihm solch einen Erfolg, daß sich das Blatt das Vertrauen der Restauration, Louis-Philippes und Napoleons III. zu erhalten verstand.

150 Auf die Weigerung der Kammer, dem Herzog von Nemours eine Apanage zu bewilligen, war am 20. Februar 1840 das Ministerium Soult zurückgetreten. Thiers trat am 1. März die Nachfolge an, hatte aber sogleich schwerwiegende Fragen über Frankreichs Geltung im Orient zu regeln, die der Vertrag von London aufwarf. Durch diesen Vertrag vom 15. Juli 1840 beanspruchten vier Mächte, nämlich Rußland, Preußen, Österreich und England, unabhängig von Frankreich den Konflikt zu lösen, der zwischen dem Sultan und Frankreichs Verbündetem, dem Pascha von Ägypten,

schwelte, der sich unabhängig machen wollte und Frankreichs Hilfe verlangte. Die öffentliche Meinung drängte zum Kriege, das Ministerium bereitete ihn bereits vor, als der König erklärte, es sei nicht seine Absicht, Frankreich in einen Krieg zu verwickeln, bei dem die Kräfteverhältnisse so ungleich seien. Thiers mußte zurücktreten. Die öffentliche Meinung hat es Louis-Philippe nie verziehen, daß er den »Frieden um jeden Preis« hatte haben wollen.

151 Das Schuldgefängnis.

152 Vom französischen Herausgeber ergänzte Textlücke.

153 Der 1824 gegründete ›Globe‹ war bis zum Sturz des Ministeriums Villèle im Januar 1828 lediglich eine Sammlung philosophischer und literarischer Artikel und vertrat im Politischen die »Doktrin«, im Literarischen die Romantik. Seine geistigen Inspiratoren waren Guizot und Broglie. Mit Beginn des Ministeriums Martignac, das der Presse eine gewisse Freiheit einräumte, wurde der ›Globe‹ in eine politische Zeitung umgewandelt und schlug sich auf die Seite einer entschlossenen Opposition. Durch die Juli-Revolution bekamen die Redakteure ehrenvolle Stellungen und schieden aus. Der Gründer der Zeitung, Pierre Leroux, verständigte sich mit den Saint-Simonisten, deren Ideen er teilte, und machte den ›Globe‹ zu ihrem Organ. Aber schon am 30. April 1832 stellte die Zeitung aus Geldmangel ihr Erscheinen ein.

154 ›Le Légataire universel‹ (›Der Universalerbe‹), Komödie von Regnard (1708).

155 Vom französischen Herausgeber ergänzte Textlücke.

156 Gemälde von Domenichino (1581–1641), eins der Hauptwerke der Schule von Bologna, im Louvre. Das Bild kam durch den Vertrag von Tolentino 1815 an Frankreich.

157 Siehe Anmerkung 150.

158 Vom französischen Herausgeber ergänzte Textlücke.

159 Balzac meint wahrscheinlich das Hauptwerk des Thomas a Kempis (1380–1471), das von manchen auch dem Theologen Jean Charlier de Gerson (1362–1428 oder 1429) zugeschrieben wird, der die Seele des Konzils zu Konstanz war und den Beinamen »Doctor christianissimus« führte.

160 Siehe Anmerkung 56.

161 Lateinisch: *Ein* Glaube, *ein* Gott.

162 Roxelane (um 1505–1561), Lieblingsfrau des Sultans Suleiman II., war europäischen Ursprungs und stammte wahrscheinlich aus

Siena; daher die geistvolle Form ihrer Nase, die sie von den türkischen Damen unterschied.

163 Von Balzac häufig erwähntes Luxus-Restaurant in der Rue Montorgueil, das von dem berühmten Koch Borel geleitet wurde.

164 Das Café Frascati war unter dem Direktorium von einem Neapolitaner Eishändler gegründet worden und hatte sich bald zu einem Restaurant und dem aristokratischsten aller Spielsäle entwickelt. Es war von vier Uhr nachmittags bis zwei Uhr morgens geöffnet. Es gab keine Nummern beim Eintritt wie im Palais-Royal, und auch Damen waren zugelassen. Dafür war große Toilette Zwang. Man konnte dort auch Empfänge veranstalten und Bälle und Soupers geben. Frascati schloß am 31. Dezember 1837, als sämtliche Spielsäle verboten wurden.

165 Jene Straße verbindet den Faubourg Montmartre mit der Rue Richer.

166 Jenes Theater lag in der Rue de la Gaieté und wurde 1868 abgerissen.

167 Man erinnert sich wohl, daß mit dieser abgekürzten Form Cérizet bezeichnet wurde.

168 Die Kneipe des Papa Lathuile lag an der Zollschranke von Clichy (heute Place Clichy). Sie spielte eine Rolle bei der Verteidigung jener Zollschranke durch den General Moncet gegen die Truppen der Alliierten im Jahre 1814. Horace Vernet hat die Szene und die Szenerie in einem kleinen, berühmten Gemälde festgehalten. Nicolas-Toussaint Charlet (1792–1845) lernte in Gros' Atelier zeichnen, konnte sich indessen trotz der Hilfe seines Freundes Géricault die Technik der Malerei niemals vollkommen aneignen. Deshalb widmete er sein Talent der Lithographie. Er schuf vor allem patriotische und bonapartistische Blätter von hohem gegenständlichem und technischem Reiz, die bald populär wurden wie die Lieder Bérangers.

169 Jean-Baptiste Languet de Gergy (1675–1750), Pfarrer von Saint-Sulpice seit 1714, bediente sich, um den Bau seiner Kirche voranzutreiben, der seiner Meinung nach nicht schnell genug vonstatten ging, tausenderlei absonderlicher und, milde gesagt, gewagter Mittel: Zwangsbeitreibungen, aller möglichen Spekulationen, der Lotterie. – Saint-Sulpice, die reichste und angesehenste Kirche am linken Seineufer, anstelle einer aus dem 12. Jahrhundert stammenden Pfarrkirche 1646 nach Plänen von Gamard begonnen, 1655 von Le Vau weitergeführt, war 1733 bis auf die Fassade

vollendet. Diese, ein Werk des Florentiners Servandoni, war 1756 fertig und gilt als eine der besten Kirchenfassaden des 18. Jahrhunderts. Von den beiden Türmen wurde der höhere von Chalgrin, dem Schöpfer des Großen Triumphbogens, ausgebaut und als einziger vollendet. Im Inneren befinden sich u. a. drei wertvolle Gemälde von Delacroix.

170 Siehe Balzacs Roman ›Ursule Mirouët‹.

Biographische Notizen über die Romangestalten

Die Kleinbürger

Die biographischen Notizen über die Hauptgestalten dieses Romans, also über COLLEVILLE, DUTOCQ, MINARD, PHELLION und THUILLIER, sind im Anhang des Romans ›Die Beamten‹ wiedergegeben worden.

CÉRIZET, ein Findelkind, geboren 1802, anfangs Druckerlehrling in Paris bei Didot, war später Faktor bei dem Drucker David Séchard in Angoulême, dem Schwager Luciens de Rubempré. Er verriet ihn an seine Konkurrenten, die Gebrüder Cointet, und verursachte den Ruin seines Chefs (›Verlorene Illusionen‹). Er gab das Druckergewerbe auf, übernahm gegen Ende der Restauration die Chefredaktion liberaler Blätter, wurde als »der tapfere Cérizet« berühmt und mehrmals zu Gefängnisstrafen verurteilt, nahm an einem Befreiungsmanöver d'Estourays und Claparons teil und mußte abermals ins Gefängnis (›Glanz und Elend der Kurtisanen‹). Nach seiner Entlassung verfügte er nach wie vor über Mittel: 1833 setzte er sehr geschickt bei Maxime de Trailles die vollständige Rückzahlung einer Geldschuld durch (›Ein Geschäftsmann‹).

DU PORTAIL, eigentlich Corentin, geboren 1777, von Fouché begönnert, begann seine Laufbahn als Polizeibeamter damit, daß er 1799 den Marquis de Montauran in einen Hinterhalt lockte, wo dieser und seine junge Frau Marie de Verneuil unter den Kugeln der Blauen fielen (›Die Königstreuen‹). Als er 1803 zusammen mit seinem Lehrmeister Peyrade eine Haussuchung im Schloß Cinq-Cygne im Département Aube durchführte, beleidigte er Mlle de Cinq-Cygne und erhielt von ihr einen Schlag mit der Reitpeitsche, für den er sich zwei Jahre später rächte, indem er ihre Vettern Simeuse und Hautserre, obwohl sie nichts damit zu tun hatten, in die Affäre der Entführung des Senators Malin de Gondreville verwickelte (›Eine dunkle Begebenheit‹). Gegen Ende der Restauration wollte er seinem Freund Peyrade gefällig sein und ging gegen den geheimnisvollen Gönner Luciens de Rubempré vor, erkannte in dem spanischen Kanonikus Carlos Herrera den Sträfling Jacques Collin, hintertrieb die Heirat Luciens mit Clotilde de Grandlieu und ließ Lucien unter dem Vorwand verhaften, er habe seine Geliebte Esther Gobseck ermordet. Auf diese Weise trieb er Lucien zum Selbstmord. Er war damals Chef der politischen Geheimpolizei des Königs (›Glanz und Elend der Kurtisanen‹).

HONORÉ DE BALZAC

Die Menschliche Komödie

Dünndruckausgabe in 12 Bänden

I

Balzac. Sein Leben und Werk

SITTENSTUDIEN

Das Haus ›Zum ballspielenden Kater‹
Der Ball zu Sceaux
Memoiren zweier Jungvermählter
Die Börse
Modeste Mignon
Ein Lebensbeginn

II

Szenen aus dem Privatleben

Albert Savarus · La Vendetta
Eine doppelte Familie · Ehefrieden
Madame Firmiani · Eine Frauenstudie
Die falsche Geliebte
Eine Evastochter
Die Botschaft · Die Grenadière
Die Verlassene · Honorine
Béatrix

III

Szenen aus dem Privatleben

Gobseck

Die Frau von dreißig Jahren

Vater Goriot

Oberst Chabert

Die Messe des Gottesleugners

Die Entmündigung

Der Ehekontrakt

Zweite Frauenstudie

Szenen aus dem Provinzleben

Ursule Mirouët

IV

Szenen aus dem Provinzleben

Eugénie Grandet

Die Ehelosen:

1. Pierrette

2. Der Pfarrer von Tours

3. Die ›Fischerin im Trüben‹

Die Pariser in der Provinz:

1. Der berühmte Gaudissart

2. Die Muse des Départements

V

Szenen aus dem Provinzleben

Die Nebenbuhler:

1. Die alte Jungfer

2. Das Antiquitätenkabinett

Verlorene Illusionen:

1. Die beiden Dichter

2. Ein großer Mann aus der Provinz in Paris

3. Die Leiden des Erfinders

VI

Szenen aus dem Pariser Leben

Geschichte der Dreizehn:

Vorrede

1. Ferragus

2. Die Herzogin von Langeais

3. Das Mädchen mit den Goldaugen

César Birotteau

Das Bankhaus Nucingen

Glanz und Elend der Kurtisanen:

1. Wie leichte Mädchen lieben

VII

Szenen aus dem Pariser Leben

Glanz und Elend der Kurtisanen:
2. Was alte Herren sich die Liebe kosten lassen
3. Wohin schlechte Wege führen
4. Vautrins letztes Abenteuer

Die Geheimnisse der Fürstin von Cadignan
Facino Cane
Sarrasine
Pierre Grassou

Die armen Verwandten:
1. Tante Bette

VIII

Szenen aus dem Pariser Leben

Die armen Verwandten:
2. Vetter Pons
Ein Geschäftsmann
Ein Fürst der Bohème
Die Beamten
Gaudissart II
Die Komödianten wider ihr Wissen
Die Kleinbürger

IX

Szenen aus dem Pariser Leben

Die Kehrseite der Zeitgeschichte:

1. Madame de la Chanterie

2. Der Aufgenommene

Szenen aus dem politischen Leben

Eine Episode aus der Zeit der Schreckensherrschaft

Eine dunkle Begebenheit

Der Abgeordnete von Arcis

Z. Marcas

Szenen aus dem Soldatenleben

Die Königstreuen

Eine Leidenschaft in der Wüste

X

Szenen aus dem Landleben

Die Bauern

Der Landarzt

Der Dorfpfarrer

Die Lilie im Tal

XI

PHILOSOPHISCHE STUDIEN

Das Chagrinleder
Jesus-Christus in Flandern
Melmoth
Massimilla Doni
Das unbekannte Meisterwerk
Gambara
Der Stein der Weisen
Das verstoßene Kind
Lebwohl
Die Marañas
Der Aufgebotene
El Verdugo
Ein Drama am Meeresufer
Meister Cornelius
Die rote Herberge

XII

PHILOSOPHISCHE STUDIEN

Katharina von Medici
Das Lebenselixier
Die Verbannten
Louis Lambert
Seraphita

ANALYTISCHE STUDIEN

Physiologie der Ehe
Die kleinen Nöte des Ehelebens